建筑工程常用资料备查手册系列

# 市政工程

## 常用资料备查手册

**化学工业出版社　组织编写**

化学工业出版社
·北京·

本书以市政工程相关的法规、标准为依据，内容不仅包括市政工程制图与识图、常用图例，市政工程常用材料与构件计算用表与计算公式、相关数据等该领域常用的基本技术资料，还详细介绍了市政工程造价理论基础知识，市政土石方工程、道路工程、桥涵工程、隧道工程、管网工程、地铁工程及其他工程的工程量计算、工程清单计价计算以及工程计算常用数据。本书以图表的形式，辅以简要的文字说明，简明扼要、方便查找。

本书可供市政工程、建筑工程、路桥工程的专业技术人员使用，也可供相关专业的工程技术人员以及高等院校师生参考。

**图书在版编目（CIP）数据**

市政工程常用资料备查手册/化学工业出版社组织编写．—北京：化学工业出版社，2012.4
（建筑工程常用资料备查手册系列）
ISBN 978-7-122-13367-0

Ⅰ．市…　Ⅱ．化…　Ⅲ．市政工程-技术手册
Ⅳ．TU99-62

中国版本图书馆 CIP 数据核字（2012）第 017224 号

---

责任编辑：左晨燕　　　　　　　　文字编辑：汲永臻
责任校对：陶燕华　　　　　　　　装帧设计：张　辉

---

出版发行：化学工业出版社（北京市东城区青年湖南街 13 号　邮政编码 100011）
印　　刷：北京永鑫印刷有限责任公司
装　　订：三河市万龙印装有限公司
787mm×1092mm　1/16　印张 45　字数 1193 千字　2012 年 5 月北京第 1 版第 1 次印刷

---

购书咨询：010-64518888（传真：010-64519686）　售后服务：010-64518899
网　　址：http://www.cip.com.cn
凡购买本书，如有缺损质量问题，本社销售中心负责调换。

---

定　　价：168.00 元

# 出版者的话

建筑工程是我国劳动力较为密集，从业人员最多的行业之一，从业人员需要掌握全方位的专业知识。随着我国建筑行业科学化、规范化、制度化，以及新技术、新工艺、新材料、新设备的不断出现，建设工程领域的资料越来越繁杂。广大建设工程技术人员对常用的基本技术资料的需求也越来越迫切。有鉴于此，化学工业出版社组织一批相关技术人员编写了《建筑工程常用资料备查手册系列》。

本系列共8个分册。主要以行业相关的最新法规、标准为依据。内容不仅包括常用数据，还包括从业所必须掌握的其他资料，数据方面主要以图表为主，辅以简要的文字说明，方便查找。其他资料力求通用性强，适用面广，简明扼要。

参加本系列编写的人员有（以姓氏拼音为序）：陈峰、陈懿、邓军华、董文柯、段娜、范彬、胡水静、江燕、赖清华、雷岩鹏、雷怡、李芳、李海强、李明、李杏、李雪、梁梅、廖海、林文剑、刘明、马冰、马雷、宋晓斌、宋晓婷、宋雅娜、孙凯、孙丽、田华、王静、王琴、王清、王先念、吴琼、谢娜、徐跃昆、闫平、易海、于建华、于娇一、余艳欢、曾宇、张冰、张德理、张国林、张妍、张彦丰、张英、张友鑫、张玉、赵苇青、周刁婵、周辉等。

由于时间所限，书中不妥之处在所难免，恳请读者批评指正。

化学工业出版社
环境·能源分社
2012 年 1 月

# 目 录

# 1 市政工程制图与识图

## 1.1 幅面、标题栏与会签栏

### 1.1.1 图纸幅面

#### 1.1.1.1 图纸幅面

图纸幅面与图框尺寸应符合表 1-1-1 以及图 1-1-1～图 1-1-3 的规定。其中，$b$ 为图幅短边尺寸，$l$ 为图幅长边尺寸，$a$ 为装订边尺寸，其余三边尺寸为 $c$。一般 A0～A3 图纸宜用横式使用，必要时也可立式使用。一个专业的图纸不适宜用多于两种的幅面，但目录及表格所采用的 A4 幅面不在此限制。

表 1-1-1　幅面及图框尺寸　　　　　　　　单位：mm

| 尺寸代号 \ 幅面代号 | A0 | A1 | A2 | A3 | A4 |
|---|---|---|---|---|---|
| $b \times l$ | 841×1189 | 594×841 | 420×594 | 297×420 | 210×297 |
| $c$ | 10 | | | 5 | |
| $a$ | 25 | | | | |

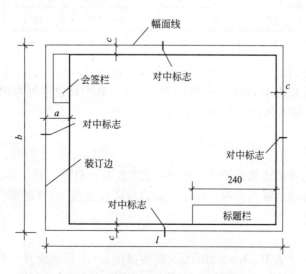

图 1-1-1　A0～A3 横式幅面（单位：mm）

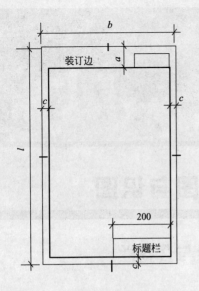

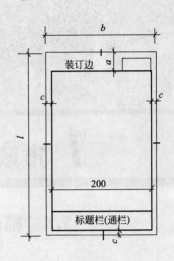

图 1-1-2　A0～A3 立式幅面（单位：mm）　　　图 1-1-3　A4 立式幅面（单位：mm）

### 1.1.1.2　图纸加长尺寸和微缩复制

图纸的短边一般不应加长，长边可加长，加长幅面的尺寸是由基本幅面的短边成整数倍增加后得出的（如 A3×3 的幅面尺寸是 A3 幅面的长边尺寸 420mm 和 3 倍的短边尺寸 891mm）。一般应符合表 1-1-2 的规定。

表 1-1-2　图纸长边加长尺寸　　　　　　　　　　　　单位：mm

| 幅面尺寸 | 长边尺寸 | 长边加长后尺寸 | | | | | | |
| --- | --- | --- | --- | --- | --- | --- | --- | --- |
| A0 | 1189 | 1486 | 1635 | 1783 | 1932 | 2080 | 2230 | 2378 |
| A1 | 841 | 1051 | 1261 | 1471 | 1682 | 1892 | 2102 | — |
| A2 | 594 | 743 | 891 | 1041 | 1189 | 1338 | 1486 | 1635 |
| | | 1783 | 1932 | 2080 | | | | |
| A3 | 420 | 630 | 841 | 1051 | 1261 | 1471 | 1682 | 1892 |

注：有特殊需要的图纸，可采用 $b×l$ 为 841mm×891mm 与 1189mm×1261mm 的幅面。

需要缩微复制的图纸，其一个边上应附有一段准确的米制尺寸，四个边上均应附有对中标志，米制尺度的总长为 100mm，分格应为 10mm。对中标志应画在图纸各边长的中点处，线宽为 0.35mm，伸入框内应为 5mm。

## 1.1.2　标题栏

标题栏可根据工程需要确定尺寸。除 A4 立式左右通栏外，其余标题栏均置于图框右下角，图标中的文字方向为看图方向。标题栏的设置可参见图 1-1-4 和图 1-1-5。

## 1.1.3　会签栏

会签栏的固定尺寸为 100mm×20mm，应按照图 1-1-6 所示设置。当一个会签栏不够时，可另加一个，将两个会签栏并列即可。不需会签的图纸可不设会签栏。

图 1-1-4　标题栏（单位：mm）

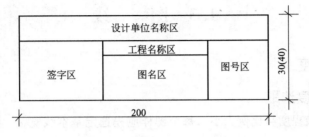

图 1-1-5　标题栏（单位：mm）

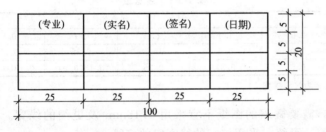

图 1-1-6　会签栏（单位：mm）

# 1.2　图　纸　比　例

## 1.2.1　比例的表示

　　比例的符号为"："，应以阿拉伯数字表示，宜标注在视图图名的右侧或下方，字高可为视图图名字高的 0.7 倍，见图 1-2-1。

　　当同一张图纸中的比例完全相同时，可在图标中注明，也可在图纸中适当位置采用标尺标注。当竖直方向与水平方向的比例不同时，可用 $V$ 表示竖直方向比例，用 $H$ 表示水平方向比例，见图 1-2-2。

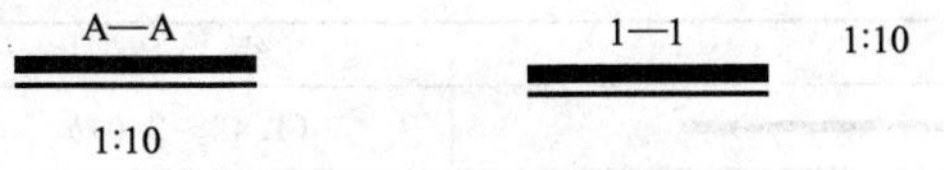

图 1-2-1　比例标注于图名右侧或下方 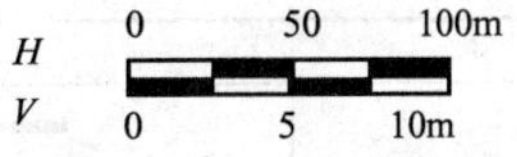　　　　　图 1-2-2　标尺标注比例

## 1.2.2　常用图纸比例

　　绘图的比例，应为图形线性尺寸与相应实物实际尺寸之比。比例大小即为比值大小，如

1：50 大于 1：100。绘图比例的选择，应根据图面布置合理、匀称、美观的原则，按图形大小及图面复杂程度确定。绘图用的图纸比例见表 1-2-1。

表 1-2-1　绘图所用的比例

| 常用比例 | 1：1、1：2、1：5、1：10、1：20、1：50、1：100、1：150、1：200、1：500、1：1000、1：2000、1：5000、1：10000、1：20000、1：50000、1：100000、1：200000 |
| --- | --- |
| 可用比例 | 1：3、1：4、1：6、1：15、1：25、1：30、1：40、1：60、1：80、1：250、1：300、1：400、1：600 |

# 1.3　图　　线

## 1.3.1　图线宽度

### 1.3.1.1　图线宽度选取

根据图纸的复杂程度与比例大小，每个图样应先选定基本线宽 $b$，再根据表 1-3-1 选择相应的线宽组。

表 1-3-1　线宽组　　　　　　　　　　单位：mm

| 线宽比 | 线宽组 | | | | | |
| --- | --- | --- | --- | --- | --- | --- |
| $b$ | 2.0 | 1.4 | 1.0 | 0.7 | 0.5 | 0.35 |
| $0.5b$ | 1.0 | 0.7 | 0.5 | 0.35 | 0.25 | 0.18 |
| $0.25b$ | 0.5 | 0.35 | 0.25 | 0.18(0.2) | 0.13(0.15) | 0.13(0.15) |

注：表中括号内的数字为代用线宽。

应当注意的是，需要微缩的图纸不宜采用 0.18mm 及更细的线宽。而同一张图纸内，各不同线宽中的细线，可统一采用较细的线宽组的细线。

### 1.3.1.2　图框线、标题栏线

图框线和标题栏线的宽度选取见表 1-3-2。

表 1-3-2　图框线、标题栏线的宽度　　　　　　单位：mm

| 幅面代号 | 图框线 | 标题栏外框线 | 标题栏分格线、会签栏线 |
| --- | --- | --- | --- |
| A0、A1 | 1.4 | 0.7 | 0.35 |
| A2、A3、A4 | 1.0 | 0.7 | 0.35 |

## 1.3.2　图线绘制

### 1.3.2.1　常用线型与线宽

表 1-3-3　常用线型与线宽

| 名　　称 | 线　　型 | 线　　宽 |
| --- | --- | --- |
| 加粗粗实线 | —————————— | $(1.42\sim2.0)b$ |
| 粗实线 | —————————— | $b$ |
| 中粗实线 | —————————— | $0.5b$ |
| 细实线 | —————————— | $0.25b$ |
| 粗虚线 | — — — — — — | $b$ |
| 中粗虚线 | — — — — — — | $0.5b$ |

| 名 称 | 线 型 | 线 宽 |
|---|---|---|
| 细虚线 | — — — — — — — — — | 0.25b |
| 粗点画线 | ▬▬ ▬ ▬ ▬▬ ▬ ▬▬ | b |
| 中粗点画线 | ▬ — ▬ — ▬ — ▬ — | 0.5b |
| 细点画线 | — - — - — - — - — | 0.25b |
| 粗双点画线 | ▬▬ ▬ ▬ ▬▬ ▬ ▬ ▬▬ | b |
| 中粗双点画线 | ▬ — ▬ — ▬ — ▬ — | 0.5b |
| 细双点画线 | — - — - — - — - — | 0.25b |
| 折断线 | ⌁ | 0.25b |
| 波浪线 | 〜〜〜 | 0.25b |

## 1.3.2.2　图线绘制

（1）虚线、长虚线、点画线、双点画线和折断线应分别按图 1-3-1～图 1-3-5 绘制（图中单位均为 mm）。

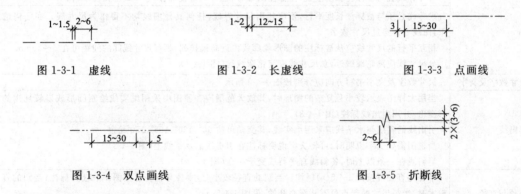

图 1-3-1　虚线　　　　　图 1-3-2　长虚线　　　　　图 1-3-3　点画线

图 1-3-4　双点画线　　　　　　　　　　图 1-3-5　折断线

（2）图线相交的画法

① 当虚线与虚线或虚线与实线相交接时，不应留空隙，见图 1-3-6。

② 当实线的延长线为虚线时，应留空隙，见图 1-3-7。

③ 当点画线与点画线或点画线与其他图线相交时，交点应设在线段处，见图 1-3-8。

图 1-3-6　虚线与虚线或虚线与实线相交

图 1-3-7　实线的延长线为虚线　　　　　图 1-3-8　点画线与点画线或点画线与其他图线相交

需要注意的是，图线间的净距不得小于 0.7 mm。

# 1.4 尺 寸 标 注

市政工程绘图尺寸标注要求见表 1-4-1。

表 1-4-1 尺寸标注

| 项 目 | 内 容 |
| --- | --- |
| 标注位置 | 尺寸应标注在视图醒目的位置<br>计量时,应以标注的尺寸数字为准,不得用量尺直接从图中量取<br>尺寸应由尺寸界线、尺寸线、尺寸起止符和尺寸数字组成 |
| 尺寸线 | 尺寸界线与尺寸线均应采用细实线<br>尺寸起止符宜采用单边箭头表示,箭头在尺寸界线的右边时,应标注在尺寸线之上;反之,应标注在尺寸线之下。箭头大小可按绘图比例取值。<br>尺寸起止符也可采用斜短线表示。把尺寸界线按顺时针转 45°,作为斜短线的倾斜方向。在连续表示的小尺寸中,也可在尺寸界线同一水平的位置,用黑圆点表示尺寸起止符<br>尺寸数字宜标注在尺寸线上方中部。当标注位置不足时,可采用反向箭头。最外边的尺寸数字,可标注在尺寸界线外侧箭头的上方;中部相邻的尺寸数字,可错开标注<br>尺寸界线的一端应靠近所标注的图形轮廓线,另一端宜超出尺寸线 1～3mm<br>图形轮廓线、中心线也可作为尺寸界线<br>尺寸界线宜与被标注长度垂直;当标注困难时,也可不垂直,但尺寸界线应相互平行<br>尺寸线必须与被标注长度平行,不应超出尺寸线,任何其他图线均不得作为尺寸线。在任何情况下,图线不得穿过尺寸数字<br>相互平行的尺寸线应从被标注的图形轮廓线由近向远排列,平行尺寸线间的间距可在 5～15mm<br>分尺寸线应离轮廓线近,总尺寸线应离轮廓线远(图 1-4-1) |
| 尺寸数字及文字 | 尺寸数字及文字书写方向应分别按图 1-4-2 所示 |
| 引出线 | 当大样图表示较小且复杂的图形时,其放大范围应在原图中采用细实线绘制圆形或以较规则的图形圈出,并用引出线标注(图 1-4-3)<br>引出线的斜线与水平线采用细实线,其交角可按 90°,120°,135°,150°绘制<br>当视图需要文字说明时,可将文字说明标注在引出线的水平线上(图 1-4-3)<br>当斜线在一条以上时,各斜线宜平行或交于一点(图 1-4-4) |
| 半径与直径 | 半径与直径可按图 1-4-5(a)标注。当圆的直径较小时,半径与直径可按图 1-4-5(b)标注;当圆的直径较大时,半径尺寸的起点可不从圆心开始,见图 1-4-5(c)<br>半径和直径的尺寸数字前,应标注"$r$(或 $R$)"和"$d$(或 $D$)",如图 1-4-5(b)所示 |
| 圆弧 | 圆弧尺寸宜按图 1-4-6(a)标注<br>当弧长分为数段标注时,尺寸界线也可沿径向引出,如图 1-4-6(b)所示<br>弦长的尺寸界线应垂直圆弧的弦,如图 1-4-6(c)所示 |
| 角度 | 角度尺寸线应以圆弧表示。角的两边为尺寸界线。角度数值宜写在尺寸线上方中部。当角度太小时,可将尺寸线标注在角的两条边的外侧。角度数字宜按图 1-4-7 标注 |
| 尺寸的简化 | 连续排列的等长尺寸可采用"间距数乘间距尺寸"的形式标注(图 1-4-8)<br>两个相似图形可仅绘制一个。未示出图形的尺寸数字可用括号表示。如有数个相似图形,当尺寸数值各不相同时,可用字母表示,其尺寸数值应在图中适当位置列表示出 |
| 倒角符号 | 倒角尺寸可按图 1-4-9(a)标注;当倒角为 45°时,也可按图 1-4-9(b)标注 |
| 标高符号 | 标高符号应采用细实线绘制的等腰三角形表示。高为 2～3mm,底角为 45°<br>顶角应指至被注的高度,顶角向上、向下均可。标高数字宜标注在三角形的右边<br>负标高应冠以"—"号,正标高(包括零标高)数字前不应冠以"＋"号<br>当图形复杂时,也可采用引出线形式标注(图 1-4-10) |
| 坡度符号 | 当坡度值较小时,坡度的标注宜用百分率表示,并应标注坡度符号。坡度符号由细实线、单边箭头以及在其上标注百分数组成。坡度符号的箭头应指向下坡。当坡度值较大时,坡度的标注宜用比例的形式表示,例如 1：$n$(图 1-4-11) |
| 水位符号 | 水位符号应由数条上长下短的细实线及标高符号组成<br>细实线间的间距宜为 1mm(图 1-4-12) |

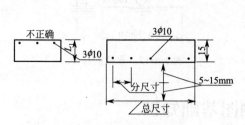

图 1-4-1 尺寸线的标注

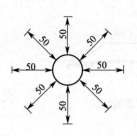

(a) 尺寸数字标注

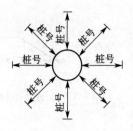

(b) 尺寸文字标注

图 1-4-2 尺寸数字、文字的标注

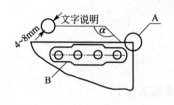

(a) 原图

(b) 大样图A

图 1-4-3 大样图范围的标注

图 1-4-4 引出线的标注

(a) 半径与直径尺寸标注

(b) 较小圆半径与直径尺寸标注

(c) 较大圆半径与直径尺寸标注

图 1-4-5 半径与直径的标注

(a) 圆弧尺寸标注

(b) 弧长分为数段时尺寸标注

(c) 弦长尺寸标注

图 1-4-6 弧、弦的尺寸标注

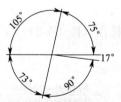

图 1-4-7 角度的标注

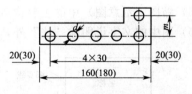

图 1-4-8 相似图形的标注

(a) 倒角尺寸标注    (b) 45°倒角尺寸标注

图 1-4-9 倒角的标注

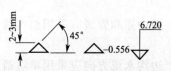

图 1-4-10 标高的标注

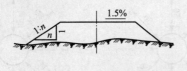

图 1-4-11　坡度的标注

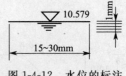

图 1-4-12　水位的标注

# 1.5　市政工程制图基础知识

## 1.5.1　道路工程制图基本知识

### 1.5.1.1　路线平面

（1）平面图中常用的图线应符合下列规定：

① 设计路线应采用加粗粗实线表示，比较线应采用加粗粗虚线表示；

② 道路中线应采用细点划线表示；

③ 中央分隔带边缘线应采用细实线表示；

④ 路基边缘线应采用粗实线表示；

⑤ 导线、边坡线、护坡道边缘线、边沟线、切线、引出线、原有通路边线等，应采用细实线表示；

⑥ 用地界线应采用中粗点划线表示；

⑦ 规划红线应采用粗双点划线表示。

（2）里程桩号的标注应在道路中线上从路线起点至终点，按从小到大，从左到右的顺序排列。公里桩宜标注在路线前进方向的左侧，用符号"〇"表示；百米桩宜标注在路线前进方向的右侧，用垂直于路线的短线表示。也可在路线的同一侧，均采用垂直于路线的短线表示公里桩和百米桩。

（3）平曲线特殊点如第一缓和曲线起点、圆曲线起点、圆曲线中点、第二缓和曲线终点、第二缓和曲线起点、圆曲线终点的位置，宜在曲线内侧用引出线的形式表示，并应标注点的名称和桩号。

（4）在图纸的适当位置，应列表标注平曲线要素：交点编号、交点位置、圆曲线半径、缓和曲线长度、切线长度、曲线总长度、外距等。高等级公路应列出导线点坐标表。

（5）缩图（示意图）中的主要构造物可按图 1-5-1 标注。

（6）图中的文字说明除"注"外，宜采用引出线的形式标注（图 1-5-2）。

图 1-5-1　构造物的标注　　　　　　　　　图 1-5-2　文字的标注

（7）图中原和管线应采用细实线表示，设计管线应采用粗实线表示，规划管线应采用虚线表示。

（8）边沟水流方向应采用单边箭头表示。

（9）水泥混凝土路面的胀缝应采用两条细实线表示；假缝应采用细虚线表示，其余应采用细实线表示。

### 1.5.1.2 路线纵断面

(1) 纵断面图的图样应布置在图幅上部。测设数据应采用表格形式布置在图幅下部。高程标尺应布置在测设数据表的上方左侧（图 1-5-3）。

测设数据表宜按图 1-5-3 的顺序排列，表格可根据不同设计阶段和不同道路等级的要求而增减。纵断面图中的距离与高程宜按不同比例绘制。

(2) 道路设计线应采用粗实线表示；原地面线应采用细实线表示；地下水位线应采用细双点划线及水位符号表示；地下水位测点可仅用水位符号表示（图 1-5-4）。

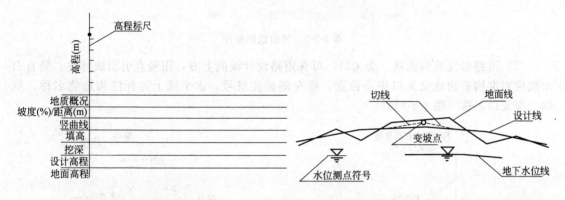

图 1-5-3 纵断面图的布置    图 1-5-4 道路设计线、原地面线、地下水位线的标注

(3) 当路线短链时，道路设计线应在相应桩号处断开，并按图 1-5-5(a) 标注。路线局部改线而发生长链时，为利用已绘制的纵断面图，当高差较大时，宜按图 1-5-5(b) 标注；当高差较小时，宜按图 1-5-5(c) 标注。长链较长而不能利用原纵断面图时，应另绘制长链部分的纵断面图。

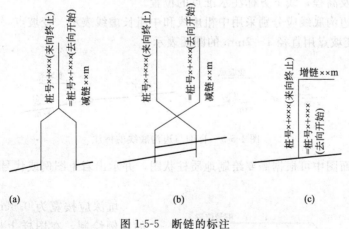

(a)                 (b)                 (c)

图 1-5-5 断链的标注

(4) 当路线坡度发生变化时，变坡点应用直径为 2mm 中粗线圆圈表示；切线应采用细虚线表示；竖曲线应采用粗实线表示。标注竖曲线的竖直细实线应对准变坡点所在桩号，线左侧标注桩号；线右侧标注变坡点高程。

水平细实线两端应对准竖曲线的始、终点。两端的短竖直细实线在水平线之上为凹曲线；反之为凸曲线。竖曲线要素（半径 $R$、切线长 $T$、外矩 $E$）的数值均应标注在水平细实线上方，见图 1-5-6(a)。竖曲线标注也可布置在测设数据表内，此时，变坡点的位置应在坡度、距离栏内示出，见图1-5-6（b）。

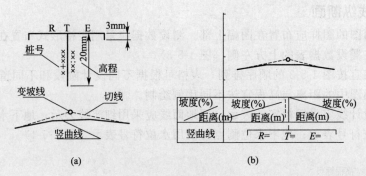

图1-5-6 竖曲线的标注

（5）道路沿线的构造物、交叉口，可在道路设计线的上方，用竖直引出线标注。竖直引出线应对准构造物或交叉口中心位置。线左侧标注桩号，水平线上方标注构造物名称、规格、交叉口名称（图1-5-7）。

图1-5-7 沿线构造物及交叉口标注　　　　　　图1-5-8 水准点的标注

（6）水准点宜按图1-5-8标注。竖直引出线应对准水准点桩号，线左侧标注桩号。水平线上方标注编号及高程；线下方标注水准点的位置。

（7）盲沟和边沟底线应分别采用中粗虚线和中粗长虚线表示。变坡点、距离、坡度宜按图1-5-9标注，变坡点用直径1～2mm的圆圈表示。

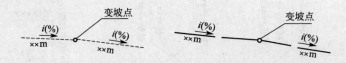

图1-5-9 盲沟与边沟底线的标注

（8）在纵断面图中可根据需要绘制地质柱状图，并示出岩土图例或代号。各地层高程应与高程标尺对应。

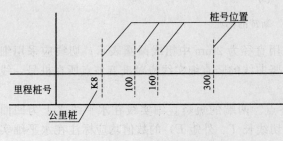

图1-5-10 里程桩号的标注

坑深应按宽为0.5cm、深为1∶100的比例绘制，在图样上标注高程及土壤类别图例。

钻孔可按宽0.2cm绘制，仅标注编号及深度，深度过长时可采用折断线示出。

（9）纵断面图中，给排水管涵应标注规格及管内底的高程。地下管线横断面应采用相应图例。无图例时可自拟图例，并应在图纸中说明。

（10）在测设数据表中，设计高程、地面高程、填高、挖深的数值应对准其桩号，单位以米计。

（11）里程桩号应由左向右排列，应将所有固定桩及加桩桩号示出。桩号数值的字底应与所表示桩号位置对齐。整公里桩应建注"K"，其余桩号的公里数可省略（图1-5-10）。

（12）在测设数据表中的平曲线栏中，道路左、右转弯应分别用凹、凸折

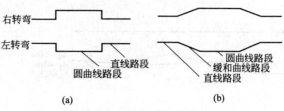

图 1-5-11　平曲线的标注

线表示。当不设缓和曲线段时，按图1-5-11（a）标注；当设缓和曲线段时，按图1-5-11（b）标注。在曲线的一侧标注交点编号、桩号、偏角、半径、曲线长。

### 1.5.1.3　路线横断面

（1）路面线、路肩线、边坡线、护坡线均应采用粗实线表示；路面厚度应采用中粗实线表示；原有地面线应采用细实线表示，设计或原有道路中线应采用细点划线表示（图1-5-12）。

（2）当道路分期修建、改建时，应在同一张图纸中示出规划、设计、原有道路横断面，并注明各道路中线之间的位置关系。规划道路中线应采用细双点划线表示。规划红线应采用粗双点划线表示。在设计横断面图上，应注明路侧方向（图1-5-13）。

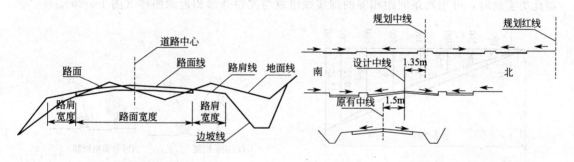

图 1-5-12　横断面图　　　　　　　　　图 1-5-13　不同设计阶段的横断面

（3）横断面图中，管涵、管线的高程应根据设计要求标注。管涵、管线横断面应采用相应图例（图1-5-14）。

（4）道路的超高、加宽应在横断面图中示出（图1-5-15）。

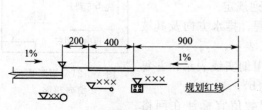

图 1-5-14　横断面图中管涵、管线的标注

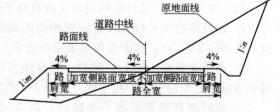

图 1-5-15　道路超高、加宽的标注

（5）用于施工放样及土方计算的横断面图应在图样下方标注桩号。图样右侧应标注填高、挖深、填方、挖方的面积，并采用中粗点划线示出征地界线（图1-5-16）。

(6) 当防护工程设施标注材料名称时，可不画材料图例，其断面阴影线可省略（图1-5-17）。

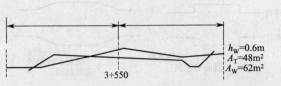

图 1-5-16　横断面图中填挖方的标注　　　图 1-5-17　防护工程设施的标注

(7) 路面结构图应符合下列规定

① 当路面结构类型单一时，可在横断面图上，用竖直引出线标注材料层次及厚度，见图 1-5-18(a)。

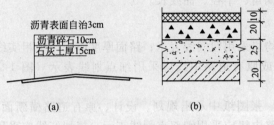

图 1-5-18　路面结构的标注

② 当路面结构类型较多时，可按各路段不同的结构类型分别绘制，并标注材料图例（或名称）及厚度，见图 1-5-18(b)。

(8) 在路拱曲线大样图的垂直和水平方向上，应按不同比例绘制（图 1-5-19）。

(9) 当采用徒手绘制实物外形时，其轮廓应与实物外形相近。当采用计算机绘制此类实物时，可用数条间距相等的细实线组成与实物外形相近的图样（图 1-5-20）。

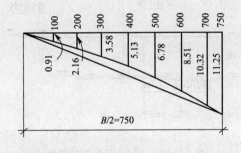

图 1-5-19　路拱曲线大样

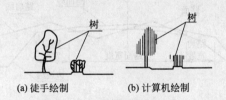

(a) 徒手绘制　　　(b) 计算机绘制

图 1-5-20　实物外形的绘制

(10) 在同一张图纸上的路基横断面，应按桩号的顺序排列，并从图纸的左下方开始，先由下向上，再由左向右排列（图 1-5-21）。

### 1.5.1.4　道路的平交与立交

(1) 交叉口竖向设计高程的标注应符合下列规定

① 较简单的交叉口可仅标注控制点的高程、排水方向及其坡度，见图 1-5-22(a)；排水方向可采用单边箭头表示。

② 用等高线表示的平交路口，等高线宜用细实线表示，并每隔四条细实线绘制一条中粗实线，见图 1-5-22(b)。

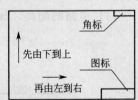

图 1-5-21　横断面的排列顺序

③ 用网格高程表示的平交路口，其高程数值宜标注在网格交点的右上方，并加括号。若高程整数值相同时，可省略。小数点前可不加"0"定位。高程整数值应在图中说明。网格应采用平行于设计道路中线的细实线绘制，见图 1-5-22(c)。

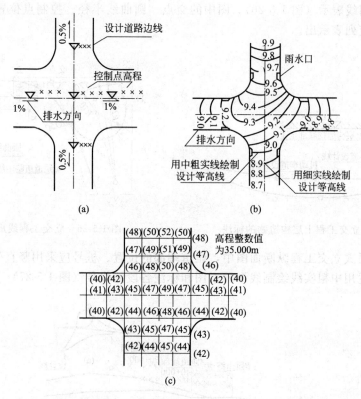

图 1-5-22 竖向设计高程的标注

（2）当交叉口改建（新旧道路衔接）及旧路面加铺新路面材料时，可采用图例表示不同贴补厚度及不同路面结构的范围（图 1-5-23）。

（3）水泥混凝土路面的设计高程数值应标注在板角处，并加注括号。在同一张图纸中，当设计高程的整数部分相同时，可省略整数部分，但应在图中说明（图 1-5-24）。

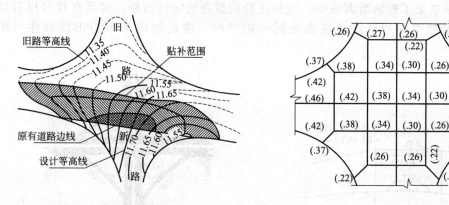

图 1-5-23　新旧路面的衔接　　　　图 1-5-24　水泥混凝土路面高程标注

（4）在立交工程纵断面图中，机动车与非机动车的道路设计线均应采用粗实线绘制，其测设数据可在测设数据表中分别列出。

（5）在立交工程纵断面图中，上层构造物宜采用图例表示，并示出其底部高程，图例的长度为上层构造物底部全宽（图 1-5-25）。

（6）在互通式立交工程线形布置图中，匝道的设计线应采用粗实线表示，干道的道路中

市政工程常用资料备查手册

线应采用细点划线表示（图1-5-26）。图中的交点、圆曲线半径、控制点位置、平曲线要素及匝道长度均应列表示出。

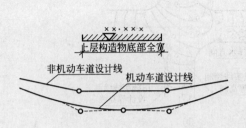

图1-5-25 立交工程上层构造物的标注

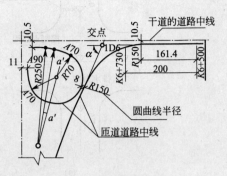

图1-5-26 立交工程线形布置图

（7）在互通式立交工程纵断面图中，匝道端部的位置、桩号应采用竖直引出线标注，并在图中适当位置用中粗实线绘制线形示意图和标注各段的代号（图1-5-27）。

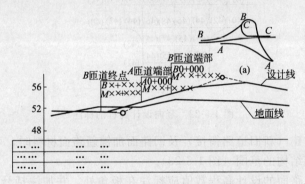

图1-5-27 互通式立交纵断面图匝道及线形示意图

（8）在简单立交工程纵断面图中，应标注低位道路的设计高程，其所在桩号用引出线标注。当构造物中心与道路变坡点在同一桩号时，构造物应采用引出线标注（图1-5-28）。

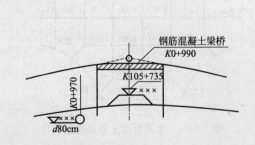

图1-5-28 简单立交中低位道路及构造物标注

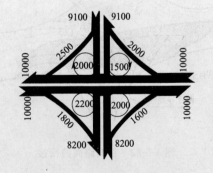

图1-5-29 立交工程交通量示意图

（9）在立交工程交通量示意图（图1-5-29）中，交通量的流向应采用涂黑的箭头表示。

## 1.5.1.5 砖石、混凝土结构

（1）砖石、混凝土结构图中的材料标注，可在图形中适当位置，用图例表示（图

1 市政工程制图与识图

1-5-30)。当材料图例不便绘制时，可采用引出线标注材料名称及配合比。

（2）边坡和锥坡的长短线引出端，应为边坡和锥坡的高端。坡度用比例标注，其标注应符合尺寸数字及文字书写方向的规定（图 1-5-31）。

（3）当绘制构造物的曲面时，可采用疏密不等的影线表示（图 1-5-32）。

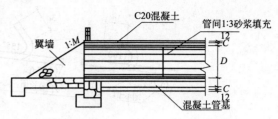

图 1-5-30　砖石、混凝土结构的材料标注

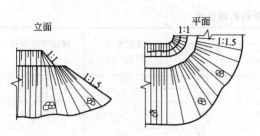

图 1-5-31　边坡和锥坡的标注

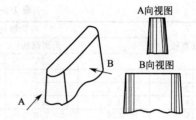

图 1-5-32　曲面的影线表示法

### 1.5.1.6　钢筋混凝土结构

（1）钢筋构造图应置于一般构造之后。当结构外形简单时，二者可绘于同一视图中。

（2）在一般构造图中，外轮廓线应以粗实线表示，钢筋构造图中的轮廓线应以细实线表示。钢筋应以粗实线的单线条或实心黑圆点表示。

（3）在钢筋构造图中，各种钢筋应标注数量、直径、长度、间距、编号，其编号应采用阿拉伯数字表示。当钢筋编号时，宜先编主、次部位的主筋，后编主、次部位的构造筋。编号格式应符合下列规定：

① 编号宜标注在引出线右侧的圆圈内，圆圈的直径为 4～8mm，见图 1-5-33(a)。

② 编号可标注在与钢筋断面图对应的方格内，见图 1-5-33(b)。

③ 可将冠以 N 字的编号，标注在钢筋的侧面，根数应标注在 N 字之前，见图 1-5-33(c)。

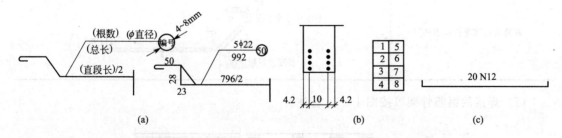

图 1-5-33　钢筋的标注

（4）钢筋大样应布置在钢筋构造图的同一张图纸上。钢筋大样的编号宜按图 1-5-33 标注。当钢筋加工形状简单时，也可将钢筋大样绘制在钢筋明细表内。

（5）钢筋末端的标准弯钩可分为 90°、135°、180°三种（图 1-5-34）。当采用标准弯钩时（标准弯钩即最小弯钩），钢筋直段长的标注可直接注于钢筋的侧面（图 1-5-33）。弯钩的增长值可按表 1-5-1 采用。

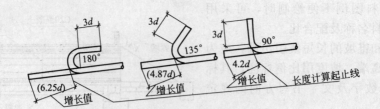

图 1-5-34　标准弯钩

（注：图中括号内数值为圆钢的增长值）

**表 1-5-1　钢筋弯钩的增长表**

| 钢筋直径 | 弯钩增长值/cm | | | | 理论重量 /(kg/m) | 螺纹钢筋外径 /mm |
|---|---|---|---|---|---|---|
| | 光圆钢筋 | | | 螺纹钢筋 | | |
| | 90° | 135° | 180° | 90° | | |
| 10 | 3.5 | 4.9 | 6.3 | 4.2 | 0.617 | 11.3 |
| 12 | 4.2 | 5.8 | 7.5 | 5.1 | 0.888 | 13.0 |
| 14 | 4.9 | 6.8 | 8.8 | 5.9 | 1.210 | 15.5 |
| 16 | 5.6 | 7.8 | 10.0 | 6.7 | 1.580 | 17.5 |
| 18 | 6.3 | 8.8 | 11.3 | 7.6 | 2.000 | 20.0 |
| 20 | 7.0 | 9.7 | 12.5 | 8.4 | 2.470 | 22.0 |
| 22 | 7.7 | 10.7 | 13.8 | 9.3 | 2.980 | 24.0 |
| 25 | 8.8 | 12.2 | 15.6 | 10.5 | 3.850 | 27.0 |
| 28 | 9.8 | 13.6 | 17.5 | 11.8 | 4.830 | 30.0 |
| 32 | 11.2 | 15.6 | 20.0 | 13.5 | 6.310 | 34.5 |
| 36 | 12.6 | 17.5 | 22.5 | 15.2 | 7.990 | 39.5 |
| 40 | 14.0 | 19.5 | 25.0 | 16.8 | 9.870 | 43.5 |

（6）当钢筋直径大于 10mm 时，应修正钢筋的弯折长度。45°、90°的弯折修正值可按表 1-5-2 采用。除标准弯折外，其它角度的弯折应在图中画出大样，并示出切线与圆弧的差值。

**表 1-5-2　钢筋的标准弯折修正表**　　　　　　　　　　　单位：cm

| 类别 | | 钢筋直径/mm | 10 | 12 | 14 | 16 | 18 | 20 | 22 | 25 | 28 | 32 | 36 | 40 |
|---|---|---|---|---|---|---|---|---|---|---|---|---|---|---|
| 弯折修正值 | 光圆钢筋 | 45° | | −0.5 | −0.6 | −0.7 | −0.8 | −0.9 | −0.9 | −1.1 | −1.2 | −1.4 | −1.5 | −1.7 |
| | | 90° | −0.8 | −0.9 | −1.1 | −1.2 | −1.4 | −1.5 | −1.7 | −1.9 | −2.1 | −2.4 | −2.7 | −3.0 |
| | 螺纹钢筋 | 45° | | −0.5 | −0.6 | −0.7 | −0.8 | −0.9 | −0.9 | −1.1 | −1.2 | −1.4 | −1.5 | −1.7 |
| | | 90° | −1.3 | −1.5 | −1.8 | −2.1 | −2.3 | −2.6 | −2.8 | −3.2 | −3.6 | −4.1 | −4.6 | −5.2 |
| 钢筋的标准弯折示意图 | 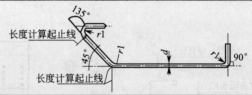 | | | | | | | | | | | | | |

（7）焊接的钢筋骨架可按图 1-5-35 标注。

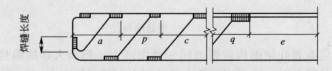

图 1-5-35　焊接钢筋骨架的标注

（8）箍筋大样可不绘出弯钩，见图 1-5-36（a）。当为扭转或抗震箍筋时，应在大样图的右上角增绘两条倾斜 45°的斜短线，见图 1-5-36（b）。

（9）在钢筋构造图中，当有指向阅图者弯折的钢筋时，应采用黑圆点表示；当有背向阅图者弯折的钢筋时，应采用"×"表示（图1-5-37）。

图1-5-36　箍筋大样　　　　　　　　　图1-5-37　钢筋弯折的绘制

（10）当钢筋的规格、形状、间距完全相同时，可仅用两根钢筋表示，但应将钢筋的布置范围及钢筋的数量、直径、间距示出（图1-5-38）。

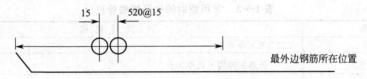

图1-5-38　钢筋的简化标注

## 1.5.1.7　预应力混凝土结构

（1）预应力钢筋应采用粗实线或2mm直径以上的黑圆点表示；图形轮廓线应采用细实线表示。当预应力钢筋与普通钢筋在同一视图中出现时，普通钢筋应采用中粗实线表示。一般构造图中的图形轮廓线应采用中粗实线表示。

（2）在预应力钢筋布置图中，应标注预应力钢筋的数量、型号、长度、间距、编号。编号应以阿拉伯数字表示。编号格式应符合下列规定：

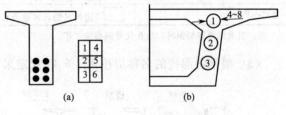

图1-5-39　预应力钢筋的标注

① 在横断面图中，宜将编号标注在与预应力钢筋断面对应的方格内，见图1-5-39(a)。

② 在横断面图中，当标注位置足够时，可将编号标注在直径为4～8mm的圆圈内，见图1-5-39(b)。

③ 在纵断面图中，当结构简单时，可将冠以N字的编号标注在预应力钢筋的上方。当预应力钢筋的根数大于1时，也可将数量标注在N字之前；当结构复杂时，可自拟代号，但应在图中说明。

（3）在预应力钢筋的纵断面图中，可采用表格的形式，以每隔0.5～1m的间距，标出纵、横、竖三维坐标值。

（4）预应力钢筋在图中的几种表示方法应符合下列规定：

① 预应力钢筋的管道断面：○

② 预应力钢筋的锚固断面：

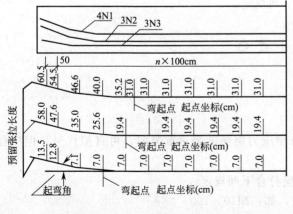

图1-5-40　预应力钢筋大样

③ 预应力钢筋断面：┼

④ 预应力钢筋的锚固侧面：■——

⑤ 预应力钢筋连接器的侧面：——═══——

⑥ 预应力钢筋连接器断面：⊙

（5）对弯起的预应力钢筋应列表或直接在预应力钢筋大样图中，标出弯起角度、弯曲半径切点的坐标（包括纵弯或既纵弯又平弯的钢筋）及预留的张拉长度（图 1-5-40）。

### 1.5.1.8　钢结构

（1）钢结构视图的轮廓线应采用粗实线绘制，螺栓孔的孔线等应采用细实线绘制。

（2）常用的钢材代号规格的标注应符合表 1-5-3 的规定。

**表 1-5-3　常用型钢的代号规格标注**

| 名　称 | 代　号　规　格 |
| --- | --- |
| 钢板、扁钢 | ▭ 宽×厚×长 |
| 角钢 | ∟ 长边×短边×边厚×长 |
| 槽钢 | [ 高×翼缘宽×腹板厚×长 |
| 工字钢 | 工 高×翼缘宽×腹板厚×长 |
| 方钢 | □ 边宽×长 |
| 圆钢 | Φ 直径×长 |
| 钢管 | Φ 外径×壁厚×长 |
| 卷边角钢 | ⌐ 边长×边长×卷边长×边厚×长 |

注：当采用薄壁型钢时，应在代号前标注"B"。

（3）型钢各部位的名称应按图 1-5-41 规定采用。

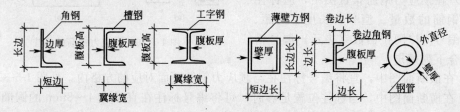

图 1-5-41　型钢各部位名称

（4）螺栓与螺栓孔代号的表示应符合下列规定：

① 已就位的普通螺栓代号：●

② 高强螺栓、普通螺栓的孔位代号：┼ 或 ⊕

③ 已就位的高强螺栓代号：◆

④ 已就位的销孔代号：◎

⑤ 工地钻孔的代号：╁ 或 ⊕

⑥ 当螺栓种类繁多或在同一册图中与预应力钢筋的表示重复时，可自拟代号，但应在图纸中说明。

（5）螺栓、螺母、垫圈在图中的标注应符合下列规定：

① 螺栓采用代号和外直径乘长度标注，如：M10×100；

② 螺母采用代号和直径标注，如：M10；

③ 垫圈采用汉字名称和直径标注，如：垫圈 10。

（6）焊缝的标注除应符合现行国家标准有关焊缝的规定外，尚应符合下列规定：

① 焊缝可采用标注法和图示法表示，绘图时可选其中一种或两种。

② 标注法的焊缝应采用引出线的形式将焊缝符号标注在引出线的水平线上，还可在水平线末端加绘作说明用的尾部（图 1-5-42）。

图 1-5-42　焊缝的标注法

③ 一般不需标注焊缝尺寸，当需要标注时，应按现行的国家标准《焊缝符号表示法》的规定标注。

④ 标注法采用的焊缝符号应按现行国家标准的规定采用。

⑤ 图示法的焊缝应采用细实线绘制，线段长 1～2mm，间距为 1mm（图 1-5-43）。

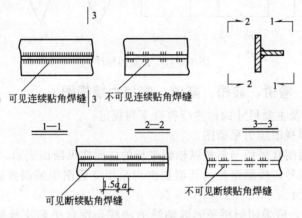

图 1-5-43　焊缝的图示法

（7）当组合断面的构件间相互密贴时，应采用双线条绘制。当构件组合断面过小时，可用单线条的加粗实线绘制（图 1-5-44）。

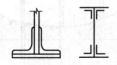

图 1-5-44　组合断面的绘制

图 1-5-45　构件编号的标注

（8）构件的编号应采用阿拉伯数字标注（图 1-5-45）。

（9）表面粗糙度常用的代号应符合下列规定：

① "◇" 表示采用 "不去除材料" 的方法获得的表面，例如：铸、锻、冲压变形、热轧、冷轧、粉末冶金等，或用于保持原供应状况的表面。

② "Ra" 表示表面粗糙度的高度参数轮廓算术平均偏差值，单位为微米（μm）。

③ "√" 表示采用何方法法获得的表面。

④ "⊽" 表示采用 "去除材料" 的方法获得的表面，如：进行车、铣、钻、磨、剪切、

图 1-5-46　粗糙度符号的尺寸标注

抛光等加工获得。

　　⑤ 粗糙度符号的尺寸，应按图 1-5-46 标注。$H$ 等于 1.4 倍字体高。

　　(10) 线性尺寸与角度公差的标注应符合下列规定：

　　① 当采用代号标注尺寸公差时，其代号应标注在尺寸数字的右边，见图 1-5-47(a)。

　　② 当采用极限偏差标注尺寸公差时，上偏差应标注在尺寸数字的右上方；下偏差应标注在尺寸数字的右下方，上、下偏差的数字位数必须对齐，见图 1-5-47(b)。

　　③ 当同时标注公差代号及极限偏差时，则应将后者加注圆括号，见图 1-5-47(c)。

　　④ 当上、下偏差相同时，偏差数值应仅标注一次，但应在偏差值前加注正、负符号，且偏差值的数字与尺寸数字字高相同。

　　⑤ 角度公差的标注同线性尺寸公差，见图 1-5-47(d)。

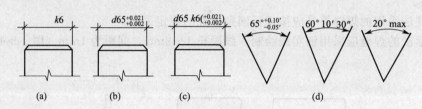

图 1-5-47　公差的标注

### 1.5.1.9　斜桥涵、弯桥、坡桥、隧道、弯挡土墙视图

　　(1) 斜桥涵视图及主要尺寸的标注应符合下列规定：

　　① 斜桥涵的主要视图应为平面图。

　　② 斜桥涵的立面图宜采用与斜桥纵轴线平行的立面或纵断面表示。

　　③ 各墩台里程桩号、桥涵跨径、耳墙长度均采用立面图中的斜投影尺寸，但墩台的宽度仍应采用正投影尺寸。

　　④ 斜桥倾斜角 $\alpha$，应采用斜桥平面纵轴线的法线与墩台平面支承轴线的夹角标注（图 1-5-48）。

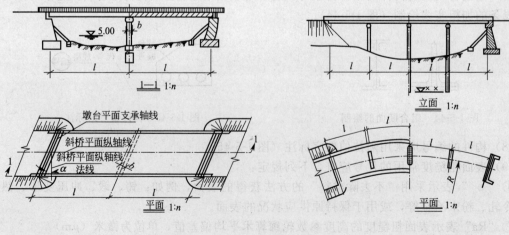

图 1-5-48　斜桥视图　　　　　　图 1-5-49　弯桥视图

　　(2) 当绘制斜板桥的钢筋构造图时，可按需要的方向剖切。当倾斜角较大而使图面难以

布置时，可按缩小后的倾斜角值绘制，但在计算尺寸时，仍应按实际的倾斜角计算。

（3）弯桥视图应符合下列规定：

① 当全桥在曲线范围内时，应以通过桥长中点的平曲线半径为对称线；立面或纵断面应垂直对称线，并以桥面中心线展开后进行绘制（图1-5-49）。

② 当全桥仅一部分在曲线范围内时，其立面或纵断面应平行于平面图中的直线部分，并以桥面中心线展开绘制，展开后的桥墩或桥台间距应为跨径的长度。

③ 在平面图中，应标注墩台中心线间的曲线或折线长度、平曲线半径及曲线坐标。曲线坐标可列表示出。

④ 在立面和纵断面图中，可略去曲线超高投影线的绘制。

（4）弯桥横断面宜在展开后的立面图中切取，并应表示超高坡度。

（5）在坡桥立面图的桥面上应标注坡度。墩台顶、桥面等处均应注明标高。竖曲线上的桥梁亦属坡桥，除应按坡桥标注外，还应标出竖曲线坐标表。

（6）斜坡桥的桥面四角标高值应在平面图中标注；立面图中可不标注桥面四角的标高。

（7）隧道洞门的正投影应为隧道立面。无论洞门是否对称均应全部绘制。洞顶排水沟应在立面图中用标有坡度符号的虚线表示。隧道平面与纵断面可仅示洞口的外露部分（图1-5-50）。

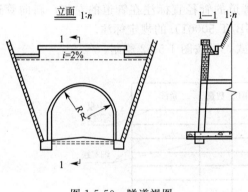

图 1-5-50 隧道视图

图 1-5-51 挡土墙外边缘

（8）弯挡土墙起点、终点的里程桩号应与弯道路基中心线的里程桩号相同。弯挡土墙在立面图中的长度，应按挡土墙顶面外边缘线的展开长度标注（图1-5-51）。

## 1.5.2 给水排水工程制图基本知识

### 1.5.2.1 一般规定

（1）图纸幅面规格、字体、符号等均应符合现行国家标准《房屋建筑制图统一标准》GB/T 50001 的有关规定。图样图线、比例、管径、标高和图例等应符合《建筑给水排水制图标准》（GB 50106—2010）的有关规定。

（2）设计应以图样表示，当图样无法表示时可加注文字说明。设计图纸表示的内容应满足相应设计阶段的设计深度要求。

（3）对于设计依据、管道系统划分、施工要求、验收标准等在图样中无法表示的内容，应按下列规定，用文字说明：

① 有关项目的问题，施工图阶段应在首页或次页编写设计施工说明集中说明；

② 图样中的局部问题，应在本张图之内以附注形式予以说明；

③ 文字说明应条理清晰、简明扼要、通俗易懂。

（4）设备和管道平面布置、剖面图均应符合现行国家标准《房屋建筑制图统一标准》

（GB/T 50001）的规定，并应按直接正投影法绘制。

（5）工程设计中，本专业的图纸应单独绘制。在同一个工程项目的设计图纸中，所用的图例、术语、图线、字体、符号、绘图表示方法等应一致。

（6）在同一个工程子项的设计图纸中，所用的图纸幅面规格应一致。如有困难时，不宜超过两种。

（7）尺寸的数字和计量单位应符合下列要求：

① 图样中尺寸的数字、排列、布置及标注，应符合现行国家标准《房屋建筑制图统一标准》GB/T 50001 的规定；

② 单体项目平面图、剖面图、详图、放大图、管径等尺寸应以"mm"表示；

③ 标高、距离、管长、坐标等应以"m"计，精确度可取至"cm"。

（8）标高和管径的标注应符合下列规定：

① 单体建筑应标注相对标高并应注明相对标高与绝对标高的换算关系；

② 总平面图应标注绝对标高，宜注明标高体系；

③ 压力流管道应标注管道中心；

④ 重力流管道应标注管道内底；

⑤ 横管的管径宜标注在管道的上方；竖向管道的管径宜标注在管道的左侧；斜向管道应按现行国家标准《房屋建筑制图统一标准》（GB/T 50001）的规定标注。

（9）工程设计图纸中的主要设备器材表的格式，可按图 1-5-52 绘制。

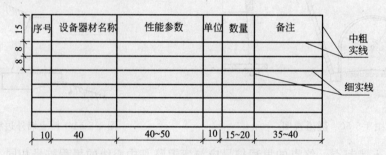

图 1-5-52 主要设备器材表（单位：mm）

### 1.5.2.2 图号和图纸编排

（1）设计图纸编号应遵守下列规定：

① 规划设计阶段宜以水规-1、水规-2……以此类推表示；

② 初步设计阶段宜以水初-1、水初-2……以此类推表示；

③ 施工图设计阶段宜以水施-1、水施-2……以此类推表示；

④ 单体项目只有一张图纸时，宜采用水初-全、水施-全表示，并宜在图纸图框线内的右上角标"全部水施图纸均在此页"字样（图 1-5-53）。

⑤ 施工图设计阶段，本工程各单体项目通用的统一详图宜以水通-1、水通-2……以此类推表示。

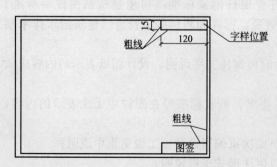

图 1-5-53 只有一张图纸时的右上角字样位置（单位：mm）

（2）设计图纸宜按下列规定编写目录：

① 初步设计阶段工程设计的图纸目录宜以工程项目为单位进行编写；

② 施工图设计阶段工程设计的图纸目录宜以工程单体项目的单位项目为单位进行编写；

③ 施工图设计阶段，本工程各单体项目共同使用的统一详图宜单独进行编写。

（3）设计图纸宜按下列规定进行排列。

① 图纸目录、使用标准图目录、使用统一详图目录、主要设备器材表、图例和设计施工说明宜在前，设计图样宜在后。

② 图纸目录、使用标准图目录、使用统一详图目录、主要设备器材表、图例和设计施工说明在一张图纸内排列不完时，应按所述内容顺序单独成图和编号。

③ 设计图样宜按下列规定进行排列：

a. 管道系统图在前，平面图、剖面图、放大图、轴测图、详图依次在后编排；

b. 管道展开系统图应按生活给水、生活热水、直饮水、中水、污水、废水、雨水、消防给水等依次编排；

c. 平面图中应按地下各层依次在前，地上各层由低向高依次排列；

d. 水净化（处理）工艺流程断面图在前，水净化（处理）机房（构筑物）平面图、剖面图、放大图、详图依次在后编排；

e. 总平面图应按管道布置图在前，管道节点图、阀门井示意图、管道纵断面图或管道高程表、详图依次在后编排。

### 1.5.2.3 图样布置

（1）同一张图纸内绘制多个图样时，宜按下列规定布置：

① 多个平面图时应按建筑层次由低层至高层、由下而上的顺序布置；

② 既有平面图又有剖面图时，应按平面图在下，剖面图在上或在右的顺序布置；

③ 卫生间放大平面图，应按平面放大图在上，从左向右排列，相应的管道轴测图在下，从左向右布置；

④ 安装图、详图，宜按索引编号，应宜按从上至下、从左向右的顺序布置；

⑤ 图纸目录、使用标准图目录、设计施工说明、图例、主要设备器材表，按从上而下、从左向右的顺序布置。

（2）每个图样均应在图像下方标注出图名，图名下应绘制一条中粗横线，长度应与图名长度相等，图样比例应标注在图名右侧横线上侧处。

（3）图样中某些问题需要文字说明时，应在图面的右下部位用"附注"的形式书写，并应对说明内容分条进行编号。

### 1.5.2.4 总图

（1）总平面图的布置

① 建筑物和构筑物的名称、外形、编号、坐标、道路形状、比例和图样方向等，应与总图专业图纸一致，但所用图线应符合《建筑给水排水制图标准》（GB 50106—2010）的规定。

② 给水、排水、雨水、热水、消防和中水等管道宜绘制在一张图纸内。

③ 当管道种类较多，地形复杂，在同一张图纸内将全部管道表示不清楚时，宜按压力管道流、重力管道流等分类适当分开绘制。

④ 各类管道、阀门井、消火栓（井）、水泵接合器、洒水栓井、检查井、跌水井、雨水口、化粪池、隔油池、降温池、水表井等，应按《建筑给水排水制图标准》（GB 50106—2010）规定的图例、图线等进行绘制和编号。

⑤ 坐标标注方法

a. 以绝对坐标定位时，应对管道起点处、转弯处和终点处的阀门井、检查井等中心标注定位坐标；

b. 以相对坐标定位时，应以建筑物的外墙或轴线作为定位起始基准线，标注管道与该基准线的距离；

c. 圆形构筑物应以圆心为基点标注坐标或距建筑物外墙（或道路中心）的距离；

d. 矩形构筑物应以两对角线为基点，标注坐标或距建筑物外墙的距离；

e. 坐标线、距离标注线均采用细实线绘制。

⑥ 标高标注方法

a. 总图中标注的标高应为绝对标高；

图 1-5-54　室内±0.00 处的绝对标高标注

b. 建筑物标注室内±0.00 处的绝对标高时，应按图 1-5-54 的方法标注；

c. 管道标高应按的本小节第（3）点"总图管道布置图上标注管道标高"的规定标注。

⑦ 管径标注方法

a. 管径代号应按《建筑给水排水制图标准》（GB 50106—2010）的规定选用。

b. 管径的标注方法应符合《建筑给水排水制图标准》（GB 50106—2010）的规定。

⑧ 指北针或风玫瑰图应绘制在中途管道布置图样的右上角。

（2）给水管道节点图

① 管道节点图可不按比例绘制，但节点位置、编号、接出管方向应与给水排水总图一致。

② 管道应注明管径、管长和泄水方向。

③ 节点阀门井的绘制应包含以下内容：

a. 节点平面形状和大小；

b. 阀门和管件的布置、管径和连接方式；

c. 节点阀门井中心与井内管道的定位尺寸。

④ 必要时，节点阀门井应绘制剖面示意图；

⑤ 给水管道节点图图样见图 1-5-55。

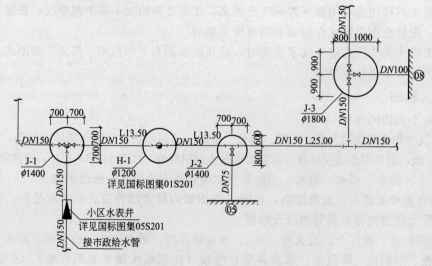

图 1-5-55　给水管道节点图图样

（3）总图管道布置图上标注管道标高

① 检查井上、下游管道管径无变径，且无跌水时，宜按图1-5-56（a）的方式标注；

② 检查井上、下游管道的管径有变径或有跌水时，宜按图1-5-56（b）的方式标注；

③ 检查井内一侧有支管接入时，宜按图1-5-56（c）的方式标注；

④ 检查井内两侧均有支管接入时，宜按图1-5-56（d）的方式标注。

（4）设计采用管道纵断面图的方式表示管道标高时，管道纵断面图宜按下列规定绘制：

① 采用管道纵断面图表示管道标高时应包括下列图样及内容：

a. 压力流管道纵断面图，见图1-5-57（a）；

b. 重力管道纵断面图，见图1-5-57（b）。

② 管道纵断面图所用图线宜按下列规定选用：

a. 压力流管道管径不大于400mm时，管道宜用中粗实线单线表示；

b. 重力流管道除建筑物排出管外，不管管径大小均宜以中粗实线双线表示；

c. 图样中平面示意图栏中的管道宜用中粗单线表示；

d. 平面示意图中宜将与该管道相交的其他管道、管沟、铁路及排水沟等按交叉位置给出；

e. 设计地面线、竖向定位线、栏目分隔线、检查井、标尺线等宜用细实线，自然地面线用细虚线。

③ 图样比例宜按下列规定选用：

a. 在同一图样中可采用两种不同的比例；

b. 纵向比例应与管道平面图一致；

c. 竖向比例宜为纵向比例的1/10，并应在图样左端绘制比例标尺。

④ 绘制与管道相交叉管道的标高宜按下列规定标注：

a. 交叉管道位于该管道上面时，宜标注交叉管的管底标高；

b. 交叉管道位于该管道下面时，宜标注交叉管的管顶或管底标高。

⑤ 图样中的"水平距离"栏应标出交叉管距检查井或阀门井的距离，或相互间的距离。

⑥ 压力流管道从小区引入管经水表后，应按供水水流方向先干管后支管的顺序绘制。

⑦ 排水管道以小区内最起端排水检查井为起点，并应按排水水流方向先干管后支管的顺序绘制。

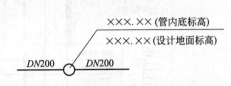

（a）检查井上、下游管道管径无变径且无跌水时管道标高标注

（b）检查井上、下游管道的管径有变径或有跌水时管道标高标注

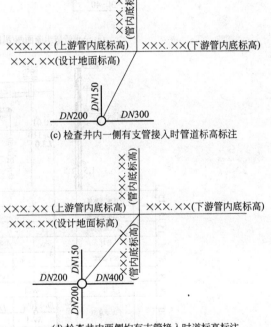

（c）检查井内一侧有支管接入时管道标高标注

（d）检查井内两侧均有支管接入时道标高标注

图1-5-56　总图管道布置图上标注管道标高

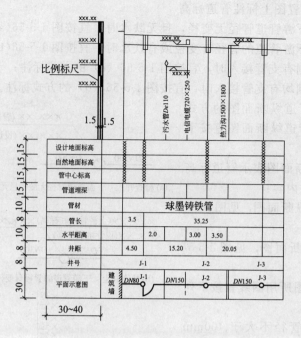

(a) 给水管道纵断面图(纵向1:500,竖向1:50)

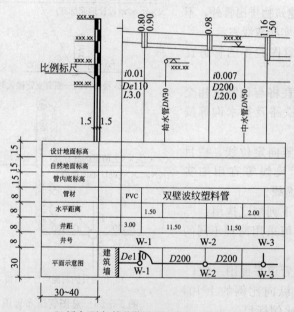

(b) 污水(雨水)管道纵断面图(纵向1:500,竖向1:50)

图 1-5-57　用管道纵断面图表示管道标高

（5）设计采用管道高程表的方法表示管道标高时，宜符合下列规定：

① 重力流管道可采用管道高程表的方式表示管道敷设标高；

② 管道高程表的格式见表 1-5-4。

## 1.5.2.5　建筑给水排水平面图

（1）建筑给水排水平面图应按下列规定绘制：

① 建筑物轮廓线、轴线号、房间名称、楼层标高、门、窗、梁柱、平台和绘图比例等，

均应与建筑专业一致，但图线应用细实线绘制。

表 1-5-4　××管道高程表

| 序号 | 管段标号 | | 管长 /m | 管径 /mm | 坡度 /% | 管底坡降 /m | 管底跌落 /m | 设计地面标高/m | | 管内底标高/m | | 埋深 /m | | 备注 |
|---|---|---|---|---|---|---|---|---|---|---|---|---|---|---|
| | 起点 | 终点 | | | | | | 起点 | 终点 | 起点 | 终点 | 起点 | 终点 | |
| | | | | | | | | | | | | | | |
| | | | | | | | | | | | | | | |
| | | | | | | | | | | | | | | |

② 各类管道、用水器具及设备、消火栓、喷洒水头、雨水斗、立管、管道、上弯或下弯以及主要阀门、附件等，应按《建筑给水排水制图标准》（GB 50106—2010）规定的图例，以正投影法绘制在平面图上，线型应符合《建筑给水排水制图标准》（GB 50106—2010）的规定。

管道种类众多，在一张平面图内表达不清楚时，可将给水排水、消防或直饮水管分开绘制相应的平面图。

③ 各类管道应标注管径和管道中心距建筑墙、柱或轴线的定位尺寸，必要时还应标注管道标高。

④ 管道立管应按不同管道代号在图面上自左至右按《建筑给水排水制图标准》（GB 50106—2010）的规定分别进行编号，且不同楼层同一立管编号应一致。

消火栓也可按分楼层自左至右按顺序进行编号。

⑤ 敷设在该层的各种管道和为该层服务的压力流管道均应绘制在该层的平面图上；敷设在下一层而为本层器具和设备排水服务的污水管、废水管和雨水管应绘制在本层平面图上。如有地下层时，各种排出管、引入管可绘制在地下层平面图上。

⑥ 设备机房、卫生间等另绘制放大图时，应在这些房间内按现行国家标准《房屋建筑制图统一标准》（GB/T 50001）的规定绘制引出线，并应在引出线上注明"详见水施-××"字样。

⑦ 平面图、剖面图中局部部位需另绘制详图时，应在平面图、剖面图和详图上按现行国家标准《房屋建筑制图统一标准》（GB/T 50001）的规定绘制被索引详图图样和编号。

⑧ 引入管、排出管应注明与建筑轴线的定位尺寸、穿建筑外墙标高、防水套管形式，并应按《建筑给水排水制图标准》（GB 50106—2010）的规定以管道类别自左至右按顺序进行编号。

⑨ 管道布置不相同的楼层应分别绘制其平面图；管道布置相同的楼层可绘制一个楼层的平面图，并按现行国家标准《房屋建筑制图统一标准》（GB/T 50001）的规定标注楼层地面标高。

平面图应按《建筑给水排水制图标准》（GB 50106—2010）的规定标注管径、标高和定位尺寸。

⑩ 地面层（±0.000）平面图应在图幅的右上方按现行国家标准《房屋建筑制图统一标准》（GB/T 50001）的规定绘制指北针。

⑪ 建筑专业的建筑平面图采用分区绘制时，本专业的平面图也应分区绘制，分区部位和编号应与建筑专业一致，并应绘制分区组合示意图，各区管道相连但在该区中断时，第一区应用"至水施-××"，第二区左侧应用"至水施-××"，右侧应用"至水施-××"方式表示，并应依次类推。

⑫ 建筑各楼层地面标高应以相对标高标注，并应与建筑专业一致。

（2）屋面给水排水平面图应按下列规定绘制：

① 屋面形状、伸缩缝或沉降缝位置、图面比例、轴线号等应与建筑专业一致，但图线应采用细实线绘制。

② 统一建筑的楼层面如有不同标高时，应分别注明不同高度屋面的标高和分界线。

③ 屋面应绘制出雨水汇水天沟、雨水斗、分水线位置、屋面坡向、每个雨水斗汇水范围以及雨水横管和主管等。

④ 雨水斗应进行编号，每只雨水斗应注明汇水面积。

⑤ 雨水管应注明管径、坡度。如雨水管仅绘制系统原理图时，应在平面图上标注雨水管起始点及终止点的管道标高。

⑥ 屋面平面图中还应绘制污水管、废水管、污水潜水泵坑等通气立管的位置，并应注明立管编号。当某标高层屋面设有冷却塔时，应按实际设计数量表示。

### 1.5.2.6　管道系统图

（1）管道系统图应表示出管道内的介质流经的设备、管道、附件、管件等连接和配置情况。

（2）管道展开系统图应按下列规定绘制：

① 管道展开系统图可不受比例和投影法限制，可按展开图绘制方法按不同管道种类分别用中粗实线进行绘制，并应按系统编号。一般高层建筑和大型公共建筑宜绘制管道展开系统图。

② 管道展开系统图应与平面图中的引入管、排出管、立管、横干管、给水设备、附件、仪器仪表及用水和排水器具等要素相对应。

③ 应绘出楼层（含夹层、跃层、同层升高或下降等）地面线。层高相同时楼层地面线应等距离绘制，并应在楼层地面线左端标注楼层层次和相对应楼层地面标高。

④ 立管排列应以建筑平面图左端立管为起点，顺时针自左向右按立管位置及编号依次顺序排列。

⑤ 横管应与楼层线平行绘制，并应与相应立管连接，为环状管道时两端应封闭，封闭线处宜绘制轴线号。

⑥ 立管上的引出管和接入管应按所在楼层用水平绘出，可不标注标高（标高应在平面图中标注），其方向、数量应与平面图一致。为污水管、废水管和雨水管时，应按平面图接管顺序对应排列。

⑦ 管道上的阀门、附件、给水设备、给水排水设施和给水构筑物等，均应按图例示意绘出。

⑧ 立管偏置（不含乙字管和两个45°弯头偏置）时，应在所在楼层用短横管表示。

⑨ 立管、横管及末端装置均应标注管径。

⑩ 不同类别管道的引入管或排出管，应绘出所穿建筑外墙的轴线号，并应标注出引入管或排出管的编号。

（3）管道轴测系统图应按下列规定绘制：

① 轴测系统图应以45°正面斜轴测的投影规则绘制。

② 轴测系统图应采用与相应的平面图相同的比例绘制。当局部管道密集或重叠处不容易表达清楚时，应采用断开绘制画法，也可采用细虚线连接画法绘制。

③ 轴测系统图应绘出楼层地面线，并应标注出楼层地面标高。

④ 轴测系统图应绘出横管水平转弯方向、标高变化、接入管或接出管以及末端装置等。

⑤ 轴测系统图应将平面图中对应的管道上各类阀门、附件、仪表等给水排水要素按数量、位置、比例一一绘出。

⑥ 轴测系统图标注管径、控制点标高或距楼层面垂直尺寸、立管、系统编号，并应与平面图一致。

⑦ 引入管和接出管均应标出所穿建筑外墙的轴线号、引入管和排出管编号、建筑室内

地面线和室外地面线，并应标出相应标高。

⑧ 卫生间放大图应绘制管道轴测图。多层建筑宜绘制管道轴侧系统图。

（4）卫生间采用管道展开系统图时应按下列规定绘制：

① 给水管、热水管应以立管或入户管为基点，按平面图的分支、用水器具的顺序依次绘制。

② 排水管道应按用水器具和排水支管接入排水横管的先后顺序依次绘制。

③ 卫生器具、用水器具给水和排水接管，应以其外形或文字形式予以标注，其顺序、数量应与平面图相同。

④ 展开系统图可不按比例绘图。

### 1.5.2.7 局部平面放大图、剖面图

（1）局部平面放大图应按下列规定绘制：

① 本专业设备机房、局部给水排水设施和卫生间等按《建筑给水排水制图标准》（GB 50106—2010）规定的平面图难以表达清楚时，应绘制局部平面放大图。

② 局部平面放大图应将设计选用的设备和配套设施，按比例全部用细实线绘制出其外形或基础外框、配电、检修通道、机房排水沟等平面布置图和平面定位尺寸，对设备、设施及构筑物等应按《建筑给水排水制图标准》（GB 50106—2010）规定自左向右、自上而下的进行编号。

③ 应按图例绘出各种管道与设备、设施及器具等相互接管关系及在平面图中的平面定位尺寸；如管道用双线绘制时应采用中粗实线按比例绘出，管道中心线应用单点长划细线表示。

④ 各类管道上的阀门、附件应按图例、按比例、按实际位置绘出，并应标注出管径。

⑤ 局部平面放大图应以建筑轴线编号和地面标高定位，并应与建筑平面图一致。

⑥ 绘制设备机房局部平面放大图时，应在图签的上部绘制"设备编号与名称对照表"（图 1-5-58）。

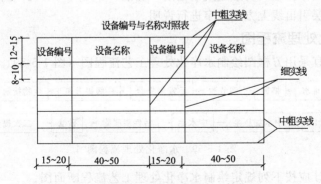

图 1-5-58　设备编号与名称对照表（单位：mm）

⑦ 卫生间如绘制管道展开系统图时，应标注管道的标高。

（2）剖面图应按下列规定绘制：

① 设备、设施数量多，各类管道重叠、交叉多，且用轴测图难以表示清楚时，应绘制剖面图。

② 剖面图的建筑结构外形应与建筑及结构专业相一致，应用细实线绘制。

③ 剖面图的剖切位置应选在能反映设备、设施及管道全貌的部位。剖切线、投射方向、剖切符号编号、剖切线转折等，应符合现行国家标准《房屋建筑制图统一标准》（GB/T

市政工程常用资料备查手册

50001）的规定。

④ 剖面图应在剖切面处按直接正投影法绘制出沿投影方向看到的设备和设施的形状、基础形式、构筑物内部的设备设施和不同水位线标高、设备设施和构筑物各种管道连接关系、仪器仪表的位置等。

⑤ 剖面图还应表示出设别、设施和管道上的阀门、附件和仪器仪表等位置及支架（或吊架）形式。剖面图局部部位需要另绘详图时，应标注索引符号，索引符号应按现行国家标准《房屋建筑制图统一标准》（GB/T 50001）的规定绘制。

⑥ 应标注出设备、设施、构筑物、各类管道的定位尺寸、标高、管径，以及建筑结构的空间尺寸。

⑦ 仅表示某楼层管道密集处的剖面图，宜绘制在该层平面图内。

⑧ 剖切线应用中粗线，剖切面编号应用阿拉伯数字从左至右顺序编号，剖切编号应标注在剖切线一侧，剖切编号所在侧应为该剖切面的剖示防线。

（3）安装图和详图应按下列规定绘制：

① 无定型产品可供设计选用的设备、附件、管件等应绘制制造详图。无标准图可供选用的用水器具安装图、构筑物节点图等，也应绘制施工安装图。

② 设备、附件、管件等制造详图，应以实际形状绘制总装图，并应对各零部件进行编号，再对零部件绘制制造图。该零部件下面或左侧应绘制包括编号、名称、规格、材质、数量、重量等内容的材料明细表；其图线、符号、绘制方法等应按现行国家标准《机械制图 图样画法 图线》（GB/T 4457.4）、《机械制图 装配图中零、部件序号及其编排方法》（GB/T 4458.2）的有关规定绘制。

③ 设备及用水器具安装图应按实际外形绘制，对安装图各部件应进行编号，应标注安装尺寸代号，并应在该安装图右侧或下面绘制包括相应尺寸代号的安装尺寸表和安装所需的主要材料表。

④ 构筑物节点详图应与平面图或剖面图中的索引号一致，对使用材料、构造做法、实际尺寸等应按现行国家标准《房屋建筑制图统一标准》（GB/T 50001）的规定绘制多层共用引出线，并应在各层引出线上方用文字进行说明。

## 1.5.2.8 水净化处理流程图

（1）初步设计宜采用方框图绘制水净化处理工艺流程图（图1-5-59）。

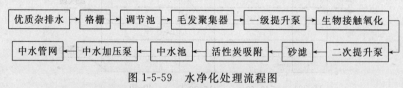

图1-5-59 水净化处理流程图

（2）施工图设计应按下列规定绘制水净化处理工艺流程断面图：

① 水净化处理工艺流程断面图应按水流方向，将水净化处理各单元的设备、设施、管道连接方式按设计数量全部对应绘出，但可不按比例绘制。

② 水净化处理工艺流程断面图应将全部设备及相关设施按设备形状、实际数量用细实线绘出。

③ 水净化处理设备和相关设施之间的连接管道应以中粗实线绘制，设备和管道上的阀门、附件、仪器仪表应以细实线绘制，并应对设备、附件、仪器仪表进行编号。

④ 水净化处理工艺流程断面图（图1-5-60）应标注管道标高。

⑤ 水净化处理工艺流程断面图应绘制设备、附件等编号与名称对照表。

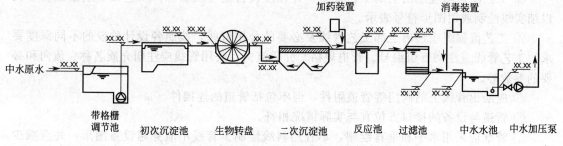

图 1-5-60 水净化处理工艺流程断面图画法示例

### 1.5.3 燃气工程制图基本知识

#### 1.5.3.1 一般规定

（1）燃气工程各设计阶段的设计图纸应满足相应的设计深度要求。

（2）图面应突出重点、布置匀称，并应合理选用比例，凡能用图样和图形符号表达清楚的内容不宜采用文字说明。有关全项目的问题应在首页说明，局部问题应注写在对应图纸内。

（3）图名的标注方式宜符合下列规定：

① 当一张图中仅有一个图样时，可在标题栏中标注图名；

② 当一张图中有两个及以上图样时，应分别标注各自的图名，且图名应标注在图样的下方正中。

（4）图面布置宜符合下列规定：

① 当在一张图内布置两个及以上图样时，宜按平面图在下，正剖面图在上，侧剖面图、流程图、管路系统图或详图在右的原则绘制；

② 当在一张图内布置两个及以上平面图时，宜按工艺流程的顺序或下层平面图在下、上层平面图在上的原则绘制；

③ 图样的说明应布置在图面右侧或下方。

（5）在同一套工程设计图纸中，图样线宽、图例、术语、符号等绘制方法应一致。

（6）设备材料表应包括设备名称、规格、数量、备注等栏；管道材料表应包括序号（或编号）、材料名称、规格（或物理性能）、数量、单位、备注等栏。

（7）图样的文字说明，宜以"注："、"附注："或"说明："的形式书写，并用"1、2、3…"进行编号。

（8）简化画法宜符合下列规定：

① 两个及以上相同的图形或图样，可绘制其中的一个，其余的可采用简化画法；

② 两个及以上形状类似、尺寸不同的图形或图样，可绘制其中的一个，其余的可采用简化画法，但尺寸应标注清楚。

#### 1.5.3.2 图样内容及画法

（1）燃气厂站工艺流程图的绘制应符合下列规定：

① 工艺流程图应采用单线绘制，可不按比例绘制。其中燃气管线应采用粗实线，其他管线应采用中线（实线、虚线、点画线），设备轮廓线应采用细实线。

② 工艺流程图应绘出燃气厂站内的工艺装置、设备与管道间的相对关系，以及工艺过程进行的先后顺序。当绘制带控制点的工艺流程图时，应同时符合自控专业制图的规定。

③ 工艺流程图应绘出全部工艺设备，并标注设备编号或名称。工艺设备应按设备形状以细实线绘制或用图形符号表示。

④ 工艺流程图应绘出全部工艺管线及必要的公用管线，按照各设计阶段的不同深度要求，工艺管线应注明管道编号、管道规格、介质流向，公用管线应注明介质名称、流向和必要的参数等。

⑤ 应绘出管线上的阀门等管道附件，但不包括管道的连接件。

⑥ 管道与设备的接口方位宜与实际情况相符。

⑦ 管线应采用水平和垂直绘制，不宜用斜线绘制。管线不应穿越设备图形，并应减少管线交叉；当有交叉时，主要管路应连通，次要管路可断开。

⑧ 当有两套及以上相同系统时，可只绘制一套系统的工艺流程图，其余系统的相同设备及相应阀件等可省略，但应表示出相连支管，并标明设备编号。

(2) 燃气厂站总平面布置图的绘制应符合下列规定：

① 应绘出厂站围墙内的建（构）筑物轮廓、装置区范围、处于室外及装置区外的设备轮廓；工程设计阶段的总平面布置图应在现状实测地形图的基础上绘制，对于邻近燃气厂站的建（构）筑物及地形、地貌应表示清楚。应绘出指北针或风玫瑰图。

② 图中的建（构）筑物应标注编号或设计子项分号。对应编号或设计子项分号应给出建（构）筑物一览表；表中应注明各建（构）筑物的层数、占地面积、建筑面积、结构形式等。

③ 图中应标出有爆炸危险的建（构）筑物与厂站内外其他建（构）筑物的水平净距。

④ 图中应标出厂站围墙、建（构）筑物、装置区范围、征地红线范围等的四角坐标；对处于室外及装置区外的设备，应标出其中心坐标。

⑤ 图中应用粗实线表示新建的建（构）筑物，用粗虚线表示预留建设的建（构）筑物，用细实线表示原有的建（构）筑物。

⑥ 图中应给出厂站的占地面积、建筑物的占地面积、建筑面积、建筑系数、绿化系数、围墙长度、道路及回车场地面积等主要技术指标。

(3) 燃气厂站设备和管道安装图的绘制应符合下列规定：

① 设备和管道的安装图应按照设计子项分号分别进行设计。安装图应包括平面图、剖面图及剖视图。

② 设备和管道安装的平面图应在设计子项的建筑平面图、结构平面图或总平面布置图的基础上绘制。应绘出设计子项内的燃气工艺设备的外轮廓线和管道，并给出设备和管道安装的定位尺寸。应按建筑图标出建（构）筑物的轴线号及主要尺寸，并应绘出墙、门、窗、柱、楼梯和操作平台等。平面图中应绘出指北针或风玫瑰图。

③ 在平面图上不能表示清楚的位置，应绘制设备和管道安装的剖面图或剖视图。剖面图、剖视图应绘出剖切面投影方向可见的建（构）筑物、设备的外轮廓线和管道，并应标出设备和管道安装的定位尺寸和标高。

④ 安装图中的管道编号应与流程图中的管道编号一致，并标注在管道的上方或左侧；也可用细实线引至空白处，标出管道编号、规格、材质、输送介质等。

⑤ 安装图中的设备轮廓线应采用细实线绘制。设备编号应与设备明细表一致；当设备有操作平台时，还应标出操作平台的标高。

⑥ 安装图中应给出设备明细表，表中应注明设备的编号、名称、规格、工艺参数、材料、数量、加工图或通用图图号、选型所执行的国家现行相关标准等内容。

⑦ 安装图中直径小于300mm的管道宜采用单条粗实线绘制，直径大于等于300mm的

管道宜采用两条粗实线绘制，法兰宜采用两条细实线绘制。埋地管道应采用粗虚线绘制，管沟内的管道应采用单粗实线绘制，并用细实线绘制出管沟的边缘。

⑧ 安装图中的工艺管道应给出管道标高，并应注明坡度、坡向和介质流向。

⑨ 安装图中应绘出管道的支、吊架，给出定位尺寸，并编号。总图和罐区支架宜列出支架一览表，给出支架中心坐标、管道标高、支架顶标高、地面标高、支架长度等。

⑩ 平面图中应标注设计子项建（构）筑物的定位坐标和设备基础的定位尺寸。当有储罐区时，应标注防液堤的四角坐标。

⑪ 剖面图、剖视图中应标出设备的安装高度、设备基础高度和设备进出口管道的标高。图中应表示出管道转弯、交叉等的方向和标高变化。

⑫ 对于非标设备，应绘制管口方位图，并列出管口表，标明管口的压力等级、连接方式和用途等。

⑬ 与其他设计子项相接的管道应注明续接的子项分号和图号。当管道超出本图图幅时应注明续接图纸的图号。

(4) 小区和庭院燃气管道施工图的绘制应符合下列规定：

① 小区和庭院燃气管道施工图应绘制燃气管道平面布置图，可不绘制管道纵断面图。当小区较大时，应绘制区位示意图对燃气管道的区域进行标识。

② 燃气管道平面图应在小区和庭院的平面施工图、竣工图或实际测绘地形图的基础上绘制。图中的地形、地貌、道路及所有建（构）筑物等均应采用细线绘制。应标注出建（构）筑物和道路的名称，多层建筑应注明层数，并应绘出指北针。

③ 平面图中应绘出中、低压燃气管道和调压站、调压箱、阀门、凝水缸、放水管等，燃气管道应采用粗实线绘制。

④ 平面图中应给出燃气管道的定位尺寸。

⑤ 平面图中应注明燃气管道的规格、长度、坡度、标高等。

⑥ 燃气管道平面图中应注明调压站、调压箱、阀门、凝水缸、放水管及管道附件的规格和编号，并给出定位尺寸。

⑦ 平面图中不能表示清楚的地方，应绘制局部大样图。局部大样图可不按比例绘制。

⑧ 平面图中宜绘出与燃气管道相邻或交叉的其他管道，并注明燃气管道与其他管道的相对位置。

(5) 室内燃气管道施工图的绘制应符合下列规定：

① 室内燃气管道施工图应绘制平面图和系统图。当管道、设备布置较为复杂，系统图不能表示清楚时，宜辅以剖面图。

② 室内燃气管道平面图应在建筑物的平面施工图、竣工图或实际测绘平面图的基础上绘制。平面图应按直接正投影法绘制。明敷的燃气管道应采用粗实线绘制；墙内暗埋或埋地的燃气管道应采用粗虚线绘制；图中的建筑物应采用细线绘制。

③ 平面图中应绘出燃气管道、燃气表、调压器、阀门、燃具等。

④ 平面图中燃气管道的相对位置和管径应标注清楚。

⑤ 系统图应按45°正面斜轴测法绘制。系统图的布图方向应与平面图一致，并应按比例绘制；当局部管道按比例不能表示清楚时，可不按比例。

⑥ 系统图中应绘出燃气管道、燃气表、调压器、阀门、管件等，并应注明规格。

⑦ 系统图中应标出室内燃气管道的标高、坡度等。

⑧ 室内燃气设备、入户管道等处的连接做法，宜绘制大样图。

(6) 高压输配管道走向图、中低压输配管网布置图的绘制应符合下列规定：

① 高压输配管道、中低压输配管网布置图应在现有地形图、道路图、规划图的基础上绘制。图中的地形、地貌、道路及所有建（构）筑物等均应采用细线绘制，并应绘出指北针。

② 图中应表示出各厂站的位置和管道的走向，并标注管径。按照设计阶段的不同深度要求，应表示出管道上阀门的位置。

③ 燃气管道应采用粗线（实线、虚线、点画线）绘制，当绘制彩图时，可采用同一种线型的不同颜色来区分不同压力级制或不同建设分期的燃气管道。

④ 图中应标注主要道路、河流、街区、村镇等的名称。

（7）高压、中低压燃气输配管道平面施工图的绘制应符合下列规定：

① 高压、中低压燃气输配管道平面施工图应在沿燃气管道路由实际测绘的带状地形图或道路平面施工图、竣工图的基础上绘制。图中的地形、地貌、道路及所有建（构）筑物等均应采用细线绘制，并应绘出指北针。

② 宜采用幅面代号为 A2 或 A2 加长尺寸的图幅。

③ 图中应绘出燃气管道及与之相邻、相交的其他管线。燃气管道应采用粗实线单线绘制，其他管线应采用细实线、细虚线或细点画线绘制。

④ 图中应注明燃气管道的定位尺寸，在管道起点、止点、转点等重要控制点应标注坐标；管道平面弹性敷设时，应给出弹性敷设曲线的相关参数。

⑤ 图中应注明燃气管道的规格，其他管线宜标注名称及规格。

⑥ 图中应绘出凝水缸、放水管、阀门和管道附件等，并注明规格、编号及防腐等级、做法。

⑦ 当图中三通、弯头等处不能表示清楚时，应绘制局部大样图。

⑧ 图中应绘出管道里程桩，标明里程数。里程桩宜采用长度为 3mm 垂直于燃气管道的细实线表示。

⑨ 图中管道平面转点处，应标注转角度数。

⑩ 应绘出管道配重稳管、管道锚固、管道水工保护等的位置、范围，并给出做法说明。

⑪ 对于采用定向钻方式的管道穿越工程，宜绘出管道入土、出土处的工作场地范围；对于架空敷设的管道，应绘出管道支架，并应给出支架、支座的形式、编号。

⑫ 当平面图的内容较少时，可作为管道平面示意图并入到燃气输配管道纵断面图中。

⑬ 当两条燃气管道同沟并行敷设时，应分别进行设计。设计的燃气管道应用粗实线表示，并行燃气管道应用中虚线表示。

（8）高压、中低压燃气输配管道纵断面施工图的绘制应符合下列规定：

① 高压、中低压燃气输配管道纵断面施工图应在沿燃气管道路由实际测绘的地形纵断面图或道路纵断面施工图、竣工图的基础上绘制。

② 宜采用幅面代号为 A2 或 A2 加长尺寸的图幅。

③ 对应标高标尺，应绘出管道路由处的现状地面线、设计地面线、燃气管道及与之交叉的其他管线。穿越有水的河流、沟渠、水塘等处应绘出水位线。燃气管道应采用中粗实线双线绘制。现状地面线、其他管线应采用细实线绘制；设计地面线应采用细虚线绘制。

④ 应绘出燃气管道的平面示意图。

⑤ 对应平面图中的里程桩，应分别标明管道里程数、原地面高程、设计地面高程、设计管底高程、管沟挖深、管道坡度等。

⑥ 管道纵向弹性敷设时，图面应标注出弹性敷设曲线的相关参数。

⑦ 图中应绘出凝水缸、放水管、阀门、三通等，并注明规格和编号。

⑧ 应绘出管道配重稳管、管道锚固、管道水工保护、套管保护等的位置、范围，并给出做法说明及相关的大样图。

⑨ 对于采用定向钻方式的管道穿越工程，应在管道纵断图中绘出穿越段的土壤地质状况。对于架空敷设的管道，应绘出管道支架，并给出支架、支座的形式、编号、做法。

⑩ 应注明管道的材质、规格及防腐等级、做法。

⑪ 宜注明管道沿线的土壤电阻率状况和管道施工的土石方量。

⑫ 图中管道竖向或空间转角处，应标注转角度数及弯头规格。

⑬ 对于顶管穿越或加设套管敷设的管道，应标注出套管的管底标高。

⑭ 应标出与燃气管道交叉的其他管线及障碍物的位置及相关参数。

## 1.5.4 供热工程制图基础知识

### 1.5.4.1 画图

(1) 图面应突出重点，布置匀称。并应合理选用图纸幅面及比例。凡能用图样和图形符号表达清楚的内容不得采用文字说明。

(2) 图名应表达图样的内容，一张图上有几个图样时，应分别标注各自的图名。图名应标注在图样的上方正中，图名下应采用粗实线，其长宜比文字两边各长 1～2mm（图 1-5-61）。一张图上仅有一个图样时，应只在标题栏中标注图名。

1—1

图 1-5-61 图名标注

(3) 一张图上布置几种图样时，宜按平面图在下，剖面图在上，管系图、流程图或详图在右的原则绘制。无剖面图时，可将管系图放在平面图上方。一张图上布置几个平面图时，宜按下层平面图在下，上层平面图在上的原则绘制。

(4) 各图样的说明宜放在该图样的右侧或下方。

(5) 下列情况可采用简化画法：

① 两个或几个形状类似尺寸不同的图形或图样，可绘制一个图形或图样。但应在需要标注不同尺寸处，用括号或表格给出各图形或图样对应的尺寸数字；

② 两个或几个相同的图形，可绘制其中一个图形，其余图形采用简化画法。

### 1.5.4.2 表格

(1) 设备和主要材料表（表 1-5-5）

表 1-5-5 设备和主要材料表

| 序号 | 编号 | 名称 | 型号及规格 | 材质 | 单位 | 数量 | 质量/kg | | 备注 |
|---|---|---|---|---|---|---|---|---|---|
| | | | | | | | 单件 | 总计 | |
| | | | | | | | | | |

(2) 设备表（表 1-5-6）

表 1-5-6 设备表

| 编 号 | 名 称 | 型号及规格 | 单 位 | 数 量 | 备 注 |
|---|---|---|---|---|---|
| | | | | | |
| | | | | | |

(3) 材料或零部件明细表（表 1-5-7）

表 1-5-7　材料或零部件明细表

| 序号 | 图号或标准图号及页号 | 名称及规格 | 材质 | 单位 | 数量 | 质量/kg | | 备注 |
| --- | --- | --- | --- | --- | --- | --- | --- | --- |
| | | | | | | 单件 | 总计 | |
| | | | | | | | | |

表 1-5-6 和表 1-5-7 单独成页时，表头应在表的上方；附属于图纸之中时，表头应在表的下方并紧贴标题栏，表宽应与标题栏宽相同。表 1-5-5~表 1-5-7 的续表均应排列表头。

### 1.5.4.3　管道规格

(1) 管道规格的单位应为毫米，可省略不写。

(2) 管道规格应注写在管道代号之后，其注写方法应符合下列规定：

① 低压流体输送用焊接钢管应用公称直径表示；

② 输送流体用无缝钢管、螺旋缝或直缝焊接钢管，当需要注明外径和壁厚时，应在外径×壁厚数值前冠以"$\phi$"表示。不需要注明时，可采用公称直径表示。

(3) 管道规格的标注位置应符合下列规定

① 对水平管道可标注在管道上方；对垂直管道可标注在管道左侧；对斜向管道可标注在管道斜上方，见图 1-5-62(a)；

② 采用单线绘制的管道，也可标注在管线断开处，见图 1-5-62(b)；或管线上方，见图 1-5-62(c)；

③ 采用双线绘制的管道，也可标注在管道轮廓线内，见图 1-5-62(d)；

④ 多根管道并列时，可用垂直于管道的细实线作公共引出线，从公共引出线作若干条间隔相同的横线，在横线上方标注管道规格。管道规格的标注顺序应与图面上管子排列顺序一致。当标注位置不足时，公共引出线可用折线，见图 1-5-62(e)。

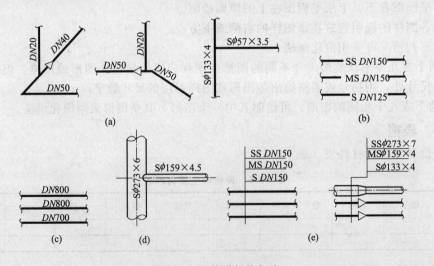

图 1-5-62　管道规格标注

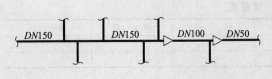

图 1-5-63　分出支管和变径时管道规格的标注

(4) 管道规格变化处应绘制异径管图形符号，并在该图形符号前后标注管道规格。有若干分支而不变径的管道应在起止管段处标注管道规格；管道很长时，尚应在中间一处或两处加注管道规格，见图 1-5-63。

#### 1.5.4.4 尺寸标注

(1) 尺寸标注应包括尺寸界线、尺寸线、尺寸起止符和尺寸数字。尺寸宜标注在图形轮廓线以外（图1-5-64）。

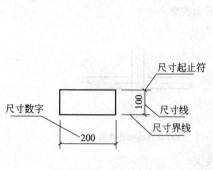

图1-5-64 尺寸标注

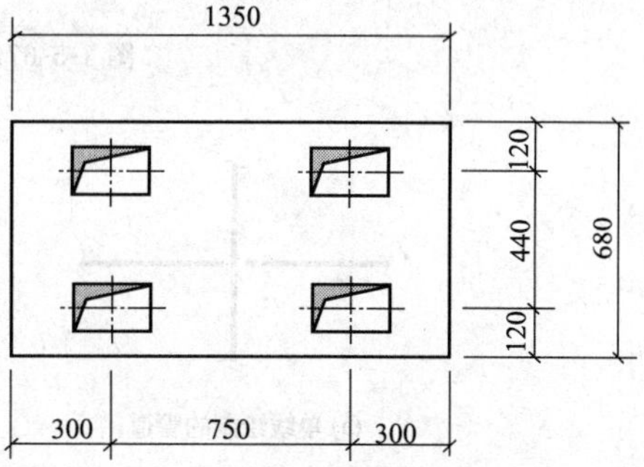

图1-5-65 尺寸界线与尺寸线

(2) 尺寸界线宜与被标注长度垂直。尺寸界线的一端应由被标注的图形轮廓线或中心线引出，另一端宜超出尺寸线3mm（图1-5-65）。

(3) 尺寸线应与被标注的长度平行（半径、直径、角度及弧线的尺寸线除外）。多根互相平行的尺寸线，应从被标注图形轮廓线由近向远排列，小尺寸离轮廓线较近，大尺寸离轮廓线较远。尺寸线间距宜为5~15mm，且宜均等。每一方向均应标注总尺寸（图1-5-65）。

(4) 尺寸起止符的表示方式应符合下列规定（图1-5-66）：

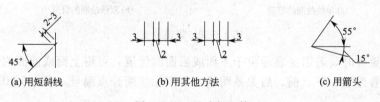

(a) 用短斜线     (b) 用其他方法     (c) 用箭头

图1-5-66 尺寸起止符

① 直线段的尺寸起止符可采用短斜线 [图1-5-66(a)] 或箭头。一张图样中应采用一种尺寸起止符。当采用箭头位置不足时，可采用黑圆点或短斜线代替箭头 [图1-5-66(b)]。

② 半径、直径、角度和弧线的尺寸起止符应用箭头表示 [图1-5-66(c)]。

(5) 尺寸数字的标注应符合下列规定：

① 尺寸数字应以毫米为单位。室外管线标注管道长度以米为单位时，应加以说明。

② 尺寸数字应注写在尺寸线的上方正中。注写位置不足时，可引出标注 [图1-5-65、图1-5-66(b)]。

③ 尺寸数字应连续清晰。不得被图线、文字或符号中断。

④ 角度数字应水平方向注写 [图1-5-66(c)]。

#### 1.5.4.5 管道画法

(1) 表示一段管道时 [图1-5-67(a)] 或省去一段管道时 [图1-5-67(b)] 可用折断符号。折断符号应成双对应。

(2) 管道交叉时，在上面或前面的管道应连通；在下面或后面的管道应断开（图1-5-68）。

(3) 管道分支时，应表示出支管的方向（图1-5-69）。

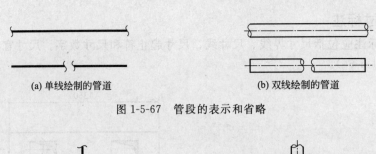

(a) 单线绘制的管道　　　　　　　　(b) 双线绘制的管道

图 1-5-67　管段的表示和省略

(a) 单线绘制的管道　　　　　　　　(b) 双线绘制的管道

图 1-5-68　管道交叉

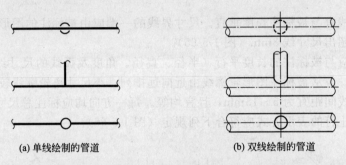

(a) 单线绘制的管道　　　　　　　　(b) 双线绘制的管道

图 1-5-69　管道分支

（4）管道重叠时，若需要表示位于下面或后面的管道，可将上面或前面的管道断开。管道断开时，若管道上、下、前、后关系明确，可不标注断开点编号（图 1-5-70）。

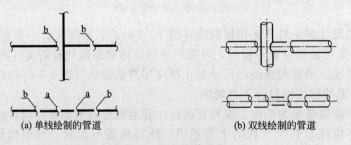

(a) 单线绘制的管道　　　　　　　　(b) 双线绘制的管道

图 1-5-70　管道重叠

（5）管道接续的表示方法应符合下列规定（图 1-5-71）：

(a)　　　　　　　　　　　　　　　　(b)

图 1-5-71　管道接续的表示方法

① 管道接续引出线应采用细实线绘制。始端指在折断处，末端为折断符号的编号。

② 同一管道的两个折断符号在一张图中时，折断符号的编号应用小写英文字母表示。标注在直径为 $\phi 5 \sim 8mm$ 的细实线圆内，见图 1-5-71(a)。

③ 同一管道的两个折断符号不在一张图中时，折断符号的编号应用小写英文字母和图号表示，标注在直径为 $\phi 10 \sim 22mm$ 的细实线圆内。上半圆内应填写字母，下半圆内应填写对应折断符号所在图纸的图号，见图 1-5-71(b)。

（6）单线绘制的管道其横剖面应用细线小圆表示，圆直径宜为粗线宽的 3～4 倍。双线绘制的管道其横剖面应用中线表示，其孔洞符号应涂暗；当横剖面面积较小时，孔洞符号可不绘出（图 1-5-72）。

(a) 单线绘制的管道　　　　(b) 双线绘制的管道

图 1-5-72　管道横剖面

（7）管道转向时，90°以及非 90°的煨弯、焊接弯头和冲压弯头的绘制应符合表 1-5-8 的规定。

表 1-5-8　管道转向绘制

| 名　称 | | 单 线 绘 制 | 双 线 绘 制 |
|---|---|---|---|
| 弯头（通用） | 正视一（弯头朝向观测者） |  | 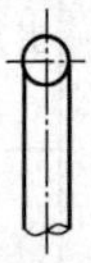 |
| | 正视二（弯头背向观测者） | |  |
| | 侧视 | 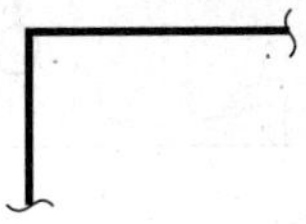 | 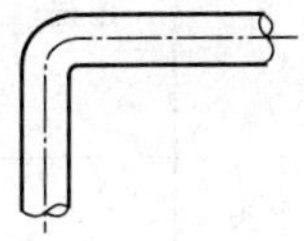 |
| 煨制弯头 | 正视一（弯头朝向观测者） |  |  |
| | 正视二（弯头背向观测者） |  |  |
| | 侧视 | 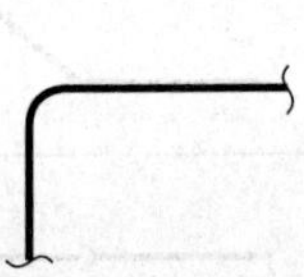 | 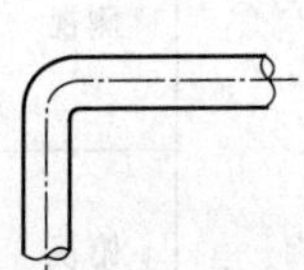 |

| 名　称 | | 单　线　绘　制 | 双　线　绘　制 |
|---|---|---|---|
| 焊接弯头 | 正视一（弯头朝向观测者） | | |
| | 正视二（弯头背向观测者） | | |
| | 侧视 | | |
| 冲压弯头 | 正视一（弯头朝向观测者） | | |
| | 正视二（弯头背向观测者） | | |
| | 侧视 | | |
| 非 90°煨制弯头 | 正视 | | |
| | 侧视 | | |
| | 俯视 | | |
| 非 90°焊接弯头 | 正视 | | |
| | 侧视 | | |
| | 俯视 | | |

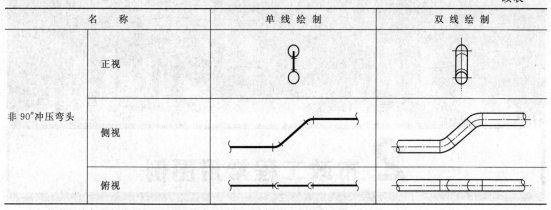

| 名　称 | | 单线绘制 | 双线绘制 |
|---|---|---|---|
| 非90°冲压弯头 | 正视 | | |
| | 侧视 | | |
| | 俯视 | | |

注：仅有一种弯头类型或不必表明弯头类型时可采用弯头（通用）画法。

#### 1.5.4.6 阀门画法

（1）管道图中常用阀门的画法应符合表1-5-9的规定。阀体长度、法兰直径、手轮直径及阀杆长度宜按比例用细实线绘制。阀杆尺寸宜取其全开位置时的尺寸，阀杆方向应符合设计要求。

表 1-5-9　管道图中常用阀门画法

| 名　称 | 俯　视 | 仰　视 | 主　视 | 侧　视 | 轴测投影 |
|---|---|---|---|---|---|
| 截止阀 | | | | | |
| 闸阀 | | | | | |
| 蝶阀 | | — | | | |
| 弹簧式安全阀 | — | — | | | |

（2）电动、气动、液动、自动阀门等宜按比例绘制简化实物外形、附属驱动装置和信号传递装置。

（3）其他阀门可采用《供热工程制图标准》（CJJ/T 78）规定的图形符号和原则绘制。

市政工程常用资料备查手册

# 2 市政工程常用图例

## 2.1 道路工程常用图例

### 2.1.1 常用材料

表 2-1-1 常用材料图例

| 序号 | 名　　称 | 图　例 | 序号 | 名　　称 | 图　例 |
|---|---|---|---|---|---|
| 1 | 细粒式沥青混凝土 | | 9 | 水泥稳定土 | |
| 2 | 中粒式沥青混凝土 | | 10 | 水泥稳定砂砾 | |
| 3 | 粗粒式沥青混凝土 | | 11 | 水泥稳定碎砾石 | |
| 4 | 沥青碎石 | | 12 | 石灰土 | |
| 5 | 沥青贯入碎砾石 | | 13 | 石灰粉煤灰 | |
| 6 | 沥青表面处置 | | 14 | 石灰粉煤灰土 | |
| 7 | 水泥混凝土 | | 15 | 石灰粉煤灰砂砾 | |
| 8 | 钢筋混凝土 | | 16 | 石灰粉煤灰碎砾石 | |

| 序号 | 名 称 | 图 例 | 序号 | 名 称 | 图 例 |
|---|---|---|---|---|---|
| 17 | 泥结碎砾石 | | 24 | 浆砌块石 | |
| 18 | 泥灰结碎砾石 | | 25 | 木材 横 | |
| 19 | 级配碎砾石 | | | 纵 | |
| 20 | 填隙碎石 | | 26 | 金属 | |
| 21 | 天然砂砾 | | 27 | 橡胶 | |
| 22 | 干砌片石 | | 28 | 自然土壤 | |
| 23 | 浆砌片石 | | 29 | 夯实土壤 |  |

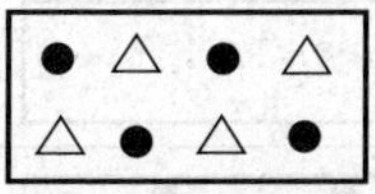

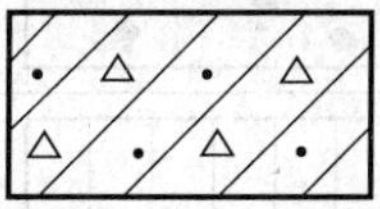

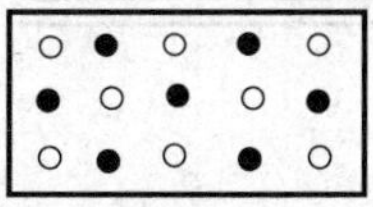

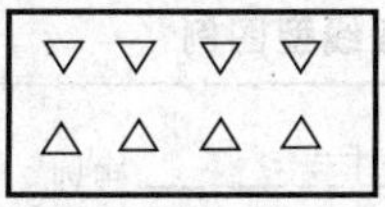

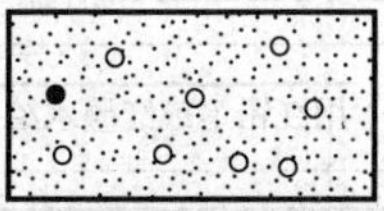

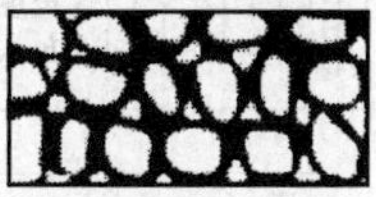

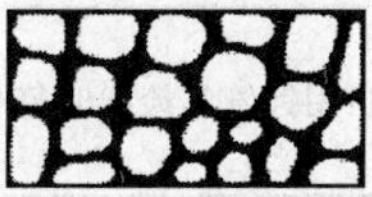

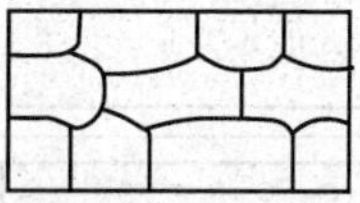

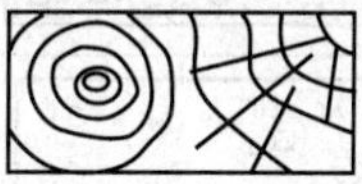

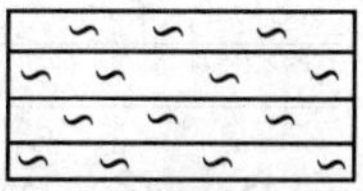

## 2.1.2 市政工程路面结构材料断面

表 2-1-2 市政工程路面结构材料断面图例

| 图 例 | 名 称 | 图 例 | 名 称 |
|---|---|---|---|
| 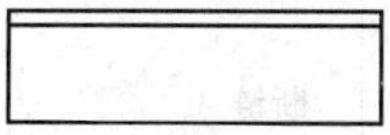 | 单层式沥青表面处理 |  | 水泥混凝土 |
| 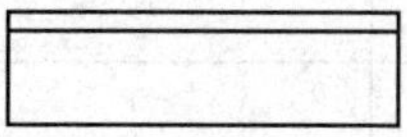 | 双层式沥青表面处理 | 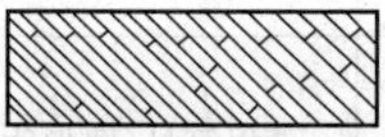 | 加筋水泥混凝土 |
| 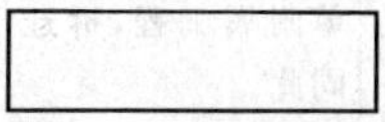 | 沥青砂黑色石屑(封面) |  | 级配砾石 |
|  | 黑色石屑碎石 |  | 碎石、破碎砾石 |
| 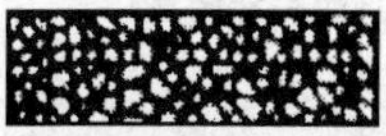 | 沥青碎石 | 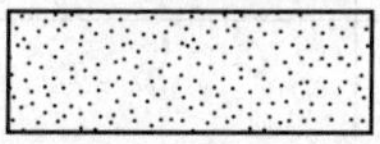 | 粗砂 |
| 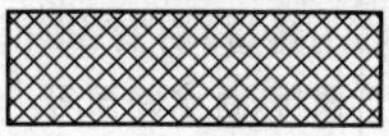 | 沥青混凝土 | 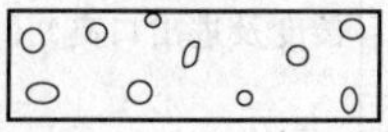 | 焦渣 |

市政工程常用资料备查手册

| 图 例 | 名 称 | 图 例 | 名 称 |
|---|---|---|---|
| | 石灰土 | | 级配砂石 |
| | 石灰焦渣土 | | 水泥稳定土或其他加固土 |
| | 矿渣 | | 浆砌块石 |

## 2.1.3 道路工程线型

表 2-1-3 道路工程线型图例

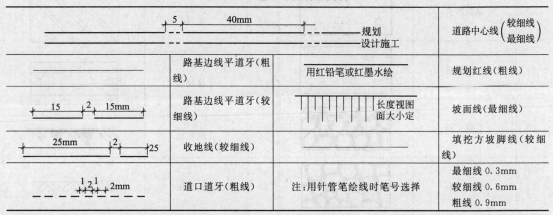

| | | | |
|---|---|---|---|
| | | 道路中心线（较细线/最细线） | |
| 路基边线平道牙（粗线） | 用红铅笔或红墨水绘 | 规划红线（粗线） | |
| 路基边线平道牙（较细线） | 坡面线（最细线）长度视图面大小定 | | |
| 收地线（较细线） | 填挖方坡脚线（较细线） | | |
| 道口道牙（粗线） | 注:用针管笔绘线时笔号选择 | 最细线 0.3mm 较细线 0.6mm 粗线 0.9mm | |

## 2.1.4 道路工程文字注释

表 2-1-4 道路工程文字注释图例

| 符 号 | 说 明 | 符 号 | 说 明 |
|---|---|---|---|
| 桩号 名称、型式 长度＝(m) $l_0$(净跨)＝(m) | 大、中桥（需表起讫桩号时另注） | 桩号~桩号 应增（减）(m) 40mm 12 | 断链 |
| 高程 高程 $d \leqslant 5$ | 高程符号（图形为较大平面面积） | 修整大车道 $B$(宽度)＝(m) $i$(坡度)＝(%) $l$(长度)＝(m) | 修整大车道等其他简单附属工程,拆迁项目同此 |
| 类别 $h$(高度)＝(m) $m$(斜率)＝1:$x$ | 水簸箕跌水 | 桩 号 类别 $D$或$B \times H$(孔径)＝(m) $l$(长度)＝(m) 管底高 进口＝出口 | 倒虹吸（另列表时不注长度底高） |
| 桩 号 类别 $l_0$或$D$＝(m) $L$或$A$(长度)＝(m) 底高进口＝出口 | 水桥涵（山区路不注长度及进出口高） | 桩号~桩号 名称 长度＝(m) | 隧道、明洞、半山洞、栈桥、过水路面等 |

| 符　号 | 说　明 | 符　号 | 说　明 |
|---|---|---|---|
| 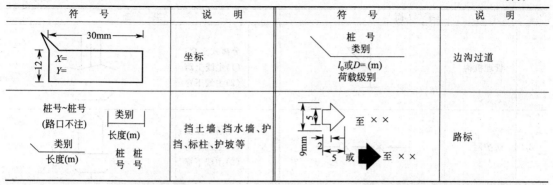 坐标 | 坐标 | 桩　号<br>类别<br>$l_0$或$D=$(m)<br>荷载级别 | 边沟过道 |
| 桩号~桩号<br>(路口不注)　类别<br>长度(m)　类别<br>长度(m)　桩号　桩号 | 挡土墙、挡水墙、护挡、标柱、护坡等 | 至××　或　至×× | 路标 |

注: 1. 构造物及工程项目图例号用于1:500及1:100平面图, 1:2000平面图可参考使用。大比例尺图纸及构造物较大可按实际尺寸绘制时, 均按实际绘制。

2. 图例符号与文字注释结合使用, 升降各种探井、闸门、雨水口, 杆线应注升降值及高程。

3. 需标明构造物布置情况及相互关系时, 按平面设计图纸内容规定绘注。

# 2.2　桥涵工程常用图例

桥涵工程常用图例见表2-2-1。

表 2-2-1　桥涵工程常用图例

| 平　面 | | | 纵　面 | | |
|---|---|---|---|---|---|
| 序号 | 名　称 | 图　例 | 序号 | 名　称 | 图　例 |
| 1 | 涵洞 | | 1 | 箱涵 | |
| 2 | 通道 | | 2 | 管涵 | |
| 3 | 分离式立交:<br>(1)主线上跨<br>(2)主线下穿 | | 3 | 盖板涵 | |
| 4 | 桥梁(大、中桥按实际长度绘) | | 4 | 拱涵 | |
| 5 | 互通式立交(按采用形式绘) | | 5 | 箱型通道 | |
| 6 | 养护机构 | | 6 | 桥梁 | |

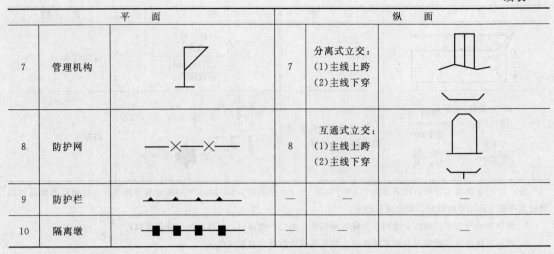

| | | 平　面 | | | 纵　面 |
|---|---|---|---|---|---|
| 7 | 管理机构 | | 7 | 分离式立交：<br>(1)主线上跨<br>(2)主线下穿 | |
| 8 | 防护网 | | 8 | 互通式立交：<br>(1)主线上跨<br>(2)主线下穿 | |
| 9 | 防护栏 | | — | — | — |
| 10 | 隔离墩 | | — | — | — |

# 2.3　给水排水工程常用图例

## 2.3.1　管道

根据《建筑给水排水制图标准》（GB/T 50106—2010），管道类别应以汉语拼音字母表示，并宜符合表 2-3-1 的要求。

**表 2-3-1　管道图例**

| 序号 | 名称 | 图　例 | 备注 | 序号 | 名称 | 图　例 | 备注 |
|---|---|---|---|---|---|---|---|
| 1 | 生活给水管 | ——— J ——— | — | 19 | 膨胀管 | ——— PZ ——— | — |
| 2 | 热水给水管 | ——— RJ ——— | — | 20 | 保温管 | | 也可用文字说明保温范围 |
| 3 | 热水回水管 | ——— RH ——— | — | 21 | 伴热管 | | |
| 4 | 中水给水管 | ——— ZJ ——— | — | | | | |
| 5 | 循环给水管 | ——— XJ ——— | — | 22 | 多孔管 | | — |
| 6 | 循环回水管 | ——— XH ——— | — | 23 | 地沟管 | | — |
| 7 | 热媒给水管 | ——— RM ——— | — | | | | |
| 8 | 热媒回水管 | ——— RMH ——— | — | 24 | 防护套管 | | — |
| 9 | 蒸汽管 | ——— Z ——— | — | 25 | 管道立管 | XL-1<br>平面　　XL-1<br>系统 | X 为管道类别 L 为立管 1 为编号 |
| 10 | 凝结水管 | ——— N ——— | — | | | | |
| 11 | 废水管 | ——— F ——— | 可与中水源水管合用 | | | | |
| 12 | 压力废水管 | ——— YF ——— | — | 26 | 空调凝结水管 | ——— KN ——— | — |
| 13 | 通气管 | ——— T ——— | — | 27 | 排水明沟 | 坡向 ——→ | |
| 14 | 污水管 | ——— W ——— | — | | | | |
| 15 | 压力污水管 | ——— YW ——— | — | | | | |
| 16 | 雨水管 | ——— Y ——— | — | 28 | 排水暗沟 | 坡向 ——→ | |
| 17 | 压力雨水管 | ——— YY ——— | — | | | | |
| 18 | 虹吸雨水管 | ——— HY ——— | — | | | | |

注：1. 分区管道用加注角标方式表示。

2. 原有管线可用同类型的新设管线细一级的线型表示，并加斜线，拆除管线则加叉线。

## 2.3.2 管道附件

表 2-3-2 管道附件图例

| 序号 | 名称 | 图例 | 备注 | 序号 | 名称 | 图例 | 备注 |
|---|---|---|---|---|---|---|---|
| 1 | 套管伸缩器 | | — | 13 | 圆形地漏 | 平面　系统 | 通用。如为无水封,地漏应加存水弯 |
| 2 | 方形伸缩器 | | — | 14 | 方形地漏 | 平面　系统 | — |
| 3 | 刚性防水套管 | | — | 15 | 自动冲洗水箱 | | — |
| 4 | 柔性防水套管 | | — | 16 | 挡墩 | | — |
| 5 | 波纹管 | | — | 17 | 减压孔板 | | — |
| 6 | 可曲挠橡胶接头 | 单球　双球 | — | 18 | Y形除污器 | | — |
| 7 | 管道固定支架 | | — | 19 | 毛发聚集器 | 平面　系统 | — |
| 8 | 立管检查口 | | — | 20 | 倒流防止器 | | — |
| 9 | 清扫口 | 平面　系统 | — | 21 | 吸气阀 | | — |
| 10 | 通气帽 | 成品　蘑菇形 | — | 22 | 真空破坏器 | | — |
| 11 | 雨水斗 | YD-　YD-　平面　系统 | — | 23 | 防虫网罩 | | — |
| 12 | 排水漏斗 | 平面　系统 | — | 24 | 金属软管 | | — |

## 2.3.3 管道连接

**表 2-3-3　管道连接图例**

| 序号 | 名称 | 图　例 | 备　注 | 序号 | 名称 | 图　例 | 备　注 |
|---|---|---|---|---|---|---|---|
| 1 | 法兰连接 | | — | 7 | 弯折管 | 高　低　低　高 | — |
| 2 | 承插连接 | | — | 8 | 管道丁字上接 | 高 / 低 | |
| 3 | 活接头 | | — | 9 | 管道丁字下接 | 高 / 低 | |
| 4 | 管堵 | | — | 10 | 管道交叉 | 低 / 高 | 在下方和后面的管道应断开 |
| 5 | 法兰堵盖 | | — | | | | |
| 6 | 盲板 | | — | | | | |

## 2.3.4 管件

**表 2-3-4　管件图例**

| 序号 | 名　称 | 图　例 | 序号 | 名　称 | 图　例 |
|---|---|---|---|---|---|
| 1 | 偏心异径管 | | 7 | P型存水管 | |
| 2 | 同心异径管 | | 8 | 90°弯头 | |
| 3 | 乙字管 | | 9 | 正三通 | |
| | | | 10 | TY三通 | |
| 4 | 喇叭口 | | 11 | 斜三通 | |
| | | | 12 | 正四通 | |
| 5 | 转动接头 | | 13 | 斜四通 | |
| 6 | S型存水管 | | 14 | 浴盆排水件 | |

## 2.3.5 阀门

**表 2-3-5　阀门图例**

| 序号 | 名称 | 图　例 | 备注 | 序号 | 名称 | 图　例 | 备注 |
|---|---|---|---|---|---|---|---|
| 1 | 闸阀 | | — | 4 | 四通阀 | | — |
| 2 | 角阀 | | — | 5 | 截止阀 | | — |
| 3 | 三通阀 | | | 6 | 蝶阀 | | |

| 序号 | 名称 | 图例 | 备注 | 序号 | 名称 | 图例 | 备注 |
|---|---|---|---|---|---|---|---|
| 7 | 电动闸阀 | | — | 23 | 电磁阀 | | — |
| 8 | 液动闸阀 | | — | 24 | 止回阀 | | — |
| 9 | 气动闸阀 | | — | 25 | 消声止回阀 | | — |
| 10 | 电动蝶阀 | | — | 26 | 持压阀 | | — |
| 11 | 液动蝶阀 | | — | 27 | 泄压阀 | | — |
| 12 | 气动蝶阀 | | — | 28 | 弹簧安全阀 | | 左侧为通用 |
| 13 | 减压阀 | | 左侧为高压端 | 29 | 平衡锤安全阀 | | — |
| 14 | 旋塞阀 | 平面 系统 | — | 30 | 自动排气阀 | 平面 系统 | — |
| 15 | 底阀 | 平面 系统 | — | 31 | 浮球阀 | 平面 系统 | — |
| 16 | 球阀 | | — | 32 | 水力液位控制阀 | 平面 系统 | — |
| 17 | 隔膜阀 | | — | 33 | 延时自闭冲洗阀 | | — |
| 18 | 气开隔膜阀 | | — | 34 | 感应式冲洗阀 | | — |
| 19 | 气闭隔膜阀 | | — | 35 | 吸水喇叭口 | 平面 系统 | — |
| 20 | 电动隔膜阀 | | — | 36 | 疏水器 | | — |
| 21 | 温度调节阀 | | — | | | | |
| 22 | 压力调节阀 | | — | | | | |

## 2.3.6 给水配件

表 2-3-6 给水配件图例

| 序号 | 名　称 | 图　例 | 序号 | 名　称 | 图　例 |
|---|---|---|---|---|---|
| 1 | 水嘴 | 平面　　系统 | 6 | 脚踏开关 | |
| 2 | 皮带龙头 | 平面　　系统 | 7 | 混合水嘴 | |
| 3 | 洒水(栓)水嘴 | | 8 | 旋转水嘴 | |
| 4 | 化验水嘴 | | 9 | 浴盆带喷头混合水嘴 | |
| 5 | 肘式水嘴 | | 10 | 蹲便器脚踏开关 | |

## 2.3.7 消防设施

表 2-3-7 消防设施图例

| 序号 | 名　称 | 图　例 | 备注 | 序号 | 名　称 | 图　例 | 备注 |
|---|---|---|---|---|---|---|---|
| 1 | 消火栓给水管 | ——XH—— | — | 12 | 自动喷洒头(闭式) | 平面　　系统 | 上喷 |
| 2 | 自动喷水灭火给水管 | ——ZP—— | — | | | | |
| 3 | 雨淋灭火给水管 | ——YL—— | — | 13 | 自动喷洒头(闭式) | 平面　　系统 | 上下喷 |
| 4 | 水幕灭火给水管 | ——SM—— | — | | | | |
| 5 | 水炮灭火给水管 | ——SP—— | — | 14 | 侧墙式自动喷洒头 | 平面　　系统 | — |
| 6 | 室外消火栓 | | — | | | | |
| 7 | 室内消火栓(单口) | 平面　　系统 | 白色为开启面 | 15 | 水喷雾喷头 | 平面　　系统 | — |
| 8 | 室内消火栓(双口) | 平面　　系统 | | | | | |
| 9 | 水泵接合器 | | | 16 | 立式型水幕喷头 | 平面　　系统 | — |
| 10 | 自动喷洒头(开式) | 平面　　系统 | | | | | |
| 11 | 自动喷洒头(闭式) | 平面　　系统 | 下喷 | 17 | 下垂型水幕喷头 | 平面　　系统 | — |

| 序号 | 名　称 | 图　例 | 备注 | 序号 | 名　称 | 图　例 | 备注 |
|---|---|---|---|---|---|---|---|
| 18 | 干式报警阀 | 平面　　系统 | — | 23 | 信号蝶阀 | | — |
| 19 | 湿式报警阀 | 平面　　系统 | — | 24 | 消防炮 | 平面　　系统 | — |
| 20 | 预作用报警阀 | 平面　　系统 | — | 25 | 水流指示器 | | — |
| | | | | 26 | 水力警铃 | | — |
| 21 | 雨淋阀 | 平面　　系统 | — | 27 | 末端试水装置 | 平面　　系统 | — |
| 22 | 信号阀 | | — | 28 | 手提式灭火器 | | — |
| | | | | 29 | 推车式灭火器 | | — |

注：1. 分区管道用加注角标方式表示。

2. 建筑灭火器的设计图例可按现行国家标准《建筑灭火器配置设计规范》（GB 50140）的规定确定。

## 2.3.8　卫生设备及水池

表 2-3-8　卫生设备及水池图例

| 序号 | 名　称 | 图　例 | 备注 | 序号 | 名　称 | 图　例 | 备注 |
|---|---|---|---|---|---|---|---|
| 1 | 立式洗脸盆 | | — | 7 | 带沥水板洗涤盆 | | — |
| 2 | 台式洗脸盆 | | — | 8 | 盥洗槽 | | — |
| 3 | 挂式洗脸盆 | | — | 9 | 污水池 | | — |
| 4 | 浴盆 | | — | 10 | 妇女卫生盆 | | — |
| 5 | 化验盆、洗涤盆 | | — | 11 | 立式小便器 | | — |
| 6 | 厨房洗涤盆 | | 不锈钢制品 | 12 | 壁挂式小便器 | | — |

市政工程常用资料备查手册

| 序号 | 名　称 | 图　例 | 备注 | 序号 | 名　称 | 图　例 | 备注 |
|---|---|---|---|---|---|---|---|
| 13 | 蹲式大便器 | | — | 15 | 小便槽 | | — |
| 14 | 坐式大便器 | | — | 16 | 淋浴喷头 | | — |

注：卫生器具的图例也可以按照建筑专业资料为准。

## 2.3.9　小型给水排水构筑物

表 2-3-9　小型给水排水构筑物图例

| 序号 | 名称 | 图　例 | 备注 | 序号 | 名称 | 图　例 | 备注 |
|---|---|---|---|---|---|---|---|
| 1 | 矩形化粪池 | HC | HC为化粪池代号 | 7 | 雨水口（双算） | | — |
| 2 | 隔油池 | YC | YC为除油池代号 | 8 | 阀门井检查井 | J-×× W-×× Y-×× J-×× W-×× Y-×× | 以代号区别管道 |
| 3 | 沉淀池 | CC | CC为沉淀池代号 | | | | |
| 4 | 降温池 | JC | JC为降温池代号 | | | | |
| 5 | 中和池 | ZC | ZC为中和池代号 | 9 | 水封井 | | — |
| | | | | 10 | 跌水井 | | — |
| 6 | 雨水口（单算） | | — | 11 | 水表井 | | — |

## 2.3.10　给水排水设备

表 2-3-10　给水排水设备图例

| 序号 | 名　称 | 图　例 | 备注 | 序号 | 名　称 | 图　例 | 备注 |
|---|---|---|---|---|---|---|---|
| 1 | 卧式水泵 | 平面　　系统 | — | 5 | 管道泵 | | — |
| 2 | 立式水泵 | 平面　　系统 | — | 6 | 卧式热交换器 | | — |
| 3 | 潜水泵 | | — | 7 | 立式热交换器 | | — |
| 4 | 定量泵 | | — | 8 | 快速管式热交换器 | | — |

| 序号 | 名　称 | 图　例 | 备注 | 序号 | 名　称 | 图　例 | 备注 |
|---|---|---|---|---|---|---|---|
| 9 | 板式热交换器 |  | — | 13 | 水锤消除器 |  | — |
| 10 | 开水器 |  | — | 14 | 搅拌器 |  | — |
| 11 | 喷射器 |  | 小三角为进水墙 |  |  |  |  |
| 12 | 除垢器 |  | — | 15 | 紫外线消毒器 |  | — |

## 2.3.11　给水排水专业所用仪表

表 2-3-11　给水排水专业所用仪表图例

| 序号 | 名　称 | 图　例 | 序号 | 名　称 | 图　例 |
|---|---|---|---|---|---|
| 1 | 温度计 |  | 8 | 真空表 |  |
| 2 | 压力表 |  | 9 | 温度传感器 | T |
| 3 | 自动记录压力表 |  | 10 | 压力传感器 | P |
| 4 | 压力控制器 |  | 11 | pH 值传感器 | pH |
| 5 | 水表 |  | 12 | 酸传感器 | H |
| 6 | 自动记录流量计 |  | 13 | 碱传感器 | Na |
| 7 | 转子流量计 | 平面　系统 | 14 | 余氯传感器 | Cl |

# 2.4　燃气工程常用图例

## 2.4.1　管道代号

根据《燃气工程制图标准》（CJJ/T 130—2009）的要求，燃气工程常用管道代号宜符合表 2-4-1 的规定，自定义的管道代号不应与表 2-4-1 中的示例重复，并应在图面中说明。

表 2-4-1　燃气工程常用管道代号

| 序号 | 管 道 名 称 | 管道代号 | 序号 | 管 道 名 称 | 管道代号 |
|---|---|---|---|---|---|
| 1 | 燃气管道(通用) | G | 16 | 给水管道 | W |
| 2 | 高压燃气管道 | HG | 17 | 排水管道 | D |
| 3 | 中压燃气管道 | MG | 18 | 雨水管道 | R |
| 4 | 低压燃气管道 | LG | 19 | 热水管道 | H |
| 5 | 天然气管道 | NG | 20 | 蒸汽管道 | S |
| 6 | 压缩天然气管道 | CNG | 21 | 润滑油管道 | LO |
| 7 | 液化天然气气相管道 | LNGV | 22 | 仪表空气管道 | IA |
| 8 | 液化天然气液相管道 | LNGL | 23 | 蒸汽伴热管道 | TS |
| 9 | 液化石油气气相管道 | LPGV | 24 | 冷却水管道 | CW |
| 10 | 液化石油气液相管道 | LPGL | 25 | 凝结水管道 | C |
| 11 | 液化石油气混空气管道 | LPG-AIR | 26 | 放散管道 | V |
| 12 | 人工煤气管道 | M | 27 | 旁通管道 | BP |
| 13 | 供油管道 | O | 28 | 回流管道 | RE |
| 14 | 压缩空气管道 | A | 29 | 排污管道 | B |
| 15 | 氮气管道 | N | 30 | 循环管道 | CI |

## 2.4.2　图形符号

### 2.4.2.1　燃气厂站常用图形符号

区域规划图、布置图中燃气厂站的常用图形符号宜符合表 2-4-2 的规定。

表 2-4-2　燃气厂站常用图形符号

| 序号 | 名　称 | 图形符号 | 序号 | 名　称 | 图形符号 |
|---|---|---|---|---|---|
| 1 | 气源厂 | | 8 | 专用调压站 | |
| 2 | 门站 | | 9 | 汽车加油站 | |
| 3 | 储配站、储存站 | | 10 | 汽车加气站 | |
| 4 | 液化石油气储配站 | | 11 | 汽车加油加气站 | |
| 5 | 液化天然气储配站 | | 12 | 燃气发电站 | |
| 6 | 天然气、压缩天然气储配站 | | 13 | 阀室 | |
| 7 | 区域调压站 | | 14 | 阀井 | |

## 2.4.2.2 常用不同用途管道图形符号

**表 2-4-3 常用不同用途管道图形符号**

| 序号 | 名　称 | 图 形 符 号 | 序号 | 名　称 | 图 形 符 号 |
|---|---|---|---|---|---|
| 1 | 管线加套管 | | 6 | 蒸汽伴热管 | |
| 2 | 管线穿地沟 | | 7 | 电伴热管 | |
| 3 | 桥面穿越 | | 8 | 报废管 | |
| 4 | 软管、挠性管 | | 9 | 管线重叠 | 上或前 |
| 5 | 保温管、保冷管 | | 10 | 管线交叉 | |

## 2.4.2.3 常用管线、道路等图形符号

**表 2-4-4 常用管线、道路等图形符号**

| 序号 | 名　称 | 图 形 符 号 | 序号 | 名　称 | 图 形 符 号 |
|---|---|---|---|---|---|
| 1 | 燃气管道 | G | 22 | 管道穿越 | |
| 2 | 给水管道 | W | | | |
| 3 | 消防管道 | FW | 23 | 管道穿楼板 | |
| 4 | 污水管道 | DS | | | |
| 5 | 雨水管道 | R | 24 | 铁路 | |
| 6 | 热水供水管线 | H | 25 | 桥梁 | |
| 7 | 热水回水管线 | HR | | | |
| 8 | 蒸汽管道 | S | 26 | 行道树 | |
| 9 | 电力线缆 | DL | 27 | 地坪 | |
| 10 | 电信线缆 | DX | 28 | 自然土壤 | |
| 11 | 仪表控制线缆 | K | 29 | 素土夯实 | |
| 12 | 压缩空气管道 | A | 30 | 护坡 | |
| 13 | 氮气管道 | N | | | |
| 14 | 供油管道 | O | 31 | 台阶或梯子 | 上 |
| 15 | 架空电力线 | DL | | | |
| 16 | 架空通信线 | DX | 32 | 围墙及大门 | |
| 17 | 块石护底 | | 33 | 集液槽 | |
| 18 | 石笼稳管 | | | | |
| 19 | 混凝土压块稳管 | | 34 | 门 | |
| 20 | 桁架跨越 | | 35 | 窗 | |
| 21 | 管道固定墩 | | 36 | 拆除的建筑物 | |

## 2.4.2.4 常用设备图形符号

表 2-4-5 常用设备图形符号

| 序号 | 名 称 | 图形符号 | 序号 | 名 称 | 图形符号 |
|------|--------|----------|------|--------|----------|
| 1 | 低压干式气体储罐 | | 19 | 补偿器 | |
| 2 | 低压湿式气体储罐 | | 20 | 波纹管补偿器 | |
| 3 | 球形储罐 | | 21 | 方形补偿器 | |
| 4 | 卧式储罐 | | 22 | 测试桩 | |
| 5 | 压缩机 | | 23 | 牺牲阳极 | |
| 6 | 烃泵 | | 24 | 放散管 | |
| 7 | 潜液泵 | | 25 | 调压箱 | |
| 8 | 鼓风机 | | 26 | 消声器 | |
| 9 | 调压器 | | 27 | 火炬 | |
| 10 | Y 形过滤器 | | 28 | 管式换热器 | |
| 11 | 网状过滤器 | | 29 | 板式换热器 | |
| 12 | 旋风分离器 | | 30 | 收发球筒 | |
| 13 | 分离器 | | 31 | 通风管 | |
| 14 | 安全水封 | | 32 | 灌瓶嘴 | |
| 15 | 防雨罩 | | 33 | 加气机 | |
| 16 | 阻火器 | | 34 | 视镜 | |
| 17 | 凝水缸 | | | | |
| 18 | 消火栓 | | | | |

## 2.4.2.5　常用管件和其他附件图形符号

**表 2-4-6　常用管件和其他附件图形符号**

| 序号 | 名　称 | 图形符号 | 序号 | 名　称 | 图形符号 |
|---|---|---|---|---|---|
| 1 | 钢塑过渡接头 | | 10 | 绝缘法兰 | |
| 2 | 承插式结构 | | 11 | 绝缘接头 | |
| 3 | 同心异径管 | | 12 | 金属软管 | |
| 4 | 偏心异径管 | | 13 | 90°弯头 | |
| 5 | 法兰 | | 14 | <90°弯头 | |
| 6 | 法兰盖 | | 15 | 三通 | |
| 7 | 钢盲板 | | 16 | 快装接头 | |
| 8 | 管帽 | | 17 | 活接头 | |
| 9 | 丝堵 | | — | — | — |

## 2.4.2.6　常用管道支座、管架和支吊架图形符号

**表 2-4-7　常用管道支座、管架和支吊架图形符号**

| 序号 | 名　称 | | 图形符号 | |
|---|---|---|---|---|
| | | | 平　面　图 | 纵　剖　图 |
| 1 | 固定支座、管架 | 单管固定 | | |
| | | 双管固定 | | |
| 2 | 滑动支座、管架 | | | |
| 3 | 支墩 | | | |
| 4 | 滚动支座、管架 | | | |
| 5 | 导向支座、管架 | | | |

## 2.4.2.7　常用检测、计量仪表图形符号

**表 2-4-8　常用检测、计量仪表图形符号**

| 序号 | 名　称 | 图形符号 | 序号 | 名　称 | 图形符号 |
|---|---|---|---|---|---|
| 1 | 压力表 | | 5 | 差压流量计 | |
| 2 | 液位计 | | 6 | 孔板流量计 | |
| 3 | U型压力表 | | 7 | 腰轮式流量计 | |
| 4 | 温度计 | | 8 | 涡轮流量计 | |

| 序号 | 名 称 | 图形符号 | 序号 | 名 称 | 图形符号 |
|---|---|---|---|---|---|
| 9 | 罗茨流量计 |  | 11 | 转子流量计 |  |
| 10 | 质量流量计 |  | — | — | — |

### 2.4.2.8 用户工程常用设备图形符号

**表 2-4-9 用户工程常用设备图形符号**

| 序号 | 名 称 | 图形符号 | 序号 | 名 称 | 图形符号 |
|---|---|---|---|---|---|
| 1 | 用户调压器 |  | 8 | 炒菜灶 |  |
| 2 | 皮膜燃气表 |  | 9 | 燃气沸水器 |  |
| 3 | 燃气热水器 |  | 10 | 燃气烤箱 |  |
| 4 | 壁挂炉、两用炉 |  | 11 | 燃气直燃机 |  |
| 5 | 家用燃气双眼灶 |  | 12 | 燃气锅炉 |  |
| 6 | 燃气多眼灶 |  | 13 | 可燃气体泄露探测器 |  |
| 7 | 大锅灶 |  | 14 | 可燃气体泄露警报控制器 |  |

# 2.5 供热工程常用图例

## 2.5.1 管道代号

根据《供热工程制图标准》(CJJ/T 78)，管道代号应符合表 2-5-1 的要求。

**表 2-5-1 管道代号**

| 管道名称 | 代号 | 管道名称 | 代号 |
|---|---|---|---|
| 供热管线(通用) | HP | 一级管网回水管 | HR1 |
| 蒸汽管(通用) | S | 二级管网供水管 | H2 |
| 饱和蒸汽管 | S | 二级管网回水管 | HR2 |
| 过热蒸汽管 | SS | 空调用供水管 | AS |
| 二次蒸汽管 | FS | 空调用回水管 | AR |
| 高压蒸汽管 | HS | 生产热水供水管 | P |
| 中压蒸汽管 | MS | 生产热水回水管(或循环管) | PR |
| 低压蒸汽管 | LS | 生活热水供水管 | DS |
| 凝结水管(通用) | C | 生活热水循环管 | DC |
| 有压凝结水管 | CP | 补水管 | M |
| 采暖供水管(通用) | H | 循环管 | CI |
| 采暖回水管(通用) | HR | 膨胀管 | E |
| 一级管网供水管 | H1 | 信号管 | SI |

| 管 道 名 称 | 代号 | 管 道 名 称 | 代号 |
|---|---|---|---|
| 溢流管 | OF | 软化水管 | SW |
| 取样管 | SP | 除氧水管 | DA |
| 自流凝结水管 | CG | 除盐水管 | DM |
| 排汽管 | EX | 盐液管 | SA |
| 给水管(通用)自来水管 | W | 酸液管 | AP |
| 生产给水管 | PW | 碱液管 | CA |
| 生活给水管 | DW | 亚硫酸钠溶液管 | SO |
| 锅炉给水管 | BW | 磷酸三钠溶液管 | TP |
| 省煤器回水管 | ER | 燃油管(供油管) | O |
| 连续排污管 | CB | 回油管 | RO |
| 定期排污管 | PB | 污油管 | WO |
| 冲灰水管 | SL | 燃气管 | G |
| 排水管 | D | 压缩空气管 | A |
| 放气管 | V | 氮气管 | N |
| 冷却水管 | CW | | |

## 2.5.2 图形符号及代号

### 2.5.2.1 设备和器具

管系图和流程图中,设备和器具的图形符号应符合表 2-5-2 的规定。表中未列入的设备和器具可用其简化外形作为图形符号。

表 2-5-2 设备和器具图形符号

| 名 称 | 图 形 符 号 | 名 称 | 图 形 符 号 |
|---|---|---|---|
| 电动水泵 |  | 管壳式换热器 | 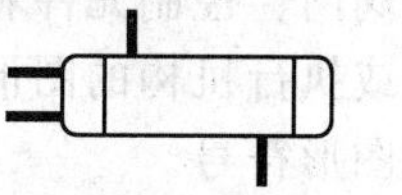 |
| 蒸汽往复泵 | 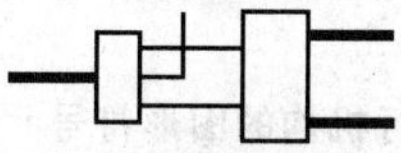 | 多级水封 | 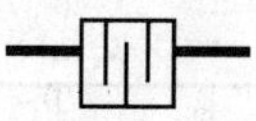 |
| 调速水泵 |  | 水封单级水封 | 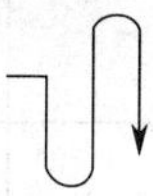 |
| 真空泵 | 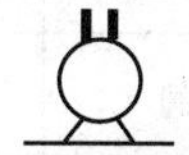 | 安全水封 | 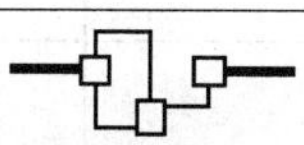 |
| 过滤器 |  | 沉淀罐 | 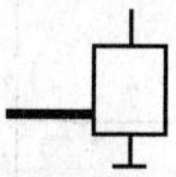 |
| 水喷射器蒸汽喷射器 | 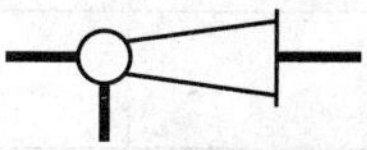 | 取样冷却器 | 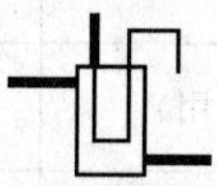 |
| 换热器(通用) | 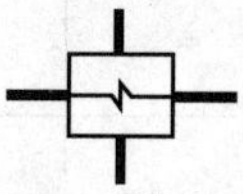 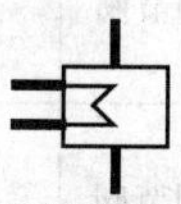 | 离子交换器(通用) |  |
| 套管式换热器 | 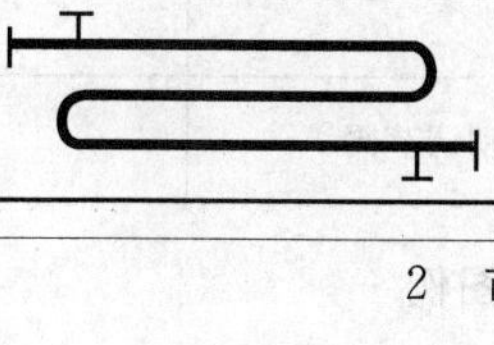 | 板式换热器 |  |

| 名　　称 | 图　形　符　号 | 名　　称 | 图　形　符　号 |
|---|---|---|---|
| 螺旋板式换热器 | | Y形过滤器 | |
| 分汽缸分(集)水器 | | 离心式风机 | |
| 磁水器 | | 消声器 | |
| 热力除氧器真空除氧器 | | 阻火器 | |
| 闭式水箱 | | 斜板锁气器 | |
| 开式水箱 | | 锥式锁气器 | |
| 除污器(通用) | | 电动锁气器 | |

注：图形符号的粗实线表示管道。

### 2.5.2.2　阀门、控制元件和执行机构

阀门、控制元件和执行机构的图形符号应符合表 2-5-3 的规定。阀门的图形符号与控制元件或执行机构的图形符号相组合可构成下表中未列出的其他具有控制元件或执行机构的阀门的图形符号。

表 2-5-3　阀门、控制元件和执行机构的图形符号

| 名　　称 | 图　形　符　号 | 名　　称 | 图　形　符　号 |
|---|---|---|---|
| 阀门(通用) | | 升降式止回阀 | |
| 截止阀 | | 旋启式止回阀 | |
| 节流阀 | | 调节阀(通用) | |
| 球阀 | | 旋塞阀 | |
| 减压阀 | | 隔膜阀 | |
| 安全阀(通用) | | 自力式温度调节阀 | |
| 角阀 | | | |
| 三通阀 | | 自力式压差调节阀 | |
| 四通阀 | | | |
| 止回阀(通用) | | 手动调节阀 | |

| 名　称 | 图 形 符 号 | 名　称 | 图 形 符 号 |
|---|---|---|---|
| 手动执行机构 | | 烟风管道蝶阀 | |
| 自动执行机构（通用） | | 烟风管道插板阀 | |
| 电动执行机构 | | 插板式煤闸门 | |
| 电磁执行机构 | | 插管式煤闸门 | |
| 闸阀 | | 呼吸阀 | |
| 蝶阀 | | 自力式流量控制阀 | |
| 柱塞阀 | | 气动执行机构 | |
| 平衡阀 | | 液动执行机构 | |
| 底阀 | | 自力式压力调节阀 | |
| 浮球阀 | | 浮球元件 | |
| 快速排污阀 | | 重锤元件 | |
| 疏水阀 | | 弹簧元件 | |
| 烟风管道手动调节阀 | | | |

注：1. 阀门（通用）图形符号是用于在一张图中不需要区别阀门类型的情况。

2. 减压阀图形符号的小三角形为高压端。

3. 止回阀（通用）和升降式止回阀图形符号表示介质由空白三角形流向非空白三角形。

4. 旋启式止回阀图形符号表示介质由黑点流向无黑点方向。

5. 呼吸阀图形符号表示左进右出。

## 2.5.2.3　阀门与管路连接方式

表 2-5-4　阀门与管路连接方式的图形符号

| 名　称 | 图 形 符 号 | 名　称 | 图 形 符 号 |
|---|---|---|---|
| 阀门与管路连接 | | 法兰连接 | |
| 螺纹连接 | | 焊接连接 | |

注：1. 图形符号的粗实线表示管道。

2. 表中第一行阀门与管路连接的图形符号是用于在一张图中不需要区别连接方式的情况。

## 2.5.2.4 补偿器

表 2-5-5  补偿器的图形符号及其代号

| 名　称 | | 图形符号 | | 代号 |
| --- | --- | --- | --- | --- |
| | | 平　面　图 | 纵剖面图 | |
| 补偿器(通用) | | | | E |
| 方形补偿器 | 表示管线上补偿器节点 | | | UE |
| | 表示单根管道上的补偿器 | | | |
| 波纹管补偿器 | 表示管线上补偿器节点 | | | BE |
| | 表示单根管道上的补偿器 | | | |
| 钢套钢预制直埋管波纹补偿器节 | | | | BES |
| 套筒补偿器 | | | | SE |
| 球型补偿器 | | | | BC |
| 旋转补偿器 | | | | RE |
| 一次性补偿器 | 表示管线上补偿器节点 | | | SC |
| | 表示单根管道上的补偿器 | | | |

注: 1. 图形符号的粗实线表示管道。

2. 球型补偿器成组使用,图形符号仅示出其中一个。

3. 旋转补偿器成组使用,图形符号仅示出其中一个。

4. 波纹补偿器节用于钢套钢预制直埋管道。

## 2.5.2.5 其他管路附件

表 2-5-6  其他管路附件的图形符号

| 名　称 | 图形符号 | 名　称 | 图形符号 |
| --- | --- | --- | --- |
| 同心异径管 | | 法兰盘 | |
| 偏心异径管 | | 法兰盖 | |
| 活接头 | | 盲板 | |
| 丝堵 | | 烟风管道挠性接头 | |
| 管堵 | | 放气装置 | |
| 减压孔板 | | 放水装置、启动疏水装置 | |
| 可挠曲橡胶接头 | | 经常疏水装置 | |
| 钢套钢预制直埋管三通节 | | 钢套钢预制直埋管弯头节 | |

注: 图形符号的粗实线表示管道。

## 2.5.2.6 管道支座、支吊架、管架

表 2-5-7  管道支座、支吊架、管架的图形符号及其代号

| 名　　称 | | 图形符号 | | 代　号 |
| --- | --- | --- | --- | --- |
| | | 平　面　图 | 纵剖面图 | |
| 支座(通用) | | | | S |
| 支架、支墩 | | | | T |
| 固定支座(固定墩) | 单管固定 | | | FS (A) |
| | 多管固定 | | | |
| 活动支座(通用) | | | | MS |
| 滑动支座 | | | | SS |
| 滚动支座 | | | | RS |
| 导向支座 | | | | GS |
| 刚性吊架 | | | | RH |
| 弹簧支吊架 | 弹簧支架 | | | SH |
| | 弹簧吊架 | | | |
| 固定管架 | 单管固定 | | | FT |
| | 多管同时固定 | | | |
| 活动管架(通用) | | | | MT |
| 滑动管架 | | | | ST |
| 滚动管架 | | | | RT |
| 导向管架 | | | | GT |
| 钢套钢预制直埋管排潮固定节 | | | | |
| 钢套钢预制直埋管内固定节 | | | | |
| 钢套钢预制直埋管内外固定节(钢套钢预制直埋管全固定节) | | | | |
| 钢套钢预制直埋管外固定节 | | | | |

注：图形符号的粗实线表示管道。

2  市政工程常用图例

## 2.5.2.7 检测、计量仪表及元件的图形符号

表 2-5-8　检测、计量仪表及元件的图形符号

| 名　称 | 图形符号 | 名　称 | 图形符号 |
|---|---|---|---|
| 压力表（通用） |  | 流量孔板 |  |
| 压力控制器 |  | 冷水表 |  |
| 压力表座 |  | 转子流量计 |  |
| 温度计（通用） |  | 玻璃液面计 |  |
| 流量计（通用） |  | 视镜 |  |
| 热量计 | H | — | — |

注：1. 图形符号的粗实线表示管道。

　　2. 冷水表图形符号是指左进右出。

## 2.5.2.8 其他图形符号

表 2-5-9　其他图形符号

| 名　称 | 图形符号 | 名　称 | 图形符号 |
|---|---|---|---|
| 保温管 |  | 漏斗 |  |
| 保护套管 |  | 排水管 |  |
| 伴热管 |  | 排水沟 |  |
| 挠性管软管 |  | 排至大气 |  |

注：图形符号的粗实线表示管道。

## 2.5.2.9 敷设方式、管线设施

表 2-5-10　敷设方式、管线设施的图形符号及其代号

| 名　称 | 图形符号 | | 代　号 |
|---|---|---|---|
| | 平　面　图 | 纵　剖　面　图 | |
| 架空敷设 | | | — |
| 管沟敷设 | | | — |
| 直埋敷设 | | | — |
| 套管敷设 | | | C |

| 名　　称 | 图形符号 | | 代　号 |
|---|---|---|---|
| | 平　面　图 | 纵剖面图 | |
| 管沟人孔 | | | SF |
| 管沟安装孔 | | | IH |
| 管沟通风孔 进风口 | | | IA |
| 管沟通风孔 排风口 | | | EA |
| 检查室（通用）入户井 | | | W CW |
| 保护穴 | | | D |
| 管沟方形补偿器穴 | | | UD |
| 操作平台 | | | OP |
| 疏水主、副井 | | | — |

注：图形符号的粗实线表示管道，图形符号中两条平行的中实线为管沟示意轮廓线。

## 2.5.2.10　热源与热力站

表 2-5-11　热源、热力站的图形符号及其代号

| 名　称 | 图形符号 | 代　号 | 名　称 | 图形符号 | 代　号 |
|---|---|---|---|---|---|
| 供热热源 | | HSHS | 热电厂 | | CPP |
| 锅炉房 | | BP | 热力站 | | HS |

# 2.6 路灯工程常用图例

## 2.6.1 文字符号

### 2.6.1.1 常用基本文字符号

表 2-6-1 常用基本文字符号

| 元器件种类 | 元件名称 | 基本文字符号 | | 元器件种类 | 元件名称 | 基本文字符号 | |
|---|---|---|---|---|---|---|---|
| | | 单字母 | 双字母 | | | 单字母 | 双字母 |
| 变换器 | 扬声器 | B | | | 接触器 | | KM |
| | 测速发电机 | B | BR | | 时间继电器 | | KT |
| 电容器 | 电容器 | C | | 接触器继电器 | 中间继电器 | K | KA |
| 保护器件 | 熔断器 | | FU | | 速度继电器 | | KV |
| | 过电流继电器 | F | FA | | 电压继电器 | | KV |
| | 过电压及电器 | | FV | | 电流继电器 | | KA |
| | 热继电器 | | FR | 电抗器 | 电抗器 | L | |
| 信号器件 | 指示灯 | H | HL | 电动机 | 可做发电机用 | M | MG |
| 其他器件 | 照明灯 | E | EL | | 力矩电动机 | | MT |
| 电力电路开关器件 | 断路器 | | QF | 变压器 | 电流互感器 | | TA |
| | 电动机保护开关 | Q | QM | | 电压互感器 | T | TV |
| | 隔离开关 | | QS | | 控制变压器 | | TG |
| | 闸刀开关 | | QS | 电子管晶体管 | 二极管 | V | |
| 测量设备 | 电流表 | | PA | | 晶体管 | | |
| | 电压表 | P | PV | | 晶闸管 | | |
| | 电度表 | | PJ | | 电子管 | | VE |
| 电阻器 | 电阻器 | R | | | 控制电路用电源 | | VC |
| | 电位器 | | RP | | 截流器 | | |
| 控制电路开关器件 | 选择开关 | | SA | 传输通道波导天线 | 导线电缆 | W | |
| | 按钮开关 | S | SB | | | | |
| | 压力传感器 | | SP | 端子 | 插头 | | XP |
| 操作器件 | 电磁铁 | | YA | 插头 | 插座 | X | XS |
| | 电磁制动器 | Y | YB | 插座 | 端子板 | | XT |
| | 电磁阀 | | YV | | | | |

### 2.6.1.2 常用文字辅助符号

表 2-6-2 常用文字辅助符号

| 名　称 | 文字符号 | 名　称 | 文字符号 | 名　称 | 文字符号 |
|---|---|---|---|---|---|
| 电流 | A | 高 | H | 正 | F |
| 交流 | AC | 低 | L | 反 | R |
| 自动 | AUT,A | 升 | H | 手动 | M,MAN |
| 黑 | BK | 降 | D | 吸合 | D |
| 蓝 | BL | 大 | K | 释放 | L |
| 向后 | BW | 小 | S | 上 | U |
| 向前 | FW | 中性线 | K | 下 | D |
| 直流 | DC | 稳压器 | VS | 控制 | C |
| 绿 | GN | 并联 | E | 反馈 | FD |
| 起动 | ST | 串联 | D | 励磁 | E |
| 制动 | B,BRK | 补偿 | CO | 平均 | ME |

| 名　　称 | 文字符号 | 名　　称 | 文字符号 | 名　　称 | 文字符号 |
|---|---|---|---|---|---|
| 附加 | ADD | 输入 | IN | 右 | R |
| 保护 | P | 输出 | OUT | 中 | M |
| 稳定 | SD | 运行 | RUN | 停止 | STP |
| 等效 | EQ | 闭合 | ON | 防干扰接地 | TE |
| 比较 | CP | 断开 | OFF | 压力 | P |
| 电枢 | A | 加速 | ACC | 保护 | P |
| 分流器 | DA | 减速 | DEC | 保护接地 | PE |
| 测速 | BR | 制定 | RT | 红 | RD |
| 复位 | R,RST | 负载 | LD | 白 | WH |
| 置位 | S,SET | 转矩 | T | 黄 | YE |
| 步进 | STE | 左 | L | | |

## 2.6.2　图形符号

### 2.6.2.1　电源图形符号

表 2-6-3　电源图形符号

| 图　形　符　号 | | 说　明 | 标　准 | 图　形　符　号 | | 说　明 | 标　准 |
|---|---|---|---|---|---|---|---|
| 规划的 | ☐ | 发电站 | IEC | 规划的 | ○ | 变(配)电所 | IEC |
| 运行的 | ▨ | | | 运行的 | ◉ | | |

### 2.6.2.2　电源设备图形符号

表 2-6-4　电源设备图形符号

| 图　形　符　号 | 说　明 | 标　准 | 图　形　符　号 | 说　明 | 标　准 |
|---|---|---|---|---|---|
| | 双绕组变压器 | IEC | | 屏、台、箱、柜一般符号 | GB |
| | 三绕组变压器 | IEC | | 电源自动切换箱 | GB |
| | 三相变压器星形-三角形连接 | IEC | | 动力或动力-照明配电箱 | GB |
| | 具有四个头(不包括主头)的三相变压器星形-星形连接 | IEC | | 照明配电箱(屏) | GB |
| | | | | 事故照明配电箱(屏) | GB |
| | | | | 多种电源配电箱(屏) | GB |
| | | | | 直流配电盘(屏) | GB |

注：1. 需要时符号内可标示电流种类符号。

2. 表中"GB"为中华人民共和国标准。

市政工程常用资料备查手册

### 2.6.2.3 导线图形符号

表 2-6-5　导线图形符号

| 图 形 符 号 | 说　明 | 标准 | 图 形 符 号 | 说　明 | 标准 |
|---|---|---|---|---|---|
| | 导线、导线组、电线、电缆、电路、传输通路（如微波技术）、线路、母线（总线）一般符号，当用单线表示一组导线时，若示出导线数则加小短斜线或画一条短斜线并加数字表示 | IEC | | 柔软导线 | IEC |
| | | | | 屏蔽导线 | IEC |
| 3 | | | | 绞合导线（示出二股） | IEC |
| | | | | 未连接的导线或电缆 | IEC |
| n | | | | 未连接的特殊绝缘的导线或电缆 | IEC |

### 2.6.2.4 线路图形符号

表 2-6-6　线路图形符号

| 图 形 符 号 | 说　明 | 标准 | 图 形 符 号 | 说　明 | 标准 |
|---|---|---|---|---|---|
| | 地下线路 | IEC | | 50V 及其以下的电力或照明线路 | GB |
| | 架空线路 | IEC | | 控制及信号线路（电力及照明用） | GB |
| | 挂在钢索上的线路 | GB | | 用单线表示的多种线路 | GB |
| | 事故照明线路 | GB | (1)　(2) | 母线一般符号　交流母线　直流母线 | GB |
| | 用单线表示的多回路线路（或电缆管束） | GB | | 滑触线 | GB |

### 2.6.2.5 配线图形符号

表 2-6-7　配线图形符号

| 图 形 符 号 | 说　明 | 标准 | 图 形 符 号 | 说　明 | 标准 |
|---|---|---|---|---|---|
| | 向上配线 | IEC | | 带配线的用户端 | IEC |
| | 向下配线 | IEC | | 配电中心（示出五根导线管） | IEC |
| | 垂直通过配线 | IEC | | 连接盒或接线盒 | IEC |
| | 盒（箱）一般符号 | IEC | | | |

## 2.6.2.6 灯具图形符号

表 2-6-8　灯具图形符号

| 图形符号 | 说　明 | 标准 | 图形符号 | 说　明 | 标准 |
|---|---|---|---|---|---|
| | 灯的一般符号<br>信号灯的一般符号 | IEC | | 自带电源的事故照明装置(应急灯) | IEC |
| | 荧光灯的一般符号 | IEC | | 气体放电灯的辅助设备 | IEC |
| | 三管荧光灯 | GB | | 深照型灯 | GB |
| | 五管荧光灯 | GB | | 广照型灯(配照型灯) | GB |
| | 防腐荧光灯 | GB | | 球形灯 | GB |
| | 防爆荧光灯 | GB | | 防水、防尘灯 | GB |
| | 光带<br>N:表示灯管数 | — | | 防腐灯 | HGJ |
| | 投光灯的一般符号 | IEC | | 防腐局部照明灯 | HGJ |
| | 聚光灯 | IEC | | | |
| | 泛光灯 | IEC | | 隔爆灯 | GB |
| | 局部照明灯 | GB | | 碘钨灯 | HGJ |
| | 矿山灯 | GB | | 混照灯 | HGJ |
| | 安全灯 | GB | | 软线吊灯 | HGJ |
| | 顶棚灯(吸顶灯) | GB | | 控制灯 | HGJ |
| | 弯灯 | GB | | | |
| | 壁灯 | GB | | 座灯 | HGJ |
| | 花灯 | GB | | 霓虹灯 | HGJ |
| | 玻璃月罩灯 | HGJ | | 脚灯 | HGJ |
| | 彩灯 | HGJ | | 斜照型灯 | HGJ |
| | 方灯 | HGJ | | | |
| | 在专用电路上的事故照明灯 | IEC | | 高层建筑(构)物标志灯 | HGJ |

注：在靠近符号处标出如下字母时，其含义为：RE-红；BL-蓝；YE-黄。

市政工程常用资料备查手册

### 2.6.2.7　地下线缆线路常用图形

表 2-6-9　地下线缆线路常用图形

| 序号 | 名称 | 图形符号 | 序号 | 名称 | 图形符号 |
|---|---|---|---|---|---|
| 1 | 人孔的一般符号<br>注:需要时可按实际形状绘出 | | 6 | 示例:镁保护阳极 | Mg |
| 2 | 手孔的一般符号 | | 7 | 电缆铺砖装置 | |
| 3 | 防电缆蠕动的装置<br>注:该符号应标在人孔蠕动的一边 | | 8 | 电信电缆的蛇形敷设 | |
| 4 | 示出防蠕动装置的人孔 | | 9 | 电缆与其他管道交叉点[电缆无保护]a—交叉点编号 | a |
| 5 | 保护阳极[阳电极]<br>注:阳极材料的类型可用其化学字母符号来加注 | | 10 | 电缆与其他管道交叉点[电缆有保护]a—交叉点编号 | a |

### 2.6.2.8　常用防护设备的图形符号和文字代号

表 2-6-10　常用防护设备的图形符号和文字代号

| 序号 | 名称 | 图形符号 | 文字代号 | 说明 |
|---|---|---|---|---|
| 1 | 避雷针 | ● | F | 平明布置图形符号,必要时注明高度,m |
| 2 | 避雷线 | | FW | 必要时注明长度,m |
| 3 | 避雷器 | | FV,F | 限压保护器件 |
| 4 | 放电间隙 | | FV,F | |

### 2.6.2.9　街道照明器推荐配置方式

表 2-6-11　街道照明器推荐配置方式

| 序号 | 配置方式名称 | 图例 | 行车道的最大宽度/m |
|---|---|---|---|
| 1 | 一侧排列 | | 12 |
| 2 | 在钢索上沿行车道的中心轴成一列布置 | | 18 |
| 3 | 交错排列 | | 24 |
| 4 | 相对矩形排列 | | 48 |
| 5 | 中央分离带配置 | | 24 |
| 6 | 中央＋交错 | | 48 |
| 7 | 中央＋相对矩形 | | 90 |

| 序号 | 配置方式名称 | 图 例 | 行车道的最大宽度/m |
|---|---|---|---|
| 8 | 两列钢索上布灯,沿车道方向轴线交错布置 | | 36 |
| 9 | 两列钢索上布灯,沿车道方向轴线矩形布置 | | 60 |
| 10 | 路两侧矩形布置,第三列再钢索上布置 | | 80 |

## 2.6.2.10 常用电器图形符号

### 表 2-6-12 常用电器图形符号

| 名 称 | 图形符号 | 名 称 | 图形符号 |
|---|---|---|---|
| 三相鼠笼型电动机 | | 继电器动合触点 | |
| 三项绕线型电动机 | | 继电器动断触点 | |
| 串励直流电动机 | | 热继电器常闭触点 | |
| 并励直流电动机 | | 热继电器常开触点 | |
| 他励直流电动机 | | 插头和插座 | |
| 电抗器扼流图 | | 低压断路器 | |
| 双绕组变压器 | | 三相变压器 Y/△ 连接 | |
| 电流互感器 | | | |
| 缓放继电器线圈(断电延时) | | 接触器线圈一般继电器线圈 | |
| 缓吸继电器线圈(通电延时) | | 电磁铁 | |
| 接触器动合(常开)触点 | | 按钮开关(不闭锁)动合触电 | |
| | | 按钮开关(不闭锁)动断触点 | |
| 接触器动断(常闭)触点 | | 按钮开关旋转开关(闭锁) | |

| 名　称 | 图形符号 | 名　称 | 图形符号 |
|---|---|---|---|
| 液位开关 |  | 延时闭合动合（常开）触点 | 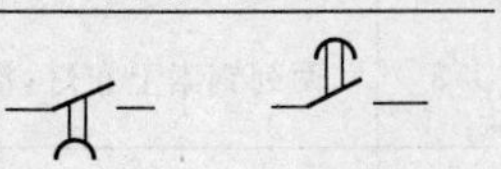 |
| 热继电器的热元件 | 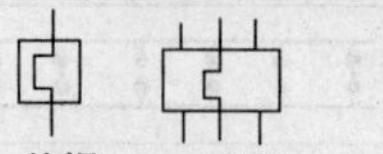 单相　三相 | 延时断开动断（常闭）触点 | 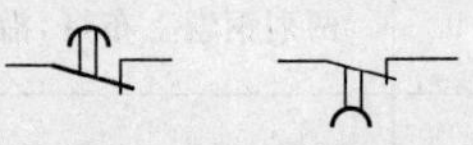 |
| 过电流继电器线圈 | 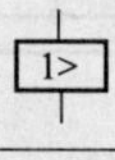 I> | 延时断开动合（常开）触点 |  |
| 欠电压继电器线圈 |  U< | 延时闭合动断（常闭）触点 | 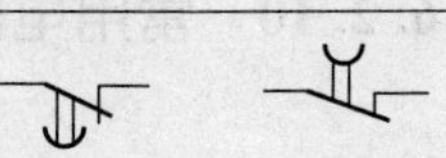 |
| 熔断器 |  | 行程开关动合（常开）触点 | 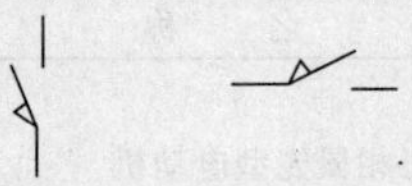 |
| 三极熔断器式隔离开关 | 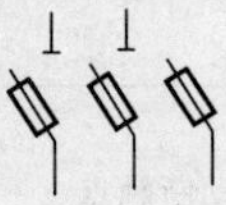 | 行程开关动断（常闭）触点 |  |

## 2.6.2.11　电气接地的图形和文字符号

表 2-6-13　电气接地的图形和文字符号

| 名　称 | 图形符号 | 文字代号 | 说　明 |
|---|---|---|---|
| 接地 | | E | 一般符号，用于接地系统 |
| 接机壳 | 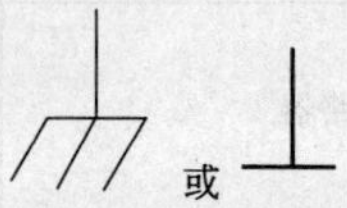 或 | MM | |
| 无噪声接地 |  | TE | 抗干扰接地 |
| 保护接地 |  | PE | 表示具有保护作用，例如再故障情况下防止触电的接地 |
| 接地装置 | 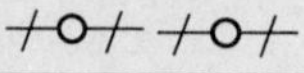 | | 有接地极（体） |
| | 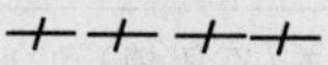 | | 无接地极，用于平面布置图中 |
| 中性线 |  | N | |
| 保护线 | 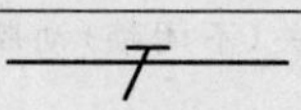 | PE | 用于平面图中 |
| 保护和中性共用线 | 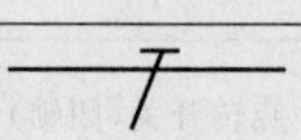 | PEN | |

# 2.7　其他图例

市政工程施工图其他图例见表 2-7-1。

表 2-7-1　其他图例

| 序号 | 名　称 | 图　例 | 备　注 |
|---|---|---|---|
| 1 | 拆除的建筑物 |  | 用细实线表示 |
| 2 | 坐标 | 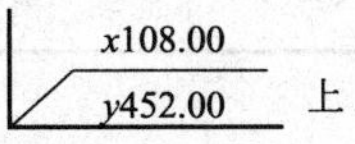 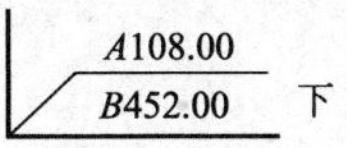 $x108.00$<br>$y452.00$　上<br><br>$A108.00$<br>$B452.00$　下 | 上图表示测量坐标<br>下图表示建筑坐标 |
| 3 | 方格网交叉点标高 | 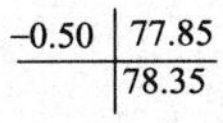 $-0.50$ ｜ $77.85$<br>$78.35$ | "78.35"为原地面标高<br>"77.85"为设计标高<br>"－0.50"为施工高度<br>"－"表示挖方（"＋"表示填方） |
| 4 | 填方区、挖方区、未整平区及零点线 | 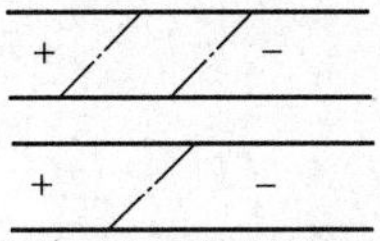 ＋　－<br>＋ | "＋"表示填方区<br>"－"表示挖方区<br>中间为未整平区<br>点划线为零点线 |
| 5 | 填挖边坡 | 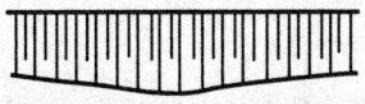 | （1）边坡较长时,可在一端或两端局部表示<br>（2）下边线为虚线表示填方 |
| 6 | 护坡 | 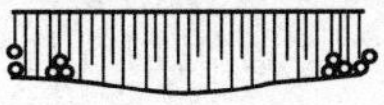 | |
| 7 | 分水脊线与谷线 |   上<br><br>下 | 上图表示脊线<br>下图表示谷线 |
| 8 | 洪水淹没线 |  | 阴影部分表示淹没区 |
| 9 | 地面排水方向 |  | |
| 10 | 截水沟或排水沟 |  $\frac{1}{40.00}$ | "1"表示1%的沟底纵向坡度,"40.00"表示变坡点间距离,箭头表示水流方向 |
| 11 | 排水明沟 | 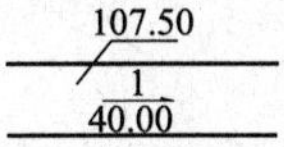 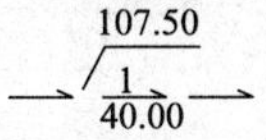 $107.50$<br>$\frac{1}{40.00}$<br><br>$107.50$<br>$\frac{1}{40.00}$ | 1. 上图用于比例较大的图面,下图用于比例较小的图面<br>2."1"表示1%的沟底纵向坡度,"40.00"表示变坡点间距离,箭头表示水流方向<br>3."107.50"表示沟底标高 |
| 12 | 铺砌的排水明沟 | 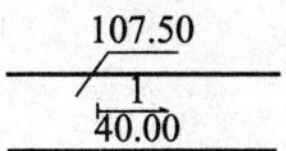 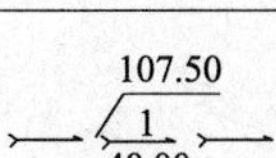 $107.50$<br>$\frac{1}{40.00}$<br><br>$107.50$<br>$\frac{1}{40.00}$ | 1. 上图用于比例较大的图面,下图用于比例较小的图面<br>2."1"表示1%的沟底纵向坡度,"40.00"表示变坡点间距离,箭头表示水流方向<br>3."107.50"表示沟底标高 |

| 序号 | 名　称 | 图　例 | 备　注 |
|---|---|---|---|
| 13 | 有盖的排水沟 | 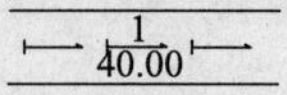 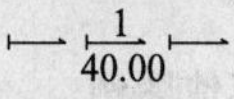 $\overset{1}{\underset{40.00}{\longmapsto}}$　$\overset{1}{\underset{40.00}{\longmapsto}}$ | 1. 上图用于比例较大的图面,下图用于比例较小的图面<br>2. "1"表示1‰的沟底纵向坡度,"40.00"表示变坡点间距离,箭头表示水流方向 |
| 14 | 雨水口 |  ▭▬ | |
| 15 | 道路曲线段 | 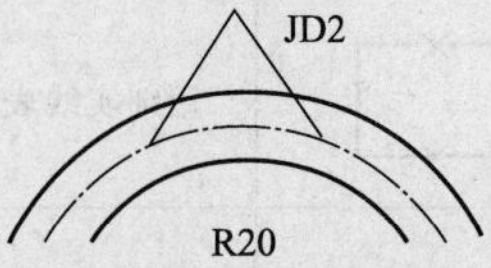 JD2<br>R20 | "JD2"为曲线转折点编号。<br>"R20"表示道路中心曲线半径为20m |

2　市政工程常用图例

# 3 市政工程常用材料计算用表与计算公式

## 3.1 钢结构计算用表及计算公式

### 3.1.1 钢结构计算用表

#### 3.1.1.1 钢材的设计强度

表 3-1-1　钢材的强度设计值　　　　　　　　单位：MPa

| 钢　　材 | | 抗拉、抗压和抗弯 | 抗剪 | 端面承压（刨平顶紧） |
|---|---|---|---|---|
| 牌　号 | 厚度或直径/mm | $f$ | $f_v$ | $f_{ce}$ |
| Q235 钢 | ≤16 | 215 | 125 | 325 |
| | 16～40 | 205 | 120 | |
| | 40～60 | 200 | 115 | |
| | 60～100 | 190 | 110 | |
| Q345 钢 | ≤16 | 310 | 180 | 400 |
| | 16～35 | 295 | 170 | |
| | 35～50 | 265 | 155 | |
| | 50～100 | 250 | 145 | |
| Q390 钢 | ≤16 | 350 | 205 | 415 |
| | 16～35 | 335 | 190 | |
| | 35～50 | 315 | 180 | |
| | 50～100 | 295 | 170 | |
| Q420 钢 | ≤16 | 380 | 220 | 440 |
| | 16～35 | 360 | 210 | |
| | 35～50 | 340 | 195 | |
| | 50～100 | 325 | 185 | |

注：表中厚度系指计算点的钢材厚度，对轴心受力构件系指截面中较厚板件的厚度。

#### 3.1.1.2 钢铸件的强度设计值

表 3-1-2　钢铸件的强度设计值　　　　　　　　单位：MPa

| 钢　　号 | 抗拉、抗压和抗弯 $f$ | 抗剪 $f_v$ | 端面承压（刨平顶紧）$f_{ce}$ |
|---|---|---|---|
| ZG200-400 | 155 | 90 | 260 |
| ZG230-450 | 180 | 105 | 290 |
| ZG270-500 | 210 | 120 | 325 |
| ZG310-570 | 240 | 140 | 370 |

### 3.1.1.3 焊缝的强度设计值

表 3-1-3　焊缝的强度设计值　　　　　　　　　　　单位：MPa

| 焊接方法和焊条型号 | 构材 | | 对接焊缝 | | | | 角焊缝 |
|---|---|---|---|---|---|---|---|
| | 钢号 | 厚度或直径/mm | 抗压 $f_c^w$ | 焊缝质量为下列级别时,抗拉 $f_t^w$ | | 抗剪 $f_v^w$ | 抗拉、抗压和抗剪 $f_f^w$ |
| | | | | 一级、二级 | 三级 | | |
| 自动焊、半自动焊和 E43 型焊条的手工焊 | Q235 钢 | ≤16 | 215 | 215 | 185 | 125 | 160 |
| | | 16～40 | 205 | 205 | 175 | 120 | |
| | | 40～60 | 200 | 200 | 170 | 115 | |
| | | 60～100 | 190 | 190 | 160 | 110 | |
| 自动焊、半自动焊和 E50 型焊条的手工焊 | Q345 钢 | ≤16 | 310 | 310 | 265 | 180 | 200 |
| | | 16～35 | 295 | 295 | 250 | 170 | |
| | | 35～50 | 265 | 265 | 225 | 155 | |
| | | 50～100 | 250 | 250 | 210 | 145 | |
| 自动焊、半自动焊和 E55 型焊条的手工焊 | Q390 钢 | ≤16 | 350 | 350 | 300 | 205 | 220 |
| | | 16～35 | 335 | 335 | 285 | 190 | |
| | | 35～50 | 315 | 315 | 270 | 180 | |
| | | 50～100 | 295 | 295 | 250 | 170 | |
| | Q420 钢 | ≤16 | 380 | 380 | 320 | 220 | 220 |
| | | 16～35 | 360 | 360 | 305 | 210 | |
| | | 35～50 | 340 | 340 | 290 | 195 | |
| | | 50～100 | 325 | 325 | 275 | 185 | |

注：1. 自动焊和半自动焊所采用的焊丝和焊剂，应保证其熔敷金属的力学性能不低于现行国家标准《碳素钢埋弧焊用焊剂》（GB/T 5293）和《低合金钢埋弧焊用焊剂》（GB/T 12470）中相关的规定。

2. 焊缝质量等级应符合现行国家标准《钢结构工程施工质量验收规范》（GB 50205）的规定。其中厚度小于 8mm 钢材的对接焊缝，不宜用超声波探伤确定焊缝质量等级。

3. 对接焊缝抗弯受压区强度设计值取 $f_c^w$，抗弯受拉区强度设计值取 $f_t^w$。

### 3.1.1.4 螺栓连接强度设计值

表 3-1-4　螺栓连接强度设计值　　　　　　　　　　　单位：MPa

| 螺栓的钢材钢号（或性能等级）和构件的钢材牌号 | | 普通螺栓 | | | | | 锚栓 | 承压型连接高强度螺栓 | | |
|---|---|---|---|---|---|---|---|---|---|---|
| | | C 级螺栓 | | | A 级、B 级螺栓 | | | | | |
| | | 抗拉 $f_t^b$ | 抗剪 $f_v^b$ | 承压 $f_c^b$ | 抗拉 $f_t^b$ | 抗剪 $f_v^b$ | 承压 $f_c^b$ | 抗拉 $f_t^a$ | 抗拉 $f_t^b$ | 抗剪 $f_v^b$ | 承压 $f_c^b$ |
| 普通螺栓 | 4.6 级、4.8 级 | 170 | 140 | — | — | — | — | — | — | — | — |
| | 8.8 级 | — | — | — | 210 | 190 | — | — | — | — | — |
| 锚栓 | Q235 钢 | — | — | — | — | — | — | 140 | — | — | — |
| | Q345 钢 | — | — | — | — | — | — | 180 | — | — | — |
| 承压型连接高强度螺栓 | 8.8 级 | — | — | — | — | — | — | — | 400 | 250 | — |
| | 10.9 级 | — | — | — | — | — | — | — | 500 | 310 | — |
| 构材 | Q235 钢 | — | — | 305 | — | — | 405 | — | — | — | 470 |
| | Q345 钢 | — | — | 385 | — | — | 510 | — | — | — | 590 |
| | Q390 钢 | — | — | 400 | — | — | 530 | — | — | — | 615 |
| | Q420 钢 | — | — | 425 | — | — | 560 | — | — | — | 655 |

注：1. A 级螺栓用于 $d \leqslant 24$mm 和 $l \leqslant 10d$ 或 $l \leqslant 150$mm （按较小者）的螺栓；B 级螺栓用于 $d > 24$mm 或 $l > 10d$ 或 $l > 150$mm （按较小者）的螺栓。$d$ 为公称直径，$l$ 为螺杆公称长度。

2. A、B 级螺栓孔的精度和孔壁表面粗糙度，C 级螺栓孔的允许偏差和孔壁表面粗糙度，均应符合现行国家标准《钢结构工程施工及验收规范》的要求。

## 3.1.1.5 铆钉连接的强度设计值

**表 3-1-5 铆钉连接的强度设计值**　　　　　　　　　单位：MPa

| 铆钉钢号和构件钢材的牌号 | | 抗拉（钉头拉脱）$f_t^T$ | 抗剪 $f_v^r$ | | 承压 $f_c^r$ | |
|---|---|---|---|---|---|---|
| | | | Ⅰ类孔 | Ⅱ类孔 | Ⅰ类孔 | Ⅱ类孔 |
| 铆钉 | BL2 或 BL3 | 120 | 185 | 155 | — | — |
| 构件 | Q235 钢 | — | — | — | 450 | 365 |
| | Q345 钢 | — | — | — | 565 | 460 |
| | Q390 钢 | — | — | — | 590 | 480 |

注：1. 孔壁质量属于下列情况者为Ⅰ类孔：

在装配好的构件上按设计孔径钻成的孔；

在单个零件和构件上按设计孔径分别用钻模钻成的孔；

在单个零件上先钻成或冲成较小的孔径，然后在装配好的构件上再扩钻至设计孔径的孔。

2. 在单个零件上一次冲成或不用钻模钻成设计孔径的孔属于Ⅱ类孔。

## 3.1.1.6 钢材和钢铸件的物理性能指标

**表 3-1-6 钢材和钢铸件的物理性能指标**

| 弹性模量 $E/\mathrm{MPa}$ | 剪变模量 $G/\mathrm{MPa}$ | 线膨胀系数 $\alpha/\mathrm{℃}^{-1}$ | 质量密度 $\rho/(\mathrm{kg/m^3})$ |
|---|---|---|---|
| $206×10^3$ | $79×10^3$ | $12×10^{-6}$ | 7850 |

## 3.1.1.7 H型钢或等截面工字形简支梁不需计算整体稳定性的最大 $l_1/b_1$ 值

H型钢或等截面工字形简支梁受压翼缘的自由长度 $l_1$ 与其宽度 $b_1$ 之比不超过表 3-1-7 规定的数值时，可以不验算整体稳定性。

**表 3-1-7 H型钢或等截面工字形简支梁不需计算整体稳定性的最大 $l_1/b_1$ 值**

| 钢　　号 | 跨中无侧向支撑点的梁 | | 跨中受压翼缘有侧向支撑点的梁，无论荷载作用于何处 |
|---|---|---|---|
| | 荷载作用于上翼缘 | 荷载作用于下翼缘 | |
| Q235 | 13.0 | 20.0 | 16.0 |
| Q345 | 10.5 | 16.5 | 13.0 |
| Q390 | 10.0 | 15.5 | 12.5 |
| Q420 | 9.5 | 15.0 | 12.0 |

## 3.1.1.8 受弯构件挠度允许值

**表 3-1-8 受弯构件挠度允许值**

| 项次 | 构 件 类 别 | 挠度允许值 | |
|---|---|---|---|
| | | $[\nu_T]$ | $[\nu_Q]$ |
| 1 | 吊车梁和吊车桁架（按自重和起重量最大的一台吊车计算挠度）<br>(1)手动吊车和单梁吊车（含悬挂吊车）<br>(2)轻级工作制桥式吊车<br>(3)中级工作制桥式吊车<br>(4)重级工作制桥式吊车 | $l/500$<br>$l/800$<br>$l/1000$<br>$l/1200$ | |
| 2 | 手动或电动葫芦的轨道梁 | $l/400$ | — |
| 3 | 有重轨（重量等于或大于 38kg/m）轨道的工作平台梁<br>有轻轨（重量等于或大于 24kg/m）轨道的工作平台梁 | $l/600$<br>$l/400$ | |

| 项次 | 构 件 类 别 | 挠度允许值 | |
|---|---|---|---|
| | | $[\nu_T]$ | $[\nu_Q]$ |
| 4 | 楼(屋)盖梁或桁架,工作平台梁(第3项除外)和平台板 | | |
| | (1)主梁或桁架(包括设有悬挂起重设备的梁和桁架) | $l/400$ | $l/500$ |
| | (2)抹灰顶棚的次梁 | $l/250$ | $l/350$ |
| | (3)除(1)、(2)款外的其他梁(包括楼梯梁) | $l/250$ | $l/300$ |
| | (4)屋盖檩条 | | |
| | 支承无积灰的瓦楞铁和石棉瓦屋面者 | $l/150$ | — |
| | 支承压型金属板 有积灰的瓦楞铁和石棉瓦等屋面者 | $l/200$ | — |
| | 支承其他屋面材料者 | $l/200$ | — |
| | (5)平台板 | $l/150$ | — |
| 5 | 墙架构件(风荷载不考虑阵风系数) | | |
| | (1)支柱 | — | $l/400$ |
| | (2)抗风桁架(作为连续支柱的支承时) | — | $l/1000$ |
| | (3)砌体墙的横梁(水平方向) | — | $l/300$ |
| | (4)支承压型金属板、瓦楞铁和石棉瓦墙面的横梁(水平方向) | — | $l/200$ |
| | (5)带有玻璃窗的横梁(竖直和水平方向) | $l/200$ | $l/200$ |

注:1. $l$ 为受弯构件的跨度（对悬臂梁和伸臂梁为悬伸长度的2倍）。

2. $[\nu_T]$ 为全部荷载标准值产生的挠度（如有起拱应减去拱度）允许值；$[\nu_Q]$ 为可变荷载标准值产生的挠度允许值。

## 3.1.1.9 H型钢和等截面工字形简支梁整体稳定的等效临界弯矩系数 $\beta_b$

表3-1-9 H型钢和等截面工字形简支梁整体稳定的等效临界弯矩系数 $\beta_b$

| 项次 | 侧 向 支 承 | 荷 载 | | $\xi \leqslant 2.0$ | $\xi > 2.0$ | 适用范围 |
|---|---|---|---|---|---|---|
| 1 | 跨中无侧向支承 | 均布荷载作用在 | 上翼缘 | $0.69+0.13\xi$ | 0.95 | 图3-1-1中(a)、(b)、(c)的截面 |
| 2 | | | 下翼缘 | $1.73-0.20\xi$ | 1.33 | |
| 3 | | 集中荷载作用在 | 上翼缘 | $0.73+0.18\xi$ | 1.09 | |
| 4 | | | 下翼缘 | $2.23-0.28\xi$ | 1.67 | |
| 5 | 跨度中点有一个侧向支承 | 均布荷载作用在 | 上翼缘 | 1.15 | | 图3-1-1中的所有截面 |
| 6 | | | 下翼缘 | 1.40 | | |
| 7 | | 集中荷载作用在截面高度上任意位置 | | 1.75 | | |
| 8 | 跨中有不少于两个等距离侧向支承点 | 任意荷载作用在 | 上翼缘 | 1.20 | | |
| 9 | | | 下翼缘 | 1.40 | | |
| 10 | 梁端有弯矩,但垮中无荷载作用 | | | $1.75-1.05\left(\dfrac{M_2}{M_1}\right)+\left(\dfrac{M_2}{M_1}\right)^2$ 但小于等于2.3 | | |

注:1. $\xi$ 为参数,$\xi=\dfrac{l_1 t_1}{b_1 h}$,其中 $b_1$ 和 $l_1$ 见《钢结构设计规范》的有关规定。

2. $M_1$、$M_2$ 为梁的端弯矩,使梁产生同向曲率时 $M_1$、$M_2$ 取同号,产生反向曲率时取异号,$|M_1| \geqslant |M_2|$。

3. 表中项次3、4和7的集中荷载是指一个或少数几个集中荷载位于跨中央附近的情况,对其他情况的集中荷载,应按表中项次1、2、5、6内的数值采用。

4. 表中项次8、9的 $\beta_b$,当集中荷载作用在侧向支承点处时,取 $\beta_b=1.20$。

5. 荷载作用在上翼缘系指荷载作用点在翼缘表面,方向指向截面形心;荷载作用在下翼缘系指荷载作用点在翼缘表面,方向背向截面形心。

对 $\alpha_b$ 的加强受压翼缘工字形截面,下列情况的 $\beta_b$ 值应乘以相应的系数:

项次1:当 $\xi \leqslant 1.0$ 时,乘以0.95;

项次3:当 $\xi \leqslant 0.5$ 时,乘以0.90;当 $0.5 < \xi \leqslant 1.0$ 时,乘以0.95。

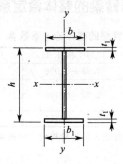

(a) 双轴对称焊接工字形截面

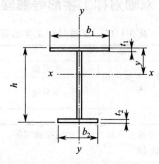

(b) 加强受压翼缘的单轴对称焊接工字形截面

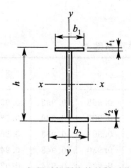

(c) 加强受拉翼缘的单轴对称焊接工字形截面

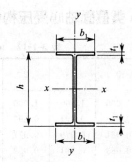

(d) 轧制H形钢截面

图 3-1-1　焊接工字型钢和轧制 H 型钢截面

## 3.1.1.10　扎制普通工字钢简支梁的整体稳定系数 $\varphi_b$

表 3-1-10　扎制普通工字钢简支梁的整体稳定系数 $\varphi_b$

| 项次 | 荷载情况 | | | 工字钢型号 | 自由长度 $l_1/m$ | | | | | | | | |
|---|---|---|---|---|---|---|---|---|---|---|---|---|---|
| | | | | | 2 | 3 | 4 | 5 | 6 | 7 | 8 | 9 | 10 |
| 1 | 跨中无侧向支撑点的梁 | 集中荷载作用于 | 上翼缘 | 10～20 | 2.00 | 1.30 | 0.99 | 0.80 | 0.68 | 0.58 | 0.53 | 0.48 | 0.43 |
| | | | | 22～32 | 2.40 | 1.48 | 1.09 | 0.86 | 0.72 | 0.62 | 0.45 | 0.49 | 0.45 |
| | | | | 36～63 | 2.80 | 1.6 | 1.07 | 0.83 | 0.68 | 0.56 | 0.50 | 0.45 | 0.40 |
| 2 | | | 下翼缘 | 10～20 | 2.80 | 1.60 | 1.07 | 0.83 | 0.68 | 0.56 | 0.50 | 0.45 | 0.40 |
| | | | | 22～40 | 3.10 | 1.95 | 1.34 | 1.01 | 0.82 | 0.69 | 0.63 | 0.57 | 0.52 |
| | | | | 45～63 | 5.50 | 2.80 | 1.84 | 1.37 | 1.07 | 0.86 | 0.73 | 0.64 | 0.56 |
| 3 | | 均布荷载作用于 | 上翼缘 | 10～20 | 1.70 | 1.12 | 0.84 | 0.68 | 0.57 | 0.50 | 0.45 | 0.41 | 0.37 |
| | | | | 22～40 | 2.10 | 1.30 | 0.93 | 0.73 | 0.60 | 0.51 | 0.45 | 0.40 | 0.36 |
| | | | | 45～63 | 2.60 | 1.45 | 0.97 | 0.73 | 0.59 | 0.50 | 0.44 | 0.38 | 0.35 |
| 4 | | | 下翼缘 | 10～20 | 2.50 | 1.55 | 1.08 | 0.83 | 0.68 | 0.56 | 0.52 | 0.47 | 0.42 |
| | | | | 22～40 | 4.00 | 2.20 | 1.45 | 1.10 | 0.85 | 0.70 | 0.60 | 0.52 | 0.46 |
| | | | | 45～63 | 5.60 | 2.80 | 1.80 | 1.25 | 0.85 | 0.78 | 0.65 | 0.55 | 0.49 |
| 5 | 跨中有侧向支撑点的梁(不论荷载作用点在截面高度上的位置) | | | 10～20 | 2.20 | 1.39 | 1.01 | 0.79 | 0.66 | 0.57 | 0.52 | 0.47 | 0.42 |
| | | | | 22～40 | 3.00 | 1.80 | 1.24 | 0.96 | 0.76 | 0.65 | 0.56 | 0.49 | 0.43 |
| | | | | 45～63 | 4.00 | 2.20 | 1.38 | 1.01 | 0.80 | 0.66 | 0.56 | 0.49 | 0.43 |

注：1. 同表 3-1-9 的注 3.5。

2. 表中的 $\varphi_b$ 适用于 Q235 钢。对其他钢号，表中数值应乘以 $235/f_y$。

### 3.1.1.11　双轴对称工字形等截面（含 H 型钢）悬臂梁的整体稳定系数 $\beta_b$

表 3-1-11　双轴对称工字形等截面（含 H 型钢）悬臂梁的整体稳定系数 $\beta_b$

| 项次 | 荷 载 形 式 | | $0.6 \leqslant \xi \leqslant 1.24$ | $1.24 \leqslant \xi \leqslant 1.96$ | $1.96 \leqslant \xi \leqslant 3.10$ |
|---|---|---|---|---|---|
| 1 | 自由端一个集中荷载作用在 | 上翼缘 | $0.21+0.67\xi$ | $0.72+0.26\xi$ | $1.17+0.03\xi$ |
| 2 | | 下翼缘 | $0.94-0.65\xi$ | $2.64-0.40\xi$ | $2.15-0.15\xi$ |
| 3 | 均布荷载作用在上翼缘 | | $0.62+0.82\xi$ | $1.25+0.31\xi$ | $1.66+0.10\xi$ |

注：1. 本表是按支承端为固定的情况确定的。当用于由邻跨延伸出来的伸出来的伸臂梁时，应在构造上采取措施加强支承处的抗扭能力。

2. 表中 $\xi$ 见表 3-1-9 注 1。

### 3.1.1.12　a 类截面轴心受压构件的稳定系数 $\varphi$

表 3-1-12　a 类截面轴心受压构件的稳定系数 $\varphi$

| $\lambda\sqrt{\dfrac{f_y}{235}}$ | 0 | 1 | 2 | 3 | 4 | 5 | 6 | 7 | 8 | 9 |
|---|---|---|---|---|---|---|---|---|---|---|
| 0 | 1.000 | 1.000 | 1.000 | 1.000 | 0.999 | 0.999 | 0.998 | 0.998 | 0.997 | 0.996 |
| 10 | 0.995 | 0.994 | 0.993 | 0.992 | 0.991 | 0.989 | 0.988 | 0.986 | 0.985 | 0.983 |
| 20 | 0.981 | 0.979 | 0.977 | 0.976 | 0.974 | 0.972 | 0.907 | 0.968 | 0.966 | 0.946 |
| 30 | 0.963 | 0.961 | 0.959 | 0.957 | 0.955 | 0.952 | 0.950 | 0.948 | 0.946 | 0.944 |
| 40 | 0.941 | 0.939 | 0.937 | 0.934 | 0.932 | 0.929 | 0.927 | 0.924 | 0.921 | 0.919 |
| 50 | 0.916 | 0.913 | 0.910 | 0.907 | 0.904 | 0.900 | 0.897 | 0.894 | 0.890 | 0.886 |
| 60 | 0.883 | 0.879 | 0.875 | 0.871 | 0.867 | 0.863 | 0.858 | 0.854 | 0.849 | 0.844 |
| 70 | 0.839 | 0.834 | 0.829 | 0.824 | 0.818 | 0.813 | 0.807 | 0.801 | 0.795 | 0.789 |
| 80 | 0.783 | 0.776 | 0.770 | 0.763 | 0.757 | 0.750 | 0.743 | 0.736 | 0.728 | 0.721 |
| 90 | 0.714 | 0.706 | 0.699 | 0.691 | 0.684 | 0.676 | 0.668 | 0.661 | 0.653 | 0.645 |
| 100 | 0.638 | 0.630 | 0.622 | 0.615 | 0.607 | 0.600 | 0.592 | 0.585 | 0.577 | 0.507 |
| 110 | 0.563 | 0.555 | 0.548 | 0.541 | 0.534 | 0.527 | 0.520 | 0.514 | 0.507 | 0.500 |
| 120 | 0.494 | 0.488 | 0.481 | 0.475 | 0.469 | 0.463 | 0.457 | 0.451 | 0.445 | 0.400 |
| 130 | 0.434 | 0.429 | 0.423 | 0.418 | 0.412 | 0.407 | 0.402 | 0.397 | 0.392 | 0.387 |
| 140 | 0.383 | 0.378 | 0.373 | 0.369 | 0.364 | 0.360 | 0.356 | 0.351 | 0.374 | 0.343 |
| 150 | 0.339 | 0.335 | 0.331 | 0.372 | 0.323 | 0.320 | 0.316 | 0.312 | 0.309 | 0.305 |
| 160 | 0.302 | 0.298 | 0.295 | 0.292 | 0.289 | 0.285 | 0.282 | 0.279 | 0.276 | 0.273 |
| 170 | 0.270 | 0.276 | 0.264 | 0.262 | 0.259 | 0.256 | 0.253 | 0.251 | 0.248 | 0.246 |
| 180 | 0.243 | 0.241 | 0.238 | 0.236 | 0.234 | 0.231 | 0.229 | 0.226 | 0.224 | 0.222 |
| 190 | 0.220 | 0.218 | 0.215 | 0.213 | 0.211 | 0.209 | 0.207 | 0.205 | 0.203 | 0.201 |
| 200 | 0.199 | 0.198 | 0.196 | 0.194 | 0.192 | 0.190 | 0.189 | 0.187 | 0.185 | 0.183 |
| 210 | 0.182 | 0.180 | 0.179 | 0.177 | 0.175 | 0.174 | 0.172 | 0.171 | 0.169 | 0.168 |
| 220 | 0.166 | 0.165 | 0.164 | 0.162 | 0.161 | 0.159 | 0.158 | 0.157 | 0.155 | 0.154 |
| 230 | 0.153 | 0.152 | 0.150 | 0.149 | 0.148 | 0.147 | 0.146 | 0.144 | 0.143 | 0.142 |
| 240 | 0.141 | 0.140 | 0.139 | 0.138 | 0.136 | 0.135 | 0.134 | 0.133 | 0.132 | 0.131 |
| 250 | 0.130 | — | — | — | — | — | — | — | — | — |

注：1. 表 3-1-12～表 3-1-15 中的 $\varphi$ 值系按下列公式算得：

当 $\lambda_n = \dfrac{\lambda}{\pi}\sqrt{f_y/E} \leqslant 0.215$ 时，$\varphi = 1 - \alpha_1\lambda_n^2$

当 $\lambda_n > 0.215$ 时：$\varphi = \dfrac{1}{2\lambda_n^2}\left[(\alpha_2 + \alpha_3\lambda_n + \lambda_n^2) - \sqrt{(\alpha_2 + \alpha_3\lambda_n + \lambda_n^2)^2 - 4\lambda_n^2}\,\right]$

式中，$\alpha_1$、$\alpha_2$、$\alpha_3$ 为系数，根据《钢结构设计规范》规定的截面分类，按表 3-1-16 采用。

2 当构件的 $\lambda\sqrt{\dfrac{f_y}{235}}$ 值超出表 3-1-12～表 3-1-15 的范围时，则 $\varphi$ 值按注 1 所列的公式计算。

## 3.1.1.13　b 类截面轴心受压构件的稳定系数 φ

表 3-1-13　b 类截面轴心受压构件的稳定系数 φ

| $\lambda\sqrt{\dfrac{f_y}{235}}$ | 0 | 1 | 2 | 3 | 4 | 5 | 6 | 7 | 8 | 9 |
|---|---|---|---|---|---|---|---|---|---|---|
| 0 | 1.000 | 1.000 | 1.000 | 0.999 | 0.999 | 0.998 | 0.997 | 0.996 | 0.995 | 0.994 |
| 10 | 0.992 | 0.992 | 0.989 | 0.987 | 0.985 | 0.983 | 0.981 | 0.978 | 0.976 | 0.973 |
| 20 | 0.970 | 0.970 | 0.963 | 0.960 | 0.957 | 0.953 | 0.950 | 0.946 | 0.943 | 0.939 |
| 30 | 0.936 | 0.936 | 0.929 | 0.925 | 0.922 | 0.918 | 0.914 | 0.910 | 0.906 | 0.903 |
| 40 | 0.866 | 0.866 | 0.891 | 0.887 | 0.882 | 0.878 | 0.874 | 0.870 | 0.865 | 0.861 |
| 50 | 0.856 | 0.856 | 0.847 | 0.842 | 0.838 | 0.833 | 0.828 | 0.823 | 0.818 | 0.813 |
| 60 | 0.807 | 0.807 | 0.797 | 0.791 | 0.786 | 0.780 | 0.774 | 0.769 | 0.763 | 0.757 |
| 70 | 0.751 | 0.751 | 0.739 | 0.732 | 0.726 | 0.720 | 0.714 | 0.707 | 0.701 | 0.694 |
| 80 | 0.688 | 0.688 | 0.675 | 0.668 | 0.661 | 0.655 | 0.648 | 0.641 | 0.635 | 0.628 |
| 90 | 0.621 | 0.621 | 0.608 | 0.601 | 0.594 | 0.588 | 0.581 | 0.575 | 0.568 | 0.561 |
| 100 | 0.555 | 0.555 | 0.542 | 0.536 | 0.529 | 0.523 | 0.517 | 0.511 | 0.505 | 0.496 |
| 110 | 0.493 | 0.493 | 0.481 | 0.475 | 0.470 | 0.464 | 0.458 | 0.543 | 0.447 | 0.442 |
| 120 | 0.437 | 0.437 | 0.462 | 0.421 | 0.416 | 0.411 | 0.406 | 0.402 | 0.397 | 0.392 |
| 130 | 0.387 | 0.387 | 0.378 | 0.374 | 0.370 | 0.365 | 0.361 | 0.357 | 0.353 | 0.349 |
| 140 | 0.345 | 0.345 | 0.337 | 0.333 | 0.329 | 0.326 | 0.322 | 0.318 | 0.315 | 0.311 |
| 150 | 0.308 | 0.308 | 0.301 | 0.298 | 0.295 | 0.261 | 0.288 | 0.285 | 0.282 | 0.279 |
| 160 | 0.276 | 0.276 | 0.270 | 0.267 | 0.265 | 0.262 | 0.259 | 0.256 | 0.254 | 0.251 |
| 170 | 0.249 | 0.249 | 0.244 | 0.241 | 0.239 | 0.236 | 0.234 | 0.232 | 0.229 | 0.227 |
| 180 | 0.225 | 0.225 | 0.220 | 0.218 | 0.216 | 0.214 | 0.212 | 0.210 | 0.208 | 0.206 |
| 190 | 0.204 | 0.204 | 0.200 | 0.198 | 0.197 | 0.195 | 0.193 | 0.191 | 0.190 | 0.188 |
| 200 | 0.186 | 0.186 | 0.183 | 0.181 | 0.180 | 0.178 | 0.176 | 0.175 | 0.173 | 0.172 |
| 210 | 0.170 | 0.169 | 0.167 | 0.166 | 0.165 | 0.163 | 0.162 | 0.160 | 0.159 | 0.158 |
| 220 | 0.156 | 0.156 | 0.154 | 0.153 | 0.151 | 0.150 | 0.149 | 0.148 | 0.146 | 0.145 |
| 230 | 0.144 | 0.144 | 0.142 | 0.141 | 0.140 | 0.138 | 0.137 | 0.136 | 0.135 | 0.14 |
| 240 | 0.133 | 0.132 | 0.131 | 0.130 | 0.129 | 0.128 | 0.127 | 0.126 | 0.125 | 0.124 |
| 250 | 0.123 | — | — | — | — | — | — | — | — | — |

## 3.1.1.14　c 类截面轴心受压构件的稳定系数 φ

表 3-1-14　c 类截面轴心受压构件的稳定系数 φ

| $\lambda\sqrt{\dfrac{f_y}{235}}$ | 0 | 1 | 2 | 3 | 4 | 5 | 6 | 7 | 8 | 9 |
|---|---|---|---|---|---|---|---|---|---|---|
| 0 | 1.000 | 1.000 | 1.000 | 0.999 | 0.999 | 0.998 | 0.997 | 0.996 | 0.995 | 0.993 |
| 10 | 0.992 | 0.990 | 0.988 | 0.986 | 0.983 | 0.981 | 0.978 | 0.976 | 0.973 | 0.970 |
| 20 | 0.966 | 0.959 | 0.953 | 0.947 | 0.940 | 0.934 | 0.928 | 0.921 | 0.915 | 0.909 |
| 30 | 0.902 | 0.896 | 0.890 | 0.884 | 0.887 | 0.871 | 0.865 | 0.858 | 0.852 | 0.846 |
| 40 | 0.839 | 0.833 | 0.826 | 0.820 | 0.814 | 0.807 | 0.801 | 0.794 | 0.788 | 0.781 |
| 50 | 0.775 | 0.768 | 0.762 | 0.755 | 0.748 | 0.742 | 0.735 | 0.729 | 0.722 | 0.715 |
| 60 | 0.709 | 0.702 | 0.695 | 0.689 | 0.682 | 0.676 | 0.669 | 0.662 | 0.656 | 0.649 |
| 70 | 0.643 | 0.636 | 0.629 | 0.623 | 0.616 | 0.610 | 0.604 | 0.597 | 0.591 | 0.584 |
| 80 | 0.578 | 0.572 | 0.566 | 0.559 | 0.553 | 0.547 | 0.541 | 0.535 | 0.529 | 0.523 |
| 90 | 0.517 | 0.511 | 0.505 | 0.500 | 0.494 | 0.488 | 0.483 | 0.477 | 0.472 | 0.467 |
| 100 | 0.463 | 0.458 | 0.454 | 0.449 | 0.445 | 0.441 | 0.436 | 0.432 | 0.428 | 0.423 |
| 110 | 0.419 | 0.415 | 0.411 | 0.407 | 0.403 | 0.399 | 0.395 | 0.391 | 0.387 | 0.383 |
| 120 | 0.379 | 0.375 | 0.371 | 0.367 | 0.364 | 0.360 | 0.356 | 0.353 | 0.349 | 0.346 |
| 130 | 0.342 | 0.339 | 0.335 | 0.332 | 0.328 | 0.325 | 0.322 | 0.319 | 0.315 | 0.312 |
| 140 | 0.309 | 0.306 | 0.303 | 0.300 | 0.297 | 0.294 | 0.291 | 0.288 | 0.285 | 0.282 |
| 150 | 0.280 | 0.277 | 0.274 | 0.271 | 0.269 | 0.266 | 0.264 | 0.261 | 0.258 | 0.256 |
| 160 | 0.254 | 0.251 | 0.249 | 0.246 | 0.244 | 0.242 | 0.239 | 0.237 | 0.235 | 0.233 |
| 170 | 0.230 | 0.228 | 0.226 | 0.224 | 0.222 | 0.220 | 0.218 | 0.216 | 0.214 | 0.212 |
| 180 | 0.210 | 0.208 | 0.206 | 0.205 | 0.203 | 0.201 | 0.199 | 0.197 | 0.196 | 0.194 |
| 190 | 0.192 | 0.190 | 0.189 | 0.187 | 0.186 | 0.184 | 0.182 | 0.181 | 0.179 | 0.178 |
| 200 | 0.176 | 0.175 | 0.173 | 0.172 | 0.170 | 0.169 | 0.168 | 0.166 | 0.165 | 0.163 |
| 210 | 0.162 | 0.161 | 0.159 | 0.158 | 0.157 | 0.156 | 0.154 | 0.153 | 0.152 | 0.151 |
| 220 | 0.150 | 0.148 | 0.147 | 0.146 | 0.145 | 0.144 | 0.143 | 0.142 | 0.140 | 0.139 |
| 230 | 0.138 | 0.137 | 0.136 | 0.135 | 0.134 | 0.133 | 0.132 | 0.131 | 0.130 | 0.129 |
| 240 | 0.128 | 0.127 | 0.126 | 0.125 | 0.124 | 0.124 | 0.123 | 0.122 | 0.121 | 0.120 |
| 250 | 0.119 | — | — | — | — | — | — | — | — | — |

### 3.1.1.15　d 类截面轴心受压构件的稳定系数 φ

表 3-1-15　d 类截面轴心受压构件的稳定系数 φ

| $\lambda\sqrt{\dfrac{f_y}{235}}$ | 0 | 1 | 2 | 3 | 4 | 5 | 6 | 7 | 8 | 9 |
|---|---|---|---|---|---|---|---|---|---|---|
| 0 | 1.000 | 1.000 | 0.999 | 0.999 | 0.998 | 0.996 | 0.994 | 0.992 | 0.990 | 0.987 |
| 10 | 0.984 | 0.981 | 0.978 | 0.974 | 0.969 | 0.965 | 0.960 | 0.955 | 0.949 | 0.944 |
| 20 | 0.937 | 0.927 | 0.918 | 0.909 | 0.900 | 0.891 | 0.883 | 0.874 | 0.865 | 0.857 |
| 30 | 0.848 | 0.840 | 0.831 | 0.823 | 0.815 | 0.807 | 0.799 | 0.790 | 0.782 | 0.774 |
| 40 | 0.766 | 0.759 | 0.751 | 0.743 | 0.735 | 0.728 | 0.720 | 0.712 | 0.705 | 0.697 |
| 50 | 0.690 | 0.683 | 0.675 | 0.668 | 0.661 | 0.654 | 0.646 | 0.639 | 0.632 | 0.625 |
| 60 | 0.618 | 0.612 | 0.605 | 0.598 | 0.591 | 0.585 | 0.578 | 0.572 | 0.565 | 0.559 |
| 70 | 0.552 | 0.546 | 0.540 | 0.534 | 0.528 | 0.522 | 0.516 | 0.510 | 0.504 | 0.498 |
| 80 | 0.493 | 0.487 | 0.481 | 0.476 | 0.470 | 0.465 | 0.460 | 0.454 | 0.449 | 0.444 |
| 90 | 0.439 | 0.434 | 0.429 | 0.424 | 0.419 | 0.414 | 0.410 | 0.405 | 0.401 | 0.397 |
| 100 | 0.394 | 0.390 | 0.387 | 0.383 | 0.380 | 0.376 | 0.373 | 0.370 | 0.366 | 0.363 |
| 110 | 0.359 | 0.356 | 0.353 | 0.350 | 0.346 | 0.343 | 0.340 | 0.337 | 0.334 | 0.331 |
| 120 | 0.328 | 0.325 | 0.322 | 0.319 | 0.316 | 0.313 | 0.310 | 0.307 | 0.304 | 0.301 |
| 130 | 0.299 | 0.296 | 0.293 | 0.290 | 0.288 | 0.285 | 0.282 | 0.280 | 0.277 | 0.275 |
| 140 | 0.272 | 0.270 | 0.267 | 0.265 | 0.262 | 0.260 | 0.258 | 0.255 | 0.253 | 0.251 |
| 150 | 0.248 | 0.246 | 0.244 | 0.242 | 0.240 | 0.237 | 0.235 | 0.233 | 0.231 | 0.229 |
| 160 | 0.227 | 0.225 | 0.223 | 0.221 | 0.219 | 0.217 | 0.215 | 0.213 | 0.212 | 0.210 |
| 170 | 0.208 | 0.206 | 0.204 | 0.203 | 0.201 | 0.199 | 0.197 | 0.196 | 0.194 | 0.192 |
| 180 | 0.191 | 0.189 | 0.188 | 0.186 | 0.184 | 0.183 | 0.181 | 0.180 | 0.178 | 0.177 |
| 190 | 0.176 | 0.174 | 0.173 | 0.171 | 0.170 | 0.168 | 0.167 | 0.166 | 0.164 | 0.163 |
| 200 | 0.162 | — | — | — | — | — | — | — | — | — |

### 3.1.1.16　系数 $\alpha_1$、$\alpha_2$、$\alpha_3$

表 3-1-16　系数 $\alpha_1$、$\alpha_2$、$\alpha_3$

| 截面类别 | | $\alpha_1$ | $\alpha_2$ | $\alpha_3$ |
|---|---|---|---|---|
| a 类 | | 0.41 | 0.986 | 0.152 |
| b 类 | | 0.65 | 0.965 | 0.300 |
| c 类 | $\lambda_n \leqslant 1.05$ | 0.73 | 0.906 | 0.595 |
| | $\lambda_n > 1.05$ | | 1.216 | 0.302 |
| d 类 | $\lambda_n \leqslant 1.05$ | 1.35 | 0.868 | 0.915 |
| | $\lambda_n > 1.05$ | | 1.375 | 0.432 |

### 3.1.1.17　轴心受压构件的截面分类（板厚 $t<40\text{mm}$）

表 3-1-17　轴心受压构件的截面分类（板厚 $t<40\text{mm}$）

| 截面形式 | 对 $x$ 轴 | 对 $y$ 轴 |
|---|---|---|
| <br>轧制 | a 类 | a 类 |

| 截 面 形 式 | 对 $x$ 轴 | 对 $y$ 轴 |
|---|---|---|
| 轧制，$b/h \leqslant 0.8$ | a 类 | b 类 |
| 轧制，$b/h > 0.8$ 焊接，翼缘为焰切边 焊接 | | |
| 轧制 轧制等边角钢 | b 类 | b 类 |
| 轧制，焊接（板件宽厚比＞20） 轧制或焊接 | | |
| 焊接 轧制截面和翼缘为焰切边的焊接截面 | | |
| 格构式 焊接，板件边缘焰切 | b 类 | b 类 |
| 焊接，翼缘为轧制或剪切边 | b 类 | c 类 |
| 焊接，板件边缘轧制或剪切 焊接，板件宽厚比≤20 | c 类 | c 类 |

市政工程常用资料备查手册

### 3.1.1.18　轴心受压构件的截面分类（板厚 $t \geqslant 40$mm）

表 3-1-18　轴心受压构件的截面分类（板厚 $t \geqslant 40$mm）

| 截 面 形 式 | | 对 $x$ 轴 | 对 $y$ 轴 |
|---|---|---|---|
| <br>轧制工字形或 H 形截面 | $t < 80$mm | b 类 | c 类 |
| | $t \geqslant 80$mm | c 类 | d 类 |
| <br>焊接工字形截面 | 翼缘为焰切边 | b 类 | b 类 |
| | 翼缘为轧制或剪切边 | c 类 | d 类 |
| <br>焊接箱形截面 | 板件宽厚比 $>20$ | b 类 | b 类 |
| | 板件宽厚比 $\leqslant 20$ | c 类 | c 类 |

### 3.1.1.19　与截面模量相当的截面塑性发展系数 $\gamma_x$、$\gamma_y$

表 3-1-19　与截面模量相当的截面塑性发展系数 $\gamma_x$、$\gamma_y$

| 项次 | 截 面 形 式 | $\gamma_x$ | $\gamma_y$ |
|---|---|---|---|
| 1 | | | 1.2 |
| 2 | | 1.05 | 1.05 |
| 3 | | | 1.2 |
| 4 | | $\gamma_{x1} = 1.05$<br>$\gamma_{x2} = 1.2$ | 1.05 |

| 项次 | 截 面 形 式 | $\gamma_x$ | $\gamma_y$ |
|---|---|---|---|
| 5 | | 1.2 | 1.2 |
| 6 | | 1.15 | 1.15 |
| 7 | | 1.0 | 1.05 |
| 8 | | 1.0 | 1.1 |

注：1. 当压弯构件受压翼缘的自由外伸宽度与其厚度之比大于 $13\sqrt{235/f_y}$，而不超过 $15\sqrt{235/f_y}$ 时，应取 $\gamma_x=1.0$。

2. 需要计算疲劳的拉弯、压弯构件，宜取 $\gamma_x=\gamma_y=1.0$。

## 3.1.1.20 桁架弦杆和单系腹杆的计算长度（$l_0$）

表 3-1-20　桁架弦杆和单系腹杆的计算长度（$l_0$）

| 项 次 | 弯 曲 方 向 | 弦 杆 | 腹 杆 | |
|---|---|---|---|---|
| | | | 支座斜杆和支座竖杆 | 其他腹杆 |
| 1 | 在桁架平面内 | $l$ | $l$ | $0.8l$ |
| 2 | 在桁架平面外 | $l_1$ | $l$ | $l$ |
| 3 | 斜平面 | — | $l$ | $0.9l$ |

注：1. $l$ 为构件的几何长度（节点中心间距离）；$l_1$ 为桁架弦杆侧向支承点之间的距离。

2. 斜平面系指与桁架平面斜交的平面，适用于构件截面两主轴均不在桁架平面内的单角钢腹杆和双角钢十字形截面腹杆。

3. 无节点板的腹杆计算长度在任意平面内均取其等于几何长度（钢管结构除外）。

## 3.1.1.21 受压构件的长细比

表 3-1-21　受压构件的允许长细比

| 项 次 | 构 件 名 称 | 允许长细比 |
|---|---|---|
| 1 | 柱、桁架和天窗架中的杆件 | 150 |
| | 柱的缀条、吊车梁或吊车桁架以下的柱间支撑 | |
| 2 | 支撑（吊车梁或吊车桁架以下的柱间支撑除外） | 200 |
| | 用以减少受压构件长细比的杆件 | |

注：1. 桁架（包括空间桁架）的受压腹杆，当其内力等于或小于承载能力的 50% 时，允许长细比值可取为 200。

2. 计算单角钢受压构件的长细比时，应采用角钢的最小回转半径，但在计算交叉杆件平面外的长细比时，可采用与角钢肢边平行轴的回转半径。

3. 跨度等于或大于 60m 的桁架，其受压弦杆和端腹杆的允许长细比值宜取为 100，其他受压腹杆可取为 150（承受静力荷载或间接承受动力荷载）或 120（直接承受动力荷载）。

## 3.1.1.22 受拉构件的长细比

表 3-1-22　受拉构件的长细比

| 项　次 | 构 件 名 称 | 承受静力荷载或间接承受动力荷载的结构 | | 直接承受动力荷载和结构 |
| --- | --- | --- | --- | --- |
| | | 一般建筑结构 | 有重级工作制吊车的厂房 | |
| 1 | 桁架的杆件 | 350 | 250 | 250 |
| 2 | 吊车梁或吊车桁架以下的柱间支撑 | 300 | 200 | — |
| 3 | 其他拉杆、支撑、系杆等（张紧的圆钢除外） | 400 | 350 | — |

注：1. 承受静力荷载的结构中，可仅计算受拉构件在竖向平面内的长细比。

2. 在直接或间接承受动力荷载的结构中，单角钢受拉构件长细比的计算方法与表 3-1-21 注 2 相同。

3. 中、重级工作制吊车桁架下弦杆的长细比不宜超过 200。

4. 在设有夹钳或刚性料耙等硬钩吊车的厂房中，支撑（表中第 2 项除外）的长细比不宜超过 300。

5. 受拉构件在永久荷载与风荷载组合作用下受压时，其长细比不宜超过 250。

6. 跨度等于或大于 60m 的桁架，其受拉弦杆和腹杆的长细比不宜超过 300（承受静力荷载或间接承受动力荷载）或 250（直接承受动力荷载）。

## 3.1.1.23 常见型钢及其组合截面回转半径近似值

表 3-1-23　常见型钢及其组合截面回转半径近似值

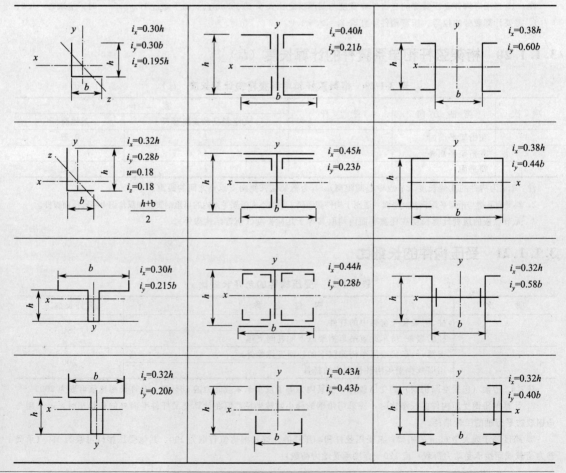

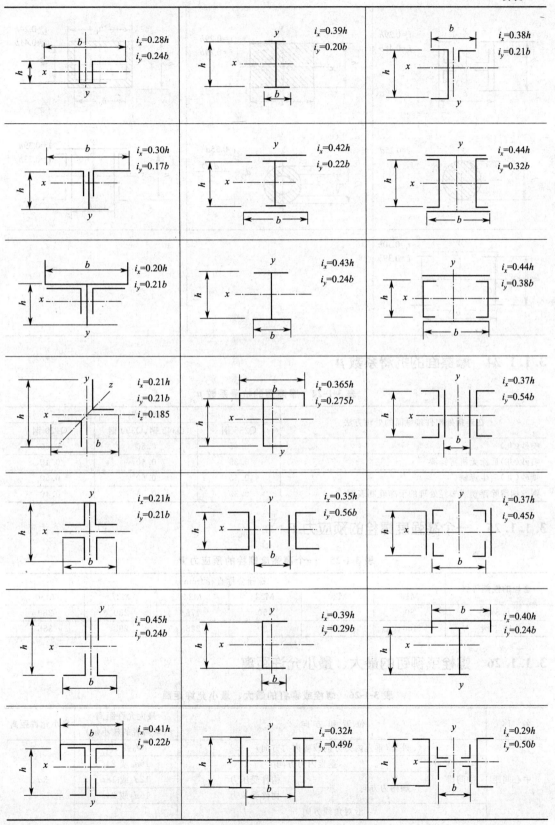

市政工程常用资料备查手册

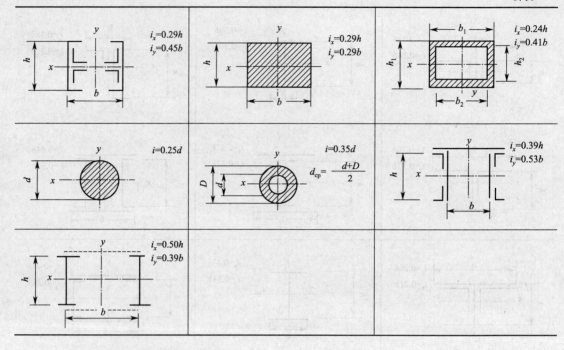

### 3.1.1.24 摩擦面的抗滑系数 μ

表 3-1-24 摩擦面的抗滑系数 μ

| 在连接处构件接触面的处理方法 | 构件的钢号 | | |
|---|---|---|---|
| | Q235 钢 | Q345 钢、Q390 钢 | Q420 钢 |
| 喷砂(丸) | 0.45 | 0.50 | 0.50 |
| 喷砂(丸)后涂无机富锌漆 | 0.35 | 0.40 | 0.40 |
| 喷砂(丸)后生赤锈 | 0.45 | 0.50 | 0.50 |
| 钢丝刷清除浮锈或未经处理的干净轧制表面 | 0.30 | 0.35 | 0.40 |

### 3.1.1.25 一个高强度螺栓的预应力 P

表 3-1-25 一个高强度螺栓的预应力 P

| 螺栓的性能等级 | 螺栓公称直径/mm | | | | | |
|---|---|---|---|---|---|---|
| | M16 | M20 | M22 | M24 | M27 | M30 |
| 8.8 级 | 80 | 125 | 150 | 175 | 230 | 280 |
| 10.9 级 | 100 | 155 | 190 | 225 | 290 | 355 |

### 3.1.1.26 螺栓或铆钉的最大、最小允许距离

表 3-1-26 螺栓或铆钉的最大、最小允许距离

| 名　称 | 位　置　和　方　向 | | | 最大允许距离<br>(取两者的较小值) | 最小允许距离 |
|---|---|---|---|---|---|
| 中心间距 | 外排(垂直内力方向或顺内力方向) | | | $8d_0$ 或 $12t$ | $3d_0$ |
| | 中间排 | 垂直内力方向 | | $16d_0$ 或 $24t$ | |
| | | 顺内力方向 | 构件受压力 | $12d_0$ 或 $18t$ | |
| | | | 构件受拉力 | $16d_0$ 或 $24t$ | |
| | 沿对角线方向 | | | — | |

| 名　称 | 位置和方向 | | | 最大允许距离<br>(取两者的较小值) | 最小允许距离 |
|---|---|---|---|---|---|
| 中心至构<br>件边缘距离 | 顺内力方向 | | | 4$d_0$或8$t$ | 2$d_0$ |
| | 垂直内<br>力方向 | 剪切边或手工气割边 | | | 1.5$d_0$ |
| | | 轧制边、自动气割或<br>锯割边 | 高强度螺栓 | | |
| | | | 其他螺栓或铆钉 | | 1.2$d_0$ |

注：1. $d_0$为螺栓或铆钉的孔径，$t$为外层较薄板件的厚度。

2. 钢板边缘与刚性构件（如角钢、槽钢等）相连的螺栓或铆钉的最大间距，可按中间排的数值采用。

## 3.1.1.27　单层房屋和露天结构的温度区段长度

**表 3-1-27　温度区段长度**

| 结构情况 | 纵向温度区段（垂直屋<br>架或构架跨度方向） | 横向温度区段（沿屋架或构架跨度方向） | |
|---|---|---|---|
| | | 柱顶为刚接 | 柱顶为铰接 |
| 采暖房屋和非采暖地区的房屋 | 220 | 120 | 150 |
| 热车间和采暖地区的非采暖房屋 | 180 | 100 | 125 |
| 露天结构 | 120 | — | — |

注：1. 厂房柱为其它材料时，应按相应规范的规定设置伸缩缝。围护结构可根据具体情况参照有关规范单独设置伸缩缝。

2. 无桥式吊车房屋的柱间支撑和有桥式吊车房屋吊车梁或吊车桁架以下的柱间支撑，宜对称布置于温度区段中部。当不对称布置时，上述柱间支撑的中点（两道柱间支撑时为两支撑距离的中点）至温度区段端部的距离不宜大于表中纵向温度区段长度的60%。

3. 有充分依据或可靠措施时，表中数字可予以增减。

## 3.1.1.28　柱水平位移（计算值）的容许值

**表 3-1-28　柱水平位移（计算值）的容许值**

| 项次 | 位移的种类 | 按平面结构图形计算 | 按空间结构图形计算 |
|---|---|---|---|
| 1 | 厂房柱的横向位移 | $H_c/1250$ | $H_c/2000$ |
| 2 | 露天栈桥柱的横向位移 | $H_c/2500$ | — |
| 3 | 厂房和露天栈桥柱的纵向位移 | $H_c/4000$ | — |

注：1. $H_c$为基础顶面至吊车梁或吊车桁架顶面的高度。

2. 计算厂房或露天栈桥柱的纵向位移时，可假定吊车的纵向水平制动力分配在温度区段内所有柱间支撑或纵向框架上。

3. 在设有A8级吊车的厂房中，厂房柱的水平位移容许值宜减小10%。

4. 在设有A6级吊车的厂房柱的纵向位移宜符合表中的要求。

## 3.1.1.29　型钢规格及截面特性

（1）工字钢　依照《热轧型钢》（GB/T 706—2008）的要求，工字钢截面尺寸、截面面积、理论重量及截面特性等参数可参见表3-1-29。

市政工程常用资料备查手册

表 3-1-29　工字钢截面尺寸、截面面积、理论重量及截面特性

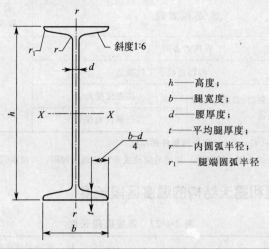

$h$——高度；
$b$——腿宽度；
$d$——腰厚度；
$t$——平均腿厚度；
$r$——内圆弧半径；
$r_1$——腿端圆弧半径

| 型号 | 截面尺寸/mm | | | | | | 截面面积 /cm² | 理论重量 /(kg/m) | 惯性矩/cm⁴ | | 惯性半径/cm | | 截面模数/cm³ | |
|---|---|---|---|---|---|---|---|---|---|---|---|---|---|---|
| | $h$ | $b$ | $d$ | $t$ | $r$ | $r_1$ | | | $I_x$ | $I_y$ | $i_x$ | $i_y$ | $W_x$ | $W_y$ |
| 10 | 100 | 68 | 4.5 | 7.6 | 6.5 | 3.3 | 14.345 | 11.261 | 245 | 33.0 | 4.14 | 1.52 | 49.0 | 9.72 |
| 12 | 120 | 74 | 5.0 | 8.4 | 7.0 | 3.5 | 17.818 | 13.987 | 436 | 46.9 | 4.95 | 1.62 | 72.7 | 12.7 |
| 12.6 | 126 | 74 | 5.0 | 8.4 | 7.0 | 3.5 | 18.118 | 14.223 | 488 | 46.9 | 5.20 | 1.61 | 77.5 | 12.7 |
| 14 | 140 | 80 | 5.5 | 9.1 | 7.5 | 3.8 | 21.516 | 16.890 | 712 | 64.4 | 5.76 | 1.73 | 102 | 16.1 |
| 16 | 160 | 88 | 6.0 | 9.9 | 8.0 | 4.0 | 26.131 | 20.513 | 1130 | 93.1 | 6.58 | 1.89 | 141 | 21.2 |
| 18 | 180 | 94 | 6.5 | 10.7 | 8.5 | 4.3 | 30.756 | 24.143 | 1660 | 122 | 7.36 | 2.00 | 185 | 26.0 |
| 20a | 200 | 100 | 7.0 | 11.4 | 9.0 | 4.5 | 35.578 | 27.929 | 2370 | 158 | 8.15 | 2.12 | 237 | 31.5 |
| 20b | 200 | 102 | 9.0 | 11.4 | 9.0 | 4.5 | 39.578 | 31.069 | 2500 | 169 | 7.96 | 2.06 | 250 | 33.1 |
| 22a | 220 | 110 | 7.5 | 12.3 | 9.5 | 4.8 | 42.128 | 33.070 | 3400 | 225 | 8.99 | 2.31 | 309 | 40.9 |
| 22b | 220 | 112 | 9.5 | 12.3 | 9.5 | 4.8 | 46.528 | 36.524 | 3570 | 239 | 8.78 | 2.27 | 325 | 42.7 |
| 24a | 240 | 116 | 8.0 | 13.0 | 10.0 | 5.0 | 47.741 | 37.477 | 4570 | 280 | 9.77 | 2.42 | 381 | 48.4 |
| 24b | 240 | 118 | 10.0 | 13.0 | 10.0 | 5.0 | 52.541 | 41.245 | 4800 | 297 | 9.57 | 2.38 | 400 | 50.4 |
| 25a | 250 | 116 | 8.0 | 13.0 | 10.0 | 5.0 | 48.541 | 38.105 | 5020 | 280 | 10.2 | 2.40 | 402 | 48.3 |
| 25b | 250 | 118 | 10.0 | 13.0 | 10.0 | 5.0 | 53.541 | 42.030 | 5280 | 309 | 9.94 | 2.40 | 423 | 52.4 |
| 27a | 270 | 122 | 8.5 | 13.7 | 10.5 | 5.3 | 54.554 | 42.825 | 6550 | 345 | 10.9 | 2.51 | 485 | 56.6 |
| 27b | 270 | 124 | 10.5 | 13.7 | 10.5 | 5.3 | 59.954 | 47.064 | 6870 | 366 | 10.7 | 2.47 | 509 | 58.9 |
| 28a | 280 | 122 | 8.5 | 13.7 | 10.5 | 5.3 | 55.404 | 43.492 | 7110 | 345 | 11.3 | 2.50 | 508 | 56.6 |
| 28b | 280 | 124 | 10.5 | 13.7 | 10.5 | 5.3 | 61.004 | 47.888 | 7480 | 379 | 11.1 | 2.49 | 534 | 61.2 |
| 30a | 300 | 126 | 9.0 | 14.4 | 11.0 | 5.5 | 61.254 | 48.084 | 8950 | 400 | 12.1 | 2.55 | 597 | 63.5 |
| 30b | 300 | 128 | 11.0 | 14.4 | 11.0 | 5.5 | 67.254 | 52.794 | 9400 | 422 | 11.8 | 2.50 | 627 | 65.9 |
| 30c | 300 | 130 | 13.0 | 14.4 | 11.0 | 5.5 | 73.254 | 57.504 | 9850 | 445 | 11.6 | 2.46 | 657 | 68.5 |
| 32a | 320 | 130 | 9.5 | 15.0 | 11.5 | 5.8 | 67.156 | 52.717 | 11100 | 460 | 12.8 | 2.62 | 692 | 70.8 |
| 32b | 320 | 132 | 11.5 | 15.0 | 11.5 | 5.8 | 73.556 | 57.741 | 11600 | 502 | 12.6 | 2.61 | 726 | 76.0 |
| 32c | 320 | 134 | 13.5 | 15.0 | 11.5 | 5.8 | 79.956 | 62.765 | 12200 | 544 | 12.3 | 2.61 | 760 | 81.2 |
| 36a | 360 | 136 | 10.0 | 15.8 | 12.0 | 6.0 | 76.480 | 60.037 | 15800 | 552 | 14.4 | 2.69 | 875 | 81.2 |
| 36b | 360 | 138 | 12.0 | 15.8 | 12.0 | 6.0 | 83.680 | 65.689 | 16500 | 582 | 14.1 | 2.64 | 919 | 84.3 |
| 36c | 360 | 140 | 14.0 | 15.8 | 12.0 | 6.0 | 90.880 | 71.341 | 17300 | 612 | 13.8 | 2.60 | 962 | 87.4 |
| 40a | 400 | 142 | 10.5 | 16.5 | 12.5 | 6.3 | 86.112 | 67.598 | 21700 | 660 | 15.9 | 2.77 | 1090 | 93.2 |
| 40b | 400 | 144 | 12.5 | 16.5 | 12.5 | 6.3 | 94.112 | 73.878 | 22800 | 692 | 15.6 | 2.71 | 1140 | 96.2 |
| 40c | 400 | 146 | 14.5 | 16.5 | 12.5 | 6.3 | 102.112 | 80.158 | 23900 | 727 | 15.2 | 2.65 | 1190 | 99.6 |
| 45a | 450 | 150 | 11.5 | 18.0 | 13.5 | 6.8 | 102.446 | 80.420 | 32200 | 855 | 17.7 | 2.89 | 1430 | 114 |
| 45b | 450 | 152 | 13.5 | 18.0 | 13.5 | 6.8 | 111.446 | 87.485 | 33800 | 894 | 17.4 | 2.84 | 1500 | 118 |
| 45c | 450 | 154 | 15.5 | 18.0 | 13.5 | 6.8 | 120.446 | 94.550 | 35300 | 938 | 17.1 | 2.79 | 1570 | 122 |

| 型号 | 截面尺寸/mm | | | | | | 截面面积/cm² | 理论重量/(kg/m) | 惯性矩/cm⁴ | | 惯性半径/cm | | 截面模数/cm³ | |
|---|---|---|---|---|---|---|---|---|---|---|---|---|---|---|
| | $h$ | $b$ | $d$ | $t$ | $r$ | $r_1$ | | | $I_x$ | $I_y$ | $i_x$ | $i_y$ | $W_x$ | $W_y$ |
| 50a | | 158 | 12.0 | | | | 119.304 | 93.654 | 46500 | 1120 | 19.7 | 3.07 | 1860 | 142 |
| 50b | 500 | 160 | 14.0 | 20.0 | 14.0 | 7.0 | 129.304 | 101.504 | 48600 | 1170 | 19.4 | 3.01 | 1940 | 146 |
| 50c | | 162 | 16.0 | | | | 139.304 | 109.354 | 50600 | 1220 | 19.0 | 2.96 | 2080 | 151 |
| 55a | | 166 | 12.5 | | | | 134.185 | 105.335 | 62900 | 1370 | 21.6 | 3.19 | 2290 | 164 |
| 55b | 550 | 168 | 14.5 | | | | 145.185 | 113.970 | 65600 | 1420 | 21.2 | 3.14 | 2390 | 170 |
| 55c | | 170 | 16.5 | 21.0 | 14.5 | 7.3 | 156.185 | 122.605 | 68400 | 1480 | 20.9 | 3.08 | 2490 | 175 |
| 56a | | 166 | 12.5 | | | | 135.435 | 106.316 | 65600 | 1370 | 22.0 | 3.18 | 2340 | 165 |
| 56b | 560 | 168 | 14.5 | | | | 146.635 | 115.108 | 68500 | 1490 | 21.6 | 3.16 | 2450 | 174 |
| 56c | | 170 | 16.5 | | | | 157.835 | 123.900 | 71400 | 1560 | 21.3 | 3.16 | 2550 | 183 |
| 63a | | 176 | 13.0 | | | | 154.658 | 121.407 | 93900 | 1700 | 24.5 | 3.31 | 2980 | 193 |
| 63b | 630 | 178 | 15.0 | 22.0 | 15.0 | 7.5 | 167.258 | 131.298 | 98100 | 1810 | 24.2 | 3.29 | 3160 | 204 |
| 63c | | 180 | 17.0 | | | | 179.858 | 141.189 | 102000 | 1920 | 23.8 | 3.27 | 3300 | 214 |

注：表中 $r$、$r_1$ 的数据用于孔型设计，不做交货条件。

（2）槽钢　依照《热轧型钢》（GB/T 706—2008）的要求，槽钢截面尺寸、截面面积、理论重量及截面特性等参数可参见表 3-1-30。

表 3-1-30　槽钢截面尺寸、截面面积、理论重量及截面特性

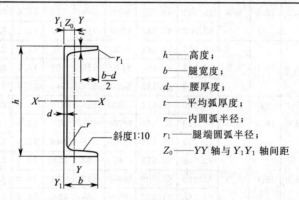

h——高度；
b——腿宽度；
d——腰厚度；
t——平均弧厚度；
r——内圆弧半径；
$r_1$——腿端圆弧半径；
$Z_0$——YY轴与$Y_1Y_1$轴间距

| 型号 | 截面尺寸/mm | | | | | | 截面面积/cm² | 理论重量/(kg/m) | 惯性矩/cm⁴ | | | 惯性半径/cm | | 截面模数/cm³ | | 重心距离/cm |
|---|---|---|---|---|---|---|---|---|---|---|---|---|---|---|---|---|
| | $h$ | $b$ | $d$ | $t$ | $r$ | $r_1$ | | | $I_x$ | $I_y$ | $I_{y1}$ | $i_x$ | $i_y$ | $W_x$ | $W_y$ | $Z_0$ |
| 5 | 50 | 37 | 4.5 | 7.0 | 7.0 | 3.5 | 6.928 | 5.438 | 26.0 | 8.30 | 20.9 | 1.94 | 1.10 | 10.4 | 3.55 | 1.35 |
| 6.3 | 63 | 40 | 4.8 | 7.5 | 7.5 | 3.8 | 8.451 | 6.634 | 50.8 | 11.9 | 28.4 | 2.45 | 1.19 | 16.1 | 4.50 | 1.36 |
| 6.5 | 65 | 40 | 4.3 | 7.5 | 7.5 | 3.8 | 8.547 | 6.709 | 55.2 | 12.0 | 28.3 | 2.54 | 1.19 | 17.0 | 4.59 | 1.38 |
| 8 | 80 | 43 | 5.0 | 8.0 | 8.0 | 4.0 | 10.248 | 8.045 | 101 | 16.6 | 37.4 | 3.15 | 1.27 | 25.3 | 5.79 | 1.43 |
| 10 | 100 | 48 | 5.3 | 8.5 | 8.5 | 4.2 | 12.748 | 10.007 | 198 | 25.6 | 54.9 | 3.95 | 1.41 | 39.7 | 7.80 | 1.52 |
| 12 | 120 | 53 | 5.5 | 9.0 | 9.0 | 4.5 | 15.362 | 12.059 | 346 | 37.4 | 77.7 | 4.75 | 1.56 | 57.7 | 10.2 | 1.62 |
| 12.6 | 126 | 53 | 5.5 | 9.0 | 9.0 | 4.5 | 15.692 | 12.318 | 391 | 38.0 | 77.1 | 4.95 | 1.57 | 62.1 | 10.2 | 1.59 |
| 14a | 140 | 58 | 6.0 | 9.5 | 9.5 | 4.8 | 18.516 | 14.535 | 564 | 53.2 | 107 | 5.52 | 1.70 | 80.5 | 13.0 | 1.71 |
| 14b | | 60 | 8.0 | | | | 21.316 | 16.733 | 609 | 61.1 | 121 | 5.35 | 1.69 | 87.1 | 14.1 | 1.67 |
| 16a | 160 | 63 | 6.5 | 10.0 | 10.0 | 5.0 | 21.962 | 17.24 | 866 | 73.3 | 144 | 6.28 | 1.83 | 108 | 16.3 | 1.80 |
| 16b | | 65 | 8.5 | | | | 25.162 | 19.752 | 935 | 83.4 | 161 | 6.10 | 1.82 | 117 | 17.6 | 1.75 |
| 18a | 180 | 68 | 7.0 | 10.5 | 10.5 | 5.2 | 25.699 | 20.174 | 1270 | 98.6 | 190 | 7.04 | 1.96 | 141 | 20.0 | 1.88 |
| 18b | | 70 | 9.0 | | | | 29.299 | 23.000 | 1370 | 111 | 210 | 6.84 | 1.95 | 152 | 21.5 | 1.84 |
| 20a | 200 | 73 | 7.0 | 11.0 | 11.0 | 5.5 | 28.837 | 22.637 | 1780 | 128 | 244 | 7.86 | 2.11 | 178 | 24.2 | 2.01 |
| 20b | | 75 | 9.0 | | | | 32.837 | 25.777 | 1910 | 144 | 268 | 7.64 | 2.09 | 191 | 25.9 | 1.95 |

| 型号 | 截面尺寸/mm | | | | | | 截面面积/cm² | 理论重量/(kg/m) | 惯性矩/cm⁴ | | | 惯性半径/cm | | 截面模数/cm³ | | 重心距离/cm |
|---|---|---|---|---|---|---|---|---|---|---|---|---|---|---|---|---|
| | $h$ | $b$ | $d$ | $t$ | $r$ | $r_1$ | | | $I_x$ | $I_y$ | $I_{y1}$ | $i_x$ | $i_y$ | $W_x$ | $W_y$ | $Z_0$ |
| 22a | 220 | 77 | 7.0 | 11.5 | 11.5 | 5.8 | 31.846 | 24.999 | 2390 | 158 | 298 | 8.67 | 2.23 | 218 | 28.2 | 2.10 |
| 22b | | 79 | 9.0 | | | | 36.246 | 28.453 | 2570 | 176 | 326 | 8.42 | 2.21 | 234 | 30.1 | 2.03 |
| 24a | 240 | 78 | 7.0 | 12.0 | 12.0 | 6.0 | 34.217 | 26.860 | 3050 | 174 | 325 | 9.45 | 2.25 | 254 | 30.5 | 2.10 |
| 24b | | 80 | 9.0 | | | | 39.017 | 30.628 | 3280 | 194 | 355 | 9.17 | 2.23 | 274 | 32.5 | 2.03 |
| 24c | | 82 | 11.0 | | | | 43.817 | 34.396 | 3510 | 213 | 388 | 8.96 | 2.21 | 293 | 34.4 | 2.00 |
| 25a | 250 | 78 | 7.0 | | | | 34.917 | 27.410 | 3370 | 176 | 322 | 9.82 | 2.24 | 270 | 30.6 | 2.07 |
| 25b | | 80 | 9.0 | | | | 39.917 | 31.335 | 3530 | 196 | 353 | 9.41 | 2.22 | 282 | 32.7 | 1.98 |
| 25c | | 82 | 11.0 | | | | 44.917 | 35.260 | 3690 | 218 | 384 | 9.07 | 2.21 | 295 | 35.9 | 1.92 |
| 27a | 270 | 82 | 7.5 | 12.5 | 12.5 | 6.2 | 39.284 | 30.838 | 4360 | 216 | 393 | 10.5 | 2.34 | 323 | 35.5 | 2.13 |
| 27b | | 84 | 9.5 | | | | 44.684 | 35.077 | 4690 | 239 | 428 | 10.3 | 2.31 | 347 | 37.7 | 2.06 |
| 27c | | 86 | 11.5 | | | | 50.084 | 39.316 | 5020 | 261 | 467 | 10.1 | 2.28 | 372 | 39.8 | 2.03 |
| 28a | 280 | 82 | 7.5 | | | | 40.034 | 31.427 | 4760 | 218 | 388 | 10.9 | 2.33 | 340 | 35.7 | 2.10 |
| 28b | | 84 | 9.5 | | | | 45.634 | 35.823 | 5130 | 242 | 428 | 10.6 | 2.30 | 366 | 37.9 | 2.02 |
| 28c | | 86 | 11.5 | | | | 51.234 | 40.219 | 5500 | 268 | 463 | 10.4 | 2.29 | 393 | 40.3 | 1.95 |
| 30a | 300 | 85 | 7.5 | 13.5 | 13.5 | 6.8 | 43.902 | 34.463 | 6050 | 260 | 467 | 11.7 | 2.43 | 403 | 41.1 | 2.17 |
| 30b | | 87 | 9.5 | | | | 49.902 | 39.173 | 6500 | 289 | 515 | 11.4 | 2.41 | 433 | 44.0 | 2.13 |
| 30c | | 89 | 11.5 | | | | 55.902 | 43.883 | 6950 | 316 | 560 | 11.2 | 2.38 | 463 | 46.4 | 2.09 |
| 32a | 320 | 88 | 8.0 | 14.0 | 14.0 | 7.0 | 48.513 | 38.083 | 7600 | 305 | 552 | 12.5 | 2.50 | 475 | 46.5 | 2.24 |
| 32b | | 90 | 10.0 | | | | 54.913 | 43.107 | 8140 | 336 | 593 | 12.2 | 2.47 | 509 | 49.2 | 2.16 |
| 32c | | 92 | 12.0 | | | | 61.313 | 48.131 | 8690 | 374 | 643 | 11.9 | 2.47 | 543 | 52.6 | 2.09 |
| 36a | 360 | 96 | 9.0 | 16.0 | 16.0 | 8.0 | 60.910 | 47.814 | 11900 | 455 | 818 | 14.0 | 2.73 | 660 | 63.5 | 2.44 |
| 36b | | 98 | 11.0 | | | | 68.110 | 53.466 | 12700 | 497 | 880 | 13.6 | 2.70 | 703 | 66.9 | 2.37 |
| 36c | | 100 | 13.0 | | | | 75.310 | 59.118 | 13400 | 536 | 948 | 13.4 | 2.67 | 746 | 70.0 | 2.34 |
| 40a | 400 | 100 | 10.5 | 18.0 | 18.0 | 9.0 | 75.068 | 58.928 | 17600 | 592 | 1070 | 15.3 | 2.81 | 879 | 78.8 | 2.49 |
| 40b | | 102 | 12.5 | | | | 83.068 | 65.208 | 18600 | 640 | 114 | 15.0 | 2.78 | 932 | 82.5 | 2.44 |
| 40c | | 104 | 14.5 | | | | 91.068 | 71.488 | 19700 | 688 | 1220 | 14.7 | 2.75 | 986 | 86.2 | 2.42 |

注：表中 $r$、$r_1$ 的数据用于孔型设计，不做交货条件。

（3）等边角钢　依照《热轧型钢》（GB/T 706—2008）的要求，等边角钢截面尺寸、截面面积、理论重量及截面特性等参数可参见表 3-1-31。

**表 3-1-31　等边角钢截面尺寸、截面面积、理论重量及截面特性**

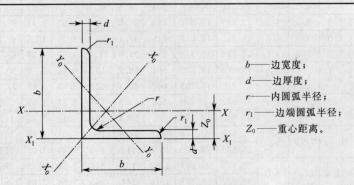

$b$——边宽度；
$d$——边厚度；
$r$——内圆弧半径；
$r_1$——边端圆弧半径；
$Z_0$——重心距离。

| 型号 | 截面尺寸/mm | | | 截面面积/cm² | 理论重量/(kg/m) | 外表面积/(m²/m) | 惯性矩/cm⁴ | | | | 惯性半径/cm | | | 截面模数/cm³ | | | 重心距离/cm |
|---|---|---|---|---|---|---|---|---|---|---|---|---|---|---|---|---|---|
| | $b$ | $d$ | $r$ | | | | $I_x$ | $I_{x1}$ | $I_{x0}$ | $I_{y0}$ | $i_x$ | $i_{x0}$ | $i_{y0}$ | $W_x$ | $W_{x0}$ | $W_{y0}$ | $Z_0$ |
| 2 | 20 | 3 | 3.5 | 1.132 | 0.889 | 0.078 | 0.40 | 0.81 | 0.63 | 0.17 | 0.59 | 0.75 | 0.39 | 0.29 | 0.45 | 0.20 | 0.60 |
| | | 4 | | 1.459 | 1.145 | 0.077 | 0.50 | 1.09 | 0.78 | 0.22 | 0.58 | 0.73 | 0.38 | 0.36 | 0.55 | 0.24 | 0.64 |
| 2.5 | 25 | 3 | | 1.432 | 1.124 | 0.098 | 0.82 | 1.57 | 1.29 | 0.34 | 0.76 | 0.95 | 0.49 | 0.46 | 0.73 | 0.33 | 0.73 |
| | | 4 | | 1.859 | 1.459 | 0.097 | 1.03 | 2.11 | 1.62 | 0.43 | 0.74 | 0.93 | 0.48 | 0.59 | 0.92 | 0.40 | 0.76 |
| 3.0 | 30 | 3 | | 1.749 | 1.373 | 0.117 | 1.46 | 2.71 | 2.31 | 0.61 | 0.91 | 1.15 | 0.59 | 0.68 | 1.09 | 0.51 | 0.85 |
| | | 4 | | 2.276 | 1786 | 0.117 | 1.84 | 3.63 | 2.92 | 0.77 | 0.90 | 1.13 | 0.58 | 0.87 | 1.37 | 0.62 | 0.89 |
| 3.6 | 36 | 3 | 4.5 | 2.109 | 1.656 | 0.141 | 2.58 | 4.68 | 4.09 | 1.07 | 1.11 | 1.39 | 0.71 | 0.99 | 1.61 | 0.76 | 1.00 |
| | | 4 | | 2.756 | 2.163 | 0.141 | 3.29 | 6.25 | 5.22 | 1.37 | 1.09 | 1.38 | 0.70 | 1.28 | 2.05 | 0.93 | 1.04 |
| | | 5 | | 3.382 | 2.654 | 0.141 | 3.95 | 7.84 | 6.24 | 1.65 | 1.08 | 1.36 | 0.70 | 1.56 | 2.45 | 1.00 | 1.07 |
| 4 | 40 | 3 | 5 | 2.359 | 1.852 | 0.157 | 3.59 | 6.41 | 5.69 | 1.49 | 1.23 | 1.55 | 0.79 | 1.23 | 2.01 | 1.09 | 1.09 |
| | | 4 | | 3.086 | 2.422 | 0.157 | 4.60 | 8.56 | 7.29 | 1.91 | 1.22 | 1.54 | 0.79 | 1.60 | 2.58 | 1.19 | 1.13 |
| | | 5 | | 3.791 | 2.976 | 0.156 | 5.53 | 10.74 | 8.76 | 2.30 | 1.21 | 1.52 | 0.78 | 1.96 | 3.10 | 1.39 | 1.17 |
| 4.5 | 45 | 3 | 5 | 2.659 | 2.088 | 0.177 | 5.17 | 9.12 | 8.20 | 2.14 | 1.40 | 1.76 | 0.89 | 1.58 | 2.58 | 1.24 | 1.22 |
| | | 4 | | 3.486 | 2.736 | 0.177 | 6.65 | 12.18 | 10.56 | 2.75 | 1.38 | 1.74 | 0.89 | 2.05 | 3.32 | 1.54 | 1.26 |
| | | 5 | | 4.292 | 3.369 | 0.176 | 8.04 | 15.2 | 12.74 | 3.33 | 1.37 | 1.72 | 0.88 | 2.51 | 4.00 | 1.81 | 1.30 |
| | | 6 | | 5.076 | 3.985 | 0.176 | 9.33 | 18.36 | 14.76 | 3.89 | 1.36 | 1.70 | 0.80 | 2.95 | 4.64 | 2.06 | 1.33 |
| 5 | 50 | 3 | 5.5 | 2.971 | 2.332 | 0.197 | 7.18 | 12.5 | 11.37 | 2.98 | 1.55 | 1.96 | 1.00 | 1.96 | 3.22 | 1.57 | 1.34 |
| | | 4 | | 3.897 | 3.059 | 0.197 | 9.26 | 16.69 | 14.70 | 3.82 | 1.54 | 1.94 | 0.99 | 2.56 | 4.16 | 1.96 | 1.38 |
| | | 5 | | 4.803 | 3.770 | 0.196 | 11.21 | 20.90 | 17.79 | 4.64 | 1.53 | 1.92 | 0.98 | 3.13 | 5.03 | 2.31 | 1.42 |
| | | 6 | | 5.688 | 4.465 | 0.196 | 13.05 | 25.14 | 20.68 | 5.42 | 1.52 | 1.91 | 0.98 | 3.68 | 5.85 | 2.63 | 1.46 |
| 5.6 | 56 | 3 | 6 | 3.343 | 2.624 | 0.221 | 10.19 | 17.56 | 16.14 | 4.24 | 1.75 | 2.20 | 1.13 | 2.48 | 4.08 | 2.02 | 1.48 |
| | | 4 | | 4.390 | 3.446 | 0.220 | 13.18 | 23.43 | 20.92 | 5.46 | 1.73 | 2.18 | 1.11 | 3.24 | 5.28 | 2.52 | 1.53 |
| | | 5 | | 5.415 | 4.251 | 0.220 | 16.02 | 29.33 | 25.42 | 6.61 | 1.72 | 2.17 | 1.10 | 3.97 | 6.42 | 2.98 | 1.57 |
| | | 6 | | 6.420 | 5.040 | 0.220 | 18.69 | 35.26 | 29.66 | 7.73 | 1.71 | 2.15 | 1.10 | 4.68 | 7.49 | 3.40 | 1.61 |
| | | 7 | | 7.404 | 5.812 | 0.219 | 21.23 | 41.23 | 33.63 | 8.82 | 1.69 | 2.13 | 1.09 | 5.36 | 8.49 | 3.80 | 1.64 |
| | | 8 | | 8.367 | 6.568 | 0.219 | 23.63 | 47.24 | 37.37 | 9.89 | 1.68 | 2.11 | 1.09 | 6.03 | 9.44 | 4.16 | 1.68 |
| 6 | 60 | 5 | 6.5 | 5.829 | 4.576 | 0.236 | 19.89 | 36.05 | 31.57 | 8.21 | 1.85 | 2.33 | 1.19 | 4.59 | 7.44 | 3.48 | 1.67 |
| | | 6 | | 6.914 | 5.427 | 0.235 | 23.25 | 43.33 | 36.89 | 9.60 | 1.83 | 2.31 | 1.18 | 5.41 | 8.70 | 3.98 | 1.70 |
| | | 7 | | 7.977 | 6.262 | 0.235 | 26.44 | 50.65 | 41.92 | 10.96 | 1.82 | 2.29 | 1.17 | 6.21 | 9.88 | 4.45 | 1.74 |
| | | 8 | | 9.020 | 7.081 | 0.235 | 29.47 | 58.02 | 46.66 | 12.28 | 1.81 | 2.27 | 1.17 | 6.98 | 11.00 | 4.88 | 1.78 |
| 6.3 | 63 | 4 | 7 | 4.978 | 3.907 | 0.248 | 19.03 | 33.35 | 30.17 | 7.89 | 1.96 | 2.46 | 1.26 | 4.13 | 6.78 | 3.29 | 1.70 |
| | | 5 | | 6.143 | 4.822 | 0.248 | 23.17 | 41.73 | 36.77 | 9.57 | 1.94 | 2.45 | 1.25 | 5.08 | 8.25 | 3.90 | 1.74 |
| | | 6 | | 7.288 | 5.721 | 0.247 | 27.12 | 50.14 | 43.03 | 11.20 | 1.93 | 2.43 | 1.24 | 6.00 | 9.66 | 4.46 | 1.78 |
| | | 7 | | 8.412 | 6.603 | 0.247 | 30.87 | 58.60 | 48.96 | 12.79 | 1.92 | 2.41 | 1.23 | 6.88 | 10.99 | 4.98 | 1.82 |
| | | 8 | | 9.515 | 7.469 | 0.247 | 34.46 | 67.11 | 54.56 | 14.33 | 1.90 | 2.40 | 1.23 | 7.75 | 12.25 | 5.47 | 1.85 |
| | | 10 | | 11.657 | 9.151 | 0.246 | 41.09 | 84.31 | 64.85 | 17.33 | 1.88 | 2.36 | 1.22 | 9.39 | 14.56 | 6.36 | 1.93 |

| 型号 | 截面尺寸 /mm | | | 截面面积 /cm² | 理论重量 /(kg/m) | 外表面积 /(m²/m) | 惯性矩/cm⁴ | | | | 惯性半径/cm | | | 截面模数/cm³ | | | 重心距离/cm |
|---|---|---|---|---|---|---|---|---|---|---|---|---|---|---|---|---|---|
| | $b$ | $d$ | $r$ | | | | $I_x$ | $I_{x1}$ | $I_{x0}$ | $I_{y0}$ | $i_x$ | $i_{x0}$ | $i_{y0}$ | $W_x$ | $W_{x0}$ | $W_{y0}$ | $Z_0$ |
| 7 | 70 | 4 | 8 | 5.570 | 4.372 | 0.275 | 26.39 | 45.74 | 41.80 | 10.99 | 2.18 | 2.74 | 1.40 | 5.14 | 8.44 | 4.17 | 1.86 |
| | | 5 | | 6.875 | 5.397 | 0.275 | 32.21 | 57.21 | 51.08 | 13.31 | 2.16 | 2.73 | 1.39 | 6.32 | 10.32 | 4.95 | 1.91 |
| | | 6 | | 8.160 | 6.406 | 0.275 | 37.77 | 68.73 | 59.93 | 15.61 | 2.15 | 2.71 | 1.38 | 7.48 | 12.11 | 5.67 | 1.95 |
| | | 7 | | 9.424 | 7.398 | 0.275 | 43.09 | 80.29 | 68.35 | 17.82 | 2.14 | 2.69 | 1.38 | 8.59 | 13.81 | 6.34 | 1.99 |
| | | 8 | | 10.667 | 8.373 | 0.274 | 48.17 | 91.92 | 76.37 | 19.98 | 2.12 | 2.68 | 1.37 | 9.68 | 15.43 | 6.98 | 2.03 |
| 7.5 | 75 | 5 | 9 | 7.412 | 5.818 | 0.295 | 39.97 | 70.56 | 63.30 | 16.63 | 2.33 | 2.92 | 1.50 | 7.32 | 11.94 | 5.77 | 2.04 |
| | | 6 | | 8.797 | 6.905 | 0.294 | 46.95 | 84.55 | 74.38 | 19.51 | 2.31 | 2.90 | 1.49 | 8.64 | 14.02 | 6.67 | 2.07 |
| | | 7 | | 10.160 | 7.976 | 0.294 | 53.57 | 98.71 | 84.96 | 22.18 | 2.30 | 2.89 | 1.48 | 9.93 | 16.02 | 7.44 | 2.11 |
| | | 8 | | 11.503 | 9.030 | 0.294 | 59.96 | 112.97 | 95.07 | 24.86 | 2.28 | 2.88 | 1.47 | 11.20 | 17.93 | 8.19 | 2.15 |
| | | 9 | | 12.825 | 10.068 | 0.294 | 66.10 | 127.30 | 104.71 | 27.48 | 2.27 | 2.86 | 1.46 | 12.43 | 19.75 | 8.89 | 2.18 |
| | | 10 | | 14.126 | 11.089 | 0.293 | 71.98 | 141.71 | 113.92 | 30.05 | 2.26 | 2.84 | 1.46 | 13.64 | 21.48 | 9.56 | 2.22 |
| 8 | 80 | 5 | | 7.912 | 6.211 | 0.315 | 48.79 | 85.36 | 77.33 | 20.25 | 2.48 | 3.13 | 1.60 | 8.34 | 13.67 | 6.66 | 2.15 |
| | | 6 | | 9.397 | 7.376 | 0.314 | 57.35 | 102.50 | 90.98 | 23.72 | 2.47 | 3.11 | 1.59 | 9.87 | 16.08 | 7.65 | 2.19 |
| | | 7 | | 10.860 | 8.525 | 0.314 | 65.58 | 119.70 | 104.07 | 27.09 | 2.46 | 3.10 | 1.58 | 11.37 | 18.40 | 8.58 | 2.23 |
| | | 8 | | 12.303 | 9.658 | 0.314 | 73.49 | 136.97 | 116.60 | 30.39 | 2.44 | 3.08 | 1.57 | 12.83 | 20.61 | 9.46 | 2.27 |
| | | 9 | | 13.725 | 10.774 | 0.314 | 81.11 | 154.31 | 128.60 | 33.61 | 2.43 | 3.06 | 1.56 | 14.25 | 22.73 | 10.29 | 2.31 |
| | | 10 | | 15.126 | 11.874 | 0.313 | 88.43 | 171.74 | 140.09 | 36.77 | 2.42 | 3.04 | 1.56 | 15.64 | 24.76 | 11.08 | 2.35 |
| 9 | 90 | 6 | 10 | 10.637 | 8.350 | 0.354 | 82.77 | 145.87 | 131.26 | 34.28 | 2.79 | 3.51 | 1.80 | 12.61 | 20.63 | 9.95 | 2.44 |
| | | 7 | | 12.301 | 9.656 | 0.354 | 94.83 | 170.30 | 150.47 | 39.18 | 2.78 | 3.50 | 1.78 | 14.54 | 23.64 | 11.19 | 2.48 |
| | | 8 | | 13.944 | 10.946 | 0.353 | 106.47 | 194.80 | 168.97 | 43.97 | 2.76 | 3.48 | 1.78 | 16.42 | 26.55 | 12.35 | 2.52 |
| | | 9 | | 15.566 | 12.219 | 0.353 | 117.72 | 219.39 | 186.77 | 48.66 | 2.75 | 3.46 | 1.77 | 18.27 | 29.35 | 13.46 | 2.56 |
| | | 10 | | 17.167 | 13.476 | 0.353 | 128.58 | 244.07 | 203.90 | 53.26 | 2.74 | 3.45 | 1.76 | 20.07 | 32.04 | 14.52 | 2.59 |
| | | 12 | | 20.306 | 15.940 | 0.352 | 149.22 | 293.76 | 236.21 | 62.22 | 2.71 | 3.41 | 1.75 | 23.57 | 37.12 | 16.49 | 2.67 |
| 10 | 100 | 6 | 12 | 11.932 | 9.366 | 0.393 | 114.95 | 200.07 | 181.98 | 47.92 | 3.10 | 3.90 | 2.00 | 15.68 | 25.74 | 12.69 | 2.67 |
| | | 7 | | 13.796 | 10.830 | 0.393 | 131.86 | 233.54 | 208.97 | 54.74 | 3.09 | 3.89 | 1.99 | 18.10 | 29.55 | 14.26 | 2.71 |
| | | 8 | | 15.638 | 12.276 | 0.393 | 148.24 | 267.09 | 235.07 | 61.41 | 3.08 | 3.88 | 1.98 | 20.47 | 33.24 | 15.75 | 2.76 |
| | | 9 | | 17.462 | 13.708 | 0.392 | 164.12 | 300.73 | 260.30 | 67.95 | 3.07 | 3.86 | 1.97 | 22.79 | 36.81 | 17.18 | 2.80 |
| | | 10 | | 19.261 | 15.120 | 0.392 | 179.51 | 334.48 | 284.68 | 74.35 | 3.05 | 3.84 | 1.96 | 25.06 | 40.26 | 18.54 | 2.84 |
| | | 12 | | 22.800 | 17.898 | 0.391 | 208.90 | 402.34 | 330.95 | 86.84 | 3.03 | 3.81 | 1.95 | 29.48 | 46.80 | 21.08 | 2.91 |
| | | 14 | | 26.256 | 20.611 | 0.391 | 236.53 | 470.75 | 374.06 | 99.00 | 3.00 | 3.77 | 1.94 | 33.73 | 52.90 | 23.44 | 2.99 |
| | | 16 | | 29.627 | 23.257 | 0.390 | 262.53 | 539.80 | 414.16 | 110.89 | 2.98 | 3.74 | 1.94 | 37.82 | 58.57 | 25.63 | 3.06 |
| 11 | 110 | 7 | 12 | 15.196 | 11.928 | 0.433 | 177.16 | 310.64 | 280.94 | 73.38 | 3.41 | 4.30 | 2.20 | 22.05 | 36.12 | 17.51 | 2.96 |
| | | 8 | | 17.238 | 13.535 | 0.433 | 199.46 | 355.20 | 316.49 | 82.42 | 3.40 | 4.28 | 2.19 | 24.95 | 40.69 | 19.39 | 3.01 |
| | | 10 | | 21.261 | 16.690 | 0.432 | 242.19 | 444.65 | 384.39 | 99.98 | 3.38 | 4.25 | 2.17 | 30.60 | 49.42 | 22.91 | 3.09 |
| | | 12 | | 25.200 | 19.782 | 0.431 | 282.55 | 534.60 | 448.17 | 116.93 | 3.35 | 4.22 | 2.15 | 36.05 | 57.62 | 26.15 | 3.16 |
| | | 14 | | 29.056 | 22.809 | 0.431 | 320.71 | 625.16 | 508.01 | 133.40 | 3.32 | 4.18 | 2.14 | 41.31 | 65.31 | 29.14 | 3.24 |
| 12.5 | 125 | 8 | | 19.750 | 15.504 | 0.492 | 297.03 | 521.01 | 470.89 | 123.16 | 3.88 | 4.88 | 2.50 | 32.52 | 53.28 | 25.86 | 3.37 |
| | | 10 | | 24.373 | 19.133 | 0.491 | 361.67 | 651.93 | 573.89 | 149.46 | 3.85 | 4.85 | 2.48 | 39.97 | 64.93 | 30.62 | 3.45 |
| | | 12 | | 28.912 | 22.696 | 0.491 | 423.16 | 783.42 | 671.44 | 174.88 | 3.83 | 4.82 | 2.46 | 41.17 | 75.96 | 35.03 | 3.53 |
| | | 14 | | 33.367 | 26.193 | 0.490 | 481.65 | 915.61 | 763.73 | 199.57 | 3.80 | 4.78 | 2.45 | 54.16 | 86.41 | 39.13 | 3.61 |
| | | 16 | | 37.739 | 29.625 | 0.489 | 537.31 | 1048.62 | 850.98 | 223.65 | 3.77 | 4.75 | 2.43 | 60.93 | 96.28 | 42.96 | 3.68 |

| 型号 | 截面尺寸/mm | | | 截面面积/cm² | 理论重量/(kg/m) | 外表面积/(m²/m) | 惯性矩/cm⁴ | | | | 惯性半径/cm | | | 截面模数/cm³ | | | 重心距离/cm |
|---|---|---|---|---|---|---|---|---|---|---|---|---|---|---|---|---|---|
| | $b$ | $d$ | $r$ | | | | $I_x$ | $I_{x1}$ | $I_{x0}$ | $I_{y0}$ | $i_x$ | $i_{x0}$ | $i_{y0}$ | $W_x$ | $W_{x0}$ | $W_{y0}$ | $Z_0$ |
| 14 | 140 | 10 | | 27.373 | 21.488 | 0.551 | 514.65 | 915.11 | 817.27 | 212.04 | 4.34 | 5.46 | 2.78 | 50.58 | 82.56 | 39.20 | 3.82 |
| | | 12 | | 32.512 | 25.522 | 0.551 | 603.68 | 1099.28 | 958.79 | 248.57 | 4.31 | 5.43 | 2.76 | 59.80 | 96.85 | 45.02 | 3.90 |
| | | 14 | 14 | 37.567 | 29.490 | 0.550 | 688.81 | 1284.22 | 1093.56 | 284.06 | 4.28 | 5.40 | 2.75 | 68.75 | 110.47 | 50.45 | 3.98 |
| | | 16 | | 42.539 | 33.393 | 0.549 | 770.24 | 1470.07 | 1221.81 | 318.67 | 4.26 | 5.36 | 2.74 | 77.46 | 123.42 | 55.55 | 4.06 |
| 15 | 150 | 8 | | 23.750 | 18.644 | 0.592 | 521.37 | 899.55 | 827.49 | 215.25 | 4.69 | 5.90 | 3.01 | 47.36 | 78.02 | 38.14 | 3.99 |
| | | 10 | | 29.373 | 23.058 | 0.591 | 637.50 | 1125.05 | 1012.70 | 262.21 | 4.66 | 5.87 | 2.99 | 58.35 | 95.49 | 45.51 | 4.08 |
| | | 12 | | 34.912 | 27.406 | 0.591 | 748.85 | 1351.26 | 1189.97 | 307.73 | 4.63 | 5.84 | 2.97 | 69.04 | 112.19 | 52.38 | 4.15 |
| | | 14 | | 40.367 | 31.688 | 0.590 | 855.64 | 1578.21 | 1359.30 | 351.98 | 4.60 | 5.80 | 2.95 | 79.45 | 128.16 | 58.83 | 4.23 |
| | | 15 | | 43.063 | 33.804 | 0.590 | 907.39 | 1692.10 | 1441.09 | 373.69 | 4.59 | 5.78 | 2.95 | 84.56 | 135.87 | 61.90 | 4.27 |
| | | 16 | | 45.739 | 35.905 | 0.589 | 958.08 | 1806.21 | 1521.02 | 395.14 | 4.58 | 5.77 | 2.94 | 89.59 | 143.40 | 64.89 | 4.31 |
| 16 | 160 | 10 | | 31.502 | 24.729 | 0.630 | 779.53 | 1365.33 | 1237.30 | 321.76 | 4.98 | 6.27 | 3.20 | 66.70 | 109.36 | 52.76 | 4.31 |
| | | 12 | | 37.441 | 29.391 | 0.630 | 916.58 | 1639.57 | 1455.68 | 377.49 | 4.95 | 6.24 | 3.18 | 78.98 | 128.67 | 60.74 | 4.39 |
| | | 14 | 16 | 43.296 | 33.987 | 0.629 | 1048.36 | 1914.68 | 1665.02 | 431.70 | 4.92 | 6.20 | 3.16 | 90.95 | 147.17 | 68.24 | 4.47 |
| | | 16 | | 49.067 | 38.518 | 0.629 | 1175.08 | 2190.82 | 1865.57 | 484.59 | 4.89 | 6.17 | 3.14 | 102.63 | 164.89 | 75.31 | 4.55 |
| 18 | 180 | 12 | | 42.241 | 33.159 | 0.710 | 1321.35 | 2332.80 | 2100.10 | 542.61 | 5.59 | 7.05 | 3.58 | 100.82 | 165.00 | 78.41 | 4.89 |
| | | 14 | | 48.896 | 38.383 | 0.709 | 1514.4 | 2723.48 | 2407.42 | 621.53 | 5.56 | 7.02 | 3.56 | 116.25 | 189.14 | 88.38 | 4.97 |
| | | 16 | | 55.467 | 43.542 | 0.709 | 1700.99 | 3115.25 | 2703.37 | 698.60 | 5.54 | 6.98 | 3.55 | 131.13 | 212.40 | 97.83 | 5.05 |
| | | 18 | | 61.055 | 48.634 | 0.708 | 1875.12 | 3502.43 | 2988.24 | 762.01 | 5.50 | 6.94 | 3.51 | 145.64 | 234.78 | 105.14 | 5.13 |
| 20 | 200 | 14 | | 54.642 | 42.894 | 0.788 | 2103.55 | 3734.10 | 3343.26 | 863.83 | 6.20 | 7.82 | 3.98 | 144.70 | 236.40 | 111.82 | 5.46 |
| | | 16 | | 62.013 | 48.680 | 0.788 | 2366.15 | 4270.39 | 3760.85 | 971.41 | 6.18 | 7.79 | 3.96 | 163.65 | 265.93 | 123.96 | 5.54 |
| | | 18 | 18 | 69.301 | 54.401 | 0.787 | 2620.64 | 4808.13 | 4164.54 | 1076.74 | 6.15 | 7.75 | 3.94 | 182.22 | 294.48 | 135.52 | 5.62 |
| | | 20 | | 76.505 | 60.056 | 0.787 | 2867.30 | 5347.51 | 4554.51 | 1180.04 | 6.12 | 7.72 | 3.93 | 200.42 | 322.06 | 146.55 | 5.69 |
| | | 24 | | 90.661 | 71.168 | 0.785 | 3338.25 | 6457.16 | 5294.97 | 1381.53 | 6.07 | 7.64 | 3.90 | 236.17 | 374.41 | 166.65 | 5.87 |
| 22 | 220 | 16 | | 68.664 | 53.901 | 0.866 | 3187.36 | 5681.62 | 5063.73 | 1310.99 | 6.81 | 8.59 | 4.37 | 199.55 | 325.51 | 153.81 | 6.03 |
| | | 18 | | 76.752 | 60.250 | 0.866 | 3534.30 | 6395.93 | 5615.32 | 1453.27 | 6.79 | 8.55 | 4.35 | 222.37 | 360.97 | 168.29 | 6.11 |
| | | 20 | 21 | 84.756 | 66.533 | 0.865 | 3871.49 | 7122.04 | 6150.08 | 1592.90 | 6.76 | 8.52 | 4.34 | 244.77 | 395.34 | 182.16 | 6.18 |
| | | 22 | | 92.676 | 72.751 | 0.865 | 4199.23 | 7830.19 | 6668.37 | 1730.10 | 6.73 | 8.48 | 4.32 | 266.78 | 428.66 | 195.45 | 6.26 |
| | | 24 | | 100.512 | 78.902 | 0.864 | 4517.83 | 8550.57 | 7170.55 | 1865.11 | 6.70 | 8.45 | 4.31 | 288.39 | 460.94 | 208.21 | 6.33 |
| | | 26 | | 108.264 | 84.987 | 0.864 | 4827.58 | 9273.39 | 7656.98 | 1988.17 | 6.68 | 8.41 | 4.30 | 309.62 | 492.21 | 220.49 | 6.41 |
| 25 | 250 | 18 | | 87.842 | 68.956 | 0.985 | 5268.22 | 9379.11 | 8369.04 | 2167.41 | 7.74 | 9.76 | 4.97 | 290.12 | 473.42 | 224.03 | 6.84 |
| | | 20 | | 97.045 | 76.180 | 0.984 | 5779.34 | 10426.97 | 9181.94 | 2376.74 | 7.72 | 9.73 | 4.95 | 319.66 | 519.41 | 242.85 | 6.92 |
| | | 24 | | 115.201 | 90.433 | 0.983 | 6763.93 | 12529.74 | 10742.67 | 2785.19 | 7.66 | 9.66 | 4.92 | 377.34 | 607.70 | 278.38 | 7.07 |
| | | 26 | 24 | 124.154 | 97.461 | 0.983 | 7238.08 | 13585.18 | 11491.33 | 2984.84 | 7.63 | 9.62 | 4.90 | 405.50 | 650.05 | 295.19 | 7.15 |
| | | 28 | | 133.022 | 104.422 | 0.982 | 7700.60 | 14643.62 | 12219.39 | 3181.81 | 7.61 | 9.58 | 4.89 | 433.22 | 691.23 | 311.42 | 7.22 |
| | | 30 | | 141.807 | 111.318 | 0.981 | 8151.80 | 15705.30 | 12927.26 | 3376.34 | 7.58 | 9.55 | 4.88 | 460.51 | 731.28 | 327.12 | 7.30 |
| | | 32 | | 150.508 | 118.149 | 0.981 | 8592.01 | 16770.41 | 13615.32 | 3568.71 | 7.56 | 9.51 | 4.87 | 487.39 | 770.20 | 342.33 | 7.37 |
| | | 35 | | 163.402 | 128.271 | 0.980 | 9232.44 | 18374.95 | 14611.16 | 3853.72 | 7.52 | 9.46 | 4.86 | 526.97 | 826.53 | 36430 | 7.48 |

注：截图中的 $r_1=(1/3)d$，表中 $r$、$r_1$ 的数据用于孔型设计，不做交货条件。

（4）不等边角钢　依照《热轧型钢》GB/T 706—2008 的要求，不等边角钢截面尺寸、截面面积、理论重量及截面特性等参数可参见表 3-1-32。

市政工程常用资料备查手册

表 3-1-32　不等边角钢截面尺寸、截面面积、理论重量及截面特性

B——长边宽度；
b——短边宽度；
d——边厚度；
r——内圆弧半径；
r1——边端圆弧半径；
X0——重心距离；
Y0——重心距离。

| 型号 | 截面尺寸/mm B | b | d | r | 截面面积/cm² | 理论重量/(kg/m) | 外表面积/(m²/m) | 惯性矩/cm⁴ $I_x$ | $I_{x1}$ | $I_y$ | $I_{y1}$ | $I_u$ | 惯性半径/cm $i_x$ | $i_y$ | $i_u$ | 截面模数/cm³ $W_x$ | $W_y$ | $W_u$ | tanα | 重心距离/cm $X_0$ | $Y_0$ |
|---|---|---|---|---|---|---|---|---|---|---|---|---|---|---|---|---|---|---|---|---|---|
| 2.5/1.6 | 25 | 16 | 3 | 3.5 | 1.162 | 0.912 | 0.080 | 0.70 | 1.56 | 0.22 | 0.43 | 0.14 | 0.78 | 0.44 | 0.34 | 0.43 | 0.19 | 0.16 | 0.392 | 0.42 | 0.86 |
|  |  |  | 4 |  | 1.499 | 1.176 | 0.079 | 0.88 | 2.09 | 0.27 | 0.59 | 0.17 | 0.77 | 0.43 | 0.34 | 0.55 | 0.24 | 0.20 | 0.381 | 0.46 | 1.86 |
| 3.2/2 | 32 | 20 | 3 | 3.5 | 1.492 | 1.171 | 0.102 | 1.53 | 3.27 | 0.46 | 0.82 | 0.28 | 1.01 | 0.55 | 0.43 | 0.72 | 0.30 | 0.25 | 0.382 | 0.49 | 0.90 |
|  |  |  | 4 |  | 1.939 | 1.522 | 0.101 | 1.93 | 4.37 | 0.57 | 1.12 | 0.35 | 1.00 | 0.54 | 0.42 | 0.93 | 0.39 | 0.32 | 0.374 | 0.53 | 1.08 |
| 4/2.5 | 40 | 25 | 3 | 4 | 1.890 | 1.484 | 0.127 | 3.08 | 5.39 | 0.93 | 1.59 | 0.56 | 1.28 | 0.70 | 0.54 | 1.15 | 0.49 | 0.40 | 0.385 | 0.59 | 1.12 |
|  |  |  | 4 |  | 2.467 | 1.936 | 0.127 | 3.93 | 8.53 | 1.18 | 2.14 | 0.71 | 1.36 | 0.69 | 0.54 | 1.49 | 0.63 | 0.52 | 0.381 | 0.63 | 1.32 |
| 4.5/2.8 | 45 | 28 | 3 | 5 | 2.149 | 1.687 | 0.143 | 4.45 | 9.10 | 1.34 | 2.23 | 0.80 | 1.44 | 0.79 | 0.61 | 1.47 | 0.62 | 0.51 | 0.383 | 0.64 | 1.37 |
|  |  |  | 4 |  | 2.806 | 2.203 | 0.143 | 5.69 | 12.13 | 1.70 | 3.00 | 1.02 | 1.42 | 0.78 | 0.60 | 1.91 | 0.80 | 0.66 | 0.380 | 0.68 | 1.47 |
| 5/3.2 | 50 | 32 | 3 | 5.5 | 2.431 | 1.908 | 0.161 | 6.24 | 12.49 | 2.02 | 3.31 | 1.20 | 1.60 | 0.91 | 0.70 | 1.84 | 0.82 | 0.68 | 0.404 | 0.73 | 1.51 |
|  |  |  | 4 |  | 3.177 | 2.494 | 0.160 | 8.02 | 16.65 | 2.58 | 4.45 | 1.53 | 1.59 | 0.90 | 0.69 | 2.39 | 1.06 | 0.87 | 0.402 | 0.77 | 1.60 |
| 5.6/3.6 | 56 | 36 | 3 | 6 | 2.743 | 2.153 | 0.181 | 8.88 | 17.54 | 2.92 | 4.70 | 1.73 | 1.80 | 1.03 | 0.79 | 2.32 | 1.05 | 0.87 | 0.408 | 0.80 | 1.65 |
|  |  |  | 4 |  | 3.590 | 2.818 | 0.180 | 11.45 | 23.39 | 3.76 | 6.33 | 2.23 | 1.79 | 1.02 | 0.79 | 3.03 | 1.37 | 1.13 | 0.408 | 0.85 | 1.78 |
|  |  |  | 5 |  | 4.415 | 3.466 | 0.180 | 13.86 | 29.25 | 4.49 | 7.94 | 2.67 | 1.77 | 1.01 | 0.78 | 3.71 | 1.65 | 1.36 | 0.404 | 0.88 | 1.82 |
| 6.3/4 | 63 | 40 | 4 | 7 | 4.058 | 3.185 | 0.202 | 16.49 | 33.30 | 5.23 | 8.63 | 3.12 | 2.02 | 1.14 | 0.88 | 3.87 | 1.70 | 1.40 | 0.398 | 0.92 | 1.87 |
|  |  |  | 5 |  | 4.993 | 3.920 | 0.202 | 20.02 | 41.63 | 6.31 | 10.86 | 3.76 | 2.00 | 1.12 | 0.87 | 4.74 | 2.07 | 1.71 | 0.396 | 0.95 | 2.04 |
|  |  |  | 6 |  | 5.908 | 4.638 | 0.201 | 23.36 | 49.98 | 7.29 | 13.12 | 4.34 | 1.96 | 1.11 | 0.86 | 5.59 | 2.43 | 1.99 | 0.393 | 0.99 | 2.08 |
|  |  |  | 7 |  | 6.802 | 5.339 | 0.201 | 26.53 | 58.07 | 8.24 | 15.47 | 4.97 | 1.98 | 1.10 | 0.86 | 6.40 | 2.78 | 2.29 | 0.389 | 1.03 | 2.12 |

| 型号 | 截面尺寸/mm | | | | 截面面积/cm² | 理论重量/(kg/m) | 外表面积/(m²/m) | 惯性矩/cm⁴ | | | | | 惯性半径/cm | | | 截面模数/cm³ | | | tanα | 重心距离/cm | |
|---|---|---|---|---|---|---|---|---|---|---|---|---|---|---|---|---|---|---|---|---|---|
| | B | b | d | r | | | | $I_x$ | $I_{x1}$ | $I_y$ | $I_{y1}$ | $I_u$ | $i_x$ | $i_y$ | $i_u$ | $W_x$ | $W_y$ | $W_u$ | | $X_0$ | $Y_0$ |
| 7/4.5 | 70 | 45 | 4 | 7.5 | 4.547 | 3.570 | 0.226 | 23.17 | 45.92 | 7.55 | 12.26 | 4.40 | 2.26 | 1.29 | 0.98 | 4.86 | 2.17 | 1.77 | 0.410 | 1.02 | 2.15 |
| | | | 5 | | 5.609 | 4.403 | 0.225 | 27.95 | 57.10 | 9.13 | 15.39 | 5.40 | 2.23 | 1.28 | 0.98 | 5.92 | 2.65 | 2.19 | 0.407 | 1.06 | 2.24 |
| | | | 6 | | 6.647 | 5.218 | 0.225 | 32.54 | 68.35 | 10.62 | 18.58 | 6.35 | 2.21 | 1.26 | 0.98 | 6.95 | 3.12 | 2.59 | 0.404 | 1.09 | 2.28 |
| | | | 7 | | 7.657 | 6.011 | 0.225 | 37.22 | 79.99 | 12.01 | 21.84 | 7.16 | 2.20 | 1.25 | 0.97 | 8.03 | 3.57 | 2.94 | 0.402 | 1.13 | 2.32 |
| 7.5/5 | 75 | 50 | 5 | 8 | 6.125 | 4.808 | 0.245 | 34.86 | 70.00 | 12.61 | 21.04 | 7.41 | 2.39 | 1.44 | 1.10 | 6.83 | 3.30 | 2.74 | 0.435 | 1.17 | 2.36 |
| | | | 6 | | 7.260 | 5.699 | 0.245 | 41.12 | 84.30 | 14.70 | 25.37 | 8.54 | 2.38 | 1.42 | 1.08 | 8.12 | 3.88 | 3.19 | 0.435 | 1.21 | 2.40 |
| | | | 8 | | 9.467 | 7.431 | 0.244 | 52.39 | 112.50 | 18.53 | 34.23 | 10.87 | 2.35 | 1.40 | 1.07 | 10.52 | 4.99 | 4.10 | 0.429 | 1.29 | 2.44 |
| | | | 10 | | 11.590 | 9.908 | 0.244 | 62.17 | 140.80 | 21.96 | 43.43 | 13.10 | 2.33 | 1.38 | 1.06 | 12.79 | 6.04 | 4.99 | 0.423 | 1.36 | 2.52 |
| 8/5 | 80 | 50 | 5 | 8 | 6.375 | 5.005 | 0.255 | 41.96 | 85.21 | 12.82 | 21.06 | 7.66 | 2.56 | 1.42 | 1.10 | 7.78 | 3.32 | 2.74 | 0.388 | 1.14 | 2.60 |
| | | | 6 | | 7.560 | 5.935 | 0.255 | 49.49 | 102.53 | 14.95 | 25.41 | 8.85 | 2.56 | 1.41 | 1.08 | 9.25 | 3.91 | 3.20 | 0.387 | 1.18 | 2.65 |
| | | | 7 | | 8.724 | 6.848 | 0.255 | 56.16 | 119.33 | 16.96 | 29.82 | 10.18 | 2.52 | 1.39 | 1.08 | 10.58 | 4.48 | 3.70 | 0.384 | 1.21 | 2.69 |
| | | | 8 | | 9.867 | 7.745 | 0.254 | 62.83 | 136.41 | 18.85 | 34.32 | 11.38 | 2.52 | 1.38 | 1.07 | 11.92 | 5.03 | 4.16 | 0.381 | 1.25 | 2.73 |
| 9/5.6 | 90 | 56 | 5 | 9 | 7.212 | 5.661 | 0.287 | 60.45 | 121.32 | 18.32 | 29.53 | 10.98 | 2.90 | 1.59 | 1.23 | 9.92 | 4.21 | 3.49 | 0.385 | 1.25 | 2.91 |
| | | | 6 | | 8.557 | 6.717 | 0.286 | 71.03 | 145.59 | 21.42 | 35.58 | 12.90 | 2.88 | 1.58 | 1.23 | 11.74 | 4.96 | 4.13 | 0.384 | 1.29 | 2.95 |
| | | | 7 | | 9.880 | 7.756 | 0.286 | 81.01 | 169.60 | 24.36 | 41.71 | 14.67 | 2.86 | 1.57 | 1.22 | 13.49 | 5.70 | 4.72 | 0.382 | 1.33 | 3.00 |
| | | | 8 | | 11.183 | 8.779 | 0.286 | 91.03 | 194.17 | 27.15 | 47.93 | 16.34 | 2.85 | 1.56 | 1.21 | 15.27 | 6.41 | 5.29 | 0.380 | 1.36 | 3.04 |
| 10/6.3 | 100 | 63 | 6 | 10 | 9.617 | 7.550 | 0.320 | 99.06 | 199.71 | 30.94 | 50.50 | 18.42 | 3.21 | 1.79 | 1.38 | 14.64 | 6.35 | 5.25 | 0.394 | 1.43 | 3.24 |
| | | | 7 | | 11.111 | 8.722 | 0.320 | 113.45 | 233.00 | 35.26 | 59.14 | 21.00 | 3.20 | 1.78 | 1.38 | 16.88 | 7.29 | 6.02 | 0.394 | 1.47 | 3.28 |
| | | | 8 | | 12.534 | 9.878 | 0.319 | 127.37 | 266.32 | 39.39 | 67.88 | 23.50 | 3.18 | 1.77 | 1.37 | 19.08 | 8.21 | 6.78 | 0.391 | 1.50 | 3.32 |
| | | | 10 | | 15.467 | 12.412 | 0.319 | 153.81 | 333.06 | 47.12 | 85.73 | 28.33 | 3.15 | 1.74 | 1.35 | 23.32 | 9.98 | 8.24 | 0.387 | 1.58 | 3.40 |
| 10/8 | 100 | 80 | 6 | 10 | 10.637 | 8.350 | 0.354 | 107.04 | 199.83 | 61.24 | 102.68 | 31.65 | 3.17 | 2.40 | 1.72 | 15.19 | 10.16 | 8.37 | 0.627 | 1.97 | 2.95 |
| | | | 7 | | 12.301 | 9.656 | 0.354 | 122.73 | 233.20 | 70.08 | 119.98 | 36.17 | 3.16 | 2.39 | 1.72 | 17.52 | 11.71 | 9.60 | 0.626 | 2.01 | 3.0 |
| | | | 8 | | 13.944 | 10.946 | 0.353 | 137.92 | 266.61 | 78.58 | 137.37 | 40.58 | 3.14 | 2.37 | 1.71 | 19.81 | 13.21 | 10.80 | 0.625 | 2.05 | 3.04 |
| | | | 10 | | 17.167 | 13.476 | 0.353 | 166.87 | 333.63 | 94.65 | 172.48 | 49.10 | 3.12 | 2.35 | 1.69 | 24.24 | 16.12 | 13.12 | 0.622 | 2.13 | 3.12 |
| 11/7 | 110 | 70 | 6 | 10 | 10.637 | 8.350 | 0.354 | 133.37 | 265.78 | 42.92 | 69.08 | 25.36 | 3.54 | 2.01 | 1.54 | 17.85 | 7.90 | 6.53 | 0.403 | 1.57 | 3.53 |
| | | | 7 | | 12.301 | 9.656 | 0.354 | 153.00 | 310.07 | 49.01 | 80.82 | 28.95 | 3.53 | 2.00 | 1.53 | 20.60 | 9.09 | 7.50 | 0.402 | 1.61 | 3.57 |
| | | | 8 | | 13.944 | 10.946 | 0.353 | 172.04 | 354.39 | 54.87 | 92.70 | 32.45 | 3.51 | 1.98 | 1.53 | 23.30 | 10.25 | 8.45 | 0.401 | 1.65 | 3.62 |
| | | | 10 | | 17.167 | 13.476 | 0.353 | 208.39 | 443.13 | 65.88 | 116.83 | 39.20 | 3.48 | 1.96 | 1.51 | 28.54 | 12.48 | 10.29 | 0.397 | 1.72 | 3.70 |

市政工程常用资料备查手册

| 型号 | 截面尺寸/mm B | b | d | r | 截面面积 /cm² | 理论重量 /(kg/m) | 外表面积 /(m²/m) | 惯性矩/cm⁴ $I_x$ | $I_{x1}$ | $I_y$ | $I_{y1}$ | $I_u$ | 惯性半径/cm $i_z$ | $i_y$ | $i_u$ | 截面模数/cm³ $W_x$ | $W_y$ | $W_u$ | $\tan\alpha$ | 重心距离/cm $X_0$ | $Y_0$ |
|---|---|---|---|---|---|---|---|---|---|---|---|---|---|---|---|---|---|---|---|---|---|
| 12.5/8 | 125 | 80 | 7 | | 14.096 | 11.066 | 0.403 | 227.98 | 454.99 | 74.42 | 120.32 | 43.81 | 4.02 | 2.30 | 1.76 | 26.86 | 12.01 | 9.92 | 0.408 | 1.80 | 4.01 |
| | | | 8 | 11 | 15.989 | 12.551 | 0.403 | 256.77 | 519.99 | 83.49 | 137.85 | 49.15 | 4.01 | 2.28 | 1.75 | 30.41 | 13.56 | 11.18 | 0.407 | 1.84 | 4.06 |
| | | | 10 | | 19.712 | 15.474 | 0.402 | 312.04 | 650.09 | 100.67 | 173.40 | 59.45 | 3.98 | 2.26 | 1.74 | 37.33 | 16.56 | 13.64 | 0.404 | 1.92 | 4.14 |
| | | | 12 | | 23.351 | 18.330 | 0.402 | 364.41 | 780.39 | 116.67 | 209.67 | 69.35 | 3.95 | 2.24 | 1.72 | 44.01 | 19.43 | 16.01 | 0.400 | 2.00 | 4.22 |
| 14/9 | 140 | 90 | 8 | | 18.038 | 14.160 | 0.453 | 365.64 | 730.53 | 120.69 | 195.79 | 70.83 | 4.50 | 2.59 | 1.98 | 38.48 | 17.34 | 14.31 | 0.411 | 2.04 | 4.50 |
| | | | 10 | | 22.261 | 17.475 | 0.452 | 445.50 | 913.20 | 140.03 | 245.92 | 85.82 | 4.47 | 2.56 | 1.96 | 47.31 | 21.22 | 17.48 | 0.409 | 2.12 | 4.58 |
| | | | 12 | | 26.400 | 20.724 | 0.451 | 521.59 | 1096.09 | 169.79 | 296.89 | 100.21 | 4.44 | 2.54 | 1.95 | 55.87 | 24.95 | 20.54 | 0.406 | 2.19 | 4.66 |
| | | | 14 | 12 | 30.456 | 23.908 | 0.451 | 594.10 | 1279.26 | 192.10 | 348.82 | 114.13 | 4.42 | 2.51 | 1.94 | 64.18 | 28.54 | 23.52 | 0.403 | 2.27 | 4.74 |
| 15/9 | 150 | 90 | 8 | | 18.839 | 14.788 | 0.473 | 442.05 | 898.35 | 122.80 | 195.96 | 74.14 | 4.84 | 2.55 | 1.98 | 43.86 | 17.47 | 14.48 | 0.364 | 1.97 | 4.92 |
| | | | 10 | | 23.261 | 18.260 | 0.472 | 539.24 | 1122.85 | 148.62 | 246.26 | 89.86 | 4.81 | 2.53 | 1.97 | 53.97 | 21.38 | 17.69 | 0.362 | 2.05 | 5.01 |
| | | | 12 | | 27.600 | 21.666 | 0.471 | 632.08 | 1347.50 | 172.85 | 297.46 | 104.95 | 4.79 | 2.50 | 1.95 | 63.79 | 25.14 | 20.80 | 0.359 | 2.12 | 5.09 |
| | | | 14 | 13 | 31.856 | 25.007 | 0.471 | 720.77 | 1572.38 | 195.62 | 349.74 | 119.53 | 4.76 | 2.48 | 1.94 | 73.33 | 28.77 | 23.84 | 0.356 | 2.20 | 5.17 |
| | | | 15 | | 33.952 | 26.652 | 0.471 | 763.62 | 1684.93 | 206.50 | 376.33 | 126.67 | 4.74 | 2.47 | 1.93 | 77.99 | 30.53 | 25.33 | 0.354 | 2.24 | 5.21 |
| | | | 16 | | 36.027 | 28.281 | 0.470 | 805.51 | 1797.55 | 217.07 | 403.24 | 133.72 | 4.73 | 2.45 | 1.93 | 82.60 | 32.27 | 26.82 | 0.352 | 2.27 | 5.25 |
| 16/10 | 160 | 100 | 10 | | 25.315 | 19.872 | 0.512 | 668.69 | 1362.89 | 205.03 | 336.59 | 121.74 | 5.14 | 2.85 | 2.19 | 62.13 | 26.56 | 21.92 | 0.390 | 2.28 | 5.24 |
| | | | 12 | | 30.054 | 23.592 | 0.511 | 784.91 | 1635.56 | 239.06 | 405.94 | 142.33 | 5.11 | 2.82 | 2.17 | 73.49 | 31.28 | 25.79 | 0.388 | 2.36 | 5.32 |
| | | | 14 | | 34.709 | 27.247 | 0.510 | 896.30 | 1908.50 | 271.20 | 476.42 | 162.23 | 5.08 | 2.80 | 2.16 | 84.56 | 35.83 | 29.56 | 0.385 | 0.43 | 5.40 |
| | | | 16 | | 39.281 | 30.835 | 0.510 | 1003.04 | 2181.79 | 301.60 | 548.22 | 182.57 | 5.05 | 2.77 | 2.16 | 95.33 | 40.24 | 33.44 | 0.382 | 2.51 | 5.48 |
| 18/11 | 180 | 110 | 10 | 14 | 28.373 | 22.273 | 0.571 | 956.25 | 1940.40 | 278.11 | 447.22 | 166.50 | 5.80 | 3.13 | 2.42 | 78.96 | 32.49 | 26.88 | 0.376 | 2.44 | 5.89 |
| | | | 12 | | 33.712 | 26.440 | 0.571 | 1124.72 | 2328.38 | 325.03 | 538.94 | 194.87 | 5.78 | 3.10 | 2.40 | 93.53 | 38.32 | 31.66 | 0.374 | 2.52 | 5.98 |
| | | | 14 | | 38.967 | 30.589 | 0.570 | 1286.91 | 2716.60 | 369.55 | 631.95 | 222.30 | 5.75 | 3.08 | 2.39 | 107.76 | 43.97 | 36.32 | 0.372 | 2.59 | 6.06 |
| | | | 16 | | 44.139 | 34.649 | 0.569 | 1443.06 | 3105.15 | 411.85 | 726.46 | 248.94 | 5.72 | 3.06 | 2.38 | 121.64 | 49.44 | 40.87 | 0.369 | 2.67 | 6.14 |
| 20/12.5 | 200 | 125 | 12 | | 37.912 | 29.761 | 0.641 | 1570.90 | 3193.85 | 483.16 | 787.74 | 285.79 | 6.44 | 3.57 | 2.74 | 116.73 | 49.99 | 41.23 | 0.392 | 2.83 | 6.54 |
| | | | 14 | | 43.687 | 34.436 | 0.640 | 1800.97 | 3726.17 | 550.83 | 922.47 | 326.58 | 6.41 | 3.54 | 2.73 | 134.65 | 57.44 | 47.34 | 0.390 | 2.91 | 6.62 |
| | | | 16 | | 49.739 | 39.045 | 0.639 | 2023.35 | 4258.88 | 615.44 | 1058.86 | 366.21 | 6.38 | 3.52 | 2.71 | 152.18 | 64.89 | 53.32 | 0.388 | 2.99 | 6.70 |
| | | | 18 | | 55.526 | 43.588 | 0.639 | 2238.30 | 4792.00 | 677.19 | 1197.13 | 404.83 | 6.35 | 3.49 | 2.70 | 169.33 | 71.74 | 59.18 | 0.385 | 3.06 | 6.78 |

注：截图中的 $r_1=1/3d$，表中 $r_1$ 的数据用于孔型设计，不做交货条件。

（5）L 型钢　依照《热轧型钢》（GB/T 706—2008）的要求，L 型钢截面尺寸、截面面积、理论重量及截面特性等参数可参见表 3-1-33。

表 3-1-33　L 型钢截面尺寸、截面面积、理论重量及截面特性

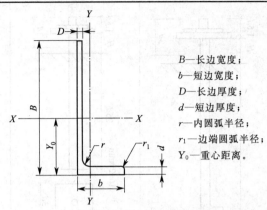

$B$—长边宽度；
$b$—短边宽度；
$D$—长边厚度；
$d$—短边厚度；
$r$—内圆弧半径；
$r_1$—边端圆弧半径；
$Y_0$—重心距离。

| 型　　号 | 截面尺寸/mm | | | | | | 截面面积/cm² | 理论重量/(kg/m) | 惯性矩 $I_x$/cm⁴ | 重心距离 $Y_0$/cm |
| | $B$ | $b$ | $D$ | $d$ | $r$ | $r_1$ | | | | |
|---|---|---|---|---|---|---|---|---|---|---|
| 1250×90×9×13 | 250 | 90 | 9 | 13 | 15 | 7.5 | 33.4 | 26.2 | 2190 | 8.64 |
| 1250×90×10.5×15 | | | 10.5 | 15 | | | 38.5 | 30.3 | 2510 | 8.76 |
| 1250×90×11.5×16 | | | 11.5 | 16 | | | 41.7 | 32.7 | 2710 | 8.90 |
| 1300×100×10.5×15 | 300 | 100 | 10.5 | 15 | | | 45.3 | 35.6 | 4290 | 10.6 |
| 1300×100×11.5×16 | | | 11.5 | 16 | | | 49.0 | 38.5 | 4630 | 10.7 |
| 1350×120×10.5×16 | 350 | 120 | 10.5 | 16 | | | 54.9 | 43.1 | 7110 | 12.0 |
| 1350×120×11.5×18 | | | 11.5 | 18 | | | 60.4 | 47.4 | 7780 | 12.0 |
| 1400×120×11.5×23 | 400 | 120 | 11.5 | 23 | 20 | 10 | 71.6 | 56.2 | 11900 | 13.3 |
| 1450×120×11.5×25 | 450 | 120 | 11.5 | 25 | | | 79.5 | 62.4 | 16800 | 15.1 |
| 1500×120×12.5×33 | 500 | 120 | 12.5 | 33 | | | 98.6 | 77.4 | 25500 | 16.5 |
| 1500×120×13.5×35 | | | 13.5 | 35 | | | 105.0 | 82.8 | 27.100 | 16.6 |

## 3.1.1.30　螺栓和锚栓规格

（1）螺栓螺纹处的有效截面面积（表 3-1-34）

表 3-1-34　螺栓螺纹处的有效截面面积

| 螺栓直径 $d$/mm | 螺距 $P$/mm | 螺栓有效直径 $d_0$/mm | 螺栓有效截面面积 $A_0$/mm² | 螺栓直径 $d$/mm | 螺距 $P$/mm | 螺栓有效直径 $d_0$/mm | 螺栓有效截面面积 $A_0$/mm² |
|---|---|---|---|---|---|---|---|
| 16 | 2 | 14.124 | 156.7 | 52 | 5 | 47.309 | 1758 |
| 18 | 2.5 | 15.655 | 192.5 | 56 | 5.5 | 50.840 | 2030 |
| 20 | 2.5 | 17.655 | 244.8 | 60 | 5.5 | 54.840 | 2362 |
| 22 | 2.5 | 19.655 | 303.4 | 64 | 6 | 58.371 | 2676 |
| 24 | 3 | 21.185 | 352.5 | 68 | 6 | 62.371 | 3055 |
| 27 | 3 | 24.185 | 459.4 | 72 | 6 | 66.371 | 3460 |
| 30 | 3.5 | 26.176 | 560.6 | 76 | 6 | 70.371 | 3889 |
| 33 | 3.5 | 29.716 | 693.6 | 80 | 6 | 74.371 | 4344 |
| 36 | 4 | 32.247 | 816.7 | 85 | 6 | 79.371 | 4948 |
| 39 | 4 | 35.247 | 975.8 | 90 | 6 | 84.371 | 5591 |
| 42 | 4.5 | 37.778 | 1121 | 95 | 6 | 89.371 | 6273 |
| 45 | 4.5 | 40.778 | 1306 | 100 | 6 | 94.371 | 6995 |
| 48 | 5 | 43.309 | 1473 | | | | |

（2）螺栓规格（表3-1-35）

表 3-1-35　螺栓规格

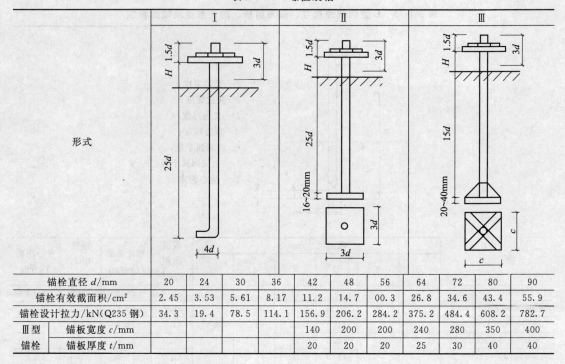

| | I | | | | II | | | III | | |
|---|---|---|---|---|---|---|---|---|---|---|
| 形式 | | | | | | | | | | |
| 锚栓直径 $d$/mm | 20 | 24 | 30 | 36 | 42 | 48 | 56 | 64 | 72 | 80 | 90 |
| 锚栓有效截面积/cm² | 2.45 | 3.53 | 5.61 | 8.17 | 11.2 | 14.7 | 00.3 | 26.8 | 34.6 | 43.4 | 55.9 |
| 锚栓设计拉力/kN(Q235 钢) | 34.3 | 19.4 | 78.5 | 114.1 | 156.9 | 206.2 | 284.2 | 375.2 | 484.4 | 608.2 | 782.7 |
| III 型锚栓　锚板宽度 $c$/mm | | | | | 140 | 200 | 200 | 240 | 280 | 350 | 400 |
| 锚板厚度 $t$/mm | | | | | 20 | 20 | 20 | 25 | 30 | 40 | 40 |

# 3.1.2　轴心受力构件计算

## 3.1.2.1　轴心受力构件的强度和刚度

（1）强度计算　轴心受拉构件和轴心受压构件的强度，除摩擦型高强度螺栓连接处外，应按下式计算：

$$\sigma = \frac{N}{A_n} \leqslant f \tag{3-1-1}$$

式中，$N$ 为轴心拉力或轴心压力，kN；$A_n$ 为净截面面积，cm²；$f$ 为钢材料的抗拉或抗压强度设计值，MPa。

摩擦型高强度螺栓连接处的强度计算公式：

$$\sigma = \left(1 - 0.5\frac{n_1}{n}\right)\frac{N}{A_n} \leqslant f$$

$$\sigma = \frac{N}{A} \leqslant f \tag{3-1-2}$$

式中，$n$ 为在节点或拼接处，构件一端连接的高强度螺栓数目；$n_1$ 为所计算截面（最外列螺栓处）上高强度螺栓数目；$A$ 为构件的毛截面面积，cm²。

（2）刚度计算　轴心受拉和受压构件的刚度是通过保证其长细比 $\lambda$ 来实现的。为避免产生过度的变形，其容许最大长细比 $\lambda$ 应满足：

$$\lambda = \frac{l_0}{i} \leqslant [\lambda] \tag{3-1-3}$$

式中，$\lambda$ 为构件的最大长细比；$l_0$ 为构件的计算长度，m；$i$ 为截面的回转半径，$i =$

$\sqrt{\dfrac{I}{A}}$；$I$ 为截面惯性矩/二次矩，$\text{cm}^4$；$[\lambda]$ 为截面容许长细比。

## 3.1.2.2 轴心受压构件的整体稳定

(1) 实腹式轴心受压构件的稳定性计算

$$\frac{N}{\varphi A} \leqslant f \tag{3-1-4}$$

式中，$\varphi$ 为轴心受压构件的稳定系数（取截面两主轴稳定系数中的较小者），应根据构件的长细比、钢材屈服强度和截面类型相应的取表 3-1-12～表 3-1-15 中的数值。

(2) 格构式轴心受压构件的稳定性 按公式(3-1-4)计算，但对虚轴［图 3-1-2(a) 的 $x$ 轴和图 3-1-2(b)、(c) 的 $x$ 轴和 $y$ 轴］的长细比应取换算长细比。

① 双肢组合构件 ［图 3-1-2(a)］

当缀件为缀板时：

$$\lambda_{0x} = \sqrt{\lambda_x^2 + \lambda_1^2} \tag{3-1-5}$$

当缀件为缀条时：

$$\lambda_{0x} = \sqrt{\lambda_x^2 + 27\frac{A}{A_{1x}}} \tag{3-1-6}$$

式中，$\lambda_x$ 为整个构件对 $x$ 轴的长细比；$\lambda_1$ 为分肢对最小刚度轴 1-1 的长细比，其计算长度取为：焊接时，为相邻两缀板的净距离；螺栓连接时，为相邻两缀板边缘螺栓的距离；$A_{1x}$ 为构件截面中垂直于 $x$ 轴的各斜缀条毛截面面积之和。

② 四肢组合构件 ［图 3-1-2(b)］

当缀件为缀板时：

$$\lambda_{0x} = \sqrt{\lambda_x^2 + \lambda_1^2} \tag{3-1-7}$$

$$\lambda_{0y} = \sqrt{\lambda_y^2 + \lambda_1^2} \tag{3-1-8}$$

当缀件为缀条时：

$$\lambda_{0x} = \sqrt{\lambda_x^2 + 40\frac{A}{A_{1x}}} \tag{3-1-9}$$

图 3-1-2 格构式组合构件截面

$$\lambda_{0y} = \sqrt{\lambda_y^2 + 40\frac{A}{A_{1y}}} \tag{3-1-10}$$

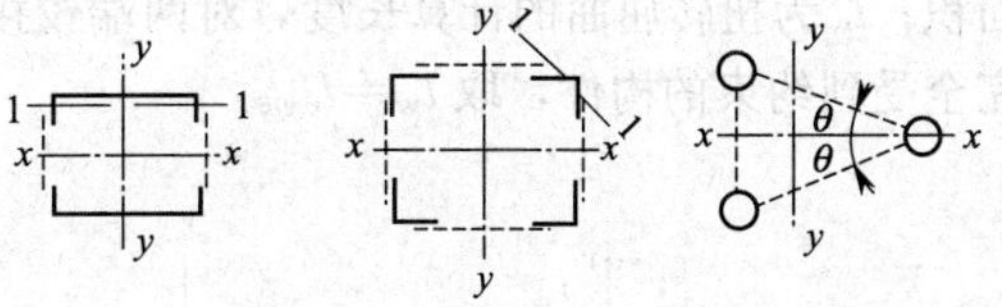

式中，$\lambda_y$ 为整个构件对 $y$ 轴的长细比；$A_{1y}$ 为构件截面中垂直于 $y$ 轴的各斜缀条毛截面面积之和。

③ 缀件为缀条的三肢组合构件 ［图 3-1-2(c)］

$$\lambda_{0x} = \sqrt{\lambda_x^2 + \frac{42A}{A_1(1.5 - \cos^2\theta)}} \tag{3-1-11}$$

$$\lambda_{0y} = \sqrt{\lambda_y^2 + \frac{42A}{A_1\cos^2\theta}} \tag{3-1-12}$$

式中，$A_1$ 为构件截面中各斜缀条毛截面面积之和；$\theta$ 为构件截面内缀条所在平面与 $x$ 轴的夹角。

注：1. 缀板的线刚度应符合《钢结构设计规范》（GB 50017—2003）第 8.4.1 条的规定。

2. 斜缀条与构件轴线间的夹角应在 $40°\sim70°$ 范围内。

④ 轴心受压构件剪力计算

$$V = \frac{Af}{85}\sqrt{\frac{f_y}{235}} \tag{3-1-13}$$

注：1. 剪力 $V$ 值可认为沿构件全长不变。

2. 对格构式轴心受压构件，剪力 $V$ 应由承受该剪力的缀材面（包括用整体板连接的面）分担。

### 3.1.2.3 长细比 $\lambda$ 计算

构件长细比 $\lambda$ 应按照下列规定确定。

（1）截面为双轴对称或极对称的构件

$$\lambda_x = l_{0x}/i_x \quad \lambda_y = l_{0y}/i_y \tag{3-1-14}$$

式中，$l_{0x}$、$l_{0y}$ 为构件对主轴 $x$ 和 $y$ 的计算长度；$i_x$、$i_y$ 为构件截面对主轴 $x$ 和 $y$ 的回转半径。

对双轴对称十字形截面构件，$\lambda_x$ 或 $\lambda_y$ 取值不得小于 $5.07b/t$（其中 $b/t$ 为悬伸板件宽厚比）。

（2）截面为单轴对称的构件　绕非对称轴的长细比 $\lambda_x$ 仍按式（3-1-14）计算，但绕对称轴应取计及扭转效应的下列换算长细比代替 $\lambda_y$：

$$\lambda_{yz} = \frac{1}{\sqrt{2}}(\lambda_y^2 + \lambda_z^2) + \sqrt{(\lambda_y^2 + \lambda_z^2)^2 - 4\left[(1 - e_0^2/i_0^2)\lambda_y^2\lambda_z^2\right]^{\frac{1}{2}}} \tag{3-1-15}$$

$$\lambda_z^2 = i_0^2 A/(I_1/25.7 + l_w/l_w^2) \tag{3-1-16}$$

$$i_0^2 = e_0^2 + i_x^2 + i_y^2 \tag{3-1-17}$$

式中，$e_0$ 为截面形心至剪心的距离；$i_0$ 为截面对剪心的极回转半径；$\lambda_y$ 为构件对对称轴的长细比；$\lambda_z$ 为扭转屈曲的换算长细比；$i_x$ 为毛截面抗扭惯性矩；$i_y$ 为毛截面扇性惯性矩；对 T 形截面（轧制、双板焊接、双角钢组合）、十字形截面和角形截面可近似取 $i_y = 0$；$A$ 为毛截面面积；$l_w$ 为扭转屈曲的计算长度，对两端铰接端部截面可自由翘曲或两端嵌固端部截面的翘曲完全受到约束的构件，取 $l_w = l_{0y}$。

（3）单角钢截面和双角钢组合 T 形截面绕对称轴的 $\lambda_{yz}$ 简化计算

① 等边单角钢截面 [图 3-1-3(a)]

当 $b/t \leqslant 0.54 l_{0y}/b$ 时：

$$\lambda_{yz} = \lambda_y\left(1 + \frac{0.85b^4}{l_{0y}^2 t^2}\right) \tag{3-1-18}$$

当 $b/t > 0.54 l_{0y}/b$ 时：

$$\lambda_{yz} = 4.78\frac{b}{t}\left(1 + \frac{l_{0y}^2 t^2}{13.5b^4}\right) \tag{3-1-19}$$

式中，$b$、$t$ 分别为角钢肢的宽度和厚度。

② 等边双角钢截面 [图 3-1-3(b)]

当 $b/t \leqslant 0.58 l_{0y}/b$ 时：

$$\lambda_{yz} = \lambda_y\left(1 + \frac{0.475b^4}{l_{0y}^2 t^2}\right) \tag{3-1-20}$$

当 $b/t > 0.58 l_{0y}/b$ 时：

$$\lambda_{yz} = 3.9\frac{b}{t}\left(1 + \frac{l_{0y}^2 t^2}{18.6b^4}\right) \tag{3-1-21}$$

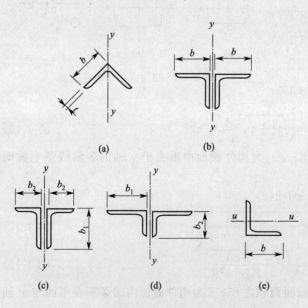

(a)　　　(b)

(c)　　(d)　　(e)

图 3-1-3　单角钢截面和双角钢组合 T 形截面

$b$—等边角钢肢宽度；$b_1$—不等边角钢长肢宽度；
$b_2$—不等边角钢短肢宽度

③ 长肢相并的不等边双角钢截面 [图 3-1-3(c)]

当 $b_2/t \leqslant 0.48 l_{0y}/b_2$ 时：

$$\lambda_{yz} = \lambda_y \left( 1 + \frac{1.09 b_2^4}{l_{0y}^2 t^2} \right) \tag{3-1-22}$$

当 $b_2/t > 0.48 l_{0y}/b_2$ 时：

$$\lambda_{yz} = 5.1 \frac{b_2}{t} \left( 1 + \frac{l_{0y}^2 t^2}{17.4 b_2^4} \right) \tag{3-1-23}$$

④ 短肢相并的不等边双角钢截面 ［图 3-1-3(d)］

当 $b_1/t \le 0.56 l_{0y}/b_1$，可近似取 $\lambda_{yz} = \lambda_y$，否则应取：

$$\lambda_{yz} = 3.7 \frac{b_1}{t} \left( 1 + \frac{l_{0y}^2 t^2}{52.7 b_1^4} \right) \tag{3-1-24}$$

（4）单轴对称的轴心压杆在绕非对称主轴以外的任一轴失稳时，应按照弯扭屈曲计算其稳定性。当计算等边单角钢构件绕平行轴 ［图 3-1-3(e) 的 $u$ 轴］ 稳定时，可用下式计算其换算长细比 $\lambda_{uz}$，并按 $b$ 类截面确定 $\varphi$ 值：

当 $b/t \le 0.69 l_{0u}/b$ 时：

$$\lambda_{uz} = \lambda_u \left( 1 + \frac{0.25 b^4}{l_{0u}^2 t^2} \right) \tag{3-1-25}$$

当 $b/t > 0.69 l_{0u}/b$ 时：

$$\lambda_{uz} = 5.4 b/t \tag{3-1-26}$$

式中，$\lambda_u = \lambda_{0u}/i_u$；$l_{0u}$ 为构件对 $u$ 轴的计算长度，$i_u$ 为构件截面对 $u$ 轴的回转半径。

注：1. 无任何对称轴且又非极对称的截面（单面连接的不等边单角钢除外）不宜用作轴心受压构件。

2. 对单面连接的单角钢轴心受压构件，按《钢结构设计规范》（GB 50017—2003）第 3.4.2 条考虑折减系数后，可不考虑弯扭效应。

3. 当槽形截面用于格构式构件的分肢，计算分肢绕对称轴（$y$ 轴）的稳定性时，不必考虑扭转效应，直接用 $\lambda_y$ 查出 $\varphi_y$ 值。

## 3.1.3 拉弯构件和压弯构件计算

### 3.1.3.1 弯矩作用在主平面内的拉弯构件和压弯构件的强度计算

（1）压（拉）弯构件单向受弯的强度公式

$$\frac{N}{A_n} \pm \frac{M_x}{\gamma_x W_{nx}} \le f \tag{3-1-27}$$

（2）双向拉弯和压弯构件的强度公式

$$\frac{N}{A_n} \pm \frac{M_x}{\gamma_x W_{nx}} \pm \frac{M_y}{\gamma_y W_{ny}} \le f \tag{3-1-28}$$

式中，$\gamma_x$、$\gamma_y$ 为与截面模量相应的截面塑性发展系数；$A_n$、$W_{nx}$、$W_{ny}$ 为构件的净截面面积（cm²）和净截面对两个主轴的净截面模量，mm³。

注：当压弯构件受压翼缘的自由外伸宽度与其厚度之比大于 $13 \sqrt{235/f_y}$ 而不超过 $15 \sqrt{335/f_y}$ 时，应取 $\gamma_x = 1.0$。

### 3.1.3.2 弯矩作用在对称轴平面内（绕 $x$ 轴）的实腹式压弯构件

（1）弯矩作用平面内的稳定性

$$\frac{N}{\varphi_x A} + \frac{\beta_{mx} M_x}{\gamma_x W_{1x} \left( 1 - 0.8 \dfrac{N}{N'_{Ex}} \right)} \le f \tag{3-1-29}$$

式中，$N$ 为所计算构件段范围内的轴心压力；$N'_{Ex}$ 为参数，$N'_{Ex} = \pi^2 EA/(1.1 \lambda_x^2)$；$\varphi_x$

为弯矩作用平面内的轴心受压构件稳定系数；$M_x$ 为所计算构件段范围内的最大弯矩；$W_{1x}$ 为在弯矩作用平面内对较大受压纤维的毛截面模量；$\beta_{mx}$ 为等效弯矩系数，应按表 3-1-36 的规定采用。

**表 3-1-36 等效弯矩系数的选取**

| 条　　件 | | 取　　值 |
|---|---|---|
| 框架柱和两端支承的构件 | 无横向荷载作用时 | $\beta_{mx}=0.65+0.35\dfrac{M_2}{M_1}$<br><br>$M_1$ 和 $M_2$ 为端弯矩；使构件产生同向曲率（无反弯点）时取同号；使构件产生反向曲率（有反弯点）时取异号，$\lvert M_1\rvert\geqslant\lvert M_2\rvert$ |
| | 有端弯矩和横向荷载同时作用时 | 使构件产生同向曲率时，$\beta_{mx}=1.0$<br>使构件产生反向曲率时，$\beta_{mx}=0.85$ |
| | 无端弯矩，但有横向荷载作用时 | $\beta_{mx}=1.0$ |
| 悬臂构件和分析内力未考虑二阶效应的无支撑纯框架和弱支撑框架柱 | | $\beta_{mx}=1.0$ |

对于表 3-1-16 的第 3 项、第 4 项中的单轴对称截面压弯构件，当弯矩作用在对称轴平面内且使翼缘受压时，除应按式（3-1-29）计算外，尚应按下式计算：

$$\left|\frac{N}{A}-\frac{\beta_{mx}M_x}{\gamma_x W_{2x}\left(1-1.25\dfrac{N}{N'_{Ex}}\right)}\right|\leqslant f \qquad (3\text{-}1\text{-}30)$$

式中，$W_{2x}$ 为对无翼缘端的毛截面模量。

（2）弯矩作用平面外的稳定性

$$\frac{N}{\varphi_y A}+\eta\frac{\beta_{tx}M_x}{\varphi_b W_{1x}}\leqslant f \qquad (3\text{-}1\text{-}31)$$

式中，$\varphi_y$ 为弯矩作用平面外的轴心受压构件稳定系数；$\varphi_b$ 为均匀弯曲的受弯构件整体稳定系数，对闭口截面，$\varphi_b=0$；$M_x$ 为所计算构件段范围内的最大弯矩；$\eta$ 为截面影响系数，闭口截面 $\eta=0.7$，其他截面 $\eta=1.0$；$\beta_{tx}$ 为等效弯矩系数，应按表 3-1-37 的规定采用。

**表 3-1-37 等效弯矩系数的选取**

| 条　　件 | | 取　　值 |
|---|---|---|
| 在弯矩作用平面外有支承的构件 | 所考虑构件段无横向荷载作用时 | $\beta_{tx}=0.65+0.35\dfrac{M_2}{M_1}$<br><br>$M_1$ 和 $M_2$ 为弯矩作用平面内的端弯矩，使构件段产生同向曲率时取同号；产生反向曲率时取异号，$\lvert M_1\rvert\geqslant\lvert M_2\rvert$ |
| | 所考虑构件段内有端弯矩和横向荷载同时作用时 | 使构件段产生同向曲率时，$\beta_{tx}=1.0$；<br>使构件段产生反向曲率时，$\beta_{tx}=0.85$ |
| | 所考虑构件段内无端弯矩但有横向荷载作用时 | $\beta_{tx}=1.0$ |
| 弯矩作用平面外为悬臂的构件 | | $\beta_{tx}=1.0$ |

### 3.1.3.3 弯矩绕虚轴（$x$ 轴）作用的格构式压弯构件

其弯矩作用平面内的整体稳定性计算公式为：

$$\frac{N}{\varphi_x A}+\frac{\beta_{mx}M_x}{W_{1x}\left(1-\varphi_x\dfrac{N}{N'_{Ex}}\right)}\leqslant f \qquad (3\text{-}1\text{-}32)$$

式中，$W_{1x}=I_x/y_0$；$I_x$ 为对 $x$ 轴的毛截面惯性矩，$y_0$ 为由 $x$ 轴到压力较大分肢的轴线距离或者到压力较大分肢腹板外边缘的距离，二者取较大者；$\varphi_x$、$N'_{Ex}$ 由换算长细比确定。

注：1. 弯矩作用平面外的整体稳定性可不计算，但应计算分肢的稳定性，分肢的轴心力应按桁架的弦杆计算。

2. 对缀板柱的分肢尚应考虑由剪力引起的局部弯矩。

### 3.1.3.4 弯矩绕实轴作用的格构式压弯构件

其弯矩作用平面内和平面外的稳定性计算均与实腹式构件相同。

但在计算弯矩作用平面外的整体稳定性时，长细比应取换算长细比，$\varphi_b = 1.0$。

### 3.1.3.5 弯矩作用在两个主平面内的双轴对称实腹式工字形（含 H 形）和箱形（闭口）截面的压弯构件

其稳定性计算公式为：

$$\frac{N}{\varphi_x A} + \frac{\beta_{mx} M_x}{\gamma_x W_x \left(1 - 0.8\dfrac{N}{N'_{Ex}}\right)} + \eta\frac{\beta_{ty} M_y}{\varphi_{by} W_y} \leqslant f \tag{3-1-33}$$

$$\frac{N}{\varphi_y A} + \eta\frac{\beta_{tx} M_x}{\varphi_{bx} W_x} + \frac{\beta_{my} M_y}{\gamma_y W_y \left(1 - 0.8\dfrac{N}{N'_{Ey}}\right)} \leqslant f \tag{3-1-34}$$

式中，$\varphi_x$、$\varphi_y$ 为对强轴 $x\text{-}x$ 和弱轴 $y\text{-}y$ 的轴心受压构件稳定系数；$\varphi_{bx}$、$\varphi_{by}$ 为均匀弯曲的受弯构件整体稳定性系数。对闭口截面，取 $\varphi_{bx} = \varphi_{by} = 1.0$；$M_x$、$M_y$ 为所计算构件段范围内对强轴和弱轴的最大弯矩；$N'_{Ex}$、$N'_{Ey}$ 为参数，$N'_{Ex} = \pi^2 EA/(1.1\lambda_x^2)$，$N'_{Ey} = \pi^2 EA/(1.1\lambda_y^2)$；$W_x$、$W_y$ 为对强轴和弱轴的毛截面模量；$\beta_{mx}$、$\beta_{my}$ 为等效弯矩系数，应按弯矩作用平面内稳定计算的有关规定采用；$\beta_{tx}$、$\beta_{ty}$ 为等效弯矩系数，应按弯矩作用平面外稳定计算的有关规定采用。

### 3.1.3.6 弯矩作用在两个主平面内的双肢格构式压弯构件

(1) 按整体计算稳定性

$$\frac{N}{\varphi_x A} + \frac{\beta_{mx} M_x}{W_{1x} \left(1 - \varphi_x\dfrac{N}{N'_{Ex}}\right)} + \frac{\beta_{1y} M_y}{W_{1y}} \leqslant f \tag{3-1-35}$$

式中，$W_{1y}$ 为在 $M_y$ 作用下，对较大受压纤维的毛截面模量。

(2) 按分肢计算稳定性

在 $N$ 和 $M_x$ 作用下，将分肢作为桁架弦杆计算其轴心力，$M_x$ 按式(3-1-36) 和式(3-1-37)分配给两分肢（图 3-1-4），然后按式(3-1-36) 和式(3-1-37) 计算分肢稳定性。

分肢 1：

$$M_{y1} = \frac{I_1/y_1}{I_1/y_1 + I_2/y_2} M_y \tag{3-1-36}$$

分肢 2：

$$M_{y2} = \frac{I_2/y_2}{I_1/y_1 + I_2/y_2} M_y \tag{3-1-37}$$

式中，$I_1$、$I_2$ 分别为分肢 1、分肢 2 对 $y$ 轴的惯性矩；$y_1$、$y_2$ 分别为作用的主轴平面至分肢 1、分肢 2 轴线的距离。

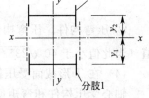

图 3-1-4 格构式构件截面

### 3.1.3.7 受压构件的局部稳定

(1) 在受压构件中，翼缘板自由外伸宽度 $b$ 与其厚度 $t$ 之比，应符合下列要求。

① 轴心受压构件

$$\frac{b}{t} \leqslant (10 + 0.1\lambda)\sqrt{\frac{235}{f_y}} \tag{3-1-38}$$

式中，$\lambda$ 为构件两方向长细比的较大值；当 $\lambda < 30$ 时，取 $\lambda = 30$；当 $\lambda > 100$ 时，取 $\lambda = 100$。

② 压弯构件

$$\frac{b}{t} \leqslant 13 \sqrt{\frac{235}{f_y}} \qquad (3\text{-}1\text{-}39)$$

当强度和稳定计算中取 $\gamma_x = 1.0$ 时，$b/t$ 可放宽至 $15 \sqrt{235/f_y}$。

注：翼缘板自由外伸宽度 $b$ 的取值为：对焊接构件，取腹板边至翼缘板（肢）边缘的距离；对轧制构件，取内圆弧起点至翼缘板（肢）边缘的距离。

（2）在工字形及 H 形截面的受压构件中，腹板计算高度 $h_0$ 与其厚度 $t_w$ 之比，应符合下列要求。

① 轴心受压构件

$$\frac{h_0}{t_w} \leqslant (25 + 0.5\lambda) \sqrt{\frac{235}{f_y}} \qquad (3\text{-}1\text{-}40)$$

② 压弯构件

当 $0 \leqslant \alpha_0 \leqslant 1.6$ 时，

$$\frac{h_0}{t_w} \leqslant (16\alpha_0 + 0.5\lambda + 25) \sqrt{\frac{235}{f_y}} \qquad (3\text{-}1\text{-}41)$$

式中，$\lambda$ 为构件两方向长细比的较大值；当 $\lambda < 30$ 时，取 $\lambda = 30$；当 $\lambda > 100$ 时，取 $\lambda = 100$。

当 $1.6 < \alpha_0 \leqslant 2.0$ 时，

$$\frac{h_0}{t_w} \leqslant (48\alpha_0 + 0.5\lambda - 26.2) \sqrt{\frac{235}{f_y}} \qquad (3\text{-}1\text{-}42)$$

$$\alpha_0 = \frac{\sigma_{max} - \sigma_{min}}{\sigma_{max}} \qquad (3\text{-}1\text{-}43)$$

式中，$\sigma_{max}$ 为腹板计算高度边缘的最大压应力，计算时不考虑构件的稳定系数和截面塑性发展系数；$\sigma_{min}$ 为腹板计算高度另一边缘相应的应力，压应力取正值，拉应力取负值；$\lambda$ 为构件在弯矩作用平面内的长细比；当 $\lambda < 30$ 时，取 $\lambda = 30$；当 $\lambda > 100$ 时，取 $\lambda = 100$。

（3）在箱形截面的受压构件中，受压翼缘的宽厚比应符合式（3-1-38）的要求。

箱形截面受压构件的腹板计算高度 $h_0$ 与其厚度 $t_w$ 之比，应符合下列要求：

① 轴心受压构件

$$\frac{h_0}{t_w} \leqslant 40 \sqrt{\frac{235}{f_y}} \qquad (3\text{-}1\text{-}44)$$

② 压弯构件。压弯构件的 $h_0/t_w$ 不应超过式（3-1-41）或式（3-1-42）右侧乘以 0.8 后的值（当此值小于 $40 \sqrt{235/f_y}$ 时，应采用 $40 \sqrt{235/f_y}$）。

（4）在 T 形截面受压构件中，腹板高度与其厚度之比，不应超过下列数值：

轴心受压构件和弯矩使腹板自由边受拉的压弯构件：

热轧剖分 T 形钢：$(15 + 0.2\lambda) \sqrt{235/f_y}$

焊接 T 形钢：$(13 + 0.17\lambda) \sqrt{235/f_y}$

弯矩使腹板自由边受压的压弯构件：

当 $\alpha_0 \leqslant 1.0$ 时：$15 \sqrt{235/f_y}$

当 $\alpha_0 > 1.0$ 时：$18 \sqrt{235/f_y}$

式中，$\lambda$ 和 $\alpha_0$ 分别按前述规定采用。

(5) 圆管截面的受压构件，其外径与壁厚之比不应超过 $100(235/f_y)$。

## 3.1.4 受弯构件计算

### 3.1.4.1 强度计算

(1) 在主平面内受弯的实腹构件抗弯强度计算

① 单向弯曲时：

$$\sigma_{\max}=\frac{M_x}{\gamma_x W_{nx}}\leqslant f \tag{3-1-45}$$

② 双向弯曲时：

$$\frac{M_x}{\gamma_x W_{nx}}+\frac{M_y}{\gamma_y W_{ny}}\leqslant f \tag{3-1-46}$$

式中，$M_x$、$M_y$ 为同一截面处绕 $x$ 轴和 $y$ 轴的弯矩，kN·m（对工字形截面：$x$ 轴为强轴，$y$ 轴为弱轴）；$W_{nx}$、$W_{ny}$ 为对 $x$ 轴和 $y$ 轴的净截面模量；$\gamma_x$、$\gamma_y$ 为截面塑性发展系数；对工字形截面，$\gamma_x=1.05$，$\gamma_y=1.20$；对箱形截面，$\gamma_x=\gamma_y=1.05$；对其他截面，可按表 3-1-19 采用；$f$ 为钢材的抗弯强度设计值，MPa。

(2) 在主平面内受弯的实腹构件抗剪强度计算

$$\tau=\frac{VS}{It_w}\leqslant f_v \tag{3-1-47}$$

式中，$V$ 为计算截面沿腹板平面作用的剪力，kN；$S$ 为计算剪应力处以上毛截面对中和轴的面积矩，cm³；$I$ 为毛截面惯性矩，cm⁴；$t_w$ 为腹板厚度，cm；$f_v$ 为钢材的抗剪强度设计值，MPa。

(3) 当梁上翼缘受有沿腹板平面作用的集中荷载且该荷载处又未设置支承加劲肋时，腹板计算高度上边缘的局部承压强度计算

$$\sigma_c=\frac{\psi F}{t_w l_z}\leqslant f \tag{3-1-48}$$

式中，$F$ 为集中荷载，对动力荷载应考虑动力系数；$\psi$ 为集中荷载增大系数；对重级工作制吊车梁，$\psi=1.35$；对其他梁，$\psi=1.0$；$l_z$ 为集中荷载在腹板计算高度上边缘的假定分布长度，按下式计算：

$$l_z=a+5h_y+2h_R \tag{3-1-49}$$

式中，$a$ 为集中荷载沿梁跨度方向的支承长度，对钢轨上的轮压可取 50mm；$h_y$ 为自梁顶面至腹板计算高度上边缘的距离，cm；$h_R$ 为轨道的高度，cm，对梁顶无轨道的梁，$h_R=0$；$f$ 为钢材的抗压强度设计值，MPa。

在梁的支座处，当不设置支承加劲肋时，也应按式(3-1-48)计算腹板计算高度下边缘的局部压应力，但取 $\psi=1.0$。支座集中反力的假定分布长度，应根据支座具体尺寸参照式(3-1-49)计算。

(4) 在梁的腹板计算高度边缘处，若同时受有较大的正应力、剪应力和局部压应力，或同时受有较大的正应力和剪应力（如连续梁中部支座处或梁的翼缘截面改变处等）时，其折算应力应按下式计算：

$$\sqrt{\sigma^2+\sigma_c^2-\sigma\sigma_c+3\tau^2}\leqslant\beta_1 f \tag{3-1-50}$$

式中，$\sigma$、$\tau$、$\sigma_c$ 为腹板计算高度边缘同一点上同时产生的正应力、剪应力和局部压应力，$\tau$ 和 $\sigma_c$ 应按式(3-1-47)和式(3-1-48)计算，$\sigma$ 应按下式计算：

$$\sigma=\frac{M}{I_n}y_1 \tag{3-1-51}$$

---

$\sigma$ 和 $\sigma_c$ 以拉应力为正值，压应力为负值。

式中，$I_n$ 为梁净截面惯性矩；$y_1$ 为所计算点至梁中和轴的距离；$\beta_1$ 为计算折算应力的强度设计值增大系数；当 $\sigma$ 和 $\sigma_c$ 异号时，取 $\beta_1 = 1.2$；当 $\sigma$ 和 $\sigma_c$ 同号或 $\sigma_c = 0$ 时，取 $\beta_1 = 1.1$。

#### 3.1.4.2　整体稳定

（1）符合下列情况之一时，可不计算梁的整体稳定性：

① 有铺板（各种钢筋混凝土板和钢板）密铺在梁的受压翼缘上并与其牢固相连、能阻止梁受压翼缘的侧向位移时。

② 型钢或等截面工字形简支梁受压翼缘的自由长度 $l_1$ 与其宽度 $b_1$ 之比不超过表 3-1-7 所规定的数值时。

③ 对跨中无侧向支承点的梁，$l_1$ 为其跨度；对跨中有侧向支承点的梁，$l_1$ 为受压翼缘侧向支承点间的距离（梁的支座处视为有侧向支承）。

（2）在最大刚度主平面内受弯的构件整体稳定性计算

$$\frac{M_x}{\varphi_b W_x} \leqslant f \tag{3-1-52}$$

式中，$M_x$ 为绕强轴作用的最大弯矩；$W_x$ 为按受压纤维确定的梁毛截面模量；$\varphi_b$ 为梁的整体稳定性系数。

（3）在两个主平面受弯的 H 型钢截面或工字形截面构件的整体稳定性计算

$$\frac{M_x}{\varphi_b W_x} + \frac{M_y}{\gamma_y W_y} \leqslant f \tag{3-1-53}$$

式中，$W_x$、$W_y$ 为按受压纤维确定的对 $x$ 轴和对 $y$ 轴毛截面模量；$\varphi_b$ 为绕强轴弯曲所确定的梁整体稳定系数。

（4）不符合上述第①条情况的箱形截面简支梁，其截面尺寸（图 3-1-5）应满足 $h/b_0 \leqslant b$，$l_1/b_0 \leqslant 95 \times 235 f_y$。

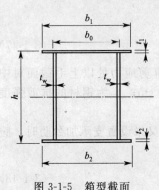

图 3-1-5　箱型截面

符合上述规定的箱形截面简支梁，可不计算整体稳定性。

### 3.1.5　螺栓连接

#### 3.1.5.1　普通螺栓连接

（1）螺栓承载力设计值　在普通螺栓连接中，每个普通螺栓的承载力设计值应取受剪和承压承载力设计值中的较小者。

普通螺栓受剪承载力设计值

$$N_v^b = n_v \frac{\pi d^2}{4} f_v^b \tag{3-1-54}$$

普通螺栓承压承载力设计值

$$N_c^b = d \sum t \times f_c^b \tag{3-1-55}$$

式中，$n_v$ 为受剪面数目；$d$ 为螺栓杆直径；$\sum t$ 为在不同受力方向中一个受力方向承压构件总厚度的较小值；$N_v^b$、$N_c^b$ 为螺栓的抗剪和承压强度设计值；$f_v^b$、$f_c^b$ 为铆钉的抗剪和承压强度设计值。

（2）普通螺栓杆轴方向受拉的连接中，每个普通螺栓的承载力设计值

$$N_t^b = \frac{\pi d_e^2}{4} f_t^b \tag{3-1-56}$$

式中，$d_e$ 为螺栓在螺纹处的有效直径；$f_t^b$ 为普通螺栓的抗拉强度设计值。

（3）同时承受剪力和杆轴方向拉力的普通螺栓，应符合：

$$\sqrt{\left(\frac{N_v}{N_v^b}\right)^2 + \left(\frac{N_t}{N_t^b}\right)^2} \leqslant 1 \tag{3-1-57}$$

$$N_v \leqslant N_c^b \tag{3-1-58}$$

式中，$N_v$、$N_t$ 为某个普通螺栓或铆钉所承受的剪力和拉力；$N_v^b$、$N_t^b$、$N_c^b$ 为一个普通螺栓的受剪、受拉和承压承载力设计值。

### 3.1.5.2 高强度螺栓连接

（1）高强度螺栓摩擦型连接

① 在抗剪连接中，每个高强度螺栓的承载力设计值应按下式计算：

$$N_v^b = 0.9 n_f \mu P \tag{3-1-59}$$

式中，$n_f$ 为传力摩擦面数目；$\mu$ 为摩擦面的抗滑系数，应按表 3-1-24 采用；$P$ 为一个高强度螺栓的预应力，应按表 3-1-25 采用。

② 在螺栓杆轴方向受拉的连接中，每个高强度螺栓的承载力设计值取 $N_t^b = 0.8P$。

③ 当高强度螺栓摩擦型连接同时承受摩擦面间的剪力和螺栓杆轴方向的外拉力时，其承载力应按下式计算：

$$\frac{N_v}{N_v^b} + \frac{N_t}{N_t^b} \leqslant 1 \tag{3-1-60}$$

式中，$N_v$、$N_t$ 为某个高强度螺栓所承受的剪力和拉力；$N_v^b$、$N_t^b$ 为一个高强度螺栓的受剪、受拉承载力设计值。

（2）高强度螺栓承压型连接

① 承压型连接的高强度螺栓的预拉力 $P$ 应与摩擦型连接高强度螺栓相同。连接处构件接触面应清除油污及浮锈。高强度螺栓承压型连接不应用于直接承受动力荷载的结构。

② 在抗剪连接中，每个承压型连接高强度螺栓的承载力设计值的计算方法与普通螺栓相同，但当剪切面在螺纹处时，其受剪承载力设计值应按螺纹处的有效面积进行计算。

③ 在杆轴方向受拉的连接中，每个承压型连接高强度螺栓的承载力设计值的计算方法与普通螺栓相同。

④ 同时承受剪力和杆轴方向拉力的承压型连接的高强度螺栓，应符合下列公式的要求：

$$\sqrt{\left(\frac{N_v}{N_v^b}\right)^2 + \left(\frac{N_t}{N_t^b}\right)^2} \leqslant 1 \tag{3-1-61}$$

$$N_v \leqslant N_c^b / 1.2 \tag{3-1-62}$$

式中，$N_v$、$N_t$ 为某个高强度螺栓所承受的剪力和拉力；$N_v^b$、$N_t^b$、$N_c^b$ 为一个高强度螺栓的受剪、受拉和承压承载力设计值。

## 3.2 钢筋混凝土结构计算用表及计算公式例

### 3.2.1 钢筋混凝土结构计算用表

#### 3.2.1.1 建筑结构相关用表

（1）建筑结构安全等级（表 3-2-1）

表 3-2-1　建筑结构的安全等级

| 安全等级 | 破坏后果 | 建筑物类型 |
|---|---|---|
| 一级 | 很严重 | 重要的建筑物 |
| 二级 | 严重 | 一般的建筑物 |
| 三级 | 不严重 | 次要的建筑物 |

注：1. 安全等级为一级或设计使用年限为 100 年及以上的结构构件，不应小于 1.1。

2. 安全等级为二级或设计使用年限为 50 年的结构构件，不应小于 1.0。

3. 安全等级为三级或设计使用年限为 5 年的结构构件，不应小于 0.9。

（2）受弯构件的挠度限值（表 3-2-2）

表 3-2-2　受弯构件的挠度限值

| 构件类型 | 挠度限值 |
|---|---|
| 吊车梁：手动吊车<br>电动吊车 | $l_0/500$<br>$l_0/600$ |
| 屋盖、楼盖及楼梯构件：<br>当 $l_0 < 7$m 时<br>当 $7$m$\leqslant l_0 \leqslant 9$m 时<br>当 $l_0 > 9$m 时 | <br>$l_0/200(l_0/250)$<br>$l_0/250(l_0/300)$<br>$l_0/300(l_0/400)$ |

注：1. 表中 $l_0$ 为构件的计算跨度。

2. 表中括号内的数值适用于使用上对挠度有较高要求的构件。

3. 如果构件制作时预先起拱，且使用上也允许，则在验算挠度时，可将计算所得的挠度值减去起拱值；对预应力混凝土构件，尚可减去预加力所产生的反拱值。

4. 计算悬臂构件的挠度限值时，其计算跨度 $l_0$ 按实际悬臂长度的 2 倍取用。

（3）结构构件的裂缝控制等级及最大裂缝宽度限值（表 3-2-3）

表 3-2-3　结构构件的裂缝控制等级及最大裂缝宽度限值

| 环境类别 | 钢筋混凝土结构 | | 预应力混凝土结构 | |
|---|---|---|---|---|
| | 裂缝控制等级 | $\omega_{lim}/mm$ | 裂缝控制等级 | $\omega_{lim}/mm$ |
| 一 | 三 | 0.3(0.4) | 三 | 0.2 |
| 二 | 三 | 0.2 | 二 | — |
| 三 | 三 | 0.2 | 一 | — |

注：1. 表中的规定适用于采用热轧钢筋的钢筋混凝土构件和采用预应力钢丝，钢绞线及热处理钢筋的预应力混凝土构件；当采用其他类别的钢丝或钢筋时，其裂缝控制要求可按专门标准确定。

2. 对处于年平均相对湿度小于 60% 地区一类环境下的受弯构件，其最大裂缝宽度限值或采用括号内的数值。

3. 在一类环境下，对钢筋混凝土屋架，托架及需作疲劳验算的吊车梁，其最大裂缝宽度限值应取为 0.2mm；对钢筋混凝土屋面梁和托架，其最大裂缝宽度限值应取为 0.3mm。

4. 在一类环境下，对预应力混凝土屋面梁，托梁，屋架，托架，屋面板和楼板，应按二级裂缝控制等级进行验算；在一类和二类环境下，对需作疲劳验算的预应力混凝土吊车梁，应按一级裂缝控制等级进行验算。

5. 表中规定的预应力混凝土构件的裂缝控制等级和最大裂缝宽度限值适用于正截面的验算；预应力混凝土构件的斜截面裂缝控制验算应符合《混凝土结构设计规范》（GB 50010—2010）第 8 章的要求。

6. 对于烟囱，筒仓和处于液体压力下的结构构件，其裂缝控制要求应符合专门标准的有关规定。

7. 对于处于四，五类环境下的结构构件，其裂缝控制要求应符合专门标准的有关规定。

8. 表中的最大裂缝宽度限值用于验算荷载作用引起的最大裂缝宽度。

（4）混凝土结构的环境类别（表 3-2-4）

表 3-2-4　混凝土结构的环境类别

| 环境类别 | | 条　件 |
|---|---|---|
| 一 | | 室内正常环境 |
| 二 | a | 室内潮湿环境;非严寒和非寒冷地区的露天环境,与无侵蚀性的水或土壤直接接触的环境 |
| | b | 严寒和寒冷地区的露天环境,与无侵蚀性的水或土壤直接接触的环境 |
| 三 | | 使用除冰盐的环境;严寒和寒冷地区冬季水位变动的环境;滨海室外环境 |
| 四 | | 海水环境 |
| 五 | | 受人为或自然的侵蚀性物质影响的环境 |

注:严寒和寒冷地区的划分应符合国家现行标准《民用建筑热工设计规程》JGJ24 的规定。

（5）结构混凝土耐久性的基本要求（表 3-2-5）

表 3-2-5　结构混凝土耐久性的基本要求

| 环境类别 | | 最大水灰比 | 最小水泥用量 /(kg/m³) | 最低混凝土 强度等级 | 最大氯离子 含量/% | 最大碱含量 /(kg/m³) |
|---|---|---|---|---|---|---|
| 一 | | 0.65 | 225 | C20 | 1.0 | 不限制 |
| 二 | a | 0.60 | 250 | C25 | 0.3 | 3.0 |
| | b | 0.55 | 275 | C30 | 0.2 | 3.0 |
| 三 | | 0.50 | 300 | C30 | 0.1 | 3.0 |

注:1. 氯离子含量系指其占水泥用量的百分率。

2. 预应力构件混凝土中的最大氯离子含量为 0.06%，最小水泥用量为 300kg/m³；最低混凝土强度等级应按表中规定提高两个等级。

3. 素混凝土构件的最小水泥用量不应少于表中数值减 25kg/m³。

4. 当混凝土中加入活性掺合料或能提高耐久性的外加剂时,可适当降低最小水泥用量。

5. 当有可靠工程经验时,处于一类和二类环境中的最低混凝土强度等级可降低一个等级。

6. 当使用非碱活性骨料时,对混凝土中的碱含量可不作限制。

## 3.2.1.2　混凝土相关用表

（1）混凝土轴心抗压、轴心抗拉强度标准值 $f_{ck}$、$f_{tk}$（表 3-2-6）

表 3-2-6　混凝土强度标准值　　　　　　　　　单位：级

| 强度种类 | 混凝土强度等级 | | | | | | | | | | | | | |
|---|---|---|---|---|---|---|---|---|---|---|---|---|---|---|
| | C15 | C20 | C25 | C30 | C35 | C40 | C45 | C50 | C55 | C60 | C65 | C70 | C75 | C80 |
| $f_{ck}$ | 10.0 | 13.4 | 16.7 | 20.1 | 23.4 | 26.8 | 29.6 | 32.4 | 35.5 | 38.5 | 41.5 | 44.5 | 47.4 | 50.2 |
| $f_{tk}$ | 1.27 | 1.54 | 1.78 | 2.01 | 2.20 | 2.39 | 2.51 | 2.64 | 2.74 | 2.85 | 2.93 | 2.99 | 3.05 | 3.11 |

（2）混凝土轴心抗压、轴心抗拉强度设计值 $f_c$、$f_t$（表 3-2-7）

表 3-2-7　混凝土强度设计值　　　　　　　　　单位：MPa

| 强度种类 | 混凝土强度等级 | | | | | | | | | | | | | |
|---|---|---|---|---|---|---|---|---|---|---|---|---|---|---|
| | C15 | C20 | C25 | C30 | C35 | C40 | C45 | C50 | C55 | C60 | C65 | C70 | C75 | C80 |
| $f_c$ | 7.2 | 9.6 | 11.9 | 14.3 | 16.7 | 19.1 | 21.1 | 23.1 | 25.3 | 27.5 | 29.7 | 31.8 | 33.8 | 35.9 |
| $f_t$ | 0.91 | 1.10 | 1.27 | 1.43 | 1.57 | 1.71 | 1.80 | 1.89 | 1.96 | 2.04 | 2.09 | 2.14 | 2.18 | 2.22 |

（3）混凝土受压或受拉的弹性模量 $E_c$（表 3-2-8）

表 3-2-8　混凝土弹性模量　　　　　　　　　单位：10⁴MPa

| 强度等级 | C15 | C20 | C25 | C30 | C35 | C40 | C45 | C50 | C55 | C60 | C65 | C70 | C75 | C80 |
|---|---|---|---|---|---|---|---|---|---|---|---|---|---|---|
| $E_c$ | 2.20 | 2.55 | 2.80 | 3.00 | 3.15 | 3.25 | 3.35 | 3.45 | 3.55 | 3.60 | 3.65 | 3.70 | 3.75 | 3.80 |

（4）混凝土疲劳变形模量 $E_c^f$（表 3-2-9）

表 3-2-9　混凝土疲劳变形模量　　　　　　单位：$10^4$ MPa

| 混凝土强度等级 | C20 | C25 | C30 | C35 | C40 | C45 | C50 | C55 | C60 | C65 | C70 | C75 | C80 |
|---|---|---|---|---|---|---|---|---|---|---|---|---|---|
| $E_c^f$ | 1.1 | 1.2 | 1.3 | 1.4 | 1.5 | 1.55 | 1.6 | 1.65 | 1.7 | 1.75 | 1.8 | 1.85 | 1.9 |

## 3.2.1.3　普通钢筋和预应力钢筋相关用表

（1）普通钢筋强度标准值（表 3-2-10）

表 3-2-10　普通钢筋强度标准值　　　　　　单位：MPa

| 种　　类 | | 符号 | $d$/mm | $f_{yk}$/MPa |
|---|---|---|---|---|
| 热轧钢筋 | HPB235（Q235） | Φ | 8～20 | 235 |
| | HRB335（20MnSi） | Φ | 6～50 | 335 |
| | HRB400（20MnSiv、20MnSiNb、20MnTi） | Φ | 6～50 | 400 |
| | RRB400（K2020MnSi） | Φ® | 8～40 | 400 |

注：1. 热轧钢筋直径 $d$ 系指公称直径。

2. 当采用直径大于40mm的钢筋时，应有可靠的工程经验。

（2）预应力钢筋强度标准值（表 3-2-11）

表 3-2-11　预应力钢筋强度标准值

| 种　　类 | | 符号 | $d$/mm | $f_{ptk}$/MPa |
|---|---|---|---|---|
| 钢绞线 | 1×3 | $Φ^S$ | 8.6、10.8 | 1860、1720、1570 |
| | | | 12.9 | 1720、1570 |
| | 1×7 | | 9.5、11.1、12.7 | 1860 |
| | | | 15.2 | 1860、1720 |
| 消除应力钢丝 | 光面螺旋肋 | $Φ^P$ $Φ^H$ | 4、5 | 1770、1670、1570 |
| | | | 6 | 1670、1570 |
| | | | 7、8、9 | 1570 |
| | 刻痕 | $Φ^I$ | 5、7 | 1570 |
| 热处理钢筋 | 40Si2Mn | $Φ^{HT}$ | 6 | 1470 |
| | 48Si2Mn | | 8.2 | |
| | 45Si2Cr | | 10 | |

注：1. 钢绞线直径 $d$ 系指钢绞线外接圆直径，即现行国家标准《预应力混凝土用钢丝》（GB/T 5223）中的公称直径 $D_g$，钢丝和热处理钢筋的直径 $d$ 均指公称直径。

2. 消除应力光面钢丝直径 $d$ 为 4～9mm，消除应力螺旋肋钢丝直径 $d$ 为 4～8mm。

（3）普通钢筋抗拉强度设计值 $f_y$ 和抗压强度设计值 $f_y'$（表 3-2-12）

表 3-2-12　普通钢筋强度设计　　　　　　单位：MPa

| 种　　类 | | 符号 | $f_y$ | $f_y'$ |
|---|---|---|---|---|
| 热轧钢筋 | HPB235（Q235） | Φ | 210 | 235 |
| | HPB335（20MnSi） | Φ | 300 | 335 |
| | HRB400（20MnSiV、20MnSiNb、20MnTi） | Φ | 360 | 400 |
| | RRB400（K20MnSi） | Φ® | 360 | 400 |

注：在钢筋混凝土结构中，轴心受拉和小偏心受拉构件的钢筋抗拉强度设计值大于 300MPa 时，仍应按 300MPa 取用。

（4）预应力钢筋强度标准值 $f_{ptk}$、抗拉强度设计值 $f_{py}$、抗压强度设计值 $f_{py}'$（表 3-2-13）

表 3-2-13　预应力钢筋强度设计值　　　　　　　　　　单位：MPa

| 种　　类 | | 符　号 | $f_{ptk}$ | $f_{py}$ | $f'_{py}$ |
|---|---|---|---|---|---|
| 钢绞线 | 1×3 | $\Phi^S$ | 1860 | 1320 | 390 |
| | | | 1720 | 1220 | |
| | | | 1570 | 1110 | |
| | 1×7 | | 1860 | 1320 | 390 |
| | | | 1720 | 1220 | |
| 消除应力钢丝 | 光面螺旋肋 | $\Phi^P$ $\Phi^H$ | 1770 | 1250 | 410 |
| | | | 1670 | 1180 | |
| | | | 1570 | 1110 | |
| | | | 1570 | 1110 | 410 |
| 热处理钢筋 | 40Si2Mn | $\Phi^I$ $\Phi^{HT}$ | 1470 | 1040 | 400 |
| | 48Si2Mn | | | | |
| | 45Si2Cr | | | | |

注：当预应力钢绞线、钢丝的强度标准值不符合本表的规定时，其强度设计值应进行换算。

（5）钢筋弹性模量 $E_s$（表 3-2-14）

表 3-2-14　钢筋弹性模量　　　　　　　　　　单位：$10^5$ MPa

| 种　　类 | $E_s$ |
|---|---|
| HPB 235 级钢筋 | 2.1 |
| HRB 335 级钢筋、HRB 400 级钢筋、RRB 400 级钢筋、热处理钢筋 | 2.0 |
| 消除应力钢丝（光面钢丝、螺旋肋钢丝、刻痕钢丝） | 2.05 |
| 钢绞线 | 1.95 |

注：必要时钢绞线可采用实测的弹性模量。

（6）普通钢筋疲劳应力幅限值 $\Delta f_y^f$（表 3-2-15）

表 3-2-15　普通钢筋疲劳应力幅限值 $\Delta f_y^f$　　　　　　　　　　单位：MPa

| 疲劳应力比值 | $\Delta f_y^f$ | | |
|---|---|---|---|
| | HPB 235 级钢筋 | HRB 335 级钢筋 | HRB 400 级钢筋 |
| $-1.0 \leqslant \rho_s^f < -0.6$ | 160 | — | — |
| $-0.6 \leqslant \rho_s^f < -0.4$ | 155 | — | — |
| $-0.4 \leqslant \rho_s^f < 0$ | 150 | — | — |
| $0 \leqslant \rho_s^f < 0.1$ | 145 | 165 | 165 |
| $0.1 \leqslant \rho_s^f < 0.2$ | 140 | 155 | 155 |
| $0.2 \leqslant \rho_s^f < 0.3$ | 130 | 150 | 150 |
| $0.3 \leqslant \rho_s^f < 0.4$ | 120 | 135 | 145 |
| $0.4 \leqslant \rho_s^f < 0.5$ | 105 | 125 | 130 |
| $0.5 \leqslant \rho_s^f < 0.6$ | — | 105 | 115 |
| $0.6 \leqslant \rho_s^f < 0.7$ | — | 85 | 95 |
| $0.7 \leqslant \rho_s^f < 0.8$ | — | 65 | 70 |
| $0.8 \leqslant \rho_s^f < 0.9$ | — | 40 | 45 |

注：1. 当纵向受拉钢筋采用闪光接触对焊接头时，其接头处钢筋疲劳应力幅限值应按表中数值乘以系数 0.8 取用。

2. RRB400 级钢筋应经试验验证后，方可用于需作疲劳验算的构件。

（7）预应力钢筋疲劳应力幅限值 $\Delta f_{py}^f$（表 3-2-16）

表 3-2-16　预应力钢筋疲劳应力幅限值 $\Delta f_{py}^f$　　　　　　　单位：MPa

| 种　　类 | | | $\Delta f_{py}^f$ | |
|---|---|---|---|---|
| | | | $0.7 \leqslant \rho_p^f < 0.8$ | $0.8 \leqslant \rho_p^f < 0.9$ |
| 消除应力钢丝 | 光面 | $f_{ptk}=1770、1670$ | 210 | 140 |
| | | $f_{ptk}=1570$ | 200 | 130 |
| | 刻痕 | $f_{ptk}=1570$ | 180 | 120 |
| 钢绞线 | | | 120 | 105 |

注：1. 当 $\rho_p^f \geqslant 0.9$ 时，可不作钢筋疲劳验算。

2. 当有充分依据时，可对表中规定的疲劳应力幅限值作适当调整。

## （8）预应力张拉控制应力限值 $\sigma_{con}$（表 3-2-17）

表 3-2-17　预应力张拉控制应力限值

| 钢筋种类 | 张拉方法 | |
|---|---|---|
| | 先张法 | 后张法 |
| 消除应力钢丝、钢绞线 | $0.75 f_{ptk}$ | $0.75 f_{ptk}$ |
| 热处理钢筋 | $0.70 f_{ptk}$ | $0.65 f_{ptk}$ |

## （9）预应力钢筋的预应力损失值（表 3-2-18）

表 3-2-18　预应力损失值　　　　　　　　　　单位：MPa

| 引起损失的因素 | | 符号 | 先张法构件 | 后张法构件 |
|---|---|---|---|---|
| 张拉端锚具变形和钢筋内缩 | | $\sigma_{l1}$ | 按《混凝土结构设计规范》GB 50010—2002 第 6.2.2 条的规定计算 | 按《混凝土结构设计规范》GB 50010—2002 第 6.2.2 条和第 6.2.3 条的规定计算 |
| 预应力钢筋的摩擦 | 与孔道壁之间的摩擦 | $\sigma_{l2}$ | — | 按《混凝土结构设计规范》GB 50010—2002 第 6.2.4 条的规定计算 |
| | 在转向装置处的摩擦 | | 按实际情况确定 | |
| 混凝土加热养护时，受张拉的钢筋与承受拉力的设备之间的温差 | | $\sigma_{l3}$ | $2\Delta t$ | — |
| 预应力钢筋的应力松弛 | | $\sigma_{l4}$ | 预应力钢丝、钢绞线<br>普通松弛：<br>$0.4\varphi\left(\dfrac{\sigma_{con}}{f_{ptk}}-0.5\right)\sigma_{con}$<br>此处，一次张拉 $\psi=1$，超张拉 $\psi=0.9$；<br>低松弛：<br>当 $\sigma_{con} \leqslant 0.7 f_{ptk}$ 时<br>$0.125\left(\dfrac{\sigma_{con}}{f_{ptk}}-0.5\right)\sigma_{con}$<br>当 $0.7 f_{ptk} < \sigma_{con} \leqslant 0.8 f_{ptk}$ 时<br>$0.2\left(\dfrac{\sigma_{con}}{f_{ptk}}-0.575\right)\sigma_{con}$<br>热处理钢筋<br>一次张拉 $0.05\sigma_{con}$；超张拉 $0.035\sigma_{con}$ | |
| 混凝土的收缩和徐变 | | $\sigma_{l5}$ | 按《混凝土结构设计规范》(GB 50010—2002)第 6.2.5 条的规定计算 | |
| 用螺旋式预应力钢筋作配筋的环形构件，当直径 $d \leqslant 3m$ 时，由于混凝土的局部挤压 | | $\sigma_{l6}$ | — | 30 |

注：1. 表中 $\Delta t$ 为混凝土加热养护时，受张拉的预应力钢筋与承受拉力的设备之间的温差（℃）。

2. 表中超张拉的张拉程序为从应力为零开始张拉至 $1.03\sigma_{con}$；或从应力为零开始张拉至 $1.05\sigma_{con}$，持荷 2min 后，卸载至 $\sigma_{con}$。

3. 当 $\sigma_{con}/f_{ptk} \leqslant 0.5$ 时，预应力钢筋的应力松弛损失值可取为零。

（10）张拉端锚具变形和钢筋内缩值（表3-2-19）

表 3-2-19　锚具变形和钢筋内缩值 $a$

| 锚　具　类　别 | | $a/\text{mm}$ |
|---|---|---|
| 支承式锚具(钢丝束镦头锚具等) | 螺帽缝隙 | 1 |
| | 每块后加垫板的缝隙 | 1 |
| 锥塞式锚具(钢丝束的钢质锥形锚具等) | | 5 |
| 夹片式锚具 | 有顶压时 | 5 |
| | 无顶压时 | 6～8 |

注：1. 表中的锚具变形和钢筋内缩值也可根据实测数据确定。

2. 其他类型的锚具变形和钢筋内缩值应根据实测数据确定。

（11）预应力钢筋与孔道壁之间的摩擦系数 $\mu$ 和考虑孔道每米长度局部偏差的摩擦系数 $k$（表3-2-20）

表 3-2-20　摩擦系数

| 孔道成型方式 | $\mu$ | $k$ |
|---|---|---|
| 预埋金属波纹管 | 0.25 | 0.0015 |
| 预埋钢管 | 0.30 | 0.0010 |
| 橡胶管或钢管抽芯成型 | 0.55 | 0.0014 |

注：1. 表中系数也可根据实测数据确定。

2. 当采用钢丝束的钢质锥形锚具及类似形式锚具时，尚应考虑锚环口处的附加摩擦损失，其值可根据实测数据确定。

（12）各阶段预应力损失值的组合（表3-2-21）

表 3-2-21　各阶段预应力损失值的组合

| 预应力损失值的组合 | 先张法构件 | 后张法构件 |
|---|---|---|
| 混凝土预压前(第一批)的损失 | $\sigma_{l1}+\sigma_{l2}+\sigma_{l3}+\sigma_{l4}$ | $\sigma_{l1}+\sigma_{l2}$ |
| 混凝土预压后(第二批)的损失 | $\sigma_{l5}$ | $\sigma_{l4}+\sigma_{l5}+\sigma_{l6}$ |

注：先张法构件由于钢筋应力松弛引起的损失值 $\sigma_{l4}$ 在第一批和第二批损失中所占的比例，如需区分，可根据实际情况确定。

### 3.2.1.4　混凝土结构计算用表

（1）T形、I形及倒L形截面受弯构件翼缘计算宽度 $b'_{\mathrm{f}}$ 应按表3-2-22所列情况中的最小值取用。

表 3-2-22　T形、I形及倒L形截面受弯构件翼缘计算宽度 $b'_{\mathrm{f}}$

| | 情　　况 | | T形、I形截面 | | 倒L形截面 |
|---|---|---|---|---|---|
| | | | 肋形梁、肋形板 | 独立梁 | 肋形梁、肋形板 |
| 1 | 按计算跨度 $l_0$ 考虑 | | $l_0/3$ | $l_0/3$ | $l_0/6$ |
| 2 | 按梁(纵肋)净距 $S_\mathrm{n}$ 考虑 | | $b+s_\mathrm{n}$ | — | $b+s_\mathrm{n}/2$ |
| 3 | 按翼缘高度 $h'_{\mathrm{f}}$ 考虑 | $h'_{\mathrm{f}}/h_0\geqslant0.1$ | — | $b+12h'_{\mathrm{f}}$ | — |
| | | $0.1>h'_{\mathrm{f}}/h_0\geqslant0.05$ | $b+12h'_{\mathrm{f}}$ | $b+6h'_{\mathrm{f}}$ | $b+5h'_{\mathrm{f}}$ |
| | | $h'_{\mathrm{f}}/h_0<0.05$ | $b+12h'_{\mathrm{f}}$ | $b$ | $b+5h'_{\mathrm{f}}$ |

注：1. 表中 $b$ 为腹板宽度。

2. 如肋形梁在梁跨内设有间距小于纵肋间距的横肋时，则可不遵守表列情况3的规定。

3. 对加腋的T形、I形和倒L形截面，当受压区加腋的高度 $h_\mathrm{h}\geqslant h'_\mathrm{f}$ 且加腋的宽度 $b_\mathrm{h}\leqslant3h_\mathrm{h}$ 时，其翼缘计算宽度可按表列情况3的规定分别增加 $2b_\mathrm{h}$（T形、I形截面）和 $b_\mathrm{h}$（倒L形截面）。

4. 独立梁受压区的翼缘板在荷载作用下经验算沿纵肋方向可能产生裂缝时，其计算宽度应取腹板宽度 $b$。

（2）钢筋混凝土轴心受压构件的稳定系数 $\varphi$（表3-2-23）

表 3-2-23　钢筋混凝土轴心受压构件的稳定系数 $\varphi$

| $l_0/b$ | ≤8 | 10 | 12 | 14 | 16 | 18 | 20 | 22 | 24 | 26 | 28 |
|---|---|---|---|---|---|---|---|---|---|---|---|
| $l_0/d$ | ≤7 | 8.5 | 10.5 | 12 | 14 | 15.5 | 17 | 19 | 21 | 22.5 | 24 |
| $l_0/i$ | ≤28 | 35 | 42 | 48 | 55 | 62 | 69 | 76 | 83 | 90 | 97 |
| $\varphi$ | 1.00 | 0.98 | 0.95 | 0.92 | 0.87 | 0.81 | 0.75 | 0.70 | 0.65 | 0.60 | 0.56 |
| $l_0/b$ | 30 | 32 | 34 | 36 | 38 | 40 | 42 | 44 | 46 | 48 | 50 |
| $l_0/d$ | 26 | 28 | 29.5 | 31 | 33 | 34.5 | 36.5 | 38 | 40 | 41.5 | 43 |
| $l_0/i$ | 104 | 111 | 118 | 125 | 132 | 139 | 146 | 153 | 160 | 167 | 174 |
| $\varphi$ | 0.52 | 0.48 | 0.44 | 0.40 | 0.36 | 0.32 | 0.29 | 0.26 | 0.23 | 0.21 | 0.19 |

注：表中 $l_0$ 为构件的计算长度，对钢筋混凝土柱可按表 3-2-24、表 3-2-25 的规定取用；$b$ 为矩形截面的短边尺寸；$d$ 为圆形截面的直径；$i$ 为截面的最小回转半径。

（3）刚性屋盖单层房屋排架柱、露天吊车柱和栈桥柱的计算长度 $l_0$（表 3-2-24）

表 3-2-24　刚性屋盖单层房屋排架柱、露天吊车柱和栈桥柱的计算长度 $l_0$

| 柱的类别 | | $l_0$ | | |
|---|---|---|---|---|
| | | 排架方向 | 垂直排架方向 | |
| | | | 有柱间支撑 | 无柱间支撑 |
| 无吊车房屋柱 | 单跨 | $1.5H$ | $1.0H$ | $1.2H$ |
| | 两跨及多跨 | $1.25H$ | $1.0H$ | $1.2H$ |
| 有吊车房屋柱 | 上柱 | $2.0H_u$ | $1.25H_u$ | $1.5H_u$ |
| | 下柱 | $1.0H_l$ | $0.8H_l$ | $1.0H_l$ |
| 露天吊车柱和栈桥柱 | | $2.0H_l$ | $1.0H_l$ | — |

注：1. 表中 $H$ 为从基础顶面算起的柱全高；$H_l$ 为从基础顶面至装配式吊车梁底面或现浇式吊车梁顶面的柱子下部高度；$H_u$ 为从装配式吊车梁底面或从现浇式吊车梁顶面算起的柱子上部高度。

2. 表中有吊车房屋排架柱的计算长度，当计算中不考虑吊车荷载时，可按无吊车房屋柱的计算长度采用，但上柱的计算长度仍可按有吊车房屋采用。

3. 表中有吊车房屋排架柱的上柱在排架方向的计算长度，仅适用于 $H_u/H_l \geqslant 0.3$ 的情况；当 $H_u/H_l < 0.3$ 时，计算长度宜采用 $2.5H_u$。

（4）框架结构各层柱的计算长度 $l_0$（表 3-2-25）

表 3-2-25　框架结构各层柱的计算长度 $l_0$

| 楼盖类别 | 柱的类别 | $l_0$ |
|---|---|---|
| 现浇楼盖 | 底层柱 | $1.0H$ |
| | 其余各层柱 | $1.25H$ |
| 装配式楼盖 | 底层柱 | $1.25H$ |
| | 其余各层柱 | $1.25H$ |

注：表中 $H$ 对底层柱为从基础顶面到一层楼盖顶面的高度；对其余各层柱为上下两层楼盖顶面之间的高度。

（5）构件受力特征系数 $\alpha_{cr}$（表 3-2-26）

表 3-2-26　构件受力特征系数 $\alpha_{cr}$

| 类　型 | $\alpha_{cr}$ | |
|---|---|---|
| | 钢筋混凝土构件 | 预应力混凝土构件 |
| 受弯、偏心受压 | 2.1 | 1.7 |
| 偏心受拉 | 2.4 | — |
| 轴心受拉 | 2.7 | 2.2 |

（6）受拉区第 $i$ 种纵向钢筋的相对黏结特性系数 $v_i$（表 3-2-27）

表 3-2-27　钢筋的相对黏结特性系数 $\nu_i$

表 3-2-27　钢筋的相对黏结特性系数 $\nu_i$

| 钢筋类别 | 非预应力钢筋 | | 先张法预应力钢筋 | | | 后张法预应力钢筋 | | |
|---|---|---|---|---|---|---|---|---|
| | 光面钢筋 | 带肋钢筋 | 带肋钢筋 | 螺旋肋钢丝 | 刻痕钢丝、钢绞线 | 带肋钢筋 | 钢绞线 | 光面钢丝 |
| $\nu_i$ | 0.7 | 1.0 | 1.0 | 0.8 | 0.6 | 0.8 | 0.5 | 0.4 |

注：对环氧树脂涂层带肋钢筋，其相对粘结特性系数应按表中系数的 0.8 倍取用。

## （7）截面抵抗矩塑性影响系数基本值 $\gamma_m$（表 3-2-28）

表 3-2-28　截面抵抗矩塑性影响系数基本值 $\gamma_m$

| 项次 | 1 | 2 | 3 | | 4 | | 5 |
|---|---|---|---|---|---|---|---|
| 截面形状 | 矩形截面 | 翼缘位于受压区的 T 形截面 | 对称 I 形截面或箱形截面 | | 翼缘位于受拉区的倒 T 形截面 | | 圆形和环形截面 |
| | | | $b_f/b\leqslant2$、$h_f/h$ 为任意值 | $b_f/b>2$、$h_f/h<0.2$ | $b_f/b\leqslant2$、$h_f/h$ 为任意值 | $b_f/b>2$、$h_f/h<0.2$ | |
| $\gamma_m$ | 1.55 | 1.50 | 1.45 | 1.35 | 1.50 | 1.40 | $1.6-0.24r_1/r$ |

注：1. 对 $b_f'>b_f$ 的 I 形截面，可按项次 2 与项次 3 之间的数值采用；对 $b_f'<b_f$ 的 I 形截面，可按项次 3 与项次 4 之间的数值采用。

2. 对于箱形截面，$b$ 系指各肋宽度的总和。

3. $r_1$ 为环形截面的内环半径，对圆形截面取 $r_1$ 为零。

## （8）钢筋混凝土结构伸缩缝最大间距（表 3-2-29）

表 3-2-29　钢筋混凝土结构伸缩缝最大间距　　　单位：m

| 结构类别 | | 室内或土中 | 露天 |
|---|---|---|---|
| 排架结构 | 装配式 | 100 | 70 |
| 框架结构 | 装配式 | 75 | 50 |
| | 现浇式 | 55 | 35 |
| 剪力墙结构 | 装配式 | 65 | 40 |
| | 现浇式 | 45 | 30 |
| 挡土墙、地下室墙壁等类结构 | 装配式 | 40 | 30 |
| | 现浇式 | 30 | 20 |

注：1. 装配整体式结构房屋的伸缩缝间距宜按表中现浇式的数值取用。

2. 框架-剪力墙结构或框架-核心筒结构房屋的伸缩缝间距可根据结构的具体布置情况取表中框架结构与剪力墙结构之间的数值。

3. 当屋面无保温或隔热措施时，框架结构、剪力墙结构的伸缩缝间距宜按表中露天栏的数值取用。

4. 现浇挑檐、雨罩等外露结构的伸缩缝间距不宜大于 12m。

## （9）纵向受力钢筋的混凝土保护层最小厚度（表 3-2-30）

表 3-2-30　纵向受力钢筋的混凝土保护层最小厚度　　　单位：mm

| 环境类别 | | 板、墙、壳 | | | 梁 | | | 柱 | | |
|---|---|---|---|---|---|---|---|---|---|---|
| | | ≤C20 | C25~C45 | ≥C50 | ≤C20 | C25~C45 | ≥C50 | ≤C20 | C25~C45 | ≥C50 |
| 一 | | 20 | 15 | 15 | 30 | 25 | 25 | 30 | 30 | 30 |
| 二 | a | — | 20 | 20 | — | 30 | 30 | — | 30 | 30 |
| | b | — | 25 | 20 | — | 35 | 30 | — | 35 | 30 |
| 三 | | — | 30 | 25 | — | 40 | 35 | — | 40 | 35 |

注：基础中纵向受力钢筋的混凝土保护层厚度不应小于 40mm；当无垫层时不应小于 70mm。

## （10）钢筋的外形系数（表 3-2-31）

3　市政工程常用材料计算用表与计算公式　　**117**

表 3-2-31　钢筋的外形系数 $\alpha$

| 钢筋类型 | 光面钢筋 | 带肋钢筋 | 刻痕钢丝 | 螺旋肋钢丝 | 三股钢绞线 | 七股钢绞线 |
|---|---|---|---|---|---|---|
| $\alpha$ | 0.16 | 0.14 | 0.19 | 0.13 | 0.16 | 0.17 |

注：光面钢筋指 HPB235 级钢筋，其末端应做 180°弯钩，弯后平直段长度不应小于 $3d$，但作受压钢筋时可不做弯钩；带肋钢筋系指 HRB335 级、HRB400 级钢筋及 RRB400 级余热处理钢筋。

（11）纵向受拉钢筋搭接长度修正系数（表 3-2-32）

表 3-2-32　纵向受拉钢筋搭接长度修正系数

| 纵向钢筋搭接接头面积百分率/% | ≤25 | 50 | 100 |
|---|---|---|---|
| $\zeta$ | 1.2 | 1.4 | 1.6 |

（12）钢筋混凝土结构构件中纵向受力钢筋的最小配筋百分率（表 3-2-33）

表 3-2-33　钢筋混凝土结构构件中纵向受力钢筋的最小配筋百分率

| 受力类型 | | 最小配筋百分率/% |
|---|---|---|
| 受压构件 | 全部纵向钢筋 | 0.6 |
| | 一侧纵向钢筋 | 0.2 |
| 受弯构件、偏心受拉、轴心受拉构件一侧的受拉钢筋 | | 0.2 和 $45f_t/f_y$ 中的较大值 |

注：1. 受压构件全部纵向钢筋最小配筋百分率，当采用 HRB400 级、RRB400 级钢筋时，应按表中规定减小 0.1；当混凝土强度等级为 C60 及以上时，应按表中规定增大 0.1。

2. 偏心受拉构件中的受压钢筋，应按受压构件一侧纵向钢筋考虑。

3. 受压构件的全部纵向钢筋和一侧纵向钢筋的配筋率以及轴心受拉构件和小件、大偏心受拉构件一侧受拉钢筋的配筋率应按全截面面积扣除受压翼缘面积 $(b'_f-b)h'_f$ 后的截面面积计算。

4. 当钢筋沿构件截面周边布置时，"一侧纵向钢筋"系指沿受力方向两个对边中的一边布置的纵向钢筋。

（13）现浇钢筋混凝土板的最小厚度（表 3-2-34）

表 3-2-34　现浇钢筋混凝土板的最小厚度

| 板的类别 | | 最小厚度/mm |
|---|---|---|
| 单向板 | 屋面板 | 60 |
| | 民用建筑楼板 | 60 |
| | 工业建筑楼板 | 70 |
| | 行车道下的楼板 | 80 |
| 双向板 | | 80 |
| 密肋板 | 肋间距小于或等于 700mm | 40 |
| | 肋间距大于 700mm | 50 |
| 悬臂板 | 板的悬臂长度小于或等于 500mm | 60 |
| | 板的悬臂长度大于 500mm | 80 |
| 无梁楼板 | | 150 |

（14）梁中箍筋的最大间距（表 3-2-35）

表 3-2-35　梁中箍筋的最大间距　　　　单位：mm

| 梁高 $h$ | $V>0.7f_tbh_0+0.05N_{p0}$ | $V\leq0.7f_tbh_0+0.05N_{p0}$ | 梁高 $h$ | $V>0.7f_tbh_0+0.05N_{p0}$ | $V\leq0.7f_tbh_0+0.05N_{p0}$ |
|---|---|---|---|---|---|
| 150 | 150 | 200 | 500 | 250 | 350 |
| 300 | 200 | 300 | $h>800$ | 300 | 400 |

（15）深梁中钢筋的最小配筋百分率（表 3-2-36）

**表 3-2-36　深梁中钢筋的最小配筋百分率**　　单位：%

| 钢筋种类 | 纵向受拉钢筋 | 水平分布钢筋 | 竖向分布钢筋 |
|---|---|---|---|
| HPB235 | 0.25 | 0.25 | 0.20 |
| HRB335、HRB400、RRB400 | 0.20 | 0.20 | 0.15 |

注：当集中荷载作用于连续深梁上部 1/4 高度范围内且 $l_0/h>1.5$ 时，竖向分布钢筋最小配筋百分率应增加 0.05。

（16）素混凝土结构伸缩缝最大间距（表 3-2-37）

**表 3-2-37　素混凝土结构伸缩缝最大间距**　　单位：m

| 结构类别 | 室内或土中 | 露天 |
|---|---|---|
| 装配式结构 | 40 | 30 |
| 现浇结构(配有构造钢筋) | 30 | 20 |
| 现浇结构(未配构造钢筋) | 20 | 10 |

（17）素混凝土构件的稳定系数 $\varphi$（表 3-2-38）

**表 3-2-38　素混凝土构件的稳定系数 $\varphi$**

| $l_0<B$ | <4 | 4 | 6 | 8 | 10 | 12 | 14 | 16 | 18 | 20 | 22 | 24 | 26 | 28 | 30 |
|---|---|---|---|---|---|---|---|---|---|---|---|---|---|---|---|
| $l_0/i$ | <14 | 14 | 21 | 28 | 35 | 42 | 49 | 56 | 63 | 70 | 76 | 83 | 90 | 97 | 104 |
| $\varphi$ | 1.00 | 0.98 | 0.96 | 0.91 | 0.86 | 0.82 | 0.77 | 0.72 | 0.68 | 0.63 | 0.59 | 0.55 | 0.51 | 0.47 | 0.44 |

注：在计算 $l_0/b$ 时，$b$ 的取值：对偏心受压构件，取弯矩作用平面的截面高度；对轴心受压构件，取截面短边尺寸。

（18）钢筋计算截面面积及理论重量表（表 3-2-39）

**表 3-2-39　钢筋计算截面面积及理论重量表**

| 直径/mm | 钢筋截面面积 $A_s$(mm²)及钢筋排列成一排时梁的最小宽度 $b$/mm | | | | | | | | | | | | $u$/mm | 单根钢筋公称质量/(kg/m) |
|---|---|---|---|---|---|---|---|---|---|---|---|---|---|---|
| | 1 根 | 2 根 | 3 根 | | 4 根 | | 5 根 | | 6 根 | 7 根 | 8 根 | 9 根 | 面积 $A_s$ / 周长 $S$ | |
| | $A_s$ | $A_s$ | $A_s$ | $b$ | $A_s$ | $b$ | $A_s$ | $b$ | $A_s$ | $A_s$ | $A_s$ | $A_s$ | | |
| 2.5 | 4.9 | 9.8 | 14.7 | | 19.6 | | 24.5 | | 29.4 | 34.3 | 39.2 | 44.1 | 0.624 | 0.039 |
| 3 | 7.1 | 14.1 | 21.2 | | 28.3 | | 35.3 | | 42.4 | 49.5 | 56.5 | 63.6 | 0.753 | 0.055 |
| 4 | 12.6 | 25.1 | 37.7 | | 50.2 | | 62.8 | | 75.4 | 87.9 | 100.5 | 113 | 1.00 | 0.099 |
| 5 | 19.6 | 39 | 59 | | 79 | | 98 | | 118 | 138 | 157 | 177 | 1.25 | 0.154 |
| 6 | 28.3 | 57 | 85 | | 113 | | 142 | | 170 | 198 | 226 | 255 | 1.50 | 0.222 |
| 6.5 | 33.2 | 66 | 100 | | 133 | | 166 | | 199 | 232 | 265 | 299 | 1.63 | 0.260 |
| 8 | 50.3 | 101 | 151 | | 201 | | 252 | | 302 | 352 | 402 | 453 | 2.00 | 0.395 |
| 8.2 | 52.8 | 106 | 158 | | 211 | | 264 | | 317 | 370 | 423 | 475 | 2.05 | 0.432 |
| 10 | 78.5 | 157 | 236 | | 314 | | 393 | | 471 | 550 | 628 | 707 | 2.50 | 0.617 |
| 12 | 113.1 | 226 | 339 | 150 | 452 | 200/180 | 565 | 250/220 | 678 | 791 | 904 | 1017 | 3.00 | 0.888 |
| 14 | 153.9 | 308 | 462 | 150 | 615 | 200/180 | 769 | 250/220 | 923 | 1077 | 1230 | 1387 | 3.50 | 1.21 |
| 16 | 201.1 | 402 | 603 | 180/150 | 804 | 200 | 1005 | 250 | 1206 | 1407 | 1608 | 1809 | 4.00 | 1.58 |
| 18 | 254.5 | 509 | 763 | 180/150 | 1018 | 220/200 | 1272 | 300/250 | 1526 | 1780 | 2036 | 2290 | 4.50 | 2.00 |
| 20 | 314.2 | 628 | 942 | 180 | 1256 | 220 | 1570 | 300/250 | 1884 | 2200 | 2513 | 2827 | 5.00 | 2.47 |
| 22 | 380.1 | 760 | 1140 | 180 | 1520 | 250/220 | 1900 | 300 | 2281 | 2661 | 3041 | 3421 | 5.50 | 2.98 |
| 25 | 490.9 | 982 | 1473 | 200/180 | 1964 | 250 | 2454 | 300 | 2945 | 3436 | 3927 | 4418 | 6.25 | 3.85 |
| 28 | 615.8 | 1232 | 1847 | 200 | 2463 | 250 | 3079 | 350/300 | 3695 | 4310 | 4926 | 5542 | 7.00 | 4.83 |
| 30 | 706.9 | 1414 | 2121 | | 2827 | | 3534 | | 4241 | 4948 | 5655 | 6362 | 7.50 | 5.55 |
| 32 | 804.3 | 1609 | 2413 | 220 | 3217 | 300 | 4021 | 350 | 4826 | 5630 | 6434 | 7238 | 8.00 | 6.31 |
| 36 | 1017.9 | 2036 | 3054 | | 4072 | | 5089 | | 6107 | 7125 | 8143 | 9161 | 9.00 | 7.99 |
| 40 | 1256.6 | 2513 | 3770 | | 5027 | | 6283 | | 7540 | 8796 | 10053 | 11310 | 10.00 | 9.87 |

注：1. 表中 $d=8.2$mm 的计算截面面积及理论重量仅适用于有纵肋的热处理钢筋。

2. 表中梁最小宽度 $b$ 为分数时，斜线以上数字表示钢筋在梁顶部时所需宽度，斜线以下数字表示钢筋在梁底部时所需宽度（mm）

(19) 每米板宽各种钢筋间距的钢筋截面面积（表 3-2-40）

表 3-2-40　每米板宽各种钢筋间距的钢筋截面面积　　　单位：mm²

| 钢筋间距/mm | 钢筋直径/mm | | | | | | | | | | | | | |
|---|---|---|---|---|---|---|---|---|---|---|---|---|---|---|
| | 3 | 4 | 5 | 6 | 6/8 | 8 | 8/10 | 10 | 10/12 | 12 | 12/14 | 14 | 14/16 | 16 |
| 70 | 101 | 179 | 281 | 404 | 561 | 719 | 920 | 1121 | 1369 | 1616 | 1908 | 2199 | 2536 | 2872 |
| 75 | 94.3 | 167 | 262 | 377 | 524 | 671 | 859 | 1047 | 1277 | 1580 | 1780 | 2053 | 2367 | 2681 |
| 80 | 88.4 | 157 | 245 | 354 | 491 | 629 | 805 | 981 | 1198 | 1414 | 1669 | 1924 | 2218 | 2513 |
| 85 | 83.2 | 148 | 231 | 333 | 462 | 592 | 758 | 924 | 1127 | 1331 | 1571 | 1811 | 2088 | 2365 |
| 90 | 78.5 | 140 | 218 | 314 | 437 | 559 | 716 | 872 | 1064 | 1257 | 1484 | 1710 | 1972 | 2234 |
| 95 | 74.5 | 132 | 207 | 298 | 414 | 529 | 678 | 826 | 1008 | 1190 | 1405 | 1620 | 1868 | 2116 |
| 100 | 70.6 | 126 | 196 | 283 | 393 | 503 | 644 | 785 | 958 | 1131 | 1335 | 1539 | 1775 | 2011 |
| 110 | 64.2 | 114 | 178 | 257 | 357 | 457 | 585 | 714 | 871 | 1028 | 1214 | 1399 | 1614 | 1828 |
| 120 | 58.9 | 105 | 163 | 236 | 327 | 419 | 537 | 654 | 798 | 942 | 1112 | 1283 | 1480 | 1676 |
| 125 | 56.5 | 100 | 157 | 226 | 314 | 402 | 515 | 628 | 766 | 905 | 1068 | 1232 | 1420 | 1608 |
| 130 | 54.4 | 96.6 | 151 | 218 | 302 | 387 | 495 | 604 | 737 | 870 | 1027 | 1184 | 1366 | 1547 |
| 140 | 50.5 | 89.7 | 140 | 202 | 281 | 359 | 460 | 561 | 684 | 808 | 954 | 1100 | 1268 | 1436 |
| 150 | 47.1 | 83.8 | 131 | 189 | 262 | 335 | 429 | 523 | 639 | 754 | 890 | 1026 | 1183 | 1340 |
| 160 | 44.1 | 78.5 | 123 | 177 | 246 | 314 | 403 | 491 | 599 | 707 | 834 | 962 | 1110 | 1257 |
| 170 | 41.5 | 73.9 | 115 | 166 | 231 | 296 | 379 | 462 | 564 | 665 | 786 | 906 | 1044 | 1183 |
| 180 | 39.5 | 69.8 | 109 | 157 | 218 | 279 | 358 | 436 | 532 | 628 | 742 | 855 | 985 | 1117 |
| 190 | 37.2 | 66.1 | 103 | 149 | 207 | 265 | 339 | 413 | 504 | 595 | 702 | 810 | 934 | 1058 |
| 200 | 35.3 | 62.8 | 98.2 | 141 | 196 | 251 | 322 | 393 | 479 | 565 | 668 | 770 | 888 | 1005 |
| 220 | 32.1 | 57.1 | 89.3 | 129 | 178 | 228 | 292 | 357 | 436 | 514 | 607 | 700 | 807 | 914 |
| 240 | 29.4 | 52.4 | 81.9 | 118 | 164 | 209 | 268 | 327 | 399 | 471 | 556 | 641 | 740 | 838 |
| 250 | 28.3 | 50.2 | 78.5 | 113 | 157 | 201 | 258 | 314 | 383 | 452 | 534 | 616 | 710 | 804 |
| 260 | 27.2 | 48.3 | 75.5 | 109 | 151 | 193 | 248 | 302 | 368 | 435 | 514 | 592 | 682 | 773 |
| 280 | 25.2 | 44.9 | 70.1 | 101 | 140 | 180 | 230 | 281 | 342 | 404 | 477 | 550 | 634 | 718 |
| 300 | 23.6 | 41.9 | 66.5 | 94 | 131 | 168 | 215 | 262 | 320 | 377 | 445 | 513 | 592 | 670 |
| 320 | 22.1 | 39.2 | 61.4 | 88 | 123 | 157 | 201 | 245 | 299 | 353 | 417 | 418 | 554 | 628 |

注：表中钢筋直径中的 6/8、8/10 等系指两种直径的钢筋间隔放置。

(20) 钢绞线和钢丝的公称直径、公称截面面积及理论重量（表 3-2-41）

表 3-2-41　钢绞线和钢丝的公称直径、公称截面面积及理论重量

| 种类 | | 公称直径/mm | 公称截面面积/mm² | 理论重量/(kg/m) | 种类 | 公称直径/mm | 公称截面面积/mm² | 理论重量/(kg/m) |
|---|---|---|---|---|---|---|---|---|
| 钢绞线 | 1×3 | 8.6 | 37.4 | 0.295 | 钢丝 | 4.0 | 12.57 | 0.099 |
| | | 10.8 | 59.3 | 0.465 | | 5.0 | 19.63 | 0.154 |
| | | 12.9 | 85.4 | 0.671 | | 6.0 | 28.27 | 0.222 |
| | 1×7 标准型 | 9.5 | 54.8 | 0.432 | | 7.0 | 38.48 | 0.302 |
| | | 11.1 | 74.2 | 0.580 | | 8.0 | 50.26 | 0.394 |
| | | 12.7 | 98.7 | 0.774 | | 9.0 | 63.62 | 0.499 |
| | | 15.2 | 139 | 1.101 | | | | |

(21) 矩形和 T 形截面受弯构件正截面承载力计算系数（表 3-2-42）

3　市政工程常用材料计算用表与计算公式

表 3-2-42　矩形和 T 形截面受弯构件正截面承载力计算系数表

| $\xi$ | $\gamma_s$ | $\alpha_s$ | $\xi$ | $\gamma_s$ | $\alpha_s$ |
|---|---|---|---|---|---|
| 0.01 | 0.995 | 0.010 | 0.33 | 0.835 | 0.275 |
| 0.02 | 0.990 | 0.020 | 0.34 | 0.830 | 0.282 |
| 0.03 | 0.985 | 0.030 | 0.35 | 0.825 | 0.289 |
| 0.04 | 0.980 | 0.039 | 0.36 | 0.820 | 0.295 |
| 0.05 | 0.975 | 0.048 | 0.37 | 0.815 | 0.301 |
| 0.06 | 0.970 | 0.058 | 0.38 | 0.810 | 0.309 |
| 0.07 | 0.965 | 0.067 | 0.39 | 0.805 | 0.314 |
| 0.08 | 0.960 | 0.077 | 0.40 | 0.800 | 0.320 |
| 0.09 | 0.955 | 0.085 | 0.41 | 0.795 | 0.326 |
| 0.10 | 0.950 | 0.095 | 0.42 | 0.790 | 0.332 |
| 0.11 | 0.945 | 0.104 | 0.43 | 0.785 | 0.337 |
| 0.12 | 0.940 | 0.113 | 0.44 | 0.780 | 0.343 |
| 0.13 | 0.935 | 0.121 | 0.45 | 0.775 | 0.349 |
| 0.14 | 0.930 | 0.130 | 0.46 | 0.770 | 0.354 |
| 0.15 | 0.925 | 0.139 | 0.47 | 0.765 | 0.359 |
| 0.16 | 0.920 | 0.147 | 0.48 | 0.760 | 0.365 |
| 0.17 | 0.915 | 0.155 | 0.49 | 0.755 | 0.370 |
| 0.18 | 0.910 | 0.164 | 0.50 | 0.750 | 0.375 |
| 0.19 | 0.905 | 0.172 | 0.51 | 0.745 | 0.380 |
| 0.20 | 0.900 | 0.180 | 0.52 | 0.740 | 0.385 |
| 0.21 | 0.895 | 0.188 | 0.528 | 0.736 | 0.389 |
| 0.22 | 0.890 | 0.196 | 0.53 | 0.735 | 0.390 |
| 0.23 | 0.885 | 0.203 | 0.54 | 0.730 | 0.394 |
| 0.24 | 0.880 | 0.211 | 0.544 | 0.728 | 0.396 |
| 0.25 | 0.875 | 0.219 | 0.55 | 0.725 | 0.400 |
| 0.26 | 0.870 | 0.226 | 0.556 | 0.722 | 0.401 |
| 0.27 | 0.865 | 0.234 | 0.56 | 0.720 | 0.403 |
| 0.28 | 0.860 | 0.241 | 0.57 | 0.715 | 0.408 |
| 0.29 | 0.855 | 0.248 | 0.58 | 0.710 | 0.412 |
| 0.30 | 0.850 | 0.256 | 0.59 | 0.705 | 0.416 |
| 0.31 | 0.845 | 0.262 | 0.60 | 0.700 | 0.420 |
| 0.32 | 0.840 | 0.269 | 0.614 | 0.693 | 0.426 |

注：表中 $\xi=0.518$ 以下的数值不适用于混凝土强度 C50 以及 C50 以上，HRB400 级（或 RRB400 级）钢筋；$\xi=0.550$ 以下的数值不适用于 C50 以及 C50 以上，HRB335 级钢筋

## 3.2.2　受弯构件正截面承载能力一般规定

### 3.2.2.1　受弯构件正截面承载能力计算

（1）受弯构件正截面承载能力计算的基本假定

① 截面应变保持平面；

② 不考虑混凝土的抗拉强度；

③ 混凝土受压的应力与应变（$\sigma_c - \varepsilon_c$）关系曲线按下列规定取用：

当 $\varepsilon_c \leqslant \varepsilon_0$ 时

$$\sigma_c = f_c \left[ 1 - \left( 1 - \frac{\varepsilon_c}{\varepsilon_0} \right)^n \right] \qquad (3\text{-}2\text{-}1)$$

当 $\varepsilon_0 < \varepsilon_c \leqslant \varepsilon_{cu}$ 时

$$\sigma_c = f_c \tag{3-2-2}$$

$$n = 2 - \frac{1}{60}(f_{cu,k} - 50) \tag{3-2-3}$$

$$\varepsilon_0 = 0.002 + 0.5(f_{cu,k} - 50) \times 10^{-5} \tag{3-2-4}$$

$$\varepsilon_{cu} = 0.0033 - (f_{cu,k} - 50) \times 10^{-5} \tag{3-2-5}$$

式中，$\sigma_c$ 为对应于混凝土压应变为 $\varepsilon_c$ 时的混凝土压应力；$\varepsilon_0$ 为对应于混凝土压应力刚达到 $f_c$ 时的混凝土压应变，当计算的 $\varepsilon_0$ 值小于 0.002 时，应取为 0.002；$\varepsilon_{cu}$ 为正截面处于非均匀受压时的混凝土极限压应变，当计算的 $\varepsilon_{cu}$ 值大于 0.0033 时，应取 0.0033；$n$ 为系数，当计算的 $n$ 值大于 2.0 时，应取 2.0。

④ 钢筋应力取等于钢筋应变与其弹性模量的乘积，但其绝对值不应大于其强度设计值。

（2）受压区钢筋混凝土的等效应图形　受压区混凝土的曲线应力图可以采用（简化）等效应的矩形应力图代替，等效替代原则是保证压应合力的大小和作用点的位置不变，如图 3-2-1 所示。

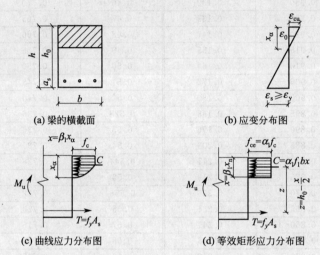

(a) 梁的横截面　　(b) 应变分布图

(c) 曲线应力分布图　　(d) 等效矩形应力分布图

图 3-2-1　曲线应力图形与等效矩形应力图形的换算

矩形应力图形的受压区高度 $x$ 和矩形应力图的应力值 $f_{ce}$，可按下式计算：

$$x = \beta_1 x_\alpha \tag{3-2-6}$$

$$f_{ce} = \alpha_1 f_c \tag{3-2-7}$$

式中，$x$ 为等效矩形应力图形的受压区高度，即 $x = \beta_1 x_\alpha$ ［图 3-2-1(d)］；$x_\alpha$ 为按截面应变保持平面的假定所确定的中和轴的高度，即实际受压区高度；$f_{ce}$ 为等效应力图形的应力值；$f_c$ 为混凝土轴心抗压设计强度；$\beta_1$ 为系数，其值为等效矩形应力图形的受压区高度 $x$ 与实际受压区高度 $x_\alpha$ 的比值，当混凝土强度等级不超过 C50 时，取 $\beta_1 = 0.8$；当混凝土强度等级为 C80 时，取 $\beta_1 = 0.74$，其间按线性内插法确定，见表 3-2-43；$\alpha_1$ 为系数，其值为等效矩形应力图形的应力值与混凝土轴心抗压强度设计值的比值，当混凝土强度等级不超过 C50 时，取 $\alpha_1 = 1.0$；当混凝土强度等级为 C80 时，取 $\alpha_1 = 0.94$，其间按线性内插法确定，见表 3-2-43。

表 3-2-43　$\alpha_1$ 和 $\beta_1$ 值

| 混凝土强度等级 | ≤C50 | C.55 | C60 | C65 | C70 | C75 | C80 |
|---|---|---|---|---|---|---|---|
| $\beta_1$ | 0.8 | 0.79 | 0.78 | 0.77 | 0.76 | 0.75 | 0.74 |
| $\alpha_1$ | 1.0 | 0.99 | 0.98 | 0.97 | 0.96 | 0.95 | 0.94 |

（3）相对界限受压区高度 $\varepsilon_b$ 和最大配筋率 $\rho_{max}$　当受压区边缘混凝土达到极限压应变被压碎破坏，这种破坏称为界限破坏（图 3-2-2）。

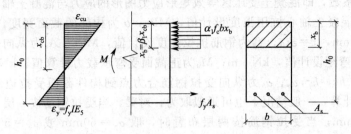

图 3-2-2　界限破坏的应力分布图形

$$\varepsilon_b = \frac{x_b}{h_0} = \frac{\beta_1 x_{cb}}{h_0} = \frac{\beta_1 \varepsilon_{cu}}{\varepsilon_{cu} + \varepsilon_y} = \frac{\beta_1}{1 + \dfrac{\varepsilon_y}{\varepsilon_{cu}}} = \frac{\beta_1}{1 + \dfrac{f_y}{E_s \varepsilon_{cu}}} \qquad (3\text{-}2\text{-}8)$$

式中，$\varepsilon_b$ 为相对界限受压区高度，$\varepsilon_b = x_b / h_0$，常用的钢筋品种的 $\varepsilon_b$ 见表 3-2-44；$x_b$ 为界限受压高度，mm；$h_0$ 为截面有效高度：即纵向受拉钢筋合力点至截面受压边缘的距离，mm；$f_y$ 为普通钢筋抗拉强度设计值，MPa；$E_s$ 为钢筋弹性模量，$\times 10^5\,\text{MPa}$；$\beta_1$ 为系数，按 3-2-43 取值；$\varepsilon_{cu}$ 为非均匀受压时的混凝土极限压应变。

表 3-2-44　普通钢筋的相对界限受压区高度 $\varepsilon_b$

| 钢筋品种 | $f_y$ | 混凝土强度等级 | | | | | | |
|---|---|---|---|---|---|---|---|---|
| | | ≤C50 | C55 | C60 | C65 | C70 | C75 | C80 |
| HPB235 | 210 | 0.614 | 0.604 | 0.594 | 0.584 | 0.575 | 0.565 | 0.555 |
| HRB335 | 300 | 0.550 | 0.540 | 0.531 | 0.522 | 0.512 | 0.503 | 0.493 |
| RB400 和 RRB400 | 360 | 0.518 | 0.508 | 0.499 | 0.490 | 0.481 | 0.472 | 0.462 |

$\varepsilon_b$ 确定后，可得出适筋梁界限受压区高度 $x_b = \varepsilon_b h_0$。同时，根据图 3-2-2 写出界限状态力的平衡公式，推出界限状态的配筋率，即最大配筋率 $\rho_{max}$。

$$\rho_{max} = \varepsilon_b \frac{\alpha_1 f_c}{f_y} \qquad (3\text{-}2\text{-}9)$$

为防止出现少筋破坏，还应对配筋率加以控制，参见《混凝土结构设计规范》规定的最小配筋率 $\rho_{min}$。

### 3.2.2.2　单筋矩形截面受弯构件正截面承载力计算

（1）计算公式　单筋矩形截面适筋梁正截面应力计算图形见图 3-2-3，其基本计算公式为：

$$\alpha_1 f_c bx = f_y A_s \qquad (3\text{-}2\text{-}10)$$
$$M \leqslant M_u = \alpha_1 f_c bx(h_0 - 0.5x) \qquad (3\text{-}2\text{-}11)$$

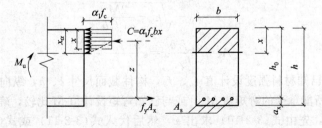

图 3-2-3　单筋矩形截面受弯构件正截面承载力计算应力图

或

$$M \leqslant M_{u} = f_{y} A_{s}(h_{0} - 0.5x) \tag{3-2-12}$$

式中，$\alpha_1$ 为系数，即混凝土受压区等效矩形应力图形的应力与混凝土轴心抗压强度设计值的比值；$f_c$ 为混凝土轴心抗压强度设计值，MPa；$b$ 为构件的截面宽度，mm；$x$ 为混凝土受压区高度，mm，$x = \varepsilon h_0$；$f_y$ 为钢筋抗拉强度设计值，MPa；$A_s$ 为纵向受拉钢筋截面面积，mm²；$M$ 为弯矩设计值，kN·m；$M_u$ 为正截面受弯承载力计算值，kN·m；$h_0$ 为截面有效高度，mm，$h_0 = h - \alpha_s$；$\alpha_s$ 为纵向受拉钢筋合力点到构件截面受拉边缘的距离，mm，$\alpha_s$ 可按实际尺寸计算，一般情况下也可近似取为：对梁，当受拉钢筋按一层布置时，取 $\alpha_s = 35$mm 或 $\alpha_s = 30$mm；当受拉钢筋按两层布置时，取 $\alpha_s = 60$mm 或 $\alpha_s = 55$mm；对板，取 $\alpha_s = 20$mm。

（2）适用条件　为了防止出现超筋破坏，应满足：

$$\varepsilon \leqslant \varepsilon_b；\text{ 或 } x \leqslant x_b = \varepsilon_b h_0；\text{ 或 } \rho = \frac{A_s}{b h_0} \leqslant \rho_{max} = \varepsilon_b \frac{\alpha_1 f_c}{f_y}；\text{ 或 } A_s \leqslant \rho_{max} b h_0 \tag{3-2-13}$$

式中，$\varepsilon = \dfrac{x}{h_0}$ 为相对受压区高度。

若将 $x_b$ 值代入式（3-2-11），可求得单筋矩形截面所能承受的最大受弯承载力 $M_{u,max}$，所以式（3-2-11）也可写成：

$$M \leqslant M_{u,max} = \alpha_1 f_c b h_0^2 \varepsilon_b (1 - 0.5 \varepsilon_b) \tag{3-2-14}$$

为了防止出现少筋破坏，应满足：

$$\rho_1 = \frac{A_s}{bh} \geqslant \rho_{min} \tag{3-2-15}$$

或

$$A_s \geqslant \rho_{min} bh \tag{3-2-16}$$

说明：1. 根据《混凝土结构设计规范》规定，验算纵向受拉钢筋最小配筋率 $\rho_{min}$ 时，受弯构件矩形截面采用全部截面面积，即取（$b \times h$）计算，不应取（$b \times h_0$）计算。为表示区别，其配筋率以 $\rho_1$ 表示。

2. 对于钢筋混凝土受弯构件，矩形截面的最小配筋率 $\rho_{min}$，按《混凝土结构设计规范》规定，应取 0.2% 和 $0.45 \dfrac{f_t}{f_y}$ 的较大值。

3. 根据实践经验，常用经济配筋率的范围为：

$$\begin{cases} \text{板}: \rho = (0.4 \sim 0.8)\% \\ \text{矩形梁}: \rho = (0.6 \sim 1.5)\% \\ \text{T 形梁}: \rho = (0.9 \sim 1.8)\% \end{cases}$$

（3）计算方法

① 运用公式法。

a. 截面设计。当截面所需承受的弯矩设计值 $M$ 已知时，可根据需要选定材料强度等级和构件截面尺寸 $b$、$h$，然后运用公式求出截面需配置的纵向受拉钢筋面积 $A_s$，可得：

$$x = h_0 - \sqrt{h_0^2 - \frac{2M}{\alpha_1 f_c b}} \tag{3-2-17}$$

$$A_s = \frac{\alpha_1 f_c b}{f_y} x = \varepsilon \frac{\alpha_1 f_c b h_0}{f_y} \tag{3-2-18}$$

b. 截面复核。已知材料强度设计值 $f_c$、$f_y$，构件截面尺寸 $b$、$h$，纵向受拉钢筋截面面积 $A_s$，要计算该截面所能承受的弯矩值 $M_u$，或与已知弯矩设计值 $M$ 比较，确定截面是否安全。

对于适筋截面，先由式（3-2-10）求出 $x$，然后代入式（3-2-11）或式（3-2-12）求出 $M_u$。对于超筋截面，可由式（3-2-14）计算 $M_u$。

② 利用表格法

$$M_u = \alpha_1 f_c bx(h_0 - 0.5x) = \alpha_1 f_c bh_0^2 \varepsilon(1 - 0.5\varepsilon) \qquad [3\text{-}2\text{-}19(a)]$$

或

$$M_u = f_y A_s(h_0 - 0.5x) = f_y A_s h_0(1 - 0.5\varepsilon) \qquad [3\text{-}2\text{-}19(b)]$$

令

$$\alpha_s = \varepsilon(1 - 0.5\varepsilon) \qquad (3\text{-}2\text{-}20)$$
$$\gamma_s = (1 - 0.5\varepsilon) \qquad (3\text{-}2\text{-}21)$$

则

$$M_u = \alpha_s \alpha_1 f_c bh_0^2 \qquad (3\text{-}2\text{-}22)$$

或

$$M_u = f_y A_s \gamma_s h_0 \qquad (3\text{-}2\text{-}23)$$

$\alpha_s$ 称为截面抵抗矩系数，$\gamma_s$ 称为内力力臂系数，它们都是 $\varepsilon$ 的函数，其关系为：

$$\varepsilon = 1 - \sqrt{1 - 2\alpha_s} \qquad (3\text{-}2\text{-}24)$$
$$\gamma_s = \frac{1 + \sqrt{1 - 2\alpha_s}}{2} \qquad (3\text{-}2\text{-}25)$$

### 3.2.2.3 双筋矩形截面正截面承载力计算

(1) 双筋矩形截面梁的应用范围

① 当 $M \geqslant M_{u,max} = \alpha_1 f_c bh_0^2 \varepsilon_b(1 - 0.5\varepsilon_b)$，而加大截面尺寸或提高混凝土强度等级又受到限制时；

② 截面可能承受变号弯矩时；

③ 由于构造原因在梁的受压区已配有钢筋时。

(2) 双筋矩形截面梁计算基本公式及适用条件　双筋矩形截面梁的应力图见图 3-2-4。

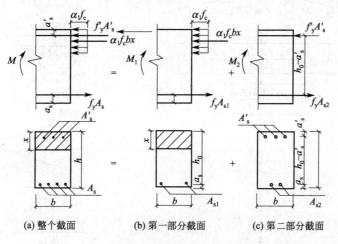

(a) 整个截面　　　(b) 第一部分截面　　　(c) 第二部分截面

图 3-2-4　双筋矩形截面受弯承载力计算应力图形

① 基本公式。根据计算应力图形 [图 3-2-4(a)] 的平衡条件，可得双筋矩形截面的基本计算公式：

$$\sum N = 0, \quad f_y A_s = \alpha_1 f_x' b_x + f_y' A_s' \qquad (3\text{-}2\text{-}26)$$

$$\sum M = 0, \quad M \leqslant M_u = \alpha_1 f_c bx\left(h_0 - \frac{x}{2}\right) + f_y' A_s'(h_0 - a_s') \qquad (3\text{-}2\text{-}27)$$

式中，$f_y'$ 为钢筋抗压强度设计值，MPa；$A_s'$ 为受压钢筋截面面积，$mm^2$；$a_s'$ 为受压钢筋合力作用点到截面受压边缘的距离，mm。

为计算方便，可将双筋矩形截面的应力图形看作为两部分组成，如图 3-2-4（b）和图 3-2-4（c）所示。其中：

$$M = M_1 + M_2 \tag{3-2-28}$$

$$A_s = A_{s1} + A_{s2} \tag{3-2-29}$$

按平衡条件，可分别写出以下基本公式。

第一部分：

$$f_y A_{s1} = \alpha_1 f_c b x \tag{3-2-30}$$

$$M_1 = \alpha_1 f_c b x \left( h_0 - \frac{x}{2} \right) \tag{3-2-31}$$

第二部分：

$$f_y A_{s2} = f_y' A_s' \tag{3-2-32}$$

$$M_2 = f_y' A_s' (h_0 - a_s') \tag{3-2-33}$$

② 适用条件。为防止超筋破坏，应满足：

$$x \leqslant \varepsilon_b h_0 \ 或 \ \varepsilon \leqslant \varepsilon_b \tag{3-2-34}$$

为保证受压钢筋达到规定的抗压强度设计值，应满足：

$$x \leqslant 2a_s' \tag{3-2-35}$$

（3）双筋矩形截面设计计算（图 3-2-5）

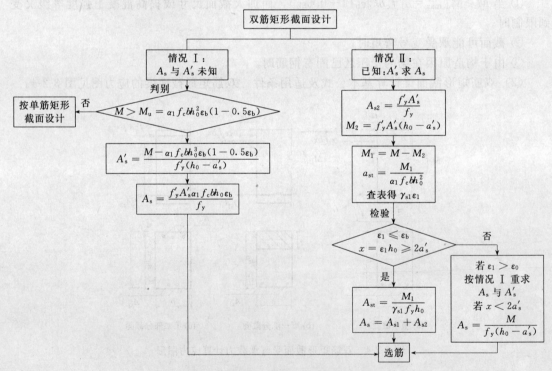

图 3-2-5　双筋矩形截面设计计算步骤

### 3.2.2.4　T 形截面正截面承载力计算

（1）T 形截面的分类和判别　第一类 T 形截面：中和轴在翼缘内，即 $x \leqslant h_f'$，如图 3-2-6（a）所示；

第二类 T 形截面：中和轴在梁的腹板内，即 $x > h_f'$，如图 3-2-6（b）所示；

为建立两类 T 形截面的判别式，取中和轴恰好等于翼缘高度（即 $x=h_\mathrm{f}'$ 时，为两类 T 形截面的界限状态，如图 3-2-7 所示。

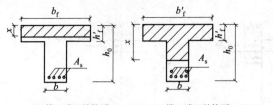

(a) 第一类 T 形截面　　(b) 第二类 T 形截面

图 3-2-6　T 形截面的分类

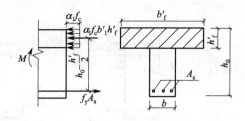

图 3-2-7　T 形截面梁的判别界限

由平衡条件得：

$$\sum N=0 \quad f_\mathrm{y}A_\mathrm{s}=\alpha_1 f_\mathrm{c}b_\mathrm{f}'h_\mathrm{f}' \tag{3-2-36}$$

$$\sum M=0 \quad M=\alpha_1 f_\mathrm{c}b_\mathrm{f}'h_\mathrm{f}'\left(h_0-\frac{h_\mathrm{f}'}{2}\right) \tag{3-2-37}$$

当满足下列条件时，为第一类 T 形截面：

用于截面复核时：

$$f_\mathrm{y}A_\mathrm{s}\leqslant\alpha_1 f_\mathrm{c}b_\mathrm{f}'h_\mathrm{f}' \tag{3-2-38}$$

用于截面设计时：

$$M\leqslant\alpha_1 f_\mathrm{c}b_\mathrm{f}'h_\mathrm{f}'(h_0-0.5h_\mathrm{f}') \tag{3-2-39}$$

当满足下列条件时，为第二类 T 形截面：

用于截面复核时：

$$f_\mathrm{y}A_\mathrm{s}>\alpha_1 f_\mathrm{c}b_\mathrm{f}'h_\mathrm{f}' \tag{3-2-40}$$

用于截面设计时：

$$M>\alpha_1 f_\mathrm{c}b_\mathrm{f}'h_\mathrm{f}'(h_0-0.5h_\mathrm{f}') \tag{3-2-41}$$

（2）基本公式及运用条件

① 第一类 T 形截面。由于第一类 T 形截面的中和轴在翼缘内（$x\leqslant h_\mathrm{f}'$），受压区形状为矩形，计算时不考虑受拉区混凝土，所以这类截面的受弯承载力与宽度为 $b_\mathrm{f}'$ 的矩形截面梁相同（图 3-2-8）。计算时，仅需将公式中的 $b$ 改为 $b_\mathrm{f}'$，即：

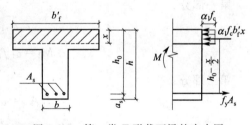

图 3-2-8　第一类 T 形截面梁的应力图

$$\sum N=0 \quad f_\mathrm{y}A_\mathrm{s}=\alpha_1 f_\mathrm{c}b_\mathrm{f}'x \tag{3-2-42}$$

$$\sum M=0 \quad M\leqslant\alpha_1 f_\mathrm{c}b_\mathrm{f}'x\left(h_0-\frac{x}{2}\right) \tag{3-2-43}$$

其适用条件为：

a. 对于第一类 T 形截面，受压区高度较小（$x\leqslant h_\mathrm{f}'$），所以一般都能满足这个条件，通常不必验算。

b. $\rho\geqslant\rho_\mathrm{min}$，或 $A_\mathrm{s}\geqslant\rho_\mathrm{min}bh$。

注意：对 T 形截面，计算配筋率的宽度应该是腹板宽度 $b$，而不是受压翼缘的计算宽度 $b_\mathrm{f}'$。

② 第二类 T 形截面。第二类 T 形截面中和轴在梁腹板内（$x>h_\mathrm{f}'$），受压区形状为 T 形，根据计算应力图形（图 3-2-9）的平衡条件，可得第二类 T 形截面梁的基本计算公式如下：

$$\sum N = 0 \quad f_y A_s = \alpha_1 f_c bx + \alpha_1 f_c (b'_f - b) h'_f \tag{3-2-44}$$

$$\sum M = 0 \quad M \leqslant \alpha_1 f_c bx \left( h_0 - \frac{x}{2} \right) + \alpha_1 f_c (b'_f - b) h'_f \left( h_0 - \frac{h'_f}{2} \right) \tag{3-2-45}$$

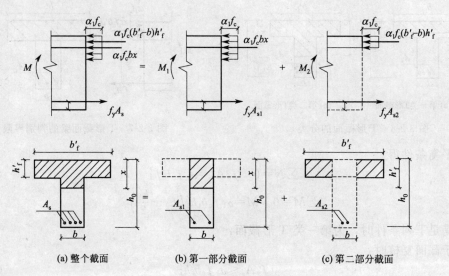

图 3-2-9　第二类 T 形截面梁的应力图

为便于计算，可将第二类 T 形截面的应力图形看作由两部分组成：第一部分为腹板受压区混凝土的压力与相应的受拉钢筋 $A_{s1}$ 的拉力组成，承担的弯矩为 $M_1$；第二部分为翼缘混凝的压力与相应的另一部分受拉钢筋 $A_{s2}$ 的拉力组成，承担的弯矩为 $M_2$，则：

$$M = M_1 + M_2 \tag{3-2-46}$$

$$A_s = A_{s1} + A_{s2} \tag{3-2-47}$$

根据平衡条件，对两部分可分别写出以下基本公式。

第一部分：

$$f_y A_{s1} = \alpha_1 f_c bx \tag{3-2-48}$$

$$M_1 = \alpha_1 f_c bx \left( h_0 - \frac{x}{2} \right) \tag{3-2-49}$$

第二部分：

$$f_y A_{s2} = \alpha_1 f_c (b'_f - b) h'_f \tag{3-2-50}$$

$$M_2 = \alpha_1 f_c (b'_f - b) h'_f \left( h_0 - \frac{h'_f}{2} \right) \tag{3-2-51}$$

上述基本公式的适用条件：

a. $x \leqslant \varepsilon_b h_0$，或 $\varepsilon \leqslant \varepsilon_b$。

b. $A_s \geqslant \rho_{min} bh$。

由于第二类 T 形截面的配筋较多，一般均能满足 $\rho_{min}$ 的要求，故可不验算这一条件。

### 3.2.3　受弯构件斜截面承载能力计算

#### 3.2.3.1　基本计算公式

斜截面承载力计算公式是以剪压破坏的形态为依据而建立的。其内力如图 3-2-10 所示，梁的斜截面受剪承载力 $V_u$ 由三部分组成，由平衡条件得：

$$V_u = V_c + V_{sv} + V_{sb} \tag{3-2-52}$$

或

$$V_u = V_{cs} + V_{sb} \qquad (3\text{-}2\text{-}53)$$

式中，$V_u$ 为构件斜截面受剪承载力设计值，kN；$V_{cs}$ 为斜截面上混凝土和箍筋的受剪承载力设计值，kN，$V_{cs} = V_c + V_{sv}$；$V_c$ 为斜截面上端剪压区混凝土受剪承载力设计值，kN；$V_{sv}$ 为与斜裂缝相交的箍筋受剪承载力设计值，kN；$V_{sb}$ 为与裂缝相交的弯起钢筋受剪承载力设计值，kN。

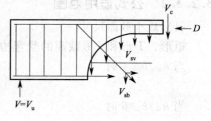

图 3-2-10  斜截面破坏时受剪承载力

（1）无腹筋的一般板类受弯构件  不配置箍筋和弯起钢筋的一般板类受弯构件，其斜截面的受剪承载力应符合下列规定：

$$V \leqslant 0.7\beta_h f_t b h_0 \qquad (3\text{-}2\text{-}54)$$

$$\beta_h = \left(\frac{800}{h_0}\right)^{\frac{1}{4}} \qquad (3\text{-}2\text{-}55)$$

式中，$V$ 为构件斜截面上的最大剪力设计值，kN；$\beta_h$ 为截面高度影响系数：当 $h_0 < 800\text{mm}$ 时，取 $h_0 = 800\text{mm}$；当 $h_0 > 2000\text{mm}$ 时，取 $h_0 = 2000\text{mm}$；$f_t$ 为混凝土轴心抗拉强度设计值，MPa。

（2）仅配置箍筋的受弯构件

① 矩形、T 形和 I 形截面的一般受弯构件，当仅配置箍筋时，其斜截面的受剪承载力应符合下列规定：

$$V \leqslant V_{cs} = 0.7 f_t b h_0 + 1.25 f_{yv} \frac{A_{sv}}{s} h_0 \qquad (3\text{-}2\text{-}56)$$

式中，$V$ 为构件斜截面上的最大剪力设计值，kN；$V_{cs}$ 为构件斜截面上混凝土和箍筋的受剪承载力设计值，kN；$A_{sv}$ 为配置在同一截面内箍筋各肢的全部截面面积，$\text{mm}^2$，$A_{sv} = nA_{sv1}$；$s$ 为沿构件长度方向的箍筋间距，mm；$f_{yv}$ 为箍筋抗拉强度设计值，MPa。

② 对集中荷载作用下（包括作用有多种荷载，其中集中荷载对支座截面或节点边缘所产生的剪力值占总剪力值的 75% 以上的情况）的独立梁，按下式计算：

$$V \leqslant V_{cs} = \frac{1.75}{\lambda + 1} f_t b h_0 + f_{yv} \frac{A_{sv}}{s} h_0 \qquad (3\text{-}2\text{-}57)$$

式中，$\lambda$ 为计算截面的剪跨比，可取 $\lambda = a/h_0$，$a$ 为集中荷载作取点至支座或节点边缘的距离；当 $\lambda < 1.5$ 时，取 $\lambda = 1.5$，当 $\lambda > 3$ 时，取 $\lambda = 3$；集中荷载作用点至支座之间的箍筋，应均匀配置。

③ 矩形、T 形和 I 形截面的受弯构件，当配置箍筋和弯起钢筋时，其斜截面的受剪承载力应符合下列规定：

$$V \leqslant V_{cs} + 0.8 f_y A_{sb} \sin\alpha_s \qquad (3\text{-}2\text{-}58)$$

式中，$V$ 为配置弯起钢筋处的剪力设计值，kN；$f_y$ 为弯起钢筋的抗拉强度设计值，MPa；$A_{sb}$ 为同一弯起平面内的非预应力弯起钢筋截面面积，$\text{mm}^2$；$\alpha_s$ 为斜截面上非预应力弯起钢筋的切线与构件纵向轴线的夹角，一般为 45°，当梁高较大时（$h > 800\text{mm}$），可取 60°。

### 3.2.3.2 公式适用范围

（1）最小截面尺寸

矩形、T形和I形截面的受弯构件，其受剪截面应符合下列条件：

当 $h_w/b \leqslant 4$ 时

$$V \geqslant 0.25\beta_c f_c b h_0 \qquad (3\text{-}2\text{-}59)$$

当 $h_w/b \geqslant 6$ 时

$$V \leqslant 0.2\beta_c f_c b h_0 \qquad (3\text{-}2\text{-}60)$$

当 $4 < h < h_w/b < 6$ 时，按线性内插法确定。

式中，$V$ 为构件斜截面上的最大剪力设计值；$\beta_c$ 为混凝土强度影响系数：当混凝土强度等级不超过 C50 时，取 $\beta_c = 1.0$；当混凝土强度等级为 C80 时，取 $\beta_c = 0.8$；其间按线性内插法确定；$f_c$ 为混凝土轴心抗压强度设计值；$b$ 为矩形截面的宽度，T形截面或I形截面的腹板宽度；$h_0$ 为截面的有效高度；$h_w$ 为截面的腹板高度：对矩形截面，取有效高度；对 T 形截面，取有效高度减去翼缘高度；对I形截面，取腹板净高。

注：1. 对 T 形或I形截面的简支受弯构件，当有实践经验时，式(3-2-59)中的系数可改用 0.3。

2. 对受拉边倾斜的构件，当有实践经验时，其受剪截面的控制条件可适当放宽。

（2）抗剪箍筋的最小配筋率

$$\rho_{sv} = \frac{A_{sv}}{bs} = \frac{nA_{sv1}}{bs} \geqslant \rho_{sv,min} = 0.24\frac{f_t}{f_{yv}} \qquad (3\text{-}2\text{-}61)$$

### 3.2.3.3 确定是否需要按计算配置腹筋

当梁的截面尺寸较大而承受的剪力较小，满足下列条件时，可仅按构造要求配置箍筋，而不必进行斜截面受剪承载力计算，否则，需按计算配置腹筋。

（1）矩形、T形和I形截面的一般受弯构件

$$V \leqslant 0.7 f_t b h_0 \qquad (3\text{-}2\text{-}62)$$

（2）集中荷载作用下的独立梁

$$V \leqslant \frac{1.75}{\lambda + 1} f_t b h_0 \qquad (3\text{-}2\text{-}63)$$

### 3.2.3.4 弯起钢筋剪力设计值 V 的取用

计算弯起钢筋时，其剪力设计值 V 按下述方法取用，如图 3-2-11 所示。

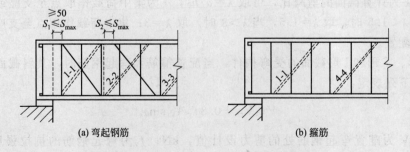

(a) 弯起钢筋　　　　　　　　　　(b) 箍筋

图 3-2-11　斜截面受剪承载力剪力设计值的计算截面示意图

1-1—支座边缘处的斜截面；2-2、3-3—受拉区弯起钢筋弯起点的斜截面；

4-4—箍筋截面面积或间距改变处的斜截面

（1）计算第一排（对支座而言）弯起钢筋时，取支座边缘处的剪力值。

（2）计算以后的每一排弯起钢筋时，取前一排（对支座而言）弯起钢筋起点处的剪力值。

### 3.2.3.5　计算截面的位置

计算斜截面的受剪承载力时，其剪力设计值的计算截面位置应按下列规定采用。

（1）支座边缘处的截面，如图 3-2-11(a) 和图 3-2-11(b) 的截面 1-1。

（2）受拉区弯起钢筋弯起点处的截面，如图 3-2-11(a) 截面 2-2 和截面 3-3。

（3）箍筋截面面积或间距改变处的截面，如图 3-2-11(b) 的截面 4-4。

（4）腹板宽度改变处的截面。

### 3.2.3.6　计算方法

（1）截面设计　已知剪力设计值 $V$，材料强度设计值 $f_c$、$f_t$、$f_y$、$f_{yv}$，截面尺寸 $b$、$h$，求应配置的箍筋和弯起钢筋的数量，具体计算步骤如下。

① 设计算截面尺寸，按式(3-2-59) 或式(3-2-60) 对截面尺寸进行复核，若不满足要求，则应加大截面尺寸或提高混凝土强度等级。

② 确定是否需要按计算配置腹筋，当满足式(3-2-62) 或式(3-2-63) 时，可按构造配置箍筋，否则须按计算配置箍筋。

③ 计算箍筋和弯起钢筋的数量。

a. 仅配箍筋。可按构造要求选定箍筋的肢数 $n$ 及单肢箍筋直径 $d$（即选定 $A_{sv1}$），然后按式(3-2-56) 或式(3-2-57) 求出箍筋间距 $s$。

$$\frac{A_{sv}}{s} = \frac{V_{cs} - 0.7 f_t b h_0}{1.25 f_{yv} h_0} \tag{3-2-64}$$

或

$$\frac{A_{sv}}{s} = \frac{V_{cs} - \dfrac{1.75}{\lambda+1} f_t b h_0}{f_{yv} h_0} \tag{3-2-65}$$

b. 既配置箍筋又配弯起钢筋。因箍筋和弯起钢筋均未知，可采用下述两种方法：

第一种，先按构造要求配置箍筋，选定箍筋直径 $d$、肢数 $n$、间距 $s$，再由式(3-2-56) 或式(3-2-57) 求出混凝土和箍筋的受剪承载力 $V_{cs}$，最后按式(3-2-58) 计算所需弯起钢筋的总面积。

$$A_{sb} \geqslant \frac{V - V_{cs}}{0.8 f_y \sin\alpha_s} \tag{3-2-66}$$

第二种，根据受弯构件正截面设计的纵向受力钢筋配置弯起钢筋 $A_{sb}$，按下式计算出箍筋的数量。

$$\frac{A_{sv}}{s} = \frac{V - 0.8 f_y A_{sb} \sin\alpha_s - 0.7 f_t b h_0}{1.25 f_{yv} h_0} \tag{3-2-67}$$

斜截面受剪承载力截面计算步骤如图 3-2-12 所示。

（2）截面复核　已知截面剪力设计值，材料强度设计值 $f_c$、$f_t$、$f_y$、$f_{yv}$，截面尺寸 $b$、$h$，配箍筋数量（$n$、$A_{sv1}$、$s$）和弯起钢筋截面面积 $A_{sb}$，复核截面所受承载力是否满足。

① 按式(3-2-59) 或式(3-2-60) 对截面尺寸进行复核，若不满足要求，应修改原条件。

② 验算条件是否满足，如不满足应重新配置箍筋。

③ 将已知数据带入式(3-2-56)、式(3-2-57) 或式(3-2-58)，即可进行承载力复核。

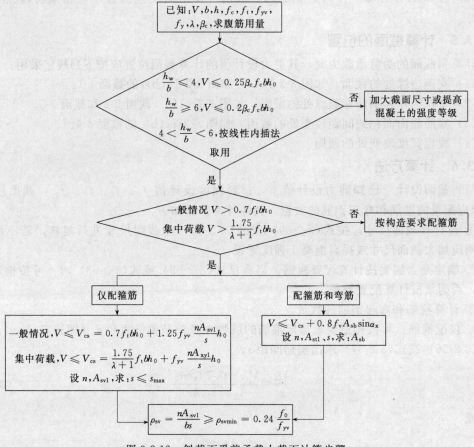

图 3-2-12　斜截面受剪承载力截面计算步骤

注:1. 集中荷载情况包括作用多种荷载,其中集中荷载对支座截面或节点边缘所产生的剪力占总剪力 75% 以上的独立梁;

2. 当 $\lambda < 1.5$ 时,取 $\lambda = 1.5$;当 $\lambda > 3$ 时,取 $\lambda = 3$。

## 3.2.4　受扭构件承载力计算

### 3.2.4.1　纯扭构件承载力计算

(1) 基本计算公式

① 矩形截面

$$W_t = \frac{b^2}{6}(3h - b) \tag{3-2-68}$$

式中,$b$、$h$ 为矩形截面的短边尺寸、长边尺寸。

② T 形和 I 形截面

$$W_t = W_{tw} + W'_{tf} + W_{tf} \tag{3-2-69}$$

对腹板、受压翼缘及受拉翼缘部分的矩形截面受扭塑性抵抗矩 $W_{tw}$、$W'_{tf}$ 和 $W_{tf}$ 应按下列规定计算:

a. 腹板

$$W_{tw} = \frac{b^2}{6}(3h - b) \tag{3-2-70}$$

b. 受压翼缘

$$W'_{tf} = \frac{h'^2_f}{2}(b'_f - b) \tag{3-2-71}$$

c. 受拉翼缘

$$W_{tf} = \frac{h^2_f}{2}(b_f - b) \tag{3-2-72}$$

式中，$b$、$h$ 为腹板宽度、截面高度；$b'_f$、$b_f$ 为截面受压区、受拉区的翼缘宽度；$h'_f$、$h_f$ 为截面受压区、受拉区的翼缘宽度，计算时取用的翼缘宽度尚应符合 $b'_f \leqslant b + 6h'_f$ 及 $b_f \leqslant b + 6h_f$ 的规定。

③ 箱形截面

$$W_t = \frac{b^2_h}{6}(3h_h - b_h) - \frac{(b_h - 2t_w)^2}{6}\left[3h_w - (b_h - 2t_w)\right] \tag{3-2-73}$$

式中，$b_h$、$h_h$ 为箱形截面的短边尺寸、长边尺寸。

（2）公式的适用范围

① 防止超筋破坏。为了防止配筋过多，构件受扭时混凝土首先被压碎，应对截面尺寸加以控制。对 $h_w/b \leqslant 6$ 的矩形、T 形和 I 形截面以及 $h_w/t_w \leqslant 6$ 的箱形截面构件，其截面尺寸应符合下列条件：

当 $h_w/b$（或 $h_w/t_w$）$\leqslant 4$ 时：

$$\frac{T}{0.8W_t} \leqslant 0.25\beta_c f_c \tag{3-2-74}$$

当 $h_w/b$（或 $h_w/t_w$）$\geqslant 6$ 时：

$$\frac{T}{0.8W_t} \leqslant 0.2\beta_c f_c \tag{3-2-75}$$

当 $4 < h_w/b$（或 $h_w/t_w$）$< 6$ 时，按线性内插法确定。

式中，$T$ 为扭矩设计值；$b$ 为矩形截面的宽度，T 形或 I 形截面的腹板宽度，箱形截面的侧壁总厚度 $2t_w$；$W_t$ 为受扭构件的截面受扭塑性抵抗矩；$h_w$ 为截面的腹板高度：对矩形截面，取有效高度 $h_0$；对 T 形截面，取有效高度减去翼缘高度；对 I 形和箱形截面，取腹板净高；$t_w$ 为箱形截面壁厚，其值不应小于 $b_h/7$，此处 $b_h$ 为箱形截面的宽度。

② 防止少筋破坏

箍筋：

$$\rho_{sv} = \frac{nA_{st1}}{bs} \geqslant \rho_{yv,min} = 0.28\frac{f_t}{f_{yv}} \tag{3-2-76}$$

纵向钢筋：

$$\rho_{t1} = \frac{A_{st1}}{bh} > p_{t1,min} = 0.6\sqrt{\frac{T}{V_b}\frac{f_t}{f_y}} \tag{3-2-77}$$

当 $T/V_b > 2.0$ 时，取 $T/V_b = 2.0$。

式中，$\rho_{t1}$ 为受扭纵向钢筋的配筋率；$A_{st1}$ 为沿截面周边布置的受扭纵向钢筋总截面面积，$mm^2$。

（3）按构造配筋的条件　对 $h_w/b \leqslant 6$ 的矩形、T 形或 I 形截面和 $h_w/t_w \leqslant 6$ 的箱形截面构件，应符合下列条件：

$$T \leqslant 0.7f_t W_t \tag{3-2-78}$$

### 3.2.4.2 剪扭构件承载力计算

（1）基本计算公式

① 矩形截面

a. 一般剪扭构件的受剪承载力计算：

$$V \leqslant V_u = 0.7(1.5 - \beta_t) f_t b h_0 + 1.25 f_{yv} \frac{A_{sv}}{s} h_0 \tag{3-2-79}$$

$$\beta_t = \frac{1.5}{1 + 0.5 \dfrac{V W_t}{T b h_0}} \tag{3-2-80}$$

式中，$V$ 为有腹筋剪扭构件的剪力设计值；$V_u$ 为有腹筋剪扭构件的受剪承载力设计值；$A_{sv}$ 为受剪承载力所需的箍筋截面面积；$\beta_t$ 为一般剪扭构件混凝土受扭承载力降低系数，当 $\beta_t < 0.5$ 时，取 $\beta_t = 0.5$；当 $\beta_t > 1$ 时，取 $\beta_t = 1$。

b. 集中荷载作用下独立剪扭构件的受剪承载力计算：

$$V \leqslant V_u = \frac{1.75}{\lambda + 1}(1.5 - \beta_t) f_t b h_0 + f_{yv} \frac{A_{sv}}{s} h_0 \tag{3-2-81}$$

$$\beta_t = \frac{1.5}{1 + 0.2(\lambda + 1) \dfrac{V W_t}{T b h_0}} \tag{3-2-82}$$

式中，$\lambda$ 为计算截面的剪跨比；$\beta_t$ 为集中荷载作用下剪扭构件混凝土受扭承载力降低系数，当 $\beta_t < 0.5$ 时，取 $\beta_t = 0.5$；当 $\beta_t > 1$ 时，取 $\beta_t = 1$。

c. 一般剪扭构件的受扭承载力计算：

$$T \leqslant T_u = 0.35 \beta_t f_t W_t + 1.2 \sqrt{\zeta} f_{yv} \frac{A_{st1} A_{cor}}{s} \tag{3-2-83}$$

d. 集中荷载作用下独立剪扭构件的受扭承载力计算：

按式（3-2-83）计算，其中的 $\beta_t$ 按式（3-2-82）计算。

② T 形和 I 形截面

a. 剪扭构件的受剪承载力，按式（3-2-79）或式（3-2-80）或式（3-2-81）或式（3-2-82）计算，计算时将 $T$、$W_t$ 分别以 $T_w$、$W_{tw}$ 代替。

b. 剪扭构件的受扭承载力，可将其截面划分为几个矩形截面分别计算。腹板按式（3-2-83）计算，计算时将 $T$、$W_t$ 分别以 $T_f'$、$W_{tf}'$ 或 $T_f$ 及 $W_{tf}$ 代替；受压翼缘及受拉翼缘按纯扭构件计算其扭承载力。

③ 箱形截面

a. 受剪承载力

一般剪扭构件：

$$V \leqslant V_u = 0.7(1.5 - \beta_t) f_t b h_0 + 1.25 f_{yv} \frac{A_{sv}}{s} h_0 \tag{3-2-84}$$

$$\beta_t = \frac{1.5}{1 + 0.5 \dfrac{V a_h W_t}{T b h_0}} \tag{3-2-85}$$

集中荷载作用下独立剪扭构件：

$$V \leqslant V_u = \frac{1.75}{\lambda + 1}(1.5 - \beta_t) f_t b h_0 + f_{yv} \frac{A_{sv}}{s} h_0 \tag{3-2-86}$$

$$\beta_t = \frac{1.5}{1 + 0.2(\lambda + 1) \dfrac{V a_h W_t}{T b h_0}} \tag{3-2-87}$$

b. 受扭承载力

一般剪扭构件：

$$T \leqslant T_u = 0.35 a_h \beta_t f_t W_t + 1.2 \sqrt{\zeta} f_{yv} \frac{A_{st1} A_{cor}}{s} \tag{3-2-88}$$

集中荷载作用下独立剪扭构件：

其受扭承载力按式（3-2-88）计算，但式中的 $\beta_t$ 按式（3-2-82）计算，$W_t$ 以 $a_h W_t$ 代替。

（2）公式的适用范围

① 防止超筋破坏。对 $h_w/b \leqslant 6$ 的矩形、T 形或 I 形截面和 $h_w/t_w \leqslant 6$ 的箱形截面构件，应符合下列条件：

当 $h_w/b$（或 $h_w/t_w$）$\leqslant 4$ 时：

$$\frac{V}{bh_0} + \frac{T}{0.8W_t} \leqslant 0.25 \beta_c f_c \tag{3-2-89}$$

当 $h_w/b$（或 $h_w/t_w$）$= 6$ 时：

$$\frac{V}{bh_0} + \frac{T}{0.8W_t} \leqslant 0.2 \beta_c f_c \tag{3-2-90}$$

当 $4 < h_w/b$（或 $h_w/t_w$）$< 6$ 时，按线性内插法确定。

式中的符号含义同前。

② 防止少筋破坏

箍筋：

$$\rho_{sv} = \frac{n A_{st1}}{bs} \geqslant \rho_{sv,min} = 0.28 \frac{f_t}{f_{yv}} \tag{3-2-91}$$

纵向钢筋：

$$\rho_{t1} = \frac{A_{st1}}{bh} \geqslant \rho_{t1,min} = 0.6 \sqrt{\frac{T}{V_b}} \frac{f_t}{f_y} \tag{3-2-92}$$

当 $T/V_b > 2.0$ 时，取 $T/V_b = 2.0$。

（3）按构造配筋的条件　当剪扭构件符合下式条件时，可不进行构件受扭承载力计算，仅按构造要求配置钢筋。

$$\frac{V}{bh_0} + \frac{T}{W_t} \leqslant 0.7 f_t \tag{3-2-93}$$

### 3.2.4.3　弯剪扭构件的承载力计算

（1）在弯矩、剪力和扭矩共同作用下的矩形、T 形、I 形和箱形截面的弯剪扭构件，可按下列规定进行承载力计算：

① 当 $V \leqslant 0.35 f_t bh_0$ 或 $V \leqslant 0.875 f_t bh_0/(\lambda+1)$ 时，可仅按受弯构件的正截面受弯承载力和纯扭构件的受扭承载力分别进行计算；

② 当 $T \leqslant 0.175 f_t W_t$ 或 $T \leqslant 0.175 ah f_t W_t$ 时，可仅按受弯构件的正截面受弯承载力和斜截面受剪承载力分别进行计算。

（2）矩形、T 形、I 形和箱形截面弯剪扭构件，其纵向钢筋截面面积应分别按受弯构件的正截面受弯承载力和剪扭构件的受扭承载力计算确定，并应配置在相应的位置；箍筋截面面积应分别按剪扭构件的受剪承载力和受扭承载力计算确定，并应配置在相应的位置。

## 3.2.5　受压构件承载力计算

### 3.2.5.1　轴心受压构件正截面承载力计算

（1）基本计算公式　钢筋混凝土轴心受压构件，其正截面受压承载力应符合下列规定

（图 3-2-13）：

$$N \leqslant 0.9\varphi(f_c A + f'_y A'_s) \tag{3-2-94}$$

式中，$N$ 为轴向压力设计值，kN；$\varphi$ 为钢筋混凝土构件的稳定系数；$f_c$ 为混凝土轴心抗压强度设计值，MPa；$f'_y$ 为纵向钢筋的抗压强度设计值，MPa；$A$ 为构件截面面积，$mm^2$；$A'_s$ 为全部纵向钢筋的截面面积，$mm^2$；0.9 为系数，为保证轴心受压与偏心受压构件正截面承载力计算具有相近的可靠度。

（2）计算方法

① 截面计算。已知：轴心压力设计值 $N$，柱的计算长度 $l_0$，截面尺寸 $b \times h$，材料强度等级 $f_c$、$f'_y$。求截面配筋。计算时，可先由柱的长细比查得稳定系数 $\varphi$ 后再由式（3-2-94）求出钢筋截面面积 $A'_s$，并验算配筋率 $\rho'$，最后按构造配置箍筋。

② 截面复核。已知：柱的截面尺寸 $b \times h$，计算长度 $l_0$，材料强度等级 $f_c$、$f'_y$，纵向钢筋 $A'_s$。

求轴心受压柱的承载力 $N_u$（或已知轴向压力设计值 $N$，复核轴心受压柱是否安全）。

计算时，可先按构件长细比查得稳定系数，先验算配筋率，再求解。

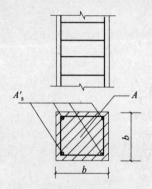
图 3-2-13　配置箍筋的钢筋
混凝土轴心受压构件

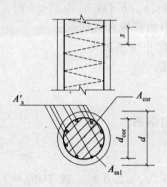
图 3-2-14　配置螺旋式简介钢
筋的钢筋混凝土轴心受压构件

钢筋混凝土轴心受压构件，当配置的螺旋式或焊接环式间接钢筋（如图 3-2-14 所示）时，其正截面受压承载力应符合下列规定：

$$N \leqslant 0.9(f_c A_{cor} + f'_y A'_s + 2\alpha f_y A'_{ss0}) \tag{3-2-95}$$

$$A_{ss0} = \frac{\pi d_{cor} A_{ss1}}{s} \tag{3-2-96}$$

式中，$f_y$ 为间接钢筋的抗拉强度设计值，MPa；$A_{cor}$ 为构件的核心截面面积：间接钢筋内表面范围内的混凝土面积，$mm^2$；$A_{ss0}$ 为螺旋式或焊接环式间接钢筋的换算截面面积，$mm^2$；$d_{cor}$ 为构件的核心截面直径：间接钢筋内表面之间的距离，mm；$A_{ss1}$ 为螺旋式或焊接环式单根间接钢筋的截面面积，$mm^2$；$s$ 为间接钢筋沿构件轴线方向的间距，mm；$\alpha$ 为间接钢筋对混凝土的约束的折减系数：当混凝土强度等级不超过 C50 时，取 1.0，当混凝土强度等级为 C80 时，取 0.85，其间接线性内插法确定。

为保证螺旋箍筋外面的混凝土保护层不至于过早剥落，按式（3-2-94）算得的构件受压承载力设计值不应大于按式（3-2-95）算得的构件受压承载力设计值的 1.5 倍。

### 3.2.5.2　偏心受压构件正截面承载力计算

（1）偏心受压构件正截面承载力计算一般规定

① 基本假定。受压区混凝土的矩形应力图形的受压区高度 $x$ 和矩形应力图的应力值 $f_{ce}$

分别为：$x = \beta_1 x_a$，$f_{ce} = \alpha_1 f_c$。

② 大、小偏心受压界限破坏

当 $\varepsilon \leqslant \varepsilon_b$ 时，或 $x \leqslant \varepsilon_b h_0$，为大偏心受压破坏；

当 $\varepsilon > \varepsilon_b$ 时，或 $x > \varepsilon_b h_0$，为小偏心受压破坏。

③ 轴向力初始偏心距

$$e_i = e_0 + e_a \tag{3-2-97}$$

其中，附加偏心距值 $e_a$ 应取 20mm 和偏心方向截面最大尺寸的 1/30 两者中的较大值。$e_a$ 为轴向力对截面重心的偏心距。

④ 轴向力偏心距增大系数。对矩形、T 形、I 形、环形和圆形截面偏心受压构件，其偏心距增大系数可按下列公式计算：

$$\eta = 1 + \frac{1}{1400 e_i / h_0} \left( \frac{l_0}{h} \right)^2 \zeta_1 \zeta_2 \tag{3-2-98}$$

$$\zeta_1 = \frac{0.5 f_c A}{N} \tag{3-2-99}$$

$$\zeta_2 = 1.15 - 0.01 \frac{l_0}{h} \tag{3-2-100}$$

式中，$l_0$ 为构件的计算长度，mm；$h$ 为截面高度，mm；其中，对环形截面，取外直径；对圆形截面，取直径；$h_0$ 为截面有效高度，mm；其中，对环形截面，取 $h_0 = r_2 + r_s$；对圆形截面，取 $h_0 = r + r_s$；此处，$r$ 为圆形截面半径，$r_2$ 为环形截面外半径，$r_s$ 为纵向钢筋重心所在圆周的半径；$\zeta_1$ 为偏心受压构件的截面曲率修正系数，当 $\zeta_1 > 1.0$ 时，取 $\zeta_1 = 1.0$；$\zeta_2$ 为构件长细比对截面曲率的影响系数，当 $l_0 / h < 15$ 时，取 $\zeta_2 = 1.0$；$A$ 为构件的截面面积；对 T 形、I 形截面，均取 $A = b_h + 2(b_f' - b) h_f'$。

注：当偏心受压构件的长细比 $l_0 / i \leqslant 17.5$ 时，可取 $\eta = 1.0$。

⑤ 计算长度 $l_0$。对刚性屋面单层房屋排架柱、露天吊车柱和栈桥柱，其计算长度 $l_0$ 可按表 3-2-24 的规定取用。

一般多层房屋中梁柱为刚接的框架结构，各层柱段的计算长度 $l_0$ 按表 3-2-25 的规定取用。

(2) 矩形截面偏心受压构件正截面承载力计算

① 基本计算公式

a. 大偏心受压构件。大偏心受压构件应力计算图形如图 3-2-15 所示，根据平衡条件可得如下基本公式：

$$N = \alpha_1 f_c b x + f_y' A_s' - f_y A_s \tag{3-2-101}$$

$$Ne = \alpha_1 f_c b x (h_0 - 0.5x) + f_y' A_s' (h_0 - a_s') \tag{3-2-102}$$

$$e = \eta e_i + 0.5h - a_s \tag{3-2-103}$$

式中，$N$ 为偏心受压承载力设计值，kN；$e$ 为轴向力作用点至受拉钢筋 $A_s$ 合力点之间的距离，mm；$\eta$ 为偏心距增大系数；$a_s$ 为纵向钢筋的合力点至截面近边缘的距离，mm。

适用条件：

为保证构件破坏时，受拉钢筋达到屈服强度，应满足 $\varepsilon \leqslant \varepsilon_b$（或 $x \leqslant \varepsilon_b h_0$）。

为保证构件破坏时，受压钢筋达到屈服强度，应满足 $x \geqslant 2a_s'$。

当 $x < 2a_s'$ 时，近似取 $x = 2a_s'$ 计算。并对受压钢筋合力点取矩，得：

$$Ne' = f_y A_s (h_0 - a_s') \tag{3-2-104}$$

式中，$e'$ 为轴向压力 $N$ 作用点至受压区纵向钢筋 $A_s'$ 合力点之间的距离，mm，即：

$$e' = \eta e_i - 0.5h + a_s' \tag{3-2-105}$$

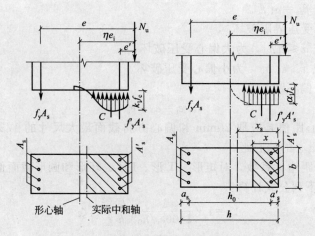

图 3-2-15　矩形截面大偏心受压计算应力图形

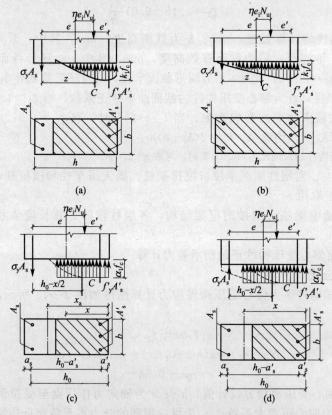

图 3-2-16　矩形截面小偏心受压计算应力图形

b. 小偏心受压构件

小偏心受压构件应力计算图形如图 3-2-16 所示，根据平衡条件得如下基本计算公式：

$$N = \alpha_1 f_c bx + f_y' A_s' - \sigma_s A_s \qquad (3\text{-}2\text{-}106)$$

$$Ne = \alpha_1 f_c bx(h_0 - 0.5x) + f_y' A_s'(h_0 - a_s') \qquad (3\text{-}2\text{-}107)$$

若对受压钢筋 $A_s'$ 取矩。可得：

$$e' = 0.5h - \eta e_i - a_s' \qquad (3\text{-}2\text{-}108)$$

式中，$\sigma_s$ 为远离轴向压力一侧的纵向钢筋的应力，应符合 $-f'_y \leqslant \sigma_s \leqslant f_y$，可近似取为：

$$\sigma_s = \frac{\varepsilon - \beta_1}{\varepsilon_b - \beta_1} f_y \tag{3-2-109}$$

当混凝土等级不大于 C50 时，$\beta_1 = 0.8$，上式可改为：

$$\sigma_s = \frac{\varepsilon - 0.8}{\varepsilon_b - 0.8} f_y \tag{3-2-110}$$

② 矩形截面偏心受压构件非对称配筋计算

a. 截面设计。对于非对称配筋的偏心受压构件。一般可用下式来进行判别大小偏压。

当 $\eta e_i \leqslant 0.3h_0$ 时，按小偏压计算；

当 $\eta e_i > 0.3h_0$ 时，可先按大偏压计算。当求出 $x$，再验算其是否满足适用条件。如不满足，再按小偏压计算。

大、小偏心受压构件的计算，见表 3-2-45。

**表 3-2-45　大、小偏心受压构件计算**

| 项　目 | | 计 算 方 法 |
|---|---|---|
| 大偏心受压构件 | 当受拉钢筋 $A_s$ 和受压钢筋 $A'_s$ 均未知时 | 为使总用钢量 $(A_s + A'_s)$ 最小，可补充条件 $x = \varepsilon_b h_0$，得：<br><br>$$A'_s = \frac{Ne - \alpha_1 f_c b h_0^2 \varepsilon_b (1 - 0.5\varepsilon_b)}{f'_y (h_0 - a'_s)}$$<br><br>$$A_s = \frac{\alpha_1 f_c b h_0 \varepsilon_b + f'_y A'_s - N}{f_y}$$<br><br>若按上式求得 $A'_s < \rho'_{\min} bh$ 时，应取 $A'_s = \rho'_{\min} bh$，再按 $A'_s$ 为已知的情况计算 $A_s$。<br>若按下式求得 $A'_s < \rho'_{\min} bh$ 时，应取 $A'_s = \rho'_{\min} bh$ |
| | 当受拉钢筋 $A_s$ 已知时 | 混凝土受压区高度为：<br><br>$$x = h_0 - \sqrt{h_0^2 - \frac{2[Ne - f'_y A'_s (h_0 - a_s)]}{\alpha_1 f_c b}}$$<br><br>若 $2a'_s \leqslant x \leqslant \varepsilon_b h_0$，则：<br><br>$$A_s = \frac{\alpha_1 f_c b x + f'_y A'_s - N}{f_v}$$<br><br>若计算中出现 $x > \varepsilon_b h_0$，则说明 $A'_s$ 配置太少，需加大 $A'_s$ 并按 $A'_s$ 为未知的情况重新计算；<br><br>$$A_s = \frac{N(\eta e_i - 0.5h + a'_s)}{f_y (h_0 - a'_s)}$$<br><br>若出现 $x < 2a'_s$，则可得：<br>以上求得的 $A_s$ 应满足最小配筋率要求。<br>也可仿照双筋矩形截面受弯构件的计算方法：<br><br>$$M_1 = f'_y A'_s (h_0 - a'_s)$$<br><br>$$A_{s1} = \frac{f'_y A'_s}{f_y}$$<br><br>则：<br><br>$$M_2 = Ne - M_1 = \alpha_1 f_c b x (h_0 - 0.5x)$$<br><br>然后用与单筋矩形截面类似的方法，查表求得 $A_{s2}$，最后得：<br><br>$$A_s = A_{s1} + A_{s2} - \frac{N}{f_y}$$ |
| 小偏心受压构件 | 计算 $A_s$ | 为使用钢量最少，可按最小配筋率确定 $A_s$，即 $A_s = \rho_{\min} bh$。<br>矩形截面非对称配筋的小偏心受压构件，当 $N > f_c bh$ 时，应按下式计算 $A_s$：<br><br>$$A_s = \frac{N[0.5 - a'_s - (e_0 - e_a)] - \alpha_1 f_c bh (h'_0 - 0.5h)}{f'_y (h'_0 - a_s)}$$<br><br>在上述两者中取较大值做 $A_s$<br>当 $N \leqslant f_c bh$ 时，按上式计算的 $A_s$ 不起控制作用，故可不进行计算 |

| 项　目 | | 计　算　方　法 |
|---|---|---|
| 小偏心受压构件 | 计算 $A_s'$ | 当混凝土强度等级不大于 C50 时,取,得:<br><br>$$x^2-2\left[a_s'-\frac{f_yA_s(h_0-a_s')}{\alpha_1f_cbh_0(0.8-\varepsilon_b)}\right]x-\left[\frac{2Ne'}{\alpha_1f_cb}+\frac{1.6f_yA_s}{\alpha_1f_cb(0.8-\varepsilon_b)}(h_0-a_s')\right]=0$$<br><br>由上式解得 $x$<br><br>若 $\varepsilon=\dfrac{x}{h_0}\leqslant2\beta_1-\varepsilon_b$,或简化为 $\varepsilon=\dfrac{x}{h_0}\leqslant1.6-\varepsilon_b$,则:<br><br>$$A_s'=\frac{Ne-\alpha_1f_cbx(h_0-0.5x)}{f_c'(h_0-a_s')}$$<br><br>且应满足 $A_s'\geqslant\rho_{min}bh=0.002bh$<br><br>若 $1.6-\varepsilon_b<\varepsilon<h/h_0$,<br>则取 $\sigma_s=-f_y'$,然后由基本公式求解。<br>若 $\varepsilon>h/h_0$,取 $x=h$,$\sigma_s=-f_y'$ 带入基本公式求解 |

b. 截面复核(表 3-2-46)

**表 3-2-46　截面复核计算表**

| 项　目 | 计　算　方　法 |
|---|---|
| | 1. 确定初始偏心距 $e_i$、偏心距增大系数 $\eta$ |
| 弯矩作用平面内承载力复核 | 2. 当 $\eta e_i>0.3h_0$ 时,可先按大偏压计算。对轴向力 $N$ 作用点取矩,得:<br><br>$$\alpha_1f_cbx(e-h_0+0.5x)-f_yA_se+f_y'A_s'e'=0$$<br><br>解得:<br><br>$$x=\left(\frac{h}{2}-\eta e_i\right)+\sqrt{\left(\frac{h}{2}-\eta e_i\right)^2+\frac{2(f_yA_se-f_s'A_s'e')}{\alpha_1f_cb}}$$<br><br>其中,<br><br>$$e=\eta e_i+0.5h-a_1,e'=\eta e_i-0.5h-a_s'$$<br><br>若 $x\leqslant\varepsilon_bh_0$、$x\geqslant2a_s'$,则:<br><br>$$N=\alpha_1f_cbx+f_y'A_s'-f_yA_s$$<br><br>若 $x<2a_s'$,则:<br><br>$$N=\frac{f_yA_s(h_0-a_s')}{e'}$$<br><br>其中:<br><br>$$e'=\eta e_i-0.5h+a_s'$$<br><br>若 $x>\varepsilon_bh_0$,按小偏压计算,对轴向力 $N$ 作用点取矩,得:<br><br>$$\alpha_1f_cbx(0.5x-e'-a_s')-f_y'A_s'e'+\sigma_sA_se=0$$<br><br>$$\sigma_s=\frac{\varepsilon-0.8}{\varepsilon_b-0.8}f_y$$<br><br>解得 $x$,并计算 $\varepsilon$、$\sigma_s$,可得:<br><br>$$N=\alpha_1f_cb\varepsilon h_0+f_y'A_s'-\frac{\varepsilon-0.8}{\varepsilon_b-0.8}A_s$$<br><br>此外,还需计算:<br><br>$$N=\frac{\alpha_1f_cbh\left(h_0'-\dfrac{h}{2}\right)+f_y'A_s(h_0'-a_s)}{\left[\dfrac{h}{2}-a_s'-(e_0-e_a)\right]}$$<br><br>此时,截面的偏心受压承载力设计值应该上两式中的较小值选取 |
| 垂直于弯矩作用平面的承载力复核 | 当构件截面尺寸在两个方向不同时,还应校核垂直于弯矩作用平面的承载力。此时,可按轴心受压构件进行计算。不计入弯矩的作用,但应考虑稳定系数 $\varphi$ 的影响 |

③ 矩形截面偏心受压构件对称配筋计算

a. 截面设计

$$x = \frac{N}{\alpha_1 f_c b} \tag{3-2-111}$$

当 $x \leqslant \varepsilon_b h_0$，为大偏心受压破坏；

当 $x > \varepsilon_b h_0$，为小偏心受压破坏。

对大偏心受压构件：

若 $2a'_s \leqslant x \leqslant \varepsilon_b h_0$，得：

$$A_s = A'_s = \frac{Ne - \alpha_1 f_c bx(h_0 - 0.5x)}{f'_y(h_0 - a'_s)} \tag{3-2-112}$$

$$e = \eta e_i + 0.5h - a_s \tag{3-2-113}$$

若 $x < 2a'_s$，则：

$$A_s = A'_s = \frac{Ne'}{f_y(h_0 - a'_s)} \tag{3-2-114}$$

$$e = \eta e_i - 0.5h + a'_s \tag{3-2-115}$$

但应满足 $A_s = A'_s \geqslant \rho_{\min} bh = 0.002bh$ 的要求。

对小偏心受压构件：

$$\varepsilon = \frac{N - \varepsilon_b \alpha_1 f_c bh_0}{\dfrac{Ne - 0.43\alpha_1 f_c bh_0^2}{(\beta_1 - \varepsilon_b)(h_0 - a'_s)} + \alpha_1 f_c bh_0} + \varepsilon_b \tag{3-2-116}$$

当混凝土强度等级小于 C50 时，$\alpha_1 = 1$，$\beta_1 = 0.8$ 则上式可简化为：

$$\varepsilon = \frac{N - \varepsilon_b \alpha_1 f_c bh_0}{\dfrac{Ne - 0.43 f_c bh_0^2}{(0.8 - \varepsilon_b)(h_0 - a'_s)} + f_c bh_0} + \varepsilon_b \tag{3-2-117}$$

$$A_s = A'_s = \frac{Ne - \varepsilon(1 - 0.5\varepsilon)\alpha_1 f_c bh_0^2}{f'_y(h_0 - a'_s)} \tag{3-2-118}$$

但应满足 $A_s = A'_s \geqslant \rho_{\min} bh = 0.002bh$ 的要求。

b. 截面复核。对称配筋的截面复核，按非对称配筋基本相同的方法进行。其基本步骤见图 3-2-17。

（3）I 形截面偏心受压构件正截面承载力计算

① 基本计算公式

a. 大偏心受压构件（图 3-2-18）

中和轴通过受压翼缘（$x \leqslant h'_f$）时：

计算公式为：

$$N = \alpha_1 f_c b'_f x + f'_y A'_s - f_y A_s \tag{3-2-119}$$

$$Ne = \alpha_1 f_c b'_f x(h_0 - 0.5x) + f'_y A'_s(h_0 - a_s) \tag{3-2-120}$$

适用条件是：

$$2a'_s \leqslant x \leqslant h'_f \tag{3-2-121}$$

中和轴通过腹板（$x > h'_f$）时：

计算公式为：

$$N = \alpha_1 f_c[bx + (b'_f - b)h'_f] + f'_y A'_s - f_y A_s \tag{3-2-122}$$

$$Ne = \alpha_1 f_c\left[bx\left(h_0 - \frac{x}{2}\right) + (b'_f - b)h'_f\left(h_0 - \frac{h'_f}{2}\right)\right] + f'_y A'_s(h_0 - a'_s) \tag{3-2-123}$$

适用条件是：

$$h'_f < x \leqslant \varepsilon_b h_0 \tag{3-2-124}$$

b. 小偏心受压构件（图 3-2-19）

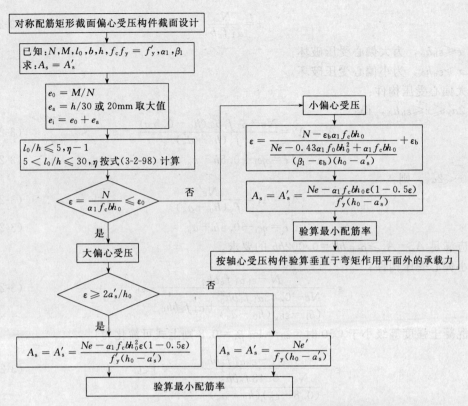

图 3-2-17 对称配筋矩形截面偏心受压构件截面计算步骤框图

注：$e = \eta e_i + \dfrac{h}{2} - a_s$；$e' = \eta e_i - \dfrac{h}{2} + a_s$

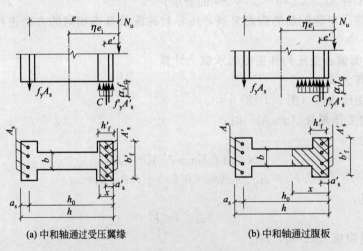

(a) 中和轴通过受压翼缘　　　　(b) 中和轴通过腹板

图 3-2-18　I 形截面大偏心受压计算应力图形

中和轴通过腹板时：

计算公式为：

$$N = \alpha_1 f_c \left[ bx + (b_f' - b) h_f' \right] + f_y' A_s' - \sigma_s A_s \tag{3-2-125}$$

$$Ne = \alpha_1 f_c \left[ bx \left( h_0 - \frac{x}{2} \right) + (b_1' - b) h_f' \left( h_0 - \frac{h_f'}{2} \right) \right] + f_y' A_s' (h_0 - a_s') \tag{3-2-126}$$

适用条件是：

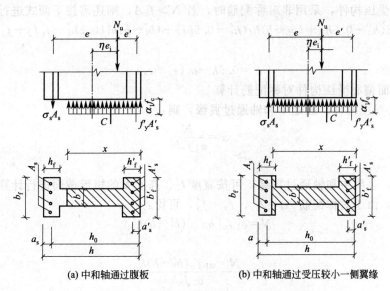

(a) 中和轴通过腹板      (b) 中和轴通过受压较小一侧翼缘

图 3-2-19 I 形截面小偏心受压计算应力图形

$$\varepsilon_b h_0 < x \leqslant h - h'_f \tag{3-2-127}$$

中和轴通过受压较小一侧翼缘时：

计算公式为：

$$N = \alpha_1 f_c [bx + (b'_f - b)h'_f + (b'_f - b)(x - h + h_f)] + f'_y A'_s - \sigma_s A_s \tag{3-2-128}$$

$$Ne = \alpha_1 f_c \left[ bx \left( h_0 - \frac{x}{2} \right) + (b'_f - b)h'_f \left( h_0 - \frac{h_f}{2} \right) \right] + \alpha_1 f_c (b'_f - b)(x - h + h_f)$$

$$\left( \frac{h}{2} + \frac{h_f}{2} - a_s - \frac{x}{2} \right) + f'_y A'_s (h_0 - a'_s) \tag{3-2-129}$$

式中，$\sigma_s = \dfrac{\dfrac{x}{h_0} - \beta_1}{\varepsilon_b - \beta_1} f_y$，且 $-f'_y \leqslant \sigma_s \leqslant f_y$。

适用条件是：

$$h - h_f < x \leqslant h \tag{3-2-130}$$

② I 形截面偏心受压构件非对称配筋计算

a. 大偏心受压构件。$x \leqslant h'_f$ 时，其计算方法与截面宽度为 $b'_f$、高度为 $h$ 的矩形截面完全相同；

$x > h'_f$ 时，与矩形截面一样，可补充条件 $x = \varepsilon_b h_0$，带入公式求解，可得：

$$A'_s = \frac{Ne - \alpha_1 f_c b h_0^2 \varepsilon_b (1 - 0.5\varepsilon_b) - \alpha_1 f_c h'_f (b'_f - b)(h_0 - 0.5h'_f)}{f'_y (h_0 - a'_s)} \tag{3-2-131}$$

$$A'_s = \frac{\alpha_1 f_c b h \varepsilon_b + \alpha_1 f_c (b'_f - b)h'_f + f'_y A'_s - N}{f_y} \tag{3-2-132}$$

b. 小偏心受压构件。假定全截面混凝土充分发挥作用，全部钢筋屈服，即将 $x = h$、$\sigma_s = -f'_y$ 带入公式，解得：

$$A'_s = \frac{Ne - \alpha_1 f_c [bh(h_0 - 0.5h) + (b'_f - b)h'_f (h_0 - 0.5h'_f) + (b_f - b)h_f (0.5h_f - a_s)]}{f'_y (h_0 - a'_s)}$$

$$\tag{3-2-133}$$

$$A_s = \frac{N - \alpha_1 f_c [bh + (b'_f - b)h'_f + (b_f - b)h_f] - f'_y A'_s}{f'_y} \tag{3-2-134}$$

对小偏心受压构件，采用非对称配筋时，若 $N > f_c A$，则还需按下两式进行验算。

$$Ne' \leqslant \alpha_1 f_c [bh(h_0' - 0.5h) + (b_f - b)h_f(h_0' - 0.5h_f) + (b_f' - b)h_f'(0.5h_f' - a_s')] + f_y' A_s(h_0' - a_s)$$

$$(3\text{-}2\text{-}135)$$

$$e' = 0.5h - a_s'(e_0 - e_a) \tag{3-2-136}$$

③ I 形截面偏心受压构件对称配筋计算

a. 大偏心受压构件。假定中和轴通过翼缘，则：

$$x = \frac{N}{\alpha_1 f_c b_f'} \tag{3-2-137}$$

$x \leqslant h_f'$ 时，表明中和轴通过翼缘，可按宽度 $b_f'$、高度 $h$ 的矩形截面进行计算；

$x > h_f'$ 时，由于对称配筋 $A_s = A_s'$、$f_y = f_y'$，可得：

$$N = \alpha_1 f_c [bx + (b_f' - b)h_f'] \tag{3-2-138}$$

则：

$$x = \frac{N - \alpha_1 f_c(b_f' - b)h_f'}{\alpha_1 f_c b} \tag{3-2-139}$$

当 $x_0 \leqslant \varepsilon_b h_0$ 时，表示截面为大偏心受压破坏，则：

$$A_s' = A_s = \frac{Ne - \alpha_1 f_c[bx(h_0 - 0.5x) + (b_f' - b)h_f'(h_0 - 0.5h_f')]}{f_y'(h_0 - a_s')} \tag{3-2-140}$$

b. 小偏心受压构件

令：

$$N' = N - \alpha_1 f_c(b_f' - b)h_f' \tag{3-2-141}$$

$$Ne' = Ne - \alpha_1 f_c(b_f' - b)h_f'(h_0 - 0.5h_f') \tag{3-2-142}$$

则：

$$\varepsilon = \frac{N' - \varepsilon_b \alpha_1 f_c b h_0}{\dfrac{Ne' - 0.43\alpha_1 f_c b h_0^2}{(\beta_1 - \varepsilon_b)(h_0 - a_s')} + \alpha_1 f_c b h_0} + \varepsilon_b$$

$$= \frac{N - \alpha_1 f_c(b_f' - b)h_f' - \varepsilon_b \alpha_1 f_c b h_0}{\dfrac{Ne - \alpha_1 f_c(b_f' - b)h_f'(h_0 - 0.5h_f') - 0.43\alpha_1 f_c b h_0^2}{(\beta_1 - \varepsilon_b)(h_0 - a_s')} + \alpha_1 f_c b h_0} + \varepsilon_b \tag{3-2-143}$$

$$A_s = A_s' = \frac{Ne' - \varepsilon(1 - 0.5\varepsilon)\alpha_1 f_c b h_0^2}{f_y'(h_0 - a_s')}$$

$$= \frac{Ne - \alpha_1 f_c(b_f' - b)h_f'(h_0 - 0.5h_f') - \varepsilon(1 - 0.5\varepsilon)\alpha_1 f_c b h_0^2}{f_y'(h_0 - a_s')} \tag{3-2-144}$$

### 3.2.5.3　矩形截面偏心受拉构件斜截面受剪承载力计算

(1) 对矩形、T 形和 I 形截面的受弯构件，其受剪截面应符合下列条件：

当 $h_w/b \leqslant 4$ 时

$$V \leqslant 0.25\beta_c f_c b h_0 \tag{3-2-145}$$

当 $h_w/b \geqslant 6$ 时

$$V \leqslant 0.2\beta_c f_c b h_0 \tag{3-2-146}$$

当 $4 < h < h_w/b < 6$ 时，按线性内插法确定。

式中，$V$ 为构件斜截面上的最大剪力设计值；$\beta_c$ 为混凝土强度影响系数：当混凝土强度等级不超过 C50 时，取 $\beta_c = 1.0$；当混凝土强度等级为 C80 时，取 $\beta_c = 0.8$；其间按线性内插法确定；$f_c$ 为混凝土轴心抗压强度设计值；$b$ 为矩形截面的宽度，T 形截面或 I 形截面的腹板宽度；$h_0$ 为截面的有效高度；$h_w$ 为截面的腹板高度；对矩形截面，取有效高度；对 T 形截面，取有效高度减去翼缘高度；对 I 形截面，取腹板净高。

（2）基本计算公式　矩形、T 形和 I 形截面的钢筋混凝土偏心受拉构件，其斜截面受剪承载力应符合下列规定：

$$V \leqslant V_{cs} = \frac{1.75}{\lambda+1} f_t b h_0 + f_{yv} \frac{A_{sv}}{s} h_0 + 0.07N \qquad (3\text{-}2\text{-}147)$$

式中，$V$ 为构件斜截面上的最大剪力设计值；$N$ 为与剪力设计值 $V$ 相应的轴向拉力设计值；$\lambda$ 为计算截面的剪跨比。

（3）按构造配筋条件计算　当矩形、T 形、I 形截面的钢筋混凝土偏心受压构件符合下式要求时，可不进行斜截面受剪承载力计算，仅按有关构造要求配置箍筋即可。

$$V \leqslant \frac{1.75}{\lambda+1} f_t b h_0 + 0.07N \qquad (3\text{-}2\text{-}148)$$

## 3.2.6　受拉构件承载力计算

### 3.2.6.1　轴心受拉构件承载力计算

$$N \leqslant f_y A_s \qquad (3\text{-}2\text{-}149)$$

式中，$N$ 为轴向拉力设计值，kN；$f_y$ 为钢筋抗拉强度设计值，MPa；$A_s$ 为纵向受拉钢筋的全部截面面积，$mm^2$。

### 3.2.6.2　偏心受拉构件正截面承载力计算

（1）小偏心受拉构件　当轴向拉力 $N$ 作用在钢筋 $A_s$ 合力点和 $A_s'$ 的合力点之间时，即 $e_0 \leqslant \frac{h}{2} - a_s$，属于小偏心受拉构件，如图 3-2-20(a) 所示。

$$Ne \leqslant f_y A_s'(h_0 - a_s') + f_{py} A_p'(h_0 - a_p') \qquad (3\text{-}2\text{-}150)$$
$$Ne' \leqslant f_y A_s(h_0' - a_s) + f_{py} A_p(h_0' - a_p) \qquad (3\text{-}2\text{-}151)$$

（2）大偏心受拉构件　当轴向拉力 $N$ 不作用在钢筋 $A_s$ 合力点和 $A_s'$ 的合力点之间时，即 $e_0 > \frac{h}{2} - a$，属于小偏心受拉构件，如图 3-2-20(a) 所示。

$$N \leqslant f_y A_s + f_{py} A_p - f_y' A_s' + (\sigma_{p0}' - f_{py}') A_p' - a_1 f_c b x \qquad (3\text{-}2\text{-}152)$$

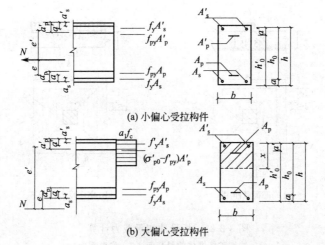

(a) 小偏心受拉构件

(b) 大偏心受拉构件

图 3-2-20　矩形截面偏心受拉构件正截面受拉承载力计算

$$N_c \leqslant a_1 f_c bx\left(h_0 - \frac{x}{2}\right) + f'_y A'_s(h_0 - a'_s) - (\sigma'_{p0} - f'_{py})A'_p(h_0 - a'_p) \qquad (3\text{-}2\text{-}153)$$

### 3.2.6.3　矩形截面偏心受拉构件斜截面受剪承载力计算

对矩形、T形和I形截面的受弯构件，其受剪截面应符合下列条件：

$$V \leqslant 0.25\beta_c f_c bh_0 \qquad (3\text{-}2\text{-}154)$$

式中，$V$ 为构件斜截面上的最大剪力设计值；$\beta_c$ 为混凝土强度影响系数：当混凝土强度等级不超过 C50 时，取 $\beta_c = 1.0$；当混凝土强度等级为 C80 时，取 $\beta_c = 0.8$；其间按线性内插法确定；$f_c$ 为混凝土轴心抗压强度设计值；$b$ 为矩形截面的宽度，T形截面或I形截面的腹板宽度；$h_0$ 为截面的有效高度。

矩形、T形和I形截面的钢筋混凝土偏心受拉构件，其斜截面受剪承载力应符合下列规定：

$$V \leqslant \frac{1.75}{\lambda + 1} f_t bh_0 + f_{yv}\frac{A_{sv}}{s}h_0 - 0.2N \qquad (3\text{-}2\text{-}155)$$

式中，$N$ 为与剪力设计值 $V$ 相应的轴向拉力设计值；$\lambda$ 为计算截面的剪跨比。

当上式右边的计算值小于 $f_{yv}\dfrac{A_{sw}}{s}h_0$ 时，应取等于 $f_{yv}\dfrac{A_{sv}}{s}h_0$，且 $f_{yv}\dfrac{A_{sv}}{s}h_0$ 值不得小于 $0.36f_t bh_0$。

## 3.2.7　钢筋混凝土受冲切、局部受压承载力计算和疲劳验算

### 3.2.7.1　受冲切承载力计算

（1）不配置箍筋或弯起钢筋时的计算　钢筋混凝土板不配置箍筋或弯起钢筋时，在局部荷载或集中反力作用下，其受冲切承载力按下式计算（图3-2-21）：

$$F_l \leqslant 0.7\beta_h f_t \eta u_m h_0 \qquad (3\text{-}2\text{-}156)$$

式中，$F_l$ 为局部荷载设计值或集中反力设计值，kN，当计算板柱结构节点处的受冲切承载力时，按柱所承受的轴向压力设计值的层间差值与冲切破坏锥体范围内所承受的荷载设计值之差取用；$\beta_h$ 为截面高度影响系数；当 $A \leqslant 800$mm 时。取 $\beta_h = 1.0$；当 $h \geqslant 2000$mm 时，取 $\beta_h = 0.9$，其间按线性内插法确定；$f_t$ 为混凝土轴心抗拉强度设计值，MPa；$u_m$ 为临界截面的周长，即与局部荷载或集中反力作用面积周边距离为 $h_0/2$ 处板垂直截面的最不利周长，

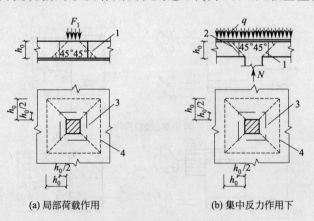

(a) 局部荷载作用　　　　　　(b) 集中反力作用下

图 3-2-21　板受冲切承载力计算

1—冲切破坏锥体的斜截面；2—临界截面；

3—临界截面的周长；4—冲切破坏锥体的底面线

mm；$h_0$ 为截面有效高度，mm。按两个配筋方向的截面有效高度的平均值取用；$\eta$ 为影响系数，按式（3-2-157）和式（3-2-158）计算，并取其中的较小值；

$$\eta_1 = 0.4 + \frac{1.2}{\beta_s} \tag{3-2-157}$$

$$\eta_2 = 0.5 + \frac{a_s h_0}{4 u_m} \tag{3-2-158}$$

$\beta_s$ 为局部荷载或集中反力的作用面积为矩形时的长边与短边尺寸之比，$\beta_s$ 不宜大于 4；当 $\beta_s < 2$ 时，取 $\beta_s = 2$；当面积为圆形时，取 $\beta_s = 2$；$a_s$ 为板柱结构中柱类型的影响系数：对中柱，取 $a_s = 40$；对边柱，取 $a_s = 30$；对角柱，$a_s = 20$。

（2）配置箍筋或弯起钢筋时的计算

① 受冲切承载力计算公式。在局部荷载或集中反力作用下，当受冲切承载力不满足公式（3-2-156）的要求且板厚受到限制时，可配置箍筋或弯起钢筋。此时，受冲切截面应符合下列条件：

当配置箍筋时：

$$F_l \leqslant 0.35 f_t \eta u_m h_0 + 0.8 f_{yv} A_{svu} \tag{3-2-159}$$

当配置弯起钢筋时：

$$F_l \leqslant 0.35 f_t \eta u_m h_0 + 0.8 f_{yv} A_{sbu} \sin\alpha \tag{3-2-160}$$

式中，$f_{yv}$ 为箍筋抗拉强度设计值，MPa；$A_{svu}$ 为与呈 $45°$ 冲切破坏锥体斜截面相交的全部箍筋截面面积，$mm^2$；$A_{sbu}$ 为与呈 $45°$ 冲切破坏锥体斜截面相交的全部弯起钢筋截面面积，$mm^2$；$\alpha$ 为弯起钢筋与板底面的夹角。

② 受冲切截面符合条件。为防止抗冲切钢筋配置过多，避免在使用阶段出现裂缝过大的现象，受冲切截面应符合下式要求：

$$F_l \leqslant 1.05 f_t \eta u_m h_0 \tag{3-2-161}$$

③ 构造要求

a. 板的厚度。在局部荷载或集中反力作用下，当钢筋混凝土板中配置抗冲切箍筋或弯起钢筋时，板的厚度不应小于 150mm。

b. 配置箍筋。箍筋、架立钢筋的配置范围应在呈 $45°$ 角的冲切破坏锥体内，且其分布长度从集中荷载作用面或柱截面边缘向外算起不应小于 $1.5h_0$ ［图 3-2-22(a)］，箍筋的形式为封闭式，其直径不应小于 6mm，间距不应大于 $h_0/3$。

c. 配置弯起钢筋。弯起钢筋的弯起角度，一般可在 $30°\sim45°$ 之间选取，弯起钢筋的倾斜段应与冲切破坏斜截面相交。其交点位置应在集中荷载作用面或柱截面边缘向外算起 ［$(1/2)\sim(2/3)$］$h$（$h$ 为板的厚度）的范围内 ［图 3-2-22(b)］。弯起钢筋的直径不应小于 12mm，且每一方向不宜少于 3 根。

### 3.2.7.2 阶形基础

矩形截面柱的阶形基础，在柱与基础交接处以及基础变阶处的受冲切承载力应按式（3-2-162）～式（3-2-164）计算（图 3-2-23）。

$$F_l \leqslant 0.7\beta_n f_t b_m h_0 \tag{3-2-162}$$

$$F_l = p_s A \tag{3-2-163}$$

$$b_m = \frac{b_t + b_b}{2} \tag{3-2-164}$$

式中，$h_0$ 为柱与基础交接处或基础变阶处的截面有效高度，按两个配筋方向的截面有效高度的平均值取用，mm；$p_s$ 为按荷载效应基本组合计算并考虑结构重要性系数的基础底面

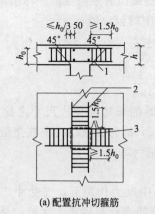

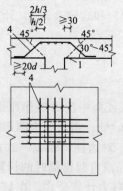

|(a) 配置抗冲切箍筋|(b) 配置抗冲切弯起箍筋|

图 3-2-22　板中配置抗冲切箍筋或弯起钢筋
1—冲切破坏锥面；2—弯起钢筋；3—箍筋；4—弯起钢筋

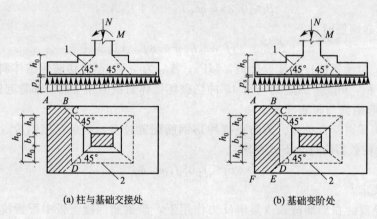

(a) 柱与基础交接处　　　　　　(b) 基础变阶处

图 3-2-23　计算阶形基础的受冲切承载力截面位置
1—冲切破坏锥体最不利一侧的斜截面；2—冲切破坏锥体的底面线

单位面积上的地基反力设计值（可扣除基础自重及其上的土重），当基础受偏心荷载作用时，可取用地基反力设计值的最大值，MPa；$A$ 为考虑冲切荷载时取用的多边形面积（图 3-2-23 中的阴影面积 $ABCDEF$），$mm^2$；$b_t$ 为冲切破坏锥体最不利一侧的斜截面的上边长：当计算柱与基础交接处受冲切承载力时，取柱的宽度；当计算基础变阶处受冲切承载力时，取上阶的宽度，mm；$b_b$ 为柱与基础交接处或基础变阶处的冲切破坏锥体最不利一侧的斜截面的下边长，mm，按 $b_b = b_t + 2h_0$ 取用。

### 3.2.7.3　局部压承载力计算

（1）局部受压区的截面尺寸要求　配置间接钢筋的混凝土结构构件，其局部受压区的截面尺寸应符合下列要求：

$$F_l \leqslant 1.35\beta_c\beta_l f_c A_{ln} \tag{3-2-165}$$

$$\beta_l = \sqrt{\frac{A_b}{A_l}} \tag{3-2-166}$$

式中，$F_l$ 为局部受压面上作用的局部荷载或局部压力设计值，kN；$f_c$ 为混凝土轴心抗压强度设计值，MPa；$\beta_c$ 为混凝土强度影响系数；当混凝土等级强度不超过 C50 时，取 $\beta_c = 1.0$；当混凝土等级强度为 C80 时，取 $\beta_c = 0.8$；其间按线性内插法确定；$\beta_l$ 为混凝土局部受压时的强度提高系数；$A_1$ 为混凝土局部受压面积，$mm^2$；$A_{ln}$ 为混凝土局部受压净面积，$mm^2$；$A_b$ 为局部受压的计算底面积，$mm^2$；$A_b$ 可由局部受压面积与计算底面积按同心、对称的原则确定；对常用情况，可按图 3-2-24 取用。

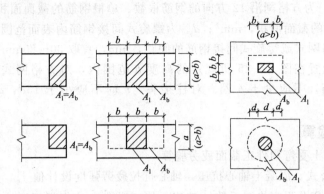

图 3-2-24　局部受压的计算底面积

当不满足式（3-2-165）时，可加大构件局部受压区的截面尺寸，或提高混凝土强度等级。

（2）局部受压承载力计算

配置方格网式或螺旋式间接钢筋且其核心面积 $A_{cor} \geqslant A_1$ 时（图 3-2-25），局部受压承载力应符合下列规定：

$$F_1 \leqslant 0.9(\beta_c \beta_l f_c + 2a\rho_v \beta_{cor} f_y)A_{ln} \tag{3-2-167}$$

当为方格网式配筋时［图 3-2-25(a)］，其体积配筋率 $\rho_v$ 应按下列公式计算：

$$\rho_v = \frac{n_1 A_{s1} l_1 + n_2 A_{s2} l_2}{A_{cor} s} \tag{3-2-168}$$

此时，钢筋网两个方向上单位长度内钢筋截面面积的比值不宜大于 1.5。

当为螺旋式配筋时［图 3-2-25(b)］，其体积配筋率 $\rho_v$ 应按下列公式计算：

$$\rho_v = \frac{4 A_{ss1}}{d_{cor} s} \tag{3-2-169}$$

式中，$\beta_{cor}$ 为配置间接钢筋的局部受压承载力提高系数，仍按式（3-2-164）计算，但 $A_b$ 以 $A_{cor}$ 代替，当 $A_{cor} > A_b$ 时，应取 $A_{cor} = A_b$；$f_y$ 为钢筋抗拉强度设计值，MPa；$A_{cor}$ 为方格

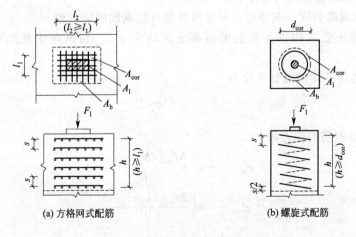

(a) 方格网式配筋　　　　(b) 螺旋式配筋

图 3-2-25　局部受压区的间接钢筋

网式或螺旋式间接钢筋内表面范围内的混凝土核心面积，其重心应与 $A_1$ 的重心重合，计算中仍按同心、对称的原则取值；$\rho_v$ 为间接钢筋的体积配筋率（核心面积 $A_{cor}$ 范围内单位混凝土体积所含间接钢筋的体积）；$n_1$、$A_{s1}$ 为方格网沿 11 方向的钢筋根数、单根钢筋的截面面积，$mm^2$；$n_2$、$A_{s2}$ 为方格网沿 12 方向的钢筋根数、单根钢筋的截面面积，$mm^2$；$A_{ss1}$ 为单根螺旋式间接钢筋的截面面积，$mm^2$；$d_{cor}$ 为螺旋式间接钢筋内表面范围内的混凝土截面直径，$mm$；$s$ 为方格网式或螺旋式间接钢筋的间距，$mm$，宜取 $30\sim80mm$。

间接钢筋应配置在图 3-2-25 所规定的高度 $h$ 范围内，对方格网式钢筋，不应少于 4 片；对螺旋式钢筋，不应少于 4 圈。对柱接头，$h$ 尚不应小于 $15d$，$d$ 为柱的纵向钢筋直径。

### 3.2.7.4 疲劳验算

（1）钢筋混凝土受弯构件正截面疲劳验算

① 基本计算公式。混凝土轴心抗压，轴心抗拉疲劳强度设计值 $f_c^f$、$f_t^f$ 应按混凝土强度设计值乘以相应的疲劳强度修正系数 $\gamma_p$ 确定。修正系数 $\gamma_p$ 应根据不同的疲劳应力比值 $\rho_c^f$ 按表 3-2-47 采用。

**表 3-2-47　混凝土疲劳强度修正系数 $\gamma_p$**

| $\rho_c^f$ | $\rho_c^f<0.2$ | $0.2\leqslant\rho_c^f<0.3$ | $0.3\leqslant\rho_c^f<0.4$ | $0.4\leqslant\rho_c^f<0.5$ | $\rho_c^f\geqslant0.5$ |
|---|---|---|---|---|---|
| $\gamma_p$ | 0.75 | 0.80 | 0.86 | 0.93 | 1.0 |

钢筋混凝土受弯构件正截面的疲劳应力应符合下式要求：

$$\rho_c^f=\frac{\sigma_{c,min}^f}{\sigma_{c,max}^f} \tag{3-2-170}$$

式中，$\sigma_{c,max}^f$ 为疲劳验算时，截面同一纤维上的混凝土最大应力；$\sigma_{c,min}^f$ 为疲劳验算时，截面同一纤维上的混凝土最小应力。

钢筋混凝土受弯构件正截面疲劳应力要求：

$$\sigma_{c,max}^f\leqslant f_c^f \tag{3-2-171}$$

$$\Delta\sigma_{si}^f\leqslant\Delta f_y^f \tag{3-2-172}$$

式中，$\sigma_{c,max}^f$ 为疲劳验算时截面受压区边缘纤维的混凝土压应力，$MPa$；$\Delta\sigma_{si}^f$ 为疲劳验算时截面受压区第 $i$ 层纵向钢筋的应力幅，$MPa$；$f_c^f$ 为混凝土轴心抗压疲劳强度设计值，$MPa$；$\Delta f_y^f$ 为钢筋的疲劳应力幅限值，$MPa$。

当纵向受拉钢筋为同一钢种时，可仅验算最外层钢筋的应力幅。

② 钢筋混凝土受弯构件正截面的混凝土压应力 $\sigma_{c,max}^f$ 和纵向钢筋的应力幅 $\Delta\sigma_{si}^f$ 计算公式。

a. 受压区边缘纤维的混凝土应力

$$\sigma_{c,max}^f=\frac{M_{max}^f x_0}{I_0^f} \tag{3-2-173}$$

b. 纵向受拉钢筋的应力幅

$$\sigma_{si,max}^f=a_E^f\frac{M_{max}^f(h_{0i}-x_0)}{I_0^f} \tag{3-2-174}$$

$$\sigma_{si,min}^f=a_E^f\frac{M_{min}^f(h_{0i}-x_0)}{I_0^f} \tag{3-2-175}$$

$$\sigma_{si}^f=\sigma_{si,max}^f-\sigma_{si,min}^f \tag{3-2-176}$$

式中，$M_{max}^f$，$M_{min}^f$ 为疲劳验算时同一截面上在相应荷载组合下产生的最大弯矩值，最小弯矩值；$\sigma_{si,max}^f$，$\sigma_{si,min}^f$ 为由弯矩 $M_{max}^f$，$M_{min}^f$ 引起相应截面受拉区第 $i$ 层纵向钢筋的应力；$a_E^f$ 为钢筋的弹性模量与混凝土疲劳变形模量的比值：$a_E^f = E_s / E_c^f$；$I_0^f$ 为疲劳验算时相应于弯矩 $M_{max}^f$，$M_{min}^f$ 为相同方向时的换算截面惯性矩；$x_0$ 为疲劳验算时相应于弯矩 $M_{max}^f$，$M_{min}^f$ 为相同方向时的换算截面受压区高度；$h_{0i}$ 为相应于弯矩 $M_{max}^f$、$M_{min}^f$ 为相同方向时的截面受压区边缘至受拉区第 $i$ 层纵向钢筋截面重心的距离。

当弯矩 $M_{max}^f$ 与弯矩 $M_{min}^f$ 的方向相反时，式（3-2-175）中 $h_{0i}$、$x_0$ 和 $I_0^f$ 应以截面相反位置的 $h_{0i}'$、$x_0'$ 和 $I_0^{f'}$ 代替。

c. 换算截面的受压区高度 $x_0$、$x_0'$ 和惯性矩 $I_0^f$、$I_0^{f'}$ 计算公式。钢筋混凝土受弯构件疲劳验算时，换算截面的受压区高度 $x_0$、$x_0'$ 和惯性矩 $I_0^f$、$I_0^{f'}$ 应按下列公式计算。

矩形及翼缘位于受拉区的 T 形截面

$$\frac{bx_0^2}{2} + a_E^f A_s'(x_0 - a_s') - a_E^f A_s(h_0 - x_0) = 0 \tag{3-2-177}$$

$$I_0^f = \frac{bx_0^3}{3} + a_E^f A_s'(x_0 - a_s')^2 + a_E^f A_s(h_0 - x_0)^2 \tag{3-2-178}$$

I 形及翼缘位于受压区的 T 形截面

当 $x_0 > h_f'$ 时（图 3-2-26）

当 $x_0 \leqslant h_f'$ 时，按宽度为 $b_f'$ 的矩形截面计算。

$$\frac{b_f' x_0^2}{2} - \frac{(b_f' - b)(x_0 - h_f')^2}{2} + a_E^f A_s'(x_0 - a_s') - a_E^f A_s(h_0 - x_0) = 0 \tag{3-2-179}$$

$$I_0^f = \frac{b_f' x_0^3}{3} - \frac{(b_f' - b)(x_0 - h_f')^3}{3} + a_E^f A_s'(x_0 - a_s')^2 + a_E^f A_s(h_0 - x_0)^2 \tag{3-2-180}$$

（2）钢筋混凝土受弯构件斜截面的疲劳验算　钢筋混凝土受弯构件斜截面的疲劳验算及剪力的分配应符合下列规定。

① 截面中和轴处的剪应力，当符合下列条件时：

$$\tau^f \leqslant 0.6 f_t^f \tag{3-2-181}$$

$$\tau^f = \frac{V_{max}^f}{bz_0} \tag{3-2-182}$$

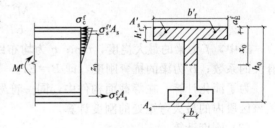

图 3-2-26　钢筋混凝土受弯构件
正截面疲劳应力计算

该区段的剪力全部由混凝土承受，此时，箍筋可按构造要求配置。

式中，$\tau_f$ 为截面中和轴处的剪应力，MPa；$f_t^f$ 为混凝土轴心抗拉疲劳强度设计值，MPa；$V_{max}^f$ 为疲劳验算时在相应荷载组合下构件验算截面的最大剪力值；$b$ 为矩形截面宽度，T 形、I 形截面的腹板宽度；$z_0$ 为受压区合力点至受拉钢筋合力点的距离，此时，受压区高度 $x_0$ 按式（3-2-177）或式（3-2-179）计算。

② 截面中和轴处的剪应力不符合式（3-2-181）的区段，其剪力应由箍筋和混凝土共同承受。此时，箍筋的应力幅应符合下列规定：

$$\Delta \sigma_{sv}^f \leqslant \Delta f_{yv}^f \tag{3-2-183}$$

$$\Delta \sigma_{sv}^f = \frac{(\Delta V_{max}^f - 0.1\eta f_t^f bh_0)s}{A_{sv} z_0} \tag{3-2-184}$$

$$\Delta V_{max}^f = V_{max}^f - V_{min}^f \tag{3-2-185}$$

$$\eta = \frac{\Delta V_{\max}^{\mathrm{f}}}{V_{\max}^{\mathrm{f}}} \tag{3-2-186}$$

式中，$\Delta \sigma_{sv}^{\mathrm{f}}$ 为箍筋的应力幅，MPa；$\Delta f_{yv}^{\mathrm{f}}$ 为箍筋的疲劳应力幅限值，MPa；$V_{\max}^{\mathrm{f}}$ 为疲劳验算时构件验算截面的最大剪力幅值，kN；$V_{\min}^{\mathrm{f}}$ 为疲劳验算时在相应荷载组合下构件验算截面的最小剪力值，kN；$\eta$ 为最大剪力幅相对值；$s$ 为箍筋的间距，mm；$A_{sv}$ 为配置在同一截面内箍筋各肢的全部截面面积，mm$^2$。

### 3.2.8 钢筋混凝土构件正常使用极限状态验算

#### 3.2.8.1 一般规定

（1）挠度　钢筋混凝土受弯构件的最大挠度的计算值不应超过规定的挠度限值，即：

$$\Delta \leqslant \Delta_{\lim} \tag{3-2-187}$$

（2）裂缝宽度　构件的最大裂缝宽度不应超过规定的最大裂缝宽度限值，即：

$$w_{\max} \leqslant w_{\lim} \tag{3-2-188}$$

进行正常使用极限状态验算时，荷载及材料强度均采用标准值。

#### 3.2.8.2 钢筋混凝土受弯构件挠度计算

（1）挠度计算规定　钢筋混凝土受弯构件的挠度可以利用材料力学的有关公式计算，对于均质弹性材料的简支梁，在均布荷载作用下，其跨中的挠度为：

$$f = \frac{5}{384} \frac{q l_0^4}{EI} = \frac{5}{48} \frac{M l_0^2}{EI} \tag{3-2-189}$$

式中，$EI$ 为梁的抗弯刚度，mm$^4$；$M$ 为梁中的最大弯矩，kN·m。

则上式可统一写成为：

$$f = s \frac{M l_0^2}{EI} = s \frac{M l_0^2}{B} \tag{3-2-190}$$

式中，$f$ 为梁的最大挠度，mm；$q$ 为均布线荷载，N/mm；$s$ 为与荷载类型、支承条件有关的系数；$B$ 为梁的抗弯刚度，即 $B = EI$。

为了简化计算，在等截面构件中，同一符号弯矩区段内，可假定各截面的刚度相等，并按该区段内的最大弯矩处的刚度计算。

（2）刚度计算

① 矩形、T 形、I 形截面受弯构件在长期荷载作用影响时的刚度 $B$，按下列公式计算。

设按荷载效应标准组合计算的弯矩为 $M$，其中按荷载准永久组合计算的弯矩为 $M_q$，则可变荷载其余部分产生的弯矩为 $M_k - M_q$。如全部荷载作用在构件上时，产生的挠度可分为两部分：即 $M_k - M_q$ 产生的挠度为 $f_1$，$M_q$ 产生的短期挠度为 $f_2$，考虑长期作用影响，$M_q$ 产生的长期挠度为 $\theta f_2$，则受弯构件总挠度为：

$$
\begin{aligned}
f &= f_1 + \theta f_2 \\
&= s \frac{(M_k - M_q) l_0^2}{B_s} + s \frac{\theta M_q l_0^2}{B_s} \\
&= s \frac{M_k + (\theta - 1) M_q}{B_s} l_0^2
\end{aligned} \tag{3-2-191}
$$

用考虑荷载长期作用影响的刚度 $B$ 来表示总挠度 $f$ 与 $M_k$ 之间的关系为：

$$f = s \frac{M_k l_0^2}{B} \leqslant f_{\lim} \tag{3-2-192}$$

式中，$f$ 为梁的最大挠度，mm；$f_{lim}$ 为受弯构件挠度限值，mm。

令上两式相等，则受弯构件考虑荷载长期作用影响的刚度 $B$，按下式计算：

$$B = \frac{M_k}{M_k + (\theta - 1)M_q} B_s \qquad (3\text{-}2\text{-}193)$$

式中，$M_k$ 为按荷载效应标准组合计算的弯矩值，取计算区段内的最大弯矩值，kN·m；$M_q$ 为按荷载效应的准永久组合计算的弯矩值，取计算区段内的最大弯矩值，kN·m；$B_s$ 为按荷载效应的标准组合作用下受弯构件的短期刚度，N·mm²，按式（3-2-194）计算；$\theta$ 为考虑荷载长期作用下对挠度增大的影响系数。

《混凝土结构设计规范》用挠度增大系数 $\theta$ 来考虑荷载长期作用对构件挠度的影响。对受弯构件 $\theta$ 可按下列规定取用：当 $\rho' = 0$ 时，取 $\theta = 2$；当 $\rho' = \rho$ 时，取 $\theta = 1.6$；当 $\rho'$ 为中间数值时，$\theta$ 按线性内插法取用。此处。$\rho'$ 为纵向受压钢筋配筋率，$\rho' = \dfrac{A'_s}{bh_0}$；$\rho$ 为纵向受拉钢筋配筋率，$\rho = \dfrac{A_s}{bh_0}$。

对翼缘位于受拉区的倒 T 形截面，$\theta$ 应增加 20%。

② 在荷载效应标准组合下，钢筋混凝土受弯构件的短期刚度 $B_s$，按下式计算：

$$B_s = \frac{E_s A_s h_0^2}{1.15\psi + 0.2 + \dfrac{6a_E \rho}{1 + 3.5\gamma'_f}} \qquad (3\text{-}2\text{-}194)$$

$$\gamma'_f = \frac{(b'_f - b)h'_f}{bh_0} \qquad (3\text{-}2\text{-}195)$$

$$\psi = 1.1 - 0.65 \frac{f_{tk}}{\rho_{te}\sigma_{sk}} \qquad (3\text{-}2\text{-}196)$$

$$\rho_{te} = \frac{A_s}{A_{te}} \qquad (3\text{-}2\text{-}197)$$

$$\sigma_{sk} = \frac{M_k}{0.87h_0 A_s} \qquad (3\text{-}2\text{-}198)$$

式中，$E_s$ 为钢筋弹性模量，MPa；$A_s$ 为纵向受拉钢筋截面面积，mm²；$h_0$ 为构件截面有效高度，mm；$\rho$ 为纵向受拉钢筋的配筋率，对钢筋混凝土受弯构件，$\rho = A_s/(bh_0)$；$\gamma'_f$ 为受压翼缘截面面积与腹板有效截面面积的比值；$b'_f$、$h'_f$ 为受压区翼缘的宽度、高度，mm；当 $h'_f > 0.2h_0$ 时，取 $h'_f = 0.2h_0$；$a_E$ 为钢筋弹性模量与混凝土弹性模量的比值：$a_E = E_s/E_c$；$\psi$ 为裂缝间纵向受拉钢筋应变不均匀系数，当 $\psi < 0.2$ 时，取 $\psi = 0.2$；当 $\psi > 1$ 时，取 $\psi = 1$；对直接承受重复荷载的构件，取 $\psi = 1$；$f_{tk}$ 为混凝土的轴心抗拉强度标准值，MPa，按表 3-2-6 采用；$\rho_{te}$ 为按有效受拉混凝土截面面积计算的纵向受拉钢筋的配筋率；$A_{te}$ 为有效受拉混凝土截面面积，mm²，对受弯构件取 $A_{te} = 0.5bh + (b_f - b)h_f$，此处，$b_f$、$h_f$ 为受拉区翼缘的宽度、高度，mm；$\sigma_{sk}$ 为荷载效应的标准组合计算的钢筋混凝土构件纵向受拉钢筋的应力，MPa，受弯构件，按式（3-2-198）计算。

### 3.2.8.3 钢筋混凝土构件裂缝宽度验算

（1）裂缝的平均间距 $l_m$　构件的平均裂缝间距按《混凝土结构设计规范》规定，可按下式计算：

$$l_m = \beta\left(1.9c + 0.08\frac{d_{eq}}{\rho_{te}}\right) \qquad (3\text{-}2\text{-}199)$$

$$d_{eq} = \frac{\sum n_i d_i^2}{\sum n_i v_i d_i} \qquad (3\text{-}2\text{-}200)$$

式中，$c$ 为最外层纵向受拉钢筋外边缘至受拉区底边的距离，mm，当 $c<20$ 时，取 $c=20$；当 $c>65$ 时，取 $c=65$；$\rho_{te}$ 为按有效受拉混凝土截面面积计算的纵筋受拉钢筋配筋率，当 $\rho_{te}<0.01$ 时，取 $\rho_{te}=0.01$；$d_{eq}$ 为纵向受拉钢筋的等效直径，mm；$d_i$ 为受拉区第 $i$ 种纵向钢筋的公称直径，mm；$n_i$ 为受拉区第 $i$ 种纵向钢筋的根数；$v_i$ 为受拉区第 $i$ 种纵向钢筋的相对黏结特性系数，对光面钢筋 0.7，对带肋钢筋 1.0；$\beta$ 为与构件受力状态有关的系数，由试验结果分析确定，对受弯构件，$\beta=1.0$；对轴心受拉构件，$\beta=1.1$。

（2）平均裂缝宽度　设钢筋的平均应变为 $\varepsilon_{sm}$，混凝土的平均应变为 $\varepsilon_{cm}$，则平均裂缝宽度 $\omega_m$ 为二者在平均裂缝间距 $l_m$ 长度内变形的差值，即：

$$w - w_m = (\varepsilon_{sm} - \varepsilon_{cm}) l_m = l_m \varepsilon_{sm} \left(1 - \frac{\varepsilon_{cm}}{\varepsilon_{sm}}\right) = k_e l_m \varepsilon_s$$

$$= k_w \beta \psi \frac{\sigma_{sk}}{E_s} \left(1.9c + 0.08 \frac{d_{eq}}{\rho_{te}}\right) \qquad (3\text{-}2\text{-}201)$$

根据试验结果分析，$k_w$ 的值在 0.85 左右变化，取 $k_w=0.85$。

（3）最大裂缝宽度　在矩形、T 形、倒 T 形和 I 形截面的钢筋混凝土受拉、受弯和偏心受压构件及预应力混凝土轴心受拉和受弯构件中，按荷载效应的标准组合并考虑长期作用影响的最大裂缝宽度（mm）可按下式计算：

$$\omega_{max} = \alpha_{cr} \varphi \frac{\sigma_{sk}}{E_s} \left(1.9c + 0.08 \frac{d_{eq}}{\rho_{te}}\right) \qquad (3\text{-}2\text{-}202)$$

$$d_{eq} = \frac{\sum n_i d_i^2}{\sum n_i v_i d_i} \qquad (3\text{-}2\text{-}203)$$

式中，$\alpha_{cr}$ 为构件受力特征系数，对钢筋混凝土受弯和偏心受压构件，取 $\alpha_{cr}=2.1$；对偏心受拉构件，取 $\alpha_{cr}=2.4$；对轴心受拉构件，取 $\alpha_{cr}=2.7$；$\varphi$ 为裂缝间纵向受拉钢筋应变不均匀系数：当 $\varphi<0.2$ 时，取 $\varphi=0.2$；$\varphi$ 当 $>1$ 时，$\varphi=1$；对直接承受重复荷载的构件，取 $\varphi=1$；$\sigma_{sk}$ 为按荷载效应的标准组合计算的钢筋混凝土构件纵向受拉钢筋的应力或预应力混凝土构件纵向受拉钢筋的等效应力，MPa；$\rho_{te}$ 为按有效受拉混凝土截面面积计算的纵向受拉钢筋配筋率，在最大裂缝宽度计算中，当 $\rho_{te}<0.01$ 时，取 $\rho_{te}=0.01$；$d_{eq}$ 为受拉区纵向钢筋的等效直径，mm；$d_i$ 为受拉区第 $i$ 种纵向钢筋的公称直径，mm；$n_i$ 为受拉区第 $i$ 种纵向钢筋的根数；$v_i$ 为受拉区第 $i$ 种纵向钢筋的相对黏结特性系数，对光面钢筋 0.7，对带肋钢筋 1.0。

（4）钢筋混凝土构件纵向受拉钢筋的应力 $\sigma_{sk}$ 计算

① 轴心受拉构件

$$\sigma_{sk} = \frac{N_k}{A_s} \qquad (3\text{-}2\text{-}204)$$

② 偏心受拉构件

$$\sigma_{sk} = \frac{N_k e'}{A_s (h_0 - \alpha_s')} \qquad (3\text{-}2\text{-}205)$$

③ 受弯构件

$$\sigma_{sk} = \frac{M_k}{0.87 h_0 A_s} \qquad (3\text{-}2\text{-}206)$$

④ 偏心受压构件

$$\sigma_{sk} = \frac{N_k (e - z)}{A_s z} \qquad (3\text{-}2\text{-}207)$$

$$z=\left[0.87-0.12(1-\gamma'_\mathrm{f})\left(\frac{h_0}{e}\right)^2\right]h_0 \tag{3-2-208}$$

$$e=\eta_\mathrm{s}e_0+y_\mathrm{s} \tag{3-2-209}$$

$$\eta_\mathrm{s}=1+\frac{1}{4000e_0/h_0}\left(\frac{l_0}{h}\right)^2 \tag{3-2-210}$$

式中，$N_\mathrm{k}$、$M_\mathrm{k}$ 为按荷载效应的标准组合计算的轴向力值，kN，弯矩值，kN·m；$A_\mathrm{s}$ 为受拉区纵向钢筋截面面积，mm$^2$；对轴心受拉构件，取全部纵向钢筋截面面积；对偏心受拉构件，取受拉较大边的纵向钢筋截面面积；对受弯偏心受压构件，取受拉区纵向钢筋截面面积；$e'$ 为轴向拉力作用点至受压区或受拉较小边纵向钢筋合力点的距离，mm；$e$ 为轴向压力作用点至纵向受拉钢筋合力点的距离，mm；$z$ 为纵向受拉钢筋合力点至截面受压区合力点的距离，且不大于 $0.87h_0$；$\eta_\mathrm{s}$ 为使用阶段的轴向压力偏心距增大系数，当 $l_0/h_0\leqslant14$ 时，取 $\eta_\mathrm{s}=1.0$；$y_\mathrm{s}$ 为截面重心至纵向受拉钢筋合力点的距离，mm。

# 3.3 砌体结构计算用表及计算公式

## 3.3.1 砌体结构计算用表

### 3.3.1.1 各类砌体的强度设计值

（1）龄期为 28d 的以毛截面计算的各类砌体抗压强度设计值，当施工质量控制等级为 B 级时，应根据块体和砂浆的强度等级分别按下列规定采用。

① 烧结普通砖和烧结多孔砖砌体的抗压强度设计值（表 3-3-1）

表 3-3-1　烧结普通砖和烧结多孔砖砌体的抗压强度设计值　　　单位：MPa

| 砖强度等级 | 砂浆强度等级 | | | | | 砂浆强度 |
| --- | --- | --- | --- | --- | --- | --- |
| | M15 | M10 | M7.5 | M5 | M2.5 | 0 |
| MU30 | 3.94 | 3.27 | 2.93 | 2.59 | 2.26 | 1.15 |
| MU25 | 3.60 | 2.98 | 2.68 | 2.37 | 2.06 | 1.05 |
| MU20 | 3.22 | 2.67 | 2.39 | 2.12 | 1.84 | 0.94 |
| MU15 | 2.79 | 2.31 | 2.07 | 1.83 | 1.60 | 0.82 |
| MU10 | — | 1.89 | 1.69 | 1.50 | 1.30 | 0.67 |

注：当烧结多孔砖的孔洞率大于 30% 时，表中数值应乘以 0.9。

② 蒸压灰砂砖和蒸压粉煤灰砖砌体的抗压强度设计值（表 3-3-2）

表 3-3-2　蒸压灰砂砖和蒸压粉煤灰砖砌体的抗压强度设计值　　　单位：MPa

| 砖强度等级 | 砂浆强度等级 | | | | 砂浆强度 |
| --- | --- | --- | --- | --- | --- |
| | M15 | M10 | M7.5 | M5 | 0 |
| MU25 | 3.60 | 2.98 | 2.68 | 2.37 | 1.05 |
| MU20 | 3.22 | 2.67 | 2.39 | 2.12 | 0.94 |
| MU15 | 2.79 | 2.31 | 2.07 | 1.83 | 0.82 |
| MU10 | — | 1.89 | 1.69 | 1.50 | 0.67 |

③ 单排孔混凝土和轻骨料混凝土砌块砌体的抗压强度设计值（表 3-3-3）

表 3-3-3　单排孔混凝土和轻骨料混凝土砌块砌体的抗压强度设计值　　单位：MPa

| 砌块强度等级 | 砂浆强度等级 | | | | 砂浆强度 |
|---|---|---|---|---|---|
| | Mb15 | Mb10 | Mb7.5 | Mb5 | 0 |
| MU20 | 5.68 | 4.95 | 4.44 | 3.94 | 2.33 |
| MU15 | 4.61 | 4.02 | 3.61 | 3.20 | 1.89 |
| MU10 | — | 2.79 | 2.50 | 2.22 | 1.31 |
| MU7.5 | — | — | 1.93 | 1.71 | 1.01 |
| MU5 | — | — | — | 1.19 | 0.70 |

注：1. 对错孔砌筑的砌体，应按表中数值乘以 0.8。

2. 对独立柱或厚度为双排组砌的砌块砌体，应按表中数值乘以 0.7。

3. 对 T 形截面砌体，应按表中数值乘以 0.85。

4. 表中轻骨料混凝土砌块为煤矸石和水泥煤渣混凝土砌块。

④ 单排孔混凝土砌块对孔砌筑时，灌孔砌体的抗压强度设计值 $f_g$，应按下列公式计算：

$$\begin{cases} f_g = f + 0.6\alpha f_c \\ \alpha = \delta\rho \end{cases} \tag{3-3-1}$$

式中，$f_g$ 为灌孔砌体的抗压强度设计值，并不应大于未灌孔砌体抗压强度设计值的 2 倍；$f$ 为未灌孔砌体的抗压强度设计值，应按表 3-3-3 采用；$f_c$ 为灌孔混凝土的轴心抗压强度设计值；$\alpha$ 为砌块砌体中灌孔混凝土面积和砌体毛面积的比值；$\delta$ 为混凝土砌块的孔洞率；$\rho$ 为混凝土砌块砌体的灌孔率，系截面灌孔混凝土面积和截面孔洞面积的比值，$\rho$ 应小于 33%。

⑤ 孔洞率不大于 35% 的双排孔或多排孔轻骨料混凝土砌块砌体的抗压强度设计值（表 3-3-4）

表 3-3-4　轻骨料混凝土砌块砌体的抗压强度设计值　　单位：MPa

| 砌块强度等级 | 砂浆强度等级 | | | 砂浆强度 |
|---|---|---|---|---|
| | Mb10 | Mb7.5 | Mb5 | 0 |
| MU10 | 3.08 | 2.76 | 2.45 | 1.44 |
| MU7.5 | — | 2.13 | 1.88 | 1.12 |
| MU5 | — | — | 1.31 | 0.78 |

注：1. 表中的砌块为火山渣、浮石和陶粒轻骨料混凝土砌块。

2. 对厚度方向为双排组砌的轻骨料混凝土砌块砌体的抗压强度设计值，应按表中数值乘以 0.8。

⑥ 块体高度为 180～350mm 的毛料石砌体的抗压强度设计值（表 3-3-5）

表 3-3-5　毛料石砌体的抗压强度设计值　　单位：MPa

| 毛料石强度等级 | 砂浆强度等级 | | | 砂浆强度 |
|---|---|---|---|---|
| | M7.5 | M5 | M2.5 | 0 |
| MU100 | 5.42 | 4.80 | 4.18 | 2.13 |
| MU80 | 4.85 | 4.29 | 3.73 | 1.91 |
| MU60 | 4.20 | 3.71 | 3.23 | 1.65 |
| MU50 | 3.83 | 3.39 | 2.95 | 1.51 |
| MU40 | 3.43 | 3.04 | 2.64 | 1.35 |
| MU30 | 2.97 | 2.63 | 2.29 | 1.17 |
| MU20 | 2.42 | 2.15 | 1.87 | 0.95 |

注：对下列各类料石砌体，应按表中数值分别乘以系数：细料石砌体 1.5；半细料石砌体 1.3；粗料石砌体 1.2；干砌勾缝石砌体 0.8。

⑦ 毛石砌体的抗压强度设计值（表 3-3-6）

表 3-3-6　毛石砌体的抗压强度设计值　　　　　　单位：MPa

| 毛石强度等级 | 砂浆强度等级 | | | 砂浆强度 |
|---|---|---|---|---|
| | M7.5 | M5 | M2.5 | 0 |
| MU100 | 1.27 | 1.12 | 0.98 | 0.34 |
| MU80 | 1.13 | 1.00 | 0.87 | 0.30 |
| MU60 | 0.98 | 0.87 | 0.76 | 0.26 |
| MU50 | 0.90 | 0.80 | 0.69 | 0.23 |
| MU40 | 0.80 | 0.71 | 0.62 | 0.21 |
| MU30 | 0.69 | 0.61 | 0.53 | 0.18 |
| MU20 | 0.56 | 0.51 | 0.44 | 0.15 |

（2）龄期为 28d 的以毛截面计算的各类砌体的轴心抗拉强度设计值、弯曲抗拉强度设计值和抗剪强度设计值，当施工质量控制等级为 B 级时，应按表 3-3-7 采用。

**表 3-3-7　沿砌体灰缝截面破坏时砌体的轴心抗拉强度设计值 $f_t$、弯曲抗拉强度设计值 $f_m$ 和抗剪强度设计值 $f_v$**　　　　单位：MPa

| 强度类别 | 破坏特征及砌体种类 | | 砂浆强度等级 | | | |
|---|---|---|---|---|---|---|
| | | | ≥M10 | M7.5 | M5 | M2.50 |
| 轴心抗拉 | 沿齿缝 | 烧结普通砖、烧结多孔砖 | 0.19 | 0.16 | 0.13 | 0.09 |
| | | 蒸压灰砂砖、蒸压粉煤灰砖 | 0.12 | 0.10 | 0.08 | 0.06 |
| | | 混凝土砌块 | 0.09 | 0.08 | 0.07 | — |
| | | 毛石 | 0.08 | 0.07 | 0.06 | 0.04 |
| 弯曲抗拉 | 沿齿缝 | 烧结普通砖、烧结多孔砖 | 0.33 | 0.29 | 0.23 | 0.17 |
| | | 蒸压灰砂砖、蒸压粉煤灰砖 | 0.24 | 0.20 | 0.16 | 0.12 |
| | | 混凝土砌块 | 0.11 | 0.09 | 0.08 | — |
| | | 毛石 | 0.13 | 0.11 | 0.09 | 0.07 |
| | 沿通缝 | 烧结普通砖、烧结多孔砖 | 0.17 | 0.14 | 0.11 | 0.08 |
| | | 蒸压灰砂砖、蒸压粉煤灰砖 | 0.12 | 0.10 | 0.08 | 0.06 |
| | | 混凝土砌块 | 0.08 | 0.06 | 0.05 | — |
| 抗剪 | 烧结普通砖、烧结多孔砖 | | 0.17 | 0.14 | 0.11 | 0.08 |
| | 蒸压灰砂砖、蒸压粉煤灰砖 | | 0.12 | 0.10 | 0.08 | 0.06 |
| | 混凝土和轻骨料混凝土砌块 | | 0.09 | 0.08 | 0.06 | — |
| | 毛石 | | 0.21 | 0.19 | 0.16 | 0.11 |

注：1. 对御用形状规则的砌块砌筑的砌体，当搭接长度与块体高度的比值小于 1 时，其轴心抗拉强度设计值 $f_t$ 和弯曲抗拉强度设计值 $f_{tm}$ 应按表中数值乘以搭接长度与块体高度比值后采用。

2. 对孔洞率不大于 35% 的双排孔或多排孔轻骨料混凝土砌块砌体的抗剪强度设计值，应按表中混凝土砌块砌体抗剪强度设计值乘以 1.1。

3. 对蒸压灰砂砖、蒸压粉煤灰砖砌体，当有可靠的试验数据时，表中强度设计值，允许作适当调整。

单排孔混凝土砌块对孔砌筑时，灌孔砌体的抗剪强度设计值 $f_{vg}$，应按下列公式计算：

$$f_{vg} = 0.2 f_g^{0.55} \tag{3-3-2}$$

式中，$f_g$ 为灌孔砌体的抗压强度设计值，MPa。

（3）调整系数 $\gamma_a$　下列情况的各类砌体，其砌体强度设计值应乘以调整系数 $\gamma_a$：

① 有吊车房屋砌体、跨度不小于 9m 的梁下烧结普通砖砌体、跨度不小于 7.5m 的梁下烧结多孔砖、蒸压灰砂砖、蒸压粉煤灰砖砌体、混凝土和轻骨料混凝土砌块砌体，$\gamma_a$ 为 0.9；

② 对无筋砌体构件，其截面面积小于 0.3m² 时，$\gamma_a$ 为其截面面积加 0.7。对配筋砌体构件，当其中砌体截面面积小于 0.2m² 时，$\gamma_a$ 为其截面面积加 0.8。构件截面面积以 m² 计；

③ 当砌体用水泥砂浆砌筑时，对表 3-3-1～表 3-3-6 中的数值，$\gamma_a$ 为 0.9；对表 3-3-7 中

数值，$\gamma_a$ 为 0.8；对配筋砌体构件，当其中的砌体采用水泥砂浆砌筑时，仅对砌体的强度设计值乘以调整系数 $\gamma_a$；

④ 当施工质量控制等级为 C 级时，$\gamma_a$ 为 0.89；

⑤ 当验算施工中房屋的构件时，$\gamma_a$ 为 1.1。

注：配筋砌体不允许采用 C 级。

（4）砌体的弹性模量 $E$（表 3-3-8）

表 3-3-8　砌体的弹性模量 $E$　　　　　　　　　　单位：MPa

| 砌体种类 | 砂浆强度等级 | | | |
|---|---|---|---|---|
| | ≥M10 | M7.5 | M5 | M2.5 |
| 烧结普通砖、烧结多孔砖砌体 | 1600f | 1600f | 1600f | 1390f |
| 蒸压灰砂砖、蒸压粉煤灰砖砌体 | 1060f | 1060f | 1060f | 960f |
| 混凝土砌块砌体 | 1700f | 1600f | 1500f | — |
| 粗料石、毛料石、毛石砌体 | 7300 | 5650 | 4000 | 2250 |
| 细料石、半细料石砌体 | 22000 | 17000 | 12000 | 6750 |

注：轻骨料混凝土砌块砌体的弹性模量，可按表中混凝土砌块砌体的弹性模量采用。

（5）单排孔且对孔砌筑的混凝土砌块灌孔砌体的弹性模量，应按下列公式计算：

$$E = 1700 f_g \tag{3-3-3}$$

式中，$f_g$ 为灌孔砌体的抗压强度设计值。

（6）砌体的剪切模量

一般取：

$$G = \frac{E}{2(1+\nu)} \tag{3-3-4}$$

式中，$G$ 为砌体的剪切模量，MPa；$E$ 为砌体的弹性模量，MPa；$\nu$ 为砌体的泊松比（一般砌体取 0.15；砌块砌体 0.30）。

将 $\nu$ 值带入式（3-3-4），可得：

$$G = \frac{E}{2(1+\nu)} = (0.38 \sim 0.43)E \tag{3-3-5}$$

《砌体结构设计规范》（GB 50003—2001）中，$G$ 值约为 $0.4E$。

（7）砌体的线膨胀系数和收缩率（表 3-3-9）

表 3-3-9　砌体的线膨胀系数和收缩率

| 砌体类别 | 线膨胀系数 /($10^{-6}$/℃) | 收缩率 /(mm/m) | 砌体类别 | 线膨胀系数 /($10^{-6}$/℃) | 收缩率 /(mm/m) |
|---|---|---|---|---|---|
| 烧结黏土砖砌体 | 5 | −0.1 | 轻骨料混凝土砌块砌体 | 10 | −0.3 |
| 蒸压灰砂砖、蒸压粉煤灰砖砌体 | 8 | −0.2 | 料石和毛石砌体 | 8 | — |
| 混凝土砌块砌体 | 10 | −0.2 | | | |

注：表中的收缩率系由达到收缩允许标准的块体砌筑 28d 的砌体收缩率，当地方有可靠的砌体收缩试验数据时，亦可采用当地的试验数据。

（8）砌体的摩擦系数（表 3-3-10）

表 3-3-10　砌体的摩擦系数

| 材料类别 | 摩擦面情况 | | 材料类别 | 摩擦面情况 | |
|---|---|---|---|---|---|
| | 干燥的 | 潮湿的 | | 干燥的 | 潮湿的 |
| 砌体沿砌体或混凝土滑动 | 0.70 | 0.60 | 砌体沿砂或卵石滑动 | 0.60 | 0.50 |
| 木材沿砌体滑动 | 0.60 | 0.50 | 砌体沿粉土滑动 | 0.55 | 0.40 |
| 钢沿砌体滑动 | 0.45 | 0.35 | 砌体沿黏性土滑动 | 0.50 | 0.30 |

### 3.3.1.2 各类砌体的强度标准值

（1）砖砌体的抗压强度标准值 $f_k$（表 3-3-11）

表 3-3-11　砖砌体的抗压强度标准值 $f_k$　　　　　单位：MPa

| 砖强度等级 | 砂浆强度等级 | | | | | 砂浆强度 |
|---|---|---|---|---|---|---|
| | M15 | M10 | M7.5 | M5 | M2.5 | 0 |
| MU30 | 6.30 | 5.23 | 4.69 | 4.15 | 3.61 | 1.84 |
| MU25 | 5.75 | 4.77 | 4.28 | 3.79 | 3.30 | 1.68 |
| MU20 | 5.15 | 4.27 | 3.83 | 3.39 | 2.95 | 1.50 |
| MU15 | 4.46 | 3.70 | 3.32 | 2.94 | 2.56 | 1.30 |
| MU10 | 3.64 | 3.02 | 2.71 | 2.40 | 2.09 | 1.07 |

（2）混凝土砌块砌体的抗压强度标准值 $f_k$（表 3-3-12）

表 3-3-12　混凝土砌块砌体的抗压强度标准值 $f_k$　　　　单位：MPa

| 砌块强度等级 | 砂浆强度等级 | | | 砂浆强度 |
|---|---|---|---|---|
| | M15 | M10 | M7.5 | M5 | 0 |
| MU20 | 9.08 | 7.93 | 7.11 | 6.30 | 3.73 |
| MU15 | 7.38 | 6.44 | 5.78 | 5.12 | 3.03 |
| MU10 | — | 4.47 | 4.01 | 3.55 | 2.10 |
| MU7.5 | — | — | 3.10 | 2.74 | 1.62 |
| MU5 | — | — | — | 1.90 | 1.13 |

（3）毛料石砌体的抗压强度标准值 $f_k$（表 3-3-13）

表 3-3-13　毛料石砌体的抗压强度标准值 $f_k$　　　　单位：MPa

| 料石强度等级 | 砂浆强度等级 | | | 砂浆强度 |
|---|---|---|---|---|
| | M7.5 | M5 | M2.5 | 0 |
| MU100 | 8.67 | 7.68 | 6.68 | 3.41 |
| MU80 | 7.76 | 6.87 | 5.98 | 3.05 |
| MU60 | 6.72 | 5.95 | 5.18 | 2.64 |
| MU50 | 6.13 | 5.43 | 4.72 | 2.41 |
| MU40 | 5.49 | 4.86 | 4.23 | 2.16 |
| MU30 | 4.75 | 4.20 | 3.66 | 1.87 |
| MU20 | 3.88 | 3.43 | 2.99 | 1.53 |

（4）毛石砌体的抗压强度标准值 $f_k$（表 3-3-14）

表 3-3-14　毛石砌体的抗压强度标准值 $f_k$　　　　单位：MPa

| 毛石强度等级 | 砂浆强度等级 | | | 砂浆强度 |
|---|---|---|---|---|
| | M7.5 | M5 | M2.5 | 0 |
| MU100 | 2.03 | 1.80 | 1.56 | 0.53 |
| MU80 | 1.82 | 1.61 | 1.40 | 0.48 |
| MU60 | 1.57 | 1.39 | 1.21 | 0.41 |
| MU50 | 1.44 | 1.27 | 1.11 | 0.38 |
| MU40 | 1.28 | 1.14 | 0.99 | 0.34 |
| MU30 | 1.11 | 0.98 | 0.86 | 0.29 |
| MU20 | 0.91 | 0.80 | 0.70 | 0.24 |

（5）沿砌体灰缝截面破坏时的轴心抗拉强度标准值 $f_{t,k}$、弯曲抗拉强度标准值 $f_{tm,k}$ 和抗剪强度标准值 $f_{v,k}$（表 3-3-15）

表 3-3-15　沿砌体灰缝截面破坏时的轴心抗拉强度标准值 $f_{t,k}$、

弯曲抗拉强度标准值 $f_{tm,k}$ 和抗剪强度标准值 $f_{v,k}$ 　单位：MPa

| 强度类别 | 破坏特征 | 砌体种类 | 砂浆强度等级 | | | |
|---|---|---|---|---|---|---|
| | | | ≥M10 | M7.5 | M5 | M2.5 |
| 轴心抗拉 | 沿齿缝 | 烧结普通砖、烧结多孔砖 | 0.30 | 0.26 | 0.21 | 0.15 |
| | | 蒸压灰砂砖、蒸压粉煤灰砖 | 0.19 | 0.16 | 0.13 | — |
| | | 混凝土砌块 | 0.15 | 0.13 | 0.10 | — |
| | | 毛石 | 0.14 | 0.12 | 0.10 | 0.07 |
| 弯曲抗拉 | 沿齿缝 | 烧结普通砖、烧结多孔砖 | 0.53 | 0.46 | 0.38 | 0.27 |
| | | 蒸压灰砂砖、蒸压粉煤灰砖 | 0.38 | 0.32 | 0.26 | — |
| | | 混凝土砌块 | 0.17 | 0.15 | 0.12 | — |
| | | 毛石 | 0.20 | 0.18 | 0.14 | 0.10 |
| | 沿通缝 | 烧结普通砖、烧结多孔砖 | 0.27 | 0.23 | 0.19 | 0.13 |
| | | 蒸压灰砂砖、蒸压粉煤灰砖 | 0.19 | 0.16 | 0.13 | — |
| | | 混凝土砌块 | 0.12 | 0.10 | 0.08 | — |
| 抗剪 | | 烧结普通砖、烧结多孔砖 | 0.27 | 0.23 | 0.19 | 0.13 |
| | | 蒸压灰砂砖、蒸压粉煤灰砖 | 0.19 | 0.16 | 0.13 | — |
| | | 混凝土砌块 | 0.15 | 0.13 | 0.10 | — |
| | | 毛石 | 0.34 | 0.29 | 0.24 | 0.17 |

### 3.3.1.3　各类砌体抗压强度平均值计算公式与用表

（1）砌体的轴心抗压强度平均值 $f_m$ 计算

$$f_m = k_1 f_1^\alpha (1 + 0.07 f_2) k_2 \tag{3-3-6}$$

式中，$f_m$ 为砌体的抗压强度平均值，MPa；$f_1$ 为块体的抗压强度平均值，MPa；$f_2$ 为砂浆的抗压强度平均值，MPa；$\alpha$、$k_1$ 为不同类型砌体的块材形状、尺寸、砌筑方法等因素的影响系数；$k_2$ 为砂浆强度不同对砌体抗压强度的影响系数。

式（3-3-6）中各系数、参数的数值可参见表 3-3-16。

表 3-3-16　轴心抗压强度平均值 $f_m$ 　单位：MPa

| 砌体种类 | $f_m = k_1 f_1^\alpha (1 + 0.07 f_2) k_2$ | | |
|---|---|---|---|
| | $k_1$ | $\alpha$ | $k_2$ |
| 烧结普通砖、烧结多孔砖、蒸压灰砂砖、蒸压粉煤灰砖 | 0.78 | 0.5 | 当 $f_2 < 1$ 时，$k_2 = 0.6 + 0.4 f_2$ |
| 混凝土砌块 | 0.46 | 0.9 | 当 $f_2 = 0$ 时，$k_2 = 0.8$ |
| 毛料石 | 0.79 | 0.5 | 当 $f_2 < 1$ 时，$k_2 = 0.6 + 0.4 f_2$ |
| 毛石 | 0.22 | 0.5 | 当 $f_2 < 2.5$ 时，$k_2 = 0.4 + 0.24 f_2$ |

注：1. $k_2$ 在表列条件以外时均等于 1。

2. 表中 $f_1$ 为块体（砖、石、砌块）的抗压强度等级值或平均值；$f_2$ 为砂浆抗压强度平均值，单位均以 MPa 计。

3. 混凝土砌块砌体的轴心抗压强度平均值，当 $f_2 > 10$MPa 时，应乘系数 $1.1 - 0.01 f_2$，MU20 的砌体应乘系数 0.95，且满足当 $f_1 \geqslant f_2$，$f_1 \leqslant 20$MPa。

（2）砌体的轴心抗拉强度平均值 $f_{t,m}$ 计算

$$f_{t,m} = k_3 \sqrt{f_2} \tag{3-3-7}$$

式中，$f_{t,m}$ 为砌体的轴心抗拉强度平均值，MPa；$k_3$ 为与砌体种类有关的影响系数（见表 3-3-17）；$f_2$ 为砂浆的抗压强度平均值，MPa。

（3）砌体弯曲抗拉强度平均值 $f_{tm,m}$ 计算

$$f_{tm,m} = k_4 \sqrt{f_2} \tag{3-3-8}$$

式中，$f_{tm,m}$ 为砌体弯曲抗拉强度平均值，MPa；$k_4$ 为与砌体种类有关的影响系数（见表 3-3-17）。

（4）砌体抗剪强度平均值 $f_{v,m}$ 计算

$$f_{v,m}=k_5 \sqrt{f_2} \tag{3-3-9}$$

式中，$f_{v,m}$ 为砌体抗剪强度平均值，MPa；$k_5$ 为与砌体种类有关的影响系数（见表 3-3-17）。

表 3-3-17　轴心抗拉强度平均值 $f_{t,m}$、弯曲抗拉强度平均值
$f_{tm,m}$ 和抗剪强度平均值 $f_{v,m}$　　　　　　　　单位：MPa

| 砌体种类 | $f_{t,m}=k_3 \sqrt{f_2}$ 中的 $k_3$ | $f_{tm,m}=k_4 \sqrt{f_2}$ 中的 $k_4$ | | $f_{v,m}=k_5 \sqrt{f_2}$ 中的 $k_5$ |
|---|---|---|---|---|
| | | 沿齿缝 | 沿通缝 | |
| 烧结普通砖、烧结多孔砖 | 0.141 | 0.250 | 0.125 | 0.125 |
| 蒸压灰砂砖、蒸压粉煤灰砖 | 0.09 | 0.18 | 0.09 | 0.09 |
| 混凝土砌块 | 0.069 | 0.081 | 0.056 | 0.069 |
| 毛石 | 0.075 | 0.113 | — | 0.188 |

## 3.3.2　荷载效应组合

砌体结构按承载能力极限状态设计时，应按下列公式中最不利组合进行计算：

$$\gamma_0(1.2S_{G_k}+1.4S_{Q_k})\leqslant R(f_1,a_k\cdots) \tag{3-3-10}$$

$$\gamma_0(1.35S_{G_k}+1.0S_{Q_k})\leqslant R(f_1,a_k\cdots) \tag{3-3-11}$$

式中，$\gamma_0$ 为结构重要性系数，对安全等级为一级或设计使用年限为 50 年以上结构构件，不应小于 1.1；对安全等级为二级或设计使用年限为 50 年的结构构件，不应小于 1.0；对安全等级为三级或设计使用年限为 1~5 年的结构构件，不应小于 0.9；$S_{G_k}$ 为永久荷载标准值的效应；$S_{Q_k}$ 为在基本组合中起控制作用的一个可变荷载标准值的效应；$R(f_1,a_k\cdots)$ 为结构构件的抗力函数；$f$ 为砌体的强度设计值，$f=f_k/\gamma_f$；$a_k$ 为几何参数标准值。

注：1. 以自重为主的砌体机构计算时，由式（3-3-11）将起控制作用。

2. 式（3-3-10）和式（3-3-11）使用界限，是以可变荷载效应与永久荷载效应之比 $\rho=0.376$ 左右来区分的。即：当 $\rho\leqslant0.376$ 时，计算时由式（3-3-11）控制；当 $\rho>0.376$ 时，计算时由式（3-3-10）控制。

## 3.3.3　无筋砌体受压承载力计算

### 3.3.3.1　无筋矩形截面单向偏心受压构件承载力

$$N\leqslant\varphi fA \tag{3-3-12}$$

式中，$N$ 为轴向力设计值，kN；$\varphi$ 为高厚比 $\beta$ 和轴向力的偏心距 $e$ 对受压构件承载力的影响系数，应按表 3-3-19～表 3-3-21 采用；$f$ 为砌体的抗压强度设计值，MPa；$A$ 为截面面积，对各类砌体均应按毛截面计算，$m^2$；对带壁柱墙，其翼缘宽度见表 3-3-18。

表 3-3-18　带壁柱墙的计算截面翼缘宽度 $b_f$

| 序号 | 项　目 | 计　算　方　法 |
|---|---|---|
| 1 | 多层房屋 | 当有门窗洞口时，可取窗间墙宽度；当无门窗洞口时，每侧翼墙宽度可取壁柱高度的 1/3 |
| 2 | 单层房屋 | 可取壁柱宽加 2/3 墙高，但不大于窗间墙宽度和相邻壁柱间距离 |
| 3 | 带壁柱墙的条形基础 | 可取相邻壁柱间的距离 |

（1）影响系数 $\varphi$ 计算公式

当 $\beta\leqslant3$ 时

$$\varphi=\cfrac{1}{1+12\left(\cfrac{e}{h}\right)^2} \tag{3-3-13}$$

当 $\beta>3$ 时

3　市政工程常用材料计算用表与计算公式　　　　　　**161**

$$\varphi=\frac{1}{1+12\left[\dfrac{e}{h}+\sqrt{\dfrac{1}{12}\left(\dfrac{1}{\varphi_0}-1\right)}\right]^2} \tag{3-3-14}$$

$$\varphi_0=\frac{1}{1+\alpha\beta^2} \tag{3-3-15}$$

式中，$e$ 为轴向力偏心距，$e=M/N$；$M$，$N$ 分别为作用在受压构件上的弯矩，$\text{kN}\cdot\text{m}$，轴向力设计值，$\text{kN}$；$h$ 为矩形截面的轴向力偏心方向的边长；$\varphi_0$ 为轴心受压构件的稳定系数；$\alpha$ 为与砂浆强度等级有关的系数，当砂浆强度等级大于或等于 M5 时，$\alpha$ 等于 0.0015；当砂浆强度等级等于 M2.5 时，$\alpha$ 等于 0.002；当砂浆强度等级 $f_2$ 等于 0 时，$\alpha$ 等于 0.009；$\beta$ 为构件的高厚比。

计算 T 形截面受压构件的 $\varphi$ 时，应以折算厚度 $h_T$ 代替公式（D.0.1-2）中的 $h$，$h_T=3.5i$，$i$ 为 T 形截面的回转半径。

（2）影响系数 $\varphi$ 表（表 3-3-19～表 3-3-21）

**表 3-3-19　影响系数 $\varphi$（砂浆强度等级≥M5）**

| $\beta$ | $e/h$ 或 $e/h_T$ | | | | | | | | | | | | |
|---|---|---|---|---|---|---|---|---|---|---|---|---|---|
| | 0 | 0.025 | 0.05 | 0.075 | 0.1 | 0.125 | 0.15 | 0.175 | 0.2 | 0.225 | 0.25 | 0.275 | 0.3 |
| ≤3 | 1 | 0.99 | 0.97 | 0.94 | 0.89 | 0.84 | 0.79 | 0.73 | 0.68 | 0.62 | 0.57 | 0.52 | 0.48 |
| 4 | 0.98 | 0.95 | 0.90 | 0.85 | 0.80 | 0.74 | 0.69 | 0.64 | 0.58 | 0.53 | 0.49 | 0.45 | 0.41 |
| 6 | 0.95 | 0.91 | 0.86 | 0.81 | 0.75 | 0.69 | 0.64 | 0.59 | 0.54 | 0.49 | 0.45 | 0.42 | 0.38 |
| 8 | 0.91 | 0.86 | 0.81 | 0.76 | 0.70 | 0.64 | 0.59 | 0.54 | 0.50 | 0.46 | 0.42 | 0.39 | 0.36 |
| 10 | 0.87 | 0.82 | 0.76 | 0.71 | 0.65 | 0.60 | 0.55 | 0.50 | 0.46 | 0.42 | 0.39 | 0.36 | 0.33 |
| 12 | 0.82 | 0.77 | 0.71 | 0.66 | 0.60 | 0.55 | 0.51 | 0.47 | 0.43 | 0.39 | 0.36 | 0.33 | 0.31 |
| 14 | 0.77 | 0.72 | 0.66 | 0.61 | 0.56 | 0.51 | 0.47 | 0.43 | 0.40 | 0.36 | 0.34 | 0.31 | 0.29 |
| 16 | 0.72 | 0.67 | 0.61 | 0.56 | 0.52 | 0.47 | 0.44 | 0.40 | 0.37 | 0.34 | 0.31 | 0.29 | 0.27 |
| 18 | 0.67 | 0.62 | 0.57 | 0.52 | 0.48 | 0.44 | 0.40 | 0.37 | 0.34 | 0.31 | 0.29 | 0.27 | 0.25 |
| 20 | 0.62 | 0.57 | 0.53 | 0.48 | 0.44 | 0.40 | 0.37 | 0.34 | 0.32 | 0.29 | 0.27 | 0.25 | 0.23 |
| 22 | 0.58 | 0.53 | 0.49 | 0.45 | 0.41 | 0.38 | 0.35 | 0.32 | 0.30 | 0.27 | 0.25 | 0.24 | 0.22 |
| 24 | 0.54 | 0.49 | 0.45 | 0.41 | 0.38 | 0.35 | 0.32 | 0.30 | 0.28 | 0.26 | 0.24 | 0.22 | 0.21 |
| 26 | 0.50 | 0.46 | 0.42 | 0.39 | 0.35 | 0.33 | 0.30 | 0.28 | 0.26 | 0.24 | 0.22 | 0.21 | 0.19 |
| 28 | 0.46 | 0.42 | 0.39 | 0.36 | 0.33 | 0.30 | 0.28 | 0.26 | 0.24 | 0.22 | 0.21 | 0.19 | 0.18 |
| 30 | 0.42 | 0.39 | 0.36 | 0.33 | 0.31 | 0.28 | 0.26 | 0.24 | 0.22 | 0.21 | 0.20 | 0.18 | 0.17 |

**表 3-3-20　影响系数 $\varphi$（砂浆强度等级 M2.5）**

| $\beta$ | $e/h$ 或 $e/h_T$ | | | | | | | | | | | | |
|---|---|---|---|---|---|---|---|---|---|---|---|---|---|
| | 0 | 0.025 | 0.05 | 0.075 | 0.1 | 0.125 | 0.15 | 0.175 | 0.2 | 0.225 | 0.25 | 0.275 | 0.3 |
| ≤3 | 1 | 0.99 | 0.97 | 0.94 | 0.89 | 0.84 | 0.79 | 0.73 | 0.68 | 0.62 | 0.57 | 0.52 | 0.48 |
| 4 | 0.97 | 0.94 | 0.89 | 0.84 | 0.78 | 0.73 | 0.67 | 0.62 | 0.57 | 0.52 | 0.48 | 0.44 | 0.40 |
| 6 | 0.93 | 0.89 | 0.84 | 0.78 | 0.73 | 0.67 | 0.62 | 0.57 | 0.52 | 0.48 | 0.44 | 0.40 | 0.37 |
| 8 | 0.89 | 0.84 | 0.78 | 0.72 | 0.67 | 0.62 | 0.57 | 0.52 | 0.48 | 0.44 | 0.40 | 0.37 | 0.34 |
| 10 | 0.83 | 0.78 | 0.72 | 0.67 | 0.61 | 0.56 | 0.52 | 0.47 | 0.43 | 0.40 | 0.37 | 0.34 | 0.31 |
| 12 | 0.78 | 0.72 | 0.67 | 0.61 | 0.56 | 0.52 | 0.47 | 0.43 | 0.40 | 0.37 | 0.34 | 0.31 | 0.29 |
| 14 | 0.72 | 0.66 | 0.61 | 0.56 | 0.51 | 0.47 | 0.43 | 0.40 | 0.36 | 0.34 | 0.31 | 0.29 | 0.27 |
| 16 | 0.66 | 0.61 | 0.56 | 0.51 | 0.47 | 0.43 | 0.40 | 0.36 | 0.34 | 0.31 | 0.29 | 0.26 | 0.25 |
| 18 | 0.61 | 0.56 | 0.51 | 0.47 | 0.43 | 0.40 | 0.36 | 0.33 | 0.31 | 0.29 | 0.26 | 0.24 | 0.23 |
| 20 | 0.56 | 0.51 | 0.47 | 0.43 | 0.39 | 0.36 | 0.33 | 0.31 | 0.28 | 0.26 | 0.24 | 0.23 | 0.21 |
| 22 | 0.51 | 0.47 | 0.43 | 0.39 | 0.36 | 0.33 | 0.31 | 0.28 | 0.26 | 0.24 | 0.23 | 0.21 | 0.20 |
| 24 | 0.46 | 0.43 | 0.39 | 0.36 | 0.33 | 0.31 | 0.28 | 0.26 | 0.24 | 0.23 | 0.21 | 0.20 | 0.18 |
| 26 | 0.42 | 0.39 | 0.36 | 0.33 | 0.31 | 0.28 | 0.26 | 0.24 | 0.22 | 0.21 | 0.20 | 0.18 | 0.17 |
| 28 | 0.39 | 0.36 | 0.33 | 0.30 | 0.28 | 0.26 | 0.24 | 0.22 | 0.21 | 0.20 | 0.18 | 0.17 | 0.16 |
| 30 | 0.36 | 0.33 | 0.30 | 0.28 | 0.26 | 0.24 | 0.22 | 0.21 | 0.20 | 0.18 | 0.17 | 0.16 | 0.15 |

表 3-3-21  影响系数 $\varphi$（砂浆强度 0）

| $\beta$ | $e/h$ 或 $e/h_T$ | | | | | | | | | | | | |
|---|---|---|---|---|---|---|---|---|---|---|---|---|---|
| | 0 | 0.025 | 0.05 | 0.075 | 0.1 | 0.125 | 0.15 | 0.175 | 0.2 | 0.225 | 0.25 | 0.275 | 0.3 |
| ≤3 | 1 | 0.99 | 0.97 | 0.94 | 0.89 | 0.84 | 0.79 | 0.73 | 0.68 | 0.62 | 0.57 | 0.52 | 0.48 |
| 4 | 0.87 | 0.82 | 0.77 | 0.71 | 0.66 | 0.60 | 0.55 | 0.51 | 0.46 | 0.43 | 0.39 | 0.36 | 0.33 |
| 6 | 0.76 | 0.70 | 0.65 | 0.59 | 0.54 | 0.50 | 0.46 | 0.42 | 0.39 | 0.36 | 0.33 | 0.30 | 0.28 |
| 8 | 0.63 | 0.58 | 0.54 | 0.49 | 0.45 | 0.41 | 0.38 | 0.35 | 0.32 | 0.30 | 0.28 | 0.25 | 0.24 |
| 10 | 0.53 | 0.48 | 0.44 | 0.41 | 0.37 | 0.34 | 0.32 | 0.29 | 0.27 | 0.25 | 0.23 | 0.22 | 0.20 |
| 12 | 0.44 | 0.40 | 0.37 | 0.34 | 0.31 | 0.29 | 0.27 | 0.25 | 0.23 | 0.21 | 0.20 | 0.19 | 0.17 |
| 14 | 0.36 | 0.33 | 0.31 | 0.28 | 0.26 | 0.24 | 0.23 | 0.21 | 0.20 | 0.18 | 0.17 | 0.16 | 0.15 |
| 16 | 0.30 | 0.28 | 0.26 | 0.24 | 0.22 | 0.21 | 0.19 | 0.18 | 0.17 | 0.16 | 0.15 | 0.14 | 0.13 |
| 18 | 0.26 | 0.24 | 0.22 | 0.21 | 0.19 | 0.18 | 0.17 | 0.16 | 0.15 | 0.14 | 0.13 | 0.12 | 0.12 |
| 20 | 0.22 | 0.20 | 0.19 | 0.18 | 0.17 | 0.16 | 0.15 | 0.14 | 0.13 | 0.12 | 0.12 | 0.11 | 0.10 |
| 22 | 0.19 | 0.18 | 0.16 | 0.15 | 0.14 | 0.14 | 0.13 | 0.12 | 0.12 | 0.11 | 0.10 | 0.10 | 0.09 |
| 4 | 0.16 | 0.15 | 0.14 | 0.13 | 0.13 | 0.12 | 0.11 | 0.11 | 0.10 | 0.10 | 0.09 | 0.09 | 0.08 |
| 26 | 0.14 | 0.13 | 0.13 | 0.12 | 0.11 | 0.11 | 0.10 | 0.10 | 0.09 | 0.09 | 0.08 | 0.08 | 0.07 |
| 8 | 0.12 | 0.12 | 0.11 | 0.11 | 0.10 | 0.10 | 0.09 | 0.09 | 0.08 | 0.08 | 0.08 | 0.07 | 0.07 |
| 30 | 0.11 | 0.10 | 0.10 | 0.09 | 0.09 | 0.09 | 0.08 | 0.08 | 0.07 | 0.07 | 0.07 | 0.07 | 0.06 |

计算影响系数 $\varphi$ 或查 $\varphi$ 表时，构件高厚比 $\beta$ 应按下列公式确定：

对矩形截面

$$\beta = \gamma_\beta \times \frac{H_0}{h} \tag{3-3-16}$$

对 T 形截面

$$\beta = \gamma_\beta \times \frac{H_0}{h_T} \tag{3-3-17}$$

式中，$\gamma_\beta$ 为不同砌体材料构件的高厚比修正系数，按表 3-3-22 采用；$H_0$ 为受压构件的计算高度，m，按表 3-3-23 确定；$h$ 为矩形截面轴向力偏心方向的边长，m，当轴心受压时为截面较小边长；$h_T$ 为 T 形截面的折算厚度，m，可近似按 $3.5i$ 计算；$i$ 为截面回转半径，m。

表 3-3-22  高厚比修正系数 $\gamma_\beta$

| 砌体材料类别 | $\gamma_\beta$ | 砌体材料类别 | $\gamma_\beta$ |
|---|---|---|---|
| 烧结普通砖、烧结多孔砖 | 1.0 | 蒸压灰砂砖、蒸压粉煤灰砖、细料石、半细料石 | 1.2 |
| 混凝土及轻骨料混凝土砌块 | 1.1 | 粗料石、毛石 | 1.5 |

注：对灌孔混凝土砌块，$\gamma_\beta$ 取 1.0。

表 3-3-23  受压构件的计算高度 $H_0$

| 房屋类别 | | | 柱 | | 带壁柱墙或周边拉结的墙 | | |
|---|---|---|---|---|---|---|---|
| | | | 排架方向 | 垂直排架方向 | $s>2H$ | $2H \geqslant s>H$ | $s \leqslant H$ |
| 有吊车的单层房屋 | 变截面柱上段 | 弹性方案 | $2.5H_u$ | $1.25H_u$ | $2.5H_u$ | | |
| | | 刚性、刚弹性方案 | $2.0H_u$ | $1.25H_u$ | $2.0H_u$ | | |
| | 变截面柱下段 | | $1.0H_l$ | $0.8H_l$ | $1.0H_l$ | | |
| 无吊车的单层和多层房屋 | 单跨 | 弹性方案 | $1.5H$ | $1.0H$ | $1.5H$ | | |
| | | 刚弹性方案 | $1.2H$ | $1.0H$ | $1.2H$ | | |
| | 多跨 | 弹性方案 | $1.25H$ | $1.0H$ | $1.25H$ | | |
| | | 刚弹性方案 | $1.10H$ | $1.0H$ | $1.1H$ | | |
| | 刚性方案 | | $1.0H$ | $1.0H$ | $1.0H$ | $0.4s+0.2H$ | $0.6s$ |

注：1. 表中 $H_u$ 为变截面柱的上段高度；$H_l$ 为变截面柱的下段高度。

2. 对于上端为自由端的构件，$H_0 = 2H$。

3. 独立砖柱，当无柱间支撑时，柱在垂直排架方向的 $H_0$ 应按表中数值乘以 1.25 后采用。

4. $s$ 为房屋横墙间距。

5. 自承重墙的计算高度应根据周边支承或拉接条件确定。

### 3.3.3.2 无筋矩形截面双向偏心受压构件承载力计算

$$N \leqslant \varphi f A \tag{3-3-18}$$

式中，$N$ 为轴向力设计值，kN；$f$ 为砌体的抗压强度设计值，MPa；$A$ 为砌体截面面积，$m^2$；$\varphi$ 为高厚比 $\beta$ 和轴向力的偏心距 $e$ 对受压构件承载力的影响系数，应按式（3-3-19）～式（3-3-21）计算。

$$\varphi = \cfrac{1}{1 + 12 \left[ \left( \dfrac{e_b + e_{ih}}{b} \right)^2 + \left( \dfrac{e_h + e_{ih}}{h} \right)^2 \right]} \tag{3-3-19}$$

$$e_{ib} = \frac{b}{\sqrt{12}} \sqrt{\frac{1}{\varphi_0} - 1} \left| \frac{\dfrac{e_b}{b}}{\dfrac{e_h}{b} + \dfrac{e_h}{h}} \right| \tag{3-3-20}$$

$$e_{ih} = \frac{h}{\sqrt{12}} \sqrt{\frac{1}{\varphi_0} - 1} \left| \frac{\dfrac{e_h}{h}}{\dfrac{e_b}{b} + \dfrac{e_h}{h}} \right| \tag{3-3-21}$$

式中，$e_b$、$e_h$ 为轴向力在截面重心 $x$ 轴、$y$ 轴方向的偏心距，$e_b$、$e_h$ 宜分别不大于 $0.5x$ 和 $0.5y$；$x$、$y$ 为自截面重心沿 $x$ 轴、$y$ 轴至轴向力所在偏心方向截面边缘的距离；$e_{ib}$、$e_{ih}$ 为轴向力在截面重心 $x$ 轴、$y$ 轴方向的附加偏心距。

当一个方向的偏心率（$e_b/b$ 或 $e_h/h$）不大于另一个方向的偏心率的 5% 时，可简化按另一个方向的单向偏心受压，按单向偏心受压构件的规定确定承载力的影响系数。

### 3.3.3.3 局部受压

（1）砌体截面中受局部均匀压力时的承载力应按下式计算：

$$N_l \leqslant \gamma f A_l \tag{3-3-22}$$

式中，$N_l$ 为局部受压面积上的轴向力设计值；$f$ 为砌体的抗压强度设计值，可不考虑强度调整系数 $\gamma_a$ 的影响；$A_l$ 为局部受压面积；$\gamma$ 为砌体局部抗压强度提高系数，可按（3-3-23）计算。

$$\gamma = 1 + 0.35 \sqrt{\frac{A_0}{A_f} - 1} \tag{3-3-23}$$

式中，$A_0$ 为影响砌体局部抗压强度的计算面积。

计算所得 $\gamma$ 值，尚应符合下列规定：

① 在图 3-3-1(a) 的情况下，$\gamma \leqslant 2.5$；

② 在图 3-3-1(b) 的情况下，$\gamma \leqslant 2.0$；

③ 在图 3-3-1(c) 的情况下，$\gamma \leqslant 1.5$；

④ 在图 3-3-1(d) 的情况下，$\gamma \leqslant 1.25$；

⑤ 对多孔砖砌体和按《砌体结构设计规范》第 6.2.13 条的要求灌孔的砌块砌体，在①、②、③款的情况下，尚应符合 $\gamma \leqslant 1.5$；未灌孔混凝土砌块砌体，$\gamma \leqslant 1.0$。

（2）梁端支承处砌体的局部受压承载力计算

$$\varphi N_0 + N_l \leqslant \eta \gamma f A_l \tag{3-3-24}$$

式中，$\varphi$ 为上部荷载的折减系数，当 $A_0/A_l$ 大于等于 3 时，应取 $\varphi$ 等于 0；$\eta$ 为梁端底面压应力图形的完整系数，可取 0.7，对于过梁和墙梁可取 1.0；$\gamma$ 为砌体局部抗压强度提高系数，可按式（3-3-23）计算。

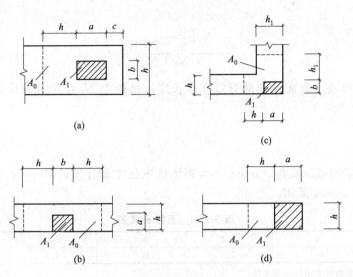

图 3-3-1　影响局部抗压强度的面积 $A_0$

$$\varphi = 1.5 - 0.5 \frac{A_0}{A_1} \qquad (3\text{-}3\text{-}25)$$

当 $A_0/A_1 \geqslant 3$ 时，$\varphi = 0$。

式中，$N_0$ 为局部受压面积内上部轴向力设计值，N，可按式（3-3-26）计算。

$$N_0 = \sigma_0 A_1 \qquad (3\text{-}3\text{-}26)$$

式中，$\sigma_0$ 为上部平均压应力设计值，$\text{N/mm}^2$；$N_1$ 为梁端支承压力设计值，N；$A_1$ 为局部受压面积，$\text{mm}^2$，可按式（3-3-27）计算。

$$A_1 = a_0 b \qquad (3\text{-}3\text{-}27)$$

式中，$a_0$ 为梁端有效支承长度，mm，当 $a_0$ 大于 $a$（$a$ 为梁端实际支承长度，mm）时，应取 $a_0$ 等于 $a$。

$$A_0 = 10 \sqrt{\frac{h_c}{f}} \qquad (3\text{-}3\text{-}28)$$

式中，$b$ 为梁的截面宽度，mm；$h_c$ 为梁的截面高度，mm；$f$ 为砌体的抗压强度设计值，MPa。

（3）预制刚性垫块下的砌体局部受压承载力计算

$$N_0 + N_1 \leqslant \varphi \gamma_1 f A_b \qquad (3\text{-}3\text{-}29)$$

$$N_0 = \sigma_0 A_b \qquad (3\text{-}3\text{-}30)$$

$$\sigma_0 = N_u / A_u \qquad (3\text{-}3\text{-}31)$$

$$A_b = a_b b_b \qquad (3\text{-}3\text{-}32)$$

式中，$N_0$ 为垫块面积 $A_b$ 内上部轴向力设计值，N，按式（3-3-30）计算；$\sigma_0$ 为上部平均压应力设计值，MPa，按式（3-3-31）计算；$N_u$ 为上部荷载传来的轴向设计力，N；$A_u$ 为上部墙体的面积，$\text{mm}^2$；$A_b$ 为垫块面积，$\text{mm}^2$；$\varphi$ 为垫块上 $N_0$ 及 $N_1$ 合力的影响系数；$\gamma_1$ 为垫块外砌体面积的有利影响系数，$\gamma_1$ 应为 $0.8\gamma$，但不小于 1.0，$\gamma$ 为砌体局部抗压强度提高系数，按式（3-3-23）以 $A_b$ 代替 $A_1$ 计算得出；$a_b$ 为垫块伸入墙内的长度，mm；$b_b$ 为垫块的宽度，mm。

由于不考虑纵向弯曲的影响，所以，应按 $\beta \leqslant 3$、$e/h$ 查表 3-3-19～表 3-3-21。其中，$h$ 为垫块伸入墙体内的长度（即 $ab$），$e$ 为 $N_0$ 及 $N_1$ 合力对垫块形心的偏心距，按式（3-3-33）

计算。

$$e=\frac{N_1\left(\dfrac{a_b}{2}-0.4a_0\right)}{N_0+N_1} \tag{3-3-33}$$

式中，$a_0$ 为垫块上表面梁端的有效支撑长度，垫块上 $N_1$ 作用点的位置可取 $0.4a_0$ 处。$a_0$ 计算公式为：

$$a_0=\delta_1\sqrt{\frac{h}{f}} \tag{3-3-34}$$

式中，$h$ 为量的截面高度，mm；$f$ 为砌体抗压强度设计值，MPa；$\delta_1$ 为刚性垫块的影响系数，可按表 3-3-24 采用。

表 3-3-24　系数 $\delta_1$ 值表

| $\sigma_0/f$ | 0 | 0.2 | 0.4 | 0.6 | 0.8 |
|---|---|---|---|---|---|
| $\delta_1$ | 5.4 | 5.7 | 6.0 | 6.9 | 7.8 |

注：表中其间的数值可采用插入法求得。

刚性垫块的构造应符合下列规定：

① 刚性垫块的高度不宜小于 180mm，自梁边算起的垫块挑出长度不宜大于垫块高度 $t_b$；

② 在带壁柱墙的壁柱内设刚性垫块时（图 3-3-2），其计算面积应取壁柱范围内的面积，而不应计算翼缘部分，同时壁柱上垫块伸入翼墙内的长度不应小于 120mm；

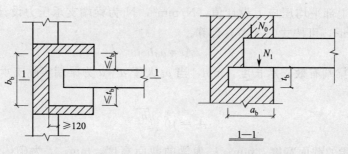

图 3-3-2　壁柱上设有垫块时梁端局部受压示意图

③ 当现浇垫块与梁端整体浇筑时，垫块可在梁高范围内设置。

（4）梁下设有长度大于 $\pi h_0$ 的垫梁时，其下的砌体局部受压承载力（图 3-3-3）计算公式为：

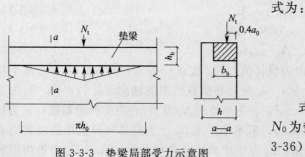

图 3-3-3　垫梁局部受力示意图

$$N_0+N_1\leqslant 2.4\delta_2 fb_b h_0 \tag{3-3-35}$$

$$N_0=\pi b_b h_0\sigma_0/2 \tag{3-3-36}$$

$$h_0=2\sqrt[3]{\frac{E_b I_b}{Eh}} \tag{3-3-37}$$

式中，$N_1$ 为梁端支承压力设计值，N；$N_0$ 为垫梁上部轴向力设计值，N，按式（3-3-36）计算；$b_b$ 为垫梁在墙厚方向的宽度，mm；$\delta_2$ 为当荷载沿墙厚方向均匀分布时 $\delta_2$ 取 1.0，不均匀时 $\delta_2$ 可取 0.8；$h_0$ 为垫梁折算高度，mm；$E_b$、$I_b$ 分别为垫梁的混凝土弹性模量和截面惯性矩；$E$ 为砌体的弹性模量；$h$ 为墙厚，mm。

对于矩形截面垫梁，$I_{\mathrm{b}} = \frac{1}{12} b_{\mathrm{b}} h_{\mathrm{b}}^3$，则式（3-3-37）可简化为：

$$h_0 = 0.9h \sqrt[3]{\frac{E_{\mathrm{b}}}{E}} \qquad (3\text{-}3\text{-}38)$$

式中，$h_{\mathrm{b}}$ 为垫梁的高度，mm。

### 3.3.3.4  轴心受拉、受弯和受剪构件

（1）轴心受拉构件  轴心受拉构件的承载力计算：

$$N_{\mathrm{t}} \leqslant f_{\mathrm{t}} A \qquad (3\text{-}3\text{-}39)$$

式中，$N_{\mathrm{t}}$ 为轴心拉力设计值，kN；$f_{\mathrm{t}}$ 为砌体的轴心抗拉强度设计值，MPa；$A$ 为砌体截面面积，$mm^2$。

（2）轴心受弯构件  无筋砌体正截面受弯承载力计算：

$$M \leqslant f_{\mathrm{tm}} W \qquad (3\text{-}3\text{-}40)$$

式中，$M$ 为弯矩设计值，kN·m；$f_{\mathrm{tm}}$ 为砌体弯曲抗拉强度设计值，MPa；$W$ 为截面抵抗矩，$cm^3$。

无筋砌体受弯构件的受剪承载力（斜截面受剪）计算：

$$V \leqslant f_{\mathrm{v}} bz \qquad (3\text{-}3\text{-}41)$$
$$z = I/S \qquad (3\text{-}3\text{-}42)$$

式中，$V$ 为剪力设计值，kN；$f_{\mathrm{v}}$ 为砌体的抗剪强度设计值，MPa；$b$ 为截面宽度；$z$ 为内力臂，当截面为矩形时取 $z$ 等于 $2h/3$；$I$ 为截面惯性矩，$cm^4$；$S$ 为截面面积矩，$cm^3$。

（3）轴心受剪构件  沿通缝或沿阶梯截面破坏时受剪构件的承载力计算公式：

$$V \leqslant (f_{\mathrm{v}} + \alpha\mu\sigma_0) A \qquad (3\text{-}3\text{-}43)$$

式中，$V$ 为截面剪力设计值，kN；$A$ 为水平截面面积，当有孔洞时，取净截面面积；$f_{\mathrm{v}}$ 为砌体抗剪强度设计值，MPa，对灌孔的混凝土砌块砌体取 $f_{\mathrm{vG}}$；$\mu$ 为剪压复合受力影响系数，按式（3-3-44）和式（3-3-45）取值；$\alpha$ 为修正系数；当 $\gamma_{\mathrm{G}} = 1.2$ 时，砖砌体取 0.60，混凝土砌块砌体取 0.64；当 $\gamma_{\mathrm{G}} = 1.35$ 时，砖砌体取 0.64，混凝土砌块砌体取 0.66；$\alpha$ 与 $\mu$ 的乘积可查表 3-3-25；$\sigma_0$ 为永久荷载设计值产生的水平截面平均压应力。

当 $\gamma_{\mathrm{G}} = 1.2$ 时，

$$\mu = 0.26 - 0.082 \frac{\sigma_0}{f} \qquad (3\text{-}3\text{-}44)$$

当 $\gamma_{\mathrm{G}} = 1.35$ 时，

$$\mu = 0.23 - 0.065 \frac{\sigma_0}{f} \qquad (3\text{-}3\text{-}45)$$

式中，$f$ 为砌体的抗压强度设计值；$\sigma_0/f$ 为轴压比，且不大于 0.8。

表 3-3-25  当 $\gamma_{\mathrm{G}} = 1.2$ 及 $\gamma_{\mathrm{G}} = 1.35$ 时 $\alpha\mu$ 值

| $\gamma_{\mathrm{G}}$ | $\sigma_0/f$ | 0.1 | 0.2 | 0.3 | 0.4 | 0.5 | 0.6 | 0.7 | 0.8 |
|---|---|---|---|---|---|---|---|---|---|
| 1.2 | 砖砌体 | 0.15 | 0.15 | 0.14 | 0.14 | 0.13 | 0.13 | 0.12 | 0.12 |
| | 砌块砌体 | 0.16 | 0.16 | 0.15 | 0.15 | 0.14 | 0.13 | 0.13 | 0.12 |
| 1.35 | 砖砌体 | 0.14 | 0.14 | 0.13 | 0.13 | 0.13 | 0.12 | 0.12 | 0.11 |
| | 砌块砌体 | 0.15 | 0.14 | 0.14 | 0.13 | 0.13 | 0.13 | 0.12 | 0.12 |

### 3.3.3.5  砌体结构构造的一般要求

（1）墙、柱的允许高厚比 $[\beta]$ 值（表 3-3-26）

---

表 3-3-26　墙、柱的允许高厚比 $[\beta]$ 值

| 砂浆强度等级 | 墙 | 柱 |
|---|---|---|
| M2.5 | 22 | 15 |
| M5.0 | 24 | 16 |
| ≥M7.5 | 26 | 17 |

注：1. 毛石墙、柱允许高厚比应按表中数值降低20%。

2. 组合砖砌体构件的允许高厚比，可按表中数值提高20%，但不得大于28。

3. 验算施工阶段砂浆尚未硬化的新砌体高厚比时，允许高厚比对墙取14，对柱取11。

（2）墙柱所用材料最低强度等级　五层及五层以上房屋的墙，以及受振动或层高大于6m的墙、柱所用材料的最低强度等级，应符合表3-3-27的要求。

表 3-3-27　墙柱所用材料最低强度等级

| 序号 | 墙柱材料 | 最低等级要求 | 序号 | 墙柱材料 | 最低等级要求 |
|---|---|---|---|---|---|
| 1 | 砖 | MU10 | 3 | 石材 | MU30 |
| 2 | 砌块 | MU7.5 | 4 | 砂浆 | M5 |

注：对安全等级为一级或设计使用年限大于50年的房屋，墙、柱所用材料的最低强度等级应至少提高一级。

（3）地面以下或防潮层以下的砌体、潮湿房间墙所用材料的最低强度等级（表3-3-28）

表 3-3-28　地面以下或防潮层以下的砌体、潮湿房间墙所用材料的最低强度等级

| 基土的潮湿程度 | 烧结普通砖、蒸压灰砂砖 | | 混凝土砌块 | 石材 | 水泥砂浆 |
|---|---|---|---|---|---|
| | 严寒地区 | 一般地区 | | | |
| 稍潮湿的 | MU10 | MU10 | MU7.5 | MU30 | M5 |
| 很潮湿的 | MU15 | MU10 | MU7.5 | MU30 | M7.5 |
| 含水饱和的 | MU20 | MU15 | MU10 | MU40 | M10 |

注：1. 在冻胀地区，地面以下或防潮层以下的砌体，不宜采用多孔砖，如采用时，其孔洞应用水泥砂浆灌实。当采用混凝土砌块砌体时，其孔洞应采用强度等级不低于Cb20的混凝土灌实；

2. 对安全等级为一级或设计使用年限大于50年的房屋，表中材料强度等级应至少提高一级。

（4）砌体房屋伸缩缝的最大间距（表3-3-29）

表 3-3-29　砌体房屋伸缩缝的最大间距　　　　　　　　　　单位：m

| 屋盖或楼盖类别 | | 间距 |
|---|---|---|
| 整体式或装配整体式 | 有保温层或隔热层的屋盖、楼盖 | 50 |
| 钢筋混凝土结构 | 无保温层或隔热层的屋盖 | 40 |
| 装配式无檩体系 | 有保温层或隔热层的屋盖、楼盖 | 60 |
| 钢筋混凝土结构 | 无保温层或隔热层的屋盖 | 50 |
| 装配式有檩体系 | 有保温层或隔热层的屋盖 | 75 |
| 钢筋混凝土结构 | 无保温层或隔热层的屋盖 | 60 |
| 瓦材屋盖、木屋盖或楼盖、轻钢屋盖 | | 100 |

注：1. 对烧结普通砖、多孔砖、配筋砌块砌体房屋取表中数值；对石砌体、蒸压灰砂砖、蒸压粉煤灰砖和混凝土砌块房屋取表数值乘以0.8的系数。当有实践经验并采取有效措施时，可不遵守本表规定。

2. 在钢筋混凝土屋面上挂瓦的屋盖应按钢筋混凝土屋盖采用。

3. 按本表设置的墙体伸缩缝，一般不能同时防止由于钢筋混凝土屋盖的温度变形和砌体干缩变形引起的墙体局部裂缝。

4. 层高大于5m的烧结普通砖、多孔砖、配筋砌块砌体结构单层房屋，其伸缩缝间距可按表中数值乘以1.3。

5. 温差较大且变化频繁地区和严寒地区不采暖的房屋及构筑物墙体的伸缩缝的最大间距，应按表中数值予以适当减小。

6. 墙体的伸缩缝应与结构的其他变形缝相重合，在进行立面处理时，必须保证缝隙的伸缩作用。

## 3.3.4 网状配筋砖砌体受压构件承载力计算

### 3.3.4.1 网状配筋砖砌体受压构件说明

(1) 偏心距超过截面核心范围，对于矩形截面即 $e/h>0.17$ 时或偏心距虽未超过截面核心范围，但构件的高厚比 $\beta>16$ 时，不宜采用网状配筋砖砌体构件；

(2) 对矩形截面构件，当轴向力偏心方向的截面边长大于另一方向的边长时，除按偏心受压计算外，还应对较小边长方向按轴心受压进行验算；

(3) 当网状配筋砖砌体构件下端与无筋砌体交接时，尚应验算交接处无筋砌体的局部受压承载力。

### 3.3.4.2 网状配筋砖砌体构件的构造规定

(1) 网状配筋砖砌体中的体积配筋率，不应小于 0.1%，并不应大于 1%；

(2) 采用钢筋网时，钢筋的直径宜采用 3~4mm；当采用连弯钢筋网时，钢筋的直径不应大于 8mm；

(3) 钢筋网中钢筋的间距，不应大于 120mm，并不应小于 30mm；

(4) 钢筋网的竖向间距，不应大于五皮砖，并不应大于 400mm；

(5) 网状配筋砖砌体所用的砂浆强度等级不应低于 M7.5；钢筋网应设置在砌体的水平灰缝中，灰缝厚度应保证钢筋上下至少各有 2mm 厚的砂浆层。

### 3.3.4.3 网状配筋砖砌体受压构件的承载力计算

$$N \leqslant \varphi_n f_n A \tag{3-3-46}$$

$$f_n = +2\left(1-\frac{2e}{y}\right)\frac{\rho}{100}f_y \tag{3-3-47}$$

$$e=\frac{M}{N} \tag{3-3-48}$$

$$\rho=(V_s/V)\times100\% \tag{3-3-49}$$

$$\varphi_n = \frac{1}{1+12\left[\dfrac{e}{h}+\sqrt{\dfrac{1}{12}\left(\dfrac{1}{\varphi_{0n}}-1\right)}\right]^2} \tag{3-3-50}$$

$$\varphi_{0n} = \frac{1}{1+\dfrac{1+3\rho}{667}\beta^2} \tag{3-3-51}$$

式中，$N$ 为轴向力设计值，N；$A$ 为截面面积，$mm^2$；$f_n$ 为网状配筋砖砌体的抗压强度设计值，按式(3-3-47)计算；$e$ 为轴向力的偏心距，按式(3-3-48)计算；$M$ 为作用在受压构件上的弯矩，kN·m；$N$ 为受压构件轴向力设计值，kN；$y$ 为截面形心到受压较大边缘的距离，mm；对矩形截面，$y=h/2$；$h$ 为偏心方向的截面高度，mm；$\rho$ 为体积配筋率，按式(3-3-49)计算；$V_s$、$V$ 分别为钢筋和砌体的体积，$mm^3$；$A_s$ 为钢筋组成方格网的截面面积，$mm^2$，当采用截面面积为 $A_s$ 的钢筋组成的方格网 [图 3-3-4(a)]，网格尺寸为 $a$ 和钢筋网的竖向间距为 $S_n$ 时，$\rho=2A_s100/(a\cdot S_n)$；$a$ 为格网尺寸；$S_n$ 为钢筋网的间距，当采用连弯钢筋网 [图 3-3-4(b)] 时，网的钢筋方向应互相垂直，沿砌体高度交错设置；$S_n$ 取同一方向网的间距；$f_y$ 为钢筋抗拉强度设计值；当 $f_y>320MPa$ 时，仍采用 320MPa；$\varphi_n$ 为高厚比和配筋率以及轴向力的偏心距对网状配筋砖砌体受压构件承载力的影响系数，可按式(3-3-50)计算；$\varphi_{0n}$ 为网状配筋砖砌体受压构件的稳定系数，可按式(3-3-51)计算。

此外，网状配筋砖砌体矩形截面单向偏心受压构件承载力的影响系数 $\varphi_n$ 还可直接查表 3-3-30。

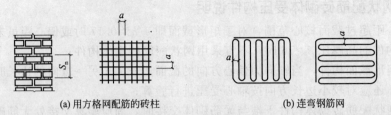

(a) 用方格网配筋的砖柱　　　　　　　　　(b) 连弯钢筋网

图 3-3-4　网状配筋砌体

表 3-3-30　影响系数 $\varphi_n$

| $\rho$ | $e/h$ $\beta$ | 0 | 0.05 | 0.10 | 0.15 | 0.17 |
|---|---|---|---|---|---|---|
| 0.1 | 4 | 0.97 | 0.89 | 0.78 | 0.67 | 0.63 |
| | 6 | 0.93 | 0.84 | 0.73 | 0.62 | 0.58 |
| | 8 | 0.89 | 0.78 | 0.67 | 0.57 | 0.53 |
| | 10 | 0.84 | 0.72 | 0.62 | 0.52 | 0.48 |
| | 12 | 0.78 | 0.67 | 0.56 | 0.48 | 0.44 |
| | 14 | 0.72 | 0.61 | 0.52 | 0.44 | 0.41 |
| | 16 | 0.67 | 0.56 | 0.47 | 0.40 | 0.37 |
| 0.3 | 4 | 0.96 | 0.87 | 0.76 | 0.65 | 0.61 |
| | 6 | 0.91 | 0.80 | 0.69 | 0.59 | 0.55 |
| | 8 | 0.84 | 0.74 | 0.62 | 0.53 | 0.49 |
| | 10 | 0.78 | 0.67 | 0.56 | 0.47 | 0.44 |
| | 12 | 0.71 | 0.60 | 0.51 | 0.43 | 0.40 |
| | 14 | 0.64 | 0.54 | 0.46 | 0.38 | 0.36 |
| | 16 | 0.58 | 0.49 | 0.41 | 0.35 | 0.32 |
| 0.5 | 4 | 0.94 | 0.85 | 0.74 | 0.63 | 0.59 |
| | 6 | 0.88 | 0.77 | 0.66 | 0.56 | 0.52 |
| | 8 | 0.81 | 0.69 | 0.59 | 0.50 | 0.46 |
| | 10 | 0.73 | 0.62 | 0.52 | 0.44 | 0.41 |
| | 12 | 0.65 | 0.55 | 0.46 | 0.39 | 0.36 |
| | 14 | 0.58 | 0.49 | 0.41 | 0.35 | 0.32 |
| | 16 | 0.51 | 0.43 | 0.36 | 0.31 | 0.29 |
| 0.7 | 4 | 0.93 | 0.83 | 0.72 | 0.61 | 0.57 |
| | 6 | 0.86 | 0.75 | 0.63 | 0.53 | 0.50 |
| | 8 | 0.77 | 0.66 | 0.56 | 0.47 | 0.43 |
| | 10 | 0.68 | 0.58 | 0.49 | 0.41 | 0.38 |
| | 12 | 0.60 | 0.50 | 0.42 | 0.36 | 0.33 |
| | 14 | 0.52 | 0.44 | 0.37 | 0.31 | 0.30 |
| | 16 | 0.46 | 0.38 | 0.33 | 0.28 | 0.26 |
| 0.9 | 4 | 0.92 | 0.82 | 0.71 | 0.60 | 0.56 |
| | 6 | 0.83 | 0.72 | 0.61 | 0.52 | 0.48 |
| | 8 | 0.73 | 0.63 | 0.53 | 0.45 | 0.42 |
| | 10 | 0.64 | 0.54 | 0.46 | 0.38 | 0.36 |
| | 12 | 0.55 | 0.47 | 0.39 | 0.33 | 0.31 |
| | 14 | 0.48 | 0.40 | 0.34 | 0.29 | 0.27 |
| | 16 | 0.41 | 0.35 | 0.30 | 0.25 | 0.24 |

| $\rho$ | $e/h$<br>$\beta$ | 0 | 0.05 | 0.10 | 0.15 | 0.17 |
|---|---|---|---|---|---|---|
| | 4 | 0.91 | 0.81 | 0.70 | 0.59 | 0.55 |
| | 6 | 0.82 | 0.71 | 0.60 | 0.51 | 0.47 |
| | 8 | 0.72 | 0.61 | 0.52 | 0.43 | 0.41 |
| 1.0 | 10 | 0.62 | 0.53 | 0.44 | 0.37 | 0.35 |
| | 12 | 0.54 | 0.45 | 0.38 | 0.32 | 0.30 |
| | 14 | 0.46 | 0.39 | 0.33 | 0.28 | 0.26 |
| | 16 | 0.39 | 0.34 | 0.28 | 0.24 | 0.23 |

## 3.3.5 组合砖砌体构件承载力计算

### 3.3.5.1 组合砖砌体轴心受压构件的承载力计算

$$N \leqslant \varphi_{com}(fA + f_c A_c + \eta_s f'_y A'_s) \tag{3-3-52}$$

式中，$\varphi_{com}$ 为组合砖砌体构件的稳定系数，可按表 3-3-31 采用；$A$ 为砖砌体的截面面积；$f_c$ 为混凝土或面层水泥砂浆的轴心抗压强度设计值，砂浆的轴心抗压强度设计值可取为同强度等级混凝土的轴心抗压强度设计值的 70%，当砂浆为 M15 时，取 5.2MPa；当砂浆为 M10 时，取 3.5MPa；当砂浆为 M7.5 时，取 2.6MPa；$A_c$ 为混凝土或砂浆面层的截面面积；$\eta_s$ 为受压钢筋的强度系数，当为混凝土面层时，可取 1.0；当为砂浆面层时可取 0.9；$f'_y$ 为钢筋的抗压强度设计值；$A'_s$ 为受压钢筋的截面面积。

**表 3-3-31　组合砖砌体构件的稳定系数 $\varphi_{com}$**

| 高厚比 $\beta$ | 配筋率 $\rho/\%$ | | | | | |
|---|---|---|---|---|---|---|
| | 0 | 0.2 | 0.4 | 0.6 | 0.8 | $\geqslant 1.0$ |
| 8 | 0.91 | 0.93 | 0.95 | 0.97 | 0.99 | 1.00 |
| 10 | 0.87 | 0.90 | 0.92 | 0.94 | 0.96 | 0.98 |
| 12 | 0.82 | 0.85 | 0.88 | 0.91 | 0.93 | 0.95 |
| 14 | 0.77 | 0.80 | 0.83 | 0.86 | 0.89 | 0.92 |
| 16 | 0.72 | 0.75 | 0.78 | 0.81 | 0.84 | 0.87 |
| 18 | 0.67 | 0.70 | 0.73 | 0.76 | 0.79 | 0.81 |
| 20 | 0.62 | 0.65 | 0.68 | 0.71 | 0.73 | 0.75 |
| 22 | 0.58 | 0.61 | 0.64 | 0.66 | 0.68 | 0.70 |
| 24 | 0.54 | 0.57 | 0.59 | 0.61 | 0.63 | 0.65 |
| 26 | 0.50 | 0.52 | 0.54 | 0.56 | 0.58 | 0.60 |
| 28 | 0.46 | 0.48 | 0.50 | 0.52 | 0.54 | 0.56 |

注：组合砖砌体构件截面的配筋率 $\rho = A'_s/(bh)$。

### 3.3.5.2 组合砖砌体偏心受压构件的承载力计算

$$N \leqslant fA' + f_c A'_c + \eta_s f'_y A'_s - \sigma_s A_s \tag{3-3-53}$$

或：

$$N e_N \leqslant f S_s + f_c S_c + \eta_s f'_y A'_s (h_0 - a'_s) \tag{3-3-54}$$

此时受压区的高度 $x$ 可按下列公式确定：

$$f S_N + f_c S_{c,N} + \eta_s f'_y A'_s e'_N - \sigma_s A_s e_N = 0 \tag{3-3-55}$$

$$e_N = e + e_a + (h/2 - a_s) \tag{3-3-56}$$

$$e'_N = e + e_a - (h/2 - a'_s) \tag{3-3-57}$$

$$e_a = \frac{\beta^2 h}{2200}(1 - 0.022\beta) \qquad (3\text{-}3\text{-}58)$$

式中，$\sigma_s$ 为钢筋 $A_s$ 的应力，其取值见式(3-3-59)、式(3-3-60)；$A_s$ 为距轴向力 $N$ 较远侧钢筋的截面面积；$A'$ 为砖砌体受压部分的面积；$A'_c$ 为混凝土或砂浆面层受压部分的面积；$S_s$ 为砖砌体受压部分的面积对钢筋 $A_s$ 重心的面积矩；$S_c$ 为混凝土或砂浆面层受压部分的面积对钢筋 $A_s$ 重心的面积矩；$S_N$ 为砖砌体受压部分的面积对轴向力 $N$ 作用点的面积矩；$S_{c,N}$ 为混凝土或砂浆面层受压部分的面积对轴向力 $N$ 作用点的面积矩；$e_N$、$e'_N$ 分别为钢筋 $A_s$ 和 $A'_s$ 重心至轴向力 $N$ 作用点的距离（如图 3-3-5）；$e$ 为轴向力的初始偏心距，按荷载设计值

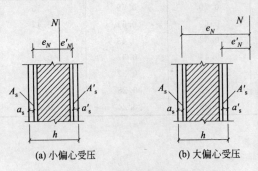

(a) 小偏心受压　　　　(b) 大偏心受压

图 3-3-5　组合砖砌体偏心受压构件

计算，当 $e < 0.05h$ 时，应取 $e = 0.05h$；$e_a$ 为组合砖砌体构件在轴向力作用下的附加偏心距；$h_0$ 为组合砖砌体构件截面的有效高度，取 $h_0 = h - a_s$；$a_s$、$a'_s$ 分别为钢筋 $A_s$ 和 $A'_s$ 重心至截面较近边的距离。

组合砖砌体钢筋 $A_s$ 的应力（单位为 MPa，正值为拉应力，负值为压应力）应按下列规定计算：

小偏心受压 [图 3-3-5(a)] 时，即 $\varepsilon > \varepsilon_b$：

$$\sigma_s = 650 - 800\varepsilon, \quad -f'_y \leqslant \sigma_s \leqslant f_y \qquad (3\text{-}3\text{-}59)$$

大偏心受压 [图 3-3-5(b)] 时，即 $\varepsilon \leqslant \varepsilon_b$：

$$\sigma_s = f_y, \quad \varepsilon = x/h_0 \qquad (3\text{-}3\text{-}60)$$

式中，$\varepsilon$ 为组合砖砌体构件截面的相对受压区高度；$f_y$ 为钢筋的抗拉强度设计值；$x$ 表示受压高度。

组合砖砌体构件受压区相对高度的界限值 $\varepsilon_b$，对于 HPB235 级钢筋，应取 0.55；对于 HRB335 级钢筋，应取 0.425。

### 3.3.5.3　组合砖砌体构件的构造要求

(1) 面层混凝土强度等级宜采用 C20。面层水泥砂浆强度等级不宜低于 M10。砌筑砂浆的强度等级不宜低于 M7.5。

(2) 竖向受力钢筋的混凝土保护层厚度，不应小于表 3-3-32 中的规定。竖向受力钢筋距砖砌体表面的距离不应小于 5mm。

表 3-3-32　混凝土保护层最小厚度　　　　　　　　　单位：mm

| 环境条件<br>构件类别 | 室内正常环境 | 露天或室内潮湿环境 |
| --- | --- | --- |
| 墙 | 15 | 25 |
| 柱 | 25 | 35 |

注：当面层为水泥砂浆时，对于柱，保护层厚度可减小 5mm。

(3) 砂浆面层的厚度，可采用 30～45mm。当面层厚度大于 45mm 时，其面层宜采用混凝土。

(4) 竖向受力钢筋宜采用 HPB235 级钢筋，对于混凝土面层，亦可采用 HRB335 级钢筋。受压钢筋一侧的配筋率，对砂浆面层，不宜小于 0.1%，对混凝土面层，不宜小于 0.2%。受拉钢筋的配筋率，不应小于 0.1%。竖向受力钢筋的直径，不应小于 8mm，钢筋

的净间距，不应小于 30mm。

(5) 箍筋的直径，不宜小于 4mm 及 0.2 倍的受压钢筋直径，并不宜大于 6mm。箍筋的间距，不应大于 20 倍受压钢筋的直径及 500mm，并不应小于 120mm。

(6) 当组合砖砌体构件一侧的竖向受力钢筋多于 4 根时，应设置附加箍筋或拉结钢筋。

(7) 对于截面长短边相差较大的构件如墙体等，应采用穿通墙体的拉结钢筋作为箍筋，同时设置水平分布钢筋。水平分布钢筋的竖向间距及拉结钢筋的水平间距，均不应大于 500mm（图 3-3-6）。

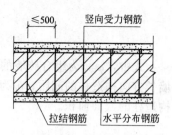

图 3-3-6　混凝土或砂浆
面层组合墙

(8) 组合砖砌体构件的顶部及底部，以及牛腿部位，必须设置钢筋混凝土垫块。竖向受力钢筋伸入垫块的长度，必须满足锚固要求。

### 3.3.5.4　砖砌体和钢筋混凝土构造柱组成的组合砖墙轴心受压承载力计算

(1) 组合砖墙的材料和构造要求　砖砌体和钢筋混凝土构造柱组成的组合砖墙截面见图 3-3-7，其材料和构造要求如下：

① 砂浆的强度等级不应低于 M5，构造柱的混凝土强度等级不宜低于 C20。

② 柱内竖向受力钢筋的混凝土保护层厚度，应符合表 3-3-32 的规定。

③ 构造柱的截面尺寸不宜小于 240mm×240mm，其厚度不应小于墙厚，边柱、角柱的截面宽度宜适当加大。柱内竖向受力钢筋，对于中柱，不宜少于 4$\phi$12；对于边柱、角柱，不宜少于 4$\phi$14。构造柱的竖向受力钢筋的直径也不宜大于 16mm。其箍筋，一般部位宜采用 $\phi$6、间距 200mm，楼层上下 500mm 范围内宜采用 $\phi$6、间距 100mm。构造柱的竖向受力钢筋应在基础梁和楼层圈梁中锚固，并应符合受拉钢筋的锚固要求。

④ 组合砖墙砌体结构房屋，应在纵横墙交接处、墙端部和较大洞口的洞边设置构造柱，其间距不宜大于 4m。各层洞口宜设置在相应位置，并宜上下对齐。

⑤ 组合砖墙砌体结构房屋应在基础顶面、有组合墙的楼层处设置现浇钢筋混凝土圈梁。圈梁的截面高度不宜小于 240mm；纵向钢筋不宜小于 4$\phi$12，纵向钢筋应伸入构造柱内，并应符合受拉钢筋的锚固要求；圈梁的箍筋宜采用 $\phi$6、间距 200mm。

⑥ 砖砌体与构造柱的连接处应砌成马牙槎，并应沿墙高每隔 500mm 设 2$\phi$6 拉结钢筋，且每边伸入墙内不宜小于 600mm。

⑦ 组合砖墙的施工程序应为先砌墙后浇混凝土构造柱。

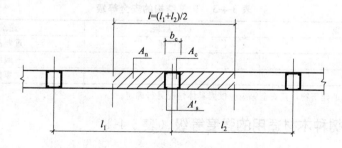

图 3-3-7　砖砌体和构造柱组合墙截面

(2) 组合砖墙轴心受压承载力计算

$$N \leqslant \varphi_{com}[fA_n + \eta(f_c A_c + f'_y A'_c)] \tag{3-3-61}$$

$$\eta=\left[\dfrac{1}{\dfrac{l}{b_c}-3}\right]^{\frac{1}{4}}$$

(3-3-62)

式中，$\varphi_{com}$ 为组合砖墙的稳定系数；$\eta$ 为强度系数，当 $l/b_c<4$ 时，取 $l/b_c=4$；$l$ 为沿墙长方向构造柱的间距；$b_c$ 为沿墙长方向构造柱的宽度；$A_n$ 为砖砌体的净截面面积；$A_c$ 为构造柱的截面面积。

# 3.4 木结构计算用表及计算公式

## 3.4.1 木结构计算用表

### 3.4.1.1 普通木结构构件的材质等级

普通木结构构件设计时，应根据构件的主要用途按表 3-4-1 的要求选用相应的材质等级。

**表 3-4-1 普通木结构构件的材质等级**

| 项次 | 主要用途 | 材质等级 |
|---|---|---|
| 1 | 受拉或拉弯构件 | Ⅰa |
| 2 | 受弯或压弯构件 | Ⅱa |
| 3 | 受压构件及次要受弯构件(如吊顶小龙骨等) | Ⅲa |

### 3.4.1.2 木结构的设计使用年限（表 3-4-2）

**表 3-4-2 设计使用年限**

| 类别 | 设计使用年限 | 示 例 |
|---|---|---|
| 1 | 5 年 | 临时性结构 |
| 2 | 25 年 | 易于替换的结构构件 |
| 3 | 50 年 | 普通房屋和一般构筑物 |
| 4 | 100 年及以上 | 纪念性建筑物和特别重要建筑结构 |

### 3.4.1.3 建筑结构的安全等级

根据建筑结构破坏后果的严重程度，建筑结构划分为三个安全等级。设计时应根据具体情况，按表 3-4-3 规定选用相应的安全等级。

**表 3-4-3 建筑结构的安全等级**

| 安全等级 | 破坏后果 | 建筑物类型 |
|---|---|---|
| 一级 | 很严重 | 重要的建筑物 |
| 二级 | 严重 | 一般的建筑物 |
| 三级 | 不严重 | 次要的建筑物 |

注：对有特殊要求的建筑物，其安全等级应根据具体情况另行确定。

### 3.4.1.4 针叶树种木材适用的强度等级（表 3-4-4）

**表 3-4-4 针叶树种木材适用的强度等级**

| 强度等级 | 组别 | 适 用 树 种 |
|---|---|---|
| TC17 | A | 柏木、长叶松、湿地松、粗皮落叶松 |
| | B | 东北落叶松、欧洲赤松、欧洲落叶松 |

| 强度等级 | 组别 | 适 用 树 种 |
|---|---|---|
| TC15 | A | 铁杉、油杉、太平洋海岸黄柏、花旗松-落叶松、西部铁杉南方松 |
| | B | 鱼鳞云杉、西南云杉、南亚松 |
| TC13 | A | 油松、新疆落叶松、云南松、马尾松、扭叶松、北美落叶松海岸松 |
| | B | 红皮云杉、丽江云杉、樟子松、红松、西加云杉、俄罗斯红松欧洲云杉、北美山地云杉、北美短叶松 |
| TC11 | A | 西北云杉、新疆云杉、北美黄松、云杉-松-冷杉、铁冷杉-东部铁杉、杉木 |
| | B | 冷杉、速生杉木、速生马尾松、新西兰辐射松 |

### 3.4.1.5 阔叶树种木材适用的强度等级（表 3-4-5）

**表 3-4-5 阔叶树种木材适用的强度等级**

| 强度等级 | 适 用 树 种 |
|---|---|
| TB20 | 青冈、枫木、门格里斯木、卡普木、沉水稍克隆、绿心木、紫心木、孪叶豆、塔特布木 |
| TB17 | 栎木、达荷玛木、萨佩莱木、苦油树、毛罗藤黄 |
| TB15 | 锥栗（栲木）、桦木、黄梅兰蒂、梅萨瓦木、水曲柳、红劳罗木 |
| TB13 | 深红梅兰蒂、浅红梅兰蒂、白梅兰蒂、巴西红厚壳木 |
| TB11 | 大叶椴、小叶椴 |

### 3.4.1.6 木材的强度设计值和弹性模量（表 3-4-6）

**表 3-4-6 木材的强度设计值和弹性模量**　　　　　　单位：MPa

| 强度等级 | 组别 | 抗弯 $f_m$ | 顺纹抗压及承压 $f_c$ | 顺纹抗拉 $f_t$ | 顺纹抗剪 $f_v$ | 横纹承压 $f_{c,90}$ | | | 弹性模量 $E$ |
|---|---|---|---|---|---|---|---|---|---|
| | | | | | | 全表面 | 局部裹面和齿面 | 拉力螺栓垫板下 | |
| TC17 | A | 17 | 16 | 10 | 1.7 | 2.3 | 3.5 | 4.6 | 10000 |
| | B | | 15 | 9.5 | 1.6 | | | | |
| TC15 | A | 15 | 13 | 9.0 | 1.6 | 2.1 | 3.1 | 4.2 | 10000 |
| | B | | 12 | 9.0 | 1.5 | | | | |
| TC13 | A | 13 | 12 | 8.5 | 1.5 | 1.9 | 2.9 | 3.8 | 10000 |
| | B | | 10 | 8.0 | 1.4 | | | | 9000 |
| TC11 | A | 11 | 10 | 7.5 | 1.4 | 1.8 | 2.7 | 3.6 | 9000 |
| | B | | 10 | 7.0 | 1.2 | | | | |
| TB20 | — | 20 | 18 | 12 | 2.8 | 4.2 | 6.3 | 8.4 | 12000 |
| TB17 | — | 17 | 16 | 11 | 2.4 | 3.8 | 5.7 | 7.6 | 11000 |
| TB15 | — | 15 | 14 | 10 | 2.0 | 3.1 | 4.7 | 6.2 | 10000 |
| TB13 | — | 13 | 12 | 9.0 | 1.4 | 2.4 | 3.6 | 4.8 | 8000 |
| TB11 | — | 11 | 10 | 8.0 | 1.3 | 2.1 | 3.2 | 4.1 | 7000 |

注：1. 计算木构件端部（如接头处）的拉力螺栓垫板时，木材横纹承压强度设计值应按"局部裹面和齿面"一栏的数值采用。

2. 当采用原木时，若验算部位未经切削，其顺纹抗压、抗弯强度设计值和弹性模量可提高 15%。

3. 当构件矩形截面的短边尺寸不小于 150mm 时，其强度设计值可提高 10%。

4. 当采用湿材时，各种木材的横纹承压强度设计值和弹性模量以及落叶松木材的抗弯强度设计值宜降低 10%。

### 3.4.1.7 不同使用条件下木材强度设计值和弹性模量的调整系数（表 3-4-7）

**表 3-4-7 不同使用条件下木材强度设计值和弹性模量的调整系数**

| 使 用 条 件 | 调 整 系 数 | |
|---|---|---|
| | 强度设计值 | 弹性模量 |
| 露天环境 | 0.9 | 0.85 |
| 长期生产性高温环境,木材表面温度达 40～50℃ | 0.8 | 0.8 |

| 使 用 条 件 | 调 整 系 数 | |
|---|---|---|
| | 强度设计值 | 弹性模量 |
| 按恒荷载验算时 | 0.8 | 0.8 |
| 用于木构筑物时 | 0.9 | 1.0 |
| 施工和维修时的短暂情况 | 1.2 | 1.0 |

注：1. 当仅有恒荷载或恒荷载产生的内力超过全部荷载所产生的内力的80%时，应单独以恒荷载进行验算。
2. 当若干条件同时出现时，表列各系数应连乘。

### 3.4.1.8　不同设计使用年限时木材强度设计值和弹性模量的调整系数（表3-4-8）

**表3-4-8　不同设计使用年限时木材强度设计值和弹性模量的调整系数**

| 设计使用年限 | 调整系数 | |
|---|---|---|
| | 强度设计值 | 弹性模量 |
| 5 年 | 1.1 | 1.1 |
| 25 年 | 1.05 | 1.05 |
| 50 年 | 1.0 | 1.0 |
| 100 年及以上 | 0.9 | 0.9 |

### 3.4.1.9　受弯构件的计算挠度限值（表3-4-9）

**表3-4-9　受弯构件挠度限值**

| 项次 | 构件类别 | | 挠度限值$[\omega]$ |
|---|---|---|---|
| 1 | 檩条 | $l \leqslant 3.3\text{m}$ | 1/200 |
| | | $l > 3.3\text{m}$ | 1/250 |
| 2 | 椽条 | | 1/150 |
| 3 | 吊顶中的受弯构件 | | 1/250 |
| 4 | 楼板梁和搁栅 | | 1/250 |

注：表中，$l$为受弯构件的计算跨度。

### 3.4.1.10　受压构件长细比限值（表3-4-10）

**表3-4-10　受压构件长细比限值**

| 项次 | 构 件 类 别 | 长细比限值$[\lambda]$ |
|---|---|---|
| 1 | 结构的主要构件(包括桁架的弦杆、支座处的竖杆或斜杆以及承重柱等) | 120 |
| 2 | 一般构件 | 150 |
| 3 | 支撑 | 200 |

### 3.4.1.11　单齿连接沿剪面长度应力分布不均的强度降低系数（表3-4-11）

**表3-4-11　单齿连接抗剪强度降低系数 $\psi_v$**

| $l_v/h_c$ | 4.5 | 5 | 6 | 7 | 8 |
|---|---|---|---|---|---|
| $\psi_v$ | 0.95 | 0.89 | 0.77 | 0.70 | 0.64 |

### 3.4.1.12　双齿连接沿剪面长度应力分布不均的强度降低系数（表3-4-12）

**表3-4-12　双齿连接抗剪强度降低系数 $\varphi_v$**

| $l_v/h_c$ | 6 | 7 | 8 | 10 |
|---|---|---|---|---|
| $\varphi_v$ | 1.00 | 0.93 | 0.85 | 0.71 |

### 3.4.1.13　螺栓连接和钉连接中木构件的最小厚度（表 3-4-13）

表 3-4-13　螺栓连接和钉连接中木构件的最小厚度

| 连接形式 | 螺栓连接 | | 钉连接 |
|---|---|---|---|
| | $d<18\text{mm}$ | $d\geqslant18\text{mm}$ | |
| 双剪连接(图 3-4-1) | $c\geqslant5d\,a\geqslant2.5d$ | $c\geqslant5d\,a\geqslant4d$ | $c\geqslant8d\,a\geqslant4d$ |
| 单剪连接(图 3-4-2) | $c\geqslant7d\,a\geqslant2.5d$ | $c\geqslant7d\,a\geqslant4d$ | $c\geqslant10d\,a\geqslant4d$ |

注：$a$ 为边部构件的厚度或单剪连接中较薄构件的厚度；$d$ 为螺栓或钉的直径；$c$ 为中部构件的厚度或单剪连接中较厚构件的厚度。

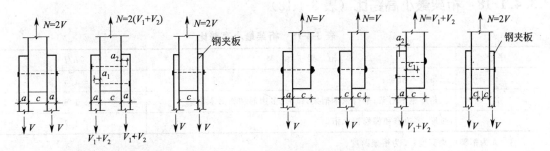

图 3-4-1　双剪连接　　　　　　图 3-4-2　单剪连接

### 3.4.1.14　螺栓或钉连接设计承载力计算系数 $k_v$（表 3-4-14）

表 3-4-14　螺栓或钉连接设计承载力计算系数 $k_v$

| 连接形式 | 螺栓连接 | | | | 钉连接 | | | | |
|---|---|---|---|---|---|---|---|---|---|
| $a/d$ | $2.5\sim3$ | 4 | 5 | $\geqslant6$ | 4 | 6 | 8 | 10 | $\geqslant11$ |
| $k_v$ | 5.5 | 6.1 | 6.7 | 7.5 | 7.6 | 8.4 | 9.1 | 10.2 | 11.1 |

### 3.4.1.15　斜纹承压的降低系数 $\varphi_\alpha$（表 3-4-15）

表 3-4-15　斜纹承压的降低系数 $\varphi_\alpha$

| 角度 $\alpha/(°)$ | 螺栓直径/mm | | | | | |
|---|---|---|---|---|---|---|
| | 12 | 14 | 16 | 18 | 20 | 22 |
| $\leqslant10$ | 1 | 1 | 1 | 1 | 1 | 1 |
| $10<\alpha<80$ | $1\sim0.84$ | $1\sim0.81$ | $1\sim0.78$ | $1\sim0.75$ | $1\sim0.73$ | $1\sim0.71$ |
| $\geqslant80$ | 0.84 | 0.81 | 0.78 | 0.75 | 0.73 | 0.71 |

注：$\alpha$ 在 $10°\sim80°$时，按线性插入法确定。

### 3.4.1.16　螺栓排列的最小间距（表 3-4-16）

表 3-4-16　螺栓排列的最小间距

| 构造特点 | 顺纹 | | | 横纹 | |
|---|---|---|---|---|---|
| | 端距 | | 中距 | 边距 | 中距 |
| | $s_0$ | $s_0'$ | $s_1$ | $s_3$ | $s_2$ |
| 两纵行齐列 | $7d$ | | $7d$ | $3d$ | $3.5d$ |
| 两纵行错列 | | | $10d$ | | $2.5d$ |

注：$d$ 为螺栓直径。

### 3.4.1.17　钉排列的最小间距（表 3-4-17）

**表 3-4-17　钉排列的最小间距**

| $a$ | 顺纹 | | 横纹 | | | |
|---|---|---|---|---|---|---|
| | 中距 | 端距 | 中距 $s_2$ | | | 边距 $s_3$ |
| | $s_1$ | $s_0$ | 齐列 | 错列或斜列 | | |
| $a \geqslant 10d$ | $15d$ | | | | | |
| $10d > a > 4d$ | 取插入值 | $15d$ | $4d$ | $3d$ | | $4d$ |
| $a = 4d$ | $25d$ | | | | | |

注：$d$ 为钉的直径；$a$ 为构件被钉穿的厚度（图 3-4-1、图 3-4-2）。

### 3.4.1.18　桁架最小高跨比（表 3-4-18）

**表 3-4-18　桁架最小高跨比**

| 序号 | 桁　架　类　型 | $h/l$ |
|---|---|---|
| 1 | 三角形木桁架 | 1/5 |
| 2 | 三角形钢木桁架；平行弦木桁架；弧形、多边形和梯形木桁架 | 1/6 |
| 3 | 弧形、多边形和梯形钢木桁架 | 1/7 |

注：$h$ 为桁架中央高度；$l$ 为桁架跨度。

### 3.4.1.19　楼面板厚度及允许楼面活荷载标准值（表 3-4-19）

**表 3-4-19　楼面板厚度及允许楼面活荷载标准值**

| 最大搁栅间距/mm | 木基结构板的最小厚度/mm | |
|---|---|---|
| | $Q_k \leqslant 2.5 \text{kN/m}^2$ | $2.5 \text{kN/m}^2 < Q_k < 5.0 \text{kN/m}^2$ |
| 400 | 15 | 15 |
| 500 | 15 | 18 |
| 600 | 18 | 22 |

### 3.4.1.20　木结构建筑的防火间距（表 3-4-20）

**表 3-4-20　木结构建筑的防火间距**　　　　　　　　　　　单位：m

| 建筑种类 | 一、二级建筑 | 三级建筑 | 木结构建筑 | 四级建筑 |
|---|---|---|---|---|
| 木结构建筑 | 8.00 | 9.00 | 10.00 | 11.00 |

注：防火间距应按相邻建筑外墙的最近距离计算，当外墙有突出的可燃构件时，应从突出部分的外缘算起。

### 3.4.1.21　新利用树种木材的强度设计值和弹性模量（表 3-4-21）

**表 3-4-21　新利用树种木材的强度设计值和弹性模量**　　　　　单位：MPa

| 强度等级 | 树种名称 | 抗弯 $f_m$ | 顺纹抗压及承压 $f_c$ | 顺纹抗剪 $f_v$ | 横纹承压 $f_{c,90}$ | | | 弹性模量 $E$ |
|---|---|---|---|---|---|---|---|---|
| | | | | | 全表面 | 局部表面和齿面 | 拉力螺栓垫板下 | |
| TB15 | 槐木、乌墨 | 15 | 13 | 1.8 | 2.8 | 4.2 | 5.6 | 9000 |
| | 木麻黄 | | | 1.6 | | | | |
| TB13 | 柠檬桉隆缘桉、蓝桉 | 13 | 12 | 1.5 | 2.4 | 3.6 | 4.8 | 8000 |
| | 檫木 | | | 1.2 | | | | |
| TB11 | 榆木、臭椿、桤木 | 11 | 10 | 1.3 | 2.1 | 3.2 | 4.1 | 7000 |

注：杨木和拟赤杨顺纹强度设计值和弹性模量可按 TB11 级数值乘以 0.9 采用；横纹强度设计值可按 TB11 级数值乘以 0.6 采用。若当地有使用经验，也可在此基础上做适当调整。

## 3.4.1.22 木材强度检验标准（表 3-4-22）

**表 3-4-22 木材强度检验标准**

| 木材种类 | 针叶材 | | | | 阔叶材 | | | | |
|---|---|---|---|---|---|---|---|---|---|
| 强度等级 | TC11 | TC13 | TC15 | TC17 | TB11 | TB13 | TB15 | TB17 | TB20 |
| 检验结果的最低强度值/MPa | 44 | 51 | 58 | 72 | 58 | 68 | 78 | 88 | 98 |

## 3.4.1.23 对承重结构用胶胶粘能力的最低要求（表 3-4-23）

**表 3-4-23 对承重结构用胶胶粘能力的最低要求**

| 试件状态 | 胶缝顺纹抗剪强度值/MPa | |
|---|---|---|
| | 红松等软木松 | 栎木或水曲柳 |
| 干态 | 5.9 | 7.8 |
| 湿态 | 3.9 | 5.4 |

## 3.4.1.24 轴心受压构件稳定系数 φ（表 3-4-24、表 3-4-25）

**表 3-4-24 TC17、TC15 及 TB20 级木材的 φ 值表**

| λ | 0 | 1 | 2 | 3 | 4 | 5 | 6 | 7 | 8 | 9 |
|---|---|---|---|---|---|---|---|---|---|---|
| 0 | 1.000 | 1.000 | 0.999 | 0.998 | 0.998 | 0.996 | 0.994 | 0.992 | 0.990 | 0.988 |
| 10 | 0.985 | 0.981 | 0.978 | 0.974 | 0.970 | 0.966 | 0.962 | 0.957 | 0.952 | 0.947 |
| 20 | 0.941 | 0.936 | 0.930 | 0.924 | 0.917 | 0.911 | 0.904 | 0.898 | 0.891 | 0.884 |
| 30 | 0.877 | 0.869 | 0.862 | 0.854 | 0.847 | 0.839 | 0.832 | 0.824 | 0.816 | 0.808 |
| 40 | 0.800 | 0.792 | 0.784 | 0.776 | 0.768 | 0.760 | 0.752 | 0.743 | 0.735 | 0.727 |
| 50 | 0.719 | 0.711 | 0.703 | 0.695 | 0.687 | 0.679 | 0.671 | 0.663 | 0.655 | 0.648 |
| 60 | 0.640 | 0.632 | 0.625 | 0.617 | 0.610 | 0.602 | 0.595 | 0.588 | 0.580 | 0.573 |
| 70 | 0.566 | 0.559 | 0.552 | 0.546 | 0.539 | 0.532 | 0.519 | 0.506 | 0.493 | 0.481 |
| 80 | 0.469 | 0.457 | 0.446 | 0.435 | 0.425 | 0.415 | 0.406 | 0.396 | 0.387 | 0.379 |
| 90 | 0.370 | 0.362 | 0.354 | 0.347 | 0.340 | 0.332 | 0.326 | 0.319 | 0.312 | 0.306 |
| 100 | 0.300 | 0.294 | 0.288 | 0.283 | 0.277 | 0.272 | 0.267 | 0.262 | 0.257 | 0.252 |
| 110 | 0.248 | 0.243 | 0.239 | 0.235 | 0.231 | 0.227 | 0.223 | 0.219 | 0.215 | 0.212 |
| 120 | 0.208 | 0.205 | 0.202 | 0.198 | 0.195 | 0.192 | 0.189 | 0.186 | 0.183 | 0.180 |
| 130 | 0.178 | 0.175 | 0.172 | 0.170 | 0.167 | 0.165 | 0.162 | 0.160 | 0.158 | 0.155 |
| 140 | 0.153 | 0.151 | 0.149 | 0.147 | 0.145 | 0.143 | 0.141 | 0.139 | 0.137 | 0.135 |
| 150 | 0.133 | 0.132 | 0.130 | 0.128 | 0.126 | 0.125 | 0.123 | 0.122 | 0.120 | 0.119 |
| 160 | 0.117 | 0.116 | 0.114 | 0.113 | 0.112 | 0.110 | 0.109 | 0.108 | 0.106 | 0.105 |
| 170 | 0.104 | 0.102 | 0.101 | 0.100 | 0.0991 | 0.0980 | 0.0968 | 0.0958 | 0.0947 | 0.0936 |
| 180 | 0.0926 | 0.0916 | 0.0906 | 0.0896 | 0.0886 | 0.0876 | 0.0867 | 0.0858 | 0.0849 | 0.0840 |
| 190 | 0.0831 | 0.0822 | 0.0814 | 0.0805 | 0.0797 | 0.0789 | 0.0781 | 0.0773 | 0.0765 | 0.0758 |
| 200 | 0.0750 | | | | | | | | | |

注：表中的 φ 值系按下列公式算得：

当 $\lambda \leqslant 75$ 时 $\varphi = \dfrac{1}{1 + \left(\dfrac{\lambda}{80}\right)^2}$；

当 $\lambda > 75$ 时 $\varphi = \dfrac{3000}{\lambda^2}$。

表 3-4-25　TC13、TC11、TB17、TB15、TB13 及 TB11 级木材的 $\varphi$ 值表

| $\lambda$ | 0 | 1 | 2 | 3 | 4 | 5 | 6 | 7 | 8 | 9 |
|---|---|---|---|---|---|---|---|---|---|---|
| 0 | 1.000 | 1.000 | 0.999 | 0.998 | 0.996 | 0.994 | 0.992 | 0.988 | 0.985 | 0.981 |
| 10 | 0.977 | 0.972 | 0.967 | 0.962 | 0.956 | 0.949 | 0.943 | 0.936 | 0.929 | 0.921 |
| 20 | 0.914 | 0.905 | 0.897 | 0.889 | 0.880 | 0.871 | 0.862 | 0.853 | 0.843 | 0.834 |
| 30 | 0.824 | 0.815 | 0.805 | 0.795 | 0.785 | 0.775 | 0.765 | 0.755 | 0.745 | 0.735 |
| 40 | 0.725 | 0.715 | 0.705 | 0.696 | 0.686 | 0.676 | 0.666 | 0.657 | 0.647 | 0.638 |
| 50 | 0.628 | 0.619 | 0.610 | 0.601 | 0.592 | 0.583 | 0.574 | 0.565 | 0.557 | 0.548 |
| 60 | 0.540 | 0.532 | 0.524 | 0.516 | 0.508 | 0.500 | 0.492 | 0.485 | 0.477 | 0.470 |
| 70 | 0.463 | 0.456 | 0.449 | 0.442 | 0.436 | 0.429 | 0.422 | 0.416 | 0.410 | 0.404 |
| 80 | 0.398 | 0.392 | 0.386 | 0.380 | 0.374 | 0.369 | 0.364 | 0.358 | 0.353 | 0.348 |
| 90 | 0.343 | 0.338 | 0.331 | 0.324 | 0.317 | 0.310 | 0.304 | 0.298 | 0.292 | 0.286 |
| 100 | 0.280 | 0.274 | 0.269 | 0.264 | 0.259 | 0.254 | 0.249 | 0.244 | 0.240 | 0.236 |
| 110 | 0.231 | 0.227 | 0.223 | 0.219 | 0.215 | 0.212 | 0.208 | 0.204 | 0.201 | 0.198 |
| 120 | 0.194 | 0.191 | 0.188 | 0.185 | 0.182 | 0.179 | 0.176 | 0.174 | 0.171 | 0.168 |
| 130 | 0.166 | 0.163 | 0.161 | 0.158 | 0.156 | 0.154 | 0.151 | 0.149 | 0.147 | 0.145 |
| 140 | 0.143 | 0.141 | 0.139 | 0.137 | 0.135 | 0.133 | 0.131 | 0.130 | 0.128 | 0.126 |
| 150 | 0.124 | 0.123 | 0.121 | 0.120 | 0.118 | 0.116 | 0.115 | 0.114 | 0.112 | 0.111 |
| 160 | 0.109 | 0.108 | 0.107 | 0.105 | 0.104 | 0.103 | 0.102 | 0.100 | 0.0992 | 0.0980 |
| 170 | 0.0969 | 0.0958 | 0.0946 | 0.0936 | 0.0925 | 0.0914 | 0.0904 | 0.0894 | 0.0884 | 0.0874 |
| 180 | 0.0864 | 0.0855 | 0.0845 | 0.0836 | 0.0827 | 0.0818 | 0.0809 | 0.0801 | 0.0792 | 0.078 |
| 190 | 0.0776 | 0.0768 | 0.0760 | 0.0752 | 0.0744 | 00736 | 0.0729 | 0.0721 | 0.0714 | 0.0707 |
| 200 | 0.0700 | | | | | | | | | |

注：表中的 $\varphi$ 值系按下列公式算得：

当 $\lambda \leqslant 91$ 时，$\varphi = \dfrac{1}{1+\left(\dfrac{\lambda}{65}\right)^2}$；

当 $\lambda > 91$ 时，$\varphi = \dfrac{2800}{\lambda^2}$。

## 3.4.1.25　一般承重木结构用木材材质标准（表 3-4-26～表 3-4-28）

表 3-4-26　承重结构方木材质标准

| 项次 | 缺陷名称 | 材质等级 | | |
|---|---|---|---|---|
| | | Ⅰ a | Ⅱ b | Ⅲ c |
| 1 | 腐朽 | 不允许 | 不允许 | 不允许 |
| 2 | 木节<br>在构件任一面任何 150mm 长度上所有木节尺寸的总和，不得大于所在面宽的 | 1/3（连接部位为 1/4） | 2/5 | 1/2 |
| 3 | 斜纹<br>任何 1m 材长上平均倾斜高度，不得大于 | 50mm | 80mm | 120mm |
| 4 | 髓心 | 应避开受剪面 | 不限 | 不限 |
| 5 | 裂缝<br>(1)在连接部位的受剪面上<br>(2)在连接部位的受剪面附近，其裂缝深度(有对面裂缝时用两者之和)不得大于材宽的 | 不允许 1/4 | 不允许 1/3 | 不允许 不限 |
| 6 | 虫蛀 | 允许有表面虫沟，不得有虫眼 | | |

注：1. 对于死节（包括松软节和腐朽节），除按一般木节测量外，必要时尚应按缺孔验算；若死节有腐朽迹象，则应经局部防腐处理后使用。

2. 木节尺寸按垂直于构件长度方向测量。木节表现为条状时，在条状的一面不量（图 3-4-3），直径小于 10mm 的活节不量。

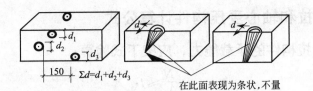

$\sum d = d_1 + d_2 + d_3$

在此面表现为条状,不量

图 3-4-3 木节量法

表 3-4-27 承重结构板材材质标准

| 项次 | 缺陷名称 | 材质等级 | | |
|---|---|---|---|---|
| | | I a | II b | III c |
| 1 | 腐朽 | 不允许 | 不允许 | 不允许 |
| 2 | 木节<br>在构件任一面任何 150mm 长度上所有木节尺寸的总和,不得大于所在面宽的 | 1/4(连接部位为 1/5) | 1/3 | 2/5 |
| 3 | 斜纹<br>任何 1m 材长上平均倾斜高度,不得大于 | 50mm | 80mm | 120mm |
| 4 | 髓心 | 不允许 | 不允许 | 不允许 |
| 5 | 裂缝<br>在连接部位的受剪面及其附近 | 不允许 | 不允许 | 不允许 |
| 6 | 虫蛀 | 允许有表面虫沟,不得有虫眼 | | |

注:对于死节(包括松软节和腐朽节),除按一般木节测量外,必要时尚应按缺孔验算。若死节有腐朽迹象,则应经局部防腐处理后使用。

表 3-4-28 承重结构原木材质标准

| 项次 | 缺陷名称 | 材质等级 | | |
|---|---|---|---|---|
| | | I a | II b | III c |
| 1 | 腐朽 | 不允许 | 不允许 | 不允许 |
| 2 | 木节<br>(1)在构件任一面任何 150mm 长度上沿周长所有木节尺寸的总和,不得大于所测部位原木周长的<br>(2)每个木节的最大尺寸,不得大于所测部位原木周长的 | 1/4 1/10(连接部位为 1/12) | 1/3 1/6 | 不限 1/6 |
| 3 | 扭纹小头 1m 材长上倾斜高度不得大于 | 80mm | 120mm | 150mm |
| 4 | 髓心 | 应避开受剪面 | 不限 | 不限 |
| 5 | 虫蛀 | 允许有表面虫沟,不得有虫眼 | | |

注:1. 对于死节(包括松软节和腐朽节),除按一般木节测量外,必要时尚应按缺孔验算;若死节有腐朽迹象,则应经局部防腐处理后使用。

2. 木节尺寸按垂直于构件长度方向测量,直径小于 10mm 的活节不量。

3. 对于原木的裂缝,可通过调整其方位(使裂缝尽量垂直于构件的受剪面)予以使用。

## 3.4.1.26 受压构件长细比限值 (表 3-4-29)

表 3-4-29 受压构件长细比限值 [λ]

| 项次 | 构 件 类 别 | 长细比限值[λ] |
|---|---|---|
| 1 | 结构的主要构件(包括桁架的弦杆、支座处的竖杆或斜杆以及承重柱等) | 120 |
| 2 | 一般构件 | 150 |
| 3 | 支撑 | 200 |

## 3.4.2 轴心受拉和轴心受压构件计算公式

### 3.4.2.1 轴心受拉构件的承载能力，应按下式验算：

$$\frac{N}{A_n} \leqslant f_t \qquad (3\text{-}4\text{-}1)$$

式中，$f_t$ 为木材顺纹抗拉强度设计值，MPa；$N$ 为轴心受拉构件拉力设计值，N；$A_n$ 为受拉构件的净截面面积，$mm^2$。计算 $A_n$ 时应扣除分布在 150mm 长度上的缺孔投影面积。

### 3.4.2.2 轴心受压构件的承载能力，应按下列公式验算：

按强度验算：

$$\frac{N}{A_n} \leqslant f_t \qquad (3\text{-}4\text{-}2)$$

按稳定验算：

$$\frac{N}{\varphi A_0} \leqslant f_t \qquad (3\text{-}4\text{-}3)$$

式中，$f_t$ 为木材顺纹抗压强度设计值，MPa；$N$ 为轴心受压构件压力设计值，N；$A_n$ 为受压构件的净截面面积，$mm^2$；$A_0$ 为受压构件截面的计算面积，$mm^2$，按表 3-4-30 的规定采用；$\varphi$ 为轴心受压构件稳定系数，应根据不同树种的强度按式(3-4-4)~式(3-4-7) 确定：

**表 3-4-30 稳定验算时受压构件截面的计算面积**

| 状　态 | 计算面积 | 说　明 |
|---|---|---|
| 无缺口 | $A_0 = A$ | $A$——受压构件的全截面面积，$mm^2$ |
| 缺口不在边缘(图 a) | $A_0 = 0.9A$ | |
| 缺口在边缘且对称(图 b) | $A_0 = A_n$ | |
| 缺口在边缘但不对称(图 c) | 按偏心受压构件计算 | (a) (b) (c) |

注：验算稳定时，螺栓孔可不作为缺口考虑。

（1）树种强度等级为 TC17、TC15 及 TB20：

当 $\lambda \leqslant 75$ 时，

$$\varphi = \frac{1}{1 + \left(\dfrac{\lambda}{80}\right)^2} \qquad (3\text{-}4\text{-}4)$$

当 $\lambda > 75$ 时，

$$\varphi = \frac{3000}{\lambda^2} \qquad (3\text{-}4\text{-}5)$$

（2）树种强度等级为 TC13、TC11、TB17、TB15、TB13 及 TB11：

当 $\lambda \leqslant 91$ 时，

$$\varphi = \frac{1}{1 + \left(\dfrac{\lambda}{65}\right)^2} \qquad (3\text{-}4\text{-}6)$$

当 $\lambda < 91$ 时，
$$\varphi = \frac{2800}{\lambda^2} \tag{3-4-7}$$

式中，$\varphi$ 为轴心受压构件的稳定系数，见表 3-4-24、表 3-4-25；$\lambda$ 为构件的长细比，不论构件截面上有无缺口，均应按式（3-4-8）～式（3-4-9）计算。

$$\lambda = \frac{l_0}{i} \tag{3-4-8}$$

$$i = \sqrt{\frac{I}{A}} \tag{3-4-9}$$

式中，$l_0$ 为受压构件的计算长度，mm；$i$ 为构件截面的回转半径，mm；$I$ 为构件的全截面惯性矩，mm$^4$；$A$ 为构件的全截面面积，mm$^2$。

受压构件的计算长度（$l_0$），应按实际长度乘以下列系数，即两端铰接时，乘 1.0；一端固定、一端自由时，乘 2.0；一端固定、一端铰接时，乘 0.8。

## 3.4.3 受弯构件

### 3.4.3.1 受弯构件的抗弯承载能力

$$\frac{M}{W_n} \leqslant f_m \tag{3-4-10}$$

式中，$f_m$ 为木材抗弯强度设计值，MPa；$M$ 为受弯构件弯矩设计值，N·mm；$W_n$ 为受弯构件的净截面抵抗矩，mm$^3$。

当需验算受弯构件的侧向稳定时，应按《木结构设计规范》（GB 50005—2003）附录 L 的规定计算。

### 3.4.3.2 受弯构件的抗剪承载能力

$$\frac{VS}{Ib} \leqslant f_v \tag{3-4-11}$$

式中，$f_v$ 为木材顺纹抗剪强度设计值，MPa；$V$ 为受弯构件剪力设计值，N；荷载作用在梁的顶面，计算受弯构件的剪力 $V$ 值时，可不考虑在距离支座等于梁截面高度的范围内的所有荷载的作用；$I$ 为构件的全截面惯性矩，mm$^4$；$b$ 为构件的截面宽度，mm；$S$ 为剪切面以上的截面面积对中性轴的面积矩，mm$^3$。

### 3.4.3.3 矩形截面受弯构件支座处受拉面有切口时，实际的抗剪承载能力，应按下式验算：

$$\frac{3V}{2bh_n}\left(\frac{h}{h_n}\right) \leqslant f_v \tag{3-4-12}$$

式中，$f_v$ 为木材顺纹抗剪强度设计值，MPa；$b$ 为构件的截面宽度，mm；$h$ 为构件的截面高度，mm；$h_n$ 为受弯构件在切口处净截面高度，mm；$V$ 为按建筑力学方法确定的剪力设计值，N，可不考虑在距离支座等于梁截面高度的范围内的所有荷载的作用。

### 3.4.3.4 受弯构件的挠度

$$\omega \leqslant [\omega] \tag{3-4-13}$$

式中，$[\omega]$ 为受弯构件的挠度限值，mm，按表 3-4-9 采用；$\omega$ 为构件按荷载效应的标准组合计算的挠度，mm。

### 3.4.3.5 双向受弯构件

按承载能力验算

$$\sigma_{\mathrm{m}x} + \sigma_{\mathrm{m}y} \leqslant f_{\mathrm{m}} \tag{3-4-14}$$

按挠度验算

$$\omega = \sqrt{\omega_x^2 + \omega_y^2} \leqslant [\omega] \tag{3-4-15}$$

式中，$\sigma_{\mathrm{m}x}$、$\sigma_{\mathrm{m}y}$ 为对构件截面 $x$ 轴、$y$ 轴的弯曲应力设计值，MPa；$\omega_x$、$\omega_y$ 为荷载效应的标准组合计算的对构件截面 $x$ 轴、$y$ 轴方向的挠度，mm。

对构件截面 $x$ 轴、$y$ 轴的弯曲应力设计值，按下列公式计算：

$$\sigma_{\mathrm{m}x} = \frac{M_x}{W_{\mathrm{n}x}} \tag{3-4-16}$$

$$\sigma_{\mathrm{m}y} = \frac{M_y}{W_{\mathrm{n}y}} \tag{3-4-17}$$

式中，$M_x$、$M_y$ 为对构件截面 $x$ 轴、$y$ 轴产生的弯矩设计值，N·mm；$W_{\mathrm{n}x}$、$W_{\mathrm{n}y}$ 为构件截面沿 $x$ 轴、$y$ 轴的净截面抵抗矩，mm³。

## 3.4.4 拉弯和压弯构件

### 3.4.4.1 拉弯构件的承载能力

$$\frac{N}{A_{\mathrm{n}} f_{\mathrm{t}}} + \frac{M}{W_{\mathrm{n}} f_{\mathrm{m}}} \leqslant 1 \tag{3-4-18}$$

式中，$N$ 为轴向拉力设计值，N；$M$ 为弯矩设计值，N·mm；$A_{\mathrm{n}}$ 为按式(3-4-1)和式(3-4-2)计算的构件净截面面积，mm²；$W_{\mathrm{n}}$ 为净截面抵抗矩，mm³；$f_{\mathrm{t}}$、$f_{\mathrm{m}}$ 为木材顺纹抗拉强度设计值、抗弯强度设计值，MPa。

### 3.4.4.2 压弯构件及偏心受压构件的承载能力

（1）按强度验算（当无柱效应时，无需考虑稳定系数 $\varphi$ 的影响）

$$\frac{N}{A_{\mathrm{n}} f_{\mathrm{c}}} + \frac{M}{W_{\mathrm{n}} f_{\mathrm{m}}} \leqslant 1 \tag{3-4-19}$$

$$M = N_{e_0} + M_0 \tag{3-4-20}$$

（2）按稳定验算（当有柱效应时，应当考虑稳定系数 $\varphi$ 的影响）

① 弯矩作用平面内的稳定性验算

$$\frac{N}{\varphi \varphi_{\mathrm{m}} A_0} \leqslant f_{\mathrm{c}} \tag{3-4-21}$$

$$\varphi_{\mathrm{m}} = (1-K)^2 (1-kK) \tag{3-4-22}$$

$$K = \frac{N_{e_0} + M_0}{W f_{\mathrm{m}} \left(1 + \sqrt{\dfrac{N}{A f_{\mathrm{c}}}}\right)} \tag{3-4-23}$$

$$k = \frac{N_{e_0}}{N_{e_0} + M_0} \tag{3-4-24}$$

式中，$\varphi$ 为轴心受压构件的稳定系数，按弯矩作用平面内对截面的 $x\text{-}x$ 轴受压构件长细比 $\lambda_x$ 来确定，也可按本章式(3-4-4)～式(3-4-7)确定；$A_0$ 为轴心受压构件的计算面积，mm²，按式(3-4-3)的解释来确定；$\varphi_{\mathrm{m}}$ 为考虑轴向力和初始弯矩共同作用的折减系数；$N$ 为轴向压力设计值，N；$M_0$ 为横向荷载作用下跨中最大初始弯矩设计值，N·mm；$N_{e_0}$ 为轴向偏心荷载作用下跨中最大初始弯矩设计值，N·mm；$f_{\mathrm{c}}$ 为木材顺纹抗压强度设计值，MPa；$f_{\mathrm{m}}$ 为木材抗弯强度设计值，MPa。

计算 $\varphi_{\mathrm{m}}$ 值时，$k$ 值范围是 $[0,1]$。

当 $k=0$ 时，构件为压弯构件，

$$\varphi_m = (1-K)^2 = \left(1 - \frac{\dfrac{\sigma_m}{f_m}}{1+\sqrt{\dfrac{\sigma_c}{f_c}}}\right)^2 \tag{3-4-25}$$

其中，$\sigma_m = \dfrac{M_0}{W}$，$\sigma_c = \dfrac{N}{A}$。

压弯构件的 $\varphi_m$ 值也可按 $\sigma_m/f_m$ 值和 $\sigma_c/f_c$ 值由表 3-4-31 查得。

当 $k=1$ 时，构件为偏心受压构件，

$$\varphi_m = (1-K)^3 = \left(1 - \frac{\dfrac{\sigma_m}{f_m}}{1+\sqrt{\dfrac{\sigma_c}{f_c}}}\right)^3 \tag{3-4-26}$$

其中，$\sigma_m = \dfrac{Ne_0}{W}$，$\sigma_c = \dfrac{N}{A}$。

压弯构件的 $\varphi_m$ 值也可按 $\sigma_m/f_m$ 值和 $\sigma_c/f_c$ 值由表 3-4-32 查得。

表 3-4-31　压弯构件考虑轴心力和横向弯矩共同作用的折减系数 $\varphi_m$

| $\sigma_c/f_c$ | $\dfrac{\sigma_m}{f_m}=\dfrac{M_0}{Wf_m}$ | | | | | | | | | | | | | | | | |
|---|---|---|---|---|---|---|---|---|---|---|---|---|---|---|---|---|---|
| | 0.10 | 0.15 | 0.20 | 0.25 | 0.30 | 0.35 | 0.40 | 0.45 | 0.50 | 0.55 | 0.60 | 0.65 | 0.70 | 0.75 | 0.80 | 0.85 | 0.90 |
| 0.10 | 0.854 | 0.785 | 0.719 | 0.656 | 0.596 | 0.539 | 0.485 | 0.433 | 0.385 | 0.339 | 0.296 | 0.256 | 0.219 | 0.185 | 0.154 | 0.125 | 0.100 |
| 0.15 | 0.861 | 0.795 | 0.732 | 0.672 | 0.614 | 0.559 | 0.506 | 0.456 | 0.409 | 0.364 | 0.322 | 0.282 | 0.245 | 0.211 | 0.179 | 0.150 | |
| 0.20 | 0.867 | 0.803 | 0.743 | 0.684 | 0.628 | 0.575 | 0.524 | 0.475 | 0.428 | 0.384 | 0.343 | 0.303 | 0.267 | 0.232 | 0.200 | | |
| 0.25 | 0.871 | 0.810 | 0.751 | 0.694 | 0.640 | 0.588 | 0.538 | 0.490 | 0.444 | 0.401 | 0.360 | 0.321 | 0.284 | 0.250 | | | |
| 0.30 | 0.875 | 0.816 | 0.758 | 0.703 | 0.650 | 0.599 | 0.550 | 0.503 | 0.458 | 0.416 | 0.375 | 0.336 | 0.300 | | | | |
| 0.35 | 0.878 | 0.820 | 0.764 | 0.711 | 0.659 | 0.609 | 0.561 | 0.514 | 0.470 | 0.428 | 0.338 | 0.350 | | | | | |
| 0.40 | 0.881 | 0.825 | 0.770 | 0.717 | 0.666 | 0.617 | 0.570 | 0.525 | 0.481 | 0.440 | 0.400 | | | | | | |
| 0.45 | 0.884 | 0.829 | 0.775 | 0.723 | 0.673 | 0.625 | 0.579 | 0.534 | 0.491 | 0.450 | | | | | | | |
| 0.50 | 0.886 | 0.832 | 0.779 | 0.729 | 0.679 | 0.632 | 0.586 | 0.542 | 0.500 | | | | | | | | |
| 0.55 | 0.888 | 0.835 | 0.784 | 0.734 | 0.685 | 0.638 | 0.593 | 0.550 | | | | | | | | | |
| 0.60 | 0.890 | 0.838 | 0.787 | 0.738 | 0.690 | 0.644 | 0.600 | | | | | | | | | | |
| 0.65 | 0.892 | 0.841 | 0.791 | 0.742 | 0.695 | 0.650 | | | | | | | | | | | |
| 0.70 | 0.894 | 0.843 | 0.794 | 0.746 | 0.700 | | | | | | | | | | | | |
| 0.75 | 0.896 | 0.846 | 0.797 | 0.750 | | | | | | | | | | | | | |
| 0.80 | 0.897 | 0.848 | 0.800 | | | | | | | | | | | | | | |
| 0.85 | 0.899 | 0.850 | | | | | | | | | | | | | | | |
| 0.90 | 0.900 | | | | | | | | | | | | | | | | |

注：表中的 $\varphi_m$ 值按下列公式算得：$\varphi_m = \left(1 - \dfrac{\sigma_m/f_m}{1+\sqrt{\sigma_c/f_c}}\right)^2$

表 3-4-32　偏心受压构件考虑轴心力和偏心弯矩共同作用的折减系数 $\varphi_m$

| $\sigma_c/f_c$ | $\dfrac{\sigma_m}{f_m}=\dfrac{Ne_0}{Wf_m}$ | | | | | | | | | | | | | | | |
|---|---|---|---|---|---|---|---|---|---|---|---|---|---|---|---|---|
| | 0.10 | 0.15 | 0.20 | 0.25 | 0.30 | 0.35 | 0.40 | 0.45 | 0.50 | 0.55 | 0.60 | 0.65 | 0.70 | 0.75 | 0.80 | 0.85 |
| 0.01 | 0.751 | 0.644 | 0.548 | 0.461 | 0.385 | 0.317 | 0.258 | 0.206 | 0.162 | 0.125 | 0.094 | 0.068 | 0.048 | 0.032 | 0.020 | 0.012 |
| 0.03 | 0.765 | 0.663 | 0.571 | 0.487 | 0.412 | 0.345 | 0.286 | 0.234 | 0.189 | 0.150 | 0.117 | 0.089 | 0.066 | 0.047 | 0.032 | |
| 0.05 | 0.774 | 0.675 | 0.585 | 0.504 | 0.430 | 0.364 | 0.305 | 0.253 | 0.207 | 0.167 | 0.132 | 0.103 | 0.078 | 0.058 | | |
| 0.10 | 0.789 | 0.696 | 0.610 | 0.532 | 0.460 | 0.396 | 0.337 | 0.285 | 0.239 | 0.197 | 0.161 | 0.130 | 0.103 | | | |
| 0.15 | 0.799 | 0.709 | 0.627 | 0.551 | 0.482 | 0.418 | 0.368 | 0.309 | 0.262 | 0.220 | 0.183 | 0.150 | | | | |
| 0.20 | 0.807 | 0.720 | 0.640 | 0.566 | 0.498 | 0.436 | 0.379 | 0.327 | 0.280 | 0.238 | 0.201 | | | | | |

| $\sigma_c/f_c$ | $\dfrac{\sigma_m}{f_m}=\dfrac{Ne_0}{Wf_m}$ | | | | | | | | | | | | | | |
|---|---|---|---|---|---|---|---|---|---|---|---|---|---|---|---|
| | 0.10 | 0.15 | 0.20 | 0.25 | 0.30 | 0.35 | 0.40 | 0.45 | 0.50 | 0.55 | 0.60 | 0.65 | 0.70 | 0.75 | 0.80 | 0.85 |
| 0.25 | 0.813 | 0.723 | 0.651 | 0.579 | 0.512 | 0.451 | 0.394 | 0.343 | 0.296 | 0.254 | | | | | | |
| 0.30 | 0.818 | 0.737 | 0.660 | 0.590 | 0.524 | 0.464 | 0.409 | 0.357 | 0.310 | | | | | | | |
| 0.35 | 0.823 | 0.743 | 0.668 | 0.599 | 0.535 | 0.475 | 0.420 | 0.369 | | | | | | | | |
| 0.40 | 0.827 | 0.749 | 0.676 | 0.607 | 0.544 | 0.485 | 0.430 | | | | | | | | | |
| 0.45 | 0.831 | 0.754 | 0.682 | 0.615 | 0.552 | 0.494 | | | | | | | | | | |
| 0.50 | 0.834 | 0.759 | 0.688 | 0.622 | 0.560 | 0.502 | | | | | | | | | | |
| 0.55 | 0.837 | 0.763 | 0.694 | 0.628 | 0.567 | | | | | | | | | | | |
| 0.60 | 0.840 | 0.767 | 0.699 | 0.634 | | | | | | | | | | | | |
| 0.65 | 0.843 | 0.771 | 0.703 | | | | | | | | | | | | | |
| 0.70 | 0.845 | 0.774 | 0.709 | | | | | | | | | | | | | |
| 0.75 | 0.848 | 0.778 | | | | | | | | | | | | | | |
| 0.80 | 0.850 | | | | | | | | | | | | | | | |
| 0.85 | 0.852 | | | | | | | | | | | | | | | |

注：表中的 $\varphi_m$ 值按下列公式算得：$\varphi_m=\left(1-\dfrac{\sigma_m/f_m}{1+\sqrt{\sigma_c/f_c}}\right)^3$

② 当需验算压弯构件或偏心受压构件弯矩作用平面外的侧向稳定性时，

$$\frac{N}{\varphi_y+A_0f_c}+\left(\frac{M}{\varphi_1Wf_m}\right)\leqslant 1 \tag{3-4-27}$$

式中，$\varphi_y$ 为轴心压杆在垂直于弯矩作用平面 $y$-$y$ 方向按长细比 $\lambda_y$ 确定的轴心压杆稳定系数，按本章式(3-4-4)~式(3-4-8)计算；$\varphi_1$ 为受弯构件的侧向稳定系数，按式(3-4-29)确定；$N$ 为轴向压力设计值，N；$M$ 为弯曲平面内的弯矩设计值，N·mm；$W$ 为构件全截面抵抗矩，$mm^3$。

## 3.4.5 受弯构件侧向稳定计算

受弯构件侧向稳定按下式验算：

$$\frac{M}{\varphi_1W}\leqslant f_m \tag{3-4-28}$$

式中，$f_m$ 为木材抗弯强度设计值，MPa；$M$ 为构件在荷载设计值作用下的弯矩，N·mm；$W$ 为受弯构件的全截面抵抗矩，$mm^3$；$\varphi_1$ 为受弯构件的侧向稳定系数，按式(3-4-29)确定。

$$\varphi_1=\frac{(1+1/\lambda_m^2)}{2c_m}-\sqrt{\left[\frac{1+1/\lambda_m^2}{2c_m}\right]^2-\frac{1}{c_m\lambda_m^2}} \tag{3-4-29}$$

式中，$\varphi_1$ 为受弯构件的侧向稳定系数；$c_m$ 为考虑受弯构件木材有关的系数；$c_m=0.95$ 用于锯材的系数；$\lambda_m$ 为考虑受弯构件的侧向刚度因数，按下式计算：

$$\lambda_m=\sqrt{\frac{4l_{ef}h}{\pi b^2k_m}} \tag{3-4-30}$$

式中，$k_m$ 为梁的侧向稳定验算时，与构件木材强度等级有关的系数，按表 3-4-33 采用；$h$、$b$ 为受弯构件的截面高度、宽度；$l_{ef}$ 为验算侧向稳定时受弯构件的有效长度，$l_{ef}$ 等于实际长度乘以表 3-4-34 中所示的计算长度系数。

**表 3-4-33　柱和梁的稳定性验算时考虑构件木材强度等级有关系数**

| 木材强度等级 | TC17、TC15、TB20 | TC13、TC11、TB17、TB15、TB13 及 TB11 |
|---|---|---|
| 用于柱 $k_m$ | 330 | 300 |
| 用于梁 $k_m$ | 220 | 220 |

**表 3-4-34　计算长度系数**

| 梁的类型和荷载情况 | 荷载作用在梁的部位 | | |
|---|---|---|---|
| | 顶部 | 中部 | 底部 |
| 简支梁,两端相等弯矩 | — | 1.0 | — |
| 简支梁,均匀分布荷载 | 0.95 | 0.90 | 0.85 |
| 简支梁,跨中一个集中荷载 | 0.80 | 0.75 | 0.70 |
| 悬臂梁,均匀分布荷载 | — | 1.2 | — |
| 悬臂梁,在悬端一个集中荷载 | — | 1.7 | — |
| 悬臂梁,在悬端作用弯矩 | — | 2.0 | — |

## 3.4.6　木材斜纹承压的强度设计值

当 $\alpha < 10°$ 时，

$$f_{c,\alpha} = f_c \tag{3-4-31}$$

当 $10° < \alpha < 90°$ 时，

$$f_{c,\alpha} = \left[\frac{f_c}{1 + \left(\dfrac{f_c}{f_{c,90}} - 1\right)\dfrac{\alpha - 10°}{80°}\sin\alpha}\right] \tag{3-4-32}$$

式中，$f_{c,\alpha}$ 为木材斜纹承压的强度设计值，MPa；$f_c$ 为木材顺纹抗压强度设计值，MPa；$\alpha$ 为作用力方向与木纹方向的夹角，(°)。

木材斜纹承压强度设计值亦可根据 $f_c$、$f_{c,90}$ 和 $\alpha$ 数值从图 3-4-4 查得。

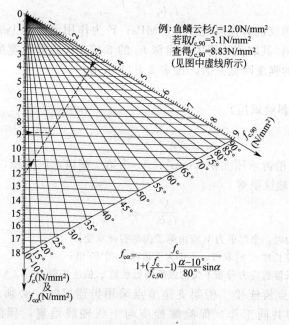

图 3-4-4　材斜纹承压的强度设计值

### 3.4.7 木结构连接计算

#### 3.4.7.1 齿连接

（1）齿连接形式 齿连接可采用单齿（图 3-4-5）或双齿（图 3-4-6）的形式。

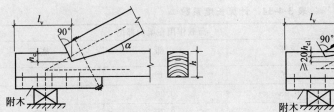

图 3-4-5 单齿连接　　　　　　　　　　图 3-4-6 双齿连接

注：1. 齿连接的齿深，对于方木不应小于 20mm；对于原木不应小于 30mm；

2. 桁架支座节点齿深不应大于 $h/3$，中间节点的齿深不应大于 $h/4$（$h$ 为沿齿深方向的构件截面高度）；

3. 双齿连接中，第二齿的齿深 $h_c$ 应比第一齿的齿深 $h_{c1}$ 至少大 20mm；

4. 单齿和双齿第一齿的剪面长度不应小于 4.5 倍齿深；

5. 当采用湿材制作时，木桁架支座节点齿连接的剪面长度应比计算值加长 50mm。

（2）单齿连接

按木材承压

$$\frac{N}{A_c} \leqslant f_{c,\alpha} \tag{3-4-33}$$

式中，$f_{c,\alpha}$ 为木材斜纹承压强度设计值，MPa；$N$ 为作用于齿面上的轴向压力设计值，N；$A_c$ 为齿的承压面面积，$mm^2$。

按木材受剪

$$\frac{V}{l_v b_v} \leqslant \varphi_v f_v \tag{3-4-34}$$

式中，$f_v$ 为木材顺纹抗剪强度设计值，MPa；$V$ 为作用于剪面上的剪力设计值，N；$l_v$ 为剪面计算长度，mm，其取值不得大于齿深 $h_c$ 的 8 倍；$b_v$ 为剪面宽度，mm；$\varphi_v$ 为沿剪面长度剪应力分布不匀的强度降低系数，按表 3-4-11 采用。

（3）双齿连接

① 按木材承压（斜纹承压）

$$\frac{N}{A_{c1}+A_{c2}} \leqslant f_{c\alpha} \tag{3-4-35}$$

式中，$A_{c1}$ 为第一槽齿承压面积，$mm^2$；$A_{c2}$ 为第二槽齿承压面积，$mm^2$。

② 按木材受剪（顺纹受剪）

$$\frac{V}{l_v b_v} \leqslant \varphi_v f_v \tag{3-4-36}$$

注：1. 计算受剪应力时，全部剪力 $V$ 应由第二齿的剪面承受；

2. 第二齿剪面的计算长度 $l_v$ 的取值，不得大于齿深 $h_c$ 的 10 倍；

3. 双齿连接沿剪面长度剪应力分布不匀的强度降低系数 $\varphi_v$ 值应按表 3-4-12 采用。

（4）桁架支座节点齿连接 桁架支座节点采用齿连接时，必须设置保险螺栓，但不考虑保险螺栓与齿的共同工作。保险螺栓应与上弦轴线垂直。保险螺栓应按《木结构设计规范》（GB 50005—2003）的有关规定进行净截面抗拉验算，所承受的轴向拉力应由下式确定：

$$N_b = N\tan(60° - \alpha) \tag{3-4-37}$$

式中，$N_b$ 为保险螺栓所承受的轴向拉力，N；$N$ 为上弦轴向压力的设计值，N；$\alpha$ 为上弦与下弦的夹角，(°)。

注：1. 保险螺栓的强度设计值应乘以 1.25 的调整系数。

2. 双齿连接宜选用两个直径相同的保险螺栓（图 3-4-6），可不考虑调整系数。

### 3.4.7.2 螺栓连接和钉连接

（1）螺栓连接和钉连接中可采用双剪连接（图 3-4-7）或单剪连接（图 3-4-8）。连接木构件的最小厚度，应符合表 3-4-13 的规定。

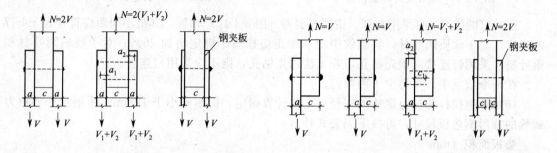

图 3-4-7　双剪连接　　　　　　　　　图 3-4-8　单剪连接

（2）木构件最小厚度符合本规范表 3-4-13 的规定时，螺栓连接或钉连接顺纹受力的每一剪面的设计承载力应按下式确定：

$$N_v = k_v d^2 \sqrt{f_c} \tag{3-4-38}$$

式中，$N_v$ 为螺栓或钉连接每一剪面的承载力设计值，N；$f_c$ 为木材顺纹承压强度设计值，MPa；$d$ 为螺栓或钉的直径，mm；$k_v$ 为螺栓或钉连接设计承载力计算系数，按表 3-4-14 采用。

注：1. 采用钢夹板时，计算系数 $k_v$ 取表中螺栓或钉的最大值。

2. 当木构件采用湿材制作时，螺栓连接的计算系数 $k_v$ 不应大于 6.7。

（3）若螺栓的传力方向与构件木纹成 $\alpha$ 角时，按式(3-4-32)计算的每一剪面的承载力设计值应乘以木材斜纹承压的降低系数 $\varphi_\alpha$（$\varphi_\alpha$ 按表 3-4-15 确定）。

（4）螺栓的排列　可按两纵行齐列（图 3-4-9）或两纵行错列（图 3-4-10）布置，并应符合下列规定：

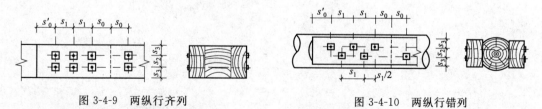

图 3-4-9　两纵行齐列　　　　　　　　图 3-4-10　两纵行错列

① 螺栓排列的最小间距，应符合表 3-4-16 的规定；

② 当采用湿材制作时，木构件顺纹端距 $s_0$ 应加长 70mm；

③ 当构件成直角相交且力的方向不变时，螺栓排列的横纹最小边距：受力边不小于 $4.5d$；非受力边不小于 $2.5d$（图 3-4-11）。

④ 当采用钢夹板时，钢板上的端距 $s_0$ 取螺栓直径的 2 倍；边距 $s_3$ 取螺栓直径的 1.5 倍。

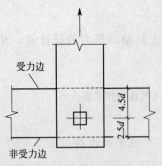

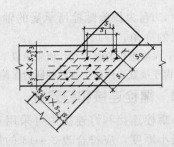

图 3-4-11 横纹受力时螺栓排列          图 3-4-12 钉连接的斜列布置

（5）钉的排列　可采用齐列、错列或斜列（图 3-4-12）布置，其最小间距应符合表 3-4-17 的规定。对于软质阔叶材，其顺纹中距和端距应按表中规定增加 25％；对于硬质阔叶材和落叶松，采用钉连接应预先钻孔，若无法预先钻孔，则不应采用钉连接。

在一个节点中，不得少于两颗钉。

（6）圆钢拉杆和拉力螺栓的直径　应按计算确定，但不宜小于 12mm。圆钢拉杆和拉力螺栓的方形钢垫板尺寸，可按下列公式计算：

垫板面积（mm²）

$$A = \frac{N}{f_{c,\alpha}} \tag{3-4-39}$$

垫板厚度（mm）

$$t = \sqrt{\frac{N}{2f}} \tag{3-4-40}$$

式中，$N$ 为轴心拉力设计值，N；$f_{c,\alpha}$ 为木材斜纹承压强度设计值，MPa；$f$ 为钢材抗弯强度设计值，MPa。

注：1. 系紧螺栓的钢垫板尺寸可按构造要求确定，其厚度不宜小于 0.3 倍螺栓直径，其边长不应小于 3.5 倍螺栓直径。

2. 当为圆形垫板时，其直径不应小于 4 倍螺栓直径。

3. 桁架的圆钢下弦、三角形桁架跨中竖向钢拉杆、受振动荷载影响的钢拉杆以及直径等于或大于 20mm 的钢拉杆和拉力螺栓，都必须采用双螺帽。

4. 木结构的钢材部分，应有防锈措施。

# 4 常用材料与构件相关数据

## 4.1 钢材相关数据

### 4.1.1 钢筋符号与钢材标注方法

#### 4.1.1.1 常用钢筋符号（表 4-1-1）

表 4-1-1 钢筋符号

| 种 类 | | | 符 号 |
|---|---|---|---|
| 热轧钢筋 | HPB235（Q235） | | $\phi$ |
| | HRB335（20MnSi） | | $\underline{\phi}$ |
| | HRB400（20MnSiV、20MnSiNb、20MnTi） | | $\underline{\phi}$ |
| | RRB400（K20MnSi） | | $\underline{\phi}^R$ |
| 预应力钢筋 | 钢绞线 | | $\phi^S$ |
| | 消除应力钢丝 | 光面 | $\phi^P$ |
| | | 螺旋肋 | $\phi^H$ |
| | | 刻痕 | $\phi^I$ |
| | 热处理钢筋 | 40Si2Mn | $\phi^{HT}$ |
| | | 48Si2Mn | |
| | | 45Si2Cr | |

#### 4.1.1.2 钢材涂色标记方法（表 4-1-2）

表 4-1-2 钢材涂色标记方法

| 名 称 | 涂色标记 | 名 称 | 涂色标记 |
|---|---|---|---|
| 一、普通碳素钢 | | 20～25 号 | 棕色＋绿色 |
| Q195（1 号钢） | 蓝色 | 30～40 号 | 白色＋蓝色 |
| Q215（2 号钢） | 黄色 | 45～85 号 | 白色＋棕色 |
| Q235（3 号钢） | 红色 | 15Mn～40Mn | 白色二条 |
| Q255（4 号钢） | 黑色 | 45Mn～70Mn | 绿色三条 |
| Q275（5 号钢） | 绿色 | 三、合金结构钢 | |
| 6 号钢 | 白色＋黑色 | 锰钢 | 黄色＋蓝色 |
| 7 号钢 | 红色＋棕色 | 硅锰钢 | 红色＋黑色 |
| 特类钢 | 加涂铝白色一条 | 锰钒钢 | 蓝色＋绿色 |
| 二、优质碳素结构钢 | | 钼钢 | 紫色 |
| 5～15 号 | 白色 | 钼铬钢 | 紫色＋绿色 |

| 名　称 | 涂色标记 | 名　称 | 涂色标记 |
|---|---|---|---|
| 钼铬锰钢 | 紫色＋白色 | 铬钛钢 | 铝白色＋黄色 |
| 硼钢 | 紫色＋蓝色 | 铬锰钢 | 铝白色＋绿色 |
| 铬钢 | 绿色＋黄色 | 铬钼钢 | 铝白色＋白色 |
| 铬硅钢 | 蓝色＋红色 | 铬镍钢 | 铝白色＋红色 |
| 铬锰钢 | 蓝色＋黑色 | 铬锰镍钢 | 铝白色＋棕色 |
| 铬铝钢 | 铝白色 | 铬镍钛钢 | 铝白色＋蓝色 |
| 铬钼铝钢 | 黄色＋紫色 | 铬钼钛钢 | 铝白色＋白色＋黄色 |
| 铬锰硅钢 | 红色＋紫色 | 铬钼钒钢 | 铝白色＋紫色 |
| 铬钒钢 | 绿色＋黑色 | 铬镍钼钛钢 | 铝白色＋红色＋黄色 |
| 铬锰钛钢 | 黄色＋黑色 | 铬镍钨钛钢 | 铝白色＋白色＋红色 |
| 铬钨钒钢 | 棕色＋黑色 | 铬镍铜钛钢 | 铝白色＋蓝色＋白色 |
| 铬硅钼钒钢 | 紫色＋棕色 | 铬镍钼铜铌钢 | 铝白色＋黄色＋绿色 |
| 四、不锈耐酸钢 | | 铬钨钒铝钢 | 铝白色＋黄色＋红色 |
| 铬钢 | 铝白色＋黑色 | 铬钼钨钒钢 | 铝白色＋紫色＋黑色 |

# 4.1.2　钢材截面积与理论质量、每吨钢材展开面积计算

## 4.1.2.1　常用钢材截面积与理论质量（表 4-1-3）

表 4-1-3　常用钢材截面积与理论质量简易计算表

| 分类 | 名称 | 截面面积计算公式/mm² | 理论质量换算公式/(kg/m) | 各部分名称及代号 |
|---|---|---|---|---|
| 型钢 | 圆钢、圆盘条 | $A=0.7854d^2$ | $W=0.006165d^2$ | $d$—直径(mm) |
| | 方钢 | $A=a^2$ | $W=0.00785d^2$ | $d$—边宽 |
| | 圆角方钢 | $A=a^2-0.8584r^2$ | | $a$—边宽；$r$—圆角半径 |
| | 六角钢 | $A=2.5981S^2$ | $W=0.0068S^2$ | $S$—对边距离 |
| | 八角钢 | $A=4.8285S^2$ | $W=0.0065S^2$ | |
| | 等边角钢 | $A=d(2b-d)+0.2146(r^2-r_1^2)$ | $W\approx0.00795d(2b-d)$ | $b$—边宽；$d$—边厚；$r$—中圆角半径；$r_1$—边圆角半径 |
| | 不等边角钢 | | $W\approx0.00795d(B+b-d)$ | $b$—长边宽；$d$—短边厚；$r$—中圆角半径；$r_1$—边圆角半径 |
| | 工字钢 | $A=hd+2\delta(b-d)+0.8584(r^2-r_1^2)$ | (1)$W=0.00785d[h+3.34(b-d)]$<br>(2)$W=0.00785d[h+2.65(b-d)]$<br>(3)$W=0.00785d[h+2.26(b-d)]$ | $h$—高度；$d$—腰厚；$\delta$—腿厚；$b$—腿宽；$r$—腰上下圆角半径；$r_1$—腿边圆角半径 |
| | 槽钢 | $A=hd+2\delta(b-d)+0.4929(r^2-r_1^2)$ | (1)$W=0.00785d[h+3.26(b-d)]$<br>(2)$W=0.00785d[h+2.44(b-d)]$<br>(3)$W=0.00785d[h+2.24(b-d)]$ | |
| 钢板和钢带 | 扁钢 | $A=b\delta$ | $W=0.00785\delta$ | $b$—宽度；$\delta$—厚度 |
| | 圆角扁钢 | $A=b\delta-0.8584r^2$ | | $b$—宽度；$\delta$—厚度；$r$—圆角半径 |
| | 钢板 | $A=b\delta$ | $W=7.85\delta(kg/m^2)$ | $b$—宽度；$\delta$—厚度 |
| 钢管 | 钢管 | $A=3.1416t(D-t)$ | $W=0.02466t(D-t)$ | $D$—外径；$t$—壁厚 |
| 钢丝 | 钢丝 | $A=0.7854d^2$ | $W=0.006165d^2$ | $d$—直径 |

注：1. 钢的相对密度为 7.85。

2. $W$ 为每米长度（钢板公式中每平方米）的理论质量，kg。

3. 螺纹钢筋的规格以计算直径表示，预应力混凝土用钢绞线以公称直径表示，水、煤气输送钢管及套管以公称口径或英寸表示。

4. 换算公式中的（1）、（2）、（3）分别表示 a、b、c 型工字型钢或槽钢理论质量的计算公式。

## 4.1.2.2 每吨钢材展开面积计算

**表 4-1-4　每吨钢材展开面积计算**

| 类　别 | 每 1m 表面积/(m²/m) | 每 1t 表面积/(m²/t) | 说　明 |
|---|---|---|---|
| 圆钢 | | 009.55/$\phi$ | $\phi$ 钢筋公称直径,mm |
| 方刚 | 边长(m)×4 | | |
| 六角钢 | 3.46415S | | |
| 八角钢 | 3.3137S | | S,单位 m |
| 工字钢 | $2(h-d)+4b-1.7168(r+r_1)$ | | $h$、$d$、$b$、$r$、$r_1$ 单位 m |
| 槽钢 | $2(h-d)+4b-0.8584(r+r_1)$ | 1000/理论重量× 每 1m 表面积 | |
| 无缝钢管 | $\pi D$ | | $D$ 钢管外径,m |
| 热轧剖分 T 形钢 | $2(h+B)-0.8584r$ | | 高度 $h$、宽度 $B$、腹板厚度 $r$,m |
| 热轧 H 型钢 | $2(H-t_1)+4B-1.7168r$ | | 高度 $H$、腹板厚度 $t_1$、宽度 $B$、圆角半径 $r$,m |
| 热轧 H 型钢桩 | | | |
| 热轧 L 型钢 | $2(h+b)-0.4292(R+2r)$ | | 腹板高度 $h$、面板宽度 $b$、内圆角半径 $R$、面板端部圆角半径 $r$,m |

注:"表面积"用于环氧树脂涂层和金属结构工程油漆的面积计算。

## 4.1.3　常用钢材横断面形状及标注方法

**表 4-1-5　常用钢材横断面形状及标注方法**

| 序号 | 名　称 | 横断面形状 | 各部分名称及代号 | 规格表示方法/mm |
|---|---|---|---|---|
| 1 | 圆钢、圆盘条 | | $d$—直径 | 直径 如:$\phi$25 |
| 2 | 方钢 | | $d$—边长(宽) | 边长 如:$50^2$ 或 $50×50$ |
| 3 | 圆角方钢 | | $a$—边款 $r$—圆角半径 | |
| 4 | 六角钢 | | $S$—对边距离 | 对间距离 如:25 |
| 5 | 八角钢 | | | |

| 序号 | 名称 | 横断面形状 | 各部分名称及代号 | 规格表示方法/mm |
|---|---|---|---|---|
| 6 | 等边角钢 | $\llcorner b \times d$ | $b$—边宽度<br>$d$—边厚度<br>$r$—中圆角半径<br>$r_1$—边圆角半径 | 边款$^2$×边厚或型号<br>表示如：$75^2 \times 10$ 或<br>$75 \times 10$ 或 7.5 号 |
| 7 | 不等边角钢 | $\llcorner B \times b \times d$ | $B$—长边宽度<br>$b$—短边宽度<br>$d$—短边厚度<br>$r$—内圆角半径<br>$r_1$—边圆角半径 | 长边宽度×短边<br>宽度×短边厚度<br>如：$100 \times 75 \times 10$ |
| 8 | L形钢 | $\llcorner h \times bt_1 \times T$ | $h$—腹板高度<br>$b$—面板宽度<br>$t_1$—腹板厚度<br>$T$—面板厚度<br>$R$—内圆角半径<br>$r$—面板端部圆角半径 | 腹板高度×面板宽度×<br>腹板厚度×面板厚度<br>如：$\llcorner 300 \times 100 \times 10.5 \times 15$ |
| 9 | 工字钢 | $\llbracket N$ | $h$—高度<br>$d$—腰厚<br>$b$—腿宽<br>$r$—腰上下圆角半径<br>$r_1$—腿边圆角半径<br>$N$—型号 | 高度×腿宽×腰厚<br>或型号表示<br>如：$100 \times 68 \times 4.5$<br>或 10 号 |
| 10 | H形钢<br>HW—宽翼缘<br>HM—中翼缘<br>HN—窄翼缘 | $\llbracket N$ | $H$—高度<br>$B$—宽度<br>$t_1$—腹板厚度<br>$t_2$—翼缘厚度<br>$r$—圆角半径 | 高度×宽度<br>如：$HW100 \times 100$ |

| 序号 | 名　称 | 横断面形状 | 各部分名称及代号 | 规格表示方法/mm |
|---|---|---|---|---|
| 11 | H 型钢桩<br>HP—H 型钢桩 | | $H$—高度<br>$B$—宽度<br>$t_1$—腹板厚度<br>$t_2$—翼缘厚度<br>$r$—圆角半径 | 高度×宽度<br>如:HP400×400 |
| 12 | T 形钢<br>TW—宽翼缘<br>TM—中翼缘<br>TN—窄翼缘 | | $h$—高度<br>$B$—宽度<br>$t_1$—腹板厚度<br>$t_2$—翼缘厚度<br>$r$—圆角半径 | 高度×宽度<br>如:TW150×300 |
| 13 | 槽钢 | | $h$—高度<br>$b$—腿宽<br>$d$—腰厚<br>$r$—腰上下圆角半径<br>$r_1$—腿端圆角半径<br>$N$—型号 | 高度×腿宽×腰厚<br>或型号表示<br>如:80×43×5.0 或 8 号 |
| 14 | 扁钢 | | $b$—宽度<br>$\delta$—厚度 | 宽度×厚度<br>如:100×12 |
| 15 | 圆角扁钢 | | $b$—宽度<br>$\delta$—厚度<br>$r$—圆角半径 | |
| 16 | 钢板 | | $b$—宽度<br>$\delta$—厚度 | 厚度或厚度×宽度×长度<br>如:9 或 9×1400×1800 |
| 17 | 无缝钢管或电焊钢管 | | $D$—外径<br>$t$—壁厚 | 外径×壁厚×长度—钢号或外径×壁厚<br>如:102×4×700—20<br>或 102×4 |
| 18 | 预应力钢筋<br>1. 钢绞线 $\phi^S(1×3$、$1×7)$<br>2. 钢丝光面 $\phi^P$、$\phi^H$<br>刻痕 $\phi^I$<br>3. 热处理钢筋 $\phi^{HT}$ | | $d$—直径 | 公称直径<br>如:$\phi^S9.5$ 或 $\phi^P6$、$\phi^H9$、$\phi^I5$、$\phi^{HT}8.2$ |

# 4.2 常用材料与构件自重

## 4.2.1 木材自重表

表 4-2-1 木材自重表　　　　　　　　单位：kN/m³

| 名　　称 | 自　重 | 备　注 |
|---|---|---|
| 杉木 | 4 | |
| 冷杉、云杉、红松、华山松、樟子松、铁杉、拟赤杨、红椿、杨木、枫杨 | 4～5 | |
| 马尾松、云南松、油松、赤松、广东松、桤木、枫香、柳木、榛木、秦岭落叶松、新疆落叶松 | 5～6 | 随含水率而不同 |
| 东北落叶松、陆均松、榆木、桦木、水曲柳、苦楝、木荷、臭椿 | 6～7 | |
| 锥木(椆木)、石栎、槐木、乌墨 | 7～8 | |
| 青风栎(楮木)、栎木(柞木)、桉树、木麻黄 | 8～9 | |
| 普通木板条,椽、檩木料 | 5 | |
| 锯末 | 2～2.5 | 加防腐剂时为3kN/m³ |
| 木丝板 | 4～5 | |
| 软木板 | 2.5 | — |
| 刨花板 | 6 | |

## 4.2.2 胶合板材自重表

表 4-2-2 胶合板材自重表　　　　　　　　单位：kN/m³

| 名　　称 | 自　重 | 备　注 |
|---|---|---|
| 胶合三夹板(杨木) | 0.019 | |
| 胶合三夹板(椴木) | 0.022 | |
| 胶合三夹板(水曲柳) | 0.028 | |
| 胶合五夹板(杨木) | 0.03 | — |
| 胶合五夹板(椴木) | 0.034 | |
| 胶合五夹板(水曲柳) | 0.04 | |
| 甘蔗板(按10mm厚计) | 0.03 | 常用厚度为 1.3mm、15mm、19mm、25mm |
| 隔音板(按10mm厚计) | 0.03 | 常用厚度为13mm、20mm |
| 木屑板(按10mm厚计) | 0.12 | 常用厚度为6mm、10mm |

## 4.2.3 金属矿产自重表

表 4-2-3 金属矿产自重表　　　　　　　　单位：kN/m³

| 名　称 | 自　重 | 备　注 | 名　称 | 自　重 | 备　注 |
|---|---|---|---|---|---|
| 铸铁 | 72.5 | | 赤铁矿 | 25～30 | |
| 锻铁 | 77.5 | | 钢 | 78.5 | |
| 铁矿渣 | 27.6 | | 纯铜、赤铜 | 89 | |
| 黄铜、青铜 | 85 | | 镁 | 18.5 | |
| 硫化铜矿 | 42 | | 锑 | 66.6 | |
| 铝 | 27 | | 水晶 | 29.5 | — |
| 铝合金 | 28 | | 硼砂 | 17.5 | |
| 锌 | 70.5 | | 硫矿 | 20.5 | |
| 亚锌矿 | 40.5 | | 石棉矿 | 24.6 | |

| 名　称 | 自　重 | 备　注 | 自　重 | 备　注 | |
|---|---|---|---|---|---|
| 铅 | 114 | | 石棉 | 10 | 压实 |
| 方铅矿 | 74.5 | | 石棉 | 4 | 松散、含水量不大于15% |
| 金 | 193 | | | | |
| 铂(白金) | 213 | | 白垩(高岭土) | 22 | — |
| 银 | 105 | | 石膏矿 | 25.5 | |
| 锡 | 73.5 | | | | |
| 镍 | 89 | | 石膏 | 13～14.5 | 粗块堆放$\varphi=30°$，细块堆放$\varphi=40°$ |
| 汞(水银) | 136 | | | | |
| 钨 | 189 | | 石膏粉 | 9 | — |

## 4.2.4　土、砂、砂砾及岩石自重表

表 4-2-4　土、砂、砂砾及岩石自重表　　　　单位：kN/m³

| 名　称 | 自　重 | 备　注 |
|---|---|---|
| 腐殖土 | 15～16 | 干，$\varphi=40°$ |
| | | 湿，$\varphi=35°$ |
| | | 很湿，$\varphi=25°$ |
| 黏土 | 13.5 | 干，松，空隙比为1.0 |
| | 16 | 干，$\varphi=40°$，压实 |
| | 18 | 湿，$\varphi=35°$，压实 |
| | 20 | 很湿，$\varphi=20°$，压实 |
| 砂土 | 12.2 | 干，松 |
| | 16 | 干，$\varphi=35°$，压实 |
| | 18 | 湿，$\varphi=35°$，压实 |
| | 20 | 很湿，$\varphi=20°$，压实 |
| 砂子 | 14 | 干，细沙 |
| | 17 | 干，粗砂 |
| 卵石 | 16～18 | 干 |
| 黏土夹卵石 | 17～18 | 干，松 |
| 砂夹卵石 | 15～17 | 干，松 |
| | 16～19.2 | 干，压实 |
| | 18.9～19.2 | 湿 |
| 浮石 | 6～8 | |
| 浮石填充料 | 4～6 | — |
| 砂岩 | 23.6 | |
| 页岩 | 28 | |
| | 14.8 | 片石堆置 |
| 泥灰石 | 14 | $\varphi=40°$ |
| 花岗石、大理石 | 28 | — |
| 花岗石 | 15.4 | 片石堆置 |
| 石灰石 | 26.4 | — |
| | 15.2 | 片石堆置 |
| 贝壳石灰岩 | 14 | |
| 白云石 | 16 | 片石堆置，$\varphi=48°$ |
| 滑石 | 27.1 | |
| 火石(燧石) | 35.2 | |
| 云斑石 | 27.6 | — |
| 玄武岩 | 29.5 | |
| 长石 | 25.5 | |
| 角闪石、缘石 | 30 | |
| | 17.1 | 片石堆置 |

| 名　　称 | 自　　重 | 备　　注 |
|---|---|---|
| 碎石子 | 14 | 堆置 |
| 岩粉 | 16 | 黏土质或石灰质 |
| 多孔黏土 | 5～8 | 作填充料用，$\varphi=35°$ |
| 硅藻土填充料 | 4～6 |  |
| 辉绿岩板 | 29.5 |  |

## 4.2.5　砖及砌块自重表

表 4-2-5　砖及砌块自重表　　　　　　　单位：kN/m³

| 名　　称 | 自　　重 | 备　　注 |
|---|---|---|
| 普通砖 | 18 | 240mm×115mm×53mm(684 块/m³) |
| 普通砖 | 19 | 机器制 |
| 缸砖 | 21.0～21.5 | 230mm×110mm×65mm(609 块/m³) |
| 红缸砖 | 20.4 | — |
| 耐火砖 | 19～22 | 230mm×110mm×65mm(609 块/m³) |
| 耐酸瓷砖 | 23～25 | 230mm×113mm×65mm(590 块/m³) |
| 灰砂砖 | 18 | 砂∶白灰＝92∶8 |
| 煤渣砖 | 17.0～18.5 |  |
| 矿渣砖 | 18.5 | 硬矿渣∶烟灰∶石灰＝75∶15∶10 |
| 焦渣砖 | 12～14 |  |
| 烟灰砖 | 14～15 | 炉渣∶电石渣∶烟灰＝30∶40∶30 |
| 黏土坯 | 12～15 |  |
| 锯末砖 | 9 |  |
| 焦渣空心砖 | 10 | 290mm×290mm×140mm(85 块/m³) |
| 水泥空心砖 | 9.8 | 290mm×290mm×140mm(85 块/m³) |
| 水泥空心砖 | 10.3 | 300mm×250mm×110mm(121 块/m³) |
| 水泥空心砖 | 9.6 | 300mm×250mm×160mm(83 块/m³) |
| 蒸压粉煤灰砖 | 14～16 | 干相对密度 |
| 陶粒空心砌块 | 5 | 长 600mm，400mm，宽 150mm，250mm，高 250mm、200mm |
| 陶粒空心砌块 | 6 | 390mm×290mm×190mm |
| 粉煤灰轻渣空心砌块 | 7～8 | 390mm×190mm×190mm，390mm×240mm×190mm |
| 蒸压粉煤灰加气混凝土砌块 | 5.5 | — |
| 混凝土空心小砌块 | 11.8 | 390mm×190mm×190mm |
| 碎砖 | 12 | 堆置 |
| 水泥花砖 | 19.8 | 200mm×200mm×24mm(1042 块/m³) |
| 瓷面砖 | 19.8 | 150mm×150mm×8mm(5556 块/m³) |
| 陶瓷锦砖 | 0.12kN/m² | 厚 5mm |

## 4.2.6　石灰、水泥、灰浆及混凝土自重表

表 4-2-6　石灰、水泥、灰浆及混凝土自重表　　　　　　　单位：kN/m³

| 名　　称 | 自　　重 | 备　　注 |
|---|---|---|
| 生石灰块 | 11 | 堆置，$\varphi=30°$ |
| 生石灰粉 | 12 | 堆置，$\varphi=35°$ |
| 熟石灰膏 | 13.5 |  |
| 石灰砂浆、混合砂浆 | 17 |  |
| 水泥石灰焦渣砂浆 | 14 |  |
| 石灰炉渣 | 10～12 | — |
| 水泥炉渣 | 12～14 |  |
| 石灰焦渣砂浆 | 13 |  |

| 名　称 | 自　重 | 备　注 |
|---|---|---|
| 灰土 | 17.5 | 石灰：土＝3：7，夯实 |
| 稻草石灰泥 | 16 | |
| 纸筋石灰泥 | 16 | |
| 石灰锯末 | 3.4 | 石灰：锯末＝1：3 |
| 石灰三合土 | 17.5 | 石灰、砂子、卵石 |
| 水泥 | 12.5 | 轻质松散，$\varphi=20°$ |
| 水泥 | 14.5 | 散装，$\varphi=30°$ |
| 水泥 | 16 | 袋装压实，$\varphi=40°$ |
| 矿渣水泥 | 14.5 | |
| 水泥砂浆 | 20 | |
| 水泥蛭石砂浆 | 5～8 | |
| 石灰水泥浆 | 19 | — |
| 膨胀珍珠岩砂浆 | 7～15 | |
| 石膏砂浆 | 12 | |
| 碎砖混凝土 | 18.5 | |
| 素混凝土 | 22～24 | 振捣或不振捣 |
| 矿渣混凝土 | 20 | — |
| 焦渣混凝土 | 16～17 | 承重用 |
| 焦渣混凝土 | 10～14 | 填充用 |
| 铁屑混凝土 | 28～65 | |
| 浮石混凝土 | 9～14 | |
| 沥青混凝土 | 20 | |
| 无砂大孔混凝土 | 16～19 | |
| 泡沫混凝土 | 4～6 | |
| 加气混凝土 | 5.5～7.5 | 单块 |
| 石灰粉煤灰加气混凝土 | 6.0～6.5 | |
| 钢筋混凝土 | 24～25 | |
| 碎砖钢筋混凝土 | 20 | — |
| 钢丝网水泥 | 25 | 用于承重结构 |
| 水玻璃耐酸混凝土 | 20.0～23.5 | |
| 粉煤灰陶粒混凝土 | 19.5 | |

## 4.2.7　沥青、煤灰及油料自重表

表 4-2-7　沥青、煤灰及油料自重表　　　　　单位：kN/m³

| 名　称 | 自　重 | 备　注 |
|---|---|---|
| 石油沥青 | 10～11 | 根据相对密度 |
| 柏油 | 12 | |
| 煤沥青 | 13.4 | — |
| 煤焦油 | 10 | |
| 无烟煤 | 15.5 | 整体 |
| 无烟煤 | 9.5 | 块状堆放，$\varphi=30°$ |
| 无烟煤 | 8 | 碎块堆放，$\varphi=35°$ |
| 煤末 | 7 | 堆放，$\varphi=15°$ |
| 煤球 | 10 | 堆放 |
| 褐煤 | 12.5 | — |
| 褐煤 | 7～8 | 堆放 |
| 泥炭 | 7.5 | — |
| 泥炭 | 3.2～3.4 | 堆放 |

市政工程常用资料备查手册

| 名　称 | 自　重 | 备　注 |
|---|---|---|
| 木炭 | 3～5 | — |
| 煤焦 | 12 | |
| 煤焦 | 7 | 堆放，$\varphi=45°$ |
| 焦渣 | 10 | |
| 煤灰 | 6.5 | |
| 煤灰 | 8 | 压实 |
| 石墨 | 20.8 | |
| 煤蜡 | 9 | |
| 油蜡 | 9.6 | — |
| 原油 | 8.8 | |
| 煤油 | 8 | |
| 煤油 | 7.2 | 桶装，相对密度 0.82～0.89 |
| 润滑油 | 7.4 | |
| 汽油 | 6.7 | — |
| 汽油 | 6.4 | 桶装，相对密度 0.72～0.76 |
| 动物油、植物油 | 9.3 | — |
| 豆油 | 8 | 大铁桶装，每桶 360kg |

## 4.2.8　杂项自重表

表 4-2-8　杂项自重表　　　　　单位：$kN/m^3$

| 名　称 | 自　重 | 备　注 |
|---|---|---|
| 普通玻璃 | 25.6 | |
| 钢丝玻璃 | 26 | — |
| 泡沫玻璃 | 3～5 | |
| 玻璃棉 | 0.5～1.0 | 作绝缘层填充料用 |
| 岩棉 | 0.5～2.5 | |
| 沥青玻璃棉 | 0.8～1 | 热导率（导热系数）0.035～0.047W/（m·K） |
| 玻璃棉板（管套） | 1.0～1.5 | 热导率（导热系数）0.035～0.047W/（m·K） |
| 玻璃钢 | 14～22 | — |
| 矿渣棉 | 1.2～1.5 | 松散，热导率（导热系数）0.031～0.044W/（m·K） |
| 矿渣棉制品（板、砖、管） | 3.5～4.0 | 热导率（导热系数）0.047～0.070W/（m·K） |
| 沥青矿渣棉 | 1.2～1.6 | 热导率（导热系数）0.041～0.052W/（m·K） |
| 膨胀珍珠岩粉料 | 0.8～2.5 | 干，松散，热导率（导热系数）0.052～0.076W/（m·K） |
| 水泥珍珠岩制品、憎水珍珠制品 | 3.5～4.0 | 强度为 1.0N/mm²，热导率（导热系数）0.058～0.081W/（m·K） |
| 膨胀蛭石 | 0.8～2.0 | 热导率（导热系数）0.052～0.070W/（m·K） |
| 沥青蛭石制品 | 3.5～4.5 | 热导率（导热系数）0.081～0.105W/（m·K） |
| 水泥蛭石制品 | 4～6 | 热导率（导热系数）0.093～0.140W/（m·K） |
| 聚氯乙烯板（管） | 13.6～16.0 | — |
| 聚苯乙烯泡沫塑料 | 0.5 | 热导率（导热系数）不大于 0.035W/（m·K） |
| 石棉板 | 13 | 含水率不大于 3% |
| 乳化沥青 | 9.8～10.5 | |
| 软橡胶 | 9.3 | |
| 白磷 | 18.3 | |
| 松香 | 10.7 | |
| 瓷 | 24 | |
| 酒精 | 7.85 | 100% 纯 |
| 酒精 | 6.6 | 桶装，相对密度 0.79～0.82 |

| 名　称 | 自重 | 备　注 |
|---|---|---|
| 盐酸 | 12 | 浓度40% |
| 硝酸 | 15.1 | 浓度91% |
| 硫酸 | 17.9 | 浓度87% |
| 火碱 | 17 | 浓度60% |
| 氯化铵 | 7.5 | 袋装堆放 |
| 尿素 | 7.5 | 袋装堆放 |
| 碳酸氢氨 | 8 | 袋装堆放 |
| 水 | 10 | 温度4℃密度最大时 |
| 冰 | 8.96 | — |
| 书籍 | 5 | 书籍藏置 |
| 道林纸 | 10 | |
| 报纸 | 7 | — |
| 宣纸类 | 4 | |
| 棉花,棉纱 | 4 | 压紧平均自重 |
| 稻草 | 1.2 | |
| 建筑碎料(建筑垃圾) | 1.5 | — |
| 普通玻璃 | 25.6 | |

# 4.2.9　砌体自重表

表4-2-9　砌体自重表　　　　　　　　　　单位：kN/m²

| 名　称 | 自重 | 备　注 |
|---|---|---|
| 浆砌细方石 | 26.4 | 花岗岩,方整石块 |
| 浆砌细方石 | 25.6 | 石灰石 |
| 浆砌细方石 | 22.4 | 砂岩 |
| 浆砌毛方石 | 24.8 | 花岗岩,上下面大致平整 |
| 浆砌毛方石 | 24 | 石灰石 |
| 浆砌毛方石 | 20.8 | 砂岩 |
| 干砌毛石 | 20.8 | 花岗岩,上下面大致平整 |
| 干砌毛石 | 20 | 石灰石 |
| 干砌毛石 | 17.6 | 砂岩 |
| 浆砌普通砖 | 18 | |
| 浆砌机砖 | 19 | |
| 浆砌缸砖 | 21 | |
| 浆砌耐火砖 | 21 | — |
| 浆砌矿渣砖 | 21 | |
| 浆砌焦渣砖 | 12.5～14.0 | |
| 土坯砌体砖 | 16 | |
| 黏土砖空斗砌体 | 17 | 中填碎瓦砾、一眠一斗 |
| 黏土砖空斗砌体 | 13 | 全斗 |
| 黏土砖空斗砌体 | 12.5 | 不能承重 |
| 黏土砖空斗砌体 | 15 | 能承重 |
| 粉煤灰泡沫砌块砌体 | 8.0～8.5 | 粉煤灰：电石渣：废石膏＝74：22：4 |
| 三合土 | 17 | 灰：砂：土＝(1:1:9)～(1:1:4) |

市政工程常用资料备查手册

# 4.3 市政工程常用材料密度及损耗率

## 4.3.1 水泥、工业渣类及混合料、半成品、成品的密度及损耗率

表 4-3-1 水泥、工业渣类及混合料、半成品、成品的密度及损耗率

| 序号 | 材料名称 | 规格或说明 | 密度/(t/m³) | 损耗率/% | 说　明 |
|---|---|---|---|---|---|
| 1 | 水泥 | 综合取定 | 1.3 | 1 | |
| 2 | 水淬渣 | | 1.01 | 4 | |
| 3 | 粉煤灰 | | 0.85 | 3 | 密度 1.445t/m³（压实状态） |
| 4 | 石灰 | 块状 | 1.0 | 3 | |
| 5 | 熟石灰 | 消解,粉状 | 0.6 | 2 | 含水率 20%～35% |
| 6 | 石灰渣 | 冶金下脚 | 0.8 | 2 | |
| 7 | 黏土 | 黄泥 | 1.8 | 5 | |
| 8 | 水泥砂浆 | 粉刷 | 2.0 | 2.5 | |
| 9 | 水泥砂浆 | 砌筑 | 2.0 | 2.5 | |
| 10 | 水泥砂浆 | 压浆 | 2.0 | b | |
| 11 | 水泥混凝土 | 现浇 | 2.4 | 1.5 | |
| 12 | 水泥混凝土 | 预制 | 2.4 | 1.5 | |
| 13 | 水泥混凝土 | 钻孔灌注桩 | 2.4 | 21.8 | 包括扩孔 |
| 14 | 钢筋混凝土 | 现浇 | 2.5 | 1.5 | |
| 15 | 钢筋混凝土 | 预制 | 2.5 | 1.5 | |
| 16 | 水淬渣二渣 | | 1.4 | 2 | 密度 1.9t/m³（压实状态） |
| 17 | 粉煤灰三渣 | 骨料最大粒径≤40mm,≤8mm | 1.8 | 2 | 密度 2.34t/m³（压实状态） |
| 18 | 水淬渣三渣 | | 1.78 | 2 | 密度 2.31t/m³（压实状态） |
| 19 | 石灰膏 | | | 1.0 | |
| 20 | 混合砂浆 | 水泥石灰或石灰砂浆 | 1.7 | 2 | |
| 21 | 烟煤 | | 0.9 | 8 | |
| 22 | 水泥混凝土管 | 无筋 | | 1.5 | |
| 23 | 钢筋混凝土管 | | | 0.5 | |
| 24 | PVC-U 加筋管 | | | 1.07 | |
| 25 | 水泥混凝土人行道板 | 道路用 | | 4 | |
| 26 | 水泥混凝土人行道彩板 | 道路用 | | 2 | |
| 27 | 水泥混凝土侧平石 | 道路用 | | 3 | |
| 28 | 混凝土及预制构件 | 各类工程 | | 1 | |
| 29 | 预制钢筋混凝土桩 | | | 2 | |
| 30 | 预制小型混凝土构件 | | | 1.5 | |
| 31 | 预制梁 | | | 1 | |

## 4.3.2 竹木及其制品的密度及损耗率

表 4-3-2 竹木及其制品的密度及损耗率

| 序　号 | 材料名称 | 规格或说明 | 密度/(t/m³) | 损耗率/% | 说　明 |
|---|---|---|---|---|---|
| 1 | 小材 | 包括支撑 | 0.6 | 5 | |
| 2 | 木炭 | | 0.4 | 5 | |
| 3 | 木屑板 | | | 10 | 包括各种纤维板 |
| 4 | 毛竹 | | | 4 | |
| 5 | 竹笆 | | | 4 | |
| 6 | 竹篾 | | | 5 | |
| 7 | 竹片 | | | 3 | |

## 4.3.3 砂石料及砖石的密度及损耗率

表 4-3-3　砂石料及砖石的密度及损耗率

| 序号 | 材料名称 | 规格或说明 | 密度/(t/m³) | 损耗率/% | 说　明 |
|---|---|---|---|---|---|
| 1 | 黄砂 | 中粗 | 1.36 | 4 | 不过筛 |
| 2 | 石屑 | 0～3 | 1.33 | 3 | |
| 3 | 石屑 | 0～6 | 1.33 | 3 | |
| 4 | 石屑 | 3～6 | 1.33 | 3 | |
| 5 | 碎石 | 5～15 | 1.33 | 2 | |
| 6 | 碎石 | 5～25 | 1.36 | 2 | |
| 7 | 碎石 | 5～40 | 1.38 | 2 | |
| 8 | 道碴 | 30～80 | 1.41 | 2 | |
| 9 | 道碴 | 50～70 | 1.45 | 2 | |
| 10 | 砾石砂 | | 1.7 | 2 | |
| 11 | 山皮石 | 塘渣 | | 2 | |
| 12 | 块石 | | 1.7 | 2 | |
| 13 | 片石 | | 1.6 | 2 | |
| 14 | 料石 | | 2.2 | 1 | |
| 15 | 标准砖 | 240×115×53 | 2.6t/千块 | 3 | |
| 16 | 八五砖 | 220×105×43 | 1.7 | 3 | |
| 17 | 小方石 | | 2.2 | 1 | |
| 18 | 石粉 | | 1.6 | 3 | |

## 4.3.4 金属及其制品的密度及损耗率

表 4-3-4　金属及其制品的密度及损耗率

| 序号 | 材料名称 | 规格或说明 | 密度/(t/m³) | 损耗率/% | 说　明 |
|---|---|---|---|---|---|
| 1 | 钢筋 φ10mm 以内 | | | 2 | 现浇、预制构件 |
| | 钢筋 φ10mm 以外 | | | 4 | |
| | 成型钢筋 | | | 1 | |
| 2 | 预应力钢筋 | 先张法 | | 11 | |
| | | 后张法 | | 6 | |
| 3 | 高强钢丝、钢绞线 | 先张法 | | 14 | |
| | | 后张法 | | 4 | |
| 4 | 型钢 | 扁、槽、角、工 | | 6 | 指制作损耗 |
| 5 | 钢板 | 4.5～30mm | | 6 | |
| 6 | 钢板 | 连接板用 | | 20 | |
| | | 钢管桩用 | | 12 | |
| 7 | 钢管 | 焊接 | | 2 | |
| 8 | 钢管 | 无缝 | | 2 | |
| 9 | 铸铁管 | | | 1 | 包括管件 |
| 10 | 钢丝绳 | | | 2.5 | |
| 11 | 镀锌薄板 | | | 2 | |
| 12 | 圆钢 | 各种规格 | | 2 | |
| 13 | 螺杆 | | | 2 | |
| 14 | 铁件、预埋铁件 | | | 1 | |
| 15 | 焊条 | | | 10 | |
| 16 | 钢钎 | | | 20 | |

市政工程常用资料备查手册

## 4.3.5 沥青及其制品的密度及损耗率

表 4-3-5 沥青及其制品的密度及损耗率

| 序号 | 材料名称 | 规格或说明 | 密度/(t/m³) | 损耗率/% | 说 明 |
|------|----------|------------|-------------|----------|-------|
| 1 | 沥青混凝土 | 粗 LH25-I. H35 | 1.82 | 1.5 | 密度 2.365t/m³(压实) |
| 2 | 沥青混凝土 | 细 LH03-I. H15 | 1.77 | 1.5 | 密度 2.30t/m³(压实) |
| 3 | 黑色碎石 | LS-35 | 1.77 | 2 | 密度 2.30t/m³(压实) |
| 4 | (防滑层)沥青混凝土 | | 1.8 | 1.5 | 密度 2.335t/m³(压实)(金盖山石子) |
| 5 | 沥青玛琋脂碎石(SMA) | | 1.82 | 1.5 | 密度 2.36t/m³(压实) |
| 6 | 石油沥青 | | 1 | 3 | |
| 7 | 煤沥青 | | 1.2 | 5 | |
| 8 | 沥青漆 | | 1 | 3 | |
| 9 | 汽油 | | 0.74 | 3 | |
| 10 | 柴油 | 轻 | 0.86 | 5 | |
| 11 | 柴油 | 重 | 0.92 | 5 | |
| 12 | 机油 | | 0.9 | 3 | |
| 13 | 煤油 | | 0.82 | 3 | |
| 14 | 油毛毡 | | | 2 | |

## 4.3.6 油漆涂料及化工产品的密度及损耗率

表 4-3-6 油漆涂料及化工产品的密度及损耗率

| 序号 | 材料名称 | 规格或说明 | 密度/(t/m³) | 损耗率/% |
|------|----------|------------|-------------|----------|
| 1 | 锭子油 | | | 3 |
| 2 | 调和漆 | | | 2.5 |
| 3 | 防锈漆 | 红丹 | | 2.5 |
| 4 | 石棉漆 | | | 2.5 |
| 5 | 环氧沥青漆 | | | 2.5 |
| 6 | 溶剂油 | 松香水 | | 2 |
| 7 | 涂料 | | | 3 |
| 8 | 防水剂 | | | 3 |
| 9 | 硫磺砂浆 | | | 2 |
| 10 | 环氧树脂 | | | 2 |
| 11 | 塑料薄膜溶液 | | | 3 |
| 12 | 石膏 | 粉状 | 0.9 | 5 |
| 13 | 石膏 | 碎块 | 1.3 | 5 |
| 14 | 石棉 | | 0.4 | 2 |
| 15 | 石棉绳 | | | 2.5 |
| 16 | 塑料管 | | | 2 |
| 17 | 氧气 | | | 10 |
| 18 | 玻璃钢 | | | 5 |

### 4.3.7 橡胶制品的密度及损耗率

表 4-3-7 橡胶制品的密度及损耗率

| 序号 | 材料名称 | 规格或说明 | 密度/(t/m³) | 损耗率/% |
|---|---|---|---|---|
| 1 | 橡胶支座 | | 1.3 | 1 |
| 2 | 橡胶止水带 | | | 5 |
| 3 | 橡胶伸缩缝 | | | 5 |
| 4 | 高压橡胶圈 | | | 3 |

### 4.3.8 其他材料的密度及损耗率

表 4-3-8 其他材料的密度及损耗率

| 序号 | 材料名称 | 规格或说明 | 密度/(t/m³) | 损耗率/% | 说 明 |
|---|---|---|---|---|---|
| 1 | 棕、绳 | 各种规格 | | 3 | |
| 2 | 棉纱绳 | 各种规格 | | 3 | |
| 3 | 麻袋 | | | 1 | |
| 4 | 草包 | | | 4 | |
| 5 | 草帘 | | | 2 | |
| 6 | 安全网 | | | 2 | |
| 7 | 油浸麻丝 | 每股9索 | 1.10 | 2 | kg/m |
| 8 | 水 | | | 5 | |
| 9 | 圆钉 | | | 2 | |
| 10 | 镀锌铁丝22号 | | | 3 | |
| 11 | 土方 | | | 1.8 | 天然密实方密度 |
| 12 | 旧(废)料 | | | 2.2 | |
| 13 | 污泥 | | | 1.35 | (市政设施养护下水道工程) |

## 4.4 常用材料质量检查验收

### 4.4.1 土的质量标准

#### 4.4.1.1 填方用土质量标准

(1) 土的可溶性盐含量不大于 5%，550℃有机质烧失量不大于 5%，特殊情况不大于 7%。

(2) 路基填方不得含草、树根等杂物，粒径超过 10cm 的土块应打碎。

(3) 路基填土严禁用腐殖土、生活垃圾、淤泥、冻土块和腌渍土。

(4) 桥台填土处设计文件另有规定外，一般应用砂性土或其他透水性材料（如粉煤灰）。碎石土要求级配良好（一般碎石：土的比例为1：2），石灰土要求分层夯实，含灰量要在 8% 以上。

## 4.4.1.2 土的其他技术质量标准（表 4-4-1～表 4-4-8）

**表 4-4-1 砂土密度程度划分**

| 分级 | | 相对密度 $D_r$ |
|---|---|---|
| 密实 | | $D_r \geqslant 0.67$ |
| 中实 | | $0.67 > D_r > 0.33$ |
| 松散 | 稍松 | $0.33 \geqslant D_r > 0.2$ |
| | 极松 | $D_r \leqslant 0.2$ |

**表 4-4-2 碎（砾）石土和砂土潮湿程度划分**

| 分级 | 饱和度 $S_r$ |
|---|---|
| 稍湿 | $S_r \leqslant 0.5$ |
| 潮湿 | $0.5 < S_r \leqslant 0.8$ |
| 饱和 | $S_r > 0.8$ |

**表 4-4-3 软土分类**

| 指标<br>土类 | 含水量<br>$w/\%$ | 孔隙比<br>$\varepsilon$ | 压缩系数<br>（在 $100\sim200$kPa 压力 $F$） | 饱和度 $S_r/\%$ | 内摩擦角 $\varphi/(°)$<br>（快剪） |
|---|---|---|---|---|---|
| 黏土 | >40 | >1.2 | >0.05 | >95 | <50 |
| 中低液限黏土 | >30 | >0.92 | >0.03 | >95 | <50 |

**表 4-4-4 黄土按湿陷等级划分**

| | 湿陷类型 | |
|---|---|---|
| | 非自重湿陷性 | 重湿陷性 |
| | 分级湿陷量/cm | |
| Ⅰ | $\leqslant 15$ | $\leqslant 15$ |
| Ⅱ | $15 < \delta_s \leqslant 35$ | $15 < \delta_s \leqslant 40$ |
| Ⅲ | $\delta_s > 35$ | $\delta_s > 40$ |

**表 4-4-5 土的稠度划分**

| 分级 | 稠度 $W_s$ | 分级 | 稠度 $W_s$ |
|---|---|---|---|
| 液塑 | $0\sim0.25$ | 软塑 | $0.5\sim0.75$ |
| 极软塑 | $0.25\sim0.5$ | 硬塑 | $0.75\sim1$ |

**表 4-4-6 按液性指标 $I_L$ 值确定黏性土状态**

| $I_L$ 值 | 状态 | $I_L$ 值 | 状态 |
|---|---|---|---|
| $I_L < 0$ | 坚硬 | $0.75 < I_L \leqslant 1$ | 软塑 |
| $0 < I_L \leqslant 0.25$ | 硬塑 | $I_L > 1$ | 流塑 |
| $0.25 < I_L \leqslant 0.75$ | 可塑 | | |

**表 4-4-7 湿陷性黄土地基的湿陷等级**

| 计算自重湿陷量<br>湿陷类型<br>总湿陷量 $\Delta_s$/cm | 非自重湿陷性场地 | 自重湿陷性场地 | |
|---|---|---|---|
| | $\Delta_{zs} \leqslant 7$ | $7 < \Delta_{zs} \leqslant 35$ | $\Delta_{zs} > 35$ |
| $\Delta_s \leqslant 30$ | Ⅰ（轻微） | Ⅱ（中等） | — |
| $30 < \Delta_s \leqslant 60$ | Ⅱ（中等） | Ⅱ（中等）或Ⅲ（严重） | Ⅲ（严重） |
| $\Delta_s > 60$ | Ⅲ（严重） | Ⅲ（严重） | Ⅳ（很严重） |

注：1. 当总湿陷量 $30$cm$ < \Delta_s < 50$cm。计算向重湿陷量 $7$cm$ < \Delta_{zs} < 30$cm 时，可判为Ⅱ级。

2. 当总湿陷量 $\Delta_s \leqslant 50$cm。计算自重湿陷量 $\Delta_{zs} \geqslant 30$cm 时，可判为Ⅲ级。

表 4-4-8　膨胀土工程地质分类

| 分类 | 野 外 地 质 特 征 | 主要黏土<br>矿物成分 | ≥0.002mm<br>黏粒含量/% | 自由膨胀<br>率/% | 胀缩总<br>率/% |
|---|---|---|---|---|---|
| 强膨<br>胀土 | 灰白色、灰绿色，黏土细腻，滑感特强。网状裂隙极发育，有蜡面，易风化呈细粒状、鳞片状 | 蒙脱石<br>伊利石 | ＞50 | ＞90 | ＞4 |
| 中等<br>膨胀土 | 以棕、红、灰色为主，黏土中含少量粉砂。滑感较强，裂隙较发育。易风化呈碎粒状，含钙质结核 | 蒙脱石<br>伊利石 | 35～50 | 65～90 | 2～4 |
| 弱膨<br>胀土 | 黄褐色为主，黏土中含较多粉砂，有滑感，裂隙发育，易风化呈碎粒状，含较多钙质或铁锰结核 | 蒙脱石<br>高岭石<br>伊利石 | ＜35 | 40～65 | 0.7～2.0 |

注：胀缩总率为土在 50kPa 压力下的膨胀率与收缩率之和。

# 4.4.2　胶结材料

## 4.4.2.1　水泥

（1）通用硅酸盐水泥（表 4-4-9～表 4-4-12）

表 4-4-9　通用硅酸盐水泥的组分

| 品　种 | 代号 | 组分 | | | | |
|---|---|---|---|---|---|---|
| | | 熟料＋石膏 | 粒化高炉<br>矿渣 | 火山灰质<br>混合材料 | 粉煤灰 | 石灰石 |
| 硅酸盐水泥 | P·Ⅰ | 100 | — | — | — | — |
| | P·Ⅱ | ≥95 | ≤5 | — | — | — |
| | | ≥95 | — | — | — | ≤5 |
| 普通硅酸盐水泥 | P·O | ≥80 且＜95 | ＞5 且≤20 | | | — |
| 矿渣硅酸盐水泥 | P·S·A | ≥50 且＜80 | ＞20 且≤50 | — | — | — |
| | P·S·B | ≥30 且＜50 | ＞50 且≤70 | — | — | — |
| 火山灰质硅酸盐<br>水泥 | P·P | ≥60 且＜80 | — | ＞20 且≤40 | — | — |
| 粉煤灰硅酸盐水泥 | P·F | ≥60 且＜80 | — | — | ＞20 且≤40 | — |
| 复合硅酸盐水泥 | P·C | ≥50 且＜80 | ＞20 且≤50 | | | |

表 4-4-10　通用硅酸盐水泥各龄期的强度要求　　　　　单位：MPa

| 品　种 | 强度等级 | 抗压强度 | | 抗折强度 | |
|---|---|---|---|---|---|
| | | 3d | 28d | 3d | 28d |
| 硅酸盐水泥 | 42.5 | ≥17.0 | ≥42.5 | ≥3.5 | ≥6.5 |
| | 42.5R | ≥22.0 | | ≥4.0 | |
| | 52.5 | ≥23.0 | ≥52.5 | ≥4.0 | ≥7.0 |
| | 52.5R | ≥27.0 | | ≥5.0 | |
| | 62.5 | ≥28.0 | ≥62.5 | ≥5.0 | ≥8.0 |
| | 62.5R | ≥32.0 | | ≥5.5 | |
| 普通硅酸盐水泥 | 42.5 | ≥17.0 | ≥42.5 | ≥3.5 | ≥6.5 |
| | 42.5R | ≥22.0 | | ≥4.0 | |
| | 52.5 | ≥23.0 | ≥52.5 | ≥4.0 | ≥7.0 |
| | 52.5R | ≥27.0 | | ≥5.0 | |
| 矿渣硅酸盐水泥<br>火山灰硅酸盐水泥<br>粉煤灰硅酸盐水泥<br>复合硅酸盐水泥 | 32.5 | ≥10.0 | ≥32.5 | ≥2.5 | ≥5.5 |
| | 32.5R | ≥15.0 | | ≥3.5 | |
| | 42.5 | ≥15.0 | ≥42.5 | ≥3.5 | ≥6.5 |
| | 42.5R | ≥19.0 | | ≥4.0 | |
| | 52.5 | ≥21.0 | ≥52.5 | ≥4.0 | ≥7.0 |
| | 52.5R | ≥23.0 | | ≥4.5 | |

表 4-4-11　通用硅酸盐水泥化学指标

| 品　种 | 代号 | 不溶物（质量分数） | 烧失量（质量分数） | 三氧化硫（质量分数） | 氧化镁（质量分数） | 氯离子（质量分数） |
|---|---|---|---|---|---|---|
| 硅酸盐水泥 | P·I | ≤0.75 | ≤3.0 | ≤3.5 | ≤5.0 | ≤0.06 |
| | P·Ⅱ | ≤1.50 | ≤3.5 | | | |
| 普通硅酸盐水泥 | P·O | — | ≤5.0 | | | |
| 矿渣硅酸盐水泥 | P·S·A | — | — | | ≤6.0 | |
| | P·S·B | — | — | ≤4.0 | | |
| 火山灰质硅酸盐水泥 | P·P | — | — | | | |
| 粉煤灰硅酸盐水泥 | P·F | — | — | ≤3.5 | ≤6.0b | |
| 复合硅酸盐水泥 | P·C | — | — | | | |

表 4-4-12　通用水泥的选用

| 类别 | 混凝土工程特点及所处环境条件 | 优先选用 | 可以选用 | 不宜选用 |
|---|---|---|---|---|
| 普通混凝土 | 在普通气候环境中的混凝土 | 普通硅酸盐水泥 | 矿渣硅酸盐水泥火山灰水泥粉煤灰硅酸盐水泥 | |
| | 在干燥环境中的混凝土 | 普通硅酸盐水泥 | 矿渣硅酸盐水泥 | 火山灰质硅酸盐水泥粉煤灰质硅酸盐水泥 |
| | 在高湿度环境中或永远处于水下的混凝土 | 矿渣硅酸盐水泥火山灰质硅酸盐水泥粉煤灰质硅酸盐水泥 | 普通硅酸盐水泥 | |
| | 厚大体积的混凝土 | 粉煤灰硅酸盐水泥 | 普通硅酸盐水泥 | 硅酸盐水泥 |
| 有特殊要求的混凝土 | 要求快硬高强（＞C40）的混凝土 | 硅酸盐水泥快硬硅酸盐水泥 | 普通硅酸盐水泥 | 矿渣硅酸盐水泥火山灰质硅酸盐水泥粉煤灰硅酸盐水泥 |
| | 严寒地区的露天混凝土，寒冷地区的处于水位升降范围内的混凝土 | 普通硅酸盐水泥 | 矿渣硅酸盐水泥（强度等级高于 42.5） | 火山灰质硅酸盐水泥粉煤灰硅酸盐水泥 |
| | 严寒地区处于水位升降范围内的混凝土 | 普通硅酸盐水泥（强度等级高于 42.5） | | 火山灰质硅酸盐水泥矿渣硅酸盐水泥粉煤灰硅酸盐水泥 |
| | 有抗渗性要求的混凝土 | 普通硅酸盐水泥、火山灰质硅酸盐水泥 | | 矿渣硅酸盐水泥 |
| | 有耐磨性要求的混凝土 | 硅酸盐水泥、普通硅酸盐水泥 | 矿渣硅酸盐水泥（强度等级高于 32.5） | 火山灰质硅酸盐水泥 |
| | 受侵蚀介质作用的混凝土 | 矿渣硅酸盐水泥、火山灰水泥粉煤灰硅酸盐水泥 | | 硅酸盐水泥普通硅酸盐水泥 |

（2）砌筑水泥　凡由一种或一种以上的水泥混合材料，加入适量硅酸盐水泥熟料和石膏，经磨细制成的和易性较好的水硬性胶凝材料，称为砌筑水泥，代号 M。水泥中混合材料掺加量按重量百分比计应大于 50%，允许掺入适量的石灰石或窑灰。水泥中混合材料掺加量不得与矿渣硅酸盐水泥重复。砌筑水泥的技术要求见表 4-4-13。

表 4-4-13　砌筑水泥技术要求

| 项　目 | 技术要求 |
|---|---|
| 三氧化硫 | 水泥中三氧化硫含量不得超过 4.0% |
| 细度 | 80μm 方孔筛筛余不得超过 10% |
| 凝结时间 | 初凝不得早于 60min，终凝不得迟于 12h |
| 安定性 | 用沸煮法检验。必须合格 |

| 项目 | 技术要求 | | |
|---|---|---|---|
| 流动性要求 | 灰砂比 | 水灰比 | 流动度/mm |
| | 1:2.5 | 0.46 | ≥125 |
| 泌水性 | 泌水率不得超过12% | | |

| 强度最低标准 | 水泥标号 | 抗压强度 | | 抗折强度 | |
|---|---|---|---|---|---|
| | | 7d | 28d | 7d | 28d |
| | 175 | 9.0 | 17.5 | 1.9 | 3.5 |
| | 275 | 13.0 | 27.5 | 2.5 | 5.0 |

（3）硫铝酸盐水泥 硫铝酸盐水泥是以适当成分的生料，经煅烧所得以无水硫铝酸钙和硅酸二钙为主要矿物成分的水泥熟料掺加不同量的石灰石、适量石膏共同磨细制成，具有水硬性的胶凝材料。硫铝酸盐水泥分成快硬硫铝酸盐水泥、低碱度硫铝酸盐水泥、自应力硫铝酸盐水泥三类，其技术要求见表4-4-14～表4-4-17。

**表 4-4-14 硫铝酸盐水泥性能指标**

| 项目 | | 指 标 | | |
|---|---|---|---|---|
| | | 快硬硫铝酸盐水泥 | 低碱度硫铝酸盐水泥 | 自应力硫铝酸盐水泥 |
| 比表面积/(m²/kg) | | ≥350 | ≥400 | ≥370 |
| 凝结时间/min | 初凝 | ≤25 | | ≤40 |
| | 终凝 | ≥180 | | ≥240 |
| 碱度 pH 值 | | — | ≤10.5 | — |
| 28d 自由膨胀率/% | | — | 0.00～0.15 | — |
| 自由膨胀率/% | 7d | — | | ≤1.30 |
| | 28d | — | | ≤1.75 |
| 水泥中碱(Na₂O+0.658K₂O)含量 | | — | | <0.50 |
| 28d 自应力增进率/(MPa/d) | | — | | ≤0.100 |

注：用户要求时，可以变动。

**表 4-4-15 快硬硫铝酸盐水泥** 单位：MPa

| 强度等级 | 抗 压 强 度 | | | 抗 折 强 度 | | |
|---|---|---|---|---|---|---|
| | 1d | 3d | 28d | 1d | 3d | 28d |
| 42.5 | 33.0 | 42.5 | 45.0 | 6.0 | 6.5 | 7.0 |
| 52.5 | 42.0 | 52.5 | 55.0 | 6.5 | 7.0 | 7.5 |
| 62.5 | 50.0 | 62.5 | 65.0 | 7.0 | 7.5 | 8.0 |
| 72.5 | 56.0 | 72.5 | 75.0 | 7.5 | 8.0 | 8.5 |

**表 4-4-16 低碱度硫铝酸盐水泥** 单位：MPa

| 强 度 等 级 | 抗 压 强 度 | | 抗 折 强 度 | |
|---|---|---|---|---|
| | 1d | 7d | 1d | 7d |
| 32.5 | 25 | 32.5 | 3.5 | 5.0 |
| 42.5 | 32 | 42.5 | 4.0 | 5.5 |
| 52.5 | 40.0 | 52.5 | 4.5 | 6.0 |

**表 4-4-17 自应力硫铝酸盐水泥** 单位：MPa

| 级 别 | 7d | | 28d | |
|---|---|---|---|---|
| | ≥ | ≥ | | ≤ |
| 3.0 | 2.0 | 3.0 | | 4.0 |
| 3.5 | 2.5 | 3.5 | | 4.5 |
| 4.0 | 3.0 | 4.0 | | 5.0 |
| 4.5 | 3.5 | 4.5 | | 5.5 |

（4）白色硅酸盐水泥 白色硅酸盐水泥是以适当成分的生料烧至部分熔融，所得以硅酸钙为主要成分，铁质含量少的熟料加入适量的石膏，磨细制成的白色水硬性胶凝材料，简称白水泥。磨制水泥时，允许加入不超过水泥重量 5％ 的石灰石。允许加入不损害水泥性能的助磨剂磨制水泥，加入量不超过水泥重量 1％。白色硅酸盐水泥主要用于建筑装饰，可配成彩色灰浆或制造各种彩色和白色混凝土如水磨石、斩假石等。其技术要求见表 4-4-18。

表 4-4-18　白色硅酸盐水泥技术要求

| 项　目 | 技　术　要　求 | | | | | |
|---|---|---|---|---|---|---|
| 氧化镁 | 熟料氧化镁的含量不得超过 4.5％ | | | | | |
| 三氧化硫 | 水泥中三氧化硫的含量不得超过 3.5％ | | | | | |
| 细度 | 80μm 方孔筛筛余不得超过 10％ | | | | | |
| 凝结时间 | 初凝不得早于 45min，终凝不得迟于 12h | | | | | |
| 安定性 | 用沸煮法检验，必须合格 | | | | | |
| 强度最低标准 | 水泥标号 | 抗压强度/MPa | | | 抗折强度/MPa | | |
| | | 3d | 7d | 28d | 3d | 7d | 28d |
| | 325 | 12.0 | 19.0 | 32.5 | 2.5 | 3.7 | 5.5 |
| | 425 | 16.0 | 25.0 | 42.5 | 3.4 | 4.6 | 6.4 |
| 白度最低标准 | 等级 | 一级 | | 二级 | | 三级 | 四级 |
| | 白度/％ | 84 | | 80 | | 85 | 70 |

（5）抗硫酸盐硅酸盐水泥 抗硫酸盐硅酸盐水泥分为中抗硫酸盐硅酸盐水泥和高抗硫酸盐硅酸盐水泥两大类。凡以适当成分的硅酸盐水泥熟料，加入适量石膏，磨细制成的具有抵抗中等浓度硫酸根离子侵蚀的水硬性胶凝材料，称为中抗硫酸盐硅酸盐水泥，简称中抗硫水泥，代号 P·MSR。凡以适当成分的硅酸盐水泥熟料，加入适量石膏，磨细制成的具有抵抗较高浓度硫酸根离子侵蚀的水硬性胶凝材料，称为高抗硫酸盐硅酸盐水泥，简称高抗硫水泥，代号 P·HSR。详见表 4-4-19、表 4-4-20。

表 4-4-19　抗硫酸盐硅酸盐水泥的技术要求

| 项　目 | 技　术　要　求 | | |
|---|---|---|---|
| 硅酸三钙<br>铝酸三钙含量 | 水泥名称 | 硫酸三钙($C_3S$)/％ | 铝酸三钙($C_3A$)/％ |
| | 中抗硫水泥 | <55.0 | <5.0 |
| | 高抗硫水泥 | <50.0 | <3.0 |
| 烧失量 | 水泥中烧失量不得超过 3.0％ | | |
| 氧化镁 | 水泥中氧化镁含量不得超过 5.0％。如果水泥经过压蒸安定性试验合格，则水泥中氧化镁含量允许放宽到 6.0％ | | |
| 碱含量 | 水泥中碱含量按 $Na_2O+0.658K_2O$ 计算值来表示，若使用活性骨料，用户要求提供低碱水泥时，水泥中的碱含量不得大于 0.60％或由供需双方商定 | | |
| 二氧化硫 | 水泥中二氧化硫的含量不得超过 2.5％ | | |
| 不溶物 | 水泥中的不溶物不得超过 1.50％ | | |
| 比表面积 | 水泥比表面积不得小于 280m²/kg | | |
| 凝结时间 | 初凝不得早于 45min，终凝不得迟于 10h | | |
| 安定性 | 用沸煮法检验，必须合格 | | |
| 强度 | 水泥等级按规定龄期的抗压强度和抗折强度来划分，两类水泥均分为 425、525 两个标号，各标号水泥的各龄期强度不得低于表中数值 | | |

注：表中百分数（％）均为质量比（m/m）。

表 4-4-20　抗硫酸盐硅酸盐各等级中抗硫、高抗硫水泥的各龄期强度值

| 水泥标号 | 抗压强度/MPa | | 抗折强度/MPa | |
|---|---|---|---|---|
| | 3d | 28d | 3d | 28d |
| 42.5 | 16.0 | 42.5 | 3.5 | 6.5 |
| 52.5 | 22.0 | 52.5 | 4.0 | 7.0 |

注：抗硫酸盐水泥适用于一般受硫酸盐侵蚀的海港、水利、地下、隧涵、引水、道路和桥梁基础等工程。

（6）低热微膨胀水泥　凡以粒化高炉矿渣为主要组分，加入适量硅酸盐水泥熟料和石膏，磨细制成的具有低水化热和微膨胀性能的水硬性胶凝材料，称为低热微膨胀水泥，代号LHEC。详见表 4-4-21。

表 4-4-21　低热微膨胀水泥技术要求

| 项　目 | 技　术　要　求 | | | | |
|---|---|---|---|---|---|
| 三氧化硫 | 水泥中三氧化硫含量应为 4%～7% | | | | |
| 比表面积 | 水泥比表面积不得小于 300m²/kg | | | | |
| 凝结时间 | 初凝不得早于 45min；终凝不得迟于 12h，也可由生产单位和使用单位商定 | | | | |
| 安定性 | 用沸煮法检验必须合格 | | | | |
| 最低强度指标 /MPa | 标号 | 抗压强度 | | 抗折强度 | |
| | | 7d | 28d | 7d | 28d |
| | 325 | 17.0 | 32.5 | 4.5 | 6.5 |
| | 425 | 26.0 | 42.5 | 6.0 | 8.0 |
| 最高水化热指标 /(kJ/kg) | 标号 | 水化热 | | | |
| | | 3d | | 7d | |
| | 325 | 170 | | 190 | |
| | 425 | 185 | | 205 | |
| | 注：在特殊情况下，水化热指标允许由生产单位和使用单位商定 | | | | |
| 线膨胀率 | 水泥净浆试体水中养护至各龄期的线膨胀率应符合以下要求：<br>1d 不得小于 0.05%；<br>7d 不得小于 0.10%；<br>28d 不得大于 0.60% | | | | |

（7）自应力铝酸盐水泥　自应力铝酸盐水泥是以一定量的高铝水泥熟料和二水石膏粉磨而成的大膨胀率胶凝材料。按 1：2 标准砂浆 28d 自应力值分为 3.0、4.5 和 6.0 三个级别。见表 4-4-22 和表 4-4-23。

表 4-4-22　自应力铝酸盐水泥技术要求

| 项　目 | | 技术指标 |
|---|---|---|
| 水泥中三氧化硫/% | | ≤17.5 |
| 细度（80μm 筛筛余）/% | | ≤10 |
| 凝结时间/h | 初凝 | ≥0.5 |
| | 终凝 | ≤4 |

表 4-4-23　自应力铝酸盐水泥的自由膨胀率、抗压强度、自应力值

| 性能 \ 龄期 | | 7d | 28d |
|---|---|---|---|
| 自由膨胀率/% | | ≤1.0 | ≤2.0 |
| 抗压强度/MPa | | ≥28.0 | ≥34.0 |
| 自应力值/MPa | 3.0 级 | ≥2.0 | ≥3.0 |
| | 4.5 级 | ≥2.8 | ≥4.5 |
| | 6.0 级 | ≥3.8 | ≥6.0 |

注：根据用户要求，生产厂应提供最高自应力值。

（8）钢渣矿渣水泥　凡由平炉、转炉钢渣（简称钢渣）、粒化高炉矿渣为主要组分，加入适量硅酸盐水泥熟料、石膏（或其他外加剂），磨细制成的水硬性胶凝材料，称为钢渣矿渣水泥。其技术要求见表 4-4-24。

表 4-4-24　钢渣矿渣水泥技术要求

| 项　目 | 技　术　要　求 | | | |
|---|---|---|---|---|
| 三氧化硫 | 水泥中三氧化硫含量不超过 4% | | | |
| 细度 | 水泥的比表面积不小于 350m²/kg。亦可用筛析法进行细度测定，其指标为 0.080mm 方孔筛筛余量不得超过 8%。仲裁时，以比表面积法为准 | | | |
| 凝结时间 | 初凝时间不得早于 45min，终凝时间不得迟于 12h | | | |
| 安定性 | 用氧化镁含量大于 13% 的钢渣制成的水泥，经压蒸安定性检验，必须合格。钢渣中氧化镁含量为 5%～13% 时，如粒化高炉矿渣掺加量大于 40% 制成的水泥，可不做压蒸法检验 | | | |
| 最低强度指标 /MPa | 标号 | 抗压强度 | | 抗折强度 | |
| | | 7d | 28d | 7d | 28d |
| | 275 | 13.0 | 27.5 | 2.5 | 5.0 |
| | 325 | 15.0 | 32.5 | 3.0 | 5.5 |
| | 425 | 21.0 | 42.5 | 4.0 | 6.5 |

（9）快凝快硬硅酸盐水泥　凡以适当成分的生料、烧至部分熔融，所得以硅酸三钙、氟铝酸钙为主的熟料，加入适量的硬石膏、粒化高炉矿渣、无水硫酸钠，经过磨细制成的一种凝结快、小时强度增长快的水硬性胶凝材料，称为快凝快硬硅酸盐水泥。其技术要求见表 4-4-25。

表 4-4-25　快凝快硬硅酸盐水泥技术要求

| 项　目 | 技　术　要　求 | | | | | |
|---|---|---|---|---|---|---|
| 氧化镁 | 熟料中氧化镁的含量不得超过 5.0% | | | | | |
| 三氧化硫水泥 | 在三氧化硫的含量不得超过 9.5% | | | | | |
| 细度 | 水泥比表面积不得低于 4500cm²/g | | | | | |
| 凝结时间 | 初凝不得早于 10min，终凝不得迟于 60min | | | | | |
| 安定性 | 用沸煮法检验，必须合格 | | | | | |
| 最低强度指标 /(kgf/cm²) | 水泥标号 | 抗压强度/MPa | | | 抗折强度/MPa | | |
| | | 4h | 1d | 28d | 4h | 1d | 28d |
| | 双快-150 | 150 | 190 | 325 | 28 | 35 | 55 |
| | 双快-200 | 200 | 250 | 425 | 34 | 46 | 64 |

## 4.4.2.2　沥青和沥青混合料

（1）沥青材料质量标准（新规范）

① 乳化石油沥青（表 4-4-26）

② 液体石油沥青（表 4-4-27）

③ 聚合物改性沥青（表 4-4-28）

**表 4-4-26 道路用乳化沥青技术要求**

| 试验项目 | 单位 | 阳离子 | | | | 阴离子 | | | | 非离子 | | 试验方法 |
|---|---|---|---|---|---|---|---|---|---|---|---|---|
| | | 喷洒用 | | 搅拌用 | | 喷洒用 | | 搅拌用 | | 喷洒用 | 搅拌用 | |
| | | PC-1 | PC-2 | PC-3 | BC-1 | PA-1 | PA-2 | PA-3 | BA-1 | PN-2 | BN-1 | |
| 破乳速度 | — | 快裂 | 慢裂 | 快裂或中裂 | 慢裂或中裂 | 快裂 | 慢裂 | 快裂或中裂 | 慢裂或中裂 | 慢裂 | 慢裂 | T0658 |
| 粒子电荷 | — | 阳离子（＋） | | | | 阴离子（一） | | | | 非离子 | | T0653 |
| 筛上残留物（1.18mm筛）＞ | % | 0.1 | | | | 0.1 | | | | 0.1 | | T0652 |
| 黏度 恩格拉黏度计E25 | — | 2～10 | 1～6 | 1～6 | 2～30 | 2～10 | 1～6 | 1～6 | 2～30 | 1～6 | 2～30 | T0622 |
| 黏度 道路标准黏度计C25.3 | S | 10～25 | 8～20 | 8～20 | 10～60 | 10～25 | 8～20 | 8～20 | 10～60 | 8～20 | 10～60 | T0621 |
| 蒸发残留物 残留分含量 ≥ | % | 50 | 50 | 50 | 55 | 50 | 50 | 50 | 55 | 50 | 55 | T0651 |
| 蒸发残留物 溶解度 ≥ | % | 97.5 | | | | 97.5 | | | | 97.5 | | T0607 |
| 蒸发残留物 针入度（25℃） | 0.1mm | 50～200 | 50～300 | 45～150 | 45～150 | 50～200 | 50～300 | 45～150 | 45～150 | 50～300 | 60～300 | T0604 |
| 蒸发残留物 延度（15℃） ≥ | cm | 40 | | | | 40 | | | | 40 | | T0605 |
| 与粗集料的黏附性，裹覆面积 ≥ | — | 2/3 | | — | | 2/3 | | — | | 2/3 | — | T0654 |
| 与粗、细粒式集料拌和试验 | — | — | | 均匀 | | — | | 均匀 | | — | 均匀 | T0659 |
| 水泥拌和试验的筛上剩余 ≤ | % | | | | | | | | | | 3 | T0657 |
| 常温贮存稳定性：1d ≤ | % | 1 | | | | 1 | | | | 1 | | T0655 |
| 常温贮存稳定性：5d ≤ | % | 5 | | | | 5 | | | | 5 | | |

注：1. P为喷洒型，B为搅拌型。C、A、N分别表示阳离子、阴离子、非离子乳化沥青。

2. 黏度可选用恩格拉黏度计或沥青标准黏度计之一测定。

3. 表中的破乳速度与集料品种有关，质量检验时应采用工程上实际的石料进行试验，仅进行乳化沥青产品质量评定时可不要求此项指标。

4. 贮存稳定性根据施工实际选用试验时间，通常采用5d，乳液生产后当天能在当天使用时，也可用1d的稳定性。

5. 当乳化沥青需在低温冰冻条件下贮存或使用时，尚需按T0656进行-5℃低温贮存稳定性试验，要求没有粗颗粒，不结块。

6. 如果乳化沥青是高浓度产品运到现场经稀释后使用时，表中的蒸发残留物等各项指标是稀释前乳化沥青的要求。

**表 4-4-27　道路用液体石油沥青技术要求**

| 试验项目 | | 单位 | 快凝 | | 中凝 | | | | | | 慢凝 | | | | | | 试验方法 |
|---|---|---|---|---|---|---|---|---|---|---|---|---|---|---|---|---|---|
| | | | AL(R)-1 | AL(R)-2 | AL(M)-1 | AL(M)-2 | AL(M)-3 | AL(M)-4 | AL(M)-5 | AL(M)-6 | AL(S)-1 | AL(S)-2 | AL(S)-3 | AL(S)-4 | AL(S)-5 | AL(S)-6 | |
| 黏度 | C$_{25,5}$ | S | <20 | — | <20 | 5~15 | 16~25 | 26~40 | 41~100 | 101~200 | <20 | 5~15 | 16~25 | 26~40 | 41~100 | 101~200 | T0621 |
| | C$_{60,5}$ | S | — | 5~15 | — | — | — | — | — | — | — | — | — | — | — | — | |
| 蒸馏体积 | 225℃ | % | >20 | >15 | <10 | <7 | <3 | <2 | 0 | 0 | — | — | — | — | — | — | T0632 |
| | 315℃ | % | >35 | >30 | <35 | <25 | <17 | <14 | <8 | <5 | <40 | <35 | <25 | <20 | <15 | <5 | |
| | 360℃ | % | >45 | >35 | <50 | <35 | <30 | <25 | <20 | <15 | — | — | — | — | — | — | |
| 蒸馏后残留物 | 针入度(25℃) | 0.1mm | 60~200 | 60~200 | 100~300 | 100~300 | 100~300 | 100~300 | 100~300 | 100~300 | — | — | — | — | — | — | T0604 |
| | 延度(25℃) | cm | >60 | >60 | >60 | >60 | >60 | >60 | >60 | >60 | — | — | — | — | — | — | T0605 |
| 浮漂度(5℃) | | S | — | — | — | — | — | — | — | — | >20 | >20 | >30 | >40 | >45 | >50 | T0631 |
| 闪点(TOC法) | | ℃ | >30 | >30 | >65 | >65 | >65 | >65 | >65 | >65 | >70 | >70 | >100 | >100 | >120 | >120 | T0633 |
| 含水量(TOC法) ≤ | | % | 0.2 | 0.2 | 0.2 | 0.2 | 0.2 | 0.2 | 0.2 | 0.2 | 2.0 | 2.0 | 2.0 | 2.0 | 2.0 | 2.0 | T0612 |

**表 4-4-28　聚合物改性沥青技术要求**

| 指标 | 单位 | SBS 类（I 类） | | | | SBR 类（II 类） | | | EVA,PE 类（III 类） | | | | 试验方法 |
|---|---|---|---|---|---|---|---|---|---|---|---|---|---|
| | | I—A | I—B | I—C | I—D | II—A | II—B | II—C | III—A | III—B | III—C | III—D | |
| 针入度 25℃,100g,5s | 0.1mm | >100 | 80~100 | 60~80 | 30~60 | >100 | 80~100 | 60~80 | >80 | 60~80 | 40~60 | 30~40 | T0604 |
| 针入度指数 PI ≥ | | -1.2 | -0.8 | -0.4 | 0 | -1.0 | -0.8 | -0.6 | -1.0 | -0.8 | -0.6 | -0.4 | T0604 |
| 延度 5℃,5cm/min ≥ | cm | 50 | 40 | 30 | 20 | 60 | 50 | 40 | — | — | — | — | T0604 |
| 软化点 TR&b ≥ | ℃ | 45 | 50 | 55 | 60 | 45 | 48 | 50 | 48 | 52 | 56 | 60 | T0605 |
| 运动黏度①135℃ ≥ | Pa·s | | | 3 | | | | | | | | | T0606 |
| 闪点 ≥ | ℃ | | | 230 | | | 230 | | | 230 | | | T0625、T0619 |
| 溶解度 ≥ | % | | | 99 | | | 99 | | | | | | T0611 |
| 弹性恢复 25℃ ≥ | % | 55 | 60 | 65 | 75 | | | | | | | | T0607 |
| 黏韧性 ≥ | N·m | | | — | | | 5 | | | | | | T0662 |
| 韧性 ≥ | N·m | | | — | | | 2.5 | | | | | | T0624 |
| 贮存稳定性②离析,48h,软化点差 ≥ | ℃ | | 2.5 | | | | | | | 无改性剂明显析出、凝聚 | | | T0661 |
| **TFOT（或 RTFOT）后残留物** | | | | | | | | | | | | | |
| 质量变化 ≤ | % | | | ±1.0 | | | | | | | | | T0610 或 T0609 |
| 针入度比 25℃ ≥ | % | 50 | 55 | 60 | 65 | 50 | 50 | 60 | 50 | 55 | 58 | 60 | T0604 |
| 延度 5℃ ≥ | cm | 30 | 25 | 20 | 15 | 30 | 20 | 10 | — | — | — | — | T0605 |

① 表中 135℃ 运动黏度可采用国家现行标准《公路工程沥青及沥青混合料试验规程》JTJ052 中的"沥青布氏旋转黏度试验方法（布洛克菲尔德黏度计法）"进行测定。若在不改变改性沥青物理力学性质并符合安全条件的温度下易于泵送，可不要求测定。容易施工、或经证明能保证改性沥青质量，或经证明适当提高泵送温度和搅拌温度可满足施工要求时能保证泵送或搅拌要求，保持不间断的搅拌或泵送循环，保证使用前设有明显的离析。

② 贮存稳定性指标适用于工厂生产的成品改性沥青。现场制作的改性沥青及制品在制作后、保持不间断的搅拌或泵送循环，保证使用前设有明显的离析。

④ 改性乳化沥青（表 4-4-29）

表 4-4-29　改性乳化沥青技术要求

| 试验项目 | | | 单位 | 品种及代号 | | 试验方法 |
|---|---|---|---|---|---|---|
| | | | | PCR | BCR | |
| 破乳速度 | | | — | 快裂或中裂 | 慢裂 | T0658 |
| 粒子电荷 | | | — | 阳离子（＋） | 阳离子（＋） | T0653 |
| 筛上剩余量(1.18mm) | | ≤ | % | 0.1 | 0.1 | T0652 |
| 黏度 | 恩格拉黏度 E25 | | — | 1～10 | 3～30 | T0622 |
| | 沥青标准黏度 C25.3 | | S | 8～25 | 12～60 | T0621 |
| 蒸发残留物 | 含量 | ≥ | % | 50 | 60 | T0651 |
| | 针入度(100g,25℃,5s) | | 0.1mm | 40～120 | 40～100 | T0604 |
| | 软化点 | ≥ | ℃ | 50 | 53 | T0606 |
| | 延度(5℃) | ≥ | cm | 20 | 20 | T0605 |
| | 溶解度(三氯乙烯) | ≥ | % | 97.5 | 97.5 | T0607 |
| 与矿料的黏附性,裹覆面积 | | ≥ | — | 2/3 | — | T0654 |
| 贮存稳定性 | 1d | ≤ | % | 1 | 1 | T0655 |
| | 5d | ≤ | % | 5 | 5 | T0655 |

注：1. 破乳速度与集料黏附性、搅拌试验、所使用的石料品种有关。工程上施工质量检验时应采用实际的石料试验，仅进行产品质量评定时可不对这些指标提出要求。

2. 当用于填补车辙时，BCR 蒸发残留物的软化点宜提高至不低于 55℃。

3. 贮存稳定性根据施工实际情况选择试验天数，通常采用 5d，乳液生产后能在第二天使用完时也可选用 1d。个别情况下改性乳化沥青 5d 的贮存稳定性难以满足要求，如果经搅拌后能达到均匀一致并不影响正常使用，此时要求改性乳化沥青运至工地后存放在附有搅拌装置的贮存罐内，并不断地进行搅拌，否则不准使用。

4. 当改性乳化沥青或特种改性乳化沥青需要在低温冰冻条件下贮存或使用时，尚需按 T0656 进行 −5℃ 低温贮存稳定性试验，要求没有粗颗粒、不结块。

⑤ 粗集料（表 4-4-30、表 4-4-31）

表 4-4-30　沥青混合料用粗集料质量技术要求

| 指　标 | | 单位 | 城市快速路、主干路 | | 其他等级道路 | 试验方法 |
|---|---|---|---|---|---|---|
| | | | 表面积 | 其他层次 | | |
| 石料压碎值 | ≤ | % | 26 | 28 | 30 | T0316 |
| 洛杉矶磨耗损失 | ≤ | % | 28 | 30 | 35 | T0317 |
| 表观相对密度 | ≥ | — | 2.60 | 2.5 | 2.45 | T0304 |
| 吸水率 | ≤ | % | 2.0 | 3.0 | 3.0 | T0304 |
| 坚固性 | ≤ | % | 12 | 12 | — | T0314 |
| 针片状颗粒含量(混合料) | ≤ | % | 15 | 18 | 20 | T0312 |
| 其中粒径大于 9.5mm | ≤ | % | 12 | 15 | | |
| 其中粒径小于 9.5mm | ≤ | % | 18 | 20 | | |
| 水洗法<0.075mm 颗粒含量 | ≤ | % | 1 | 1 | 1 | T0310 |
| 软石含量 | ≤ | % | 3 | 5 | 5 | T0320 |

注：1. 坚固性试验可根据需要进行。

2. 用于城市快速路、主干路时，多孔玄武岩的视密度可放宽至 2.45t/m³，吸水率可放宽至 3%，但必须得到建设单位的批准，且不得用于 SMA 路面。

3. 对 S14 即 3～5 规格的粗集料，针片状颗粒含量可不予要求，小于 0.075mm 含量可放宽到 3%。

表 4-4-31　沥青混合料用粗集料规格

| 规格名称 | 公称粒径/mm | 通过下列筛孔(mm)的质量百分率/% | | | | | | | | | | | | |
|---|---|---|---|---|---|---|---|---|---|---|---|---|---|---|
| | | 106 | 75 | 63 | 53 | 37.5 | 31.5 | 26.5 | 19.0 | 13.2 | 9.5 | 4.75 | 2.36 | 0.6 |
| S1 | 40～75 | 100 | 90～100 | — | — | 0～15 | | 0～5 | | | | | | |
| S2 | 40～60 | | 100 | 90～100 | — | 0～15 | | 0～5 | | | | | | |
| S3 | 30～60 | | 100 | 90～100 | — | | 0～15 | | 0～5 | | | | | |

| 规格名称 | 公称粒径/mm | 通过下列筛孔(mm)的质量百分率/% | | | | | | | | | | | | |
|---|---|---|---|---|---|---|---|---|---|---|---|---|---|---|
| | | 106 | 75 | 63 | 53 | 37.5 | 31.5 | 26.5 | 19.0 | 13.2 | 9.5 | 4.75 | 2.36 | 0.6 |
| S4 | 25~50 | | | 100 | 90~100 | — | | 0~15 | — | 0~5 | | | | |
| S5 | 20~40 | | | | 100 | 90~100 | — | | 0~15 | — | 0~5 | | | |
| S6 | 15~30 | | | | | 100 | 90~100 | — | — | 0~15 | — | 0~5 | | |
| S7 | 10~30 | | | | | 100 | 90~100 | — | | | 0~15 | 0~5 | | |
| S8 | 10~25 | | | | | | | 100 | 90~100 | | 0~15 | 0~5 | | |
| S9 | 10~20 | | | | | | | | 100 | 90~100 | 0~15 | 0~5 | | |
| S10 | 10~15 | | | | | | | | | 100 | 90~100 | 0~15 | 0~5 | |
| S11 | 5~15 | | | | | | | | | 100 | 90~100 | 40~70 | 0~15 | 0~5 |
| S12 | 5~10 | | | | | | | | | | 100 | 90~100 | 0~15 | 0~5 |
| S13 | 3~10 | | | | | | | | | 100 | 90~100 | 40~70 | 0~20 | 0~5 |
| S14 | 3~5 | | | | | | | | | | 100 | 90~100 | 0~15 | 0~3 |

⑥ 细集料（表4-4-32～表4-4-34）

**表 4-4-32　细集料质量要求**

| 项　目 | | 单位 | 城市快速路、主干路 | 其他等级道路 | 试验方法 |
|---|---|---|---|---|---|
| 表现相对密度 | ≥ | — | 2.50 | 2.45 | T0328 |
| 坚固性(>0.3mm 部分) | ≥ | % | 12 | — | T0340 |
| 含泥量(小于 0.075mm 的含量) | ≤ | % | 3 | 5 | T0333 |
| 砂当量 | ≥ | % | 60 | 50 | T0334 |
| 亚甲蓝值 | ≤ | g/kg | 25 | — | T0346 |
| 棱角性(流动时间) | ≥ | s | 30 | — | T0345 |

注：坚固性试验可根据需要进行。

**表 4-4-33　沥青混合料用天然砂规格**

| 筛孔尺寸/mm | 通过各孔筛的质量百分率/% | | |
|---|---|---|---|
| | 粗砂 | 中砂 | 细砂 |
| 9.5 | 100 | 100 | 100 |
| 4.75 | 90~100 | 90~100 | 90~100 |
| 2.36 | 65~95 | 75~90 | 85~100 |
| 1.18 | 35~65 | 50~90 | 75~100 |
| 0.6 | 15~30 | 30~60 | 60~84 |
| 0.3 | 5~20 | 8~30 | 15~45 |
| 0.15 | 0~10 | 0~10 | 0~10 |
| 0.075 | 0~5 | 0~5 | 0~5 |

**表 4-4-34　沥青混合料用机制砂或石屑规格**

| 规格 | 公称粒径/mm | 水洗法通过各筛孔的质量百分数/% | | | | | | | |
|---|---|---|---|---|---|---|---|---|---|
| | | 9.5 | 4.75 | 2.36 | 1.18 | 0.6 | 0.3 | 0.15 | 0.075 |
| S15 | 0~5 | 100 | 90~100 | 60~90 | 40~75 | 20~55 | 7~40 | 2~20 | 0~10 |
| S16 | 0~3 | — | 100 | 80~100 | 50~80 | 25~60 | 8~45 | 0~25 | 0~15 |

注：当生产石屑采用喷水抑制扬尘工艺时，应特别注意含粉量不得超过表中要求。

⑦ 沥青混合料用矿粉（表 4-4-35）

**表 4-4-35 沥青混合料用矿粉质量要求**

| 项　　目 | | 单位 | 城市快速路、主干路 | 其他等级道路 | 试验方法 |
|---|---|---|---|---|---|
| 表观密度 | ≥ | t/m³ | 2.50 | 2.45 | T0352 |
| 含水量 | ≥ | % | 1 | 1 | T0103 烘干法 |
| 粒度范围 <0.6mm | | % | 100 | 100 | |
| <0.15mm | | % | 90～100 | 90～100 | T0351 |
| <0.075mm | | % | 75～100 | 70～100 | |
| 外观 | | — | 无团粒结块 | | — |
| 亲水系数 | | — | <1 | | T0353 |
| 塑性指数 | | % | <4 | | T0354 |
| 加热安定性 | | — | 实测记录 | | T0355 |

⑧ 木质素纤维（表 4-4-36）

**表 4-4-36 木质素纤维技术要求**

| 项　　目 | | 单位 | 指　标 | 试　验　方　法 |
|---|---|---|---|---|
| 纤维长度 | ≤ | mm | 6 | 水溶液用显微镜观测 |
| 灰分含量 | | % | 18±5 | 高温 590～600℃燃烧后测定残留物 |
| pH 值 | | — | 7.5±1.0 | 水溶液用 pH 试纸或 pH 计测定 |
| 吸油率 | ≥ | — | 纤维质量的 5 倍 | 用煤油浸泡后放在筛上经振敲后称量 |
| 含水率（以质量计） | ≤ | % | 5 | 105℃烘箱烘 2h 后的冷却称量 |

（2）沥青路用材料规格和用量（表 4-4-37～表 4-4-42）

**表 4-4-37 沥青表面处治材料规格和用量表（方孔筛）**

| 沥青种类 | 类型 | 厚度/cm | 集料/(m³/1000m²) | | | | | | 沥青或乳液用量/(kg/m²) | | | 合计用量 |
|---|---|---|---|---|---|---|---|---|---|---|---|---|
| | | | 第一层 | | 第二层 | | 第三层 | | 第一次 | 第二次 | 第三次 | |
| | | | 粒径规格 | 用量 | 粒径规格 | 用量 | 粒径规格 | 用量 | | | | |
| 石油沥青 | 单层 | 1.0 | S12 | 7～9 | | | | | 1.0～1.2 | | | 1.0～1.2 |
| | | 1.5 | S10 | 12～14 | | | | | 1.4～1.6 | | | 1.4～1.6 |
| | 双层 | 1.0* | S12 | 10～12 | S14 | 5～7 | | | 1.2～1.4 | 0.8～1.0 | | 2.0～2.4 |
| | | 1.5 | S10 | 12～14 | S12 | 7～8 | | | 1.4～1.6 | 1.0～1.2 | | 2.4～2.8 |
| | | 2.0 | S9 | 16～18 | S12 | 7～8 | | | 1.6～1.8 | 1.0～1.2 | | 2.6～3.0 |
| | | 2.5 | S8 | 18～20 | S12 | 7～8 | | | 1.8～2.0 | 1.0～1.2 | | 2.8～3.2 |
| | 三层 | 2.5* | S9 | 18～20 | S11 | 9～11 | S14 | 5～7 | 1.6～1.8 | 1.1～1.3 | 0.8～1.0 | 3.5～4.1 |
| | | 2.5 | S8 | 18～20 | S10 | 12～14 | S12 | 7～8 | 1.6～1.8 | 1.2～1.4 | 1.0～1.2 | 3.8～4.4 |
| | | 3.0 | S6 | 20～22 | S10 | 12～14 | S12 | 7～8 | 1.8～2.0 | 1.2～1.4 | 1.0～1.2 | 4.0～4.6 |
| 乳化沥青 | 单层 | 0.5 | S14 | 7～9 | | | | | 0.9～1.0 | | | 0.9～1.0 |
| | 双层 | 1.0 | S12 | 9～11 | S14 | 4～6 | S12 | 4～6 | 1.8～2.0 | 1.0～1.2 | | 2.8～3.2 |
| | 三层 | 3.0 | S6 | 20～22 | S10 | 9～11 | S14 | 3.5～4.5 | 2.0～2.2 | 1.8～2.0 | 1.0～1.2 | 4.8～5.4 |

注：1. 煤沥青表面处治的沥青用量可比石油沥青用量增加 15%～20%。

2. 有 * 符号的规格和用量只适用于城市道路。最后一层集料中已包括了 2～3m³/1000m² 养护料。

3. 表中乳化沥青的乳液用量适用于乳液中沥青用量约为 60% 的情况。

4. 在高寒地区及干旱风沙大的地区，可超出高限 5%～10%。

表 4-4-38　沥青表面处治材料规格和用量表（圆孔筛）

| 沥青种类 | 类型 | 厚度/cm | 集料/(m³/1000m²) 第一层 粒径规格 | 用量 | 第二层 粒径规格 | 用量 | 第三层 粒径规格 | 用量 | 沥青或乳液用量/(kg/m²) 第一次 | 第二次 | 第三次 | 合计用量 |
|---|---|---|---|---|---|---|---|---|---|---|---|---|
| 石油沥青 | 单层 | 1.0 | S12 | 7~9 | | | | | 1.0~1.2 | | | 1.0~1.2 |
| | | 1.5 | S11 | 12~14 | | | | | 1.4~1.6 | | | 1.4~1.6 |
| | 双层 | 1.0* | S12 | 10~12 | S14 | 5~7 | | | 1.2~1.4 | 0.8~1.0 | | 2.0~2.4 |
| | | 1.5 | S11 | 12~14 | S12 | 7~8 | | | 1.4~1.6 | 1.0~1.2 | | 2.4~2.8 |
| | | 2.0 | S10 | 16~18 | S12 | 7~8 | | | 1.6~1.8 | 1.0~1.2 | | 2.6~3.4 |
| | | 2.5 | S9 | 18~20 | S12 | 7~8 | | | 1.8~2.0 | 1.0~1.2 | | 2.8~3.2 |
| | 三层 | 2.5* | S9 | 18~20 | S11 | 9~11 | S14 | 5~7 | 1.6~1.8 | 1.1~1.3 | 0.8~1.0 | 3.5~4.1 |
| | | 2.5 | S9 | 18~20 | S11 | 12~14 | S13(S14) | 7~8 | 1.6~1.8 | 1.2~1.4 | 1.0~1.2 | 3.8~4.4 |
| | | 3.0 | S8 | 20~22 | S11 | 12~14 | S13(S14) | 7~8 | 1.8~2.0 | 1.2~1.4 | 1.0~1.2 | 4.0~4.6 |
| 乳化沥青 | 单层 | 0.5 | S14 | 7~9 | | | | | 0.9~1.0 | | | 0.9~1.0 |
| | 双层 | 1.0 | S12 | 9~11 | S14 | 4~6 | | | 1.8~2.0 | 1.0~1.2 | | 2.8~3.2 |
| | 三层 | 3.0 | S8 | 20~22 | S10 | 9~11 | S12 | 4~6 | 2.0~2.2 | 1.8~2.0 | 1.0~1.2 | 4.8~5.4 |
| | | | (S9) | | (S11) | | S14 | 3.5~4.5 | | | | |

注：1. 煤沥青表面处治的沥青用量可比石油沥青用量增加 15%～20%。

2. 有 * 符号的规格和用量只适用于城市道路。最后一层集料中已包括了 2～3m³/1000m² 养护料。

3. 表中乳化沥青的乳液用量适用于乳液中沥青用量约为 60% 的情况。

4. 在高寒地区及干旱风沙大的地区，可超出高限 5%～10%。

表 4-4-39　沥青贯入式面层材料规格和用量表（方孔筛）

（集料为 m³/1000m²，沥青及沥青乳液为 kg/m²）

| 沥青品种 | 石油沥青 | | | | | |
|---|---|---|---|---|---|---|
| 厚度/cm | 4 | | 5 | | 6 | |
| 规格和用量 | 规格 | 用量 | 规格 | 用量 | 规格 | 用量 |
| 封层料 | S14 | 3~5 | S14 | 3~5 | S13(S14) | 4~6 |
| 第三遍沥青 | | 1.0~1.2 | | 1.0~1.2 | | 1.0~1.2 |
| 第二遍嵌缝料 | S12 | 6~7 | S11(S10) | 10~12 | S11(S10) | 10~12 |
| 第二遍沥青 | | 1.6~1.8 | | 1.8~2.0 | | 2.0~2.2 |
| 第一遍嵌缝料 | S10(S9) | 12~14 | S8 | 16~18 | S8(S6) | 16~18 |
| 第一遍沥青 | | 1.8~2.1 | | 2.4~2.6 | | 2.8~3.0 |
| 主层石料 | S5 | 45~50 | S4 | 50~60 | S3(S2) | 66~76 |
| 沥青总用量 | | 4.4~5.1 | | 5.2~5.8 | | 5.8~6.4 |

| 沥青品种 | 石油沥青 | | | | 乳化沥青 | | | |
|---|---|---|---|---|---|---|---|---|
| 厚度/cm | 7 | | 8 | | 4 | | 5 | |
| 封层料 | S13(S14) | 4~6 | S13(S14) | 4~6 | S14 | 4~6 | S14 | 4~6 |
| 规格和用量 | 规格 | 用量 | 规格 | 用量 | 规格 | 用量 | 规格 | 用量 |
| 第五遍沥青 | | | | | | | | 0.8~1.0 |
| 第四遍嵌缝料 | | | | | | | S14 | 5~6 |
| 第四遍沥青 | | | | 0.8~1.0 | | | | 1.2~1.4 |
| 第三遍嵌缝料 | | | | | S14 | 5~6 | S12 | 7~9 |
| 第三遍沥青 | | 1.0~1.2 | | 1.0~1.2 | | 1.4~1.6 | | 1.5~1.7 |
| 第二遍嵌缝料 | S10(S11) | 11~13 | S10(S11) | 11~13 | S12 | 7~8 | S10 | 9~11 |
| 第二遍沥青 | | 2.4~2.6 | | 2.6~2.8 | | 1.6~1.8 | | 1.6~1.8 |
| 第一遍嵌缝料 | S6(S8) | 18~20 | S6(S8) | 20~22 | S9 | 12~14 | S8 | 10~12 |
| 第一遍沥青 | | 3.3~3.5 | | 4.0~4.2 | | 2.2~2.4 | | 2.6~2.8 |
| 主层石料 | S3 | 80~90 | S1(S2) | 95~100 | S5 | 40~45 | S4 | 50~55 |
| 沥青总用量 | | 6.7~7.3 | | 7.6~8.2 | | 6.0~6.8 | | 7.5~8.5 |

注：1. 煤沥青贯入式的沥青用量可比石油沥青用量增加 15%～20%。

2. 表中乳化沥青用量是指乳液的用量，并适用于乳液浓度约为 60% 的情况。

3. 在高寒地区及干旱风沙大的地区，可超出高限 5%～10%。

## 表 4-4-40　沥青贯入式面层材料规格和用量表（圆孔筛）

（集料为 m³/1000m²，沥青及沥青乳液为 kg/m²）

| 沥青品种 | 石油沥青 | | | | | |
| --- | --- | --- | --- | --- | --- | --- |
| 厚度/cm | 4 | | 5 | | 6 | |
| 规格和用量 | 规格 | 用量 | 规格 | 用量 | 规格 | 用量 |
| 封层料 | S14 | 3~5 | S14 | 3~5 | S13(S14) | 4~6 |
| 第三遍沥青 | | 1.0~1.2 | | 1.0~1.2 | | 1.0~1.2 |
| 第二遍嵌缝料 | S12 | 6~7 | S11 | 10~12 | S11(S10) | 10~12 |
| 第二遍沥青 | | 1.6~1.8 | | 1.8~2.0 | | 2.0~2.2 |
| 第一遍嵌缝料 | S10 | 12~14 | S9 | 16~18 | S9 | 16~18 |
| 第一遍沥青 | | 1.8~2.1 | | 2.4~2.6 | | 2.8~3.0 |
| 主层石料 | S6 | 45~50 | S5 | 55~60 | S4(S3) | 66~76 |
| 沥青总用量 | | 4.4~5.1 | | 5.2~5.8 | | 5.8~6.4 |

| 沥青品种 | 石油沥青 | | | | 乳化沥青 | | | |
| --- | --- | --- | --- | --- | --- | --- | --- | --- |
| 厚度/cm | 7 | | 8 | | 4 | | 5 | |
| 规格和用量 | 规格 | 用量 | 规格 | 用量 | 规格 | 用量 | 规格 | 用量 |
| 封层料 | | | | | | | | |
| 第五遍沥青 | S13(S14) | 4~6 | S13(S14) | 4~6 | S14 | 4~6 | S14 | 4~6 |
| 第四遍嵌缝料 | | | | | | | | 0.8~1.0 |
| 第四遍沥青 | | | | | | | S14 | 5~6 |
| 第三遍嵌缝料 | | | | | | 0.8~1.0 | | 1.2~1.4 |
| 第三遍沥青 | | | | | S14 | 5~6 | S12 | 7~9 |
| 第二遍嵌缝料 | | 1.0~1.2 | | 1.0~1.2 | | 1.4~1.6 | | 1.5~1.7 |
| 第二遍沥青 | S10(S11) | 11~13 | S10(S11) | 11~13 | S12 | 7~8 | S10 | 9~11 |
| 第一遍嵌缝料 | | 2.4~2.6 | | 2.6~2.8 | | 1.6~1.8 | | 1.6~1.8 |
| 第一遍沥青 | S8(S9) | 18~20 | S9(S8) | 20~22 | S9 | 12~14 | S7 | 10~12 |
| 主层石料 | | 3.3~3.5 | | 4.0~4.2 | | 2.2~2.4 | | 2.6~2.8 |
| 沥青总用量 | S2 | 80~90 | S2 | 95~100 | S6 | 40~45 | S5 | 50~55 |
| | | 6.7~7.3 | | 7.6~8.2 | | 6.0~6.8 | | 7.5~8.5 |

注：1. 煤沥青贯入式的沥青用量可比石油沥青用量增加 15%~20%。

2. 表中乳化沥青用量是指乳液的用量，并适用于乳液浓度约为 60% 的情况。

3. 在高寒地区及干旱风沙大的地区，可超出高限 5%~10%。

## 表 4-4-41　表面加铺拌和层时贯入层部分的材料规格和用量表（方孔筛）

（集料为 m³/1000m²，沥青及沥青乳液为 kg/m²）

| 沥青品种 | 石油沥青 | | | | | |
| --- | --- | --- | --- | --- | --- | --- |
| 贯入层厚度/cm | 4 | | 5 | | 6 | |
| 规格和用量 | 规格 | 用量 | 规格 | 用量 | 规格 | 用量 |
| 第二遍嵌缝料 | S12 | 5~6 | S12(S11) | 7~9 | S12(S11) | 7~9 |
| 第二遍沥青 | | 1.4~1.6 | | 1.6~1.8 | | 1.6~1.8 |
| 第一遍嵌缝料 | S10(S9) | 12~14 | S8 | 16~18 | S8(S7) | 16~18 |
| 第一遍沥青 | | 2.0~2.3 | | 2.6~2.8 | | 3.2~3.4 |
| 主层石料 | S5 | 45~50 | S4 | 55~60 | S3(S2) | 66~76 |
| 沥青总用量 | | 3.4~3.9 | | 4.2~4.6 | | 4.8~5.2 |

| 沥青品种 | 石油沥青 | | 乳化沥青 | | | |
| --- | --- | --- | --- | --- | --- | --- |
| 贯入层厚度/cm | 7 | | 5 | | 6 | |
| 规格和用量 | 规格 | 用量 | 规格 | 用量 | 规格 | 用量 |
| 第四遍嵌缝料 | | | | | S14 | 4~6 |
| 第四遍沥青 | | | | | | 1.3~1.5 |
| 第三遍嵌缝料 | | | S14 | 4~6 | S12 | 8~10 |
| 第三遍沥青 | | | | 1.4~1.6 | | 1.4~1.6 |
| 第二遍嵌缝料 | S10(S11) | 8~10 | S12 | 9~10 | S9 | 8~12 |
| 第二遍沥青 | | 1.7~1.9 | | 1.8~2.0 | | 1.5~1.7 |
| 第一遍嵌缝料 | S6(S8) | 18~20 | S8 | 15~17 | S6 | 24~26 |
| 第一遍沥青 | | 4.0~4.2 | | 2.5~2.7 | | 2.4~2.6 |
| 主层石料 | S2(S3) | 80~90 | S4 | 50~55 | S3 | 50~55 |
| 沥青总用量 | | 5.7~6.1 | | 5.9~6.2 | | 6.7~7.2 |

注：1. 煤沥青贯入式的沥青用量可比石油沥青用量增加 15%~20%。

2. 表中乳化沥青用量是指乳液的用量，并适用于乳液浓度约为 60% 的情况。

3. 在高寒地区及干旱风沙大的地区，可超出高限 5%~10%。

4. 表面加铺拌和层部分的材料规格及沥青（或乳化沥青）用量按热拌沥青混合料（或常温沥青碎石混合料路面）的有关规定执行。

表 4-4-42　表面加铺拌和层时贯入层部分的材料规格和用量表（圆孔筛）

（骨料为 m³/1000m²，沥青及沥青乳液为 kg/m²）

| 沥青品种 | 石油沥青 | | | | | |
|---|---|---|---|---|---|---|
| 贯入层厚度/cm | 4 | | 5 | | 6 | |
| 规格和用量 | 规格 | 用量 | 规格 | 用量 | 规格 | 用量 |
| 第二遍嵌缝料 | S12 | 5～6 | S12(S11) | 7～9 | S12(S11) | 7～9 |
| 第二遍沥青 | | 1.4～1.6 | | 1.6～1.8 | | 1.6～1.1 |
| 第一遍嵌缝料 | S10(S11) | 12～14 | S9 | 16～18 | S9 | 16～18 |
| 第一遍沥青 | | 2.0～2.3 | | 2.6～2.8 | | 3.2～3.4 |
| 主层石料 | S6 | 45～50 | S5 | 55～60 | S4 | 66～76 |
| 总沥青用量 | | 3.4～3.9 | | 4.2～4.8 | | 4.8～5.2 |
| 沥青品种 | 石油沥青 | | 乳化沥青 | | | |
| 贯入层厚度/cm | 7 | | 5 | | 6 | |
| 第四遍嵌缝料 | | | | | S14 | 4～6 |
| 第四遍沥青 | | | | | | 1.3～1.5 |
| 第三遍嵌缝料 | | | S1 | 44～6 | S12 | 8～10 |
| 第三遍沥青 | | | | 1.4～1.6 | | 1.4～1.6 |
| 第二遍嵌缝料 | S10(S11) | 8～10 | S12 | 9～10 | S10 | 8～12 |
| 第二遍沥青 | | 1.7～1.9 | | 1.8～2.0 | | 1.5～1.7 |
| 第一遍嵌缝料 | S9(S8) | 18～20 | S9 | 15～17 | S8(S9) | 24～26 |
| 第一遍沥青 | | 4.0～4.2 | | 2.5～2.7 | | 2.4～2.6 |
| 主层石料 | S4(S2) | 80～90 | S5 | 50～55 | S4 | 50～55 |
| 总沥青用量 | | 5.7～6.1 | | 5.9～6.2 | | 6.7～7.2 |

注：1. 煤沥青贯入式的沥青用量可比石油沥青用量增加 15％～20％。

2. 表中乳化沥青用量是指乳液的用量，并适用于乳液浓度约为 60％ 的情况。

3. 在高寒地区及干旱风沙大的地区，可超出高限 5％～10％。

4. 表面加铺拌和层部分的材料规格及沥青（或乳化沥青）用量按热拌沥青混合料（或常温沥青碎石混合料路面）的有关规定执行。

（3）石灰

① 生石灰（含钢厂生石灰下脚）必须在使用前两星期加水充分消解，石灰充分消解是指石灰经消解后保留在 2.5mm 筛孔上的颗粒不得超过 40％。

② 电石渣应沥干到含水量不大于 4％ 后方可使用。

③ 经消解后的石灰按消解先后分别存放，先消解的石灰先用。

④ 进入拌和机的熟石灰，不得含有未消解颗粒。

⑤ 使用熟石灰之前，应通过分析试验，其活性氧化钙含量不应低于 40％。当活性氧化钙的含量为 30％～40％ 时，应适当增加石灰用量；当活性氧化钙含量低于 30％ 时，就不宜采用。

⑥ 建筑石灰按技术指标可分为优等品、一等品、合格品三种。具体指标应满足表4-4-43～表 4-4-45 的要求。

表 4-4-43　建筑生石灰的主要技术指标（质量分数）

| 项　目 | | 钙质生石灰粉 | | | 镁质生石灰粉 | | |
|---|---|---|---|---|---|---|---|
| | | 优等品 | 一等品 | 合格品 | 优等品 | 一等品 | 合格品 |
| $CaO+MgO$ 含量/% | ≥ | 90 | 85 | 80 | 85 | 80 | 75 |
| 未消化残渣含量(5mm 圆孔筛余)/% | ≤ | 5 | 10 | 15 | 5 | 10 | 15 |
| $CO_2$ 含量/% | ≤ | 5 | 7 | 9 | 6 | 8 | 10 |
| 产浆量/(L/kg) | ≥ | 2.8 | 2.3 | 2.0 | 2.8 | 2.3 | 2.0 |

表 4-4-44　建筑生石灰粉的技术指标

| 项目 | | 钙质生石灰粉 | | | 镁质生石灰粉 | | |
|---|---|---|---|---|---|---|---|
| | | 优等品 | 一等品 | 合格品 | 优等品 | 一等品 | 合格品 |
| CaO＋MgO 含量/% | ≥ | 85 | 80 | 75 | 80 | 75 | 70 |
| $CO_2$ 含量/% | ≤ | 7 | 9 | 11 | 8 | 10 | 12 |
| 细度 | 0.9mm 筛筛余/% ≤ | 0.2 | 0.5 | 1.5 | 0.2 | 0.5 | 1.5 |
| | 0.125mm 筛筛余/% ≤ | 7.0 | 12.0 | 18.0 | 7.0 | 12.0 | 18.0 |

表 4-4-45　建筑消石灰粉的技术指标

| 项目 | | 钙质生石灰粉 | | | 镁质生石灰粉 | | | 白云石消石灰粉 | | |
|---|---|---|---|---|---|---|---|---|---|---|
| | | 优等品 | 一等品 | 合格品 | 优等品 | 一等品 | 合格品 | 优等品 | 一等品 | 合格品 |
| CaO＋MgO 含量/% ≥ | | 70 | 65 | 60 | 65 | 60 | 55 | 65 | 60 | 55 |
| 游离水/% | | 0.4～2 | | | | | | | | |
| 体积安定性 | | 合格 | — | | 合格 | — | | 合格 | — | |
| 细度 | 0.9mm 筛筛余/% ≤ | 0 | 0 | 0.5 | 0 | 0 | 0.5 | 0 | 0 | 0.5 |
| | 0.125mm 筛筛余/% ≤ | 3 | 10 | 15 | 3 | 10 | 15 | 3 | 10 | 15 |

# 4.4.3　水泥混凝土

## 4.4.3.1　砂

（1）砂的颗粒级配　砂按其细度模数的大小不同分为：特细砂（细度模数 0.7～1.5）、细砂（细度模数 1.6～2.2）、中砂（细度模数 2.3～3.0）和粗砂（细度模数 3.1～3.7）。砂按 0.6mm 孔径筛的累计筛余百分率，划分成三个级配区即Ⅰ区、Ⅱ区、Ⅲ区，如表 4-4-46。普通混凝土用砂的颗粒级配应处于任何一个区内，否则不合格。

表 4-4-46　砂颗粒级配区

| 方孔筛径　　累计筛余　　级配区 | Ⅰ区 | Ⅱ区 | Ⅲ区 |
|---|---|---|---|
| 5.00mm | 10～0 | 10～0 | 10～0 |
| 2.50mm | 35～5 | 25～0 | 15～0 |
| 1.25mm | 65～35 | 50～10 | 25～0 |
| 630$\mu$m | 85～71 | 70～41 | 40～16 |
| 315$\mu$m | 95～80 | 92～70 | 85～55 |
| 160$\mu$m | 100～90 | 100～90 | 100～90 |

配制混凝土时宜优先选用Ⅱ区砂。当采用Ⅰ区砂时，应提高砂率，并保持足够的水泥用量，满足混凝土的和易性；当采用Ⅲ区砂时，宜适当降低砂率，当采用特细砂时，应符合相应的规定。配制泵送混凝土，宜选用中砂。

（2）砂的公称粒径、砂筛筛孔的公称直径和方孔筛筛孔边长尺寸（表 4-4-47）

表 4-4-47　砂的公称粒径、砂筛筛孔的公称直径和方孔筛筛孔边长尺寸

| 砂的公称粒径 | 砂筛筛孔的公称直径 | 方孔筛筛孔边长 |
|---|---|---|
| 5.00m | 5.00mm | 4.75mm |
| 2.50mm | 2.50mm | 2.35mm |
| 1.25mm | 1.25mm | 1.18mm |
| 630$\mu$m | 630$\mu$m | 500$\mu$m |
| 315$\mu$m | 315$\mu$m | 300$\mu$m |
| 160$\mu$m | 160$\mu$m | 150$\mu$m |
| 80$\mu$m | 80$\mu$m | 75$\mu$m |

（3）砂中的有害物质限值　当砂中如含有云母、轻物质、有机物、硫化物及硫酸盐等有害物质时，其含量应符合表 4-4-48 的规定。

表 4-4-48　砂中的有害物质限值

| 项　目 | 质量指标 |
|---|---|
| 云母含量（按重量计）/% | ≤2.0 |
| 轻物质含量（按重量计）/% | ≤1.0 |
| 硫化物及硫酸盐含量<br>（折算成 $SO_3$ 按重量计）/% | ≤1.0 |
| 有机物含量（用比色法试验） | 颜色不应深于标准色，当颜色深于标准色时，应按水泥胶砂强度试验方法进行强度对比试验，抗压强度比不应低于 0.95 |

对于有抗冻、抗渗要求的混凝土，砂中云母含量不应大于 1.0%。当砂中含有颗粒状的硫酸盐或硫化物杂质时，应进行专门检验，确认能满足混凝土耐久性要求后，方能采用。

（4）砂中其他物质含量（表 4-4-49～表 4-4-51）

表 4-4-49　砂中的泥块含量

| 混凝土强度等级 | ≥C60 | C55～C30 | ≤C25 |
|---|---|---|---|
| 含泥量（按重量计）/% | ≤0.5 | ≤1.0 | ≤2.0 |

注：对于有抗冻、抗渗或其他特殊要求的小于或等于 C25 混凝土用砂，其泥块含量不应大于 1.0%。

表 4-4-50　人工砂或混合砂中石粉含量

| 混凝土强度等级 | | ≥C60 | C55～C30 | ≤C25 |
|---|---|---|---|---|
| 石粉含量/% | MB<1.4（合格） | ≤5.0 | ≤7.0 | ≤10.0 |
| | MB≥1.4（不合格） | ≤2.0 | ≤3.0 | ≤5.0 |

表 4-4-51　海砂中贝壳含量

| 混凝土强度等级 | ≥C40 | C35～C30 | C25～C15 |
|---|---|---|---|
| 贝壳含量（按质量计）/% | ≤C3 | ≤5 | ≤8 |

注：对于有抗冻、抗渗或其他特殊要求的小于或等于 C25 混凝土用砂，其贝壳含量不应大于 5%。

（5）砂的坚固性指标　砂的坚固性应采用硫酸钠溶液检验，试样经 5 次循环后，其质量损失应符合表 4-4-52 的规定。

表 4-4-52　砂的坚固性指标

| 混凝土所处的环境条件及其性能要求 | 5 次循环后的重量损失/% |
|---|---|
| 在严寒及寒冷地区室外使用并经常处于潮湿或干湿交替状态下的混凝土<br>对于有抗疲劳、耐磨、抗冲击需要的混凝土<br>有腐蚀介质作用或经常处于水位变化区的地下结构混凝土 | ≤8 |
| 其他条件下使用的混凝土 | ≤10 |

### 4.4.3.2　石

（1）颗粒级配　碎石或卵石的颗粒级配，应符合表 4-4-53 的要求。混凝土用石应采用连续粒级。单粒级宜用于组合成满足要求级配的连续粒级，也可与连续粒级混合使用，以改善其级配或配成较大粒度的连续粒级。

当卵石的颗粒级配不符合表 4-4-53 要求时，应采取措施并经试验证实能确保工程质量后，方允许使用。

表 4-4-53　碎石或卵石的颗粒级配范围

| 级配情况 | 公称粒级/mm | 累计筛余按重量计/% | | | | | | | | | | | |
| --- | --- | --- | --- | --- | --- | --- | --- | --- | --- | --- | --- | --- | --- |
| | | 方孔筛筛孔尺寸/mm | | | | | | | | | | | |
| | | 2.36 | 4.75 | 9.5 | 16.0 | 19.0 | 26.5 | 31.5 | 37.5 | 53.0 | 63.0 | 75.0 | 90 |
| 连续粒级 | 5~10 | 95~100 | 80~100 | 0~15 | 0 | — | — | — | — | — | — | — | — |
| | 5~16 | 95~100 | 85~100 | 30~60 | 0~10 | 0 | — | — | — | — | — | — | — |
| | 5~20 | 95~100 | 90~100 | 40~80 | — | 0~10 | 0 | — | — | — | — | — | — |
| | 5~25 | 95~100 | 90~100 | — | 30~70 | — | 0~5 | 0 | — | — | — | — | — |
| | 5~31.5 | 95~100 | 90~100 | 70~90 | — | 15~45 | — | 0~5 | 0 | — | — | — | — |
| | 5~40 | — | 95~100 | 70~90 | — | 30~65 | — | — | 0~5 | 0 | — | — | — |
| 单粒级 | 10~20 | — | 95~100 | 85~100 | — | 0~15 | 0 | — | — | — | — | — | — |
| | 16~31.5 | — | 95~100 | — | 85~100 | — | — | 0~10 | — | — | — | — | — |
| | 20~40 | — | — | 95~100 | — | 80~100 | — | — | 0~10 | 0 | — | — | — |
| | 31.5~63 | — | — | — | 95~100 | — | — | 75~100 | 45~75 | — | 0~10 | 0 | — |
| | 40~80 | — | — | — | — | 95~100 | — | — | 70~100 | — | 30~60 | 0~10 | 0 |

（2）石筛应采用方孔筛　石的公称粒径、石筛筛孔的公称直径与方孔筛筛孔边长应符合表 4-4-54 的规定。

表 4-4-54　石筛筛孔的公称直径与方孔筛尺寸　　　　　　　单位：mm

| 石的公称粒径 | 石筛筛孔的公称直径 | 方孔筛筛孔边长 |
| --- | --- | --- |
| 2.50 | 2.50 | 2.36 |
| 5.00 | 5.00 | 4.75 |
| 10.0 | 10.0 | 9.5 |
| 16.0 | 16.0 | 16.0 |
| 20.0 | 20.0 | 19.0 |
| 25.0 | 25.0 | 26.5 |
| 31.5 | 31.5 | 31.5 |
| 40.0 | 40.0 | 37.5 |
| 50.0 | 50.0 | 53.0 |
| 63.0 | 63.0 | 63.0 |
| 80.0 | 80.0 | 75.0 |
| 100.0 | 100.0 | 90.0 |

（3）碎石或卵石中针、片状颗粒含量（表 4-4-55）

表 4-4-55　针、片状颗粒含量

| 混凝土强度等级 | ≥C60 | C55~C30 | ≤C25 |
| --- | --- | --- | --- |
| 针、片状颗粒含量，按重量计/% | ≤8 | ≤15 | ≤25 |

（4）碎石或卵石中的含泥量（表 4-4-56）

表 4-4-56　碎石或卵石中的含泥量

| 混凝土强度等级 | ≥C60 | C55~C30 | ≤C25 |
| --- | --- | --- | --- |
| 针、片状颗粒含量（按质量计）/% | ≤0.5 | ≤1.0 | ≤2.0 |

注：对于有抗冻、抗渗或其他特殊要求的混凝土，其所用碎石或卵石的含泥量不应大于 1.0%。当碎石或卵石的含泥是非黏土质的石粉时，其含混量可由表中的 0.5%、1.0%、2.0%，分别提高到 1.0%、1.5%、3.0%。

（5）碎石或卵石中的泥块含量（表 4-4-57）

表 4-4-57　碎石或卵石中的泥块含量

| 混凝土强度等级 | ≥C60 | C55~C30 | ≤C25 |
| --- | --- | --- | --- |
| 泥块含量（按质量计）/% | ≤0.2 | ≤0.5 | ≤0.7 |

注：对于有抗冻、抗渗和其他特殊要求的强度等级小于 C30 的混凝土，其所用碎石或卵石的泥块含量应不大于 0.5%。

（6）碎石强度　碎石的强度可用岩石的抗压强度和压碎值指标表示。岩石的抗压强度应比所配制的混凝土强度至少高 20%。当混凝土强度等级大于或等于 C60 时，应进行岩石抗压强度检验，岩石强度首先应由生产单位提供，工程中可采用压碎值指标进行质量控制。碎石的压碎值指标宜符合表 4-4-58 的规定。

**表 4-4-58　碎石的压碎值指标**

| 岩石品种 | 混凝土强度等级 | 碎石压碎值指标/% |
|---|---|---|
| 沉积岩 | C60～C40 | ≤10 |
| | ≤C35 | ≤16 |
| 变质岩或深成的火成岩 | C60～C40 | ≤12 |
| | ≤C35 | ≤20 |
| 喷出的火成岩 | C60～C40 | ≤13 |
| | ≤C35 | ≤30 |

注：沉积岩包括石灰岩、砂岩等。变质岩包括片麻岩、石英岩等。深成的火成岩包括花岗岩、正长岩、闪长岩和橄榄岩等。喷出的火成岩包括玄武岩和辉绿岩等。

卵石的强度用压碎值指标表示。其压碎值指标宜符合表 4-4-59 的规定采用。

**表 4-4-59　卵石的压碎指标值**

| 混凝土强度等级 | C60～C40 | ≤C35 |
|---|---|---|
| 压碎指标值/% | ≤12 | ≤16 |

（7）碎石或卵石的坚固性指标　碎石和卵石的坚固性应用硫酸钠溶液法检验，试样经 5 次循环后，其质量损失应符合表 4-4-60 的规定。

**表 4-4-60　碎石或卵石的坚固性指标**

| 混凝土所处的环境条件及其性能要求 | 5 次循环后的质量量损失/% |
|---|---|
| 在严寒及寒冷地区室外使用，并经常处于潮湿或干湿交替状态下的混凝土，有腐蚀性介质作用或经常处于水位变化区的地下结构或有抗疲劳、耐磨、抗冲击等要求的混凝土 | ≤8 |
| 在其他条件下使用的混凝土 | ≤12 |

（8）碎石或卵石中的有害物质含量（表 4-4-61）

**表 4-4-61　碎石或卵石中的有害物质含量**

| 项　目 | 质量要求 |
|---|---|
| 硫化物及硫酸盐含量（折算成 $SO_3$，按质量计）/% | ≤1.0 |
| 卵石中有机物含量（用比色法试验） | 颜色应不深于标准色。当颜色深于标准色时，应配制成混凝土进行强度对比试验，抗压强度比应不低于 0.95 |

注：当碎石或卵石中含有颗粒状硫酸盐或硫化物杂质时，应进行专门检验，确认能满足混凝土耐久性后，方可采用。

（9）取样

① 每验收批取样方法应按下列规定执行：

a. 在料堆上取样时，取样部位应均匀分布。取样前先将取样部位表层铲除。然后由各部位抽取大致相等的砂共 8 份，石子为 16 份，组成各自一组样品；

b. 从皮带运输机上取样时，应在皮带运输机机尾的出料处用接料器定时抽取砂 4 份、石 8 份组成各自一组样品；

c. 从火车、汽车、货船上取样时，应从不同部位和深度抽取大致相等的砂 8 份，石 16 份组成各自一组样品。

② 除筛分析，当其余检验项目存在不合格项时，应加倍进行复验。当复验仍有一项不满足标准要求时，应按不合格品处理。

注：如经观察，认为各节车皮间（汽车、货船间）所载的砂、石质量相差甚为悬殊时，应对质量有怀疑的每节列车（汽车、货船）分别取样和验收。

③ 对于每一项检验项目，砂、石的每组样品取样数量就分别满足表 4-4-62 和表 4-4-63 的规定。当需要做多项检验时，可在确保样品经一项试验后不致影响其他试验结果的前提下，用同组样品进行多项不同的试验。

表 4-4-62　每一单项检验项目所需砂的最少取样质量

| 检 验 项 目 | 最少取样数量/g |
|---|---|
| 筛分析 | 4400 |
| 表观密度 | 2600 |
| 吸水率 | 4000 |
| 紧密密度和堆积密度 | 5000 |
| 含水率 | 1000 |
| 含泥量 | 4400 |
| 泥块含量 | 20000 |
| 石粉含量 | 1600 |
| 人工砂压碎值指标 | 分成公称粒级 5.00～2.50mm、2.5～1.25mm、1.25mm～630$\mu$m、 630～315$\mu$m、315～160$\mu$m；每个粒级各需 1000g |
| 有机质含量 | 2000 |
| 云母含量 | 600 |
| 轻物质含量 | 3200 |
| 坚固性 | 分成公称粒级 5.00～2.50mm、2.50～1.25mm、1.25mm～630$\mu$m、 630～315$\mu$m、315～160$\mu$m；每个粒级各需 1000g |
| 硫化物及硫酸盐含量 | 50 |
| 氯离子含量 | 2000 |
| 贝壳含量 | 10000 |
| 碱活性 | 20000 |

表 4-4-63　每一单项检验项目所需碎石或卵石的最少取样数量　　　　单位：kg

| 试 验 项 目 | 最大粒径/mm | | | | | | | |
|---|---|---|---|---|---|---|---|---|
| | 10 | 16 | 20 | 25 | 31.5 | 40 | 63 | 80 |
| 筛分析 | 8 | 15 | 16 | 20 | 25 | 32 | 50 | 64 |
| 表观密度 | 8 | 8 | 8 | 8 | 12 | 16 | 24 | 24 |
| 含水率 | 2 | 2 | 2 | 2 | 3 | 3 | 4 | 6 |
| 吸水率 | 8 | 8 | 16 | 16 | 16 | 24 | 24 | 32 |
| 堆积密度、紧密密度 | 40 | 40 | 40 | 40 | 80 | 80 | 120 | 120 |
| 含泥量 | 8 | 8 | 24 | 24 | 40 | 40 | 80 | 80 |
| 泥块含量 | 8 | 8 | 24 | 24 | 40 | 40 | 80 | 80 |
| 针、片状含量 | 1.2 | 4 | 8 | 12 | 20 | 40 | — | — |
| 硫化物及硫酸盐 | 1.0 | | | | | | | |

注：有机物含量、坚固性、压碎值指标及碱-骨料反应检验，应按试验要求的粒级及质量取样。

④ 每组样品应妥善包装，避免细料散失，及防污染，并附样品卡片，标明样品的编号、取样时间、代表数量、产地、样品量、要求检验项目及取样方式等。

### 4.4.3.3　外加剂

（1）受检混凝土性能指标（表 4-4-64）

**表4-4-64　受检混凝土性能指标**

| 项 目 | | 高性能减水剂 HPWR | | | 高效减水剂 HWR | | 普通减水剂 WR | | | 引气减水剂 AEWR | 泵送剂 PA | 早强剂 Ac | 缓凝剂 RE | 引气剂 AE |
|---|---|---|---|---|---|---|---|---|---|---|---|---|---|---|
| | | 早强型 HPWR-A | 标准型 HPWR-S | 缓凝型 HPWR-R | 标准型 HWR-S | 缓凝型 HWR-R | 早强型 WR-A | 标准型 WR-S | 缓凝型 WR-R | | | | | |
| 减水率/% | ≥ | 25 | 25 | 25 | 14 | 14 | 8 | 8 | 8 | 10 | 12 | — | — | 6 |
| 泌水率比/% | ≤ | 50 | 60 | 70 | 90 | 100 | 95 | 100 | 100 | 70 | 70 | 100 | 100 | 70 |
| 含气量/% | | ≤6.0 | ≤6.0 | ≤6.0 | ≤3.0 | ≤4.5 | ≤4.0 | ≤4.0 | ≤5.5 | ≥3.0 | ≤5.5 | — | — | ≥3.0 |
| 凝结时间之差/min | 初凝 | -90~+90 | -90~+120 | >+90 | -90~+120 | >+90 | -90~+90 | -90~+120 | >+90 | -90~+120 | | -90~+90 | >+90 | -90~+120 |
| | 终凝 | — | | | | | | | | | | | | |
| 1h经时变化量 | 坍落度/mm | — | — | ≤60 | — | — | — | — | — | — | ≤80 | — | — | — |
| | 含气量/% | — | — | — | — | — | — | — | — | -1.5~+1.5 | — | — | — | -1.5~+1.5 |
| 抗压强度比/% ≥ | 1d | 180 | 170 | — | 140 | — | 135 | — | — | — | — | 135 | — | — |
| | 3d | 170 | 160 | — | 130 | — | 130 | 115 | — | 115 | — | 130 | — | 95 |
| | 7d | 145 | 150 | 140 | 125 | 125 | 110 | 115 | 110 | 110 | 115 | 110 | 100 | 95 |
| | 28d | 130 | 140 | 130 | 120 | 120 | 100 | 110 | 110 | 100 | 110 | 100 | 100 | 90 |
| 收缩率比/% ≤ | 28d | 110 | 110 | 110 | 135 | 135 | 135 | 135 | 135 | 135 | 135 | 135 | 135 | 135 |
| 相对耐久性(200次)/% ≥ | | — | — | — | — | — | — | — | — | 80 | — | — | — | 80 |

注:
1. 表中抗压强度比、收缩率比、相对耐久性为强制性指标,其余为推荐性指标。
2. 除含气量和相对耐久性外,表中所列数据为掺外加剂混凝土与基准混凝土的差值或比值。
3. 凝结时间之差性能指标中的"—"号表示提前,"+"号表示延缓。
4. 相对耐久性(200次)性能指标中的"≥80"表示将28d龄期的受检混凝土试件快速冻融循环200次后,动弹性模量保留值≥80%。
5. 1h含气量经时变化量指标中的"—"号表示含气量增加,"+"号表示含气量减少。
6. 其他品种的外加剂是否需要测定相对耐久性指标,由供、需双方协商确定。
7. 当用户对泵送剂等产品有特殊要求时,需要进行的补充试验项目、试验方法及指标,由供需双方协商决定。

（2）匀质性指标（表 4-4-65）

表 4-4-65　匀质性指标

| 试　验　项　目 | 指　　标 |
|---|---|
| 氯离子含量/% | 不超过生产厂控制值 |
| 总碱量/% | 不超过生产厂控制值 |
| 含固量/% | $S>25\%$ 时，应控制在 $0.95S\sim1.05S$；<br>$S\leqslant25\%$ 时，应控制在 $0.90S\sim1.10S$ |
| 含水率/% | $W>5\%$ 时，应控制在 $0.90W\sim1.10W$；<br>$W\leqslant5\%$ 时，应控制在 $0.80W\sim1.20W$ |
| 密度/(g/cm³) | $D>1.1$ 时，应控制在 $D\pm0.03$；<br>$W\leqslant1.1$ 时，应控制在 $D\pm0.02$ |
| 细度 | 应在生产厂控制范围内 |
| pH 值 | 应在生产厂控制范围内 |
| 硫酸钠含量/% | 不超过生产厂控制值 |

注：1. 生产厂应在相关的技术资料中明示产品匀质性指标的控制值。

2. 对相同和不相同批次之间的匀质性和等效性的其他要求，可由供需双方商定；

3. 表中的 $S$、$W$ 和 $D$ 分别为含固量、含水率和密度的生产厂控制值。

（3）试验项目及所需数量（表 4-4-66）

表 4-4-66　试验项目及所需数量

| 试验项目 | | 外加剂类别 | 试验类别 | 试验所需数量 | | | |
|---|---|---|---|---|---|---|---|
| | | | | 混凝土拌和批数 | 每批取样数目 | 基准混凝土总取样数目 | 受检混凝土总取样数目 |
| 减水率 | | 除早强剂、缓凝剂外的各种外加剂 | 混凝土拌和物 | 3 | 1 次 | 3 次 | 3 次 |
| 泌水率比 | | 各种外加剂 | | 3 | 1 个 | 3 个 | 3 次 |
| 含气量 | | | | 3 | 1 个 | 3 个 | 3 次 |
| 凝结时间差 | | | | 3 | 1 个 | 3 个 | 3 次 |
| 1h 经时变化量 | 坍落度 | 高性能减水剂、泵送剂 | | 3 | 1 个 | 3 个 | 3 个 |
| | 含气量 | | | 3 | 1 个 | 3 个 | 3 个 |
| 抗压强度比 | | 引气剂、引气减水剂 | | 3 | 6,9 或 12 块 | 18,27 或 36 块 | 18,27 或 36 块 |
| 收缩率比 | | 各种外加剂 | 硬化混凝土 | 3 | 1 条 | 3 条 | 3 次 |
| 相对耐久性 | | 引气减水剂、引气剂 | 硬化混凝土 | 3 | 1 条 | 3 条 | 3 条 |

注：1. 试验时，检验同一种外加剂的三批混凝土的制作宜在开始试验一周内的不同日期完成。对比的基准混凝土和受检混凝土应同时成型。

2. 试验前后应仔细观察试样，对有明显缺陷的试样和试验结果都应舍除。

（4）取样及批号

① 点样和混合样。点样是在一次生产产品时所取得的一个试样。混合样是三个或更多的点样等量均匀混合而取得的试样。

② 批号。生产厂应根据产量和生产设备条件，将产品分批编号。掺量大于 1%（含 1%）同品种的外加剂每一批号为 100t，掺量小于 1% 的外加剂每一批号为 50t。不足 100t 或 50t 的也应按一个批量计，同一批号的产品必须混合均匀。

③ 取样数量。每一批号取样量不少于 0.2t 水泥所需用的外加剂量。

（5）试样及留样　每一批号取样应充分混匀，分为两等份，其中一份按规定的项目进行试验，另一份密封保存半年，以备有疑问时，提交国家指定的检验机关进行复验或仲裁。

（6）型式检验　有下列情况之一者，应进行型式检验：

① 新产品或老产品转厂生产的试制定型鉴定；

② 正式生产后，如材料、工艺有较大改变，可能影响产品性能时；

③ 正常生产时，一年至少进行一次检验；

④ 产品长期停产后，恢复生产时；

⑤ 出厂检验结果与上次型式检验结果有较大差异时；

⑥ 同家质量监督机构提出进行型式试验要求时。

（7）判定规则

① 出厂检验判定。型式检验报告在有效期内，且出厂检验结果符合要求，可判定为该批产品检验合格。

② 型式检验判定。产品经检验，匀质性检验结果符合要求；各种类型外加剂受检混凝土性能指标中，高性能减水剂及泵送剂的减水率和坍落度的经时变化量，其他减水剂的减水率、缓凝型外加剂的凝结时间差、引气型外加剂的含气量及其经时变化量、硬化混凝土的各项性能符合要求，则判定该批外加剂合格。如不符合上述要求时，则判该批号外加剂不合格。其余项目可作为参考指标。

### 4.4.3.4　水

采用自来水拌和，其他凡能引用的水可不经试验直接使用。

水中不应含有影响水泥正常凝结与硬化的有害杂质和油脂、糖类及游离酸类等杂物。

污水、pH 值小于 4 的酸性水及硫酸盐按 $SO_3$ 计超过 2700mg/L 的水不准使用。

钢筋混凝土和预应力混凝土结构不得用海水拌制。

# 5 市政工程造价理论基础知识

## 5.1 市政工程建设项目总投资的构成

### 5.1.1 建设项目总投资的构成

市政工程建设项目总投资是指拟建项目从筹建到竣工验收以及试车投产的全部建设费用，应包括建设投资、固定资产投资方向调节税、建设期利息和铺底流动资金。建设投资由工程费用、工程建设其他费用及预备费用三部分组成。

市政工程建设项目总投资的组成见图 5-1-1。

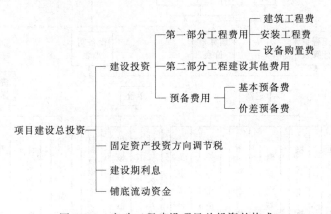

图 5-1-1 市政工程建设项目总投资的构成

### 5.1.2 建设项目总投资概述

#### 5.1.2.1 建设项目总投资分类

市政工程建设项目总投资按其费用项目性质分为静态投资、动态投资和铺底流动资金三部分。

静态投资是指建设项目的建筑安装工程费用、设备购置费用（含工器具）、工程建设其他费用和基本预备费以及固定资产投资方向调节税。

动态投资是指建设项目从估算编制期到工程竣工期间由于物价、汇率、税费率、劳动工资、贷款利率等发生变化所需增加的投资额。主要包括建设期利息、汇率变动及价差预备费。

### 5.1.2.2 市政工程主要技术经济指标

市政工程主要技术经济指标应包括投资、用地和主要材料用量，指标单位按单位生产能力（设计规模）计算。当设计规模有远近期不同的考虑时，或者土建与安装的规模不同时，应分别计算后再综合。

## 5.2 定额计价模式下市政工程计价

### 5.2.1 定额计价基本程序（图5-2-1）

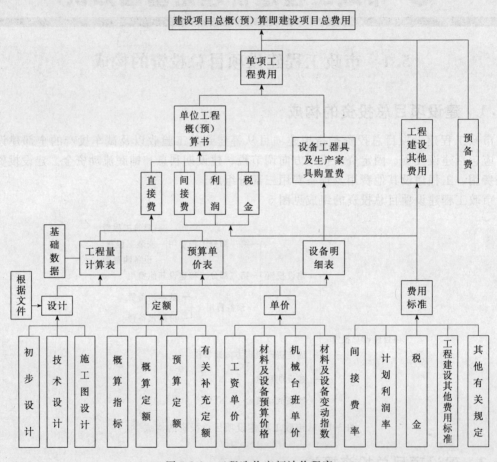

图 5-2-1 工程造价定额计价程序

### 5.2.2 工程费用的计价方法

#### 5.2.2.1 工程费用的组成

第一部分工程费用是指直接构成固定资产的工程项目按各个枢纽工程（如给水工程按取水工程、浑水输水工程、净水工程、清水输水及配水工程）的单位工程进行编制。由建筑工程费、安装工程费和设备购置费三部分组成。

（1）建筑工程费 包括各种房屋和构筑物的建筑工程；各种室外管道铺设工程；总图竖向布置、大型土石方工程等。

（2）安装工程费 包括各种机电设备、专用设备、仪器仪表等设备的安装及配线；工艺、供热、供水等各种管道、配件和闸门以及供电外线安装工程。

（3）设备购置费 包括需要安装和不需要安装的全部设备购置费、备品备件购置费。

## 5.2.2.2 建筑、安装工程费的构成

建筑工程费、安装工程费由直接费、间接费、利润和税金组成，见图 5-2-2。

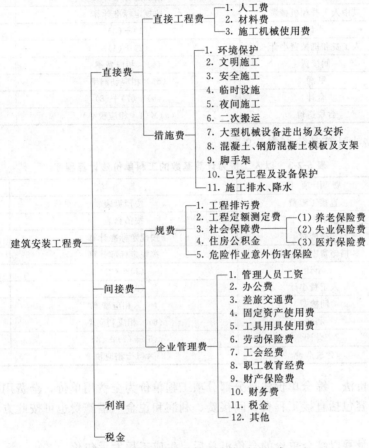

图 5-2-2 建筑安装工程造价项目组成

## 5.2.2.3 建筑、安装工程计价程序

（1）工料单价法 工料单价法是以分部分项工程量乘以单价后的合计为直接工程费，直接工程费以人工、材料、机械的消耗量及其相应价格确定。直接工程费汇总后另加间接费、利润、税金生成工程发承包价，其计算程序分为以下三种。

① 以直接费为计算基数（表 5-2-1）

表 5-2-1 以直接费为计算基数的工料单价法计算程序

| 序　号 | 费用项目 | 计　算　方　法 | 备　注 |
|---|---|---|---|
| 1 | 直接工程费 | 按预算表 | |
| 2 | 措施费 | 按规定标准计算 | |
| 3 | 小计 | (1)＋(2) | |
| 4 | 间接费 | (3)×相应费率 | |
| 5 | 利润 | ((3)＋(4))×相应利润率 | |
| 6 | 合计 | (3)＋(4)＋(5) | |
| 7 | 含税造价 | (6)×(1＋相应税率) | |

② 以人工费和机械费为计算基数（表 5-2-2）

表 5-2-2　以人工费和机械费为计算基数的工料单价法计算程序

| 序　号 | 费 用 项 目 | 计 算 方 法 | 备　注 |
|---|---|---|---|
| 1 | 直接工程费 | 按预算表 | |
| 2 | 其中人工费和机械费 | 按预算表 | |
| 3 | 措施费 | 按规定标准计算 | |
| 4 | 其中人工费和机械费 | 按规定标准计算 | |
| 5 | 小计 | (1)＋(3) | |
| 6 | 人工费和机械费小计 | (2)＋(4) | |
| 7 | 间接费 | (6)×相应费率 | |
| 8 | 利润 | (6)×相应利润率 | |
| 9 | 合计 | (5)＋(7)＋(8) | |
| 10 | 含税造价 | (9)×(1＋相应税率) | |

③ 以人工费为计算基数（表 5-2-3）

表 5-2-3　以人工费为计算基数的工料单价法计算程序

| 序　号 | 费 用 项 目 | 计 算 方 法 | 备　注 |
|---|---|---|---|
| 1 | 直接工程费 | 按预算表 | |
| 2 | 直接费中人工费 | 按预算表 | |
| 3 | 措施费 | 按规定标准计算 | |
| 4 | 措施费中人工费 | 按规定标准计算 | |
| 5 | 小计 | (1)＋(3) | |
| 6 | 人工费小计 | (2)＋(4) | |
| 7 | 间接费 | (6)×相应费率 | |
| 8 | 利润 | (6)×相应利润率 | |
| 9 | 合计 | (5)＋(7)＋(8) | |
| 10 | 含税造价 | (9)×(1＋相应税率) | |

（2）综合单价法　综合单价法是分部分项工程单价为全费用单价，全费用单价经综合计算后生成，其内容包括直接工程费、间接费、利润和税金（措施费也可按此方法生成全费用价格）。

各分项工程量乘以综合单价的合价汇总后，生成工程发承包价。

由于各分部分项工程中的人工、材料、机械含量的比例不同，各分项工程可根据其材料费占人工费、材料费、机械费合计的比例（以字母"$C$"代表该项比值）在以下三种计算程序中选择一种计算其综合单价。

① 以直接工程费为计算基数的综合单价法计算程序。当 $C > C_0$（$C$ 为该分项工程中材料费占分项直接工程费的比例，$C_0$ 为本地区原费用定额测算所选典型工程材料费占分项直接工程费的比例）时，可采用以分项直接工程费为基数计算该分项工程的间接费和利润。见表 5-2-4。

表 5-2-4　以直接工程费为计算基数的综合单价法计算程序

| 序　号 | 费 用 项 目 | 计 算 方 法 |
|---|---|---|
| 1 | 分项直接工程费 | 人工费＋材料费＋机械费 |
| 2 | 间接费 | (1)×相应费率 |
| 3 | 利润 | ［(1)＋(2)］×相应利润率 |
| 4 | 合计 | (1)＋(2)＋(3) |
| 5 | 含税造价 | (4)×(1＋相应税率) |

② 以人工费和机械费为计算基础的综合单价法计算程序。当 $C_0$ 值的下限时，可采用以人工费和机械费合计为基数计算该分项工程的间接费和利润。见表 5-2-5。

表 5-2-5　以人工费和机械费为计算基础的综合单价法计算程序

| 序　号 | 费 用 项 目 | 计 算 方 法 |
|---|---|---|
| 1 | 分项直接工程费 | 人工费＋材料费＋机械费 |
| 2 | 其中人工费和机械费 | 人工费＋机械费 |
| 3 | 间接费 | (2)×相应费率 |
| 4 | 利润 | (2)×相应利润率 |
| 5 | 合计 | (1)+(3)+(4) |
| 6 | 含税造价 | (5)×(1＋相应税率) |

③ 以人工费为计算基础的综合单价法计算程序。如该分项的直接工程费仅为人工费，无材料费和机械费时，可采用以人工费为基数计算该分项工程的间接费和利润，如安装工程。见表 5-2-6。

表 5-2-6　以人工费为计算基础的综合单价法计算程序

| 序　号 | 费 用 项 目 | 计 算 方 法 |
|---|---|---|
| 1 | 分项直接工程费 | 人工费＋材料费＋机械费 |
| 2 | 直接工程费中人工费 | 人工费 |
| 3 | 间接费 | (2)×相应费率 |
| 4 | 利润 | (2)×相应利润率 |
| 5 | 合计 | (1)+(3)+(4) |
| 6 | 含税造价 | (5)×(1＋相应税率) |

## 5.2.2.4　直接费计算

直接费由直接工程费和措施费组成。

(1) 直接工程费　直接工程费是指施工过程中耗费的构成工程实体的各项费用，包括人工费、材料费、施工机械使用费。

$$直接工程费＝人工费＋材料费＋施工机械使用费 \qquad (5\text{-}2\text{-}1)$$

① 人工费。直接从事建筑安装工程施工的生产工人开支的各项费用。

$$人工费＝\sum(工日消耗量×日工资单价) \qquad (5\text{-}2\text{-}2)$$

$$日工资单价(G) = \sum_1^5 G \qquad (5\text{-}2\text{-}3)$$

a. 基本工资——发放给生产工人的基本工资。

$$基本工资(G_1) = \frac{生产工人平均月工资}{年平均每月法定工作日} \qquad (5\text{-}2\text{-}4)$$

b. 工资性补贴——按规定标准发放的物价补贴，煤、燃气补贴，交通补贴，住房补贴，流动施工津贴等。

$$工资性补贴(G_2) = \frac{\sum 年发放标准}{全年日历日－法定假日} + \frac{\sum 月发放标准}{年平均每月法定工作日} + 每工作日发放标准 \qquad (5\text{-}2\text{-}5)$$

c. 生产工人辅助工资——生产工人年有效施工天数以外非作业天数的工资，包括职工学习、培训期间的工资，调动工作、探亲、休假期间的工资，因气候影响的停工工资，女工哺乳时间的工资，病假在六个月以内的工资及产、婚、丧假期的工资。

$$生产工人辅助工资(G_3) = \frac{全年无效工作日×(G_1＋G_2)}{全年日历日－法定假日} \qquad (5\text{-}2\text{-}6)$$

d. 职工福利费——按规定标准计提的职工福利费。

$$职工福利费(G_4) = (G_1＋G_2＋G_3)×福利费计提比例(\%) \qquad (5\text{-}2\text{-}7)$$

e. 生产工人劳动保护费——按规定标准发放的劳动保护用品的购置费及修理费，徒工服装补贴，防暑降温费，在有碍身体健康环境中施工的保健费用等。

$$生产工人劳动保护费(G_5) = \frac{生产工人年平均支出劳动保护费}{全年日历日 - 法定假日} \qquad (5-2-8)$$

② 材料费。施工过程中耗费的构成工程实体的原材料、辅助材料、构配件、零件、半成品的费用。

$$材料费 = \sum(材料消耗量 \times 材料基价) + 检验试验费 \qquad (5-2-9)$$

a. 材料原价（或供应价格）。

$$材料原价 = [(供应价格 + 运杂费) \times (1 + 运输损耗率)] \times (1 + 采购保管费率) \qquad (5-2-10)$$

b. 材料运杂费——材料自来源地运至工地仓库或指定堆放地点所发生的全部费用。

c. 运输损耗费——材料在运输装卸过程中不可避免的损耗。

d. 采购及保管费——为组织采购、供应和保管材料过程中所需要的各项费用。包括采购费、仓储费、工地保管费、仓储损耗。

e. 检验试验费——对建筑材料、构件和建筑安装物进行一般鉴定、检查所发生的费用，包括自设试验室进行试验所耗用的材料和化学药品等费用。不包括新结构、新材料的试验费和建设单位对具有出厂合格证明的材料进行检验，对构件做破坏性试验及其他特殊要求检验试验的费用。

$$检验试验费 = \sum(单位材料量检验试验费 \times 材料消耗量) \qquad (5-2-11)$$

③ 施工机械使用费。施工机械作业所发生的机械使用费以及机械安拆费和场外运费。

$$施工机械使用费 = \sum(施工机械台班消耗量 \times 机械台班单价) \qquad (5-2-12)$$

施工机械台班单价应由下列 7 项费用组成：

$$台班单价 = 台班折旧费 + 台班大修费 + 台班经常修理费 + 台班安拆费及场外运费 +$$
$$台班人工费 + 台班燃料动力费 + 台班养路费及车船使用税 \qquad (5-2-13)$$

a. 折旧费——施工机械在规定的使用年限内，陆续收回其原值及购置资金的时间价值。

b. 大修理费——施工机械按规定的大修理间隔台班进行必要的大修理，以恢复其正常功能所需的费用。

c. 经常修理费——施工机械除大修理以外的各级保养和临时故障排除所需的费用。包括为保障机械正常运转所需替换设备与随机配备工具附具的摊销和维护费用，机械运转中日常保养所需润滑与擦拭的材料费用及机械停滞期间的维护和保养费用等。

d. 安拆费及场外运费——安拆费指施工机械在现场进行安装与拆卸所需的人工、材料、机械和试运转费用以及机械辅助设施的折旧、搭设、拆除等费用；场外运费指施工机械整体或分体自停放地点运至施工现场或由一施工地点运至另一施工地点的运输、装卸、辅助材料及架线等费用。

e. 人工费——机上司机（司炉）和其他操作人员的工作日人工费及上述人员在施工机械规定的年工作台班以外的人工费。

f. 燃料动力费——施工机械在运转作业中所消耗的固体燃料（煤、木柴）、液体燃料（汽油、柴油）及水、电等。

g. 养路费及车船使用税——施工机械按照国家规定和有关部门规定应缴纳的养路费、车船使用税、保险费及年检费等。

（2）措施费　为完成工程项目施工，发生于该工程施工前和施工过程中非工程实体项目的费用。

① 环境保护费。施工现场为达到环保部门要求所需要的各项费用。

$$环境保护费＝直接工程费×环境保护费费率 \tag{5-2-14}$$

$$环境保护费费率＝\frac{本项费用年度平均支出}{全年建安产值×直接工程费占总造价比例}×100\% \tag{5-2-15}$$

② 文明施工费。施工现场文明施工所需要的各项费用。

$$文明施工费＝直接工程费×文明施工费费率 \tag{5-2-16}$$

$$文明施工费费率＝\frac{本项费用年度平均支出}{全年建安产值×直接工程费占总造价比例}×100\% \tag{5-2-17}$$

③ 安全施工费。施工现场安全施工所需要的各项费用。

$$安全施工费＝直接工程费×安全施工费费率 \tag{5-2-18}$$

$$安全施工费费率＝\frac{本项费用年度平均支出}{全年建安产值×直接工程费占总造价比例}×100\% \tag{5-2-19}$$

④ 临时设施费。施工企业为进行建筑工程施工所必须搭设的生活和生产用的临时建筑物、构筑物和其他临时设施费用等。

临时设施包括：临时宿舍、文化福利及公用事业房屋与构筑物，仓库、办公室、加工厂以及规定范围内道路、水、电、管线等临时设施和小型临时设施。

临时设施费用包括：临时设施的搭设、维修、拆除费或摊销费。

$$临时设施费＝（周转使用临建费＋一次性使用临建费）×（1＋其他临时设施所占比例） \tag{5-2-20}$$

a. 周转使用临建费

$$周转使用临建费＝\sum\left[\frac{临建面积×每平方米造价}{使用年限×365×利用率}×工期（天）\right]＋一次性拆除费 \tag{5-2-21}$$

b. 一次性使用临建费

$$一次性使用临建费＝\sum 临建面积×每平方米造价×[1－残值率]＋一次性拆除费 \tag{5-2-22}$$

c. 其他临时设施在临时设施费中所占比例，可由各地区造价管理部门依据典型施工企业的成本资料经分析后综合测定。

⑤ 夜间施工增加费。因夜间施工所发生的夜班补助费、夜间施工降效、夜间施工照明设备摊销及照明用电等费用。

$$夜间施工增加费＝\left(1－\frac{合同工期}{定额工期}\right)×\frac{直接工程费中的人工费合计}{平均日工资单价}×每工日夜间施工费开支 \tag{5-2-23}$$

⑥ 二次搬运费。因施工场地狭小等特殊情况而发生的二次搬运费用。

$$二次搬运费＝直接工程费×二次搬运费费率 \tag{5-2-24}$$

$$二次搬运费费率＝\frac{年平均二次搬运费开支额}{全年建安产值×直接工程费占总造价的比例} \tag{5-2-25}$$

⑦ 大型机械进出场及安拆费。机械整体或分体自停放场地运至施工现场或由一个施工地点运至另一个施工地点，所发生的机械进出场运输及转移费用及机械在施工现场进行安装、拆卸所需的人工费、材料费、机械费、试运转费和安装所需的辅助设施的费用。

$$大型机械进出场及安拆费＝\frac{一次进出场及安拆费×年平均安拆次数}{年工作台班} \tag{5-2-26}$$

⑧ 混凝土、钢筋混凝土模板及支架。混凝土施工过程中需要的各种钢模板、木模板、支架等的支、拆、运输费用及模板、支架的摊销（或租赁）费用。

---

5 市政工程造价理论基础知识 **235**

a. 模板及支架费

模板及支架费＝模板摊销量×模板价格＋支、拆、运输费摊销量

$$=[1+(周转次数-1)×补损率/周转次数-(1-补损率)×$$

$$50\%/周转次数]×一次使用量×(1+施工损耗) \tag{5-2-27}$$

b. 租赁费

$$租赁费＝模板使用量×使用日期×租赁价格＋支、拆、运输费 \tag{5-2-28}$$

⑨ 脚手架搭拆费。施工需要的各种脚手架搭、拆、运输费用及脚手架的摊销（或租赁）费用。

a.

$$脚手架搭拆费＝脚手架摊销量×脚手架价格＋搭、拆、运输费 \tag{5-2-29}$$

$$脚手架摊销量＝\frac{单位一次使用量×(1-残值率)}{耐用期/一次使用期} \tag{5-2-30}$$

b.

$$租赁费＝脚手架每日租金×搭设周期＋搭、拆、运输费 \tag{5-2-31}$$

⑩ 已完工程及设备保护费。竣工验收前，对已完工程及设备进行保护所需费用。

$$已完工程及设备保护费＝成品保护所需机械费＋材料费＋人工费 \tag{5-2-32}$$

⑪ 施工排水、降水费。为确保工程在正常条件下施工，采取各种排水、降水措施所发生的各种费用。

$$排水降水费＝\sum 排水降水机械台班费×排水降水周期＋排水降水使用材料费、人工费 \tag{5-2-33}$$

### 5.2.2.5 间接费计算

间接费由规费和企业管理费组成。其中规费由工程排污费、工程定额测定费、社会保障费（养老保险费、失业保险费、医疗保险费）、住房公积金、危险作业意外伤害保险等组成。企业管理费由管理人员工资、办公费、差旅交通费、固定资产使用费、工具用具使用费、劳动保险费、工会经费、职工教育经费、财产保险费、财务费、税金和其他组成。

（1）间接费的计算方法（表5-2-7）

表 5-2-7　间接费的计算方法

| 序号 | 计 算 基 础 | 计 算 公 式 |
|---|---|---|
| 1 | 以直接费为计算基础 | 间接费＝直接费合计×间接费费率 |
| 2 | 以人工费和机械费合计为计算基础 | 间接费＝人工费和机械费合计×间接费费率<br>间接费费率＝规费费率＋企业管理费费率 |
| 3 | 以人工费为计算基础 | 间接费＝人工费合计×间接费费率 |

（2）规费　规费是指政府和有关权力部门规定必须缴纳的费用（简称规费），包括：

① 工程排污费——施工现场按规定缴纳的工程排污费。

② 工程定额测定费——按规定支付工程造价（定额）管理部门的定额测定费。

③ 社会保障费

a. 养老保险费——企业按规定标准为职工缴纳的基本养老保险费。

b. 失业保险费——企业按照国家规定标准为职工缴纳的失业保险费。

c. 医疗保险费——企业按照规定标准为职工缴纳的基本医疗保险费。

④ 住房公积金——企业按规定标准为职工缴纳的住房公积金。

⑤ 危险作业意外伤害保险——按照建筑法规定，企业为从事危险作业的建筑安装施工人员支付的意外伤害保险费。

根据本地区典型工程发承包价的分析资料，综合取定规费计算中所需数据有：①每万元发承包价中人工费含量和机械费含量；②人工费占直接费的比例；③每万元发承包价中所含规费缴纳标准的各项基数。

规费费率的计算见表 5-2-8。

**表 5-2-8　规费费率的计算公式**

| 序号 | 计 算 基 础 | 计 算 公 式 |
|---|---|---|
| 1 | 以直接费为计算基础 | $规费费率=\dfrac{\sum 规费缴纳标准\times 每万元发承包价计算基数}{每万元发承包价中的人工费含量}\times 人工费占直接费的比例$ |
| 2 | 以人工费和机械费合计为计算基础 | $规费费率=\dfrac{\sum 规费缴纳标准\times 每万元发承包价计算基数}{每万元发承包价中的人工费含量和机械费含量}\times 100\%$ |
| 3 | 以人工费为计算基础 | $规费费率=\dfrac{\sum 规费缴纳标准\times 每万元发承包价计算基数}{每万元发承包价中的人工费含量}\times 100\%$ |

(3) 企业管理费　建筑安装企业组织施工生产和经营管理所需费用,包括:

① 管理人员工资——管理人员的基本工资、工资性补贴、职工福利费、劳动保护费等。

② 办公费——企业管理办公用的文具、纸张、账表、印刷、邮电、书报、会议、水电、烧水和集体取暖(包括现场临时宿舍取暖)用煤等费用。

③ 差旅交通费——职工因公出差、调动工作的差旅费、住勤补助费,市内交通费和误餐补助费,职工探亲路费,劳动力招募费,职工离退休、退职一次性路费,工伤人员就医路费,工地转移费以及管理部门使用的交通工具的油料、燃料、养路费及牌照费。

④ 固定资产使用费——管理和试验部门及附属生产单位使用的属于固定资产的房屋、设备仪器等的折旧、大修、维修或租赁费。

⑤ 工具用具使用费——管理使用的不属于固定资产的生产工具、器具、家具、交通工具和检验、试验、测绘、消防用具等的购置、维修和摊销费。

⑥ 劳动保险费——由企业支付离退休职工的易地安家补助费、职工退职金、六个月以上的病假人员工资、职工死亡丧葬补助费、抚恤费、按规定支付给离休干部的各项经费。

⑦ 工会经费——企业按职工工资总额计提的工会经费。

⑧ 职工教育经费——企业为职工学习先进技术和提高文化水平,按职工工资总额计提的费用。

⑨ 财产保险费——施工管理用财产、车辆保险。

⑩ 财务费——企业为筹集资金而发生的各种费用。

⑪ 税金——企业按规定缴纳的房产税、车船使用税、土地使用税、印花税等。

⑫ 其他——包括技术转让费、技术开发费、业务招待费、绿化费、广告费、公证费、法律顾问费、审计费、咨询费等。

企业管理费费率计算见表 5-2-9。

**表 5-2-9　企业管理费费率的计算公式**

| 序号 | 计 算 基 础 | 计 算 公 式 |
|---|---|---|
| 1 | 以直接费为计算基础 | $企业管理费费率=\dfrac{生产工人年平均管理费}{年有效施工天数\times 人工单价}\times 人工费占直接费比例$ |
| 2 | 以人工费和机械费合计为计算基础 | $企业管理费费率=\dfrac{生产工人年平均管理费}{年有效施工天数\times (人工单价+每一工日机械使用费)}\times 100\%$ |
| 3 | 以人工费为计算基础 | $企业管理费费率=\dfrac{生产工人年平均管理费}{年有效施工天数\times 人工单价}\times 100\%$ |

## 5.2.2.6　利润计算

利润系指施工企业完成所承包工程获得的盈利。利润的计算基数可采用直接费和间接费的合计、人工费和机械费的合计或人工费三种费用。其计算公式可表达为:

$$利润 = 计算基数 \times 利润 \qquad (5\text{-}2\text{-}34)$$

### 5.2.2.7 税金计算

税金系指国家税法规定的应计入建筑、安装工程造价内的营业税、城市维护建设税及教育费附加等。

（1）税金计算公式

$$税金 = (税前造价 + 利润) \times 税率(\%) \qquad (5\text{-}2\text{-}35)$$

（2）税率计算公式

① 纳税地点在市区的企业

$$税率(\%) = \frac{1}{1 - 3\% - (3\% \times 7\%) - (3\% \times 3\%)} - 1 \qquad (5\text{-}2\text{-}36)$$

② 纳税地点在县城、镇的企业

$$税率(\%) = \frac{1}{1 - 3\% - (3\% \times 5\%) - (3\% \times 3\%)} - 1 \qquad (5\text{-}2\text{-}37)$$

③ 纳税地点不在市区、县城、镇的企业

$$税率(\%) = \frac{1}{1 - 3\% - (3\% \times 1\%) - (3\% \times 3\%)} - 1 \qquad (5\text{-}2\text{-}38)$$

### 5.2.2.8 设备购置费计算

设备购置费由设备原价和运杂费两部分组成。根据有关规定，需经设备成套部门成套供应时还应计收设备成套服务费。

（1）设备原价　主要设备按设备表，采用制造厂现行出厂价格逐项计算。非标准设备按国家或主管部门颁发的非标准设备指标计价或按制造厂的报价计算，也可按类似设备现行价及有关资料估价计算。次要设备可参照主管部门颁发的综合定额、扩大指标或类似工程造价资料中次要设备占主要设备价格比例计算。

（2）成套设备服务费　设备成套公司根据发包单位按设计委托的成套设备供应清单进行承包供应所收取的费用。其费率一般收取设备总价的1%。

（3）设备运杂费　设备从制造厂交货地点或调拨地点到达施工工地仓库所发生的一切费用。包括运输费、包装费、装卸费、仓库保管费等。根据工程所在地区规定的运杂费率，按设备价格的百分比计算，列入设备购置费内。运杂费率见表5-2-10。

表 5-2-10　设备运杂费率表

| 序号 | 工 程 所 在 地 区 | 费率/% |
|---|---|---|
| 1 | 辽宁、吉林、河北、北京、天津、山西、上海、江苏、浙江、山东、安徽 | 6～7 |
| 2 | 河南、陕西、湖北、湖南、江西、黑龙江、广东、四川、重庆、福建 | 7～8 |
| 3 | 内蒙古、甘肃、宁夏、广西、海南 | 8～10 |
| 4 | 贵州、云南、青海、新疆 | 10～11 |

注：西藏和厂址距离铁路或水运码头超过50km时，可适当提高运杂费费率。

（4）备品备件购置费可暂按设备价格的1%估算。

（5）引进技术和进口设备的从属费用　引进技术和进口设备项目投资估算的编制，一般应以与外商签订的合同或报价的价款为依据。引进技术和进口设备项目外币部分根据合同或报价所规定的币种和金额，按合同签订日期国家外汇管理局公布的牌价（卖出价）计算。若有多项独立合同时，以主合同签订日期公布的牌价（卖出价）为准；若无合同，则按估算编制日期国家外汇管理局公布的牌价（卖出价）计算。国内配套工程费用按国内同类工程项目考虑。

引进技术和进口设备的项目费用分国外和国内两部分。

① 国外部分

a. 硬件费——设备、备品备件、材料、专用工具、化学品等，以外币折合成人民币列入第一部分工程费用。

b. 软件费——国外设计、技术资料、专利、技术秘密和技术服务等费用，以外币折合成人民币列入第二部分工程建设其他费用。

c. 从属费用——国外运费、运输保险费，以外币折合成人民币，随货价相应列入第一部分工程费用。

d. 其他费用——外国工程技术人员来华工资和生活费、出国人员费用，以外币折合成人民币列入第二部分工程建设其他费用。

② 国内部分

a. 从属费用——进口关税、增值税、银行财务费、外贸手续费、引进设备材料国内检验费、工程保险费、海关监管手续费，为便于核调，单独列项，随货价和性质对应列入总估算中第一部分工程费用的设备购置费、安装工程费和其他费用栏。

b. 国内运杂费——引进设备和材料从到达港口岸、交货铁路车站到建设现场仓库或堆场的运杂费及保管等费用，列入第一部分工程费用的设备购置费、安装工程费。

c. 国内安装费——引进的设备、材料由国内进行施工而发生的费用，列入第一部分工程费用的安装工程费。

d. 其他费用——包括外国工程技术人员来华费用、出国人员费、银行担保费、图纸资料翻译复制费、调剂外汇额度差价费等，列入总估算第二部分其他费用。

## 5.2.3 工程建设其他费用计价方法

### 5.2.3.1 建设用地费

（1）建设用地费的组成

① 土地征用及迁移补偿费。经营性建设项目通过出让方式购置的土地使用权（或建设项目通过划拨方式取得无限期的土地使用权）而支付的土地补偿费、安置补偿费、地上附着物和青苗补偿费、余物迁建补偿费、土地登记管理费等；行政事业单位的建设项目通过出让方式取得土地使用权而支付的出让金；建设单位在建设过程中发生的土地复垦费用和土地损失补偿费用；建设期间临时占地补偿费。

② 征用耕地按规定一次性缴纳的耕地占用税。征用城镇土地在建设期间按规定每年缴纳的城镇土地使用税；征用城市郊区菜地按规定缴纳的新菜地开发建设基金。

③ 建设单位租用建设项目土地使用权而支付的租地费用。

④ 管线搬迁及补偿费。建设项目实施过程中发生的供水、排水、燃气、供热、通信、电力和电缆等市政管线的搬迁及补偿费用。

（2）建设用地费的计算方法

① 根据应征建设用地面积、临时用地面积，按建设项目所在省、市、自治区人民政府制定颁发的土地征用补偿费、安置补助费标准和耕地占用税、城镇土地使用税标准计算。

② 建设用地上的建（构）筑物如需迁建，其迁建补偿费应按迁建补偿协议计列或按新建同类工程造价计算。建设场地平整中的余物拆除清理费在"场地准备及临时设施费"中计算。

③ 建设项目采用"长租短付"方式租用土地使用权，在建设期间支付的租地费用计入建设用地费；在生产经营期间支付的土地使用费应计入营运成本中核算。

④ 根据不同种类市政管线分别按实际搬迁及补偿费用计算。

### 5.2.3.2　建设管理费

（1）建设单位管理费　包括：不在原单位发工资的工作人员工资、基本养老保险费、基本医疗保险费、失业保险费、办公费、差旅交通费、劳动保护费、工具用具使用费、固定资产使用费、零星购置费、招募生产工人费、技术图书资料费、印花税、业务招待费、施工现场津贴、竣工验收费和其他管理性开支。

以工程总投资为基数，按照工程项目的不同规模分别确定的建设单位管理费率计算。对于改、扩建项目的取费标准，原则上应低于新建项目，如工程项目新建与改、扩建不易划分时，应根据工程实际按难易程度确定费率标准。

（2）建设工程监理费　包括：施工监理和勘察、设计、保修等阶段的监理。

计算方法：按国家发展改革委和建设行政主管部门发布的现行工程建设监理费有关规定估列。

① 以所监理工程投资为基数，按照监理工程的不同规模分别确定的监理费率计算。

② 按照参与监理工作的工日计算。

③ 如建设管理采用工程总承包方式，其总包管理费由建设单位与总包单位根据总包工作范围在合同中商定，从建设管理费中支出。

（3）工程质量监督费　依据国家强制性标准、规范、规程及设计文件，对建设工程的地基基础、主体结构和其他涉及结构安全的关键部位进行现场监督抽查。

计算方法：按国家或主管部门发布的现行工程质量监督费有关规定估列。

### 5.2.3.3　建设项目前期工作咨询费

包括：建设项目专题研究、编制和评估项目建议书、编制和评估可行性研究报告，以及其他与建设项目前期工作有关的咨询服务收费。计算方法：

（1）建设项目估算投资额是指项目建议书或可行性报告的估算投资额。

（2）建设项目的具体收费标准，根据估算投资额在相对应的区间内用插入法计算。

（3）根据行业特点和各行业内部不同类别工程的复杂程度，计算咨询费用时可分别乘以行业调整系数和工程复杂程度调整系数。

### 5.2.3.4　研究试验费

为本建设项目提供或验证设计数据、资料进行必要的研究试验，按照设计规定在建设过程中必须进行试验所需的费用，以及支付科技成果、先进技术的一次性技术转让费。

计算方法：按照设计提出的研究试验项目内容编制估算。

### 5.2.3.5　勘察设计费

（1）工程勘察费　包括：测绘、勘探、取样、试验、测试、检测、监测等勘察作业，以及编制工程勘察文件和岩土工程设计文件等收取的费用。计算方法：可按第一部分工程费用的 0.8%～1.1% 计列。

（2）工程设计费　包括：编制初步设计文件、施工图设计文件、非标准设备设计文件、施工图预算文件、竣工图文件等服务所收取的费用。计算方法：

① 以第一部分工程费用与联合试运转费用之和的投资额为基础，按照工程项目的不同规模分别确定的设计费率计算。

② 施工图预算编制按设计费的 10% 计算。

③ 竣工图编制按设计费的 8% 计算。

### 5. 2. 3. 6　环境影响咨询服务费

按照《中华人民共和国环境保护法》和《中华人民共和国环境影响评价法》对建设项目对环境影响进行全面评价所需的费用。包括：编制环境影响报告表、环境影响报告书（含大纲）和评估环境影响报告表、环境影响报告书（含大纲）。

计算方法：以工程项目投资为基数，按照工程项目的不同规模分别确定的环境影响咨询服务费率计算。

### 5. 2. 3. 7　劳动安全卫生健康评价费

包括编制建设项目劳动安全卫生预评价大纲和劳动安全卫生评价报告，以及为编制上述文件所进行的工程分析和环境现状调查等所需的费用。

计算方法：按国家或主管部门发布的现行劳动安全卫生预评价委托合同计列，或按照建设项目所在省（市、自治区）劳动行政部门规定的标准计算，也可按第一部分工程费用的0.1%～0.5%计列。

### 5. 2. 3. 8　场地准备及临时设施费

(1) 场地准备费　建设项目为达到工程开工条件所发生的场地平整和对建设场地余留的有碍于施工建设的设施进行拆除清理的费用。

(2) 临时设施费　为满足施工建设需要而供到场地界区的、未列入工程费用的临时水、电、路、讯、气等其他工程费用和建设单位的现场临时建（构）筑物的搭设、维修、拆除、摊销或建设期间租赁费用，以及施工期间专用公路养护费、维修费。

(3) 计算方法　场地准备及临时设施应尽量与永久性工程统一考虑。建设场地的大型土石方工程应计入工程费用中的总图运输费用中。计算方法：

① 新建项目的场地准备和临时设施费应根据实际工程量估算，或按工程费用的比例计算，一般可按第一部分工程费用的0.5%～2.0%计列。

② 改扩建项目一般只计拆除清理费。

③ 发生拆除清理费时可按新建同类工程造价或主材费、设备费的比例计算。凡可回收材料的拆除采用以料抵工方式，不再计算拆除清理费。

④ 此费用不包括已列入建筑安装工程费用中的施工单位临时设施费用。

### 5. 2. 3. 9　工程保险费

包括：建筑安装工程一切险、人身意外伤害险和引进设备财产保险等费用。计算方法：

(1) 不同的建设项目可根据工程特点选择投保险种，根据投保合同计列保险费用。编制投资估算时可按工程费用的比例估算。

(2) 不包括已列入施工企业管理费中的施工管理用财产、车辆保险费。

(3) 按国家有关规定计列，也可按下式估列：

$$工程保险费＝第一部分工程费用×（0.3\%～0.6\%） \qquad (5\text{-}2\text{-}39)$$

注：不含已列入建安工程施工企业的保险费。

### 5. 2. 3. 10　特殊设备安全监督检验费

在施工现场组装的锅炉及压力容器、压力管道、消防设备、燃气设备、电梯等特殊设备和设施，由安全监察部门按照有关安全监察条例和实施细则以及设计技术要求进行安全检验，应由建设项目支付的、向安全监察部门缴纳的费用。

计算方法：按照建设项目所在省（市、自治区）安全监察部门的规定标准计算。无具体规定的，在编制投资估算时可按受检设备现场安装费的比例估算。

### 5.2.3.11 生产准备费及开办费

（1）生产准备费　生产职工培训及提前进厂费。

① 新建企业或新增生产能力的扩建企业在交工验收前自行培训或委托其他单位培训技术人员、工人和管理人员所支出的费用。

② 生产单位为参加施工、设备安装、调试等以及熟悉工艺流程、机器性能等需要提前进厂人员所支出的费用。费用内容包括：培训人员和提前进厂人员的工资、工资性补贴、职工福利费、差旅交通费、劳动保护费、学习资料费等。计算方法：根据培训人数（按设计定员的60%）按6个月培训期计算。为了简化计算，培训费按每人每月平均工资、工资性补贴等标准计算。

提前进厂费，按提前进厂人数每人每月平均工资、工资性补贴标准计算，若工程不发生提前进厂费的不得计算此项费用。

（2）办公和生活家具购置费　为保证新建、改建、扩建项目初期正常生产、使用和管理所必须购置的办公和生活家具用具的费用。改、扩建项目所需的办公和生活用具购置费，应低于新建项目的费用。购置范围包括：办公室、会议室、资料档案室、阅览室、食堂、浴室和单身宿舍等的家具用具。应本着勤俭节约的精神，严格控制购置范围。

计算方法：为简化计算，可按照设计定员人数，每人按1000～2000元计算。

（3）工器具及生产家具购置费　新建项目为保证初期正常生产所必须购置的第一套不够固定资产标准的设备、仪器、工卡模具、器具等的费用，不包括其备品备件的购置费。该费用按照财政部财建〔2002〕394号文件的规定，应计入第一部分工程费用内。

计算方法：可按第一部分工程费用设备购置费总额的1%～2%估算。

### 5.2.3.12 联合试运转费

试运转收入包括试运转产品销售和其他收入。当试运转有收入时，则计列收入与支出相抵后的亏损部分，不包括应由设备安装费用开支的试车调试费用，以及在试运转中暴露出来的因施工原因或设备缺陷等发生的处理费用。不发生试运转费的工程或者试运转收入和支出相抵消的工程，不列此费用项目。

试运转费用中包括：试运转所需的原料、燃料、油料和动力的消耗费用，机械使用费，低值易耗品及其他物品的费用和施工单位参加联合试运转人员的工资以及专家指导费等。

计算方法：

（1）燃气工程项目　按第一部分工程费用燃气安装工程及设备购置费总额的1.5%计算；

（2）供热工程项目　按第一部分工程费用供热安装工程及设备购置费总额的1%计算；

（3）给排水工程项目　按第一部分工程费用内设备购置费总额的1%计算；

（4）隧道、地铁等工程项目　按工程预计试运转的天数计算编列；

（5）试运行期按照以下规定确定　引进国外设备项目按建设合同中规定的试运行期执行；国内一般性建设项目试运行期原则上按照批准的设计文件所规定的期限执行。个别行业的建设项目试运行期需要超过规定试运行期的，应报项目设计文件审批机关批准。试运行期一经确定，各建设单位应严格按规定执行，不得擅自缩短或延长。

### 5.2.3.13 专利及专有技术使用费

（1）国外技术及技术资料费、引进有效专利、专有技术使用费和技术保密费；

（2）国内有效专利和专有技术使用费；

（3）商标权、商誉和特许经营权费等。计算方法：

① 按专利使用许可协议和专有技术使用合同的规定计列。

② 专有技术的界定应以省、部级鉴定批准为依据。

③ 项目投资中只计需在建设期支付的专利及专有技术使用费。协议或合同规定在生产期分年支付的使用费应在生产成本中核算。

④ 一次性支付的商标权、商誉及特许经营权费按协议或合同规定计列。协议或合同规定在生产期支付的商标权或特许经营权费应在生产成本中核算。

⑤ 为项目配套的专用设施投资，包括专用铁路线、专用公路、专用通信设施、变送电站、地下管道、专用码头等，如由项目建设单位负责投资但产权不归属本单位的，应作为无形资产处理。

### 5.2.3.14 招标代理服务费

包括编制招标文件（包括编制资格预审文件和标底），审查投标人资格，组织投标人踏勘现场并答疑，组织开标、评标、定标以及提供招标前期咨询、协调合同的签订等业务。

计算方法：按国家或主管部门发布的现行招标代理服务费标准计算。

### 5.2.3.15 施工图审查费

指施工图审查机构受建设单位委托，根据国家法律、法规、技术标准与规范，对施工图进行审查所需的费用。包括：对施工图进行结构安全和强制性标准、规范执行情况进行独立审查。

计算方法：按国家或主管部门发布的现行施工图审查费有关规定估列。

### 5.2.3.16 市政公用设施费

使用市政公用设施的建设项目，按照项目所在地省一级人民政府有关规定建设或缴纳的市政公用设施建设配套费用，可能发生的公用供水、供气、供热设施建设的贴补费用、供电多回路高可靠性供电费用以及绿化工程补偿费用。

计算方法：①按工程所在地人民政府规定标准计列；②不发生或按规定免征项目不计取。

### 5.2.3.17 引进技术和进口设备项目的其他费用

（1）引进项目图纸资料翻译复制费、备品备件测绘费 根据引进项目的具体情况计列或按引进设备（材料）离岸价的比例估列；引进项目发生备品备件测绘费时按具体情况估列。

（2）出国人员费用 包括设计联络、出国考察、联合设计、设备材料采购、设备材料检验和培训等所发生的旅费、生活费等。依据合同或协议规定的出国人次、期限以及相应的费用标准计算。生活费按照财政部、外交部规定的现行标准计算，旅费按中国民航公布的票价计算。

（3）来华人员费用 主要包括来华工程技术人员的现场办公费用、往返现场交通费用、接待费用等。依据引进合同或协议有关条款及来华技术人员派遣计划进行计算。来华人员接待费用可按每人次费用指标计算。引进合同价款中已包括的费用内容不得重复计算。

（4）银行担保费 指引进项目中由国内外金融机构出面提供担保风险和责任所发生的费用，一般按承担保险金额的 5‰ 计取。

假定项目费用发生在每年年中、年物价上涨率的一半，则每年的价格上涨预备费计算公式为：

$$P_f = \sum_{t=1}^{n} BC_t \left[ (1+f)^{n-1} + \frac{f}{2} - 1 \right] \qquad (5\text{-}2\text{-}40)$$

式中，$P_f$ 为计算期价差预备费；$f$ 为物价上涨系数，各年的物价上涨系数不同时，逐年分别计算；$n$ 为计算期年数，以编制可行性研究报告的年份为基数，计算至项目建成的年份；$BC_t$ 为第 $t$ 年的建设费用，包括总估算的第一部分和第二部分费用以及基本预备费之和。

### 5.2.3.18 工程建设其他费用计算

工程建设其他费用计算方法及指标见表 5-2-11。

**表 5-2-11 工程建设其他费用计算**

| 序号 | 费用名称及内容 | 计算方法及指标 | | | 依 据 |
|---|---|---|---|---|---|
| 1 | **建设用地费** | | | | 《中华人民共和国耕地占用税暂行条例》(国发[1987]27号)；《中华人民共和国城镇土地使用税暂行条例》；《中华人民共和国城镇国有土地使用使用权出让和转让暂行条例》；国家物价局、财政部[1992]价费字597号；国土资源部令第21号通知；[1990]国土[籍]字第93号 |
| | (1)土地征用及迁移补偿费 | 根据批准的建设用地和临时用地面积,按工程所在地人民政府颁发的费用标准并结合实际情况计算 | | | |
| | (2)租地费用 | 建设期间支付的租地费用计入土地使用费；生产经营期支付的租地费用计入运营成本 | | | |
| | (3)管线搬迁及补偿费 | 根据不同种类市政管线分别按实际搬迁及补偿费用计算 | | | |
| 2 | **建设管理费** | | | | |
| | (1)建设单位管理费 | 在工程可行性研究阶段,可按工程总投资(不包括建设单位管理费本身)分档计算<br>单位:万元 | | | 《基本建设财务管理规定》(财政部财建[2002]394号) |
| | | **工程总投资** | **费率/%** | **工程总投资** | **建设单位管理费** |
| | | 1000以下 | 1.5 | 1000 | 1000×1.5%=15 |
| | | 1001~5000 | 1.2 | 5000 | 15+(5000-1000)×1.2%=63 |
| | | 5001~10000 | 1.0 | 10000 | 63+(10000-5000)×1%=113 |
| | | 10001~50000 | 0.8 | 50000 | 113+(50000-10000)×0.8%=433 |
| | | 50001~100000 | 0.5 | 100000 | 433+(100000-50000)×0.5%=683 |
| | | 100001~200000 | 0.2 | 200000 | 683+(200000-100000)×0.2%=883 |
| | | 200000以上 | 0.1 | 280000 | 883+(280000-200000)×0.1%=963 |
| | 注:若为改造或扩建项目,建设单位管理费标准适当减低 | | | | |
| | (2)工程质量监督费 | 按城市规模、工程性质的不同计费 | | | 按国家或主管部门发布的现行工程质量监督费有关规定估列 |
| | (3)建设工程监理费 | 按工程费用+联合试运转费用之和的投资额计算<br>单位:万元 | | | 《建设工程监理与相关服务收费管理规定》(国家发改委、建设部发改价格[2007]670号) |
| | | **工程费+联合试运转费(基数)** | **施工监理费** | **备注** | |
| | | 500 | 16.5 | | |
| | | 1000 | 30.1 | | |
| | | 3000 | 78.1 | | |
| | | 5000 | 120.8 | | |
| | | 8000 | 181.0 | | |
| | | 10000 | 218.6 | ①工程专业、复杂程度调整系数等见有关文件规定。②其他阶段相关服务费一般按相关服务工作所需工作日计算 | |
| | | 20000 | 393.4 | | |
| | | 40000 | 708.2 | | |
| | | 60000 | 991.4 | | |
| | | 80000 | 1255.8 | | |
| | | 100000 | 1507.0 | | |
| | | 200000 | 2712.5 | | |
| | | 400000 | 4882.6 | | |
| | | 600000 | 6835.6 | | |
| | | 800000 | 8658.4 | | |
| | | 1000000 | 10390.1 | | |

| 序号 | 费用名称及内容 | 计算方法及指标 | | | | | | | 依　据 |
|---|---|---|---|---|---|---|---|---|---|

| 序号 | 费用名称及内容 | 计算方法及指标 | 依　据 |
|---|---|---|---|
| 3 | 建设项目前期工作咨询费 | 按建设项目估算投资额分档收费标准<br>单位:万元<br><br>（见下表）<br><br>注:1. 建设项目估算投资额是指项目建议书或可行性报告的估算投资额。<br>　　2. 建设项目的具体收费标准,根据估算投资额在相应的区间内用直线内插法计算。<br>　　3. 根据行业特点和各行业内部不同类别工程的复杂程度,计算咨询费时可分别乘以行业调整系数和工程复杂程度调整系数(详见国家计委价格[1999]1283号文件附表二) | 《建设项目前期工作咨询收费暂行规定》(国家计委计价格[1999]1283号) |

按建设项目估算投资额分档收费标准 单位:万元

| 项　目 | 3000 | 10000 | 50000 | 100000 | 500000 | 500000 以上 |
|---|---|---|---|---|---|---|
| 编制建议书 | 6 | 14 | 37 | 55 | 100 | 125 |
| 编制可研报告 | 12 | 28 | 75 | 110 | 200 | 250 |
| 评估建议书 | 4 | 8 | 12 | 15 | 17 | 20 |
| 评估可研报告 | 5 | 10 | 15 | 20 | 25 | 35 |

| 序号 | 费用名称及内容 | 计算方法及指标 | 依　据 |
|---|---|---|---|
| 4 | 研究试验费 | 不包括:<br>　1. 应由科技三项费用(新产品试制费、中间实验费和重要科学研究补助费)开支的项目。<br>　2. 应由建筑安装费中列支的施工企业对建筑材料、构件和建筑物进行一般鉴定、检查所发生的费用及技术革新的研究试验费 | 按实际需要计算 |

勘察设计费

| 序号 | 费用名称及内容 | 计算方法及指标 | | | 依　据 |
|---|---|---|---|---|---|
| | (1)工程勘察费 | 可按第一部分工程费用的 0.8%～1.1%计取 | | | |
| | (2)工程设计费 | 按工程费用＋联合试运转费用之和的投资额计算<br>单位:万元 | | | |

| 序号 | 工程费＋联合试运转费(基数) | 设计费 | 备注 | 依　据 |
|---|---|---|---|---|
| 5 | 200 | 9.0 | ①计算额处于两个区间的采用直线内插法确定。<br>②施工图预算按设计费的10%计算。<br>③竣工图按设计费的8%计算。<br>④工程专业、复杂程度调整系数等见有关文件规定。<br>【例】如项目投资额310万元,则工程设计费为<br>(310－200)/(500－200)×(20.9－9)＋9 | 具体项目应按《工程勘察设计费管理规定》(国家计委、建设部计价格[2002]10号)文件的有关规定计算 |
| | 500 | 20.9 | | |
| | 1000 | 38.8 | | |
| | 3000 | 103.8 | | |
| | 5000 | 163.9 | | |
| | 8000 | 249.6 | | |
| | 10000 | 304.8 | | |
| | 20000 | 566.8 | | |
| | 40000 | 1054.0 | | |
| | 60000 | 1515.2 | | |
| | 80000 | 1960.1 | | |
| | 100000 | 2393.4 | | |
| | 200000 | 4450.8 | | |

| 序号 | 费用名称及内容 | 计算方法及指标 | | | | | 依　据 |
|---|---|---|---|---|---|---|---|
| 6 | 环境影响咨询服务费 | 按建设项目投资额计算　单位:万元 | | | | | 《国家计委、国家环保总局关于规范环境影响咨询收费有关问题的通知》(国家计委、国家环保总局计价格[2002]125号) |
| | | 项目(亿元) | 0.3以下 | 0.3 | 2 | 10 | 10～50 |
| | | 编制环境影响报告表 | 1 | 2 | 4 | 7 | 7以上 |
| | | 环境影响报告书(含大纲) | 5 | 6 | 15 | 35 | 35～75 |
| | | 评估环境影响报告表 | 0.5 | 0.8 | 1.5 | 2 | 2以上 |
| | | 评估环境影响报告书(含大纲) | 0.8 | 1.5 | 3 | 7 | 7～9 |
| 7 | 劳动安全卫生评审费 | 按第一部分工程费用的0.1%～0.5%计算 | | | | | |
| 8 | 场地准备费及临时设施费 | 按第一部分工程费用的0.5%～2.0%计算 | | | | | |
| 9 | 工程保险费 | 按第一部分工程费用的0.3%～0.6%计算<br>注:不含已列入建安工程施工企业的保险费 | | | | | 国家有关规定 |
| 10 | 特殊设备安全监督检验费 | 按受检验设备现场安装费的比例估算 | | | | | |
| 11 | 生产准备费及开办费 | | | | | | |
| | (1)生产准备费 | 按培训人员每人1000～2000元计算 | | | | | 根据规划的培训人数,提取进厂工人数,培训方法、时间和相关行业职工培训费用标准计算 |
| | (2)办公及生活家具购置费 | 保证新建、改建、扩建项目初期正常生产、使用和管理所必须购置办公和生活家具用具的费用。改、扩建项目所需的办公和生活用具购置费,应低于新建项目的费用。按设计定员的1000～2000元计算 | | | | | 根据设计标准计算 |
| 12 | 联合试运转费 | 1. 给排水项目:按第一部分工程费用内设备购置费总值的1%计算;<br>2. 煤气热力工程项目:按第一部分工程费用内煤气热力安装工程及设备购置费总值的1.5%计算;<br>3. 隧道、地铁等工程项目:按工程预计试运转的天数计算编列 | | | | | |
| 13 | 专利及专有技术使用费 | 1. 按专利使用许可协议和专有技术使用合同的规定计列;<br>2. 技术的界定应以省、部级鉴定批准为依据;<br>3. 投资中只计需在建设期支付的专利及专有技术使用费。协议或合同规定在生产期分年支付的使用费应在成本中核算 | | | | | |

| 序号 | 费用名称及内容 | 计算方法及指标 | | | | 依 据 |
|---|---|---|---|---|---|---|
| 14 | 招标代理<br>服务费 | 按工程费用差额定率累进计费<br>单位:% | | | | 《招标代理服务收费管理暂行办法》(国家计委计价格〔2002〕1980号) |
| | | 项目 | 货物招标 | 服务招标 | 工程招标 | |
| | | 100万元以下 | 1.5 | 1.5 | 1.00 | |
| | | 100万～500万元 | 1.1 | 0.8 | 0.70 | |
| | | 500万～1000万元 | 0.8 | 0.45 | 0.55 | |
| | | 1000万～5000万元 | 0.5 | 0.25 | 0.35 | |
| | | 5000万～10000万元 | 0.25 | 0.10 | 0.20 | |
| | | 10000万～100000万元 | 0.05 | 0.05 | 0.05 | |
| | | 100000万元以上 | 0.01 | 0.01 | 0.01 | |
| | | 【例】某工程工程费用为6000万元,计算工程招标代理服务收费额如下:<br>100万元×1.0%=1万元<br>(500-100)万元×0.7%=2.8万元<br>(1000-500)×0.55%=2.75万元<br>(5000-1000)×0.35%=14.0万元<br>(6000-5000)×0.2%=2.0万元<br>合计收费=1+2.8+2.75+14+2=22.55(万元) | | | | |
| 15 | 施工图审查费 | | | | | 按国家或主管部门发布的现行施工图审查费有关规定估列 |
| 16 | 市政公用<br>设施费 | | | | | 项目所在地有关部门发布的规定 |
| 17 | | 引进技术和引进设备其他费用 | | | | |
| | (1)引进项目图纸资料翻译复制费、备品备件测绘费 | 根据引进项目的具体情况计列或按引进设备(材料)离岸价的比例估列;引进项目发生备品备件测绘费时按具体情况估列 | | | | |
| | (2)出国人员费用 | 依据合同或协议规定的出国人次、期限以及相应的费用标准计算。生活费按照财政部、外交部规定的现行标准计算,旅费按中国民航公布的票价计算 | | | | |
| | (3)来华人员费用 | 依据引进合同或协议有关条款及来华技术人员派遣计划进行计算。来华人员接待费用可按每人次费用指标计算。引进合同价款中已包括的费用内容不得重复计算 | | | | 我国专家局、财政部关于《我国经济专家接待工作的若干规定》 |
| | (4)银行担保费 | 一般按承担保险金额的5‰计取 | | | | |

## 5.2.4 预备费计价方法

### 5.2.4.1 基本预备费

基本预备费是指在初步设计及概算内难以预料的工程费用,估算范围一般包括:

（1）在批准的设计范围内，技术设计、施工图设计及施工过程中所增加的工程费用；经批准的设计变更、工程变更、材料代用、局部地基处理等增加的费用；

（2）一般自然灾害造成的损失和预防自然灾害所采取的措施费用；

（3）竣工验收时为鉴定工程质量对隐蔽工程进行必要的挖掘和修复费用。

基本预备费的计算公式为：

$$基本预备费＝（工程费用＋工程建设其他费用）\times 基本预备费费率 \qquad (5-2-41)$$

### 5.2.4.2 价差预备费

价差预备费（涨价预备费）是指建设项目在建设期内由于价格等变化引起工程造价变化的预测预留费用。计算公式为：

$$PF = \sum_{t=1}^{n} I_t \left[ (1+f)^t - 1 \right] \qquad (5-2-42)$$

式中，PF 为价差预备费；$n$ 为建设期年份数；$t$ 为年份；$I_t$ 为建设期中第 $t$ 年的计划投资额，包括设备及工器具购置费、建筑安装工程费、工程建设其他费用及基本预备费；$f$ 为建设期价格上涨指数（按政府主管部门的相关规定执行，没有规定的由工程咨询人员合理预测）。

## 5.2.5 税费、建设期利息及铺底流动资金计价方法

### 5.2.5.1 固定资产投资方向调节税

除三资企业外，凡是用于基本建设、更新改造及商品房的投资，包括来自国家预算拨款、贷款、赠款和自筹资金，都要缴纳调节税。调节税率为 0～30%，分五级：

（1）国家急需发展的项目投资税率为 0。

（2）国家鼓励发展，但受能源、交通等条件制约的项目投资税率为 5%。

（3）楼堂馆所以及限制发展的项目投资税率为 30%。

（4）职工住宅适用 0～5% 税率。

（5）一般其他项目投资税率为 15%。

### 5.2.5.2 建设期利息

建设期利息是指筹措债务资金时，在建设期内发生的，并按规定允许在投产后计入固定资产原值的利息，即资本化利息。建设期利息包括银行借款和其他债务资金的利息以及其他融资费用。

建设期借款利息应根据资金来源、建设期年限和借款利率分别计算。

对国内借款，无论实际按年、季、月计息，均可简化为按年计息，即将名义年利率按计息时间折算成有效年利率。计算公式为：

$$i = \left( 1 + \frac{\rho}{m} \right)^m - 1 \qquad (5-2-43)$$

式中，$i$ 为实际年利率；$\rho$ 为名义年利率；$m$ 为每年计息次数。

计算建设期利息时，为了简化计算，通常假定借款均在每年的年中支用，借款当年按半年计息，其余各年份按全年计息。计算公式如下：

采用单利方式计息时：

$$各年应计利息＝\left( 年初借款本金累计 + \frac{本年借款额}{2} \right) \times 名义年利率 \qquad (5-2-44)$$

采用复利方式计息时：

$$各年应计利息 = \left(年初借款本息累计 + \frac{本年借款额}{2}\right) \times 名义年利率 \qquad (5\text{-}2\text{-}45)$$

对有多种借款资金来源，每笔借款的年利率各不相同的项目，既可分别计算每笔借款的利息，也可先计算出各笔借款加权平均的年利率，并以此加权平均利率计算全部借款的利息。

### 5.2.5.3 建设期其他融资费用

某些债务融资中发生的手续费、承诺费、管理费、信贷保险费等融资费用。

一般情况下应将其单独计算并计入建设期利息；在项目前期研究的初期阶段，也可作粗略估算并计入工程建设其他费用；对于不涉及国外贷款的项目，在可行性研究阶段，也可作粗略估算并计入工程建设其他费用。

### 5.2.5.4 铺底流动资金

即自有流动资金，按流动资金总额的 30% 作为铺底流动资金列入总投资计划。

流动资金指为维持生产所占用的全部周转资金。流动资金总额可参照类似的生产企业的扩大指标进行估算。

（1）按产值（或销售收入）资金率估算

$$流动资金额 = 年产值（或年销售收入额） \times 产值（或销售收入）资金率 \qquad (5\text{-}2\text{-}46)$$

产值（或销售收入）资金率可由同类企业百元产值（或销售收入）的流动资金占用额确定。

（2）按年经营成本和定额流动资金周转天数估算

$$流动资金额 = \frac{年经营成本}{360} \times 定额流动资金周转天数 \qquad (5\text{-}2\text{-}47)$$

# 5.3 清单计价模式下市政工程计价

## 5.3.1 清单计价基本程序

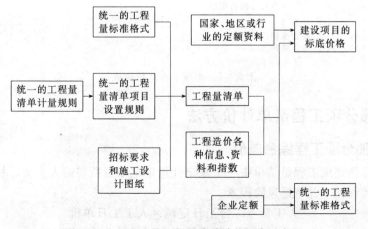

图 5-3-1 工程造价工程量清单计价程序示意图

## 5.3.2 市政工程造价构成

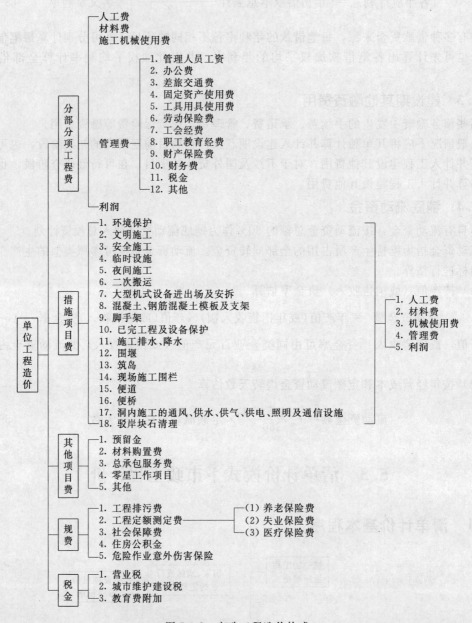

图 5-3-2 市政工程造价构成

## 5.3.3 分部分项工程清单计价方法

### 5.3.3.1 分部分项工程综合单价

综合单价是指完成工程量清单中一个规定计量单位项目所需的人工费、材料费、机械使用费、管理费和利润，并考虑风险因素。

$$人工费＝综合工日定额×人工工日单价 \qquad (5-3-1)$$

$$材料费＝料消耗定额×材料单价 \qquad (5-3-2)$$

　　　　　　　　5　市政工程造价理论基础知识

$$机械使用费＝机械台班定额×机械台班单价 \qquad (5\text{-}3\text{-}3)$$

$$管理费＝(人工费＋材料费＋机械使用费)×相应管理费费率 \qquad (5\text{-}3\text{-}4)$$

$$利润＝(人工费＋材料费＋机械使用费)×相应利润率 \qquad (5\text{-}3\text{-}5)$$

综合工日定额、材料消耗定额及机械台班定额，对于市政工程从《全国统一市政工程预算定额》(GYD-301-199～GYD-308-1999、GYD-309-2001)中查取。

人工工日单价由当地当时物价管理部门、建设工程管理部门等制定。现时人工工日单价约为 20～40 元。

材料单价可从《地区建筑材料预算价格表》中查取，或按照当地当时的材料零售价格。机械台班单价可从《全国统一施工机械台班费用编制规则》(2001)中查取。

### 5.3.3.2 分部分项工程清单计价

各分部分项工程合价按下式计算：

$$合价＝工程量×综合单价 \qquad (5\text{-}3\text{-}6)$$

各个分部分项工程合价相加的总和即成为分部分项工程量清单计价合计。

各个分部分项工程合价计算及合计应填入分部分项工程量清单计价表内。

## 5.3.4 措施项目清单计价方法

### 5.3.4.1 市政工程通用措施项目

市政与园林工程通用的措施项目有：环境保护、文明施工、安全施工、临时设施、夜间施工、二次搬运、大型机械设备进出场及安拆、混凝土及钢筋混凝土模板及支架、脚手架、已完工程及设备保护、施工排水与降水。各项费用的计算见表 5-3-1。

**表 5-3-1 市政工程通用措施项目费用计算**

| 项　目 | 计　算　方　法 |
|---|---|
| 安全文明施工费 | 1. 环境保护计价——工程项目在施工过程中，为保护周围环境，而采取防噪声、防污染等措施而发生的费用<br>　环境保护计价一般是先估算,待竣工结算时,再按实际支出费用结算 |
| | 2. 文明施工计价——工程项目在施工过程中，为达到上级管理部门所颁布的文明施工条例的要求而发生的费用<br>　文明施工计价一般是估算的,约占分部分项工程的人工费、材料费、机械使用费总和的 0.8% |
| | 3. 安全施工计价——工程项目在施工过程中，为保障施工人员的人身安全，而采取的劳保措施而发生的费用<br>　安全施工计价一般是根据以往施工经验、施工人员数、施工工期等因素估算的,约占分部分项工程的人工费、材料费、机械使用费总和的 0.8%～0.1% |
| | 4. 临时设施计价——施工企业为满足工程项目施工所必需而用于建造生活和生产用临时建筑物、构筑物等发生的费用等,包括临时设施的搭设、维修、拆除费或摊销费<br>　临时设施计价一般取分部分项工程的人工费、材料费、机械使用费总和的 3.28%。若使用业主的房屋作为临时设施,则该临时设施计价应酌情降低 |
| 夜间施工费 | 夜间施工计价——工程项目在夜间进行施工而增加的人工费。夜间施工的人工费不应超过白天施工的人工费的两倍,并计取管理费和利润。夜间施工计价若需要时,可预先估算,待竣工时,凭签证按实结算<br>　夜间施工是指当日晚上十时至次日早晨六时这一期间内施工 |
| 二次搬运费 | 二次搬运计价——材料、半成品等一次搬运没有到位,需要二次搬运到位而产生的运输费用,包括人工费及机械使用费<br>　二次搬运计价若需要时,可预先估算,待竣工时,凭签证按实结算 |

| 项　目 | 计　算　方　法 |
|---|---|
| 大型机械设备进出场及安拆费 | 大型机械设备进出场及安拆计价——包括人工费、材料费、机械费、架线费、回程费,这五项费用之和称为台次单价。其台次单价及费用组成可参照表 5-3-2<br><br>大型机械设备安拆计价包括人工费、材料费、机械费,这三项费用之和称为台次单价。其台次单价及费用组成可参照表 5-3-3<br><br>塔式起重机基础费包括人工费、材料费、机械费,这三项费用之和称为单价。塔式起重机基础的单价及费用组成可参照表 5-3-4<br><br>计算大型机械设备进出场及安拆计价、塔式起重机基础费,应计取管理费和利润 |
| 混凝土、钢筋混凝土模板及支架费 | 混凝土、钢筋混凝土模板及支架计价可按下式计算:<br>模板及支架计价＝模板工程量×综合单价<br><br>模板工程量计算方法:<br>(1)现浇混凝土结构按模板与混凝土的接触面积计算,计量单位:m²<br>(2)预制混凝土构件按混凝土构件的实际体积计算,计量单位:m³<br><br>综合单价中的人工费、材料费、机械使用费,可从《全国统一市政工程预算定额》及《全国建筑工程基础定额》中查取其综合工日定额、材料消耗定额、机械台班定额,再按人工工日单价、材料单价、机械台班单价,计算出相应的人工费、材料费、机械使用费。<br>综合单价＝(人工费＋材料费＋机械使用费)×(1＋管理费率＋利润率)<br>鉴于模板及支架计算较复杂,如施工企业有经验,可按施工现场模板量,估算一个计价 |
| 脚手架费 | 市政与园林工程用的脚手架有竹脚手架、钢管脚手架、浇混凝土用仓面脚手架等。脚手架计价按下式计算:<br>脚手架计价＝脚手架工程量×综合单价<br><br>脚手架工程量计算方法:<br>(1)墙体的竹脚手架、钢管脚手架,按墙面的面积计算,即墙面水平边线长度乘以墙面砌筑高度,计量单位:m²<br>(2)柱体的竹脚手架、钢管脚手架,按柱体外围周长另加 3.6m 乘以柱体砌筑高度计算。计量单位:m²<br>(3)浇混凝土用脚手架,按仓面的水平面积计算,计量单位:m²<br><br>综合单价中的人工费、材料费可参照表 5-3-5、表 5-3-6 中所列计取,也可按实际情况加以调整:<br>综合单价＝(人工费＋材料费)×(1＋管理费率＋利润率) |
| 已完工程及设备保护费 | 已完工程及设备保护计价是指对已完工程及设备加以成品保护所耗用的人工费及材料费。已完工程及设备保护计价可按下式计算:<br>保护计价＝被保护工程量×综合单价<br><br>被保护工程量按具体保护对象不同有不同的计算方法,例如:墙面装饰抹灰保护,则按被保护的装饰抹灰面积计算<br><br>综合单价中的人工费、材料费,可从《全国统一建筑装饰装修工程消耗量定额》中查取综合工日定额、材料消耗定额,再按人工工日单价、材料单价,计算出相应的人工费、材料费<br>综合单价＝(人工费＋材料费)×(1＋管理费率＋利润率) |
| 施工排水、降水费 | 市政工程施工降水可采用井点降水,分为轻型井点降水、喷射井点降水、大口径井点降水。井点降水计价按下式计算:<br>井点降水计价＝井点降水工程量×综合单价<br><br>井点降水工程量应按安装、拆除、使用分别计算<br>井点降水安装工程量,按井点数量计算,计量单位:10 根<br>井点降水拆除工程量,按井点数量计算,计量单位:10 根<br>井点降水使用工程量,按井点数量与使用天数的乘积计算,计量单位:套·天。轻型井点 50 根为一套,喷射井点 30 根为一套,大口径井点 10 根为一套,累计根数不足一套者按一套计算,一天按 24h 计算<br><br>综合单价中的人工费、材料费、机械使用费可参照表 5-3-8、表 5-3-9 计取<br>综合单价＝(人工费＋材料费＋机械使用费)×(1＋管理费率＋利润率) |

市政工程常用资料备查手册

表 5-3-2　大型机械设备进出场计价　　　　　　　　　单位：元

| 编号 | 项　目 | 台次单价 | 费用组成 | | | | |
|---|---|---|---|---|---|---|---|
| | | | 人工费 | 材料费 | 机械费 | 架线费 | 回程费 |
| 3001 | 履带式挖掘机 1m³ 以内 | 3063.14 | 287.76 | 132.58 | 1715.17 | 315.00 | 612.63 |
| 3002 | 履带式挖掘机 1m³ 以外 | 3399.84 | 287.76 | 170.08 | 1947.03 | 315.00 | 679.97 |
| 3003 | 履带式推土机 90kW 以内 | 2426.90 | 143.88 | 184.06 | 1613.58 | | 485.38 |
| 3004 | 履带式推土机 90kW 以外 | 3455.44 | 143.88 | 184.06 | 2121.41 | 315.00 | 691.09 |
| 3005 | 履带式起重机 30t 以内 | 4551.20 | 287.76 | 162.58 | 2875.62 | 315.00 | 910.24 |
| 3006 | 履带式起重机 50t 以内 | 6440.05 | 287.76 | 162.58 | 4466.70 | 315.00 | 1308.01 |
| 3007 | 强夯机械 | 6436.02 | 143.88 | 162.58 | 3975.70 | 315.00 | 1838.86 |
| 3008 | 柴油打桩机 5t 以内 | 8253.20 | 287.76 | 82.50 | 5209.88 | 315.00 | 2358.06 |
| 3009 | 柴油打桩机 5t 以外 | 9532.89 | 287.76 | 82.50 | 6123.95 | 315.00 | 2723.68 |
| 3010 | 压路机 | 2676.68 | 119.90 | 119.08 | 1587.36 | 315.00 | 535.34 |
| 3011 | 静力压桩机 900kN | 9807.66 | 575.52 | 82.50 | 6347.45 | | 2802.19 |
| 3012 | 静力压桩机 1200kN | 11332.40 | 575.52 | 82.50 | 7436.55 | | 3237.83 |
| 3013 | 静力压桩机 1600kN | 14364.13 | 863.28 | 82.50 | 9314.31 | | 4104.04 |
| 3014 | 塔式起重机 60 kN·m 以内 | 6481.95 | 287.76 | 82.50 | 4500.30 | 315.00 | 1296.39 |
| 3015 | 塔式起重机 80 kN·m | 8940.86 | 575.52 | 105.00 | 6157.17 | 315.00 | 1788.17 |
| 3016 | 塔式起重机 150kN·m | 12859.70 | 743.38 | 136.50 | 9092.88 | 315.00 | 2571.94 |
| 3017 | 塔式起重机 250 kN·m | 19217.28 | 1199.00 | 220.50 | 13639.32 | 315.00 | 3843.46 |
| 3018 | 自升式塔式起重机 | 15850.92 | 959.20 | 162.01 | 11772.89 | 315.00 | 2641.82 |
| 3019 | 施工电梯 75m | 5145.27 | 239.80 | 70.50 | 3647.60 | | 1187.37 |
| 3020 | 施工电梯 100m | 6207.84 | 335.72 | 91.50 | 4348.04 | | 1432.58 |
| 3021 | 施工电梯 200m 以内 | 8997.89 | 479.60 | 131.25 | 6310.60 | | 2076.44 |
| 3022 | 混凝土搅拌站 | 5456.42 | 623.48 | 52.50 | 3221.46 | | 1558.98 |
| 3023 | 潜水钻孔机 | 2544.76 | 119.90 | 24.00 | 1891.91 | | 508.95 |
| 3024 | 转盘钻孔机 | 1916.24 | 119.90 | 24.00 | 1389.09 | | 383.25 |

注：摘自《全国统一施工机械台班费用编制规则》。

表 5-3-3　大型机械设备安拆计价　　　　　　　　　单位：元

| 编号 | 项　目 | 台次单价 | 费用组成 | | |
|---|---|---|---|---|---|
| | | | 人工费 | 材料费 | 机械费 |
| 2001 | 塔式起重机 60kN·m 以内 | 4919.13 | 1438.80 | 53.40 | 3426.93 |
| 2002 | 塔式起重机 80kN·m | 7862.69 | 2158.20 | 53.40 | 5651.09 |
| 2003 | 塔式起重机 150kN·m | 17295.91 | 6474.60 | 160.20 | 10661.11 |
| 2004 | 塔式起重机 250kN·m | 51643.91 | 19423.80 | 480.60 | 31739.51 |
| 2005 | 自升式塔式起重机 | 13878.19 | 2877.60 | 244.20 | 10756.39 |
| 2006 | 柴油打桩机 | 4295.70 | 959.20 | 37.50 | 3299.00 |
| 2007 | 静力压桩机 900kN | 3115.37 | 575.52 | 11.35 | 2528.50 |
| 2008 | 静力压桩机 1200kN | 4398.57 | 863.28 | 15.13 | 3520.16 |
| 2009 | 静力压桩机 1600kN | 5675.95 | 1151.04 | 18.91 | 4506.00 |
| 2010 | 施工电梯 75m | 4505.89 | 1294.92 | 43.20 | 3167.77 |
| 2011 | 施工电梯 100m | 5285.65 | 1726.56 | 43.20 | 3515.89 |
| 2012 | 施工电梯 200m 以内 | 6472.34 | 2158.20 | 53.40 | 4260.74 |
| 2013 | 潜水钻孔机 | 1741.00 | 719.40 | 6.00 | 1015.60 |
| 2014 | 混凝土搅拌站 | 6804.57 | 2158.20 | | 4646.37 |

注：摘自《全国统一施工机械台班费用编制规则》。

表 5-3-4　塔式起重机基础费

| 编号 | 项目 | 单位 | 单价 | 费用组成 | | |
|---|---|---|---|---|---|---|
| | | | | 人工费 | 材料费 | 机械费 |
| | | | 元 | 元 | 元 | 元 |
| 1001 | 固定式基础(带配重) | 座 | 4169.87 | 647.46 | 3367.82 | 154.59 |
| 1002 | 轨道式基础 | m(双轨) | 134.10 | 35.97 | 95.11 | 3.02 |

注：摘自《全国统一施工机械台班费用编制规则》。

### 表 5-3-5　脚手架（计量单位：100m²）

| 定额编号 | 1—625 | 1—626 | 1—627 | 1—628 | 1—629 | 1—630 |
|---|---|---|---|---|---|---|
| 项目 | 竹脚手架 | | 钢管脚手架 | | | |
| | 双排 | | 单排 | | 双排 | |
| | 4m内 | 8m内 | 4m内 | 8m内 | 4m内 | 8m内 |
| 人工费/元 | 172.57 | 188.30 | 138.19 | 142.91 | 188.30 | 189.87 |
| 材料费/元 | 812.26 | 1325.92 | 238.36 | 290.34 | 285.61 | 382.50 |
| 机械使用费/元 | — | — | — | — | — | — |

注：摘自《全国统一市政工程预算定额》。

### 表 5-3-6　浇混凝土用仓面脚手架（计量单位：100m²）

| 定额编号 | 1—631 |
|---|---|
| 项目 | 支架高度在 1.5m 以内 |
| 人工费/元 | 134.82 |
| 材料费/元 | 528.58 |
| 机械使用费/元 | — |

注：摘自《全国统一市政工程预算定额》。

### 表 5-3-7　轻型井点降水

| 定额编号 | 1—653 | 1—654 | 1655 |
|---|---|---|---|
| 项目 | 安装 | 拆除 | 使用 |
| | 10 根 | 10 根 | 50 根天 |
| 人工费/元 | 272.79 | 97.30 | 67.41 |
| 材料费/元 | 268.70 | 5.47 | 99.92 |
| 机械使用费/元 | 177.04 | — | 383.70 |

注：摘自《全国统一市政工程预算定额》。

### 表 5-3-8　喷射井点降水

| 定额编号 | 1—656 | 1—657 | 1—658 | 1659 | 1—660 | 1—661 | 1—662 | 1—663 |
|---|---|---|---|---|---|---|---|---|
| 项目 | 井管深 10m | | | 井管深 15m | | | 井管深 20m | |
| | 安装 | 拆除 | 使用 | 安装 | 拆除 | 使用 | 安装 | 拆除 |
| | 10 根 | 10 根 | 30 根天 | 10 根 | 10 根 | 30 根天 | 10 根 | 10 根 |
| 人工费/元 | 763.98 | 229.87 | 134.82 | 1160.35 | 439.51 | 134.82 | 1483.02 | 561.75 |
| 材料费/元 | 868.24 | 22.99 | 89.05 | 1283.82 | 52.33 | 123.44 | 1706.33 | 81.78 |
| 机械使用费/元 | 1287.86 | 622.05 | 392.49 | 1757.67 | 1048.51 | 392.49 | 2147.17 | 1253.66 |

| 定额编号 | 1—664 | 1—665 | 1—666 | 1—667 | 1—668 | 1—669 | 1—670 |
|---|---|---|---|---|---|---|---|
| 项目 | 井管深 20m | 井管深 25m | | | 井管深 30m | | |
| | 使用 | 安装 | 拆除 | 使用 | 安装 | 拆除 | 使用 |
| | 30 根天 | 10 根 | 10 根 | 30 根天 | 10 根 | | 30 根天 |
| 人工费/元 | 134.82 | 1834.45 | 712.52 | 134.82 | 2116.67 | 820.16 | 134.82 |
| 材料费/元 | 166.37 | 2218.88 | 100.52 | 242.12 | 2747.52 | 119.88 | 332.61 |
| 机械使用费/元 | 392.49 | 2717.43 | 1739.58 | 392.49 | 2968.63 | 1924.95 | 392.49 |

注：摘自《全国统一市政工程预算定额》。

表 5-3-9　大口径井点降水

| 定额编号 | 1—671 | 1—672 | 1—673 | 1—674 | 1—675 | 1—676 |
|---|---|---|---|---|---|---|
| 项目 | 井管深 15m | | | 井管深 25m | | |
| | 安装 | 拆除 | 使用 | 安装 | 拆除 | 使用 |
| | 10 根 | 10 根 | 10 根天 | 10 根 | 10 根 | 10 根天 |
| 人工费/元 | 3662.61 | 1808.84 | 134.82 | 4724.77 | 2333.51 | 134.82 |
| 材料费/元 | 3872.86 | 1424.97 | 481.59 | 6214.34 | 1566.63 | 718.26 |
| 机械使用费/元 | 7221.77 | 4923.54 | 392.49 | 9754.94 | 7111.78 | 392.49 |

注：摘自《全国统一市政工程预算定额》。

## 5.3.4.2　市政工程专用措施项目

市政工程专用的措施项目有：围堰、筑岛、现场施工围栏、便道、便桥、洞内施工的通风、供水、供气、供电、照明及通风设施、驳岸块石清理。各项费用的计算见表 5-3-10。

表 5-3-10　市政工程专用措施项目

| 项　目 | 计　算　方　法 |
|---|---|
| 围堰 | 市政工程施工中所采用的围堰有土草围堰、土石混合围堰、圆木桩围堰、钢桩围堰、钢板桩围堰、双层竹笼围堰等。围堰计价按下式计算：<br><br>　　　　围堰计价＝围堰工程量×综合单价<br><br>围堰工程量计算方法：<br>(1)土草围堰、土石混合围堰，按围堰的体积计算，即围墙的施工断面乘以围堰中心线长度，计量单位：100m³<br>(2)圆木桩围堰、钢桩围堰、钢板桩围堰、双层竹笼围堰，按围堰中心线的长度计算，计量单位：10m<br>(3)围堰高度按施工期内的最高临水面加 0.5m 计算<br>综合单价中的人工费、材料费、机械使用费可参照表 5-3-11～表 5-3-16 中所列计取 |
| 筑岛 | 筑岛(筑岛填心)是指在围堰围成的区域内填土、砂及砂砾石。筑岛计价公式：<br><br>　　　　筑岛计价＝筑岛填心工程量×综合单价<br><br>筑岛填心工程量，按所填土、填砂、填砂砾石的体积计算，计量单位：100m³<br>综合单价中的人工费、材料费、机械使用费可参照表 5-3-17 所列计取<br><br>　　综合单价＝(人工费＋材料费＋机械使用费)×(1＋管理费率＋利润率) |
| 现场施工围栏 | 现场施工围栏可采用纤维布施工围栏、玻璃钢施工围栏等<br>现场施工围栏计价按下式计算：<br><br>　　　　施工围栏计价＝围栏工程量×综合单价<br><br>围栏工程量，按围栏的长度计算，计量单位：100m。移动式围栏按使用天数计算，计量单位：10d<br>综合单价中的人工费、材料费、机械使用费可参照表 5-3-18、表 5-3-19 所列计取 |
| 便道 | 便道计价是指工程项目在施工过程中，为运输需要而修建的临时道路所发生的费用，包括人工费、材料费和机械使用费等<br>便道计价应根据便道施工面积、使用材料等因素，按实际情况估算 |
| 便桥 | 便桥计价是指工程项目在施工过程中，为交通需要而修建的临时桥梁所发生的费用，包括人工费、材料费、机械使用费等<br>便桥计价应根据便桥施工的长度及宽度、使用材料等因素，按实际情况估算 |

| 项　目 | 计　算　方　法 |
| --- | --- |
| 洞内施工的通风、供水、供气、供电、照明及通信设施 | 洞内施工的通风、供水、供气、供电、照明及通信设施计价是指隧道洞内施工所用的通风、供水、供气、供电、照明及通信设施的安装拆除年摊销费用。一年内不足一年按一年计算,超过一年按每增一季定额增加,不足一季按一季计算(不分月)。<br>洞内设施计价按下式计算<br>$$洞内设施计价＝设施工程量×综合单价$$<br>设施工程量计算方法(计量单位:100m)<br>(1)粘胶布通风筒、薄钢板风筒,按每一洞口施工长度减 30m 计算<br>(2)风、水钢管,按洞长加 100m 计算<br>(3)照明线路,按洞长计算;安双排照明时,应按实际双线部分增加<br>(4)动力线路,按洞长加 50m 计算<br>(5)轻便轨道,按设计布置的轻便轨道长度计算,双线应加倍计算,每处道岔折合 30m 计算。综合单价中的人工费、材料费、机械使用费可参照表 5-3-20～表 5-3-22 所列计取<br>$$综合单价＝(人工费＋材料费＋机械使用费)×(1＋管理费率＋利润率)$$<br>各种设施计价只算一次 |
| 驳岸块石清理 | 驳岸块石清理计价是指清理驳岸块石所需用人工费、机械使用费等。<br>驳岸块石清理计价应根据清理块石的工程量、运距等因素,按实际发生的费用计算,并计取管理费和利润 |

表 5-3-11　土草围堰（计量单位：100m³）

| 定额编号 | 1—509 | 1—510 |
| --- | --- | --- |
| 项目 | 筑土围堰 | 草袋围堰 |
| 人工费/元 | 2433.73 | 3901.24 |
| 材料费/元 | — | 4770.65 |
| 机械使用费/元 | 354.36 | 354.36 |

注：1. 土草围堰的堰顶宽为 1～2m,堰高为 4m 以内。

2. 摘自《全国统一市政工程预算定额》。

表 5-3-12　土石混合围堰（计量单位：100m³）

| 定额编号 | 1—511 | 1—512 |
| --- | --- | --- |
| 项目 | 过水土石围堰 | 不过水土石围堰 |
| 人工费/元 | 2662.25 | 3745.75 |
| 材料费/元 | 2695.59 | 3791.12 |
| 机械使用费/元 | 351.08 | 298.88 |

注：1. 土石混合围堰的堰顶宽为 2m,堰高为 6m 以内。

2. 摘自《全国统一市政工程预算定额》。

表 5-3-13　圆木桩围堰（计量单位：10m）

| 定额编号 | 1—513 | 1—514 | 1—515 |
| --- | --- | --- | --- |
| 项目 | 双排圆木桩围堰高 | | |
| | 3m 以内 | 4m 以内 | 5m 以内 |
| 人工费/元 | 1780.27 | 3212.09 | 4270.20 |
| 材料费/元 | 744.94 | 973.11 | 1176.16 |
| 机械使用费/元 | 201.26 | 334.86 | 417.13 |

注：1. 圆木桩围堰的堰顶宽为 2～2.5m,堰高 5m 以内。

2. 摘自《全国统一市政工程预算定额》。

**表 5-3-14　钢桩围堰**（计量单位：10m）

| 定额编号 | 1—516 | 1—517 | 1—518 |
|---|---|---|---|
| 项目 | 双排钢桩围堰高 | | |
| | 4m 以内 | 5m 以内 | 6m 以内 |
| 人工费/元 | 3101.08 | 4034.49 | 6041.51 |
| 材料费/元 | 969.08 | 1155.73 | 1343.63 |
| 机械使用费/元 | 334.86 | 417.13 | 602.27 |

注：1. 钢桩围堰的堰顶宽为 2.5~3m，堰高 6m 以内。

2. 摘自《全国统一市政工程预算定额》。

**表 5-3-15　钢板桩围堰**（计量单位：10m）

| 定额编号 | 1—519 | 1—520 | 1—521 |
|---|---|---|---|
| 项目 | 双排钢板围堰高 | | |
| | 4m 以内 | 5m 以内 | 6m 以内 |
| 人工费/元 | 2770.10 | 3810.24 | 5734.57 |
| 材料费/元 | 418.98 | 516.40 | 729.81 |
| 机械使用费/元 | 334.86 | 417.13 | 602.27 |

注：1. 钢板围堰的堰顶宽为 2.5~3m，堰高为 6m 以内。

2. 摘自《全国统一市政工程预算定额》。

**表 5-3-16　双层竹笼围堰**（计量单位：10m）

| 定额编号 | 1—522 | 1—523 | 1—524 |
|---|---|---|---|
| 项目 | 双排竹笼围堰高 | | |
| | 3m 以内 | 4m 以内 | 5m 以内 |
| 人工费/元 | 3644.63 | 5937.25 | 8132.57 |
| 材料费/元 | 6213.58 | 8314.42 | 10440.52 |
| 机械使用费/元 | 187.50 | 277.50 | 345.00 |

注：1. 竹笼围堰竹笼间黏土填心的宽度为 2~2.5m，堰高 5m 以内。

2. 摘自《全国统一市政工程预算定额》。

**表 5-3-17　筑岛填心**（计量单位：$100m^3$）

| 定额编号 | 1—525 | 1—526 | 1—527 | 1—528 | 1—529 | 1—530 |
|---|---|---|---|---|---|---|
| 项目 | 填土 | | 填砂 | | 填砂砾石 | |
| | 夯填 | 松填 | 夯填 | 松填 | 夯填 | 松填 |
| 人工费/元 | 2144.76 | 1824.34 | 1307.53 | 1024.18 | 1914.89 | 1382.58 |
| 材料费/元 | — | — | 5926.82 | 4599.92 | 5617.21 | 4511.46 |
| 机械使用费/元 | 390.36 | 286.50 | 474.36 | 337.50 | 457.86 | 337.50 |

注：摘自《全国统一市政工程预算定额》。

**表 5-3-18　纤维布施工围栏**（计量单位：100m）

| 定额编号 | 1—677 |
|---|---|
| 项目 | 纤维布施工围栏 |
| 人工费/元 | 19.77 |
| 材料费/元 | 98.51 |
| 机械使用费/元 | 41.11 |

注：1. 纤维布施工围护高度为 2.5m。材料费中未包括 $0.09m^3$ C25 混凝土支墩费。

2. 摘自《全国统一市政工程预算定额》。

表 5-3-19　玻璃钢施工围栏（计量单位：100m）

| 定额编号 | 1—678 | 1—679 | 1—680 |
|---|---|---|---|
| 项目 | 封闭式(混凝土基础) | 封闭式(砖基础) | 移动式 |
| | 100m | 100m | 10d |
| 人工费/元 | 213.91 | 94.15 | 3.82 |
| 材料费/元 | 3339.09 | 3304.95 | 8.88 |
| 机械使用费/元 | 56.38 | — | 13.62 |

注：1. 封闭式玻璃钢施工围栏高度为 2.5m。

2. 封闭式玻璃钢施工围栏（混凝土基础）的材料费中未包括 1.20m³ C25 混凝土的费用。

3. 摘自《全国统一市政工程预算定额》。

表 5-3-20　洞内通风筒安、拆平摊销

| 定额编号 | 4—60 | 4—61 | 4—62 | 4—63 | 4—64 | 4—65 | 4—66 | 4—67 |
|---|---|---|---|---|---|---|---|---|
| 项目 | φ500mm 通风筒以内 | | | | φ1000mm 通风筒以内 | | | |
| | 粘胶布轻便软管 | | 2mm 厚薄钢板风筒 | | 粘胶布轻便软管 | | 2mm 厚薄钢板风筒 | |
| | 一年内 | 每增一季 | 一年内 | 每增一季 | 一年内 | 每增一季 | 一年内 | 每增一季 |
| 人工费/元 | 1887.48 | 359.52 | 2283.85 | 359.52 | 2831.22 | 539.28 | 3425.78 | 539.28 |
| 布料费/元 | 558.43 | 93.08 | 1619.95 | 290.99 | 683.57 | 91.71 | 3219.42 | 577.94 |
| 机械使用费/元 | — | — | 118.17 | 24.16 | — | — | 236.35 | 48.31 |

注：摘自《全国统一市政工程预算定额》。

表 5-3-21　洞内风、水管道安、拆年摊销（计量单位：100m）

| 定额编号 | 4—68 | 4—69 | 4—70 | 4—71 | 4—72 | 4—73 | 4—74 | 4—75 | 4—76 | 4—77 |
|---|---|---|---|---|---|---|---|---|---|---|
| 项目 | 镀锌钢管 | | | | 钢管 | | | | | |
| | φ25mm | | φ50mm | | φ80mm | | φ100mm | | φ150mm | |
| | 一年内 | 每增一季 | 一年内 | 每增一季 | 一年内 | 每增一季 | 一年内 | 每增一季 | 一年内 | 每增一季 |
| 人工费/元 | 1385.28 | 224.70 | 1462.12 | 224.70 | 1626.83 | 224.70 | 1691.77 | 224.70 | 1923.21 | 224.70 |
| 材料费/元 | 165.41 | 24.04 | 526.21 | 85.57 | 816.33 | 151.44 | 1015.85 | 186.19 | 1914.50 | 355.62 |
| 机械使用费/元 | 10.35 | 2.07 | 28.64 | 5.76 | 395.62 | 79.63 | 473.51 | 93.71 | 919.69 | 184.45 |

注：摘自《全国统一市政工程预算定额》。

表 5-3-22　洞内电路架设、拆除年摊销（计量单位：100m）

| 定额编号 | 4—78 | 4—79 | 4—80 | 4—81 |
|---|---|---|---|---|
| 项目 | 照明动力 | | | |
| | 一年内 | 每增一季 | 一年内 | 每增一季 |
| 人工费/元 | 1568.41 | 269.64 | 1633.79 | 269.64 |
| 材料费/元 | 4763.78 | 1067.82 | 4091.58 | 768.02 |
| 机械使用费/元 | — | — | — | — |

注：摘自《全国统一市政工程预算定额》。

## 5.3.5　其他项目清单计价方法

其他项目费是指预留金、材料购置费（仅指由招标人购置的材料费）、总承包服务费、零星工作项目费等估算金额的总和。包括：人工费、材料费、机械使用费、管理费、利润以及风险费。其他项目清单由招标人部分、投标人部分两部分内容组成。详见表 5-3-23。

表 5-3-23　其他项目费用计算

| 项　　目 | | 计　算　方　法 |
|---|---|---|
| 招标人部分 | 预留金 | 　　主要考虑可能发生的工程量变化和费用增加而预留的金额。引起工程量变化和费用增加的原因很多,一般主要有以下几方面:<br>①清单编制人员在统计工程量及变更工程量清单时发生的漏算、错算等引起的工程量增加;<br>②设计深度不够、设计质量低造成的设计变更引起的工程量增加;<br>③在现场施工过程中,应业主要求,并由设计或监理工程师出具的工程变更增加的工程量;<br>④其他原因引起的,且应由业主承担的费用增加,如风险费用及索赔费用。<br>　　此处提出的工程量的变更主要是指工程量清单漏项或有误引起的工程量的增加和施工中的设计变更引起标准提高或工程量的增加等<br>　　预留金由清单编制人根据业主意图和拟建工程实况计算出金额填制表格。其计算,应根据设计文件的深度、设计质量的高低、拟建工程的成熟程度及工程风险的性质来确定其额度。设计深度深,设计质量高,已经成熟的工程设计,一般预留工程总造价的 3%~5% 即可。在初步设计阶段,工程设计不成熟的,最少要预留工程总造价的 10%~15%<br>　　预留金作为工程造价费用的组成部分计入工程造价,但预留金的支付与否、支付额度以及用途,都必须通过(监理)工程师的批准 |
| | 材料购置费 | 　　业主出于特殊目的或要求,对工程消耗的某类或某几类材料,在招标文件中规定,由招标人采购的拟建工程材料费 |
| | 其他 | 　　招标人部分可增加的新列项。例如,指定分包工程费,由于某分项工程或单位工程专业性较强,必须由专业队伍施工,即可增加这项费用,费用金额应通过向专业队伍询价(或招标)取得 |
| 投标人部分 | | 　　计价规范中列举了总承包服务费、零星工作项目费两项内容。如果招标文件对承包商的工作范围还有其他要求,也应对其要求列项。例如,设备的厂外运输,设备的接、保、检,为业主代培技术工人等 |
| | | 　　投标人部分的清单内容设置,除总承包服务费仅需简单列项外,其余内容应该量化的必须量化描述。如设备厂外运输,需要标明设备的台数,每台的规格重量、运距等。零星工作项目表要标明各类人工、材料、机械的消耗量 |
| | | 　　零星工作项目中的工料机计量,要根据工程的复杂程度、工程设计质量的优劣,以及工程项目设计的成熟程度等因素来确定其数量。一般工程以人工计量为基础,按人工消耗总量的1%取值即可。材料消耗主要是辅助材料消耗,按不同专业工人消耗材料类别列项,按工人日消耗量计入。机械列项和计量,除了考虑人工因素外,还要参考各单位工程机械消耗的种类,可按机械消耗总量的1%取值 |

## 5.3.6　规费与税金清单计价方法

### 5.3.6.1　规费

规费是指政府和有关部门规定必须缴纳的费用,详见表 5-3-24。

表 5-3-24　规费计算

| 项目 | 计　算　方　法 |
|---|---|
| 规费内容 | (1)工程排污费:是指施工现场按规定缴纳的排污费用<br>(2)工程定额测定费:是指按规定支付工程造价(定额)管理部门的定额测定费<br>(3)养老保险统筹基金:是指企业按规定向社会保障主管部门缴纳的职工基本养老保险(社会统筹部分)<br>(4)待业保险费:是指企业按照国家规定缴纳的待业保险金<br>(5)医疗保险费:是指企业按规定向社会保障主管部门缴纳的职工基本医疗保险费 |
| 规费计算 | 规费计算公式:<br>$$规费 = 计算基数 \times 规费费率$$<br>投标人在投标报价时,规费的计算,一般按国家及有关部门规定的计算公式及费率标准计算 |

### 5.3.6.2　税金

税金是指国家税法规定的应计入建筑安装工程造价内的营业税、城市维护建设税及教育费附加。

税金计算公式及税率计算见式(5-2-35)～式(5-2-38)。

# 6 市政土石方工程

## 6.1 定额土石方工程量计算规则

### 6.1.1 通用项目分部分项划分

#### 6.1.1.1 通用项目分部分项划分（表 6-1-1）

表 6-1-1 通用项目分部分项划分

| 序号 | 分部工程 | 分项工程名称 |
|---|---|---|
| 1 | 土石方工程 | 1. 人工挖土方；2. 人工挖沟、槽土方；3. 人工挖基坑土方；4. 人工清理土堤基础；5. 人工挖土堤台阶；6. 人工铺草皮；7. 人工装、运土方；8. 人工挖运淤泥、流砂；9. 人工平整场地、填土夯实、原土夯实；10. 推土机推土；11. 铲运机铲运土方；12. 挖掘机挖土；13. 装载机装松散土；14. 装载机装运土方；15. 自卸汽车运土；16. 抓铲挖掘机挖土、淤泥、流砂；17. 机械平整场地、填土夯实、原土夯实；18. 人工凿石；19. 人工打眼爆破石方；20. 机械打眼爆破石方；21. 液压岩石破碎机破碎岩石、混凝土和钢筋混凝土；22. 明挖石方运输；23. 推土机推石渣；24. 挖掘机挖石渣；25. 自卸汽车运石渣 |
| 2 | 打拔工具桩 | 1. 竖、拆简易打桩架；2. 陆上卷扬机打拔圆木桩；3. 陆上卷扬机打拔槽型钢板桩；4. 陆上柴油打桩机打圆木桩；5. 陆上柴油打桩机打槽形钢板桩；6. 水上卷扬机打拔圆木桩；7. 水上卷扬机打拔槽型钢板桩；8. 水上柴油打桩机打圆木桩；9. 水上柴油打桩机打槽型钢板桩 |
| 3 | 围堰工程 | 1. 土草围堰；2. 土石混合围堰；3. 圆木桩围堰；4. 钢桩围堰；5. 钢板桩围堰；6. 双层竹笼围堰；7. 筑岛填心 |
| 4 | 支撑工程 | 1. 木挡土板；2. 竹挡土板；3. 钢制挡土板；4. 钢制挡土板支撑安拆 |
| 5 | 拆除工程 | 1. 拆除旧路；2. 拆除人行道；3. 拆除侧缘石；4. 拆除混凝土管道；5. 拆除金属管道；6. 镀锌管拆除；7. 拆除砖石构筑物；8. 拆除混凝土障碍物；9. 伐树、挖树蔸；10. 路面凿毛；11. 路面铣刨机铣刨沥青路面 |
| 6 | 脚手架及其他工程 | 1. 脚手架；2. 浇混凝土用全面脚手架；3. 人力运输小型构件；4. 汽车运输小型构件；5. 汽车运水；6. 双轮车场内运成型钢筋及水泥混凝土(熟料)；7. 机动翻斗车运输混凝土；8. 井点降水；9. 纤维布施工护栏(高 2.5m)；10. 玻璃钢施工护栏 |
| 7 | 护坡、挡土墙 | 1. 砂石滤层、滤沟；2. 砌护坡、台阶；3. 压顶；4. 挡土墙；5. 勾缝 |

注：1. 通用项目划分为土石方工程，打拔工具桩，围堰工程，支撑工程，拆除工程，脚手架及其他工程，护坡、挡土墙 7 个分部工程。

2. 土石方工程分部中划分为 25 个分项工程；打拔工具桩分部工程中划分为 9 个分项工程；围堰工程分部中划分为 7 个分项工程；支撑工程分部中划分为 4 个分项工程；拆除工程分部中划分为 11 个分项工程；脚手架及其他工程分部中划分为 10 个分项工程；护坡、挡土墙分部工程中划分为 5 个分项工程。

## 6.1.1.2 土石方工程工作内容（表6-1-2）

**表 6-1-2 土石方工程工作内容**

| 项 目 | | 工 作 内 容 |
|---|---|---|
| 人工土石方 | 人工挖土方 | 包括：挖土、抛土、修整底边、边坡<br>注意：1. 砾石含量在30％以上密实性土壤按四类土乘以系数1.43。2. 挖土深度1.5m应计算人工垂直运输土方。超过部分工程量按垂直深度每1m折合成水平距离7m增加工日，深度按全高计算 |
| | 人工挖沟、槽土方 | 包括：挖土、装土或抛土于沟、槽边1m以外堆放，修整底边、边坡<br>注意：一侧弃土时，乘以系数1.13 |
| | 人工挖基坑土方 | 包括：挖土、装土或抛土于坑边1m以外堆放，修整底边、边坡 |
| | 人工清理土堤基础 | 包括：挖除、检修土堤面废土层，清理场地，废土30m内运输， |
| | 人工挖土堤台阶 | 包括：划线、挖土将刨松土方抛至下方 |
| | 人工铺草皮 | 包括：铺设拍紧、花格接槽、洒水、培土、场内运输 |
| | 人工装、运土方 | 包括：装车，运土，卸土，清理道路，铺、拆走道路板 |
| | 人工挖运淤泥、流砂 | 包括：挖淤泥、流砂，装、运、卸淤泥、流砂，1.5m内垂直运输<br>注意：人工挖沟槽、基坑内淤泥、流砂，按土石方工程定额执行，但挖土深度1.5m时，超过部分工程量按垂直深度每1m折合成水平距离7m增加工日，深度按全高计算 |
| | 人工平整场地、填土夯实、原土夯实 | 包括：(1)场地平整　厚度30cm内的就地挖填，找平<br>(2)松填土　5m内的就地取土，铺平<br>(3)填土夯实　填土、夯土、运水、洒水<br>(4)原土夯实　打夯<br>注意：一侧弃土时，乘以系数1.13 |
| 机械土石方 | 推土机推土 | 包括：推土、弃土、平整、空回、工作面内排水 |
| | 铲运机铲运土方 | 包括：(1)铲土、弃土、平整、空回<br>(2)推土机配合助铲、整平<br>(3)修理边坡，工作面内排水 |
| | 挖掘机挖土 | 包括：(1)挖土，将土堆放在一边或装车，清理机下余土<br>(2)工作面内排水，清理边坡 |
| | 装载机装松散土 | 包括：铲土装车，修理边坡，清理机下余土 |
| | 装载机装运土方 | 包括：(1)铲土、运土、卸土<br>(2)修理边坡<br>(3)人力清理机下余土 |
| | 自卸汽车运土 | 包括：运土、卸土、场内道路洒水 |
| | 抓铲挖掘机挖土、淤泥、流砂 | 包括：挖土、淤泥、流砂，堆放在一边或装车，清理机下余土 |
| | 机械平整场地、填土夯实、原土夯实 | 包括：(1)平整场地　厚度30cm内的就地挖、填、找平，工作面内排水<br>(2)原土碾压　平土、碾压，工作面内排水<br>(3)填土碾压　回填、推平，工作面内排水<br>(4)原土夯实　平土、夯土<br>(5)填土夯实　摊铺、碎土、平土、夯土 |
| | 推土机推石渣 | 包括：集渣、弃渣、平整 |
| | 挖掘机挖石渣 | 包括：(1)集渣、挖渣、装车、弃渣、平整<br>(2)工作面内排水及场内道路维护 |
| | 自卸汽车运石渣 | 包括：运渣、卸渣、场内行驶道路洒水养护 |

## 6.1.2 土石方工程定额说明

### 6.1.2.1 土石方工程定额说明

（1）《全统市政定额》第一册《通用项目》第一章土石方工程均适用于各类市政工程（除有关专业册说明规定不适用外）。

（2）干、湿土的划分首先以地质勘察资料为准，含水率≥25％为湿土；或以地下常水位为准，常水位以上为干土，以下为湿土。挖湿土时，人工和机械乘以系数1.18，干、湿土工程量分别计算。采用井点降水的土方应按干土计算。

（3）人工夯实土堤、机械夯实土堤执行人工填土夯实平地、机械填土夯实平地子目。

（4）挖土机在垫板上作业，人工和机械乘以系数1.25，搭拆垫板的人工、材料和辅机摊销费另行计算。

（5）推土机推土或铲运机铲土的平均土层厚度＜30cm时，其推土机台班乘以系数1.25，铲运机台班乘以系数1.17。

（6）在支撑下挖土，按实挖体积，人工乘以系数1.43，机械乘以系数1.20。先开挖后支撑的不属支撑下挖土。

（7）挖密实的钢渣，按挖四类土人工乘以系数2.50。机械乘以系数1.50。

（8）0.2m³抓斗挖土机挖土、淤泥、流砂按0.5m³抓铲挖掘机挖土、淤泥、流砂定额消耗量乘以系数2.50计算。

（9）自卸汽车运土，如系反铲挖掘机装车，则自卸汽车运土台班数量乘以系数1.10；拉铲挖掘机装车，自卸汽车运土台班数量乘以系数1.20。

（10）石方爆破按炮眼法松动爆破和无地下渗水积水考虑，防水和覆盖材料未在定额内。采用火雷管可以换算，雷管数量不变，扣除胶质导线用量，增加导火索用量，导火索长度按每个雷管2.12m计算。抛掷和定向爆破另行处理。打眼爆破若要达到石料粒径要求，则增加的费用另计。

（11）《通用项目》第一章土石方工程不包括现场障碍物清理，障碍物清理费用另行计算。弃土、石方的场地占用费按当地规定处理。

（12）开挖冻土套《通用项目》第五章拆除素混凝土障碍物子目乘以系数0.8。

（13）《通用项目》第一章土石方工程中为满足环保要求而配备了洒水汽车在施工现场降尘，若实际施工中未采用洒水汽车降尘的，在结算中应扣除洒水汽车和水的费用。

### 6.1.2.2 打拔工具桩工程定额说明

（1）《全统市政定额》第一册《通用项目》第二章打拔工具桩适用于市政各专业册的打、拔工具桩。

（2）定额中所指的水上作业，是以距岸线1.5m以外或者水深在2m以上的打拔桩。距岸线1.5m以内时，水深在1m以内者，按陆上作业考虑。如水深在1m以上2m以内者，其工程量则按水、陆各50％计算。

（3）水上打拔工具桩按二艘驳船捆扎成船台作业，驳船捆扎和拆除费用按《全统市政定额》第三册《桥涵工程》相应定额执行。

（4）打拔工具桩均以直桩为准，如遇打斜桩（包括俯打、仰打）按相应定额人工、机械乘以系数1.35。

（5）导桩及导桩夹木的制作、安装、拆除已包括在相应定额中。

（6）圆木桩按疏打计算；钢板桩按密打计算；如钢板桩需要疏打时，按相应定额人工乘以系数 1.05。

(7) 打拔桩架 90°调面及超运距移动已综合考虑。

(8) 竖、拆 0.6t 柴油打桩机架按《全统市政定额》第三册《桥涵工程》相应定额执行。

(9) 钢板桩和木桩的防腐费用等,已包括在其他材料费用中。

(10) 钢板桩的使用费标准由各省、自治区、直辖市自定,钢板桩摊销时间按十年考虑。钢板桩的损耗量按其使用量的 1% 计算。钢板桩若由施工单位提供,则其损耗费应支付给打桩的施工单位。若使用租赁的钢板桩,则按租赁费计算。

## 6.1.2.3 围堰工程定额说明

(1)《全统市政定额》第一册《通用项目》第三章围堰工程适用于市政工程围堰施工项目。

(2) 围堰定额未包括施工期内发生潮汛冲刷后所需的养护工料。潮汛养护工料可根据各地规定计算。如遇特大潮汛发生人力所不能抗拒的损失时,应根据实际情况,另行处理。

(3) 围堰工程 50m 范围以内取土、砂、砂砾,均不计土方和砂、砂砾的材料价格。取 50m 范围以外的土方、砂、砂砾,应计算土方和砂、砂砾材料的挖、运或外购费用,但应扣除定额中土方现场挖运的人工:55.5 工日/100m³ 黏土。定额括号中所列黏土数量为取自然土方数量,结算中可按取土的实际情况调整。

(4) 围堰定额中的各种木桩、钢桩均按《通用项目》第二章中水上打拔工具桩的相应定额执行,数量按实际计算。定额括号中所列打拔工具桩数量仅供参考。

(5) 草袋围堰如使用麻袋、尼龙袋装土围筑,应按麻袋、尼龙袋的规格、单价换算,但人工、机械和其他材料消耗量应按定额规定执行。

(6) 围堰施工中若未使用驳船,而是搭设了栈桥,则应扣除定额中驳船费用而套用相应的脚手架子目。

(7) 定额围堰尺寸的取定:

① 土草围堰的堰顶宽为 1~2m,堰高为 4m 以内。

② 土石混合围堰的堰顶宽为 2m,堰高为 6m 以内。

③ 圆木桩围堰的堰顶宽为 2~2.5m,堰高 5m 以内。

④ 钢桩围堰的堰顶宽为 2.5~3m,堰高 6m 以内。

⑤ 钢板桩围堰的堰顶宽为 2.5~3m,堰高 6m 以内。

⑥ 竹笼围堰竹笼间黏土填心的宽度为 2~2.5m,堰高 5m 以内。

⑦ 木笼围堰的堰顶宽度为 2.4m,堰高为 4m 以内。

(8) 筑岛填心子目是指在围堰围成的区域内填土、砂及砂砾石。

(9) 双层竹笼围堰竹笼间黏土填心的宽度超过 2.5m,则超出部分可套筑岛填心子目。

(10) 施工围堰的尺寸按有关设计施工规范确定。堰内坡脚至堰内基坑边缘距离根据河床土质及基坑深度而定,但不得小于 1m。

## 6.1.2.4 支撑工程定额说明

(1)《全统市政定额》第一册《通用项目》第四章支撑工程适用于沟槽、基坑、工作坑及检查井的支撑。

(2) 挡土板间距不同时,不做调整。

(3) 除槽钢挡土板外,本章定额均按横板、竖撑计算,如采用竖板、横撑时,其人工工日乘以系数 1.20。

(4) 定额中挡土板支撑按槽坑两侧同时支撑挡土板考虑,支撑面积为两侧挡土板面积之和，支撑宽度为 4.1m 以内。如槽坑宽度超过 4.1m 时，其两侧均按一侧支挡土板考虑。按槽坑一侧支撑挡土板面积计算时，工日数乘以系数 1.33，除挡土板外，其他材料乘以系数 2.0。

（5）放坡开挖不得再计算挡土板，如遇上层放坡、下层支撑则按实际支撑面积计算。

（6）钢桩挡土板中的槽钢桩按设计以"t"为单位，按《通用项目》第二章打拔工具桩相应定额执行。

（7）如采用井字支撑时，按疏撑乘以系数 0.61。

### 6.1.2.5　拆除工程定额说明

（1）《全统市政工程》第一册《通用项目》第五章拆除工程均不包括挖土方，挖土方按《通用项目》第一章有关子目执行。

（2）机械拆除项目中包括人工配合作业。

（3）拆除后的旧料应整理干净就近堆放整齐。如需运至指定地点回收利用，则另行计算运费和回收价值。

（4）管道拆除要求拆除后的旧管保持基本完好，破坏性拆除不得套用本定额。拆除混凝土管道未包括拆除基础及垫层用工。基础及垫层拆除按相应定额执行。

（5）拆除工程定额中未考虑地下水因素，若发生则另行计算。

（6）人工拆除二渣、三渣基层应根据材料组成情况套无骨料多合土或有骨料多合土基层拆除子目。机械拆除二渣、三渣基层执行液压岩石破碎机破碎松石。

### 6.1.2.6　脚手架及其他工程定额说明

（1）《全统市政工程》第一册《通用项目》第六章脚手架及其他工程中竹、钢管脚手架已包括斜道及拐弯平台的搭设。砌筑物高度超过 1.2m 可计算脚手架搭拆费用。仓面脚手不包括斜道，若发生则另按建筑工程预算定额中脚手架斜道计算；但采用井字架或吊扒杆转运施工材料时，不再计算斜道费用。对无筋或单层布筋的基础和垫层不计算仓面脚手费。

（2）混凝土小型构件是指单件体积在 0.04m³ 以内，重量在 100kg 以内的各类小型构件。小型构件、半成品运输系指预制、加工场地取料中心至施工现场推放使用中心距离的超出 150m 的运输。

（3）井点降水项目适用于地下水位较高的粉砂土、砂质粉土、黏质粉土或淤泥质夹薄层砂性土的地层。其他降水方法如深井降水、集水井排水等，各省、自治区、直辖市可自行补充。

（4）井点降水：轻型井点、喷射井点、大口径井点的采用由施工组织设计确定。一般情况下，降水深度 6m 以内采用轻型井点，6m 以上 30m 以内采用相应的喷射井点，特殊情况下可选用大口径井点。井点使用时间按施工组织设计确定。喷射井点定额包括两根观察孔制作，喷射井管包括了内管和外管。井点材料使用摊销量中已包括井点拆除时的材料损耗量。

井点间距根据地质和降水要求由施工组织设计确定，一般轻型井点管间距为 1.2m，喷射井点管间距为 2.5m，大口径井点管间距为 10m。

轻型井点井管（含滤水管）的成品价可按所需钢管的材料价乘以系数 2.40 计算。

（5）井点降水过程中，如需提供资料，则水位监测和资料整理费用另计。

（6）井点降水成孔过程中产生的泥水处理及挖沟排水工作应另行计算。遇有天然水源可用时，不计水费。

（7）井点降水必须保证连续供电，在电源无保证的情况下，使用备用电源的费用另计。

（8）沟槽、基坑排水定额由各省、自治区、直辖市自定。

#### 6.1.2.7 护坡、挡土墙工程定额说明

(1)《全统市政定额》第一册《通用项目》第七章护坡、挡土墙适用于市政工程的护坡和挡土墙工程。

(2)挡土墙工程需搭脚手架的执行脚手架定额。

(3)块石如需冲洗时（利用旧料），每 $1m^3$ 块石增加：用工 0.24 工日，用水 $0.5m^3$。

### 6.1.3 土石方工程定额计算规则

#### 6.1.3.1 土石方工程定额计算规则

(1)《通用项目》第一章土石方工程的土、石方体积均以天然密实体积（自然方）计算，回填土按碾压后的体积（实方）计算。土方体积换算见表 6-1-3。

**表 6-1-3 土方体积换算表**

| 虚方体积 | 天然密实度体积 | 夯实后体积 | 松填体积 |
|---|---|---|---|
| 1.00 | 0.77 | 0.67 | 0.83 |
| 1.30 | 1.00 | 0.87 | 1.08 |
| 1.50 | 1.15 | 1.00 | 1.25 |
| 1.20 | 0.92 | 0.80 | 1.00 |

(2)土方工程量按图纸尺寸计算，修建机械上下坡的便道土方量并入土方工程量内。石方工程量按图纸尺寸加允许超挖量。开挖坡面每侧允许超挖量：松、次坚石 20cm，普、特坚石 15cm。

(3)夯实土堤按设计断面计算。清理土堤基础按设计规定以水平投影面积计算，清理厚度为 30cm 内，废土运距按 30m 计算。

(4)人工挖土堤台阶工程量，按挖前的堤坡斜面积计算，运土应另行计算。

(5)人工铺草皮工程量以实际铺设的面积计算，花格铺草皮中的空格部分不扣除。花格铺草皮，设计草皮面积与定额不符时可以调整草皮数量，人工按草皮增加比例增加，其余不调整。

(6)管道接口作业坑和沿线各种井室所需增加开挖的土石方工程量按有关规定如实计算。管沟回填土应扣除管径在 200mm 以上的管道、基础、垫层和各种构筑物所占的体积。

(7)挖土放坡和沟、槽底加宽应按图纸尺寸计算，如无明确规定，可按表 6-1-4、表 6-1-5 计算。

挖土交接处产生的重复工程量不扣除。如在同一断面内遇有数类土壤，其放坡系数可按各类土占全部深度的百分比加权计算。

管道结构宽：无管座按管道外径计算，有管座按管道基础外缘计算，构筑物按基础外缘计算，如设挡土板则每侧增加 10cm。

**表 6-1-4 放坡系数**

| 土壤类别 | 放坡起点 | 机械开挖 | | 人工开挖 |
|---|---|---|---|---|
| | 深度/m | 坑内作业 | 坑上作业 | |
| 一、二类土 | 1.20 | 1：0.33 | 1：0.75 | 1：0.50 |
| 三类土 | 1.50 | 1：0.25 | 1：0.67 | 1：0.33 |
| 四类土 | 2.00 | 1：0.10 | 1：0.33 | 1：0.25 |

表 6-1-5　管沟底部每侧工作面宽度

| 管道结构宽/cm | 混凝土管道基础90° | 混凝土管道基础>90° | 金属管道 | 构筑物 | |
|---|---|---|---|---|---|
| | | | | 无防潮层 | 有防潮层 |
| 50 以内 | 40 | 40 | 30 | 40 | 60 |
| 100 以内 | 50 | 50 | 40 | | |
| 250 以内 | 60 | 50 | 40 | | |

（8）土石方运距应以挖土重心至填土重心或弃土重心最近距离计算，挖土重心、填土重心、弃土重心按施工组织设计确定。如遇下列情况应增加运距。

① 人力及人力车运土、石方上坡坡度在 15％以上，推土机、铲运机重车上坡坡度大于 5％，斜道运距按斜道长度乘以表 6-1-6 中系数。

② 采用人力垂直运输土、石方，垂直深度每米折合水平运距 7m 计算。

③ 拖式铲运机 3m³ 加 27m 转向距离，其余型号铲运机加 45m 转向距离。

表 6-1-6　斜道运距系数

| 项目 | 推土机、铲运机 | | | | 人力及人力车 |
|---|---|---|---|---|---|
| 坡度/％ | 5～10 | 15 以内 | 20 以内 | 25 以内 | 15 以上 |
| 系数 | 1.75 | 2 | 2.25 | 2.5 | 5 |

（9）沟槽、基坑、平整场地和一般土石方的划分：底宽 7m 以内，底长大于底宽 3 倍以上按沟槽计算；底长小于底宽 3 倍以内按基坑计算，其中基坑底面积在 150m² 以内执行基坑定额。厚度在 30cm 以内就地挖、填土按平整场地计算。超过上述范围的土、石方按挖土方和石方计算。

（10）机械挖土方中如需人工辅助开挖（包括切边、修整底边），机械挖土按实挖土方量计算，人工挖土土方量按实套相应定额乘以系数 1.5。

（11）人工装土汽车运土时，汽车运土定额乘以系数 1.1。

（12）土壤及岩石分类见土壤及岩石（普氏）分类，见表 6-1-7。

表 6-1-7　土壤及岩石（普氏）分类表

| 定额分类 | 普式分类 | 土壤及岩石名称 | 天然湿度下平均容重/(kg/m³) | 极限压碎强度/(kg/cm²) | 用轻钻孔机钻进1m耗时/min | 开挖方法及工具 | 紧加固系数（f） |
|---|---|---|---|---|---|---|---|
| 一、二类土壤 | Ⅰ | 砂 | 1500 | | | 用尖锹开挖 | 0.5～0.6 |
| | | 砂壤土 | 1600 | | | | |
| | | 腐殖土 | 1200 | | | | |
| | | 泥炭 | 600 | | | | |
| | Ⅱ | 轻镶土和黄土类土 | 1600 | | | 用锹开挖并少数用镐开挖 | 0.6～0.8 |
| | | 潮湿而松散的黄土，软的盐渍土和碱土 | 1600 | | | | |
| | | 平均 15mm 以内的松散而软的砾石 | 1700 | | | | |
| | | 含有草根的密实腐殖土 | 1400 | | | | |
| | | 含有直径在 30mm 以内根类的泥炭和腐殖土 | 1100 | | | | |
| | | 掺有卵石、碎石和石屑的砂和腐殖土 | 1650 | | | | |
| | | 含有卵石或碎石杂质的胶结成块的填土 | 1750 | | | | |
| | | 含有卵石、碎石和建筑料杂质的砂壤土 | 1900 | | | | |

| 定额分类 | 普式分类 | 土壤及岩石名称 | 天然湿度下平均容重/(kg/m³) | 极限压碎强度/(kg/cm²) | 用轻钻孔机钻进1m耗时/min | 开挖方法及工具 | 紧加固系数(f) |
|---|---|---|---|---|---|---|---|
| 三类土壤 | Ⅲ | 肥黏土,其中包括石炭纪、侏罗纪的黏土和冰黏土 | 1800 | | | 用尖锹并同时用镐开挖(30%) | 0.81~1.0 |
| | | 重壤土、粗砾石,粒径为15~40mm的碎石和卵石 | 1750 | | | | |
| | | 干黄土和掺有碎石或卵石的自然含水量黄土 | 1790 | | | | |
| | | 含有直径大于30mm根类的腐殖土或泥炭 | 1400 | | | | |
| | | 掺有碎石或卵石和建筑碎料的土壤 | 1900 | | | | |
| 四类土壤 | Ⅳ | 土含碎石重黏土,其中包括侏罗纪和石炭纪的硬黏土 | 1950 | | | 用尖锹并同时用镐和撬棍开挖(30%) | 1.0~1.5 |
| | | 含有碎石、卵石、建筑碎料和重达25kg的顽石(总体积10%以内)等杂质的肥黏土和重壤土 | 1950 | | | | |
| | | 冰碛黏土,含有重量在50kg以内的巨砾其含量为总体积的10%以内 | 2000 | | | | |
| | | 泥板岩 | 2000 | | | | |
| | | 不含或含有重量达10kg的顽石 | 1950 | | | | |
| 松石 | Ⅴ | 含有重量在50kg以内的巨砾(占总体积10%以上)的冰碛石 | 2100 | 小于200 | 小于3.5 | 部分用手凿工具、部分用爆破来开挖 | 1.5~2.0 |
| | | 砂藻岩和软白垩岩 | 1800 | | | | |
| | | 胶结力弱的砾岩 | 1900 | | | | |
| | | 各种不坚实的片岩 | 2600 | | | | |
| | | 石膏 | 2200 | | | | |
| 次坚石 | Ⅵ | 凝灰岩和浮石 | 1100 | 200~400 | 3.5 | 用风镐和爆破法来开挖 | 2~4 |
| | | 松软多孔和裂隙严重的石灰岩和介质石灰岩 | 1200 | | | | |
| | | 中等硬变的片岩 | 2700 | | | | |
| | | 中等硬变的泥灰岩 | 2300 | | | | |
| | Ⅶ | 石灰石胶结的带有卵石和沉积岩的砾石 | 2200 | 400~600 | 6.0 | 用爆破法开挖 | 4~6 |
| | | 风化的和有大裂缝的黏土质砂岩 | 2000 | | | | |
| | | 坚实的泥板岩 | 2800 | | | | |
| | | 坚实的泥灰岩 | 2500 | | | | |
| | Ⅷ | 砾质花岗岩 | 2300 | 600~800 | 8.5 | 用爆破方法开挖 | 6~8 |
| | | 泥灰质石灰岩 | 2300 | | | | |
| | | 黏土质砂岩 | 2200 | | | | |
| | | 砂质云母片岩 | 2300 | | | | |
| | | 硬石膏 | 2900 | | | | |

市政工程常用资料备查手册

| 定额分类 | 普式分类 | 土壤及岩石名称 | 天然湿度下平均容重/(kg/m³) | 极限压碎强度/(kg/cm²) | 用轻钻孔机钻进1m耗时/min | 开挖方法及工具 | 紧加固系数(f) |
|---|---|---|---|---|---|---|---|
| 普坚石 | IX | 严重风化的软弱的花岗岩、片麻岩和正长岩 | 2500 | 800~1000 | 11.5 | 用爆破方法开挖 | 8~10 |
| | | 滑石化的蛇纹岩 | 2400 | | | | |
| | | 致密的石灰岩 | 2500 | | | | |
| | | 含有卵石、沉积岩的渣质胶结砾岩 | 2500 | | | | |
| | | 砂岩 | 2500 | | | | |
| | | 砂质石灰质片岩 | 2500 | | | | |
| | | 菱镁矿 | 3000 | | | | |
| | X | 自云石 | 2700 | 1000~1200 | 15.0 | 用爆破方法开挖 | 10~12 |
| | | 坚固的石灰石 | 2700 | | | | |
| | | 大理石 | 2700 | | | | |
| | | 石灰质胶结的致密砾石 | 2600 | | | | |
| | | 坚固砂质片岩 | 2600 | | | | |
| | XI | 粗花岗岩 | 2800 | 1200~1400 | 18.5 | 用爆破方法开挖 | 14~16 |
| | | 非常坚硬的白云岩 | 2900 | | | | |
| | | 蛇纹岩 | 2600 | | | | |
| | | 石灰质胶结的含有火成岩之卵石的砾石 | 2800 | | | | |
| | | 石英胶结的坚固砂岩 | 2700 | | | | |
| | | 粗粒正长岩 | 2700 | | | | |
| | XII | 具有风化痕迹的安山岩和玄武岩 | 2700 | 1400~1600 | 22.0 | 用爆破方法开挖 | 16~18 |
| | | 片麻岩 | 2600 | | | | |
| | | 非常坚固的石灰岩 | 2900 | | | | |
| | | 硅质胶结的含有火成岩之卵石的砾岩 | 2900 | | | | |
| | | 粗石岩 | 2600 | | | | |
| | XIII | 中粒花岗岩 | 3100 | 1600~1800 | 27.5 | 用爆破方法开挖 | 16~18 |
| | | 坚固的片麻岩 | 2800 | | | | |
| | | 辉绿岩 | 2700 | | | | |
| | | 玢岩 | 2500 | | | | |
| | | 坚固的粗面岩 | 2800 | | | | |
| | | 中粒正长岩 | 2800 | | | | |
| | XIV | 非常坚硬的细粒花岗岩 | 3300 | 1800~2000 | 32.5 | 用爆破方法开挖 | 18~20 |
| | | 花岗岩麻岩 | 2900 | | | | |
| | | 闪长石 | 2900 | | | | |
| | | 高硬度的石灰岩 | 3100 | | | | |
| | | 坚固的玢岩 | 2700 | | | | |
| | XV | 安山岩、玄武岩、坚固的角砾岩 | 3100 | 2000~2500 | 46 | 用爆破方法开挖 | 20~25 |
| | | 高硬度的辉绿岩和闪长石 | 2900 | | | | |
| | | 坚固的辉长岩和石英岩 | 2800 | | | | |
| | XVI | 拉长玄武岩和橄榄玄武岩 | 3300 | 大于2500 | 大于60 | 用爆破方法开挖 | 大于25 |
| | | 特别坚固的辉长灰绿岩、石英石和玢岩 | 3000 | | | | |

6　市政土石方工程

## 6.1.3.2　打拔工具桩工程定额计算规则

（1）圆木桩：按设计桩长 $L$（检尺长）和圆木桩小头直径 $D$（检尺径）查《木材、立木材积速算表》，计算圆木桩体积。

（2）钢板桩：以 t 为单位计算。

钢板桩使用费＝钢板桩定额使用量×使用天数×钢板桩使用费标准[元/（t·天）]

（3）凡打断、打弯的桩，均需拔除重打，但不重复计算工程量。

（4）竖、拆打拔桩架次数，按施工组织设计规定计算。如无规定时按打桩的进行方向：双排桩每 100 延长米、单排桩每 200 延长米计算一次，不足一次者均各计算一次。

（5）打拔桩土质类别的划分，见表 6-1-8。

表 6-1-8　打拔桩土质类别划分表

| 土壤级别 | 鉴别方法 | | | | | | | | 每 10m 纯平均沉桩时间 /min | 说　明 |
|---|---|---|---|---|---|---|---|---|---|---|
| | 砂夹层情况 | | | 土壤物理、力学性能 | | | | | | |
| | 砂层连续厚度 /m | 砂粒种类 | 砂层中卵石含量/% | 孔隙比 | 天然含水量 /% | 压缩系数 | 静力触探值 | 动力触探击数 | | |
| 甲级土 | | | | ＞0.8 | ＞30 | ＞0.03 | ＜30 | ＜7 | 15 以内 | 桩经机械作用易沉入的土 |
| 乙级土 | ＜2 | 粉细砂 | | 0.6～0.8 | 25～30 | 0.02～0.03 | 30～60 | 7～15 | 25 以内 | 土壤中夹有较薄的细砂层，桩经机械作用易沉入的土 |

注：本册定额仅列甲、乙级土项目，如遇丙级土时，按乙级土的人工及机械乘以系数 1.43。

## 6.1.3.3　围堰工程定额计算规则

（1）围堰工程分别采用 $m^3$ 和延长米计量。

（2）用 $m^3$ 计算的围堰工程按围堰的施工断面乘以围堰中心线的长度。

（3）以延长米计算的围堰工程按围堰中心线的长度计算。

（4）围堰高度按施工期内的最高临水面加 0.5m 计算。

（5）草袋围堰如使用麻袋、尼龙袋装土其定额消耗量应乘以调整系数，调整系数为装 $1m^3$ 土需用麻袋或尼龙袋数除以 17.86。

## 6.1.3.4　支撑工程定额计算规则

支撑工程按施工组织设计确定的支撑面积 $m^2$ 计算。

## 6.1.3.5　拆除工程定额计算规则

（1）拆除旧路及人行道按实际拆除面积以 $m^2$ 计算。

（2）拆除侧缘石及各类管道按长度以 m 计算。

（3）拆除构筑物及障碍物按体积以 $m^3$ 计算。

（4）伐树、挖树蔸按实挖数以棵计算。

（5）路面凿毛、路面铣刨按施工组织设计的面积以 $m^2$ 计算。铣刨路面厚度＞5cm 须分层铣刨。

## 6.1.3.6　脚手架及其他工程定额计算规则

（1）脚手架工程量按墙面水平边线长度乘以墙面砌筑高度以 $m^2$ 计算。柱形砌体按图示柱结构外围周长另加 3.6m 乘以砌筑高度以 $m^2$ 计算。浇混凝土用仓面脚手按仓面的水平面积以 m² 计算。

（2）轻型井点 50 根为一套；喷射井点 30 根为一套；大口径井点以 10 根为一套。井点使用定额单位为套天，累计根数不足一套者作一套计算，一天系按 24h 计算。井管的安装、拆除以"根"计算。

### 6.1.3.7　护坡、挡土墙工程定额计算规则

（1）块石护底、护坡以不同平面厚度按 m³ 计算。

（2）浆砌料石、预制块的体积按设计断面以 m³ 计算。

（3）浆砌台阶以设计断面的实砌体积计算。

（4）砂石滤沟按设计尺寸以 m³ 计算。

## 6.1.4　土石方工程定额编制说明

表 6-1-9　土石方工程定额编制说明

| 项　目 | | 工 作 内 容 |
|---|---|---|
| 适用范围 | | 《通用项目》是《全统市政定额》的第一册，通用于《全统市政定额》其他专业册（专业册中指明不适用的除外），适用于市政新建、扩建工程，不适用于市政的修理和维护工程 |
| 编制中有关数据的取定 | 人工工日的计算 | 1. 由于修编定额时，《1997 年全国市政工程劳动定额》尚未颁布执行，人工用量主要采用《1985 年全国市政工程统一劳动定额》，包括基本人工和其他用工，并结合市政工程特点，综合计算了人工幅度差。<br>2. 人工幅度差＝∑（基本用工＋超运距用工）×人工幅度差率<br>人工幅度差率为 10%，水平运距为 150m。<br>3. 综合工日＝基本用工＋超运距用工＋人工幅度差＋辅助用工 |
| | 材料用量的计算 | 打拔工具桩、围堰、支撑、井点降水等采用合理的设计和施工方案，按照有关规定在定额内计算了合理的摊销量，其中包括损耗 |
| | 机械 | 凡劳动定额已确定了台班产量的，一律以台班产量计算；劳动定额没有确定台班产量的，以合理的劳动组合按小组产量计算，个别的根据现行定额取定。根据建设部统一要求，取消了定额中的其他机械费和价值在 2000 元以下的机械台班费 |
| | 周转材料的场外运输 | 因各地情况不同，《通用项目》中不包括周转材料的场外运输。周转材料的场外运输，可按各地规定处理 |
| | 其他有关主要问题的说明 | 土石方体积均以天然密实体积（自然方）计算，回填土按碾压后的体积（实方）计算。定额给出了土方体积换算表。有的地区存在大孔隙土，利用大孔隙土挖方作填方时，其挖方量的系数应增加，数值可由各地定额管理部门确定 |
| | | 定额中管道作业坑和沿线各种井室（包括沿线的检查井、雨水井、阀门井和雨水进水口等）所需增加开挖的土方量按有关规定如实计算 |
| | | 定额中所有填土（包括松填、夯填、碾压）均是按就近 5m 内取土考虑的，超过 5m 按以下办法计算：<br>① 就地取余松土或堆积土回填者，除按填方定额执行外，另按运土方定额计算土方费用<br>② 外购土者，应按实计算土方费用 |
| | | 打拔工具桩水上和陆上作业的区分。距岸线 1.5m，是指自岸线向水面方向延伸 1.5m。距岸线 1.5m 以外时均为水上作业；距岸线 1.5m 以内时，水深 1m 以内为陆上作业，水深 1m 以上、2m 以内按水陆各 50% 计算，水深 2m 以上为水上作业。水深以施工期间最高水位为准 |
| | | 侧石、缘石、侧缘石的概念按全国市政工程统一劳动定额附图解释，其拆除水平是按全国统一市政工程劳动定额计算的 |
| | | 定额中的工料机消耗水平是按劳动定额、施工验收规范、合理的施工组织设计以及多数施工企业现有的施工机械装备水平，根据有关规定计算的，在执行中不得因工程的施工方法和工、料、机等用量与定额有出入而调整定额（定额中规定允许调整的除外） |

# 6.2 土石方工程清单计价计算规则

## 6.2.1 土石方工程量计算说明

### 6.2.1.1 土石方工程清单项目的划分与适用范围（表6-2-1、表6-2-2）

表6-2-1 土石方工程各项目所包含的内容

| 项　目 | 内　容 |
|---|---|
| 挖土方 | 挖土方包括挖一般土方、挖沟槽土方、挖基坑土方、竖井挖土方、暗挖土方、挖淤泥 |
| 挖石方 | 挖石方包括挖一般石方、挖沟槽石方、挖基坑石方 |
| 填方及土石方运输 | 填方及土石方运输包括填方、余方弃置、缺方内运 |

表6-2-2 土石方工程各项目适用范围说明

| 项　目 | 内　容 |
|---|---|
| 竖井挖土方 | 在土质隧道、地铁中除用盾构法挖竖井外,其他方法挖竖井土方用此项目 |
| 暗挖土方 | 在土质隧道、地铁中除用盾构掘进和竖井挖土方外,用其他方法挖洞内土方工程用此项目 |
| 填方 | 包括用各种不同的填筑材料填筑的填方均用此项目 |

### 6.2.1.2 土石方工程清单计价工程量计算规则说明（表6-2-3）

表6-2-3 土石方工程清单计价工程量计算规则说明

| 项　目 | 说　明 |
|---|---|
| 体积计算 | 1. 填方以压实（夯实）后的体积计算,挖方以自然密实度体积计算 |
| | 2. 挖一般土石的清单工程量,按原地面线与开挖达到设计要求线间的体积计算 |
| | 3. 挖沟槽和基坑土石方的清单工程量,按原地面线以下构筑物最大水平投影面积乘以挖土深度（原地面平均标高至坑、槽底平均标高的高度）以体积计算,如图6-2-1所示 |
| 市政管网中各种井的井位挖方计算 | 因为沟槽挖方的长度按管网铺设的管道中心线的长度计算,所以管网中的各种井的井位挖方清单工程量必须扣除与管沟重叠部分的方量,如图6-2-2(a)所示只计算斜线部分的土石方量 |
| 填方清单工程量计算 | 1. 道路填方按设计线与原地面线之间的体积计算,如图6-2-2(b)所示 |
| | 2. 沟槽及基坑填方按沟槽或基坑挖方清单工程量减埋入构筑物的体积计算,如有原地面以上填方则再加上这部体积即为填方量 |

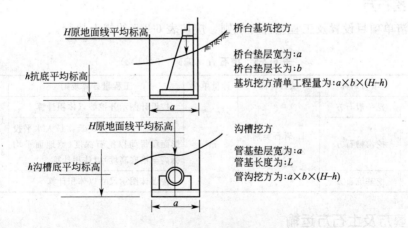

图6-2-1 挖沟槽和基坑土石方

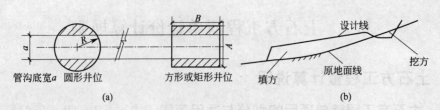

图 6-2-2　井位挖方示意图

## 6.2.2　土石方工程清单项目

### 6.2.2.1　挖土方

工程量清单项目设置及工程量计算规则，应按表 6-2-4 的规定执行。

表 6-2-4　挖土方（编码：040101）

| 项目编码 | 项目名称 | 项目特征 | 计量单位 | 工程量计算规则 | 工程内容 |
|---|---|---|---|---|---|
| 040101001 | 挖一般土方 | 1. 土壤类别<br>2. 挖土深度 | m³ | 按设计图示开挖线以体积计算 | 1. 土方开挖<br>2. 场地找平<br>3. 场内运输<br>4. 平整夯实 |
| 040101002 | 挖沟槽土方 | | | 原地面线以下按构筑物最大水平投影面积乘以挖土深度（原地面平均标高至槽坑底高度）以体积计算 | |
| 040101003 | 挖基坑土方 | | | 原地面线以下按构筑物最大水平投影面积乘以挖土深度（原地面平均标高至坑底高度）以体积计算 | |
| 040101004 | 竖井挖土方 | | | 按设计图示尺寸以体积计算 | 1. 土方开挖<br>2. 围护、支撑<br>3. 场内运输 |
| 040101005 | 暗挖土方 | 土壤类别 | | 按设计图示断面乘以长度以体积计算 | 1. 土方开挖<br>2. 围护、支撑<br>3. 洞内运输<br>4. 场内运输 |
| 040101006 | 挖淤泥 | 挖淤泥深度 | | 按设计图示的位置及界限以体积计算 | 1. 挖淤泥<br>2. 场内运输 |

### 6.2.2.2　挖石方

工程量清单项目设置及工程量计算规则，应按表 6-2-5 的规上执行。

表 6-2-5　挖石方（编码：040102）

| 项目编码 | 项目名称 | 项目特征 | 计量单位 | 工程量计算规则 | 工程内容 |
|---|---|---|---|---|---|
| 040102001 | 挖一般石方 | 1. 岩石类别<br>2. 单孔深度 | m³ | 按设计图示开挖线以体积计算 | 1. 石方开凿<br>2. 围护、支撑<br>3. 场内运输<br>4. 修整底、边 |
| 040102002 | 挖沟槽石方 | | | 原地面线以下按构筑物最大水平投影面积每间以挖石深度（原地面平均标高至槽底高度）以体积计算 | |
| 040102003 | 挖基坑石方 | | | 按设计图示尺寸以体积计算 | |

### 6.2.2.3　填方及土石方运输

工程量清单项目设置及工程量计算规则，应按表 6-2-6 的规定执行。

表 6-2-6　填方及土石方运输（编码：040103）

| 项目编码 | 项目名称 | 项目特征 | 计量单位 | 工程量计算规则 | 工程内容 |
|---|---|---|---|---|---|
| 040103001 | 填方 | 1. 填方材料品种<br>2. 密实度 | m³ | 1. 按设计图示尺寸以体积计算<br>2. 按挖方清单项目工程量减基础、构筑物埋入体积加原地面线至设计要求标高间的体积计算 | 1. 填方<br>2. 压实 |
| 040103002 | 余方弃置 | 1. 废弃料品种<br>2. 运距 | | 按挖方清单项目工程量减利用回填方体积（正数）计算 | 余方点装料运输至缺方点 |
| 040103003 | 缺方内运 | 1. 填方材料品种<br>2. 运距 | | 按挖方清单项目工程量减利用回填方体积（负数）计算 | 取料点装料运输至缺方点 |

# 6.3　土石方工程计算常用数据

## 6.3.1　土的工程性质指标

### 6.3.1.1　土的分类（表 6-3-1、表 6-3-2）

表 6-3-1　土的工程分类

| 土的分类 | 土的级别 | 土的名称 | 坚实系数（f） | 密度/(kg/m³) | 开挖方法及工具 |
|---|---|---|---|---|---|
| 一类土<br>（松软土） | I | 砂；砂质粉土；冲积砂土层；种植土；泥炭（淤泥） | 0.5～0.6 | 600～1500 | 能用锹、锄头挖掘 |
| 二类土<br>（普通土） | II | 粉质黏土；潮湿的黄土；夹有碎石、卵石的砂；种植土；填筑土及砂质粉土 | 0.6～0.8 | 1100～1600 | 用锹、锄头挖掘，少许用镐翻松 |
| 三类土<br>（坚硬土） | III | 软及中等密实黏土；重砂质粉土；粗砾石；干黄土及含碎石、卵石的黄土；粉质黏土；压实的填筑土 | 0.8～1.0 | 1750～1900 | 主要用镐，少许用锹、锄头挖掘，部分用撬棍 |
| 四类土<br>（砂砾坚硬土） | IV | 重黏土及含碎石、卵石的黏土；粗卵石、密实的黄土；天然级配砂石；软泥灰岩及蛋白石 | 1.0～1.5 | 1900 | 整个用镐、撬棍，然后用锹挖掘，部分用楔子及大锤 |
| 五类土<br>（软石） | V～VI | 硬石炭纪黏土；中等密实的页岩；泥灰岩；白垩土；胶结不紧的砾岩；软的石灰岩 | 1.5～4.0 | 1100～2700 | 用镐或撬棍，大锤挖掘，部分使用爆破方法 |
| 六类土<br>（次坚石） | VII～IX | 泥岩；砂岩；砾岩；坚实的页岩；泥灰岩；密实的石灰岩；风化的花岗岩；片麻岩 | 4.0～10 | 2200～2900 | 用爆破方法开挖，部分用风镐 |
| 七类土<br>（坚石） | X～XIII | 大理岩；辉绿岩；玢岩；粗、中粒花岗岩；坚实的石云岩；砂岩；砾岩；片麻岩；石灰岩；风化痕迹的安山岩；玄武岩 | 10～18 | 2500～3100 | 用爆破方法开挖 |
| 八类土<br>（特坚石） | XIV～XVI | 安山岩；玄武岩，花岗片麻岩；坚实的细粒花岗岩；闪长岩；石英岩；辉长岩；辉绿岩；玢岩 | 18～25 以上 | 2700～3300 | 用爆破方法开挖 |

注：1. 土的级别为相当于一般 16 级土石分类级别。

2. 坚实系数 f 为相当于普氏岩石强度系数。

表 6-3-2　挖土土壤分类

| 土壤分类 | 土 壤 名 称 | 鉴 别 方 法 |
|---|---|---|
| Ⅰ类土 | 略有黏性的砂土、腐殖土及疏松的种植土,泥炭 | 用锹或锄挖掘 |
| Ⅱ类土 | 潮湿的黏土和黄土,含有碎石、卵石及建筑材料碎屑的堆积土和种植土,软的盐土和碱土 | 主要用锹或锄挖掘,需要脚踏,少许用镐刨松 |
| Ⅲ类土 | 中等密实的黏性土及黄土,含有碎石、卵石或建筑材料碎屑的潮湿黏性或黄土 | 主要用镐刨松才能用锹挖掘 |
| Ⅳ类土 | 坚硬密实的黏性土和黄土,含有碎石、卵石(体积 10%～30%,石块质量≤25kg)中等密实的黏性土和黄土,硬化的重盐土 | 全部用镐刨,少许用撬棒挖掘 |

注:对天然土按施工开挖的难易程度来分类。

## 6.3.1.2　土的基本物理参数（表 6-3-3～表 6-3-6）

表 6-3-3　土的粒径范围及一般特征

| 体系 | 粒组 | 粒径范围 | 一 般 特 征 |
|---|---|---|---|
| 巨粒组 | 漂石(块石)颗粒 | ＞200mm | 透气性很大,无黏性、无毛细水 |
| | 卵石(碎石)颗粒 | 200～60mm | |
| 粗粒组 | 圆砾(角砾)颗粒 | 2～60mm | 透水性大,无黏性,毛细水上升高度不超过粒径的大小 |
| | 砂粒 | 0.074～2mm | 易透水,当混入云母等杂质时透水性减小,而压缩性增加,无黏性,遇水不膨胀,干燥时松散,毛细水上升高度不大,随粒径变小而增大 |
| 细粒组 | 粉粒 | 0.005～0.074mm | 透水性小,湿时稍有黏性,遇水膨胀小,干时稍有收缩,毛细水上升高度较大且较快,极易出现冻胀现象 |
| | 黏粒 | ＜0.005mm | 透水性很小,湿时有黏性,可塑性,遇水膨胀大,干时收缩显著,毛细水上升高度大,但速度较慢 |

表 6-3-4　土的可松系数

| 土的名称 | 体积增加百分比 | | 可松性系数 | |
|---|---|---|---|---|
| | 最初 | 最后 | $K_1$ | $K_2$ |
| 砂土、粉土 | 8～17 | 1～2.5 | 1.08～1.17 | 1.01～1.13 |
| 种植土、淤泥、淤泥质土 | 20～30 | 3～4 | 1.20～1.30 | 1.03～1.04 |
| 粉质黏土、潮湿黄土、砂土(或粉土)、混碎(卵)石、填土 | 14～28 | 1.5～5 | 1.14～1.28 | 1.02～1.05 |
| 黏土、砾石土、干黄土、黄土(或粉质黏土)、混碎(卵)石、压实填土 | 24～30 | 4～7 | 1.24～1.30 | 1.04～1.07 |
| 黏土、黏土混碎(卵)石、卵石土、密实黄土 | 26～32 | 6～9 | 1.26～1.32 | 1.06～1.09 |
| 泥灰岩 | 33～37 | 11～15 | 1.26～1.32 | 1.11～1.15 |
| 软质岩土、次硬质岩石 | 30～45 | 10～20 | 1.30～1.45 | 1.10～1.20 |
| 硬质岩石 | 45～50 | 20～30 | 1.45～1.50 | 1.20～1.30 |

表 6-3-5　土的相对密度

| 土的名称 | 砂土 | 一般黏性土 | | |
|---|---|---|---|---|
| | | 黏质粉土 | 粉质黏土 | 黏土 |
| 土的相对密度 | 2.65～2.69 | 2.70～2.7 | 12.72～2.73 | 2.74～2.76 |

注:天然状态下土的密度变化幅度较大。一般黏性土 $\rho=1.8\sim2.0 \text{g/cm}^3$;砂土 $\rho=1.6\sim2.0 \text{g/cm}^3$;腐殖土为 $\rho=1.5\sim1.7 \text{ g/cm}^3$。

表 6-3-6　土的三相比指标及推导换算

| 特征指标 | 名称 | 符号 | 三相比例表达式 | 常用换算公式 | 单位 | 常见的数值范围 |
|---|---|---|---|---|---|---|
| 孔隙 | 孔隙率 | $n$ | $n=(V_u/V)\times100\%$ | $n=e/(1+e)$ $=1-(\gamma_d/G)$ | % | 一般黏土:30%～60% 砂土:25%～45% |
| | 孔隙比 | $e$ | $e=V_u/V_s$ | $e=(G/\gamma_d)-1$ $e=[G(1+W)](1/\gamma)-1$ | | 一般黏土:0.4～1.2 砂土:0.3～0.9 |
| 含水 | 含水量 | $W$ | $W=(W_w/W)\times100\%$ | $W=S_r/G_w=(\gamma/\gamma_d)-1$ | % | 20%～60% |
| | 饱和度 | $S_r$ | $S_r=(V_w/V_u)\times100\%$ | $S_r=W_G/e$ $S_r=W_\gamma d/n$ | % | 1%～100% |
| 质量 | 重度 | $\gamma$ | $\gamma=W/V$ | $\gamma=\gamma_d(1+W)$ $\gamma=(G+S_re)/(1+e)$ | kN/m³ | 16～20 |
| | 饱和重度 | $\gamma_{sat}$ | $\gamma_{sat}=(W_s+V_u\gamma_w)/V$ | $\gamma_{sat}=(G+e)/(1+e)$ | kN/m³ | 18～23 |
| | 浮重度 | $\gamma'$ | $\gamma'=(W_s-V_s\gamma_w)/V$ | $\gamma'=\gamma_{sat}-1$ $\gamma'=(G-1)/(1+e)$ | kN/m³ | 13～18 |
| | 干重度 | $\gamma_d$ | $\gamma_d=W_s/V$ | $\gamma_d=\gamma/(1+W)$ $\gamma_d=G/(1+e)$ | kN/m³ | 13～18 |
| | 相对密度 | $G$ | $G=(W_s/V_s)\times(1/\gamma_{WL})$ | $G=S_re/W$ | | 一般黏土:2.7～2.76 砂土:2.65～2.69 |

注:1. 表中各符号的意义分别为:$V_u$为土中气的体积;$V_w$为土中水的体积;$V_s$为土粒体积;$V_n$为土中孔隙体积;$V_n=V_u+V_w$;$V$为土的总体积,$V=V_u+V_w+V_s$;$W_w$为土中水的质量;$W_s$为土粒质量;$W$为土的总质量;$W=W_w+W_s$。

2. 土的三相组成部分的质量和体积之间的比例关系,随着各种条件变化而改变。这些变化都可以通过相应指标的具体数字反映出来。表示土的三相组成的比例关系的指标,包括土质组成颗粒含量、土质不均匀系数、含水量、孔隙率、孔隙比等。

3. 本列表指标中,重度 $\gamma$、土粒相对密度 $G$、含水量 $W$ 这三个指标能通过试验方法测定所得或测定后计算求得,称为基本指标;而其余孔隙率 $n$、孔隙比 $e$、饱和度 $S_r$、干重度 $\gamma_d$、饱和重度 $\gamma_{sat}$,及浮重度 $\gamma'$ 六个指标称为导出指标。

## 6.3.1.3　野外现场鉴别土质的方法（表 6-3-7～表 6-3-9）

表 6-3-7　人工填土、淤泥、黄土、泥炭现场鉴别方法

| 土的名称 | 观察颜色 | 夹杂物质 | 形状(构造) | 浸入水中的现象 | 湿土搓条情况 | 干燥后强度 |
|---|---|---|---|---|---|---|
| 人工填土 | 无固定颜色 | 砖瓦碎块、垃圾、炉灰等 | 夹杂物显露于外,构造无规律 | 大部分变为稀软淤泥,其余部分为碎瓦、炉渣,在水中单独出现 | 一般能搓成3mm土条,但易断,遇有杂质较多时,就不能搓条 | 干燥后部分杂质脱落,故无定形,稍微施加压力即行破碎 |
| 淤泥 | 灰黑色有臭味 | 池沼中有半腐朽的细小动植物遗体,如草根、小螺壳等 | 夹杂物经仔细观察可以发觉,构造常呈层状,但有时不明显 | 外观无显著变化,在水面出现气泡 | 一般淤泥质土接近于粉土,故能搓成3mm土条(长至少30mm),容易断裂 | 干燥后体积显著收缩,强度不大,锤击时呈粉末状,用手指能捻碎 |
| 黄土 | 黄褐两色的混合色 | 有白色粉末出现在纹理之中 | 夹杂物质常清晰显见,构造上有垂直大孔(肉眼可见) | 即行崩散而成分散的颗粒集团,在水面上出现很多白色液体 | 搓条情况与正常的粉质黏土类似 | 一般黄土相当于粉质黏土,干燥后的强度很高,手指不易捻碎 |
| 泥炭 (腐殖土) | 深灰或黑色 | 有半腐朽的动植物遗体,其含量超过60% | 夹杂物有时可见,构造无规律 | 极易崩碎,变为稀软淤泥,其余部分为植物根、动物残体渣滓悬浮于水中 | 一般能搓成1～3mm土条,但残渣较多时,仅能搓成3mm以上土条 | 干燥后大量收缩,部分杂质脱落。故有时无定形 |

注:1. 淤泥——指在静水或缓慢的流水环境中沉积,并经过生物化学作用形成,其天然含水量大于液限的黏性土。

流砂——在土方工程施工过程中,当土方挖到地下水位以下,有时底面和侧面的土形成流动状态,随地下水一起涌出的现象。

挖淤泥、流砂要按照施工组织设计中施工组织采用的排水机械,另行计算所需排水费用。

2. 当土的有机质含量大于 5% 时称为有机质土;大于 60% 时则称泥炭土。

3. 土粒相对密度（$G$）:土粒的质量与同体积的 4℃水的质量之比（用比重瓶法）称为土粒的相对密度,其常见的数值范围为一般黏土 2.7～2.76,砂土 2.65～2.69。

表 6-3-8  黏性土现场鉴别方法

| 土的名称 | 润湿时用刀切 | 湿土用手捻摸的感觉 | 土的状态 | | 湿土搓条情况 |
|---|---|---|---|---|---|
| | | | 干土 | 湿土 | |
| 黏土 | 切面光滑，有粘刀阻力 | 有滑腻感，感觉不到有砂粒，水分较大，很粘手 | 土块坚硬，用锤才能打碎 | 易粘着物体，干燥后不易剥去 | 塑性大，能搓成直径小于0.5mm的长条（长度不短于手掌），手持一端不易断裂 |
| 粉质黏土 | 稍有光滑面，切面平整 | 稍有滑腻感，有黏滞感，感觉到有少量砂粒 | 土块用力可压碎 | 能粘着物体，干燥后较易剥去 | 有塑性，能搓成直径为2～3mm的土条 |
| 粉土 | 无光滑面，切面稍粗糙 | 有轻微黏滞感或无黏滞感，感觉到有砂粒较多、粗糙 | 土块用手捏或抛扔时易碎 | 不易粘着物体，干燥后一碰就掉 | 塑性小，能搓成直径为2～3mm的短条 |
| 砂土 | 无光滑面，切面粗糙 | 无黏滞感，感觉到全是砂粒、粗糙 | 松散 | 不能粘着物体 | 无塑性，不能搓成土条 |

注：1. 干、湿土的划分首先以地质勘察资料和土质分析报告为准，含水率≥25％为湿土；以地下常水位为准划分界线，而不是以承压水位为划分界线。通常地下常水位以上为干土，常水位以下部分为湿土。地下常水位的确定：地下常水位由地质勘测资料提供或实际测定，凡在地下常水位以下挖土，均按湿土计算。

2. 土的天然含水量（W）：是标志土的湿度的一个重要物理指标；土中水的重量和土中土粒质量比值称（烘干法）为含水量，用百分数表示。一般说来，同一类土，当其含水量增大时，其强度降低。

3. 土壤含水量超过25％以上时，由于土壤密度增加和对机具的黏附作用，挖运湿土时，人工和机械乘以系数1.18。

4. 上方工程量按计算规则计算，有干、湿土时，应分别计算工程量。

5. 采用井点降水的土方应按干土计算。

表 6-3-9  碎石土密实度现场鉴别方法

| 密实度 | 骨架颗粒含量和排列 | 可 挖 性 | 可 钻 性 |
|---|---|---|---|
| 密实 | 骨架颗粒含量大于总重的70％，呈交错排列，连续接触 | 锹镐挖掘困难，用撬棍方能松动，井壁一般较稳定 | 钻进极困难，冲击钻探时，钻杆、吊锤跳动剧烈，孔壁较稳定 |
| 中密 | 骨架颗粒含量等于总重的60％～70％，呈交错排列，大部分接触 | 锹镐可挖掘，井壁有掉块现象，从井壁取出大颗粒处，能保持颗粒凹面形状 | 钻进较困难，冲击钻探时，钻杆、吊锤跳动不剧烈，孔壁有坍塌现象 |
| 稍密 | 骨架颗粒含量等于总重的55％～60％，排列混乱，大部分不接触 | 锹可以挖掘，井壁易坍塌，从井壁取出大颗粒后砂土立即坍落 | 钻进较容易，冲击钻探时，钻杆稍有跳动孔壁易坍塌 |
| 松散 | 骨架颗粒含量小于总重的55％，排列十分混乱，绝大部分不接触 | 锹易挖掘，井壁极易坍塌 | 钻进很容易，冲击钻探时，钻杆无跳动，孔壁极易坍塌 |

注：1. 骨架颗粒系指与相应粒径的颗粒。

2. 碎石土的密实度应按表列各项要求综合确定。

## 6.3.1.4  土的内摩擦角、摩擦系数、黏聚力（表 6-3-10）

表 6-3-10  土的内摩擦角、摩擦系数、黏聚力

| 土的名称 | 内摩擦角 $\varepsilon/(°)$ | 摩擦系数 $f=\tan\varepsilon$ | 黏聚力 $C/MPa$ |
|---|---|---|---|
| 粗砂 | 33～38 | 0.65～0.78 | — |
| 中砂 | 25～33 | 0.47～0.65 | — |
| 细砂、粉砂 | 20～25 | 0.36～0.47 | — |
| 干杂砂土 | 17～22 | 0.31～0.40 | 0.10～0.20 |
| 湿杂砂土 | 17～22 | 0.31～0.40 | 0.05～0.10 |
| 干杂黏土 | 10～30 | 0.12～0.58 | 0.02～0.05 |
| 湿杂黏土 | 10～20 | 0.12～0.36 | 0.01～0.05 |
| 极湿杂黏土 | 13～17 | 0.23～0.31 | 0.25～0.40 |
| 干黏土 | 13～17 | 0.23～0.31 | 0.05～0.10 |
| 湿黏土 | 13～17 | 0.23～0.31 | 0.05～0.20 |
| 极湿黏土 | 0～10 | 0～0.12 | 0.60～1.00 |
| 淤泥 | 0～10 | 0～0.12 | 0.02 |

6  市政土石方工程

## 6.3.2  土石方挖方计算常用数据

### 6.3.2.1  挖沟槽土石方工程量计算

外墙沟槽：$V_{挖}=S_{断}L_{外中}$

内墙沟槽：$V_{挖}=S_{断}L_{基底净长}$

管道沟槽：$V_{挖}=S_{断}L_{中}$

其中，沟槽断面主要有如下几种形式。

(1) 钢筋混凝土基础有垫层时

① 两面放坡 [图 6-3-1(a)]：

$$S_{断}=(b+2c+mh)h+(b'+2\times0.1)h' \tag{6-3-1}$$

② 不放坡无挡土板 [图 6-3-1(b)]：

$$S_{断}=(b+2c)h+(b'+2\times0.1)\times h' \tag{6-3-2}$$

③ 不放坡加两面挡土板 [图 6-3-1—(c)]：

$$S_{断}=(b+2c+2\times0.1)h+(b'+2\times0.1)h' \tag{6-3-3}$$

④ 一面放坡一面挡土板 [图 6-3-1(d)]：

$$S_{断}=(b+2c+0.1+0.5mh)h+(b'+2\times0.1)h' \tag{6-3-4}$$

式中，$S_{断}$ 为沟槽断面面积；$m$ 为放坡系数；$c$ 为工作面宽度；$h$ 为从室外设计地面至基底深度，即垫层上基槽开挖深度；$h'$ 为基础垫层高度；$b$ 为基础底面宽度；$b'$ 为垫层宽度。

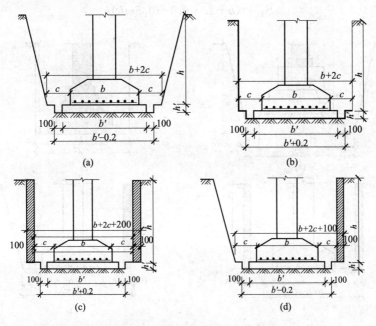

图 6-3-1  钢筋混凝土基础有垫层下的沟槽断面示意图

(2) 基础有其他垫层时

① 两面放坡 [图 6-3-2(a)]：

$$S_{断}=(b'+mh)h+b'h' \tag{6-3-5}$$

② 不放坡无挡土板 [图 6-3-2(b)]：

$$S_{断}=b'(h+h') \tag{6-3-6}$$

式中，符号意义同前。

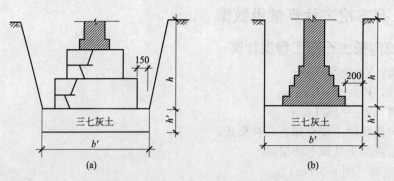

图 6-3-2　基础有其他垫层下的沟槽断面示意图

（3）基础无垫层时

① 两面放坡［图 6-3-3(a)］：

$$S_断 = [(b+2c)+mh]h \tag{6-3-7}$$

② 不放坡无挡土板［图 6-3-3(b)］：

$$S_断 = (b+2c)h \tag{6-3-8}$$

③ 不放坡加两面挡土板［图 6-3-3(c)］：

$$S_断 = (b+2c+2\times0.1)h \tag{6-3-9}$$

④ 一面放坡一面挡土板［图 6-3-3(d)］：

$$S_断 = (b+2c+0.1+0.5mh)h \tag{6-3-10}$$

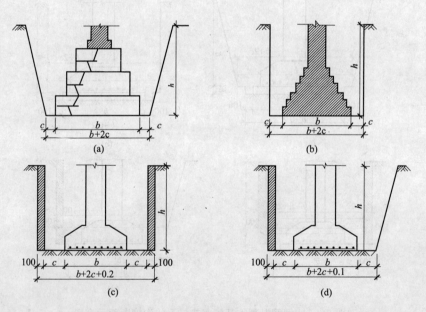

图 6-3-3　基础无垫层时沟槽断面示意图

### 6.3.2.2　边坡土方工程量计算

土方开挖和回填时，应修筑适当的边坡。若边坡高度较大，可在满足土体稳定的条件下，根据不同的土层及其所受的压力，将边坡修成折线形，如图 6-3-4 所示，以减小土方工程量。

边坡的坡度系数（边坡宽度∶边坡高度）根据不同的填挖高度（深度）、土的物理性质和工程重要性，在设计文件中应有明确的规定。常用的挖方边坡坡度和填方高度限值，见表表 6-3-11、表 6-3-12。

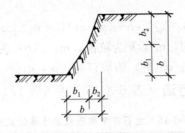

图 6-3-4　土体边坡表示方法

**表 6-3-11　水文地质条件良好时永久性土工构筑物挖方的边坡坡度**

| 序号 | 挖 方 性 质 | 边坡坡度 |
|---|---|---|
| 1 | 在天然湿度、层理均匀、不易膨胀的黏土、粉质黏土、粉土和砂土（不包括细砂、粉砂）内挖方，深度不超过 3m | 1：1.25～1：1 |
| 2 | 土质同上，深度为 3～12m | 1：1.50～1：1.25 |
| 3 | 干燥地区内土质结构未经破坏的干燥黄土及类黄土，深度不超过 12m | 1：1.25～1：0.1 |
| 4 | 在碎石和泥灰岩土内的挖方，深度不超过 12m，根据土的性质、层理特性和挖方深度确定 | 1：1.5～1：0.5 |

**表 6-3-12　填方边坡为 1：1.5 时的高度限值**

| 序号 | 土的种类 | 填方高度/m | 项次 | 土的种类 | 填方高度/m |
|---|---|---|---|---|---|
| 1 | 黏土类土、黄土、类黄土 | 6 | 4 | 中砂和粗砂 | 10 |
| 2 | 粉质黏土、泥灰岩土 | 6～7 | 5 | 砾石和碎石土 | 10～12 |
| 3 | 粉土 | 6～8 | 6 | 易风化的岩石 | 12 |

## 6.3.2.3　石方开挖爆破每立方米耗炸药量

**表 6-3-13　石方开挖爆破每立方米耗炸药量**　　　　　单位：kg

| 炮眼种类 | | 炮眼耗药量 | | | | 平眼及隧洞耗药量 | | | |
|---|---|---|---|---|---|---|---|---|---|
| 炮眼深度/m | | 1～1.5 | | 1.5～2.5 | | 1～1.5 | | 1.5～2.5 | |
| 岩石种类 | | 软石 | 坚石 | 软石 | 坚石 | 软石 | 坚石 | 软石 | 坚石 |
| 炸药种类 | 梯恩梯 | 0.30 | 0.25 | 0.35 | 0.30 | 0.35 | 0.30 | 0.40 | 0.35 |
| | 露天铵梯 | 0.40 | 0.35 | 0.45 | 0.40 | 0.45 | 0.40 | 0.50 | 0.45 |
| | 岩石铵梯 | 0.45 | 0.40 | 0.48 | 0.45 | 0.50 | 0.48 | 0.53 | 0.50 |
| | 黑炸药 | 0.50 | 0.55 | 0.55 | 0.60 | 0.55 | 0.60 | 0.65 | 0.68 |

## 6.3.2.4　路灯安设土方工程量计算

（1）无底盘、卡盘的电杆坑，其挖方体积：

$$V = 1.8 \times 0.8h \tag{6-3-11}$$

式中，$h$ 为坑深，m。

（2）电杆坑的马道土、石方量按每坑 $0.2m^3$ 计算。

（3）施工操作工作面按底接盘底宽每边增加 0.1m 计。

（4）各类土质的放坡系数见表 6-3-14。

**表 6-3-14　各类土质放坡系数**

| 土质 | 普通土 | 坚土 | 松沙石 | 泥水、流沙、岩石 |
|---|---|---|---|---|
| 放坡系数 | 1：0.3 | 1：0.25 | 1：0.2 | 不放坡 |

(5) 冻土厚度大于 300mm 者，冻土层的挖方量按挖坚土定额乘以 2.5 系数。其他土层仍按土质性质套用定额。

(6) 土方量计算公式：

$$V=(h/6)\times[ab+(a-a_1)(b+b_1)+a_1b_1] \tag{6-3-12}$$

式中，$V$ 为土（石）方体积，$m^3$；$h$ 为坑深，m；$a(b)$ 为坑底宽，m，$a(b)=$ 底拉盘底宽 $+2\times$ 每边操作工作面宽度；$a_1(b_1)$ 为坑口宽，m，$a_1(b_1)=a(b)+2h\times$ 边坡系数。

### 6.3.2.5　大型土石方计算方法（表 6-3-15～表 6-3-17）

表 6-3-15　土石方常用横截面计算公式表

| 序号 | 图示 | 横截面积($F$)计算公式 |
|---|---|---|
| 1 | 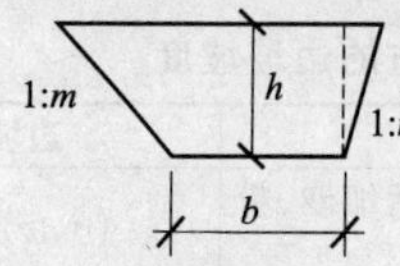 | $F=h(b+nh)$ |
| 2 | 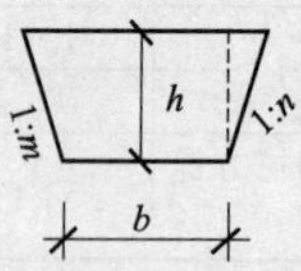 | $F=h\left[b+\dfrac{h(m+n)}{2}\right]$ |
| 3 | 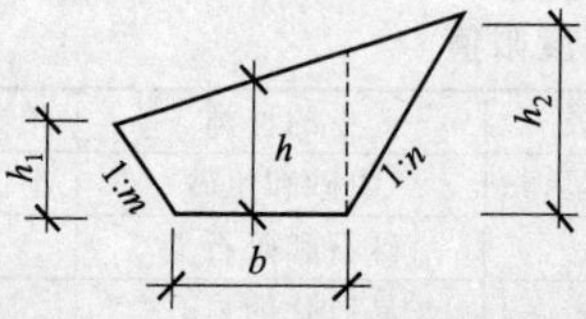 | $F=b\dfrac{h_1+h_2}{2}+nh_1h_2$ |
| 4 | 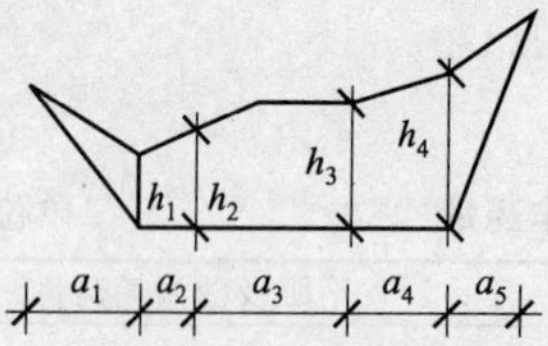 | $F=h_1\dfrac{a_1+a_2}{2}+h_2\dfrac{a_2+a_3}{2}+h_3\dfrac{a_3+a_4}{2}+h_4\dfrac{a_4+a_5}{2}$ |
| 5 | 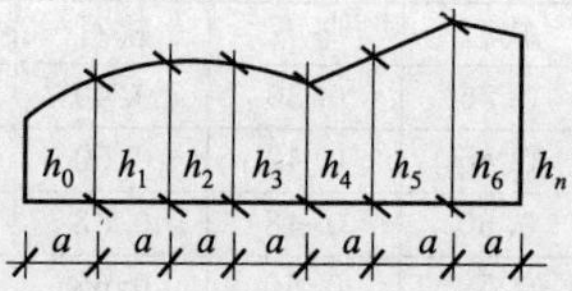 | $F=\dfrac{1}{2}a(h_0+2h+h_n)$<br>$h=h_1+h_2+h_3+\cdots+h_n$ |

表 6-3-16　土方体积计算公式表

| 序号 | 图示 | 体积($V$)计算公式 |
|---|---|---|
| 1 | 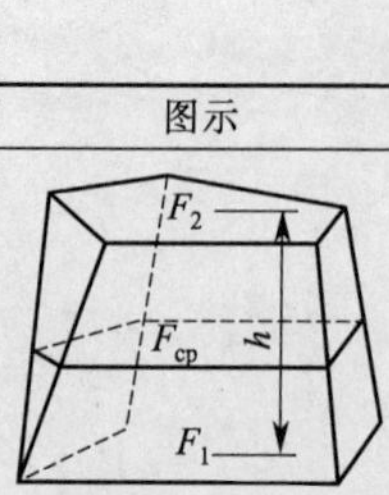 | $V=\dfrac{h}{6}(F_1+F_2+4F_{cp})$ |
| 2 | 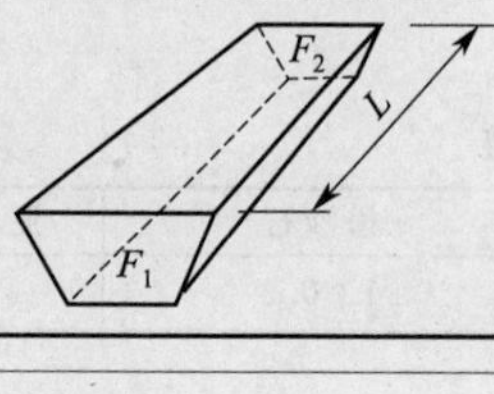 | $V=\dfrac{F_1+F_2}{2}L$ |

| 序号 | 图示 | 体积(V)计算公式 |
|---|---|---|
| 3 | 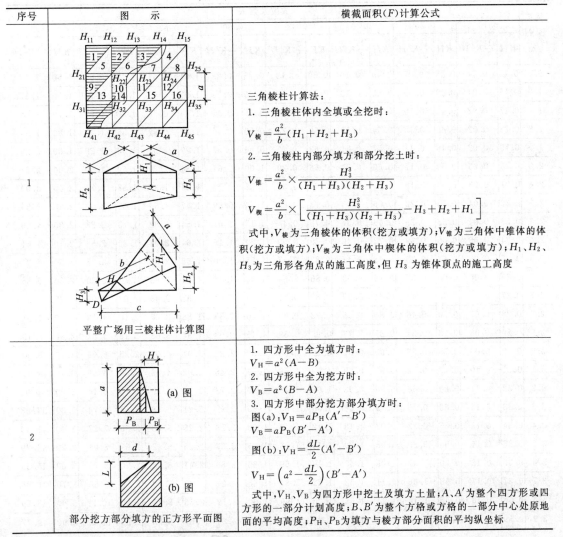 | $V = F_{cp}L$ |
| 4 | | $V = \left[\dfrac{F_1+F_2}{2} - \dfrac{n(H-h)^2}{6}\right] \times L$<br><br>若边坡 $n=1.5$ 时，<br><br>$V = \left[\dfrac{F_1+F_2}{2} - \dfrac{(H-h)^2}{2}\right] \times L$<br><br>$V = \left[F_{cp} + \dfrac{n(H-h)^2}{12}\right] \times L$<br><br>若边坡 $n=1.5$ 时，<br><br>$V = \left[F_{cp} + \dfrac{(H-h)^2}{8}\right] \times L$ |

**表 6-3-17　广场土方计算公式表**

| 序号 | 图　示 | 横截面积(F)计算公式 |
|---|---|---|
| 1 | | 三角棱柱计算法：<br>1. 三角棱柱体内全填或全挖时：<br><br>$V_{棱} = \dfrac{a^2}{b}(H_1+H_2+H_3)$<br><br>2. 三角棱柱内部分填方和部分挖土时：<br><br>$V_{锥} = \dfrac{a^2}{b} \times \dfrac{H_3^3}{(H_1+H_3)(H_2+H_3)}$<br><br>$V_{楔} = \dfrac{a^2}{b} \times \left[\dfrac{H_3^3}{(H_1+H_3)(H_2+H_3)} - H_3 + H_2 + H_1\right]$<br><br>式中，$V_{棱}$ 为三角棱体的体积(挖方或填方)；$V_{锥}$ 为三角体中锥体的体积(挖方或填方)；$V_{楔}$ 为三角体中楔体的体积(挖方或填方)；$H_1$、$H_2$、$H_3$ 为三角形各角点的施工高度，但 $H_3$ 为锥体顶点的施工高度 |
| | 平整广场用三棱柱体计算图 | |
| 2 | | 1. 四方形中全为填方时：<br>$V_H = a^2(A-B)$<br>2. 四方形中全为挖方时：<br>$V_B = a^2(B-A)$<br>3. 四方形中部分挖方部分填方时：<br>图(a)：$V_H = aP_H(A'-B')$<br>$V_B = aP_B(B'-A')$<br><br>图(b)：$V_H = \dfrac{dL}{2}(A'-B')$<br><br>$V_H = \left(a^2 - \dfrac{dL}{2}\right)(B'-A')$<br><br>式中，$V_H$、$V_B$ 为四方形中挖土及填方土量；$A$、$A'$ 为整个四方形或四方形的一部分计划高度；$B$、$B'$ 为整个方格或方格的一部分中心处原地面的平均高度；$P_H$、$P_B$ 为填方与棱方部分面积的平均纵坐标 |
| | 部分挖方部分填方的正方形平面图 | |

市政工程常用资料备查手册

| 序号 | 图　示 | 横截面积（F）计算公式 |
|---|---|---|
| 3 | 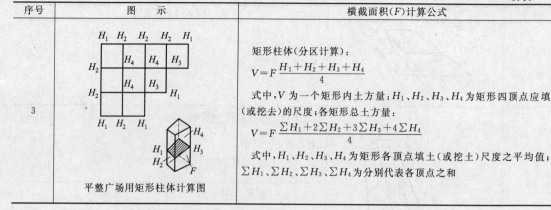<br>平整广场用矩形柱体计算图 | 矩形柱体（分区计算）：<br>$$V=F\dfrac{H_1+H_2+H_3+H_4}{4}$$<br>式中，$V$ 为一个矩形内土方量；$H_1$、$H_2$、$H_3$、$H_4$ 为矩形四顶点应填（或挖去）的尺度；各矩形总土方量：<br>$$V=F\dfrac{\sum H_1+2\sum H_2+3\sum H_3+4\sum H_4}{4}$$<br>式中，$H_1$、$H_2$、$H_3$、$H_4$ 为矩形各顶点填土（或挖土）尺度之平均值；$\sum H_1$、$\sum H_2$、$\sum H_3$、$\sum H_4$ 为分别代表各顶点之和 |

### 6.3.2.6　基坑放坡宽度及四角锥体积（表6-3-18）

**表6-3-18　基坑放坡宽度 $KH$（m）及四角锥体积 $\frac{1}{3}K^2H^3$**　　　　单位：$m^3$

| 基坑深 $H$ /m | 放坡系数 $K$ | | | | | | | | | | | | | | | |
|---|---|---|---|---|---|---|---|---|---|---|---|---|---|---|---|---|
| | 0.10 | | 0.25 | | 0.30 | | 0.33 | | 0.50 | | 0.67 | | 0.75 | | 1.00 | |
| | $KH$ | $\frac{1}{3}K^2H^3$ | $KH$ | $\frac{1}{3}K^2H^3$ | $KH$ | $\frac{1}{3}K^2H^3$ | $KH$ | $\frac{1}{3}K^2H^3$ | $KH$ | $\frac{1}{3}K^2H^3$ | $KH$ | $\frac{1}{3}K^2H^3$ | $KH$ | $\frac{1}{3}K^2H^3$ | $KH$ | $\frac{1}{3}K^2H^3$ |
| 1.5 | 0.15 | 0.01 | 0.38 | 0.07 | 0.45 | 0.10 | 0.50 | 0.12 | 0.75 | 0.28 | 1.01 | 0.51 | 1.13 | 0.63 | 1.50 | 1.13 |
| 1.6 | 0.16 | 0.01 | 0.40 | 0.09 | 0.48 | 0.12 | 0.53 | 0.15 | 0.80 | 0.34 | 1.07 | 0.61 | 1.20 | 0.77 | 1.60 | 1.37 |
| 1.7 | 0.17 | 0.02 | 0.43 | 0.10 | 0.51 | 0.15 | 0.56 | 0.18 | 0.85 | 0.41 | 1.14 | 0.74 | 1.28 | 0.92 | 1.70 | 1.64 |
| 1.8 | 0.18 | 0.02 | 0.45 | 0.12 | 0.54 | 0.18 | 0.59 | 0.21 | 0.90 | 0.49 | 1.21 | 0.87 | 1.35 | 1.09 | 1.80 | 1.94 |
| 1.9 | 0.19 | 0.02 | 0.48 | 0.14 | 0.57 | 0.21 | 0.63 | 0.25 | 0.95 | 0.57 | 1.27 | 1.03 | 1.43 | 1.29 | 1.90 | 2.29 |
| 2.0 | 0.20 | 0.03 | 0.50 | 0.17 | 0.60 | 0.24 | 0.66 | 0.29 | 1.00 | 0.67 | 1.34 | 1.20 | 1.50 | 1.50 | 2.00 | 2.67 |
| 2.1 | 0.21 | 0.03 | 0.53 | 0.19 | 0.63 | 0.28 | 0.69 | 0.34 | 1.05 | 0.77 | 1.41 | 1.39 | 1.58 | 1.74 | 2.10 | 3.09 |
| 2.2 | 0.22 | 0.04 | 0.55 | 0.22 | 0.66 | 0.32 | 0.73 | 0.39 | 1.10 | 0.89 | 1.47 | 1.59 | 1.65 | 2.00 | 2.20 | 3.55 |
| 2.3 | 0.23 | 0.04 | 0.58 | 0.25 | 0.69 | 0.37 | 0.76 | 0.44 | 1.15 | 1.01 | 1.54 | 1.82 | 1.73 | 2.28 | 2.30 | 4.06 |
| 2.4 | 0.24 | 0.05 | 0.60 | 0.29 | 0.72 | 0.42 | 0.79 | 0.50 | 1.20 | 1.15 | 1.61 | 2.07 | 1.80 | 2.59 | 2.40 | 4.61 |
| 2.5 | 0.25 | 0.05 | 0.63 | 0.33 | 0.75 | 0.47 | 0.83 | 0.57 | 1.25 | 1.30 | 1.68 | 2.34 | 1.88 | 2.93 | 2.50 | 5.21 |
| 2.6 | 0.26 | 0.06 | 0.65 | 0.37 | 0.78 | 0.53 | 0.86 | 0.64 | 1.30 | 1.46 | 1.74 | 2.63 | 1.915 | 3.30 | 2.60 | 5.86 |
| 2.7 | 0.27 | 0.07 | 0.68 | 0.41 | 0.81 | 0.59 | 0.89 | 0.71 | 1.35 | 1.64 | 1.81 | 2.95 | 2.03 | 3.69 | 2.70 | 6.56 |
| 2.8 | 0.28 | 0.07 | 0.70 | 0.46 | 0.84 | 0.66 | 0.92 | 0.80 | 1.40 | 1.83 | 1.88 | 3.28 | 2.10 | 4.12 | 2.80 | 7.31 |
| 2.9 | 0.29 | 0.08 | 0.73 | 0.51 | 0.87 | 0.73 | 0.89 | 2.03 | 1.45 | 2.03 | 1.94 | 3.65 | 2.18 | 4.57 | 2.90 | 8.13 |
| 3.0 | 0.30 | 0.09 | 0.75 | 0.56 | 0.90 | 0.81 | 0.99 | 0.98 | 1.50 | 2.25 | 2.01 | 4.04 | 2.25 | 5.06 | 3.00 | 9.00 |
| 3.1 | 0.31 | 0.10 | 0.78 | 0.62 | 0.93 | 0.89 | 1.02 | 1.08 | 1.55 | 2.48 | 2.08 | 4.46 | 2.33 | 5.59 | 3.10 | 9.93 |
| 3.2 | 0.32 | 0.11 | 0.80 | 0.68 | 0.96 | 0.98 | 1.06 | 1.19 | 1.60 | 2.73 | 2.14 | 4.90 | 2.40 | 6.14 | 3.20 | 10.92 |
| 3.3 | 0.33 | 0.12 | 0.83 | 0.75 | 0.99 | 1.08 | 1.09 | 1.30 | 1.65 | 2.99 | 2.21 | 5.38 | 2.48 | 6.74 | 3.30 | 11.98 |
| 3.4 | 0.34 | 0.13 | 0.85 | 0.82 | 1.02 | 1.18 | 1.12 | 1.43 | 1.70 | 3.27 | 2.28 | 5.88 | 2.55 | 7.37 | 3.40 | 13.10 |
| 3.5 | 0.35 | 0.14 | 0.88 | 0.89 | 1.05 | 1.29 | 1.16 | 1.56 | 1.75 | 3.57 | 2.35 | 6.42 | 2.63 | 8.04 | 3.50 | 14.29 |
| 3.6 | 0.36 | 0.16 | 0.90 | 0.97 | 1.08 | 1.40 | 1.19 | 1.69 | 1.80 | 3.89 | 2.41 | 6.98 | 2.70 | 8.75 | 3.60 | 15.55 |
| 3.7 | 0.37 | 0.17 | 0.93 | 1.06 | 1.11 | 1.52 | 1.22 | 1.84 | 1.85 | 4.22 | 2.48 | 7.58 | 2.78 | 9.50 | 3.70 | 16.88 |
| 3.8 | 0.38 | 0.18 | 0.95 | 1.14 | 1.14 | 1.65 | 1.25 | 1.99 | 1.90 | 4.57 | 2.55 | 8.21 | 2.85 | 10.29 | 3.80 | 18.29 |
| 3.9 | 0.39 | 0.20 | 0.98 | 1.24 | 1.17 | 1.78 | 1.29 | 2.15 | 1.95 | 4.94 | 2.61 | 8.88 | 2.93 | 11.12 | 3.90 | 19.77 |

| 基坑深 H /m | 放坡系数 K | | | | | | | | | | | | | | | |
| | 0.10 | | 0.25 | | 0.30 | | 0.33 | | 0.50 | | 0.67 | | 0.75 | | 1.00 | |
| | $KH$ | $\frac{1}{3}K^2H^3$ | $KH$ | $\frac{1}{3}K^2H^3$ | $KH$ | $\frac{1}{3}K^2H^3$ | $KH$ | $\frac{1}{3}K^2H^3$ | $KH$ | $\frac{1}{3}K^2H^3$ | $KH$ | $\frac{1}{3}K^2H^3$ | $KH$ | $\frac{1}{3}K^2H^3$ | $KH$ | $\frac{1}{3}K^2H^3$ |
| 4.0 | 0.40 | 0.21 | 1.00 | 1.33 | 1.20 | 1.92 | 1.32 | 2.32 | 2.00 | 5.33 | 2.68 | 9.58 | 3.00 | 12.00 | 4.00 | 21.33 |
| 4.1 | 0.41 | 0.23 | 1.03 | 1.44 | 1.23 | 2.07 | 1.35 | 2.50 | 2.05 | 5.74 | 2.75 | 10.31 | 3.08 | 12.92 | 4.10 | 22.97 |
| 4.2 | 0.42 | 0.25 | 1.05 | 1.54 | 1.26 | 2.22 | 1.39 | 2.69 | 2.10 | 6.17 | 2.81 | 11.09 | 3.15 | 13.89 | 4.20 | 24.69 |
| 4.3 | 0.43 | 0.27 | 1.08 | 1.66 | 1.29 | 2.39 | 1.42 | 2.89 | 2.15 | 6.63 | 2.88 | 11.90 | 3.23 | 14.91 | 4.30 | 26.50 |
| 4.4 | 0.44 | 0.28 | 1.10 | 1.78 | 1.32 | 2.56 | 1.45 | 3.09 | 2.20 | 7.10 | 2.95 | 12.75 | 3.30 | 15.97 | 4.40 | 28.39 |
| 4.5 | 0.45 | 0.30 | 1.13 | 1.90 | 1.35 | 2.73 | 1.49 | 3.31 | 2.25 | 7.59 | 3.02 | 13.64 | 3.38 | 17.09 | 4.50 | 30.38 |
| 4.6 | 0.46 | 0.32 | 1.15 | 2.03 | 1.38 | 2.92 | 1.52 | 3.53 | 2.30 | 8.11 | 3.08 | 14.56 | 3.45 | 18.25 | 4.60 | 32.45 |
| 4.7 | 0.47 | 0.35 | 1.18 | 2.16 | 1.41 | 3.12 | 1.55 | 3.77 | 2.35 | 8.65 | 3.15 | 15.54 | 3.53 | 19.47 | 4.70 | 34.61 |
| 4.8 | 0.48 | 0.37 | 1.20 | 2.30 | 1.44 | 3.32 | 1.58 | 4.01 | 2.40 | 9.22 | 3.22 | 16.55 | 3.60 | 20.74 | 4.80 | 36.86 |
| 4.9 | 0.49 | 0.39 | 1.23 | 2.45 | 1.47 | 3.53 | 1.62 | 4.27 | 2.45 | 9.80 | 3.28 | 17.60 | 3.68 | 22.06 | 4.90 | 39.21 |
| 5.0 | 0.50 | 0.42 | 1.25 | 2.60 | 1.50 | 3.75 | 1.65 | 4.54 | 2.50 | 10.42 | 3.35 | 18.70 | 3.75 | 23.44 | 5.00 | 41.67 |
| 5.1 | 0.51 | 0.44 | 1.28 | 2.76 | 1.53 | 3.98 | 1.68 | 4.82 | 2.55 | 11.05 | 3.42 | 19.85 | 3.83 | 24.87 | 5.10 | 44.22 |
| 5.2 | 0.52 | 0.47 | 1.30 | 2.93 | 1.56 | 4.22 | 1.72 | 5.10 | 2.60 | 11.72 | 3.48 | 21.04 | 3.90 | 26.36 | 5.20 | 46.87 |
| 5.3 | 0.53 | 0.50 | 1.33 | 3.10 | 1.59 | 4.47 | 1.75 | 5.40 | 2.65 | 12.41 | 3.55 | 22.28 | 3.98 | 27.91 | 5.30 | 49.63 |
| 5.4 | 0.54 | 0.52 | 1.35 | 3.28 | 1.62 | 4.72 | 1.78 | 5.72 | 2.70 | 13.12 | 3.62 | 23.56 | 4.06 | 29.52 | 5.40 | 52.49 |
| 5.5 | 0.55 | 0.55 | 1.38 | 3.47 | 1.65 | 4.99 | 1.82 | 6.04 | 2.75 | 13.86 | 3.69 | 24.90 | 4.13 | 31.20 | 5.50 | 55.46 |
| 5.6 | 0.56 | 0.59 | 1.40 | 3.66 | 1.68 | 5.27 | 1.85 | 6.37 | 2.80 | 14.63 | 3.75 | 26.28 | 4.20 | 32.93 | 5.60 | 58.54 |
| 5.7 | 0.57 | 0.62 | 1.43 | 3.86 | 1.71 | 5.56 | 1.88 | 6.72 | 2.85 | 15.43 | 3.82 | 27.71 | 4.28 | 34.72 | 5.70 | 61.73 |
| 5.8 | 0.58 | 0.65 | 1.45 | 4.06 | 1.74 | 5.85 | 1.91 | 7.08 | 2.90 | 16.26 | 3.89 | 29.20 | 4.35 | 36.58 | 5.80 | 65.04 |
| 5.9 | 0.59 | 0.68 | 1.48 | 4.28 | 1.77 | 6.16 | 1.95 | 7.46 | 2.95 | 17.11 | 3.95 | 30.73 | 4.43 | 38.51 | 5.90 | 68.46 |
| 6.0 | 0.60 | 0.72 | 1.50 | 4.50 | 1.80 | 6.48 | 1.98 | 7.84 | 3.00 | 18.00 | 4.02 | 32.32 | 4.50 | 40.50 | 6.00 | 72.00 |
| 6.1 | 0.61 | 0.76 | 1.53 | 4.73 | 1.83 | 6.81 | 2.01 | 8.24 | 3.05 | 18.92 | 4.09 | 33.96 | 4.58 | 42.56 | 6.10 | 75.66 |
| 6.2 | 0.62 | 0.79 | 1.55 | 4.97 | 1.86 | 7.15 | 2.05 | 8.65 | 3.10 | 19.86 | 4.15 | 35.66 | 4.65 | 44.69 | 6.20 | 79.44 |
| 6.3 | 0.63 | 0.83 | 1.58 | 5.21 | 1.89 | 7.50 | 2.08 | 9.08 | 3.15 | 20.84 | 4.22 | 37.42 | 4.73 | 46.88 | 6.30 | 83.35 |
| 6.4 | 0.64 | 0.87 | 1.60 | 5.46 | 1.92 | 7.86 | 2.11 | 9.52 | 3.20 | 21.85 | 4.29 | 39.23 | 4.80 | 49.15 | 6.40 | 87.38 |
| 6.5 | 0.65 | 0.92 | 1.63 | 5.72 | 1.95 | 8.24 | 2.15 | 9.97 | 3.25 | 22.89 | 4.36 | 41.09 | 4.88 | 51.49 | 6.50 | 91.54 |
| 6.6 | 0.66 | 0.96 | 1.65 | 5.99 | 1.98 | 8.62 | 2.18 | 10.44 | 3.30 | 23.96 | 4.42 | 43.02 | 4.95 | 53.91 | 6.60 | 95.83 |
| 6.7 | 0.67 | 1.00 | 1.68 | 6.27 | 2.01 | 9.02 | 2.21 | 10.92 | 3.35 | 25.06 | 4.49 | 45.00 | 5.03 | 56.39 | 6.70 | 100.25 |
| 6.8 | 0.68 | 1.05 | 1.70 | 6.55 | 2.04 | 9.43 | 2.24 | 11.41 | 3.40 | 26.20 | 4.56 | 47.05 | 5.10 | 58.96 | 6.80 | 104.81 |
| 6.9 | 0.69 | 1.10 | 1.73 | 6.84 | 2.07 | 9.86 | 2.28 | 11.92 | 3.45 | 27.38 | 4.62 | 49.16 | 5.18 | 61.60 | 6.90 | 109.50 |
| 7.0 | 0.70 | 1.14 | 1.75 | 7.15 | 2.10 | 10.29 | 2.31 | 12.45 | 3.50 | 28.58 | 4.69 | 51.32 | 5.25 | 64.31 | 7.00 | 114.33 |
| 7.1 | 0.71 | 1.19 | 1.78 | 7.46 | 2.13 | 10.74 | 2.34 | 12.99 | 3.55 | 29.83 | 4.76 | 53.56 | 5.33 | 67.11 | 7.10 | 119.30 |
| 7.2 | 0.72 | 1.24 | 1.80 | 7.78 | 2.16 | 11.20 | 2.38 | 13.55 | 3.60 | 31.10 | 4.82 | 55.85 | 5.40 | 69.98 | 7.20 | 124.42 |
| 7.3 | 0.73 | 1.30 | 1.83 | 8.10 | 2.19 | 11.67 | 2.41 | 14.12 | 3.65 | 32.42 | 4.89 | 58.21 | 5.48 | 72.94 | 7.30 | 129.67 |
| 7.4 | 0.74 | 1.35 | 1.85 | 8.44 | 2.22 | 12.16 | 2.44 | 14.71 | 3.70 | 33.77 | 4.96 | 60.64 | 5.55 | 75.98 | 7.40 | 135.08 |
| 7.5 | 0.75 | 1.41 | 1.88 | 8.79 | 2.25 | 12.66 | 2.48 | 15.31 | 3.75 | 35.16 | 5.03 | 63.13 | 5.63 | 79.10 | 7.50 | 140.63 |
| 7.6 | 0.76 | 1.46 | 1.90 | 9.15 | 2.28 | 13.17 | 2.51 | 15.93 | 3.80 | 36.58 | 5.09 | 65.69 | 5.70 | 82.31 | 7.60 | 146.33 |
| 7.7 | 0.77 | 1.52 | 1.93 | 9.51 | 2.31 | 13.70 | 2.54 | 16.57 | 3.85 | 38.04 | 5.16 | 68.31 | 5.78 | 85.60 | 7.70 | 152.18 |
| 7.8 | 0.78 | 1.58 | 1.95 | 9.89 | 2.34 | 14.24 | 2.57 | 17.23 | 3.90 | 39.55 | 5.23 | 71.01 | 5.85 | 88.98 | 7.80 | 158.18 |
| 7.9 | 0.79 | 1.64 | 1.98 | 10.27 | 2.37 | 14.79 | 2.61 | 17.90 | 3.95 | 41.09 | 5.29 | 73.78 | 5.93 | 92.44 | 7.90 | 164.35 |

| 基坑深 $H$ /m | 放坡系数 $K$ | | | | | | | | | | | | | | | |
|---|---|---|---|---|---|---|---|---|---|---|---|---|---|---|---|---|
| | 0.10 | | 0.25 | | 0.30 | | 0.33 | | 0.50 | | 0.67 | | 0.75 | | 1.00 | |
| | $KH$ | $\frac{1}{3}K^2H^3$ | $KH$ | $\frac{1}{3}K^2H^3$ | $KH$ | $\frac{1}{3}K^2H^3$ | $KH$ | $\frac{1}{3}K^2H^3$ | $KH$ | $\frac{1}{3}K^2H^3$ | $KH$ | $\frac{1}{3}K^2H^3$ | $KH$ | $\frac{1}{3}K^2H^3$ | $KH$ | $\frac{1}{3}K^2H^3$ |
| 8.0 | 0.80 | 1.71 | 2.00 | 10.67 | 2.40 | 15.36 | 2.64 | 18.59 | 4.00 | 42.67 | 5.36 | 76.61 | 6.00 | 96.00 | 8.00 | 170.67 |
| 8.1 | 0.81 | 1.77 | 2.03 | 11.07 | 2.43 | 15.94 | 2.67 | 19.29 | 4.06 | 44.29 | 5.43 | 79.52 | 6.08 | 99.65 | 8.10 | 177.15 |
| 8.2 | 0.82 | 1.84 | 2.05 | 11.49 | 2.46 | 16.54 | 2.71 | 20.01 | 4.10 | 45.95 | 5.49 | 82.50 | 6.15 | 103.38 | 8.20 | 183.79 |
| 8.3 | 0.83 | 1.91 | 2.08 | 11.91 | 2.49 | 17.15 | 2.74 | 20.76 | 4.15 | 47.65 | 5.56 | 85.56 | 6.23 | 107.21 | 8.30 | 190.60 |
| 8.4 | 0.84 | 1.98 | 2.10 | 12.35 | 2.52 | 17.78 | 2.77 | 21.52 | 4.20 | 49.39 | 5.63 | 88.69 | 6.30 | 111.13 | 8.40 | 197.57 |
| 8.5 | 0.85 | 2.05 | 2.13 | 12.79 | 2.55 | 18.42 | 2.81 | 22.29 | 4.25 | 51.18 | 5.70 | 91.89 | 6.38 | 115.15 | 8.50 | 204.71 |
| 8.6 | 0.86 | 2.12 | 2.15 | 13.25 | 2.58 | 19.08 | 2.84 | 23.09 | 4.30 | 53.00 | 5.76 | 95.18 | 6.45 | 119.26 | 8.60 | 212.02 |
| 8.7 | 0.87 | 2.20 | 2.18 | 13.72 | 2.61 | 19.76 | 2.87 | 23.90 | 4.35 | 54.88 | 5.83 | 98.53 | 6.53 | 123.47 | 8.70 | 219.50 |
| 8.8 | 0.88 | 2.27 | 2.20 | 14.20 | 2.64 | 20.44 | 2.90 | 24.74 | 4.40 | 56.79 | 5.90 | 101.97 | 6.60 | 127.78 | 8.80 | 227.16 |
| 8.9 | 0.89 | 2.35 | 2.23 | 14.69 | 2.67 | 21.15 | 2.94 | 25.59 | 4.45 | 58.75 | 5.96 | 105.49 | 6.68 | 132.18 | 8.90 | 234.99 |
| 9.0 | 0.90 | 2.43 | 2.25 | 15.19 | 2.70 | 21.87 | 2.97 | 26.46 | 4.50 | 60.75 | 6.03 | 109.08 | 6.75 | 136.69 | 9.00 | 243.00 |
| 9.1 | 0.91 | 2.51 | 2.28 | 15.70 | 2.73 | 22.61 | 3.00 | 27.35 | 4.55 | 62.80 | 6.10 | 112.76 | 6.83 | 141.29 | 9.10 | 251.19 |
| 9.2 | 0.92 | 2.60 | 2.30 | 16.22 | 2.76 | 23.36 | 3.04 | 28.27 | 4.60 | 64.89 | 6.16 | 116.52 | 6.90 | 146.00 | 9.20 | 259.56 |
| 9.3 | 0.93 | 2.68 | 2.33 | 16.76 | 2.79 | 24.13 | 3.07 | 29.20 | 4.65 | 67.03 | 6.23 | 120.36 | 6.98 | 150.82 | 9.30 | 2168.12 |
| 9.4 | 0.94 | 2.77 | 2.35 | 17.30 | 2.82 | 24.92 | 3.10 | 30.15 | 4.70 | 69.22 | 6.30 | 124.28 | 7.05 | 155.73 | 9.40 | 276.86 |
| 9.5 | 0.95 | 2.86 | 2.38 | 17.86 | 2.85 | 25.72 | 3.14 | 31.12 | 4.75 | 71.45 | 6.37 | 128.29 | 7.13 | 160.76 | 9.50 | 285.79 |
| 9.6 | 0.96 | 2.95 | 2.40 | 18.43 | 2.88 | 26.54 | 3.17 | 32.12 | 4.80 | 73.73 | 6.43 | 132.39 | 7.20 | 165.89 | 9.60 | 294.91 |
| 9.7 | 0.97 | 3.04 | 2.43 | 19.01 | 2.91 | 27.38 | 3.20 | 33.13 | 4.85 | 76.06 | 6.50 | 136.57 | 7.28 | 171.13 | 9.70 | 304.22 |
| 9.8 | 0.98 | 3.14 | 2.45 | 19.61 | 2.94 | 28.24 | 3.23 | 34.17 | 4.90 | 78.43 | 6.57 | 140.83 | 7.35 | 176.47 | 9.80 | 313.73 |
| 9.9 | 0.99 | 3.23 | 2.48 | 20.21 | 2.97 | 29.11 | 3.27 | 35.22 | 4.95 | 80.86 | 6.63 | 145.19 | 7.43 | 181.93 | 9.90 | 323.43 |
| 10.0 | 1.00 | 3.33 | 2.50 | 20.83 | 3.00 | 30.00 | 3.30 | 36.30 | 5.00 | 83.33 | 6.70 | 149.63 | 7.50 | 187.50 | 10.00 | 333.33 |

注：1. 矩形基坑如图 6-3-5 所示，其中 $a(a+2c)$、$b(b+2c)$ 分别为坑底的长、宽（均包括工作面），$H(m)$ 为坑深。

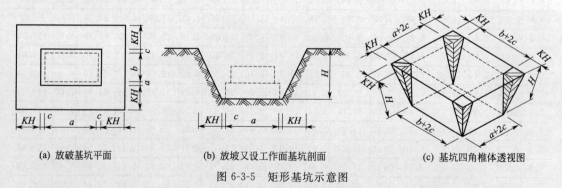

(a) 放破基坑平面　　(b) 放坡又设工作面基坑剖面　　(c) 基坑四角椎体透视图

图 6-3-5　矩形基坑示意图

2. 矩形基坑的计算

矩形不放坡基坑计算公式：$V=abH$

矩形放坡基坑计算公式：$V=(a+2c+KH)(b+2c+KH)H+1/3K^2H^3$

式中，$V$ 为矩形基坑挖土体积，$m^3$；$a$ 为矩形基坑底面长度，m；$b$ 为矩形基坑底面宽度，m；$H$ 为矩形基坑深度，m；$K$ 为基坑土的放坡系数。

# 6.3.2.7 常用放坡圆基坑挖方量（表 6-3-19～表 6-3-26）

## 表 6-3-19 常用放坡圆基坑挖方量表（当 K=0.10 时）

单位：m³/个

| H/m \ r/m | 0.5 | 0.6 | 0.7 | 0.8 | 0.9 | 1.0 | 1.1 | 1.2 | 1.3 | 1.4 | 1.5 | 1.6 | 1.7 | 1.8 | 1.9 | 2.0 | 2.1 | 2.2 | 2.3 | 2.4 | 2.5 |
|---|---|---|---|---|---|---|---|---|---|---|---|---|---|---|---|---|---|---|---|---|---|
| 1.2 | 1.19 | 1.65 | 2.18 | 2.79 | 3.48 | 4.24 | 5.08 | 5.99 | 6.98 | 8.04 | 9.18 | 10.39 | 11.68 | 13.05 | 14.49 | 16.00 | 17.59 | 19.26 | 21.00 | 22.82 | 24.71 |
| 1.3 | 1.31 | 1.81 | 2.40 | 3.06 | 3.81 | 4.64 | 5.55 | 6.54 | 7.62 | 8.77 | 10.01 | 11.33 | 12.73 | 14.21 | 15.78 | 17.42 | 19.15 | 20.96 | 22.85 | 24.82 | 26.88 |
| 1.4 | 1.44 | 1.98 | 2.61 | 3.34 | 4.15 | 5.04 | 6.03 | 7.10 | 8.26 | 9.51 | 10.85 | 12.27 | 13.79 | 15.39 | 17.08 | 18.85 | 20.72 | 22.67 | 24.71 | 26.84 | 29.06 |
| 1.5 | 1.57 | 2.16 | 2.84 | 3.62 | 4.49 | 5.45 | 6.51 | 7.67 | 8.92 | 10.26 | 11.70 | 13.23 | 14.86 | 16.58 | 18.39 | 20.30 | 22.30 | 24.40 | 26.59 | 28.88 | 31.25 |
| 1.6 | 1.70 | 2.33 | 3.07 | 3.90 | 4.84 | 5.87 | 7.01 | 8.25 | 9.58 | 11.02 | 12.56 | 14.20 | 15.94 | 17.78 | 19.72 | 21.76 | 23.90 | 26.14 | 28.48 | 30.93 | 33.47 |
| 1.7 | 1.84 | 2.52 | 3.30 | 4.20 | 5.19 | 6.30 | 7.51 | 8.83 | 10.26 | 11.79 | 13.43 | 15.18 | 17.03 | 18.99 | 21.06 | 23.23 | 25.51 | 27.90 | 30.39 | 32.99 | 35.70 |
| 1.8 | 1.98 | 2.71 | 3.54 | 4.49 | 5.56 | 6.73 | 8.02 | 9.43 | 10.94 | 12.57 | 14.31 | 16.17 | 18.13 | 20.22 | 22.41 | 24.72 | 27.14 | 29.67 | 32.32 | 35.08 | 37.95 |
| 1.9 | 2.13 | 2.90 | 3.79 | 4.80 | 5.93 | 7.17 | 8.54 | 10.03 | 11.63 | 13.36 | 15.20 | 17.17 | 19.25 | 21.45 | 23.77 | 26.22 | 28.78 | 31.46 | 34.26 | 37.18 | 40.21 |
| 2.0 | 2.28 | 3.10 | 4.04 | 5.11 | 6.30 | 7.62 | 9.07 | 10.64 | 12.34 | 14.16 | 16.11 | 18.18 | 20.38 | 22.70 | 25.15 | 27.73 | 30.43 | 33.26 | 36.21 | 39.29 | 42.50 |
| 2.1 | 2.44 | 3.30 | 4.30 | 5.43 | 6.69 | 8.08 | 9.60 | 11.26 | 13.05 | 14.97 | 17.02 | 19.20 | 21.52 | 23.97 | 26.55 | 29.26 | 32.10 | 35.08 | 38.18 | 41.42 | 44.79 |
| 2.2 | 2.60 | 3.51 | 4.56 | 5.75 | 7.08 | 8.54 | 10.15 | 11.89 | 13.77 | 15.79 | 17.94 | 20.24 | 22.67 | 25.24 | 27.95 | 30.80 | 33.78 | 36.91 | 40.17 | 43.57 | 47.11 |
| 2.3 | 2.76 | 3.73 | 4.83 | 6.08 | 7.48 | 9.01 | 10.70 | 12.53 | 14.50 | 16.62 | 18.88 | 21.28 | 23.83 | 26.53 | 29.37 | 32.35 | 35.48 | 38.76 | 42.17 | 45.74 | 49.44 |
| 2.4 | 2.93 | 3.94 | 5.11 | 6.42 | 7.88 | 9.49 | 11.26 | 13.17 | 15.24 | 17.46 | 19.82 | 22.34 | 25.01 | 27.83 | 30.80 | 33.92 | 37.20 | 40.62 | 44.19 | 47.92 | 51.79 |
| 2.5 | 3.11 | 4.17 | 5.39 | 6.76 | 8.29 | 9.98 | 11.83 | 13.83 | 15.99 | 18.31 | 20.78 | 23.41 | 26.20 | 29.14 | 32.25 | 35.51 | 38.92 | 42.50 | 46.23 | 50.11 | 54.16 |
| 2.6 | 3.29 | 4.40 | 5.67 | 7.11 | 8.71 | 10.48 | 12.40 | 14.49 | 16.75 | 19.17 | 21.75 | 24.49 | 27.40 | 30.47 | 33.71 | 37.10 | 40.67 | 44.39 | 48.28 | 52.33 | 56.54 |
| 2.7 | 3.47 | 4.63 | 5.97 | 7.47 | 9.14 | 10.98 | 12.99 | 15.17 | 17.52 | 20.04 | 22.73 | 25.59 | 28.61 | 31.81 | 35.18 | 38.72 | 42.42 | 46.30 | 50.34 | 54.56 | 58.95 |
| 2.8 | 3.66 | 4.87 | 6.26 | 7.83 | 9.57 | 11.49 | 13.58 | 15.85 | 18.30 | 20.92 | 23.72 | 26.69 | 29.84 | 33.16 | 36.66 | 40.34 | 44.19 | 48.22 | 52.43 | 56.81 | 61.37 |
| 2.9 | 3.85 | 5.12 | 6.57 | 8.20 | 10.01 | 12.01 | 14.19 | 16.55 | 19.09 | 21.81 | 24.72 | 27.81 | 31.08 | 34.53 | 38.16 | 41.98 | 45.98 | 50.16 | 54.53 | 59.07 | 63.80 |
| 3.0 | 4.05 | 5.37 | 6.88 | 8.58 | 10.46 | 12.53 | 14.80 | 17.25 | 19.89 | 22.71 | 25.73 | 28.93 | 32.33 | 35.91 | 39.68 | 43.64 | 47.78 | 52.12 | 56.64 | 61.36 | 66.26 |
| 3.1 | 4.26 | 5.63 | 7.20 | 8.96 | 10.92 | 13.07 | 15.42 | 17.96 | 20.70 | 23.63 | 26.75 | 30.07 | 33.59 | 37.30 | 41.21 | 45.31 | 49.60 | 54.09 | 58.77 | 63.65 | 68.73 |
| 3.2 | 4.46 | 5.89 | 7.52 | 9.35 | 11.38 | 13.61 | 16.05 | 18.68 | 21.51 | 24.55 | 27.79 | 31.23 | 34.87 | 38.71 | 42.75 | 46.99 | 51.43 | 56.08 | 60.92 | 65.97 | 71.22 |
| 3.3 | 4.68 | 6.16 | 7.85 | 9.75 | 11.85 | 14.16 | 16.68 | 19.41 | 22.34 | 25.49 | 28.83 | 32.39 | 36.15 | 40.12 | 44.30 | 48.69 | 53.28 | 58.08 | 63.09 | 68.30 | 73.72 |
| 3.4 | 4.90 | 6.44 | 8.19 | 10.15 | 12.33 | 14.72 | 17.33 | 20.15 | 23.18 | 26.43 | 29.89 | 33.57 | 37.45 | 41.56 | 45.87 | 50.40 | 55.14 | 60.10 | 65.27 | 70.65 | 76.25 |
| 3.5 | 5.12 | 6.72 | 8.53 | 10.56 | 12.82 | 15.29 | 17.99 | 20.90 | 24.03 | 27.39 | 30.96 | 34.76 | 38.77 | 43.00 | 47.46 | 52.13 | 57.02 | 62.13 | 67.47 | 73.02 | 78.79 |
| 3.6 | 5.35 | 7.00 | 8.88 | 10.98 | 13.31 | 15.87 | 18.65 | 21.66 | 24.89 | 28.36 | 32.04 | 35.96 | 40.10 | 44.46 | 49.05 | 53.87 | 58.91 | 64.18 | 69.68 | 75.40 | 81.35 |
| 3.7 | 5.59 | 7.30 | 9.24 | 11.41 | 13.82 | 16.46 | 19.33 | 22.43 | 25.77 | 29.33 | 33.14 | 37.17 | 41.43 | 45.93 | 50.66 | 55.63 | 60.82 | 66.25 | 71.91 | 77.81 | 83.93 |
| 3.8 | 5.83 | 7.59 | 9.60 | 11.84 | 14.33 | 17.05 | 20.01 | 23.21 | 26.65 | 30.32 | 34.24 | 38.39 | 42.79 | 47.42 | 52.29 | 57.40 | 62.75 | 68.34 | 74.16 | 80.23 | 86.53 |
| 3.9 | 6.07 | 7.90 | 9.97 | 12.29 | 14.85 | 17.65 | 20.70 | 24.00 | 27.54 | 31.33 | 35.36 | 39.63 | 44.15 | 48.92 | 53.93 | 59.19 | 64.69 | 70.43 | 76.43 | 82.66 | 89.14 |
| 4.0 | 6.33 | 8.21 | 10.35 | 12.73 | 15.37 | 18.26 | 21.40 | 24.80 | 28.44 | 32.34 | 36.48 | 40.88 | 45.53 | 50.43 | 55.59 | 60.99 | 66.64 | 72.55 | 78.71 | 85.12 | 91.78 |

| H/m | 0.5 | 0.6 | 0.7 | 0.8 | 0.9 | 1.0 | 1.1 | 1.2 | 1.3 | 1.4 | r/m 1.5 | 1.6 | 1.7 | 1.8 | 1.9 | 2.0 | 2.1 | 2.2 | 2.3 | 2.4 | 2.5 |
|---|---|---|---|---|---|---|---|---|---|---|---|---|---|---|---|---|---|---|---|---|---|
| 4.1 | 6.58 | 8.53 | 10.73 | 13.19 | 15.91 | 18.88 | 22.12 | 25.61 | 29.36 | 33.36 | 37.62 | 42.15 | 46.92 | 51.96 | 57.25 | 62.81 | 68.62 | 74.68 | 81.01 | 87.59 | 94.43 |
| 4.2 | 6.85 | 8.85 | 11.12 | 13.65 | 16.45 | 19.51 | 22.84 | 26.43 | 30.28 | 34.40 | 38.78 | 43.42 | 48.33 | 53.50 | 58.94 | 64.64 | 70.60 | 76.83 | 83.32 | 90.08 | 97.10 |
| 4.3 | 7.11 | 9.18 | 11.52 | 14.13 | 17.00 | 20.15 | 23.57 | 27.26 | 31.21 | 35.44 | 39.94 | 44.71 | 49.75 | 55.06 | 60.64 | 66.49 | 72.61 | 78.99 | 85.65 | 92.58 | 99.78 |
| 4.4 | 7.39 | 9.52 | 11.92 | 14.60 | 17.56 | 20.80 | 24.31 | 28.10 | 32.16 | 36.50 | 41.12 | 46.01 | 51.18 | 56.63 | 62.35 | 68.35 | 74.62 | 81.18 | 88.00 | 95.11 | 102.49 |
| 4.5 | 7.67 | 9.86 | 12.33 | 15.09 | 18.13 | 21.45 | 25.06 | 28.95 | 33.12 | 37.57 | 42.31 | 47.32 | 52.63 | 58.21 | 64.08 | 70.23 | 76.66 | 83.37 | 90.37 | 97.65 | 105.22 |
| 4.6 | 7.96 | 10.21 | 12.75 | 15.59 | 18.71 | 22.12 | 25.82 | 29.81 | 34.08 | 38.65 | 43.51 | 48.65 | 54.08 | 59.81 | 65.82 | 72.12 | 78.71 | 85.59 | 92.76 | 100.21 | 107.96 |
| 4.7 | 8.25 | 10.57 | 13.18 | 16.09 | 19.29 | 22.79 | 26.59 | 30.68 | 35.06 | 39.74 | 44.72 | 49.99 | 55.56 | 61.42 | 67.58 | 74.03 | 80.78 | 87.82 | 95.16 | 102.79 | 110.72 |
| 4.8 | 8.55 | 10.93 | 13.61 | 16.60 | 19.89 | 23.48 | 27.37 | 31.56 | 36.05 | 40.85 | 45.94 | 51.34 | 57.04 | 63.04 | 69.35 | 75.95 | 82.86 | 90.07 | 97.58 | 105.39 | 113.50 |
| 4.9 | 8.85 | 11.30 | 14.06 | 17.12 | 20.49 | 24.17 | 28.16 | 32.45 | 37.05 | 41.96 | 47.18 | 52.71 | 58.54 | 64.69 | 71.14 | 77.89 | 84.96 | 92.33 | 100.01 | 108.00 | 116.30 |
| 5.0 | 9.16 | 11.68 | 14.50 | 17.65 | 21.10 | 24.87 | 28.96 | 33.35 | 38.07 | 43.09 | 48.43 | 54.09 | 60.06 | 66.34 | 72.94 | 79.85 | 87.07 | 94.61 | 102.47 | 110.64 | 119.12 |

表 6-3-20  常用放坡圆基坑挖方量表 （当 $K=0.25$ 时）

单位：m³/个

| H/m | 0.5 | 0.6 | 0.7 | 0.8 | 0.9 | 1.0 | 1.1 | 1.2 | 1.3 | 1.4 | r/m 1.5 | 1.6 | 1.7 | 1.8 | 1.9 | 2.0 | 2.1 | 2.2 | 2.3 | 2.4 | 2.5 |
|---|---|---|---|---|---|---|---|---|---|---|---|---|---|---|---|---|---|---|---|---|---|
| 1.2 | 1.62 | 2.15 | 2.75 | 3.43 | 4.18 | 5.01 | 5.92 | 6.90 | 7.95 | 9.09 | 10.29 | 11.57 | 12.93 | 14.36 | 15.87 | 17.45 | 19.11 | 20.85 | 22.66 | 24.54 | 26.50 |
| 1.3 | 1.83 | 2.41 | 3.07 | 3.82 | 4.65 | 5.56 | 6.55 | 7.62 | 8.77 | 10.01 | 11.32 | 12.72 | 14.20 | 15.77 | 17.41 | 19.13 | 20.94 | 22.83 | 24.80 | 26.85 | 28.99 |
| 1.4 | 2.05 | 2.69 | 3.41 | 4.23 | 5.13 | 6.12 | 7.19 | 8.36 | 9.61 | 10.96 | 12.38 | 13.90 | 15.51 | 17.20 | 18.98 | 20.85 | 22.81 | 24.85 | 26.99 | 29.21 | 31.52 |
| 1.5 | 2.28 | 2.98 | 3.77 | 4.65 | 5.63 | 6.70 | 7.87 | 9.13 | 10.48 | 11.93 | 13.47 | 15.11 | 16.84 | 18.67 | 20.59 | 22.60 | 24.71 | 26.92 | 29.21 | 31.61 | 34.09 |
| 1.6 | 2.53 | 3.28 | 4.14 | 5.09 | 6.15 | 7.31 | 8.56 | 9.92 | 11.38 | 12.93 | 14.59 | 16.35 | 18.21 | 20.17 | 22.23 | 24.40 | 26.66 | 29.02 | 31.48 | 34.05 | 36.71 |
| 1.7 | 2.79 | 3.61 | 4.53 | 5.56 | 6.69 | 7.93 | 9.28 | 10.74 | 12.30 | 13.97 | 15.74 | 17.63 | 19.61 | 21.71 | 23.91 | 26.22 | 28.64 | 31.16 | 33.79 | 36.53 | 39.38 |
| 1.8 | 3.07 | 3.94 | 4.93 | 6.04 | 7.25 | 8.58 | 10.02 | 11.58 | 13.25 | 15.03 | 16.92 | 18.93 | 21.05 | 23.28 | 25.63 | 28.09 | 30.66 | 33.35 | 36.15 | 39.06 | 42.09 |
| 1.9 | 3.36 | 4.30 | 5.36 | 6.54 | 7.84 | 9.25 | 10.79 | 12.45 | 14.22 | 16.12 | 18.13 | 20.27 | 22.52 | 24.89 | 27.38 | 30.00 | 32.73 | 35.58 | 38.55 | 41.64 | 44.84 |
| 2.0 | 3.67 | 4.67 | 5.80 | 7.06 | 8.44 | 9.95 | 11.58 | 13.34 | 15.23 | 17.24 | 19.37 | 21.64 | 24.02 | 26.54 | 29.17 | 31.94 | 34.83 | 37.85 | 40.99 | 44.25 | 47.65 |
| 2.1 | 3.99 | 5.06 | 6.26 | 7.60 | 9.07 | 10.67 | 12.40 | 14.26 | 16.26 | 18.39 | 20.65 | 23.04 | 25.56 | 28.22 | 31.00 | 33.92 | 36.97 | 40.16 | 43.47 | 46.92 | 50.50 |
| 2.2 | 4.33 | 5.47 | 6.74 | 8.16 | 9.72 | 11.41 | 13.24 | 15.21 | 17.32 | 19.57 | 21.95 | 24.47 | 27.13 | 29.93 | 32.87 | 35.95 | 39.16 | 42.51 | 46.00 | 49.63 | 53.40 |
| 2.3 | 4.68 | 5.89 | 7.25 | 8.74 | 10.39 | 12.18 | 14.11 | 16.19 | 18.41 | 20.78 | 23.29 | 25.94 | 28.74 | 31.69 | 34.78 | 38.01 | 41.39 | 44.91 | 48.58 | 52.39 | 56.34 |
| 2.4 | 5.05 | 6.33 | 7.77 | 9.35 | 11.08 | 12.97 | 15.00 | 17.19 | 19.53 | 22.02 | 24.66 | 27.44 | 30.39 | 33.48 | 36.72 | 40.11 | 43.66 | 47.35 | 51.20 | 55.19 | 59.34 |
| 2.5 | 5.44 | 6.80 | 8.31 | 9.98 | 11.80 | 13.79 | 15.93 | 18.22 | 20.68 | 23.29 | 26.06 | 28.98 | 32.07 | 35.31 | 38.70 | 42.26 | 45.97 | 49.84 | 53.86 | 58.04 | 62.38 |
| 2.6 | 5.85 | 7.28 | 8.87 | 10.63 | 12.54 | 14.63 | 16.87 | 19.28 | 21.86 | 24.59 | 27.49 | 30.56 | 33.78 | 37.17 | 40.72 | 44.44 | 48.32 | 52.36 | 56.57 | 60.94 | 65.47 |
| 2.7 | 6.27 | 7.78 | 9.45 | 11.30 | 13.31 | 15.50 | 17.85 | 20.37 | 23.07 | 25.93 | 28.96 | 32.16 | 35.54 | 39.08 | 42.79 | 46.67 | 50.72 | 54.94 | 59.33 | 63.89 | 68.62 |
| 2.8 | 6.71 | 8.30 | 10.06 | 11.99 | 14.10 | 16.39 | 18.85 | 21.49 | 24.31 | 27.30 | 30.47 | 33.81 | 37.33 | 41.02 | 44.89 | 48.94 | 53.16 | 57.56 | 62.13 | 66.88 | 71.81 |

续表

| H/m | r/m | | | | | | | | | | | | | | | | | | | | |
|---|---|---|---|---|---|---|---|---|---|---|---|---|---|---|---|---|---|---|---|---|---|
| | 0.5 | 0.6 | 0.7 | 0.8 | 0.9 | 1.0 | 1.1 | 1.2 | 1.3 | 1.4 | 1.5 | 1.6 | 1.7 | 1.8 | 1.9 | 2.0 | 2.1 | 2.2 | 2.3 | 2.4 | 2.5 |
| 2.9 | 7.18 | 8.84 | 10.68 | 12.71 | 14.92 | 17.31 | 19.89 | 22.64 | 25.58 | 28.70 | 32.00 | 35.49 | 39.15 | 43.00 | 47.04 | 51.25 | 55.65 | 60.22 | 64.98 | 69.93 | 75.05 |
| 3.0 | 7.66 | 9.40 | 11.33 | 13.45 | 15.76 | 18.26 | 20.95 | 23.82 | 26.88 | 30.14 | 33.58 | 37.20 | 41.02 | 45.03 | 49.22 | 53.60 | 58.17 | 62.93 | 67.88 | 73.02 | 78.34 |
| 3.1 | 8.16 | 9.98 | 12.01 | 14.22 | 16.63 | 19.24 | 22.04 | 25.03 | 28.22 | 31.60 | 35.18 | 38.96 | 42.93 | 47.09 | 51.45 | 56.00 | 60.75 | 65.69 | 70.83 | 76.16 | 81.69 |
| 3.2 | 8.68 | 10.59 | 12.70 | 15.01 | 17.53 | 20.24 | 23.16 | 26.27 | 29.59 | 33.11 | 36.83 | 40.75 | 44.87 | 49.19 | 53.72 | 58.44 | 63.37 | 68.50 | 73.82 | 79.35 | 85.08 |
| 3.3 | 9.22 | 11.22 | 13.42 | 15.83 | 18.45 | 21.27 | 24.30 | 27.54 | 30.99 | 34.65 | 38.51 | 42.58 | 46.85 | 51.34 | 56.0B | 60.93 | 66.0B | 71.35 | 76.87 | 82.59 | 88.53 |
| 3.4 | 9.78 | 11.87 | 14.16 | 16.67 | 19.40 | 22.33 | 25.48 | 28.85 | 32.43 | 36.22 | 40.22 | 44.44 | 48.88 | 53.52 | 58.38 | 63.46 | 68.74 | 74.24 | 79.96 | 85.89 | 92.03 |
| 3.5 | 10.37 | 12.54 | 14.93 | 17.54 | 20.37 | 23.42 | 26.69 | 30.19 | 33.90 | 37.83 | 41.98 | 46.35 | 50.94 | 55.75 | 60.78 | 66.03 | 71.50 | 77.19 | 83.10 | 89.23 | 95.58 |
| 3.6 | 10.97 | 13.23 | 15.72 | 18.43 | 21.38 | 24.54 | 27.94 | 31.55 | 35.40 | 39.47 | 43.77 | 48.29 | 53.04 | 58.02 | 63.22 | 68.65 | 74.30 | 80.19 | 86.29 | 92.63 | 99.19 |
| 3.7 | 11.60 | 13.95 | 16.54 | 19.36 | 22.41 | 25.69 | 29.21 | 32.96 | 36.94 | 41.15 | 45.60 | 50.28 | 55.19 | 60.33 | 65.71 | 71.32 | 77.16 | 83.23 | 89.54 | 96.07 | 102.84 |
| 3.8 | 12.25 | 14.69 | 17.38 | 20.30 | 23.47 | 26.87 | 30.51 | 34.39 | 38.51 | 42.87 | 47.46 | 52.30 | 57.37 | 62.68 | 68.24 | 74.03 | 80.05 | 86.32 | 92.83 | 99.57 | 106.56 |
| 3.9 | 12.92 | 15.46 | 18.25 | 21.28 | 24.56 | 28.08 | 31.85 | 35.86 | 40.12 | 44.62 | 49.37 | 54.36 | 59.60 | 65.08 | 70.81 | 76.78 | 83.00 | 89.46 | 96.17 | 103.13 | 110.32 |
| 4.0 | 13.61 | 16.25 | 19.14 | 22.28 | 25.68 | 29.32 | 33.22 | 37.36 | 41.76 | 46.41 | 51.31 | 56.46 | 61.87 | 67.52 | 73.43 | 79.59 | 86.00 | 92.66 | 99.57 | 106.73 | 114.14 |
| 4.1 | 14.33 | 17.07 | 20.06 | 23.32 | 26.83 | 30.59 | 34.62 | 38.90 | 43.44 | 48.24 | 53.30 | 58.61 | 64.18 | 70.01 | 76.09 | 82.44 | 89.04 | 95.90 | 103.01 | 110.39 | 118.02 |
| 4.2 | 15.07 | 17.91 | 21.01 | 24.38 | 28.01 | 31.90 | 36.05 | 40.47 | 45.16 | 50.11 | 55.32 | 60.79 | 66.53 | 72.54 | 78.81 | 85.34 | 92.13 | 99.19 | 106.51 | 114.10 | 121.95 |
| 4.3 | 15.84 | 18.78 | 21.99 | 25.47 | 29.22 | 33.23 | 37.52 | 43.08 | 46.91 | 52.01 | 57.38 | 63.02 | 68.93 | 75.11 | 81.56 | 88.28 | 95.27 | 102.53 | 110.07 | 117.87 | 125.94 |
| 4.4 | 16.63 | 19.67 | 22.99 | 26.59 | 30.46 | 34.60 | 39.03 | 43.73 | 48.70 | 53.96 | 59.49 | 65.29 | 71.37 | 77.73 | 84.37 | 91.28 | 98.47 | 105.93 | 113.67 | 121.69 | 129.98 |
| 4.5 | 17.45 | 20.60 | 24.02 | 27.74 | 31.73 | 36.01 | 40.56 | 45.41 | 50.53 | 55.94 | 61.63 | 67.60 | 73.86 | 80.40 | 87.22 | 94.32 | 101.71 | 109.38 | 117.33 | 125.56 | 134.08 |
| 4.6 | 18.29 | 21.54 | 25.09 | 28.91 | 33.03 | 37.44 | 42.14 | 47.12 | 52.40 | 57.96 | 63.81 | 69.96 | 76.39 | 83.11 | 90.12 | 97.41 | 105.00 | 112.88 | 121.04 | 129.50 | 138.24 |
| 4.7 | 19.16 | 22.52 | 26.17 | 30.12 | 34.37 | 38.91 | 43.75 | 48.88 | 54.30 | 60.02 | 66.04 | 72.35 | 78.96 | 85.86 | 93.06 | 100.56 | 108.34 | 116.43 | 124.81 | 133.48 | 142.45 |
| 4.8 | 20.06 | 23.52 | 27.29 | 31.37 | 35.74 | 40.41 | 45.39 | 50.67 | 56.25 | 62.13 | 68.31 | 74.80 | 81.58 | 88.67 | 96.06 | 103.75 | 111.74 | 120.03 | 128.63 | 137.53 | 146.72 |
| 4.9 | 20.98 | 24.56 | 28.44 | 32.64 | 37.14 | 41.95 | 47.07 | 52.50 | 58.23 | 64.27 | 70.62 | 77.28 | 84.25 | 91.52 | 99.10 | 106.99 | 115.19 | 123.69 | 132.51 | 141.63 | 151.05 |
| 5.0 | 21.93 | 25.62 | 29.62 | 33.94 | 38.58 | 43.52 | 48.79 | 54.36 | 60.25 | 66.46 | 72.98 | 79.81 | 86.96 | 94.42 | 102.19 | 110.28 | 118.69 | 127.40 | 136.44 | 145.78 | 155.44 |

**表 6-3-21　常用放坡圆基坑挖方量表（当 $K$=0.30 时）**

单位：$m^3$/个

| H/m | r/m | | | | | | | | | | | | | | | | | | | | |
|---|---|---|---|---|---|---|---|---|---|---|---|---|---|---|---|---|---|---|---|---|---|
| | 0.5 | 0.6 | 0.7 | 0.8 | 0.9 | 1.0 | 1.1 | 1.2 | 1.3 | 1.4 | 1.5 | 1.6 | 1.7 | 1.8 | 1.9 | 2.0 | 2.1 | 2.2 | 2.3 | 2.4 | 2.5 |
| 1.2 | 1.78 | 2.33 | 2.96 | 3.66 | 4.44 | 5.29 | 6.22 | 7.22 | 8.30 | 9.45 | 10.68 | 11.99 | 13.37 | 14.82 | 16.35 | 17.96 | 19.64 | 21.39 | 23.23 | 25.13 | 27.12 |
| 1.3 | 2.02 | 2.63 | 3.32 | 4.10 | 4.95 | 5.88 | 6.90 | 8.00 | 9.18 | 10.44 | 11.79 | 13.21 | 14.72 | 16.31 | 17.98 | 19.73 | 21.56 | 23.48 | 25.48 | 27.55 | 29.17 |
| 1.4 | 2.28 | 2.95 | 3.71 | 4.55 | 5.48 | 6.50 | 7.61 | 8.81 | 10.09 | 11.47 | 12.93 | 14.47 | 16.11 | 17.83 | 19.65 | 21.55 | 23.53 | 25.61 | 27.77 | 30.03 | 32.37 |
| 1.5 | 2.56 | 3.29 | 4.11 | 5.03 | 6.04 | 7.15 | 8.35 | 9.65 | 11.04 | 12.52 | 14.10 | 15.77 | 17.54 | 19.40 | 21.36 | 23.41 | 25.55 | 27.79 | 30.12 | 32.55 | 35.07 |
| 1.6 | 2.85 | 3.64 | 4.54 | 5.53 | 6.63 | 7.83 | 9.12 | 10.52 | 12.02 | 13.62 | 15.31 | 17.11 | 19.01 | 21.01 | 23.12 | 25.32 | 27.62 | 30.02 | 32.53 | 35.13 | 37.83 |

| H/m | r/m | | | | | | | | | | | | | | | | | | | | |
|---|---|---|---|---|---|---|---|---|---|---|---|---|---|---|---|---|---|---|---|---|---|
| | 0.5 | 0.6 | 0.7 | 0.8 | 0.9 | 1.0 | 1.1 | 1.2 | 1.3 | 1.4 | 1.5 | 1.6 | 1.7 | 1.8 | 1.9 | 2.0 | 2.1 | 2.2 | 2.3 | 2.4 | 2.5 |
| 1.7 | 3.16 | 4.02 | 4.99 | 6.06 | 7.24 | 8.53 | 9.92 | 11.42 | 13.03 | 14.74 | 16.57 | 18.49 | 20.53 | 22.67 | 24.92 | 27.27 | 29.74 | 32.30 | 34.98 | 37.76 | 40.65 |
| 1.8 | 3.49 | 4.42 | 5.46 | 6.61 | 7.88 | 9.26 | 10.75 | 12.36 | 14.08 | 15.91 | 17.85 | 19.91 | 22.08 | 24.37 | 26.77 | 29.28 | 31.90 | 34.64 | 37.49 | 40.45 | 43.53 |
| 1.9 | 3.84 | 4.84 | 5.95 | 7.19 | 8.54 | 10.02 | 11.61 | 13.32 | 15.16 | 17.11 | 19.18 | 21.37 | 23.68 | 26.11 | 28.66 | 31.33 | 34.11 | 37.02 | 40.05 | 43.19 | 46.46 |
| 2.0 | 4.21 | 5.28 | 6.47 | 7.79 | 9.24 | 10.81 | 12.50 | 14.33 | 16.27 | 18.35 | 20.55 | 22.87 | 25.32 | 27.90 | 30.60 | 33.43 | 36.38 | 39.46 | 42.66 | 45.99 | 49.45 |
| 2.1 | 4.60 | 5.74 | 7.01 | 8.42 | 9.96 | 11.63 | 13.43 | 15.36 | 17.43 | 19.62 | 21.95 | 24.41 | 27.00 | 29.73 | 32.59 | 35.57 | 38.70 | 41.95 | 45.33 | 48.85 | 52.50 |
| 2.2 | 5.01 | 6.23 | 7.58 | 9.08 | 10.71 | 12.48 | 14.38 | 16.43 | 18.61 | 20.94 | 23.40 | 26.00 | 28.73 | 31.61 | 34.62 | 37.77 | 41.06 | 44.49 | 48.06 | 51.76 | 55.60 |
| 2.3 | 5.45 | 6.74 | 8.18 | 9.76 | 11.49 | 13.36 | 15.37 | 17.53 | 19.84 | 22.29 | 24.88 | 27.62 | 30.50 | 33.53 | 36.70 | 40.02 | 43.48 | 47.09 | 50.84 | 54.73 | 58.77 |
| 2.4 | 5.90 | 7.27 | 8.80 | 10.47 | 12.30 | 14.27 | 16.40 | 18.67 | 21.10 | 23.68 | 26.41 | 29.29 | 32.32 | 35.50 | 38.84 | 42.32 | 45.95 | 49.74 | 53.67 | 57.76 | 62.00 |
| 2.5 | 6.38 | 7.83 | 9.44 | 11.21 | 13.14 | 15.22 | 17.46 | 19.85 | 22.40 | 25.11 | 27.98 | 31.00 | 34.18 | 37.52 | 41.02 | 44.67 | 48.48 | 52.44 | 56.57 | 60.85 | 65.29 |
| 2.6 | 6.88 | 8.42 | 10.12 | 11.98 | 14.01 | 16.20 | 18.55 | 21.06 | 23.74 | 26.59 | 29.59 | 32.76 | 36.09 | 39.59 | 43.25 | 47.07 | 51.06 | 55.21 | 59.52 | 64.00 | 68.64 |
| 2.7 | 7.41 | 9.03 | 10.82 | 12.78 | 14.91 | 17.21 | 19.68 | 22.31 | 25.12 | 28.10 | 31.25 | 34.56 | 38.05 | 41.70 | 45.53 | 49.53 | 53.69 | 58.02 | 62.53 | 67.20 | 72.05 |
| 2.8 | 7.916 | 9.67 | 11.55 | 13.61 | 15.84 | 18.25 | 20.84 | 23.60 | 26.54 | 29.65 | 32.94 | 36.41 | 40.05 | 43.87 | 47.86 | 52.03 | 56.38 | 60.90 | 65.60 | 70.47 | 75.52 |
| 2.9 | 8.54 | 10.33 | 12.31 | 14.47 | 16.81 | 19.34 | 22.04 | 24.93 | 28.00 | 31.25 | 34.69 | 38.30 | 42.10 | 46.08 | 50.25 | 54.59 | 59.12 | 63.83 | 68.72 | 73.80 | 79.06 |
| 3.0 | 9.14 | 11.03 | 13.10 | 15.36 | 17.81 | 20.45 | 23.28 | 26.30 | 29.50 | 32.89 | 36.47 | 40.24 | 44.20 | 48.35 | 52.68 | 57.21 | 61.92 | 66.82 | 71.91 | 77.19 | 82.66 |
| 3.1 | 9.77 | 11.75 | 13.92 | 16.29 | 18.85 | 21.60 | 24.55 | 27.70 | 31.04 | 34.58 | 38.31 | 42.23 | 46.35 | 50.66 | 55.17 | 59.88 | 64.78 | 69.87 | 75.16 | 80.64 | 86.32 |
| 3.2 | 10.43 | 12.50 | 14.77 | 17.24 | 19.92 | 22.79 | 25.87 | 29.15 | 32.62 | 36.30 | 40.18 | 44.27 | 48.55 | 53.03 | 57.72 | 62.60 | 67.69 | 72.98 | 78.47 | 84.16 | 90.05 |
| 3.3 | 11.11 | 13.28 | 15.65 | 18.23 | 21.02 | 24.02 | 27.22 | 30.63 | 34.25 | 38.08 | 42.11 | 46.35 | 50.80 | 55.45 | 60.31 | 65.38 | 70.66 | 76.14 | 81.84 | 87.73 | 93.84 |
| 3.4 | 11.82 | 14.09 | 16.56 | 19.26 | 22.16 | 25.28 | 28.61 | 32.16 | 35.92 | 39.89 | 44.08 | 48.48 | 53.10 | 57.92 | 62.96 | 68.22 | 73.69 | 79.37 | 85.27 | 91.38 | 97.70 |
| 3.5 | 12.56 | 14.93 | 17.51 | 20.31 | 23.34 | 26.58 | 30.05 | 33.73 | 37.63 | 41.76 | 46.10 | 50.66 | 55.45 | 60.45 | 65.67 | 71.11 | 76.78 | 82.66 | 88.76 | 95.08 | 101.63 |
| 3.6 | 13.33 | 15.80 | 18.49 | 21.41 | 24.55 | 27.92 | 31.52 | 35.34 | 39.39 | 43.66 | 48.17 | 52.89 | 57.85 | 63.03 | 68.43 | 74.07 | 79.92 | 86.01 | 92.32 | 98.86 | 105.62 |
| 3.7 | 14.13 | 16.70 | 19.50 | 22.54 | 25.80 | 29.30 | 33.03 | 37.00 | 41.19 | 45.62 | 50.28 | 55.18 | 60.30 | 65.66 | 71.25 | 77.07 | 83.13 | 89.42 | 95.94 | 102.69 | 109.68 |
| 3.8 | 14.96 | 17.63 | 20.55 | 23.70 | 27.09 | 30.72 | 34.59 | 38.69 | 43.04 | 47.62 | 52.45 | 57.51 | 62.81 | 68.35 | 74.13 | 80.14 | 86.40 | 92.89 | 99.63 | 106.60 | 113.81 |
| 3.9 | 15.82 | 18.60 | 21.63 | 24.90 | 28.42 | 32.18 | 36.18 | 40.44 | 44.93 | 49.67 | 54.66 | 59.89 | 65.37 | 71.09 | 77.06 | 83.27 | 89.73 | 96.43 | 103.38 | 110.57 | 118.00 |
| 4.0 | 16.71 | 19.60 | 22.75 | 26.14 | 29.78 | 33.68 | 37.82 | 42.22 | 46.87 | 51.77 | 56.93 | 62.33 | 67.98 | 73.89 | 80.05 | 86.46 | 93.12 | 100.03 | 107.19 | 114.61 | 122.27 |
| 4.1 | 17.64 | 20.64 | 23.90 | 27.41 | 31.19 | 35.22 | 39.51 | 44.06 | 48.86 | 53.92 | 59.24 | 64.82 | 70.65 | 76.75 | 83.10 | 89.70 | 96.57 | 103.69 | 111.07 | 118.71 | 126.61 |
| 4.2 | 18.59 | 21.71 | 25.09 | 28.73 | 32.63 | 36.80 | 41.24 | 45.93 | 50.89 | 56.12 | 61.61 | 67.36 | 73.38 | 79.66 | 86.20 | 93.01 | 100.08 | 107.42 | 115.02 | 122.88 | 131.01 |
| 4.3 | 19.58 | 22.81 | 26.31 | 30.08 | 34.12 | 38.43 | 43.01 | 47.86 | 52.98 | 58.37 | 64.03 | 69.96 | 76.16 | 82.63 | 89.37 | 96.38 | 103.66 | 111.21 | 119.04 | 127.13 | 135.49 |
| 4.4 | 20.61 | 23.95 | 27.57 | 31.47 | 35.65 | 40.10 | 44.83 | 49.83 | 55.11 | 60.67 | 66.50 | 72.61 | 79.00 | 85.66 | 92.60 | 99.81 | 107.31 | 115.07 | 123.12 | 131.44 | 140.04 |
| 4.5 | 21.67 | 25.13 | 28.88 | 32.90 | 37.22 | 41.81 | 46.69 | 51.85 | 57.29 | 63.02 | 69.02 | 75.32 | 81.89 | 88.75 | 95.89 | 103.31 | 111.01 | 119.00 | 127.27 | 135.82 | 144.66 |
| 4.6 | 22.76 | 26.34 | 30.21 | 34.38 | 38.83 | 43.57 | 48.60 | 53.92 | 59.52 | 65.42 | 71.60 | 78.03 | 84.84 | 91.89 | 99.23 | 106.86 | 114.78 | 122.99 | 131.49 | 140.28 | 149.35 |
| 4.7 | 23.89 | 27.59 | 31.59 | 35.89 | 40.48 | 45.37 | 50.55 | 56.03 | 61.80 | 67.87 | 74.24 | 80.90 | 87.85 | 95.10 | 102.65 | 110.49 | 118.62 | 127.05 | 135.78 | 144.80 | 154.12 |
| 4.8 | 25.05 | 28.88 | 33.01 | 37.45 | 42.18 | 47.22 | 52.56 | 58.20 | 64.14 | 70.38 | 76.92 | 83.77 | 90.92 | 98.37 | 106.12 | 114.17 | 122.53 | 131.18 | 140.14 | 149.40 | 158.96 |
| 4.9 | 26.25 | 30.21 | 34.47 | 39.04 | 43.92 | 49.11 | 54.61 | 60.41 | 66.52 | 72.94 | 79.67 | 86.70 | 94.05 | 101.70 | 109.65 | 117.92 | 126.50 | 135.38 | 144.57 | 154.07 | 163.87 |
| 5.0 | 27.49 | 31.57 | 35.97 | 40.68 | 45.71 | 51.05 | 56.71 | 62.67 | 68.96 | 75.56 | 82.47 | 89.69 | 97.23 | 105.09 | 113.25 | 121.74 | 130.53 | 139.64 | 149.07 | 158.81 | 168.86 |

表 6-3-22　常用放坡圆基坑挖方量表（当 K=0.33 时）

单位：m³/个

| H/m | \(r/m\) 0.5 | 0.6 | 0.7 | 0.8 | 0.9 | 1.0 | 1.1 | 1.2 | 1.3 | 1.4 | 1.5 | 1.6 | 1.7 | 1.8 | 1.9 | 2.0 | 2.1 | 2.2 | 2.3 | 2.4 | 2.5 |
|---|---|---|---|---|---|---|---|---|---|---|---|---|---|---|---|---|---|---|---|---|---|
| 1.2 | 1.89 | 2.45 | 3.09 | 3.80 | 4.59 | 5.46 | 6.40 | 7.42 | 8.51 | 9.68 | 10.92 | 12.24 | 13.63 | 15.10 | 16.64 | 18.26 | 19.96 | 21.73 | 23.57 | 25.49 | 27.49 |
| 1.3 | 2.15 | 2.77 | 3.48 | 4.27 | 5.14 | 6.09 | 7.12 | 8.23 | 9.43 | 10.71 | 12.07 | 13.51 | 15.03 | 16.64 | 18.32 | 20.09 | 21.94 | 23.87 | 25.89 | 27.98 | 30.16 |
| 1.4 | 2.43 | 3.12 | 3.89 | 4.75 | 5.70 | 6.74 | 7.87 | 9.08 | 10.39 | 11.78 | 13.26 | 14.82 | 16.48 | 18.22 | 20.05 | 21.97 | 23.98 | 26.07 | 28.25 | 30.52 | 32.88 |
| 1.5 | 2.73 | 3.48 | 4.33 | 5.27 | 6.30 | 7.43 | 8.65 | 9.97 | 11.38 | 12.89 | 14.49 | 16.18 | 17.97 | 19.85 | 21.83 | 23.90 | 26.07 | 28.32 | 30.68 | 33.13 | 35.67 |
| 1.6 | 3.06 | 3.87 | 4.79 | 5.81 | 6.93 | 8.15 | 9.47 | 10.89 | 12.41 | 14.03 | 15.76 | 17.58 | 19.51 | 21.53 | 23.66 | 25.88 | 28.21 | 30.63 | 33.16 | 35.79 | 38.52 |
| 1.7 | 3.39 | 4.28 | 5.27 | 6.38 | 7.58 | 8.90 | 10.32 | 11.85 | 13.48 | 15.22 | 17.07 | 19.03 | 21.09 | 23.26 | 25.53 | 27.92 | 30.40 | 33.00 | 35.70 | 38.51 | 41.43 |
| 1.8 | 3.76 | 4.72 | 5.79 | 6.97 | 8.27 | 9.68 | 11.20 | 12.84 | 14.59 | 16.45 | 18.43 | 20.52 | 22.72 | 25.03 | 27.46 | 30.00 | 32.66 | 35.42 | 38.31 | 41.30 | 44.41 |
| 1.9 | 4.15 | 5.18 | 6.33 | 7.60 | 8.99 | 10.49 | 12.12 | 13.87 | 15.74 | 17.72 | 19.83 | 22.05 | 24.40 | 26.86 | 29.44 | 32.14 | 34.97 | 37.91 | 40.97 | 44.15 | 47.45 |
| 2.0 | 4.56 | 5.66 | 6.89 | 8.25 | 9.73 | 11.34 | 13.08 | 14.94 | 16.92 | 19.03 | 21.27 | 23.63 | 26.12 | 28.73 | 31.47 | 34.34 | 37.33 | 40.45 | 43.69 | 47.06 | 50.55 |
| 2.1 | 4.99 | 6.17 | 7.49 | 8.94 | 10.51 | 12.23 | 14.07 | 16.04 | 18.15 | 20.39 | 22.76 | 25.26 | 27.89 | 30.66 | 33.56 | 36.59 | 39.75 | 43.05 | 46.47 | 50.03 | 53.72 |
| 2.2 | 5.45 | 6.71 | 8.11 | 9.65 | 11.33 | 13.14 | 15.10 | 17.19 | 19.42 | 21.79 | 24.29 | 26.94 | 29.72 | 32.64 | 35.70 | 38.90 | 42.23 | 45.71 | 49.32 | 53.07 | 56.96 |
| 2.3 | 5.94 | 7.28 | 8.77 | 10.40 | 12.18 | 14.10 | 16.16 | 18.37 | 20.73 | 23.23 | 25.87 | 28.66 | 31.59 | 34.67 | 37.89 | 41.26 | 44.77 | 48.43 | 52.23 | 56.17 | 60.26 |
| 2.4 | 6.45 | 7.87 | 9.45 | 11.18 | 13.06 | 15.09 | 17.27 | 19.60 | 22.08 | 24.71 | 27.50 | 30.43 | 33.52 | 36.75 | 40.14 | 43.68 | 47.37 | 51.21 | 55.20 | 59.34 | 63.63 |
| 2.5 | 6.99 | 8.50 | 10.17 | 11.99 | 13.98 | 16.12 | 18.41 | 20.87 | 23.48 | 26.25 | 29.17 | 32.26 | 35.50 | 38.89 | 42.45 | 46.16 | 50.02 | 54.05 | 58.23 | 62.57 | 67.07 |
| 2.6 | 7.55 | 9.15 | 10.91 | 12.84 | 14.93 | 17.18 | 19.60 | 22.18 | 24.92 | 27.83 | 30.90 | 34.13 | 37.52 | 41.08 | 44.81 | 48.69 | 52.74 | 56.96 | 61.33 | 65.87 | 70.58 |
| 2.7 | 8.14 | 9.83 | 11.69 | 13.72 | 15.92 | 18.28 | 20.82 | 23.53 | 26.40 | 29.45 | 32.67 | 36.05 | 39.61 | 43.33 | 47.23 | 51.29 | 55.52 | 59.93 | 64.50 | 69.24 | 74.15 |
| 2.8 | 8.77 | 10.55 | 12.50 | 14.64 | 16.94 | 19.43 | 22.09 | 24.92 | 27.94 | 31.12 | 34.49 | 38.03 | 41.74 | 45.63 | 49.70 | 53.95 | 58.36 | 62.96 | 67.73 | 72.68 | 77.80 |
| 2.9 | 9.42 | 11.29 | 13.35 | 15.59 | 18.01 | 20.61 | 23.40 | 26.36 | 29.51 | 32.84 | 36.36 | 40.05 | 43.93 | 47.99 | 52.24 | 56.66 | 61.27 | 66.06 | 71.03 | 76.18 | 81.52 |
| 3.0 | 10.10 | 12.07 | 14.23 | 16.58 | 19.11 | 21.83 | 24.75 | 27.85 | 31.14 | 34.61 | 38.28 | 42.14 | 46.18 | 50.41 | 54.83 | 59.44 | 64.24 | 69.22 | 74.40 | 79.76 | 85.31 |
| 3.1 | 10.81 | 12.88 | 15.14 | 17.60 | 20.25 | 23.10 | 26.14 | 29.38 | 32.81 | 36.43 | 40.25 | 44.27 | 48.48 | 52.88 | 57.48 | 62.28 | 67.27 | 72.45 | 77.83 | 83.40 | 89.17 |
| 3.2 | 11.56 | 13.73 | 16.09 | 18.66 | 21.43 | 24.41 | 27.58 | 30.95 | 34.53 | 38.30 | 42.28 | 46.46 | 50.84 | 55.42 | 60.20 | 65.18 | 70.36 | 75.75 | 81.33 | 87.12 | 93.11 |
| 3.3 | 12.34 | 14.60 | 17.08 | 19.77 | 22.66 | 25.76 | 29.06 | 32.58 | 36.30 | 40.22 | 44.36 | 48.70 | 53.25 | 58.01 | 62.97 | 68.15 | 73.53 | 79.11 | 84.91 | 90.91 | 97.12 |
| 3.4 | 13.14 | 15.52 | 18.11 | 20.91 | 23.92 | 27.15 | 30.59 | 34.24 | 38.11 | 42.20 | 46.49 | 51.00 | 55.73 | 60.66 | 65.81 | 71.18 | 76.75 | 82.55 | 88.55 | 94.77 | 101.20 |
| 3.5 | 13.99 | 16.47 | 19.17 | 22.09 | 25.23 | 28.58 | 32.16 | 35.96 | 39.98 | 44.22 | 48.68 | 53.36 | 58.26 | 63.37 | 68.71 | 74.27 | 80.05 | 86.05 | 92.27 | 98.70 | 105.36 |
| 3.6 | 14.87 | 17.45 | 20.27 | 23.31 | 26.57 | 30.07 | 33.78 | 37.73 | 41.90 | 46.30 | 50.92 | 55.77 | 60.85 | 66.15 | 71.68 | 77.43 | 83.41 | 89.62 | 96.05 | 102.71 | 109.60 |
| 3.7 | 15.78 | 18.48 | 21.41 | 24.57 | 27.97 | 31.59 | 35.45 | 39.55 | 43.87 | 48.43 | 53.22 | 58.24 | 63.50 | 68.98 | 74.70 | 80.66 | 86.84 | 93.26 | 99.91 | 106.79 | 113.91 |
| 3.8 | 16.73 | 19.54 | 22.59 | 25.87 | 29.40 | 33.17 | 37.17 | 41.41 | 45.89 | 50.61 | 55.57 | 60.77 | 66.21 | 71.80 | 77.80 | 83.95 | 90.34 | 96.97 | 103.84 | 110.95 | 118.30 |
| 3.9 | 17.71 | 20.64 | 23.81 | 27.22 | 30.88 | 34.79 | 38.94 | 43.33 | 47.97 | 52.86 | 57.99 | 63.36 | 68.98 | 74.85 | 80.96 | 87.31 | 93.91 | 100.76 | 107.85 | 115.18 | 122.76 |
| 4.0 | 18.73 | 21.78 | 25.07 | 28.61 | 32.41 | 36.45 | 40.75 | 45.30 | 50.10 | 55.15 | 60.45 | 66.01 | 71.81 | 77.87 | 84.18 | 90.74 | 97.55 | 104.61 | 111.93 | 119.49 | 127.31 |
| 4.1 | 19.79 | 22.95 | 26.37 | 30.05 | 33.98 | 38.17 | 42.62 | 47.32 | 52.28 | 57.50 | 62.98 | 68.72 | 74.71 | 80.96 | 87.47 | 94.24 | 101.26 | 108.54 | 116.08 | 123.88 | 131.93 |
| 4.2 | 20.89 | 24.17 | 27.72 | 31.52 | 35.60 | 39.93 | 44.53 | 49.39 | 54.52 | 59.91 | 65.57 | 71.49 | 77.67 | 84.12 | 90.83 | 97.80 | 105.04 | 112.54 | 120.31 | 128.34 | 136.64 |

市政工程常用资料备查手册

单位: m³/个

| H/m | 0.5 | 0.6 | 0.7 | 0.8 | 0.9 | 1.0 | 1.1 | 1.2 | 1.3 | 1.4 | 1.5 | 1.6 | 1.7 | 1.8 | 1.9 | 2.0 | 2.1 | 2.2 | 2.3 | 2.4 | 2.5 |
|---|---|---|---|---|---|---|---|---|---|---|---|---|---|---|---|---|---|---|---|---|---|
| | | | | | | | | | | | r/m | | | | | | | | | | |
| 4.3 | 22.03 | 25.43 | 29.10 | 33.05 | 37.26 | 41.74 | 46.50 | 51.52 | 56.82 | 62.38 | 68.22 | 74.32 | 80.69 | 87.34 | 94.26 | 101.44 | 108.90 | 116.62 | 124.62 | 132.88 | 141.42 |
| 4.4 | 23.21 | 26.73 | 30.54 | 34.62 | 38.97 | 43.61 | 48.52 | 53.70 | 59.17 | 64.91 | 70.92 | 77.21 | 83.78 | 90.63 | 97.75 | 105.15 | 112.82 | 120.77 | 129.00 | 137.51 | 146.29 |
| 4.5 | 24.42 | 28.08 | 32.01 | 36.23 | 40.74 | 45.52 | 50.59 | 55.94 | 61.58 | 67.49 | 73.69 | 80.17 | 86.94 | 93.98 | 101.32 | 108.93 | 116.82 | 125.00 | 133.46 | 142.21 | 151.23 |
| 4.6 | 25.68 | 29.46 | 33.54 | 37.90 | 42.55 | 47.49 | 52.72 | 58.23 | 64.04 | 70.14 | 76.52 | 83.19 | 90.16 | 97.41 | 104.95 | 112.78 | 120.90 | 129.31 | 138.00 | 146.99 | 156.26 |
| 4.7 | 26.98 | 30.90 | 35.11 | 39.61 | 44.41 | 49.51 | 54.90 | 60.58 | 66.57 | 72.84 | 79.41 | 86.28 | 93.44 | 100.90 | 108.66 | 116.70 | 125.05 | 133.69 | 142.62 | 151.85 | 161.38 |
| 4.8 | 28.32 | 32.37 | 36.72 | 41.37 | 46.32 | 51.58 | 57.13 | 62.99 | 69.15 | 75.61 | 82.37 | 89.43 | 96.80 | 104.47 | 112.43 | 120.70 | 129.27 | 138.15 | 147.32 | 156.80 | 166.58 |
| 4.9 | 29.71 | 33.89 | 38.38 | 43.18 | 48.29 | 53.70 | 59.42 | 65.45 | 71.79 | 78.44 | 85.39 | 92.65 | 100.22 | 108.10 | 116.28 | 124.78 | 133.58 | 142.68 | 152.10 | 161.83 | 171.86 |
| 5.0 | 31.14 | 35.46 | 40.09 | 45.04 | 50.30 | 55.88 | 61.77 | 67.98 | 74.50 | 81.33 | 88.48 | 95.94 | 103.71 | 111.80 | 120.21 | 128.92 | 137.96 | 147.30 | 156.96 | 166.94 | 177.23 |

表 6-3-23　常用放坡圆基坑挖方量表（当 K=0.50 时）

单位: m³/个

| H/m | 0.5 | 0.6 | 0.7 | 0.8 | 0.9 | 1.0 | 1.1 | 1.2 | 1.3 | 1.4 | 1.5 | 1.6 | 1.7 | 1.8 | 1.9 | 2.0 | 2.1 | 2.2 | 2.3 | 2.4 | 2.5 |
|---|---|---|---|---|---|---|---|---|---|---|---|---|---|---|---|---|---|---|---|---|---|
| | | | | | | | | | | | r/m | | | | | | | | | | |
| 1.2 | 2.53 | 3.17 | 3.88 | 4.67 | 5.54 | 6.48 | 7.50 | 8.60 | 9.76 | 11.01 | 12.33 | 13.72 | 15.19 | 16.74 | 18.36 | 20.06 | 21.83 | 23.68 | 25.60 | 27.60 | 29.67 |
| 1.3 | 2.92 | 3.64 | 4.43 | 5.31 | 6.27 | 7.31 | 8.44 | 9.64 | 10.93 | 12.30 | 13.75 | 15.28 | 16.89 | 18.59 | 20.36 | 22.22 | 24.16 | 26.18 | 28.29 | 30.47 | 32.74 |
| 1.4 | 3.36 | 4.15 | 5.03 | 6.00 | 7.05 | 8.20 | 9.43 | 10.75 | 12.15 | 13.65 | 15.23 | 16.90 | 18.66 | 20.51 | 22.45 | 24.47 | 26.58 | 28.78 | 31.07 | 33.44 | 35.90 |
| 1.5 | 3.83 | 4.70 | 5.67 | 6.73 | 7.88 | 9.13 | 10.47 | 11.91 | 13.44 | 15.07 | 16.79 | 18.60 | 20.51 | 22.51 | 24.61 | 26.80 | 29.09 | 31.47 | 33.94 | 36.51 | 39.17 |
| 1.6 | 4.34 | 5.29 | 6.35 | 7.51 | 8.76 | 10.12 | 11.58 | 13.14 | 14.79 | 16.55 | 18.41 | 20.37 | 22.44 | 24.60 | 26.86 | 29.22 | 31.68 | 34.25 | 36.91 | 39.68 | 42.54 |
| 1.7 | 4.89 | 5.93 | 7.08 | 8.34 | 9.70 | 11.17 | 12.74 | 14.42 | 16.21 | 18.11 | 20.11 | 22.22 | 24.44 | 26.76 | 29.19 | 31.73 | 34.37 | 37.12 | 39.98 | 42.94 | 46.01 |
| 1.8 | 5.49 | 6.62 | 7.86 | 9.22 | 10.69 | 12.27 | 13.97 | 15.78 | 17.70 | 19.74 | 21.88 | 24.15 | 26.52 | 29.01 | 31.61 | 34.33 | 37.15 | 40.09 | 43.15 | 46.31 | 49.59 |
| 1.9 | 6.12 | 7.35 | 8.69 | 10.15 | 11.73 | 13.44 | 15.26 | 17.20 | 19.26 | 21.43 | 23.73 | 26.15 | 28.69 | 31.34 | 34.12 | 37.01 | 40.03 | 43.16 | 46.41 | 49.79 | 53.28 |
| 2.0 | 6.81 | 8.13 | 9.57 | 11.14 | 12.84 | 14.66 | 16.61 | 18.68 | 20.88 | 23.21 | 25.66 | 28.23 | 30.93 | 33.76 | 36.71 | 39.79 | 43.00 | 46.33 | 49.78 | 53.37 | 57.07 |
| 2.1 | 7.54 | 8.96 | 10.51 | 12.19 | 14.00 | 15.95 | 18.03 | 20.24 | 22.58 | 25.05 | 27.66 | 30.40 | 33.27 | 36.27 | 39.40 | 42.67 | 46.07 | 49.60 | 53.26 | 57.05 | 60.98 |
| 2.2 | 8.32 | 9.84 | 11.50 | 13.29 | 15.23 | 17.30 | 19.51 | 21.86 | 24.35 | 26.98 | 29.74 | 32.65 | 35.69 | 38.87 | 42.18 | 45.64 | 49.23 | 52.97 | 56.84 | 60.84 | 64.99 |
| 2.3 | 9.15 | 10.77 | 12.54 | 14.46 | 16.52 | 18.72 | 21.07 | 23.56 | 26.20 | 28.98 | 31.19 | 34.98 | 38.19 | 41.55 | 45.06 | 48.71 | 52.50 | 56.44 | 60.52 | 64.75 | 69.12 |
| 2.4 | 10.03 | 11.76 | 13.65 | 15.68 | 17.87 | 20.21 | 22.69 | 25.33 | 28.12 | 31.06 | 34.16 | 37.40 | 40.79 | 44.33 | 48.03 | 51.87 | 55.87 | 60.02 | 64.31 | 68.76 | 73.36 |
| 2.5 | 10.96 | 12.81 | 14.81 | 16.97 | 19.29 | 21.76 | 24.39 | 27.18 | 30.13 | 33.23 | 36.49 | 39.90 | 43.48 | 47.21 | 51.10 | 55.14 | 59.34 | 63.70 | 68.22 | 72.89 | 77.72 |
| 2.6 | 11.95 | 13.91 | 16.04 | 18.32 | 20.77 | 23.39 | 26.17 | 29.11 | 32.21 | 35.48 | 38.91 | 42.50 | 46.26 | 50.18 | 54.26 | 58.51 | 62.92 | 67.50 | 72.23 | 77.13 | 82.20 |
| 2.7 | 13.00 | 15.08 | 17.33 | 19.74 | 22.33 | 25.09 | 28.01 | 31.11 | 34.37 | 37.81 | 41.41 | 45.19 | 49.13 | 53.25 | 57.53 | 61.98 | 66.61 | 71.40 | 76.36 | 81.49 | 86.80 |
| 2.8 | 14.10 | 16.30 | 18.68 | 21.23 | 23.96 | 26.86 | 29.94 | 33.19 | 36.62 | 40.23 | 44.01 | 47.97 | 52.10 | 56.41 | 60.90 | 65.56 | 70.40 | 75.41 | 80.60 | 85.97 | 91.51 |
| 2.9 | 15.27 | 17.59 | 20.10 | 22.78 | 25.65 | 28.71 | 31.94 | 35.36 | 38.96 | 42.74 | 46.70 | 50.84 | 55.17 | 59.68 | 64.37 | 69.25 | 74.30 | 79.54 | 84.96 | 90.57 | 96.35 |
| 3.0 | 16.49 | 18.94 | 21.58 | 24.41 | 27.43 | 30.63 | 34.02 | 37.60 | 41.37 | 45.33 | 49.48 | 53.82 | 58.34 | 63.05 | 67.95 | 73.04 | 78.32 | 83.79 | 89.44 | 95.28 | 101.32 |

r/m

| H/m | 0.5 | 0.6 | 0.7 | 0.8 | 0.9 | 1.0 | 1.1 | 1.2 | 1.3 | 1.4 | 1.5 | 1.6 | 1.7 | 1.8 | 1.9 | 2.0 | 2.1 | 2.2 | 2.3 | 2.4 | 2.5 |
|---|---|---|---|---|---|---|---|---|---|---|---|---|---|---|---|---|---|---|---|---|---|
| 3.1 | 17.78 | 20.36 | 23.14 | 26.11 | 29.27 | 32.63 | 36.19 | 39.94 | 43.88 | 48.02 | 52.35 | 56.88 | 61.61 | 66.53 | 71.64 | 76.95 | 82.45 | 88.15 | 94.04 | 100.12 | 106.41 |
| 3.2 | 19.13 | 21.85 | 24.76 | 27.88 | 31.20 | 34.72 | 38.44 | 42.36 | 46.48 | 50.80 | 55.33 | 60.05 | 64.98 | 70.10 | 75.43 | 80.96 | 86.69 | 92.62 | 98.75 | 105.09 | 111.62 |
| 3.3 | 20.55 | 23.40 | 26.46 | 29.73 | 33.20 | 36.88 | 40.77 | 44.86 | 49.17 | 53.68 | 58.39 | 63.32 | 68.45 | 73.79 | 79.34 | 85.09 | 91.05 | 97.22 | 103.59 | 110.18 | 116.97 |
| 3.4 | 22.04 | 25.03 | 28.23 | 31.65 | 35.28 | 39.13 | 43.19 | 47.46 | 51.95 | 56.65 | 61.56 | 66.69 | 72.03 | 77.58 | 83.35 | 89.33 | 95.53 | 101.94 | 108.56 | 115.39 | 122.44 |
| 3.5 | 23.59 | 26.73 | 30.08 | 33.66 | 37.45 | 41.46 | 45.70 | 50.15 | 54.82 | 59.72 | 64.83 | 70.16 | 75.71 | 81.49 | 87.48 | 93.69 | 100.12 | 106.78 | 113.65 | 120.74 | 128.05 |
| 3.6 | 25.22 | 28.50 | 32.01 | 35.74 | 39.70 | 43.88 | 48.29 | 52.93 | 57.79 | 62.88 | 68.20 | 73.74 | 79.51 | 85.50 | 91.72 | 98.17 | 104.84 | 111.74 | 118.87 | 126.22 | 133.79 |
| 3.7 | 26.92 | 30.35 | 34.01 | 37.90 | 42.03 | 46.39 | 50.98 | 55.80 | 60.86 | 66.15 | 71.67 | 77.42 | 83.41 | 89.63 | 96.08 | 102.76 | 109.68 | 116.83 | 124.21 | 131.82 | 139.67 |
| 3.8 | 28.69 | 32.27 | 36.09 | 40.15 | 44.45 | 48.99 | 53.76 | 58.78 | 64.03 | 69.52 | 75.25 | 81.22 | 87.43 | 93.87 | 100.56 | 107.48 | 114.65 | 122.05 | 129.69 | 137.57 | 145.68 |
| 3.9 | 30.54 | 34.28 | 38.26 | 42.48 | 46.96 | 51.67 | 56.64 | 61.84 | 67.30 | 72.99 | 78.93 | 85.12 | 91.55 | 98.23 | 105.15 | 112.32 | 119.73 | 127.39 | 135.30 | 143.44 | 151.84 |
| 4.0 | 32.46 | 36.36 | 40.51 | 44.90 | 49.55 | 54.45 | 59.61 | 65.01 | 70.66 | 76.57 | 82.73 | 89.14 | 95.80 | 102.71 | 109.87 | 117.29 | 124.95 | 132.87 | 141.04 | 149.46 | 158.13 |
| 4.1 | 34.47 | 38.52 | 42.84 | 47.41 | 52.24 | 57.33 | 62.67 | 68.28 | 74.14 | 80.26 | 86.63 | 93.27 | 100.16 | 107.31 | 114.71 | 122.38 | 130.30 | 138.48 | 146.91 | 155.61 | 164.56 |
| 4.2 | 36.55 | 40.77 | 45.26 | 50.01 | 55.02 | 60.30 | 65.84 | 71.65 | 77.72 | 84.05 | 90.65 | 97.51 | 104.63 | 112.02 | 119.68 | 127.59 | 135.77 | 144.22 | 152.93 | 161.90 | 171.14 |
| 4.3 | 38.71 | 43.10 | 47.77 | 52.70 | 57.90 | 63.37 | 69.11 | 75.12 | 81.40 | 87.95 | 94.78 | 101.87 | 109.23 | 116.86 | 124.77 | 132.94 | 141.38 | 150.09 | 159.08 | 168.33 | 177.86 |
| 4.4 | 40.96 | 45.52 | 50.36 | 55.48 | 60.87 | 66.53 | 72.48 | 78.70 | 85.20 | 91.97 | 99.02 | 106.35 | 113.95 | 121.83 | 129.98 | 138.41 | 147.12 | 156.11 | 165.37 | 174.91 | 184.72 |
| 4.5 | 43.30 | 48.03 | 53.05 | 58.35 | 63.94 | 69.80 | 75.95 | 82.38 | 89.10 | 96.10 | 103.38 | 110.94 | 118.79 | 126.92 | 135.33 | 144.02 | 153.00 | 162.26 | 171.80 | 181.63 | 191.74 |
| 4.6 | 45.71 | 50.63 | 55.83 | 61.32 | 67.10 | 73.17 | 79.53 | 86.18 | 93.11 | 100.34 | 107.86 | 115.66 | 123.75 | 132.13 | 140.80 | 149.76 | 159.01 | 168.55 | 178.38 | 188.49 | 198.90 |
| 4.7 | 48.22 | 53.32 | 58.71 | 64.39 | 70.37 | 76.65 | 83.22 | 90.08 | 97.24 | 104.70 | 112.45 | 120.50 | 128.84 | 137.48 | 146.41 | 155.64 | 165.16 | 174.98 | 185.10 | 195.51 | 206.21 |
| 4.8 | 50.82 | 56.10 | 61.68 | 67.56 | 73.74 | 80.22 | 87.01 | 94.10 | 101.49 | 109.18 | 117.17 | 125.46 | 134.06 | 142.96 | 152.15 | 161.65 | 171.46 | 181.56 | 191.96 | 202.67 | 213.68 |
| 4.9 | 53.51 | 58.97 | 64.74 | 70.82 | 77.21 | 83.91 | 90.91 | 98.23 | 105.85 | 113.77 | 122.01 | 130.55 | 139.40 | 148.56 | 158.03 | 167.81 | 177.89 | 188.28 | 198.98 | 209.98 | 221.30 |
| 5.0 | 56.29 | 61.94 | 67.91 | 74.19 | 80.79 | 87.70 | 94.93 | 102.47 | 110.32 | 118.49 | 126.97 | 135.77 | 144.88 | 154.30 | 164.04 | 174.10 | 184.46 | 195.15 | 206.14 | 217.45 | 229.07 |

表6-3-24　常用放坡圆基坑挖方量表（当 $K=0.67$ 时）

单位: m³/个

r/m

| H/m | 0.5 | 0.6 | 0.7 | 0.8 | 0.9 | 1.0 | 1.1 | 1.2 | 1.3 | 1.4 | 1.5 | 1.6 | 1.7 | 1.8 | 1.9 | 2.0 | 2.1 | 2.2 | 2.3 | 2.4 | 2.5 |
|---|---|---|---|---|---|---|---|---|---|---|---|---|---|---|---|---|---|---|---|---|---|
| 1.2 | 3.27 | 3.99 | 4.78 | 5.65 | 6.59 | 7.61 | 8.71 | 9.88 | 11.12 | 12.44 | 13.84 | 15.31 | 16.86 | 18.48 | 20.18 | 21.95 | 23.80 | 25.73 | 27.73 | 29.80 | 31.95 |
| 1.3 | 3.83 | 4.64 | 5.52 | 6.49 | 7.54 | 8.67 | 9.89 | 11.18 | 12.56 | 14.02 | 15.56 | 17.18 | 18.88 | 20.67 | 22.54 | 24.48 | 26.51 | 28.63 | 30.82 | 33.09 | 35.45 |
| 1.4 | 4.45 | 5.35 | 6.33 | 7.41 | 8.57 | 9.81 | 11.15 | 12.57 | 14.09 | 15.69 | 17.37 | 19.15 | 21.01 | 22.97 | 25.01 | 27.13 | 29.35 | 31.65 | 34.06 | 36.53 | 39.09 |
| 1.5 | 5.13 | 6.12 | 7.21 | 8.39 | 9.67 | 11.03 | 12.50 | 13.93 | 15.71 | 17.45 | 19.29 | 21.23 | 23.26 | 25.38 | 27.60 | 29.91 | 32.31 | 34.81 | 37.41 | 40.10 | 42.88 |
| 1.6 | 5.88 | 6.97 | 8.16 | 9.45 | 10.85 | 12.34 | 13.93 | 15.63 | 17.43 | 19.32 | 21.32 | 23.41 | 25.61 | 27.91 | 30.31 | 32.81 | 35.41 | 38.11 | 40.91 | 43.81 | 46.81 |
| 1.7 | 6.69 | 7.88 | 9.18 | 10.59 | 12.11 | 13.73 | 15.46 | 17.30 | 19.24 | 21.29 | 23.45 | 25.71 | 28.09 | 30.56 | 33.15 | 35.84 | 38.64 | 41.54 | 44.55 | 47.67 | 50.90 |
| 1.8 | 7.57 | 8.87 | 10.29 | 11.82 | 13.46 | 15.22 | 17.09 | 19.07 | 21.16 | 23.37 | 25.69 | 28.13 | 30.68 | 33.34 | 36.11 | 39.00 | 42.00 | 45.11 | 48.34 | 51.68 | 55.13 |

续表

| H/m | r/m | | | | | | | | | | | | | | | | | | | | |
|---|---|---|---|---|---|---|---|---|---|---|---|---|---|---|---|---|---|---|---|---|---|
| | 0.5 | 0.6 | 0.7 | 0.8 | 0.9 | 1.0 | 1.1 | 1.2 | 1.3 | 1.4 | 1.5 | 1.6 | 1.7 | 1.8 | 1.9 | 2.0 | 2.1 | 2.2 | 2.3 | 2.4 | 2.5 |
| 1.9 | 8.52 | 9.93 | 11.47 | 13.12 | 14.90 | 16.79 | 18.81 | 20.94 | 23.19 | 25.56 | 28.05 | 30.66 | 33.39 | 36.24 | 39.21 | 42.30 | 45.50 | 48.83 | 52.28 | 55.84 | 59.53 |
| 2.0 | 9.54 | 11.07 | 12.73 | 14.52 | 16.43 | 18.46 | 20.62 | 22.91 | 25.32 | 27.86 | 30.53 | 33.32 | 36.23 | 39.27 | 42.44 | 45.73 | 49.15 | 52.69 | 56.36 | 60.16 | 64.08 |
| 2.1 | 10.64 | 12.30 | 14.08 | 16.00 | 18.05 | 20.23 | 22.55 | 24.99 | 27.57 | 30.28 | 33.12 | 36.09 | 39.20 | 42.44 | 45.81 | 49.31 | 52.94 | 56.71 | 60.60 | 64.63 | 68.79 |
| 2.2 | 11.83 | 13.61 | 15.52 | 17.58 | 19.77 | 22.10 | 24.57 | 27.18 | 29.93 | 32.81 | 35.84 | 39.00 | 42.30 | 45.74 | 49.31 | 53.03 | 56.88 | 60.87 | 65.00 | 69.27 | 73.67 |
| 2.3 | 13.09 | 15.00 | 17.05 | 19.25 | 21.59 | 24.08 | 26.71 | 29.49 | 32.41 | 35.47 | 38.68 | 42.03 | 45.53 | 49.17 | 52.96 | 56.89 | 60.97 | 65.19 | 69.55 | 74.06 | 78.72 |
| 2.4 | 14.45 | 16.49 | 18.68 | 21.02 | 23.52 | 26.16 | 28.96 | 31.90 | 35.00 | 38.25 | 41.65 | 45.20 | 48.90 | 52.75 | 56.75 | 60.91 | 65.21 | 69.66 | 74.27 | 79.03 | 83.93 |
| 2.5 | 15.89 | 18.07 | 20.40 | 22.90 | 25.55 | 28.35 | 31.32 | 34.44 | 37.72 | 41.16 | 44.75 | 48.50 | 52.41 | 56.47 | 60.69 | 65.07 | 69.61 | 74.30 | 79.15 | 84.16 | 89.32 |
| 2.6 | 17.42 | 19.72 | 22.22 | 24.87 | 27.68 | 30.66 | 33.80 | 37.10 | 40.56 | 44.19 | 47.98 | 51.94 | 56.06 | 60.34 | 64.78 | 69.39 | 74.16 | 79.10 | 84.20 | 89.46 | 94.89 |
| 2.7 | 19.05 | 21.51 | 24.15 | 26.96 | 29.93 | 33.08 | 36.40 | 39.88 | 43.54 | 47.36 | 51.35 | 55.52 | 59.85 | 64.36 | 69.08 | 73.87 | 78.88 | 84.06 | 89.42 | 94.94 | 100.63 |
| 2.8 | 20.77 | 23.39 | 26.18 | 29.15 | 32.30 | 35.62 | 39.12 | 42.79 | 46.64 | 50.66 | 54.86 | 59.24 | 63.79 | 68.52 | 73.43 | 78.51 | 83.77 | 89.20 | 94.81 | 100.59 | 106.55 |
| 2.9 | 22.59 | 25.37 | 28.32 | 31.46 | 34.78 | 38.28 | 41.96 | 45.83 | 49.87 | 54.10 | 58.52 | 63.11 | 67.89 | 72.85 | 77.99 | 83.31 | 88.82 | 94.50 | 100.37 | 106.43 | 112.66 |
| 3.0 | 24.52 | 27.45 | 30.57 | 33.88 | 37.38 | 41.06 | 44.93 | 49.00 | 53.25 | 57.69 | 62.31 | 67.13 | 72.13 | 77.33 | 82.71 | 88.28 | 94.04 | 99.98 | 106.12 | 112.44 | 118.96 |
| 3.1 | 26.55 | 29.65 | 32.94 | 36.42 | 40.10 | 43.97 | 48.04 | 52.30 | 56.76 | 61.41 | 66.26 | 71.30 | 76.54 | 81.97 | 87.59 | 93.42 | 99.43 | 105.64 | 112.05 | 118.65 | 125.44 |
| 3.2 | 28.69 | 31.96 | 35.42 | 39.08 | 42.95 | 47.01 | 51.28 | 55.74 | 60.41 | 65.28 | 70.35 | 75.63 | 81.10 | 86.77 | 92.65 | 98.72 | 105.00 | 111.48 | 118.16 | 125.04 | 132.12 |
| 3.3 | 30.95 | 34.38 | 38.02 | 41.87 | 45.92 | 50.18 | 54.65 | 59.33 | 64.21 | 69.30 | 74.60 | 80.11 | 85.82 | 91.74 | 97.87 | 104.21 | 110.75 | 117.50 | 124.46 | 131.62 | 138.99 |
| 3.4 | 33.31 | 36.92 | 40.72 | 44.78 | 49.03 | 53.49 | 58.17 | 63.06 | 68.16 | 73.48 | 79.01 | 84.75 | 90.71 | 96.88 | 103.27 | 109.87 | 116.68 | 123.71 | 130.95 | 138.40 | 146.07 |
| 3.5 | 35.80 | 39.58 | 43.59 | 47.82 | 52.27 | 56.94 | 61.82 | 66.93 | 72.26 | 77.80 | 83.57 | 89.56 | 95.77 | 102.19 | 108.84 | 115.71 | 122.79 | 130.10 | 137.63 | 145.37 | 153.34 |
| 3.6 | 38.40 | 42.37 | 46.57 | 50.99 | 55.64 | 60.52 | 65.62 | 70.95 | 76.51 | 82.29 | 88.30 | 94.53 | 100.99 | 107.68 | 114.59 | 121.73 | 129.09 | 136.69 | 144.50 | 152.55 | 160.82 |
| 3.7 | 41.13 | 45.29 | 49.68 | 54.30 | 59.16 | 64.25 | 69.57 | 75.13 | 80.92 | 86.94 | 93.19 | 99.67 | 106.39 | 113.34 | 120.52 | 127.94 | 135.59 | 143.47 | 151.58 | 159.92 | 168.50 |
| 3.8 | 43.98 | 48.33 | 52.92 | 57.75 | 62.82 | 68.13 | 73.67 | 79.46 | 85.48 | 91.75 | 98.25 | 104.99 | 111.97 | 119.18 | 126.64 | 134.34 | 142.27 | 150.44 | 158.85 | 167.50 | 176.39 |
| 3.9 | 46.96 | 51.50 | 56.30 | 61.34 | 66.62 | 72.15 | 77.93 | 83.95 | 90.21 | 96.72 | 103.48 | 110.47 | 117.72 | 125.21 | 132.94 | 140.92 | 149.15 | 157.62 | 166.33 | 175.29 | 184.50 |
| 4.0 | 50.07 | 54.82 | 59.82 | 65.07 | 70.57 | 76.33 | 82.34 | 88.59 | 95.10 | 101.86 | 108.88 | 116.14 | 123.65 | 131.42 | 139.44 | 147.71 | 156.23 | 165.00 | 174.02 | 183.29 | 192.82 |
| 4.1 | 53.31 | 58.27 | 63.48 | 68.95 | 74.68 | 80.66 | 86.91 | 93.41 | 100.16 | 107.18 | 114.45 | 121.99 | 129.77 | 137.82 | 146.12 | 154.69 | 163.51 | 172.58 | 181.92 | 191.51 | 201.36 |
| 4.2 | 56.69 | 61.86 | 67.28 | 72.98 | 78.93 | 85.15 | 91.64 | 98.38 | 105.40 | 112.67 | 120.21 | 128.01 | 136.08 | 144.41 | 153.01 | 161.87 | 170.99 | 180.38 | 190.03 | 199.94 | 210.12 |
| 4.3 | 60.21 | 65.59 | 71.24 | 77.16 | 83.34 | 89.80 | 96.53 | 103.53 | 110.80 | 118.34 | 126.15 | 134.23 | 142.58 | 151.20 | 160.09 | 169.25 | 178.68 | 188.38 | 198.35 | 208.59 | 219.10 |
| 4.4 | 63.87 | 69.47 | 75.34 | 81.49 | 87.92 | 94.62 | 101.59 | 108.85 | 116.38 | 124.19 | 132.27 | 140.63 | 149.27 | 158.18 | 167.37 | 176.84 | 186.58 | 196.60 | 206.89 | 217.46 | 228.31 |
| 4.5 | 67.68 | 73.50 | 79.60 | 85.98 | 92.65 | 99.60 | 106.83 | 114.34 | 122.14 | 130.22 | 138.58 | 147.23 | 156.15 | 165.36 | 174.86 | 184.63 | 194.69 | 205.03 | 215.66 | 226.56 | 237.75 |
| 4.6 | 71.64 | 77.68 | 84.01 | 90.64 | 97.55 | 104.75 | 112.24 | 120.01 | 128.08 | 136.44 | 145.08 | 154.01 | 163.24 | 172.75 | 182.64 | 192.64 | 203.02 | 213.69 | 224.64 | 235.89 | 247.42 |
| 4.7 | 75.75 | 82.02 | 88.59 | 95.45 | 102.61 | 110.07 | 117.82 | 125.86 | 134.20 | 142.84 | 151.77 | 161.00 | 170.52 | 180.34 | 190.45 | 200.86 | 211.56 | 222.56 | 233.86 | 245.45 | 257.33 |
| 4.8 | 80.01 | 86.51 | 93.32 | 100.44 | 107.85 | 115.56 | 123.58 | 131.90 | 140.52 | 149.44 | 158.66 | 168.19 | 178.12 | 188.14 | 198.57 | 209.30 | 220.33 | 231.66 | 243.30 | 255.24 | 267.48 |
| 4.9 | 84.42 | 91.17 | 98.22 | 105.59 | 113.26 | 121.24 | 129.52 | 138.12 | 147.02 | 156.23 | 165.75 | 175.57 | 185.71 | 196.15 | 206.90 | 217.96 | 229.32 | 240.99 | 252.98 | 265.26 | 277.86 |
| 5.0 | 89.00 | 95.99 | 103.29 | 110.91 | 118.84 | 127.09 | 135.65 | 144.53 | 153.72 | 163.22 | 173.04 | 183.17 | 193.61 | 204.37 | 215.45 | 226.84 | 238.54 | 250.56 | 262.89 | 275.53 | 288.49 |

表 6-3-25  常用放坡圆基坑挖方量表（当 K=0.75 时）

单位：m³/个

| H/m | r/m | | | | | | | | | | | | | | | | | | | | |
|---|---|---|---|---|---|---|---|---|---|---|---|---|---|---|---|---|---|---|---|---|---|
| | 0.5 | 0.6 | 0.7 | 0.8 | 0.9 | 1.0 | 1.1 | 1.2 | 1.3 | 1.4 | 1.5 | 1.6 | 1.7 | 1.8 | 1.9 | 2.0 | 2.1 | 2.2 | 2.3 | 2.4 | 2.5 |
| 1.2 | 3.66 | 4.41 | 5.24 | 6.14 | 7.13 | 8.18 | 9.31 | 10.52 | 11.80 | 13.16 | 14.59 | 16.10 | 17.68 | 19.34 | 21.07 | 22.88 | 24.77 | 26.73 | 28.76 | 30.88 | 33.06 |
| 1.3 | 4.31 | 5.15 | 6.08 | 7.09 | 8.19 | 9.36 | 10.62 | 11.95 | 13.37 | 14.87 | 16.46 | 18.12 | 19.87 | 21.69 | 23.60 | 25.59 | 27.67 | 29.82 | 32.06 | 34.38 | 36.77 |
| 1.4 | 5.02 | 5.97 | 7.00 | 8.13 | 9.34 | 10.63 | 12.02 | 13.49 | 15.05 | 16.70 | 18.44 | 20.26 | 22.18 | 24.18 | 26.27 | 28.45 | 30.71 | 33.06 | 35.50 | 38.03 | 40.65 |
| 1.5 | 5.82 | 6.87 | 8.01 | 9.25 | 10.58 | 12.00 | 13.52 | 15.14 | 16.84 | 18.65 | 20.54 | 22.53 | 24.62 | 26.80 | 29.07 | 31.44 | 33.90 | 36.46 | 39.11 | 41.85 | 44.69 |
| 1.6 | 6.69 | 7.84 | 9.10 | 10.46 | 11.91 | 13.47 | 15.13 | 16.89 | 18.75 | 20.71 | 22.77 | 24.93 | 27.19 | 29.56 | 32.02 | 34.58 | 37.25 | 40.01 | 42.88 | 45.84 | 48.91 |
| 1.7 | 7.63 | 8.90 | 10.28 | 11.76 | 13.35 | 15.04 | 16.85 | 18.76 | 20.77 | 22.89 | 25.12 | 27.46 | 29.90 | 32.45 | 35.11 | 37.88 | 40.75 | 43.72 | 46.81 | 50.00 | 53.30 |
| 1.8 | 8.67 | 10.05 | 11.55 | 13.16 | 14.89 | 16.72 | 18.68 | 20.74 | 22.92 | 25.21 | 27.61 | 30.13 | 32.76 | 35.50 | 38.35 | 41.32 | 44.40 | 47.60 | 50.91 | 54.33 | 57.86 |
| 1.9 | 9.79 | 11.29 | 12.92 | 14.67 | 16.53 | 18.52 | 20.62 | 22.84 | 25.19 | 27.65 | 30.23 | 32.93 | 35.75 | 38.69 | 41.75 | 44.93 | 48.23 | 51.64 | 55.18 | 58.84 | 62.61 |
| 2.0 | 11.00 | 12.63 | 14.39 | 16.27 | 18.28 | 20.42 | 22.68 | 25.07 | 27.58 | 30.22 | 32.99 | 35.88 | 38.89 | 42.03 | 45.30 | 48.69 | 52.21 | 55.86 | 59.63 | 63.52 | 67.54 |
| 2.1 | 12.30 | 14.06 | 15.96 | 17.99 | 20.15 | 22.44 | 24.87 | 27.42 | 30.11 | 32.93 | 35.89 | 38.97 | 42.19 | 45.53 | 49.01 | 52.63 | 56.37 | 60.25 | 64.25 | 68.39 | 72.67 |
| 2.2 | 13.70 | 15.60 | 17.64 | 19.82 | 22.13 | 24.59 | 27.18 | 29.91 | 32.78 | 35.78 | 38.93 | 42.21 | 45.63 | 49.19 | 52.89 | 56.73 | 60.70 | 64.81 | 69.06 | 73.45 | 77.98 |
| 2.3 | 15.21 | 17.25 | 19.43 | 21.76 | 24.24 | 26.86 | 29.62 | 32.53 | 35.58 | 38.78 | 42.12 | 45.61 | 49.24 | 53.01 | 56.93 | 61.00 | 65.21 | 69.56 | 74.06 | 78.70 | 83.49 |
| 2.4 | 16.81 | 19.00 | 21.34 | 23.83 | 26.46 | 29.25 | 32.20 | 35.29 | 38.53 | 41.92 | 45.47 | 49.16 | 53.00 | 57.00 | 61.15 | 65.45 | 69.89 | 74.49 | 79.24 | 84.14 | 89.20 |
| 2.5 | 18.53 | 20.87 | 23.36 | 26.01 | 28.82 | 31.78 | 34.91 | 38.19 | 41.62 | 45.21 | 48.96 | 52.87 | 56.94 | 61.16 | 65.54 | 70.07 | 74.76 | 79.61 | 84.62 | 89.79 | 95.11 |
| 2.6 | 20.36 | 22.85 | 25.51 | 28.32 | 31.30 | 34.45 | 37.76 | 41.23 | 44.86 | 48.66 | 52.62 | 56.75 | 61.04 | 65.49 | 70.10 | 74.88 | 79.82 | 84.93 | 90.20 | 95.63 | 101.22 |
| 2.7 | 22.30 | 24.95 | 27.77 | 30.76 | 33.92 | 37.25 | 40.75 | 44.42 | 48.26 | 52.27 | 56.44 | 60.79 | 65.31 | 69.99 | 74.85 | 79.88 | 85.07 | 90.44 | 95.97 | 101.68 | 107.55 |
| 2.8 | 24.37 | 27.18 | 30.17 | 33.34 | 36.68 | 40.20 | 43.89 | 47.76 | 51.81 | 56.03 | 60.43 | 65.01 | 69.76 | 74.68 | 79.78 | 85.06 | 90.52 | 96.16 | 101.95 | 107.93 | 114.09 |
| 2.9 | 26.55 | 29.54 | 32.70 | 36.05 | 39.58 | 43.29 | 47.19 | 51.26 | 55.52 | 59.96 | 64.59 | 69.39 | 74.38 | 79.55 | 84.91 | 90.44 | 96.16 | 102.06 | 108.14 | 114.40 | 120.85 |
| 3.0 | 28.86 | 32.02 | 35.37 | 38.90 | 42.62 | 46.53 | 50.63 | 54.92 | 59.40 | 64.06 | 68.92 | 73.96 | 79.19 | 84.61 | 90.22 | 96.01 | 102.00 | 108.17 | 114.53 | 121.08 | 127.82 |
| 3.1 | 31.30 | 34.64 | 38.17 | 41.90 | 45.82 | 49.93 | 54.24 | 58.74 | 63.44 | 68.34 | 73.43 | 78.71 | 84.19 | 89.86 | 95.73 | 101.79 | 108.05 | 114.50 | 121.15 | 127.99 | 135.02 |
| 3.2 | 33.88 | 37.40 | 41.12 | 45.04 | 49.16 | 53.48 | 58.01 | 62.73 | 67.66 | 72.78 | 78.11 | 83.64 | 89.37 | 95.30 | 101.44 | 107.77 | 114.30 | 121.04 | 127.80 | 135.11 | 142.45 |
| 3.3 | 36.59 | 40.30 | 44.21 | 48.33 | 52.66 | 57.19 | 61.94 | 66.89 | 72.05 | 77.41 | 82.98 | 88.76 | 94.75 | 100.94 | 107.35 | 113.96 | 120.77 | 127.80 | 135.03 | 142.47 | 150.11 |
| 3.4 | 39.44 | 43.34 | 47.45 | 51.78 | 56.32 | 61.07 | 66.04 | 71.22 | 76.61 | 82.22 | 88.04 | 94.08 | 100.33 | 106.79 | 113.46 | 120.35 | 127.46 | 134.77 | 142.30 | 150.05 | 158.00 |
| 3.5 | 42.44 | 46.53 | 50.85 | 55.38 | 60.14 | 65.11 | 70.31 | 75.73 | 81.36 | 87.22 | 93.29 | 99.59 | 106.10 | 112.84 | 119.79 | 126.96 | 134.36 | 141.97 | 149.81 | 157.86 | 166.14 |
| 3.6 | 45.58 | 49.88 | 54.40 | 59.15 | 64.13 | 69.33 | 74.76 | 80.41 | 86.29 | 92.40 | 98.73 | 105.29 | 112.08 | 119.09 | 126.33 | 133.79 | 141.48 | 149.40 | 157.54 | 165.91 | 174.51 |
| 3.7 | 48.87 | 53.38 | 58.11 | 63.08 | 68.28 | 73.72 | 79.38 | 85.28 | 91.41 | 97.78 | 104.38 | 111.20 | 118.27 | 125.56 | 133.09 | 140.85 | 148.84 | 157.06 | 165.52 | 174.21 | 183.13˙ |
| 3.8 | 52.32 | 57.03 | 61.99 | 67.18 | 72.61 | 78.28 | 84.19 | 90.34 | 96.73 | 103.35 | 110.22 | 117.32 | 124.66 | 132.24 | 140.06 | 148.12 | 156.42 | 164.95 | 173.73 | 182.74 | 191.99 |
| 3.9 | 55.92 | 60.86 | 66.03 | 71.45 | 77.12 | 83.03 | 89.19 | 95.59 | 102.24 | 109.13 | 116.27 | 123.65 | 131.27 | 139.15 | 147.26 | 155.63 | 164.23 | 173.09 | 182.18 | 191.53 | 201.11 |
| 4.0 | 59.69 | 64.84 | 70.25 | 75.90 | 81.81 | 87.96 | 94.37 | 101.03 | 107.95 | 115.11 | 122.52 | 130.19 | 138.10 | 146.27 | 154.69 | 163.36 | 172.28 | 181.46 | 190.88 | 200.56 | 210.49 |
| 4.1 | 63.62 | 69.00 | 74.63 | 80.53 | 86.68 | 93.09 | 99.75 | 106.67 | 113.86 | 121.29 | 128.99 | 136.94 | 145.16 | 153.62 | 162.35 | 171.34 | 180.58 | 190.08 | 199.83 | 209.85 | 220.12 |
| 4.2 | 67.72 | 73.33 | 79.20 | 85.34 | 91.74 | 98.40 | 105.33 | 112.52 | 119.97 | 127.69 | 135.67 | 143.92 | 152.43 | 161.21 | 170.24 | 179.55 | 189.11 | 198.94 | 209.04 | 219.39 | 230.02 |

| H/m | r/m | | | | | | | | | | | | | | | | | | | | |
| --- | 0.5 | 0.6 | 0.7 | 0.8 | 0.9 | 1.0 | 1.1 | 1.2 | 1.3 | 1.4 | 1.5 | 1.6 | 1.7 | 1.8 | 1.9 | 2.0 | 2.1 | 2.2 | 2.3 | 2.4 | 2.5 |
| 4.3 | 71.99 | 77.84 | 83.95 | 90.33 | 96.99 | 103.91 | 111.10 | 118.57 | 126.30 | 134.30 | 142.58 | 151.12 | 159.94 | 169.02 | 178.38 | 188.00 | 197.90 | 208.06 | 218.50 | 229.20 | 240.18 |
| 4.4 | 76.44 | 82.52 | 88.88 | 95.52 | 102.43 | 109.62 | 117.08 | 124.82 | 132.84 | 141.13 | 149.70 | 158.55 | 167.67 | 177.07 | 186.75 | 196.70 | 206.93 | 217.44 | 228.22 | 239.28 | 250.61 |
| 4.5 | 81.07 | 87.39 | 94.00 | 100.90 | 108.07 | 115.53 | 123.27 | 131.29 | 139.60 | 148.18 | 157.06 | 166.21 | 175.65 | 185.36 | 195.37 | 205.65 | 216.22 | 227.07 | 238.20 | 249.62 | 261.32 |
| 4.6 | 85.88 | 92.45 | 99.32 | 106.47 | 113.91 | 121.64 | 129.66 | 137.97 | 146.57 | 155.46 | 164.64 | 174.10 | 183.86 | 193.90 | 204.23 | 214.86 | 225.77 | 236.97 | 248.45 | 260.23 | 272.30 |
| 4.7 | 90.87 | 97.70 | 104.83 | 112.25 | 119.96 | 127.97 | 136.28 | 144.88 | 153.77 | 162.96 | 172.45 | 182.23 | 192.31 | 202.68 | 213.35 | 224.32 | 235.57 | 247.13 | 258.98 | 271.12 | 283.56 |
| 4.8 | 96.06 | 103.14 | 110.53 | 118.22 | 126.22 | 134.51 | 143.11 | 152.30 | 161.20 | 170.70 | 180.50 | 190.61 | 201.01 | 211.72 | 222.73 | 234.04 | 245.65 | 257.56 | 269.77 | 282.29 | 295.11 |
| 4.9 | 101.44 | 108.79 | 116.44 | 124.41 | 132.68 | 141.27 | 150.16 | 159.35 | 168.86 | 178.67 | 188.80 | 199.22 | 209.96 | 221.01 | 232.36 | 244.02 | 255.99 | 268.27 | 280.85 | 293.74 | 306.94 |
| 5.0 | 107.01 | 114.63 | 122.56 | 130.81 | 139.37 | 148.24 | 157.43 | 166.94 | 176.75 | 186.89 | 197.33 | 208.09 | 219.17 | 230.55 | 242.26 | 254.27 | 266.60 | 279.25 | 292.21 | 305.48 | 319.07 |

表 6-3-26 常用放坡圆基坑挖方量表 （当 $K=1.00$ 时）

单位：m³/个

| H/m | r/m | | | | | | | | | | | | | | | | | | | | |
| --- | 0.5 | 0.6 | 0.7 | 0.8 | 0.9 | 1.0 | 1.1 | 1.2 | 1.3 | 1.4 | 1.5 | 1.6 | 1.7 | 1.8 | 1.9 | 2.0 | 2.1 | 2.2 | 2.3 | 2.4 | 2.5 |
| 1.2 | 5.01 | 5.88 | 6.82 | 7.84 | 8.93 | 10.10 | 11.35 | 12.67 | 14.06 | 15.53 | 17.08 | 18.70 | 20.40 | 22.17 | 24.01 | 25.94 | 27.94 | 30.01 | 32.16 | 34.38 | 36.68 |
| 1.3 | 5.98 | 6.96 | 8.02 | 9.16 | 10.39 | 11.69 | 13.08 | 14.55 | 16.10 | 17.74 | 19.45 | 21.25 | 23.13 | 25.09 | 27.13 | 29.26 | 31.46 | 33.75 | 36.12 | 38.57 | 41.10 |
| 1.4 | 7.05 | 8.15 | 9.34 | 10.61 | 11.98 | 13.43 | 14.97 | 16.60 | 18.31 | 20.11 | 22.01 | 23.99 | 26.05 | 28.21 | 30.45 | 32.78 | 35.20 | 37.71 | 40.30 | 42.99 | 45.76 |
| 1.5 | 8.25 | 9.47 | 10.79 | 12.21 | 13.71 | 15.32 | 17.01 | 18.80 | 20.69 | 22.67 | 24.74 | 26.91 | 29.17 | 31.53 | 33.98 | 36.52 | 39.16 | 41.89 | 44.72 | 47.64 | 50.66 |
| 1.6 | 9.57 | 10.92 | 12.38 | 13.94 | 15.60 | 17.36 | 19.22 | 21.18 | 23.24 | 25.40 | 27.66 | 30.03 | 32.49 | 35.05 | 37.72 | 40.48 | 43.35 | 46.31 | 49.38 | 52.54 | 55.81 |
| 1.7 | 11.02 | 12.52 | 14.12 | 15.83 | 17.64 | 19.56 | 21.59 | 23.73 | 25.97 | 28.32 | 30.78 | 33.34 | 36.01 | 38.79 | 41.68 | 44.67 | 47.76 | 50.97 | 54.28 | 57.70 | 61.22 |
| 1.8 | 12.61 | 14.25 | 16.00 | 17.87 | 19.85 | 21.94 | 24.15 | 26.46 | 28.90 | 31.44 | 34.10 | 36.87 | 39.75 | 42.75 | 45.86 | 49.08 | 52.42 | 55.87 | 59.43 | 63.11 | 66.90 |
| 1.9 | 14.35 | 16.14 | 18.05 | 20.08 | 22.22 | 24.49 | 26.88 | 29.39 | 32.01 | 34.76 | 37.62 | 40.61 | 43.71 | 46.94 | 50.28 | 53.74 | 57.32 | 61.02 | 64.84 | 68.78 | 72.84 |
| 2.0 | 16.23 | 18.18 | 20.25 | 22.45 | 24.78 | 27.23 | 29.80 | 32.51 | 35.33 | 38.29 | 41.36 | 44.57 | 47.90 | 51.35 | 54.94 | 58.64 | 62.48 | 66.43 | 70.52 | 74.73 | 79.06 |
| 2.1 | 18.27 | 20.39 | 22.63 | 25.00 | 27.51 | 30.15 | 32.92 | 35.82 | 38.86 | 42.03 | 45.32 | 48.75 | 52.32 | 56.01 | 59.84 | 63.80 | 67.89 | 72.11 | 76.46 | 80.95 | 85.57 |
| 2.2 | 20.48 | 22.76 | 25.18 | 27.74 | 30.43 | 33.27 | 36.24 | 39.35 | 42.60 | 45.98 | 49.51 | 53.17 | 56.97 | 60.91 | 64.99 | 69.21 | 73.56 | 78.05 | 82.68 | 87.45 | 92.36 |
| 2.3 | 22.86 | 25.31 | 27.92 | 30.66 | 33.55 | 36.59 | 39.77 | 43.09 | 46.56 | 50.17 | 53.93 | 57.83 | 61.88 | 66.07 | 70.40 | 74.88 | 79.51 | 84.28 | 89.19 | 94.25 | 99.45 |
| 2.4 | 25.41 | 28.05 | 30.84 | 33.78 | 36.87 | 40.11 | 43.50 | 47.05 | 50.74 | 54.59 | 58.58 | 62.73 | 67.03 | 71.48 | 76.08 | 80.83 | 85.73 | 90.78 | 95.98 | 101.34 | 106.84 |
| 2.5 | 28.14 | 30.97 | 33.96 | 37.10 | 40.40 | 43.85 | 47.46 | 51.23 | 55.16 | 59.25 | 63.49 | 67.88 | 72.44 | 77.15 | 82.02 | 87.05 | 92.23 | 97.57 | 103.07 | 108.73 | 114.54 |
| 2.6 | 31.07 | 34.09 | 37.27 | 40.62 | 44.14 | 47.81 | 51.65 | 55.65 | 59.82 | 64.15 | 68.64 | 73.30 | 78.11 | 83.10 | 88.24 | 93.35 | 99.03 | 104.66 | 110.66 | 116.42 | 122.55 |
| 2.7 | 34.18 | 37.41 | 40.80 | 44.36 | 48.09 | 52.00 | 56.07 | 60.31 | 64.72 | 69.30 | 74.05 | 78.97 | 84.06 | 89.32 | 94.75 | 100.35 | 106.11 | 112.05 | 118.16 | 124.44 | 130.88 |
| 2.8 | 37.50 | 40.93 | 44.54 | 48.32 | 52.28 | 56.41 | 60.72 | 65.21 | 68.97 | 74.71 | 79.73 | 84.92 | 90.28 | 95.82 | 101.54 | 107.43 | 113.50 | 119.75 | 126.17 | 132.77 | 139.54 |
| 2.9 | 41.03 | 44.67 | 48.50 | 52.51 | 56.70 | 61.07 | 65.63 | 70.36 | 75.28 | 80.39 | 85.67 | 91.14 | 96.79 | 102.62 | 108.63 | 114.82 | 121.20 | 127.76 | 134.50 | 141.43 | 148.53 |
| 3.0 | 44.77 | 48.63 | 52.68 | 56.93 | 61.36 | 65.97 | 70.78 | 75.78 | 80.96 | 86.33 | 91.89 | 97.64 | 103.58 | 109.70 | 116.02 | 122.52 | 129.21 | 136.09 | 143.16 | 150.42 | 157.87 |
| 3.1 | 48.73 | 52.82 | 57.10 | 61.58 | 66.26 | 71.13 | 76.19 | 81.45 | 86.90 | 92.55 | 98.40 | 104.43 | 110.67 | 117.09 | 123.72 | 130.53 | 137.55 | 144.75 | 152.15 | 159.75 | 167.54 |
| 3.2 | 52.91 | 57.24 | 61.76 | 66.48 | 71.41 | 76.54 | 81.87 | 87.39 | 93.13 | 99.06 | 105.19 | 111.52 | 118.06 | 124.79 | 131.73 | 138.87 | 146.21 | 153.75 | 161.49 | 169.43 | 177.59 |

续表

| H/m \ r/m | 0.5 | 0.6 | 0.7 | 0.8 | 0.9 | 1.0 | 1.1 | 1.2 | 1.3 | 1.4 | 1.5 | 1.6 | 1.7 | 1.8 | 1.9 | 2.0 | 2.1 | 2.2 | 2.3 | 2.4 | 2.5 |
|---|---|---|---|---|---|---|---|---|---|---|---|---|---|---|---|---|---|---|---|---|---|
| 3.3 | 57.33 | 61.89 | 66.66 | 71.64 | 76.82 | 82.21 | 87.81 | 93.62 | 99.63 | 105.85 | 112.28 | 118.91 | 125.75 | 132.80 | 140.06 | 147.53 | 155.20 | 163.08 | 171.16 | 179.46 | 187.96 |
| 3.4 | 61.99 | 66.79 | 71.81 | 77.05 | 82.50 | 88.16 | 94.03 | 100.12 | 106.42 | 112.94 | 119.67 | 126.61 | 133.77 | 141.14 | 148.72 | 156.52 | 164.53 | 172.75 | 181.19 | 189.84 | 198.71 |
| 3.5 | 66.89 | 71.95 | 77.23 | 82.72 | 88.44 | 94.38 | 100.54 | 106.91 | 113.51 | 120.33 | 127.37 | 134.62 | 142.10 | 149.80 | 157.71 | 165.85 | 174.21 | 182.78 | 191.58 | 200.60 | 209.83 |
| 3.6 | 72.04 | 77.36 | 82.90 | 88.67 | 94.66 | 100.88 | 107.33 | 114.00 | 120.90 | 128.03 | 135.38 | 142.96 | 150.76 | 158.79 | 167.04 | 175.53 | 184.24 | 193.17 | 202.33 | 211.72 | 221.33 |
| 3.7 | 77.45 | 83.03 | 88.85 | 94.89 | 101.17 | 107.68 | 114.42 | 121.39 | 128.60 | 136.04 | 143.71 | 151.61 | 159.75 | 168.12 | 176.72 | 185.56 | 194.62 | 203.92 | 213.45 | 223.22 | 233.21 |
| 3.8 | 83.13 | 88.98 | 95.07 | 101.39 | 107.96 | 114.76 | 121.81 | 129.09 | 136.61 | 144.37 | 152.37 | 160.61 | 169.08 | 177.80 | 186.75 | 195.94 | 205.36 | 215.04 | 224.95 | 235.10 | 245.49 |
| 3.9 | 89.07 | 95.20 | 101.57 | 108.19 | 115.05 | 122.15 | 129.51 | 137.10 | 144.94 | 153.02 | 161.36 | 169.94 | 178.76 | 187.83 | 197.14 | 206.69 | 216.50 | 226.54 | 236.84 | 247.37 | 258.15 |
| 4.0 | 95.29 | 101.70 | 108.36 | 115.28 | 122.44 | 129.85 | 137.51 | 145.43 | 153.60 | 162.02 | 170.69 | 179.62 | 188.79 | 198.21 | 207.89 | 217.82 | 228.00 | 238.43 | 249.11 | 260.04 | 271.22 |
| 4.1 | 101.80 | 108.50 | 115.45 | 122.67 | 130.14 | 137.86 | 145.85 | 154.09 | 162.60 | 171.35 | 180.37 | 189.64 | 199.18 | 208.97 | 219.01 | 229.32 | 239.88 | 250.70 | 261.78 | 273.11 | 284.70 |
| 4.2 | 108.59 | 115.59 | 122.84 | 130.36 | 138.15 | 146.20 | 154.51 | 163.09 | 171.93 | 181.03 | 190.40 | 200.03 | 209.93 | 220.09 | 230.51 | 241.20 | 252.15 | 263.37 | 274.85 | 286.59 | 298.60 |
| 4.3 | 115.68 | 122.98 | 130.54 | 138.38 | 146.48 | 154.86 | 163.50 | 172.42 | 181.60 | 191.06 | 200.79 | 210.78 | 221.05 | 231.59 | 242.39 | 253.47 | 264.82 | 276.44 | 288.32 | 300.48 | 312.91 |
| 4.4 | 123.07 | 130.67 | 138.55 | 146.71 | 155.14 | 163.85 | 172.83 | 182.10 | 191.63 | 201.45 | 211.54 | 221.91 | 232.55 | 243.47 | 254.67 | 266.14 | 277.89 | 289.91 | 302.22 | 314.80 | 327.65 |
| 4.5 | 130.77 | 138.69 | 146.89 | 155.37 | 164.13 | 173.18 | 182.51 | 192.12 | 202.02 | 212.20 | 222.66 | 233.40 | 244.43 | 255.74 | 267.33 | 279.21 | 291.37 | 303.81 | 316.53 | 329.54 | 342.83 |
| 4.6 | 138.78 | 147.02 | 155.54 | 164.36 | 173.46 | 182.86 | 192.54 | 202.51 | 212.77 | 223.32 | 234.16 | 245.29 | 256.70 | 268.41 | 280.40 | 292.69 | 305.26 | 318.12 | 331.27 | 344.71 | 358.44 |
| 4.7 | 147.11 | 155.68 | 164.54 | 173.69 | 183.14 | 192.89 | 202.93 | 213.26 | 223.89 | 234.82 | 246.04 | 257.56 | 269.37 | 281.48 | 293.88 | 306.58 | 319.57 | 332.86 | 346.45 | 360.33 | 374.50 |
| 4.8 | 155.77 | 164.67 | 173.87 | 183.37 | 193.17 | 203.27 | 213.68 | 224.39 | 235.39 | 246.70 | 258.31 | 270.23 | 282.44 | 294.96 | 307.78 | 320.89 | 334.32 | 348.04 | 362.06 | 376.39 | 391.02 |
| 4.9 | 164.77 | 174.00 | 183.55 | 193.40 | 203.56 | 214.03 | 224.80 | 235.88 | 247.28 | 258.98 | 270.98 | 283.30 | 295.92 | 308.85 | 322.09 | 335.64 | 349.49 | 363.65 | 378.12 | 392.90 | 407.99 |
| 5.0 | 174.10 | 183.68 | 193.57 | 203.78 | 214.31 | 225.15 | 236.30 | 247.77 | 259.55 | 271.64 | 284.05 | 296.78 | 309.81 | 323.17 | 336.83 | 350.81 | 365.11 | 379.71 | 394.64 | 409.87 | 425.42 |

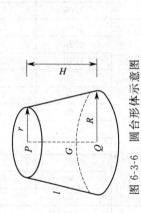

图 6-3-6 圆台形体示意图

图 6-3-7 圆形基坑放坡挖土示意图

注：1. 圆台形体、圆形基坑放坡挖土示意图分别见图 6-3-6、图 6-3-7。

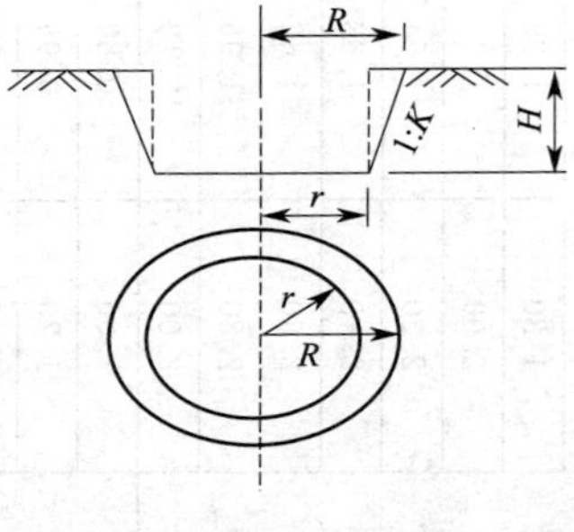

2. 放坡圆形地坑挖方量 $= \frac{1}{3} H(\pi r^2 + \sqrt{\pi r^2 + \pi R^2} + \pi R^2) = \pi(r^2 H + rKH^2 + \frac{1}{3}K^2 H^3)$

式中，$r$ 为圆形地坑下底半径（含工作面），m；$K$ 为放坡系数；$H$ 为圆形地坑挖方深度，m；$R$ 为圆形地坑上底半径 $= r + KH$，m。

## 6.3.2.8 每米沟槽土方体积（表6-3-27）

**表 6-3-27　每米沟槽土方体积表（双面 $KH^2$）**　　　　　　　单位：$m^3$

| 槽底宽 $B/m$ | 槽深 $H/m$ | 不放坡体积 $V_1/m^3$ | 放坡体积 $V=V_1+2V_2$ 放坡系数 | | | | |
| --- | --- | --- | --- | --- | --- | --- | --- |
| | | | 0.25 | 0.33 | 0.50 | 0.75 | 1.00 |
| 0.70 | 1.00 | 0.70 | 0.95 | 1.03 | 1.20 | 1.45 | 1.70 |
| | 1.20 | 0.84 | 1.20 | 1.32 | 1.56 | 1.92 | 2.28 |
| | 1.40 | 0.98 | 1.47 | 1.63 | 1.96 | 2.45 | 2.94 |
| | 1.60 | 1.12 | 1.76 | 1.96 | 2.40 | 3.04 | 3.68 |
| | 1.80 | 1.26 | 2.07 | 2.33 | 2.88 | 3.69 | 4.50 |
| | 2.00 | 1.40 | 2.40 | 2.72 | 3.40 | 4.40 | 5.40 |
| | 2.20 | 1.54 | 2.75 | 3.14 | 3.96 | 5.17 | 6.38 |
| | 2.40 | 1.68 | 3.12 | 3.58 | 4.56 | 6.00 | 7.44 |
| | 2.60 | 1.82 | 3.51 | 4.05 | 5.20 | 6.89 | 8.58 |
| | 2.80 | 1.96 | 3.92 | 4.55 | 5.88 | 7.84 | 9.80 |
| | 3.00 | 2.10 | 4.35 | 5.07 | 6.60 | 8.85 | 11.10 |
| 0.80 | 1.00 | 0.80 | 1.05 | 1.13 | 1.30 | 1.55 | 1.80 |
| | 1.20 | 0.96 | 1.32 | 1.44 | 1.68 | 2.04 | 2.40 |
| | 1.40 | 1.12 | 1.61 | 1.77 | 2.10 | 2.59 | 3.08 |
| | 1.60 | 1.28 | 1.92 | 2.12 | 2.56 | 3.20 | 3.84 |
| | 1.80 | 1.44 | 2.25 | 2.51 | 3.06 | 3.87 | 4.68 |
| | 2.00 | 1.60 | 2.60 | 2.92 | 3.60 | 4.60 | 5.60 |
| | 2.20 | 1.76 | 2.97 | 3.36 | 4.18 | 5.39 | 6.60 |
| | 2.40 | 1.92 | 3.36 | 3.82 | 4.80 | 6.24 | 7.68 |
| | 2.60 | 2.08 | 3.77 | 4.31 | 5.46 | 7.15 | 8.84 |
| | 2.80 | 2.24 | 4.20 | 4.83 | 6.16 | 8.12 | 10.08 |
| | 3.00 | 2.40 | 4.65 | 5.37 | 6.90 | 9.15 | 11.40 |
| 0.90 | 1.00 | 0.90 | 1.15 | 1.23 | 1.40 | 1.65 | 1.90 |
| | 1.20 | 1.08 | 1.44 | 1.56 | 1.80 | 2.16 | 2.52 |
| | 1.40 | 1.26 | 1.75 | 1.91 | 2.24 | 2.73 | 3.22 |
| | 1.60 | 1.44 | 2.08 | 2.28 | 2.72 | 3.36 | 4.00 |
| | 1.80 | 1.62 | 2.43 | 2.69 | 3.24 | 4.05 | 4.86 |
| | 2.00 | 1.80 | 2.80 | 3.12 | 3.80 | 4.80 | 5.80 |
| | 2.20 | 1.98 | 3.19 | 3.58 | 4.40 | 5.61 | 6.82 |
| | 2.40 | 2.16 | 3.60 | 4.06 | 5.04 | 6.48 | 7.92 |
| | 2.60 | 2.34 | 4.03 | 4.57 | 5.72 | 7.41 | 9.10 |
| | 2.80 | 2.52 | 4.48 | 5.11 | 6.44 | 8.40 | 10.36 |
| | 3.00 | 2.70 | 4.95 | 5.67 | 7.20 | 9.45 | 11.70 |
| 1.00 | 1.20 | 1.20 | 1.56 | 1.68 | 1.92 | 2.28 | 2.64 |
| | 1.40 | 1.40 | 1.89 | 2.05 | 2.38 | 2.87 | 3.36 |
| | 1.60 | 1.60 | 2.24 | 2.44 | 2.88 | 3.52 | 4.16 |
| | 1.80 | 1.80 | 2.61 | 2.87 | 3.42 | 4.23 | 5.04 |
| | 2.00 | 2.00 | 3.00 | 3.32 | 4.00 | 5.00 | 6.00 |
| | 2.20 | 2.20 | 3.41 | 3.80 | 4.62 | 5.83 | 7.04 |
| | 2.40 | 2.40 | 3.84 | 4.30 | 5.28 | 6.72 | 8.16 |
| | 2.60 | 2.60 | 4.29 | 4.83 | 5.98 | 7.67 | 9.36 |
| | 2.80 | 2.80 | 4.76 | 5.39 | 6.72 | 8.68 | 10.64 |
| | 3.00 | 3.00 | 5.25 | 5.97 | 7.50 | 9.75 | 12.00 |

| 槽底宽 B/m | 槽深 H/m | 不放坡体积 V₁/m³ | 放坡体积 $V=V_1+2V_2$ | | | | |
|---|---|---|---|---|---|---|---|
| | | | 放坡系数 | | | | |
| | | | 0.25 | 0.33 | 0.50 | 0.75 | 1.00 |
| 1.10 | 1.20 | 1.32 | 1.68 | 1.80 | 2.04 | 2.40 | 2.76 |
| | 1.40 | 1.54 | 2.03 | 2.19 | 2.52 | 3.01 | 3.50 |
| | 1.60 | 1.76 | 2.40 | 2.60 | 3.04 | 3.68 | 4.32 |
| | 1.80 | 1.98 | 2.79 | 3.05 | 3.60 | 4.41 | 5.22 |
| | 2.00 | 2.20 | 3.20 | 3.52 | 4.20 | 5.20 | 6.20 |
| | 2.20 | 2.42 | 3.63 | 4.02 | 4.84 | 6.05 | 7.26 |
| | 2.40 | 2.64 | 4.08 | 4.54 | 5.52 | 6.96 | 8.40 |
| | 2.60 | 2.86 | 4.55 | 5.09 | 6.24 | 7.93 | 9.62 |
| | 2.80 | 3.08 | 5.04 | 5.67 | 7.00 | 8.96 | 10.92 |
| | 3.00 | 3.30 | 5.55 | 6.27 | 7.80 | 10.05 | 12.30 |
| 1.20 | 1.20 | 1.44 | 1.80 | 1.92 | 2.16 | 2.52 | 2.88 |
| | 1.40 | 1.68 | 2.17 | 2.33 | 2.66 | 3.15 | 3.64 |
| | 1.60 | 1.92 | 2.56 | 2.76 | 3.20 | 3.84 | 4.48 |
| | 1.80 | 2.16 | 2.97 | 3.23 | 3.78 | 4.59 | 5.40 |
| | 2.00 | 2.40 | 3.40 | 3.72 | 4.40 | 5.40 | 6.40 |
| | 2.20 | 2.64 | 3.85 | 4.24 | 5.06 | 6.27 | 7.48 |
| | 2.40 | 2.88 | 4.32 | 4.78 | 5.76 | 7.20 | 8.64 |
| | 2.60 | 3.12 | 4.81 | 5.35 | 6.50 | 8.19 | 9.88 |
| | 2.80 | 3.36 | 5.32 | 5.95 | 7.28 | 9.24 | 11.20 |
| | 3.00 | 3.60 | 5.85 | 6.57 | 8.10 | 10.35 | 12.60 |
| 1.30 | 1.20 | 1.56 | 1.92 | 2.04 | 2.28 | 2.64 | 3.00 |
| | 1.40 | 1.82 | 2.31 | 2.47 | 2.80 | 3.29 | 3.78 |
| | 1.60 | 2.08 | 2.72 | 2.92 | 3.36 | 4.00 | 4.64 |
| | 1.80 | 2.34 | 3.15 | 3.41 | 3.96 | 4.77 | 5.58 |
| | 2.00 | 2.60 | 3.60 | 3.92 | 4.60 | 5.60 | 6.60 |
| | 2.20 | 2.86 | 4.07 | 4.46 | 5.28 | 6.49 | 7.70 |
| | 2.40 | 3.12 | 4.56 | 5.02 | 6.00 | 7.44 | 8.88 |
| | 2.60 | 3.38 | 5.07 | 5.61 | 6.76 | 8.45 | 10.14 |
| | 2.80 | 3.64 | 5.60 | 6.23 | 7.56 | 9.52 | 11.48 |
| | 3.00 | 3.90 | 6.15 | 6.87 | 8.40 | 10.65 | 12.90 |
| 1.40 | 1.20 | 1.68 | 2.04 | 2.16 | 2.40 | 2.76 | 3.12 |
| | 1.40 | 1.96 | 2.45 | 2.61 | 2.94 | 3.43 | 3.92 |
| | 1.60 | 2.24 | 2.88 | 3.08 | 3.52 | 4.16 | 4.80 |
| | 1.80 | 2.52 | 3.33 | 3.59 | 4.14 | 4.95 | 5.76 |
| | 2.00 | 2.80 | 3.80 | 4.12 | 4.80 | 5.80 | 6.80 |
| | 2.20 | 3.08 | 4.29 | 4.68 | 5.50 | 6.71 | 7.92 |
| | 2.40 | 3.36 | 4.80 | 5.26 | 6.24 | 7.68 | 9.12 |
| | 2.60 | 3.64 | 5.33 | 5.87 | 7.02 | 8.71 | 10.40 |
| | 2.80 | 3.92 | 5.88 | 6.51 | 7.84 | 9.80 | 11.76 |
| | 3.00 | 4.20 | 6.45 | 7.17 | 8.70 | 10.95 | 13.20 |
| 1.50 | 1.40 | 2.10 | 2.59 | 2.75 | 3.08 | 3.57 | 4.06 |
| | 1.60 | 2.40 | 3.04 | 3.24 | 3.68 | 4.32 | 4.96 |
| | 1.80 | 2.70 | 3.51 | 3.77 | 4.32 | 5.13 | 5.94 |
| | 2.00 | 3.00 | 4.00 | 4.32 | 5.00 | 6.00 | 7.00 |
| | 2.20 | 3.30 | 4.51 | 4.90 | 5.72 | 6.93 | 8.14 |
| | 2.40 | 3.60 | 5.04 | 5.50 | 6.48 | 7.92 | 9.36 |
| | 2.60 | 3.90 | 5.59 | 6.13 | 7.28 | 8.97 | 10.66 |
| | 2.80 | 4.20 | 6.16 | 6.79 | 8.12 | 10.08 | 12.04 |
| | 3.00 | 4.50 | 6.75 | 7.47 | 9.00 | 11.25 | 13.50 |

市政工程常用资料备查手册

| 槽底宽 $B/m$ | 槽深 $H/m$ | 不放坡体积 $V_1/m^3$ | 放坡体积 $V=V_1+2V_2$ | | | | |
|---|---|---|---|---|---|---|---|
| | | | 放坡系数 | | | | |
| | | | 0.25 | 0.33 | 0.50 | 0.75 | 1.00 |
| 1.60 | 1.40 | 2.24 | 2.73 | 2.89 | 3.22 | 3.71 | 4.20 |
| | 1.60 | 2.56 | 3.20 | 3.40 | 3.84 | 4.48 | 5.12 |
| | 1.80 | 2.88 | 3.69 | 3.95 | 4.50 | 5.31 | 6.12 |
| | 2.00 | 3.20 | 4.20 | 4.52 | 5.20 | 6.20 | 7.20 |
| | 2.20 | 3.52 | 4.73 | 5.12 | 5.94 | 7.15 | 8.36 |
| | 2.40 | 3.84 | 5.28 | 5.74 | 6.72 | 8.16 | 9.60 |
| | 2.60 | 4.16 | 5.85 | 6.39 | 7.54 | 9.23 | 10.92 |
| | 2.80 | 4.48 | 6.44 | 7.07 | 8.40 | 10.36 | 12.32 |
| | 3.00 | 4.80 | 7.05 | 7.77 | 9.30 | 11.55 | 13.80 |
| 1.70 | 1.60 | 2.72 | 3.36 | 3.56 | 4.00 | 4.64 | 5.28 |
| | 1.80 | 3.06 | 3.87 | 4.13 | 4.68 | 5.49 | 6.30 |
| | 2.00 | 3.40 | 4.40 | 4.72 | 5.40 | 6.40 | 7.40 |
| | 2.20 | 3.74 | 4.95 | 5.34 | 6.16 | 7.37 | 8.58 |
| | 2.40 | 4.08 | 5.52 | 5.98 | 6.96 | 8.40 | 9.84 |
| | 2.60 | 4.42 | 6.11 | 6.65 | 7.80 | 9.49 | 11.18 |
| | 2.80 | 4.76 | 6.72 | 7.35 | 8.68 | 10.64 | 12.60 |
| | 3.00 | 5.10 | 7.35 | 8.07 | 9.60 | 11.85 | 14.10 |
| 1.80 | 1.60 | 2.88 | 3.52 | 3.72 | 4.16 | 4.80 | 5.44 |
| | 1.80 | 3.24 | 4.05 | 4.31 | 4.86 | 5.67 | 6.48 |
| | 2.00 | 3.60 | 4.60 | 4.92 | 5.60 | 6.60 | 7.60 |
| | 2.20 | 3.96 | 5.17 | 5.56 | 6.38 | 7.59 | 8.80 |
| | 2.40 | 4.32 | 5.76 | 6.22 | 7.20 | 8.64 | 10.08 |
| | 2.60 | 4.68 | 6.37 | 6.91 | 8.06 | 9.75 | 11.44 |
| | 2.80 | 5.04 | 7.00 | 7.63 | 8.96 | 10.92 | 12.88 |
| | 3.00 | 5.40 | 7.65 | 8.37 | 9.90 | 12.15 | 14.40 |
| 1.90 | 1.80 | 3.42 | 4.23 | 4.49 | 5.04 | 5.85 | 6.66 |
| | 2.00 | 3.80 | 4.80 | 5.12 | 5.80 | 6.80 | 7.80 |
| | 2.20 | 4.18 | 5.39 | 5.78 | 6.60 | 7.81 | 9.02 |
| | 2.40 | 4.56 | 6.00 | 6.46 | 7.44 | 8.88 | 10.32 |
| | 2.60 | 4.94 | 6.63 | 7.17 | 8.32 | 10.01 | 11.70 |
| | 2.80 | 5.32 | 7.28 | 7.91 | 9.24 | 11.20 | 13.16 |
| | 3.00 | 5.70 | 7.95 | 8.67 | 10.20 | 12.45 | 14.70 |
| | 3.20 | 6.08 | 8.64 | 9.46 | 11.20 | 13.76 | 16.32 |
| | 3.40 | 6.46 | 9.35 | 10.27 | 12.24 | 15.13 | 18.02 |
| | 3.60 | 6.84 | 10.08 | 11.12 | 13.32 | 16.56 | 19.80 |
| | 3.80 | 7.22 | 10.83 | 11.99 | 14.44 | 18.05 | 21.66 |
| | 4.00 | 7.60 | 11.60 | 12.88 | 15.60 | 19.60 | 23.60 |
| | 4.20 | 7.98 | 12.39 | 13.80 | 16.80 | 21.21 | 25.62 |
| | 4.40 | 8.36 | 13.20 | 14.75 | 18.04 | 22.88 | 27.72 |
| | 4.60 | 8.74 | 14.03 | 15.72 | 19.32 | 24.61 | 29.90 |
| | 4.80 | 9.12 | 14.88 | 16.72 | 20.64 | 26.40 | 32.16 |
| | 5.00 | 9.50 | 15.75 | 17.75 | 22.00 | 28.25 | 34.50 |

6 市政土石方工程

| 槽底宽 B/m | 槽深 H/m | 不放坡体积 $V_1/m^3$ | 放坡体积 $V=V_1+2V_2$ | | | | |
|---|---|---|---|---|---|---|---|
| | | | 放坡系数 | | | | |
| | | | 0.25 | 0.33 | 0.50 | 0.75 | 1.00 |
| 2.00 | 1.80 | 3.60 | 4.41 | 4.67 | 5.22 | 6.03 | 6.84 |
| | 2.00 | 4.00 | 5.00 | 5.32 | 6.00 | 7.00 | 8.00 |
| | 2.20 | 4.40 | 5.61 | 6.00 | 6.82 | 8.03 | 9.24 |
| | 2.40 | 4.80 | 6.24 | 6.70 | 7.68 | 9.12 | 10.56 |
| | 2.60 | 5.20 | 6.89 | 7.43 | 8.58 | 10.27 | 11.96 |
| | 2.80 | 5.60 | 7.56 | 8.19 | 9.52 | 11.48 | 13.44 |
| | 3.00 | 6.00 | 8.25 | 8.97 | 10.50 | 12.75 | 15.00 |
| | 3.20 | 6.40 | 8.96 | 9.78 | 11.52 | 14.08 | 16.64 |
| | 3.40 | 6.80 | 9.69 | 10.61 | 12.58 | 15.47 | 18.36 |
| | 3.60 | 7.20 | 10.44 | 11.48 | 13.68 | 16.92 | 20.16 |
| | 3.80 | 7.60 | 11.21 | 12.37 | 14.82 | 18.43 | 22.04 |
| | 4.00 | 8.00 | 12.00 | 13.28 | 16.00 | 20.00 | 24.00 |
| | 4.20 | 8.40 | 12.81 | 14.22 | 17.22 | 21.63 | 26.04 |
| | 4.40 | 8.80 | 13.64 | 15.19 | 18.48 | 23.32 | 28.16 |
| | 4.60 | 9.20 | 14.49 | 16.18 | 19.78 | 25.07 | 30.36 |
| | 4.80 | 9.60 | 15.36 | 17.20 | 21.12 | 26.88 | 32.64 |
| | 5.00 | 10.00 | 16.25 | 18.25 | 22.50 | 28.75 | 35.00 |
| 2.30 | 2.00 | 4.60 | 5.60 | 5.92 | 6.60 | 7.60 | 8.60 |
| | 2.20 | 5.06 | 6.27 | 6.66 | 7.48 | 8.69 | 9.90 |
| | 2.40 | 5.52 | 6.96 | 7.42 | 8.40 | 9.84 | 11.28 |
| | 2.60 | 5.98 | 7.67 | 8.21 | 9.36 | 11.05 | 12.74 |
| | 2.80 | 6.44 | 8.40 | 9.03 | 10.36 | 12.32 | 14.28 |
| | 3.00 | 6.90 | 9.15 | 9.87 | 11.40 | 13.65 | 15.90 |
| | 3.20 | 7.36 | 9.92 | 10.74 | 12.48 | 15.04 | 17.60 |
| | 3.40 | 7.82 | 10.71 | 11.63 | 13.60 | 16.49 | 19.38 |
| | 3.60 | 8.28 | 11.52 | 12.56 | 14.76 | 18.00 | 21.24 |
| | 3.80 | 8.74 | 12.35 | 13.51 | 15.96 | 19.57 | 23.18 |
| | 4.00 | 9.20 | 13.20 | 14.48 | 17.20 | 21.20 | 25.20 |
| | 4.20 | 9.66 | 14.07 | 15.48 | 18.48 | 22.89 | 27.30 |
| | 4.40 | 10.12 | 14.96 | 16.51 | 19.80 | 24.64 | 29.48 |
| | 4.60 | 10.58 | 15.87 | 17.56 | 21.16 | 26.45 | 31.74 |
| | 4.80 | 11.04 | 16.80 | 18.64 | 22.56 | 28.32 | 34.08 |
| | 5.00 | 11.50 | 17.75 | 19.75 | 24.00 | 30.25 | 36.50 |
| 2.60 | 2.20 | 5.72 | 6.93 | 7.32 | 8.14 | 9.35 | 10.56 |
| | 2.40 | 6.24 | 7.68 | 8.14 | 9.12 | 10.56 | 12.00 |
| | 2.60 | 6.76 | 8.45 | 8.99 | 10.14 | 11.83 | 13.52 |
| | 2.80 | 7.28 | 9.24 | 9.87 | 11.20 | 13.16 | 15.12 |
| | 3.00 | 7.80 | 10.05 | 10.77 | 12.30 | 14.55 | 16.80 |
| | 3.20 | 8.32 | 10.88 | 11.70 | 13.44 | 16.00 | 18.56 |
| | 3.40 | 8.84 | 11.73 | 12.65 | 14.62 | 17.51 | 20.40 |
| | 3.60 | 9.36 | 12.60 | 13.64 | 15.84 | 19.08 | 22.32 |
| | 3.80 | 9.88 | 13.49 | 14.65 | 17.10 | 20.71 | 24.32 |
| | 4.00 | 10.40 | 14.40 | 15.68 | 18.40 | 22.40 | 26.40 |
| | 4.20 | 10.92 | 15.33 | 16.74 | 19.74 | 24.15 | 28.56 |
| | 4.40 | 11.44 | 16.28 | 17.83 | 21.12 | 25.96 | 30.80 |
| | 4.60 | 11.96 | 17.25 | 18.94 | 22.54 | 27.83 | 33.12 |
| | 4.80 | 12.48 | 18.24 | 20.08 | 24.00 | 29.76 | 35.52 |
| | 5.00 | 13.00 | 19.25 | 21.25 | 25.50 | 31.75 | 38.00 |

| 槽底宽 B/m | 槽深 H/m | 不放坡体积 $V_1/m^3$ | 放坡体积 $V=V_1+2V_2$ | | | | |
|---|---|---|---|---|---|---|---|
| | | | 放坡系数 | | | | |
| | | | 0.25 | 0.33 | 0.50 | 0.75 | 1.00 |
| 2.90 | 2.40 | 6.96 | 8.40 | 8.86 | 9.84 | 11.28 | 12.72 |
| | 2.60 | 7.54 | 9.23 | 9.77 | 10.92 | 12.61 | 14.30 |
| | 2.80 | 8.12 | 10.08 | 10.71 | 12.04 | 14.00 | 15.96 |
| | 3.00 | 8.70 | 10.95 | 11.67 | 13.20 | 15.45 | 17.70 |
| | 3.20 | 9.28 | 11.84 | 12.66 | 14.40 | 16.96 | 19.52 |
| | 3.40 | 9.86 | 12.75 | 13.67 | 15.64 | 18.53 | 21.42 |
| | 3.60 | 10.44 | 13.68 | 14.72 | 16.92 | 20.16 | 23.40 |
| | 3.80 | 11.02 | 14.63 | 15.79 | 18.24 | 21.85 | 25.46 |
| | 4.00 | 11.60 | 15.60 | 16.88 | 19.60 | 23.60 | 27.60 |
| | 4.20 | 12.18 | 16.59 | 18.00 | 21.00 | 25.41 | 29.82 |
| | 4.40 | 12.76 | 17.60 | 19.15 | 22.44 | 27.28 | 32.12 |
| | 4.60 | 13.34 | 18.63 | 20.32 | 23.92 | 29.21 | 34.50 |
| | 4.80 | 13.92 | 19.68 | 21.52 | 25.44 | 31.20 | 36.96 |
| | 5.00 | 14.50 | 20.75 | 22.75 | 27.00 | 33.25 | 39.50 |
| 3.20 | 2.60 | 8.32 | 10.01 | 10.55 | 11.70 | 13.39 | 15.08 |
| | 2.80 | 8.96 | 10.92 | 11.55 | 12.88 | 14.84 | 16.80 |
| | 3.00 | 9.60 | 11.85 | 12.57 | 14.10 | 16.35 | 18.60 |
| | 3.20 | 10.24 | 12.80 | 13.62 | 15.36 | 17.92 | 20.48 |
| | 3.40 | 10.88 | 13.77 | 14.69 | 16.66 | 19.55 | 22.44 |
| | 3.60 | 11.52 | 14.76 | 15.80 | 18.00 | 21.24 | 24.48 |
| | 3.80 | 12.16 | 15.77 | 16.93 | 19.38 | 22.99 | 26.60 |
| | 4.00 | 12.80 | 16.80 | 18.08 | 20.80 | 24.80 | 28.80 |
| | 4.20 | 13.44 | 17.85 | 19.26 | 22.26 | 26.67 | 31.08 |
| | 4.40 | 14.08 | 18.92 | 20.47 | 23.76 | 28.60 | 33.44 |
| | 4.60 | 14.72 | 20.01 | 21.70 | 25.30 | 30.59 | 35.88 |
| | 4.80 | 15.36 | 21.12 | 22.96 | 26.88 | 32.64 | 38.40 |
| | 5.00 | 16.00 | 22.25 | 24.25 | 28.50 | 34.75 | 41.00 |
| 3.50 | 2.80 | 9.80 | 11.76 | 12.39 | 13.72 | 15.68 | 17.64 |
| | 3.00 | 10.50 | 12.75 | 13.47 | 15.00 | 17.25 | 19.50 |
| | 3.20 | 11.20 | 13.76 | 14.58 | 16.32 | 18.88 | 21.44 |
| | 3.40 | 11.90 | 14.79 | 15.71 | 17.68 | 20.57 | 23.46 |
| | 3.60 | 12.60 | 15.84 | 16.88 | 19.08 | 22.32 | 25.56 |
| | 3.80 | 13.30 | 16.91 | 18.07 | 20.52 | 24.13 | 27.74 |
| | 4.00 | 14.00 | 18.00 | 19.28 | 22.00 | 26.00 | 30.00 |
| | 4.20 | 14.70 | 19.11 | 20.52 | 23.52 | 27.93 | 32.34 |
| | 4.40 | 15.40 | 20.24 | 21.79 | 25.08 | 29.92 | 34.76 |
| | 4.60 | 16.10 | 21.39 | 23.08 | 26.68 | 31.97 | 37.26 |
| | 4.80 | 16.80 | 22.56 | 24.40 | 28.32 | 34.08 | 39.84 |
| | 5.00 | 17.50 | 23.75 | 25.75 | 30.00 | 36.25 | 42.50 |

注：1. 梯形简图、放坡沟槽挖土断面图分别见图 6-3-8 和图 6-3-9。

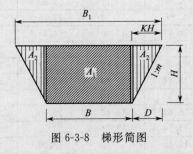

图 6-3-8　梯形简图

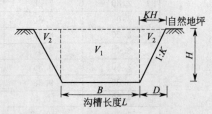

图 6-3-9　放坡沟槽挖土断面图

2. 梯形断面 $V=V_1+V_2$，其中：$V_1=BHL$，$V_2=KH^2L$

式中，$V_1$ 为每米不放坡即矩形断面体积，$m^3$；$V_2$ 为每米放坡即梯形断面体积，$m^3$；$H$ 为挖土深度，m；$B$ 为沟槽宽度，m；$L$ 为沟槽长度，m；$K$ 为放坡系数，$K=D/H$，$H:D=1:D/H=1:K$（坡度）；$D$ 为放坡宽度，m。

## 6.3.3 土石方填方计算常用数据

### 6.3.3.1 人工填土类型及地基土组成（表 6-3-28）

**表 6-3-28　人工填土类型及地基土组成**

| 序号 | 填土类型 | 地基土组成 |
|---|---|---|
| 1 | 素填土 | 由碎石、砂土、黏性土等组成的通过分层夯实、压密的填土 |
| 2 | 杂填土 | 含有建筑垃圾、工业废料、生活垃圾等杂物的填土 |
| 3 | 冲填土 | 由水力冲填泥砂形成的沉积土，又叫吹填土 |
| 4 | 间隙填土 | 黄砂、道渣、粉煤灰、石灰土等 |

注：1. 用人工填筑的地基土就称为人工填土。

2. 碎石土：粒径大于 2mm 的颗粒含量超过全重 50% 的土称为碎石土。

3. 砂土：粒径大于 2mm 的颗粒含量不超过全重 50%，塑性指数 $L_p \leqslant 3$ 的土。

4. 黏土：塑性指数 $L_p > 3$ 的土，其按塑性指数可将黏土分成黏质粉土、粉质黏土、黏土三种。

### 6.3.3.2 砂土分类（表 6-3-29）

**表 6-3-29　砂土分类表**

| 土的名称 | 颗粒级配 |
|---|---|
| 砾砂 | 粒径大于 2mm 占全重 25%~50% |
| 粗砂 | 粒径大于 0.5mm 超过 50% |
| 中砂 | 粒径大于 0.25mm 超过 50% |
| 细砂 | 粒径大于 0.1mm 超过 75%（易于发生流砂现象，不宜使用） |
| 粉砂 | 粒径大于 0.1mm 小超过 75%（易于发生流砂现象，不宜使用） |

### 6.3.3.3 黏性土分类（表 6-3-30、表 6-3-31）

**表 6-3-30　黏性土按塑性指数 $L_p$ 分类**

| 土的名称 | 黏质粉土 | 粉质黏土 | 黏土 |
|---|---|---|---|
| 塑性指数 | $3 < L_p \leqslant 10$ | $10 < L_p \leqslant 17$ | $L_p > 17$ |

注：黏性土的塑性指数（$L_p$）：工程上将液限与塑限之差值（省去 % 符号）称之为塑性指数，即土在可塑状态的含水量变化范围，由计算求得，是进行黏土分类的重要指标：

$$L_p = W_L - W_P$$

式中，$W_L$ 为土由可塑状态转到流动状态的界限含水量，叫做"液限"（也称塑性 E 限含水量），由试验直接测定；$W_P$ 为土由半固态转变到可塑状态的界限含水量，叫做"塑限"（也称塑性下限含水量），由试验直接测定。

**表 6-3-31　黏性土的状态按液性指数 $I_L$ 分类**

| 塑性状态 | 坚硬 | 硬塑 | 可塑 | 软塑 | 流塑 |
|---|---|---|---|---|---|
| 液性指数 | $I_L \leqslant 0$ | $0 < I_L \leqslant 0.25$ | $0.25 < I_L < 0.75$ | $0.75 < I_L \leqslant 1.0$ | $I_L > 1.0$ |

注：1. 液性指数（$I_L$）：土的天然含水量与塑限之差对塑性指数之比；由计算求得，是判别黏土软硬程度的指标，

$$I_L = (W - W_P)/L_P$$

式中，$W$ 为天然含水量；$W_P$ 为塑限；$L_P$ 为塑性指数。

2. 在工程施工中，当已知天然黏土的物理指标，即可根据土的塑性指数和液性指数判别出该土的名称及其软硬程度。

### 6.3.3.4 填土地基承载力和边坡坡度值

**表 6-3-32　土地基承载力和边坡坡度值**

| 填土类别 | 压实系数 $\lambda_c$ | 承载力 $f_d$/kPa | 边坡坡度容许值(高：宽) | | | |
|---|---|---|---|---|---|---|
| | | | 填料厚度 $H$/m | | | |
| | | | $H \leqslant 5$ | $5 < H \leqslant 10$ | $10 < H \leqslant 15$ | $15 < H \leqslant 20$ |
| 碎石、卵石 | 0.94~0.97 | 200~300 | 1：1.25 | 1：1.50 | 1：1.75 | 1：2.00 |
| 砂夹石(其中碎石、卵石占全重的 30%~50%) | | 200~250 | 1：1.25 | 1：1.50 | 1：1.75 | 1：2.00 |

| 填土类别 | 压实系数 $\lambda_c$ | 承载力 $f_d$/kPa | 边坡坡度容许值(高：宽) | | | |
|---|---|---|---|---|---|---|
| | | | 填料厚度 $H$/m | | | |
| | | | $H\leqslant5$ | $5<H\leqslant10$ | $10<H\leqslant15$ | $15<H\leqslant20$ |
| 土夹石(其中碎石、卵石占全重的 30%~50%) | 0.94~0.97 | 150~200 | 1：1.25 | 1：1.50 | 1：1.75 | 1：2.00 |
| 黏性土($10<L_P<14$) | | 130~180 | 1：1.50 | 1：1.75 | 1：2.00 | 1：2.25 |

注：1. $L_P$为塑性指标。

2. 当压实填土厚度大于 20m 时，可设计成台阶进行压实填土的施工。

## 6.3.4 土石方运输计算常用数据

### 6.3.4.1 填方及土方运输计算（表 6-3-33）

**表 6-3-33 填方及土方运输计算表**

| 项 目 | 计 算 方 法 |
|---|---|
| 路基工程 | 1. 土方场内运距按挖方中心至填方中心的距离计算<br>2. 填土土方指可利用土方,不包括耕植土、流砂、淤泥等 |
| 桥涵及护岸 | 1. 基坑挖土的底宽按结构物基础外边线每侧增加工作断面宽度 50cm 计算<br>2. 桥梁、排水构筑物及隧道工程<br>　　填土场内运输土方数＝挖土现场运输土方数－余土数<br>3. 护岸工程土方场内运输数量：<br>　　挖土场内运输土方数＝(挖土数－填土数)×60%<br>　　填土场内运输土方数＝挖土现场运输土方数－余土数 |
| 开槽埋管 | 1. 挖土现场运输土方数＝(挖土数－堆土数)×60%<br>2. 填土现场运输土方数＝挖土现场运输土方数－余土数<br>3. 堆土(天然密实方)数量计算方法,如下图所示<br><br>注:1. 堆土坡脚距槽边 1m 以外；<br>2. 堆土高度一般不宜超过 2m,堆土坡度不陡于自然安息角 |
| 排水水构筑物及隧道 | 同上 |

注：1. 土方挖方按天然密实体积计算，填方按压实后的体积计算。

2. 道路填方按设计线与原地面线之间的体积计算。

3. 挖土及填土现场运输定额中已考虑土方体积变化。单位工程中应考虑土方挖填平衡。当填土有密实度要求时,土方挖、填平衡及缺土时外来土方,应按土方体积变化系数来计算回填土方数量。

4. 土方场外运输按吨计算,容量按天然密实方容重 1.8t/m³ 计算。

### 6.3.4.2 开槽埋管堆土断面面积（表 6-3-34）

**表 6-3-34 开槽埋管堆土断面面积**

| 坡率值 1：1 | 堆土高 $h$/m | 上顶宽 $a$/m | 下底拓宽宽度 $b$/m | | 土底宽 $B$/m | 面积 $A$/m² |
|---|---|---|---|---|---|---|
| | | | $\tan\beta$ 即 $M$ 值 | $b=Mh$ | $a+2b$ | $(a+B)/2\times h$ |
| 1：1 | 0.50 | 0.50 | 1.00 | 0.50 | 1.00 | 0.5 |
| 1：1 | 1.00 | 0.50 | 1.00 | 1.00 | 2.50 | 1.5 |
| 1：1 | 1.50 | 0.50 | 1.00 | 1.50 | 3.50 | 3.0 |
| 1：1 | 2.00 | 0.50 | 1.00 | 2.00 | 4.50 | 5.0 |

注：施工现场内无堆土条件，则堆土数为 0。

市政工程常用资料备查手册

# **7** 市政道路工程

## 7.1 定额道路工程量计算规则

### 7.1.1 道路工程分部分项划分

#### 7.1.1.1 道路工程分部分项划分

表 7-1-1 道路工程分部分项划分

| 序号 | 分部工程 | 分项工程名称 |
|---|---|---|
| 1 | 路床(槽)整形 | 1. 路床(槽)整形；2. 路基盲沟；3. 弹软土基处理；4. 砂底层；5. 铺筑垫层料 |
| 2 | 道路基层 | 1. 石灰土基层；2. 石灰炉渣土基层；3. 石灰粉煤灰土基层；4. 石灰炉渣基层；5. 石灰粉煤灰碎石基层(拌和机拌和)；6. 石灰粉煤灰砂砾基层(拖拉机拌和带犁靶)；7. 石灰土碎石基层；8. 路拌粉煤灰三渣基层；9. 厂拌粉煤灰三渣基层；10. 顶层多合土养生；11. 砂砾石底层(天然级配)；12. 卵石底层；13. 碎石底层；14. 块石底层；15. 炉渣底层；16. 矿渣底层；17. 山皮石底层；18. 沥青稳定碎石 |
| 3 | 道路面层 | 1. 简易路面(磨耗层)；2. 沥青表面处治；3. 沥青贯入式路面；4. 喷洒沥青油料；5. 黑色碎石路面；6. 粗粒式沥青混凝土路面；7. 中粒式沥青混凝土路面；8. 细粒式沥青混凝土路面；9. 水泥混凝土路面；10. 伸缩缝；11. 水泥混凝土路面养生；12. 水泥混凝土路面钢筋 |
| 4 | 人行道侧缘石及其他 | 1. 人行道板安砌；2. 异型彩色花砖安砌；3. 侧缘石垫层；4. 侧缘石安砌；5. 侧平台安砌；6. 砌筑树池；7. 消解石灰 |

注：1. 道路工程划分为路床（槽）整形、道路基层、道路面层、人行道侧缘石及其他 4 个分部工程。

2. 路床（槽）整形分部工程中划分为 5 个分项工程；道路基层分部工程中划分为 18 个分项工程；道路面层分部工程中划分为 12 个分项工程；人行道侧缘石及其他分部工程中划为 7 个分项工程。

#### 7.1.1.2 道路工程工作内容

表 7-1-2 道路工程工作内容

| 项　　目 | | 工作内容 |
|---|---|---|
| 路床(槽)整形 | 路床(槽)整形 | 包括：1. 路床、人行道整形碾压：放样、挖高填低、推土机整平、找平、碾压、检验、人工配合处理机械碾压不到之处 |
| | | 2. 边沟成形工挖边沟土、培整边坡、整平沟底、余土弃运 |
| | 路基盲沟 | 包括：放样、挖土、运料、填充夯实、弃土外运 |
| | 弹软土基处理 | 包括：1. 掺石灰，改换炉渣、片石：<br>①人工操作：放样、挖土、掺料改换、整平、分层夯实、找平、清理杂物；<br>②机械操作：放样、机械挖土、掺料、推拌、分层排压、找平、碾压、清理杂物；<br>2. 石灰砂桩：放样、挖孔、填料、夯实、清理余土至路边 |

市政工程常用资料备查手册

| 项　目 | | 工作内容 |
|---|---|---|
| 路床(槽)整形 | 弹软土基处理 | 3. 塑板桩<br>①带门架:轨道铺拆、定位、穿塑料排水板、安装桩靴、打拔钢管、剪断排水板、门架、桩机移位;<br>②不带门架:定位、穿塑料排水板、安装桩靴、打拔钢管、剪断排水板、起重机、桩机移位<br>4. 粉喷桩:钻机就位、钻孔桩、加粉、喷粉、复搅<br>5. 土工布:清理整平路基、挖填锚固沟、铺设土工布、缝合及锚固土工布<br>6. 抛石挤淤:人工装石、机械运输、人工抛石<br>7. 水泥稳定土、机械翻晒<br>①放样、运料(水泥)、拌和、找平、碾压、人工拌和处理碾压不到之处<br>②放样、机械带铧犁翻拌晾晒、排压 |
| | 砂底层 | 包括:放样、取(运)料、摊铺、洒水、找平、碾压 |
| | 铺筑垫层料 | 包括:放样、取(运)料、摊铺、找平 |
| 道路基层 | 石灰土基层,石灰、炉渣、土基层,石灰、粉煤灰、土基层,石灰、炉渣基层,石灰、粉煤灰、碎石基层(拌和机拌和),石灰、粉煤灰、砂砾基层(拖拉机拌和犁耙) | 包括:1. 人工拌和:放样、清理路床、人工运料、上料、铺石灰、焖水、配料拌和、找平、碾压、人工处理碾压不到之处、清理杂物<br>2. 拖拉机拌和(带犁耙):放样、清理路床、运料、上料、机械整平土方、铺石灰、焖水、拌和、排压、找平、碾压、人工处理碾压不到之处、清理杂物<br>3. 拖拉机原槽拌和(带犁耙):放样、清理路床、运料、上料、机械整平土方、铺石灰、拌和、排压、找平、碾压、人工处理碾压不到之处、清理杂物<br>4. 拌和机拌和:放样、清理路床、运料、上料、机械整平土方、铺石灰、焖水、拌和机拌和、排压、找平、碾压、人工处理碾压不到之处、清理杂物<br>5. 厂拌人铺:放样、清理路床、运料、上料、摊铺洒水、配合压路机碾压、初期养护 |
| | 石灰、土、碎石基层 | 包括:1. 机拌:放线、运料、上料、铺石灰、焖水、拌和机拌和、找平、碾压、人工处理碾压不到之处、清除杂物<br>2. 厂拌:放线、运料、上料、配合压路机碾压、初级养护 |
| | 路(厂)拌粉煤灰三渣基层 | 包括:放线、运料、上料、摊铺、焖水、拌和机拌和、找平、碾压、二层铺筑时下层扎毛、养护、清理杂物 |
| | 顶层多合土养护 | 包括:抽水、运水、安拆抽水机胶管、洒水养护 |
| | 砂砾石底层(天然级配)、卵石底层、碎石底层、块石底层、炉渣底层、矿渣底层、山皮石底层 | 包括:放样、清理路床、取料、运料、上料、摊铺、找平、碾压 |
| 道路面层 | 沥青稳定碎石 | 包括:放样、清扫路基、人工摊铺、洒水、喷洒机喷油、嵌缝、碾压、侧缘石保护、清理 |
| | 简易路面(磨耗层) | 包括:放样、运料、拌和、摊铺、找平、洒水、碾压 |
| | 沥青表面处治 | 包括:清扫路基、运料、分层撒料、洒油、找平、接茬、收边 |
| | 沥青贯入式路面 | 包括:清扫整理下承层、安拆熬油设备、熬油、运油、沥青喷洒机洒油、铺洒主层骨料及嵌缝料、整形、碾压、找补、初期养护 |
| | 喷洒沥青油料 | 包括:清扫路基、运油、加热、洒布机喷油、移动挡板(或遮盖物)保护侧石 |
| | 黑色碎石路面、粗粒式沥青混凝土路面、中粒式沥青混凝土路面、细粒式沥青混凝土路面 | 包括:清扫路基、整修侧缘石、测温、摊铺、接茬、找平、点补、夯边、撒垫料、碾压、清理 |
| | 水泥混凝土路面 | 包括:放样、模板制作、安拆、模板刷油、混凝土纵缝涂沥青油、拌和、浇筑、捣固、抹光或拉毛 |
| | 伸缩缝 | 包括:1. 切缝:放样、缝板制作、备料、熬制沥青、浸泡木板、拌和、嵌缝、烫平缝面;<br>2. PG道路嵌缝胶:清理缝道、嵌入泡沫背衬带、配制搅料PG胶、上料灌缝 |
| | 水泥混凝土路面养护 | 包括:铺盖草袋、铺撒锯末、涂塑料液、铺塑料膜、养护 |
| | 水泥混凝土路面钢筋 | 包括:钢筋除锈、安装传力杆,拉杆边缘钢筋;钢筋网 |

| 项 目 | | 工作内容 |
|---|---|---|
| 人行道侧缘石及其他 | 人行道板安砌 | 包括:放样、运料、配料拌和、找平、夯实、安砌、灌缝、扫缝 |
| | 异型彩色花砖安砌 | 包括:放样、运料、配料拌和、找平、夯实、安砌、灌缝、扫缝 |
| | 侧缘石垫层 | 包括:运料、备料、拌和、摊铺、找平、洒水、夯实 |
| | 侧缘石、侧平石安砌、砌筑树池 | 包括:放样、开槽、运料、调配砂、安砌、勾缝、养护、清理 |
| | 消解石灰 | 包括:集中消解石灰、推土机配合、小堆沿线消解、人工焖翻 |

## 7.1.2 道路工程定额说明

### 7.1.2.1 市政道路工程定额总说明

(1)《全统市政定额》第二册《道路工程》(以下简称道路工程定额)。包括路床(槽)整形、道路基层、道路面层、人行道侧缘石及其他,共四章350个子目。

(2)道路工程定额适用于城镇基础设施中的新建和扩建工程。

(3)道路工程定额编制依据

①《全国统一市政工程预算定额》(1988)道路分册及建设部关于定额的有关补充规定资料。

② 新编《全国统一建筑工程基础定额》、《全国统一安装工程基础定额》及《全国统一市政工程劳动定额》。

③ 现行的市政工程设计、施工验收规范、安全操作规程、质量评定标准等。

④ 现行的市政工程标准图集和具有代表性工程的设计图纸。

⑤ 各省、自治区、直辖市现行的市政工程单位估价表及基础资料。

⑥ 已被广泛采用的市政工程新技术、新结构、新材料、新设备和已被检验确定成熟的资料。

(4)道路工程中的排水项目,按第六册《排水工程》相应定额执行。

(5)定额中的工序、人工、机械、材料等均系综合取定。除另有规定者外,均不得调整。

(6)定额的多合土项目按现场拌和考虑,部分多合土项目考虑了厂拌,如采用厂拌集中拌和,所增加的费用可按各省、自治区、直辖市有关规定执行。

(7)定额凡使用石灰的子目,均不包括消解石灰的工作内容。编制预算中,应先计算出石灰总用量,然后套用消解石灰子目。

### 7.1.2.2 路床(槽)整形定额说明

(1)《全统市政定额》第二册《道路工程》第一章路床(槽)整形包括路床(槽)整形、路基盲沟、基础弹软处理、铺筑垫层料等计39个子目。

(2)路床(槽)整形项目的内容,包括平均厚度10cm以内的人工挖高填低、整平路床,使之形成设计要求的纵横坡度,并应经压路机碾压密实。

(3)边沟成型,综合考虑了边沟挖土的土类和边沟两侧边坡培整面积所需的挖土、培土、修整边坡及余土抛出沟外的全过程所需人工。边坡所出余土弃运路基50m以外。

(4)混凝土滤管盲沟定额中不含滤管外滤层材料。

(5)粉喷桩定额中,桩直径取定50cm。

### 7.1.2.3 道路基层定额说明

(1)《全统市政定额》第二册《道路工程》第二章道路基层包括各种级配的多合土基层计195个子目。

(2)石灰土基、多合土基、多层次铺筑时,其基础顶层需进行养护,养护期按7d考虑,其用水量已综合在顶层多合土养护定额内,使用时不得重复计算用水量。

（3）各种材料的底基层材料消耗中不包括水的使用量，当作为面层封顶时如需加水碾压，加水量由各省、自治区、直辖市自行确定。

（4）多合土基层中各种材料是按常用的配合比编制的，当设计配合比与定额不符时，有关的材料消耗量可由各省、自治区、直辖市另行调整，但人工和机械台班的消耗不得调整。

（5）石灰土基层中的石灰均为生石灰的消耗量。土为松方用量。

（6）定额中设有"每增减"的子目，适用于压实厚度 20cm 以内。压实厚度在 20cm 以上应按两层结构层铺筑。

### 7.1.2.4　道路面层定额说明

（1）《全统市政定额》第二册《道路工程》第三章道路面层包括简易路面、沥青表面处治、沥青混凝土路面及水泥混凝土路面等 71 个子目。

（2）沥青混凝土路面、黑色碎石路面所需要的面层熟料实行定点搅拌时，其运至作业面所需的运费不包括在该项目中，需另行计算。

（3）水泥混凝土路面，综合考虑了前台的运输工具不同所影响的工效及有筋无筋等不同的工效。施工中无论有筋无筋及出料机具如何均不换算。水泥混凝土路面中未包括钢筋用量。如设计有筋时，套用水泥混凝土路面钢筋制作项目。

（4）水泥混凝土路面均按现场搅拌机搅拌。如实际施工与定额不符时，由各省，自治区、直辖市另行调整。

（5）水泥混凝土路面定额中，不含真空吸水和路面刻防滑槽。

（6）喷洒沥青油料定额中，分别列有石油沥青和乳化沥青两种油料，应根据设计要求套用相应项目。

### 7.1.2.5　人行道侧缘石及其他定额说明

（1）《全统市政定额》第二册《道路工程》第四章人行道侧缘石及其他包括人行道板、侧石（立缘石）、花砖安砌等 45 个子目。

（2）所采用的人行道板、侧石（立缘石）、花砖等砌料及垫层如与设计不同时，材料量可按设计要求另计其用量，但人工不变。

### 7.1.3　道路工程定额计算规则

表 7-1-3　道路工程定额计算规则

| 项目 | 工程量计算规则 |
|---|---|
| 路床（槽）整形 | 道路工程路床（槽）碾压宽度计算应按设计车行道宽度另计两侧加宽值,加宽值的宽度由各省自治区、直辖市自行确定,以利路基的压实 |
| 道路基层 | 1. 道路工程路基应按设计车行道宽度另计两侧加宽值,加宽值的宽度由各省、自治区、直辖市自行确定<br>2. 道路工程石灰土、多合土养护面积计算,按设计基层、顶层的面积计算<br>3. 道路基层计算不扣除各种井位所占的面积<br>4. 道路工程的侧缘（平）石、树池等项目以延米计算,包括各转弯处的弧形长度 |
| 道路面层 | 1. 水泥混凝土路面以平口为准,如设计为企口时,其用工量按定额相应项目乘以系数 1.01。木材摊销量按定额相应项目摊销量乘以系数 1.051<br>2. 道路工程沥青混凝土、水泥混凝土及其他类型路面工程量以设计长乘以设计宽计算(包括转弯面积),不扣除各类井所占面积<br>3. 伸缩缝以面积为计量单位。此面积为缝的断面积,即设计宽×设计厚<br>4. 道路面层按设计图所示面积(带平石的面层应扣除平石面积)以 m² 计算 |
| 人行道侧缘石及其他 | 人行道板、异型彩色花砖安砌面积计算按实辅面积计算 |

# 7.1.4 道路工程定额编制说明

表 7-1-4 道路工程定额编制说明

| 项　　目 | | 工作内容 |
|---|---|---|
| 适用范围 | | 《全统市政定额》第二册《道路工程》适用于城市基础设施中的新建、扩建工程,不适于城市基础设施中的大、中、小修及养护工程 |
| 编制中有关数据的取定 | 人工 | 1. 定额中人工量以综合工日数表示,不分工种及技术等级。内容包括:基本用工和其他用工。其他用工包括:人工幅度差、超运距用工和辅助用工<br>2. 综合工日＝基本用工×(1＋人工幅度差)＋超运距用工＋辅助用工,人工幅度差综合取定10%。人工是随机械产量计算的,人工幅度差率按机械幅度差率计算。定额中基本运距为50m,超运距综合取定为100m |
| | 材料 | 1. 主要材料、辅助材料凡能计量的均应按品种、规格、数量,并按材料损耗率规定增加损耗量后列出。其他材料以占材料费的百分比表示,不再计入定额材料消耗量。其他材料费道路工程综合取定为0.50%<br>2. 主要材料的压实干密度、松方干密度、压实系数详见表7-1-5<br>3. 各种材料消耗均按统一规定计算(材料损耗率及损耗系数详见表7-1-6),另根据混合料配比不同,其用水量如下:<br>(1)弹软土基处理(人工、机械掺石灰、水泥稳定土壤)均按15%水量计入材料消耗量,砂底层铺入垫层料均按8%用水量计入材料消耗量;<br>(2)石灰土基、多合土基均按15%用水量计入材料消耗量,其他类型基层均按8%用水量计入材料消耗量;<br>(3)水泥混凝土路面均按20%用水量计入材料消耗量,水泥混凝土路面层养护、简易路面按5%用水量计入材料消耗量;<br>(4)人行道、侧缘石铺装均按8%用水量计入材料消耗量 |
| | 机械 | 定额中所列机械,综合考虑了目前市政行业普遍使用的机型、规格,对原定额中道路基层、面层中的机械配置进行了调整,以满足目前高等级路面技术质量的要求及现场实际施工水平的需要。定额中在确定机械台班使用量时,均计入了机械幅度差。机械幅度差系数见表7-1-7 |
| 其他有关问题的说明 | | 定额均按照合理的施工组织设计,合理的劳动组织与机械配备以及正常的施工条件,根据现行和有关质量检验评定标准及操作规程编制的 |
| | | 定额中的工作内容以简明的方法,说明了主要施工工序,对次要工序未加叙述,但在编制预算定额时均已考虑 |
| | | 定额中施工用水均考虑以自来水为供水水源,如需采用其他水源时,其定额允许调整换算 |
| | | 半成品材料规格、重量不同时可以换算,但人工、机械消耗量不得进行调整 |
| | | 各种材料配合比不同时可调整换算,但人工、机械消耗量不得进行调整 |
| | | 定额中半成品材料均不包括其运费(拌和场至施工现场),在编制预算时,各地区可根据本地区的运输价格另行计算 |
| | | 由于各省市、地区情况不同,定额没有考虑商品混凝土,若各地区使用商品混凝土时,采用定额,应减除搅拌机台班数量和90%的人工量。如实际中采用集中搅拌站拌和混凝土、搅拌车运输时,其运费应另行计算 |
| | | 定额中未编制混凝土搅拌站项目,各地区在施工中需设立搅拌站时可参考其他专业预算定额 |

## 表 7-1-5 材料压实干密度、松方干密度、压实系数表

| 项　　目 | 压实干密度/(t/m³) | 压实系数 | 松方干密度 | | | | | | | | | | | | | |
|---|---|---|---|---|---|---|---|---|---|---|---|---|---|---|---|---|
| | | | 生石灰 | 土 | 炉渣 | 砂 | 粉煤灰 | 碎石 | 砂砾 | 卵石 | 块石 | 混石 | 矿渣 | 山皮石 | 石屑 | 水泥 |
| 石灰土基 | 1.65 | | 1.00 | 1.15 | | | | | | | | | | | | |
| 改换炉渣 | 1.65 | | | | 1.40 | | | | | | | | | | | |
| 改换片石 | 1.30 | | | | | | | | | | | | | | | |
| 石灰炉渣土基 | 1.46 | | 1.00 | 1.15 | 1.40 | | | | | | | | | | | |
| 石灰炉(煤)渣 | 1.25 | | | | 1.40 | | | | | | | | | | | |
| 石灰、粉煤灰土基 | 1.43 | | 1.00 | 1.15 | | | 0.75 | | | | | | | | | |

| 项目 | 压实干密度/(t/m³) | 压实系数 | 松方干密度 | | | | | | | | | | | | | |
| --- | --- | --- | --- | --- | --- | --- | --- | --- | --- | --- | --- | --- | --- | --- | --- | --- |
| | | | 生石灰 | 土 | 炉渣 | 砂 | 粉煤灰 | 碎石 | 砂砾 | 卵石 | 块石 | 混石 | 矿渣 | 山皮石 | 石屑 | 水泥 |
| 石灰、粉煤灰碎石 | 1.92 | | 1.00 | | | | 0.75 | 1.45 | | | | | | | | |
| 石灰、粉煤灰砂砾 | 1.92 | | 100 | | | | 0.75 | | 1.60 | | | | | | | |
| 石灰、土、碎石 | 2.05 | | 1.00 | 1.15 | | | | 1.45 | | | | | | | | |
| 砂底(垫)层 | | 1.25 | | | | 1.43 | | | | | | | | | | |
| 砂砾底层 | | 1.20 | | | | | | | 1.60 | | | | | | | |
| 卵石底层 | | 1.70 | | | | | | | | 1.65 | | | | | | |
| 碎石底层 | | 1.30 | | | | | | 1.45 | | | | | | | | |
| 块石底层 | | 1.30 | | | | | | | | | 1.60 | | | | | |
| 混石底层 | | 1.30 | | | | | | | | | | 1.54 | | | | |
| 矿渣底层 | | 1.30 | | | | | | | | | | | 1.40 | | | |
| 炉渣底(垫)层 | | 1.65 | | | 1.40 | | | | | | | | | | | |
| 山皮石底层 | | 1.30 | | | | | | | | | | | | 1.54 | | |
| 石屑垫层 | | 1.30 | | | | | | | | | | | | | 1.45 | |
| 石屑土封面 | 1.90 | | | 1.10 | | | | | | | | | | | | |
| 碎石级配路面 | 2.20 | | | | | | | 1.45 | | | | | | | | |
| 厂拌粉煤灰三渣基 | 2.13 | | | | | | 0.75 | | | | | | | | | |
| 水泥稳定土 | 1.68 | | | | | | | | | | | | | | | 1.20 |
| 沥青砂加工 | 2.30 | | | | | | | | | | | | | | | |
| 细粒式沥青混凝土 | 2.30 | | | | | | | | | | | | | | | |
| 粗、中粒式沥青混凝土 | 2.37 | | | | | | | | | | | | | | | |
| 黑色碎石 | 2.25 | | | | | | | | | | | | | | | |

### 表 7-1-6　材料损耗率及损耗系数表

| 材料名称 | 损耗率/% | 损耗系数 | 材料名称 | 损耗率/% | 损耗系数 | 材料名称 | 损耗率/% | 损耗系数 |
| --- | --- | --- | --- | --- | --- | --- | --- | --- |
| 生石灰 | 3 | 1.031 | 混石 | 2 | 1.02 | 石质块 | 1 | 1.01 |
| 水泥 | 2 | 1.02 | 山皮土 | 2 | 1.02 | 结合油 | 4 | 1.042 |
| 土 | 4 | 1.042 | 沥青混凝土 | 1 | 1.01 | 透层油 | 4 | 1.042 |
| 粗、中砂 | 3 | 1.031 | 黑色碎石 | 2 | 1.02 | 滤管 | 5 | 1.053 |
| 炉(焦)渣 | 3 | 1.031 | 水泥混凝土 | 2 | 1.02 | 煤 | 8 | 1.087 |
| 煤渣 | 2 | 1.02 | 混凝土侧、缘石 | 1.5 | 1.015 | 木材 | 5 | 1.053 |
| 碎石 | 2 | 1.02 | 石质侧、缘石 | 1 | 1.01 | 柴油 | 5 | 1.053 |
| 水 | 5 | 1.053 | 各种厂拌沥青混合物 | 4 | 1.04 | 机砖 | 3 | 1.031 |
| 粉煤灰 | 3 | 1.031 | 矿渣 | 2 | 1.02 | 混凝土方砖 | 2 | 1.02 |
| 砂砾 | 2 | 1.02 | 石屑 | 3 | 1.031 | 块料人行道板 | 3 | 1.031 |
| 厂拌粉煤灰三渣 | 2 | 1.02 | 石粉 | 3 | 1.031 | 钢筋 | 2 | 1.02 |
| 水泥砂浆 | 2.5 | 1.025 | 石棉 | 2 | 1.02 | 条石块 | 2 | 1.02 |
| 混凝土块 | 1.5 | 1.015 | 石油沥青 | 3 | 1.031 | 草袋 | 4 | 1.042 |
| 铁件 | 1 | 1.01 | 乳化沥青 | 4 | 1.042 | 片石 | 2 | 1.02 |
| 卵石 | 2 | 1.02 | 石灰下脚 | 3 | 1.031 | 石灰膏 | 1 | 1.01 |
| 块石 | 2 | 1.02 | 混合砂浆 | 2.5 | 1.025 | 各种厂拌稳定土 | 2 | 1.02 |

表 7-1-7　机械幅度差

| 序号 | 机械名称 | 机械幅度差 | 序号 | 机械名称 | 机械幅度差 | 序号 | 机械名称 | 机械幅度差 |
|------|---------|-----------|------|---------|-----------|------|---------|-----------|
| 1 | 推土机 | 1.33 | 7 | 平地机 | 1.33 | 13 | 加工机械 | 1.30 |
| 2 | 灰土拌和机 | 1.33 | 8 | 洒布机 | 1.33 | 14 | 焊接机械 | 1.30 |
| 3 | 沥青洒布机 | 1.33 | 9 | 沥青混凝土摊铺机 | 1.33 | 15 | 起重及垂直运输机械 | 1.30 |
| 4 | 手泵喷油机 | 1.33 | 10 | 混凝土及砂浆机械 | 1.33 | 16 | 打桩机械 | 1.33 |
| 5 | 机泵喷油机 | 1.33 | 11 | 履带式拖拉机 | 1.33 | 17 | 动力机械 | 1.25 |
| 6 | 压路机 | 1.33 | 12 | 水平运输机械 | 1.25 | 18 | 泵类机械 | 1.30 |

# 7.2　道路工程清单计价计算规则

## 7.2.1　道路工程计算量说明

### 7.2.1.1　道路工程清单项目的划分

表 7-2-1　道路工程清单项目的划分

| 项目 | 包含的内容 |
|------|-----------|
| 路基处理 | 路基处理包括强夯土方、掺石灰、掺干土、掺石、抛石挤淤、袋装砂井、塑料排水板、石灰砂桩、碎石桩、喷粉桩、深层搅拌桩、土工布、排水沟、截水沟、盲沟 |
| 道路基层 | 道路基层包括垫层、石灰稳定土、水泥稳定土、石灰、粉煤粉、土、石灰、碎石、粉煤灰、碎(砾)石、粉煤灰、砂砾石、卵石、碎石、块石、炉渣、粉煤灰三渣、水泥稳定碎(砾)石、沥青稳定碎石 |
| 道路面层 | 道路面层包括沥青表面处治、沥青贯入式、黑色碎石、沥青混凝土、水泥混凝土、块料面层、橡胶、塑料弹性面层 |
| 人行道及其他 | 人行道及其他包括人行道块料铺设、现浇混凝土人行道及进口坡、安砌侧(平、缘)石、检查井升降、树池砌筑 |
| 交通管理设施 | 交通管理设施包括接线工作井、电缆保护管铺设、标杆、标志板、视线诱导器、标线、标记、横道线、清除标线、交通信号灯安装、环形检测线安装、值警亭安装、隔离护栏安装、立电杆、信号灯架空走线、信号机箱、信号灯架、管内穿线 |

### 7.2.1.2　道路工程清单计价工程量计算说明

表 7-2-2　道路工程清单计价工程量计算说明

| 项　　目 | 说　　明 |
|---------|---------|
| 各层厚度 | 道路各层厚度均以压实后的厚度为准 |
| 基层和面层 | 1. 道路的基层和面层的清单工程量均以设计图示尺寸以面积计算,不扣除各种井所占面积。<br>2. 道路基层和面层均按不同结构分别分层设立清单项目 |
| 路基处理、人行道及其他、交通管理设施等 | 路基处理、人行道及其他、交通管理设施等的不同项目分别按《建设工程工程量清单计价规范》规定的计量单位和计算规则计算清单工程量 |

## 7.2.2　道路工程清单项目

### 7.2.2.1　路基处理

工程量清单项目设置及工程量计算规则,应按表 7-2-3 的规定执行。

表 7-2-3　路基处理（编码：040201）

| 项目编码 | 项目名称 | 项目特征 | 计量单位 | 工程量计算规则 | 工程内容 |
|---|---|---|---|---|---|
| 040201001 | 强夯土方 | 密实度 | m | 按设计图示尺寸以面积计算 | 土方强夯 |
| 040201002 | 掺石灰 | 含灰量 | m³ | 按设计图示尺寸以体积计算 | 掺石灰 |
| 040201003 | 掺干土 | 1. 密实度<br>2. 掺土率 | | | 掺干土 |
| 040201004 | 掺石 | 1. 材料<br>2. 规格<br>3. 掺石率 | | | 掺石 |
| 040201005 | 抛石挤淤 | 规格 | | | 抛石挤淤 |
| 040201006 | 袋装砂井 | 1. 直径<br>2. 填充料品种 | m | 按设计图示以长度计算 | 成孔、装袋砂 |
| 040201007 | 塑料排水板 | 1. 材料<br>2. 规格 | | | 成孔、打塑料排水板 |
| 040201008 | 石灰砂桩 | 1. 材料配合比<br>2. 桩径 | | | 成孔、石灰、砂填充 |
| 040201009 | 碎石桩 | 1. 材料规格<br>2. 桩径 | | | 1. 振冲器安装、拆除<br>2. 碎石填充、振实 |
| 040201010 | 喷粉桩 | | | | 成孔、喷粉固化 |
| 040201011 | 深层搅拌桩 | 1. 桩径<br>2. 水泥含量 | | | 1. 成孔<br>2. 水泥浆搅拌<br>3. 压浆、搅拌 |
| 040201012 | 土工布 | 1. 材料品种<br>2. 规格 | m² | 按设计图示尺寸以面积计算 | 土工布铺设 |
| 040201013 | 排水沟、截水沟 | 1. 材料品种<br>2. 断面<br>3. 混凝土强度等级<br>4. 砂浆强度等级 | m | 按设计图示以长度计算 | 1. 垫层铺筑<br>2. 混凝土浇筑<br>3. 砌筑<br>4. 勾缝<br>5. 抹面<br>6. 盖板 |
| 040201014 | 盲沟 | 1. 材料品种<br>2. 断面<br>3. 材料规格 | | | |

## 7.2.2.2　道路基层

工程量清单项目设置及工程量计算规则，应按表 7-2-4 的规定执行。

表 7-2-4　道路基层（编码：040202）

| 项目编码 | 项目名称 | 项目特征 | 计量单位 | 工程量计算规则 | 工程内容 |
|---|---|---|---|---|---|
| 040202001 | 垫层 | 1. 厚度<br>2. 材料品种<br>3. 材料规格 | m² | 按设计图示尺寸以面积计算，不扣除各种井所占面积 | 1. 拌和<br>2. 铺筑<br>3. 找平<br>4. 碾压<br>5. 养护 |
| 040202002 | 石灰稳定土 | 1. 厚度<br>2. 含灰量 | | | |
| 040202003 | 水泥稳定土 | 1. 水泥含量<br>2. 厚度 | | | |
| 040202004 | 石灰、粉煤灰、土 | 1. 厚度<br>2. 配合比 | | | |
| 040202005 | 石灰、碎石、土 | 1. 厚度<br>2. 配合比<br>3. 碎石规格 | | | |

市政工程常用资料备查手册

| 项目编码 | 项目名称 | 项目特征 | 计量单位 | 工程量计算规则 | 工程内容 |
|---|---|---|---|---|---|
| 040202006 | 石灰、粉煤灰、碎(砾)石 | 1. 材料品种<br>2. 厚度<br>3. 碎(砾)石规格<br>4. 配合比 | m² | 按设计图示尺寸以面积计算,不扣除各种井所占面积 | 1. 拌和<br>2. 铺筑<br>3. 找平<br>4. 碾压<br>5. 养护 |
| 040202007 | 粉煤灰 | 厚度 | | | |
| 040202008 | 砂砾石 | | | | |
| 040202009 | 卵石 | | | | |
| 040202010 | 碎石 | | | | |
| 040202011 | 块石 | | | | |
| 040202012 | 炉渣 | | | | |
| 040202013 | 粉煤灰三渣 | 1. 厚度<br>2. 配合比<br>3. 石料规格 | | | |
| 040202014 | 水泥稳定碎(砾)石 | 1. 厚度<br>2. 沥青品种<br>3. 石料规格 | | | |
| 040202015 | 沥青稳定碎石 | 1. 厚度<br>2. 沥青品种<br>3. 石料粒径 | | | |

## 7.2.2.3 道路面层

工程量清单项目设置及工程量计算规则,应按表 7-2-5 的规定执行。

**表 7-2-5 道路面层**(编码:040203)

| 项目编码 | 项目名称 | 项目特征 | 计量单位 | 工程量计算规则 | 工程内容 |
|---|---|---|---|---|---|
| 040203001 | 沥青表面处治 | 1. 沥青品种<br>2. 层数 | m² | 按设计图示尺寸以面积计算,不扣除各种井所占面积 | 1. 洒油<br>2. 碾压 |
| 040203002 | 沥青贯入式 | 1. 沥青品种<br>2. 厚度 | | | |
| 040203003 | 黑色碎石 | 1. 沥青品种<br>2. 厚度<br>3. 石料最大粒径 | | | 1. 洒铺底油<br>2. 铺筑<br>3. 碾压 |
| 040203004 | 沥青混凝土 | 1. 沥青品种<br>2. 石料最大粒径<br>3. 厚度 | | | |
| 040203005 | 水泥混凝土 | 1. 混凝土强度等级、石料最大粒径<br>2. 厚度<br>3. 掺合料<br>4. 配合比 | | | 1. 传力杆及套筒制作、安装<br>2. 混凝土浇筑<br>3. 拉毛或压痕<br>4. 伸缝<br>5. 缩缝<br>6. 锯缝<br>7. 嵌缝<br>8. 路面养生 |
| 040203006 | 块料面层 | 1. 材质<br>2. 规格<br>3. 垫层厚度<br>4. 强度 | | | 1. 铺筑垫层<br>2. 铺砌块料<br>3. 嵌缝、勾缝 |
| 040203007 | 橡胶、塑料弹性面层 | 1. 材料名称<br>2. 厚度 | | | 1. 配料<br>2. 铺贴 |

市政工程常用资料备查手册

## 7.2.2.4 人行道及其他

工程量清单项目设置及工程量计算规则，应按表 7-2-6 的规定执行。

表 7-2-6　人行道及其他（编码：040204）

| 项目编码 | 项目名称 | 项目特征 | 计量单位 | 工程量计算规则 | 工程内容 |
|---|---|---|---|---|---|
| 040204001 | 人行道块料铺设 | 1. 材质<br>2. 尺寸<br>3. 垫层材料品种、厚度、强度<br>4. 图形 | m² | 按设计图示尺寸以面积计算，不扣除各种井所占面积 | 1. 整形碾压<br>2. 垫层、基础铺筑<br>3. 块料铺设 |
| 040204002 | 现浇混凝土人行道及进口坡 | 1. 混凝土强度等级、石料最大粒径<br>2. 厚度<br>3. 垫层、基础；材料品种、厚度、强度 | | | 1. 整形碾压<br>2. 垫层、基础铺筑<br>3. 混凝土浇筑<br>4. 养生 |
| 040204003 | 安砌侧（平缘）石 | 1. 材料<br>2. 尺寸<br>3. 形状<br>4. 垫层、基础；材料品种、厚度、强度 | m | 按设计图示中心线长度计算 | 1. 垫层、基础铺筑<br>2. 侧（平、缘）石安砌 |
| 040204004 | 现浇侧（平缘）石 | 1. 材料品种<br>2. 尺寸<br>3. 形状<br>4. 混凝土强度等级、石料最大粒径<br>5. 垫层、基础；材料品种、厚度、强度 | | | 1. 垫层铺筑<br>2. 混凝土浇筑<br>3. 养生 |
| 040204005 | 检查井升降 | 1. 材料品种<br>2. 规格<br>3. 平均升降高度 | 座 | 按设计图示路面标高与原有的检查井发生正负高差的检查井的数量计算 | 升降检查井 |
| 040204006 | 树池砌筑 | 1. 材料品种、规格<br>2. 树池尺寸<br>3. 树池盖材料品种 | 个 | 按设计图示数量计算 | 1. 树池砌筑<br>2. 树池盖制作、安装 |

## 7.2.2.5 交通管理设施

工程量清单项目设置及工程量计算规则，应按表 7-2-7 的规定执行。

表 7-2-7　交通管理设施（编码：040205）

| 项目编码 | 项目名称 | 项目特征 | 计量单位 | 工程量计算规则 | 工程内容 |
|---|---|---|---|---|---|
| 040205001 | 接线工作井 | 1. 混凝土强度等级、石料最大粒径<br>2. 规格 | 座 | 按设计图示数量计算 | 浇筑 |
| 040205002 | 电缆保护管铺设 | 1. 材料品种<br>2. 规格 | m | 按设计图示以长度计算 | 电缆保护管制作、安装 |
| 040205003 | 标杆 | 3. 基础材料品种、厚度、强度 | 套 | 按设计图示数量计算 | 1. 基础浇捣<br>2. 标杆制作、安装 |
| 040205004 | 标志板 | | 块 | | 标志板制作、安装 |
| 040205005 | 视线诱导器 | 类型 | 只 | | 安装 |

| 项目编码 | 项目名称 | 项目特征 | 计量单位 | 工程量计算规则 | 工程内容 |
|---|---|---|---|---|---|
| 040205006 | 标线 | 1. 油漆品种<br>2. 工艺<br>3. 线形 | km | 按设计图示长度计算 | 画线 |
| 040205007 | 标记 | 1. 油漆品种<br>2. 规格<br>3. 形式 | 个 | | |
| 040205008 | 横道线 | 形式 | m² | 按设计图示尺寸以面积计算 | |
| 040205009 | 清除标线 | 清除方法 | | | 清除 |
| 040205010 | 交通信号灯安装 | 型号 | 套 | 按设计图示数量计算 | 1. 基础浇捣<br>2. 安装 |
| 040205011 | 环形检测线安装 | 1. 类型<br>2. 垫层、基础;材料品种、厚度、强度 | m | 按设计图示长度计算 | |
| 040205012 | 值警亭安装 | | 座 | 按设计图示数量计算 | |
| 040205013 | 隔离护栏安装 | 1. 部位<br>2. 形式<br>3. 规格<br>4. 类型<br>5. 材料品种<br>6. 基础材料品种、强度 | m | 按设计图示长度计算 | 1. 基础浇筑<br>2. 安装 |
| 040205014 | 立电杆 | 1. 类型<br>2. 规格<br>3. 基础材料品种、强度 | 根 | 按设计图示数量计算 | 1. 基础浇筑<br>2. 安装 |
| 040205015 | 信号灯架空走线 | 规格 | km | 按设计图示以长度计算 | 架线 |
| 040205016 | 信号机箱 | 1. 形式<br>2. 规格<br>3. 基础材料品种、强度 | 只 | 按设计图示数量计算 | 1. 基础浇筑或砌筑<br>2. 安装<br>3. 系统调试标志板制作、安装 |
| 040205017 | 信号灯架 | | 组 | | |
| 040205018 | 管内穿线 | 1. 规格<br>2. 型号 | km | 按设计图示以长度计算 | 穿线 |

# 7.3 道路工程计算常用数据

## 7.3.1 道路交叉口设计

### 7.3.1.1 道路平面交叉口类型（表 7-3-1、图 7-3-1）

**表 7-3-1 道路平面交叉类型与特点**

| 序号 | 基本类型 | 特 点 |
|---|---|---|
| 1 | 十字形交叉 | 相交道路夹角 90°±15° 范围内的四路交叉。此种交叉形式简单，交通组织方便，与周围景观容易协调，因此采用得最多。它可用于相同等级或不同等级道路的交叉，在道路网规划中，它是最基本的形式之一 |
| 2 | ×字形交叉 | 相交道路交角小于 75° 或大于 105° 的四路交叉。此种交叉口当相交的锐角较少时将形成狭长的交叉口，对交通十分不利，特别对左转车辆更加不利，锐角街口的建筑也难处理 |

| 序号 | 基本类型 | 特　点 |
|---|---|---|
| 3 | T形交叉 | 相交道路交角为90°或在90°±15°范围的三路交叉 |
| 4 | Y形交叉 | 夹角小于75°或大于105°的三路交叉 |
| 5 | 错位交叉 | 由两个方向相反距离很近的T形交叉所组成的交叉口,若由两个Y形交叉所组成的则为斜交错位交叉,T形交叉口,Y形交叉口和错位交叉口均为主要道路和次要道路的交叉,主要道路设在交叉口的顺直方向 |
| 6 | 环形交叉 | 在交叉口中央设置较大的圆形或其他形状的中央岛,所有车辆绕岛作逆时针行驶直至离岛驶去。此种形式的交叉口使所有直行、左右转弯车辆均能在交叉口沿同一方向顺序前进,避免了因交叉口红绿灯管制而发生周期性的交通阻滞,并消灭了交叉口上的冲突点,提高了行车的安全 |
| 7 | 复合交叉 | 复合交叉口指五条及以上的道路交汇的地方,交叉口中心较突出,但交通组织不便,且占地较大,必须慎重全面地考虑 |

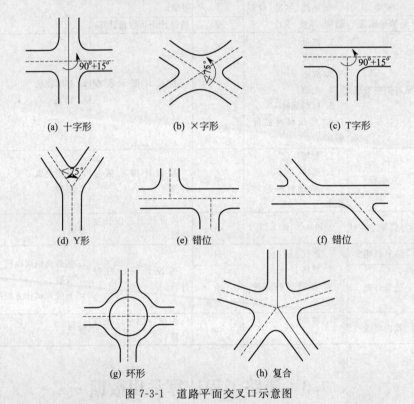

(a) 十字形　　　　　(b) ×字形　　　　　(c) T字形

(d) Y形　　　　　(e) 错位　　　　　(f) 错位

(g) 环形　　　　　(h) 复合

图 7-3-1　道路平面交叉口示意图

## 7.3.1.2　道路交叉角内外半径分布（表 7-3-2、图 7-3-2）

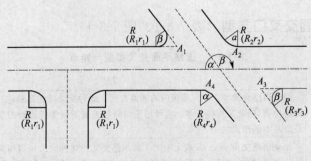

图 7-3-2　交叉口转角处正交、斜交示意图

表 7-3-2　交叉角类型外、内半径分布表

| 交叉角类型 | 中心角 | 外半径 $R$/m | 内半径 $r$/m | 道路面积/m² | 人行道面积/m² | 侧(平、缘)石长度/m |
|---|---|---|---|---|---|---|
| 正交 | $\alpha=90°$ | $R_1$ | $r_1$ | $R_1$ | $R_1$、$r_1$ | $R_1$ |
| 斜交 | $\alpha<75°$ | $R_2$、$R_4$ | $r_2$、$r_4$ | $A_2$、$A_4(R_2、R_4)$ | $R_2$、$r_2$、$R_4$、$r_4$ | $R_2$、$R_4$ |
| | $\beta>105°$ | $R_1$、$R_3$ | $r_1$、$r_3$ | $A_1$、$A_3(R_1、R_3)$ | $R_1$、$r_1$、$R_3$、$r_3$ | $R_1$、$R_3$ |

## 7.3.1.3　道路平面交叉口计算

(1) 车行道正交路口转角面积 (表 7-3-3)

表 7-3-3　车行道正交 (90°) 路口转角面积表

| $R$/m | $A$/m² | $R$/m | $A$/m² | $R$/m | $A$/m² |
|---|---|---|---|---|---|
| 2 | 0.86 | 15 | 48.29 | 28 | 168.25 |
| 3 | 1.93 | 16 | 54.94 | 29 | 180.48 |
| 4 | 3.43 | 17 | 62.02 | 30 | 193.14 |
| 5 | 5.37 | 18 | 69.53 | 31 | 206.23 |
| 6 | 7.73 | 19 | 77.47 | 32 | 219.75 |
| 7 | 10.52 | 20 | 85.84 | 33 | 233.70 |
| 8 | 13.73 | 21 | 94.64 | 34 | 248.08 |
| 9 | 17.38 | 22 | 103.87 | 35 | 262.89 |
| 10 | 21.46 | 23 | 113.52 | 36 | 278.12 |
| 11 | 25.97 | 24 | 123.61 | 37 | 293.79 |
| 12 | 30.90 | 25 | 134.13 | 38 | 309.88 |
| 13 | 36.27 | 26 | 145.07 | 39 | 326.41 |
| 14 | 42.06 | 27 | 156.44 | 40 | 343.36 |

注：1. 引用直角边缘面积公式 $A=0.2146R^2$ 算出每一个交叉口转角处正交 (90°) 转角部分面积，此工作以列表计算较方便。

2. $R$ 为交叉 $n$ 路几边缘曲线半径，m，$A$ 为交叉口转角处转角部分面积，m²。

(2) 车行道斜交路口转角面积 (表 7-3-4)

表 7-3-4　车行道斜交 ($\alpha<75°$、$\beta>105°$) 路口转角面积表

| $\alpha$/(°) $\backslash$ $R$ | 5m | 9m | 10m | 12m | 13m | 15m | 18m | 20m | 23m | 25m | 28m | 30m | 33m |
|---|---|---|---|---|---|---|---|---|---|---|---|---|---|
| 46 | 0.58 | 1.87 | 2.31 | 3.32 | 3.90 | 5.19 | 7.47 | 9.23 | 12.20 | 14.42 | 18.09 | 20.76 | |
| 47 | 0.62 | 2.00 | 2.47 | 3.56 | 4.17 | 5.56 | 8.00 | 9.88 | 13.06 | 15.43 | 19.36 | 22.22 | |
| 48 | 0.66 | 2.14 | 2.64 | 3.80 | 4.46 | 5.94 | 8.55 | 10.55 | 13.96 | 16.49 | 20.68 | 23.74 | |
| 49 | 0.70 | 2.28 | 2.88 | 4.06 | 4.76 | 6.34 | 9.12 | 11.26 | 14.90 | 17.60 | 22.08 | 25.34 | |
| 50 | 0.75 | 2.43 | 3.10 | 4.32 | 5.07 | 6.75 | 9.72 | 12.00 | 15.88 | 18.76 | 23.53 | 27.01 | 32.68 |
| 51 | 0.80 | 2.59 | 3.20 | 4.60 | 5.40 | 7.19 | 10.35 | 12.78 | 16.90 | 19.97 | 25.05 | 28.76 | 34.79 |
| 52 | 7.85 | 2.76 | 3.40 | 4.89 | 5.74 | 7.65 | 11.01 | 13.59 | 17.98 | 21.24 | 26.64 | 30.58 | 37.00 |
| 53 | 0.90 | 2.92 | 3.61 | 5.20 | 6.01 | 8.12 | 11.70 | 14.44 | 19.10 | 22.56 | 28.30 | 32.49 | 39.31 |
| 54 | 0.96 | 3.10 | 3.83 | 5.52 | 6.48 | 8.62 | 12.42 | 15.33 | 20.28 | 23.96 | 30.05 | 34.50 | 41.74 |
| 55 | 1.02 | 3.29 | 4.06 | 5.85 | 6.87 | 9.14 | 13.17 | 16.26 | 21.50 | 25.40 | 31.86 | 36.58 | 44.76 |
| 56 | 1.08 | 3.49 | 4.31 | 6.20 | 7.28 | 9.69 | 13.95 | 17.22 | 22.77 | 26.91 | 33.75 | 38.75 | 46.88 |
| 57 | 1.14 | 3.69 | 4.56 | 5.56 | 7.70 | 10.36 | 14.77 | 18.23 | 24.11 | 28.49 | 35.73 | 41.02 | 49.64 |
| 58 | 1.21 | 3.90 | 4.82 | 5.94 | 8.15 | 10.85 | 15.62 | 19.28 | 25.50 | 30.13 | 37.79 | 43.38 | 52.49 |
| 59 | 1.27 | 4.13 | 5.09 | 7.34 | 8.61 | 11.46 | 16.50 | 20.38 | 26.95 | 31.84 | 39.94 | 45.85 | 55.47 |
| 60 | 1.34 | 4.30 | 5.38 | 7.75 | 9.09 | 12.10 | 17.43 | 21.52 | 28.45 | 33.62 | 42.17 | 48.41 | 58.63 |
| 61 | 1.42 | 4.60 | 5.68 | 8.17 | 9.59 | 12.77 | 18.39 | 22.70 | 30.03 | 35.48 | 44.50 | 51.08 | 61.81 |
| 62 | 1.54 | 4.85 | 5.97 | 8.62 | 10.11 | 13.46 | 19.39 | 23.94 | 31.66 | 37.41 | 46.92 | 53.87 | 65.18 |
| 63 | 1.58 | 5.11 | 6.11 | 9.08 | 10.66 | 14.19 | 20.43 | 25.22 | 33.36 | 39.41 | 49.44 | 56.75 | 68.67 |

| $\alpha/(°)$ | 5m | 9m | 10m | 12m | 13m | 15m | 18m | 20m | 23m | 25m | 28m | 30m | 33m |
|---|---|---|---|---|---|---|---|---|---|---|---|---|---|
| 64 | 1.66 | 5.38 | 6.64 | 9.56 | 11.22 | 14.94 | 21.52 | 26.56 | 35.13 | 41.51 | 52.07 | 59.77 | 72.32 |
| 65 | 1.75 | 5.66 | 6.99 | 10.06 | 11.81 | 15.72 | 22.64 | 27.95 | 36.97 | 43.68 | 54.79 | 62.89 | 75.13 |
| 66 | 1.84 | 5.95 | 7.35 | 10.58 | 12.42 | 16.54 | 23.81 | 29.40 | 38.88 | 45.93 | 57.62 | 66.14 | 81.03 |
| 67 | 1.93 | 6.26 | 7.73 | 11.12 | 13.06 | 17.38 | 25.03 | 30.90 | 40.87 | 48.82 | 60.56 | 69.53 | 84.13 |
| 68 | 2.03 | 6.57 | 8.11 | 11.68 | 13.71 | 18.26 | 26.29 | 32.46 | 42.92 | 50.71 | 63.61 | 73.03 | 88.36 |
| 69 | 2.13 | 6.90 | 8.54 | 12.27 | 14.40 | 19.17 | 27.60 | 34.08 | 45.07 | 53.24 | 66.79 | 76.67 | 92.77 |
| 70 | 2.23 | 7.24 | 8.94 | 12.87 | 15.11 | 20.11 | 28.96 | 35.76 | 47.28 | 55.87 | 70.08 | 80.45 | 97.35 |
| 71 | 2.34 | 7.59 | 9.37 | 13.50 | 15.84 | 21.09 | 30.37 | 37.50 | 49.59 | 58.59 | 73.49 | 84.37 | 102.08 |
| 72 | 2.46 | 7.96 | 9.83 | 14.15 | 16.61 | 22.11 | 31.84 | 39.31 | 51.98 | 61.42 | 77.04 | 88.44 | 107.02 |
| 73 | 2.57 | 8.34 | 10.30 | 14.83 | 17.40 | 23.17 | 33.36 | 41.18 | 54.47 | 64.35 | 80.72 | 92.66 | 112.12 |
| 74 | 2.70 | 8.73 | 10.78 | 15.53 | 18.22 | 24.26 | 35.94 | 43.13 | 57.04 | 67.39 | 84.54 | 97.05 | 117.43 |
| 75 | 2.82 | 9.14 | 11.29 | 16.25 | 19.08 | 25.40 | 36.57 | 45.15 | 59.71 | 70.55 | 88.50 | 101.59 | 122.93 |
| 76 | 2.95 | 9.57 | 11.81 | 17.01 | 19.96 | 26.57 | 38.27 | 47.24 | 62.48 | 73.82 | 92.60 | 106.30 | 128.62 |
| 77 | 3.09 | 10.01 | 12.35 | 17.01 | 20.88 | 27.80 | 40.03 | 49.42 | 65.35 | 77.21 | 96.86 | 111.19 | 134.54 |
| 78 | 3.23 | 10.46 | 12.90 | 17.79 | 21.83 | 29.06 | 41.84 | 51.66 | 68.32 | 80.72 | 101.25 | 116.24 | 140.64 |
| 79 | 3.37 | 10.93 | 13.50 | 18.60 | 22.81 | 30.37 | 43.74 | 54.00 | 71.41 | 84.27 | 105.83 | 121.49 | 147.00 |
| 80 | 3.53 | 11.42 | 14.10 | 19.44 | 23.83 | 31.73 | 45.69 | 56.41 | 74.60 | 88.14 | 110.56 | 126.92 | 153.57 |
| 81 | 3.68 | 44.93 | 14.73 | 21.21 | 24.89 | 33.14 | 47.72 | 58.91 | 77.91 | 92.04 | 115.46 | 132.54 | 160.38 |
| 82 | 3.84 | 12.45 | 15.38 | 22.14 | 25.99 | 34.60 | 49.82 | 61.50 | 81.34 | 96.10 | 120.55 | 138.38 | 167.44 |
| 83 | 4.01 | 13.00 | 16.05 | 23.11 | 27.12 | 36.11 | 51.99 | 64.19 | 84.89 | 100.29 | 125.81 | 144.42 | 174.75 |
| 84 | 4.19 | 13.56 | 16.74 | 24.11 | 28.29 | 37.67 | 54.24 | 66.97 | 88.57 | 104.64 | 131.26 | 150.68 | 182.32 |
| 85 | 4.37 | 14.15 | 17.46 | 25.15 | 29.51 | 39.29 | 56.58 | 69.89 | 92.37 | 109.14 | 136.90 | 157.25 | 190.16 |
| 86 | 4.55 | 14.75 | 18.21 | 26.33 | 30.77 | 40.97 | 58.99 | 72.83 | 96.32 | 113.80 | 142.75 | 163.54 | 198.29 |
| 87 | 4.75 | 15.37 | 18.89 | 27.33 | 32.08 | 42.71 | 61.50 | 75.92 | 100.40 | 118.63 | 148.80 | 170.82 | 206.09 |
| 88 | 4.95 | 16.02 | 19.78 | 28.48 | 33.43 | 44.61 | 64.09 | 79.12 | 104.64 | 123.63 | 155.08 | 178.02 | 215.40 |
| 89 | 5.15 | 16.69 | 20.61 | 29.68 | 34.83 | 46.37 | 66.77 | 82.44 | 109.02 | 128.81 | 161.57 | 185.48 | 224.43 |
| 90 | 5.37 | 17.39 | 21.47 | 30.91 | 36.28 | 48.30 | 69.55 | 85.86 | 113.56 | 134.16 | 168.29 | 193.19 | 233.76 |
| 91 | 5.59 | 18.11 | 22.35 | 32.19 | 37.78 | 50.30 | 72.43 | 89.42 | 118.25 | 139.71 | 175.26 | 201.19 | 243.40 |
| 92 | 5.82 | 18.85 | 23.27 | 33.51 | 39.33 | 52.35 | 75.41 | 93.10 | 123.12 | 145.46 | 182.47 | 209.47 | 233.76 |
| 93 | 6.06 | 19.62 | 24.23 | 34.89 | 40.94 | 54.51 | 78.49 | 96.90 | 128.16 | 151.45 | 189.93 | 218.03 | 263.82 |
| 94 | 6.30 | 20.42 | 25.21 | 36.31 | 42.61 | 56.73 | 81.69 | 100.85 | 133.38 | 157.58 | 197.67 | 226.92 | 274.57 |
| 95 | 6.56 | 21.25 | 26.23 | 37.79 | 44.34 | 58.03 | 85.10 | 104.94 | 138.78 | 163.96 | 205.67 | 236.11 | 285.69 |
| 96 | 6.82 | 22.11 | 27.29 | 39.30 | 46.12 | 64.40 | 88.42 | 109.16 | 144.37 | 170.57 | 213.96 | 245.62 | 297.20 |
| 97 | 7.10 | 22.99 | 28.39 | 40.88 | 47.97 | 63.87 | 91.97 | 113.55 | 150.17 | 177.42 | 222.55 | 255.48 | 309.07 |
| 98 | 7.38 | 23.91 | 29.52 | 42.51 | 49.89 | 66.42 | 95.65 | 118.09 | 156.17 | 184.51 | 221.45 | 265.70 | 321.49 |
| 99 | 7.67 | 24.86 | 30.70 | 44.21 | 51.88 | 69.07 | 99.46 | 122.76 | 162.39 | 191.86 | 240.67 | 276.20 | 334.30 |
| 100 | 7.98 | 25.85 | 31.92 | 45.02 | 53.94 | 71.81 | 103.40 | 127.66 | 168.83 | 199.47 | 250.21 | 287.24 | 347.55 |
| 101 | 8.29 | 26.87 | 33.18 | 47.77 | 56.07 | 74.65 | 107.49 | 132.71 | 175.51 | 207.36 | 265.11 | 298.50 | 361.30 |
| 102 | 8.42 | 27.93 | 34.99 | 49.66 | 58.28 | 77.59 | 111.73 | 137.94 | 182.43 | 215.53 | 270.36 | 310.37 | 375.54 |
| 103 | 8.96 | 28.03 | 35.84 | 51.61 | 60.57 | 80.64 | 116.12 | 143.36 | 189.59 | 223.99 | 280.98 | 322.55 | 390.29 |
| 104 | 9.31 | 30.17 | 37.24 | 53.63 | 62.90 | 83.80 | 120.67 | 148.98 | 197.02 | 232.79 | 291.99 | 335.20 | 405.59 |
| 105 | 9.68 | 31.35 | 38.70 | 55.73 | 65.40 | 87.08 | 125.39 | 154.8 | 204.72 | 241.88 | 303.41 | 348.30 | 421.44 |
| 106 | 10.05 | 32.57 | 40.21 | 57.90 | 67.95 | 90.47 | 130.27 | 160.83 | 212.70 | 251.30 | 315.23 | 361.87 | 437.86 |
| 107 | 10.44 | 33.84 | 41.77 | 60.15 | 70.60 | 93.99 | 135.35 | 167.1 | 220.98 | 261.09 | 327.51 | 375.97 | 454.92 |
| 108 | 10.85 | 35.15 | 43.40 | 62.49 | 73.34 | 97.64 | 140.11 | 173.59 | 229.57 | 271.23 | 340.23 | 390.57 | 472.59 |
| 109 | 11.27 | 36.52 | 45.08 | 64.92 | 76.19 | 101.43 | 146.07 | 180.33 | 238.48 | 281.76 | 353.40 | 405.76 | 490.94 |
| 110 | 11.71 | 37.93 | 46.83 | 67.93 | 79.14 | 105.37 | 151.73 | 187.32 | 247.73 | 292.68 | 367.14 | 421.46 | 509.97 |
| 111 | 12.16 | 39.40 | 48.64 | 70.14 | 82.20 | 109.41 | 157.60 | 194.57 | 257.32 | 304.01 | 381.35 | 437.78 | 529.71 |
| 112 | 12.63 | 40.93 | 50.53 | 72.76 | 85.39 | 113.68 | 163.70 | 202.1 | 267.28 | 315.78 | 396.12 | 454.73 | 550.22 |

7　市政道路工程

| $R$ <br> $\alpha/(°)$ | 5m | 9m | 10m | 12m | 13m | 15m | 18m | 20m | 23m | 25m | 28m | 30m | 33m |
|---|---|---|---|---|---|---|---|---|---|---|---|---|---|
| 113 | 13.12 | 42.51 | 52.48 | 75.57 | 88.60 | 118.08 | 170.04 | 209.92 | 277.62 | 328.00 | 411.44 | 472.32 | 571.51 |
| 114 | 13.63 | 44.15 | 54.51 | 78.50 | 92.12 | 122.65 | 176.62 | 218.04 | 288.36 | 340.69 | 427.37 | 490.60 | 593.62 |
| 115 | 14.16 | 45.86 | 56.62 | 81.53 | 95.69 | 127.40 | 183.45 | 226.48 | 299.52 | 353.88 | 443.70 | 509.58 | 616.59 |
| 116 | 14.70 | 47.64 | 58.81 | 84.69 | 99.39 | 132.32 | 190.55 | 235.24 | 311.11 | 367.57 | 461.28 | 529.30 | 640.45 |
| 117 | 15.27 | 48.48 | 61.09 | 87.97 | 103.24 | 137.45 | 197.93 | 244.36 | 323.17 | 381.82 | 478.95 | 549.82 | 665.28 |
| 118 | 15.87 | 51.40 | 63.46 | 91.38 | 107.25 | 142.79 | 205.66 | 253.84 | 335.71 | 396.63 | 497.53 | 571.15 | 691.09 |
| 119 | 16.48 | 53.40 | 65.93 | 94.93 | 111.42 | 148.34 | 213.60 | 263.71 | 348.75 | 412.04 | 516.87 | 593.34 | 717.95 |
| 120 | 17.12 | 55.48 | 68.49 | 98.63 | 115.75 | 154.11 | 221.92 | 273.93 | 362.33 | 428.08 | 536.99 | 616.44 | 745.89 |
| 121 | 17.79 | 57.64 | 71.16 | 102.47 | 120.27 | 160.12 | 230.57 | 284.66 | 376.46 | 444.78 | 557.93 | 640.48 | 774.90 |
| 122 | 18.49 | 59.90 | 73.95 | 106.49 | 127.97 | 166.38 | 239.59 | 295.78 | 391.18 | 462.18 | 579.75 | 665.51 | 805.09 |
| 123 | 12.21 | 62.25 | 76.85 | 110.66 | 129.87 | 172.91 | 248.98 | 307.39 | 406.52 | 480.29 | 602.48 | 691.62 | 836.86 |
| 124 | 19.97 | 64.70 | 79.87 | 115.01 | 134.98 | 179.71 | 258.78 | 319.48 | 422.52 | 499.19 | 626.19 | 718.84 | 869.80 |
| 125 | 20.76 | 67.25 | 83.02 | 119.55 | 140.31 | 186.80 | 268.99 | 332.09 | 430.19 | 518.89 | 650.90 | 747.27 | 904.12 |
| 126 | 21.58 | 69.91 | 86.71 | 124.29 | 145.87 | 194.20 | 279.65 | 345.15 | 444.60 | 539.46 | 725.89 | 776.82 | 939.95 |
| 127 | 22.44 | 72.70 | 89.75 | 129.24 | 151.68 | 201.94 | 290.79 | 359.00 | 474.77 | 560.93 | 754.79 | 807.74 | 977.37 |
| 128 | 23.33 | 75.60 | 92.34 | 134.41 | 157.74 | 210.01 | 302.41 | 373.35 | 493.75 | 583.36 | 784.96 | 840.08 | 1016.44 |
| 129 | 24.27 | 78.64 | 97.09 | 139.81 | 164.18 | 218.45 | 314.57 | 388.36 | 513.60 | 606.81 | 816.52 | 873.80 | 1057.30 |
| 130 | 25.25 | 81.82 | 101.00 | 145.46 | 170.71 | 227.28 | 327.28 | 404.05 | 534.36 | 631.33 | 819.52 | 909.02 | 1100.03 |
| 131 | 26.28 | 85.15 | 105.12 | 151.27 | 177.65 | 236.52 | 340.59 | 420.48 | 556.08 | 656.99 | 884.05 | 946.17 | 1144.75 |
| 132 | 27.36 | 88.63 | 109.42 | 157.57 | 184.92 | 246.20 | 354.02 | 439.68 | 578.84 | 683.88 | 920.23 | 984.79 | 1191.59 |
| 133 | 28.48 | 92.28 | 113.93 | 164.06 | 192.54 | 250.34 | 360.13 | 455.71 | 602.68 | 712.05 | 958.13 | 1025.35 | 1240.68 |
| 134 | 29.66 | 96.11 | 118.66 | 170.87 | 200.53 | 266.98 | 384.45 | 474.63 | 627.70 | 741.61 | 999.91 | 1067.91 | 1292.17 |
| 135 | 30.91 | 100.13 | 123.62 | 178.01 | 208.92 | 278.15 | 400.53 | 494.48 | 653.95 | 772.63 | 1039.64 | 1112.58 | 1346.22 |
| 136 | 32.21 | 104.36 | 128.84 | 158.52 | 217.72 | 289.88 | 417.43 | 515.34 | 681.54 | 805.62 | 1083.50 | 1154.52 | 1403.01 |
| 137 | 33.58 | 108.80 | 134.32 | 193.42 | 227.00 | 302.22 | 435.19 | 537.48 | 710.53 | 839.49 | 1129.62 | 1208.87 | 1462.73 |
| 138 | 35.02 | 113.47 | 140.09 | 201.73 | 236.75 | 315.09 | 453.89 | 560.36 | 741.08 | 875.56 | 1178.16 | 1260.81 | 1525.58 |
| 139 | 36.54 | 118.40 | 146.17 | 210.49 | 247.03 | 328.88 | 473.59 | 584.68 | 773.24 | 913.57 | 1229.30 | 1315.54 | 1591.80 |
| 140 | 38.15 | 123.59 | 152.58 | 219.73 | 257.87 | 343.31 | 494.37 | 610.34 | 807.17 | 953.65 | 1283.23 | 1373.26 | 1661.64 |
| 141 | 39.64 | 129.08 | 159.35 | 229.47 | 269.31 | 358.55 | 516.81 | 637.42 | 842.98 | 995.96 | 1340.17 | 1434.19 | 1795.31 |
| 142 | 41.63 | 134.87 | 166.51 | 239.78 | 281.44 | 374.65 | 539.52 | 666.05 | 880.85 | 1040.70 | 1400.37 | 1498.61 | 1813.32 |
| 143 | 43.52 | 141.01 | 174.09 | 250.69 | 294.21 | 391.70 | 564.04 | 690.35 | 920.92 | 1088.04 | 1404.07 | 1566.78 | 1895.81 |
| 144 | 45.53 | 147.51 | 182.11 | 262.24 | 307.77 | 409.76 | 590.05 | 728.46 | 936.38 | 1138.21 | 1531.58 | 1639.03 | 1983.22 |
| 145 | 47.66 | 154.41 | 190.63 | 274.51 | 322.17 | 428.92 | 617.65 | 762.53 | 1008.44 | 1191.45 | 1603.22 | 1715.69 | 2075.98 |
| 146 | 49.92 | 161.74 | 199.69 | 287.55 | 337.47 | 449.29 | 646.98 | 798.74 | 1056.33 | 1248.03 | 1679.35 | 1797.17 | 2174.57 |
| 147 | 52.33 | 169.55 | 209.32 | 301.42 | 353.75 | 470.97 | 678.20 | | | | | | 2279.52 |
| 148 | 54.90 | 177.87 | 219.60 | 316.22 | 371.12 | 494.09 | 711.69 | | | | | | 2391.40 |
| 149 | 57.64 | 186.76 | 230.57 | 332.02 | 389.66 | 518.78 | 747.69 | | | | | | 2510.92 |
| 150 | 60.58 | 196.28 | 242.32 | 348.93 | 409.51 | 545.21 | 785.10 | | | | | | 2638.81 |
| 151 | 63.73 | 206.48 | 254.91 | 367.07 | 430.79 | 573.54 | 825.90 | | | | | | 2775.95 |
| 152 | 67.11 | 217.44 | 268.44 | 386.56 | 453.67 | 604.00 | 869.76 | | | | | | 2923.34 |
| 153 | 70.76 | 229.25 | 283.02 | 407.55 | 478.31 | 636.80 | 916.99 | | | | | | 3082.11 |

注: 1. 引用不定角角缘面积公式: $A = R^2 (\tan\alpha/2 - 0.00873\alpha)$, 算出每一个交叉口转角处斜交 ($\alpha < 75°$、$\beta > 105°$) 转角部分面积, 此工作以列表计算较方便。

2. $R$ 为路口边缘曲线的外半径, m, $A$ 为转角部分面积, m², $\alpha$ 为两路交叉角, (°)。

3. $A = R_\alpha^2 (\tan\alpha/2 - 0.00873\alpha) + R_\beta^2 (\tan\beta/2 - 0.00873\beta)$

式中, 当 $\alpha$ 或 $\beta$ 为同角度时, 两个对应角的 $R^2$, 分别为 $\alpha < 75°$ 时, $R_\alpha^2 = (R_1^2 + R_3^2)$, $\beta > 105°$ 时, $R_\beta^2 = (R_2^2 + R_4^2)$。

$A_{车行道斜交} = (R_2^2 + R_4^2) (\tan\alpha/2 - 0.00873\alpha) + (R_1^2 + R_3^2) (\tan\beta/2 - 0.00873\beta)$

## (3) 直线段交叉口斜交切线长 (X、Y 字形; 环形交叉; 复合形交叉)

市政工程常用资料备查手册

表7-3-5 直线段交叉口斜交切线长表

| 角度 | tanα | cotβ | R,r 5m | | R,r 9m | | R,r 10m | | R,r 12m | | R,r 13m | | R,r 15m | | R,r 18m | | R,r 20m | | R,r 23m | | R,r 25m | | R,r 28m | | R,r 30m | | R,r 33m | |
|---|---|---|---|---|---|---|---|---|---|---|---|---|---|---|---|---|---|---|---|---|---|---|---|---|---|---|---|---|---|
| | | | tanα | cotβ | tanα | cotβ | tanα | cotβ | tanα | cotβ | tanα | cotβ | tanα | cotβ | tanα | cotβ | tanα | cotβ | tanα | cotβ | tanα | cotβ | tanα | cotβ | tanα | cotβ | tanα | cotβ |
| 23°00' | 0.42447 | 2.35585 | 2.12 | 11.78 | 3.82 | 21.20 | 4.24 | 23.56 | 5.09 | 28.27 | 5.52 | 30.63 | 6.37 | 35.34 | 7.64 | 42.41 | 8.49 | 47.12 | 9.76 | 54.18 | 10.61 | 58.90 | 11.89 | 65.96 | 12.73 | 70.68 | 14.01 | 77.74 |
| 10' | 0.42791 | 2.33693 | 2.14 | 11.68 | 3.85 | 21.03 | 4.28 | 23.37 | 5.13 | 28.04 | 5.56 | 30.38 | 6.42 | 35.05 | 7.70 | 42.06 | 8.56 | 46.74 | 9.84 | 53.75 | 10.70 | 58.42 | 11.98 | 65.43 | 12.84 | 70.11 | 14.12 | 77.12 |
| 20' | 0.43136 | 2.31826 | 2.16 | 11.59 | 3.88 | 20.86 | 4.31 | 23.18 | 5.18 | 27.82 | 5.61 | 30.14 | 6.47 | 34.77 | 7.76 | 41.73 | 8.63 | 46.37 | 9.92 | 53.32 | 10.78 | 57.96 | 12.08 | 64.91 | 12.94 | 69.55 | 14.23 | 76.50 |
| 30' | 0.43481 | 2.29984 | 2.17 | 11.50 | 3.91 | 20.70 | 4.35 | 23.00 | 5.22 | 27.60 | 5.65 | 29.90 | 6.52 | 34.50 | 7.83 | 41.40 | 8.70 | 46.00 | 10.00 | 52.90 | 10.87 | 57.50 | 12.17 | 64.40 | 13.04 | 69.00 | 14.35 | 75.89 |
| 40' | 0.43828 | 2.28167 | 2.19 | 11.41 | 3.94 | 20.54 | 4.38 | 22.82 | 5.26 | 27.38 | 5.70 | 29.66 | 6.57 | 34.23 | 7.89 | 41.07 | 8.77 | 45.63 | 10.08 | 52.48 | 10.96 | 57.04 | 12.27 | 63.89 | 13.15 | 68.45 | 14.46 | 75.30 |
| 50' | 0.44175 | 2.26374 | 2.21 | 11.32 | 3.98 | 20.37 | 4.42 | 22.64 | 5.30 | 27.16 | 5.74 | 29.43 | 6.63 | 33.96 | 7.95 | 40.75 | 8.84 | 45.27 | 10.16 | 52.07 | 11.04 | 56.59 | 12.37 | 63.38 | 13.25 | 67.91 | 14.58 | 74.70 |
| 24°00' | 0.44523 | 2.24604 | 2.23 | 11.23 | 4.01 | 20.21 | 4.45 | 22.46 | 5.34 | 26.95 | 5.79 | 29.20 | 6.68 | 33.69 | 8.01 | 40.43 | 8.90 | 44.92 | 10.24 | 51.66 | 11.13 | 56.15 | 12.47 | 62.89 | 13.36 | 67.38 | 14.69 | 74.12 |
| 10' | 0.44872 | 2.22857 | 2.24 | 11.14 | 4.04 | 20.06 | 4.49 | 22.29 | 5.38 | 26.74 | 5.83 | 28.97 | 6.73 | 33.43 | 8.08 | 40.11 | 8.97 | 44.57 | 10.32 | 51.26 | 11.22 | 55.71 | 12.56 | 62.40 | 13.46 | 66.86 | 14.81 | 73.54 |
| 20' | 0.45222 | 2.21132 | 2.26 | 11.06 | 4.07 | 19.90 | 4.52 | 22.11 | 5.43 | 26.54 | 5.88 | 28.75 | 6.78 | 33.17 | 8.14 | 39.80 | 5.04 | 44.23 | 10.40 | 50.86 | 11.31 | 55.28 | 12.66 | 61.92 | 13.57 | 66.34 | 14.92 | 72.97 |
| 30' | 0.45573 | 2.1943 | 2.28 | 10.97 | 4.10 | 19.75 | 4.56 | 21.94 | 5.47 | 26.33 | 5.92 | 28.53 | 6.84 | 32.91 | 8.20 | 39.50 | 9.11 | 43.89 | 10.48 | 50.47 | 11.39 | 54.86 | 12.76 | 61.44 | 13.67 | 65.83 | 15.04 | 72.41 |
| 40' | 0.45924 | 2.17749 | 2.30 | 10.89 | 4.13 | 19.60 | 4.59 | 21.77 | 5.51 | 26.13 | 5.97 | 28.31 | 6.89 | 32.66 | 8.27 | 39.19 | 9.18 | 43.55 | 10.56 | 50.08 | 11.48 | 54.44 | 12.86 | 60.97 | 13.78 | 65.32 | 15.15 | 71.86 |
| 50' | 0.46277 | 2.1609 | 2.31 | 10.80 | 4.16 | 19.45 | 4.63 | 21.61 | 5.55 | 25.93 | 6.02 | 28.09 | 6.94 | 32.41 | 8.33 | 38.90 | 9.26 | 43.22 | 10.64 | 49.70 | 11.57 | 54.02 | 12.96 | 60.51 | 13.88 | 64.83 | 15.27 | 71.31 |
| 25°00' | 0.46631 | 2.14451 | 2.33 | 10.72 | 4.20 | 19.30 | 4.66 | 21.45 | 5.60 | 25.73 | 6.06 | 27.88 | 6.99 | 32.17 | 8.39 | 38.60 | 9.33 | 42.89 | 10.73 | 49.32 | 11.66 | 53.61 | 13.06 | 60.05 | 13.99 | 64.34 | 15.39 | 70.77 |
| 10' | 0.46985 | 2.12832 | 2.35 | 10.64 | 4.23 | 19.15 | 4.70 | 21.28 | 5.64 | 25.54 | 6.11 | 27.67 | 7.05 | 31.92 | 8.46 | 38.31 | 9.40 | 42.57 | 10.81 | 48.95 | 11.75 | 53.21 | 13.16 | 59.59 | 14.10 | 63.85 | 15.51 | 70.23 |
| 20' | 0.47341 | 2.11233 | 2.37 | 10.56 | 4.26 | 19.01 | 4.73 | 21.12 | 5.68 | 25.35 | 6.15 | 27.46 | 7.10 | 31.68 | 8.52 | 38.02 | 9.47 | 42.25 | 10.89 | 48.58 | 11.84 | 52.81 | 13.26 | 59.15 | 14.20 | 63.37 | 15.62 | 69.71 |
| 30' | 0.47698 | 2.09654 | 2.38 | 10.48 | 4.29 | 18.87 | 4.77 | 20.97 | 5.72 | 25.16 | 6.20 | 27.26 | 7.15 | 31.45 | 8.59 | 37.74 | 9.54 | 41.93 | 10.97 | 48.22 | 11.92 | 52.41 | 13.36 | 58.70 | 14.31 | 62.90 | 15.74 | 69.19 |
| 40' | 0.48055 | 2.08094 | 2.40 | 10.40 | 4.32 | 18.73 | 4.81 | 20.81 | 5.77 | 24.97 | 6.25 | 27.05 | 7.21 | 31.21 | 8.65 | 37.46 | 9.61 | 41.62 | 11.05 | 47.86 | 12.01 | 52.02 | 13.46 | 58.27 | 14.42 | 62.43 | 15.86 | 68.67 |
| 50' | 0.48414 | 2.06553 | 2.42 | 10.33 | 4.36 | 18.59 | 4.84 | 20.66 | 5.81 | 24.79 | 6.29 | 26.85 | 7.26 | 30.98 | 8.71 | 37.18 | 9.68 | 41.31 | 11.14 | 47.51 | 12.10 | 51.64 | 13.56 | 57.83 | 14.52 | 61.97 | 15.98 | 68.16 |
| 26°00' | 0.48773 | 2.0503 | 2.44 | 10.25 | 4.39 | 18.45 | 4.88 | 20.50 | 5.85 | 24.60 | 6.34 | 26.65 | 7.32 | 30.75 | 8.78 | 36.91 | 9.75 | 41.01 | 11.22 | 47.16 | 12.19 | 51.26 | 13.66 | 57.41 | 14.63 | 61.51 | 16.10 | 67.66 |
| 10' | 0.49134 | 2.03526 | 2.46 | 10.18 | 4.42 | 18.32 | 4.91 | 20.35 | 5.90 | 24.42 | 6.39 | 26.46 | 7.37 | 30.53 | 8.84 | 36.63 | 9.83 | 40.71 | 11.30 | 46.81 | 12.28 | 50.88 | 13.76 | 56.99 | 14.74 | 61.06 | 16.21 | 67.16 |
| 20' | 0.49495 | 2.02039 | 2.47 | 10.10 | 4.45 | 18.18 | 4.95 | 20.20 | 5.94 | 24.24 | 6.43 | 26.27 | 7.42 | 30.31 | 8.91 | 36.37 | 9.90 | 40.41 | 11.38 | 46.47 | 12.37 | 50.51 | 13.86 | 56.57 | 14.85 | 60.61 | 16.33 | 66.67 |
| 30' | 0.49858 | 2.00569 | 2.49 | 10.03 | 4.49 | 18.05 | 4.99 | 20.06 | 5.98 | 24.07 | 6.48 | 26.07 | 7.48 | 30.09 | 8.97 | 36.10 | 9.97 | 40.11 | 11.47 | 46.13 | 12.46 | 50.14 | 13.96 | 56.16 | 14.96 | 60.17 | 16.45 | 66.19 |
| 40' | 0.50222 | 1.99116 | 2.51 | 9.96 | 4.52 | 17.92 | 5.02 | 19.91 | 6.03 | 23.89 | 6.53 | 25.89 | 7.53 | 29.87 | 9.04 | 35.84 | 10.04 | 39.82 | 11.55 | 45.80 | 12.56 | 49.78 | 14.06 | 55.75 | 15.07 | 59.73 | 16.57 | 65.71 |
| 50' | 0.50587 | 1.9768 | 2.53 | 9.88 | 4.55 | 17.79 | 5.06 | 19.77 | 6.07 | 23.72 | 6.58 | 25.70 | 7.59 | 29.65 | 9.11 | 35.58 | 10.12 | 39.54 | 11.64 | 45.47 | 12.65 | 49.42 | 14.16 | 55.35 | 15.18 | 59.30 | 16.69 | 65.23 |
| 27°00' | 0.50953 | 1.96261 | 2.55 | 9.81 | 4.59 | 17.66 | 5.10 | 19.63 | 6.11 | 23.55 | 6.62 | 25.51 | 7.64 | 29.44 | 9.17 | 35.33 | 10.19 | 39.25 | 11.72 | 45.14 | 12.74 | 49.07 | 14.27 | 54.95 | 15.29 | 58.88 | 16.81 | 64.77 |
| 10' | 0.61320 | 1.94858 | 3.07 | 9.74 | 5.52 | 17.54 | 6.13 | 19.49 | 7.36 | 23.38 | 7.97 | 25.33 | 9.20 | 29.23 | 11.04 | 35.07 | 12.26 | 38.97 | 14.10 | 44.82 | 15.33 | 48.71 | 17.17 | 54.56 | 18.40 | 58.46 | 20.24 | 64.30 |
| 20' | 0.51688 | 1.93470 | 2.58 | 9.67 | 4.65 | 17.41 | 5.17 | 19.35 | 6.20 | 23.22 | 6.72 | 25.15 | 7.75 | 29.02 | 9.30 | 34.82 | 10.34 | 38.69 | 11.89 | 44.50 | 12.92 | 48.37 | 14.47 | 54.17 | 15.51 | 58.04 | 17.06 | 63.85 |

7 市政道路工程

| 角度 | tanα | cotβ | R,r 5m | | R,r 9m | | R,r 10m | | R,r 12m | | R,r 13m | | R,r 15m | | R,r 18m | | R,r 20m | | R,r 23m | | R,r 25m | | R,r 28m | | R,r 30m | | R,r 33m | |
| --- | --- | --- | --- | --- | --- | --- | --- | --- | --- | --- | --- | --- | --- | --- | --- | --- | --- | --- | --- | --- | --- | --- | --- | --- | --- | --- | --- | --- |
| | | | tanα | cotβ | tanα | cotβ | tanα | cotβ | tanα | cotβ | tanα | cotβ | tanα | cotβ | tanα | cotβ | tanα | cotβ | tanα | cotβ | tanα | cotβ | tanα | cotβ | tanα | cotβ | tanα | cotβ |
| 30′ | 0.52098 | 1.92098 | 2.60 | 9.60 | 4.69 | 17.29 | 5.21 | 19.21 | 6.25 | 23.05 | 6.77 | 24.97 | 7.81 | 28.81 | 9.37 | 34.58 | 10.41 | 38.42 | 11.98 | 44.18 | 13.02 | 48.02 | 14.58 | 53.79 | 15.62 | 57.63 | 17.18 | 63.39 |
| 40′ | 0.52427 | 1.90741 | 2.62 | 9.54 | 4.72 | 17.17 | 5.24 | 19.07 | 6.29 | 22.89 | 6.82 | 24.80 | 7.86 | 28.61 | 9.44 | 34.33 | 10.49 | 38.15 | 12.06 | 43.87 | 13.11 | 47.69 | 14.68 | 53.41 | 15.73 | 57.22 | 17.30 | 62.94 |
| 50′ | 0.52798 | 1.89400 | 2.64 | 9.47 | 4.75 | 17.05 | 5.28 | 18.94 | 6.34 | 22.73 | 6.86 | 24.62 | 7.92 | 28.41 | 9.50 | 34.09 | 10.56 | 37.88 | 12.14 | 43.56 | 13.20 | 47.35 | 14.78 | 53.03 | 15.84 | 56.82 | 17.42 | 62.50 |
| 28°00′ | 0.53171 | 1.88073 | 2.66 | 9.40 | 4.79 | 16.93 | 5.32 | 18.81 | 6.38 | 22.57 | 6.91 | 24.45 | 7.98 | 28.21 | 9.57 | 33.85 | 10.63 | 37.61 | 12.23 | 43.26 | 13.29 | 47.02 | 14.89 | 52.66 | 15.95 | 56.42 | 17.55 | 62.06 |
| 10′ | 0.53545 | 1.86760 | 2.68 | 9.34 | 4.82 | 16.81 | 5.35 | 18.68 | 6.43 | 22.41 | 6.96 | 24.28 | 8.03 | 28.01 | 9.64 | 33.62 | 10.71 | 37.35 | 12.32 | 42.95 | 13.39 | 46.69 | 14.99 | 52.29 | 16.06 | 56.03 | 17.67 | 61.63 |
| 20′ | 0.53920 | 1.85462 | 2.70 | 9.27 | 4.85 | 16.69 | 5.39 | 18.55 | 6.47 | 22.26 | 7.01 | 24.11 | 8.09 | 27.82 | 9.71 | 33.38 | 10.78 | 37.09 | 12.40 | 42.66 | 13.48 | 46.37 | 15.10 | 51.93 | 16.18 | 55.64 | 17.79 | 61.20 |
| 30′ | 0.54296 | 1.84177 | 2.71 | 9.21 | 4.89 | 16.58 | 5.43 | 18.42 | 6.52 | 22.10 | 7.06 | 23.94 | 8.14 | 27.63 | 9.77 | 33.15 | 10.86 | 36.84 | 12.49 | 42.36 | 13.57 | 46.04 | 15.20 | 51.57 | 16.29 | 55.25 | 17.92 | 60.78 |
| 40′ | 0.54673 | 1.82906 | 2.73 | 9.15 | 4.92 | 16.46 | 5.47 | 18.29 | 6.56 | 21.95 | 7.11 | 23.78 | 8.20 | 27.44 | 9.84 | 32.92 | 10.93 | 36.58 | 12.57 | 42.07 | 13.67 | 45.73 | 15.31 | 51.21 | 16.40 | 54.87 | 18.04 | 60.36 |
| 50′ | 0.55051 | 1.81649 | 2.75 | 9.08 | 4.95 | 16.35 | 5.51 | 18.16 | 6.61 | 21.80 | 7.16 | 23.61 | 8.26 | 27.25 | 9.91 | 32.70 | 11.01 | 36.33 | 12.66 | 41.78 | 13.76 | 45.41 | 15.41 | 50.86 | 16.52 | 54.49 | 18.17 | 59.94 |
| 29°00′ | 0.55431 | 1.80405 | 2.77 | 9.02 | 4.99 | 16.24 | 5.54 | 18.04 | 6.65 | 21.65 | 7.21 | 23.45 | 8.31 | 27.06 | 9.98 | 32.47 | 11.09 | 36.08 | 12.75 | 41.49 | 13.86 | 45.10 | 15.52 | 50.51 | 16.63 | 54.12 | 18.29 | 59.53 |
| 10′ | 0.55812 | 1.79174 | 2.79 | 8.96 | 5.02 | 16.13 | 5.58 | 17.92 | 6.70 | 21.50 | 7.26 | 23.29 | 8.37 | 26.88 | 10.05 | 32.25 | 11.16 | 35.83 | 12.84 | 41.21 | 13.95 | 44.79 | 15.63 | 50.17 | 16.74 | 53.75 | 18.42 | 59.13 |
| 20′ | 0.56194 | 1.77955 | 2.81 | 8.90 | 5.06 | 16.02 | 5.62 | 17.80 | 6.74 | 21.35 | 7.31 | 23.13 | 8.43 | 26.69 | 10.11 | 32.03 | 11.24 | 35.59 | 12.92 | 40.93 | 14.05 | 44.49 | 15.73 | 49.83 | 16.86 | 53.39 | 18.54 | 58.73 |
| 30′ | 0.56577 | 1.76749 | 2.83 | 8.84 | 5.09 | 15.91 | 5.66 | 17.67 | 6.79 | 21.21 | 7.36 | 22.98 | 8.49 | 26.51 | 10.18 | 31.81 | 11.32 | 35.35 | 13.01 | 40.65 | 14.14 | 44.19 | 15.84 | 49.49 | 16.97 | 53.02 | 18.67 | 58.33 |
| 40′ | 0.56962 | 1.75656 | 2.85 | 8.78 | 5.13 | 15.81 | 5.70 | 17.57 | 6.84 | 21.08 | 7.41 | 22.84 | 8.54 | 26.35 | 10.25 | 31.62 | 11.39 | 35.13 | 13.10 | 40.40 | 14.24 | 43.91 | 15.95 | 49.18 | 17.09 | 52.70 | 18.80 | 57.97 |
| 50′ | 0.57348 | 1.74375 | 2.87 | 8.72 | 5.16 | 15.69 | 5.73 | 17.44 | 6.88 | 20.93 | 7.46 | 22.67 | 8.60 | 26.16 | 10.32 | 31.39 | 11.47 | 34.88 | 13.19 | 40.11 | 14.34 | 43.59 | 16.06 | 48.83 | 17.20 | 52.31 | 18.92 | 57.54 |
| 30°00′ | 0.57735 | 1.73205 | 2.89 | 8.66 | 5.20 | 15.59 | 5.77 | 17.32 | 6.93 | 20.78 | 7.51 | 22.52 | 8.66 | 25.98 | 10.39 | 31.18 | 11.55 | 34.64 | 13.28 | 39.84 | 14.43 | 43.30 | 16.17 | 48.50 | 17.32 | 51.96 | 19.05 | 57.16 |
| 10′ | 0.58124 | 1.72047 | 2.91 | 8.60 | 5.23 | 15.48 | 5.81 | 17.20 | 6.97 | 20.65 | 7.56 | 22.37 | 8.72 | 25.81 | 10.46 | 30.97 | 11.62 | 34.41 | 13.37 | 39.57 | 14.53 | 43.01 | 16.27 | 48.17 | 17.44 | 51.61 | 19.18 | 56.78 |
| 20′ | 0.58513 | 1.70901 | 2.93 | 8.55 | 5.27 | 15.38 | 5.85 | 17.09 | 7.02 | 20.51 | 7.61 | 22.22 | 8.78 | 25.64 | 10.53 | 30.76 | 11.70 | 34.18 | 13.46 | 39.31 | 14.63 | 42.73 | 16.38 | 47.85 | 17.55 | 51.27 | 19.31 | 56.40 |
| 30′ | 0.58905 | 1.69766 | 2.95 | 8.49 | 5.30 | 15.28 | 5.89 | 16.98 | 7.07 | 20.37 | 7.66 | 22.07 | 8.84 | 25.46 | 10.60 | 30.56 | 11.78 | 33.95 | 13.55 | 39.05 | 14.73 | 42.44 | 16.49 | 47.53 | 17.67 | 50.93 | 19.44 | 56.02 |
| 40′ | 0.69297 | 1.68643 | 3.46 | 8.43 | 6.24 | 15.18 | 6.93 | 16.86 | 8.32 | 20.24 | 9.01 | 21.92 | 10.39 | 25.30 | 12.47 | 30.36 | 13.86 | 33.73 | 15.94 | 38.79 | 17.32 | 42.16 | 19.40 | 47.22 | 20.79 | 50.59 | 22.87 | 55.65 |
| 50′ | 0.59691 | 1.67530 | 2.98 | 8.38 | 5.37 | 15.08 | 5.97 | 16.75 | 7.16 | 20.10 | 7.76 | 21.78 | 8.95 | 25.13 | 10.74 | 29.97 | 11.94 | 33.51 | 13.73 | 38.53 | 14.92 | 41.88 | 16.71 | 46.91 | 17.91 | 50.26 | 19.70 | 55.28 |
| 31°00′ | 0.60086 | 1.66428 | 3.00 | 8.32 | 5.41 | 14.98 | 6.01 | 16.64 | 7.21 | 19.97 | 7.81 | 21.64 | 9.01 | 24.96 | 10.82 | 29.76 | 12.02 | 33.29 | 13.82 | 38.28 | 15.02 | 41.61 | 16.82 | 46.60 | 18.03 | 49.93 | 19.83 | 54.92 |
| 10′ | 0.60483 | 1.65337 | 3.02 | 8.27 | 5.44 | 14.88 | 6.05 | 16.53 | 7.26 | 19.84 | 7.86 | 21.49 | 9.07 | 24.80 | 10.89 | 29.57 | 12.10 | 33.07 | 13.91 | 38.03 | 15.12 | 41.33 | 16.94 | 46.29 | 18.14 | 49.60 | 19.96 | 54.56 |
| 20′ | 0.60881 | 1.64256 | 3.04 | 8.21 | 5.48 | 14.78 | 6.09 | 16.43 | 7.31 | 19.71 | 7.91 | 21.35 | 9.13 | 24.64 | 10.96 | 29.37 | 12.18 | 32.85 | 14.00 | 37.78 | 15.22 | 41.06 | 17.05 | 45.99 | 18.26 | 49.28 | 20.09 | 54.20 |
| 30′ | 0.61280 | 1.63185 | 3.06 | 8.16 | 5.52 | 14.69 | 6.13 | 16.32 | 7.35 | 19.58 | 7.97 | 21.21 | 9.19 | 24.48 | 11.03 | 29.18 | 12.26 | 32.64 | 14.09 | 37.53 | 15.32 | 40.80 | 17.16 | 45.69 | 18.38 | 48.96 | 20.22 | 53.85 |
| 40′ | 0.61631 | 1.62125 | 3.08 | 8.11 | 5.55 | 14.59 | 6.16 | 16.21 | 7.40 | 19.46 | 8.01 | 21.08 | 9.24 | 24.32 | 11.09 | 29.09 | 12.33 | 32.43 | 14.18 | 37.29 | 15.41 | 40.53 | 17.26 | 45.40 | 18.49 | 48.64 | 20.34 | 53.50 |
| 50′ | 0.62083 | 1.61074 | 3.10 | 8.05 | 5.59 | 14.50 | 6.21 | 16.11 | 7.45 | 19.33 | 8.07 | 20.94 | 9.31 | 24.16 | 11.17 | 28.99 | 12.42 | 32.21 | 14.28 | 37.05 | 15.52 | 40.27 | 17.38 | 45.10 | 18.62 | 48.32 | 20.49 | 53.15 |

| 角度 | tanα | cotβ | R,r 5m | | R,r 9m | | R,r 10m | | R,r 12m | | R,r 13m | | R,r 15m | | R,r 18m | | R,r 20m | | R,r 23m | | R,r 25m | | R,r 28m | | R,r 30m | | R,r 33m | |
|---|---|---|---|---|---|---|---|---|---|---|---|---|---|---|---|---|---|---|---|---|---|---|---|---|---|---|---|---|---|
| | | | tanα | cotβ | tanα | cotβ | tanα | cotβ | tanα | cotβ | tanα | cotβ | tanα | cotβ | tanα | cotβ | tanα | cotβ | tanα | cotβ | tanα | cotβ | tanα | cotβ | tanα | cotβ | tanα | cotβ |
| 32°00′ | 0.62487 | 1.60033 | 3.12 | 8.00 | 5.62 | 14.40 | 6.25 | 16.00 | 7.50 | 19.20 | 8.12 | 20.80 | 9.37 | 24.00 | 11.25 | 28.81 | 12.50 | 32.01 | 14.37 | 36.81 | 15.62 | 40.01 | 17.50 | 44.81 | 18.75 | 48.01 | 20.62 | 52.81 |
| 10′ | 0.62892 | 1.59002 | 3.14 | 7.95 | 5.66 | 14.31 | 6.29 | 15.90 | 7.55 | 19.08 | 8.18 | 20.67 | 9.43 | 23.85 | 11.32 | 28.62 | 12.58 | 31.80 | 14.47 | 36.57 | 15.72 | 39.75 | 17.61 | 44.52 | 18.87 | 47.70 | 20.75 | 52.47 |
| 20′ | 0.63299 | 1.57981 | 3.16 | 7.90 | 5.70 | 14.22 | 6.33 | 15.80 | 7.60 | 18.96 | 8.23 | 20.54 | 9.49 | 23.70 | 11.39 | 28.44 | 12.66 | 31.60 | 14.56 | 36.34 | 15.82 | 39.50 | 17.72 | 44.23 | 18.99 | 47.39 | 20.89 | 52.13 |
| 30′ | 0.63707 | 1.56969 | 3.19 | 7.85 | 5.73 | 14.13 | 6.37 | 15.70 | 7.64 | 18.84 | 8.28 | 20.41 | 9.56 | 23.55 | 11.47 | 28.25 | 12.74 | 31.39 | 14.65 | 36.10 | 15.93 | 39.24 | 17.84 | 43.95 | 19.11 | 47.09 | 21.02 | 51.80 |
| 40′ | 0.64117 | 1.55966 | 3.21 | 7.80 | 5.77 | 14.04 | 6.41 | 15.60 | 7.69 | 18.72 | 8.34 | 20.28 | 9.62 | 23.39 | 11.54 | 28.07 | 12.82 | 31.19 | 14.75 | 35.87 | 16.03 | 38.99 | 17.95 | 43.67 | 19.24 | 46.79 | 21.16 | 51.47 |
| 50′ | 0.64528 | 1.54972 | 3.23 | 7.75 | 5.81 | 13.95 | 6.45 | 15.50 | 7.74 | 18.60 | 8.39 | 20.15 | 9.68 | 23.25 | 11.62 | 27.89 | 12.91 | 30.99 | 14.84 | 35.64 | 16.13 | 38.74 | 18.07 | 43.39 | 19.36 | 46.49 | 21.29 | 51.14 |
| 33°00′ | 0.64941 | 1.53987 | 3.25 | 7.70 | 5.84 | 13.86 | 6.49 | 15.40 | 7.79 | 18.48 | 8.44 | 20.02 | 9.74 | 23.10 | 11.69 | 27.72 | 12.99 | 30.80 | 14.94 | 35.42 | 16.24 | 38.50 | 18.18 | 43.12 | 19.48 | 46.20 | 21.43 | 50.82 |
| 10′ | 0.65355 | 1.53010 | 3.27 | 7.60 | 5.88 | 13.77 | 6.54 | 15.30 | 7.84 | 18.36 | 8.50 | 19.89 | 9.80 | 22.95 | 11.76 | 27.54 | 13.07 | 30.60 | 15.03 | 35.19 | 16.34 | 38.25 | 18.30 | 42.84 | 19.61 | 45.90 | 21.57 | 50.49 |
| 20′ | 0.65771 | 1.52043 | 3.29 | 7.60 | 5.92 | 13.68 | 6.58 | 15.20 | 7.89 | 18.25 | 8.55 | 19.77 | 9.87 | 22.81 | 11.84 | 27.37 | 13.15 | 30.41 | 15.13 | 34.97 | 16.44 | 38.01 | 18.42 | 42.57 | 19.73 | 45.61 | 21.70 | 50.17 |
| 30′ | 0.66139 | 1.51084 | 3.31 | 7.55 | 5.95 | 13.60 | 6.61 | 15.11 | 7.94 | 18.13 | 8.60 | 19.64 | 9.92 | 22.66 | 11.91 | 27.20 | 13.23 | 30.22 | 15.21 | 34.75 | 16.53 | 37.77 | 18.52 | 42.30 | 19.84 | 45.33 | 21.83 | 49.86 |
| 40′ | 0.66608 | 1.50133 | 3.33 | 7.51 | 5.99 | 13.51 | 6.66 | 15.01 | 7.99 | 18.02 | 8.66 | 19.52 | 9.99 | 22.52 | 11.99 | 27.02 | 13.32 | 30.03 | 15.32 | 34.53 | 16.65 | 37.53 | 18.65 | 42.04 | 19.98 | 45.04 | 21.98 | 49.53 |
| 50′ | 0.67028 | 1.49190 | 3.35 | 7.46 | 6.03 | 13.43 | 6.70 | 14.92 | 8.04 | 17.90 | 8.71 | 19.39 | 10.05 | 22.38 | 12.07 | 26.85 | 13.41 | 29.84 | 15.42 | 34.31 | 16.76 | 37.30 | 18.77 | 41.77 | 20.11 | 44.76 | 22.12 | 49.23 |
| 34°00′ | 0.67451 | 1.48256 | 3.37 | 7.41 | 6.07 | 13.34 | 6.75 | 14.83 | 8.09 | 17.79 | 8.77 | 19.27 | 10.12 | 22.24 | 12.14 | 26.69 | 13.49 | 29.65 | 15.51 | 34.10 | 16.86 | 37.06 | 18.89 | 41.51 | 20.24 | 44.48 | 22.26 | 48.92 |
| 10′ | 0.67875 | 1.47330 | 3.39 | 7.37 | 6.11 | 13.26 | 6.79 | 14.73 | 8.15 | 17.68 | 8.82 | 19.15 | 10.18 | 22.10 | 12.22 | 26.52 | 13.58 | 29.47 | 15.61 | 33.89 | 16.97 | 36.83 | 19.01 | 41.25 | 20.36 | 44.20 | 22.40 | 48.62 |
| 20′ | 0.68301 | 1.46411 | 3.42 | 7.32 | 6.15 | 13.18 | 6.83 | 14.64 | 8.20 | 17.57 | 8.88 | 19.03 | 10.25 | 21.96 | 12.29 | 26.35 | 13.66 | 29.28 | 15.71 | 33.67 | 17.08 | 36.60 | 19.12 | 41.00 | 20.49 | 43.92 | 22.54 | 48.32 |
| 30′ | 0.68728 | 1.45501 | 3.44 | 7.28 | 6.19 | 13.10 | 6.87 | 14.55 | 8.25 | 17.46 | 8.93 | 18.92 | 10.31 | 21.83 | 12.37 | 26.19 | 13.75 | 29.10 | 15.81 | 33.47 | 17.18 | 36.38 | 19.24 | 40.74 | 20.62 | 43.65 | 22.68 | 48.02 |
| 40′ | 0.69157 | 1.44598 | 3.46 | 7.23 | 6.22 | 13.01 | 6.92 | 14.46 | 8.30 | 17.35 | 8.99 | 18.80 | 10.37 | 21.69 | 12.45 | 26.03 | 13.83 | 28.92 | 15.91 | 33.26 | 17.29 | 36.15 | 19.36 | 40.49 | 20.75 | 43.38 | 22.82 | 47.72 |
| 50′ | 0.69588 | 1.43703 | 3.48 | 7.19 | 6.26 | 12.93 | 6.96 | 14.37 | 8.35 | 17.24 | 9.05 | 18.68 | 10.44 | 21.56 | 12.53 | 25.87 | 13.92 | 28.74 | 16.01 | 33.05 | 17.40 | 35.93 | 19.48 | 40.24 | 20.88 | 43.11 | 22.96 | 47.42 |
| 35°00′ | 0.70021 | 1.42815 | 3.50 | 7.14 | 6.30 | 12.85 | 7.00 | 14.28 | 8.40 | 17.14 | 9.10 | 18.57 | 10.50 | 21.42 | 12.60 | 25.71 | 14.00 | 28.56 | 16.10 | 32.85 | 17.51 | 35.70 | 19.61 | 39.99 | 21.01 | 42.84 | 23.11 | 47.13 |
| 10′ | 0.70455 | 1.41934 | 3.52 | 7.10 | 6.34 | 12.77 | 7.05 | 14.19 | 8.45 | 17.03 | 9.16 | 18.45 | 10.57 | 21.29 | 12.68 | 25.55 | 14.09 | 28.39 | 16.20 | 32.64 | 17.61 | 35.48 | 19.73 | 39.74 | 21.14 | 42.58 | 23.25 | 46.84 |
| 20′ | 0.70891 | 1.41061 | 3.54 | 7.05 | 6.38 | 12.70 | 7.09 | 14.11 | 8.51 | 16.93 | 9.22 | 18.34 | 10.63 | 21.16 | 12.76 | 25.39 | 14.18 | 28.21 | 16.30 | 32.44 | 17.72 | 35.27 | 19.85 | 39.50 | 21.27 | 42.32 | 23.39 | 46.55 |
| 30′ | 0.71329 | 1.40195 | 3.57 | 7.01 | 6.42 | 12.62 | 7.13 | 14.02 | 8.56 | 16.82 | 9.27 | 18.23 | 10.70 | 21.03 | 12.84 | 25.24 | 14.27 | 28.04 | 16.41 | 32.24 | 17.83 | 35.05 | 19.97 | 39.25 | 21.40 | 42.06 | 23.54 | 46.26 |
| 40′ | 0.71769 | 1.39336 | 3.59 | 6.97 | 6.46 | 12.54 | 7.18 | 13.93 | 8.61 | 16.72 | 9.33 | 18.11 | 10.77 | 20.90 | 12.92 | 25.08 | 14.35 | 27.87 | 16.51 | 32.05 | 17.94 | 34.83 | 20.10 | 39.01 | 21.53 | 41.80 | 23.68 | 45.98 |
| 50′ | 0.72211 | 1.38484 | 3.61 | 6.92 | 6.50 | 12.46 | 7.22 | 13.85 | 8.67 | 16.62 | 9.39 | 18.00 | 10.83 | 20.77 | 13.00 | 24.93 | 14.44 | 27.70 | 16.61 | 31.85 | 18.05 | 34.62 | 20.22 | 38.78 | 21.66 | 41.55 | 23.83 | 45.70 |
| 36°00′ | 0.72654 | 1.37628 | 3.63 | 6.88 | 6.54 | 12.39 | 7.27 | 13.76 | 8.72 | 16.52 | 9.45 | 17.89 | 10.90 | 20.64 | 13.08 | 24.77 | 14.53 | 27.53 | 16.71 | 31.65 | 18.16 | 34.41 | 20.34 | 38.54 | 21.80 | 41.29 | 23.98 | 45.42 |
| 10′ | 0.73100 | 1.36800 | 3.66 | 6.84 | 6.58 | 12.31 | 7.31 | 13.68 | 8.77 | 16.42 | 9.50 | 17.78 | 10.97 | 20.52 | 13.16 | 24.62 | 14.62 | 27.36 | 16.81 | 31.46 | 18.28 | 34.20 | 20.47 | 38.30 | 21.93 | 41.04 | 24.12 | 45.14 |
| 20′ | 0.73547 | 1.35968 | 3.68 | 6.80 | 6.62 | 12.24 | 7.35 | 13.60 | 8.83 | 16.32 | 9.56 | 17.68 | 11.03 | 20.40 | 13.24 | 24.47 | 14.71 | 27.19 | 16.92 | 31.27 | 18.39 | 33.99 | 20.59 | 38.07 | 22.06 | 40.79 | 24.27 | 44.87 |

| 角度 | tanα | cotβ | R,r 5m tanα | cotβ | R,r 9m tanα | cotβ | R,r 10m tanα | cotβ | R,r 12m tanα | cotβ | R,r 13m tanα | cotβ | R,r 15m tanα | cotβ | R,r 18m tanα | cotβ | R,r 20m tanα | cotβ | R,r 23m tanα | cotβ | R,r 25m tanα | cotβ | R,r 28m tanα | cotβ | R,r 30m tanα | cotβ | R,r 33m tanα | cotβ |
|---|---|---|---|---|---|---|---|---|---|---|---|---|---|---|---|---|---|---|---|---|---|---|---|---|---|---|---|---|
| 30' | 0.73996 | 1.35142 | 3.70 | 6.76 | 6.66 | 12.16 | 7.40 | 13.51 | 8.88 | 16.22 | 9.62 | 17.57 | 11.10 | 20.27 | 13.32 | 24.33 | 14.80 | 27.03 | 17.02 | 31.08 | 18.50 | 33.79 | 20.72 | 37.84 | 22.20 | 40.54 | 24.42 | 44.60 |
| 40' | 0.74447 | 1.34323 | 3.72 | 6.72 | 6.70 | 12.09 | 7.44 | 13.43 | 8.93 | 16.12 | 9.68 | 17.46 | 11.17 | 20.15 | 13.40 | 24.18 | 14.89 | 26.86 | 17.12 | 30.89 | 18.61 | 33.58 | 20.85 | 37.61 | 22.33 | 40.30 | 24.57 | 44.33 |
| 50' | 0.74900 | 1.33511 | 3.75 | 6.68 | 6.74 | 12.02 | 7.49 | 13.35 | 8.99 | 16.02 | 9.74 | 17.36 | 11.24 | 20.03 | 13.48 | 24.03 | 14.98 | 26.70 | 17.23 | 30.71 | 18.73 | 33.38 | 20.97 | 37.38 | 22.47 | 40.05 | 24.72 | 44.06 |
| 37°00' | 0.75355 | 1.32704 | 3.77 | 6.64 | 6.78 | 11.94 | 7.54 | 13.27 | 9.04 | 15.92 | 9.80 | 17.25 | 11.30 | 19.91 | 13.56 | 23.89 | 15.07 | 26.54 | 17.33 | 30.52 | 18.84 | 33.18 | 21.10 | 37.16 | 22.61 | 39.81 | 24.87 | 43.79 |
| 10' | 0.75812 | 1.31904 | 3.79 | 6.60 | 6.82 | 11.87 | 7.58 | 13.19 | 9.10 | 15.83 | 9.86 | 17.15 | 11.37 | 19.79 | 13.65 | 23.74 | 15.16 | 26.38 | 17.44 | 30.34 | 18.95 | 32.98 | 21.23 | 36.93 | 22.74 | 39.57 | 25.02 | 43.53 |
| 20' | 0.76272 | 1.31110 | 3.81 | 6.56 | 6.86 | 11.80 | 7.63 | 13.11 | 9.15 | 15.73 | 9.92 | 17.04 | 11.44 | 19.67 | 13.73 | 23.60 | 15.25 | 26.22 | 17.54 | 30.16 | 19.07 | 32.78 | 21.36 | 36.71 | 22.88 | 39.33 | 25.17 | 43.27 |
| 30' | 0.76733 | 1.30323 | 3.84 | 6.52 | 6.91 | 11.73 | 7.67 | 13.03 | 9.21 | 15.64 | 9.98 | 16.94 | 11.51 | 19.55 | 13.81 | 23.46 | 15.35 | 26.06 | 17.65 | 29.97 | 19.18 | 32.58 | 21.49 | 36.49 | 23.02 | 39.10 | 25.32 | 43.01 |
| 40' | 0.71196 | 1.29541 | 3.56 | 6.48 | 6.41 | 11.66 | 7.12 | 12.95 | 8.54 | 15.54 | 9.26 | 16.84 | 10.68 | 19.43 | 12.82 | 23.32 | 14.24 | 25.91 | 16.38 | 29.79 | 17.80 | 32.39 | 19.93 | 36.27 | 21.36 | 38.86 | 23.49 | 42.75 |
| 50' | 0.77661 | 1.28764 | 3.88 | 6.44 | 6.99 | 11.59 | 7.77 | 12.88 | 9.32 | 15.45 | 10.10 | 16.74 | 11.65 | 19.31 | 13.98 | 23.18 | 15.53 | 25.75 | 17.86 | 29.62 | 19.42 | 32.19 | 21.75 | 36.05 | 23.30 | 38.63 | 25.63 | 42.49 |
| 38°00' | 0.78129 | 1.27994 | 3.91 | 6.40 | 7.03 | 11.52 | 7.81 | 12.80 | 9.38 | 15.36 | 10.16 | 16.64 | 11.72 | 19.20 | 14.06 | 23.04 | 15.63 | 25.60 | 17.97 | 29.44 | 19.53 | 32.00 | 21.88 | 35.84 | 23.44 | 38.40 | 25.78 | 42.24 |
| 10' | 0.78598 | 1.27230 | 3.93 | 6.36 | 7.07 | 11.45 | 7.86 | 12.72 | 9.43 | 15.27 | 10.22 | 16.54 | 11.79 | 19.08 | 14.15 | 22.90 | 15.72 | 25.45 | 18.08 | 29.26 | 19.65 | 31.81 | 22.01 | 35.62 | 23.58 | 38.17 | 25.94 | 41.99 |
| 20' | 0.79070 | 1.26471 | 3.95 | 6.32 | 7.12 | 11.38 | 7.91 | 12.65 | 9.49 | 15.18 | 10.28 | 16.44 | 11.86 | 18.97 | 14.23 | 22.76 | 15.81 | 25.29 | 18.19 | 29.09 | 19.77 | 31.62 | 22.14 | 35.41 | 23.72 | 37.94 | 26.09 | 41.74 |
| 30' | 0.79544 | 1.25717 | 3.98 | 6.29 | 7.16 | 11.31 | 7.95 | 12.57 | 9.55 | 15.09 | 10.34 | 16.34 | 11.93 | 18.86 | 14.32 | 22.63 | 15.91 | 25.14 | 18.30 | 28.91 | 19.89 | 31.43 | 22.27 | 35.20 | 23.86 | 37.72 | 26.25 | 41.49 |
| 40' | 0.80020 | 1.24960. | 4.00 | 6.25 | 7.20 | 11.25 | 8.00 | 12.50 | 9.60 | 15.00 | 10.40 | 16.25 | 12.00 | 18.75 | 14.40 | 22.49 | 16.00 | 24.99 | 18.40 | 28.74 | 20.01 | 31.24 | 22.41 | 34.99 | 24.01 | 37.49 | 26.41 | 41.24 |
| 50' | 0.80498 | 1.24227 | 4.02 | 6.21 | 7.24 | 11.18 | 8.05 | 12.42 | 9.66 | 14.91 | 10.46 | 16.15 | 12.07 | 18.63 | 14.49 | 22.36 | 16.10 | 24.85 | 18.51 | 28.57 | 20.12 | 31.06 | 22.54 | 34.78 | 24.15 | 37.27 | 26.56 | 40.99 |
| 39°00' | 0.80978 | 1.23490 | 4.05 | 6.17 | 7.29 | 11.11 | 8.10 | 12.35 | 9.72 | 14.82 | 10.53 | 16.05 | 12.15 | 18.52 | 14.58 | 22.22 | 16.20 | 24.70 | 18.62 | 28.40 | 20.24 | 30.87 | 22.67 | 34.58 | 24.29 | 37.05 | 26.72 | 40.75 |
| 10' | 0.81461 | 1.22758 | 4.07 | 6.14 | 7.33 | 11.05 | 8.15 | 12.28 | 9.78 | 14.73 | 10.59 | 15.96 | 12.22 | 18.41 | 14.66 | 22.10 | 16.29 | 24.55 | 18.74 | 28.23 | 20.37 | 30.69 | 22.81 | 34.37 | 24.44 | 36.83 | 26.88 | 40.51 |
| 20' | 0.81946 | 1.22031 | 4.10 | 6.10 | 7.38 | 10.98 | 8.19 | 12.20 | 9.83 | 14.64 | 10.65 | 15.86 | 12.29 | 18.30 | 14.75 | 21.97 | 16.39 | 24.41 | 18.85 | 28.07 | 20.49 | 30.51 | 22.94 | 34.17 | 24.58 | 36.61 | 27.04 | 40.27 |
| 30' | 0.82434 | 1.21310 | 4.12 | 6.07 | 7.42 | 10.92 | 8.24 | 12.13 | 9.89 | 14.56 | 10.72 | 15.77 | 12.37 | 18.20 | 14.84 | 21.84 | 16.49 | 24.26 | 18.96 | 27.90 | 20.61 | 30.33 | 23.08 | 33.97 | 24.73 | 36.39 | 27.20 | 40.03 |
| 40' | 0.82923 | 1.20593 | 4.15 | 6.03 | 7.46 | 10.85 | 8.29 | 12.06 | 9.95 | 14.47 | 10.78 | 15.68 | 12.44 | 18.09 | 14.93 | 21.71 | 16.58 | 24.12 | 19.07 | 27.74 | 20.73 | 30.15 | 23.22 | 33.77 | 24.88 | 36.18 | 27.36 | 39.80 |
| 50' | 0.83415 | 1.19882 | 4.17 | 5.99 | 7.51 | 10.79 | 8.34 | 11.99 | 10.01 | 14.39 | 10.84 | 15.58 | 12.51 | 17.98 | 15.01 | 21.58 | 16.68 | 23.98 | 19.19 | 27.57 | 20.85 | 29.97 | 23.36 | 33.57 | 25.02 | 35.96 | 27.53 | 39.56 |
| 40°00' | 0.83910 | 1.19175 | 4.20 | 5.96 | 7.55 | 10.73 | 8.39 | 11.92 | 10.07 | 14.30 | 10.91 | 15.49 | 12.59 | 17.88 | 15.10 | 21.45 | 16.78 | 23.84 | 19.30 | 27.41 | 20.98 | 29.79 | 23.49 | 33.37 | 25.17 | 35.75 | 27.69 | 39.33 |
| 10' | 0.84407 | 1.18474 | 4.22 | 5.92 | 7.60 | 10.66 | 8.44 | 11.85 | 10.13 | 14.22 | 10.97 | 15.40 | 12.66 | 17.77 | 15.19 | 21.33 | 16.88 | 23.69 | 19.41 | 27.25 | 21.10 | 29.62 | 23.63 | 33.17 | 25.32 | 35.54 | 27.85 | 39.10 |
| 20' | 0.84906 | 1.17777 | 4.25 | 5.89 | 7.64 | 10.60 | 8.49 | 11.78 | 10.19 | 14.13 | 11.04 | 15.31 | 12.74 | 17.67 | 15.28 | 21.20 | 16.98 | 23.56 | 19.53 | 27.09 | 21.23 | 29.44 | 23.77 | 32.98 | 25.47 | 35.33 | 28.02 | 38.87 |
| 30' | 0.85408 | 1.17085 | 4.27 | 5.85 | 7.69 | 10.54 | 8.54 | 11.71 | 10.25 | 14.05 | 11.10 | 15.22 | 12.81 | 17.56 | 15.37 | 21.08 | 17.08 | 23.42 | 19.64 | 26.93 | 21.35 | 29.27 | 23.91 | 32.78 | 25.62 | 35.13 | 28.18 | 38.64 |
| 40' | 0.85912 | 1.16398 | 4.30 | 5.82 | 7.73 | 10.48 | 8.59 | 11.64 | 10.31 | 13.97 | 11.17 | 15.13 | 12.89 | 17.46 | 15.46 | 20.95 | 17.18 | 23.28 | 19.76 | 26.77 | 21.48 | 29.10 | 24.06 | 32.59 | 25.77 | 34.92 | 28.35 | 38.41 |
| 50' | 0.86419 | 1.15715 | 4.32 | 5.79 | 7.78 | 10.41 | 8.64 | 11.57 | 10.37 | 13.89 | 11.23 | 15.04 | 12.96 | 17.36 | 15.56 | 20.83 | 17.28 | 23.14 | 19.88 | 26.61 | 21.60 | 28.93 | 24.20 | 32.40 | 25.93 | 34.71 | 28.52 | 38.19 |

市政工程常用资料备查手册

市政工程常用资料备查手册

| 角度 | tanα | cotβ | R,r 5m tanα | R,r 5m cotβ | R,r 9m tanα | R,r 9m cotβ | R,r 10m tanα | R,r 10m cotβ | R,r 12m tanα | R,r 12m cotβ | R,r 13m tanα | R,r 13m cotβ | R,r 15m tanα | R,r 15m cotβ | R,r 18m tanα | R,r 18m cotβ | R,r 20m tanα | R,r 20m cotβ | R,r 23m tanα | R,r 23m cotβ | R,r 25m tanα | R,r 25m cotβ | R,r 28m tanα | R,r 28m cotβ | R,r 30m tanα | R,r 30m cotβ | R,r 33m tanα | R,r 33m cotβ |
|---|---|---|---|---|---|---|---|---|---|---|---|---|---|---|---|---|---|---|---|---|---|---|---|---|---|---|---|---|
| 41°00' | 0.86929 | 1.15037 | 4.35 | 5.75 | 7.82 | 10.35 | 8.69 | 11.50 | 10.43 | 13.80 | 11.30 | 14.95 | 13.04 | 17.26 | 15.65 | 20.71 | 17.39 | 23.01 | 19.99 | 26.46 | 21.73 | 28.76 | 24.34 | 32.21 | 26.08 | 34.51 | 28.69 | 37.96 |
| 10' | 0.87441 | 1.14363 | 4.37 | 5.72 | 7.87 | 10.29 | 8.74 | 11.44 | 10.49 | 13.72 | 11.37 | 14.87 | 13.12 | 17.15 | 15.74 | 20.59 | 17.49 | 22.88 | 20.11 | 26.30 | 21.86 | 28.59 | 24.48 | 32.02 | 26.23 | 34.31 | 28.86 | 37.74 |
| 20' | 0.87955 | 1.13694 | 4.40 | 5.68 | 7.92 | 10.23 | 8.80 | 11.37 | 10.55 | 13.64 | 11.43 | 14.78 | 13.19 | 17.05 | 15.83 | 20.46 | 17.59 | 22.74 | 20.23 | 26.15 | 21.99 | 28.42 | 24.63 | 31.83 | 26.39 | 34.11 | 29.03 | 37.52 |
| 30' | 0.88478 | 1.13029 | 4.42 | 5.65 | 7.96 | 10.17 | 8.85 | 11.30 | 10.62 | 13.56 | 11.50 | 14.69 | 13.27 | 16.95 | 15.93 | 20.35 | 17.70 | 22.61 | 20.35 | 26.00 | 22.12 | 28.26 | 24.77 | 31.65 | 26.54 | 33.91 | 29.20 | 37.30 |
| 40' | 0.88992 | 1.12369 | 4.45 | 5.62 | 8.01 | 10.11 | 8.90 | 11.24 | 10.68 | 13.48 | 11.57 | 14.61 | 13.35 | 16.86 | 16.02 | 20.23 | 17.80 | 22.47 | 20.47 | 25.84 | 22.25 | 28.09 | 24.92 | 31.46 | 26.70 | 33.71 | 29.37 | 37.08 |
| 50' | 0.89515 | 1.11713 | 4.48 | 5.59 | 8.06 | 10.05 | 8.95 | 11.17 | 10.74 | 13.41 | 11.64 | 14.52 | 13.43 | 16.76 | 16.11 | 20.11 | 17.90 | 22.34 | 20.59 | 25.69 | 22.38 | 27.93 | 25.06 | 31.28 | 26.85 | 33.51 | 29.54 | 36.87 |
| 42°00' | 0.90040 | 1.11061 | 4.50 | 5.55 | 8.10 | 10.00 | 9.00 | 11.11 | 10.80 | 13.33 | 11.71 | 14.44 | 13.51 | 16.66 | 16.21 | 19.99 | 18.01 | 22.21 | 20.71 | 25.54 | 22.51 | 27.77 | 25.21 | 31.10 | 27.01 | 33.32 | 29.71 | 36.65 |
| 10' | 0.90569 | 1.10414 | 4.53 | 5.52 | 8.15 | 9.94 | 9.06 | 11.04 | 10.87 | 13.25 | 11.77 | 14.35 | 13.59 | 16.56 | 16.30 | 19.87 | 18.11 | 22.08 | 20.83 | 25.40 | 22.64 | 27.60 | 25.36 | 30.92 | 27.17 | 33.12 | 29.89 | 36.44 |
| 20' | 0.91099 | 1.09770 | 4.55 | 5.49 | 8.20 | 9.88 | 9.11 | 10.98 | 10.93 | 13.17 | 11.84 | 14.27 | 13.66 | 16.47 | 16.40 | 19.76 | 18.21 | 21.95 | 20.95 | 25.25 | 22.77 | 27.44 | 25.51 | 30.74 | 27.33 | 32.93 | 30.06 | 36.22 |
| 30' | 0.91633 | 1.09131 | 4.58 | 5.46 | 8.25 | 9.82 | 9.16 | 10.91 | 11.00 | 13.10 | 11.91 | 14.19 | 13.74 | 16.37 | 16.49 | 19.64 | 18.33 | 21.83 | 21.08 | 25.10 | 22.91 | 27.28 | 25.66 | 30.56 | 27.49 | 32.74 | 30.24 | 36.01 |
| 40' | 0.92170 | 1.08496 | 4.61 | 5.42 | 8.30 | 9.76 | 9.22 | 10.85 | 11.06 | 13.02 | 11.98 | 14.10 | 13.83 | 16.27 | 16.59 | 19.53 | 18.43 | 21.70 | 21.20 | 24.95 | 23.04 | 27.12 | 25.81 | 30.38 | 27.65 | 32.55 | 30.42 | 35.80 |
| 50' | 0.92709 | 1.07864 | 4.64 | 5.39 | 8.34 | 9.71 | 9.27 | 10.79 | 11.13 | 12.94 | 12.05 | 14.02 | 13.91 | 16.18 | 16.69 | 19.42 | 18.54 | 21.57 | 21.32 | 24.81 | 23.18 | 26.97 | 25.96 | 30.20 | 27.81 | 32.36 | 30.59 | 35.60 |
| 43°00' | 0.93252 | 1.07237 | 4.66 | 5.36 | 8.39 | 9.65 | 9.33 | 10.72 | 11.19 | 12.87 | 12.12 | 13.94 | 13.99 | 16.09 | 16.79 | 19.30 | 18.65 | 21.45 | 21.45 | 24.66 | 23.31 | 26.81 | 26.11 | 30.03 | 27.98 | 32.17 | 30.77 | 35.39 |
| 10' | 0.93797 | 1.06613 | 4.69 | 5.33 | 8.44 | 9.60 | 9.38 | 10.66 | 11.26 | 12.79 | 12.19 | 13.86 | 14.07 | 15.99 | 16.88 | 19.19 | 18.76 | 21.32 | 21.57 | 24.52 | 23.45 | 26.65 | 26.26 | 29.85 | 28.14 | 31.98 | 30.95 | 35.18 |
| 20' | 0.94345 | 1.05994 | 4.72 | 5.30 | 8.49 | 9.54 | 9.43 | 10.60 | 11.32 | 12.72 | 12.26 | 13.78 | 14.15 | 15.90 | 16.98 | 19.08 | 18.87 | 21.20 | 21.70 | 24.38 | 23.59 | 26.50 | 26.42 | 29.68 | 28.30 | 31.80 | 31.13 | 34.98 |
| 30' | 0.94896 | 1.05378 | 4.74 | 5.27 | 8.54 | 9.48 | 9.49 | 10.54 | 11.39 | 12.65 | 12.34 | 13.70 | 14.23 | 15.81 | 17.08 | 18.97 | 18.98 | 21.08 | 21.83 | 24.24 | 23.72 | 26.34 | 26.57 | 29.51 | 28.47 | 31.61 | 31.32 | 34.77 |
| 40' | 0.95451 | 1.04766 | 4.77 | 5.24 | 8.59 | 9.43 | 9.55 | 10.48 | 11.45 | 12.57 | 12.41 | 13.62 | 14.32 | 15.71 | 17.18 | 18.86 | 19.09 | 20.95 | 21.95 | 24.10 | 23.86 | 26.19 | 26.73 | 29.33 | 28.64 | 31.43 | 31.50 | 34.57 |
| 50' | 0.96008 | 1.04158 | 4.80 | 5.21 | 8.64 | 9.37 | 9.60 | 10.42 | 11.52 | 12.50 | 12.48 | 13.54 | 14.40 | 15.62 | 17.28 | 18.75 | 19.20 | 20.83 | 22.08 | 23.96 | 24.00 | 26.04 | 26.88 | 29.16 | 28.80 | 31.25 | 31.68 | 34.37 |
| 44°00' | 0.96569 | 1.03553 | 4.83 | 5.18 | 8.69 | 9.32 | 9.66 | 10.36 | 11.59 | 12.43 | 12.55 | 13.46 | 14.49 | 15.53 | 17.38 | 18.64 | 19.31 | 20.71 | 22.21 | 23.82 | 24.14 | 25.89 | 27.04 | 28.99 | 28.97 | 31.07 | 31.87 | 34.17 |
| 10' | 0.97133 | 1.02952 | 4.86 | 5.15 | 8.74 | 9.27 | 9.71 | 10.30 | 11.66 | 12.35 | 12.63 | 13.38 | 14.57 | 15.44 | 17.48 | 18.53 | 19.43 | 20.59 | 22.34 | 23.68 | 24.28 | 25.74 | 27.20 | 28.83 | 29.14 | 30.89 | 32.05 | 33.97 |
| 20' | 0.97700 | 1.02355 | 4.89 | 5.12 | 8.79 | 9.21 | 9.77 | 10.24 | 11.72 | 12.28 | 12.70 | 13.31 | 14.66 | 15.35 | 17.59 | 18.42 | 19.54 | 20.47 | 22.47 | 23.54 | 24.43 | 25.59 | 27.36 | 28.66 | 29.31 | 30.71 | 32.24 | 33.78 |
| 30' | 0.98270 | 1.01761 | 4.91 | 5.09 | 8.84 | 9.16 | 9.83 | 10.18 | 11.79 | 12.21 | 12.78 | 13.23 | 14.74 | 15.26 | 17.69 | 18.32 | 19.65 | 20.35 | 22.60 | 23.41 | 24.57 | 25.44 | 27.52 | 28.49 | 29.48 | 30.53 | 32.43 | 33.58 |
| 40' | 0.98843 | 1.01170 | 4.94 | 5.06 | 8.89 | 9.11 | 9.88 | 10.12 | 11.86 | 12.14 | 12.85 | 13.15 | 14.83 | 15.18 | 17.80 | 18.21 | 19.77 | 20.23 | 22.73 | 23.27 | 24.71 | 25.29 | 27.68 | 28.33 | 29.66 | 30.35 | 32.62 | 33.39 |
| 50' | 0.99420 | 1.00583 | 4.97 | 5.03 | 8.95 | 9.05 | 9.94 | 10.06 | 11.93 | 12.07 | 12.92 | 13.08 | 14.91 | 15.09 | 17.90 | 18.10 | 19.88 | 20.12 | 22.87 | 23.13 | 24.86 | 25.15 | 27.84 | 28.16 | 29.83 | 30.17 | 32.81 | 33.19 |
| 45°00' | 1.00000 | 1.00000 | 5.00 | 5.00 | 9.00 | 9.00 | 10.00 | 10.00 | 12.00 | 12.00 | 13.00 | 13.00 | 15.00 | 15.00 | 18.00 | 18.00 | 20.00 | 20.00 | 23.00 | 23.00 | 25.00 | 25.00 | 28.00 | 28.00 | 30.00 | 30.00 | 33.00 | 33.00 |

注：应用圆曲线计算其真面积，切线长公式为：$T = R \times \tan\alpha/2$。

## 7.3.1.4 平曲线尺寸表（表7-3-6）

**表7-3-6 道路平曲线尺寸表**

**该表数据从0°列到96°，稿中列为两大列，但排版时应根据版面需要来分段**

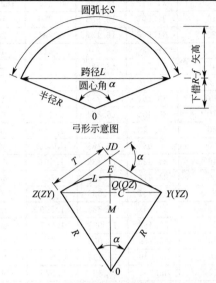

弓形示意图

道路平曲线计算简图

平曲线要素计算公式：

$$T = R\tan\alpha/2$$
$$L = (\pi/180)\,R\,\alpha = 0.0175\,R\,\alpha$$
$$E = R[\sec(\alpha/2) - 1]$$
$$C = 2R\sin\alpha/2$$
$$M = R(1 - \cos\alpha/2)$$

式中，$T$ 为切线长度，m；$R$ 为平曲线半径，m；$\alpha$ 为路线转折角，度；$E$ 为外距，圆曲线中点至交点的距离，m；$C$ 为弦长，m；$M$ 为中距，m；$L$ 为弧长，m

当 $R=100$m 时，由不同 $\alpha$ 角计算的 $T$、$L$、$E$、$C$、$M$ 值如本表所示，如半径不同，可用半径的比值乘各部分尺寸求得

| 半径 $\alpha$ | 弧长 $L$ | 切线长 $T$ | 外距 $E$ | 半径 $\alpha$ | 半径 $\alpha$ | 弧长 $L$ | 切线长 $T$ | 外距 $E$ | 半径 $\alpha$ |
|---|---|---|---|---|---|---|---|---|---|
| 0°00′ | 0.000 | 0.000 | 0.000 | 180°00′ | 40′ | 8.145 | 4.075 | 0.083 | 40′ |
| 10′ | 0.291 | 0.145 | 0.000 | 10′ | 50′ | 8.435 | 4.220 | 0.089 | 50′ |
| 20′ | 0.582 | 0.291 | 0.000 | 20′ | 5°00′ | 8.727 | 4.366 | 0.095 | 175°00′ |
| 30′ | 0.873 | 0.436 | 0.001 | 30′ | 10′ | 9.018 | 4.512 | 0.102 | 10′ |
| 40′ | 1.164 | 0.582 | 0.002 | 40′ | 20′ | 9.308 | 4.658 | 0.030 | 20′ |
| 50′ | 1.454 | 0.727 | 0.003 | 50′ | 30′ | 9.599 | 4.803 | 0.115 | 30′ |
| 1°00′ | 1.745 | 0.873 | 0.004 | 179°00′ | 40′ | 9.890 | 4.949 | 0.122 | 40′ |
| 10′ | 2.036 | 1.018 | 0.005 | 10′ | 50′ | 10.181 | 5.095 | 0.130 | 50′ |
| 20′ | 2.327 | 1.164 | 0.007 | 20′ | 6°00′ | 10.472 | 5.241 | 0.137 | 174°00′ |
| 30′ | 2.618 | 1.309 | 0.009 | 30′ | 10′ | 10.763 | 5.387 | 0.145 | 10′ |
| 40′ | 2.909 | 1.454 | 0.011 | 40′ | 20′ | 11.054 | 5.532 | 0.153 | 20′ |
| 50′ | 3.200 | 1.600 | 0.013 | 50′ | 30′ | 11.345 | 5.678 | 0.161 | 30′ |
| 2°00′ | 3.491 | 1.745 | 0.015 | 178°00′ | 40′ | 11.636 | 5.824 | 0.170 | 40′ |
| 10′ | 3.782 | 1.891 | 0.018 | 10′ | 50′ | 11.926 | 5.970 | 0.178 | 50′ |
| 20′ | 4.072 | 2.036 | 0.021 | 20′ | 7°00′ | 12.217 | 6.116 | 0.187 | 173°00′ |
| 30′ | 4.363 | 2.182 | 0.024 | 30′ | 10′ | 12.508 | 6.262 | 0.196 | 10′ |
| 40′ | 4.654 | 2.327 | 0.027 | 40′ | 20′ | 12.799 | 6.403 | 0.205 | 20′ |
| 50′ | 4.945 | 2.473 | 0.031 | 50′ | 30′ | 13.090 | 6.554 | 0.215 | 30′ |
| 3°00′ | 5.236 | 2.619 | 0.034 | 177°00′ | 40′ | 13.381 | 6.700 | 0.224 | 40′ |
| 10′ | 5.527 | 2.764 | 0.038 | 10′ | 50′ | 13.672 | 6.847 | 0.234 | 50′ |
| 20′ | 5.818 | 2.910 | 0.043 | 20′ | 8°00′ | 13.963 | 6.993 | 0.244 | 172°00′ |
| 30′ | 6.109 | 3.055 | 0.047 | 30′ | 10′ | 14.254 | 7.139 | 0.255 | 10′ |
| 40′ | 6.400 | 3.201 | 0.051 | 40′ | 20′ | 14.644 | 7.285 | 0.265 | 20′ |
| 50′ | 6.690 | 3.346 | 0.056 | 50′ | 30′ | 14.835 | 7.431 | 0.276 | 30′ |
| 4°00′ | 6.981 | 3.492 | 0.061 | 176°00′ | 40′ | 15.126 | 7.577 | 0.287 | 40′ |
| 10′ | 7.272 | 3.638 | 0.066 | 10′ | 50′ | 15.417 | 7.724 | 0.298 | 50′ |
| 20′ | 7.563 | 3.783 | 0.072 | 20′ | 9°00′ | 15.708 | 7.870 | 0.309 | 171°00′ |
| 30′ | 7.854 | 3.829 | 0.077 | 30′ | 10′ | 15.999 | 8.016 | 0.321 | 10′ |

| 半径α | 弧长L | 切线长T | 外距E | 半径α | 半径α | 弧长L | 切线长T | 外距E | 半径α |
|---|---|---|---|---|---|---|---|---|---|
| 20' | 16.290 | 8.163 | 0.333 | 20' | 40' | 30.834 | 15.540 | 1.200 | 40' |
| 30' | 16.581 | 8.309 | 0.345 | 30' | 50' | 31.125 | 15.689 | 1.223 | 50' |
| 40' | 16.872 | 8.456 | 0.357 | 40' | 18°00' | 31.412 | 15.838 | 1.247 | 162°00' |
| 50' | 17.162 | 8.602 | 0.369 | 50' | 10' | 31.707 | 15.988 | 1.270 | 10' |
| 10°00' | 17.453 | 8.749 | 0.382 | 170°00' | 20' | 31.998 | 16.137 | 1.294 | 20' |
| 10' | 17.744 | 8.895 | 0.395 | 10' | 30' | 32.289 | 16.286 | 1.317 | 30' |
| 20' | 18.035 | 9.042 | 0.408 | 20' | 40' | 32.580 | 16.435 | 1.342 | 40' |
| 30' | 18.326 | 9.189 | 0.421 | 30' | 50' | 32.870 | 16.585 | 1.366 | 50' |
| 40' | 18.617 | 9.335 | 0.435 | 40' | 19°00' | 33.161 | 16.734 | 1.391 | 161°00' |
| 50' | 18.908 | 9.482 | 0.449 | 50' | 10' | 33.452 | 16.884 | 1.415 | 10' |
| 11°00' | 19.199 | 9.629 | 0.463 | 169°00' | 20' | 33.743 | 17.033 | 1.440 | 20' |
| 10' | 19.490 | 9.776 | 0.417 | 10' | 30' | 34.034 | 17.183 | 1.466 | 30' |
| 20' | 19.780 | 9.932 | 0.491 | 20' | 40' | 34.325 | 17.333 | 1.491 | 40' |
| 30' | 20.071 | 10.069 | 0.506 | 30' | 50' | 34.616 | 17.483 | 1.517 | 50' |
| 40' | 20.362 | 10.216 | 0.521 | 40' | 20°00' | 35.907 | 17.633 | 1.543 | 160°00' |
| 50' | 20.653 | 10.363 | 0.536 | 50' | 10' | 35.197 | 17.783 | 1.569 | 10' |
| 12°00' | 20.944 | 10.510 | 0.551 | 168°00' | 20' | 35.488 | 17.933 | 1.595 | 20' |
| 10' | 21.235 | 10.657 | 0.566 | 10' | 30' | 35.779 | 18.083 | 1.622 | 30' |
| 20' | 21.526 | 10.805 | 0.582 | 20' | 40' | 36.070 | 18.233 | 1.649 | 40' |
| 30' | 21.817 | 10.952 | 0.598 | 30' | 50' | 36.361 | 18.384 | 1.676 | 50' |
| 40' | 22.108 | 11.099 | 0.614 | 40' | 21°00' | 36.652 | 18.534 | 1.703 | 159°00' |
| 50' | 22.398 | 11.246 | 0.630 | 50' | 10' | 36.943 | 18.684 | 1.731 | 10' |
| 13°00' | 22.689 | 11.394 | 0.647 | 167°00' | 20' | 37.234 | 18.835 | 1.758 | 20' |
| 10' | 22.980 | 11.541 | 0.664 | 10' | 30' | 37.525 | 18.986 | 1.786 | 30' |
| 20' | 23.271 | 11.688 | 0.681 | 20' | 40' | 37.815 | 19.136 | 1.815 | 40' |
| 30' | 23.562 | 11.836 | 0.698 | 30' | 50' | 38.106 | 19.287 | 1.843 | 50' |
| 40' | 23.853 | 11.983 | 0.715 | 40' | 22°00' | 38.397 | 19.438 | 1.872 | 158°00' |
| 50' | 24.144 | 12.131 | 0.733 | 50' | 10' | 38.688 | 19.589 | 1.901 | 10' |
| 14°00' | 24.435 | 12.278 | 0.751 | 166°00' | 20' | 38.979 | 19.740 | 1.930 | 20' |
| 10' | 24.725 | 12.426 | 0.769 | 10' | 30' | 39.270 | 19.891 | 1.959 | 30' |
| 20' | 25.016 | 12.574 | 0.787 | 20' | 40' | 39.561 | 20.042 | 1.989 | 40' |
| 30' | 25.307 | 12.722 | 0.806 | 30' | 50' | 39.852 | 20.194 | 2.019 | 50' |
| 40' | 25.598 | 12.869 | 0.825 | 40' | 23°00' | 40.143 | 20.345 | 2.049 | 157°00' |
| 50' | 25.889 | 13.017 | 0.844 | 50' | 10' | 40.433 | 20.497 | 2.079 | 10' |
| 15°00' | 26.180 | 13.165 | 0.863 | 165°00' | 20' | 40.724 | 20.648 | 2.110 | 20' |
| 10' | 26.471 | 13.313 | 0.882 | 10' | 30' | 41.015 | 20.800 | 2.140 | 30' |
| 20' | 26.762 | 13.461 | 0.902 | 20' | 40' | 41.306 | 20.952 | 2.171 | 40' |
| 30' | 27.053 | 13.609 | 0.922 | 30' | 50' | 41.597 | 21.104 | 2.203 | 50' |
| 40' | 27.343 | 13.758 | 0.942 | 40' | 24°00' | 41.888 | 21.256 | 2.234 | 156°00' |
| 50' | 27.634 | 13.906 | 0.962 | 50' | 10' | 42.179 | 21.408 | 2.266 | 10' |
| 16°00' | 27.922 | 14.054 | 0.983 | 164°00' | 20' | 42.470 | 21.560 | 2.298 | 20' |
| 10' | 28.216 | 14.202 | 1.004 | 10' | 30' | 42.761 | 21.712 | 2.330 | 30' |
| 20' | 28.507 | 14.351 | 1.025 | 20' | 40' | 43.051 | 21.864 | 2.362 | 40' |
| 30' | 28.798 | 14.199 | 1.046 | 30' | 50' | 43.342 | 22.017 | 2.395 | 50' |
| 40' | 29.089 | 14.648 | 1.067 | 40' | 25°00' | 43.633 | 22.169 | 2.428 | 155°00' |
| 50' | 29.380 | 14.796 | 1.089 | 50' | 10' | 43.924 | 22.322 | 2.461 | 10' |
| 17°00' | 29.671 | 14.945 | 1.111 | 163°00' | 20' | 44.215 | 22.475 | 2.495 | 20' |
| 10' | 29.961 | 15.094 | 1.133 | 10' | 30' | 44.506 | 22.628 | 2.528 | 30' |
| 20' | 30.252 | 15.243 | 1.155 | 20' | 40' | 44.797 | 22.781 | 2.562 | 40' |
| 30' | 30.542 | 15.391 | 1.178 | 30' | 50' | 45.088 | 22.934 | 2.596 | 50' |

| 半径 α | 弧长 L | 切线长 T | 外距 E | 半径 α | 半径 α | 弧长 L | 切线长 T | 外距 E | 半径 α |
|---|---|---|---|---|---|---|---|---|---|
| 26°00′ | 45.397 | 23.087 | 2.630 | 154°00′ | 20′ | 59.923 | 30.891 | 4.663 | 20′ |
| 10′ | 45.696 | 23.240 | 2.665 | 10′ | 30′ | 60.214 | 31.051 | 4.710 | 30′ |
| 20′ | 45.960 | 23.390 | 2.700 | 20′ | 40′ | 60.505 | 31.210 | 4.757 | 40′ |
| 30′ | 46.251 | 23.547 | 2.735 | 30′ | 50′ | 60.796 | 31.370 | 4.805 | 50′ |
| 40′ | 46.542 | 23.700 | 2.770 | 40′ | 35°00′ | 61.087 | 31.530 | 4.853 | 145°00′ |
| 50′ | 46.833 | 23.854 | 2.806 | 50′ | 10′ | 61.377 | 31.690 | 4.901 | 10′ |
| 27°00′ | 47.124 | 24.008 | 2.842 | 153°00′ | 20′ | 61.668 | 31.850 | 4.950 | 20′ |
| 10′ | 47.415 | 24.162 | 2.878 | 10′ | 30′ | 61.959 | 32.010 | 4.998 | 30′ |
| 20′ | 47.706 | 24.316 | 2.914 | 20′ | 40′ | 62.250 | 32.171 | 5.047 | 40′ |
| 30′ | 47.997 | 24.470 | 2.950 | 30′ | 50′ | 62.541 | 32.331 | 5.097 | 50′ |
| 40′ | 48.287 | 24.624 | 2.987 | 40′ | 36°00′ | 62.832 | 32.492 | 5.146 | 144°00′ |
| 50′ | 48.578 | 24.778 | 3.024 | 50′ | 10′ | 63.123 | 32.653 | 5.196 | 10′ |
| 28°00′ | 48.869 | 24.933 | 3.061 | 152°00′ | 20′ | 63.414 | 32.814 | 5.246 | 20′ |
| 10′ | 49.160 | 25.087 | 3.099 | 10′ | 30′ | 63.705 | 32.975 | 5.297 | 30′ |
| 20′ | 49.451 | 25.242 | 3.137 | 20′ | 40′ | 63.995 | 33.136 | 5.347 | 40′ |
| 30′ | 49.742 | 25.397 | 3.175 | 30′ | 50′ | 64.286 | 33.298 | 5.398 | 50′ |
| 40′ | 50.033 | 25.552 | 3.213 | 40′ | 37°00′ | 64.577 | 33.460 | 5.449 | 143°00′ |
| 50′ | 50.324 | 25.707 | 3.251 | 50′ | 10′ | 64.868 | 33.621 | 5.501 | 10′ |
| 29°00′ | 50.615 | 25.862 | 3.290 | 151°00′ | 20′ | 65.159 | 33.783 | 5.552 | 20′ |
| 10′ | 50.905 | 26.017 | 3.329 | 10′ | 30′ | 65.450 | 33.945 | 5.604 | 30′ |
| 20′ | 51.196 | 26.172 | 3.368 | 20′ | 40′ | 65.741 | 34.108 | 5.657 | 40′ |
| 30′ | 51.487 | 26.328 | 3.408 | 30′ | 50′ | 66.032 | 34.270 | 5.709 | 50′ |
| 40′ | 51.778 | 26.483 | 3.447 | 40′ | 38°00′ | 66.323 | 34.433 | 5.762 | 142°00′ |
| 50′ | 52.069 | 26.639 | 3.487 | 50′ | 10′ | 66.613 | 34.596 | 5.815 | 10′ |
| 30°00′ | 52.360 | 26.795 | 3.528 | 150°00′ | 20′ | 66.904 | 34.759 | 5.869 | 20′ |
| 10′ | 52.651 | 26.951 | 3.568 | 10′ | 30′ | 67.195 | 34.922 | 5.922 | 30′ |
| 20′ | 52.942 | 27.107 | 3.609 | 20′ | 40′ | 67.486 | 35.085 | 5.976 | 40′ |
| 30′ | 53.233 | 27.263 | 3.650 | 30′ | 50′ | 67.777 | 35.248 | 6.030 | 50′ |
| 40′ | 53.523 | 27.419 | 3.691 | 40′ | 39°00′ | 68.068 | 35.415 | 6.085 | 141°00′ |
| 50′ | 53.814 | 27.576 | 3.733 | 50′ | 10′ | 68.359 | 35.576 | 6.140 | 10′ |
| 31°00′ | 54.105 | 27.732 | 3.774 | 149°00′ | 20′ | 68.650 | 35.740 | 6.196 | 20′ |
| 10′ | 54.396 | 27.889 | 3.816 | 10′ | 30′ | 68.941 | 35.904 | 6.250 | 30′ |
| 20′ | 54.687 | 28.046 | 3.858 | 20′ | 40′ | 69.231 | 36.068 | 6.306 | 40′ |
| 30′ | 54.978 | 28.203 | 3.901 | 30′ | 50′ | 69.522 | 36.232 | 6.362 | 50′ |
| 40′ | 55.269 | 28.360 | 3.944 | 40′ | 40°00′ | 69.813 | 36.397 | 6.4180 | 140°00′ |
| 50′ | 55.560 | 28.517 | 3.987 | 50′ | 10′ | 70.104 | 36.562 | 6.4740 | 10′ |
| 32°00′ | 05.851 | 28.675 | 4.030 | 148°00′ | 20′ | 70.395 | 36.727 | 6.5310 | 20′ |
| 10′ | 56.141 | 28.832 | 4.074 | 10′ | 30′ | 70.686 | 36.892 | 6.5880 | 30′ |
| 20′ | 56.432 | 28.990 | 4.117 | 20′ | 40′ | 70.977 | 37.057 | 6.6450 | 40′ |
| 30′ | 56.723 | 29.147 | 4.161 | 30′ | 50′ | 71.268 | 37.223 | 6.7030 | 50′ |
| 40′ | 57.014 | 29.305 | 4.206 | 40′ | 41°00′ | 71.558 | 37.388 | 6.7610 | 139°00′ |
| 50′ | 57.305 | 29.463 | 4.250 | 50′ | 10′ | 71.849 | 37.554 | 6.8190 | 10′ |
| 33°00′ | 57.596 | 29.621 | 4.295 | 147°00′ | 20′ | 72.140 | 37.720 | 6.8780 | 20′ |
| 10′ | 57.887 | 29.780 | 4.340 | 10′ | 30′ | 72.431 | 37.887 | 6.9360 | 30′ |
| 20′ | 58.178 | 29.938 | 4.385 | 20′ | 40′ | 72.722 | 38.053 | 6.9960 | 40′ |
| 30′ | 58.469 | 30.097 | 4.431 | 30′ | 50′ | 73.013 | 38.220 | 7.0550 | 50′ |
| 40′ | 58.759 | 30.255 | 4.477 | 40′ | 42°00′ | 73.304 | 38.386 | 7.1150 | 138°00′ |
| 50′ | 59.050 | 30.414 | 4.523 | 50′ | 10′ | 73.595 | 38.553 | 7.1740 | 10′ |
| 34°00′ | 59.341 | 30.573 | 4.569 | 146°00′ | 20′ | 73.886 | 38.721 | 7.2350 | 20′ |
| 10′ | 59.632 | 30.732 | 4.616 | 10′ | 30′ | 74.176 | 38.888 | 7.2950 | 30′ |

市政工程常用资料备查手册

| 半径α | 弧长L | 切线长T | 外距E | 半径α | 半径α | 弧长L | 切线长T | 外距E | 半径α |
|---|---|---|---|---|---|---|---|---|---|
| 40′ | 74.476 | 39.055 | 7.3560 | 40′ | 51°00′ | 89.012 | 47.698 | 10.793 | 129°00′ |
| 50′ | 74.758 | 39.223 | 7.4170 | 50′1 | 10′ | 89.303 | 47.876 | 10.270 | 10′ |
| 43°00′ | 75.049 | 39.391 | 7.4790 | 137°00′ | 20′ | 89.594 | 48.050 | 10.947 | 20′ |
| 10′ | 75.340 | 39.559 | 7.5400 | 10′ | 30′ | 89.884 | 48.234 | 11.025 | 30′ |
| 20′ | 75.631 | 39.728 | 7.6020 | 20′ | 40′ | 90.175 | 48.414 | 11.103 | 40′ |
| 30′ | 75.922 | 39.896 | 7.6650 | 30′ | 50′ | 90.466 | 48.593 | 11.181 | 50′ |
| 40′ | 76.213 | 40.065 | 7.7270 | 40′ | 52°00′ | 90.757 | 48.773 | 11.260 | 128°00′ |
| 50′ | 76.504 | 40.234 | 7.7900 | 50′ | 10′ | 91.048 | 48.853 | 11.339 | 10′ |
| 44°00′ | 76.794 | 40.403 | 7.8530 | 136°00′ | 20′ | 91.339 | 49.134 | 11.419 | 20′ |
| 10′ | 77.085 | 40.572 | 7.9170 | 10′ | 30′ | 91.630 | 49.315 | 11.499 | 30′ |
| 20′ | 77.376 | 40.741 | 7.9810 | 20′ | 40′ | 91.921 | 49.496 | 11.579 | 40′ |
| 30′ | 77.667 | 40.911 | 8.0450 | 30′ | 50′ | 92.212 | 49.677 | 11.659 | 50′ |
| 40′ | 77.958 | 41.081 | 8.1090 | 40′ | 53°00′ | 92.502 | 49.858 | 11.740 | 127°00′ |
| 50′ | 78.249 | 41.251 | 8.1740 | 50′ | 10′ | 92.793 | 50.040 | 11.821 | 10′ |
| 45°00′ | 78.540 | 41.421 | 8.239 | 135°00′ | 20′ | 93.084 | 50.222 | 11.903 | 20′ |
| 10′ | 78.831 | 41.592 | 8.305 | 10′ | 30′ | 93.375 | 50.404 | 11.985 | 30′ |
| 20′ | 79.122 | 41.763 | 8.370 | 20′ | 40′ | 93.666 | 50.587 | 12.067 | 40′ |
| 30′ | 79.412 | 41.933 | 8.436 | 30′ | 50′ | 93.957 | 50.770 | 12.150 | 50′ |
| 40′ | 79.703 | 42.105 | 8.503 | 40′ | 54°00′ | 94.248 | 50.953 | 12.233 | 126°00′ |
| 50′ | 79.994 | 42.276 | 8.569 | 50′ | 10′ | 94.539 | 51.136 | 12.316 | 10′ |
| 46°00′ | 80.285 | 42.447 | 8.636 | 134°00′ | 20′ | 94.830 | 51.320 | 12.400 | 20′ |
| 10′ | 80.576 | 42.619 | 8.703 | 10′ | 30′ | 95.120 | 51.503 | 12.484 | 30′ |
| 20′ | 80.867 | 42.791 | 8.771 | 20′ | 40′ | 95.411 | 51.688 | 12.568 | 40′ |
| 30′ | 81.158 | 42.963 | 8.839 | 30′ | 50′ | 95.702 | 51.872 | 12.653 | 50′ |
| 40′ | 81.449 | 43.136 | 8.907 | 40′ | 55°00′ | 95.993 | 52.057 | 12.738 | 125°00′ |
| 50′ | 81.793 | 43.308 | 8.975 | 50′ | 10′ | 96.284 | 52.242 | 12.824 | 10′ |
| 47°00′ | 82.030 | 43.481 | 9.044 | 33°00′ | 20′ | 96.575 | 52.427 | 12.910 | 20′ |
| 10′ | 82.321 | 43.654 | 9.113 | 10′ | 30′ | 96.866 | 52.613 | 12.996 | 30′ |
| 20′ | 82.612 | 43.823 | 9.183 | 20′ | 40′ | 97.157 | 52.798 | 13.083 | 40′ |
| 30′ | 82.903 | 44.001 | 9.252 | 30′ | 50′ | 97.448 | 52.985 | 13.170 | 50′ |
| 40′ | 83.149 | 44.175 | 9.323 | 40′ | 56°00′ | 97.738 | 53.171 | 13.257 | 124°00′ |
| 50′ | 83.485 | 44.349 | 9.393 | 50′ | 10′ | 98.029 | 53.358 | 13.345 | 10′ |
| 48°00′ | 83.776 | 44.523 | 9.464 | 132°00′ | 20′ | 98.320 | 53.545 | 13.433 | 20′ |
| 10′ | 84.067 | 44.697 | 9.535 | 10′ | 30′ | 98.611 | 53.732 | 13.521 | 30′ |
| 20′ | 84.358 | 44.872 | 9.606 | 20′ | 40′ | 98.902 | 53.920 | 13.610 | 40′ |
| 30′ | 84.648 | 45.047 | 9.678 | 30′ | 50′ | 99.193 | 54.107 | 13.700 | 50′ |
| 40′ | 84.939 | 45.222 | 9.750 | 40′ | 57°00′ | 99.484 | 54.296 | 13.789 | 123°00′ |
| 50′ | 85.230 | 45.397 | 9.822 | 50′ | 10′ | 99.775 | 54.484 | 13.879 | 10′ |
| 49°00′ | 85.521 | 45.573 | 9.895 | 131°00′ | 20′ | 100.066 | 54.673 | 13.970 | 20′ |
| 10′ | 85.812 | 45.748 | 9.968 | 10′ | 30′ | 100.356 | 54.862 | 14.061 | 30′ |
| 20′ | 86.103 | 45.924 | 10.041 | 20′ | 40′ | 100.647 | 55.051 | 14.152 | 40′ |
| 30′ | 86.394 | 46.101 | 10.115 | 30′ | 50′ | 100.938 | 55.241 | 14.243 | 50′ |
| 40′ | 86.685 | 46.277 | 10.189 | 40′ | 58°00′ | 101.229 | 55.431 | 14.335 | 122°00′ |
| 50′ | 86.978 | 46.454 | 10.263 | 50′ | 10′ | 101.520 | 55.621 | 14.428 | 10′ |
| 50°00′ | 87.266 | 46.631 | 10.338 | 130°00′ | 20′ | 101.811 | 55.812 | 14.521 | 20′ |
| 10′ | 87.557 | 46.808 | 10.413 | 10′ | 30′ | 102.102 | 56.003 | 14.614 | 30′ |
| 20′ | 87.848 | 46.985 | 10.488 | 20′ | 40′ | 102.393 | 56.194 | 14.707 | 40′ |
| 30′ | 88.139 | 47.163 | 10.564 | 30′ | 50′ | 102.684 | 56.385 | 14.801 | 50′ |
| 40′ | 88.430 | 47.341 | 10.640 | 40′ | 59°00′ | 102.974 | 56.577 | 14.896 | 121°00′ |
| 50′ | 88.721 | 47.519 | 10.716 | 50′ | 10′ | 103.265 | 56.769 | 14.990 | 10′ |

| 半径 α | 弧长 L | 切线长 T | 外距 E | 半径 α | 半径 α | 弧长 L | 切线长 T | 外距 E | 半径 α |
|---|---|---|---|---|---|---|---|---|---|
| 20' | 103.556 | 56.962 | 15.085 | 20' | 40' | 118.101 | 67.028 | 20.386 | 40' |
| 30' | 103.847 | 57.155 | 15.181 | 30' | 50' | 118.392 | 67.239 | 20.504 | 50' |
| 40' | 104.138 | 57.348 | 15.277 | 40' | 68°00' | 118.682 | 67.451 | 20.622 | 152°00' |
| 50' | 104.429 | 57.541 | 15.373 | 50' | 10' | 118.973 | 67.663 | 20.740 | 10' |
| 60°00' | 104.720 | 57.735 | 15.470 | 120°00' | 20' | 119.264 | 67.875 | 20.859 | 20' |
| 10' | 105.011 | 57.929 | 15.567 | 10' | 30' | 119.555 | 68.088 | 20.979 | 30' |
| 20' | 105.302 | 58.124 | 15.665 | 20' | 40' | 119.846 | 68.301 | 21.099 | 40' |
| 30' | 105.592 | 58.318 | 15.763 | 30' | 50' | 120.137 | 68.514 | 21.220 | 50' |
| 40' | 105.883 | 58.513 | 15.861 | 40' | 69°00' | 120.428 | 68.728 | 21.341 | 111°00' |
| 50' | 106.174 | 58.709 | 15.960 | 50' | 10' | 120.719 | 68.942 | 21.462 | 10' |
| 61°00' | 106.465 | 58.904 | 16.059 | 119°00' | 20' | 121.009 | 69.157 | 21.584 | 20' |
| 10' | 106.756 | 59.101 | 16.159 | 10' | 30' | 121.300 | 69.372 | 21.707 | 30' |
| 20' | 107.047 | 59.297 | 16.259 | 20' | 40' | 121.591 | 69.588 | 21.830 | 40' |
| 30' | 107.338 | 59.494 | 16.359 | 30' | 50' | 121.832 | 69.804 | 21.953 | 50' |
| 40' | 107.629 | 59.691 | 16.460 | 40' | 70°00' | 122.173 | 70.021 | 22.077 | 110°00' |
| 50' | 107.920 | 59.888 | 16.562 | 50' | 10' | 122.464 | 70.238 | 22.202 | 10' |
| 62°00' | 108.210 | 60.086 | 16.663 | 118°00' | 20' | 127.755 | 70.455 | 22.327 | 20' |
| 10' | 108.501 | 60.284 | 16.766 | 10' | 30' | 123.064 | 70.673 | 22.453 | 30' |
| 20' | 108.792 | 60.483 | 16.868 | 20' | 40' | 123.337 | 70.891 | 22.579 | 40' |
| 30' | 109.083 | 60.682 | 16.971 | 30' | 50' | 123.627 | 71.110 | 22.706 | 50' |
| 40' | 109.374 | 60.881 | 17.075 | 40' | 71°00' | 123.918 | 71.329 | 22.833 | 109°00' |
| 50' | 109.665 | 61.080 | 17.178 | 50' | 10' | 124.209 | 71.549 | 22.960 | 10' |
| 63°00' | 109.956 | 61.280 | 17.283 | 117°00' | 20' | 124.500 | 71.769 | 23.089 | 20' |
| 10' | 110.247 | 61.480 | 17.388 | 10' | 30' | 124.791 | 71.990 | 23.217 | 30' |
| 20' | 110.538 | 61.681 | 17.493 | 20' | 40' | 125.082 | 72.211 | 23.347 | 40' |
| 30' | 110.828 | 61.882 | 17.598 | 30' | 50' | 125.373 | 72.432 | 23.476 | 50' |
| 40' | 111.119 | 62.083 | 17.704 | 40' | 72°00' | 125.664 | 72.654 | 23.607 | 108°00' |
| 50' | 111.410 | 62.285 | 17.811 | 50' | 10' | 125.955 | 72.877 | 23.738 | 10' |
| 64°00' | 111.701 | 62.487 | 17.918 | 116°00' | 20' | 126.245 | 73.100 | 23.869 | 20' |
| 10' | 111.992 | 62.689 | 18.025 | 10' | 30' | 126.536 | 73.323 | 24.001 | 30' |
| 20' | 112.283 | 62.892 | 18.133 | 20' | 40' | 126.827 | 73.547 | 24.134 | 40' |
| 30' | 112.574 | 63.095 | 18.241 | 30' | 50' | 127.118 | 73.771 | 24.267 | 50' |
| 40' | 112.865 | 63.299 | 18.350 | 40' | 73°00' | 127.409 | 73.996 | 24.400 | 107°00' |
| 50' | 113.156 | 63.503 | 18.459 | 50' | 10' | 127.700 | 74.221 | 24.534 | 10' |
| 65°00' | 113.446 | 63.707 | 18.569 | 115°00' | 20' | 127.991 | 74.447 | 24.669 | 20' |
| 10' | 113.737 | 63.912 | 18.679. | 10' | 30' | 128.282 | 74.674 | 24.804 | 30' |
| 20' | 114.028 | 64.117 | 18.790 | 20' | 40' | 128.573 | 74.900 | 24.940 | 40' |
| 30' | 114.319 | 64.322 | 18.901 | 30' | 50' | 128.863 | 75.128 | 25.077 | 50' |
| 40' | 114.610 | 64.528 | 19.012 | 40' | 74°00' | 127.154 | 75.355 | 25.214 | 106°00' |
| 50' | 114.901 | 64.734 | 19.124 | 50' | 10' | 129.445 | 75.584 | 25.351 | 10' |
| 66°00' | 115.192 | 64.941 | 19.236 | 114°00' | 20' | 129.736 | 75.813 | 25.489 | 20' |
| 10' | 115.483 | 65.148 | 19.349 | 10' | 30' | 130.027 | 76.042 | 25.628 | 30' |
| 20' | 115.774 | 65.355 | 19.463 | 20' | 40' | 130.318 | 76.272 | 25.767 | 40' |
| 30' | 116.064 | 65.563 | 19.576 | 30' | 50' | 130.609 | 76.502 | 25.907 | 50' |
| 40' | 116.355 | 65.771 | 19.691 | 40' | 75°00' | 130.9000 | 76.733 | 26.047 | 105°00' |
| 50' | 116.646 | 65.980 | 19.800 | 50' | 10' | 131.1910 | 76.964 | 26.188 | 10' |
| 67°00' | 116.937 | 66.189 | 19.920 | 113°00' | 20' | 131.4810 | 77.196 | 26.330 | 20' |
| 10' | 117.228 | 66.398 | 20.036 | 10' | 30' | 131.7720 | 77.428 | 26.472 | 30' |
| 20' | 117.519 | 66.608 | 20.152 | 20' | 40' | 132.0630 | 77.661 | 26.615 | 40' |
| 30' | 117.810 | 66.818 | 20.269 | 30' | 50' | 132.3540 | 77.895 | 26.758 | 50' |

市政工程常用资料备查手册

| 半径α | 弧长L | 切线长T | 外距E | 半径α | 半径α | 弧长L | 切线长T | 外距E | 半径α |
|---|---|---|---|---|---|---|---|---|---|
| 76°00′ | 132.6450 | 78.129 | 26.902 | 104°00′ | 20′ | 147.189 | 90.569 | 34.917 | 20′ |
| 10′ | 132.9360 | 78.362 | 27.046 | 10′ | 30′ | 147.480 | 90.834 | 35.095 | 30′ |
| 20′ | 133.2270 | 78.598 | 27.191 | 20′ | 40′ | 147.771 | 91.099 | 35.274 | 40′ |
| 30′ | 133.5180 | 78.834 | 27.337 | 30′ | 50′ | 148.062 | 91.366 | 35.454 | 50′ |
| 40′ | 133.8090 | 79.070 | 27.483 | 40′ | 85°00′ | 148.353 | 91.633 | 35.634 | 95°00′ |
| 50′ | 134.0990 | 79.306 | 27.630 | 50′ | 10′ | 148.644 | 91.901 | 35.815 | 10′ |
| 77°00′ | 134.3900 | 79.544 | 27.778 | 103°00′ | 20′ | 148.935 | 92.170 | 35.997 | 20′ |
| 10′ | 134.6810 | 79.781 | 27.926 | 10′ | 30′ | 149.226 | 92.439 | 36.180 | 30′ |
| 20′ | 134.9720 | 80.020 | 28.075 | 20′ | 40′ | 149.517 | 92.709 | 36.363 | 40′ |
| 30′ | 135.2630 | 80.258 | 28.224 | 30′ | 50′ | 149.807 | 92.980 | 36.548 | 50′ |
| 40′ | 135.5540 | 80.498 | 28.374 | 40′ | 86°00′ | 150.098 | 93.251 | 36.733 | 94°00′ |
| 50′ | 135.8450 | 80.738 | 28.525 | 50′ | 10′ | 150.389 | 93.524 | 36.919 | 10′ |
| 78°00′ | 137.8810 | 80.978 | 28.676 | 102°00′ | 20′ | 150.680 | 93.797 | 37.105 | 20′ |
| 10′ | 138.1720 | 81.220 | 28.828 | 10′ | 30′ | 150.971 | 94.071 | 37.293 | 30′ |
| 20′ | 138.4630 | 81.461 | 28.980 | 20′ | 40′ | 151.262 | 94.345 | 37.481 | 40′ |
| 30′ | 138.7540 | 81.703 | 29.133 | 30′ | 50′ | 151.558 | 94.620 | 37.670 | 50′ |
| 40′ | 139.0450 | 81.946 | 29.287 | 40′ | 87°00′ | 151.844 | 94.896 | 37.860 | 93°00′ |
| 50′ | 139.3350 | 82.190 | 29.442 | 50′ | 10′ | 152.135 | 95.173 | 38.051 | 10′ |
| 79°00′ | 136.1360 | 82.434 | 29.597 | 101°00′ | 20′ | 152.425 | 95.451 | 38.242 | 20′ |
| 10′ | 136.4270 | 82.678 | 29.752 | 10′ | 30′ | 152.716 | 95.729 | 38.434 | 30′ |
| 20′ | 136.7130 | 82.923 | 29.909 | 20′ | 40′ | 153.007 | 96.008 | 38.628 | 40′ |
| 30′ | 137.0080 | 83.169 | 30.066 | 30′ | 50′ | 153.296 | 96.288 | 38.822 | 50′ |
| 40′ | 137.2990 | 83.416 | 30.223 | 40′ | 88°00′ | 153.589 | 96.569 | 39.016 | 92°00′ |
| 50′ | 137.5900 | 83.662 | 30.382 | 50′ | 10′ | 153.880 | 96.850 | 39.212 | 10′ |
| 80°00′ | 139.626 | 83.910 | 30.541 | 100°00′ | 20′ | 154.171 | 97.133 | 39.409 | 20′ |
| 10′ | 139.917 | 84.158 | 30.700 | 10′ | 30′ | 154.462 | 97.416 | 39.606 | 30′ |
| 20′ | 140.208 | 84.407 | 30.861 | 20′ | 40′ | 154.753 | 97.700 | 39.804 | 40′ |
| 30′ | 140.499 | 84.656 | 31.022 | 30′ | 50′ | 155.043 | 97.984 | 40.003 | 50′ |
| 40′ | 140.790 | 84.906 | 31.183 | 40′ | 89°00′ | 155.334 | 98.270 | 40.203 | 91°00′ |
| 50′ | 141.081 | 85.157 | 31.346 | 50′ | 10′ | 155.625 | 98.556 | 40.404 | 10′ |
| 81°00′ | 141.372 | 85.408 | 31.509 | 99°00′ | 20′ | 155.916 | 98.843 | 40.606 | 20′ |
| 10′ | 141.663 | 85.660 | 31.672 | 10′ | 30′ | 156.207 | 99.131 | 40.808 | 30′ |
| 20′ | 141.953 | 85.912 | 31.837 | 20′ | 40′ | 156.498 | 99.420 | 41.012 | 40′ |
| 30′ | 142.244 | 86.166 | 32.002 | 30′ | 50′ | 156.789 | 99.710 | 41.216 | 50′ |
| 40′ | 142.535 | 86.419 | 32.168 | 40′ | 90°00′ | 157.080 | 100.000 | 41.421 | 90°00′ |
| 50′ | 142.826 | 86.674 | 32.334 | 50′ | 10′ | 157.371 | 100.291 | 41.628 | 10′ |
| 82°00′ | 143.117 | 86.929 | 32.501 | 98°00′ | 20′ | 157.661 | 100.584 | 41.835 | 20′ |
| 10′ | 143.408 | 87.184 | 32.669 | 10′ | 30′ | 157.952 | 100.876 | 42.042 | 30′ |
| 20′ | 143.699 | 87.441 | 32.838 | 20′ | 40′ | 158.243 | 101.170 | 42.251 | 40′ |
| 30′ | 143.990 | 87.698 | 33.007 | 30′ | 50′ | 158.534 | 101.465 | 42.461 | 50′ |
| 40′ | 144.281 | 87.955 | 33.177 | 40′ | 91°00′ | 158.825 | 101.761 | 42.672 | 89°00′ |
| 50′ | 144.571 | 88.214 | 33.348 | 50′ | 10′ | 159.116 | 102.057 | 42.883 | 10′ |
| 83°00′ | 144.862 | 88.473 | 33.519 | 97°00′ | 20′ | 159.407 | 102.355 | 43.096 | 20′ |
| 10′ | 145.153 | 88.732 | 33.691 | 10′ | 30′ | 159.698 | 102.653 | 43.309 | 30′ |
| 20′ | 145.444 | 88.992 | 33.864 | 20′ | 40′ | 159.989 | 102.952 | 43.524 | 40′ |
| 30′ | 145.735 | 89.253 | 34.038 | 30′ | 50′ | 160.279 | 103.252 | 43.739 | 50′ |
| 40′ | 146.026 | 89.515 | 34.212 | 40′ | 92°00′ | 160.570 | 103.553 | 43.956 | 88°00′ |
| 50′ | 146.317 | 89.777 | 34.300 | 50′ | 10′ | 160.861 | 103.855 | 44.173 | 10′ |
| 84°00′ | 146.608 | 90.040 | 34.563 | 96°00′ | 20′ | 161.152 | 104.158 | 44.391 | 20′ |
| 10′ | 146.899 | 90.304 | 34.740 | 10′ | 30′ | 161.443 | 104.461 | 44.610 | 30′ |

| 半径 α | 弧长 L | 切线长 T | 外距 E | 半径 α | 半径 α | 弧长 L | 切线长 T | 外距 E | 半径 α |
|---|---|---|---|---|---|---|---|---|---|
| 40′ | 161.734 | 104.766 | 44.831 | 40′ | 30′ | 164.934 | 108.179 | 47.319 | 30′ |
| 50′ | 162.025 | 105.071 | 45.052 | 50′ | 40′ | 165.225 | 108.495 | 47.551 | 40′ |
| 93°00′ | 162.316 | 105.378 | 45.274 | 87°00′ | 50′ | 165.615 | 108.813 | 47.784 | 50′ |
| 10′ | 162.607 | 105.685 | 45.497 | 10′ | 95°00′ | 165.806 | 109.131 | 48.019 | 85°00′ |
| 20′ | 162.897 | 105.994 | 45.721 | 20′ | 10′ | 165.952 | 109.290 | 48.136 | 10′ |
| 30′ | 163.188 | 106.303 | 45.946 | 30′ | 20′ | 166.888 | 109.770 | 48.491 | 20′ |
| 40′ | 163.479 | 106.613 | 46.173 | 40′ | 30′ | 166.617 | 110.091 | 48.728 | 30′ |
| 50′ | 163.770 | 106.925 | 46.400 | 50′ | 40′ | 166.970 | 110.414 | 48.967 | 40′ |
| 94°00′ | 164.061 | 107.237 | 46.628 | 86°00′ | 50′ | 167.261 | 110.737 | 49.207 | 50′ |
| 10′ | 164.352 | 107.550 | 46.857 | 10′ | 96°00′ | 167.552 | 111.061 | 49.448 | 84°00′ |
| 20′ | 164.643 | 107.864 | 47.087 | 20′ | | | | | |

注：1. 引用圆曲线公式计算出其 $L$、$T$、$E$ 值，此工作以列表计算较方便。

2. 可直接从表内查得曲线半径 $R=100\text{m}$ 时的各有关数据，用表时则将 $R$ 值改小两位，如采用 $R=200\text{m}$，则用 2.00 乘以表列相应值，$R=50\text{m}$ 时，则以 0.50 相乘即得所求之值，方便快速。

3. 角的数值如表中没有，可用插入法求得。

## 7.3.1.5 竖曲线尺寸表（表 7-3-7）

表 7-3-7　道路竖曲线尺寸表

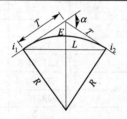

(a) 凸曲线

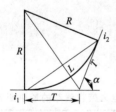

(b) 凹曲线

道路竖曲线计算简图

竖曲线要素计算公式：

$\Delta i = \arctan(i_1 - i_2)$

$T = R\tan\Delta i/2$

$L = \pi/180°R\Delta i$

$E = R[\sec(\Delta i/2 - 1)] \approx T^2/2R$

式中，$\Delta i$ 为相邻两坡的代数差，%，两坡度异号相加，同号相减；$T$ 为竖曲线切线长度，m；$E$ 为竖曲线纵距长度，m；$L$ 为竖曲线长度($L \approx 2T$)，m

当 $R=100\text{m}$、$300\text{m}$、$500\text{m}$ 时，$\Delta i$、$T$、$E$ 数值可从本表直接查得

| 代数差 $\Delta i$/% | 切线长 T | 纵距长 E | 代数差 $\Delta i$/% | 切线长 T | 纵距长 E | 代数差 $\Delta i$/% | 切线长 T | 纵距长 E |
|---|---|---|---|---|---|---|---|---|
| | $R=100\text{m}$ | | | $R=300\text{m}$ | | | $R=500\text{m}$ | |
| 0.05 | 0.25 | — | 0.05 | 0.75 | — | 0.05 | 1.25 | — |
| 0.10 | 0.50 | — | 0.10 | 1.50 | — | 0.10 | 2.50 | 0.01 |
| 0.15 | 0.75 | — | 0.15 | 2.25 | 0.01 | 0.15 | 3.75 | 0.01 |
| 0.20 | 1.00 | 0.01 | 0.20 | 3.00 | 0.02 | 0.20 | 5.00 | 0.02 |
| 0.25 | 1.25 | 0.01 | 0.25 | 3.75 | 0.02 | 0.25 | 6.25 | 0.04 |
| 0.30 | 1.50 | 0.01 | 0.30 | 4.50 | 0.03 | 0.30 | 7.50 | 0.06 |
| 0.35 | 1.75 | 0.02 | 0.35 | 5.25 | 0.05 | 0.35 | 8.75 | 0.08 |

| 代数差 $\Delta i$/% | 切线长 $T$ | 纵距长 $E$ | 代数差 $\Delta i$/% | 切线长 $T$ | 纵距长 $E$ | 代数差 $\Delta i$/% | 切线长 $T$ | 纵距长 $E$ |
|---|---|---|---|---|---|---|---|---|
| $R=100$m | | | $R=300$m | | | $R=500$m | | |
| 0.40 | 2.00 | 0.02 | 0.40 | 6.00 | 0.06 | 0.40 | 10.00 | 0.10 |
| 0.45 | 2.25 | 0.03 | 0.45 | 6.75 | 0.08 | 0.45 | 11.25 | 0.13 |
| 0.50 | 2.50 | 0.03 | 0.50 | 7.50 | 0.09 | 0.50 | 12.50 | 0.16 |
| 0.55 | 2.75 | 0.04 | 0.55 | 8.25 | 0.11 | 0.55 | 13.75 | 0.19 |
| 0.60 | 3.00 | 0.05 | 0.60 | 9.00 | 0.14 | 0.60 | 15.00 | 0.22 |
| 0.65 | 3.25 | 0.05 | 0.65 | 9.75 | 0.16 | 0.65 | 16.25 | 0.26 |
| 0.70 | 3.50 | 0.06 | 0.70 | 10.50 | 0.18 | 0.70 | 17.50 | 0.31 |
| 0.75 | 3.75 | 0.07 | 0.75 | 11.25 | 0.21 | 0.75 | 18.75 | 0.35 |
| 0.80 | 4.00 | 0.08 | 0.80 | 12.00 | 0.24 | 0.80 | 20.00 | 0.40 |
| 0.85 | 4.25 | 0.09 | 0.85 | 12.75 | 0.27 | 0.85 | 21.25 | 0.45 |
| 0.90 | 4.50 | 0.10 | 0.90 | 13.50 | 0.30 | 0.90 | 22.50 | 0.51 |
| 0.95 | 4.75 | 0.11 | 0.95 | 14.25 | 0.34 | 0.95 | 23.75 | 0.56 |
| 1.00 | 5.00 | 0.13 | 1.00 | 15.00 | 0.38 | 1.00 | 25.00 | 0.62 |
| 1.05 | 5.25 | 0.14 | 1.05 | 15.75 | 0.41 | 1.05 | 26.25 | 0.69 |
| 1.10 | 5.50 | 0.15 | 1.10 | 16.50 | 0.45 | 1.10 | 27.50 | 0.76 |
| 1.15 | 5.75 | 0.17 | 1.15 | 17.25 | 0.49 | 1.15 | 28.75 | 0.83 |
| 1.20 | 6.00 | 0.18 | 1.20 | 18.00 | 0.54 | 1.20 | 30.00 | 0.90 |
| 1.25 | 6.25 | 0.20 | 1.25 | 18.75 | 0.59 | 1.25 | 31.25 | 0.98 |
| 1.30 | 6.50 | 0.21 | 1.30 | 19.50 | 0.63 | 1.30 | 32.50 | 1.06 |
| 1.35 | 6.75 | 0.23 | 1.35 | 20.25 | 0.68 | 1.35 | 33.75 | 1.14 |
| 1.40 | 7.00 | 0.25 | 1.40 | 21.00 | 0.74 | 1.40 | 35.00 | 1.22 |
| 1.45 | 7.25 | 0.26 | 1.45 | 21.75 | 0.79 | 1.45 | 36.25 | 1.31 |
| 1.50 | 7.50 | 0.28 | 1.50 | 22.50 | 0.84 | 1.50 | 37.50 | 1.40 |
| 1.55 | 7.75 | 0.30 | 1.55 | 23.25 | 0.90 | 1.55 | 38.75 | 1.50 |
| 1.60 | 8.00 | 0.32 | 1.60 | 24.00 | 0.96 | 1.60 | 40.00 | 1.60 |

注：如果所求数值表中没有，可用插入法求得。

## 7.3.2 路基工程常用数据

### 7.3.2.1 土方路基施工（表 7-3-8～表 7-3-11）

表 7-3-8 挖掘机、起重机（含吊物、载物）等机械与电力架空线路的最小距离

| 电力架空线路电压/kV | | <1 | 1～15 | 20～40 | 60～110 | 220 |
|---|---|---|---|---|---|---|
| 最小距离/m | 垂直方向 | 1.5 | 3.0 | 4.0 | 5.0 | 6.0 |
| | 水平方向 | 1.0 | 1.5 | 2.0 | 4.0 | 6.0 |

表 7-3-9 路基填料的最小强度

| 填方类型 | 路床顶面以下深度/cm | 最小强度(CBR)/% | |
|---|---|---|---|
| | | 城市快速路、主干路 | 其他等级道路 |
| 路床 | 0～30 | 8.0 | 6.0 |
| 路基 | 30～80 | 5.0 | 4.0 |
| 路基 | 80～150 | 4.0 | 3.0 |
| 路基 | >150 | 3.0 | 2.0 |

**表 7-3-10 路基压实度标准**

| 填挖类型 | 路床顶面以下深度/cm | 道路类别 | 压实度(重型击实)/% | 检验频率 范围 | 检验频率 点数 | 检验方法 |
|---|---|---|---|---|---|---|
| 挖方 | 0~30 | 城市快速路、主干路 | 95 | 1000m² | 每层1组(3点) | 细粒土用环刀法,粗粒土用灌水法或灌砂法 |
| | | 次干路 | 93 | | | |
| | | 支路及其他小路 | 90 | | | |
| 填方 | 0~80 | 城市快速路、主干路 | 95 | | | |
| | | 次干路 | 93 | | | |
| | | 支路及其他小路 | 90 | | | |
| | >80~150 | 城市快速路、主干路 | 93 | | | |
| | | 次干路 | 90 | | | |
| | | 支路及其他小路 | 90 | | | |
| | >150 | 城市快速路、主干路 | 90 | | | |
| | | 次干路 | 90 | | | |
| | | 支路及其他小路 | 87 | | | |

**表 7-3-11 土方路基允许偏差**

| 项　目 | | 允许偏差 | 检验频率 范围/m | 检验频率 点数 | | 检验方法 |
|---|---|---|---|---|---|---|
| 路床纵断高程/mm | | −20 +10 | 20 | 1 | | 用水准仪测量 |
| 路床中线偏位/mm | | ≤30 | 100 | 2 | | 用经纬仪、钢尺量取最大值 |
| 平整度 | 路基各压实层 | ≤20 | 20 | 路宽/m | <9 | 1 | 用3m直尺和塞尺连续量两尺取较大值 |
| | 路床 | ≤15 | | | 9~15 | 2 | |
| | | | | | >15 | 3 | |
| 路床宽度/mm | | 不小于设计值+B | 40 | 1 | | 用钢尺量 |
| 路床横坡 | | ±0.3%且不反坡 | 20 | 路宽/m | <9 | 2 | 用水准仪测量 |
| | | | | | 9~15 | 4 | |
| | | | | | >15 | 6 | |
| 边坡 | | 不陡于设计值 | 20 | 2 | | 用坡度尺量,每侧1点 |

注:B 为施工时必要的附加宽度。

## 7.3.2.2　石方路基施工（表 7-3-12）

**表 7-3-12 填石方路基允许偏差**

| 项　目 | | 允许偏差 | 检验频率 范围/m | 检验频率 点数 | | 检验方法 |
|---|---|---|---|---|---|---|
| 路床纵断高程/mm | | −20 +10 | 20 | 1 | | 用水准仪测量 |
| 路床中线偏位/mm | | ≤30 | 100 | 2 | | 用经纬仪、钢尺量取最大值 |
| 平整度 /mm | 各压实层 | ≤30 | 20 | 路宽/m | <9 | 1 | 用3m直尺和塞尺连续量两尺,取较大值 |
| | 路床 | ≤20 | | | 9~15 | 2 | |
| | | | | | >15 | 3 | |
| 路床宽度/mm | | 不小于设计值+B | 40 | 1 | | 用钢尺量 |
| 路床横坡 | | ±0.3%且不反坡 | 20 | 路宽/m | <9 | 2 | 用水准仪测量 |
| | | | | | 9~15 | 4 | |
| | | | | | >15 | 6 | |
| 边坡 | | 不陡于设计值 | 20 | 2 | | 用坡度尺量,每侧1点 |

注:B 为施工必要附加宽度。

### 7.3.2.3 路肩施工（表 7-3-13）

**表 7-3-13 路肩允许偏差**

| 项 目 | 允许偏差 | 检验频率 | | 检验方法 |
|---|---|---|---|---|
| | | 范围/m | 点数 | |
| 压实度/% | ≥90 | 100 | 2 | 用环刀法检验,每侧 1 组(1 点) |
| 宽度/mm | 不小于设计规定 | 40 | 2 | 用钢尺量,每侧 1 点 |
| 横坡 | ±1%且不反坡 | 40 | 2 | 用水准仪具测量,每侧 1 点 |

注：硬质路肩应结合所用材料,按本规范第 7～11 章的有关规定,补充相应的检查项目。

### 7.3.2.4 软土路基施工（表 7-3-14～表 7-3-20）

**表 7-3-14 砂垫层允许偏差**

| 项 目 | 允许偏差/mm | 检验频率 | | 检验方法 |
|---|---|---|---|---|
| | | 范围/m | 点数 | |
| 宽度 | 不小于设计规定+$B$ | 40 | 1 | 用钢尺量 |
| 厚度 | 不小于设计规定 | 200 | <9　　2<br>9～15　　4<br>>15　　6 | 用钢尺量 |

注：$B$ 为必要的附加宽度。

**表 7-3-15 土工合成材料铺设允许偏差**

| 项 目 | 允许偏差 | 检验频率 | | | 检验方法 |
|---|---|---|---|---|---|
| | | 范围/m | 点数 | | |
| 下承面平整度/mm | ≤15 | 20 | 路宽/m | <9　　1<br>9～15　　2<br>>15　　3 | 用 3m 直尺和塞尺连续量两尺取较大值 |
| 下承面拱度 | ±1% | 20 | 路宽/m | <9　　2<br>9～15　　4<br>>15　　6 | 用水准仪测量 |

**表 7-3-16 袋装砂井允许偏差**

| 项 目 | 允许偏差 | 检验频率 | | 检验方法 |
|---|---|---|---|---|
| | | 范围 | 点数 | |
| 井间距/mm | ±150 | | | 两井间,用钢尺量 |
| 砂井直径/mm | +10　0 | 全部 | 抽查 2%且不少于 5 处 | 查施工记录 |
| 井竖直度 | ≤1.5%$H$ | | | 查施工记录 |
| 砂井灌砂量 | +5%$G$ | | | 查施工记录 |

注：$H$ 为桩长或孔深,$G$ 为灌砂量。

**表 7-3-17 塑料排水板置设允许偏差**

| 项 目 | 允许偏差 | 检验频率 | | 检验方法 |
|---|---|---|---|---|
| | | 范围 | 点数 | |
| 板间距/mm | ±150 | 全部 | 抽查 2% | 两板间,用钢尺量 |
| 板竖直度 | ≤1.5%$H$ | | | 查施工记录 |

注：$H$ 为桩长或孔深。

表 7-3-18　碎石桩允许偏差

| 项　目 | 允许偏差 | 检验频率 | | 检验方法 |
|---|---|---|---|---|
| | | 范围 | 点数 | |
| 桩距/mm | ±150 | 全部 | 抽查 2%，且不少于 2 棵 | 两桩间，用钢尺量，查施工记录 |
| 桩径/mm | ≥设计值 | | | |
| 竖直度 | ≤1.5%$H$ | | | |

注：$H$ 为桩长或孔深。

表 7-3-19　粉喷桩允许偏差

| 项　目 | 允许偏差 | 检验频率 | | 检验方法 |
|---|---|---|---|---|
| | | 范围 | 点数 | |
| 桩距/mm | ±100 | 全部 | 抽查 2%，且不少于 2 棵 | 两桩间，用钢尺量，查施工记录 |
| 桩径/mm | 不小于设计值 | | | |
| 竖直度 | ≤1.5%$H$ | | | |

表 7-3-20　软土路基常用处理防治措施

| 分　类 | | 方法 | 特点及加固技术 |
|---|---|---|---|
| 地基 | 简单地基 | 增强地基 | 反压护道 | 是在路堤两侧填筑一定的厚度、宽度和高度的护道，使路堤下的地基土向两侧隆起的趋势得到平衡（压住），从而保证路堤的稳定性。这种方法施工简便，但占地广，土方多，路堤沉降大。反压护道一般采用单级形式，其高度宜为路堤的 1/2，但不得超过天然地基所容许的极限高度，宽度应通过稳定计算确定，且应满足路堤完工后沉降的要求 |
| | | | | 为防止软弱地基产生剪切、滑移，保证路基稳定，在路堤两侧填筑起反压作用的具有一定宽度和厚度的土体 |
| | | | 强夯法 | 即是用起重机械（起重机或龙门架、三角架）起吊大吨位 8～12t（甚至 200t）的重锤，提升 8～20m（最高达 40m）的落距高度后，自由落下，给地基以强大的冲击能量的夯击，使土中出现冲击波和很大的冲击应力，迫使土体孔隙压缩，土体局部液化，排除孔隙中的气和水，使土粒重新排列，迅速达到固结，从而提高地基强度、降低其压缩性的一种地基加固方法 |
| | | | 灰土挤密桩 | 灰土挤密桩系将钢管打入土中，拔出后在桩孔中回填 3∶7 或 2∶8 灰土夯筑而成。桩身直径（$d$）一般为 300～450mm，深度由 4～10m，平面布置多按等边三角形排列，桩距（$D$）一般取（2.5～3.0）$d$，排距 0.866$D$；地基挤密面积应每边超出基础宽的 0.2 倍，桩顶一般设 0.5～0.8m 厚灰土垫层作承台 |
| | | | | 适于加固地下水位以上的新填土、杂填土、湿陷性黄土以及含水率较大的软弱地基 |
| | | 抛石挤淤 | | 一般采用大于等于 30cm 的片石，沿路中线向前抛填，再渐次向两侧扩展，或者自软弱底层（横坡陡于 1∶10 时）高侧向低侧抛投，而将基底的泥炭或淤泥挤出。待抛石外露后，应用小石块填塞找平，用重型机械碾压紧密，在其上铺设反滤层，再行填土 |
| | | | | 这种方法适用于排水困难的洼地，而软弱层土易于流动，厚度又较薄（不宜超过 3m），表层也无硬壳，但石料来源要充足 |
| | 排水地基 | 砂、砂石及碎石地层 | | 砂垫层和砂石垫层系用纯砂或砂石混合物或石子加固地基，垫层厚度一般厚度为 0.6～1.0m，可使基础及上部荷载对地基的压力扩散开，降低对地基的压应力，减少变形，提高基础下部地基强度，同时其可使软土顶面增加一个排水面，促进路基底的排水，加速下部土层的沉降和固结 |
| | | | | 捣实方法：平振法、插振法、水撼法、夯实法、碾压法 |
| | | 袋装砂井 | | 袋装砂井是把砂装入长条形透水性好（用聚丙烯等材料）的编织袋内，一般用导管式振动打桩机成孔，再将砂袋置于井孔中，这样可保证砂井的连续性，避免颈缩现象。袋装砂井的直径可做到 7cm（一般不超过 10cm），井距 1～2m，相当于井径的 15～30 倍。袋装砂井，因直径小、材料消耗少、成本低、设备轻型、施工速度快、质量又稳定，常用来代替普通大直径砂井 |

| 分 类 | | 方法 | 特点及加固技术 |
|---|---|---|---|
| 地基 | 简单地基 | 排水地基 | 砂桩和砂井均采用打拔钢管形成柱孔,然后在管内灌砂振实拔管形成砂桩或砂井柱体 |
| | | 设置砂井（砂桩） | 砂井:采用螺钻、沉管或射水等方式在地基中形成竖向排水井孔,再灌入粗砂、中砂,以缩短排水距离,加速结沉降,并提高抗剪强度。当软土层较厚（一般超过 5m）,路堤较高时,可采用砂井排水法。砂井的直径、间距和长度（深度）,主要取决于地基情况、路堤高度和施工条件 |
| | | | 砂井直径通常取 0.2~0.3m,外距（中心间距）一般为井径的 8~10 倍,常用的范围为 2~4m。平面上呈三角形（梅花形）或正方形布置,井深应穿过地基的最危险滑动面和主要受压层,若软土层较薄或底层为透水层时,则砂井贯穿整个软土层,对排水固结有利。砂井顶部（地基表面）应铺设砂垫层或十字交叉的砂沟,以排除砂外中流出的水 |
| | | 塑料排水板 | 通常由芯板（或芯体）和滤套（或滤膜）组成。它作为竖直方向排水体时土层中孔隙水通过化纤无纺布滤套渗入到塑料芯板的纵向凹槽内,再排入砂垫层,塑料排水板的常用断面尺寸按设计要求确定。此时,其作用与其直径口通常与 7~10cm 的袋装砂井相当 |
| | | | 塑料排水板可以用插板机置于软土中,而无需灌砂,施工就更简便,速度快,对地基的扰动性也小,成为具有发展前途的排水材料 |
| | | 置换填材料 | 将地基软弱层的全部或部分换填为强度较高的透水性好的材料,可提高地基的承载力,减少沉降量。在工期较紧,优质填料有来源时,常宜采用这种较为有效的处理措施 |
| | | | 在泥沼地带及软土厚度小于 200cm,路堤高度较低时,一般采用置换土法处理。首先将泥炭、软土全部或部分挖除,并采用渗水性好的材料（必要时添加适量水泥、石灰）进行分层填筑常用填筑材料有砂、砾、卵石、片石等渗水性材料或强度较高的黏性土 |
| | | | 换填的方法有挖填、抛石、爆破等 |
| 地基 | 复合地基 | 碎石桩 | 是利用一个产生水平向振动的管状设备,以高压水流边振冲在软弱黏性地基中成孔,在孔内分批填入碎石加以振密制桩,与周围黏性土形成复合地基。此方法与排水固结法相比,加固期短,可以采用快速连续加载方法施工路堤,对缩短工期十分有利 |
| | | | 但是在软弱土层较深、工期要求紧时,采用碎石桩处理软基为好 |
| | | 柴（木）梢排 | 柴排是用圆木或捆扎梢料做成的（用圆木组成者称为刚性柴排,用梢料组成者称为柔性柴排）,铺在路堤底面,从而能起到扩大基础、分散荷载的作用,可防止深层滑动面的形成,保持路堤底的稳定 |
| | | | 采用柴排加固路基用料甚多,从节约出发,一般不提倡。在交通量不大,道路等级较低的泥沼、软土地区,料源丰富的情况下,可考虑采用 |
| | | | 软土地基处理的目的在于增强路堤的稳定性,减少路后不均匀下沉,为此,在施工中应严格按照施工工序及规范要求进行施工,保证施工质量、进度和投资等的实现 |
| | | 垫隔覆盖土工布 | 在地下水位较高、松软地基路堤中,采用垫隔土工布加强路基刚度,有利于排水。在高填路堤,可适当分层垫隔;在软基上隔垫土工布可使荷载均布 |
| | | | 在软土、沼泽地区,地基湿软,地下水位较高的情况下,用垫隔、覆盖土工布法处理会收到较好的效果 |
| | | 加固土桩 | 是用某种专用机械将软土地基的局部范围（某一深度,某一直径）内的软土桩体用加固材料改良、加固而形成,与桩间软土形成复合地基 |
| | | | 通常用生石灰、水泥、粉煤灰等作为加固料,经过物理化学作用,在地基内形成桩柱,降低土中含水量,提高地基强度,减少沉降量 |
| | 路堤 | 堆载预压 | 堆载预压加固地基系在软弱地基中人工设置排水通道,在地基上堆载加荷使孔隙水能较迅速排走,达到土体固结,提高承载力 |
| | | | 堆载预压法又分水平排水垫层堆载预压法和竖向排水井堆载预压法两种 |
| | | 加筋（土工织物） | 将能承受一定拉力的土工织物、塑料格栅和筋条等材料铺设在路堤的底部,以增加路堤强度,扩散基底应力,阻止侧向挤出,从而提高地基承载力和减小差异沉降。加筋的层数应按稳定计算确定。此外,土工织物还有反滤、排水和隔离等作用 |
| | | | 路堤基底铺设土工织物锚固端,土工织物的布端要折铺一段并锚固,铺设两层以上土工织物,两层织物中间要夹 10~20cm 的砂层 |
| | | | 土工织物加固地基,系在软弱地基中或边坡上埋设土工织物作为加筋,使形成弹性复合土体,以提高承载力,减少沉降,增加地基的稳定性 |

| 分　类 | 方法 | 特点及加固技术 |
|---|---|---|
| 路堤 | 喷粉桩 | 喷粉桩系采用喷粉桩机成孔,运用粉体喷射搅拌法(喷粉法)原理,利用压缩空气将粉体(水泥或石灰粉)以雾状喷入加固地基的土体中,并借钻头的叶片旋转加以搅拌,使之充分混合,形成水泥(石灰)土桩体,与原地基构成复合地基,从而提高地基承载力 |
| | | 它是当前应用日广的一种新颖、简便、经济有效的软土地基加固技术 |
| | 旋转注浆法 | 是利用工业钻机将旋喷注浆管置于预计的地基加固深度,借助注浆管的旋转和提升运动,用一定的压力从喷嘴中喷射液流,冲击土体,把土与浆液搅拌成混合体,随着凝聚固结,形成一种新的有一定强度的人工地基 |

注:人工加固弹软土基,主要是解决路床含水量过大出现弹软现象的项目,按其处理的基本原理大致可归纳为以下三类:

1. 挖除全部或部分弹软地基土层,换填压缩性低、高强度的土,称为换土或垫层法。

2. 减少土体中间隙,使土密实,从而减小土的压缩性,提高强度,有挤(压)密法(如砂桩、夯实,振允碎石桩等),砂井预压固结法。

3. 在土中注入或添加凝胶剂,填充孔隙,增强土颗粒间的联结。从而达到加固目的,可以称为浆液灌注加固法。应通过工程地质勘测和土工试验,根据土层条件,结合上部构造物、当地有关条件及工程费用等,综合考虑决定处理方案。对地基容许承载力,变形或稳定性要求较高的结构物,如不宜采用上述方法加固,应采用桩基础、沉井基础等,并将桩尖沉井底,深入压缩性较低,强度较高的土层中。

计量单位和计算方法是根据土基处理不同形式方法要求,按照不同厚度以立方米、延米分别计列。

## 7.3.2.5　湿陷性黄土施工（表 7-3-21）

**表 7-3-21　湿陷性黄土夯实允许偏差**

| 项　目 | 允许偏差 | 检验频率 | | | 检验方法 |
|---|---|---|---|---|---|
| | | 范围/m | 点数 | | |
| 夯点累计夯沉量 | 不小于试夯时确定夯沉量的 95%/mm | 200 | 路宽/m | <9 | 2 | 查施工记录 |
| | | | | 9~15 | 4 | |
| | | | | >15 | 6 | |
| 湿陷系数 | 符合设计要求 | | 路宽/m | <9 | 2 | 见注 |
| | | | | 9~15 | 4 | |
| | | | | >15 | 6 | |

注:隔 7~10d,在设计有效加固深度内,每隔 50~100cm 取土样测定土的压实度、湿陷系数等指标。

## 7.3.3　基层工程常用数据

## 7.3.3.1　石灰稳定土类基层施工（表 7-3-22~表 7-3-25）

**表 7-3-22　石灰技术指标**

| 项　目 | 类　别 | 钙质生石灰 | | | 镁质生石灰 | | | 钙质消石灰 | | | 镁质消石灰 | | |
|---|---|---|---|---|---|---|---|---|---|---|---|---|---|
| | | 等级 | | | | | | | | | | | |
| | | Ⅰ | Ⅱ | Ⅲ | Ⅰ | Ⅱ | Ⅲ | Ⅰ | Ⅱ | Ⅲ | Ⅰ | Ⅱ | Ⅲ |
| 有效钙加氧化镁含量/% | | ≥85 | ≥80 | ≥70 | ≥80 | ≥75 | ≥65 | ≥65 | ≥60 | ≥55 | ≥60 | ≥55 | ≥50 |
| 未消化残渣含 5mm 圆孔筛的筛余/% | | ≤7 | ≤11 | ≤17 | ≤10 | ≤14 | ≤20 | — | — | — | — | — | — |
| 含水量/% | | — | — | — | — | — | — | ≤4 | ≤4 | ≤4 | ≤4 | ≤4 | ≤4 |
| 细度 | 0.71mm 方孔筛的筛余/% | — | — | — | — | — | — | 0 | ≤1 | ≤1 | 0 | ≤1 | ≤1 |
| | 0.125mm 方孔筛的筛余/% | — | — | — | — | — | — | ≤13 | ≤20 | — | ≤13 | ≤20 | — |
| 钙镁石灰的分类筛、氧化镁含量/% | | ≤5 | | | >5 | | | ≤4 | | | >4 | | |

注:硅、铝、镁氧化物含量之和大于 5% 的生石灰,有效钙加氧化镁含量指标,Ⅰ 等≥75%,Ⅱ 等≥70%,Ⅲ 等≥60%。

**表 7-3-23　石灰土试配石灰用量**

| 土壤类别 | 结构部位 | 石灰掺量/% | | | | |
|---|---|---|---|---|---|---|
| | | 1 | 2 | 3 | 4 | 5 |
| 塑性指数≤12 的黏性土 | 基层 | 10 | 12 | 13 | 14 | 16 |
| | 底基层 | 8 | 10 | 11 | 12 | 14 |
| 塑性指数＞12 的黏性土 | 基层 | 5 | 7 | 9 | 11 | 13 |
| | 底基层 | 5 | 7 | 8 | 9 | 11 |
| 砂砾土、碎石土 | 基层 | 3 | 4 | 5 | 6 | 7 |

**表 7-3-24　强度试验最少试件数量**　　　　　单位：件

| 土壤类别 偏差系数 | ＜10% | 10%～15% | 15%～20% |
|---|---|---|---|
| 细粒土 | 6 | 9 | — |
| 中粒土 | 6 | 9 | 13 |
| 粗粒土 | — | 9 | 13 |

**表 7-3-25　石灰稳定土类基层及底基层允许偏差**

| 项　目 | | 允许偏差 | 检验频率 | | 检验方法 |
|---|---|---|---|---|---|
| | | | 范围 | 点数 | |
| 中线偏位/mm | | ≤20 | 100m | 1 | 用经纬仪测量 |
| 纵断高程/mm | 基层 | ±15 | 20m | 1 | 用水准仪测量 |
| | 底基层 | ±20 | | | |
| 平整度/mm | 基层 | ≤10 | 20m | 路宽/m ＜9 | 1 | 用 3m 直尺和塞尺连续量两尺取较大值 |
| | 底基层 | ≤15 | | 9～15 | 2 | |
| | | | | ＞15 | 3 | |
| 宽度/mm | | 不小于设计规定＋B | 40m | 1 | 用钢尺量 |
| 横坡 | | ±0.3%且不反坡 | 20m | 路宽/m ＜9 | 2 | 用水准仪测量 |
| | | | | 9～15 | 4 | |
| | | | | ＞15 | 6 | |
| 厚度/mm | | ±10 | 1000m² | 1 | 用钢尺量 |

## 7.3.3.2　石灰、粉煤灰稳定砂砾基层施工（表 7-3-26）

**表 7-3-26　砂砾、碎石级配**

| 筛孔尺寸/mm | 通过质量百分率/% | | | |
|---|---|---|---|---|
| | 级配砂砾 | | 级配碎石 | |
| | 次干路及以下道路 | 城市快速路、主干路 | 次干路及以下道路 | 城市快速路、主干路 |
| 37.5 | 100 | — | 100 | — |
| 31.5 | 85～100 | 100 | 90～100 | 100 |
| 19.0 | 65～85 | 85～100 | 72～90 | 81～98 |
| 9.50 | 50～70 | 55～75 | 48～68 | 52～70 |
| 4.75 | 35～55 | 39～59 | 30～50 | 30～50 |
| 2.36 | 25～45 | 27～47 | 18～38 | 18～38 |
| 1.18 | 17～35 | 17～35 | 10～27 | 10～27 |
| 0.60 | 10～27 | 10～25 | 6～20 | 8～20 |
| 0.075 | 0～15 | 8～10 | 0～7 | 0～7 |

## 7.3.3.3 石灰、粉煤灰、钢渣稳定土类基层施工（表 7-3-27）

表 7-3-27 钢渣混合料中钢渣颗粒组成

| 通过下列筛孔(mm,方孔)的质量分数/% | | | | | | | | |
|---|---|---|---|---|---|---|---|---|
| 37.5 | 26.5 | 16 | 9.5 | 4.75 | 2.36 | 1.18 | 0.60 | 0.075 |
| 100 | 95～100 | 60～85 | 50～70 | 40～60 | 27～47 | 20～40 | 10～30 | 0～15 |

石灰、粉煤灰、钢渣稳定土类混合料常用配合比

| 混合料种类 | 钢渣 | 石灰 | 粉煤灰 | 土 |
|---|---|---|---|---|
| 石灰、粉煤灰、钢渣 | 60～70 | 10～7 | 30～23 | — |
| 石灰、钢渣土 | 50～60 | 10～8 | — | 40～32 |
| 石灰、钢渣 | 90～95 | 10～5 | — | — |

## 7.3.3.4 水泥稳定土类基层施工（表 7-3-28、表 7-3-29）

表 7-3-28 水泥稳定土类的粒料范围及技术指标

| 项　目 | | 通过质量百分率/% | | | |
|---|---|---|---|---|---|
| | | 底基层 | | 基层 | |
| | | 次干路 | 城市快速路、主干路 | 次干路 | 城市快速路、主干路 |
| 筛孔尺寸 /mm | 53 | — | — | — | — |
| | 37.5 | 100 | — | 100 | — |
| | 31.5 | — | 90～100 | 90～100 | 100 |
| | 26.5 | — | — | — | 90～100 |
| | 19 | — | 67～90 | 67～90 | 72～89 |
| | 9.5 | — | — | 45～68 | 47～67 |
| | 4.75 | 50～100 | 50～100 | 29～50 | 29～49 |
| | 2.36 | — | — | 18～38 | 17～35 |
| | 1.18 | — | — | — | — |
| | 0.60 | 17～100 | 17～100 | 8～22 | 8～22 |
| | 0.075 | 0～50 | 0～30② | 0～7 | 0～7① |
| | 0.002 | 0～30 | — | — | — |
| 液限/% | | — | — | — | ＜28 |
| 塑性指数 | | — | — | — | ＜9 |

① 集料中 0.5mm 以下细料土有塑性指数时，小于 0.075mm 的颗粒含量不得超过 5%；细粒土无塑性指数时，小于 0.075mm 的颗粒含量不得超过 7%。

② 当用中粒土、粗粒土做城市快速路、主干路底基层时，颗粒组成范围宜采用作次干路基层的组成。

表 7-3-29 水泥稳定土类材料试配水泥掺量

| 土壤、粒料种类 | 结构部位 | 水泥掺量/% | | | | |
|---|---|---|---|---|---|---|
| | | 1 | 2 | 3 | 4 | 5 |
| 塑性指数＜12 的细粒土 | 基层 | 5 | 7 | 8 | 9 | 11 |
| | 底基层 | 4 | 5 | 6 | 7 | 9 |
| 其他细粒土 | 基层 | 8 | 10 | 12 | 14 | 16 |
| | 底基层 | 6 | 8 | 9 | 10 | 12 |
| 中粒土、粗粒土 | 基层① | 3 | 4 | 5 | 6 | 7 |
| | 底基层 | 3 | 4 | 5 | 6 | 7 |

① 当强度要求较高时，水泥用量可增加 1%。

### 7.3.3.5 沥青碎石基层施工（表7-3-30）

**表7-3-30 沥青碎石基层允许偏差**

| 项 目 | 允许偏差 | 检验频率 | | | 检验方法 |
|---|---|---|---|---|---|
| | | 范围 | 点数 | | |
| 中线偏位/mm | ≤20 | 100m | 1 | | 用经纬仪测量 |
| 纵断高程/mm | ±15 | 20m | 1 | | 用水准仪测量 |
| 平整度/mm | ≤10 | 20m | 路宽/m | <9 | 1 | 用3m直尺和塞尺连续量两尺，取较大值 |
| | | | | 9～15 | 2 | |
| | | | | >15 | 3 | |
| 宽度/mm | 不小于设计规定+B | 40m | 1 | | 用钢尺量 |
| 横坡 | ±0.3%且不反坡 | 20m | 路宽/m | <9 | 2 | 用水准仪测量 |
| | | | | 9～15 | 4 | |
| | | | | >15 | 6 | |
| 厚度/mm | ±10 | 1000m² | 1 | | 用钢尺量 |

### 7.3.3.6 沥青贯入式碎石基层和底基层施工（表7-3-31）

**表7-3-31 沥青贯入式碎石基层和底基层允许偏差**

| 项 目 | 允许偏差 | | 检验频率 | | | 检验方法 |
|---|---|---|---|---|---|---|
| | | | 范围 | 点数 | | |
| 中线偏位/mm | ≤20 | | 100m | 1 | | 用经纬仪测量 |
| 纵断高程/mm | 基层 | ±15 | 20m | 1 | | 用水准仪测量 |
| | 底基层 | ±20 | | | | |
| 平整度/mm | 基层 | ≤10 | 20m | 路宽/m | <9 | 1 | 用3m直尺和塞尺连续量两尺，取较大值 |
| | 底基层 | ≤15 | | | 9～15 | 2 | |
| | | | | | >15 | 3 | |
| 宽度/mm | 不小于设计规定+B | | 40m | 1 | | 用钢尺量 |
| 横坡 | ±0.3%且不反坡 | | 20m | 路宽/m | <9 | 2 | 用水准仪测量 |
| | | | | | 9～15 | 4 | |
| | | | | | >15 | 6 | |
| 厚度/mm | +20 −10%层厚 | | 1000m² | 1 | | 刨挖，用钢尺量 |

### 7.3.3.7 级配砂砾、级配碎石要求（表7-3-32～表7-3-35）

**表7-3-32 级配砂砾及级配碎石的颗粒范围及技术指标**

| 项 目 | | 通过质量百分率/% | | | |
|---|---|---|---|---|---|
| | | 基层 | 底基层 | | |
| | | 砾石 | 砾石 | 砂砾 | |
| 筛孔尺寸/mm | 53 | | 100 | 100 | |
| | 37.5 | 100 | 90～100 | 80～100 | |
| | 31.5 | 90～100 | 81～94 | | |
| | 19.0 | 73～88 | 63～81 | | |
| | 9.5 | 49～69 | 45～66 | 40～100 | |
| | 4.75 | 29～54 | 27～51 | 25～85 | |
| | 2.36 | 17～37 | 16～35 | | |
| | 0.6 | 8～20 | 8～20 | 8～45 | |
| | 0.075 | 0～7② | 0～7② | 0～15 | |
| 液限/% | | <28 | <28 | <28 | |
| 塑性指数 | | <6(或9①) | <6(或9①) | <9 | |

① 潮湿多雨地区塑性指数宜小于6，其他地区塑性指数宜小于9。

② 对于无塑性的混合料，小于0.075mm的颗粒含量接近高限。

表 7-3-33　级配碎石及级配碎砾石的颗粒范围及技术指标

| 项　目 | | 通过质量百分率/% | | | |
|---|---|---|---|---|---|
| | | 基层 | | 底基层③ | |
| | | 次干路及以下道路 | 城市快速路、主干路 | 次干路及以下道路 | 城市快速路、主干路 |
| 筛孔尺寸/mm | 53 | | | 100 | |
| | 37.5 | 100 | | 85~100 | 100 |
| | 31.5 | 90~100 | 100 | 69~88 | 83~100 |
| | 19.0 | 73~88 | 85~100 | 40~65 | 54~84 |
| | 9.5 | 49~69 | 52~74 | 19~43 | 29~59 |
| | 4.75 | 29~54 | 29~54 | 10~30 | 17~45 |
| | 2.36 | 17~37 | 17~37 | 8~25 | 11~35 |
| | 0.6 | 8~20 | 8~20 | 6~18 | 6~21 |
| | 0.075 | 0~7② | 0~7② | 0~10 | 0~10 |
| 液限/% | | <28 | <28 | <28 | <28 |
| 塑性指数 | | <9① | <9① | <9① | <9① |

① 潮湿多雨地区塑性指数宜小于 6，其他地区塑性指数宜小于 9。

② 对于无塑性的混合料，小于 0.075mm 的颗粒含量接近高限。

③ 底基层所列为未筛分碎石颗粒组成范围。

表 7-3-34　级配碎石及级配碎砾石压碎值

| 项　目 | 压碎值 | |
|---|---|---|
| | 基层 | 底基层 |
| 城市快速路、主干路 | <26% | <30% |
| 次干路 | <30% | <35% |
| 次干路以下道路 | <35% | <40% |

表 7-3-35　级配砂砾及级配碎石基层和底基层允许偏差

| 项　目 | | 允许偏差 | 检验频率 | | | 检验方法 |
|---|---|---|---|---|---|---|
| | | | 范围 | 点数 | | |
| 中线偏位/mm | | ≤20 | 100m | 1 | | 用经纬仪测量 |
| 纵断高程/mm | 基层 | ±15 | 20m | 1 | | 用水准仪测量 |
| | 底基层 | ±20 | | | | |
| 平整度/mm | 基层 | ≤10 | 20m | 路宽/m | <9 | 1 | 用 3m 直尺和塞尺连续量两尺，取较大值 |
| | 底基层 | ≤15 | | | 9~15 | 2 | |
| | | | | | >15 | 3 | |
| 宽度/mm | | 不小于设计规定+B | 40m | 1 | | 用钢尺测量 |
| 横坡 | | ±0.3%且不反坡 | 20m | 路宽/m | <9 | 2 | 用水准仪测量 |
| | | | | | 9~15 | 4 | |
| | | | | | >15 | 6 | |
| 厚度/mm | 砂石 | +20 -10 | 1000m² | 1 | | 用钢尺测量 |
| | 碎石 | +20 -10%层厚 | | | | |

# 7.3.4　路面工程常用数据

## 7.3.4.1　沥青混合料面层施工

（1）热拌沥青混合料面层施工（表 7-3-36～表 7-3-42）

表 7-3-36　热拌沥青混合料种类

| 混合料类型 | 密级配 | | | 开级配 | | 半开级配 | 公称最大粒径/mm | 最大粒径/mm |
| | 连续级配 | | 间断级配 | 间断级配 | | 沥青碎石 | | |
| | 沥青混凝土 | 沥青稳定碎石 | 沥青玛蹄脂碎石 | 排水式沥青磨耗层 | 排水式沥青碎石基层 | | | |
| 特粗式 | — | ATB-40 | — | — | ATPB-40 | — | 37.5 | 53.0 |
| 粗粒式 | — | ATB-30 | — | — | ATPB-30 | — | 31.5 | 37.5 |
| | AC-25 | ATB-25 | — | — | ATPB-25 | — | 26.5 | 31.5 |
| 中粒式 | AC-20 | — | SMA-20 | — | — | AM-20 | 19.0 | 26.5 |
| | AC-16 | — | SMA-16 | OGFC-16 | — | AM-16 | 16.0 | 19.0 |
| 细粒式 | AC-13 | — | SMA-13 | OGFC-13 | — | AM-13 | 13.2 | 16.0 |
| | AC-10 | — | SMA-10 | OGFC-10 | — | AM-10 | 9.5 | 13.2 |
| 砂粒式 | AC-5 | — | — | — | — | — | 4.75 | 9.5 |
| 设计空隙率/% | 3～5 | 3～6 | 3～4 | >18 | >18 | 6～12 | — | — |

注：设计空隙率可按配合比设计要求适当调整。

表 7-3-37　沥青混合料面层的类型

| 筛孔系列 | 结构层次 | 城市快速路、主干路 | | 次干路及以下道路 | |
| | | 三层式沥青混凝土 | 两层式沥青混凝土 | 沥青混凝土 | 沥青碎石 |
| 方孔筛系列 | 上面层 | AC-13/SMA-13<br>AC-16/SMA-16<br>AC-20/SMA-20 | AC-13<br>AC-16<br>— | AC-5<br>AC-10<br>AC-13 | AM-5<br>AM-10<br>— |
| | 中面层 | AC-20<br>AC-25 | | | |
| | 下面层 | AC-25<br>AC-30 | AC-20<br>AC-25<br>AC-30 | AC-25<br>AC-30<br>AM-25<br>AM-30 | AM-25<br>AM-30<br>AM-40 |

表 7-3-38　沥青混合料搅拌及压实时适宜温度相应的黏度

| 黏度 | 适宜于搅拌的沥青混合料黏度 | 适宜于压实的沥青混合料黏度 | 测定方法 |
| --- | --- | --- | --- |
| 表观黏度 | (0.17±0.02)Pa·s | (0.28±0.03)Pa·s | T0625 |
| 运动黏度 | (170±20)mm²/s | (280±30)mm²/s | T0619 |
| 赛波特黏度 | (85±10)s | (140±15)s | T0623 |

表 7-3-39　热拌沥青混合料的搅拌及施工温度　　　　　　单位：℃

| 施工工序 | | 石油沥青的标号 | | | |
| | | 50 号 | 70 号 | 90 号 | 110 号 |
| 沥青加热温度 | | 160～170 | 155～165 | 150～160 | 145～155 |
| 矿料加热温度 | 间隙式搅拌机 | 集料加热温度比沥青温度高 10～30 | | | |
| | 连续式搅拌机 | 矿料加热温度比沥青温度高 5～10 | | | |
| 沥青混合料出料温度① | | 150～170 | 145～165 | 140～160 | 135～155 |
| 混合料贮料仓贮存温度 | | 贮料过程中温度降低不超过 10 | | | |
| 混合料废弃温度,高于 | | 200 | 195 | 190 | 185 |
| 运输到现场温度① | | 145～165 | 140～155 | 135～145 | 130～140 |
| 混合料摊铺温度,不低于① | | 140～160 | 135～150 | 130～140 | 125～135 |
| 开始碾压的混合料内部温度,不低于① | | 135～150 | 130～145 | 125～135 | 120～130 |
| 碾压终了的表面温度,不低于② | | 75～85 | 70～80 | 65～75 | 55～70 |
| | | 75 | 70 | 60 | 55 |
| 开放交通的路表面温度,不高于 | | 50 | 50 | 50 | 45 |

① 常温下宜用低值,低温下宜用高值。

② 视压路机类型而定。轮胎压路机取高值,振动压路机取低值。

注：1. 沥青混合料的施工温度采用具有金属探测针的插入式数显温度计测量。表面温度可采用表面接触式温度计测定。当红外线温度计测量表面温度时,应进行标定。

2. 表中未列入的 130 号、160 号及 30 号沥青的施工温度由试验确定。

表 7-3-40　沥青混合料的松铺系数

| 种类 | 机械摊铺 | 人工摊铺 |
|---|---|---|
| 沥青混凝土混合料 | 1.15～1.35 | 1.25～1.50 |
| 沥青碎石混合料 | 1.15～1.30 | 1.20～1.45 |

表 7-3-41　压路机碾压速度　　　　　　　单位：km/h

| 压路机类型 | 初压 | | 复压 | | 终压 | |
|---|---|---|---|---|---|---|
| | 适宜 | 最大 | 适宜 | 最大 | 适宜 | 最大 |
| 钢筒式压路机 | 1.5～2 | 3 | 2.5～3.5 | 5 | 2.5～3.5 | 5 |
| 轮胎压路机 | — | — | 3.5～4.5 | 6 | 4～6 | 8 |
| 振动压路机 | 1.5～2(静压) | 5(静压) | 1.5～2(振动) | 1.5～2(振动) | 2～3(静压) | 5(静压) |

表 7-3-42　热拌沥青混合料面层允许偏差

| 项　目 | | 允许偏差 | 检验频率 | | | 检验方法 |
|---|---|---|---|---|---|---|
| | | | 范围 | 点数 | | |
| 纵断高程/mm | | ±15 | 20m | 1 | | 用水准仪测量 |
| 中线偏位/mm | | ≤20 | 100m | 1 | | 用经纬仪测量 |
| 平整度/mm | 标准差 σ 值 | 快速路、主干路 1.5 | 100m | 路宽/m | <9　1 | 用测平仪检测，见注1 |
| | | 次干路、支路 2.4 | | | 9～15　2 | |
| | | | | | >15　3 | |
| | 最大间隙 | 次干路、支路 5 | 20m | 路宽/m | >9　1 | 用3m直尺和塞尺连续量取两尺，取最大值 |
| | | | | | 9～15　2 | |
| | | | | | >15　3 | |
| 宽度/mm | | 不小于设计值 | 40m | 1 | | 用钢尺量 |
| 横坡 | | ±0.3%且不反坡 | 20m | 路宽/m | <9　2 | 用水准仪测量 |
| | | | | | 9～15　4 | |
| | | | | | >15　6 | |
| 井框与路面高差/mm | | ≤5 | 每座 | 1 | | 十字法,用直尺、塞尺量取最大值 |
| 抗滑 | 摩擦系数 | 符合设计要求 | 200m | 1 | | 摆式仪 |
| | | | | 全线连续 | | 横向力系数车 |
| | 构造深度 | 符合设计要求 | 200m | | | 砂铺法 |
| | | | | | | 激光构造深度仪 |

注：1. 测平仪为全线每车道连续检测每100m计算标准差σ；无测平仪时可采用3m直尺检测；表中检验频率点数为测线数。

2. 平整度、抗滑性能也可采用自动检测设备进行检测。

3. 底基层表面、下面层应按设计规定用量洒泼透层油、黏层油。

4. 中面层、底面层仅进行中线偏位、平整度、宽度、横坡的检测。

5. 改性（再生）沥青混凝土路面可采用此表进行检验。

6. 十字法检查井框与路面高差，每座检查井均应检查。十字法检查中，以平行于道路中线，过检查井盖中心的直线做基线，另一条线与基线垂直，构成检查用十字线。

（2）冷拌沥青混合料面层施工（表 7-3-43）

---

7　市政道路工程　　　　　　　　　　　　　　　　　　341

表 7-3-43　冷拌沥青混合料面层允许偏差

| 项　目 | | 允许偏差 | 检验频率 | | 检验方法 |
|---|---|---|---|---|---|
| | | | 范围 | 点数 | |
| 纵断高程/mm | | ±20 | 20m | 1 | 用水准仪测量 |
| 中线偏位/mm | | ≤20 | 100m | 1 | 用经纬仪测量 |
| 平整度/mm | | ≤10 | 20m　路宽/m | <9　　1 | 用 3m 直尺、塞尺连续量两尺取较大值 |
| | | | | 9～15　2 | |
| | | | | >15　3 | |
| 宽度/mm | | 不小于设计值 | 40m | 1 | 用钢尺量 |
| 横坡 | | ±0.3%且不反坡 | 20m　路宽/m | <9　　2 | 用水准仪测量 |
| | | | | 9～15　4 | |
| | | | | >15　6 | |
| 井框与路面高差/mm | | ≤5 | 每座 | 1 | 十字法,用直尺、塞尺量取最大值 |
| 抗滑 | 摩擦系数 | 符合设计要求 | 200m | 1 | 摆式仪 |
| | | | | 全线连续 | 横向力系数车 |
| | 构造深度 | 符合设计要求 | 200m | 1 | 砂铺法<br>激光构造深度仪 |

（3）沥青路面透层、黏层、封层（表 7-3-44、表 7-3-45）

表 7-3-44　沥青路面透层材料的规格和用量

| 用　途 | 液体沥青 | | 乳化沥青 | |
|---|---|---|---|---|
| | 规格 | 用量/(L/m²) | 规格 | 用量/(L/m²) |
| 无机结合料粒料基层 | AL(M)-1、AL(M)2 或 AL(M)3<br>AL(S)-1、AL(S)2 或 AL(S)3 | 1.0～2.3 | PC-2<br>PA-2 | 1.0～2.0 |
| 半刚性基层 | AL(M)-1 或 AL(M)2<br>AL(S)-1 或 AL(S)2 | 0.6～1.5 | PC-2<br>PA-2 | 0.7～1.5 |

注：表中用量是指包括稀释剂和水分等在内的液体沥青、乳化沥青的总量，乳化沥青中的残留物含量是以 50% 为基准。

表 7-3-45　沥青路面粘层材料的规格和用量

| 下卧层类型 | 液体沥青 | | 乳化沥青 | |
|---|---|---|---|---|
| | 规格 | 用量/(L/m²) | 规格 | 用量/(L/m²) |
| 新建沥青层或<br>旧沥青路面 | AL(R)-3～AL(R)-6<br>AL(M)-3～AL(M)-6 | 0.3～0.5 | PC-3<br>PA-3 | 0.3～0.6 |
| 水泥混凝土 | AL(M)-3～AL(M)-6<br>AL(S)-3～AL(S)-6 | 0.2～0.4 | PC-3<br>PA-3 | 0.3～0.5 |

注：表中用量是指包括稀释剂和水分等在内的液体沥青、乳化沥青的总量，乳化沥青中的残留物含量是以 50% 为基准。

## 7.3.4.2　沥青贯入式与沥青表面处治面层施工

（1）沥青表面处治材料规格和用量（表 7-3-46）

表 7-3-46　沥青表面处治材料规格和用量

（单位：集料，m³/1000m²；沥青及乳化沥青，kg/m²）

| 材料用量 | | | 石油沥青 | | | | | | 乳化沥青 | | | | | |
|---|---|---|---|---|---|---|---|---|---|---|---|---|---|---|
| | | | 第一层 | | 第二层 | | 第三层 | | 第一层 | | 第二层 | | 第三层 | |
| | | | 规格 | 用量 | 规格 | 用量 | 规格 | 用量 | 规格 | 用量 | 规格 | 用量 | 规格 | 用量 |
| 厚度/mm | 单层式 | 5 | — | — | — | — | — | — | ▲<br>S14 | 0.9～1.0<br>7～9 | — | — | — | — |
| | | 10 | ●<br>S12 | 1.0～1.2<br>7～9 | — | — | — | — | — | — | — | — | — | — |
| | | 15 | ●<br>S10 | 1.4～1.6<br>12～14 | — | — | — | — | — | — | — | — | — | — |

| 材料用量 | | | 石油沥青 | | | | | | 乳化沥青 | | | | | |
|---|---|---|---|---|---|---|---|---|---|---|---|---|---|---|
| | | | 第一层 | | 第二层 | | 第三层 | | 第一层 | | 第二层 | | 第三层 | |
| | | | 规格 | 用量 | 规格 | 用量 | 规格 | 用量 | 规格 | 用量 | 规格 | 用量 | 规格 | 用量 |
| 厚度/mm | 双层式 | 10 | — | — | — | — | — | — | ▲ S10 | 1.8～2.0 9～11 | ▲ S14 | 1.0～1.2 4～6 | — | — |
| | | 15 | ● S10 | 1.4～1.6 12～14 | ● S12 | 1.0～1.2 7～8 | — | — | — | — | — | — | — | — |
| | | 20 | ● S9 | 1.6～1.8 16～18 | ● S12 | 1.2～1.4 7～8 | — | — | — | — | — | — | — | — |
| | | 30 | ● S8 | 1.8～2.0 18～20 | ● S12 | 1.2～1.4 7～8 | — | — | — | — | — | — | — | — |
| | 三层式 | 25 | ● S8 | 1.6～1.8 18～20 | ● S10 | 1.2～1.4 12～14 | ● S12 | 1.0～1.2 7～8 | — | — | — | — | — | — |
| | | 30 | ● S6 | 1.8～2.0 20～22 | ● S10 | 1.2～1.4 12～14 | ● S10 | 1.0～1.2 7～8 | ▲ S6 | 2.0～2.2 20～22 | ▲ S10 | 1.2～2.0 9～11 | ▲ S12 S14 | 1.0～1.2 4～6 3.5～4.5 |

注：1. 表中的乳化沥青用量按乳化沥青的蒸发残留物含量60%计算，如沥青含量不同应予以折算。

2. 在高寒地区及干旱风沙大的地区，可超出高限5%～10%。

3. ●代表沥青，▲代表乳化沥青。

4. S$n$ 代表级配集料规格。

（2）沥青贯入式面层允许偏差（表7-3-47）

**表 7-3-47　沥青贯入式面层允许偏差**

| 项　目 | 允许偏差 | 检验频率 | | | 检验方法 |
|---|---|---|---|---|---|
| | | 范围 | 点数 | | |
| 纵断高程/mm | ±20 | 20m | 1 | | 用水准仪测量 |
| 中线偏位/mm | ≤20 | 100m | 1 | | 用经纬仪测量 |
| 平整度/mm | ≤7 | 20m | 路宽/m | <9 | 1 | 用3m直尺、塞尺连续量两尺取较大值 |
| | | | | 9～15 | 2 | |
| | | | | >15 | 3 | |
| 宽度/mm | 不小于设计值 | 40m | 1 | | 用钢尺量 |
| 横坡 | ±0.3%且不反坡 | 20m | 路宽/m | <9 | 2 | 用水准仪测量 |
| | | | | 9～15 | 4 | |
| | | | | >15 | 6 | |
| 井框与路面高差/mm | ≤5 | 每座 | 1 | | 十字法，用直尺、塞尺量取最大值 |

（3）沥青表面处治允许偏差（表7-3-48）

**表 7-3-48　沥青表面处治允许偏差**

| 项　目 | 允许偏差 | 检验频率 | | | 检验方法 |
|---|---|---|---|---|---|
| | | 范围 | 点数 | | |
| 纵断高程/mm | ±20 | 20m | 1 | | 用水准仪测量 |
| 中线偏位/mm | ≤20 | 100m | 1 | | 用经纬仪测量 |
| 平整度/mm | ≤7 | 20m | 路宽/m | <9 | 1 | 用3m直尺和塞尺连续量两尺，取较大值 |
| | | | | 9～15 | 2 | |
| | | | | >15 | 3 | |
| 宽度/mm | 不小于设计规定 | 40m | 1 | | 用钢尺量 |
| 横坡 | ±0.3%且不反坡 | 200m | 1 | | 用水准仪测量 |
| 厚度/mm | +10 −5 | 1000m² | 1 | | 钻孔，用钢尺量 |
| 弯沉值 | 符合设计要求 | 设计要求时 | — | | 弯沉仪测定时 |
| 沥青总用量/(kg/m²) | ±0.5% | 每工作日、每层 | 1 | | — |

注：沥青总用量应按国家现行标准《公路路基路面现场测试规程》T0982方法，每工作日每洒布沥青检查一次本单位面积的总沥青用量。

### 7.3.4.3 水泥混凝土面层施工

（1）原材料要求

① 水泥（表 7-3-49、表 7-3-50）

**表 7-3-49　道路面层水泥的弯拉强度、抗压强度最小值**

| 道路等级 | 特重交通 | | 重交通 | | 中、轻交通 | |
|---|---|---|---|---|---|---|
| 龄期/d | 3 | 28 | 3 | 28 | 3 | 28 |
| 抗压强度/MPa | 25.5 | 57.5 | 22.0 | 52.5 | 16.0 | 42.5 |
| 弯拉强度/MPa | 4.5 | 7.5 | 4.0 | 7.0 | 3.5 | 6.5 |

**表 7-3-50　各交通等级路面用水泥的化学成分和物理指标**

| 交通等级 / 水泥性能 | 特重、重交通 | 中、轻交通 |
|---|---|---|
| 铝酸三钙 | 不宜>7.0% | 不宜>9.0% |
| 铁铝酸三钙 | 不宜<15.0% | 不宜<12.0% |
| 游离氧化钙 | 不得>1.0% | 不得>1.5% |
| 氧化镁 | 不得>5.0% | 不得>6.0% |
| 三氧化硫 | 不得>3.5% | 不得>4.0% |
| 碱含量 | $Na_2O + 0.658K_2O \leqslant 0.6\%$ | 怀疑有碱活性集料时，≤0.6%；无碱活性集料时，≤1.0% |
| 混合材种类 | 不得掺窑灰、煤矸石、火山灰和黏土，有抗盐冻要求时不得掺石灰、石粉 | |
| 出磨时安定性 | 雷氏夹或蒸煮法检验必须合格 | 蒸煮法检验必须合格 |
| 标准稠度需水量 | 不宜>28% | 不宜>30% |
| 烧失量 | 不得>3.0% | 不得>5.0% |
| 比表面积 | 宜在 300~450m²/kg | |
| 细度（80μm） | 筛余量≤10% | |
| 初凝时间 | ≥1.5h | |
| 终凝时间 | ≤10h | |
| 28d 干缩率[①] | 不得>0.09% | 不得>0.10% |
| 耐磨性[①] | ≤3.6kg/m² | |

[①] 28d 干缩率和耐磨性试验方法采用现行国家标准《道路硅酸盐水泥》GB13693。

② 粗集料（表 7-3-51、表 7-3-52）

**表 7-3-51　粗集料技术指标**

| 项　目 | 技术要求 | |
|---|---|---|
| | Ⅰ级 | Ⅱ级 |
| 碎石压碎指标/% | <10 | <15 |
| 砾石压碎指标/% | <12 | <14 |
| 坚固性（按质量损失计）/% | <5 | <8 |
| 针片状颗粒含量（按质量计）/% | <5 | <15 |
| 含泥量（按质量计）/% | <0.5 | <1.0 |
| 泥块含量（按质量计）/% | <0 | <0.2 |
| 有机物含量（比色法） | 合格 | 合格 |
| 硫化物及硫酸盐（按 SO₃ 质量计）/% | <0.5 | <1.0 |
| 空隙率 | <47% | |
| 碱集料反应 | 经碱集料反应试验后无裂缝、酥缝、胶体外溢等现象，在规定试验龄期的膨胀率小于 0.10% | |
| 抗压强度/MPa | 火成岩≥100,变质岩≥80,水成岩≥60 | |

**表 7-3-52　人工合成级配范围**

| 级配＼粒径 | 方筛孔尺寸/mm | | | | | | | |
|---|---|---|---|---|---|---|---|---|
| | 2.36 | 4.75 | 9.50 | 16.0 | 19.0 | 26.5 | 31.5 | 37.5 |
| | 累计筛余(以质量计)/% | | | | | | | |
| 4.75～16 | 95～100 | 85～100 | 40～60 | 0～10 | | | | |
| 4.75～19 | 95～100 | 85～95 | 60～75 | 30～45 | 0～5 | 0 | | |
| 4.75～26.5 | 95～100 | 90～100 | 70～90 | 50～70 | 25～40 | 0～5 | 0 | |
| 4.75～31.5 | 95～100 | 90～100 | 75～90 | 60～75 | 40～60 | 20～35 | 0～5 | 0 |

③ 细集料（表 7-3-53）

**表 7-3-53　砂的技术指标**

| 项目 | | 技术要求 | | | | | |
|---|---|---|---|---|---|---|---|
| 颗粒级配 | 筛孔尺寸/mm | 0.15 | 0.30 | 0.60 | 1.18 | 2.36 | 4.75 |
| | 累计筛余量/% 粗砂中砂细砂 | 90～100 | 80～95 | 71～85 | 35～65 | 5～35 | 0～10 |
| | | 90～100 | 70～92 | 41～70 | 10～50 | 0～25 | 0～10 |
| | | 90～100 | 55～85 | 16～40 | 10～25 | 0～15 | 0～10 |
| 泥土杂物含量(冲洗法)/% | | 一级 | | 二级 | | 三级 | |
| | | <1 | | <2 | | <3 | |
| 硫化物和硫酸盐含量(折算为 SO₃)/% | | <0.5 | | | | | |
| 氯化物(氯离子质量计) | | ≤0.01 | | ≤0.02 | | ≤0.06 | |
| 有机物含量(比色法) | | 颜色不应深于标准溶液的颜色 | | | | | |
| 其他杂物 | | 不得混有石灰、煤渣、草根等其他杂物 | | | | | |

## （2）混凝土配合比设计（表 7-3-54～表 7-3-64）

**表 7-3-54　混凝土弯拉强度标准值（$f_r$）**

| 交通等级 | 特重 | 重 | 中等 | 轻 |
|---|---|---|---|---|
| 弯拉强度标准值/MPa | 5.0 | 5.0 | 4.5 | 4.0 |

**表 7-3-55　弯拉强度保证率系数（$t$）**

| 道路等级 | 判别概率 $p$ | 样本数 $n$(组) | | | | |
|---|---|---|---|---|---|---|
| | | 3 | 6 | 9 | 15 | 20 |
| 城市快速路 | 0.05 | 1.36 | 0.79 | 0.61 | 0.45 | 0.39 |
| 主干路 | 0.10 | 0.95 | 0.59 | 0.46 | 0.35 | 0.30 |
| 次干路 | 0.15 | 0.72 | 0.46 | 0.37 | 0.28 | 0.24 |
| 其他 | 0.20 | 0.56 | 0.37 | 0.29 | 0.22 | 0.19 |

**表 7-3-56　各级道路混凝土路面弯拉强度变异系数（$c_v$）**

| 道路技术等级 | 城市快速路 | 主干路 | | 次干路 | 其他路 | |
|---|---|---|---|---|---|---|
| 混凝土变异强度变异水平等级 | 低 | 低 | 中 | 中 | 中 | 高 |
| 弯拉强度变异系数($c_v$)允许变化范围 | 0.05～0.10 | 0.05～0.10 | 0.10～0.15 | 0.10～0.15 | 0.10～0.15 | 0.15～0.20 |

**表 7-3-57　不同摊铺方式混凝土工作性及用水量要求**

| 混凝土类型 | 项目 | 摊铺方式 | | | |
|---|---|---|---|---|---|
| | | 滑模摊铺机 | 轨道摊铺机 | 三轴机组摊铺机 | 小型机具摊铺 |
| 砾石混凝土 | 出机坍落度/mm | 20～40① | 40～60 | 30～50 | 10～40 |
| | 摊铺坍落度/mm | 5～55② | 20～40 | 10～30 | 0～20 |
| | 最大用水量/(kg/m³) | 155 | 153 | 148 | 145 |
| 碎石混凝土 | 出机坍落度/mm | 25～50① | 40～60 | 30～50 | 10～40 |
| | 摊铺坍落度/mm | 10～65② | 20～40 | 10～30 | 0～20 |
| | 最大用水量/(kg/m³) | 160 | 156 | 153 | 150 |

① 设超铺角的摊铺机。不设超铺角的摊铺机最佳坍落度砾石为 10～40mm；碎石为 10～30mm。

② 最佳工作性允许波动范围。

表 7-3-58　路面混凝土含气量及允许偏差　　　单位：%

| 最大粒径/mm | 无抗冻性要求 | 有抗冻性要求 | 有抗盐冻要求 |
|---|---|---|---|
| 19.0 | 4.0±1.0 | 5.0±0.5 | 6.0±0.5 |
| 26.5 | 3.5±1.0 | 4.5±0.5 | 5.5±0.5 |
| 31.5 | 3.5±1.0 | 4.0±0.5 | 5.0±0.5 |

表 7-3-59　路面混凝土的最大水灰比和最小单位水泥用量

| 项目 　　道路等级 | | 城市快速路、主干路 | 次干路 | 其它道路 |
|---|---|---|---|---|
| 最大水灰比 | | 0.44 | 0.46 | 0.48 |
| 抗冰冻要求最大水灰比 | | 0.42 | 0.44 | 0.46 |
| 抗盐冻要求最大水灰比 | | 0.40 | 0.42 | 0.44 |
| 最小单位水泥用量/(kg/m³) | 42.5 级水泥 | 300 | 300 | 290 |
| | 32.5 级水泥 | 310 | 310 | 305 |
| 抗冰(盐)冻时最小单位水泥用量/(kg/m³) | 42.5 级水泥 | 320 | 320 | 315 |
| | 32.5 级水泥 | 330 | 330 | 325 |

注：1. 水灰比计算以砂石料的自然风干状态计（砂含水量≤1.0%；石子含水量≤0.5%）。

2. 水灰比、最小单位水泥用量宜经试验确定。

表 7-3-60　砂的细度模数与最优砂率关系

| 砂细度模数 | | 2.2～2.5 | 2.5～2.8 | 2.8～3.1 | 3.1～3.4 | 3.4～3.7 |
|---|---|---|---|---|---|---|
| 砂率 SP/% | 碎石 | 30～40 | 32～36 | 34～38 | 36～40 | 38～42 |
| | 砾石 | 28～32 | 30～34 | 32～36 | 34～38 | 36～40 |

注：碎砾石可在碎石和砾石之间内插取值。

表 7-3-61　混凝土弯拉强度标准值（$f_{cf}$）

| 交通等级 | 特重 | 重 | 中等 | 轻 |
|---|---|---|---|---|
| 弯拉强度标准值/MPa | 6.0 | 6.0 | 5.5 | 5.0 |

表 7-3-62　钢纤维混凝土单位用水量

| 搅拌物条件 | 粗集料种类 | 粗集料最大公称粒径 $D_m$/mm | 单位用水量/(kg/m³) |
|---|---|---|---|
| 长径比 $L_f/d_f=50$ | 碎石 | 9.5、16.0 | 215 |
| $\rho_f=0.6\%$ | | 19.0、26.5 | 200 |
| 坍落度 20mm | 砾石 | 9.5、16.0 | 208 |
| 中砂，细度模数 2.5 水灰比 0.42～0.50 | | 19.0、26.5 | 190 |

注：1. 钢纤维长径比每增减 10，单位用水量相应增减 10kg/m³。

2. 钢纤维体积率每增减 0.5%，单位用水量相应增减 8kg/m³。

3. 坍落度为 10～50mm 变化范围内，相对于坍落度 20mm 每增减 10mm，单位用水量相应增减 7kg/m³。

4. 细度模数在 2.0～3.5 范围内，砂的细度模数每增减 0.1，单位用水量相应减增 1kg/m³。

5. $\rho_f$ 钢纤维掺量体积率。

表 7-3-63　路面钢纤维混凝土的最大水灰比和最小单位水泥用量

| 项目 　　道路等级 | | 城市快速路、主干路 | 次干路及其它道路 |
|---|---|---|---|
| 最大水灰比 | | 0.47 | 0.49 |
| 抗冰冻要求最大水灰比 | | 0.45 | 0.46 |
| 抗盐冻要求最大水灰比 | | 0.42 | 0.43 |
| 最小单位水泥用量/(kg/m³) | 42.5 级水泥 | 360 | 360 |
| | 32.5 级水泥 | 370 | 370 |
| 抗冰(盐)冻要求最小单位水泥用量/(kg/m³) | 42.5 级水泥 | 380 | 380 |
| | 32.5 级水泥 | 390 | 390 |

**表 7-3-64　钢纤维混凝土砂率选用值**

| 搅拌物条件 | 最大公称粒径 19mm 碎石/% | 最大公称粒径 19mm 砾石/% |
|---|---|---|
| $L_f/d_f=50$；$\rho_f=1.0\%$；<br>$W/C=0.5$；砂细度模数 $M_x=3.0$ | 45 | 40 |
| $L_f/d_f$ 增减 10 | ±5 | ±3 |
| $\rho_f$ 增减 0.10% | ±2 | ±2 |
| $W/C$ 增减 0.1 | ±2 | ±2 |
| 砂细度模数 $M_x$ 增减 0.1 | ±1 | ±1 |

## （3）模板与钢筋施工（表 7-3-65～表 7-3-69）

**表 7-3-65　模板制作允许偏差**

| 检测项目 ＼ 施工方式 | 三辊轴机组 | 轨道摊铺机 | 小型机具 |
|---|---|---|---|
| 高度/mm | ±1 | ±1 | ±2 |
| 局部变形/mm | ±2 | ±2 | ±3 |
| 两垂直边夹角/(°) | 90±2 | 90±1 | 90±3 |
| 顶面平整度/mm | ±1 | ±1 | ±2 |
| 侧面平整度/mm | ±2 | ±2 | ±3 |
| 纵向直顺度/mm | ±2 | ±1 | ±3 |

**表 7-3-66　模板安装允许偏差**

| 检测项目 ＼ 施工方式 | 允许偏差 | | | 检验频率 | | 检验方法 |
|---|---|---|---|---|---|---|
| | 三辊轴机组 | 轨道摊铺机 | 小型机具 | 范围 | 点数 | |
| 中线偏位/mm | ≤10 | ≤5 | ≤15 | 100m | 2 | 用经纬仪、钢尺量 |
| 宽度/mm | ≤10 | ≤5 | ≤15 | 20m | 1 | 用钢尺量 |
| 顶面高程/mm | ±5 | ±5 | ±10 | 20m | 1 | 用水准仪具测量 |
| 横坡/% | ±0.10 | ±0.10 | ±0.20 | 20m | 1 | 用钢尺量 |
| 相邻板高差/mm | ≤1 | ≤1 | ≤2 | 每缝 | 1 | 用水平尺、塞尺量 |
| 模板接缝宽度/mm | ≤3 | ≤2 | ≤3 | 每缝 | 1 | 用钢尺量 |
| 侧面垂直度/mm | ≤3 | ≤2 | ≤4 | 20m | 1 | 用水平尺、卡尺量 |
| 纵向顺直度/mm | ≤3 | ≤2 | ≤4 | 40m | 1 | 用20m线和钢尺量 |
| 顶面平整度/mm | ≤1.5 | ≤1 | ≤2 | 每两缝间 | 1 | 用3m直尺、塞尺量 |

**表 7-3-67　钢筋加工允许偏差**

| 项目 | 焊接钢筋网及骨架<br>允许偏差/mm | 绑扎钢筋网及骨架<br>允许偏差/mm | 检验频率 | | 检验方法 |
|---|---|---|---|---|---|
| | | | 范围 | 点数 | |
| 钢筋网的长度与宽度 | ±10 | ±10 | 每检验批 | 抽查 10% | 用钢尺量 |
| 钢筋网眼尺寸 | ±10 | ±20 | | | 用钢尺量 |
| 钢筋骨架宽度及高度 | ±5 | ±5 | | | 用钢尺量 |
| 钢筋骨架的长度 | ±10 | ±10 | | | 用钢尺量 |

**表 7-3-68　钢筋安装允许偏差**

| 项目 | | 允许偏差/mm | 检验频率 | | 检验方法 |
|---|---|---|---|---|---|
| | | | 范围 | 点数 | |
| 受力钢筋 | 排距 | ±5 | 每检验批 | 抽查 10% | 用钢尺量 |
| | 间距 | ±10 | | | |
| 钢筋弯起点位置 | | 20 | | | 用钢尺量 |
| 箍筋、横向钢筋间距 | 绑扎钢筋网及钢筋骨架 | ±20 | | | 用钢尺量 |
| | 焊接钢筋网及钢筋骨架 | ±10 | | | |
| 钢筋预埋位置 | 中心线位置 | ±5 | | | 用钢尺量 |
| | 水平高差 | ±3 | | | |
| 钢筋保护层 | 距表面 | ±3 | | | 用钢尺量 |
| | 距底面 | ±5 | | | |

市政工程常用资料备查手册

**表 7-3-69　混凝土面板的允许最早拆模时间**　　　　　　　　　单位：h

| 昼夜平均气温/℃ | −5℃ | 0℃ | 5℃ | 10℃ | 15℃ | 20℃ | 25℃ | ≥30℃ |
|---|---|---|---|---|---|---|---|---|
| 硅酸盐水泥、R 型水泥 | 240 | 120 | 60 | 36 | 34 | 28 | 24 | 18 |
| 道路、普通硅酸盐水泥 | 360 | 168 | 72 | 48 | 36 | 30 | 24 | 18 |
| 矿渣硅酸盐水泥 | — | — | 120 | 60 | 50 | 45 | 36 | 24 |

注：允许最早拆侧模时间从混凝土面板精整成形后开始计算。

### （4）混凝土搅拌与运输（表 7-3-70～表 7-3-72）

**表 7-3-70　水泥混凝土搅拌料运输时间**

| 气温/℃ | 无搅拌设施运输/min | 有搅拌设施运输/min |
|---|---|---|
| 30～35 | 15 | 45 |
| 20～30 | 30 | 60 |
| 10～20 | 45 | 75 |
| 5～10 | 60 | 90 |

注：1. 当运距较远时，宜用搅拌运输车干拌料到浇筑地点后再加水搅拌。

2. 掺用外加剂应通过试验，根据所配制水泥混凝土的凝结时间，确定运输时间限制。

3. 表列时间系指从加水搅拌到入模时间。

**表 7-3-71　搅拌设备的计量允许偏差**　　　　　　　　　单位：%

| 材料名称 | 水泥 | 掺合料 | 钢纤维 | 砂 | 粗集料 | 水 | 外加剂 |
|---|---|---|---|---|---|---|---|
| 城市快速路、主干路每盘 | ±1 | ±1 | ±2 | ±2 | ±2 | ±1 | ±1 |
| 城市快速路、主干路累计每车 | ±1 | ±1 | ±1 | ±2 | ±2 | ±1 | ±1 |
| 其他等级道路 | ±2 | ±2 | ±2 | ±3 | ±3 | ±2 | ±2 |

**表 7-3-72　混凝土拌和物出料到运输、铺筑完毕允许最长时间**

| 施工气温[①]/℃ | 到运输完毕允许最长时间/h | | 到铺筑完毕允许最长时间/h | |
|---|---|---|---|---|
| | 滑模、轨道 | 三轴、小机具 | 滑模、轨道 | 三轴、小机具 |
| 5～9 | 2.0 | 1.5 | 2.5 | 2.0 |
| 10～19 | 1.5 | 1.0 | 2.0 | 1.5 |
| 20～29 | 1.0 | 0.75 | 1.5 | 1.25 |
| 30～35 | 0.75 | 0.50 | 1.25 | 1.0 |

① 指施工时间的日间平均气温，使用缓凝剂延长凝结时间后，本表数值可增加 0.25～0.5h。

### （5）混凝土铺筑（表 7-3-73～表 7-3-75）

**表 7-3-73　轨道摊铺机的基本技术参数**

| 项　目 | 发动机功率/kW | 最大摊铺宽度/m | 摊铺厚度/mm | 摊铺速度/(m/min) | 整机质量/t |
|---|---|---|---|---|---|
| 三车道轨道摊铺机 | 33～45 | 11.75～18.3 | 250～600 | 1～3 | 13～38 |
| 双车道轨道摊铺机 | 15～33 | 7.5～9.0 | 250～600 | 1～3 | 7～13 |
| 单车道轨道摊铺机 | 8～22 | 3.5～4.5 | 250～450 | 1～4 | ≤7 |

**表 7-3-74　松铺系数（$K$）与坍落度（$S_L$）的关系**

| 坍落度 $S_L$/mm | 5 | 10 | 20 | 30 | 40 | 50 | 60 |
|---|---|---|---|---|---|---|---|
| 松铺系数 $K$ | 1.30 | 1.25 | 1.22 | 1.19 | 1.17 | 1.15 | 1.12 |

**表 7-3-75　混凝土路面允许偏差**

| 项　目 | 允许偏差与规定值 | | 检验频率 | | 检验方法 |
|---|---|---|---|---|---|
| | 城市快速路、主干路 | 次干路、支路 | 范围 | 点数 | |
| 纵断高程/mm | ±15 | | 20m | 1 | 用水准仪测量 |
| 中线偏位/mm | ≤20 | | 100m | 1 | 用经纬仪测量 |

| 项 目 | | 允许偏差与规定值 | | 检验频率 | | 检验方法 |
|---|---|---|---|---|---|---|
| | | 城市快速路、主干路 | 次干路、支路 | 范围 | 点数 | |
| 平整度 | 标准差 σ/mm | 1.2 | 2 | 100m | 1 | 用测平仪检测 |
| | 最大间隙/mm | 3 | 5 | 20m | 1 | 用 3m 直尺和塞尺连续量两尺,取较大值 |
| 宽度/mm | | 0 −20 | | 40m | 1 | 用钢尺量 |
| 横坡/% | | ±0.30% 且不反坡 | | 20m | 1 | 用水准仪测量 |
| 井框与路面高差/mm | | ≤3 | | 每座 | 1 | 十字法,用直尺和塞尺量最大值 |
| 相邻板高差/mm | | ≤3 | | 20m | 1 | 用钢板尺和塞尺量 |
| 纵缝直顺度/mm | | ≤10 | | 100m | | |
| 横缝直顺度 | | ≤10 | | 40m | 1 | 用 20m 线和钢尺量 |
| 蜂窝麻面面积①/% | | ≤2 | | 20m | 1 | 观察和用钢板尺量 |

① 每 20m 查 1 块板的侧面。

## 7.3.4.4 铺砌式面层施工

（1）料石面层（表 7-3-76～表 7-3-78）

### 表 7-3-76 石材物理性能和外观质量

| 项 目 | | 单位 | 允许值 | 注 |
|---|---|---|---|---|
| 物理性能 | 饱和抗压强度 | MPa | ≥120 | — |
| | 饱和抗折强度 | MPa | ≥9 | — |
| | 体积密度 | g/cm³ | ≥2.5 | — |
| | 磨耗率（狄法尔法） | % | <4 | — |
| | 吸水率 | % | <1 | — |
| | 孔隙率 | % | <3 | — |
| 外观质量 | 缺棱 | 个 | 1 | 面积不超过 5mm×10mm,每块板材 |
| | 缺角 | 个 | | 面积不超过 2mm×2mm,每块板材 |
| | 色斑 | 个 | | 面积不超过 15mm×15mm,每块板材 |
| | 裂纹 | 条 | 1 | 长度不超过两端顺延至板边总长度的 1/10（长度小于 20mm 不计）每块板材 |
| | 坑窝 | — | 不明显 | 粗面板材的正面出现坑窝 |

注：表面纹理垂直于板边沿,不得有斜纹、乱纹现象,边沿直顺、四角整齐,不得有凹、凸不平现象。

### 表 7-3-77 料石加工尺寸允许偏差

| 项 目 | 允许偏差/mm | |
|---|---|---|
| | 粗面材 | 细面材 |
| 长、宽 | 0 −2 | 0 −1.5 |
| 厚（高） | +1 −3 | ±1 |
| 对角线 | ±2 | ±2 |
| 平面度 | ±1 | ±0.7 |

### 表 7-3-78 料石面层允许偏差

| 项 目 | 允许偏差 | 检验频率 | | 检查方法 |
|---|---|---|---|---|
| | | 范围 | 点数 | |
| 纵断高程/mm | ±10 | 10m | 1 | 用水准仪测量 |
| 平整度/mm | ≤3 | 20m | 1 | 用 3m 直尺和塞尺连续量两尺取较大值 |
| 宽度/mm | 不小于设计规定 | 40m | 1 | 用钢尺量 |

| 项　目 | 允许偏差 | 检验频率 | | 检查方法 |
|---|---|---|---|---|
| | | 范围 | 点数 | |
| 横坡/% | ±0.3%且不反坡 | 20m | 1 | 用水准仪测量 |
| 井框与路面高差/mm | ≤3 | 每座 | 1 | 十字法,用直尺和塞尺量取最大值 |
| 相邻块高差/mm | ≤2 | 20m | 1 | 用钢板尺量 |
| 纵横缝直顺度/mm | ≤5 | 20m | 1 | 用20m线和钢尺量 |
| 缝宽/mm | +3 −2 | 20m | 1 | 用钢尺量 |

（2）预制混凝土砌块面层（表7-3-79、表7-3-80）

**表 7-3-79　砌块加工尺寸与外观质量允许偏差**

| 项　目 | | 单位 | 允许偏差 |
|---|---|---|---|
| 长度、宽度 | | mm | ±2.0 |
| 厚度 | | | ±3.0 |
| 厚度差① | | | ≤3.0 |
| 平整度 | | | ≤2.0 |
| 垂直度 | | | ≤2.0 |
| 正面黏皮及缺损的最大投影尺寸 | | | ≤5 |
| 缺棱掉角的最大投影尺寸 | | | ≤10 |
| 裂纹 | 非贯穿裂纹最大投影尺寸 | | ≤10 |
| | 贯穿裂纹 | — | 不允许 |
| 分层 | | | 不允许 |
| 色差、杂色 | | | 不明显 |

① 同一砌块的厚度差。

**表 7-3-80　预制混凝土砌块面层允许偏差**

| 项　目 | 允许偏差 | 检测频率 | | 检测方法 |
|---|---|---|---|---|
| | | 范围 | 点数 | |
| 纵断高程/mm | ±15 | 20m | 1 | 用水准仪测量 |
| 平整度/mm | ≤5 | 20m | 1 | 用3m直尺和塞尺连续量两尺,取较大值 |
| 宽度/mm | 不小于设计规定 | 40m | 1 | 用钢尺量 |
| 横坡/% | ±0.3%且不反坡 | 20m | 1 | 用水准仪测量 |
| 井框与路面高差 | ≤4 | 每座 | 1 | 十字法,用直尺和塞尺量最大值 |
| 相邻块高差/mm | ≤3 | 20m | 1 | 用钢板尺量 |
| 纵横缝直顺度/mm | ≤5 | 20m | 1 | 用20m线和钢尺量 |
| 缝宽/mm | +3 −2 | 20m | 1 | 用钢尺量 |

## 7.3.4.5　广场与停车场面层施工

（1）料石面层（表7-3-81）

**表 7-3-81　料石面层允许偏差**

| 项　目 | 允许偏差 | 检验频率 | | 检验方法 |
|---|---|---|---|---|
| | | 范围 | 点数 | |
| 高程/mm | ±6 | 施工单元① | 1 | 用水准仪测量 |
| 平整度/mm | ≤4 | 10m×10m | 1 | 用3m直尺和塞尺量最大值 |
| 坡度 | ±0.3%且不反坡 | 20m | 1 | 用水准仪测量 |
| 井框与面层高差/mm | ≤3 | 每座 | 1 | 十字法,用直尺和塞尺量最大值 |
| 相邻块高差/mm | ≤2 | 10m×10m | 1 | 用钢板尺量 |

| 项　目 | 允许偏差 | 检验频率 | | 检验方法 |
|---|---|---|---|---|
| | | 范围 | 点数 | |
| 纵、横缝直顺度/mm | ≤5 | 40m×40m | | 用 20m 线和钢尺量 |
| 缝宽/mm | +3 −2 | 40m×40m | 1 | 用钢尺量 |

① 在每一单位工程中，以 40m×40m 定方格网，进行编号，作为量测检查的基本单元，不足 40m×40m 的部分以一个单元计。在基本单元中再以 10m×10m 或 20m×20m 为子单元，每基本单元范围内只抽一个子单元检查；检查方法为随机取样，即基本单元在室内确定，子单元在现场确定，量取 3 点取最大值。

（2）预制混凝土砌块面层（表 7-3-82～表 7-3-84）

**表 7-3-82　预制混凝土砌块面层允许偏差**

| 项　目 | 允许偏差 | 检验频率 | | 检验方法 |
|---|---|---|---|---|
| | | 范围 | 点数 | |
| 高程/mm | ±10 | 施工单元① | 1 | 用水准仪测量 |
| 平整度/mm | ≤5 | 10m×10m | 1 | 用 3m 直尺、塞尺量最大值 |
| 坡度 | ±0.3%且不反坡 | 20m | 1 | 用水准仪测量 |
| 井框与面层高差/mm | ≤4 | 每座 | 1 | 十字法，用直尺和塞尺量最大值 |
| 相邻块高差/mm | ≤2 | 10m×10m | 1 | 用钢板尺量 |
| 纵、横缝直顺度/mm | ≤10 | 40m×40m | | 用 20m 线和钢尺量 |
| 缝宽/mm | +3 −2 | 40m×40m | 1 | 用钢尺量 |

① 在每一单位工程中，以 40m×40m 定方格网，进行编号，作为量测检查的基本单元，不足 40m×40m 的部分以一个单元计。在基本单元中再以 10m×10m 或 20m×20m 为子单元，每基本单元范围内只抽一个子单元检查；检查方法为随机取样，即基本单元在室内确定，子单元在现场确定，量取 3 点取最大值。

**表 7-3-83　广场、停车场沥青混合料面层允许偏差**

| 项　目 | 允许偏差 | 检验频率 | | 检验方法 |
|---|---|---|---|---|
| | | 范围 | 点数 | |
| 高程/mm | ±10 | 施工单元① | 1 | 用水准仪测量 |
| 平整度/mm | ≤3 | 10m×10m | 1 | 用 3m 直尺、塞尺量 |
| 坡度 | ±0.3%且不反坡 | 20m | 1 | 用水准仪测量 |
| 井框与面层高差/mm | ≤5 | 每座 | 1 | 十字法，用直尺和塞尺量最大值 |

① 在每一单位工程中，以 40m×40m 定方格网，进行编号，作为量测检查的基本单元，不足 40m×40m 的部分以一个单元计。在基本单元中再以 10m×10m 或 20m×20m 为子单元，每基本单元范围内只抽一个子单元检查；检查方法为随机取样，即基本单元在室内确定，子单元在现场确定，量取 3 点取最大值。

**表 7-3-84　水泥混凝土面层允许偏差**

| 项　目 | 允许偏差 | 检验频率 | | 检验方法 |
|---|---|---|---|---|
| | | 范围 | 点数 | |
| 高程/mm | ±10 | 施工单元① | 1 | 用水准仪测量 |
| 平整度/mm | ≤5 | 10m×10m | 1 | 用 3m 直尺、塞尺量 |
| 坡度 | ±0.3%且不反坡 | 20m | 1 | 用水准仪测量 |
| 井框与面层高差/mm | ≤5 | 每座 | 1 | 十字法，用直尺和塞尺量最大值 |

① 在每一单位工程中，以 40m×40m 定方格网，进行编号，作为量测检查的基本单元，不足 40m×40m 的部分以一个单元计。在基本单元中再以 10m×10m 或 20m×20m 为子单元，每基本单元范围内只抽一个子单元检查；检查方法为随机取样，即基本单元在室内确定，子单元在现场确定，量取 3 点取最大值。

# 7.3.5 人行道、人行地道工程常用数据

## 7.3.5.1 人行道及其他路口交叉口转角处弧度长度（表 7-3-85）

表 7-3-85 人行道及其他路口交叉口转角处弧度长度（f）

| 弧度长度 f | R、r 5m | R、r 9m | R、r 10m | R、r 12m | R、r 13m | R、r 15m | R、r 18m | R、r 20m | R、r 23m | R、r 25m | R、r 28m | R、r 30m | R、r 33m |
|---|---|---|---|---|---|---|---|---|---|---|---|---|---|
| α—50° | 4.36 | 7.85 | 8.73 | 10.47 | 11.34 | 13.09 | 15.71 | 17.45 | 20.07 | 21.81 | 24.43 | 26.18 | 28.79 |
| α—51° | 4.45 | 8.01 | 8.90 | 10.68 | 11.57 | 13.35 | 16.02 | 17.80 | 20.47 | 22.25 | 24.92 | 26.70 | 29.37 |
| α—52° | 4.54 | 8.17 | 9.07 | 10.89 | 11.80. | 13.61 | 16.33 | 18.15 | 20.87 | 22.69 | 25.41 | 27.22 | 29.94 |
| α—53° | 4.62 | 8.32 | 9.25 | 11.10 | 12.02 | 13.87 | 16.65 | 18.50 | 21.27 | 23.12 | 25.90 | 27.75 | 30.52 |
| α—54° | 4.71 | 8.48 | 9.42 | 11.31 | 12.25 | 14.13 | 16.96 | 18.85 | 21.67 | 23.56 | 26.38 | 28.27 | 31.10 |
| α—55° | 4.80 | 8.64 | 9.60 | 11.52 | 12.48 | 14.40 | 17.28 | 19.20 | 22.07 | 23.99 | 26.87 | 28.79 | 31.67 |
| α—56° | 4.89 | 8.79 | 9.77 | 11.73 | 12.70 | 14.66 | 17.59 | 19.54 | 22.48 | 24.43 | 27.36 | 29.32 | 32.25 |
| α—57° | 4.97 | 8.95 | 9.95 | 11.94 | 12.93 | 14.92 | 17.90 | 19.89 | 22.88 | 24.87 | 27.85 | 29.84 | 32.82 |
| α—58° | 5.06 | 9.11 | 10.12 | 12.15 | 13.16 | 15.18 | 18.22 | 20.24 | 23.28 | 25.30 | 28.34 | 30.36 | 33.40 |
| α—59° | 5.15 | 9.27 | 10.30 | 12.35 | 13.38 | 15.44 | 18.53 | 20.59 | 23.68 | 25.74 | 28.83 | 30.89 | 33.98 |
| α—60° | 5.24 | 9.42 | 10.47 | 12.56 | 13.61 | 15.71 | 18.85 | 20.94 | 24.08 | 26.18 | 29.32 | 31.41 | 34.55 |
| α—61° | 5.32 | 9.58 | 10.64 | 12.77 | 13.84 | 15.97 | 19.16 | 21.29 | 24.48 | 26.61 | 29.80 | 31.93 | 35.13 |
| α—62° | 5.41 | 9.74 | 10.82 | 12.98 | 14.06 | 16.23 | 19.47 | 21.64 | 24.88 | 27.05 | 30.29 | 32.46 | 35.70 |
| α—63° | 5.50 | 9.89 | 10.99 | 13.19 | 14.29 | 16.49 | 19.79 | 21.99 | 25.29 | 27.48 | 30.78 | 32.98 | 36.28 |
| α—64° | 5.58 | 10.05 | 11.17 | 13.40 | 14.52 | 16.75 | 20.10 | 22.34 | 25.69 | 27.92 | 31.27 | 33.50 | 36.85 |
| α—65° | 5.67 | 10.21 | 11.34 | 13.61 | 14.75 | 17.01 | 20.42 | 22.69 | 26.09 | 28.36 | 31.76 | 34.03 | 37.43 |
| α—66° | 5.76 | 10.37 | 11.52 | 13.82 | 14.97 | 17.28 | 20.73 | 23.03 | 26.49 | 28.79 | 32.25 | 34.55 | 38.01 |
| α—67° | 5.85 | 10.52 | 11.69 | 14.03 | 15.20 | 17.54 | 21.04 | 23.38 | 26.89 | 29.23 | 32.74 | 35.07 | 38.58 |
| α—68° | 5.93 | 10.68 | 11.87 | 14.24 | 15.43 | 17.80 | 21.36 | 23.73 | 27.29 | 29.67 | 33.22 | 35.60 | 39.16 |
| α—69° | 6.02 | 10.84 | 12.04 | 14.45 | 15.65 | 18.06 | 21.67 | 24.08 | 27.69 | 30.10 | 33.71 | 36.12 | 39.73 |
| α—70° | 6.11 | 10.99 | 12.22 | 14.66 | 15.88 | 18.32 | 21.99 | 24.43 | 28.09 | 30.54 | 34.20 | 36.65 | 40.31 |
| α—71° | 6.19 | 11.15 | 12.39 | 14.87 | 16.11 | 18.58 | 22.30 | 24.78 | 28.50 | 30.97 | 34.69 | 37.17 | 40.89 |
| α—72° | 6.28 | 11.31 | 12.56 | 15.08 | 16.33 | 18.85 | 22.62 | 25.13′ | 28.90 | 31.41 | 35.18 | 37.69 | 41.46 |
| α—73° | 6.37 | 11.46 | 12.74 | 15.29 | 16.56 | 19.11 | 22.93 | 25.48 | 29.30 | 31.85 | 35.67 | 38.22 | 42.04 |
| α—74° | 6.46 | 11.62 | 12.91 | 15.50 | 16.79 | 19.37 | 23.24 | 25.83 | 29.70 | 32.28 | 36.16 | 38.74 | 42.61 |
| α—75° | 6.54 | 11.78 | 13.09 | 15.71 | 17.01 | 19.63 | 23.56 | 26.18 | 30.10 | 32.72 | 36.65 | 39.26 | 43.76 |
| α—76° | 6.63 | 11.94 | 13.26 | 15.91 | 17.24 | 19.89 | 23.87 | 26.52 | 30.50 | 33.16 | 37.13 | 39.79 | 44.34 |
| α—77° | 6.72 | 12.09 | 13.44 | 16.12 | 17.47 | 20.15 | 24.19 | 26.87 | 30.90 | 33.59 | 37.62 | 40.31 | 44.92 |
| α—78° | 6.81 | 12.25 | 13.61 | 16.33 | 17.69 | 20.42 | 24.50 | 27.22 | 31.31 | 34.03 | 38.11 | 40.83 | 44.49 |
| α—79° | 6.89 | 12.41 | 13.79 | 16.54 | 17.92 | 20.68 | 24.81 | 27.57 | 31.71 | 34.46 | 38.60 | 41.36 | 45.49 |
| α—80° | 6.98 | 12.56 | 13.96 | 16.75 | 18.15 | 20.94 | 25.13 | 27.92 | 32.11 | 34.90 | 39.09 | 41.88 | 46.07 |
| α—81° | 7.07 | 12.72 | 14.13 | 16.96 | 18.37 | 21.20 | 25.44 | 28.27 | 32.51 | 35.34 | 39.58 | 42.40 | 46.64 |
| α—82° | 7.15 | 12.88 | 14.31 | 17.17 | 18.60 | 21.46 | 25.76 | 28.62 | 32.91 | 35.77 | 40.07 | 42.93 | 47.22 |
| α—83° | 7.24 | 13.04 | 14.48 | 17.38 | 18.83 | 21.73 | 26.07 | 28.97 | 33.31 | 36.21 | 40.55 | 43.45 | 47.80 |
| α—84° | 7.33 | 13.19 | 14.66 | 17.59 | 19.06 | 21.99 | 26.38 | 29.32 | 33.71 | 36.65 | 41.04 | 43.97 | 48.37 |
| α—85° | 7.42 | 13.35 | 14.83 | 17.80 | 19.28 | 22.25 | 26.70 | 29.67 | 34.11 | 37.08 | 41.53 | 44.50 | 48.95 |
| α—86° | 7.50 | 13.51 | 15.01 | 18.01 | 19.51 | 22.51 | 27.01 | 30.01 | 34.52 | 37.52 | 42.02 | 45.02 | 49.52 |
| α—87° | 7.59 | 13.66 | 15.18 | 18.22 | 19.74 | 22.77 | 27.33 | 30.36 | 34.92 | 37.95 | 42.51 | 45.54 | 50.10 |
| α—88° | 7.68 | 13.82 | 15.36 | 18.43 | 19.96 | 23.03 | 27.64 | 30.71 | 35.32 | 38.39 | 43.00 | 46.07 | 50.67 |
| α—89° | 7.77 | 13.98 | 15.53 | 18.64 | 20.19 | 23.30 | 27.95 | 31.06 | 35.72 | 38.83 | 43.49 | 46.59 | 51.25 |
| α—90° | 7.85 | 14.13 | 15.71 | 18.85 | 20.42 | 23.56 | 28.27 | 31.41 | 36.12 | 39.26 | 43.97 | 47.12 | 51.83 |
| α—91° | 7.94 | 14.29 | 15.88 | 19.06 | 20.64 | 23.82 | 28.58 | 31.76 | 36.52 | 39.70 | 44.46 | 47.64 | 52.40 |
| α—92° | 8.03 | 14.45 | 16.05 | 19.26 | 20.87 | 24.08 | 28.90 | 32.11 | 36.92 | 40.14 | 44.95 | 48.16 | 52.98 |
| α—93° | 8.11 | 14.61 | 16.23 | 19.47 | 21.10 | 24.34 | 29.21 | 32.46 | 37.33 | 40.57 | 45.44 | 48.69 | 53.55 |

| 弧度长度 f | R、r 5m | R、r 9m | R、r 10m | R、r 12m | R、r 13m | R、r 15m | R、r 18m | R、r 20m | R、r 23m | R、r 25m | R、r 28m | R、r 30m | R、r 33m |
|---|---|---|---|---|---|---|---|---|---|---|---|---|---|
| $\alpha-94°$ | 8.20 | 14.76 | 16.40 | 19.68 | 21.32 | 24.60 | 29.53 | 32.81 | 37.73 | 41.01 | 45.93 | 49.21 | 54.13 |
| $\alpha-95°$ | 8.29 | 14.92 | 16.58 | 19.89 | 21.55 | 24.87 | 29.84 | 33.16 | 38.13 | 41.44 | 46.42 | 49.73 | 54.71 |
| $\alpha-96°$ | 8.38 | 15.08 | 16.75 | 20.10 | 21.78 | 25.13 | 30.15 | 33.50 | 38.53 | 41.88 | 46.91 | 50.26 | 55.28 |
| $\alpha-97°$ | 8.46 | 15.23 | 16.93 | 20.31 | 22.00 | 25.39 | 30.47' | 33.85 | 38.93 | 42.32 | 47.39 | 50.78 | 55.86 |
| $\alpha-98°$ | 8.55 | 15.39 | 17.10 | 20.52 | 22.23 | 25.65 | 30.78 | 34.20 | 39.33 | 42.75 | 47.88 | 51.30 | 56.43 |
| $\alpha-99°$ | 8.64 | 15.55 | 17.28 | 20.73 | 22.46 | 25.91 | 31.10 | 34.55 | 39.73 | 43.19 | 48.37 | 51.83 | 57.01 |
| $\alpha-100°$ | 8.73 | 15.71 | 17.45 | 20.94 | 22.69 | 26.19 | 31.41 | 34.90 | 40.14 | 43.63 | 48.86 | 52.35 | 57.59 |
| $\alpha-101°$ | 8.81 | 15.86 | 17.62 | 21.15 | 22.91 | 26.44 | 31.72 | 35.25 | 40.54 | 44.06 | 49.35 | 52.87 | 58.16 |
| $\alpha-102°$ | 8.90 | 16.02 | 17.80 | 21.36 | 23.14 | 26.70 | 32.04 | 35.60 | 40.94 | 44.50 | 49.84 | 53.40 | 58.74 |
| $\alpha-103°$ | 8.99 | 16.18 | 17.97 | 21.57 | 23.37 | 26.96 | 32.35 | 35.95 | 41.34 | 44.93 | 50.33 | 53.92 | 59.31 |
| $\alpha-104°$ | 9.07 | 16.33 | 18.15 | 21.78 | 23.59 | 27.22 | 32.67 | 36.30 | 41.74 | 45.37 | 50.81 | 54.44 | 59.89 |
| $\alpha-105°$ | 9.16 | 16.49 | 18.32 | 21.99 | 23.82 | 27.48 | 32.98 | 36.65 | 42.14 | 45.81 | 51.30 | 54.97 | 60.46 |
| $\alpha-106°$ | 9.25 | 16.65 | 18.50 | 22.20 | 24.05 | 27.75 | 33.29 | 36.99 | 42.54 | 46.24 | 51.79 | 55.49 | 61.04 |
| $\alpha-108°$ | 9.34 | 16.80 | 18.67 | 22.41 | 24.27 | 28.01 | 33.61 | 37.34 | 42.94 | 46.68 | 52.28 | 56.01 | 61.62 |
| $\alpha-108°$ | 9.42 | 16.96 | 18.85 | 22.62 | 24.50 | 28.27 | 33.92 | 37.69 | 43.35 | 47.12 | 52.77 | 56.54 | 62.19 |
| $\alpha-109°$ | 9.51 | 17.12 | 19.02 | 22.82 | 24.73 | 28.53 | 34.24 | 38.04 | 43.75 | 47.55 | 53.26 | 57.06 | 62.77 |
| $\alpha-110°$ | 9.60 | 17.28 | 19.20 | 23.03 | 24.95 | 28.79 | 34.55 | 38.39 | 44.15 | 47.99 | 53.75 | 57.59 | 63.34 |
| $\alpha-111°$ | 9.68 | 17.43 | 19.37 | 23.24 | 25.18 | 29.05 | 34.87 | 38.74 | 44.55 | 48.42 | 54.23 | 58.11 | 63.92 |
| $\alpha-112°$ | 9.77 | 17.59 | 19.54 | 23.45 | 25.41 | 29.32 | 35.18 | 39.09 | 44.95 | 48.86 | 54.72 | 58.63 | 64.50 |
| $\alpha-113°$ | 9.86 | 17.75 | 19.72 | 23.66 | 25.63 | 29.58 | 35.49 | 39.44 | 45.35 | 49.30 | 55.21 | 59.16 | 65.07 |
| $\alpha-114°$ | 9.95 | 17.90 | 19.89 | 23.87 | 25.86 | 29.84 | 35.81 | 39.79 | 45.75 | 49.73 | 55.70 | 59.68 | 65.65 |
| $\alpha-115°$ | 10.03 | 18.06 | 20.07 | 24.08 | 26.09 | 30.10 | 36.12 | 40.14 | 46.16 | 50.17 | 56.19 | 60.20 | 66.22 |

注：1. 引用部分圆环公式 $A=fR_{pj}t=0.0174530R_{pj}t$ 算出每一个交叉口转角处正交（90°）、斜交（$\alpha<75°$，$\beta>105°$）转角部分人行道面积或侧（平、缘）石长度，此工作以列表计算较方便；

2. $f$ 为弧度长度 $0.017453\alpha$，m；$R$ 为外半径；$r$ 为内半径；$R_{pj}$ 为路口边缘曲线平均半径，m，即 $R-(t/2)$ 或者 $(R+r)/2$。

## 7.3.5.2　人行地道浇筑

（1）现浇钢筋混凝土人行地道　现浇钢筋混凝土人行地道的料石应表面平整、粗糙，色泽、规格、尺寸应符合设计要求，其抗压强度不宜小于 80MPa，且应符合表 7-3-86 的要求。料石加工尺寸允许偏差应满足表 7-3-87 的要求。

表 7-3-86　石材物理性能和外观质量

| 项　目 | | 单位 | 允许值 | 注 |
|---|---|---|---|---|
| 物理性能 | 饱和抗压强度 | MPa | ≥80 | |
| | 饱和抗折强度 | MPa | ≥9 | |
| | 体积密度 | g/cm³ | ≥2.5 | |
| | 磨耗率(狄法尔法) | % | <4 | |
| | 吸水率 | % | <1 | |
| | 孔隙率 | % | <3 | |
| 外观质量 | 缺棱 | 个 | 1 | 面积不超过 5mm×10mm，每块板材 |
| | 缺角 | 个 | | 面积不超过 2mm×2mm，每块板材 |
| | 色斑 | 个 | | 面积不超过 15mm×15mm，每块板材 |
| | 裂纹 | 条 | 1 | 长度不超过两端顺延至板边总长度的 1/10(长度小于20mm 不计)每块板材 |
| | 坑窝 | — | 不明显 | 粗面板材的正面出现坑窝 |

注：表面纹理垂直于板边沿，不得有斜纹、乱纹现象，边沿直顺、四角整齐，不得有凹、凸不平现象。

表 7-3-87　料石加工尺寸允许偏差

| 项　　目 | 允许偏差 | |
| --- | --- | --- |
| | 粗面材 | 细面材 |
| 长、宽/mm | 0<br>−2 | 0<br>−1.5 |
| 厚(高)/mm | +1<br>−3 | ±1 |
| 对角线/mm | ±2 | ±2 |
| 平面度/mm | ±1 | ±0.7 |

（2）水泥混凝土预制人行道　水泥混凝土预制人行道砌块的抗压强度应符合设计规定，设计未规定时，不宜低于 30MPa。砌块应表面平整、粗糙、纹路清晰、棱角整齐，不得有蜂窝、露石、脱皮等现象；彩色道砖应色彩均匀。预制人行道砌块加工尺寸与外观质量允许偏差应符合表 7-3-88 的规定。

表 7-3-88　预制人行道砌块加工尺寸与外观质量允许偏差

| 项　　目 | 允许偏差/mm | 项　　目 | 允许偏差/mm |
| --- | --- | --- | --- |
| 长度、宽度 | ±2.0 | 缺棱掉角的最大投影尺寸 | ≤10 |
| 厚度 | ±3.0 | 非贯穿裂纹长度最大投影尺寸 | ≤10 |
| 厚度差① | ≤3.0 | 贯穿裂纹 | 不允许 |
| 平面度 | ≤2.0 | 分层 | 不允许 |
| 正面粘皮及缺损的最大投影尺寸 | ≤5 | 色差、杂色 | 不明显 |

① 示同一砌块厚度差。

### 7.3.5.3　人行地道浇筑检验标准（表 7-3-89～表 7-3-91）

表 7-3-89　料石铺砌允许偏差

| 项　　目 | 允许偏差 | 检验频率 | | 检验方法 |
| --- | --- | --- | --- | --- |
| | | 范围 | 点数 | |
| 平整度/mm | ≤3 | 20m | 1 | 用 3m 直尺和塞尺量 3 点 |
| 横坡 | ±0.3%且不反坡 | 20m | 1 | 用水准仪测量 |
| 井框与面层高差/mm | ≤3 | 每座 | 1 | 十字法，用直尺和塞尺量最大值 |
| 相邻块高差/mm | ≤2 | 20m | 1 | 用钢尺量 3 点 |
| 纵缝直顺/mm | ≤10 | 40m | 1 | 用 20m 线和钢尺量 |
| 横缝直顺/mm | ≤10 | 20m | 1 | 沿路宽用线和钢尺量 |
| 缝宽/mm | +3<br>−2 | 20m | 1 | 用钢尺量 3 点 |

表 7-3-90　预制砌块铺砌允许偏差

| 项　　目 | 允许偏差 | 检验频率 | | 检验方法 |
| --- | --- | --- | --- | --- |
| | | 范围 | 点数 | |
| 平整度/mm | ≤5 | 20m | 1 | 用 3m 直尺和塞尺量 |
| 横坡 | ±0.3%且不反坡 | 20m | 1 | 用水准仪量测 |
| 井框与面层高差/mm | ≤4 | 每座 | 1 | 十字法，用直尺和塞尺量最大值 |
| 相邻块高差/mm | ≤3 | 20m | 1 | 用钢尺量 |
| 纵缝直顺/mm | ≤10 | 40m | 1 | 用 20m 线和钢尺量 |
| 横缝直顺/mm | ≤10 | 20m | 1 | 沿路宽用线和钢尺量 |
| 缝宽/mm | +3<br>−2 | 20m | 1 | 用钢尺量 |

表 7-3-91　沥青混合料铺筑人行道面层允许偏差

| 项　目 | | 允许偏差 | 检验频率 | | 检验方法 |
|---|---|---|---|---|---|
| | | | 范围 | 点数 | |
| 平整度/mm | 沥青混凝土 | ≤5 | 20m | 1 | 用3m直尺和塞尺连续量两点,取较大值 |
| | 其他 | ≤7 | | | |
| 横坡 | | ±0.3%且不反坡 | 20m | 1 | 用水准仪量测 |
| 井框与面层高差/mm | | ≤5 | 每座 | 1 | 十字法,用直尺和塞尺量最大值 |
| 厚度/mm | | ±5 | 20m | 1 | 用钢尺量 |

## 7.3.5.4　现浇钢筋混凝土人行地道结构要求

（1）人行地道模板的制作、安装与拆除（表7-3-92、表7-3-93）

模板的制作、安装与拆除应符合国家现行标准《城市桥梁工程施工及验收规范》CJJ2 的有关规定外，还应符合表7-3-92的规定。

表 7-3-92　基础模板安装允许偏差

| 项　目 | | 允许偏差/mm | 检验频率 | | 检验方法 |
|---|---|---|---|---|---|
| | | | 范围 | 点数 | |
| 相邻两板表面高差 | 刨光模板 | ≤2 | 20m | 2 | 用塞尺量 |
| | 钢模板 | | | | |
| | 不刨光模板 | ≤4 | | | |
| 表面平整度 | 刨光模板 | ≤3 | 20m | 4 | 用2m直尺、塞尺量 |
| | 钢模板 | | | | |
| | 不刨光模板 | ≤5 | | | |
| 断面尺寸 | 宽度 | ±10 | 20m | 2 | 用钢尺量 |
| | 高度 | ±10 | | | |
| | 杯槽宽度① | +20 0 | | | |
| 轴线偏位 | 杯槽中心线① | ≤10 | 20m | 1 | 用经纬仪测量 |
| 杯槽底面高程（支撑面）① | | +5 −10 | 20m | 1 | 用水准仪测量 |
| 预埋件① | 高程 | ±5 | 每个 | 1 | 用水准仪测量,用钢尺量 |
| | 偏位 | ≤15 | | | |

① 发生此项时使用。

表 7-3-93　侧墙与顶板模板安装允许偏差

| 项　目 | | 允许偏差 | 检验频率 | | 检验方法 |
|---|---|---|---|---|---|
| | | | 范围/m | 点数 | |
| 相邻两板表面高差/mm | 刨光模板 | 2 | 20 | 4 | 用钢尺、塞尺量 |
| | 钢模板 | | | | |
| | 不刨光模板 | 4 | | | |
| 表面平整度/mm | 刨光模板 | 3 | | 4 | 用2m直尺和塞尺量 |
| | 钢模板 | | | | |
| | 不刨光模板 | 5 | | | |
| 垂直度 | | ≤0.1%H且≤6 | | 2 | 用垂线或经纬仪测量 |
| 杯槽内尺寸①/mm | | +3 −5 | | 3 | 用钢尺量,长、宽、高各1点 |
| 轴线偏位/mm | | 10 | | 2 | 用经纬仪测量,纵、横各1点 |
| 顶面高程/mm | | +2 −5 | | 1 | 用水准仪测量 |

① 发生此项时使用。

（2）人行地道钢筋加工、成型与安装要求（表 7-3-94、表 7-3-95） 钢筋加工、成型与安装除应符合国家现行标准《城市桥梁工程施工及验收规范》CJJ2 的有关规定外，还应符合表 7-3-94 的规定。

表 7-3-94　钢筋加工允许偏差

| 项　　目 | 允许偏差/mm | 检验频率 | | 检验方法 |
| --- | --- | --- | --- | --- |
| | | 范围 | 点数 | |
| 受力钢筋成型长度 | $+5$ $-10$ | 每根（每一类型抽查 10% 且不少于 5 根） | 1 | 用钢尺量 |
| 箍筋尺寸 | $0$ $-3$ | | 2 | 用钢尺量,高、宽各 1 点 |

表 7-3-95　钢筋成型与安装允许偏差

| 项　　目 | 允许偏差/mm | 检验频率 | | 检验方法 |
| --- | --- | --- | --- | --- |
| | | 范围/m | 点数 | |
| 配置两排以上受力筋时钢筋的排距 | $\pm5$ | | 2 | 用钢尺量 |
| 受力筋间距 | $\pm10$ | | 2 | 用钢尺量 |
| 箍筋间距 | $\pm20$ | 10 | 2 | 5 个箍筋间距量 1 尺 |
| 保护层厚度 | $\pm5$ | | 2 | 用尺量 |

（3）人行地道混凝土原材料、配合比与施工要求　混凝土原材料、配合比与施工除应符合现行国家标准《混凝土结构工程施工及验收规范》GB 50204 的有关规定外，还应符合下列要求。

① 拌制混凝土最大水灰比与水泥用量（表 7-3-96）

表 7-3-96　混凝土的最大水灰比及最小水泥用量

| 环境条件及工程部位 | 无筋混凝土 | | 钢筋混凝土 | |
| --- | --- | --- | --- | --- |
| | 最大水灰比 | 最小水泥用量/(kg/m³) | 最大水灰比 | 最小水泥用量/(kg/m³) |
| 在普通地区受自然条件影响的混凝土 | 0.65 | 250 | 0.60 | 275 |
| 在严寒地区受自然条件影响的混凝土 | 0.60 | 270 | 0.55 | 300 |

注：表中水泥用量适用于机械搅拌与机械振捣的水泥混凝土；采用人工捣实时，需增加水泥 25kg/m³。

② 集料中有活性骨料时，应采用无碱外加剂，混凝土中总含碱量应符合表 7-3-97 的规定。

表 7-3-97　混凝土总含碱量控制

| 项　　目 | 控　制　值 | |
| --- | --- | --- |
| 骨料膨胀量/% | 0.02～0.06 | >0.06～0.12 |
| 总含碱量/(kg/m³) | ≤6.0 | ≤3.0 |

③ 混凝土配合比应经试配确定；其强度、抗冻性、抗渗性等应符合设计规定，其和易性、流动性应满足施工要求。

（4）混凝土浇筑要求（表 7-3-98、表 7-3-99）

表 7-3-98　混凝土灌注层的厚度

| 捣实水泥混凝土的方法 | | 灌注层厚度/cm |
| --- | --- | --- |
| 插入式振捣 | | 振捣器作用部分长度的 1.25 倍 |
| 表面振动 | 在无筋或配筋稀疏时 | 25 |
| | 配筋较密时 | 20 |
| 人工捣实 | 在无筋或配筋稀疏时 | 20 |
| | 配筋较密时 | 15 |

**表 7-3-99  浇筑混凝土的允许间断时间**

| 混凝土的入模温度/℃ | 允许间断时间/min | |
|---|---|---|
| | 使用普通硅酸盐水泥 | 使用矿渣水泥、火山灰水泥或粉煤灰水泥 |
| 20～30 | ≤90 | ≤120 |
| 10～19 | ≤120 | ≤150 |
| 5～9 | ≤150 | ≤180 |

注：当混凝土中掺有促凝剂或缓凝型外加剂时，其允许时间应根据试验结果确定。

## 7.3.5.5  人行地道结构质量检验标准

（1）现浇钢筋混凝土结构人行地道质量检验标准（表 7-3-100）

**表 7-3-100  钢筋混凝土结构允许偏差**

| 项　　目 | 允许偏差 | 检验频率 | | 检验方法 |
|---|---|---|---|---|
| | | 范围/m | 点数 | |
| 地道底板顶面高程/mm | ±10 | 20 | 1 | 用水准仪测量 |
| 地道净宽/mm | ±20 | | 2 | 用钢尺量，宽、厚各1点 |
| 墙高/mm | ±10 | | 2 | 用钢尺量，每侧1点 |
| 中线偏位/mm | ≤10 | | 2 | 用钢尺量，每侧1点 |
| 墙面垂直度/mm | ≤10 | | 2 | 用垂线和钢尺量，每侧1点 |
| 墙面平整度/mm | ≤5 | | 2 | 用2m直尺、塞尺量，每侧1点 |
| 顶板挠度 | ≤L/1000 净跨径且＜10mm | | 2 | 用钢尺量 |
| 现浇顶板底面平整度/mm | ≤5 | 10 | 2 | 用2m直尺、塞尺量 |

注：L 为人行地道净跨径。

（2）预制安装钢筋混凝土结构人行地道质量检验标准（表 7-3-101～表 7-3-104）

**表 7-3-101  混凝土基础允许偏差**

| 项　　目 | 允许偏差/mm | 检验频率 | | 检验方法 |
|---|---|---|---|---|
| | | 范围 | 点数 | |
| 中线偏位 | ≤10 | 20m | 1 | 用经纬仪测量 |
| 顶面高程 | ±10 | | 1 | 用水准仪测量 |
| 长度 | ±10 | | 1 | 用钢尺量 |
| 宽度 | ±10 | | 1 | 用钢尺量 |
| 厚度 | ±10 | | 1 | 用钢尺量 |
| 杯口轴线偏位[①] | ≤10 | | 1 | 用经纬仪测量 |
| 杯口底面高程[①] | ±10 | | 1 | 用水准仪测量 |
| 杯口底、顶宽度[①] | 10～15 | | 1 | 用钢尺量 |
| 预埋件[①] | ≤10 | 每个 | 1 | 用钢尺量 |

① 表示发生时使用。

**表 7-3-102  预制墙板允许偏差**

| 项　　目 | 允许偏差/mm | 检验频率 | | 检验方法 |
|---|---|---|---|---|
| | | 范围 | 点数 | |
| 厚、高 | ±5 | 每构件（每类抽查板的10%且不少于5块） | 1 | 用钢尺量，每抽查一块板（序号1、2、3、4）各1点 |
| 宽度 | 0 −10 | | 1 | |
| 侧弯 | ≤L/1000 | | 1 | |
| 板面对角线 | ≤10 | | 1 | |
| 外露面平整度 | ≤5 | | 2 | 用2m直尺、塞尺量，每侧1点 |
| 麻面 | ≤1% | | 1 | 用钢尺量麻面总面积 |

注：L 为墙板长度，mm。

表 7-3-103　预制顶板允许偏差

| 项　目 | 允许偏差/mm | 检验频率 | | 检验方法 |
| --- | --- | --- | --- | --- |
| | | 范围 | 点数 | |
| 厚度 | ±5 | 每构件（每类抽查总数20%） | 1 | 用钢尺量 |
| 宽度 | 0 −10 | | 1 | 用钢尺量 |
| 长度 | ±10 | | 1 | 用钢尺量 |
| 对角线长度 | ≤10 | | 2 | 用钢尺量 |
| 外露面平整度 | ≤5 | | 1 | 用2m直尺、塞尺量 |
| 麻面 | ≤1% | | 1 | 用尺量麻面总面积 |

表 7-3-104　墙板、顶板安装允许偏差

| 项　目 | 允许偏差 | 检验频率 | | 检验方法 |
| --- | --- | --- | --- | --- |
| | | 范围 | 点数 | |
| 中线偏位/mm | ≤10 | 每块 | 2 | 拉线用钢尺量 |
| 墙板内顶面、高程/mm | ±5 | | 2 | 用水准仪测量 |
| 墙板垂直度 | ≤0.15%H且≤5mm | | 4 | 用垂线和钢尺量 |
| 板间高差/mm | ≤5 | | 4 | 用钢板尺和塞尺量 |
| 相邻板顶面错台/mm | ≤10 | 每座地道 | 20%板缝 | 用钢尺量 |
| 板端压墙长度/mm | ±10 | | 6 | 查隐蔽验收记录，用钢尺量，每侧3点 |

注：表中 H 为墙板全高，mm。

### （3）砌筑墙体、钢筋混凝土顶板结构人行地道质量检验标准（表 7-3-105）

表 7-3-105　墙体砌筑允许偏差

| 项　目 | 允许偏差/mm | 检验频率 | | 检验方法 |
| --- | --- | --- | --- | --- |
| | | 范围/m | 点数 | |
| 地道底部高程 | ±10 | 10 | 1 | 用水准仪测量 |
| 地道结构净高 | ±10 | 20 | 2 | 用钢尺量 |
| 地道净宽 | ±20 | 20 | 2 | 用钢尺量 |
| 中线偏位 | ≤10 | 20 | 2 | 用经纬仪定线、钢尺量 |
| 墙面垂直度 | ≤15 | 10 | 2 | 用垂线和钢尺量 |
| 墙面平整度 | ≤5 | 10 | 2 | 用2m直尺、塞尺量 |
| 现浇顶板平整度 | ≤5 | 10 | 2 | 用2m直尺、塞尺量 |
| 预制顶板两板底面错台 | ≤10 | 10 | 2 | 用钢板尺、塞尺量 |
| 顶板压墙长度 | ±10 | 10 | 2 | 查隐蔽验收记录 |

## 7.3.6　挡土墙、附属构筑物工程常用数据

### 7.3.6.1　挡土墙检验标准（表 7-3-106～表 7-3-112）

表 7-3-106　现浇混凝土挡土墙允许偏差

| 项　目 | | 规定值或允许偏差 | 检验频率 | | 检验方法 |
| --- | --- | --- | --- | --- | --- |
| | | | 范围 | 点数 | |
| 长度/mm | | ±20 | 每座 | 1 | 用钢尺量 |
| 断面尺寸/mm | 厚 | ±5 | 20m | 1 | 用钢尺量 |
| | 高 | ±5 | | | |
| 垂直度/mm | | ≤0.15%H且≤10mm | | 1 | 用经纬仪或垂线检测 |
| 外露面平整度/mm | | ≤5 | | 1 | 用2m直尺、塞尺量取最大值 |
| 顶面高程/mm | | ±5 | | 1 | 用水准仪测量 |

注：表中 H 为挡土墙板高度，mm。

**表 7-3-107 预制混凝土护栏允许偏差**

| 项 目 | 允许偏差 | 检验频率 | | 检验方法 |
|---|---|---|---|---|
| | | 范围 | 点数 | |
| 断面尺寸/mm | 符合设计规定 | 每件（每类型）抽查 10%，且不少于 5 件 | 1 | 观察、用钢尺量 |
| 柱高/mm | $\begin{array}{c}0\\+5\end{array}$ | | 1 | 用钢尺量 |
| 侧向弯曲 | $\leqslant L/750$ | | 1 | 沿构件全长拉线量最大矢高（$L$ 为构件长度） |
| 麻面 | $\leqslant 1\%$ | | 1 | 用钢尺量麻面总面积 |

**表 7-3-108 栏杆安装允许偏差**

| 项 目 | | 允许偏差/mm | 检验频率 | | 检验方法 |
|---|---|---|---|---|---|
| | | | 范围 | 点数 | |
| 直顺度 | 扶手 | $\leqslant 4$ | 每跨侧 | 1 | 用 10m 线和钢尺量 |
| 垂直度 | 栏杆柱 | $\leqslant 3$ | 每柱（抽查 10%） | 2 | 用垂线和钢尺量，顺、横桥轴方向各 1 点 |
| 栏杆间距 | | $\pm 3$ | 每柱（抽查 10%） | | |
| 相邻栏杆扶手高差 | 有柱 | $\leqslant 4$ | 每处（抽查 10%） | 1 | 用钢尺量 |
| | 无柱 | $\leqslant 2$ | | | |
| 栏杆平面偏位 | | $\leqslant 4$ | 每 30m | 1 | 用经纬仪和钢尺量 |

注：现场浇注的栏杆、扶手和钢结构栏杆、扶手的允许偏差可参照本款办理。

**表 7-3-109 挡土墙板安装允许偏差**

| 项 目 | 允许偏差 | 检验频率 | | 检验方法 |
|---|---|---|---|---|
| | | 范围 | 点数 | |
| 墙面垂直度 | $\leqslant 0.15\%H$ 且 $\leqslant 15mm$ | 20m | 1 | 用垂线挂全高量测 |
| 直顺度/mm | $\leqslant 10$ | | 1 | 用 20m 线和钢尺量 |
| 板间错台/mm | $\leqslant 5$ | | 1 | 用钢板尺和塞尺量 |
| 预埋件/mm | 高程 $\pm 5$ | 每个 | 1 | 用水准仪测量 |
| | 偏位 $\pm 15$ | | 1 | 用钢尺量 |

注：表中 $H$ 为挡土墙高度，mm。

**表 7-3-110 砌筑挡土墙允许偏差**

| 项 目 | | 允许偏差、规定值 | | | | 检验频率 | | 检验方法 |
|---|---|---|---|---|---|---|---|---|
| | | 料石 | 块石、片石 | | 预制块（砖） | 范围 | 点数 | |
| 断面尺寸/mm | | $\begin{array}{c}0\\+10\end{array}$ | 不小于设计规定 | | | | 2 | 用钢尺量，上下各 1 点 |
| 基底高程/mm | 土方 | $\pm 20$ | $\pm 20$ | | $\pm 20$ ... | | 2 | 用水准仪测量 |
| | 石方 | $\pm 100$ | $\pm 100$ | | $\pm 100$ | | 2 | |
| 顶面高程/mm | | $\pm 10$ | $\pm 15$ | $\pm 20$ | $\pm 10$ | | 2 | |
| 轴线偏位/mm | | $\leqslant 10$ | $\leqslant 15$ | $\leqslant 15$ | $\leqslant 10$ | 20m | 2 | 用经纬仪测量 |
| 墙面垂直度 | | $\leqslant 0.5\%H$ 且 $\leqslant 20mm$ | $\leqslant 0.5\%H$ 且 $\leqslant 30mm$ | $\leqslant 0.5\%H$ 且 $\leqslant 30mm$ | $\leqslant 0.5\%H$ 且 $\leqslant 20mm$ | | 2 | 用垂线检测 |
| 平整度/mm | | $\leqslant 5$ | $\leqslant 30$ | $\leqslant 30$ | $\leqslant 5$ | | 2 | 用 2m 直尺和塞尺量 |
| 水平缝平直度/mm | | $\leqslant 10$ | — | — | $\leqslant 10$ | | 2 | 用 20m 线和钢尺量 |
| 墙面坡度 | | 不陡于设计规定 | | | | | 1 | 用坡度板检验 |

注：表中 $H$ 为构筑物全高，mm。

表 7-3-111　加筋土挡土墙板安装允许偏差

**表 7-3-111　加筋土挡土墙板安装允许偏差**

| 项　　目 | 允许偏差 | 检验频率 | | 检验方法 |
|---|---|---|---|---|
| | | 范围 | 点数 | |
| 每层顶面高程/mm | ±10 | 20m | 4 组板 | 用水准仪测量 |
| 轴线偏位/mm | ≤10 | | 3 | 用经纬仪测量 |
| 墙面板垂直度或坡度 | ≤−0.5%H[①] | | 3 | 用垂线或坡度板量 |

① 垂直度"＋"指向外、"−"指向内。

注：1. 墙面板安装以同层相邻两板为一组。

　　2. 表中 H 为挡土墙板高度，mm。

**表 7-3-112　加筋土挡土墙总体允许偏差**

| 项　　目 | | 允许偏差 | 检验频率 | | 检验方法 |
|---|---|---|---|---|---|
| | | | 范围/m | 点数 | |
| 墙顶线位 | 路堤式/mm | −100 +50 | 20 | 3 | 用 20m 线和钢尺量见注① |
| | 路肩式/mm | ±50 | | | |
| 墙顶高程 | 路堤式/mm | ±50 | | 3 | 用水准仪测量 |
| | 路肩式/mm | ±30 | | | |
| 墙面倾斜度 | | ≤+0.5%H 且≤+50[①] mm ≤−1.0%H 且≥−100[①] mm | | 2 | 用垂线或坡度板量 |
| 墙面板缝宽/mm | | ±10 | | 5 | 用钢尺量 |
| 墙面平整度/mm | | ≤15 | | 3 | 用 2m 直尺、塞尺量 |

① 墙面倾斜度"＋"指向外、"−"指向内。

注：表中 H 为挡墙板高度，mm。

## 7.3.6.2　路缘石

（1）石质路缘石（表 7-3-113、表 7-3-114）

**表 7-3-113　剁斧加工石质路缘石允许偏差**

| 项　　目 | | 允许偏差 | 项　　目 | 允许偏差 |
|---|---|---|---|---|
| 外形尺寸/mm | 长 | ±5 | 外露面细石面平整度/mm | 3 |
| | 宽 | ±2 | 对角线长度差/mm | ±5 |
| | 厚（高） | ±2 | 剁斧纹路 | 应直顺、无死坑 |

**表 7-3-114　机具加工石质路缘石允许偏差**

| 项　　目 | | 允许偏差/mm | 项　　目 | 允许偏差/mm |
|---|---|---|---|---|
| 外形尺寸 | 长 | ±4 | 对角线长度差 | ±4 |
| | 宽 | ±1 | 外露面平整度 | 2 |
| | 厚（高） | ±2 | | |

（2）预制混凝土路缘石（表 7-3-115～表 7-3-117）

混凝土强度等级应符合设计要求。设计未规定时，不得小于 C30。路缘石弯拉与抗压强度应符合表 7-3-115 的规定。

**表 7-3-115　路缘石弯拉与抗压强度**

| 直线路缘石 | | | 直线路缘石（含圆形、L 形） | | |
|---|---|---|---|---|---|
| 弯拉强度/MPa | | | 抗压强度/MPa | | |
| 强度等级 Cf | 平均值 | 单块最小值 | 强度等级 Cc | 平均值 | 单块最小值 |
| Cf3.0 | ≥3.00 | ≥2.40 | Cc30 | ≥30.0 | 24.0 |
| Cf4.0 | ≥4.00 | ≥3.20 | Cc35 | ≥35.0 | 28.0 |
| Cf5.0 | ≥5.00 | ≥4.00 | Cc40 | ≥40.0 | 32.0 |

注：直线路缘石用弯拉强度控制，L 形或弧形路缘石用抗压强度控制。

表 7-3-116　预制混凝土路缘石加工尺寸允许偏差

| 项　　目 | 允许偏差/mm | 项　　目 | 允许偏差/mm |
|---|---|---|---|
| 长度 | +5<br>−3 | 高度 | +5<br>−3 |
| 宽度 | +5<br>−3 | 平整度 | 3 |
| | | 垂直度 | ≤3 |

表 7-3-117　预制混凝土路缘石外观质量允许偏差

| 项　　目 | 允许偏差 |
|---|---|
| 缺棱掉角影响顶面或正侧面的破坏最大投影尺寸/mm | ≤15 |
| 面层非贯穿裂纹最大投影尺寸/mm | ≤10 |
| 可视面粘皮(脱皮)及表面缺损最大面积/mm² | ≤30 |
| 贯穿裂纹 | 不允许 |
| 分层 | 不允许 |
| 色差、杂色 | 不明显 |

（3）立缘石、平缘石安砌允许偏差

表 7-3-118　立缘石、平缘石安砌允许偏差

| 项　　目 | 允许偏差/mm | 检验频率 | | 检验方法 |
|---|---|---|---|---|
| | | 范围/m | 点数 | |
| 直顺度 | ≤10 | 100 | 1 | 用 20m 线和钢尺量① |
| 相邻块高差 | ≤3 | 20 | 1 | 用钢板尺和塞尺量① |
| 缝宽 | ±3 | 20 | 1 | 用钢尺量① |
| 顶面高程 | ±10 | 20 | 1 | 用水准仪测量 |

① 随机抽样，量 3 点取最大值。

注：曲线段缘石安装的圆顺度允许偏差应结合工程具体制订。

## 7.3.6.3　雨水支管与雨水口允许偏差（表 7-3-119）

表 7-3-119　雨水支管与雨水口允许偏差

| 项　　目 | 允许偏差/mm | 检验频率 | | 检验方法 |
|---|---|---|---|---|
| | | 范围 | 点数 | |
| 井框与井壁吻合 | ≤10 | | 1 | 用钢尺量 |
| 井框与周边路面吻合 | 0<br>−10 | 每座 | 1 | 用直尺靠量 |
| 雨水口与路边线间距 | ≤20 | | 1 | 用钢尺量 |
| 井内尺寸 | +20<br>0 | | 1 | 用钢尺量，最大值 |

## 7.3.6.4　砌筑排水沟或截水沟允许偏差（表 7-3-120）

表 7-3-120　砌筑排水沟或截水沟允许偏差

| 项　　目 | | 允许偏差/mm | 检验频率 | | 检验方法 |
|---|---|---|---|---|---|
| | | | 范围/m | 点数 | |
| 轴线偏位 | | ≤30 | 100 | 2 | 用经纬仪和钢尺量 |
| 沟断面尺寸 | 砌石 | ±20 | 40 | 1 | 用钢尺量 |
| | 砌块 | ±10 | | | |
| 沟底高程 | 砌石 | ±20 | 20 | 1 | 用水准仪测量 |
| | 砌块 | ±10 | | | |

| 项　目 | | 允许偏差/mm | 检验频率 | | 检验方法 |
|---|---|---|---|---|---|
| | | | 范围/m | 点数 | |
| 墙面垂直度 | 砌石 | ≤30 | 40 | 2 | 用垂线、钢尺量 |
| | 砌块 | ≤15 | | | |
| 墙面平整度 | 砌石 | ≤30 | | 2 | 用2m直尺、塞尺量 |
| | 砌块 | ≤10 | | | |
| 边线直顺度 | 砌石 | ≤20 | | 2 | 用20m小线和钢尺量 |
| | 砌块 | ≤10 | | | |
| 盖板压墙长度 | | ±20 | | 2 | 用钢尺量 |

### 7.3.6.5　倒虹管和涵洞

（1）倒虹管允许偏差（表7-3-121）

**表 7-3-121　倒虹管允许偏差**

| 项　目 | 允许偏差/mm | 检验频率 | | 检验方法 |
|---|---|---|---|---|
| | | 范围 | 点数 | |
| 轴线偏位 | ≤30 | 每座 | 2 | 用经纬仪和钢尺量 |
| 内底高程 | ±15 | | 2 | 用水准仪测量 |
| 倒虹管长度 | 不小于设计值 | | 1 | 用钢尺量 |
| 相邻管错口 | ≤5 | 每井段 | 4 | 用钢板和塞尺量 |

（2）预制管材涵洞允许偏差（表7-3-122）

**表 7-3-122　预制管材涵洞允许偏差**

| 项　目 | 允许偏差/mm | | 检验频率 | | 检验方法 |
|---|---|---|---|---|---|
| | | | 范围 | 点数 | |
| 轴线位移 | ≤20 | | 每道 | 2 | 用经纬仪和钢尺量 |
| 内底高程 | $D≤1000$ | ±10 | | 2 | 用水准仪测量 |
| | $D>1000$ | ±15 | | | |
| 涵管长度 | 不小于设计值 | | | 1 | 用钢尺量 |
| 相邻管错口 | $D≤1000$ | ≤3 | 每节 | 1 | 用钢板尺和塞尺量 |
| | $D>1000$ | ≤5 | | | |

注：$D$为管道内径。

### 7.3.6.6　护坡允许偏差（表7-3-123）

**表 7-3-123　护坡允许偏差**

| 项　目 | | 允许偏差/mm | | | 检验频率 | | 检验方法 |
|---|---|---|---|---|---|---|---|
| | | 浆砌块石 | 浆砌料石 | 混凝土砌块 | 范围 | 点数 | |
| 基底高程 | 土方 | ±20 | | | 20m | 2 | 用水准仪测量 |
| | 石方 | ±100 | | | | 2 | |
| 垫层厚度 | | ±20 | | | 20m | 2 | 用钢尺量 |
| 砌体厚度 | | 不小于设计值 | | | 每沉降缝 | 2 | 用钢尺量顶、底各1处 |
| 坡度 | | 不陡于设计值 | | | 每20m | 1 | 用坡度尺量 |
| 平整度 | | ≤30 | ≤15 | ≤10 | 每座 | 1 | 用2m直尺、塞尺量 |
| 顶面高程 | | ±50 | ±30 | ±30 | 每座 | 2 | 用水准仪测量两端部 |
| 顶边线型 | | ≤30 | ≤10 | ≤10 | 100m | 1 | 用20m线和钢尺量 |

注：$H$为墙高。

## 7.3.6.7 隔离墩安装允许偏差（表 7-3-124）

**表 7-3-124　隔离墩安装允许偏差**

| 项　　目 | 允许偏差/mm | 检验频率 | | 检验方法 |
| --- | --- | --- | --- | --- |
| | | 范围 | 点数 | |
| 直顺度 | ≤5 | 每20m | 1 | 用20m线和钢尺量 |
| 平面偏位 | ≤4 | 每20m | 1 | 用经纬仪和钢尺量测 |
| 预埋件位置 | ≤5 | 每件 | 2 | 用经纬仪和钢尺量测（发生时） |
| 断面尺寸 | ±5 | 每20m | 1 | 用钢尺量 |
| 相邻高差 | ≤3 | 抽查20% | 1 | 用钢板尺和钢尺量 |
| 缝宽 | ±3 | 每20m | 1 | 用钢尺量 |

## 7.3.6.8 隔离栅允许偏差（表 7-3-125）

**表 7-3-125　隔离栅允许偏差**

| 项　　目 | 允许偏差 | 检验频率 | | 检验方法 |
| --- | --- | --- | --- | --- |
| | | 范围/m | 点数 | |
| 顺直度/mm | ≤220 | 20 | 1 | 用20m线和钢尺量 |
| 立柱垂直度/(mm/m) | ≤8 | | 1 | 用垂线和直尺量 |
| 柱顶高度/mm | ±20 | 40 | 1 | 用钢尺量 |
| 立柱中距/mm | ±30 | | 1 | 用钢尺量 |
| 立柱埋深 | 不小于设计规定 | | 1 | 用钢尺量 |

## 7.3.6.9 护栏安装允许偏差（表 7-3-126）

**表 7-3-126　护栏安装允许偏差**

| 项　　目 | 允许偏差 | 检验频率 | | 检验方法 |
| --- | --- | --- | --- | --- |
| | | 范围 | 点数 | |
| 顺直度/(mm/m) | ≤5 | | 1 | 用20m线和钢尺量 |
| 中线偏位/mm | ≤20 | | 1 | 用经纬仪和钢尺量 |
| 立柱间距/mm | ±5 | 20m | 1 | 用钢尺量 |
| 立柱垂直度/mm | ≤5 | | 1 | 用垂线、钢尺量 |
| 横栏高度/mm | ±20 | | 1 | 用钢尺量 |

## 7.3.6.10 声屏障（表 7-3-127、表 7-3-128）

**表 7-3-127　砌体声屏障允许偏差**

| 项　　目 | 允许偏差 | 检验频率 | | 检验方法 |
| --- | --- | --- | --- | --- |
| | | 范围/m | 点数 | |
| 中线偏位/mm | ≤10 | | 1 | 用经纬仪和钢尺量 |
| 垂直度 | ≤0.3% | 20 | 1 | 用垂线和钢尺量 |
| 墙体断面尺寸 | 符合设计规定 | | 1 | 用钢尺量 |
| 顺直度/mm | ≤10 | 100 | 2 | 用10m线与钢尺量，不少于5处 |
| 水平灰缝平直度/mm | ≤7 | | 2 | 用10m线与钢尺量，不少于5处 |
| 平整度/mm | ≤8 | 20 | 2 | 用2m直尺和塞尺量 |

表 7-3-128　金属声屏障安装允许偏差

| 项　　目 | 允许偏差 | 检验频率 | | 检验方法 |
| --- | --- | --- | --- | --- |
| | | 范围 | 点数 | |
| 基线偏位/mm | ≤10 | | 1 | 用经纬仪和钢尺量 |
| 金属立柱中距/mm | ±10 | | 1 | 用钢尺量 |
| 立柱垂直度/mm | ≤0.3%$H$ | 20m | 2 | 用垂线和钢尺量,顺、横向各1点 |
| 屏体厚度/mm | ±2 | | 1 | 用游标卡尺量 |
| 屏体宽度、高度/mm | ±10 | | 1 | 用钢尺量 |
| 镀层厚度 | ≥设计值 | 20m且不少于5处 | 1 | 用测厚仪量 |

### 7.3.6.11　防眩板安装允许偏差（表 7-3-129）

表 7-3-129　防眩板安装允许偏差

| 项　　目 | 允许偏差/mm | 检验频率 | | 检验方法 |
| --- | --- | --- | --- | --- |
| | | 范围 | 点数 | |
| 防眩板直顺度 | ≤8 | 20m | 1 | 用10m线和钢尺量 |
| 垂直度 | ≤5 | | 2 | 用垂线和钢尺量,顺、横向各1点 |
| 板条间距 | ±10 | 20m且不少于5处 | 1 | 用钢尺量 |
| 安装高度 | ±10 | | | |

# 7.3.7　道路工程质量与竣工验收

表 7-3-130　城镇道路分部（子分部）工程与相应的分项工程、检验批

| 分部工程 | 子分部工程 | 分项工程 | 检验批 |
| --- | --- | --- | --- |
| 路基 | — | 土方路基 | 每条路或路段 |
| | | 石方路基 | 每条路或路段 |
| | | 路基处理 | 每条处理段 |
| | | 路肩 | 每条路肩 |
| 基层 | — | 石灰土基层 | 每条路或路段 |
| | | 石灰粉煤灰稳定砂砾(碎石)基层 | 每条路或路段 |
| | | 石灰粉煤灰钢渣基层 | 每条路或路段 |
| | | 水泥稳定土类基层 | 每条路或路段 |
| | | 级配砂砾(砾石)基层 | 每条路或路段 |
| | | 级配碎石(碎砾石)基层 | 每条路或路段 |
| | | 沥青碎石基层 | 每条路或路段 |
| | | 沥青贯入式基层 | 每条路或路段 |
| 面层 | 沥青混合料面层 | 透层 | 每条路或路段 |
| | | 黏层 | 每条路或路段 |
| | | 封层 | 每条路或路段 |
| | | 热拌沥青混合料面层 | 每条路或路段 |
| | | 冷拌沥青混合料面层 | 每条路或路段 |
| | 沥青贯入式与沥青表面处治面层 | 沥青贯入式面层 | 每条路或路段 |
| | | 沥青表面处治面层 | 每条路或路段 |
| | 水泥混凝土面层 | 水泥混凝土面层(模板、钢筋、混凝土) | 每条路或路段 |
| | 铺砌式面层 | 料石面层 | 每条路或路段 |
| | | 预制混凝土砌块面层 | 每条路或路段 |
| 广场与停车场 | — | 料石面层 | 每个广场或划分的区段 |
| | | 预制混凝土砌块面层 | 每个广场或划分的区段 |
| | | 沥青混合料面层 | 每个广场或划分的区段 |
| | | 水泥混凝土面层 | 每个广场或划分的区段 |

| 分部工程 | 子分部工程 | 分项工程 | 检验批 |
|---|---|---|---|
| 人行道 | — | 料石人行道铺砌面层(含盲道砖) | 每条路或路段 |
| | | 混凝土预制块铺砌人行道面层(含盲道砖) | 每条路或路段 |
| | | 沥青混合料铺筑面层 | 每条路或路段 |
| 人行地道结构 | 现浇钢筋混凝土人行地道结构 | 地基 | 每座通道 |
| | | 防水 | 每座通道 |
| | | 基础(模板、钢筋、混凝土) | 每座通道 |
| | 预制安装钢筋混凝土人行地道结构 | 墙与顶板(模板、钢筋、混凝土) | 每座通道 |
| | | 墙与顶部构件预制 | 每座通道 |
| | | 地基 | 每座通道 |
| | | 防水 | 每座通道 |
| | | 基础(模板、钢筋、混凝土) | 每座通道 |
| | | 墙板、顶板安装 | |
| | 砌筑墙体、钢筋混凝土顶板人行地道结构 | 顶部构件预制 | 每座通道 |
| | | 地基 | 每座通道 |
| | | 防水 | 每座通道 |
| | | 基础(模板、钢筋、混凝土) | |
| | | 墙体砌筑 | 每座通道 |
| | | 顶部构件、顶板安装 | 每座通道 |
| | | 顶部现浇(模板、钢筋、混凝土) | 每座通道 |
| 挡土墙 | 现浇钢筋混凝土挡土墙 | 地基 | 每道挡土墙地基 |
| | | 基础 | 每道挡土墙基础 |
| | | 墙(模板、钢筋、混凝土) | 每道墙体 |
| | | 滤层、泄水孔 | 每道墙体 |
| | | 回填土 | 每道墙体 |
| | | 帽石 | 每道墙体 |
| | | 栏杆 | 每道墙体 |
| | 装配式钢筋混凝土挡土墙 | 挡土墙板预制 | 每道墙体 |
| | | 地基 | 每道挡土墙地基 |
| | | 基础(模板、钢筋、混凝土) | 每道基础 |
| | | 墙板安装(含焊接) | 每道墙体 |
| | | 滤层、泄水孔 | 每道墙体 |
| | | 回填土 | 每道墙体 |
| | | 帽石 | 每道墙体 |
| | | 栏杆 | 每道墙体 |
| | 砌筑挡土墙 | 地基 | 每道墙体 |
| | | 基础(砌筑、混凝土) | 每道墙体 |
| | | 墙体砌筑 | 每道墙体 |
| | | 滤层、泄水孔 | 每道墙体 |
| | | 回填土 | 每道墙体 |
| | | 帽石 | 每道墙体 |
| | 加筋土挡土墙 | 地基 | 每道挡土墙地基 |
| | | 基础(模板、钢筋、混凝土) | 每道基础 |
| | | 加筋挡土墙砌块与筋带安装 | 每道墙体 |
| | | 滤层、泄水孔 | 每道墙体 |
| | | 回填土 | 每道墙体 |
| | | 帽石 | 每道墙体 |
| | | 栏杆 | 每道墙体 |
| 附属构筑物 | — | 路缘石 | 每条路或路段 |
| | | 雨水支管与雨水口 | 每条路或路段 |
| | | 排(截)水沟 | 每条路或路段 |
| | | 倒虹管及涵洞 | 每座结构 |
| | | 护坡 | 每条路或路段 |
| | | 隔离墩 | 每条路或路段 |
| | | 隔离栅 | 每条路或路段 |
| | | 护栏 | 每条路或路段 |
| | | 声屏障(砌体、金属) | 每处声屏障墙 |
| | | 防眩板 | 每条路或路段 |

市政工程常用资料备查手册

# 8 市政桥涵工程

## 8.1 定额桥涵工程量计算规则

### 8.1.1 桥涵工程分部分项划分

#### 8.1.1.1 桥涵工程分部分项划分（表 8-1-1）

表 8-1-1 桥涵工程分部分项划分

| 序号 | 分部工程 | 分项工程名称 |
|---|---|---|
| 1 | 打桩工程 | ①打基础圆木桩；②打木板桩；③打钢筋混凝土方桩；④打钢筋混凝土板桩；⑤打钢筋混凝土管桩；⑥打钢管桩；⑦接桩；⑧送桩；⑨钢管桩内切割；⑩钢管桩精割盖帽；⑪钢管桩管内钻孔取土；⑫钢管桩填心 |
| 2 | 钻孔灌注桩工程 | ①埋设钢护筒；②人工挖孔桩；③回旋钻机钻孔；④冲击式钻机钻孔；⑤卷扬机带冲抓锥冲孔；⑥泥浆制作；⑦灌注桩混凝土 |
| 3 | 砌筑工程 | ①浆砌块石；②浆砌料石；③浆砌混凝土预制块；④砖砌体；⑤拱圈底模 |
| 4 | 钢筋工程 | ①钢筋制作、安装；②铁件、拉杆制作、安装；③预应力钢筋制作、安装；④安装压浆管道和压浆 |
| 5 | 现浇混凝土工程 | ①基础；②承台；③支撑梁与横梁；④墩身、台身；⑤拱桥；⑥箱梁；⑦板；⑧板梁；⑨板拱；⑩挡墙；⑪混凝土接头及灌缝；⑫小型构件；⑬桥面混凝土铺装；⑭桥面防水层 |
| 6 | 预制混凝土工程 | ①桩；②立柱；③板；④梁；⑤双曲拱构件；⑥桁架拱构件；⑦小型构件；⑧板拱 |
| 7 | 立交箱涵工程 | ①透水管铺设；②箱涵制作；③箱涵外壁及滑板面处理；④气垫安装、拆除及使用；⑤箱涵顶进；⑥箱涵挖土；⑦箱涵接缝处理 |
| 8 | 安装工程 | ①安装排架立柱；②安装柱式墩、台身节；③安装矩形板、空心板、微弯板；④安装梁；⑤安装双曲拱构件；⑥安装桁架拱构件；⑦安装板拱；⑧安装小型构件；⑨钢管栏杆及扶手安装；⑩安装支座；⑪安装泄水孔；⑫安装伸缩缝；⑬安装沉降缝 |
| 9 | 临时工程 | ①搭、拆桩基础支架平台；②搭、拆木垛；③拱、板涵拱盔支架；④桥梁支架；⑤组装、拆除船排；⑥组装、拆卸柴油打桩机；⑦组装、拆卸万能杆件；⑧挂篮安装、拆除、推移；⑨筑、拆胎、地模；⑩凿除桩顶钢筋混凝土 |
| 10 | 装饰工程 | ①水泥砂浆抹面；②水刷石；③剁斧石；④拉毛；⑤水磨石；⑥镶贴面层；⑦水质涂料；⑧涂料 |

注：1. 桥涵工程划分为打桩工程、钻孔灌注桩工程、砌筑工程、钢筋工程、现浇混凝土工程、预制混凝土工程、立交箱涵工程、安装工程、临时工程、装饰工程 10 个分部工程。

2. 打桩工程分部中划分 12 个分项工程；钻孔灌注桩工程分部中划分 7 个分项工程；砌筑工程分部中划分为 5 个分项工程；钢筋工程分部中划分为 4 个分项工程；现浇混凝土工程分部中划分为 14 个分项工程；预制混凝土工程分部中划分为 8 个分项工程；立交箱涵工程分部中划分为 7 个分项工程；安装工程分部中划分为 13 个分项工程；临时工程分部中划分为 10 个分项工程；装饰工程分部中划分为 8 个分项工程。

## 8.1.1.2 桥涵工程工作内容（表 8-1-2）

**表 8-1-2 桥涵工程工作内容**

| 项　目 | | 工作内容 |
|---|---|---|
| 打桩工程 | 打基础圆木桩 | 包括：制桩、安桩箍；运桩；移动桩架；安拆桩帽、吊桩、定位、校正、打桩、送桩；打拔缆风桩、松紧缆风桩；锯桩顶等 |
| | 打木板桩 | 包括：木板桩制作；运桩；移动桩架；安拆桩帽；打拔导桩、安拆夹桩木；吊桩、定位、校正、打桩、送桩；打拔缆风桩、松紧缆风桩等 |
| | 打钢筋混凝土方桩 | 包括：准备工作；捆桩、吊桩、就位、打桩、校正；移动桩架；安置或更换衬垫；添加润滑油、燃料；测量、记录等 |
| | 打钢筋混凝土板桩 | 包括：准备工作；打拔导桩、安拆夹桩木；移动桩架；捆桩、吊桩、就位、打桩、校正；安置或更换衬垫；添加润滑油、燃料；测量、记录等 |
| | 打钢筋混凝土管桩 | 包括：准备工作；安拆桩帽；捆桩、吊桩、就位、打桩、校正；移动桩架；安置或更换衬垫；添加润滑油、燃料；测量、记录等 |
| | 打钢管桩 | 包括：桩架场地平整；堆放；配合打桩；打桩<br>注：1. 定额中不包括接桩费用，如发生接桩，按实际接头数量套用钢管桩接桩定额；<br>2. 打钢管桩送桩，按打桩定额人工、机械数量乘以1.9系数计算 |
| | 接桩 | 包括：1. 浆锚接桩：对接、校正；安装夹箍及拆除；熬制及灌注硫黄胶泥<br>2. 焊接桩：对接、校正；垫铁片；安角铁、焊接<br>3. 法兰接桩：上下对接、校正；垫铁片、上螺栓、绞紧；焊接<br>4. 钢管桩、钢筋混凝土管桩电焊接桩：准备工具；磨焊接头；上、下节桩对接；焊接 |
| | 送桩 | 包括：准备工作；安装、拆除送桩帽、送桩杆；安置或更换衬垫；添加润滑油、燃料；测量、记录；移动桩架等 |
| | 钢管桩内切割 | 包括：准备机具；测定标高；钢管桩内排水；内切割钢管；截除钢筋、就地安放 |
| | 钢管桩精割盖帽 | 包括：准备机具；测定标高划线、整圆；排水；精割、清泥；除锈；安放及焊接盖帽 |
| | 钢管桩管内钻孔取土 | 包括：准备钻孔机具；钻机就位；钻孔取土；土方150m运输 |
| | 钢管桩填心 | 包括：冲洗管内心；排水；混凝土填心 |
| 钻孔灌注桩工程 | 埋设钢护筒 | 包括：准备工作；挖土、吊装、就位、埋设、接护筒；定位下沉；还土、夯实；材料运输；拆除；清洗堆放等全部操作过程 |
| | 人工挖桩孔 | 包括：人工挖土、装土、清理；小量排水；护壁安装；卷扬机吊运土等 |
| | 回旋、冲击式钻机钻孔 | 包括：准备工作；装拆钻架、就位、移动；钻进、提钻、出渣、清孔；测量孔径、孔深等 |
| | 卷扬机带冲抓锥冲孔 | 包括：装、拆、移钻架，安卷扬机，串钢丝绳；准备抓具、冲抓、提钻、出渣、清孔等 |
| | 泥浆制作 | 包括：搭、拆溜槽和工作平台；拌和泥浆；倒运护壁泥浆等 |
| | 灌注桩混凝土 | 包括：安装、拆除导管、漏斗；混凝土配、拌、浇捣；材料运输等全部操作过程 |
| 砌筑工程 | 浆砌块（料）石、混凝土预制块 | 包括：放样；安拆样架、样桩；选修石料、预制块；冲洗石料；配拌砂浆；砌筑；湿治养护等 |
| | 砖砌体 | 包括：放样；安拆样架、样桩；浸砖；配拌砂浆；砌砖；湿治养护等 |
| | 拱圈底模 | 包括：拱圈底模制作、安装、拆除 |
| 钢筋工程 | 钢筋制作、安装 | 包括：钢筋解捆、除锈；调直、下料、弯曲；焊接、除渣；绑扎成型；运输入模 |
| | 铁件、拉杆制作、安装 | 包括：1. 铁件：制作、除锈；钢板划线、切割；钢筋调直、下料、弯曲；安装、焊接、固定<br>2. 拉杆：下料、挑扣、焊接；除防锈漆、涂沥青、缠麻布；安装拉杆 |
| | 预应力钢筋制作、安装 | 包括：1. 先张法：调直、下料；进入台座、按夹具；张拉、切断；整修等<br>2. 后张法：调直、切断；编束穿束；安装锚具、张拉、锚固；拆除、切割钢丝（束）、封锚 |
| | 安装压浆管道和压浆 | 包括：1. 铁皮管、波纹管、三通管安装；定位固定。<br>2. 胶管、管内塞钢筋或充气；安放定位；缠裹接头；抽拔、清洗胶管；清孔等<br>3. 管道压浆：砂浆配、拌、运、压浆等 |

| 项　目 | | 工作内容 |
|---|---|---|
| 现浇混凝土工程 | 基础 | 包括:1. 碎石:按放流槽;碎石装运、找平<br>2. 混凝土:装、运、抛块石;混凝土配、拌、运输、浇筑、捣固、抹平、养护<br>3. 模板:模板制作、安装、涂脱模剂;模板拆除、修理、整堆 |
| | 承台,支撑梁与横梁,墩身、台身,拱桥,箱梁,板,板梁,板拱,挡墙,混凝土接头及灌缝,小型构件 | 包括:1. 混凝土:混凝土配、拌、运输、浇筑、捣固、抹平、养护<br>2. 模板:模板制作、安装、涂脱模剂;模板拆除、修理、整堆 |
| | 桥面混凝土铺装 | 包括:1. 模板制作、安装、拆除<br>2. 混凝土配、拌、浇筑、捣固、湿治养护等 |
| | 桥面防水层 | 包括:清理面层;熬、涂沥青;铺油毡或玻璃布;防水砂浆配拌、运料、抹平;涂胶黏剂;橡胶裁剪、铺设等 |
| 预制混凝土工程 | 混凝土 | 混凝土配、拌、运输、浇筑、捣固、抹平、养护 |
| | 模板 | 模板制作、安装、涂脱模剂;模板拆除、修理、整堆 |
| 立交箱涵工程 | 透水管铺设 | 包括:1. 钢透水管:钢管钻孔;涂防锈漆;钢管埋设;碎石充填<br>2. 混凝土透水管:浇捣管道垫层;透水管铺设;接口坞砂浆;填砂 |
| | 箱涵制作 | 包括:1. 混凝土:混凝土配、拌、运输、浇筑、捣固、抹平、养护<br>2. 模板:模板制作、安装、涂脱模剂;模板拆除、修理、整堆 |
| | 箱涵外壁及滑板面处理 | 包括:1. 外壁面处理:外壁面清洗;拌制水泥砂浆,熬制沥青,配料;墙面涂刷<br>2. 滑板面处理:石蜡加热;涂刷;铺塑料薄膜层 |
| | 气垫安装、拆除及使用 | 包括:设备及管理安装、拆除;气垫启动及使用 |
| | 箱涵顶进 | 包括:安装顶进设备及横梁垫块;操作液压系统;安放顶铁,顶进,顶进完毕后设备拆除等 |
| | 箱涵内挖土 | 包括:1. 人工挖土:安、拆挖土支架;铺钢轨,挖土,运土,机械配合吊土、出坑、堆放、清理<br>2. 机械挖土工配合修底边;吊土、出坑、堆放、清理 |
| | 箱涵接缝处理 | 包括:混凝土表面处理;材料调制、涂刷;嵌缝 |
| 安装工程 | 安装排架立柱 | 包括:安装地锚;竖、拆及移动扒杆;起吊设备就位;整修构件;吊装、定位、固定;配、拌、运、填细石混凝土 |
| | 安装柱式墩、台管节 | 包括:安装地锚;竖、拆及移动扒杆;起吊设备就位,冲洗管节,整修构件;吊装、定位、固定;砂浆配、拌、运;勾缝、坐浆等 |
| | 安装矩形板、安心板、微弯板 | 包括:安拆地锚;竖、拆及移动扒杆;起吊设备就位;整修构件;吊装、定位、铺浆、固定 |
| | 安装梁 | 包括:安拆地锚;竖、拆及移动扒杆;搭、拆木垛;组装、拆卸船排;打、拔缆风桩;组装、拆卸万能杆件,装、卸、运,移动;安拆轨道、枕木、平车、卷扬机及索具;安装、就位,固定;调制环氧树脂等 |
| | 安装双曲拱构件 | 包括:安装地锚;竖、拆及移动扒杆;起吊设备就位;整修构件;起吊,拼装,定位;坐浆,固定;混凝土及砂浆配、拌、运料,填塞、捣固、抹缝、养护等 |
| | 安装双桁架构件 | 包括:安、拆地锚;竖、拆及移动扒杆;整修构件;起吊,安装,就位,校正,固定;坐浆,填塞等 |
| | 安装板拱 | 包括:安拆地锚;竖、拆及移动扒杆;起吊设备就位;整修构件;起吊,安装,就位,校正,固定;坐浆,填塞,养护等 |
| | 安装小型构件 | 包括:起吊设备就位;整修构件;起吊,安装,就位,校正,固定;砂浆配、拌、运、捣固;焊接等 |
| | 钢管栏杆及扶手安装 | 包括:1. 钢管栏杆:选料,切口,挖孔,切割;安装、焊接、校正、固定等(不包括混凝土捣脚)<br>2. 钢管扶手:切割钢管,钢板;钢管挖眼,调直;安装,焊接等 |
| | 安装支座 | 包括:安装、定位、固定、焊接等 |
| | 安装泄水孔 | 包括:清孔、熬涂沥青、绑扎、安装等 |
| | 安装伸缩缝 | 包括:焊接、安装;切割临时接头;熬涂拌沥青及油浸;混凝土配、拌、运;沥青玛𤩊脂嵌缝;铁皮加工、固定等<br>注:梳型钢板、钢板、橡胶板及毛勒伸缩缝均按成品安装考虑,成品费用另计 |
| | 安装沉降缝 | 包括:截、铺油毡或甘蔗板;熬涂沥青、安装整修等 |

市政工程常用资料备查手册

| 项　目 | | 工作内容 |
|---|---|---|
| 临时工程 | 搭、拆桩基础支架平台 | 包括:竖拆桩架;制桩、打桩;装、拆桩箍;装钉支柱,盖木,斜撑,搁梁及铺板;拆除脚手板及拔桩;搬运材料,整理,堆放;组装拆卸船排(水上) |
| | 搭、手推磨垛 | 包括:平整场地,搭设,拆除等 |
| | 拱、板涵拱盔支架 | 包括:选料、制作、安装、校正、拆除、机械移动、清场、整堆等 |
| | 桥梁支架 | 包括:1.木支架:支架制作、安装、拆除;桁架式包括踏步、工作平台的制作、搭设、拆除;地锚埋设、拆除、缆风架设、拆除等<br>2.钢支架:平整场地,搭、拆钢管支架;材料堆放等<br>3.防撞墙悬挑支架:准备工作;焊接、固定,搭、拆支架,铺脚手板、安全网等<br>注:满堂式钢管支架定额只含搭拆,使用费单价(t·d)由各省、自治区、直辖市自定,工程量按每立方米空间50kg计算(包括扣件等) |
| | 组装、拆卸船排 | 包括:选料、捆绑船排、就位、拆除、整理、堆放等 |
| | 组装、拆卸柴油打桩机 | 包括:组装、拆除打桩机械及辅助机械,安拆地锚,打、拔缆风桩,试车,清场等 |
| | 组装、拆卸万能杆件 | 包括:安装、拆除、整理、堆放等<br>注:定额只含搭拆万能杆件摊销量,其使用费单位(t·d)由各省、自治区、直辖市自定,工程量按每立方米空间体积125kg计算 |
| | 挂篮安装、拆除、推移 | 包括:1.安装:定位、校正、焊接、固定(不包括制作)<br>2.拆除:气割、整理<br>3.推移:定位、校正、固定<br>注:挂篮施工所需压重材料由各省、自治区、直辖市自定,费用另计 |
| | 筑、拆胎、地模 | 包括:平整场地;模板制作、安装、拆除;混凝土配、拌、运;筑、浇、砌、堆;拆除等<br>注:块石灰消解费用另计 |
| | 凿除桩顶钢筋混凝土 | 包括:拆除、旧料运输 |
| 装饰工程 | 水泥砂浆抹面 | 包括:清理及修理基底,补表面;堵墙眼;湿治;砂浆配、拌;抹灰等 |
| | 水刷石、剁斧石 | 包括:清理基底及修补表面;刮底;嵌条;起线;湿治;砂浆配、拌;抹面;刷石;清场等 |
| | 拉毛 | 包括:清理基底及修补表面;砂浆配、拌;打底抹面;湿治;罩面;拉毛;清场等 |
| | 水磨石 | 包括:清理基底及修补表面;刮底;砂浆配、拌;抹面;压光;磨平;清场 |
| | 镶贴面层 | 包括:清理基底及修补表面;刮底;砂浆配、拌;抹平;砍、打及磨光块料边缘;镶贴;修嵌缝隙;涂污;打蜡擦亮;材料运输及清场等 |
| | 水质涂料 | 包括:清理基底;砂浆配、拌;打底抹面;抹腻子;涂刷;清场等 |
| | 油漆 | 包括:除锈,清扫;抹腻子;刷涂料等 |

## 8.1.2　桥涵工程定额说明

### 8.1.2.1　打桩工程定额说明

(1)《全统市政定额》第三册《桥涵工程》第一章打桩工程内容包括打木制桩、打钢筋混凝土桩、打钢管桩、送桩、接桩等项目共12节107个子目。

(2)定额中土质类别均按甲级土考虑。各省、自治区、直辖市可按本地区土质类别进行调整。

(3)定额均为打直桩,如打斜桩(包括俯打、仰打)斜率在1:6以内时,人工乘以1.33,机械乘以1.43。

(4)定额均考虑在已搭置的支架平台上操作,但不包括支架平台,其支架平台的搭设与拆除应按《桥涵工程》第九章有关项目计算。

（5）陆上打桩采用履带式柴油打桩机时，不计陆上工作平台费，可计 20cm 碎石垫层，面积按陆上工作平台面积计算。

（6）船上打桩定额按两艘船只拼搭、捆绑考虑。

（7）打板桩定额中，均已包括打、拔导向桩内容，不得重复计算。

（8）陆上、支架上、船上打桩定额中均未包括运桩。

（9）送桩定额按送 4m 为界，如实际超过 4m 时，按相应定额乘以下列调整系数：

① 送桩 5m 以内乘以 1.2 系数。

② 送桩 6m 以内乘以 1.5 系数。

③ 送桩 7m 以内乘以 2.0 系数。

④ 送桩 7m 以上，以调整后 7m 为基础，每超过 1m 递增 0.75 系数。

（10）打桩机械的安装、拆除按《桥涵工程》第九章有关项目计算。打桩机械场外运输费按机械台班费用定额计算。

### 8.1.2.2 钻孔灌注桩工程定额说明

（1）《全统市政定额》第三册《桥涵工程》第二章钻孔灌注桩工程包括埋设护筒，人工挖孔、卷扬机带冲抓锥、冲击钻机、回旋钻机四种成孔方式及灌注混凝土等项目共 7 节 104 个子目。

（2）定额适用于桥涵工程钻孔灌注桩基础工程。

（3）定额钻孔土质分为 8 种：

① 砂土。粒径≤2mm 的砂类土，包括淤泥、黏性粉土。

② 黏土。粉质黏土、黏土、黄土，包括土状风化。

③ 砂砾。粒径 2～20mm 的角砾、圆砾含量≤50%，包括礓石黏土及粒状风化。

④ 砾石。粒径 2～20mm 的角砾、圆砾含量＞50%，有时还包括粒径为 20～200mm 的碎石、卵石，其含量在 50% 以内，包括块状风化。

⑤ 卵石。粒径 20～200mm 的碎石、卵石含量大于 10%，有时还包括块石、漂石，其含量在 10% 以内，包括块状风化。

⑥ 软石。各种松软、胶结不紧、节理较多的岩石及较坚硬的块石土、漂石土。

⑦ 次坚石。硬的各类岩石，包括粒径大于 500mm、含量大于 10% 的较坚硬的块石、漂石。

⑧ 坚石。坚硬的各类岩石，包括粒径大于 1000mm、含量大于 10% 的坚硬的块石、漂石。

（4）成孔定额按孔径、深度和土质划分项目，若超过定额使用范围时，应另行计算。

（5）埋设钢护筒定额中钢护筒按摊销量计算，若在深水作业时，钢护筒无法拔出时，经建设单位签证后，可按钢护筒实际用量（或参考表 8-1-3）减去定额数量一次增列计算，但该部分不得计取除税金外的其他费用。

表 8-1-3　钢护筒摊销量计算参考值

| 桩径/mm | 800 | 1000 | 1200 | 1500 | 2000 |
|---|---|---|---|---|---|
| 每米护筒质量/(kg/m) | 155.06 | 184.87 | 285.93 | 345.09 | 554.6 |

（6）灌注桩混凝土均考虑混凝土水下施工，按机械搅拌，在工作平台上导管倾注混

凝土。定额中已包括设备（如导管等）摊销及扩孔增加的混凝土数量，不得另行计算。

（7）定额中未包括：钻机场外运输、截除余桩、废泥浆处理及外运，其费用可另行计算。

（8）定额中不包括在钻孔中遇到障碍必须清除的工作，发生时另行计算。

（9）泥浆制作定额按普通泥浆考虑，若需采用膨润土，各省、自治区、直辖市可作相应调整。

## 8.1.2.3　砌筑工程定额说明

（1）《全统市政工程》第三册《桥涵工程》第三章砌筑工程包括浆砌块石、料石、混凝土预制块和砖砌体等项目共 5 节 21 个子目。

（2）定额适用于砌筑高度在 8m 以内的桥涵砌筑工程。定额未列的砌筑项目，按《全统市政定额》第一册《通用项目》相应定额执行。

（3）砌筑定额中未包括垫层、拱背和台背的填充项目，如发生上述项目，可套用有关定额。

（4）拱圈底模定额中不包括拱盔和支架，可按《桥涵工程》第九章临时工程相应定额执行。

（5）定额中调制砂浆，均按砂浆拌和机拌和，如采用人工拌制时，定额不予调整。

## 8.1.2.4　钢筋工程定额说明

（1）《全统市政定额》第三册《桥涵工程》第四章钢筋工程包括桥涵工程各种钢筋、高强钢丝、钢绞线、预埋铁件的制作安装等项目共 4 节 27 个子目。

（2）定额中钢筋按 $\phi$10mm 以内及 $\phi$10mm 以外两种分列，$\phi$10mm 以内采用 Q235 钢，$\phi$10mm 以外采用 16 锰钢，钢板均按 Q23s 钢计列，预应力筋采用 HRB500 级钢、钢绞线和高强钢丝。因设计要求采用钢材与定额不符时，可予调整。

（3）因束道长度不等，故定额中未列锚具数量，但已包括锚具安装的人工费。

（4）先张法预应力筋制作、安装定额，未包括张拉台座，该部分可由各省、自治区、直辖市视具体情况另行规定。

（5）压浆管道定额中的铁皮管、波纹管均已包括套管及三通管安装费用，但未包括三通管费用，可另行计算。

（6）定额中钢绞线按 $\phi$15mm，$\phi$24mm、束长在 40m 以内考虑，如规格不同或束长超过 40m 时，应另行计算。

## 8.1.2.5　现浇混凝土工程定额说明

（1）《全统市政定额》第三册《桥涵工程》第五章现浇混凝土工程包括基础、墩、台、柱、梁、桥面、接缝等项目共 14 节 76 个子目。

（2）定额适用于桥涵工程现浇各种混凝土构筑物。

（3）定额中嵌石混凝土的块石含量如与设计不同时，可以换算，但人工及机械不得调整。

（4）定额中均未包括预埋铁件，如设计要求预埋铁件时，可按设计用量套用《桥涵工程》第四章有关项目。

（5）承台分有底模及无底模两种，应按不同的施工方法套用相应项目。

（6）定额中混凝土按常用强度等级列出，如设计要求不同时可以换算。

（7）定额中模板以木模、工具式钢模为主（除防撞护栏采用定型钢模外）。若采用其他类型模板时，允许各省、自治区、直辖市进行调整。

（8）现浇梁、板等模板定额中均已包括铺筑底模内容，但未包括支架部分。如发生时可套用《桥涵工程》第九章有关项目。

### 8.1.2.6 预制混凝土工程定额说明

（1）《全统市政定额》第三册《桥涵工程》第六章预制混凝土工程包括预制桩、柱、板、梁及小型构件等项目共8节44个子目。

（2）定额适用于桥涵工程现场制作的预制构件。

（3）定额中均未包括预埋铁件，如设计要求预埋铁件时，可按设计用量套用《桥涵工程》第四章有关项目。

（4）定额不包括地模、胎模费用，需要时可按《桥涵工程》第九章有关定额计算。胎、地模的占用面积可由各省、自治区、直辖市另行规定。

### 8.1.2.7 立交箱涵工程定额说明

（1）《全统市政定额》第三册《桥涵工程》第七章立交箱涵工程包括箱涵制作、顶进、箱涵内挖土等项目共7节36个子目。

（2）定额适用于穿越城市道路及铁路的立交箱涵顶进工程及现浇箱涵工程。

（3）定额顶进土质按Ⅰ、Ⅱ类土考虑，若实际土质与定额不同时，可由各省、自治区、直辖市进行调整。

（4）定额中未包括箱涵顶进的后靠背设施等，其发生费用另行计算。

（5）定额中未包括深基坑开挖、支撑及井点降水的工作内容，可套用有关定额计算。

（6）立交桥引道的结构及路面铺筑工程，根据施工方法套用有关定额计算。

### 8.1.2.8 安装工程定额说明

（1）《全统市政定额》第三册《桥涵工程》第八章安装工程包括安装排架立柱、墩台管节、板、梁、小型构件、栏杆扶手、支座、伸缩缝等项目共13节90个子目。

（2）定额适用于桥涵工程混凝土构件的安装等项目。

（3）小型构件安装已包括150m场内运输，其他构件均未包括场内运输。

（4）安装预制构件定额中，均未包括脚手架，如需要用脚手架时，可套用《全统市政定额》第一册《通用项目》相应定额项目。

（5）安装预制构件，应根据施工现场具体情况，采用合理的施工方法，套用相应定额。

（6）除安装梁分陆上、水上安装外，其他构件安装均未考虑船上吊装，发生时可增计船只费用。

### 8.1.2.9 临时工程定额说明

（1）《全统市政定额》第三册《桥涵工程》第九章临时工程内容包括桩基础支架平台、木垛、支架的搭拆，打桩机械、船排、万能杆件的组拆，挂篮的安拆和推移，胎地模的筑拆及桩顶混凝土凿除等项目共10节40个子目。

（2）定额中支架平台适用于陆上、支架上打桩及钻孔灌注桩。支架平台分陆上平台与水上平台两类，其划分范围由各省、自治区、直辖市根据当地的地形条件和特点确定。

（3）桥涵拱盔、支架均不包括底模及地基加固在内。

（4）组装、拆卸船排定额中未包括压舱费用。压舱材料取定为大石块，并按船排总吨位的30%计取（包括装、卸在内150m的二次运输费）。

（5）打桩机械锤重的选择见表8-1-4。

表 8-1-4　打桩机械锤重的选择

| 桩　类　别 | 桩长度/m | 桩截面积 $S$/m²,管径 $\phi$/mm | 柴油桩机锤重/kg |
|---|---|---|---|
| 钢筋混凝土方桩及板桩 | $l\leqslant8.00$ | $S\leqslant0.05$ | 600 |
|  | $l\leqslant8.00$ | $0.05<S\leqslant0.105$ | 1200 |
|  | $8.00<l\leqslant16.00$ | $0.105<S\leqslant0.125$ | 1800 |
|  | $16.00<l\leqslant24.00$ | $0.125<S\leqslant0.160$ | 2500 |
|  | $24.00<l\leqslant28.00$ | $0.160<S\leqslant0.225$ | 4000 |
|  | $28.00<l\leqslant32.00$ | $0.225<S\leqslant0.250$ | 5000 |
|  | $32.00<l\leqslant40.00$ | $0.250<S\leqslant0.300$ | 7000 |
| 钢筋混凝土管桩 | $l\leqslant25.00$ | $\phi400$ | 2500 |
|  | $l\leqslant25.00$ | $\phi550$ | 4000 |
|  | $l\leqslant25.00$ | $\phi600$ | 5000 |
|  | $l\leqslant50.00$ | $\phi600$ | 7000 |
|  | $l\leqslant25.00$ | $\phi800$ | 5000 |
|  | $l\leqslant50.00$ | $\phi800$ | 7000 |
|  | $l\leqslant25.00$ | $\phi1000$ | 7000 |
|  | $l\leqslant50.00$ | $\phi1000$ | 8000 |

注：钻孔灌注桩工作平台按孔径 $\phi\leqslant1000$mm，套用锤重 1800kg 打桩工作平台；$\phi>1000$mm，套用锤重 2500kg 打桩工作平台。

（6）搭、拆水上工作平台定额中，已综合考虑了组装、拆卸船排及组装、拆卸打拔桩架工作内容，不得重复计算。

## 8.1.2.10　装饰工程定额说明

（1）《全统市政定额》第三册《桥涵工程》第十章装饰工程包括砂浆抹面、水刷石、剁斧石、拉毛、水磨石、镶贴面层、涂料、油漆等项目共 8 节 46 个子目。

（2）定额适用于桥、涵构筑物的装饰项目。

（3）镶贴面层定额中，贴面材料与定额不同时，可以调整换算，但人工与机械台班消耗量不变。

（4）水质涂料不分面层类别，均按定额计算，由于涂料种类繁多，如采用其他涂料时，可以调整换算。

（5）水泥白石子浆抹灰定额，均未包括颜料费用，如设计需要颜料调制时，应增加颜料费用。

（6）油漆定额按手工操作计取，如采用喷漆时，应另行计算。定额中油漆种类与实际不同时，可以调整换算。

（7）定额中均未包括施工脚手架，发生时可按《全统市政定额》第一册《通用项目》相应定额执行。

## 8.1.3　桥涵工程定额计算规则

表 8-1-5　桥涵工程定额计算规则

| 项　目 | 工程量计算规则 |
|---|---|
| 打桩工程 | 1. 打桩：①钢筋混凝土方桩、板桩按桩长度（包括桩尖长度）乘以桩横断面面积计算；②钢筋混凝土管桩按桩长度（包括桩尖长度）乘以桩横断面面积，减去空心部分体积计算；③钢管桩按成品桩考虑，以"t"计算<br>2. 焊接桩型钢用量可按实调整<br>3. 送桩：①陆上打桩时，以原地面平均标高增加 1m 为界线，界线以下至设计桩顶标高之间的打桩实体积为送桩工程量；②支架上打桩时，以当地施工期间的最高潮水位增加 0.5m 为界线，界线以下至设计桩顶标高之间的打桩实体积为送桩工程量；③船上打桩时，以当地施工期间的平均水位增加 1m 为界线，界线以下至设计桩顶标高之间的打桩实体积为送桩工程量 |

| 项　　目 | 工程量计算规则 |
|---|---|
| 钻孔灌注桩工程 | 1. 灌注桩成孔工程量按设计入土深度计算。定额中的孔深指护筒顶至桩底的深度。成孔定额中同一孔内的不同土质,不论其所在的深度如何,均执行总孔深定额<br>2. 人工挖桩孔土方工程量按护壁外缘包围的面积乘以深度计算<br>3. 灌注桩水下混凝土工程量按设计桩长增加 1.0m 乘以设计横断面面积计算<br>4. 灌注桩工作平台按《桥涵工程》第九章有关项目计算<br>5. 钻孔灌注桩钢筋笼按设计图纸计算,套用《桥涵工程》第四章钢筋工程有关项目<br>6. 钻孔灌注桩需使用预埋铁件时,套用《桥涵工程》第四章钢筋工程有关项目 |
| 砌筑工程 | 1. 砌筑工程量按设计砌体尺寸以立方米体积计算,嵌入砌体中的钢管、沉降缝、伸缩缝以及单孔面积 0.3m² 以内的预留孔所占体积不予扣除<br>2. 拱圈底模工程量按模板接触砌体的面积计算 |
| 钢筋工程 | 1. 钢筋按设计数量套用相应定额计算(损耗已包括在定额中)。设计未包括施工用筋经建设单位同意后可另计<br>2. T 形梁连接钢板项目按设计图纸,以"t"为单位计算<br>3. 锚具工程量按设计用量乘以下列系数计算:锥形锚:1.05;OVM 锚:1.05;墩头锚:1.00<br>4. 管道压浆不扣除钢筋体积 |
| 现浇混凝土工程 | 1. 混凝土工程量按设计尺寸以实体积计算(不包括空心板、梁的空心体积),不扣除钢筋、铁丝、铁件、预留压浆孔道和螺栓所占的体积<br>2. 模板工程量按模板接触混凝土的面积计算<br>3. 现浇混凝土墙、板上单孔面积在 0.31m² 以内的孔洞体积不予扣除,洞侧壁模板面积亦不再计算;单孔面积在 0.3m² 以上时,应予扣除,洞侧壁模板面积并入墙、板模板工程量之内计算 |
| 预制混凝土工程 | 1. 混凝土工程量计算<br>①预制桩工程量按桩长度(包括桩尖长度)乘以桩横断面面积计算<br>②预制空心构件按设计图尺寸扣除空心体积,以实体积计算。空心板梁的堵头板体积不计入工程量内,其消耗量已在定额中考虑<br>③预制空心板梁,凡采用橡胶囊做内模的,考虑其压缩变形因素,可增加混凝土数量,当梁长在 16m 以内时,可按设计计算体积增加 7%,若梁长大于 16m 时,则增加 9% 计算。如设计图已注明考虑橡胶囊变形时,不再予增加计算<br>④预应力混凝土构件的封锚混凝土数量并入构件混凝土工程量计算<br>2. 模板工程量计算<br>①预制构件中预应力混凝土构件及 T 形梁、工形梁、双曲拱、桁架拱等构件均按模板接触混凝土的面积(包括侧模、底模)计算<br>②灯柱、端柱、栏杆等小型构件按平面投影面积计算<br>③预制构件中非预应力构件按模板接触混凝土的面积计算,不包括胎、地模<br>④空心板梁中空心部分,定额中采用橡胶囊抽拔,其摊销量已包括在定额中,不再计算空心部分模板工程量<br>⑤空心板中空心部分,可按模板接触混凝土的面积计算工程量<br>3. 预制构件中的钢筋混凝土桩、梁及小型构件,可按混凝土定额基价的 2% 计算其运、堆放、安装损耗,但该部分不计材料用量 |
| 立交箱涵工程 | 1. 箱涵滑板下的肋楞,其工程量并入滑板内计算<br>2. 箱涵混凝土工程量,不扣除单孔面积 0.3m² 以下的预留孔洞体积<br>3. 顶柱、中继间护套及挖土支架均属专用周转性金属构件,定额中已按摊销量计列,不得重复计算<br>4. 箱涵顶进定额分空顶、无中继间实土顶和有中继间实土顶三类,其工程量计算如下:<br>①空顶工程量按空顶的单节箱涵重量乘以箱涵位移距离计算;<br>②实土顶工程量按被顶箱涵的重量乘以箱涵位移距离分段累计计算;<br>5. 气垫只考虑在预制箱涵底板上使用,按箱涵底面积计算。气垫的使用天数由施工组织设计确定,但采用气垫后在套用顶进定额时应乘以 0.7 系数 |
| 安装工程 | 1. 定额中安装预制构件以"m³"为计量单位的,均按构件混凝土实体积(不包括空心部分)计算<br>2. 驳船不包括进出场费,其吨位单价由各省、自治区、直辖市确定 |

| 项　　目 | 工程量计算规则 |
|---|---|
| 临时工程 | 1. 搭拆打桩工作平台面积计算<br>①桥梁打桩：$\qquad F=N_1F_1+N_2F_2$<br>每座桥台(桥墩)：$\qquad F_1=(5.5+A+2.5)(6.5+D)$<br>每条通道：$\qquad F_2=6.5\times[L-(6.5+D)]$<br>②钻孔灌注桩：$\qquad F=N_1F_1+N_2F_2$<br>每座桥台(桥墩)：$\qquad F_1=(A+6.5)(6.5+D)$<br>每条通道：$\qquad F_2=6.5\times[L-(6.5+D)]$<br>式中，$F$ 为工作平台总面积；$F_1$ 为每座桥台(桥墩)工作平台面积；$F_2$ 为桥台至桥墩间或桥墩至桥墩间通道工作平台面积；$N_1$ 为桥台和桥墩总数量；$N_2$ 为通道总数量；$D$ 为二排桩之间距离，m；$L$ 为桥梁跨径或护岸的第一根桩中心至最后一根桩中心之间的距离，m；$A$ 为桥台(桥墩)每排桩的第一根桩中心至最后一根桩中心之间的距离，m。<br>2. 凡台与墩或墩与墩之间不能连续施工时(如不能断航、断交通或拆迁工作不能配合)，每个墩、台可计一次组装、拆卸柴油打桩架及设备运输费<br>3. 桥涵拱盔、支架空间体积计算<br>①桥涵拱盔体积按起拱线以上弓形侧面积乘以(桥宽+2m)计算；<br>②桥涵支架体积为结构底至原地面(水上支架为水上支架平台顶面)平均标高乘以纵向距离再乘以(桥宽+2m)计算 |
| 装饰工程 | 定额中除金属面油漆以"t"计算外，其余项目均按装饰面积计算 |

## 8.1.4　桥涵工程定额编制说明

表 8-1-6　桥涵工程定额编制说明

| 项　　目 | | 工作内容 |
|---|---|---|
| 适用范围 | | 1. 单跨 100 以内的城镇桥梁工程<br>2. 单跨 5 以内的各种板涵：拱涵工程<br>3. 穿越城市道路及铁路的立交箱涵工程 |
| 编制原则 | | 1. 桥涵工程编制以大、中、小桥为主，适用于单跨 100m 以内钢筋混凝土及预应力钢筋混凝土桥梁<br>2. 桥高取定 8m，跨径取定为 30m 以内，水中桥水深取定为 3m 以内，桥宽取定为 14m<br>3. 桥梁施工范围分陆地桥、跨河桥<br>4. 桥梁结构形式<br>①简支梁(含板式梁、T 形梁、箱梁、L 字梁、槽形梁)；<br>②连续梁(支架上现浇、悬浇)，预制拼装<br>5. 现浇及预制混凝土定额中混凝土、钢筋、模板分别列开 |
| 编制中有关数据的取定 | 人工 | 定额人工的工日不分工种、技术等级一律以综合工日表示。内容包括基本用工、超运距用工、人工幅度差和辅助用工<br>$\qquad$综合工日＝基本用工＋超运距用工＋人工幅度差＋辅助用工 |
| | | 1. 基本用工：以全国统一劳动定额或全国统一建筑基础定额和全国统一安装基础定额为基础计算<br>2. 人工幅度差＝∑(基本用工＋超运距用工)×人工幅度差率，人工幅度差率取定 15%<br>3. 以全国统一劳动定额为基础计算基本用工，可计入人工幅度差<br>4. 以交通部公路预算定额(1992 年)为基础，计算基本用工时，应先扣除 8%，再计入人工幅度差<br>5. 以全国统一建筑工程基础定额为基础计算基本用工以及根据实际需要采用估工增加的辅助用工，不再计人工幅度差 |
| | 材料 | 材料消耗量是指直接消耗在定额工作内容中的使用量和规定的损耗量<br>$\qquad$总消耗量＝净用量×(1＋损耗率)<br>桥梁工程各种材料损耗率见表 8-1-7 |
| | | 1. 钢筋 ╏ 定额中钢筋按直径分为 $\phi$10mm 以下、$\phi$10mm 以上两种，比例按结构部位来确定 |
| | | 2. 钢材焊接与切割单位材料消耗用量 ╏ 见表 8-1-8～表 8-1-11 |

| 项　　目 | | 工作内容 |
|---|---|---|
| 编制中有关数据的取定 | 材料 | **3. 钢筋的搭接、接头用量计算**　见表 8-1-12 |
| | | **4. 工程用水**<br>①冲洗搅拌机综合取定为 2m³/10m³ 混凝土。<br>②养护用水<br>平面露面:0.004m³/m²×5 次/天×7 天=0.14m³/m²<br>垂直露面:0.004m³/m²×2 次/天×7 天=0.06 m³/m²<br>③纯水泥浆的用水量按水泥重量的 35% 计算<br>④浸砖用水量按使用砖的体积 50% 计算 |
| | | **5. 周转材料**<br>周转材料指不构成工程实体,在施工中必须发生,以周转次数摊销量形式表示的材料。模板:平面以工具式钢模为主,异形以木模为主 |

周转材料指不构成工程实体,在施工中必须发生,以周转次数摊销量形式表示的材料。模板:平面以工具式钢模为主,异形以木模为主

**工具式钢模板:**
①钢模周转材料使用次数见表 8-1-13
②工具式钢模板重量取定。工具式钢模板由钢模板(包括平模、阴阳角模、固定角模)、零星卡具(U 形卡、插销及其他扣件等)、支撑钢管和部分木模组成。定额按厚 2.5mm 钢模板计算,每平方米钢模板为 34kg,扣件为 5.43kg,钢支撑另行计算
③钢支撑。钢管支撑采用 $\phi$48mm,壁厚 3.5mm,每 1m 质量 3.84kg,扣件每个重量 1.3kg(T 字形、回转形、加权平均)计算
根据构筑物高度,确定钢模板接触混凝土面积,所需每平方米支撑用量:
1m 以内:1×4+0.5×1.4=4.7m
2m 以内:1×4+1×1.4=5.4m
3m 以内:1×4+1.5×1.4=6.1m
4m 以内:1×4+2×1.4=6.8m
5m 以内:1×4+5×1.4=11.0m
6m 以内:1×4+7×1.4=13.8m
7m 以内:1×4+8×1.4=15.2m
8m 以内:1×4+9×1.4=16.6m
9m 以内:1×4+10×1.4=18.0m
10m 以内:1×4+11×1.4=19.4m
11m 以内:1×4+12×1.4=20.8m
12m 以内:1×4+13×1.4=22.2m
扣件:用量根据各种高度综合考虑,217 个/m。
钢模支撑拉杆:用量按钢模接触混凝土面积每 1m² 一根,采用 $\phi$12mm 圆钢(每米质量 0.888kg),并配 2 只尼龙帽
本定额钢木模比例取定为钢模 85%,木模 15%

**木模板:**
木模板周转次数和一次补损率见表 8-1-14
①木模材料取定。板厚取定为 2.5cm,支撑规格根据不同结构部位受力情况计算而定,不作统一规定
②木模板的计算方法:

$$摊销量=周转使用量-回收量×回收折价率$$

$$周转使用量=\frac{一次使用量×(周转次数-1)×损耗率}{周转次数}$$

$$回收量=一次使用量×\left(\frac{1-损耗率}{周转次数}\right)$$

$$K_1=周转使用系数=\frac{1+(周转次数-1)×损耗率}{周转次数}$$

则:周转使用量=一次使用量×$K_1$
故:

$$摊销量=一次使用量×K_1-一次使用量×\frac{(1-损耗率)×回收折价率}{周转次数}$$

$$=一次使用量×\left[K_1-\frac{(1-损耗率)×回收折价率}{周转次数}\right]$$

| 项目 | | 工作内容 |
|---|---|---|
| 编制中有关数据的取定 | 材料 | **5. 周转材料**<br><br>$$K_2 = 摊销量系数 = \left[ K_2 \frac{(1-损耗率) \times 回收折价率}{周转次数} \right]$$<br>摊销量＝一次使用量×$K_2$<br>定额使用量＝摊销量×(1＋模板损耗率)<br>式中，$K_1$ 为周转使用系数；$K_2$ 为摊销量系数。 |
| | | **6. 铁钉用量计算** 按配不同构件的模板，根据支模的质量标准来计算 |
| | | **7. 设备材料用量计算** 设备材料指机械台班中不包括的，如木扒杆、铁扒杆、地拢等材料。各种设备材料用量计算根据 1986 年《全国统一市政定额》桥涵基本数据确定，用量按桥次摊销，每一个桥次为 315m³ 混凝土 |
| | | **8. 草袋用量计算**<br><br>$$草袋摊销量 = \frac{混凝土露明面积 \times (1+草袋搭接损耗)}{草袋周转次数}$$<br>草袋损耗率 4%，草袋搭接损耗率 30% 考虑，草袋周转次数为 5 次<br><br>$$草袋摊销系数 = \frac{1+草袋搭接损耗}{草袋周转次数} = \frac{1+0.3}{5} = 0.26$$<br><br>$$草袋摊销量(个) = \frac{混凝土露明面积 \times 0.26}{草袋有效使用面积按 0.42m² 计}$$<br><br>草袋定额使用量＝草袋摊销量×(1＋草袋损耗率) |
| | | **9. 其他材料的取定**<br>①脱模油按每平方米模板接触混凝土面积 0.10kg 计<br>②模板嵌缝料(绒布)，按 20.05kg/m 计<br>③尼龙帽按 5 次摊销<br>④白棕绳按 2 次摊销 |
| | 机械 | 机械台班耗用量指按照施工作业，取用合理的机械，完成单位产品耗用的机械台班消耗量 |
| | | 1. 属于按施工机械技术性能直接计取台班产量的机械，则直接按台班产量计算<br>2. 按劳动定额计算定额台班量：<br><br>$$定额台班量 = \frac{1}{产量定额 \times 小组成员} \times 定额单位量$$<br><br>分项工程量指单位定额中需要加工的分项工程量，产量定额指按劳动定额取定的每工日完成的产量<br>3. 桥涵机械幅度差见表 8-1-15 |
| 其他有关问题的说明 | | 1. 运输的取定<br>①预算定额运距的取定，除注明运距外，均按 150m 运距计；<br>②超运距＝150m 总运距－劳动定额基本运距；<br>③垂直运输 1m 按水平运输 7m 计：<br>　a. 后台生料运输采用人力手推车，水泥、黄砂、石子运输数量参照 1992 年交通部公路工程预算定额混凝土配合比表；<br>　b. 前台熟料运输采用 1t 机动翻斗车；<br>④构件安装(包括打桩)均不包括场内运输 |
| | | 2. 桥次的计算依据。按 3 孔、16m 的板梁、14m 宽的中型桥梁，混凝土量为 315m³ |
| | | 3. 安装定额中，机械选用一般按构件重量的 3 倍配备机械 |
| | | 4. 悬臂浇筑定额中所使用的挂篮及金属托架是按单位工程一次用量扣 25% 的残值后一次摊销 |

**表 8-1-7　材料损耗率表**

| 序号 | 材料名称 | 说明、规格 | 计量单位 | 损耗率/% | 序号 | 材料名称 | 说明、规格 | 计量单位 | 损耗率/% |
|---|---|---|---|---|---|---|---|---|---|
| 1 | 钢筋 | φ10mm 以内 | t | 2 | 6 | 连接板 | | t | 20 |
| 2 | | φ10mm 以外 | t | 4 | 7 | 型钢 | | t | 6 |
| 3 | 预应力钢筋 | 后张法 | t | 6 | 8 | 钢管 | | t | 2 |
| 4 | 高强钢丝、钢绞线 | 后张法 | t | 4 | 9 | 钢板卷管 | 钢管桩 | t | 12 |
| 5 | 中厚钢板 | 4.5～15mm | t | 6 | 10 | 镀锌铁丝 | | kg | 3 |

| 序号 | 材料名称 | 说明、规格 | 计量单位 | 损耗率/% | 序号 | 材料名称 | 说明、规格 | 计量单位 | 损耗率/% |
|---|---|---|---|---|---|---|---|---|---|
| 11 | 圆钉 | | kg | 2 | 33 | 草袋 | | 只 | 4 |
| 12 | 螺栓 | | kg | 2 | 34 | 沥青伸缩缝 | | m | 2 |
| 13 | 钢丝绳 | | kg | 2.5 | 35 | 橡胶支座 | | cm³ | 2 |
| 14 | 铁件 | | kg | 1 | 36 | 油毡 | | m² | 2 |
| 15 | 钢钎 | | kg | 20 | 37 | 沥青 | | kg | 2 |
| 16 | 焊条 | | kg | 10 | 38 | 煤 | | t | 8 |
| 17 | 水泥 | | t | 2 | 39 | 水 | | m³ | 5 |
| 18 | 水泥 | 接口 | t | 10 | 40 | 水泥混凝土管 | | m³ | 2.5 |
| 19 | 黄砂 | | m³ | 3 | 41 | 钢筋混凝土管 | | m³ | 1 |
| 20 | 碎石 | | m³ | 2 | 42 | 混凝土小型预制构件 | | m³ | 1 |
| 21 | 预应力钢筋 | 先张法 | t | 11 | 43 | 普通砂浆 | 勾缝 | m³ | 4 |
| 22 | 高强钢丝、钢绞线 | 先张法 | t | 14 | 44 | 砌筑 | | m³ | 2.5 |
| 23 | 料石 | | m³ | 1 | 45 | 压浆 | | m³ | 5 |
| 24 | 黏土 | | m³ | 4 | 46 | 水泥混凝土 | 现浇 | m³ | 1.5 |
| 25 | 机砖 | | 千块 | 3 | 47 | 预制 | | m³ | 1.5 |
| 26 | 锯材 | | m³ | 5 | 48 | 预制桩 | 运输 | m³ | 1.5 |
| 27 | 桩木 | | m³ | 5 | 49 | 预制梁 | 运输 | m³ | 1.5 |
| 28 | 枕木 | | m³ | 5 | 50 | 块石 | | m³ | 2 |
| 29 | 木模板 | | m³ | 5 | 51 | 橡胶止水带 | | m | 1 |
| 30 | 环氧树脂 | | kg | 2 | 52 | 棕绳 | | kg | 3 |
| 31 | 氧气 | 工业用 | m³ | 10 | 53 | 钢模板、支撑管 | | kg | 2 |
| 32 | 油麻 | | kg | 5 | 54 | 卡具 | | kg | 3 |

表 8-1-8　钢筋焊接焊条用量

| 项目 | 单位 | 钢筋直径/mm | | | | | | | | | | | | |
|---|---|---|---|---|---|---|---|---|---|---|---|---|---|---|
| | | 12 | 14 | 16 | 18 | 19 | 20 | 22 | 24 | 25 | 26 | 28 | 30 | 32 | 36 |
| 拼接焊 | m | 0.28 | 0.33 | 0.38 | 0.42 | 0.44 | 0.46 | 0.52 | 0.59 | 0.62 | 0.66 | 0.75 | 0.85 | 0.94 | 1.14 |
| 搭接焊 | | 0.28 | 0.33 | 0.38 | 0.44 | 0.47 | 0.50 | 0.61 | 0.74 | 0.81 | 0.88 | 1.03 | 1.19 | 1.36 | 1.67 |
| 与钢板搭接 | 焊缝 | 0.24 | 0.28 | 0.33 | 0.38 | 0.41 | 0.44 | 0.54 | 0.67 | 0.73 | 0.80 | 0.95 | 1.10 | 1.27 | 1.56 |
| 电弧焊对接 | 100 个接头 | | | | | | 0.78 | 0.99 | 1.25 | 140 | 1.55 | 2.01 | 2.42 | 2.83 | 3.95 |
| 总焊 | 100 点 | | | | | | | | | | | | | | |

表 8-1-9　钢板搭接焊焊条用量（每 1m 焊缝）

| 焊缝高/mm | 4 | 6 | 8 | 10 | 12 | 13 | 14 | 15 | 16 |
|---|---|---|---|---|---|---|---|---|---|
| 焊条/kg | 0.24 | 0.44 | 0.71 | 1.04 | 1.43 | 1.65 | 1.88 | 2.13 | 2.37 |

表 8-1-10　钢板对接焊焊条用量（每 1m 焊缝）

| 方式 | 不开坡口 | | | | 开坡口 | | | | | | | |
|---|---|---|---|---|---|---|---|---|---|---|---|---|
| 钢板厚/mm | 4 | 5 | 6 | 8 | 4 | 5 | 6 | 8 | 10 | 12 | 16 | 20 |
| 焊条/kg | 0.30 | 0.35 | 0.40 | 0.67 | 0.45 | 0.58 | 0.73 | 1.04 | 1.46 | 2.00 | 3.28 | 4.80 |

表 8-1-11　钢板切割氧气和乙炔气用量（每 1m 割缝）

| 钢板焊/mm | 3～4 | 5～6 | 7～8 | 9～10 | 11～12 | 13～14 | 15～16 | 17～18 | 19～20 |
|---|---|---|---|---|---|---|---|---|---|
| 氧气/m³ | 0.11 | 0.13 | 0.16 | 0.18 | 0.20 | 0.22 | 0.24 | 0.26 | 0.28 |
| 乙炔气/m³ | 0.048 | 0.057 | 0.070 | 0.078 | 0.087 | 0.096 | 0.104 | 0.113 | 0.122 |

表 8-1-12　每 1t 钢筋接头及焊接个数与长度

| 钢筋直径/mm | 长度/m | 阻焊接头/只 | 搭接焊缝/m | 搭接焊每 1m 焊缝电焊条用量/kg |
|---|---|---|---|---|
| 10 | 1620.7 | 202.6 | 20.3 | — |
| 12 | 1126.1 | 140.8 | 16.9 | 0.28 |
| 14 | 827.8 | 103.4 | 14.5 | 0.33 |
| 16 | 633.7 | 79.2 | 12.7 | 0.38 |
| 18 | 500.5 | 62.6 | 11.3 | 0.44 |
| 20 | 405.5 | 50.7 | 10.1 | 0.50 |
| 22 | 335.1 | 41.9 | 9.2 | 0.61 |
| 24 | 281.6 | 35.2 | 8.4 | 0.74 |
| 25 | 259.7 | 32.4 | 8.1 | 0.81 |
| 26 | 240.0 | 30.0 | 7.8 | 0.88 |
| 28 | 207.0 | 25.9 | 7.2 | 1.03 |
| 30 | 180.2 | 22.5 | 6.8 | 1.19 |
| 32 | 158.4 | 19.8 | 6.3 | 1.36 |
| 34 | 140.3 | 17.5 | 6.0 | — |
| 36 | 125.2 | 15.7 | 5.6 | 1.67 |

说明：1. 此表是根据《公路工程概算预算定额编制说明》一书换算。

2. 钢筋每根长度取定为 8m。

3. 计算公式：

$$长度（m）＝\frac{1t 钢筋重量}{每 1m 钢筋重量}$$

$$阻焊接头（个）＝\frac{钢筋总长度}{每 1 根钢筋长度（取定 8m）}$$

$$搭接焊缝（m）＝阻焊接头×10 倍钢筋直径$$

搭接焊缝为单面焊缝。

表 8-1-13　钢模周转材料使用次数

| 项　目 | 钢模 | | 扣件 | | 钢管支撑 |
|---|---|---|---|---|---|
| | 现浇 | 预制 | 现浇 | 预制 | |
| 周转次数 | 50 | 150 | 20 | 40 | 75 |

表 8-1-14　木模板周转次数和一次补损率

| 项目及材料 | | 周转次数 | 一次补损率/% | 木模回收折价率/% | 周转使用系数 $K_1$ | 摊销量系数 $K_2$ |
|---|---|---|---|---|---|---|
| 现浇模板 | 模板 | 7 | 15 | 50 | 0.2714 | 0.2107 |
| | 支撑 | 12 | 15 | 50 | 0.2208 | 0.1854 |
| 预制模板 | 模板 | 15 | 15 | 50 | 0.2067 | 0.1784 |
| | 支撑 | 20 | 15 | 50 | 0.1925 | 0.1712 |
| 以钢模为主木模 | | 5 | 15 | 50 | 0.3200 | 0.2400 |

表 8-1-15　桥涵机械幅度差

| 序号 | 机械名称 | 幅度差 | 序号 | 机械名称 | 幅度差 |
|------|----------|--------|------|----------|--------|
| 1 | 单斗挖掘机 | 1.25 | 16 | 电焊机 | 1.50 |
| 2 | 装载机 | 1.33 | 17 | 点焊机 | 1.50 |
| 3 | 载重汽车 | 1.25 | 18 | 对焊机 | 1.50 |
| 4 | 自卸汽车 | 1.25 | 19 | 自动弧焊机 | 1.50 |
| 5 | 机动翻斗车 | 1.43 | 20 | 木工机械 | 1.50 |
| 6 | 轨道平车 | 2.20 | 21 | 空气压缩机 | 1.50 |
| 7 | 各式起重机 | 1.60 | 22 | 离心式水泵 | 1.30 |
| 8 | 卷扬机 | 1.60 | 23 | 多级离心泵 | 1.30 |
| 9 | 打桩机 | 1.33 | 24 | 泥浆泵 | 1.30 |
| 10 | 混凝土搅拌机 | 1.33 | 25 | 打夯机 | 1.33 |
| 11 | 灰浆搅拌机 | 1.33 | 26 | 钢筋加工机械 | 1.50 |
| 12 | 振动机 | 1.33 | 27 | 潜水设备 | 1.60 |
| 13 | 拉伸机 | 1.60 | 28 | 驳船 | 3.00 |
| 14 | 喷浆机 | 2.00 | 29 | 气焊设备 | 1.50 |
| 15 | 油压千斤顶 | 2.30 | 30 | 回旋钻机 | 1.60 |

# 8.2　桥涵工程清单计价计算规则

## 8.2.1　桥涵工程计算量说明

### 8.2.1.1　桥涵工程清单项目的划分（表 8-2-1）

表 8-2-1　桥涵工程清单项目的划分

| 项目 | 包含的内容 |
|------|-----------|
| 桩基 | 桩基包括圆木桩、钢筋混凝土板桩、钢筋混凝土方桩(管桩)、钢管桩、钢管成孔灌注桩、挖孔灌柱桩、机械成孔灌注桩 |
| 现浇混凝土 | 现浇混凝土包括混凝土基础、混凝土承台、墩(台)帽、墩(台)身、支撑梁及横梁、墩(台)盖梁、拱桥拱座、拱桥拱肋、拱上构件、混凝土箱梁、混凝土连续梁、混凝土板梁、拱板、混凝土楼梯、混凝土防撞护栏、混凝土小型构件、桥面铺装、桥头搭板、桥塔身、连系梁 |
| 预制混凝土 | 预制混凝土包括预制混凝土立柱、预制混凝土板、预制混凝土梁、预制混凝土桁架拱构件、预制混凝土小型构件 |
| 砌筑 | 砌筑包括干砌块料、浆砌块料、浆砌拱圈、抛石 |
| 挡墙、护坡 | 挡墙、护坡包括挡墙基础、现浇混凝土挡墙墙身、预制混凝土挡墙墙身、挡墙混凝土压顶、护坡 |
| 立交箱涵 | 立交箱涵包括滑板、箱涵底板、箱涵侧墙、箱涵顶板、箱涵顶进、箱涵接缝 |
| 钢结构 | 钢结构包括钢箱梁、钢板梁、钢桁梁、钢拱、钢构件、劲性钢结构、钢结构叠合梁、钢拉索、钢拉杆 |
| 装饰 | 装饰包括水泥砂浆抹面、水刷石饰面、剁斧石饰面、拉毛、水磨石饰面、镶贴面层、水质涂料、油漆 |
| 其他 | 其他包括金属栏杆、橡胶支座、钢支座、盆式支座、油毡支座、桥梁伸缩装置、隔音屏障、桥面泄水管、防水层、钢桥维修设备 |

### 8.2.1.2　桥涵工程清单计价工程量计算说明（表 8-2-2）

表 8-2-2　桥涵工程清单计价工程量计算说明

| 项目 | 说明 |
|------|------|
| 桩基工程 | 桩基包括了桥梁常用的桩种，清单工程量以设计桩长计量，只有混凝土板桩以体积计算。这与定额工程量计算是不同的，定额一般桩以体积计算，钢管桩以重量计算。清单工程内容包括了从搭拆工作平台起到竖拆桩机、制桩、运桩、打桩(沉桩)、接桩、送桩，直至截桩头、废料弃置等全部内容 |
| 现浇混凝土工程 | 包括混凝土制作、运输、浇筑、养护等全部内容。混凝土基础还包括垫层在内 |

| 项　　目 | 说　　明 |
|---|---|
| 预制混凝土工程 | 包括制作、运输、安装和构件连接等全部内容 |
| 砌筑、挡墙及护坡工程 | 包括泄水孔、滤水层及勾缝在内 |
| 其他工程 | 所有脚手架、支架、模板均划归措施项目 |

# 8.2.2　桥涵工程清单项目

## 8.2.2.1　桩基

工程量清单项目设置及工程量计算规则，应按表 8-2-3 的规定执行。

**表 8-2-3　桩基**（编码：040301）

| 项目编码 | 项目名称 | 项目特征 | 计量单位 | 工程量计算规则 | 工程内容 |
|---|---|---|---|---|---|
| 040301001 | 圆木桩 | 1. 材质<br>2. 尾径<br>3. 斜率 | m | 按设计图示以桩长（包括桩尖）计算 | 1. 工作平台搭拆<br>2. 桩机竖拆<br>3. 运桩<br>4. 桩靴安装<br>5. 沉桩<br>6. 截桩头<br>7. 废料弃置 |
| 040301002 | 钢筋混凝土板桩 | 1. 凝土强度等级、石料最大粒径<br>2. 部位 | m³ | 按设计图示桩长（包括桩尖）乘以桩的断面积以体积计算 | 1. 工作平台搭拆<br>2. 桩机竖拆<br>3. 场内外运桩<br>4. 沉桩<br>5. 送桩<br>6. 凿除桩头<br>7. 废料弃置<br>8. 混凝土浇筑<br>9. 废料弃置 |
| 040301003 | 钢筋混凝土方桩（管桩） | 1. 形式<br>2. 混凝土强度等级、石料最大粒径<br>3. 断面<br>4. 斜率<br>5. 部位 | | | 1. 工作平台搭拆<br>2. 桩机竖拆<br>3. 混凝土浇筑<br>4. 运桩<br>5. 沉桩<br>6. 接桩<br>7. 送桩<br>8. 凿除桩头<br>9. 桩芯混凝土充填 |
| 040301004 | 钢管桩 | 1. 材质<br>2. 加工工艺<br>3. 管径、壁厚<br>4. 斜率<br>5. 强度 | m | 按设计图示以桩长（包括桩尖）计算 | 1. 工作平台搭拆<br>2. 桩机竖拆<br>3. 钢管制作<br>4. 场内外运桩<br>5. 沉桩<br>6. 接桩<br>7. 送桩<br>8. 切割钢管<br>9. 精割盖帽<br>10. 管内取土<br>11. 余土弃置<br>12. 管内填心<br>13. 废料弃置 |

| 项目编码 | 项目名称 | 项目特征 | 计量单位 | 工程量计算规则 | 工程内容 |
|---|---|---|---|---|---|
| 040301005 | 钢管成孔灌注桩 | 1. 桩径<br>2. 深度<br>3. 材料品种<br>4. 混凝土强度等级、石料最大粒径 | m | 按设计图示以桩长（包括桩尖）计算 | 1. 工作平台搭拆<br>2. 桩机竖拆<br>3. 沉桩及灌注、拔管<br>4. 凿除桩头<br>5. 废料弃置 |
| 040301006 | 挖孔灌注桩 | 1. 桩径<br>2. 深度<br>3. 岩土类别<br>4. 混凝土强度等级、石料最大粒径 | | 按设计图示以长度计算 | 1. 工作平台搭拆<br>2. 成孔机械竖拆<br>3. 护筒埋设<br>4. 泥浆制作<br>5. 钻、冲成孔<br>6. 余方弃置<br>7. 灌注混凝土<br>8. 凿除桩头<br>9. 废料弃置 |

### 8.2.2.2 现浇混凝土

工程量清单项目设置及工程量计算规则，应按表8-2-4的规定执行。

**表 8-2-4　现浇混凝土**（编码：040302）

| 项目编码 | 项目名称 | 项目特征 | 计量单位 | 工程量计算规则 | 工程内容 |
|---|---|---|---|---|---|
| 040302001 | 混凝土基础 | 1. 混凝土强度等级、石料最大粒径<br>2. 嵌料（毛石比例）<br>3. 垫层厚度、材料品种、强度 | | | 1. 垫层铺筑<br>2. 混凝土浇筑<br>3. 养生 |
| 040302002 | 混凝土承台 | | | | |
| 040302003 | 墩（台）帽 | 1. 部位<br>2. 混凝土强度等级、石料最大粒径 | | | |
| 040302004 | 墩（台）身 | | | | |
| 040302005 | 支撑梁及横梁 | | | | |
| 040302006 | 墩（台）盖梁 | | | | |
| 040302007 | 拱桥拱座 | 混凝土强度等级、石料最大限度粒径 | m³ | 按设计图示尺寸以体积计算 | |
| 040302008 | 拱桥拱肋 | | | | |
| 040302009 | 拱上构件 | 1. 部位<br>2. 混凝土强度等级、石料最大粒径 | | | |
| 040302010 | 混凝土箱梁 | | | | |
| 040302011 | 混凝土连续板 | 1. 部位<br>2. 强度<br>3. 形式 | | | 1. 混凝土浇筑<br>2. 养生 |
| 040302012 | 混凝土板梁 | 1. 部位<br>2. 形式<br>3. 混凝土强度等级、石料最大粒径 | | | |
| 040302013 | 拱板 | 1. 部位<br>2. 混凝土强度等级、石料最大粒径 | | | |
| 040302014 | 混凝土楼梯 | 1. 形式<br>2. 混凝土强度等级、石料最大粒径 | m³ | 按设计图示尺寸以体积计算 | |
| 040302015 | 混凝土防撞护栏 | 1. 断面<br>2. 混凝土强度等级、石料最大粒径 | m | 按设计图示尺寸以长度计算 | |
| 040302016 | 混凝土小型构件 | 1. 部位<br>2. 混凝土强度等级、石料最大粒径 | m³ | 按设计图示尺寸以体积计算 | |

| 项目编码 | 项目名称 | 项目特征 | 计量单位 | 工程量计算规则 | 工程内容 |
|---|---|---|---|---|---|
| 040302017 | 桥面铺装 | 1. 部位<br>2. 混凝土强度等级、石料最大粒径<br>3. 沥青品种<br>4. 硬度<br>5. 配合比 | m² | 按设计图示尺寸以面积计算 | 1. 混凝土浇筑<br>2. 养生<br>3. 沥青混凝土铺装<br>4. 碾压 |
| 040302018 | 桥头搭板 | 混凝土强度等级、石料最大粒径 | m³ | 按设计图示尺寸以体积计算 | 1. 混凝土浇筑<br>2. 养生 |
| 040302019 | 桥塔身 | 1. 形状<br>2. 混凝土强度等级、石料最大粒径 | | 按设计图示尺寸以实体积计算 | |
| 040302020 | 连系梁 | | | | |

## 8.2.2.3 预制混凝土

工程量清单项目设置及工程量计算规则,应按表 8-2-5 的规定执行。

**表 8-2-5 预制混凝土**(编码:040303)

| 项目编码 | 项目名称 | 项目特征 | 计量单位 | 工程量计算规则 | 工程内容 |
|---|---|---|---|---|---|
| 040303001 | 预制混凝土立柱 | 1. 形状、尺寸<br>2. 混凝土强度等级、石料最大粒径<br>3. 预应力、非应力<br>4. 张拉方式 | m³ | 按设计图示尺寸以体积计算 | 1. 混凝土浇筑<br>2. 养生<br>3. 构件运输<br>4. 立柱安装<br>5. 构件连接 |
| 040303002 | 预制混凝土板 | | | | |
| 040303003 | 预制混凝土梁 | | | | 1. 混凝土浇筑<br>2. 养生<br>3. 构件运输<br>4. 安装<br>5. 构件连接 |
| 040303004 | 预制混凝土桁架拱构件 | 1. 部件<br>2. 混凝土强度等级、石料最大粒径 | | | |
| 040303005 | 预制混凝土小型构件 | | | | |

## 8.2.2.4 砌筑

工程量清单项目设置及工程量计算规则,应按表 8-2-6 的规定执行。

**表 8-2-6 砌筑**(编码:040304)

| 项目编码 | 项目名称 | 项目特征 | 计量单位 | 工程量计算规则 | 工程内容 |
|---|---|---|---|---|---|
| 040304001 | 干砌块料 | 1. 部位<br>2. 材料品种<br>3. 规格 | m³ | 按设计图示尺寸以体积计算 | 1. 砌筑<br>2. 勾缝 |
| 040304002 | 浆砌块料 | 1. 部位<br>2. 材料品种<br>3. 规格<br>4. 砂浆强度等级 | | | 1. 砌筑<br>2. 砌体勾缝<br>3. 砌体抹面<br>4. 泄水孔制作、安装<br>5. 滤层铺设<br>6. 沉降缝 |
| 040304003 | 浆砌拱圈 | 1. 材料品种<br>2. 规格<br>3. 砂浆强度 | | | 1. 砌筑<br>2. 砌体勾缝<br>3. 砌体抹面 |
| 040304004 | 抛石 | 1. 要求<br>2. 品种规格 | | | 抛石 |

## 8.2.2.5 挡墙、护坡

工程量清单项目设置及工程量计算规则，应按表 8-2-7 的规定执行。

**表 8-2-7　砖散水、地坪、地沟**（编码：040305）

| 项目编码 | 项目名称 | 项目特征 | 计量单位 | 工程量计算规则 | 工程内容 |
|---|---|---|---|---|---|
| 040305001 | 挡墙基础 | 1. 材料品种<br>2. 混凝土强度等级、石料最大粒径<br>3. 形式<br>4. 垫层厚度、材料品种、强度 | m³ | 按设计图示尺寸以体积计算 | 1. 垫层铺筑<br>2. 混凝土浇筑 |
| 040305002 | 现浇混凝土挡墙墙身 | 1. 混凝土强度等级、石料最大粒径<br>2. 泄水孔材料品种、规格<br>3. 滤水层要求 | | | 1. 混凝土浇筑<br>2. 养生<br>3. 抹灰<br>4. 泄水孔制作、安装<br>5. 滤水层铺筑 |
| 040305003 | 预制混凝土挡墙墙身 | | | | 1. 混凝土浇筑<br>2. 养生<br>3. 构件运输<br>4. 安装<br>5. 泄水孔制作、安装<br>6. 滤水层铺筑 |
| 040305004 | 挡墙混凝土压顶 | 混凝土强度等级、石料最大粒径 | | | 1. 混凝土浇筑<br>2. 养生 |
| 040305005 | 护坡 | 1. 材料品种<br>2. 结构形式<br>3. 厚度 | m² | 按设计图示尺寸以面积计算 | 1. 修整边坡<br>2. 砌筑 |

## 8.2.2.6 立交箱涵

工程量清单项目设置及工程量计算规则，应按表 8-2-8 的规定执行。

**表 8-2-8　立交箱涵**（编码：040306）

| 项目编码 | 项目名称 | 项目特征 | 计量单位 | 工程量计算规则 | 工程内容 |
|---|---|---|---|---|---|
| 040306001 | 滑板 | 1. 透水管材料品种、规格<br>2. 垫层厚度、材料品种、强度<br>3. 混凝土强度等级、石料最大粒径 | m² | 按设计图示尺寸以体积计算 | 1. 透水管铺设<br>2. 垫层铺筑<br>3. 混凝土浇筑<br>4. 养生 |
| 040306002 | 箱涵底板 | 1. 管材料品种、规格<br>2. 垫层厚度、材料品种、强度<br>3. 混凝土强度等级、石料最大粒径<br>4. 石蜡层要求<br>5. 塑料薄膜品种、规格 | | | 1. 石蜡层<br>2. 塑料薄膜<br>3. 混凝土浇筑<br>4. 养生 |
| 040306003 | 箱涵侧墙 | 1. 混凝土强度等级、石料最大粒径<br>2. 防水层工艺要求 | | | 1. 混凝土浇筑<br>2. 养生<br>3. 防水砂浆<br>4. 防水层铺涂 |
| 040306004 | 箱涵顶板 | | | | |
| 040306005 | 箱涵顶进 | 1. 断面<br>2. 长度 | kt·m | 按设计图示尺寸以被顶箱涵的质量乘以箱涵的位移距离分节累计计算 | 1. 顶进设备安装、拆除<br>2. 气垫安装、拆除<br>3. 气垫使用<br>4. 钢刃角制作、安装、拆除<br>5. 挖土实顶<br>6. 场内外运输<br>7. 中继间安装、拆除 |
| 040306006 | 箱涵接缝 | 1. 材质<br>2. 工艺要求 | m | 按设计图示止水带长度计算 | 接缝 |

## 8.2.2.7 钢结构

工程量清单项目设置及工程量计算规则，应按表 8-2-9 的规定执行。

**表 8-2-9　钢结构**（编码：040307）

| 项目编码 | 项目名称 | 项目特征 | 计量单位 | 工程量计算规则 | 工程内容 |
|---|---|---|---|---|---|
| 040307001 | 钢箱梁 | 1. 材质<br>2. 部位<br>3. 油漆品种、色彩、工艺要求 | t | 按设计图示尺寸以质量计算（不包括螺栓、焊缝质量） | 1. 制作<br>2. 运输<br>3. 试拼<br>4. 安装<br>5. 连接<br>6. 除锈、油漆 |
| 040307002 | 钢板梁 | | | | |
| 040307003 | 钢桁梁 | | | | |
| 040307004 | 钢拱 | | | | |
| 040307005 | 钢构件 | | | | |
| 040307006 | 劲性钢结构 | | | | |
| 040307007 | 钢结构叠合梁 | | | | |
| 040307008 | 钢拉索 | 1. 材质<br>2. 直径<br>3. 防护方式 | | 按设计图示尺寸以质量计算 | 1. 拉索安装<br>2. 张拉<br>3. 锚具<br>4. 防护壳制作、安装 |
| 040307009 | 钢拉杆 | | | | 1. 连接、紧锁件安装<br>2. 钢拉杆安装<br>3. 钢拉杆防腐<br>4. 钢拉杆防护壳制作、安装 |

## 8.2.2.8 装饰

工程量清单项目设置及工程量计算规则，应按表 8-2-10 的规定执行。

**表 8-2-10　装饰**（编码：040308）

| 项目编码 | 项目名称 | 项目特征 | 计量单位 | 工程量计算规则 | 工程内容 |
|---|---|---|---|---|---|
| 040308001 | 水泥砂浆 | 1. 砂浆配合比<br>2. 部位<br>3. 硬度 | m² | 按设计图示尺寸以面积计算 | 1. 制作<br>2. 运输<br>3. 试拼<br>4. 安装<br>5. 连接 |
| 040308002 | 水刷石饰面 | 1. 材料<br>2. 部位<br>3. 砂浆配合比<br>4. 形式、厚度 | | | 饰面 |
| 040308003 | 剁斧石饰面 | 1. 材料<br>2. 部位<br>3. 形式<br>4. 厚度 | | | |
| 040308004 | 拉毛 | 1. 材料<br>2. 砂浆配合比<br>3. 形式<br>4. 厚度 | | | 砂浆、水泥浆拉毛 |
| 040308005 | 水磨石饰面 | 1. 规格<br>2. 砂浆配合比<br>3. 材料品种<br>4. 部位 | | | 饰面 |
| 040308006 | 镶贴面层 | 1. 材质<br>2. 规格<br>3. 厚度<br>4. 部位 | | | 镶贴面层 |

| 项目编码 | 项目名称 | 项目特征 | 计量单位 | 工程量计算规则 | 工程内容 |
|---|---|---|---|---|---|
| 040308007 | 水质涂料 | 1. 材料品种<br>2. 部位 | m² | 按设计图示尺寸以面积计算 | 涂料涂刷 |
| 040308008 | 油漆 | 1. 材料品种<br>2. 部位<br>3. 工艺要求 | | | 1. 除锈<br>2. 刷油漆 |

#### 8.2.2.9 其他

工程量清单项目设置及工程量计算规则，应按表 8-2-11 的规定执行。

**表 8-2-11　其他**（编码：040309）

| 项目编码 | 项目名称 | 项目特征 | 计量单位 | 工程量计算规则 | 工程内容 |
|---|---|---|---|---|---|
| 040309001 | 金属栏杆 | 1. 材质<br>2. 规格<br>3. 油漆品种、工艺要求 | t | 按设计图示尺寸以质量计算 | 1. 制作、运输、安装<br>2. 除锈、刷油漆 |
| 040309002 | 橡胶支座 | 1. 材质<br>2. 规格 | 个 | 按设计图示数量计算 | 支座安装 |
| 040309003 | 钢支座 | 1. 材质<br>2. 规格<br>3. 形式 | | | |
| 040309004 | 盆式支座 | 1. 材质<br>2. 承载力 | | | |
| 040309005 | 油毛毡支座 | 1. 材质<br>2. 规格 | m² | 按设计图示尺寸以面积计算 | 制作、安装 |
| 040309006 | 桥梁伸缩装置 | 1. 材料品种<br>2. 规格 | m | 按设计图示尺寸以延长米计算 | 1. 制作、安装<br>2. 嵌缝 |
| 040309007 | 隔音屏障 | 1. 材料品种<br>2. 结构形式<br>3. 油漆品种、工艺要求 | m² | 按设计图示尺寸以面积计算 | 1. 制作、安装<br>2. 除锈、刷油漆 |
| 040309008 | 桥面泄水管 | 1. 材料<br>2. 管径 | m | 按设计图示以长度计算 | 1. 进水口、泄水管制作、安装<br>2. 滤层铺设 |
| 040309009 | 防水层 | 1. 材料品种<br>2. 规格<br>3. 部位<br>4. 工艺要求 | m² | 按设计图示尺寸以面积计算 | 防水层铺涂 |
| 040309010 | 钢桥维修设备 | 按设计图要求 | 套 | 按设计图示数量计算 | 1. 制作<br>2. 运输<br>3. 安装<br>4. 除锈、刷油漆 |

# 8.3　桥涵工程计算常用数据

## 8.3.1　基础工程

### 8.3.1.1　明挖地基

（1）基坑

① 一般规定（表 8-3-1、表 8-3-2）

表 8-3-1  允许做直坡的条件

| 序　号 | 土质情况 | 挖方深度限值/m |
|---|---|---|
| 1 | 稍松土质 | 0.50 |
| 2 | 中等密度土质（用锹可挖） | 1.25 |
| 3 | 密实土质（用镐可挖） | 2.00 |

表 8-3-2  深度在 5m 以内的基坑坑壁最陡坡度

| 土壤种类 | 坑壁最陡坡度（高：宽） | | |
|---|---|---|---|
| | 基坑顶缘无载重 | 基坑顶缘有静载 | 基坑顶缘有动载 |
| 砂类土 | 1：1 | 1：1.25 | 1：1.5 |
| 碎石类土 | 1：0.75 | 1：1 | 1：1.25 |
| 黏砂土 | 1：0.67 | 1：0.75 | 1：1 |
| 砂黏土 | 1：0.33 | 1：0.5 | 1：0.75 |
| 黏土带有石块 | 1：0.25 | 1：0.33 | 1：0.67 |
| 未风化页岩 | 1：0 | 1：0.1 | 1：0.25 |
| 岩石 | 1：0 | 1：0 | 1：0 |

注：1. 采用本表时，基坑深度应在 5m 以内，施工期较短，无地下水，且土质结构均匀，温度正常。

2. 基坑深度大于 5m 时，可将坑壁坡度放缓，或加平台。

3. 土壤湿度较大，坑壁可能引起坍塌时，坡度应采用该湿度时土的天然坡度。

4. 挖基经过不同土层时，边坡可分层而异，并视情况留平台。

5. 山坡上开挖基坑，如地质不良，除放缓坡度外，应采取防止滑坍的措施。

② 基坑定位放样。当墩、台中心测放后，基础尺寸由设计图纸得出，再根据土质确定放坡率，得到基坑顶的尺寸（图表 8-3-1）。当基础尺寸为 $a$、$b$ 时，则基坑顶的尺寸：

$$A = a + 2(0.5 \sim 1) + 2Hn \qquad (8\text{-}3\text{-}1)$$

$$B = b + 2(0.5 \sim 1) + 2Hn \qquad (8\text{-}3\text{-}2)$$

式中，$A$ 为基坑顶的长；$B$ 为基坑顶的宽；$H$ 为基础底高程与地面平均高程之差；$n$ 为边坡率。

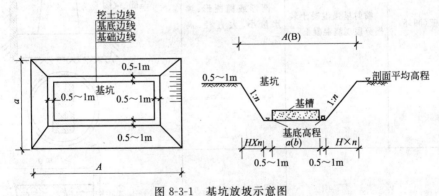

图 8-3-1  基坑放坡示意图

③ 坑壁坡度（表 8-3-3）

表 8-3-3  基坑坑壁坡度

| 坑壁土类 | 坑壁坡度 | | |
|---|---|---|---|
| | 坡顶无荷载 | 坡顶有静荷载 | 坡顶有动荷载 |
| 砂类土 | 1：1 | 1：1.25 | 1：1.5 |
| 卵石、砾类土 | 1：0.75 | 1：1 | 1：1.25 |
| 粉质土、黏质土 | 1：0.33 | 1：0.5 | 1：0.75 |

| 坑壁土类 | 坑壁坡度 | | |
|---|---|---|---|
| | 坡顶无荷载 | 坡顶有静荷载 | 坡顶有动荷载 |
| 极软岩 | 1：0.25 | 1：0.33 | 1：0.67 |
| 软质岩 | 1：0 | 1：0.1 | 1：0.25 |
| 硬质岩 | 1：0 | 1：0 | 1：0 |

注：1. 坑壁有不同土层时，基坑坑壁坡度可分层选用，并酌设平台。

2. 坑壁土类按照现行《公路土工试验规程》划分。

3. 岩石单轴极限强度＜5.5、5.5～30、＞30 时，分别定为极软、软质、硬质岩。

4. 当基坑深度大于 5m 时，基坑坑壁坡度可适当放缓或加设平台。

④ 坑壁加固措施（表 8-3-4）

**表 8-3-4　常用支撑形式的适用条件和图示**

| 支撑形式 | 适用条件 | | 图示 |
|---|---|---|---|
| 挡板撑木式 | 直挡板 | 基坑深度较小，基坑宽度相当于一根撑木长度 | |
| | 横挡板 | 基坑深度较大，基坑深度相当于一根撑木长度 | |
| 混凝土护壁（圆环） | 喷射早强混凝土装模分段现浇混凝土 | 圆形或椭圆形、渗水量小、大直径、高深度 | |
| 锚桩式横撑木 | 大型挖掘机施工、不能安装 | | |

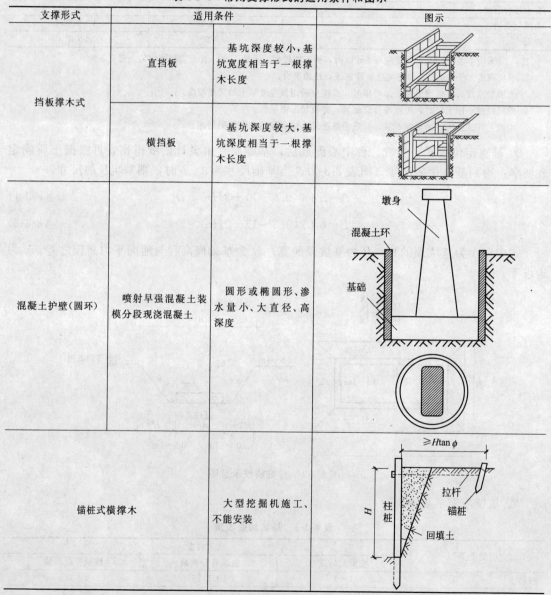

（2）基坑围堰（表 8-3-5、表 8-3-6）

表 8-3-5　土石围堰的类型、适用条件和技术要求

| 类　　型 | 适用条件 | 技术要求 | | | | |
|---|---|---|---|---|---|---|
| | | 填料 | 顶宽 $b$/m | 边坡 | | |
| | | | | 内侧 | 外侧 | |
| 土围堰<br>(图 8-3-2) | 水深＜2m,流速＜0.5m/s,河床不透水,宜用于河边浅滩,当流速为 0.5~1.0m/s 时,可在外坡增加防护措施 | 透水性小的黏土、砂黏土 | 1~2 | 1:1.5~1:1 | 1:2~1:3 | |
| 土袋围堰<br>(图 8-3-3) | 水深 3.5m 以内,流速 1.0~2.0m/s,河床不透水 | 草袋内装黏性土,中有黏土心墙 | 1~2<br>1~2.5 | 1:0.5~1:0.2 | 1:1~1:0.5 | |
| 堆石土堰 | 河床不透水,多石料的河谷,流速在 3m/s 以内 | 石块、卵石与黏性土 | 1~2 | 1:0~1:0.5 | 1:0.5~1:1 | |

注：堰内坡脚至基坑边缘距离根据河床土质及基坑深度而定，但不得小于 1.0m。

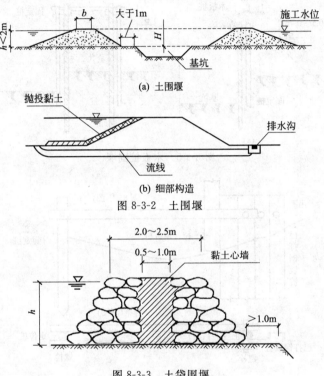

(a) 土围堰

(b) 细部构造

图 8-3-2　土围堰

图 8-3-3　土袋围堰

表 8-3-6　木围堰、套箱和板桩围堰的类型和适用条件

| 堰的类型 | 适用条件 |
|---|---|
| 木板堰(图 8-3-4) | 适用于水深 2m,流速≤2.0m/s,较坚实土质河床,盛产木材地区 |
| 枸槎堰 | 适用于水深 2m,流速≤2.0m/s,较坚实土质河床,盛产木材地区 |
| 木笼堰 | 适用于深水、急流,或有流水、深谷险滩、河床坚硬平坦无覆盖层、盛产木材地区 |
| 木(钢)套箱 | 适用于深水,流速≤2.0m/s,无覆盖层,平坦的岩石河床 |
| 钢丝网混凝土套箱 | 适用于深水,流速≤2.0m/s,无覆盖层,平坦的岩石河床 |
| 木板桩围堰 | 一般适用于砂性土、黏性土和不含卵石且透水性较好的其他土质河床 |
| | 当水深在 2.4m 时,可采用单层木板桩,如渗水严重时,可在外侧堆土,见图 8-3-5(a),如堆土外侧表面不加任何防冲刷防护时,仅适用于流速不大于 0.5m/s 的河流 |
| | 当水深在 4~6m 时,可用中间填土的双层木板桩围堰,见图 8-3-5(b),具有压缩河床断面少,体积小等优点,但需耗费大量木材 |
| 钢板桩围堰 | 当水深大于 5m 且不能用其他围堰的情况下,砂性土、半干硬性黏土、碎卵石类土及风化岩等透水性好的河床。根据需要可修筑成单层、双层和构件式。适用于防水及挡土,施工方便,入土深度应大于河床以上部分长度,图 8-3-6 为钢板桩施工示意 |
| 钢筋混凝土板桩围堰 | 适用于深水或深基坑,各种土质河床,可作为基础结构的一部分,亦有采用拔除周转使用的,能节省大量木材 |

市政工程常用资料备查手册

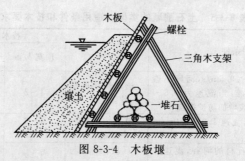

图 8-3-4　木板堰

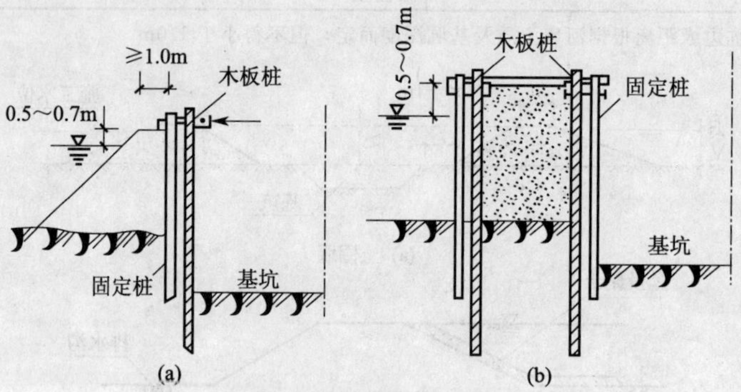

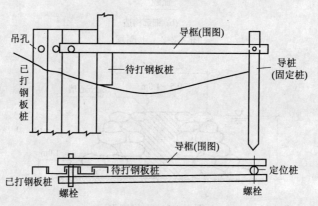

(a)　　　　　　　　　　　　　(b)

图 8-3-5　木板桩围堰

图 8-3-6　钢板桩施工示意

（3）基坑排水和降水

① 明沟集水井排水。基坑内总渗水量估算：

$$Q = F_1 q_1 + F_2 q_2 \tag{8-3-3}$$

式中，$Q$ 为基坑总渗水量，$m^3/h$；$F_1$ 为基坑底面面积，$m^2$；$q_1$ 为基坑底面平均渗水系数，$m^3/(m^2 \cdot h)$，$q_1$ 数值见表 8-3-7；$F_2$ 为基坑侧面面积，$m^2$；$q_2$ 为基坑侧面平均渗水系数，$m^3/(m^2 \cdot h)$，$q_2$ 数值见表 8-3-8。

表 8-3-7　基坑底平面平均渗水系数 $q_1$

| 土　类 | 土的特征及粒径 | 渗透量/[$m^3/(m^2 \cdot h)$] |
|---|---|---|
| 细亚砂土，松软黏砂土 | 基坑外侧有地表水，内侧为岸边干地；土的天然含水量<20%，土粒径<0.05mm | 0.14～0.18 |
| 有裂隙的碎石岩层、较密实黏性土 | 多裂隙透水的岩层，有孔隙水的粒性土层 | 0.15～0.25 |
| 细砂黏土、大孔性土层，紧密砾石土 | 细砂粒径0.05～0.25mm，大孔土重800～950kg/m³，砾石土孔隙率在20%以下 | 0.16～0.32 |

| 土　类 | 土的特征及粒径 | 渗透量/[m³/(m²·h)] |
|---|---|---|
| 中粒砂,砾砂层 | 砂粒径 0.25~1.0mm,砾石含量 30% 以下,平均粒径 10mm 以下 | 0.24~0.8 |
| 粗粒砂,卵砾层 | 砂粒径 1.0~2.5mm,砾石含量 30%~70%,平均最大粒径 150mm 以下 | 0.8~3.0 |
| 砾卵砂,砾卵石层 | 砂粒径 2.0mm 以上,砾石卵石含量 30% 以上(泉眼总面积在 0.07m² 以下,泉眼径在 50mm 以下) | 2.0~4.0 |
| 漂石、卵石土有泉眼或砂砾石有较大泉眼 | 石粒平均径 50~200mm,或有个别大孤石在 0.5m³ 以下,泉眼径在 300mm 以下(泉眼总面积在 0.15 m² 以下) | 4.0~8.0 |
| 砾石、卵石,漂石粗砂,泉眼较多 | | >8.0 |

注：表中渗透量：无地表水时用低限；地表水深 2~4m,土中有孔隙时用中限；地表水深>4m、松软土时用高限。

**表 8-3-8　基坑侧面平均渗水系数 $q_2$**

| 类型 | $q_2$ 值 |
|---|---|
| 敞口放坡开挖基坑或土围堰 | 按渗水系数 $q_1$ 表中同类土质的渗水系数的 20%~30% 计 |
| 木板桩或石笼填土心墙围堰 | 按渗水系数 $q_1$ 表中同类土质的渗水系数的 10%~20% 计 |
| 挡土板或单层草袋围堰 | 按渗水系数 $q_1$ 表中同类土质的渗水系数的 10%~20% 计 |
| 钢板桩、沉箱及混凝土护壁 | 按渗水系数 $q_1$ 表中同类土质的渗水系数的 0~50% 计 |
| 竹、木笼围堰、柶槎堰 | 按渗水系数 $q_1$ 表中同类土质的渗水系数的 15%~30% 计 |

② 井点排水（表 8-3-9）

**表 8-3-9　各种井点法的适用范围**

| 井点类别 | 土壤渗透系数/(m/d) | 降低水位深度/m |
|---|---|---|
| 一级轻型井点法 | 0.1~80 | 3~6 |
| 二级轻型井点法 | 0.1~80 | 6~9 |
| 喷射井点法 | 0.1~50 | 8~20 |
| 射流泵井点法 | 0.1~50 | <10 |
| 电渗井点法 | <0.1 | 5~6 |
| 管井点法 | 20~200 | 3~5 |
| 深井泵法 | 10~80 | >15 |

③ 轻型井点排水。井底达到不透水层且地下水无压力时，基坑周围各井点的涌水量总和按下式计算：

$$Q = \frac{1.366K(2H-S)S}{\lg R - \lg r} \tag{8-3-4}$$

式中，$Q$ 为井点系统总涌水量，$m^3/d$；$K$ 为土的渗透系数，按表 8-3-10、表 8-3-11 采用；$H$ 为含水量厚度，m；$S$ 为水位降低值，m；$R$ 为抽水影响半径，m，按表 8-3-12 采用；$r$ 为基坑假想半径，m，计算式为：$r = \sqrt{F/\pi}$；其中，$F$ 为井群所包围的面积，$m^2$，$\pi$ 为圆周率。

**表 8-3-10　土层渗透系数经验近似数值**

| 土质名称 | $K/(m/d)$ | 土质名称 | $K/(m/d)$ |
|---|---|---|---|
| 黏土 | <0.001 | 细砂 | 1~5 |
| 重砂黏土 | 0.001~0.05 | 中砂 | 5~20 |
| 轻砂黏土 | 0.05~0.1 | 粗砂 | 20~50 |
| 黏砂土 | 0.1~0.5 | 砾石 | 50~150 |
| 黄土 | 0.25~0.5 | 卵石 | 100~500 |
| 粉砂 | 0.5~1.0 | 漂石(无砂质充填) | 500~1000 |

注：按土的细颗粒多少、黏土含量、密实程度选用低高值。

表 8-3-11 按土质颗粒大小的渗透系数

| 土质分类 | $K/(m/d)$ | 土质分类 | $K/(m/d)$ |
|---|---|---|---|
| 黏土质粉砂 0.01～0.05mm 颗粒占多数 | 0.5～1.0 | 均质中砂 0.25～0.5mm 颗粒占多数 | 35～50 |
| 均质粉砂 0.01～0.05mm 颗粒占多数 | 1.5～5.0 | 黏土质粗砂 0.5～1.0mm 颗粒占多数 | 35～40 |
| 黏土质细砂 0.1～0.25mm 颗粒占多数 | 1.0～1.5 | 均质粗砂 0.5～1.0mm 颗粒占多数 | 60～75 |
| 均质细砂 0.1～0.25mm 颗粒占多数 | 2.0～2.5 | 砾石 | 100～125 |
| 黏土质中砂 0.25～0.5mm 颗粒占多数 | 2.0～2.5 | | |

表 8-3-12 影响半径 $R$ 值

| 土的种类 | 粒径/mm | 所占重量/% | $R/m$ |
|---|---|---|---|
| 极细砂 | 0.05～0.1 | <70 | 25～50 |
| 细砂 | 0.1～0.25 | >70 | 50～100 |
| 中砂 | 0.25～0.5 | >50 | 100～200 |
| 粗砂 | 0.5～1.0 | >50 | 200～400 |
| 极粗砂 | 1.0～2.0 | >50 | 400～500 |
| 小砾石 | 2.0～3.0 | — | 500～600 |
| 中砾石 | 3.0～5.0 | — | 600～1500 |
| 大砾石 | 5.0～10.0 | — | 1500～3000 |

（4）基坑开挖质量检验（表 8-3-13～表 8-3-15）

表 8-3-13 当年筑路和管线上填方的压实度标准

| 项 目 | 允许偏差/mm | 检验频率 | | 检查方法 |
|---|---|---|---|---|
| | | 范围 | 点数 | |
| 填土上当年筑路 | 符合国家现行标准《城镇道路工程施工与质量验收规范》CJJ1 的有关规定 | 每个基坑 | 每层 4 点 | 用环刀或灌砂法 |
| 管线填上 | 符合相差管线施工标准的规定 | 每条管线 | 每层 1 点 | |

表 8-3-14 现浇混凝土基础允许偏差

| 项 目 | | 允许偏差/mm | 检验频率 | | 检查方法 |
|---|---|---|---|---|---|
| | | | 范围 | 点数 | |
| 断面尺寸 | 长、宽 | ±20 | 每座基础 | 4 | 用钢尺量,长、宽各 2 点 |
| 顶面高程 | | ±10 | | 4 | 用水准仪测量 |
| 基础厚度 | | +10 0 | | 4 | 用钢尺量,长、宽各 2 点 |
| 轴线偏移 | | 15 | | 4 | 用经纬仪测量,纵、横各 2 点 |

表 8-3-15 砌体基础允许偏差

| 项 目 | | 允许偏差/mm | 检验频率 | | 检查方法 |
|---|---|---|---|---|---|
| | | | 范围 | 点数 | |
| 顶面高程 | | ±25 | 每座基础 | 4 | 用水准仪测量 |
| 基础厚度 | 片石 | +30 0 | | 4 | 用钢尺量,长、宽各 2 点 |
| | 料石、砌块 | +15 0 | | | |
| 轴线偏位 | | 15 | | 4 | 用经纬仪测量,纵、横各 2 点 |

### 8.3.1.2 沉入桩基础

（1）桩制作的质量检验（表8-3-16～表8-3-18）

**表 8-3-16　桩的钢筋骨架允许偏差**

| 项目 | 允许偏差/mm | 项目 | 允许偏差/mm |
|---|---|---|---|
| 纵钢筋间距 | ±5 | 桩顶钢筋网片位置 | ±5 |
| 箍筋间距或螺旋筋螺距 | 0,−20 | 纵钢筋底尖端的位置 | ±5 |
| 纵钢筋保护层 | ±5 | | |

**表 8-3-17　预制钢筋混凝土桩和预应力混凝土桩的允许偏差**

| 项目 | 允许偏差/mm | 项目 | 允许偏差/mm |
|---|---|---|---|
| 混凝土强度/MPa | 符合设计要求 | 桩尖对桩纵轴线 | 10 |
| 长度 | ±50 | 桩轴线的弯曲矢高 | 桩长的0.1%且不大于20 |
| 横截面边长 | ±5 | 桩顶面与桩纵轴线的倾斜偏差 | 桩径或边长的1%，且不大于3 |
| 空心桩空心(管心)直径 | ±5 | | |
| 空心(管心或管桩)中心对桩中心 | ±5 | 接桩的接头平面与桩轴平面垂直度 | 0.5% |

**表 8-3-18　桩的吊点位置**

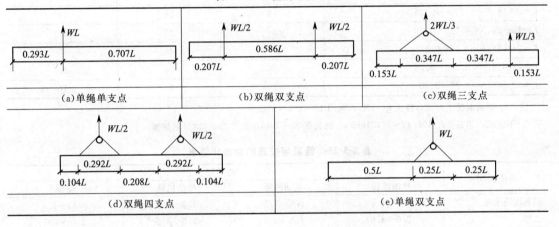

（2）钢管桩制作质量检验（表8-3-19～表8-3-23）

**表 8-3-19　管节外形尺寸的允许偏差**

| 偏差部位 | 允许偏差/mm | 偏差部位 | 允许偏差/mm |
|---|---|---|---|
| 周长 | ±0.5%周长,且≤10 | 管端平整度 | 2 |
| 管端圆度 | 0.5%$D$,且≤5 | 管端平面倾斜 | <0.5%$D$,且≤4 |

注：$D$ 为管外径。

**表 8-3-20　相邻管径允许偏差**

| 管径/mm | 相邻管节的管径偏差/mm |
|---|---|
| ≤700 | ≤2 |
| >700 | ≤3 |

**表 8-3-21　相邻管节对口板边的允许偏差**

| 板厚 $\delta$/mm | 相邻管节对口板边高差 $\Delta$/mm |
|---|---|
| $\delta$≤10 | <1.0 |
| 10<$\delta$≤20 | <2.0 |
| $\delta$>20 | <$\delta$/10,且≤3 |

表 8-3-22　焊缝外观允许偏差

| 缺陷名称 | 允许偏差 |
| --- | --- |
| 咬边 | 深度不超过 0.5mm，累计总长度不超过焊缝长度的 10％ |
| 超高 | 3mm |
| 表面裂缝、未熔合、未焊透 | 不允许 |
| 弧坑、表面气孔、夹渣 | 不允许 |

表 8-3-23　钢管桩外形尺寸的允许偏差

| 项　目 | 允许偏差/mm |
| --- | --- |
| 桩长偏差 | ＋300.0 |
| 桩纵轴线的弯曲矢高 | 桩长的 0.1％，且≤300 |

## （3）桩准备（表 8-3-24、表 8-3-25）

表 8-3-24　根据桩长与桩截面选择桩锤

| 桩长 L/m，桩截面 S/m² | 桩锤重/kN | | |
| --- | --- | --- | --- |
| | 打桩形式 | | |
| | 支架 | 船上 | 陆上 |
| L≤8，S≤0.05 | 6 | 6 | 6 |
| L≤8，S=0.05～0.105 | 12 | 12 | 12 |
| L=8～16，S=0.105～0.125 | 18 | 18 | 18 |
| L=16～24，S=0.125～0.16 | 25 | 25 | 25 |
| L=24～28，S=0.16～0.225 | 40 | 40 | 35 |
| L=28～32，S=0.225～0.25 | 50 | 50 | 50 |
| L=32～40，S=0.25～0.30 | 70 | 70 | 70 |

注：1. 钢筋混凝土方桩，桩长 8～20m，选用 12～40kN 的桩锤。

2. 钢管桩，当直径在 406.40～914.40mm，桩长在 30～70m，选用 25～70kN 的桩锤。

表 8-3-25　锤重与桩重的合理比值表

| 桩的类别 | 锤的类别 | | | |
| --- | --- | --- | --- | --- |
| | 单动汽锤 | 双动汽锤 | 柴油机锤 | 坠锤 |
| 钢筋混凝土桩 | 0.4～1.4 | 0.6～1.8 | 1.0～1.5 | 0.35～1.5 |
| 木桩 | 2.0～3.0 | 1.5～2.5 | 2.5～3.5 | 2.0～4.0 |
| 钢板桩 | 0.7～2.0 | 1.5～2.5 | 2.0～2.5 | 1.0～2.0 |

注：1. 锤重系指锤体总重，桩重包括桩帽、桩垫、送桩等重量。

2. 本表仅适用于桩长不超过 20mm 的桩，超过 20m 长的桩可配合射水沉桩。

3. 桩基土质松软时采用低限值，坚硬时采用高限值。

## （4）沉桩（表 8-3-26、表 8-3-27）

表 8-3-26　桩锤选用参考

| 项　目 | | 柴油锤 | | | | |
| --- | --- | --- | --- | --- | --- | --- |
| | | K25 | K35 | K45 | K60 | MH72B |
| 冲击部分重/kN | | 25. | 35 | 45 | 60 | 72 |
| 锤总重/kN | | 52 | 75 | 105 | 150 | 184 |
| 锤冲击力/kN | | 1080 | 1500 | 1910 | 2460 | 2520 |
| 单次打击功/kN·m | | 750 | 105 | 135 | 160 | 216 |
| 常用冲程 | | 1.8～2.5 | | | | |
| 适用规格 | 边长/m | 30～40 | 35～40 | 35～45 | 40～50 | 40～50 |
| | 单节桩长/m | 12～18 | 11～17 | 10～16.5 | 13～16 | 13～16 |
| | 可用单节桩重/kN | 40～65 | 40～75 | 40～80 | 50～80 | 50～80 |

8　市政桥涵工程

| 项　目 | | 柴油锤 | | | | |
|---|---|---|---|---|---|---|
| | | K25 | K35 | K45 | K60 | MH72B |
| 硬土层 | 硬土层标贯击数 | 20~30 | 30~40 | 40~50 | 50 | 50 |
| | 能穿透厚度/m | 0.5~1.0 | ≤1.5 | ≤1.5 | ≤1.5 | ≤2.0 |
| 常用控制贯入度/(cm/10击) | | 3 | | 3~5 | 4~8 | |
| 适用于单桩承载能力/kN | | 300~1000 | 500~1500 | 650~2000 | 1000~3000 | >3000 |

注：1. 锤重系指锤总体重，桩重包括桩帽、桩垫、送桩总重量。

2. 本表仅适用于桩长不超过20m，超过20m长的桩可采用射水沉桩或预钻孔沉桩。

3. 桩基土壤松软时，采用低限值，坚硬时采用高限值。

表 8-3-27　射水沉桩时选用射水管的参考表

| 土　壤 | 向土中沉下的深度/m | 喷嘴处必要的水压/MPa | 射水管数目，直径/mm；每桩用水量/(kg/min) | | | |
|---|---|---|---|---|---|---|
| | | | $d<30cm$ | $d=40~60cm$ | 40~60cm | 40~60cm |
| 淤泥，淤黏土，软黏土，松砂及吸水饱和的砂 | <8 | 0.4~0.6 | 2×37 / 400~700 | 2×50 / 700~1000 | 3×37 / 900~1000 | 2×50 / 1000~12000 |
| | 8~16 | 0.6~1.0 | 2×50 / 900~1400 | 2×50 / 900~1400 | 3×37 / 1000~1500 | 4×50 / 1600~2800 |
| | 16~24 | 0.8~1.5 | 2×50 / 1600~2000 | 2×63 / 1600~2000 | 3×50 / 1600~2500 | 4×50 / 2100~3000 |
| 坚实的砂层，混杂卵石及砾石的砂，砂质黏土，中等密度的黏土 | <8 | 0.8~1.5 | 2×50 / 900~1400 | 2×50 / 1000~1700 | 3×37 / 1200~1900 | 2×50 / 1000~1700 |
| | 8~20 | 1.2~2.0 | 2×63 / 1800~2500 | 2×63 / 1800~2500 | 3×50 / 2100~3000 | 4×50 / 2000~4000 |

注：表中所示的射水管的数量，适用于在干地或无水流的基坑中打垂直桩。当在流水中下沉基桩及斜桩时，必须将射水管固定在桩体上或置于桩内（为管桩时），并以采用一根直径较大的射水管操作为宜。

（5）沉桩质量检验（表 8-3-28～表 8-3-31）

表 8-3-28　钢筋混凝土和预应力混凝土桩的预制允许偏差

| 项　目 | | 允许偏差/mm | 检验频率 | | 检查方法 |
|---|---|---|---|---|---|
| | | | 范围 | 点数 | |
| 实心桩 | 横截面边长 | ±5 | 每批抽查10% | 3 | 用钢尺量相邻两边 |
| | 长度 | ±50 | | 2 | 用钢尺量 |
| | 桩尖对中轴线的倾斜 | 10 | | 1 | 用钢尺量 |
| | 桩轴线的弯曲矢高 | ≤0.1%桩长，且不大于20 | 全数 | 1 | 沿构件全长拉线，用钢尺量 |
| | 桩顶平面对桩纵轴的倾斜 | ≤1%桩径（边长），且不大于3 | 每批抽查10% | 1 | 用垂线和钢尺量 |
| | 接桩的接头平面与桩轴平面垂直度 | 0.5% | 每批抽查20% | 4 | 用钢尺量 |
| 空心桩 | 内径 | 不小于设计 | 每批抽查10% | 2 | 用钢尺量 |
| | 壁厚 | 0 / −3 | | 2 | 用钢尺量 |
| | 桩轴线的弯曲矢高 | 0.2% | 全数 | 1 | 沿管节全长拉线，用钢尺量 |

表 8-3-29　钢管桩制作允许偏差

| 项　　目 | 允许偏差/mm | 检验频率 | | 检查方法 |
|---|---|---|---|---|
| | | 范围 | 点数 | |
| 外经 | ±5 | 每批抽查 10% | 1 | 用钢尺量 |
| 长度 | +10 0 | | | 用钢尺量 |
| 桩轴线的弯曲矢高 | ≤1%桩长,且不大于 | 全数 | 1 | 沿桩身拉线,用钢尺量 |
| 端部平面度 | 2 | | | 用直尺和塞尺量 |
| 端部平面与桩身中心线的倾斜 | ≤1%桩径,且不大于 3 | 每批抽查 20% | 2 | 用垂线和钢尺量 |

表 8-3-30　沉桩允许偏差

| 项　　目 | | | 允许偏差/mm | 检验频率 | | 检查方法 |
|---|---|---|---|---|---|---|
| | | | | 范围 | 点数 | |
| 桩位 | 群装 | 中间桩 | ≤d/2,且不大于 250 | 每排桩 | 20% | 用经纬仪测量 |
| | | 外缘桩 | d/4 | | | |
| | 排架桩 | 顺桥方向 | 40 | | | |
| | | 垂直桥方向 | 50 | | | |
| 桩间高程 | | | 不高于设计高程 | 每根桩 | 全数 | 用水准仪测量 |
| 斜桩倾斜度 | | | ±15%tanθ | | | 用垂线和钢尺量尚未沉入部分 |
| 直桩垂直度 | | | 1% | | | |

注：1. d 为装的直径或短边尺寸。mm。

2. θ 为斜桩设计纵轴线与铅垂线间夹角,(°)。

表 8-3-31　接桩焊缝外观允许偏差

| 项　　目 | | 允许偏差/mm | 检验频率 | | 检查方法 |
|---|---|---|---|---|---|
| | | | 范围 | 点数 | |
| 咬边深度(焊缝) | | 0.5 | 每条焊缝 | 1 | 用焊缝量规、钢尺量 |
| 加强层高度(焊缝) | | +3 0 | | | |
| 加强层宽度(焊缝) | | 3 | | | |
| 钢管桩上下错台 | 公称直径≥700mm | 2 | | | 用钢板尺和塞尺量 |
| | 公称直径<700mm | | | | |

### 8.3.1.3　钻孔灌注桩

(1) 钻孔准备 (表 8-3-32～表 8-3-34)

表 8-3-32　各种钻孔设备 (方法) 的适用范围

| 钻孔设备 (方法) | 适用范围 | | | 是否需要泥浆作用 |
|---|---|---|---|---|
| | 土层 | 孔径/cm | 孔深/m | |
| 机动推钻 | 黏性土、砂土、砾石粒径小于 10cm,含量少于 30%的碎石土 | 60～160 | 30～40 | 护壁 |
| 正循环回转钻机 | 黏性土、砂土、砾、卵石粒径小于 2cm,含量少于 20%的碎石土、软岩 | 80～200 | 30～100 | 浮悬钻渣并护壁 |
| 反循环回转钻机 | 黏性土、砂土、卵石粒径小于钻杆内径 2/3,含量少于 20%的碎石土、软岩 | 80～250 | 泵吸<40 气举 100 | 护壁 |
| 正循环潜水钻机 | 淤泥、黏性土、砂土、砾卵石粒径小于 10cm,含量少于 20%的碎石土 | 60～150 | 50 | 浮悬钻渣并护壁 |
| 反循环潜水钻机 | 黏性土、砂土、卵石粒径小于钻杆内径 2/3,含量少于 20%的碎石土、软岩 | 60～150 | 泵吸<40 气举 100 | 护壁 |
| 全护筒冲抓和冲击钻机 | 各类土层 | 80～200 | 30～40 | 不需泥浆 |

| 钻孔设备（方法） | 适用范围 | | | 是否需要泥浆作用 |
|---|---|---|---|---|
| | 土层 | 孔径/cm | 孔深/m | |
| 冲抓锥 | 淤泥、黏性土、砂土、砾石、卵石 | 60～150 | 20～40 | 护壁 |
| 冲击实心锥 | 各类土层 | 80～200 | 50 | 浮悬钻渣并护壁 |
| 冲击管锥 | 黏性土、砂土、砾石、松散卵石 | 60～150 | 50 | 浮悬钻渣并护壁 |
| 冲击、振动沉管 | 软土、黏性土、砂土、砾石、松散卵石 | 25～50 | 20 | 不需泥浆 |

**表 8-3-33　泥浆性能指标选择**

| 钻孔方法 | 地层情况 | 泥浆性能指标 | | | | | | | |
|---|---|---|---|---|---|---|---|---|---|
| | | 相对密度 | 黏度/Pa·s | 含砂率/% | 胶体率/% | 失水率/(mL/30min) | 泥皮厚/(mm/30min) | 静切力/Pa | 酸碱度pH |
| 正循环 | 一般地层 | 1.05～1.20 | 16—22 | 8～4 | ≥96 | ≤25 | ≤2 | 1.0～2.5 | 8～10 |
| | 易坍地层 | 1.20～1.45 | 19～28 | 8～4 | ≥96 | ≤15 | ≤2 | 3～5 | 8～10 |
| 反循环 | 一般地层 | 1.02～1.06 | 16～20 | ≤4 | ≥95 | ≤20 | ≤3 | 1～2.5 | 8～10 |
| | 易坍地层 | 1.06～1.10 | 18～24 | ≤4 | ≥95 | ≤20 | ≤3 | 1～2.5 | 8～10 |
| | 卵石土 | 1.10～1.15 | 20～35 | ≤4 | ≥95 | ≤20 | ≤3 | 1～2.5 | 8～10 |
| 推钻冲抓 | 一般地层 | 1.10～1.20 | 18～24 | ≤4 | ≥95 | ≤20 | ≤3 | 1～2.5 | 8～11 |
| 冲击 | 易坍地层 | 1.20～1.40 | 22～30 | ≤4 | ≥95 | ≤20 | ≤3 | 3～5 | 8～11 |

注：1. 地下水位高或其流速大时，指标取高限，反之取低限。

2. 地质状态较好，孔径或孔深较小的取低限，反之取高限。

3. 在不易坍塌的黏质土层中，使用推钻、冲抓、反循环回转钻进时，可用清水提高水头（≥2m）维护孔壁。

**表 8-3-34　PHP 泥浆的配比**

| 项　目 | 用　量 | 项　目 | 用　量 |
|---|---|---|---|
| 膨润土 | 为水量的 6%～8% | 羧甲基纤维素（CMC） | 为膨润土质量的 0.5%～0.1% |
| 碳酸钠 | 为膨润土质量的 0.3%～0.5% | 聚丙烯酰胺（PHP） | 为泥浆量的 0.003% |

## （2）钻孔施工（表 8-3-35、表 8-3-36）

**表 8-3-35　开孔 3～4m 范围内控制参数**

| 土　质 | 提锤高度/cm | 冲击次数/(次/min) | 泥浆相对密度 |
|---|---|---|---|
| 土 | 40～60 | 20～25 | 1.4～1.5 |
| 砂砾 | 40～60 | 20～25 | 1.5～1.7 |

**表 8-3-36　钻孔泥浆指标**

| 项　目 | 指　标 | 项　目 | 指　标 |
|---|---|---|---|
| 泥浆相对密度 | 1.02～1.08 | 含砂量 | <4% |
| pH 值 | 8～10 | 泥皮厚度 | <2mm |
| 黏度 | 18～20Pa·s | 胶体率 | >95% |
| 失水量 | 10～20mL/30min | | |

## （3）混凝土灌注桩质量检验（表 8-3-37）

表 8-3-37　混凝土灌注桩允许偏差

| 项　目 | | 允许偏差/mm | 检验频率 | | 检查方法 |
|---|---|---|---|---|---|
| | | | 范围 | 点数 | |
| 桩位 | 群桩 | 100 | 每根桩 | 1 | 用全站仪检查 |
| | 排架桩 | 50 | | 1 | |
| 沉渣厚度 | 摩擦桩 | 符合设计要求 | | 1 | 沉淀盒或标准测锤,差灌注前记录 |
| | 支承桩 | 不大于设计要求 | | 1 | |
| 垂直度 | 钻孔桩 | ≤1%桩长,且不大于500 | | 1 | 用测壁仪或钻杆垂线和钢尺量 |
| | 挖孔桩 | ≤0.5%桩长,且不大于200 | | 1 | |

注:此表适用于钻孔和挖孔。

## 8.3.1.4　沉井基础

### (1) 沉井基础适用条件 (表8-3-38)

表 8-3-38　各种基础形式的适用条件和特点

| 基础形式 | | 适用的水文地质条件 | 特点 |
|---|---|---|---|
| 扩大基础(明挖地基) | | 持力层浅,水不深 | 稳定性好,施工简便,在设计中尽力采用 |
| 桩基础 | 沉入桩 | 持力层深,无较大卵漂石 | 一般桩长≤20m |
| | 钻孔灌注桩 | 持力层深,有较大卵漂石 | 桩长可达50～100m |
| 沉井基础 | 筑岛(水深在3～4m以内,就地浇筑) | 1. 覆盖层稍深,渗水量大,做明挖地基时开挖量大,排水困难<br>2. 地质良好,冲刷大的河流<br>3. 岩层平坦,覆盖层薄,但水深,采用明挖地基挡水困难 | 1. 施工设备简单<br>2. 工期长<br>3. 遇大孤石或流砂容易倾斜 |
| | 浮式(岸上预制,水中浮运) | | |

### (2) 筑岛沉井制作 (表8-3-39～表8-3-41)

表 8-3-39　筑岛土料与容许流速

| 筑岛土料 | 容许流速/(m/s) | |
|---|---|---|
| | 土表面处 | 平均流速 |
| 细砂(粒径0.05～0.25mm) | 0.25 | 0.3 |
| 粗砂(粒径1.0～2.5mm) | 0.65 | 0.8 |
| 中等砾石(粒径25～40mm) | 1.0 | 1.2 |
| 粗砾石(粒径40～75mm) | 1.2 | 1.5 |

表 8-3-40　围堰筑岛适用条件

| 围堰名称 | 适用条件 | | |
|---|---|---|---|
| | 水深/m | 流速/(m/s) | 说明 |
| 草袋(麻袋)围堰 | <3.5 | 1.5～2.0 | 淤泥质河床或沉陷较大的地层未经处理者不宜用 |
| 笼石围堰 | <3.5 | ≤3.0 | |
| 木笼围堰 | <3.5 | ≤2.0 | 水深流急,河床坚实平坦,不能打桩者;有较大流水者;围堰外侧无法支撑者 |
| 木板桩围堰 | 3～5 | — | 河床应为能打入板桩的地层 |
| 钢板桩围堰 | — | — | 能打入硬层,宜于作深水筑岛围堰 |

表 8-3-41　筑岛铺垫要求

| 序　号 | 项　目 | 要　求 |
|---|---|---|
| 1 | 垫木材料 | 质量良好的普通枕木及短方木 |
| 2 | 垫木铺设方向 | 刃脚的直线段垂直铺设,圆弧段径向铺设 |
| 3 | 垫木下承压应力 | 应小于岛面容许承压应力 |

| 序　号 | 项　目 | 要　求 |
|---|---|---|
| 4 | 筑岛底面承压应力 | 应小于河床地面容许承压应力 |
| 5 | 刃脚下和隔墙下垫木应力 | 应基本上相等，以免不均匀沉陷使井壁与隔墙连接处混凝土裂缝 |
| 6 | 铺垫次序 | 应先从各定位垫木开始向两边铺设 |
| 7 | 支撑排架下的垫木 | 应对正排架中心线铺设 |
| 8 | 铺垫顶平面最大高差 | 应不大于 3cm |
| 9 | 相邻两垫木最大高差 | 应不大于 0.5cm |
| 10 | 调整垫木高度时 | 不应在其下垫塞木块、木片、石块等，以免受力不均 |
| 11 | 垫木间空隙 | 应填砂捣实 |
| 12 | 垫木埋入岛面深度 | 应为垫木高度的一半 |

## （3）沉井下沉（表 8-3-42）

**表 8-3-42　摩阻力表**

| 土的名称 | 土与沉井壁面之间的摩阻力/kPa | 土的名称 | 土与沉井壁面之间的摩阻力/kPa |
|---|---|---|---|
| 黏性土 | 25～50 | 砂砾石 | 15～20 |
| 砂类土 | 12～25 | 软土 | 10～12 |
| 砂卵石 | 18～30 | 泥浆套 | 3～5 |

## （4）沉井封底与填充（表 8-3-43）

**表 8-3-43　灰砂比与水灰比的关系**

| 水灰比 | 0.45 | 0.50 | 0.55 | 0.60 | 0.65 |
|---|---|---|---|---|---|
| 混合料掺量/% | 灰砂比 | | | | |
| 0 | 1.5 | 1.1 | 0.8 | 0.67 | 0.56 |
| 10 | 1.4 | 1.03 | 0.76 | 0.63 | — |
| 20 | 1.3 | 0.98 | 0.72 | 0.59 | — |
| 30 | 1.25 | 0.91 | 0.68 | — | — |
| 40 | 1.2 | 0.85 | 0.64 | — | — |

注：本表适用于砂浆流动度为 19±2，砂的细度模数为 1.55，条件不同时，灰砂比应酌情调整。

## （5）沉井质量检验（表 8-3-44～表 8-3-46）

**表 8-3-44　混凝土沉井制作允许偏差**

| 项　目 | | 允许偏差/mm | 检验频率 | | 检查方法 |
|---|---|---|---|---|---|
| | | | 范围 | 点数 | |
| 沉井尺寸 | 长、宽 | ±0.5%边长，大于 24m 时±120 | 每座 | 2 | 用钢尺量长、宽各 1 点 |
| | 半径 | ±0.5%半径，大于 12m 时±60 | | 4 | 用钢尺量，每侧 1 点 |
| | 对角线长度差 | 1%理论值，且不大于 80 | | 2 | 用钢尺量，圆井量两个直径 |
| 径壁厚度 | 混凝土 | +40 −30 | | 4 | 用钢尺量，每侧 1 点 |
| | 钢壳和钢筋混凝土 | ±15 | | | |
| | 平整度 | 8 | | 4 | 用 2m 直尺，塞尺量 |

**表 8-3-45　就地制作沉井下沉就位允许偏差**

| 项　目 | 允许偏差/mm | 检验频率 | | 检查方法 |
|---|---|---|---|---|
| | | 范围 | 点数 | |
| 底面、顶面中心位置 | $H/50$ | 每座 | 4 | 用经纬仪测量纵横各 2 点 |
| 垂直度 | $H/50$ | | 4 | 用经纬仪测量 |
| 平面扭角 | 1° | | 2 | 经纬仪检验纵横轴线交点 |

注：$H$ 为沉井高度，mm。

**表 8-3-46　浮式沉井下沉就位允许偏差**

| 项　目 | 允许偏差/mm | 检验频率 | | 检查方法 |
|---|---|---|---|---|
| | | 范围 | 点数 | |
| 底面、顶面中心位置 | $H/50+250$ | | 4 | 用经纬仪测量纵横各 2 点 |
| 垂直度 | $H/50$ | 每座 | 4 | 用经纬仪测量 |
| 平面扭角 | 2° | | 2 | 经纬仪检验纵横轴线交点 |

注：$H$ 为沉井高度，mm。

### 8.3.1.5　地下连续墙质量检验（表 8-3-47）

**表 8-3-47　地下连接墙允许偏差**

| 项　目 | 允许偏差/mm | 检验频率 | | 检查方法 |
|---|---|---|---|---|
| | | 范围 | 点数 | |
| 轴线位置 | 30 | | 2 | 用经纬仪测量 |
| 外形尺寸 | +30<br>0 | | 1 | 用钢尺量一个断面 |
| 垂直度 | 5‰墙高 | 每单元段<br>或每槽段 | 1 | 用超声波测槽仪检测 |
| 顶面高程 | +10 | | 2 | 用水准仪测量 |
| 沉渣厚度 | 符合设计要求 | | 1 | 用重锤或沉积物测定仪(沉淀盒) |

### 8.3.1.6　现浇混凝土承台质量检验（表 8-3-48）

**表 8-3-48　混凝土承台允许偏差**

| 项　目 | | 允许偏差/mm | 检验频率 | | 检查方法 |
|---|---|---|---|---|---|
| | | | 范围 | 点数 | |
| 断面尺寸 | 长、宽 | ±20 | | 4 | 用钢尺量,长宽各 2 点 |
| 承台厚度 | | 0<br>+10 | | 4 | 用钢尺量 |
| 顶面高程 | | ±10 | 每座 | 4 | 用水准仪测量测量四角 |
| 轴线偏移 | | 15 | | 4 | 用经纬仪测量,纵、横各 2 点 |
| 预埋件位置 | | 10 | 每件 | 2 | 经纬仪放线,用钢尺量 |

### 8.3.1.7　桥梁打桩的类型（表 8-3-49）

**表 8-3-49　打桩类型**

| 类　型 | | | 单位 | 计算规则 |
|---|---|---|---|---|
| 陆上、水上工作平台 | 桥梁打桩 | 墩、台 | m² | (宽度两桩之间距离+6.5m,长度两桩之间距离+8.0m)×N 个 |
| | | 通道 | m² | 桥长＝N 个(宽度两桩之间距离+6.5m)×6.5m |
| | 护岸打桩 | | m² | m² |
| | 钻孔灌注桩 | 墩、台 | m² | (宽度两桩之间距离+6.5m,长度两桩之间距离+8.0m)×N 个 |
| | | 通道 | m² | |
| 基础桩 | 预制钢混凝土方桩 | | m³ | 按设计截面积×设计长度(包括桩尖长度) |
| | 预制钢混凝土板桩 | | m³ | |
| | 钢混凝土管桩 | | m³ | |
| | PHC管桩 | | m³ | |
| | 钢管桩 | | m³ | 按设计截面积×设计长度(设计桩顶至桩底标高) |
| | 钻孔灌注桩 | 陆上 | m³ | 按设计截面积×(设计长度+0.25m) |
| | | 水上 | m³ | 按设计截面积×(设计长度+1.0m) |

## 8.3.1.8 打钢筋混凝土板、方桩、管桩、桩帽及送桩的土质、桩帽取定（表8-3-50、表8-3-51）

**表 8-3-50　土质取定**

| 名　称 | 打桩 | | | 送桩 | |
|---|---|---|---|---|---|
| | 甲级土 | 乙级土 | 丙级土 | 乙级土 | 丙级土 |
| 圆木桩,直径 $\phi$420mm,$L$=6m | 90 | 10 | | | |
| 木板桩,宽 0.20m,厚 0.06m,$L$=6m | 100 | | | | |
| 混凝土桩 $L \leqslant 8m$,$S \leqslant 0.05m^2$ | 80 | 20 | | 100 | |
| $L \leqslant 8m$,$0.05m^2 < S \leqslant 0.105m^2$ | 80 | 20 | | 100 | |
| $8m < L \leqslant 16m$,$0.105m^2 < S \leqslant 0.125m^2$ | 50 | 50 | | 100 | |
| $16m < L \leqslant 24m$,$0.125m^2 < S \leqslant 0.16m^2$ | 40 | 60 | | 100 | |
| $24m < L \leqslant 28m$,$0.16m^2 < S \leqslant 0.225m^2$ | 10 | 90 | | 100 | |
| $28m < L \leqslant 32m$,$0.225m^2 < S \leqslant 0.25m^2$ | | 50 | 50 | | 100 |
| $32m < L \leqslant 40m$,$0.25m^2 < S \leqslant 0.30m^2$ | | 40 | 60 | | 100 |
| 混凝土板桩 $L \leqslant 8m$ | 80 | 20 | | | |
| $L \leqslant 12m$ | 70 | 30 | | | |
| $L \leqslant 16m$ | 60 | 40 | | | |
| 管桩 $\phi$400mm,$L \leqslant 24m$ | 40 | 60 | | 100 | |
| $\phi$550mm,$L \leqslant 24m$ | 30 | 70 | | 100 | |
| PHC 管桩 $\phi$600mm,$L \leqslant 25m$ | 20 | 80 | | 100 | |
| $L \leqslant 50m$ | | 50 | 50 | | 100 |
| $\phi$800mm,$L \leqslant 25m$ | 20 | 80 | | 100 | |
| $L \leqslant 50m$ | | 50 | 50 | | 100 |
| $\phi$1000mm,$L \leqslant 25m$ | 20 | 80 | | 100 | |
| $L \leqslant 50m$ | | 50 | 50 | | 100 |

**表 8-3-51　桩帽取定**

| 名　称 | 单　位 | 打 桩 帽 | 送 桩 帽 |
|---|---|---|---|
| 方桩 $L \leqslant 8m$,$S \leqslant 0.05m^2$ | kg/只 | 100 | 200 |
| $0.05m^2 < S \leqslant 0.105m^2$ | kg/只 | 200 | 400 |
| $8m < L \leqslant 16m$,$0.105m^2 < S \leqslant 0.125m^2$ | kg/只 | 300 | 600 |
| $16m < L \leqslant 24m$,$0.125m^2 < S \leqslant 0.16m^2$ | kg/只 | 400 | 800 |
| $24m < L \leqslant 28m$,$0.16m^2 < S \leqslant 0.225m^2$ | kg/只 | 500 | 1000 |
| $28m < L \leqslant 32m$,$0.225m^2 \leqslant S \leqslant 0.25m^2$ | kg/只 | 700 | 1400 |
| $32m < L \leqslant 40m$,$0.25m^2 < S \leqslant 0.30m^2$ | kg/只 | 900 | 1800 |
| 板桩 $L \leqslant 8m$ | kg/只 | 200 | |
| $L \leqslant 12m$ | kg/只 | 300 | |
| $L \leqslant 16m$ | kg/只 | 400 | |
| 管桩 $\phi$400mm 壁厚 9cm | kg/只 | 400 | 800 |
| $\phi$550mm 壁厚 9cm | kg/只 | 500 | 1000 |
| $\phi$600mm 壁厚 10cm | kg/只 | 600 | 1200 |
| $\phi$800mm 壁厚 11cm | kg/只 | 800 | 1600 |
| $\phi$1000mm 壁厚 12cm | kg/只 | 1000 | 2000 |

## 8.3.1.9 打桩工程辅助材料摊销取定（表8-3-52）

**表 8-3-52　辅助材料摊销取定**

| 桩 类 别 | 单位 | 打桩帽 | | | 送桩帽 | |
|---|---|---|---|---|---|---|
| | | 甲级土 | 乙级土 | 丙级土 | 乙级土 | 丙级土 |
| 混凝土方桩 | $m^3$ | 450 | 300 | 210 | 240 | 170 |
| 混凝土方桩 | $m^3$ | 300 | 200 | — | 160 | — |
| 混凝土方桩 | $m^3$ | 225 | 170 | 130 | 150 | 110 |

## 8.3.1.10 打钢管桩定额标准（表 8-3-53）

表 8-3-53　钢管桩取定标准

| 管径(外径)/mm | $\phi406.40$ | $\phi609.60$ | $\phi914.60$ |
|---|---|---|---|
| 管壁/mm | 12 | 14 | 16 |
| 管长/m | 30 | 50 | 70 |

## 8.3.1.11 预制钢筋混凝土方桩体积（表 8-3-54）

表 8-3-54　预制钢筋混凝土方桩体积表

| 桩截面/mm | 桩尖长/mm | 桩全长/m | 混凝土体积/m³ | | 桩截面/mm | 桩尖长/mm | 桩全长/m | 混凝土体积/m³ | |
|---|---|---|---|---|---|---|---|---|---|
| | | | ① | ② | | | | ① | ② |
| 250×250 | 400 | 2.50 | 0.140 | 0.156 | 320×320 | 400 | 4.00 | 0.382 | 0.410 |
| | | 3.00 | 0.171 | 0.188 | | | 5.00 | 0.484 | 0.512 |
| | | 3.50 | 0.202 | 0.129 | | | 6.00 | 0.587 | 0.614 |
| | | 4.00 | 0.233 | 0.250 | | | 每增减轻 0.50 | 0.051 | 0.051 |
| | | 5.00 | 0.296 | 0.312 | 350×350 | 400 | 2.50 | 0.273 | 0.306 |
| | | 6.00 | 0.358 | 0.375 | | | 3.00 | 0.335 | 0.368 |
| | | 每增减轻 0.50 | 0.031 | 0.031 | | | 3.50 | 0.396 | 0.429 |
| 300×300 | 400 | 2.50 | 0.201 | 0.225 | | | 4.00 | 0.457 | 0.490 |
| | | 3.00 | 0.246 | 0.270 | | | 5.00 | 0.580 | 0.613 |
| | | 3.50 | 0.291 | 0.315 | | | 6.00 | 0.702 | 0.735 |
| | | 4.00 | 0.336 | 0.360 | | | 每增减轻 0.50 | 0.060 | 0.063 |
| | | 5.00 | 0.426 | 0.450 | 400×400 | 400 | 3.00 | 0.437 | 0.480 |
| | | 6.00 | 0.516 | 0.540 | | | 3.50 | 0.517 | 0.560 |
| | | 每增减轻 0.50 | 0.045 | 0.045 | | | 4.00 | 0.597 | 0.640 |
| 320×320 | 400 | 2.50 | 0.229 | 0.356 | | | 5.00 | 0.757 | 0.800 |
| | | 3.00 | 0.280 | 0.307 | | | 6.00 | 0.917 | 0.960 |
| | | 3.50 | 0.331 | 0.358 | | | 每增减轻 0.50 | 0.087 | 0.080 |

注：1. 混凝土体积栏中：①栏为理论计算体积，②栏为按工程量计算体积。

2. 桩长包括桩尖长度混凝土体积理论计算公式：$V=LA+1/3A\times H$。

式中，$L$ 为桩长（不包括桩尖长），m；$A$ 为桩截面面积，$m^2$；$H$ 为桩尖长度，m。

## 8.3.1.12 钻孔灌注桩护筒重量摊销量计算（表 8-3-55）

表 8-3-55　钻孔灌注桩护筒重量摊销量计算表

| 名称 | 规格 | 重量/(只/kg) | 总重/(只/kg) | 周转次数 | 损耗/% | 使用量 |
|---|---|---|---|---|---|---|
| 钢护筒 | 长 2m,$\phi$800mm 壁厚 6mm 钢板 | 1 | 5 | 75 | 1.06 | 21.959 |
| | | 310.74 | 1553.70 | | | |
| | 长 2m,$\phi$1000mm 壁厚 8mm 钢板 | 1 | 5 | | | 26.141 |
| | | 369.92 | 1849.70 | | | |
| | 长 2m,$\phi$1200mm 壁厚 8mm 钢板 | 1 | 5 | | | 40.429 |
| | | 572.11 | 2860.55 | | | |
| | 长 2m,$\phi$1500mm 壁厚 8mm 钢板 | 1 | 5 | | | 64.363 |
| | | 910.8 | 4554 | | | |
| | 长 2m,$\phi$2000mm 壁厚 8mm 钢板 | 1 | 5 | | | 78.44 |
| | | 1109.99 | 5549.95 | | | |

## 8.3.2 混凝土工程

### 8.3.2.1 配合比设计（表 8-3-56～表 8-3-58）

**表 8-3-56 混凝土的最大水胶比和最小水泥用量**

| 混凝土结构所处环境 | 无筋混凝土 | | 钢筋混凝土 | |
|---|---|---|---|---|
| | 最大灰胶比 | 最小水泥用量 /(kg/m³) | 最大灰胶比 | 最小水泥用量 /(kg/m³) |
| 温暖地区或寒冷地区，无侵蚀物质影响，与土直接接触 | 0.60 | 250 | 0.55 | 280 |
| 严寒地区或使用除冰盐的桥梁 | 0.55 | 280 | 0.50 | 300 |
| 受侵蚀性物质影响 | 0.45 | 300 | 0.40 | 325 |

注：1. 本表中的水胶比，系指水与水泥（包括矿物掺加料）用量的比值。

2. 本表中的最小水泥用量包括矿物掺合料，当掺用外加剂且能有效地改善混凝土的和易性时，水泥用量可减少 25kg/m³。

3. 严寒地区系指最冷月份平均气温低于 $-10$℃ 且平均温度在低于 5℃ 的天气数大于 145d 的地区。

**表 8-3-57 混凝土浇筑时的塌落度**

| 结构类型 | 坍落度(振动器振捣)/mm |
|---|---|
| 小型预制块和便于浇筑振捣的结构 | 0～20 |
| 桥梁基础、墩台等无筋或少筋的结构 | 10～30 |
| 普通配筋的混凝土结构 | 30～50 |
| 配筋较密、断面较小的钢筋混凝土结构 | 50～70 |
| 配筋较密、端面高面窄的钢筋混凝土结构 | 70～90 |

**表 8-3-58 抗渗混凝土的最大水胶比**

| 抗渗等级 | ≤C30 | >C30 |
|---|---|---|
| P6 | 0.3 | 0.55 |
| P8～P12 | 0.55 | 0.50 |
| P12 以上 | 0.50 | 0.45 |

注：1. 矿物掺和料取代量不宜大于 20%。

2. 表中水胶比为水与水泥（包括矿物掺和料）用量的比值。

### 8.3.2.2 混凝土配合比

（1）现浇混凝土配合比（表 8-3-59）

**表 8-3-59 现浇混凝土配合比（碎石最大粒径：15mm）** 单位：m³

| 项 目 | 单位 | 碎石(最大粒径:15mm) | | | | |
|---|---|---|---|---|---|---|
| | | 混凝土强度等级 | | | | |
| | | C20 | C25 | C30 | C35 | C40 |
| 32.5 级 | kg | 418 | 473 | | | |
| 42.5 级 | kg | | | 455 | 504 | |
| 52.5 级 | kg | | | | | 477 |
| 中砂 | kg | 663 | 643 | 650 | 631 | 641 |
| 5～15 碎石 | kg | 1168 | 1132 | 1144 | 1111 | 1129 |
| 水 | kg | 230 | 230 | 230 | 230 | 230 |

| 项 目 | 单位 | 碎石(最大粒径:25mm) | | | | | | | |
|---|---|---|---|---|---|---|---|---|---|
| | | 混凝土强度等级 | | | | | | | |
| | | C15 | C20 | C25 | C30 | C35 | C40 | C45 | C50 |
| 32.5级 | kg | 323 | 381 | 431 | 482 | | | | |
| 42.5级 | kg | | | | | 460 | 501 | | |
| 52.5级 | kg | | | | | | | 470 | 503 |
| 中砂 | kg | 746 | 665 | 647 | 591 | 636 | 585 | 595 | 584 |
| 5～25碎石 | kg | 1205 | 1224 | 1191 | 1191 | 1171 | 1178 | 1200 | 1177 |
| 水 | kg | 210 | 210 | 210 | 210 | 210 | 210 | 210 | 210 |

| 项 目 | 单位 | 碎石(最大粒径:40mm) | | | | | | | | | |
|---|---|---|---|---|---|---|---|---|---|---|---|
| | | 混凝土强度等级 | | | | | | | | | |
| | | C7.5 | C10 | C15 | C20 | C25 | C30 | C35 | C40 | C45 | C50 |
| 32.5级 | kg | 230 | 253 | 299 | 353 | 399 | 447 | 501 | | | |
| 中砂 | kg | 832 | 822 | 741 | 641 | | | | 464 | 603 | |
| 52.5级 | | | | | | | | | | | 466 |
| 中砂 | | | | | | 625 | 570 | 553 | 565 | 553 | 564 |
| 5～40碎石 | kg | 1233 | 1219 | 1249 | 1290 | 1259 | 1262 | 1224 | 1250 | 1222 | 1248 |
| 水 | kg | 190 | 190 | 190 | 190 | 190 | 190 | 190 | 190 | 190 | 190 |

| 项 目 | 单位 | 碎石(最大粒径:70mm) | | |
|---|---|---|---|---|
| | | 混凝土强度等级 | | |
| | | C7.5 | C10 | C15 |
| 32.5级 | kg | 206 | 227 | 268 |
| 中砂 | kg | 763 | 755 | 676 |
| 5～70碎石 | kg | 1343 | 1330 | 1363 |
| 水 | kg | 170 | 170 | 170 |

（2）预制混凝土配合比（表8-3-60）

**表8-3-60　预制混凝土配合比**（碎石最大粒径:15mm）　　　　单位：m³

| 项 目 | 单位 | 碎石(最大粒径:15mm) | | | | | | |
|---|---|---|---|---|---|---|---|---|
| | | 混凝土强度等级 | | | | | | |
| | | C20 | C25 | C30 | C35 | C40 | 045 | C50 |
| 32.5级 | kg | 335 | 378 | 424 | 474 | | | |
| 42.5级 | kg | | | | | 440 | 476 | |
| 52.5级 | kg | | | | | | | 442 |
| 中砂 | kg | 650 | 635 | 581 | 565 | 576 | 564 | 575 |
| 5～40碎石 | kg | 1810 | 1280 | 1286 | 1250 | 1274 | 1248 | 1276 |
| 水 | kg | 180 | 180 | 180 | 180 | 180 | 180 | 180 |

| 项 目 | 单位 | 碎石(最大粒径:25mm) | | | | | | |
|---|---|---|---|---|---|---|---|---|
| | | 混凝土强度等级 | | | | | | |
| | | C20 | C25 | C30 | C35 | C40 | C45 | C50 |
| 32.5级 | kg | 362 | 401 | 459 | | | | |
| 42.5级 | kg | 437 | 477 | | | | | |
| 52.5级 | kg | 447 | 479 | | | | | |
| 中砂 | kg | 675 | 658 | 603 | 648 | 597 | 607 | 596 |
| 5～25碎石 | kg | 1243 | 1211 | 1214 | 1193 | 1202 | 1222 | 1201 |
| 水 | kg | 200 | 200 | 200 | 200 | 200 | 200 | 200 |

| 项　目 | 单位 | 碎石(最大粒径:40mm) | | | | | |
|---|---|---|---|---|---|---|---|
| | | 混凝土强度等级 | | | | | |
| | | C20 | C25 | C30 | C35 | C40 | C45 |
| 32.5级 | kg | 400 | 452 | | | | |
| 42.5级 | kg | | | 434 | 482 | | |
| 52.5级 | kg | | | | | 456 | 493 |
| 中砂 | kg | 674 | 654 | 661 | 643 | 653 | 602 |
| 5～15碎石 | kg | 1186 | 1152 | 1164 | 1132 | 1149 | 1160 |
| 水 | kg | 220 | 220 | 220 | 220 | 220 | 220 |

（3）水下混凝土配合比（表8-3-61）

**表8-3-61　水下混凝土配合比**　　　　　　　　　　　　　　单位：m³

| 项　目 | 单位 | 碎石(最大粒径:40mm) | | | | |
|---|---|---|---|---|---|---|
| | | 水下混凝土强度等级 | | | | |
| | | C20 | C25 | C30 | C35 | C40 |
| 32.5级 | kg | 427 | 483 | | | |
| 42.5级 | kg | 465 | | | | |
| 52.5级 | kg | 451 | 488 | | | |
| 中砂 | kg | 789 | 764 | 773 | 779 | 762 |
| 5～40碎石 | kg | 1033 | 1001 | 1012 | 1020 | 998 |
| 水 | kg | 230 | 230 | 230 | 230 | 230 |
| 木钙 | kg | 1.07 | 1.21 | 1.16 | 1.13 | 1.22 |

## 8.3.2.3　混凝土拌制、运输

（1）混凝土配料（表8-3-62）

**表8-3-62　配料数量允许偏差**

| 材料类别 | 允许偏差/% | |
|---|---|---|
| | 现场拌制 | 预制场或集中搅拌站拌制 |
| 水泥、混合材料 | ±2 | ±1 |
| 粗、细集料 | ±3 | ±2 |
| 水、外加剂 | ±2 | ±1 |

（2）搅拌时间控制（表8-3-63）

**表8-3-63　混凝土延续搅拌的最短时间**

| 搅拌机类型 | 搅拌机容量/L | 混凝土坍落度/mm | | |
|---|---|---|---|---|
| | | <30 | 30～70 | >70 |
| | | 混凝土最短搅拌时间/min | | |
| 强制式 | ≤400 | 1.5 | 1.0 | 1.0 |
| | ≤1500 | 2.5 | 1.5 | 1.5 |

注：1. 当掺入外加剂时，外加剂应调成适当浓度的溶液再掺入，搅拌时间宜延长。

2. 采用分次投料搅拌工艺时，搅拌时间按工艺要求办理。

3. 当采用其他形式的搅拌设备时，搅拌的最短时间应按设备说明书的规定办理，在经试验确定。

（3）混凝土拌和物性能检测（表8-3-64、表8-3-65）

**表 8-3-64　混凝土稠度的分级及允许偏差**

| 稠度分类 | 级别名称 | 级别符号 | 测值范围 | 允许偏差/% |
|---|---|---|---|---|
| 坍落度/mm | 低塑性混凝土 | $T_1$ | 10～40 | ±10 |
| | 塑性混凝土 | $T_2$ | 50～90 | ±20 |
| | 流动混凝土 | $T_3$ | 100～150 | ±30 |
| 维勃稠度/s | 大流动性混凝土 | $T_4$ | ≥160 | ±30 |
| | 超干硬性混凝土 | $V_0$ | ≥31 | ±6 |
| | 特干硬性混凝土 | $V_1$ | 30～21 | ±6 |
| | 干硬性混凝土 | $V_2$ | 20～11 | ±4 |
| | 半干硬性混凝土 | $V_3$ | 10～5 | ±3 |

**表 8-3-65　混凝土的含气量及其允许偏差**

| 粗集料最大粒径/mm | 混凝土含气量最大限值/% | 粗集料最大粒径/mm | 混凝土含气量最大限值/% |
|---|---|---|---|
| 10 | 7.0 | 40 | 4.5 |
| 15 | 6.0 | 50 | 4 |
| 20 | 5.5 | 80 | 3.5 |
| 25 | 5 | 150 | 3 |

（4）冬季搅拌（表 8-3-66）

**表 8-3-66　拌和水及集料加热最高温度**

| 项　　目 | 加热最高温度/℃ | |
|---|---|---|
| | 拌和水 | 集料 |
| 强度等级小于 52.5 的普通硅酸盐水泥、矿渣硅酸盐水泥 | 80 | 60 |
| 强度等级等于及大于 52.5 的硅酸盐水泥、普通硅酸盐水泥 | 60 | 40 |

（5）混凝土运输（表 8-3-67、表 8-3-68）

**表 8-3-67　混凝土运输、浇筑及间歇的全部允许时间**　　　单位：min

| 混凝土强度等级 | 气温不高于 25℃ | 气温高于 25℃ |
|---|---|---|
| ≤C30 | 210 | 180 |
| ＞C30 | 180 | 150 |

注：C50 以上混凝土和混凝土中掺有促凝剂或缓凝剂时，其允许间歇时间应根据试验结果确定。

**表 8-3-68　传送带最大倾斜角度**

| 混凝土坍落度/mm | 最大倾斜角度/(°) | |
|---|---|---|
| | 向上运送 | 向下运送 |
| ＜40 | 18 | 12 |
| 40～80 | 15 | 10 |

（6）混凝土抗冻、抗渗与防腐蚀（表 8-3-69～表 8-3-72）

**表 8-3-69　水位变动区混凝土抗冻等级**

| 构筑物所在地区 | 海水环境 | | 淡水环境 | |
|---|---|---|---|---|
| | 钢筋混凝土及预应力混凝土 | 无筋混凝土 | 钢筋混凝土及预应力混凝土 | 无筋混凝土 |
| 严重受冻地区(最冷月的月平均气温低于−8℃) | F350 | F300 | F250 | F200 |
| 受冻地区(最冷月的月平均气温在−4～−8℃之间) | F300 | F250 | F200 | F150 |

| 构筑物所在地区 | 海水环境 | | 淡水环境 | |
|---|---|---|---|---|
| | 钢筋混凝土及预应力混凝土 | 无筋混凝土 | 钢筋混凝土及预应力混凝土 | 无筋混凝土 |
| 弱冻地区(最冷月的月平均气温在0~-4℃之间) | F250 | F200 | F150 | F100 |

注:1. 试验过程中试件所接触的介质应与构筑物实际接触的介质相近。

2. 墩、台身和防护堤等构筑物的混凝土应选用比同一地区高一级的抗冻等级。

3. 面层应选用比水位变动区抗冻等级低2~3级的混凝土。

**表 8-3-70　抗冻混凝土拌和物含气量控制范围**

| 骨料最大粒径/mm | 含气量/% | 骨料最大粒径/mm | 含气量/% |
|---|---|---|---|
| 10.0 | 5.0~8.0 | 40.0 | 3.0~6.0 |
| 20.0 | 4.0~7.0 | 63.0 | 3.0~5.0 |
| 31.5 | 3.5~6.5 | | |

**表 8-3-71　海水环境混凝土的水灰比最大允许值**

| 环境条件 | | 钢筋混凝土和预应力混凝土 | | 无筋混凝土 | |
|---|---|---|---|---|---|
| | | 北方 | 南方 | 北方 | 南方 |
| 大气区 | | 0.55 | 0.50 | 0.65 | 0.65 |
| 浪溅区 | | 0.50 | 0.40 | 0.65 | 0.65 |
| 水位变动区 | 严重受冻 | 0.45 | — | 0.45 | — |
| | 受冻 | 0.50 | — | 0.50 | — |
| | 微冻 | 0.55 | — | 0.55 | — |
| | 偶冰、不冻 | 0.50 | — | 0.65 | — |
| 水下区 | 不受水头作用 | 0.60 | 0.60 | 0.65 | 0.65 |
| | 受水头作用 最大作用水头与混凝土壁厚之比<5 | 0.60 | | | |
| | 受水头作用 最大作用水头与混凝土壁厚之比为5~10 | 0.55 | | | |
| | 受水头作用 最大作用水头与混凝土壁厚之比>10 | 0.50 | | | |

注:1. 除全日潮型区域外,其他海水环境有抗冻性要求的细薄构件(最小边尺寸小于300mm者,包括沉箱工程),混凝土的水灰比最大允许值宜减小。

2. 对有抗冻要求的混凝土,如抗冻性要求高时,浪溅区范围内下部1m应随水位变动区按抗冻性要求确定其水灰比。

3. 位于南方海水环境浪溅区的钢筋混凝土宜掺用高效减水剂。

**表 8-3-72　海水环境混凝土的最低水泥用量**　　　　单位:kg/m³

| 环境条件 | | 钢筋混凝土和预应力混凝土 | | 无筋混凝土 | |
|---|---|---|---|---|---|
| | | 北方 | 南方 | 北方 | 南方 |
| 大气区 | | 300 | 360 | 280 | 280 |
| 浪溅区 | | 360 | 400 | 280 | 280 |
| 水位变动区 | F350 | 395 | 360 | 395 | 280 |
| | F300 | 360 | | 360 | |
| | F250 | 330 | | 330 | |
| | F200 | 300 | | 300 | |
| 水下区 | | 300 | 300 | 280 | 280 |

注:1. 有耐久性要求的大体积混凝土,水泥用量应按混凝土的耐久性和降低水泥水化热综合考虑。

2. 掺加混合材料时,水泥用量可适当减少。

3. 掺外加剂时,南方地区水泥用量可适当减少,但不得降低混凝土的密实性。

4. 对于有抗冻性要求的混凝土,浪溅区范围内下部1m应随同水位变动区按抗冻性要求确定其水泥用量。

(7) 混凝土泵送施工(表 8-3-73~表 8-3-76)

表 8-3-73　粗骨料的最大粒径与输送管管径之比

| 石子品种 | 泵送高度/m | 粗骨料最大粒径与输送管径之比 |
|---|---|---|
| 碎石 | ＜50 | ≤1：3.0 |
| | 50～100 | ≤1：4.0 |
| | ＞100 | ≤1：5.0 |
| 卵石 | ＜50 | ≤1：2.5 |
| | 50～100 | ≤1：3.0 |
| | ＞100 | ≤1：4.0 |

表 8-3-74　水平距离换算表

| 管子种类 | 管子特征 | 水平距离换算长度/m | |
|---|---|---|---|
| 向上垂直管(每米) | 100A(4B) | 4 | |
| | 125A(5B) | 5 | |
| | 150A(6B) | 6 | |
| 弯管(每个) | 弯折角度 90° | $R=1m$ 为 9 | $R=0.5m$ 为 12 |
| | 弯折角度 45° | $R=1m$ 为 4.5 | $R=0.5m$ 为 6 |
| | 弯折角度 30° | $R=1m$ 为 3 | $R=0.5m$ 为 4 |
| | 弯折角度 15° | $R=1m$ 为 1.5 | $R=0.5m$ 为 2 |
| 锥形管(每个) | 175A→150A | 4 | |
| | 150A→125A | 10 | |
| | 125A→100A | 20 | |
| 软管 | 5m 长 | 30 | |
| | 3m 长 | 18 | |

注：1. A 为 mm；B 为英寸；$R$ 为曲率半径。

2. 本表所给出的数据是按照坍落度为 18～22cm，水泥用量至少为 300kg/m³ 的混凝土条件下得出的，如果在实际工程中混凝土掺度与水泥用量与本表所列数据差别很大时，应做现场试验并调整数据。

表 8-3-75　输送管的基本参数

| 种类 | 内径 | 长度/m | 角度/(°) | 壁厚/mm | 管自重/kg | 容积/m³ | 充满混凝土后质量/kg |
|---|---|---|---|---|---|---|---|
| 直管 | 4B | 1.0 | 90 | 1.6 | 6.4 | 0.0088 | 21.2 |
| | | 3.0 | | 1.6 | 17.0 | 0.0264 | 61.4 |
| | | 4.0 | | 1.6 | 22.3 | 0.0352 | 81.5 |
| | 5B | 1.0 | 90 | 1.6 | 8.1 | 0.0135 | 30.9 |
| | | 2.0 | | 1.6 | 14.6 | 0.0270 | 60.2 |
| | | 3.0 | | 1.6 | 21.0 | 0.0450 | 89.4 |
| 弯管 | 4B | 1000R | 90 | 1.6 | 20.8 | 0.0137 | 55.05 |
| | | 350R | | 1.6 | 9.7 | 0.0048 | 21.7 |
| | 5B | 1000R | 90 | 1.6 | 27.5 | 0.0211 | 80.25 |
| | | 450R | | 1.6 | 14.0 | 0.0095 | 37.75 |

注：1. B 为英寸。

2. 1000 尺表示曲率半径为 1m 的弯管。

3. 计算充满混凝土后输送管质量时，混凝土表观密度取 2400kg/m³。

表 8-3-76　管路长度与压送砂浆的配比

| 管路长度/m | 灰砂比 | 管路长度/m | 灰砂比 |
|---|---|---|---|
| 500～100 | 1：3 | ＞200 | 1：1 |
| 100～200 | 1：2 | | |

#### 8.3.2.4 混凝土浇筑 (表 8-3-77～表 8-3-84)

**表 8-3-77 混凝土分层浇筑厚度**

| 振实方法 | 配筋情况 | 浇筑层厚度/mm |
|---|---|---|
| 用插入式振动器 | — | 300 |
| 用附着式振动器 | — | 300 |
| 用表面振动器 | 无筋或配筋稀疏时 | 250 |
| | 配筋较密时 | 150 |

注：表列规定可根据结构和振动器型号等情况适当调整。

**表 8-3-78 混凝土从加水搅拌至入模的延续时间**

| 搅拌机出料时的混凝土温度 /℃ | 无搅拌设施运输 /min | 有搅拌设施运输 /min |
|---|---|---|
| 20～30 | 30 | 60 |
| 10～19 | 45 | 75 |
| 5～9 | 60 | 90 |

注：掺用外加剂或采用快硬水泥时，运输允许持续时间应根据试验确定。

**表 8-3-79 混凝土分层浇筑厚度**

| 混凝土结构所处环境 | 无筋混凝土 | | 钢筋混凝土 | |
|---|---|---|---|---|
| | 最大灰胶比 | 最小水泥用量 /(kg/m³) | 最大灰胶比 | 最小水泥用量 /(kg/m³) |
| 温暖地区或寒冷地区,无侵蚀物质影响,与土直接接触 | 0.60 | 250 | 0.55 | 280 |
| 严寒地区或使用除冰盐的桥梁 | 0.55 | 280 | 0.50 | 300 |
| 受侵蚀性物质影响 | 0.45 | 300 | 0.40 | 325 |

**表 8-3-80 大体积混凝土湿润养护时间**

| 水泥品种 | 养护时间/d |
|---|---|
| 硅酸盐水泥、普通硅酸盐水泥 | 14 |
| 火山灰质硅酸盐水泥、矿渣硅酸盐水泥、低热微膨胀水泥、矿渣在现场掺粉煤的水泥 | 21 |

注：高温施工养护时间均不得少于28d。

**表 8-3-81 混凝土原材料每盘称量允许偏差**

| 材料名称 | 允许偏差 | |
|---|---|---|
| | 工地 | 工厂或搅拌站 |
| 水泥和干燥状态的掺合料 | ±2% | ±1% |
| 粗、细骨料 | ±3% | ±2% |
| 水、外加剂 | ±2% | ±1% |

注：1. 各种衡器应定期检定，每次使用前应进行零点校核，保证计量准确。

2. 当遇雨天或含水率有显著变化时，应增加含水率检测次数，并及时调整水和骨料的用量。

**表 8-3-82 浇筑混凝土的允许间断时间**

| 混凝土的入模温度/℃ | 允许间断时间/min | |
|---|---|---|
| | 使用普通硅酸盐水泥 | 使用矿渣水泥、火山灰水泥或粉煤灰水泥 |
| 20～30 | 90 | 120 |
| 10～19 | 120 | 150 |
| 5～9 | 150 | 180 |

表 8-3-83　混凝土达到 0.5MPa 强度所需时间　　　　　　单位：h

| 混凝土强度等级 | 日平均气温/℃ | | |
|---|---|---|---|
| | 5～15 | 16～20 | 21～30 |
| 30 | 10 | 7 | 4 |
| 15～20 | 11 | 8 | 5 |

注：当混凝土中掺有促凝或缓凝型外加剂时，其允许时间应根据试验结果确定。

表 8-3-84　混凝土达到 1.2MPa 强度所需时间　　　　　　单位：d

| 水泥品种及强度等级 | 日平均气温/℃ | | | |
|---|---|---|---|---|
| | ≤5 | ≤510 | ≤515 | >15 |
| 硅酸盐水泥及≥32.5的普通水泥 | 2.5 | 2.0 | 1.5 | 1.0 |
| 矿渣水泥、火山灰水泥、粉煤灰水泥及<32.5的普通水泥 | 4.0 | 3.0 | 2.0 | 1.5 |

## 8.3.2.5　各类构筑物每 10m³ 混凝土模板接触面积（表 8-3-85、表 8-3-86）

表 8-3-85　现浇混凝土模板接触面积（每 10m³）

| 构筑物名称 | | 模板面积/m² | 构筑物名称 | | 模板面积/m² |
|---|---|---|---|---|---|
| 基础 | | 7.62 | 拱上构件 | | 123.66 |
| 承台 | 有底模 | 25.13 | 梁形箱 | 0号块件 | 48.79 |
| | 无底模 | 12.07 | | 悬浇箱梁 | 51.08 |
| 支撑梁 | | 100.00 | | 支架上浇箱梁 | 53.87 |
| 横梁 | | 68.33 | 板 | 矩形连续板 | 32.09 |
| 轻型桥台 | | 42.00 | | 矩形空心板 | 108.11 |
| 实体式桥台 | | 14.99 | 板梁 | 实心板梁 | 15.18 |
| 拱桥 | 墩身 | 9.98 | | 空心板梁 | 55.07 |
| | 台身 | 7.55 | 板拱 | | 38.41 |
| 挂式墩台 | | 42.95 | 挡墙 | | 16.08 |
| 墩帽 | | 24.52 | 接头 | 梁与梁 | 67.40 |
| 台帽 | | 37.99 | | 柱与柱 | 100.00 |
| 墩盖梁 | | 30.31 | | 肋与肋 | 163.88 |
| 台盖梁 | | 32.96 | | 拱上构件 | 133.33 |
| 拱座 | | 17.76 | 防撞栏杆 | | 48.10 |
| 拱肋 | | 53.11 | 地梁、侧石、缘石 | | 68.33 |

表 8-3-86　预制混凝土模板接触面积（每 10m³）

| 构筑物名称 | | 模板面积/m² | 构筑物名称 | 模板面积/m² |
|---|---|---|---|---|
| 方桩 | | 62.87 | 工形梁 | 115.97 |
| 板桩 | | 50.58 | 槽形梁 | 79.23 |
| 立柱 | 矩形 | 36.19 | 箱形块件 | 63.15 |
| | 异形 | 44.99 | 箱形梁 | 66.41 |
| 板 | 矩形 | 24.03 | 拱肋 | 150.34 |
| | 空心 | 110.23 | 拱上构件 | 273.28 |
| | 微弯 | 92.63 | 桁架及拱片 | 169.32 |
| T形梁 | | 120.11 | 桁架拱联系梁 | 162.50 |
| 实心板梁 | | 21.87 | 缘石、人行道板 | 27.40 |
| 空心板梁 | 10m以内 | 37.97 | 栏杆、端柱 | 368.30 |
| | 25m以内 | 64.17 | 板拱 | 38.41 |

## 8.3.2.6 混凝土模板面积及钢筋含量（表 8-3-87、表 8-3-88）

**表 8-3-87　现浇混凝土模板面积及钢筋含量**（每 10m³ 混凝土）

| 构筑物名称 | | 模板面积/m² | 钢筋含量/kg | |
|---|---|---|---|---|
| | | | $\phi$10mm 以内 | $\phi$10mm 以内 |
| 基础 | | 7.62 | 8 | 77 |
| 承台 | 有底模 | 25.13 | 87 | 774 |
| | 无底模 | 12.07 | 87 | 774 |
| 支撑梁 | | 100.00 | 95 | 885 |
| 横梁 | | 68.33 | 87 | 774 |
| 轻型桥台 | | 42.00 | 0 | 65 |
| 实体式桥台 | | 14.99 | 0 | 61 |
| 拱桥 | 墩身 | 9.98 | 0 | 50 |
| | 台身 | 7.55 | 0 | 45 |
| 柱式墩台 | | 42.95 | 300 | 700 |
| 墩帽 | | 24.52 | 151 | 254 |
| 台帽 | | 37.99 | 151 | 254 |
| 墩盖梁 | | 30.31 | 235 | 865 |
| 台盖梁 | | 32.96 | 144 | 781 |
| 拱座 | | 17.76 | 30 | 530 |
| 拱肋 | | 53.11 | 340 | 1300 |
| 拱上构件 | | 123.66 | 170 | 10 |
| 箱形梁 | 0 号块件 | 48.79 | 202 | 508 |
| | 悬浇箱梁 | 51.08 | 314 | 1516 |
| | 支架上浇箱梁 | 53.87 | 314 | 1516 |
| 板 | 矩形连续板 | 32.09 | 600 | 0 |
| | 矩形空心板 | 108.11 | 500 | 0 |
| 板梁 | 实心板梁 | 15.18 | 100 | 300 |
| | 空心板梁 | 55.07 | 236 | 1077 |
| 板拱 | | 38.41 | 450 | 350 |
| 挡墙 | | 16.08 | 0 | 620 |
| 接头 | 梁与梁 | 67.4 | | |
| | 柱与柱 | 100.00 | | |
| | 肋与肋 | 163.88 | | |
| | 拱上构件 | 133.33 | | |
| 防撞护栏 | | 48.10 | 550 | 750 |
| 地梁、侧石、缘石 | | 68.33 | 120 | 810 |

**表 8-3-88　预制混凝土模板面积及钢筋含量**（每 10m³ 混凝土）

| 构筑物名称 | | 模板面积/m² | 钢筋含量/kg | |
|---|---|---|---|---|
| | | | $\phi$10mm 以内 | $\phi$10mm 以外 |
| 方桩 | | 62.87 | 290 | 1210 |
| 板桩 | | 50.58 | 375 | 2051 |
| 立柱 | 矩形 | 36.19 | 290 | 1210 |
| | 异形 | 44.99 | 290 | 1210 |
| | 矩形 | 24.03 | 290 | 1210 |

| 构筑物名称 | | 模板面积/m² | 钢筋含量/kg | |
| --- | --- | --- | --- | --- |
| | | | φ10mm 以内 | φ10mm 以外 |
| 板 | 空心 | 110.23 | 600 | 0 |
| | 微弯 | 92.63 | 500 | 0 |
| T形梁 | | 120.11 | 646 | 366 |
| 实心板梁 | | 21.87 | 100 | 300 |
| 空心板梁 | 10m 以内 | 37.97 | 236 | 1077 |
| | 25m 以内 | 64.17 | 202 | 775 |
| L形梁 | | 115.97 | 290 | 1339 |
| 槽形梁 | | 79.23 | 314 | 1556 |
| 箱形块件 | | 63.15 | 202 | 508 |
| 箱形梁 | | 66.41 | 314 | 1556 |
| 拱肋 | | 150.34 | 340 | 1300 |
| 拱上构件 | | 273.28 | 400 | 0 |
| 桁架与拱片 | | 169.32 | 400 | 0 |
| 桁架拱联系梁 | | 162.5 | 328 | 2180 |
| 缘石、人行道板 | | 27.4 | 250 | 0 |
| 栏杆、端柱 | | 368.30 | 231 | 1190 |
| 板拱 | | 38.41 | 450 | 300 |

## 8.3.3　钢筋工程

### 8.3.3.1　钢筋配置的一般要求

（1）钢筋混凝土保护层最小厚度（表 8-3-89）

**表 8-3-89　钢筋混凝土保护层最小厚度**

| 构件名称 | | 钢筋的最小保护层厚度/mm | |
| --- | --- | --- | --- |
| | | 正常环境中 | 高温度环境中及与土坡直接接触 |
| 墙和板 | 截面厚度 $h \leqslant 100mm$ 时的受力钢筋 | 10 | 15～20 |
| | 截面厚度 $h > 100mm$ 时的受力钢筋 | 15 | 20～25 |
| | 分布钢筋 | 10 | 15～20 |
| 梁和柱中受力钢筋 | | 25 | 30～35 |
| 梁和柱中箍筋和构造钢筋 | | 15 | 20～25 |
| 基础 | 有垫层的基础下部钢筋和基础梁 | 35 | 40～45 |
| | 无垫层的基础下部钢筋 | 70 | 75～80 |
| 预制构件 | 混凝土强度等级＞C20 的梁、柱中受力钢筋 | 20 | 25～30 |
| | 混凝土强度等级＞C20 的钢箍和构造钢筋 | 15 | 20～25 |
| | 混凝土强度等级＞C20，且 $h > 100mm$ 的板的受力钢筋和分布钢筋 | 10 | 15～20 |
| | 受弯构件受力钢筋离开构件端头 | 10 | — |
| 先张法预应力混凝土构件的预应力钢筋 | $d \geqslant 12mm$ | 15 | 20～25 |
| | $d \geqslant 16mm$ | 20 | 25～30 |

（2）受力钢筋弯制和末端弯钩形状（表 8-3-90）

表 8-3-90　受力钢筋弯制和末端弯钩形状

| 弯曲部位 | 弯曲角度 | 形状图 | 钢筋牌号 | 弯曲直径 D/mm | 平直部分长度 | 备注 |
|---|---|---|---|---|---|---|
| 末端弯钩 | 180° | | HPB235 | ≥2.5d | ≥3d | |
| | 135° | | HRB335 | $\phi8\sim\phi25$ ≥4d | ≥5d | |
| | | | HRB400 | $\phi28\sim\phi40$ ≥5d | | D 为钢筋直径 |
| | 90° | | HRB335 | $\phi8\sim\phi25$ ≥4d | ≥10d | |
| | | | HRB400 | $\phi28\sim\phi40$ ≥5d | | |
| 中间弯钩 | 90°以下 | | 各类 | ≥20d | — | |

注：采用环氧树脂涂层时，除应满足表内规定外，当钢筋直径 $d\leqslant20mm$ 时，弯钩直径 $D$ 不得小于 $4d$；当 $d>20mm$ 时，弯钩直径 $D$ 不得小于 $6d$；直线段长度不得小于 $5d$。

（3）梁、板配筋的构造要求（表 8-3-91）

表 8-3-91　梁、板配筋的构造要求

| 构件情况 | | 最大间距/cm 最小面积/cm² | | 最小直径 d/mm | 备注 |
|---|---|---|---|---|---|
| | | 跨中 | 伸入支座 | | |
| 板 | 受力钢筋（绑扎）　$h\leqslant15cm$ | $a\leqslant20cm$ | $a\leqslant40cm$ $A_g\geqslant1/3$ 跨中 $A_g$ | 一般为 6 | 弯起角≥30° 光面钢筋末端做弯钩 |
| | 受力钢筋（绑扎）　$h>15cm$ | $a\leqslant1.5b\leqslant33$ | | | |
| | 分布钢筋（现浇板） | $a\leqslant33$ 及 $A_g\geqslant0.1$ 跨中 $A_g$ | | 一般为 4～6 | 温度变化较大者应适当增加 |
| 梁 | 纵向受力钢筋（绑扎） | 梁宽 $b\geqslant15cm$，伸入支座≥2 根 | | $h\geqslant30cm$ $d\geqslant10$ | 弯起角 45°或 60° 位于梁侧的底层钢筋不应弯起 |
| | | 梁宽 $b<15cm$ 伸入支座可为 1 根 | | $h<30cm$ $d\geqslant6$ | |
| | 架立钢筋的直径： $l<4m$，为 6mm $4\leqslant l\leqslant6m$，为 8mm　末端不做弯钩 $l>6m$，为 10mm | | | | |

（4）梁、柱、板钢筋配置及其间距要求（表 8-3-92）

表 8-3-92　梁、柱、板钢筋配置及其间距要求

| 类　别 | 配筋简图 | 说明 |
|---|---|---|
| 梁内纵向钢筋 | *d*≥30<br>*d*≥25<br>*d*　*d*<br>*d*≥25<br>（单位:mm） | 1. 梁内纵向钢筋，净距不得小于钢筋直径，同时对于梁下部钢筋不得小于 2.5cm，梁上部不得小于 3cm；<br>2. 下部钢筋多于两排时，钢筋间距（下面两排除外）应增加两倍；<br>3. 梁的钢箍间距最大不得超过 3/4 梁高，亦应不大于 50cm；如有考虑受压钢筋时，应不大于 15 倍纵筋直径，通常间距用 20～30cm，不大于梁高及梁宽的 1/2 |
| 柱内纵向筋及箍筋间距 | *d*<br>≥50<br>*d*<br>≥15<br>≥50<br>≥25<br>（单位:mm） | 1. 柱内纵向钢筋，净距不应小于 5cm，厂制预制件钢筋间距可减至 1.5cm；<br>2. 柱的钢箍间距应不大于 15 倍纵向钢筋直径，不大于柱横截面尺寸，亦不大于 40cm；如为螺旋筋柱，螺旋筋距应不大于 0.2 核心径，亦不大于 8cm |
| 板内配筋的一般要求 | | 1. 板的受力钢筋在跨度中部的板下面，连续板中间支座的板上面，以及固定的两边支座的板上面，其间距不得小于 7cm，并应不大于：<br>① 板厚 15cm 时，为 20cm；<br>② 板厚大于 15cm 时，为板厚的 1.5 倍；<br>2. 一般常用板厚多在 15cm 以内；故在 1m 板宽度内钢筋最少为 5 根，最多为 14 根；<br>3. 板分布钢筋间距，通常为 20～30cm |

## 8.3.3.2　钢管每米重量（表 8-3-93）

表 8-3-93　钢管每米重量表

| 项　目 | | 钢管壁厚/mm | | | | | | | | |
|---|---|---|---|---|---|---|---|---|---|---|
| | | 6 | 7 | 8 | 9 | 10 | 12 | 14 | 16 | 18 |
| | | 重量/kg | | | | | | | | |
| 公称直径/mm | 150 | 22.640 | 22.240 | | | | | | | |
| | 200 | 31.520 | 36.600 | 41.630 | | | | | | |
| | 250 | 39.510 | 47.640 | 52.280 | | | | | | |
| | 300 | 47.200 | 54.890 | 62.540 | | | | | | |
| | 350 | 54.900 | 63.870 | 72.800 | 811680 | 90.510 | | | | |
| | 400 | 62.150 | 72.330 | 82.470 | 92.650 | 102.600 | | | | |
| | 450 | 69.840 | 81.310 | 92.720 | 104.100 | 115.400 | | | | |
| | 500 | 77.390 | 90.110 | 102.790 | 115.400 | 128.000 | | | | |
| | 600 | 92.340 | 107.550 | 122.720 | 137.800 | 152.900 | | | | |
| | 700 | 105.650 | 123.090 | 140.470 | 157.800 | 175.100 | | | | |
| | 800 | 120.450 | 140.390 | 160.200 | 180.000 | 199.800 | | | | |
| | 900 | 135.240 | 157.610 | 180.390 | 202.200 | 224.400 | | | | |
| | 1000 | 150.040 | 174.880 | 199.660 | 224:400 | 249.100 | | | | |
| | 1100 | | | | | 273.730 | 327.880 | 381.840 | 435.590 | 489.160 |
| | 1200 | | | | | 298.390 | 357.470 | 416.360 | 475.050 | 533.540 |

| 项 目 | | 钢管壁厚/mm | | | | | | | | |
|---|---|---|---|---|---|---|---|---|---|---|
| | | 6 | 7 | 8 | 9 | 10 | 12 | 14 | 16 | 18 |
| | | 重量/kg | | | | | | | | |
| 公称直径/mm | 1400 | | | | | 347.710 | 416.660 | 485.410 | 553.960 | 622.320 |
| | 1500 | | | | | 372.370 | 446.250 | 519.930 | 593.420 | 666.710 |
| | 1600 | | | | | 397.030 | 475.840 | 554.460 | 632.870 | 711.100 |
| | 1800 | | | | | 446.350 | 535.020 | 623.500 | 711.790 | 799.870 |
| | 2000 | | | | | 495.670 | 594.210 | 692.550 | 790.700 | 888.650 |
| | 2200 | | | | | 544.990 | 653.390 | 761.600 | 869.610 | 977.420 |
| | 2400 | | | | | 594.306 | 712.575 | 830.647 | 948.522 | 1066.200 |

### 8.3.3.3 钢筋弯起加工

箍筋末端弯钩的形式应符合设计要求，设计无规定时，可按表8-3-94～表8-3-98所示形式加工。

表 8-3-94 箍筋末端弯钩

| 结构类别 | 弯曲角度 | 图示 |
|---|---|---|
| 一般结构 | 90°/180° | |
| | 90°/90° | |
| 抗震结构 | 135°/135° | |

表 8-3-95 弯起钢筋长度

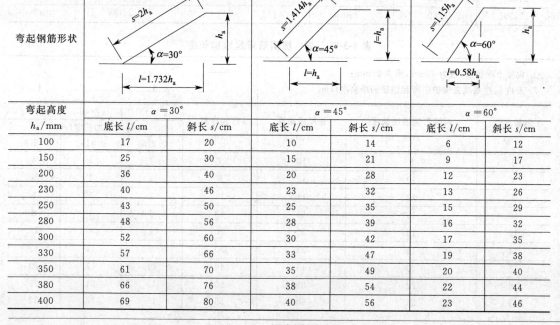

| 弯起高度 $h_a$/mm | $\alpha=30°$ | | $\alpha=45°$ | | $\alpha=60°$ | |
|---|---|---|---|---|---|---|
| | 底长 $l$/cm | 斜长 $s$/cm | 底长 $l$/cm | 斜长 $s$/cm | 底长 $l$/cm | 斜长 $s$/cm |
| 100 | 17 | 20 | 10 | 14 | 6 | 12 |
| 150 | 25 | 30 | 15 | 21 | 9 | 17 |
| 200 | 36 | 40 | 20 | 28 | 12 | 23 |
| 230 | 40 | 46 | 23 | 32 | 13 | 26 |
| 250 | 43 | 50 | 25 | 35 | 15 | 29 |
| 280 | 48 | 56 | 28 | 39 | 16 | 32 |
| 300 | 52 | 60 | 30 | 42 | 17 | 35 |
| 330 | 57 | 66 | 33 | 47 | 19 | 38 |
| 350 | 61 | 70 | 35 | 49 | 20 | 40 |
| 380 | 66 | 76 | 38 | 54 | 22 | 44 |
| 400 | 69 | 80 | 40 | 56 | 23 | 46 |

市政工程常用资料备查手册

| 弯起高度 | $\alpha=30°$ | | $\beta=45°$ | | $\alpha=60°$ | |
|---|---|---|---|---|---|---|
| $h_a/mm$ | 底长 $l/cm$ | 斜长 $s/cm$ | 底长 $l/cm$ | 斜长 $s/cm$ | 底长 $l/cm$ | 斜长 $s/cm$ |
| 430 | 74 | 86 | 43 | 61 | 25 | 49 |
| 450 | 78 | 90 | 45 | 63 | 26 | 52 |
| 480 | 83 | 96 | 48 | 68 | 28 | 55 |
| 500 | 87 | 100 | 50 | 71 | 29 | 58 |
| 530 | 92 | 106 | 53 | 75 | 31 | 61 |
| 550 | 95 | 110 | 55 | 78 | 32 | 63 |
| 580 | 100 | 116 | 58 | 82 | 34 | 67 |
| 600 | 104 | 120 | 60 | 85 | 35 | 69 |
| 630 | 109 | 126 | 63 | 89 | 37 | 72 |
| 650 | 112 | 130 | 65 | 92 | 38 | 75 |
| 680 | 118 | 136 | 68 | 96 | 39 | 78 |
| 700 | 121 | 140 | 70 | 99 | 41 | 81 |
| 730 | 126 | 146 | 73 | 103 | 42 | 84 |
| 750 | 130 | 150 | 75 | 106 | 44 | 86 |
| 780 | 135 | 156 | 78 | 110 | 45 | 90 |
| 800 | 139 | 160 | 80 | 113 | 46 | 92 |
| 850 | 147 | 170 | 85 | 120 | 49 | 98 |
| 900 | 156 | 180 | 90 | 127 | 52 | 104 |
| 950 | 164 | 190 | 95 | 134 | 55 | 109 |
| 1000 | 173 | 200 | 100 | 141 | 58 | 115 |
| 1050 | 182 | 210 | 105 | 148 | 61 | 121 |
| 1100 | 190 | 220 | 110 | 155 | 64 | 127 |
| 1150 | 199 | 230 | 115 | 162 | 67 | 132 |
| 1200 | 208 | 240 | 120 | 169 | 70 | 138 |
| 1250 | 216 | 250 | 125 | 176 | 73 | 141 |
| 1300 | 225 | 260 | 130 | 180 | 75 | 147 |
| 1380 | 238 | 276 | 138 | 194 | 80 | 159 |
| 1450 | 250 | 290 | 145 | 205 | 84 | 167 |

### 表 8-3-96　梁、板钢筋弯起增加长度

1. 混凝土保护层,板为 15mm,梁为 25mm;
2. 表内 $h_a$ 栏系减去保护层弯起钢筋的净高度(cm)

| 钢筋直径 /mm | 两端弯钩增加长度 /cm | 板厚或梁高 /cm | 弯起净高 /cm | $\alpha=30°$ | $\alpha=45°$ | $\alpha=60°$ |
|---|---|---|---|---|---|---|
| | | | | 每端增加长度/cm | | |
| | | | | $0.27h_a$ | $0.41h_a$ | $0.57h_a$ |
| 6 | 8 | 10 | 7 | 2 | 3 | 4 |
| 8 | 10 | 12 | 9 | 2 | 4 | 5 |
| 9 | 12 | 14 | 11 | 3 | 5 | 6 |
| 10 | 12 | 16 | 13 | 3 | 5 | 8 |
| 12 | 15 | 25 | 20 | 5 | 8 | 12 |
| 14 | 18 | 35 | 30 | 8 | 12 | 17 |
| 16 | 20 | 45 | 40 | 11 | 17 | 23 |
| 18 | 22 | 55 | 50 | 13 | 21 | 29 |
| 19 | 24 | 60 | 55 | 15 | 23 | 32 |

| 钢筋直径 /mm | 两端弯钩增加长度 /cm | 板厚或梁高 /cm | 弯起净高 /cm | $\alpha=30°$ | $\alpha=45°$ | $\alpha=60°$ |
|---|---|---|---|---|---|---|
| | | | | 每端增加长度/cm | | |
| | | | | $0.27h_a$ | $0.41h_a$ | $0.57h_a$ |
| 20 | 25 | 65 | 60 | 16 | 25 | 35 |
| 22 | 28 | 75 | 70 | 19 | 29 | 40 |
| 25 | 32 | 90 | 85 | 23 | 35 | 49 |
| 28 | 35 | 100 | 95 | 25 | 39 | 55 |
| 32 | 40 | 120 | 115 | 31 | 48 | 66 |
| 36 | 45 | 140 | 135 | 36 | 56 | 78 |
| 40 | 50 | 160 | 155 | 42 | 64 | 89 |

**表 8-3-97　钢筋弯钩形式及实际落料长度**

### 1. 钢筋弯钩形式

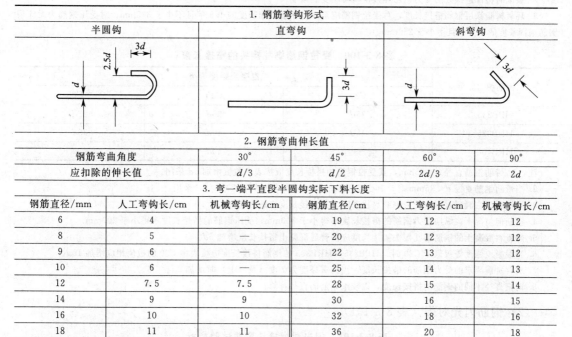

| 半圆钩 | 直弯钩 | 斜弯钩 |
|---|---|---|

### 2. 钢筋弯曲伸长值

| 钢筋弯曲角度 | 30° | 45° | 60° | 90° |
|---|---|---|---|---|
| 应扣除的伸长值 | $d/3$ | $d/2$ | $2d/3$ | $2d$ |

### 3. 弯一端平直段半圆钩实际下料长度

| 钢筋直径/mm | 人工弯钩长/cm | 机械弯钩长/cm | 钢筋直径/cm | 人工弯钩长/cm | 机械弯钩长/cm |
|---|---|---|---|---|---|
| 6 | 4 | — | 19 | 12 | 12 |
| 8 | 5 | — | 20 | 12 | 12 |
| 9 | 6 | — | 22 | 13 | 12 |
| 10 | 6 | — | 25 | 14 | 13 |
| 12 | 7.5 | 7.5 | 28 | 15 | 14 |
| 14 | 9 | 9 | 30 | 16 | 15 |
| 16 | 10 | 10 | 32 | 18 | 16 |
| 18 | 11 | 11 | 36 | 20 | 18 |

**表 8-3-98　弯筋加工时的扳距**

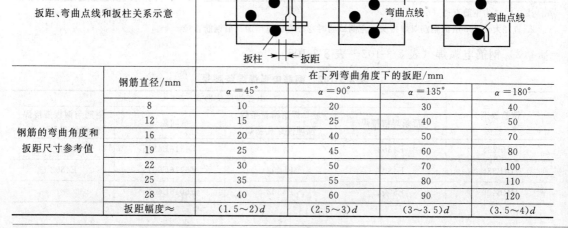

| 扳距、弯曲点线和扳柱关系示意 | | | | |
|---|---|---|---|---|
| 钢筋的弯曲角度和扳距尺寸参考值 | 钢筋直径/mm | 在下列弯曲角度下的扳距/mm | | | |
| | | $\alpha=45°$ | $\alpha=90°$ | $\alpha=135°$ | $\alpha=180°$ |
| | 8 | 10 | 20 | 30 | 40 |
| | 12 | 15 | 25 | 40 | 50 |
| | 16 | 20 | 40 | 50 | 70 |
| | 19 | 25 | 45 | 60 | 80 |
| | 22 | 30 | 50 | 70 | 100 |
| | 25 | 35 | 55 | 80 | 110 |
| | 28 | 40 | 60 | 90 | 120 |
| | 扳距幅度≈ | $(1.5\sim2)d$ | $(2.5\sim3)d$ | $(3\sim3.5)d$ | $(3.5\sim4)d$ |

## 8.3.3.4 钢筋绑扎、焊接

**(1) 钢筋连接（表 8-3-99、表 8-3-100）**

**表 8-3-99　接头长度区段内受力钢筋接头面积的最大百分率**

| 接头类型 | 接头面积最大百分率/% | |
|---|---|---|
| | 受拉区 | 受压区 |
| 主筋钢筋绑扎接头 | 25 | 50 |
| 主筋焊接接头 | 50 | 不限制 |

注：1 焊接接头长度区段内是指 35$d$（$d$ 为钢筋直径）长度范围内，但不得小于 500mm，绑扎接头长度区段是指 1.3 倍搭接长度。

2. 装配时构件连接处的受力钢筋焊接接头可不受此限制。

3. 环氧树脂涂层钢筋搭接长度，对受拉钢筋应至少为钢筋锚固长度的 1.5 倍且不小于 375mm；对受压钢筋为无涂层钢筋锚固长度的 1.0 倍且不小于 250mm。

**表 8-3-100　受拉钢筋绑扎接头的搭接长度**

| 钢筋牌号 | 混凝土强度等级 | | |
|---|---|---|---|
| | C20 | C25 | ＞C25 |
| HPB235 | 35$d$ | 30$d$ | 25$d$ |
| HRB335 | 45$d$ | 40$d$ | 35$d$ |
| HRB400 | — | 50$d$ | 45$d$ |

注：1. 带肋钢筋直径 $d$＞25mm，其受拉钢筋的搭接长度应按表中数值增加 5$d$ 采用。

2. 当带肋钢筋直径 $d$＜25mm 时，其受拉钢筋的搭接长度应按表中值减少 5$d$ 采用。

3. 当混凝土在凝固过程中受力钢筋易扰动时，其搭接长度应适当增加。

4. 在任何情况下，纵向受力钢筋的搭接长度不得小于 300mm；受压钢筋的搭接长度不得小于 200mm。

5. 轻骨料混凝土的钢筋绑扎接头搭接长度应按普通混凝土搭接长度增加 5$d$。

6. 当混凝土强度等级低于 C20 时，HPB235、HRB335 的钢筋搭接长度应按表中 C20 的数值相应增加 10$d$。

7. 对有抗震要求的受力钢筋的搭接长度，当抗震裂度为 7 度（及以上）时增加 5$d$。

8. 两根直径不同的钢筋的搭接长度，以较细钢筋的直径计算。

**(2) 钢筋闪光对焊（表 8-3-101）**

**表 8-3-101　闪光对焊接头弯曲试验指标**

| 钢筋级别 | 弯心直径 | 弯曲角/(°) | 钢筋级别 | 弯心直径 | 弯曲角/(°) |
|---|---|---|---|---|---|
| HPB235 | 2$d$ | 90 | HRB400 | 5$d$ | 90 |
| HRB335 | 4$d$ | 90 | HRB500 | 7$d$ | 90 |

注：1. $d$ 为钢筋直径（mm）。

2. 直径大于 28mm 的钢筋对焊接头，弯曲试验时弯心直径应增加 1 倍钢筋直径。

**(3) 钢筋电弧焊（表 8-3-102～表 8-3-105）**

**表 8-3-102　钢筋电弧焊焊条牌号**

| 钢筋级别 | 电弧焊接头形式 | | | |
|---|---|---|---|---|
| | 帮条焊搭接焊 | 坡口焊熔槽帮条焊<br>预埋件穿孔塞焊 | 窄间隙焊 | 钢筋与钢板搭接焊<br>预埋件 T 形角焊 |
| HPB235 | E4303 | E4303 | E4316E4315 | E4303 |
| HRB335 | E4303 | E5003 | E5016E5015 | E4303 |
| HRB400 | E5003 | E5503 | E6016E6015 | — |

**表 8-3-103 焊条直径和焊接电流选择**

| | 搭接焊、帮条焊 | | | 坡口焊 | | | |
|---|---|---|---|---|---|---|---|
| 焊接位置 | 钢筋直径/mm | 焊条直径/mm | 焊接电流/A | 焊接位置 | 钢筋直径/mm | 焊条直径/mm | 焊接电流/A |
| 平焊 | 10～12 | 3.2 | 90～130 | 平焊 | 16～20 | 3.2 | 140～170 |
| | 14～22 | 4 | 130～180 | | 22～25 | 4 | 170～190 |
| | 25～32 | 5 | 180～230 | | 28～40 | 5 | 190～220 |
| | 36～40 | 5 | 190～240 | | | 5 | 200～230 |
| 立焊 | 10～12 | 3.2 | 80～110 | 立焊 | 16～20 | 3.2 | 120～150 |
| | 14～22 | 4 | 110N150 | | 22～25 | 4 | 150～180 |
| | 25～32 | 4 | 120～170 | | 28～32 | 4 | 180～200 |
| | 36～40 | 5 | 170～220 | | 38～40 | 5 | 190～210 |

**表 8-3-104 钢筋帮条（搭接）长度**

| 钢筋级别 | 焊缝形式 | 帮条长度 $l$ |
|---|---|---|
| HPB235 | 单面焊 | $\geqslant 8d$ |
| | 双面焊 | $\geqslant 4d$ |
| HRB335、HRB400 | 单面焊 | $\geqslant 10d$ |
| | 双面焊 | $\geqslant 5d$ |

注：$d$ 为钢筋直径。

**表 8-3-105 钢筋电弧焊接头尺寸偏差及缺陷允许值**

| 名　称 | 单位 | 接头形式 | | |
|---|---|---|---|---|
| | | 帮条焊 | 搭接焊 | 坡口焊及熔槽帮条焊 |
| 帮条沿接头中心线的纵向偏移 | mm | | $0.5d$ | |
| 接头处弯折 | — | 4 | 4 | 4 |
| 接头处钢筋轴线的偏移 | mm | $0.1d$ | $0.1d$ | $0.1d$ |
| | | 3 | 3 | 3 |
| 焊缝厚度 | mm | $+0.05d$ | $+0.05d$ | — |
| | | 0 | 0 | |
| 焊缝宽度 | mm | $+0.1d$ | $+0.1d$ | — |
| | | 0 | 0 | |
| 焊缝长度 | mm | $-0.5d$ | $-0.5d$ | |
| 横向咬边深度 | mm | 0.5 | 0.5 | 0.5 |
| 在长 $2d$ 的焊缝表面上 | 数量 个 | 2 | 2 | — |
| | 面积 mm² | 6 | 6 | — |
| 在全部焊缝上 | 数量 个 | — | — | 2 |
| | 面积 mm² | — | — | 6 |

注：1. $d$ 为钢筋直径（mm）。

2. 低温焊接接头的咬边深度不得大于 0.2mm。

（4）钢筋电阻点焊（表 8-3-106）

**表 8-3-106 钢筋焊点抗剪指标**

| 钢筋级别 | 较小一根钢筋直径/mm | | | | | | | | |
|---|---|---|---|---|---|---|---|---|---|
| | 3 | 4 | 5 | 6 | 6.5 | 8 | 10 | 12 | 14 |
| HPB235 | — | — | — | 6640 | 7800 | 11810 | 18460 | 26580 | 36170 |
| HRB335 | — | — | — | — | — | 16840 | 26310 | 37890 | 51560 |
| 冷拔低碳钢丝 | 2530 | 4490 | 7020 | — | — | — | — | — | — |

（5）钢筋电渣压力焊（表 8-3-107、表 8-3-108）

表 8-3-107 竖向钢筋电渣压力焊的焊接参数

| 钢筋直径/mm | 焊接参数 | | | | | 熔化量/mm |
| --- | --- | --- | --- | --- | --- | --- |
| | 焊接电流/A | 焊接电压/V | | 焊接通电时间/s | | |
| | | 电弧过程 | 电渣过程 | 电弧过程 | 电渣过程 | |
| 14 | 200～220 | 35～45 | 22～27 | 12 | 3 | 20～25 |
| 16 | 200～250 | 35～45 | 22～27 | 14 | 4 | 20～25 |
| 18 | 250～300 | 35～45 | 22～27 | 15 | 5 | 20～25 |
| 20 | 300～350 | 35～45 | 22～27 | 17 | 5 | 20～25 |
| 22 | 350～400 | 35～45 | 22～27 | 18 | 6 | 20～25 |
| 25 | 400～450 | 35～45 | 22～27 | 21 | 6 | 20～25 |
| 28 | 500～550 | 35～45 | 22～27 | 24 | 6 | 25～30 |
| 32 | 600～650 | 35～45 | 22～27 | 27 | 7 | 25～30 |
| 36 | 700～750 | 35～45 | 22～27 | 30 | 8 | 25～30 |
| 40 | 850～900 | 35～45 | 22～27 | 33 | 9 | 25～30 |

**表 8-3-108 全封闭自动钢筋竖、横电渣压力焊焊接参数**

| 焊接参数 | 钢筋直径/mm | 16 | 18 | 20 | 22 | 25 | 28 | 32 | 36 |
| --- | --- | --- | --- | --- | --- | --- | --- | --- | --- |
| 竖向 | 过程Ⅰ时间/s | 11 | 14 | 16 | 18 | 21 | 25 | 28 | 30 |
| | 过程Ⅱ时间/s | 8 | 8 | 9 | 10 | 11 | 13 | 14 | 14 |
| | 工作电流/A | 400 | 430 | 450 | 470 | 500 | 540 | 590 | 630 |
| 横向 | 过程Ⅰ时间/s | 16 | 16 | 18 | 20 | 24 | — | — | — |
| | 过程Ⅱ时间/s | 24 | 28 | 30 | 36 | 44 | — | — | — |
| | 工作电流/A | 450 | 500 | 550 | 600 | 650 | — | — | — |

注：本表仅作为焊前试焊时的初始值，当施工现场电源电压偏离额定值较大时，应根据实际情况作适当修正。例如：当焊包偏小时，可适当增大过程Ⅰ的时间数值或电流数值，反之则减小过程Ⅰ的时间数值或电流数值。

（6）钢筋气压焊（表 8-3-109）

**表 8-3-109 气压焊接头弯曲试验弯心直径**

| 钢筋等级 | 弯心直径 | |
| --- | --- | --- |
| | $d \leqslant 25mm$ | $d > 25mm$ |
| HPB235 | $2d$ | $3d$ |
| HRB335 | $4d$ | $5d$ |
| HRB400 | $5d$ | $6d$ |

注：$d$ 为钢筋直径（mm）。

## 8.3.3.5 钢筋机械连接

（1）一般规定（表 8-3-110、表 8-3-111）

**表 8-3-110 接头性能检验指标**

| 单向拉伸 | 强度 | $f^o_{mst} \geqslant f^o_{st}$ 或 $\geqslant 1.15f_{tk}$ | 高应力反复拉压 | 强度 | $f^o_{mst} \geqslant f^o_{st}$ 或 $\geqslant 1.15f_{tk}$ |
| --- | --- | --- | --- | --- | --- |
| | 极限变形 | $\varepsilon_u \geqslant 0.04$ | | 残余变形 | $u_{20} \leqslant 0.3mm$ |
| | 残余变形 | $u \leqslant 0.01mm$ | 大变形反复拉压 | 强度 | $f^o_{mst} \geqslant f^o_{st}$ 或 $\geqslant 1.15f_{tk}$ |
| | | | | 残余变形 | $u_4 \leqslant 0.3mm$ 且 $u_8 \leqslant 0.6mm$ |

**表 8-3-111 接头性能检验指标主要符号**

| 符号 | 单位 | 含义 |
| --- | --- | --- |
| $\varepsilon_u$ | — | 受拉接头试件、极限应变试件在规定标距内测得的最大拉应力下的应变值 |
| $u$ | m | 接头单向拉伸的残余变形 |
| $u_4$、$u_8$、$u_{20}$ | mm | 接头反复拉压 4 次、8 次、20 次后的残余变形 |

| 符号 | 单位 | 含　义 |
|---|---|---|
| $f_{mst}^o$、$f_{mst}^{o'}$ | MPa | 机械连接接头的抗拉、抗压强度实测值 |
| $f_{st}^o$ | MPa | 钢筋抗拉强度实测值 |
| $f_{tk}$、$f_{tl}^y$ | MPa | 钢筋抗拉、抗压强度标准值 |

（2）钢筋冷镦粗直螺纹套筒连接（表 8-3-112～表 8-3-117）

**表 8-3-112　镦粗量参考数据表（一）**

| 钢筋规格 /mm | $\phi$16 | $\phi$18 | $\phi$20 | $\phi$22 | $\phi$25 | $\phi$28 | $\phi$32 | $\phi$36 | $\phi$40 |
|---|---|---|---|---|---|---|---|---|---|
| 镦粗压力 /MPa | 12～14 | 15～17 | 17～19 | 21～23 | 22～24 | 24～26 | 29～31 | 26～28 | 28～30 |
| 镦粗基圆直径 $d_1$/mm | 19.5～20.5 | 21.5～22.5 | 23.5～24.5 | 24.5～25.5 | 28.5～29.5 | 31.5～32.5 | 35.5～36.5 | 39.5～40.5 | 44.5～45.5 |
| 镦粗缩短尺寸 /mm | 12±3 | 12±3 | 17+3 | 15±3 | 15±3 | 15±3 | 18±3 | 18±3 | 18±3 |
| 镦粗长度 $L_0$/mm | 16～18 | 18～20 | 20～23 | 22～25 | 25～28 | 28～31 | 32～35 | 36～39 | 40～43 |

**表 8-3-113　镦粗量参考数据表（二）**

| 钢筋规格/mm | $\phi$22 | $\phi$25 | $\phi$28 | $\phi$32 | $\phi$36 | $\phi$40 |
|---|---|---|---|---|---|---|
| 镦粗直径 $d_1$/mm | 26 | 29 | 32 | 36 | 40 | 44 |
| 镦粗长度 $L_0$/mm | 30 | 33 | 35 | 40 | 44 | 50 |

**表 8-3-114　标准型连接套筒**

| 简图 | 型号与标记 | $Md\times t$ | $D$/mm | $L$/mm |
|---|---|---|---|---|
| | A20S-G | 24×2.5 | 36 | 50 |
| | A22S-G | 26×2.5 | 40 | 55 |
| | A25S-G | 29×2.5 | 43 | 60 |
| | A28S-G | 32×3 | 46 | 65 |
| | A32S-G | 36×3 | 52 | 72 |
| | A36S-G | 40×3 | 58 | 80 |
| | A40S-G | 44×3 | 65 | 90 |

**表 8-3-115　正反扣型连接套筒**

| 简图 | 型号与标记 | $Md\times t$ | $D$/mm | $L$/mm | $l$/mm | $b$/mm |
|---|---|---|---|---|---|---|
| | A20SLR-G | 24×2.5 | 38 | 56 | 24 | 8 |
| | A22SLR-G | 26×2.5 | 42 | 60 | 26 | 8 |
| | A25SLR-G | 29×2.5 | 45 | 66 | 29 | 8 |
| | A28SLR-G | 32×3 | 48 | 72 | 31 | 10 |
| | A32SLR-G | 36×3 | 54 | 80 | 35 | 10 |
| | A36SLR-G | 40×3 | 60 | 86 | 38 | 10 |
| | A40SLR-G | 44×3 | 67 | 96 | 43 | 10 |

市政工程常用资料备查手册

表 8-3-116　变径型连接套筒

| 简图 | 型号与标记 | M$d_1$×t | M$d_2$×t | b/mm | D/mm | l/mm | L/mm |
|---|---|---|---|---|---|---|---|
| | AS20-22 | M26×2.5 | M24×2.5 | 5 | φ42 | 26 | 57 |
| | AS22-25 | M29×2.5 | M26×2.5 | 5 | φ45 | 29 | 63 |
| | AS25-28 | M32×3 | M29×2.5 | 5 | φ48 | 31 | 67 |
| | AS28-32 | M36×3 | M32×3 | 6 | φ54 | 35 | 76 |
| | AS32-36 | M40×3 | M36×3 | 6 | φ60 | 38 | 82 |
| | AS36-60 | M44×3 | M40×3 | 6 | φ67 | 43 | 92 |

表 8-3-117　可调型连接套筒

| 简图 | 型号和规格 | 钢筋规格/mm | $D_0$/mm | $L_0$/mm | L/mm | $L_1$/mm | $L_2$/mm |
|---|---|---|---|---|---|---|---|
| | DSJ-22 | φ22 | 40 | 73 | 52 | 35 | 35 |
| | DSJ-25 | φ25 | 45 | 79 | 52 | 40 | 40 |
| | DSJ-28 | φ28 | 48 | 87 | 60 | 45 | 45 |
| | DSJ-32 | φ32 | 55 | 89 | 60 | 50 | 50 |
| | DSJ-36 | φ36 | 64 | 97 | 66 | 55 | 55 |
| | DSJ-40 | φ40 | 68 | 121 | 84 | 60 | 60 |

（3）GK 型锥螺纹钢筋连接（表 8-3-118～表 8-3-120）

表 8-3-118　预压操作时压力值及油压值范围

| 钢筋规格/mm | 压力值范围/kN | GK 型机油压值范围/MPa |
|---|---|---|
| φ16 | 620～730 | 24～28 |
| φ18 | 680～780 | 26～30 |
| φ20 | 680～780 | 26～30 |
| φ22 | 680～780 | 26～30 |
| φ25 | 990～1090 | 38～42 |
| φ28 | 1140～1250 | 44～48 |
| φ32 | 1400～1510 | 54～58 |
| φ36 | 1610～1710 | 62～66 |
| φ40 | 1710～1820 | 66～70 |

注：若改变预压机机型，该表中压力值范围不变，但油压值范围要相应改变，具体数值由生产厂家提供。

表 8-3-119　预压成型次数

| 预压成型次数 | 钢筋直径/mm | 预压成型次数 | 钢筋直径/mm |
|---|---|---|---|
| 1 次预压成型 | φ16～φ20 | 2 次预压成型 | φ22～φ40 |

表 8-3-120　预压检验标准　　　　　　　单位：mm

| 检测规简图 | 钢筋规格 | A | B |
|---|---|---|---|
| | $\phi16$ | 17.0 | 14.5 |
| | $\phi18$ | 18.5 | 16.0 |
| | $\phi20$ | 19.0 | 17.5 |
| | $\phi22$ | 22.0 | 19.0 |
| | $\phi25$ | 25.0 | 22.0 |
| | $\phi28$ | 27.5 | 24.5 |
| | $\phi32$ | 31.5 | 28.0 |
| | $\phi36$ | 35.5 | 31.5 |
| | $\phi40$ | 39.5 | 35.0 |

（4）钢筋锥螺纹套管连接（表 8-3-121、表 8-3-122）

表 8-3-121　钢筋锥螺纹完整牙数

| 钢筋直径/mm | 完整牙数 | 钢筋直径/mm | 完整牙数 |
|---|---|---|---|
| 16～18 | 5 | 32 | 10 |
| 20～22 | 7 | 36 | 11 |
| 25～28 | 8 | 40 | 12 |

表 8-3-122　连接钢筋拧紧力矩值

| 钢筋直径/mm | 拧紧力矩/N·m | 钢筋直径/mm | 拧紧力矩/N·m |
|---|---|---|---|
| 16 | 118 | 25～28 | 275 |
| 18 | 147 | 32 | 314 |
| 20 | 177 | 36～40 | 343 |
| 22 | 216 | | |

## 8.3.3.6　钢筋骨架和钢筋网的组成与安装（表 8-3-123、表 8-3-124）

表 8-3-123　简支梁钢筋骨架预拱度

| 跨度 | 工作台上预拱度/cm | 骨架拼装时预拱度/cm | 构件预拱度/cm |
|---|---|---|---|
| 7.5 | 3 | 1 | 0 |
| 10～12.5 | 3～5 | 2～3 | 1 |
| 15 | 4～5 | 3 | 2 |
| 20 | 5～7 | 4～5 | 3 |

注：跨度大于 20m 时，应按设计规定预留拱度。

表 8-3-124　普通钢筋和预应力直线形钢筋最小混凝土保护层厚度　　　单位：mm

| 构件类别 | | 环境条件 | | |
|---|---|---|---|---|
| | | Ⅰ | Ⅱ | Ⅲ |
| 基础、桩基承台 | 基坑底面有垫层或侧面有模板(受力主筋) | 40 | 50 | 60 |
| | 基坑底面无垫层或侧面无模板(受力主筋) | 60 | 75 | 85 |
| 墩台身、挡土结构、涵洞、梁、板、拱圈、拱上建筑(受力主筋) | | 30 | 40 | 45 |
| 缘石、中央分隔带、护栏等行车道构件(受力主筋) | | 30 | 40 | 45 |
| 人行道构件、栏杆(受力主筋) | | 20 | 25 | 30 |
| 箍筋 | | 20 | 25 | 30 |
| 收缩、温度、分布、防裂等表层钢筋 | | 15 | 20 | 25 |

注：1. 环境条件Ⅰ——温暖或寒冷地区的大气环境，与无腐蚀性的水或土接触的环境；Ⅱ——严寒地区的环境、使用除冰盐环境、滨海环境；Ⅲ——海水环境。

2. 对环氧树脂涂层钢筋，可按环境类别Ⅰ取用。

### 8.3.3.7 钢筋质量检验（表 8-3-125～表 8-3-127）

表 8-3-125 钢筋加工允许偏差

| 检查项目 | 允许偏差 /mm | 检查频率 | | 检查方法 |
|---|---|---|---|---|
| | | 范围 | 点数 | |
| 受力钢筋顺长度方向全长的净尺寸 | ±10 | 按每工作日同一类型钢筋、统一加工设备抽查 3 件 | 3 | 用钢尺量 |
| 弯起钢筋的弯着 | ±20 | | | |
| 箍筋内净尺寸 | ±5 | | | |

表 8-3-126 钢筋网允许偏差

| 检查项目 | 允许偏差 /mm | 检查频率 | | 检查方法 |
|---|---|---|---|---|
| | | 范围 | 点数 | |
| 网的长宽 | ±10 | 每片钢筋网 | 3 | 用钢尺量两端和中间各 1 处 |
| 网眼尺寸 | ±10 | | | 用钢尺量任意 3 个网眼 |
| 网眼对角线差 | ±15 | | | 用钢尺量任意 3 个网眼 |

表 8-3-127 钢筋成形和安装允许偏差

| 检查项目 | | 允许偏差 /mm | 检查频率 | | 检查方法 |
|---|---|---|---|---|---|
| | | | 范围 | 点数 | |
| 受力钢筋间距 | 两排以上排距 | ±15 | 每个构筑物或构件 | 3 | 用钢尺量，梁端和中间各量 1 个断面，每个断面连续量取钢筋间(排)距，取其平均值 1 点 |
| | 同排 梁板、拱肋 | ±10 | | | |
| | 基础、墩台、柱 | ±20 | | | |
| | 灌注桩 | ±20 | | | |
| 箍筋、横向水平筋、螺旋筋间距 | | ±10 | | 3 | 连续量取 5 个间距，其平均值计 1 点 |
| 钢筋骨架尺寸 | 长 | ±10 | | 3 | 用钢尺量，两端和中间各 1 点 |
| | 宽、高或直径 | ±5 | | 3 | |
| 弯起钢筋位置 | | ±20 | | 30% | 用钢尺量 |
| 钢筋保护层厚度 | 墩台、基础 | ±10 | | 10 | 沿模板四周检查,用钢尺量 |
| | 梁、柱、桩 | ±5 | | | |
| | 板、梁 | ±3 | | | |

# 8.3.4 预应力工程

## 8.3.4.1 预应力钢筋加工与安装（表 8-3-128、表 8-3-129）

表 8-3-128 QM$_G$ 埋入式固定端锚具尺寸

| 规格 | | 3 | 4、5 | 6、7 | 8、9 | 12 | 14 | 19 | 27 | 31 |
|---|---|---|---|---|---|---|---|---|---|---|
| QM$^{12}_{13}$系列 | A | 260 | 170 | 190 | 300 | 350 | 350 | 440 | 530 | 520 |
| | B | 80 | 190 | 210 | 210 | 300 | 410 | 410 | 520 | 480 |
| | C | 950 | 950 | 1300 | 1300 | 1300 | 1300 | 1300 | 1650 | 1650 |
| | D | 150 | 150 | 150 | 160 | 160 | 160 | 160 | 165 | 165 |
| | E | — | 180 | 180 | 200 | 200 | 230 | 230 | 350 | 350 |
| QM$^{15}_{15.7}$系列 | A | 305 | 200 | 220 | 345 | 410 | 410 | 515 | — | — |
| | B | 95 | 220 | 240 | 240 | 345 | 470 | 470 | — | — |
| | C | 1100 | 1100 | 1450 | 1450 | 1450 | 1450 | 1450 | — | — |
| | D | 150 | 150 | 150 | 160 | 160 | 165 | 165 | — | — |
| | E | — | 200 | 200 | 230 | 230 | 250 | 350 | — | — |

表 8-3-129　束形控制点的竖向位置允许偏差

| 截面高(厚)度 $h$/mm | 允许偏差/mm | 截面高(厚)度 $h$/mm | 允许偏差/mm |
|---|---|---|---|
| $h \leqslant 300$ | $\pm 5$ | $h > 1500$ | $\pm 15$ |
| $300 < h \leqslant 1500$ | $\pm 10$ | | |

## 8.3.4.2　施加预应力（表 8-3-130～表 8-3-140）

表 8-3-130　最大超张拉应力允许值

| 钢筋种类 | 张拉方法 | |
|---|---|---|
| | 先张法 | 后张法 |
| 碳素钢丝、刻痕钢丝、钢绞线 | $0.80 f_{ptk}$ | $0.75 f_{ptk}$ |
| 热处理钢筋、冷拔低碳钢丝 | $0.75 f_{ptk}$ | $0.70 f_{ptk}$ |
| 冷拉钢筋 | $0.95 f_{pyk}$ | $0.90 f_{pyk}$ |

注：$f_{ptk}$为预应力钢筋抗拉强度标准值；$f_{pyk}$为预应力钢筋屈服强度标准值。

表 8-3-131　先张法预应力筋断丝限制

| 钢材种类 | 检查项目 | 控制数 |
|---|---|---|
| 钢丝、钢绞线 | 同一构件内断丝数不得超过钢丝总数的比率 | 1% |
| 钢筋 | 断筋 | 不允许 |

注：在浇筑混凝土前发生断裂或滑脱的预应力筋必须予以更换。

表 8-3-132　后张法预应力筋断丝、滑移限制

| 钢材种类 | 检查项目 | 控制数 |
|---|---|---|
| 钢丝及钢绞线 | 每束钢丝断丝或滑丝 | 1 根 |
| | 每束钢绞线断丝或滑丝 | 1 丝 |
| | 每个断面断丝之和不超过该断面钢丝总数的比率 | 1% |
| 单根钢筋 | 断筋或滑移 | 不允许 |

注：1. 钢绞线断丝是指钢绞线内钢丝的断裂。

2. 超过表列控制数时，原则上应予以更换，当不能更换时，在许可的条件下，可以采取补救措施，如提高其他钢丝束控制应力值，但需征得设计单位的同意。

表 8-3-133　锚固阶段张拉端预应力筋的内缩量允许值

| 锚具类别 | 内缩量允许值/mm |
|---|---|
| 支承式锚具(墩头锚、带有螺纹端杆的锚具等) | 1 |
| 锥塞式锚具 | 5 |
| 夹片式锚具 | 5 |
| 每块后加的锚具垫板 | 1 |

注：1. 内缩量值系指预应力筋锚固过程中，由于锚具零件之间和锚具与预应力筋之间相对移动和局部塑性变形造成的回缩量。

2. 当设计对锚具内缩量允许值有专门规定时，可按设计规定确定。

表 8-3-134　QM 系列锚板及夹片规格表

| 规格 | | $QM_{13}^{12}-1$ | $QM_{15.7}^{15}-1$ | 规格 | | $QM_{13}^{12}-1$ | $QM_{15.7}^{15}-1$ |
|---|---|---|---|---|---|---|---|
| 锚板 | $d$ | 16 | 18 | 夹片 | $d_1$ | 17 | 20 |
| | $D$ | 40 | 46 | | $D_1$ | 25 | 29 |
| | $L$ | 42 | 48 | | $L_1$ | 40 | 45 |

表 8-3-135　QM 系列多根钢绞线锚具尺寸（QM$^{12}_{13}$系列）

| 规格 | | 3 | 4 | 5 | 6、7 | 8 | 9 | 12 | 14 | 19 | 27 | 31 |
|---|---|---|---|---|---|---|---|---|---|---|---|---|
| 钢绞线拉断力/kN | | — | 186 | 186 | 186 | 186 | 186 | 186 | 186 | 186 | 186 | 186 |
| 垫板 | A/mm | — | 150 | 160 | 190 | 200 | 215 | 240 | 270 | 285 | 350 | 395 |
| | B/mm | — | 25 | 25 | 30 | 30 | 30 | 30 | 40 | 40 | 40 | 40 |
| | C/mm | — | 135 | 165 | 180 | 220 | 220 | 350 | 350 | 400 | 560 | 500 |
| | $\phi D$/mm | — | 115 | 115 | 125 | 140 | 140 | 160 | 160 | 180 | 200 | 250 |
| 管道 | $\phi F$/mm | — | 40 | 45 | 55 | 55 | 60 | 65 | 70 | 85 | 85 | 105 |
| 锚板 | $\phi G$/mm | — | 90 | 100 | 115 | 130 | 140 | 150 | 160 | 185 | 240 | 250 |
| | H/mm | — | 50 | 50 | 55 | 55 | 55 | 60 | 65 | 70 | 80 | 80 |
| 螺旋筋 | $\phi I$/mm | — | 160 | 170 | 220 | 240 | 250 | 280 | 330 | 350 | 420 | 500 |
| | J/mm | — | 45 | 45 | 45 | 50 | 50 | 50 | 50 | 50 | 55 | 55 |
| | $\phi K$/mm | — | 10 | 12 | 12 | 14 | 14 | 14 | 14 | 16 | 18 | 18 |
| | L/mm | — | 180 | 190 | 220 | 300 | 300 | 450 | 400 | 500 | 700 | 700 |
| | 圈数 | — | 4.5 | 5 | 5.5 | 6.5 | 6.5 | 9.5 | 8.5 | 10.5 | 13 | 13 |

表 8-3-136　QM 系列多根钢绞线锚具尺寸（QM$^{15}_{15.7}$系列）

| 规格 | | 3 | 4 | 5 | 6、7 | 8 | 9 | 12 | 14 | 19 |
|---|---|---|---|---|---|---|---|---|---|---|
| 钢绞线拉断力/kN | | 265 | 265 | 265 | 265 | 265 | 265 | 265 | 265 | 265 |
| 垫板 | A/mm | 150 | 160 | 195 | 215 | 240 | 250 | 265 | 320 | 350 |
| | B/mm | 25 | 25 | 30 | 30 | 30 | 40 | 40 | 40 | 40 |
| | C/mm | 135 | 160 | 165 | 200 | 300 | 350 | 360 | 360 | 460 |
| | $\phi D$/mm | 115 | 120 | 125 | 130 | 160 | 160 | 180 | 190 | 200 |
| 管道 | $\phi F$/mm | 45 | 50 | 55 | 65 | 70 | 75 | 85 | 90 | 95 |
| 锚板 | $\phi G$/mm | 90 | 105 | 120 | 135 | 150 | 160 | 175 | 195 | 220 |
| | H/mm | 50 | 50 | 50 | 60 | 60 | 60 | 70 | 70 | 80 |
| 螺旋筋 | $\phi I$/mm | 160 | 200 | 220 | 250 | 250 | 300 | 330 | 400 | 420 |
| | J/mm | 45 | 45 | 45 | 50 | 50 | 50 | 50 | 50 | 55 |
| | $\phi K$/mm | 10 | 12 | 12 | 14 | 14 | 16 | 16 | 18 | 18 |
| | L/mm | 180 | 220 | 250 | 300 | 350 | 400 | 400 | 420 | 580 |
| | 圈数 | 4.5 | 5.5 | 6.5 | 6.5 | 7.5 | 8.5 | 8.5 | 8.5 | 11.0 |

表 8-3-137　XM 系列锚具和预应力筋的规格系列

| 预应力筋 | | | | | 锚具 | | | | |
|---|---|---|---|---|---|---|---|---|---|
| $\phi^{j15}$钢绞线根数或 7$\phi$5 高强钢丝束数 | 极限拉力 $\sigma_b(t_f)$ | | 张拉力 $\sigma_k = 0.75\sigma_b(t_f)$ | | 型号 | 孔数 | 外径 D/mm | 高度 H/mm | 预留孔直径 d/mm |
| | 钢绞线 | 高强钢丝束 | 钢绞线 | 高强钢丝束 | | | | | |
| 1 | 21.45 | 21.99 | 16.09 | 16.49 | XM15-1 | 1 | 44 | 50 | — |
| 3 | 64.35 | 65.96 | 48.26 | 49.47 | XM15-3 | 3 | 98 | 50 | 63 |
| 4 | 85.80 | 87.94 | 64.35 | 65.96 | XM15-4 | 4 | 110 | 50 | 73 |
| 5 | 107.25 | 109.93 | 80.44 | 82.45 | XM15-5 | 5 | 125 | 50 | 85 |
| 6 | 125.70 | 131.91 | 96.53 | 98.94 | XM15-6 | 6 | 145 | 55 | 92 |
| 7 | 150.15 | 153.90 | 112.61 | 115.42 | XM15-7 | 7 | 145 | 55 | 98 |
| 8 | 171.60 | 175.88 | 128.70 | 131.91 | XM15-8 | 1+7 | 155 | 60 | 107 |
| 9 | 193.05 | 197.87 | 144.79 | 143.40 | XM15-9 | 1+8 | 165 | 60 | 120 |
| 11 | 235.95 | 241.84 | 176.96 | 181.38 | XM15-11 | 2+9 | 184 | 65 | 132 |
| 12 | 257.40 | 263.83 | 193.06 | 197.87 | XM15-12 | 3+9 | 184 | 65 | 132 |
| 18 | 386.10 | 395.74 | 289.58 | 296.81 | XM15-18 | 6+12 | 230 | 70 | 180 |
| 19 | 407.55 | 417.73 | 305.66 | 313.29 | XM15-19 | 1+6+12 | 230 | 70 | 180 |
| 27 | 579.15 | 593.61 | 434.36 | 445.21 | XM15-27 | 3+9+15 | 295 | 90 | 230 |
| 31 | 664.95 | 681.55 | 498.71 | 511.16 | XM15-31 | 1+6+12+12 | 300 | 100 | 240 |
| 37 | 793.65 | 813.47 | 595.24 | 610.10 | XM15-37 | 1+6+12+18 | 348 | 110 | 270 |

市政工程常用资料备查手册

表 8-3-138　构件端部锚下垫板最小构造和排布尺寸　　　单位：mm

| 锚具规格 | | 3 | 4 | 5 | 6、7 | 8 | 9 | 12 | 14 | 19 | 27 | 31 |
|---|---|---|---|---|---|---|---|---|---|---|---|---|
| QM13系列 | a | — | 190 | 200 | 250 | 275 | 285 | 315 | 365 | 390 | 460 | 540 |
| | b | — | 110 | 110 | 140 | 150 | 155 | 170 | 195 | 205 | 240 | 280 |
| | c | — | 65 | 60 | 50 | 80 | 75 | 60 | 85 | 80 | 85 | 65 |
| QM15系列 | a | 190 | 235 | 255 | 285 | 300 | 340 | 370 | 440 | 460 | | |
| | b | 110 | 130 | 140 | 155 | 160 | 180 | 195 | 230 | 240 | | |
| | c | 65 | 60 | 50 | 75 | 65 | 55 | 90 | 60 | 85 | | |

表 8-3-139　QM$_L$型连接器规格表　　　单位：mm

| 规格 ＼ 尺寸 | QM$_L$ 13～3 | QM$_L$ 13～4 | QM$_L$ 13～5 | QM$_L$ 13～7 | QM$_L$ 13～12 | QM$_L$ 13～19 | QM$_L$ 13～22 | QM$_L$ 13～27 | QM$_L$ 13～31 | QM$_L$ 13～37 |
|---|---|---|---|---|---|---|---|---|---|---|
| D | 130 | 140 | 150 | 170 | 205 | 235 | 255 | 300 | 330 | 380 |
| I | 140 | 140 | 140 | 140 | 140 | 140 | 140 | 140 | 140 | 140 |
| M | 47 | 52 | 57 | 62 | 77 | 92 | 97 | 107 | 112 | 132 |
| K | 40 | 50 | 50 | 60 | 60 | 70 | 80 | 90 | 100 | 110 |
| L | 370 | 400 | 430 | 480 | 580 | 660 | 750 | 870 | 1030 | 1180 |

表 8-3-140　QM$_L$型钢绞线束连接器尺寸　　　单位：mm

| 规格 | | | 3 | 4 | 5 | 6 | 7 | 8 | 9 | 12 | 14 | 19 | 27 | 31 |
|---|---|---|---|---|---|---|---|---|---|---|---|---|---|---|
| QM$_{13}^{12}$ 系列 | 连接器护套 | $\phi A$ | — | 100 | 110 | 125 | 150 | 160 | 150 | 160 | 170 | 190 | 250 | 260 |
| | | B | — | 560 | 760 | 560 | 770 | 560 | 770 | 770 | 780 | 780 | 790 | 790 |
| | | C | — | 750 | 1030 | 960 | 990 | 960 | 1170 | 1210 | 1300 | 1310 | 1510 | 1500 |
| | 管道 $\phi F$ | | 40 | 45 | 55 | 55 | 55 | 60 | 65 | 70 | 85 | 95 | 105 | |
| QM$_{15.7}^{15}$ 系列 | 连接器护套 | $\phi A$ | 100 | 115 | 130 | 145 | 145 | 170 | 170 | 185 | 205 | 230 | — | — |
| | | B | 790 | 580 | 790 | 590 | 800 | 590 | 800 | 810 | 810 | 820 | | |
| | | C | 950 | 780 | 1050 | 850 | 1060 | 1000 | 1220 | 1230 | 1320 | 1420 | | |
| | 管道 $\phi F$ | | 45 | 50 | 55 | 65 | 65 | 70 | 75 | 85 | 90 | 95 | | |

## 8.3.4.3　孔道灌浆（表 8-3-141）

表 8-3-141　灌浆用水泥浆的技术要求

| 项目 | 要求 | 项目 | 要求 | 备注 |
|---|---|---|---|---|
| 水灰比 | 0.4～0.45 | 塑化剂掺量 | 由实验室确定 | |
| 流动度 | 不大于 6s | 泌水率 | 不大于 2% | 500cm³量筒静停 3h |
| 收缩率 | 不大于 2% | | | |

## 8.3.4.4　预应力工程质量检查（表 8-3-142、表 8-3-143）

表 8-3-142　一个锚具形、预应力钢材回缩和一个接缝压密值

| 锚具接缝类型 | | 变形形式 | 变形值/mm |
|---|---|---|---|
| 带螺帽的锚具 | 螺帽缝隙 | 缝隙压实 | 1 |
| | 每块后加垫板的缝隙 | | 1 |
| 钢丝束的墩头锚具 | | 锚具变形 | 1 |
| 锥形锚具 | | 预应力钢材回缩及锚具变形 | 6 |
| 夹片式锚具群锚（XM，QM） | 带顶压器的施工操作 | 预应力钢材回缩及锚具变形 | 4 |
| | 带限制器的施工操作 | | 6 |
| 分块拼装件的接缝 | 浇筑接缝或干接缝 | 接缝压密 | 1 |
| | 薄胶接缝 | | 0.5 |
| 单根冷拔低碳钢丝的锥形锚具 | | 锚具变形 | 5 |

表 8-3-143　钢材断丝、滑移量

| 检查项目 | | 控制数 |
|---|---|---|
| 钢丝、钢绞线 | 每束钢丝或钢绞线断丝、滑丝 | 1 根 |
| 断丝量 | 每个断面断丝之和不超过该断面钢丝总数的 | 1% |

注：1. 钢绞线断丝是指钢绞线内钢丝的断丝。

2. 超过表列控制时，原则上应更换，当不能更换时，在许可条件下，可采取补救措施，如提高其他束预应力值，但须满足设计上各阶段极限状态的要求。

## 8.3.5　砌体工程

### 8.3.5.1　砌体工程工程量计算（表 8-3-144～表 8-3-146）

表 8-3-144　浆砌块石计算公式

| 序号 | 项目 | 计 算 公 式 |
|---|---|---|
| 1 | 孔隙率 | 孔隙率 $=\dfrac{密度-容重}{密度}\times100\%$ <br> $=\dfrac{2700-1950}{2700}\times100\%=27.78\%$ |
| 2 | 砂浆用量 | 砂浆用量$(m^3)=\dfrac{密度-容重\times损耗率系数}{密度}$ <br> $=\dfrac{2700-1950\times1.02}{2700}=0.263m^3$ |
| 3 | 块石用量 | 块石用量$(m^3)=\dfrac{密度}{容重}\times(1-砂浆用量\times压实系数\times损耗率)$ <br> $=\dfrac{2700}{1950}\times(1-0.263\times0.9\times1.02)=1.051m^3$ |

注：密度取定 2700kg/m³，容重取定 1950kg/m³。

表 8-3-145　预制块、料石砌筑计算

| 序号 | 项目 | 计 算 公 式 |
|---|---|---|
| 1 | 预制块、料石 | 预制块、料石取定 300mm×300mm×600mm＝0.054m³/块 |
| 2 | 砂浆灰缝 | 砂浆灰缝横、直均取定 1cm |
| 3 | 砂浆损耗 | 砂浆损耗取定 1.02 |
| 4 | 预制块、灰石 | 预制块、灰石损耗取定 1.01 |
| 5 | 砂浆计算 | (0.30＋0.01)×(0.3＋0.01)×(0.6＋0.1)＝0.058621m³ <br> 0.058621－0.054＝0.004621m³ <br> (0.004621/0.054)×100%＝9%×损耗率 |
| 6 | 预制块、料石计算 | 1－砂浆用量＝1－0.09＝0.91m³×(1＋损耗率) |

表 8-3-146　砌砖计算

| 序号 | 项目 | 计 算 公 式 |
|---|---|---|
| 1 | 选用标准砖 | 每块砖的体积＝240mm×115mm×53mm＝0.0014628m³ <br> 灰缝横、直均考虑 1cm |
| 2 | 一砖墙计算 砖及砂浆 | 考虑二面灰缝（包括灰缝体积）： <br> (240＋10)×(115＋5)×(53＋10)＝250×120×63＝0.00189m³ <br> 砂浆：0.00189－0.0014628＝0.0004272m³ <br> 砂浆：(0.0004272/0.00189)×100%＝22.60% <br> 砖：(0.0014628/0.00196875)×100%＝74.40% |
| 3 | 一砖以上墙计算 砖及砂浆 | 考虑三面灰缝（包括灰缝体积）： <br> (210＋10)×(115＋10)×(53＋10)＝220×125×63＝0.0017325m³ <br> 砂浆：0.00196875－0.0014628＝0.00050595m³ <br> 砂浆：(0.00050595/0.00196875)×100%＝25.70% <br> 砖：(0.0014628/0.00196875)×100%＝74.30% |
| 4 | 浸砖 | 浸砖用水量按使用砖体积的 50%计算 |

## 8.3.5.2　砌体冬期施工 （表 8-3-147～表 8-3-148）

表 8-3-147　氯化钙掺量和砂浆相对强度

| 砂浆龄期/d | 氯化钙与水泥用量比 | | |
|---|---|---|---|
| | 1% | 2% | 3% |
| 1 | 180 | 210 | 240 |
| 2 | 160 | 200 | 230 |
| 3 | 140 | 170 | 190 |
| 5 | 130 | 150 | 160 |
| 7 | 120 | 130 | 140 |

注：以未加早强剂的同龄期砂浆强度为 100。

表 8-3-148　防冻剂匀质性指标

| 试验项目 | 指　　　标 |
|---|---|
| 固体含量/% | 液体防冻剂：$S \geqslant 20\%$ 时，$0.95S \leqslant X < 1.05S$<br>$S < 20\%$ 时，$0.90S \leqslant X < 1.10S$<br>$S$ 是生产厂提供的固体含量（质量分数），$X$ 是测试的固体含量（质量分数） |
| 含水率/% | 粉状防冻剂：$W \geqslant 5010$ 时，$0.90W \leqslant X < 1.10W$<br>$W < 5\%$ 时，$0.80W \leqslant X < 1.20W$<br>$W$ 是生产厂提供的含水率（质量分数），$X$ 是测试的含水率（质量分数） |
| 相对密度 | 液体防冻剂：$D > 1.1$ 时，要求为 $D \pm 0.03$<br>$D \leqslant 1.1$ 时，要求为 $D \pm 0.02$<br>$D$ 是生产厂提供的相对密度值 |
| 氯离子含量/% | 无氯盐防冻剂：$\leqslant 0.1\%$（质量分数）<br>其他防冻剂：不超过生产厂控制值 |
| 碱含量/% | 不超过生产厂提供的最大值 |
| 水泥净浆流动度/mm | 应不小于生产厂控制值的 95% |
| 细度/% | 粉状防冻剂细度应不超过生产厂提供的最大值 |

## 8.3.5.3　砌体工程质量检查

表 8-3-149　砌体砌缝宽度、位置

| 项目 | | 允许偏差/mm | 检查频率 | | 检验方法 |
|---|---|---|---|---|---|
| | | | 范围 | 点数 | |
| 表面砌缝宽度 | 浆砌片石 | $\leqslant 40$ | 每个构筑物、每个砌筑面或两条伸缩缝之间为一检验批 | 10 | 用钢尺量 |
| | 浆砌块石 | $\leqslant 30$ | | | |
| | 浆砌料石 | $15 \sim 20$ | | | |
| 三块石料相接处的空隙 | | $\leqslant 70$ | | | |
| 两层间竖向错缝 | | $\geqslant 80$ | | | |

## 8.3.6　桥涵构筑物及构件安装常用数据

### 8.3.6.1　桥梁工程构筑物面积计算

表 8-3-150　桥梁工程构筑物面积计算表

| 项目 | | 简图 | 代号名称 | 计算公式 |
|---|---|---|---|---|
| 墩底截面 | 圆端形 | | $b$—边长<br>$d$—半圆直径<br>$r$—半圆半径<br>$A$—基础座面宽度<br>$B$—基础座面长度 | 圆端形 $A = 1/4 \times \pi d^2 + bd$<br>$\quad = 0.7854d^2 + bd$<br><br>基础座面 $A = A \times B$ |

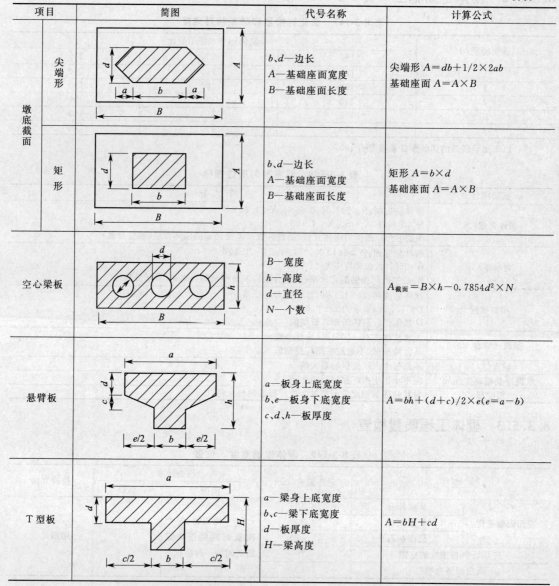

| 项目 | | 简图 | 代号名称 | 计算公式 |
|---|---|---|---|---|
| 墩底截面 | 尖端形 | | $b$、$d$—边长<br>$A$—基础座面宽度<br>$B$—基础座面长度 | 尖端形 $A=db+1/2\times2ab$<br>基础座面 $A=A\times B$ |
| | 矩形 | | $b$、$d$—边长<br>$A$—基础座面宽度<br>$B$—基础座面长度 | 矩形 $A=b\times d$<br>基础座面 $A=A\times B$ |
| 空心梁板 | | | $B$—宽度<br>$h$—高度<br>$d$—直径<br>$N$—个数 | $A_{截面}=B\times h-0.7854d^2\times N$ |
| 悬臂板 | | | $a$—板身上底宽度<br>$b$、$e$—板身下底宽度<br>$c$、$d$、$h$—板厚度 | $A=bh+(d+c)/2\times e(e=a-b)$ |
| T型板 | | | $a$—梁身上底宽度<br>$b$、$c$—梁下底宽度<br>$d$—板厚度<br>$H$—梁高度 | $A=bH+cd$ |

## 8.3.6.2 桥梁基础的面积、体积计算（表 8-3-151）

表 8-3-151 桥梁基础的面积、体积计算表

| 项目 | 简图 | 代号名称 | 计算公式 |
|---|---|---|---|
| 桥(涵)台 | | $H$—台帽顶至基础距离<br>$a$—台身上底宽度<br>$b$—台身下底宽度<br>$h$—基础高度<br>$B$—基础宽度 | $A=(a+b)(H-台帽)/2$<br>$V=A\times L$ |

| 项目 | 简图 | 代号名称 | 计算公式 |
|---|---|---|---|
| 桥墩 | 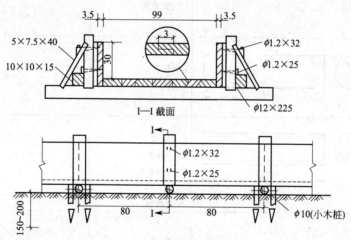 | $H$—墩帽顶至基础距离<br>$a$—墩身上底宽度<br>$b$—墩身下底宽度<br>$h$—基础高度<br>$B$—基础宽度 | $A=(a+b)(H-墩帽)/2$<br>$V=A\times L$ |
| 悬臂式桥墩或牛腿 | | $a$—悬臂上底宽度<br>$b$、$c$、$d$—悬臂高度 | $A=(b+d)/2\times a(b=b+c)$ |
| 挡土墙 | | $H$—帽顶至基础距离<br>$a$—挡身上底宽度<br>$b$—挡身下底宽度<br>$h$—基础高度<br>$B$—基础宽度 | $A=(a+b)(H-帽石)/2$<br>$V=A\times L$ |

图 8-3-7 实心板模板图（单位：cm）

### 8.3.6.3 模板构造与设计（表 8-3-152、表 8-3-153）

表 8-3-152 向模板内浇筑混凝土时所产生的水平侧压力

| 向模板内浇筑混凝土拌和物的方法 | 作用于侧模板上的水平压力/(kg/m²) |
|---|---|
| 由溜槽、串筒流出或直接由混凝土导管流出 | 200 |
| 由容量为 0.2m³ 及 0.2m³ 以内的运输工具直接倾倒 | 200 |
| 由容量为 0.2～0.8m³ 的运输工具直接倾倒 | 400 |
| 由容量大于 0.8m³ 的运输工具直接倾倒 | 600 |

**表 8-3-153　倾倒混凝土时产生的水平荷载**

| 向模板中供料方法 | 水平荷载/kPa |
|---|---|
| 用溜槽、串筒或导管输出 | 2.0 |
| 用容量 0.2m³ 及小于 0.2m³ 的运输器具倾倒 | 2.0 |
| 用容量大于 0.2～0.8m³ 的运输器具倾倒 | 4.0 |
| 用容量大于 0.8m³ 的运输器具倾倒 | 6.0 |

## 8.3.6.4　桥梁工程构筑物体积、模板计算（表 8-3-154）

**表 8-3-154　桥梁工程构筑物体积、模板计算**

| 序号 | 项目 | 简图 | 代号名称 | 计算公式 |
|---|---|---|---|---|
| 一、桩基 |||||
| 1 | 钢筋混凝土方桩 | | $L_1$—桩长度<br>$L_2$—桩尖长<br>$B$—宽度<br>$H$—高度<br>$C$—桩尖宽 | $V=B\times H\times L$<br>模板：<br>$S_1$—封头板＋侧板<br>$S_1$—$B\times H+L_1\times H\times 2$<br>$S_2$—桩尖<br>$S_2-\sqrt{L^2+C^2}\times\dfrac{B+C}{2}\times 3$ |
| 2 | 钢筋混凝土矩形桩 | | $L_1$—桩长度<br>$L_2$—桩尖长<br>$B$—宽度<br>$H$—高度<br>$C$—桩尖宽 | $V=B\times H\times L$<br>模板：<br>$S_1$—封头板＋侧板<br>$S_1$—$A\times B+L_1\times H\times 2$<br>$S_2$—桩尖<br>$S_2-\sqrt{L^2+C^2}\times\dfrac{B+C}{2}\times 3$ |
| 3 | 钻孔灌注桩 | | $L$—长度<br>$R$—桩半径 | $V=R^2\times\pi\times L$ |
| 4 | PHC管桩 | | $L$—长度<br>$R_1$—外半径<br>$R_2$—内半径 | $V=(R_1^2-R_2^2)\times\pi\times L$ |
| 二、基础承台 |||||
| 1 | 正方形 | | $A$—长度<br>$B$—宽度<br>$H$—高度 | $V=A\times B\times H$<br>模板 $S=A\times H\times 4$ |
| 2 | 矩形 | | $A$—长度<br>$B$—宽度<br>$H$—高度 | $V=A\times B\times H$<br>模板 $S=(A\times B+A\times H)\times 2$ |

| 序号 | 项目 | 简图 | 代号名称 | 计算公式 |
|---|---|---|---|---|
| 3 | 正方形＋截头棱台 | | $A$—长度<br>$C$—棱台宽度<br>$B$—宽度<br>$D$—棱台长度<br>$H$—高度<br>$H_1$—棱台高度 | $V_1=$棱台下部体积<br>$V_2=$棱台提交<br>$V_3=S_1+S_2$<br>$V_1=A\times B\times H$<br>$V=2H_1/3\times[A\times B+C\times D+$<br>$\sqrt{A\times B\times C\times D}]$<br>模板：<br>$S_1$—棱台下部面积<br>$S_2$—棱台面积<br>$S_1=A\times H\times 4$<br>$S_2=\sqrt{H_1^2+\left(\dfrac{A-C}{2}\right)^2}\times\dfrac{A+C}{2}\times 4$ |
| 4 | 矩形＋截头棱台 | | $L$—棱台下部长<br>$L_1$—棱台长<br>$B$—棱台下部宽<br>$B_1$—棱台宽<br>$H_2$—棱台下部高度<br>$H_1$—棱台高 | $V_1=$棱台下部体积<br>$V_2=$棱台体积<br>$V_3=V_1+V_2$<br>$V_1=B\times H_2\times L$<br>$V_2=H/6\times[B\times L+L_1\times B_1+$<br>$(B+L)\times(L_1+B_1)]$<br>模板 $S_1=(B+L)\times 2\times H$ |
| 5 | 圆端形基础（承台） | | $L+2R$—长度<br>$R$—半径<br>$H$—高度 | $V=B\times H\times H+R^2\times\pi\times H$<br>模板 $S_1=L\times H\times 2+2R\times\pi\times B$<br>$S_2=\sqrt{L_2^2+H_2^2}\times B+B_1\times 2$<br>$S_3=\sqrt{L_1^2+H_1^2}\times\dfrac{L+L_1}{2}\times 2$ |
| 三、柱式墩身 |||||
| 1 | 正方形 | | $A$—长度<br>$B$—宽度<br>$H$—高度 | $V=A\times B\times H$<br>模板 $S=(A+B)\times 2\times H$ |
| 2 | 长方形 | | $A$—长度<br>$B$—宽度<br>$H$—高度 | $V=A\times B\times H$<br>模板 $S=(A+B)\times 2\times H$ |

市政工程常用资料备查手册

| 序号 | 项目 | 简图 | 代号名称 | 计算公式 |
|------|------|------|----------|----------|
| 3 | 圆角正方形 | 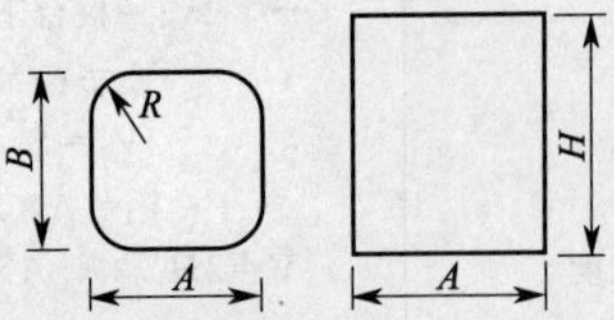 | $A$—长度<br>$B$—宽度<br>$H$—高度<br>$R$—圆角半径 | $V=(A\times B-0.2146\times 2R\times 4)\times H$<br>模板 $S=[(A-2R+B-2R)\times 2+2R\pi]\times H$ |
| | | 四、实体式墩身 | | |
| 1 | 矩形实体式墩身 | 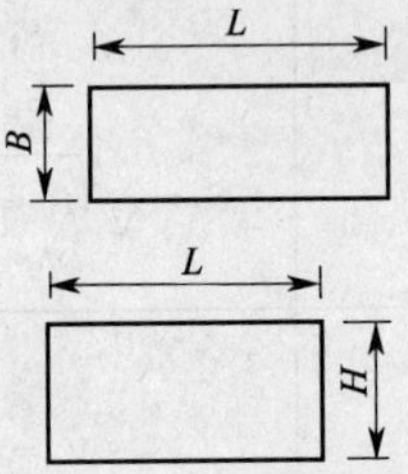 | $L$—长度<br>$B$—宽度<br>$H$—高度 | $V=B\times L\times H$<br>模板 $S=(L+B)\times 2\times H$ |
| 2 | 圆角实体式墩身 | 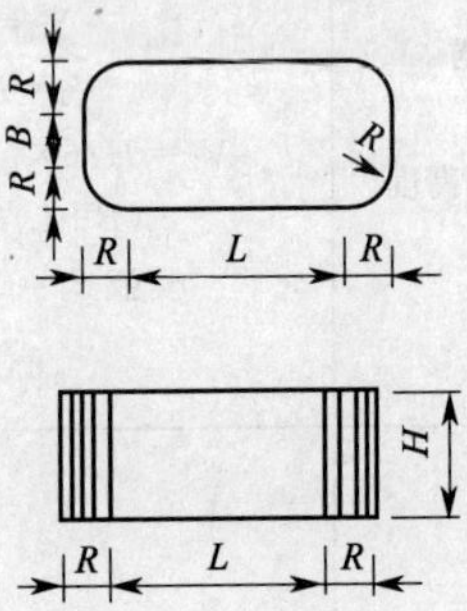 | $L+2R$—长度<br>$B+2R$—宽度<br>$R$—圆角半径<br>$H$—高度 | $V=[(L+2R)\times(B+2R)-$<br>$0.2146\times R^2\times 4]\times H$<br>模板 $S=[(L+B)\times 2+R\times\pi\times 2]\times H$ |
| 3 | 圆端实体式墩身 | 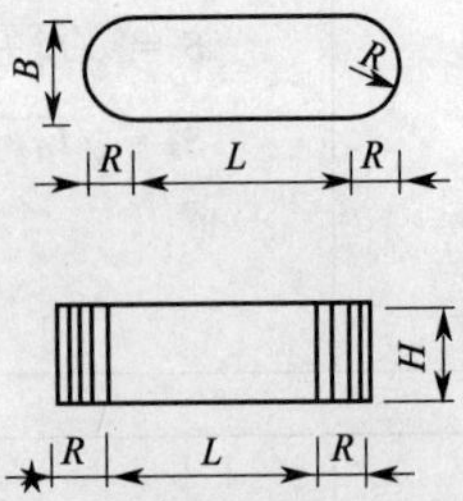 | $L$—长度<br>$B$—宽度<br>$R$—圆端半径 | $V=(L\times B+2R\times\pi)\times H$<br>模板 $S=(L\times 2+2R\times\pi)\times H$ |
| | | 五、桥墩盖梁 | | |
| 1 | 桥墩盖梁 | 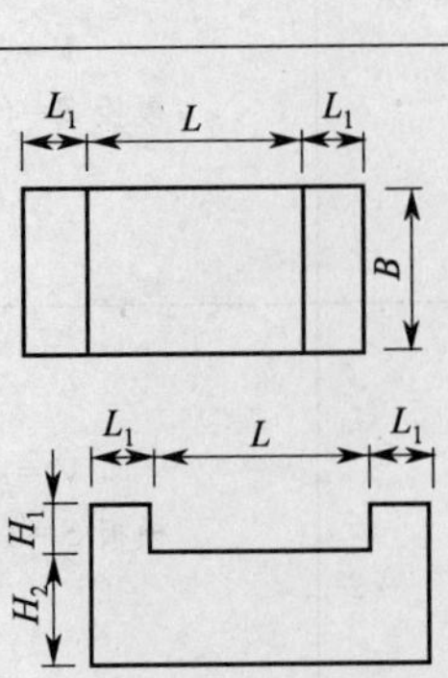 | $L+2L_1$—长度<br>$B$—宽度<br>$H_1$、$H_2$—高度 | $V=(L+2L_1)\times B\times H_2+2\times L_1\times H\times B$<br>模板 $S=[(H_1+H_2)\times B+$<br>$(L+2L_1)\times H_2+L_1\times H_1\times 2]\times 2$ |

8　市政桥涵工程

市政工程常用资料备查手册

| 序号 | 项目 | 简图 | 代号名称 | 计算公式 |
|---|---|---|---|---|
| | 六、桥台 |||||
| 1 | 桥台 | | $L+2L_1$—长度<br>$B$、$B_1$、$B_2$—宽度<br>$H$、$H_1$、$H_2$—高度 | $V_1 = B \times (L+2L_1) \times H_1$<br>$V_2 = (H-H_1) \times B_1 \times (L+2L_1)$<br>$V_3 = L_1 \times H \times B_2 \times 2$<br>$V_4 = V_1 + V_2 + V_3$<br>$S_1 = H_1 \times (L+2L_1)$<br>$S_2 = H \times (L+2L_1)$<br>$S_3 = [B \times H_1 + (H-H_1) \times B] \times 2$<br>$S_4 = B_2 \times H_2 \times 4 + H_1 \times L_1 \times 2$<br>$S_5 = H \times (L+2L_1) - H_1 \times L_1 \times 2$<br>$S_6 = S_1 + S_2 + S_3 + S_4 + S_5$ |
| | 七、预制空心板梁 |||||
| 1 | 中板 | | $L$—梁长<br>$B$、$B_1$、$B_2$—梁宽<br>$H$、$H_1$、$H_2$—梁高<br>$S_0$—空心胶囊面积 | $V = B \times L \times H - 2 \times S_0 \times L$<br>$H_1$、$H_2$、$B_1$ 忽略不计<br>$S_1 = B \times H \times 2 - 2S + H \times L \times 2$<br>$S_2$ 斜交 $= (B \times H \times 2 \div \cos\alpha \times 2 - 2S) + H \times L \times 2$ |
| 2 | 边板 | | $L$—梁长<br>$B$、$B_1$、$B_2$—梁宽<br>$H$、$H_1$、$H_2$、$H_3$—梁高<br>$S_0$—空心胶囊面积 | $V = B \times L \times H - 2 \times S_0 \times L + \left(\dfrac{H_1+H_2}{2} \times B_1 \times L\right)$<br>模板：<br>$S_1 = B \times H \times 2 - S_0 + (H_1+H_2+H_3) \times L + (H_1+H_3) \times L + \sqrt{H_2^2+B_1^2} \times L$<br>$S_2$ 斜交 $= (B \times H \times 2 \div \cos\alpha \times 2 - 2S_0) + (H_1+H_2+H_3) \times 2 \times L + (H_1+H_3) \times L + \sqrt{H_2^2+B_1^2} \times L$ |
| | 八、橡胶支座 |||||
| 1 | 矩形 | | $A$—长度<br>$B$—宽度<br>$H$—厚度 | $V = A \times B \times H$ |

市政工程常用资料备查手册

| 序号 | 项目 | 简图 | 代号名称 | 计算公式 |
|---|---|---|---|---|
| 2 | 球冠形 | | $H$—厚度<br>$R$—半径 | $V=R^2\times\pi\times H$ |
| 九、其他 | | | | |
| 1 | 伸缩缝 | 伸缩缝长 $\alpha$ 桥面宽 | $L$—长度<br>$\alpha$—夹角 | 正交—$L\times m$<br>斜交长—$L\div\cos\alpha$ |
| 2 | 实体式<br>栏杆<br>挡墙 | $H$ $L$ $B$ | $L$—挡墙长<br>$B$—宽度<br>$H$—高度 | $V=B\times L\times H$<br>模板 $S=(L\times H+B\times H)\times 2$ |
| 3 | 桥铭牌 | $H$ $A$ $B$ | $A$—长度<br>$B$—宽度<br>$H$—高度 | $V=B\times L\times H$<br>模板 $S=(L\times H+B\times H)\times 2$ |

## 8.3.6.5　模板制作与安装（表 8-3-155～表 8-3-159）

表 8-3-155　放气时间

| 气温/℃ | 混凝土浇完后/h | 气温/℃ | 混凝土浇完后/h |
|---|---|---|---|
| 0～5 | 10～12 | 20～30 | 4～6 |
| 5～15 | 8～10 | ＞30 | 3～4 |
| 15～20 | 6～8 | | |

表 8-3-156　预埋件和预留孔洞的允许偏差　　　　单位：mm

| 项　　目 | | 允许偏差 |
|---|---|---|
| 预埋钢板中心线位置 | | 3 |
| 预埋管预留孔中心位置 | | 3 |
| 预埋螺栓 | 中心线位置 | 2 |
| | 外露长度 | 10 |
| 预留孔 | 中心线位置 | 10 |
| | 截面尺寸 | 10 |

表 8-3-157　整体式模板允许偏差

| 项　目 | | 允许偏差/mm | 检验频率 | | 检验方法 |
|---|---|---|---|---|---|
| | | | 范围 | 点数 | |
| 相邻两板表面高低差 | 刨光模板 | 2 | | 4 | 用尺量 |
| | 不刨光模板 | 4 | | | |
| | 钢模板 | 2 | | | |
| 表面平整度 | 刨光模板 | 3 | | 4 | 用 2m 直尺检验 |
| | 不刨光模板 | 5 | | | |
| | 钢模板 | 3 | | | |
| 垂直度 | 墙、柱 | $0.1\%H$,且不大于 6 | 每个构筑物或构件 | 2 | 用垂线或经纬仪检验 |
| | 墩、台 | $0.2\%H$,且不大于 20 | | | |
| | 塔柱 | $H/1500$,且不大于 40 | | | |
| 模内尺寸 | 基础 | $+10$ $-20$ | | 3 | 用尺量,长、宽、高各计 1 点 |
| | 墩、台 | $+5$ $-10$ | | | |
| | 梁、板、墙、柱、拱、塔柱 | $+3$ $-8$ | | | |
| 轴线位移 | 基础 | 15 | | 2 | 用经纬仪测量,纵、横向各计 1 点 |
| | 墩、台、墙 | 10 | | | |
| | 梁、柱、拱、塔柱 | 8 | | | |
| | 悬浇各梁段 | 8 | | | |
| 支承面高程 | | $+2$ $-5$ | 每个支承面 | 1 | 用水准仪测量 |
| 悬浇各梁段底面高程 | | $+10$ $0$ | 每梁段 | 1 | |
| 预埋件 | 支座板、锚垫板、联结板等　位置 | 3 | 每个预埋件 | 1 | 用尺量 |
| | 支座板、锚垫板、联结板等　平面高差 | 2 | | 1 | 用水准仪测量 |
| | 螺栓、锚筋等　位置 | 10 | | 1 | 用尺量 |
| | 螺栓、锚筋等　外露长度 | $\pm10$ | | 1 | |
| 预留孔洞 | 预应力筋孔道位置 | 梁端 10 | 每个预留孔洞 | 1 | |
| | 其他　位置 | 15 | | 1 | |
| | 其他　高程 | $\pm10$ | | 1 | 用水准仪测量 |

注：表中 $H$ 为构筑物高度（mm）。

**表 8-3-158　装配式构件模板允许偏差**

| 项　目 | | 允许偏差/mm | 检验频率 | | 检验方法 |
|---|---|---|---|---|---|
| | | | 范围 | 点数 | |
| 相邻两板表面高低差 | 刨光模板 | 2 | | 4 | 用尺量 |
| | 不刨光模板 | 4 | | | |
| | 钢模板 | 2 | | | |
| 表面平整度 | 刨光模板 | 3 | | 4 | 用2m直尺检验 |
| | 不刨光模板 | 5 | | | |
| | 钢模板 | 3 | | | |
| 模内尺寸 | 宽 | 柱、桩 | ±5 | 每个构件 | 1 | 用尺量 |
| | | 梁、拱肋、桁架 | 0 −10 | | | |
| | | 板、拱波 | 0 −10 | | | |
| | 高 | 柱、桩 | 0 −5 | | 1 | |
| | | 梁、拱肋、桁架 | 0 | | | |
| | | 板、拱波 | −5 | | | |
| | 长 | 柱、桩 | 0 | | 1 | |
| | | 梁、拱肋、桁架 | −5 | | | |
| | | 板、拱波 | 0 | | | |
| 侧向弯曲 | 梁、拱肋、桁架 | $L/1500$ | | 1 | 沿构件全长拉线量取最大矢高 |
| | 柱、桩 | $L/1000$，且不大于10 | | | |
| | 梁 | $L/2000$，且不大于10 | | | |
| 轴线位移 | 基础 | ±5 | | 2 | 用经纬仪或样板测量 |
| 预留孔洞 | 预应力筋孔道位置 | 梁端10 | 每个预留孔洞 | 1 | 用尺量 |
| | 其他 | 10 | | | |

**表 8-3-159　小型构件模板允许偏差**

| 项目 | | 允许偏差/mm | 检验频率 | | 检验方法 |
|---|---|---|---|---|---|
| | | | 范围 | 点数 | |
| 断面尺寸 | | ±5 | | 2 | 用尺量，宽、高各计1点 |
| 长度 | | 0 −5 | | 1 | 用尺量 |
| 榫头 | 断面尺寸 | 0 −3 | 每件(每一类型构件抽查10%，且不少于5件) | 2 | 用尺量，宽、高各计1点 |
| | 长度 | 0 −3 | | 1 | 用尺量 |
| 榫槽 | 断面尺寸 | +3 0 | | 2 | 用尺量，宽、高各计1点 |
| | 长度 | +3 0 | | 1 | 用尺量 |

## 8.3.6.6　桥涵构件安装数据取定（表 8-3-160～表 8-3-162）

**表 8-3-160　安装空心板梁安装数据取定**

| 梁长/m | 10 | 13 | 16 | 20 | 25 |
|---|---|---|---|---|---|
| 取定长度/m | 8 | 10 | 13 | 18 | 22 |
| 梁重/t | 6 | 7.5 | 14 | 21 | 26 |
| 汽车式起重机/t | 20 | 25 | 50 | 75 | 80 |

注：此表内系陆上安装板梁。

**表 8-3-161　安装 T 梁数据取定**

| 陆上安装 T 形梁,梁长/m | 10 | 20 | 30 |
|---|---|---|---|
| 每片梁重取定/t | 13.5 | 24 | 40 |
| 汽车式起重机取定/t | 40 | 75 | 125 |

注:扒杆安装 T 梁取定按表中数据代入下列公式取定:(13.5+24+40)/3=25.83(t),取定 20mT 形梁。

**表 8-3-162　安装工形梁数据取定**

| 陆上安装工形梁/m,梁长/m | 10 | 20 | 30 |
|---|---|---|---|
| 每片梁重取定/t | 5 | 14.73 | 26 |
| 汽车式起重机取定/t | 16 | 40 | 75 |

## 8.3.6.7　施工沉落预留（表 8-3-163）

**表 8-3-163　预留施工沉落值参考数据**

| 项　　目 | | 沉落值/mm |
|---|---|---|
| 接头承压非弹性变形 | 木与木 | 每个接头顺纹约为 2,横纹为 3 |
| | 木与钢 | 每个接头约为 2 |
| 卸落设备的压缩变形 | 砂筒 | 2～4 |
| | 木楔或木马 | 每个接缝约 1～3 |
| 支架基础沉陷 | 底梁置于砂土上 | 5～10 |
| | 底梁置于黏土上 | 10～20 |
| | 底梁置于砌石或混凝土上 | 约 3 |
| | 打入砂土中的桩 | 约 5 |
| | 打入黏土中的桩 | 约 5～10(桩承受极限荷载时用 10,低于极限荷载时用 5) |

## 8.3.6.8　模板、拱架及支架拆除（表 8-3-164～表 8-3-167）

**表 8-3-164　拆除非承重模板的估计期限**　　　　单位:h

| 混凝土强度/MPa | 水泥品种及强度等级 | 硬化时昼夜平均温度/℃ | | | | | | |
|---|---|---|---|---|---|---|---|---|
| | | +5 | +10 | +15 | +20 | +25 | +30 | +35 |
| 20 | 32.5 矿渣水泥 | 23 | 16 | 13 | 10 | 9 | 8 | 7 |
| | 42.5 矿渣水泥 | 22 | 10 | 9 | 7 | 6 | 5 | 5 |
| 40 | 52.5 普通水泥 | 15 | 11 | 9 | 8 | 6 | 5 | 4 |
| | 52.5 硅酸盐水泥 | 14 | 9 | 7 | 6 | 4 | 4 | 4 |

注:1. 本表拆模期限按混凝土强度达到 2.5MPa 的时间考虑。

2. 当采用火山灰水泥、粉煤灰水泥时,可参照矿渣水泥考虑。

3. 混凝土强度小于或等于 C15 时,拆模时间应酌情予以延长。

**表 8-3-165　拆除承重模板的估计期限**　　　　单位:h

| 达到设计强度/% | 水泥 | | 硬化时昼夜平均温度/℃ | | | | | | |
|---|---|---|---|---|---|---|---|---|---|
| | 品种 | 强度等级 | +5 | +10 | +15 | +20 | +25 | +30 | +35 |
| 50 | 硅酸盐水泥、普通水泥 | 52.5 | 6.5 | 5 | 4.2 | 3 | 3 | 2.5 | 2 |
| | 矿渣水泥 | 42.5 | 17 | 13 | 9.5 | 6 | 4 | 3 | 2.5 |
| | 矿渣水泥 | 32.5 | 18 | 15 | 12 | 8 | 6.5 | 5 | 3.8 |
| 100 | 硅酸盐水泥、普通水泥 | 52.5 | 41 | 36 | 32 | 28 | 19 | 15 | 13 |
| | 矿渣水泥 | 42.5 | 56 | 47 | 39 | 28 | 26 | 19 | 17 |
| | 矿溶水泥 | 32.5 | 62 | 51 | 41 | 28 | 25 | 22 | 18 |

注:1. 本表按 C20 级以上一般混凝土考虑。

2. 火山灰水泥、粉煤灰水泥可参照表中矿渣水泥考虑。

3. 普通水泥强度等级小于或等于 42.5 的,拆模期限应酌情予以延长。

4. 采用于硬性、低流动性或掺有外加剂的混凝土时,拆模期限可通过试验确定。

8　市政桥涵工程

439

表 8-3-166　混凝土与模板的法向黏结力　　　　单位：kPa

**表 8-3-166　混凝土与模板的法向黏结力**　　　　单位：kPa

| 混凝土强度 /MPa | 钢模板 | | | | 木模板 | | | |
| --- | --- | --- | --- | --- | --- | --- | --- | --- |
| | 机油 | | 隔离剂 | | 机油 | | 隔离剂 | |
| | 平均值 | 最大值 | 平均值 | 最大值 | 平均值 | 最大值 | 平均值 | 最大值 |
| 50 | 10.6 | 21.9 | 6.6 | 10.7 | 11.9 | 22.1 | 7.4 | 15.6 |
| 35 | 10.0 | 18.2 | 4.1 | 9.6 | 10.2 | 18.8 | 5.7 | 11.7 |
| 20 | 7.8 | 15.1 | 3.2 | 8.1 | 8.7 | 16.7 | 4.5 | 10.2 |
| 12.5 | 3.6 | 5.7 | 2.4 | 6.0 | 2.7 | 4.7 | 2.9 | 6.3 |

**表 8-3-167　混凝土与模板的切向黏结力**　　　　单位：kPa

| 混凝土强度 /MPa | 钢模板 | | | | 木模板 | | | |
| --- | --- | --- | --- | --- | --- | --- | --- | --- |
| | 机油 | | 隔离剂 | | 机油 | | 隔离剂 | |
| | 平均值 | 最大值 | 平均值 | 最大值 | 平均值 | 最大值 | 平均值 | 最大值 |
| 50 | 15.1 | 27.5 | 5.9 | 18.0 | 17.6 | 29.7 | 8.2 | 24.2 |
| 35 | 9.5 | 23.9 | 3.4 | 4.9 | 10.0 | 22.6 | 3.8 | 7.3 |
| 20 | 7.5 | 15.6 | 2.9 | 4.6 | 8.2 | 19.6 | 3.3 | 6.4 |
| 12.5 | 1.2 | 2.6 | 2.7 | 4.1 | 2.2 | 5.4 | 1.9 | 3.4 |

## 8.3.6.9　模板制作质量检查（表 8-3-168～表 8-3-169）

**表 8-3-168　模板制作允许偏差**

| 项目 | | | 允许偏差 /mm | 检验频率 | | 检验方法 |
| --- | --- | --- | --- | --- | --- | --- |
| | | | | 范围 | 点数 | |
| 木模板 | 模板的长度和宽度 | | ±5 | 每个构筑物或每个构件 | 4 | 用钢尺量 |
| | 不刨光模板相邻两板表面高低差 | | 3 | | | 用钢尺和塞尺量 |
| | 刨光模板相邻两板表面高低差 | | 1 | | | |
| | 平板模板表面最大的局部不平(刨光模板) | | 3 | | | 用2m直尺和塞尺量 |
| | 平板模板表面最大的局部不平不(刨光模板) | | 5 | | | |
| | 榫槽嵌接紧密度 | | 2 | | 2 | |
| 钢模板 | 模板的长度和宽度 | | 0 −1 | | 4 | 用钢尺量 |
| | 肋高 | | ±5 | | 2 | |
| | 面板端偏斜 | | 0.5 | | 2 | 用水平尺量 |
| | 连接配件（螺栓、卡子等）的孔眼位置 | 孔中心与板端的间距 | ±0.3 | | 4 | 用钢尺量 |
| | | 板端孔中心与板端的间距 | 0 −0.5 | | | |
| | | 沿板长宽方向的孔 | ±0.6 | | | |
| | 板面局部不平 | | 1.0 | | | 用2m直尺和塞尺量 |
| | 板面和板侧挠度 | | ±1.0 | | 1 | 用水准仪和拉线量 |

表 8-3-169　模板、支架和拱架安装允许偏差

| 项目 | | 允许偏差 /mm | 检验频率 | | 检验方法 |
|---|---|---|---|---|---|
| | | | 范围 | 点数 | |
| 相邻两板表面高低差 | 清水模板 | 2 | 每个构筑物或每个构件 | 4 | 用钢尺和塞尺量 |
| | 混水模板 | 4 | | | |
| | 钢模板 | 2 | | | |
| 表面平整 | 清水模板 | 3 | | 4 | 用 2m 直尺和塞尺量 |
| | 混水模板 | 5 | | | |
| | 钢模板 | 3 | | | |
| 垂直度 | 墙、柱 | $H/1000$,且不大于 6 | | 2 | 用经纬仪或垂线和钢尺量 |
| | 墩、台 | $H/500$,且不大于 20 | | | |
| | 塔柱 | $H/3000$,且不大于 30 | | | |
| 模内尺寸 | 基础 | $\pm10$ | | 3 | 用钢尺量,长、宽高各 1 点 |
| | 墩、台 | $+5$ $-8$ | | | |
| | 梁、板、墙、柱、桩、拱 | $+3$ $-6$ | | | |
| 轴线错位 | 基础 | 15 | | 2 | 用经纬仪量,纵、横向各 1 点 |
| | 墩、台、墙 | 10 | | | |
| | 梁、柱、拱、塔柱 | 8 | | | |
| | 悬浇各梁段 | 8 | | | |
| | 横隔墙 | 5 | | | |
| 支承面高程 | | $+2$ $-5$ | 每支撑面 | 1 | 用水准仪测量 |
| 悬浇各梁段底面高程 | | $+10$ $0$ | 每隔梁段 | 1 | 用水准仪测量 |
| 预埋件 | 支座板、锚垫板、连接板等 | 位置 5 | 每个预埋件 | 1 | 用钢尺量 |
| | | 平面高差 2 | | 1 | 用水准仪测量 |
| | 螺栓、锚筋等 | 位置 3 | | 1 | 用钢尺量 |
| | | 外露长度 $+5$ | | 1 | |
| 预留洞口 | 预应力筋孔道位置(梁端) | 5 | 每个预留孔洞 | 1 | 用钢尺量 |
| | 其他 | 位置 8 | | 1 | |
| | | 孔径 $+10$ $0$ | | 1 | |
| 梁底模板 | | $+5$ $-2$ | 每根梁、每个构件、每个安装段 | 1 | 沿底模全长拉线,用钢尺量 |
| 对角线差 | 板 | 7 | | 1 | 用钢尺量 |
| | 墙板 | 5 | | | |
| | 桩 | 3 | | | |
| 侧向弯曲 | 板、拱肋、桁架 | $L/1500$ | | 1 | 沿侧模全长拉线,用钢尺量 |
| | 柱、桩 | $L/1000$,且不大于 10 | | | |
| | 梁 | $L/2000$,且不大于 10 | | | |
| 支架、拱架 | 纵轴线的平面偏差 | $L/2000$,且不大于 30 | | 3 | 用经纬仪测量 |
| 拱架高程 | | $+20$ $-10$ | | | 用水准仪测量 |

注：1. $H$ 为构筑物高度（mm），$L$ 为计算长度（mm）。

2. 支承面高程系指模板底模上表面支撑混凝土面的高程。

## 8.3.6.10 挡土墙计算（表 8-3-170～表 8-3-172）

**表 8-3-170　常用石砌重力式挡土墙（垂直式）截面尺寸表**　　　　单位：m

| 图示 | $H_1$ | $H_2$ | $H_3$ | $b$ | $B$ | $B_1$ | $f$ | $g$ | $d_1$ | $d_2$ | $1:m$ | $X:1$ | $h_0$ | 备注 |
|---|---|---|---|---|---|---|---|---|---|---|---|---|---|---|
| | 1.0 | 0.7 | 1.00 | 0.30 | 0.44 | 0.44 | 0 | 0 | 0.3 | 0.3 | 1:0.2 | 0:1 | 0.39 | |
| | 2.0 | 1.7 | 2.00 | 0.30 | 0.75 | 0.64 | 0.11 | 0 | 0.3 | 0.3 | 1:0.2 | 0:1 | 1.02 | $\delta=15°$墙背垂直，水平无荷载 |
| | 3.0 | 2.6 | 3.00 | 0.30 | 1.20 | 0.95 | 0.15 | 0.10 | 0.4 | 0.4 | 1:0.25 | 0:1 | 2.11 | |
| | 4.0 | 3.5 | 4.16 | 0.35 | 1.55 | 1.22 | 0.20 | 0.13 | 0.5 | 0.66 | 1:0.25 | 0.1:1 | 3.65 | |
| | 5.0 | 4.4 | 5.19 | 0.40 | 1.90 | 1.50 | 0.25 | 0.15 | 0.6 | 0.79 | 1:0.25 | 0.1:1 | 5.50 | |
| | 1.0 | 0.7 | 1.00 | 0.30 | 0.48 | 0.48 | 0 | 0 | 0.3 | 0.3 | 1:0.25 | 0:1 | 0.41 | |
| | 2.0 | 1.7 | 2.09 | 0.35 | 0.90 | 0.77 | 0.13 | 0 | 0.3 | 0.39 | 1:0.25 | 0.1:1 | 1.26 | $\delta=15°$，$\beta=\phi=35°$墙背仰斜，有斜坡 |
| | 3.0 | 2.6 | 3.13 | 0.40 | 1.30 | 1.05 | 0.15 | 0.10 | 0.4 | 0.53 | 1:0.25 | 0.1:1 | 2.40 | |
| | 4.0 | 3.5 | 4.17 | 0.50 | 1.70 | 1.37 | 0.20 | 0.13 | 0.5 | 0.61 | 1:0.25 | 0.1:1 | 4.28 | |
| | 5.0 | 4.4 | 5.22 | 0.60 | 2.20 | 1.70 | 0.40 | 0.10 | 0.6 | 0.82 | 1:0.25 | 0.1:1 | 6.62 | |
| | 1.0 | 0.7 | 1.05 | 0.30 | 0.48 | 0.48 | 0 | 0 | 0.3 | 0.35 | 1:0.25 | 0.1:1 | 0.43 | |
| | 2.0 | 1.7 | 2.09 | 0.35 | 0.90 | 0.77 | 0.13 | 0 | 0.3 | 0.39 | 1:0.25 | 0.1:1 | 1.27 | $\alpha=15°$,动荷载换算土柱高度$h=0.6m$，墙背垂直 |
| | 3.0 | 2.6 | 3.13 | 0.40 | 1.30 | 1.05 | 0.15 | 0.10 | 0.4 | 0.53 | 1:0.25 | 0.1:1 | 2.49 | |
| | 4.0 | 3.5 | 4.17 | 0.50 | 1.70 | 1.37 | 0.20 | 0.13 | 0.5 | 0.67 | 1:0.25 | 0.1:1 | 4.28 | |
| | 5.0 | 4.4 | 5.21 | 0.60 | 2.10 | 1.70 | 0.30 | 0.10 | 0.6 | 0.81 | 1:0.25 | 0.1:1 | 6.53 | |

**表 8-3-171　常用石砌重力式挡土墙（倾斜式）截面尺寸表**　　　　　单位：m

| 图　示 | $H_1$ | $H_2$ | $H_3$ | $b$ | $B$ | $B_1$ | $f$ | $d_1$ | $d_2$ | $X:1$ | $h_0$ | 备注 |
|---|---|---|---|---|---|---|---|---|---|---|---|---|
| | 1 | 0.7 | 1 | 0.3 | 0.55 | 0.44 | 0.11 | 0.3 | 0.3 | 0：01 | 0.43 | |
| | 2 | 1.7 | 2 | 0.3 | 0.75 | 0.64 | 0.11 | 0.3 | 0.3 | 0：01 | 1.03 | $\delta=11°18'$，墙背仰斜，水平无荷载 |
| | 3 | 2.6 | 3 | 0.3 | 1.02 | 0.82 | 0.2 | 0.4 | 0.4 | 0：01 | 1.87 | |
| | 4 | 3.5 | 4.13 | 0.3 | 1.3 | 1 | 0.3 | 0.5 | 0.63 | 0.1：1 | 3.01 | |
| | 5 | 4.4 | 5.15 | 0.3 | 1.5 | 1.18 | 0.32 | 0.6 | 0.75 | 0.1：1 | 4.28 | |
| | 1 | 0.7 | 1 | 0.35 | 0.6 | 0.49 | 0.11 | 0.3 | 0.3 | 0：01 | 0.47 | |
| | 2 | 1.7 | 2.1 | 0.45 | 0.95 | 0.79 | 0.16 | 0.3 | 0.4 | 0.1：1 | 1.38 | $\delta=11°18'$，墙背仰斜，水平无荷载 |
| | 3 | 2.6 | 3.13 | 0.6 | 1.5 | 1.12 | 0.18 | 0.4 | 0.53 | 0.1：1 | 2.85 | |
| | 4 | 3.5 | 4.16 | 0.65 | 1.6 | 1.35 | 0.25 | 0.5 | 0.66 | 0.1：1 | 4.43 | |
| | 5 | 4.4 | 5.19 | 0.7 | 1.9 | 1.58 | 0.32 | 0.6 | 0.79 | 0.1：1 | 6.33 | |
| | 1 | 0.7 | 1 | 0.3 | 0.55 | 0.44 | 0.11 | 0.3 | 0.3 | 0：01 | 0.43 | |
| | 2 | 1.7 | 2.08 | 0.3 | 0.8 | 0.64 | 0.16 | 0.3 | 0.38 | 0.1：1 | 1.07 | $\delta=11°18'$，动荷载换算土柱高度 $h=0.6\text{m}$，墙背仰斜 |
| | 3 | 2.6 | 3.11 | 0.35 | 1.05 | 0.87 | 0.18 | 0.4 | 0.51 | 0.1：1 | 2.06 | |
| | 4 | 3.5 | 4.14 | 0.4 | 1.4 | 1.1 | 0.3 | 0.5 | 0.64 | 0.1：1 | 3.42 | |
| | 5 | 4.4 | 5.17 | 0.45 | 1.7 | 1.3 | 0.31 | 0.6 | 0.77 | 0.1：1 | 5.08 | |

注：1. 设计资料：块石砂浆砌筑，M5 水泥砂浆。

2. 墙背土内摩擦角 $\alpha=35°$，（回填为一般黏性土），干重度 $y=19\text{kN/m}^3$。

3. 浆砌块石重度 $\gamma_0=23\text{kN/m}^3$。

4. 墙背与填土摩擦角为：墙背垂直时 $\delta=[(1/3)\sim(2/3)]\alpha$，$\alpha=15°$。

5. 墙背仰斜时 $\delta=\alpha=11°18'$。

6. 墙背俯斜时 $\delta=[(1/4)\sim(1/2)]\alpha$，$\alpha=12°$。

7. 仅适用于一般地区，不适用于地震区、浸水地区、陡坡滑动地区和不良地质土层等。

市政工程常用资料备查手册

**表 8-3-172　挡土墙断面尺寸及工程数量表**

| 项目 | 单位 | 100 | 150 | 200 | 250 | 300 | 350 | 400 | 450 |
|---|---|---|---|---|---|---|---|---|---|
| $H$ | cm | 100 | 150 | 200 | 250 | 300 | 350 | 400 | 450 |
| $H_1$ | cm | 75 | 125 | 175 | 225 | 275 | 325 | 375 | 425 |
| $h$ | cm | 50 | 55 | 60 | 65 | 75 | 85 | 90 | 100 |
| $B_1$ | cm | 50 | 60 | 70 | 85 | 100 | 125 | 150 | 180 |
| $B_2$ | cm | 75 | 95 | 115 | 135 | 155 | 175 | 195 | 215 |
| $B_3$ | cm | 20 | 25 | 25 | 30 | 30 | 35 | 35 | 40 |
| $B$ | cm | 145 | 180 | 210 | 250 | 285 | 330 | 370 | 435 |
| C20混凝土压顶 | m³ | 0.124 | 0.124 | 0.124 | 0.124 | 0.124 | 0.124 | 0.124 | 0.124 |
| M10水泥砂浆砌块石 | m³ | 0.45 | 0.875 | 1.40 | 2.025 | 2.75 | 3.575 | 4.50 | 5.525 |
| C20混凝土基础 | m³ | 0.616 | 0.81 | 0.998 | 1.25 | 1.496 | 1.815 | 2.128 | 2.936 |
| 10cm碎石垫层 | m³ | 0.166 | 0.201 | 0.232 | 0.272 | 0.307 | 0.353 | 0.393 | 0.460 |
| M10水泥砂浆勾缝 | m³ | 0.75 | 0.125 | 1.75 | 2.25 | 2.75 | 3.25 | 3.70 | 4.25 |

每米墙长　压顶钢筋用量（各断面相同）：

| 直径/mm | 长度/m | 根数 | 质量/kg |
|---|---|---|---|
| φ8 | 1.4 | 5 | 2.77 |
| φ10 | 1 | 5 | 3.09 |
| φ12 | 0.65 | 2 | 1.15 |

每米墙长　基础钢筋用量：

| $H$/cm | 直径/mm | 长度/m | 根数 | 质量/kg |
|---|---|---|---|---|
| 250 | φ6 | 1 | 7 | 1.55 |
| 250 | φ12 | 1.5 | 5 | 6.66 |
| 300 | φ6 | 1 | 7 | 1.55 |
| 300 | φ12 | 1.5 | 5 | 6.66 |
| 350 | φ6 | 1 | 9 | 2 |
| 350 | φ16 | 2 | 6 | 18.94 |
| 400 | φ6 | 1 | 9 | 2 |
| 400 | φ16 | 2 | 6 | 18.94 |
| 450 | φ6 | 1.4 | 11 | 2.44 |
| 450 | φ18 | 2.45 | 7 | 34.27 |

表8-3-173　现场现浇混凝土配合比

| 编号 | | 1修 | 2修 | 3修 | 4修 | 5修 | 6修 | 7修 | 8修 | 9修 | 10修 | 11修 | 12修 | 13修 | 14修 | 15修 | 16修 | 17修 | 18修 | 19修 | 20修 | 21修 | 22修 | 23修 | 24修 | 25修 | 26修 |
|---|---|---|---|---|---|---|---|---|---|---|---|---|---|---|---|---|---|---|---|---|---|---|---|---|---|---|---|
| | 碎石（最大粒径） | 碎石（最大粒径:16mm） | | | | | 碎石（最大粒径:20mm） | | | | | | | | 碎石（最大粒径:40mm） | | | | | | | | | | 碎石（最大粒径:70mm） | | |
| | 混凝土强度等级 | C20 | C25 | C30 | C30 | 040 | C15 | C20 | C25 | C30 | C35 | 040 | C45 | C50 | C7.5 | C10 | C15 | C20 | C25 | C30 | C35 | C40 | C45 | C50 | C7.5 | C10 | C15 |
| 项目 | 单位 | 数量 | 数量 | 数量 | 数量 | 数量 | 数量 | 数量 | 数量 | 数量 | 数量 | 数量 | 数量 | 数量 | 数量 | 数量 | 数量 | 数量 | 数量 | 数量 | 数量 | 数量 | 数量 | 数量 | 数量 | 数量 | 数量 |
| 32.5级水泥 | kg | 393 | 461 | | | | 291 | 366 | 430 | 494 | | | | | 176 | 205 | 263 | 330 | 388 | 446 | | | | | 162 | 188 | 241 |
| 42.5级水泥 | kg | | | 409 | 471 | | | | | | 439 | 487 | | | | | | | | | 394 | 440 | | | | | |
| 52.5级水泥 | kg | | | | | 426 | | | | | | | 437 | 477 | | | | | | | | | 394 | 431 | | | |
| 中砂 | kg | 722 | 648 | 703 | 639 | 683 | 838 | 719 | 647 | 589 | 638 | 594 | 640 | 603 | 922 | 909 | 817 | 700 | 630 | 574 | 621 | 579 | 623 | 587 | 935 | 923 | 790 |
| 5～16碎石 | kg | 1142 | 1144 | 1144 | 1142 | 1145 | | | | | | | | | | | | | | | | | | | | | |
| 5～20碎石 | kg | | | | | | 1151 | 1188 | 1192 | 1192 | 1182 | 1184 | 1192 | 1186 | 1208 | 1190 | 1220 | 1262 | 1271 | 1265 | 1271 | 1266 | 1271 | 1268 | 1225 | 1210 | 1282 |
| 水 | m³ | 0.22 | 0.22 | 0.22 | 0.22 | 0.22 | 0.21 | 0.21 | 0.21 | 0.21 | 0.21 | 0.21 | 0.21 | 0.21 | 0.19 | 0.19 | 0.19 | 0.19 | 0.19 | 0.19 | 0.19 | 0.19 | 0.19 | 0.19 | 0.17 | 0.17 | 0.17 |

注：混凝土配合比及每盘灰的材料用量

(1) 混凝土施工配合比的计算。

若混凝土实验室配合比为：水泥：砂：石子＝1：$X$：$Y$，水灰比 $W/C＝A$，则混凝土施工配合比为：水泥：砂：石子＝1：$X(1+W_x)$：$Y(1+W_y)$

式中，$W_x$ 为砂子的含水率；$W_y$ 为石子的含水率。

(2) 每盘混凝土的材料用量计算

水泥：$L×C$

砂：$L×C×X(1+W_x)$

石子：$L×C×Y(1+W_y)$

水：$L×C×(A－W_x－W_y)$

式中，$L$ 为搅拌机出料容积，m³；$C$ 为每立方米混凝土中水泥材料用量，kg。

表 8-3-174　砌筑砂浆配合比　　　　　　　　单位：m³

| 项目 | 单位 | 水泥砂浆 | | | |
| --- | --- | --- | --- | --- | --- |
| | | 砂浆强度等级 | | | |
| | | M10 | M7.5 | M5.0 | M2.5 |
| 32.5 级 | kg | 286 | 237 | 188 | 138 |
| 中砂 | kg | 1515 | 1515 | 1515 | 1515 |
| 水 | kg | 220 | 220 | 220 | 220 |
| 项目 | 单位 | 混合砂浆 | | | |
| | | 砂浆强度等级 | | | |
| | | M10 | M7.5 | M5.0 | M2.5 |
| 32.5 级 | kg | 265 | 212 | 156 | 95 |
| 中砂 | kg | 1515 | 1515 | 1515 | 1515 |
| 石灰膏 | m³ | 0.6 | 0.07 | 0.08 | 0.09 |
| 水 | kg | 400 | 400 | 400 | 600 |

表 8-3-175　钢纤维混凝土配合比

| 材料名称 | 单位 | 数量 | 材料名称 | 单位 | 数量 |
| --- | --- | --- | --- | --- | --- |
| 钢纤维(销铣)HAREX | kg | 40 | 5～15 碎石 | kg | 285 |
| 减水剂(SH-Ⅱ液体高速) | kg | 6.12 | 15～25 碎石 | kg | 856 |
| 32.5 级水泥 | kg | 350 | 水 | kg | 154 |
| 黄砂(中粗) | kg | 760 | | | |

## 8.3.6.12　锥形护坡计算

锥形护坡的示意图和计算公式分别见图 8-3-8 和表 8-3-176，斜交锥坡如图 8-3-9 所示。锥坡体积计算参见表 8-3-178，正锥坡工程量数量计算见表 8-3-179。

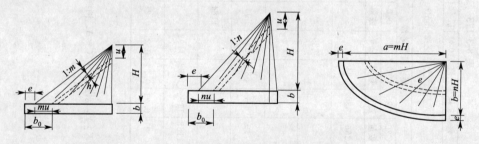

图 8-3-8　锥形护坡示意图

注：$H$—锥坡高度；$b$—砌石厚度；$1:n$—纵向坡度；$1:m$—横向坡度；$a$、$u$、$e$、$f$—如图所示。

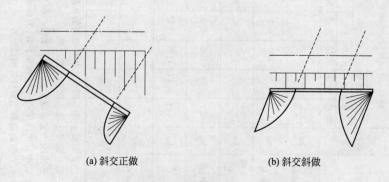

(a) 斜交正做　　　　　　　(b) 斜交斜做

图 8-3-9　斜交锥坡示意

**表 8-3-176　锥形护坡计算公式**

| 序号 | 项目 | 计算公式 |
|---|---|---|
| 1 | 片石砌体体积 | $V_1 = 1/12 \times \pi mn(H^3 - H_0^3)$ |
| 2 | 沙粒垫层体积 | $V_2 = t_1/t \times V_1$ |
| 3 | 锥心填土体积 | $V_3 = V_外 - V_1 - V_2$ |
| 4 | 锥基体积 | $V_4 = 1/4 \times K\pi[(m+n)H + 2e - b_0']b_0 d$ |
| 5 | 勾缝面积 | $A = \dfrac{1}{12}\pi mn(a_0 + \sqrt{a_1\beta_0} + \beta_3)H^2$ |

注：式中，$H_0$ 为填心填土平均高度，$H_0 = H - \sqrt{\alpha_0 \beta_0 t}$；$t$ 为片石厚度；$t_1$ 为沙粒垫层厚度 $\alpha_0 = \dfrac{1}{m}\sqrt{1+m}$，$\beta_0 = \dfrac{1}{n}\sqrt{1+n^2}$；$K$ 为周长系数，见表 8-3-177。

**表 8-3-177　椭圆周长系数**

| $(a-b)/(a+b)$ | 0.1 | 0.2 | 0.3 | 0.4 | 0.5 | 0.6 | 0.7 | 0.8 | 0.9 | 1.0 |
|---|---|---|---|---|---|---|---|---|---|---|
| $K$ | 1.0025 | 1.0100 | 1.0226 | 1.0404 | 1.0635 | 1.0922 | 1.1269 | 1.1678 | 1.2162 | 1.2732 |

**表 8-3-178　锥坡体积计算参数表（$\theta = 90°$）**

| $m$ | $n$ | $\alpha_0$ | $\beta_0$ | $\sqrt{\alpha_0\beta_0}$ | $K_V$ | $K_A$ |
|---|---|---|---|---|---|---|
| 1 | 1 | 1.414 | 1.414 | 1.414 | 0.262 | 1.110 |
| 1.5 | 1 | 1.202 | 1.304 | 1.304 | 0.393 | 1.541 |
| 1.5 | 1.25 | 1.202 | 1.240 | 1.240 | 0.491 | 1.828 |
| 1.75 | 1.25 | 1.152 | 1.214 | 1.214 | 0.573 | 2.089 |

**表 8-3-179　正锥坡工程量数量表（$m=1.5$，$n=1.0$）**

| 锥坡高度 $H$/cm | 锥坡体积/m³ | | | 锥坡基础体积 /m³ | 锥坡表面面积 /m² |
|---|---|---|---|---|---|
| | 20 | 25 | 30 | | |
| | $t$/cm | | | | |
| 75 | 0.24 | 0.27 | 0.30 | 0.84 | 1.73 |
| 80 | 0.28 | 0.32 | 0.35 | 0.91 | 1.97 |
| 85 | 0.32 | 0.37 | 0.41 | 0.99 | 2.23 |
| 90 | 0.37 | 0.42 | 0.47 | 1.06 | 2.49 |
| 95 | 0.42 | 0.48 | 0.54 | 1.13 | 2.78 |
| 100 | 0.47 | 0.55 | 0.61 | 1.20 | 3.08 |
| 105 | 0.53 | 0.61 | 0.69 | 1.27 | 3.40 |
| 110 | 0.58 | 0.68 | 0.77 | 1.34 | 3.73 |
| 115 | 0.64 | 0.76 | 0.85 | 1.41 | 4.07 |
| 120 | 0.71 | 0.83 | 0.94 | 1.49 | 4.44 |
| 125 | 0.78 | 0.92 | 1.04 | 1.56 | 4.81 |
| 130 | 0.85 | 1.00 | 1.14 | 1.63 | 5.21 |
| 135 | 0.92 | 1.09 | 1.24 | 1.70 | 5.61 |
| 140 | 1.00 | 1.18 | 1.35 | 1.77 | 6.04 |
| 145 | 1.08 | 1.28 | 1.47 | 1.84 | 6.48 |
| 150 | 1.16 | 1.38 | 1.58 | 1.91 | 6.93 |
| 155 | 1.25 | 1.49 | 1.71 | 1.99 | 7.40 |
| 160 | 1.33 | 1.60 | 1.83 | 1.06 | 7.88 |
| 165 | 1.43 | 1.71 | 1.97 | 2.17 | 8.39 |
| 170 | 1.52 | 1.82 | 2.10 | 2.20 | 8.90 |
| 175 | 1.62 | 1.95 | 2.24 | 2.27 | 9.43 |
| 180 | 1.72 | 2.07 | 2.39 | 2.34 | 9.98 |
| 185 | 1.83 | 2.20 | 2.54 | 2.41 | 10.54 |
| 190 | 1.93 | 2.33 | 2.70 | 2.49 | 11.12 |

| 锥坡高度 | 锥坡体积/m³ | | | 锥坡基础体积 | 锥坡表面面积 |
| H/cm | 20 | 25 | 30 | /m³ | /m² |
| | t/cm | | | | |
| 195 | 2.04 | 2.46 | 2.86 | 2.56 | 11.71 |
| 200 | 2.16 | 2.60 | 3.02 | 2.63 | 12.32 |
| 205 | 2.27 | 2.75 | 3.19 | 2.70 | 12.94 |
| 210 | 2.39 | 2.89 | 3.36 | 2.77 | 13.58 |
| 215 | 2.52 | 3.05 | 3.54 | 2.84 | 14.24 |
| 220 | 2.64 | 3.20 | 3.72 | 2.91 | 14.91 |
| 225 | 2.77 | 3.36 | 3.91 | 2.99 | 15.59 |
| 230 | 2.90 | 3.52 | 4.10 | 3.06 | 16.29 |
| 235 | 3.04 | 3.69 | 4.30 | 3.13 | 17.10 |
| 240 | 3.18 | 3.86 | 4.50 | 3.20 | 17.74 |
| 245 | 3.32 | 4.03 | 4.71 | 3.27 | 18.49 |
| 250 | 3.46 | 4.21 | 4.92 | 3.34 | 19.25 |
| 255 | 3.61 | 4.39 | 5.13 | 3.41 | 20.03 |
| 260 | 3.76 | 4.58 | 5.35 | 3.48 | 20.82 |
| 265 | 3.92 | 4.77 | 5.58 | 3.56 | 21.63 |
| 270 | 4.07 | 4.96 | 5.81 | 3.63 | 22.45 |
| 275 | 4.23 | 5.16 | 6.04 | 3.70 | 23.29 |
| 280 | 4.40 | 5.36 | 6.28 | 3.77 | 24.15 |
| 285 | 4.56 | 5.56 | 6.52 | 3.84 | 25.02 |
| 290 | 4.73 | 5.77 | 6.77 | 3.91 | 25.90 |
| 295 | 4.90 | 5.99 | 7.02 | 3.98 | 26.80 |
| 300 | 5.08 | 6.20 | 7.28 | 4.06 | 27.72 |
| 305 | 5.26 | 6.42 | 7.54 | 4.13 | 28.65 |
| 310 | 5.44 | 6.65 | 7.81 | 4.20 | 29.60 |
| 315 | 5.62 | 6.87 | 8.08 | 4.27 | 30.56 |
| 320 | 5.81 | 7.11 | 8.35 | 4.34 | 31.54 |
| 325 | 6.00 | 7.34 | 8.63 | 4.41 | 32.53 |
| 330 | 6.19 | 7.58 | 8.92 | 4.48 | 33.54 |
| 335 | 6.39 | 7.83 | 9.20 | 4.56 | 34.57 |
| 340 | 6.59 | 8.07 | 9.50 | 4.63 | 35.60 |
| 345 | 6.79 | 8.32 | 9.80 | 4.70 | 36.66 |
| 350 | 7.00 | 8.58 | 10.10 | 4.77 | 37.73 |
| 355 | 7.21 | 8.84 | 10.41 | 4.84 | 38.82 |
| 360 | 7.42 | 9.10 | 10.72 | 4.91 | 39.92 |
| 365 | 7.64 | 9.37 | 11.04 | 4.98 | 41.03 |
| 370 | 7.86 | 9.64 | 11.36 | 5.06 | 42.17 |
| 375 | 8.08 | 9.91 | 11.68 | 5.13 | 43.31 |
| 380 | 8.30 | 10.19 | 12.01 | 5.20 | 44.48 |
| 385 | 8.53 | 10.47 | 12.35 | 5.27 | 45.65 |
| 390 | 8.76 | 10.76 | 12.69 | 5.34 | 46.85 |
| 395 | 8.99 | 11.05 | 13.03 | 5.41 | 48.06 |
| 400 | 9.23 | 11.34 | 13.38 | 5.48 | 49.28 |
| 405 | 9.47 | 11.64 | 13.74 | 5.56 | 50.52 |
| 410 | 9.71 | 11.94 | 14.10 | 5.63 | 01.77 |
| 415 | 9.96 | 12.24 | 14.46 | 5.70 | 53.05 |
| 420 | 10.21 | 12.55 | 14.83 | 5.77 | 54.33 |
| 425 | 10.46 | 12.87 | 15.20 | 5.84 | 55.63 |
| 430 | 10.72 | 13.18 | 15.58 | 5.91 | 56.95 |
| 435 | 10.97 | 13.50 | 15.96 | 5.98 | 58.28 |
| 440 | 11.24 | 13.83 | 16.34 | 6.06 | 59.63 |
| 445 | 11.50 | 14.15 | 16.73 | 6.13 | 61.00 |

8  市政桥涵工程

| 锥坡高度 H/cm | 锥坡体积/m³ | | | 锥坡基础体积 /m³ | 锥坡表面面积 /m² |
|---|---|---|---|---|---|
| | 20 | 25 | 30 | | |
| | | t/cm | | | |
| 450 | 11.77 | 14.49 | 17.13 | 6.20 | 62.37 |
| 455 | 12.04 | 14.82 | 17.53 | 6.27 | 63.76 |
| 460 | 12.31 | 15.16 | 17.93 | 6.34 | 65.17 |
| 465 | 12.59 | 10.51 | 18.34 | 6.41 | 66.60 |
| 470 | 12.87 | 15.85 | 18.76 | 6.48 | 68.04 |
| 475 | 13.15 | 16.20 | 19.18 | 6.56 | 69.49 |
| 480 | 13.44 | 16.56 | 19.60 | 6.63 | 70.96 |
| 485 | 13.73 | 16.92 | 20.03 | 6.70 | 72.45 |
| 490 | 14.02 | 17.28 | 20.46 | 6.77 | 73.95 |
| 495 | 14.32 | 17.65 | 20.90 | 6.84 | 75.47 |
| 500 | 14.61 | 18.02 | 21.34 | 6.91 | 77.00 |
| 505 | 14.92 | 18.39 | 21.78 | 6.98 | 78.55 |
| 510 | 15.22 | 18.77 | 22.24 | 7.05 | 80.11 |
| 515 | 15.53 | 19.15 | 22.69 | 7.13 | 81.69 |
| 520 | 15.84 | 19.54 | 23.15 | 7.20 | 83.28 |
| 525 | 16.15 | 19.93 | 23.62 | 7.27 | 84.89 |
| 530 | 16.47 | 20.32 | 24.08 | 7.34 | 86.52 |
| 535 | 16.79 | 20.72 | 24.56 | 7.41 | 88.13 |
| 540 | 17.11 | 21.12 | 25.04 | 7.48 | 89.81 |
| 545 | 17.44 | 21.53 | 25.52 | 7.55 | 91.48 |
| 550 | 17.77 | 21.93 | 26.01 | 7.63 | 93.17 |
| 555 | 18.10 | 22.35 | 26.50 | 7.70 | 94.87 |
| 560 | 18.44 | 22.76 | 27.00 | 7.77 | 96.59 |
| 565 | 18.77 | 23.18 | 27.50 | 7.84 | 98.32 |
| 570 | 19.12 | 23.61 | 28.01 | 7.91 | 100.07 |
| 575 | 19.46 | 24.04 | 28.52 | 7.98 | 101.83 |
| 580 | 19.81 | 24.47 | 29.03 | 8.05 | 103.61 |
| 585 | 20.16 | 24.91 | 29.55 | 8.13 | 105.41 |
| 590 | 20.51 | 25.34 | 30.08 | 8.20 | 107.21 |
| 595 | 20.87 | 25.79 | 30.61 | 8.27 | 109.04 |
| 600 | 21.23 | 26.24 | 31.14 | 8.34 | 110.88 |
| 605 | 21.29 | 26.69 | 31.68 | 8.41 | 112.74 |
| 610 | 21.96 | 27.14 | 32.22 | 8.48 | 114.61 |
| 615 | 22.33 | 27.60 | 32.77 | 8.55 | 116.89 |
| 620 | 22.70 | 28.06 | 33.32 | 8.63 | 118.40 |
| 625 | 23.08 | 28.53 | 33.80 | 8.70 | 120.31 |
| 630 | 23.46 | 29.00 | 34.44 | 8.77 | 122.25 |
| 635 | 23.84 | 29.48 | 35.01 | 8.84 | 124.19 |
| 640 | 24.22 | 29.95 | 35.58 | 8.91 | 126.16 |
| 645 | 24.61 | 30.44 | 36.15 | 8.98 | 128.14 |
| 650 | 25.00 | 30.92 | 36.73 | 9.05 | 130.13 |
| 655 | 25.39 | 31.41 | 37.32 | 9.13 | 132.14 |
| 660 | 25.79 | 31.91 | 37.91 | 9.20 | 134.16 |
| 665 | 26.19 | 32.40 | 38.50 | 9.27 | 136.21 |
| 670 | 26.59 | 32.90 | 39.10 | 9.34 | 138.26 |
| 675 | 27.00 | 33.41 | 39.70 | 9.41 | 140.33 |
| 680 | 27.41 | 33.92 | 40.31 | 9.48 | 142.42 |
| 685 | 27.82 | 34.43 | 40.92 | 9.55 | 144.52 |
| 690 | 28.24 | 34.99 | 41.54 | 9.63 | 146.64 |
| 695 | 28.66 | 35.47 | 42.16 | 9.70 | 148.77 |
| 700 | 29.08 | 35.99 | 42.79 | 9.77 | 150.92 |

注：表中锥坡基础体积和锥坡表面积为两个锥坡的数值之和。

# 9 市政隧道工程

## 9.1 定额隧道工程量计算规则

### 9.1.1 隧道工程分部分项划分

#### 9.1.1.1 隧道工程分部分项划分

表 9-1-1 隧道工程分部分项划分

| 序号 | 分部工程 | 分项工程名称 |
|---|---|---|
| 1 | 隧道开挖与出渣 | 1. 平硐全断面开挖；2. 斜井全断面开挖；3. 竖井全断面开挖；4. 隧道内地沟开挖；5. 隧道平硐出渣；6. 隧道斜井、竖井出渣 |
| 2 | 临时工程 | 1. 硐内通风筒安、拆年摊销；2. 硐内风、水管道安、拆年摊销；3. 硐内电路架设、拆除年摊销；4. 硐内外轻便轨道辅、拆年摊销 |
| 3 | 隧道内衬 | 1. 混凝土及钢筋混凝土衬砌平硐拱部；2. 混凝土及钢筋混凝土衬砌平硐边墙；3. 竖井混凝土及钢筋混凝土衬砌；4. 斜井拱部混凝土及钢筋混凝土衬砌；5. 斜井边墙混凝土及钢筋混凝土衬砌；6. 石料衬砌；7. 喷射混凝土支护、砂浆锚杆、喷射平台；8. 硐内材料运输；9. 钢筋制作、安装 |
| 4 | 隧道沉井 | 1. 沉井基坑垫层；2. 沉井制作；3. 金属脚手架、砖封预留孔洞；4. 吊车挖土下沉；5. 水力机械冲吸泥下沉；6. 不排水潜水员吸泥下沉；7. 钻吸法出土下沉；8. 触变泥浆制作和输送、环氧沥青防水层；9. 砂石料填心（排水下沉）；10. 砂石料填心（不排水下沉）；11. 混凝土封底；12. 钢封门安装；13. 钢封门拆除 |
| 5 | 盾构法掘进 | 1. 盾构吊装；2. 盾构吊拆；3. 车架安装、拆除；4. $\phi \leqslant 4000mm$ 干式出土盾构掘进；5. $\phi \leqslant 5000mm$ 干式出土盾构掘进；6. $\phi \leqslant 6000mm$ 干式出土盾构掘进；7. $\phi \leqslant 7000mm$ 干式出土盾构掘进；8. $\phi \leqslant 4000mm$ 水力出土盾构掘进；9. $\phi \leqslant 5000mm$ 水力出土盾构掘进；10. $\phi \leqslant 6000mm$ 水力出土盾构掘进；11. $\phi \leqslant 7000mm$ 水力出土盾构掘进；12. $\phi \leqslant 4000mm$ 刀盘式土压平衡盾构掘进；13. $\phi \leqslant 5000mm$ 刀盘式土压平衡盾构掘进；14. $\phi \leqslant 6000mm$ 刀盘式土压平衡盾构掘进；15. $\phi \leqslant 7000mm$ 刀盘式土压平衡盾构掘进；16. $\phi \leqslant 11000mm$ 刀盘式土压平衡盾构掘进；17. $\phi \leqslant 4000mm$ 刀盘式泥水平衡盾构掘进；18. $\phi \leqslant 5000mm$ 刀盘式泥水平衡盾构掘进；19. $\phi \leqslant 6000mm$ 刀盘式泥水平衡盾构掘进；20. $\phi \leqslant 7000mm$ 刀盘式泥水平衡盾构掘进；21. $\phi \leqslant 11000mm$ 刀盘式泥水平衡盾构掘进；22. 衬砌压浆；23. 柔性接缝环（施工阶段）；24. 柔性接缝环（正式阶段）；25. 洞口混凝土环圈；26. 预制钢筋混凝土管片；27. 预制管片成环水平拆装；28. 管片短驳运输；29. 管片设置密封条（氯丁橡胶条）；30. 管片设置密封条（821防水橡胶条）；31. 管片嵌缝；32. 负环管片拆除；33. 隧道内管线路拆除 |
| 6 | 垂直顶升 | 1. 顶升管节、复合管片制作；2. 垂直顶升设备安装、拆除；3. 管节垂直顶升；4. 止水框、联系梁安装；5. 阴极保护安装；6. 滩地揭顶盖 |
| 7 | 地下连续墙 | 1. 导墙；2. 挖土成槽；3. 钢筋笼制作、吊运就位；4. 锁口管吊设；5. 浇捣混凝土连续墙；6. 大型支撑基坑土方；7. 大型支撑安装、拆除 |

| 序号 | 分部工程 | 分项工程名称 |
|---|---|---|
| 8 | 地下混凝土结构 | 1. 基坑垫层；2. 钢丝网水泥护坡；3. 钢筋混凝土地梁、底板；4. 钢筋混凝土墙；5. 钢筋混凝土柱、梁；6. 钢筋混凝土平台、顶板；7. 钢筋混凝土楼梯、电缆沟、侧石；8. 钢筋混凝土内衬弓形底板、支承墙；9. 隧道内衬侧墙及井内衬、行车槽形板安装；10. 隧道内车道；11. 钢筋调整 |
| 9 | 地基加固、监测 | 1. 分层注浆；2. 压密注浆；3. 双重管高压旋喷；4. 三重管高压旋喷；5. 地表监测孔布置；6. 地下监测孔布置；7. 监控测试 |
| 10 | 金属构件制作 | 1. 顶升管节钢壳；2. 钢管片；3. 顶升止水框、联系梁、车架；4. 走板、钢跑板；5. 盾构基座、钢围令、钢闸墙；6. 钢轨枕、钢支架；7. 钢扶梯、钢栏杆；8. 钢支撑、钢封门 |

注：1. 隧道工程划分为隧道开挖与出渣、临时工程、隧道内衬、隧道沉井、盾构法掘进、垂直顶升、地下连续墙、地下混凝土结构、地基加固监测、金属构件制作 10 个分部工程。

2. 隧道开挖与出渣分部工程中划分为 6 个分项工程；临时工程分部中划分为 4 个分项工程；隧道内衬分部工程中划分为 9 个分项工程；隧道、沉井分部工程中划分为 13 个分项工程；盾构法掘进分部工程中划分为 33 个分项工程；垂直顶升分部工程中划分为 6 个分项工程；地下连续墙分部工程中划分为 7 个分项工程；地下混凝土结构分部工程中划分为 11 个分项工程；地基加固监测分部工程中划分为 7 个分项工程；金属构件制作分部工程中划分为 8 个分项工程。

### 9.1.1.2 隧道工程工作内容

表 9-1-2　隧道工程工作内容

| 项　目 | | 工　作　内　容 |
|---|---|---|
| 隧道开挖及出渣 | 平硐，斜井，竖井全断面开挖，隧道内地沟开挖 | 选孔位、钻孔、装药、放炮、安全处理、爆破材料的领退 |
| | 隧道平硐出渣 | 装（人装含 5m 以内；机装含边角扒渣）、运、卸（含扒平），汽车运，清理道路 |
| | 隧道斜井、竖井出渣 | 装、卷扬机提升、卸（含扒平）及人工推运（距井口 50m 内） |
| 临时工程 | 硐内通风筒安、拆年摊销 | 铺设管道、清扫污物、维修保养、拆除及材料运输 |
| | 硐内风、水管道安、拆年摊销 | 铺设管道、阀门、清扫污物、除锈、校正维修保养、拆除及材料运输 |
| | 硐内电路架设、拆除年摊销 | 线路沿壁架设、安装、随用、随移、安全检查、维修保养、拆除及材料运输 |
| | 硐内外轻便轨道铺、拆年摊销 | 铺设枕木、轻轨、校平调顺、固定、拆除、材料运输及保养维修 |
| 隧道内衬 | 混凝土及钢筋混凝土衬砌 | 钢拱架、钢模板安装、拆除、清理、砂石清洗、配料、混凝土搅拌、硐外运输、二次搅拌、浇捣养护、操作平台制作、安装、拆除等 |
| | 石料衬砌 | 运料、拌浆、表面修凿、搭拆简易脚手架、养护等 |
| | 喷射混凝土支护、砂浆锚杆、喷射平台 | 1. 喷射混凝土支护：配料、投料、搅拌、混合料 200m 内运输、喷射机操作、喷射混凝土、清洗岩面<br>2. 砂浆锚杆：选眼孔位、打眼、洗眼、调制砂浆、灌浆、顶装锚杆<br>3. 喷射平台：场内架料搬运、搭拆平台、材料清理、回库堆放 |
| | 硐内材料运输 | 人工装、卸车、运走、堆码、空回 |
| | 钢筋制作、安装 | 钢筋解捆、除锈、调直、制作、运输、绑扎或焊接成型等 |
| 隧道沉井 | 沉井基坑垫层 | 1. 砂垫层：平整基坑、运砂、分层铺平、浇水振实、抽水<br>2. 刃脚基础垫层：配模、立模、拆模、混凝土吊运、浇捣、养护 |
| | 沉井制作 | 1. 配模、立模、拆模<br>2. 钢筋制作、绑扎<br>3. 商品混凝土泵送、浇、养护<br>4. 施工缝处理、凿毛 |
| | 金属脚手架、砖封预留孔洞 | 1. 金属脚手架：材料搬运、搭拆脚手架、拆除材料分类堆放<br>2. 砖封预留孔洞：调制砂浆、砌筑、水泥砂浆抹面、沉井后拆除清理 |
| | 吊车挖土下沉 | 吊车挖土、装车、卸土；人工挖刃脚及地梁下土体；纠偏控制沉井标高；清底修平、排水 |

市政工程常用资料备查手册

| 项　目 | | 工　作　内　容 |
|---|---|---|
| 隧道沉井 | 水力机械冲吸泥下沉 | 安装、拆除水力机械和管路;搭拆施工钢平台;水枪压力控制;水力机械冲吸泥下沉、纠偏等 |
| | 不排水潜水员吸泥下沉 | 1. 安装、拆除吸泥起重设备<br>2. 升、降移动吸泥管<br>3. 吸泥下沉纠偏<br>4. 控制标高<br>5. 排泥管、进水管装拆 |
| | 钻吸法出土下沉 | 1. 管路敷设、取水、机械移位<br>2. 破碎土体、冲吸泥浆、排泥<br>3. 测量检查<br>4. 下沉纠偏<br>5. 纠偏控制标高<br>6. 管路及泵维修<br>7. 清泥平整等 |
| | 触变泥浆制作和输送、环氧沥青防水层 | 1. 触变泥浆制作和输送:沉井泥浆管路预埋、泥浆池至井壁管路敷设、触变泥浆制作、输送、泥浆性能指标测试<br>2. 清洗混凝土表面、调制涂料、涂刷、搭拆简易脚手架 |
| | 砂石料填心(排水下沉) | 装运砂石料、吊入井底、依次铺石料、黄砂、整平、工作面排水 |
| | 砂石料填心(不排水下沉) | 装运石料、吊入井底、潜水员铺平石料 |
| | 混凝土封底 | 1. 商品混凝土干封底:混凝土输送、浇捣、养护<br>2. 水下混凝土封底:搭拆浇捣平台、导管及送料架;混凝土输送、浇捣;测量平整;抽水;凿除凸面混凝土;废混凝土块吊出井口 |
| | 钢封门安装 | 铁件焊接定位、钢封门吊装、横扁担梁定位、焊接、缝隙封堵 |
| | 钢封门拆除 | 切割、吊装定位钢梁及连接铁件、钢封门吊装堆放 |
| 盾构法掘进 | 盾构吊装 | 起吊机械设备及盾构载运车就位、盾构吊入井底基座、盾构安装 |
| | 盾构吊拆 | 拆除盾构与车架连杆、起吊机械及附属设备就位、盾构整体吊出井口、上托架装车 |
| | 车架安装、拆除 | 1. 安装:车架吊入井底、井下组装就位与盾构连接、车架上设备安装、电水气管安装<br>2. 拆除:车架及附属设备拆除、吊出井口,装车安放 |
| | 干式出土盾构掘进 | 操作盾构掘进机、切割土体、干式出土;管片拼装、螺栓紧固、装拉杆;施工管路铺设;照明、运输、供气通风;贯通测量、通信;井口土方装车;一般故障排除 |
| | 水力出土盾构掘进 | 操作盾构掘进机、高压供水、水力出土;管片拼装、螺栓紧固、装拉杆;施工管路铺设;照明、运输、供气通风;贯通测量、通信;井口土方装车;一般故障排除 |
| | 平衡盾构掘进 | 操作盾构掘进机、干式(水力)出土;管片拼装、螺栓紧固;施工管路铺设;照明、运输、供气通风;贯通测量、通信;井口土方装车;排泥水输出井口 |
| | 衬砌压浆 | 制浆、运浆、盾尾同步压浆、补压浆、封堵、清洗 |
| | 柔性接缝环(施工阶段) | 1. 临时防水环板:盾构出洞后接缝处淤泥清理、钢板环圈定位、焊接、预留压浆孔<br>2. 临时止水缝:洞口安装止水带及防水圈、环板安装后railway压,防水材料封堵 |
| | 柔性接缝环(正式阶段) | 1. 拆除临时钢环板:钢板环圈切割、吊拆堆放<br>2. 拆除洞口环管片:拆卸连接螺栓、吊车配合拆除管片、凿除涂料、壁面清洗<br>3. 安装钢环板:钢环板分块吊装、焊接固定<br>4. 柔性接缝环:壁内刷涂料、安放内外壁止水带、压乳胶水泥 |
| | 洞口混凝土环圈 | 配模、立模、拆模;钢筋制作、绑扎;洞口环圈混凝土浇捣、养护 |
| | 预制钢筋混凝土管片 | 1. 钢模安装、拆卸清理、刷油<br>2. 钢筋制作、焊接、预埋件安放、钢筋骨架入模<br>3. 测量检验<br>4. 混凝土拌制<br>5. 吊运浇捣<br>6. 入养护池蒸养<br>7. 出槽堆放、抗渗质检 |

市政工程常用资料备查手册

| 项　目 | | 工　作　内　容 |
|---|---|---|
| 盾构法掘进 | 预制管片成环水平拼装 | 钢制台座,校准;管片场内运输;吊拼装、拆除;管片成环量测检验及数据记录 |
| | 管片短驳运输 | 从堆放起吊,行车配合、装车、驳运到场中转场地;垫道木、吊车配合按类堆放 |
| | 管片设置密封条 | 管片吊运堆放;编号、表面清理、涂刷胶黏剂;粘贴泡沫挡土衬垫及防水橡胶条;管片边角嵌丁基腻子胶 |
| | 管片嵌缝 | 管片嵌缝槽表面处理、配料嵌缝 |
| | 负环管片拆除 | 拆除后盾钢支撑;清除管片内污垢杂物;拆除井内轨道;清除井内污泥;凿除后靠混凝土;切割连接螺栓;管片吊出井口;装车 |
| | 隧道内管线路拆除 | 贯通后隧道内水管、风管、走道板、拉杆、钢轨、轨枕、各种施工支架拆除、吊运出井口、装车或堆放、隧道内淤泥清除 |
| 垂直顶升 | 顶升管节、复合管节制作 | 1. 顶升管节制作:钢模板制作、装拆、清扫、刷油、骨架入模;混凝土拌制;吊运、浇捣、蒸养;法兰打孔<br>2. 复合管片制作:安放钢壳;钢模装拆、清理刷油;钢筋制作、焊接;混凝土拌制;吊运、浇捣、蒸养<br>3. 管节试拼装:吊车配合;管节试拼、编号对螺孔、检验校正;搭平台、场地平整 |
| | 垂直顶升设备安装、拆除 | 1. 顶升车架安装:清理修正轨道、车架组装、固定<br>2. 顶升车架拆除:吊拆、运输、堆放、工作面清理<br>3. 顶升设备安装:制作基座、设备吊运、就位<br>4. 顶升车架拆除:油路、电路拆除、基座拆除、设备吊运、堆放 |
| | 管节垂直顶升 | 1. 首节顶升:车架就位、转向法兰安装;管节吊运;拆除纵环向螺栓;安装闷头、盘根、压条、压板等操作设备;顶升到位等<br>2. 中间节顶升:管节吊运、穿螺栓、粘贴橡胶板;填丁、抹平、填孔、放顶块;顶升到位<br>3. 尾节顶升:管节吊运、穿螺栓、粘贴橡胶板;填丁、抹平、填孔、放顶块;顶升到位;安装压板;撑筋焊接并与管片连接 |
| | 止水框、联系梁安装 | 1. 止水框安装:吊运、安装就位;校正;搭拆脚手架<br>2. 联系梁安装:吊运、安装就位;焊接、校正;搭拆脚手架 |
| | 阴极保护安装 | 1. 恒电位仪安装:恒电位仪检查、安装;电器连接调试;接电缆<br>2. 电极安装:支架制作、电极体安装、棒通电缆、封环氧<br>3. 隧道内电缆铺设:安装护套管、支架、电缆敷设、固定、接头、封口、挂牌等<br>4. 过渡箱制作安装:箱体制作、安装就位、电缆接线 |
| | 滩地揭顶盖 | 安装卷扬机、搬运、清除杂物;拆除螺栓、揭云顶盖;安装取水头 |
| 地下连续墙 | 导墙 | 1. 导墙开挖:放样、机械挖土、装车、人工整修;浇捣混凝土基座;沟槽排水<br>2. 现浇导墙:配模单边立模;钢筋制作;设置分隔板;浇捣混凝土、养护;拆模、清理堆放 |
| | 挖土成槽 | 机具定位;安放跑板导轨;制浆、输送、循环分离泥浆;钻孔、挖土成槽、护壁整修测量;场内运输、堆土 |
| | 钢筋笼制作、吊运就位 | 1. 钢筋笼制作:切断、成型、绑扎、点焊、安装;预埋铁件及泡沫塑料板;钢筋笼试拼装<br>2. 钢筋笼吊运就位:钢筋笼驳运吊入槽;钢筋校正对接;安装护铁、就位、固定 |
| | 锁口管吊拔 | 锁口管对接组装、入槽就位、浇捣混凝土工程中上下移动、拔除、拆卸、冲洗堆放 |
| | 浇捣混凝土连续墙 | 1. 清底置换:地下墙接缝清刷、空压机吹气搅拌吸泥、清底置换<br>2. 浇筑混凝土:浇捣架就位、导管安拆、商品混凝土浇筑、吸泥浆入池 |
| | 大型支撑基坑土方 | 操作机械引斗挖土、装车;人工推铲、扣挖支撑下土体;挖引水沟、机械排水;人工整修底面 |
| | 大型支撑安装、拆除 | 1. 安装:吊车配合、围令、支撑驳运卸车;定位放样;槽壁面凿出预埋件;钢牛腿焊接;支撑拼接、焊接安全栏杆、安装定位;活络接头固定<br>2. 拆除:切割、吊出支撑分段、装车及堆放 |

| 项　　目 | | 工　作　内　容 |
|---|---|---|
| 地下混凝土结构 | 基坑垫层 | 1. 砂垫层：砂石料吊车吊运、摊铺平整分层浇水振实<br>2. 混凝土垫层：配模、立模、拆模、商品混凝土浇捣、养护 |
| | 钢丝网水泥护坡 | 1. 混凝土护坡：修整边坡、钢丝网片、混凝土浇捣抹平养护<br>2. 砂浆护坡：修整边坡、钢丝网片、砂浆配、拌、运、浇铺抹平养护 |
| | 钢筋混凝土地梁、底板 | 1. 地梁：水泥砂浆砌砖、钢筋制作、绑扎、混凝土浇捣养护<br>2. 底板：配模、立模、拆模、钢筋制作、绑扎、混凝土浇捣养护 |
| | 钢筋混凝土墙 | 1. 墙：配模、立模、拆模、钢筋制作、绑扎、混凝土浇捣养护、混凝土表面处理<br>2. 衬墙：地下墙封面凿毛、清洗；配模、立模、拆模；钢筋制作、绑扎；混凝土浇捣养护、表面处理 |
| | 钢筋混凝土柱、梁、平台、顶板、楼梯、电缆沟、侧石 | 配模、立模、拆模、钢筋制作、绑扎、混凝土浇捣养护、混凝土表面处理 |
| | 钢筋混凝土内衬弓形底板、支承墙 | 隧道内冲洗、配模、立模、拆模、钢筋制作、绑扎、混凝土浇捣养护 |
| | 隧道内衬侧墙及顶内衬、行车道槽形板安装 | 1. 顶内衬：牵引内衬滑模及操作平台；定位、上油、校正、脱卸清洗；混凝土泵送或集料电瓶车运至工作面浇捣养护；混凝土表面处理<br>2. 槽形板：槽形板吊入隧道内驳运；行车安装；混凝土充填；焊接固定；槽形板下支撑搭拆 |
| | 隧道内车道 | 配模、立模、拆模；钢筋制作、绑扎；混凝土浇捣、制缝、扫面、湿治、沥青灌缝 |
| | 钢筋调整 | 钢筋除锈、钢筋调直制作、绑扎或焊接成型；运输等 |
| 地基加固、监测 | 分层注浆 | 定位、钻孔；注护壁泥浆；放置注浆阀管；配置浆液、插入注浆芯管；分层劈裂注浆；检测注浆效果等 |
| | 压密注浆 | 定位、钻孔；泥浆护壁；配置浆液、安插注浆管；分段压密注浆；检测注浆效果等 |
| | 双重管、三重管高压旋喷 | 泥浆槽开挖；定位、钻孔；配置浆液；接管旋喷、提升成桩；泥浆沉淀处理；检测注浆效果等 |
| | 地表监测孔布置 | 1. 土体分层沉降：测点布置、仪表标定、钻孔、导向管加工、预埋件加工埋设、安装导向管磁环、浇灌水泥浆、做保护圈盖、测读初读数<br>2. 土体水平位移：测点布置、仪表标定、钻孔、测斜管加工焊接、埋设测斜管、浇灌水泥浆、做保护圈盖、测读初读数<br>3. 孔隙水压力：测点布置、密封检查、钻孔、接线、预埋件加工、埋设、接线、埋设泥球形成止水隔离层、回填黄砂及原状土、做保护圈盖、测读初读数<br>4. 地表桩：测点布置、预埋标志点、做保护圈盖、测读初读数<br>5. 混凝土构件变形：测点布置、测点表面处理、粘贴应变片、密封、接线、读初读数<br>6. 建筑物倾斜：测点布置、手枪钻打孔、安装倾斜预埋件、测读初读数<br>7. 建筑物振动：测点布置、仪器标定、预埋传感器、测读初读数<br>8. 地下管线沉降位移：测点布置、开挖暴露管线、埋设抱箍标志头、回填、测读初读数<br>9. 混凝土构件钢筋应力：测点布置、钢笼上安装钢筋计、排线固定、保护圈盖、测读初读数<br>10. 混凝土构件混凝土应变：测点布置、钢笼上安装混凝土钢筋计、排线固定、保护圈盖、测读初读数<br>11. 钢支撑轴力：测点布置、仪器标定、安装预埋件、安装轴力计、排线，加预应力读初读数<br>12. 混凝土水化热：测点布置、仪器标定、安装埋设、做保护装置、测读初读数<br>13. 混凝土构件界面土压力(孔隙水压计)：测点布置、预埋件加工、预埋件埋设、拆除预埋件、安装土压计(孔隙水压计)、测读初读数 |
| | 地下监测孔布置 | 基坑回弹、测点布置、仪器标定、钻孔、埋设、水泥灌浆、做保护圈盖、测读初读数 |
| | 监控测试 | 测试及数据采集、监测日报表、阶段处理报告、最终报告、资料立案归档 |

| 项　目 | | 工　作　内　容 |
|---|---|---|
| 金属构件制作 | 顶升管节钢壳 | 划线、号料、切割、金加工、校正、焊接、钢筋成型、法兰与钢筋焊接成型等 |
| | 钢管片 | 划线、号料、切割、校正、滚圆弧、刨边、刨槽；上模具焊接成型、焊预埋件；钻孔；吊运油漆等 |
| | 顶升止水框、联系梁、车架 | 划线、号料、切割、校正、焊接成型、钻孔、吊运油漆等 |
| | 走道板、钢跑板、盾构基座、钢围令、钢闸墙 | 划线、号料、切割、折方、拼装、校正、焊接成型、油漆、堆放 |
| | 钢轨枕、钢支架 | 划线、号料、切割、校正、焊接成型、油漆、编号、堆放 |
| | 钢扶梯、钢栏杆 | 划线、切割、煨弯、分段组合、焊接、油漆 |
| | 钢支撑、钢封门 | 放样、落料、卷筒找圆、油漆、堆放 |

## 9.1.2　隧道工程定额说明

### 9.1.2.1　隧道开挖与出渣定额说明

(1) 平硐全断面开挖 4m² 以内和斜井、竖井全断面开挖 5m² 以内的最小断面不得小于 2m²；如果实际施工中，断面小于 2m² 和平硐全断面开挖的断面大于 100m²，斜井全断面开挖的断面大于 20m²，竖井全断面开挖断面大于 25m² 时，各省、自治区、直辖市可另编补充定额。

(2) 平硐全断面开挖的坡度在 5°以内；斜井全断面开挖的坡度在 15°～30°范围内。平硐开挖与出渣定额，适用于独头开挖和出渣长度在 500m 内的隧道。斜井和竖井开挖与出渣定额，适用于长度在 50m 内的隧道。硐内地沟开挖定额，只适用于硐内独立开挖的地沟，非独立开挖地沟不得执行《隧道工程》定额。

(3) 开挖定额均按光面爆破制订，如采用一般爆破开挖时，其开挖定额应乘以系数 0.935。

(4) 平硐各断面开挖的施工方法，斜井的上行和下行开挖，竖井的正井和反井开挖，均已综合考虑，施工方法不同时，不得换算。

(5) 爆破材料仓库的选址由公安部门确定，2km 内爆破材料的领退运输用工已包括在定额内，超过 2km 时，其运输费用另行计算。

(6) 出渣定额中，岩石类别已综合取定，石质不同时不予调整。

(7) 平硐出渣"人力、机械装渣，轻轨斗车运输"子目中，重车上坡，坡度在 2.5% 以内的工效降低因素已综合在定额内，实际在 2.5% 以内的不同坡度，定额不得换算。

(8) 斜井出渣定额，是按向上出渣制定的，若采用向下出渣时，可执行定额，若从斜井底通过平硐出渣时，其平硐段的运输应执行相应的平硐出渣定额。

(9) 斜井和竖井出渣定额，均包括硐口外 50m 内的人工推斗车运输，若出硐口后运距超过 50m，运输方式也与此运输方式相同时，超过部分可执行平硐出渣、轻轨斗车运输，每增加 50m 运距的定额，若出硐后，改变了运输方式，应执行相应的运输定额。

(10) 定额是按无地下水制订的（不含施工湿式作业积水），如果施工出现地下水时，积水的排水费和施工的防水措施费，另行计算。

(11) 隧道施工中出现塌方和溶洞时，由于塌方和溶洞造成的损失（含停工、窝工）及处理塌方和溶洞发生的费用，另行计算。

(12) 隧道工程硐口的明槽开挖执行《全统市政定额》第一册《通用项目》土石方工程

的相应开挖定额。

(13) 各开挖子目，是按电力起爆编制的，若采用火雷管导火索起爆时，可按如下规定换算：电雷管换为火雷管，数量不变，将子目中的两种胶质线扣除，换为导火索，导火索的长度按每个雷管 2.12m 计算。

### 9.1.2.2 临时工程定额说明

(1)《全统市政定额》第四册《隧道工程》第二章临时工程适用于隧道硐内施工所用的通风、供水、压风、照明、动力管线以及轻便轨道线路的临时性工程。

(2) 定额按年摊销量计算，一年内不足一年按一年计算，超过一年按每增一季定额增加，不足一季（3 个月）按一季计算（不分月）。

### 9.1.2.3 隧道内衬定额说明

(1) 现浇混凝土及钢筋混凝土边墙，拱部均考虑了施工操作平台，竖井采用的脚手架，已综合考虑在定额内，不另计算。喷射混凝土定额中未考虑喷射操作平台费用，如施工中需搭设操作平台时，执行喷射平台定额。

(2) 混凝土及钢筋混凝土边墙、拱部衬砌，已综合了先拱后墙、先墙后拱的衬砌比例，因素不同时，不另计算。边墙如为弧形时，其弧形段每 10m³ 衬砌体积按相应定额增加人工 1.3 工日。

(3) 定额中的模板是以钢拱架、钢模板计算的，如实际施工的拱架及模板不同时，可按各地区规定执行。

(4) 定额中的钢筋是以机制手绑、机制电焊综合考虑的（包括钢筋除锈），实际施工不同时，不做调整。

(5) 料石砌拱部，不分拱跨大小和拱体厚度均执行定额。

(6) 隧道内衬施工中，凡处理地震、涌水、流砂、坍塌等特殊情况所采取的必要措施，必须做好签证和隐蔽验收手续，所增加的人工、材料、机械等费用，另行计算。

(7) 定额中，采用混凝土输送泵浇筑混凝土或商品混凝土时，按各地区的规定执行。

### 9.1.2.4 隧道沉井定额说明

(1)《全统市政定额》第四册《隧道工程》第四章隧道沉井包括沉井制作、沉井下沉、封底、钢封门安拆等共 13 节 45 个子目。

(2) 定额适用于软土隧道工程中采用沉井方法施工的盾构工作井及暗埋段连续沉井。

(3) 沉井定额按矩形和圆形综合取定，无论采用何种形状的沉井，定额不做调整。

(4) 定额中列有几种沉井下沉方法，套用何种沉井下沉定额由批准的施工组织设计确定。挖土下沉不包括土方外运费，水力出土不包括砌筑集水坑及排泥水处理。

(5) 水力机械出土下沉及钻吸法吸泥下沉等子目均包括井内、外管路及附属设备的费用。

### 9.1.2.5 盾构法掘进定额说明

(1)《全统市政定额》第四册《隧道工程》第五章盾构法掘进包括盾构掘进、衬砌拼装、压浆、管片制作、防水涂料、柔性接缝环、施工管线路拆除以及负环管片拆除等共 33 节 139 个子目。

(2) 定额适用于采用国产盾构掘进机，在地面沉降达到中等程度（盾构在砖砌建筑物下穿越时允许发生结构裂缝）的软土地区隧道施工。

(3) 盾构及车架安装是指现场吊装及试运行，适用于 φ7000mm 以内的隧道施工，拆除

是指拆卸装 $\phi$7000mm 以上盾构及车架安拆按实计算。盾构及车架场外运输费按实另计。

(4) 盾构掘进机选型，应根据地质报告，隧道复土层厚度、地表沉降量要求及掘进机技术性能等条件，由批准的施工组织设计确定。

(5) 盾构掘进在穿越不同区域土层时，根据地质报告确定的盾构正掘面含砂性土的比例，按表 9-1-3 系数调整该区域的人工、机械费（不含盾构的折旧及大修理费）。

表 9-1-3　盾构掘进在穿越不同区域土层时人工、机械费调整系数

| 盾构正掘面土质 | 隧道横截面含砂性土比例 | 调整系数 |
|---|---|---|
| 一般软黏土 | ≤25% | 1.0 |
| 黏土夹层砂 | 25%～50% | 1.2 |
| 砂性土（干式出土盾构掘进） | >50% | 1.5 |
| 砂性土（水力出土盾构掘进） | >50% | 1.3 |

(6) 盾构掘进在穿越密集建筑群、古文物建筑或提防、重要管线时，对地表升降有特殊要求者，按表 9-1-4 系数调整该区域的掘进人工、机械费（不含盾构的折旧及大修理费）。

表 9-1-4　盾构掘进在穿越对地表升降有特殊要求时掘进人工、机械费调整系数

| 盾构直径/mm | 允许地表升降量/mm | | | |
|---|---|---|---|---|
| | ±250 | ±200 | ±150 | ±100 |
| $\phi$≥7000mm | 1.0 | 1.1 | 1.2 | — |
| $\phi$<7000mm | — | — | 1.0 | 1.2 |

注：1. 允许地表升降量是指复土层厚度>1倍盾构直径处的轴线上方地表升降量。

2. 如第（5）条、第（6）条所列两种情况同时发生时，调整系数按表 9-1-3、表 9-1-4 相加减 1 计算。

(7) 采用干式出土掘进，其土方以吊出井口装车止。采用水力出土掘进，其排放的泥浆水以送至沉淀池止，水力出土所需的地面部分取水、排水的土建及土方外运费用另计。水力出土掘进用水按取用自然水源考虑，不计水费，若采用其他水源需计算水费时可另计。

(8) 盾构掘进定额中已综合考虑了管片的宽度和成环块数等因素，执行定额时不得调整。

(9) 盾构掘进定额中含贯通测量费，不包括设置平面控制网、高程控制网、过江水准及方向、高程传递等测量，如发生时费用另计。

(10) 预制混凝土管片采用高精度钢模和高强度等级混凝土，定额中已含钢模摊销费，管片预制场地费另计，管片场外运输费另计。

## 9.1.2.6　垂直顶升定额说明

(1)《全统市政定额》第四册《隧道工程》第六章垂直顶升包括顶升管节、复合管片制作、垂直顶升设备安拆、管节垂直顶升、阴极保护安装及滩地揭顶盖等共 6 节 21 个子目。

(2) 定额适用于管节外壁断面<4m$^2$、每座顶升高度<10m 的不出土垂直顶升。

(3) 预制管节制作混凝土已包括内模摊销费及管节制成后的外壁涂料。管节中的钢筋已归入顶升钢壳制作的子目中。

(4) 阴极保护安装不包括恒电位仪、阳极、参比电极的原值。

(5) 滩地揭顶盖只适用于滩地水深不超过 0.5m 的区域，定额未包括进出水口的围护工程，发生时可套用相应定额计算。

## 9.1.2.7　地下连续墙定额说明

(1)《全统市政定额》第四册《隧道工程》第七章地下连续墙包括导墙、挖土成槽、钢筋笼制作吊装、锁口管吊拔、浇捣连续墙混凝土、大型支撑基坑土方及大型支撑安装、拆除等共 7 节 29 个子目。

（2）定额适用于在黏土、砂土及冲填土等软土层地下连续墙工程，以及采用大型支撑围护的基坑土方工程。

（3）地下连续墙成槽的护壁泥浆采用密度为 1.055 的普通泥浆。若需取用重晶石泥浆可按不同密度泥浆单价进行调整。护壁泥浆使用后的废浆处理另行计算。

（4）钢筋笼制作包括台模摊销费，定额中预埋件用量与实际用量有差异时允许调整。

（5）大型支撑基坑开挖定额适用于地下连续墙、混凝土板桩、钢板桩等作围护的跨度大于 8m 的深基坑开挖。定额中已包括湿土排水，若需采用井点降水或支撑安拆需打拔中心稳定桩等，其费用另行计算。

（6）大型支撑基坑开挖由于场地狭小只能单面施工时，挖土机械按表 9-1-5 调整。

表 9-1-5　单面施工时挖土机械的调整

| 宽度 | 两边停机施工 | 单边停机施工 |
| --- | --- | --- |
| 基坑宽 15m 内 | 15t | 25t |
| 基坑宽 15m 外 | 25t | 40t |

### 9.1.2.8　地下混凝土结构定额说明

（1）《全统市政定额》第四册《隧道工程》第八章地下混凝土结构包括护坡、地梁、底板、墙、柱、梁、平台、顶板、楼梯、电缆沟、侧石、弓形底板、支承墙、内衬侧墙及顶内衬、行车道槽形板以及隧道内车道等地下混凝土结构共 11 节 58 个子目。

（2）定额适用于地下铁道车站、隧道暗埋段、引道段沉井内部结构、隧道内路面及现浇内衬混凝土工程。

（3）定额中混凝土浇捣未含脚手架费用。

（4）圆形隧道路面以大型槽形板作底模，如采用其他形式时定额允许调整。

（5）隧道内衬施工未包括各种滑模、台车及操作平台费用，可另行计算。

### 9.1.2.9　地基加固、监测定额说明

（1）《全统市政定额》第四册《隧道工程》第九章地基加固、监测分为地基加固和监测两部分共 7 节 59 个子目，地基加固包括分层注浆、压密注浆、双重管和三重管高压旋喷，监测包括地表和地下监测孔布置、监控测试等。

（2）定额按软土地层建筑地下构筑物时采用的地基加固方法和监测手段进行编制。地基加固是控制地表沉降，提高土体承载力，降低土体渗透系数的一个手段。适用于深基坑底部稳定、隧道暗挖法施工和其他建筑物基础加固等。监测是地下构筑物建造时，反映施工对周围建筑群影响程度的测试手段。定额适用于建设单位确认需要监测的工程项目，包括监测点布置和监测两部分，监测单位需及时向建设单位提供可靠的测试数据，工程结束后监测数据立案成册。

（3）分层注浆加固的扩散半径为 0.8m，压密注浆加固半径为 0.75m，双重管、三重管高压旋喷的固结半径分别为 0.4m、0.6m。浆体材料（水泥、粉煤灰、外加剂等）用量按设计含量计算，若设计未提供含量要求时，按批准的施工组织设计计算。检测手段只提供注浆前后 N 值之变化。

（4）定额中不包括泥浆处理和微型桩的钢筋费用，为配合土体快速排水需打砂井的费用另计。

### 9.1.2.10　金属构件制作定额说明

（1）《全统市政定额》第四册《隧道工程》第十章金属构件制作包括顶升管片钢壳、钢管片、顶升止水框、联系梁、车架、走道板、钢跑板、盾构基座、钢围令、钢闸墙、钢轨枕、钢支架、钢扶梯、钢栏杆、钢支撑、钢封门等金属构件的制作共 8 节 26 个子目。

（2）定额适用于软土层隧道施工中的钢管片、复合管片钢壳及盾构工作井布置、隧道内施工用的金属支架、安全通道、钢闸墙、垂直顶升的金属构件以及隧道明挖法施工中大型支撑等加工制作。

（3）预算价格仅适用于施工单位加工制作，需外加工者则按实结算。

（4）定额钢支撑按 $\phi600\text{mm}$ 考虑，采用 12mm 钢板卷管焊接而成，若采用成品钢管时定额不做调整。

（5）钢管片制作已包括台座摊销费，侧面环板燕尾槽加工不包括在内。

（6）复合管片钢壳包括台模摊销费，钢筋在复合管片混凝土浇捣子目内。

（7）垂直顶升管节钢骨架已包括法兰、钢筋和靠模摊销费。

（8）构件制作均按焊接计算，不包括安装螺栓在内。

## 9.1.3　隧道工程定额计算规则

**表 9-1-6　隧道工程定额计算规则**

| 项目 | 工程量计算规则 |
|---|---|
| 隧道开挖与出渣 | 1. 隧道的平硐、斜井和竖井开挖与出渣工程量，按设计图开挖断面尺寸，另加允许超挖量以"m³"计算。定额中光面爆破允许超挖量：拱部为 15cm，边墙为 10cm，若采用一般爆破，其允许超挖量：拱部为 20cm，边墙为 15cm<br>2. 隧道内地沟的开挖和出渣工程量，按设计断面尺寸，以"m³"计算，不得另行计算允许超挖量<br>3. 平硐出渣的运距，按装渣重心至卸渣重心的直线距离计算，若平硐的轴线为曲线时，硐内段的运距按相应的轴线长度计算<br>4. 斜井出渣的运距，按装渣重心至斜井口摘钩点的斜距离计算<br>5. 竖井的提升运距，按装渣重心至井口吊斗摘钩点的垂直距离计算 |
| 临时工程 | 1. 粘胶布通风筒及铁风筒按每一硐口施工长度减 30m 计算<br>2. 风、水钢管按硐长加 100m 计算<br>3. 照明线路按硐长计算，如施工组织设计规定需要安双排照明时，应按实际双线部分增加<br>4. 动力线路按硐长加 50m 计算<br>5. 轻便轨道以施工组织设计所布置的起、止点为准，定额为单线，如实际为双线应加倍计算，对所设置的道岔，每处按相应轨道折合 30m 计算<br>6. 硐长＝主硐＋支硐（均以硐口断面为起止点，不含明槽） |
| 隧道内衬 | 1. 隧道内衬现浇混凝土和石料衬砌的工程量，按施工图所示尺寸加允许超挖量（拱部为 15cm，边墙为 10cm）以"m³"计算，混凝土部分不扣除 0.3m² 以内孔洞所占体积<br>2. 隧道衬砌边墙与拱部连接时，以拱部起拱点的连线为分界线，以下为边墙，以上为拱部。边墙底部的扩大部分工程量（含附壁水沟），应并入相应厚度边墙体积内计算。拱部两端支座，先拱后墙的扩大部分工程量，应并入拱部体积内计算<br>3. 喷射混凝土数量及厚度按设计图计算，不另增加超挖、填平补齐的数量<br>4. 喷射混凝土定额配合比，按各地区规定的配合比执行<br>5. 混凝土初喷 5cm 为基本层，每增 5cm 按增加定额计算，不足 5cm 按 5cm 计算，若做临时支护可按一个基本层计算<br>6. 喷射混凝土定额已包括混合料 200m 运输，超过 200m 时，材料运费另计。运输吨位按初喷 5cm 拱部 26t/100m²，边墙 23t/100m²，每增厚 5cm 拱部 16t/100m²，边墙 14t/100m²<br>7. 锚杆按 $\phi22\text{mm}$ 计算，若实际不同时，定额人工、机械应按表 9-1-7 中所列系数调整，锚杆按净重计算不加损耗<br>8. 钢筋工程量按图示尺寸以"t"计算。现浇混凝土中固定钢筋位置的支撑钢筋、双层钢筋用的架立筋（铁马），伸出构件的锚固钢筋均按钢筋计算，并入钢筋工程量内。钢筋的搭接用量：设计图纸已注明的钢筋接头，按图纸规定计算；设计图纸未注明的通长钢筋接头，$\phi625\text{mm}$ 以内的，每 8m 计算 1 个接头，$\phi25\text{mm}$ 以上的，每 6m 计算 1 个接头，搭接长度按规范计算<br>9. 模板工程量按模板与混凝土的接触面积以"m²"计算<br>10. 喷射平台工程量，按实际搭设平台的最外立杆（或最外平杆）之间的水平投影面积以"m²"计算 |

| 项目 | 工程量计算规则 |
|------|----------------|
| 隧道沉井 | 1. 沉井工程的井点布置及工程量,按批准的施工组织设计计算,执行《全统市政定额》第一册《通用项目》相应定额<br>2. 基坑开挖的底部尺寸,按沉井外壁每侧加宽 2.0m 计算,执行《全统市政定额》第一册《通用项目》中的基坑挖土定额<br>3. 沉井基坑砂垫层及刃脚基础垫层工程量按批准的施工组织设计计算<br>4. 刃脚的计算高度,从刃脚踏面至井壁外凸口计算,如沉井井壁没有外凸口时,则从刃脚踏面至底板顶面为准。底板下的地梁并入底板计算。框架梁的工程量包括切入井壁部分的体积。井壁、隔墙或底板混凝土中,不扣除单孔面积 0.3m³ 以内的孔洞所占体积<br>5. 沉井制作的脚手架安、拆,不论分几次下沉,其工程量均按井壁中心线周长与隔墙长度之和乘以井高计算<br>6. 沉井下沉的土方工程量,按沉井外壁所围的面积乘以下沉深度(预制时刃脚底面至下沉后设计刃脚底面的高度),并分别乘以土方回淤系数计算。回淤系数:排水下沉深度大于 10m 时为 1.05;不排水下沉深度大于 15m 时为 1.02<br>7. 沉井触变泥浆的工程量,按刃脚外凸口的水平面积乘以高度计算<br>8. 沉井砂石料填心、混凝土封底的工程量,按设计图纸或批准的施工组织设计计算<br>9. 钢封门安、拆工程量,按施工图用量计算。钢封门制作费另计,拆除后应回收 70% 的主材原值 |
| 盾构法掘进 | 1. 掘进过程中的施工阶段划分如下:<br>①负环段掘进 从拼装后靠管片起至盾尾离开出洞井内壁止;<br>②出洞段掘进 从盾尾离开出洞井内壁至盾尾离开出洞井内壁 40m 止;<br>③正常段掘进 从出洞段掘进结束至进洞段掘进开始的全段掘进;<br>④进洞段掘进 按盾构切口距进洞井外壁 5 倍盾构直径的长度计算<br>2. 掘进定额中盾构机按摊销考虑,若遇下列情况时,可将定额中盾构掘进机台班内的折旧费和大修费扣除,保留其他费用作为盾构使用费台班进入定额,盾构掘进机费用按不同情况另行计算:<br>①顶端封闭采用垂直顶升方法施工的给水排水隧道;<br>②单位工程掘进长度≤800m 的隧道;<br>③采用进口或其他类型盾构机掘进的隧道;<br>④由建设单位提供盾构机掘进的隧道;<br>3. 衬砌压浆量根据盾尾间隙,由施工组织设计确定<br>4. 柔性接缝环适合于盾构工作井洞门与圆隧道接缝处理,长度按管片中心圆周长计算<br>5. 预制混凝土管片工程量按实体积加 1% 损耗计算,管片试拼装以每 100 环管片拼装 1 组(3 环)计算 |
| 垂直顶升 | 1. 复合管片不分直径,管节不分大小,均执行《隧道工程》定额<br>2. 顶升车架及顶升设备的安拆,以每顶升一组出口为安拆一次计算。顶升车架制作费按顶升一组摊销 50% 计算<br>3. 顶升管节外壁如需压浆时,则套用分块压浆定额计算<br>4. 垂直顶升管节试拼装工程量按所需顶升的管节数计算 |
| 地下连续墙 | 1. 地下连续墙成槽土方量按连续墙设计长度、宽度和槽深(加超深 0.5m)计算。混凝土浇筑量同连续墙成槽土方量<br>2. 锁口管及清底置换以段为单位(段指槽壁单元槽段),锁口管吊拔按连续墙段数加 1 段计算,定额中已包括锁口管的摊销费用 |
| 地下混凝土结构 | 1. 现浇混凝土工程量按施工图计算,不扣除单孔面积 0.3m³ 以内的孔洞所占体积<br>2. 有梁板的柱高,自柱基础顶面至梁、板顶面计算,梁高以设计高度为准。梁与柱交接,梁长算至柱侧面(即柱间净长)<br>3. 结构定额中未列预埋件费用,可另行计算<br>4. 隧道路面沉降缝、变形缝按《全统市政定额》第二册《道路工程》相应定额执行,其人工、机械乘以 1.1 系数 |
| 地基加固、监测 | 1. 地基注浆加固以孔为单位的子目,定额按全区域加固编制,若采取局部区域加固,则人工和钻机台班不变,材料(注浆阀管除外)和其他机械台班按加固深度与定额深度同比例调减<br>2. 地基注浆加固以"m³"为单位的子目,已按各种深度综合取定,工程量按加固土体的体积计算<br>3. 监测点布置分为地表和地下两部分,其中地表测孔深度与定额不同时可内插计算。工程量由施工组织设计确定<br>4. 监控测试以一个施工区域内监控 3 项或 6 项测定内容划分步距,以组日为计量单位,监测时间由施工组织设计确定 |
| 金属构件制作 | 1. 金属构件的工程量按设计图纸的主材(型钢、钢板、方、圆钢等)的重量以"t"计算,不扣除孔眼、缺角、切肢、切边的重量。圆形和多边形的钢板按作方形计算<br>2. 支撑由活络头、固定头和本体组成,本体按固定头单价计算 |

市政工程常用资料备查手册

表 9-1-7　人工、机械费调整系数

| 锚杆直径/mm | φ28 | φ25 | φ22 | φ20 | φ18 | φ16 |
|---|---|---|---|---|---|---|
| 调整系数 | 0.62 | 0.78 | 1 | 1.21 | 1.49 | 1.89 |

# 9.1.4　隧道工程定额编制说明

## 9.1.4.1　岩石层隧道编制说明

表 9-1-8　隧道工程定额编制说明

| 项　目 | | 工　作　内　容 |
|---|---|---|
| 适用范围 | | 岩石层隧道定额适用于城镇管辖范围内,新建和扩建的各种车行隧道、人行隧道、给水排水隧道及电缆隧道等隧道工程。但不适用于岩石层的地铁隧道工程。岩石层隧道定额,确切地说,属于岩石层不含站台的区间性的隧道定额。属于有站台的,大断面的岩石层隧道工程,在开挖与内衬等施工过程中,将要出现的诸多的、比区间隧道更为复杂的困难因素,定额未考虑,所以岩石层地铁隧道工程不宜直接采用<br>　　岩石层隧道定额,适用的岩石类别范围见表 9-1-9<br>　　凡岩石层隧道工程的岩石类别,不在此岩石类别范围内的应另编补充定额。<br>　　岩石层隧道采用的岩石分类标准,与《全统市政定额》第一册《通用项目》的岩石分类标准是一致的 |
| 适用范围的划分 | | 岩石层隧道定额所列子目包括的范围,只考虑了隧道内(以隧道洞口断面为界)的岩石开挖、运输和衬砌成型,以及在开挖、运输和衬砌成型的施工过程中必须的临时工程子目。至于进出隧道洞口的土石方开挖与运输(含仰坡)、进出隧道口两侧(不含洞门衬砌)的护坡、挡墙等应执行《全统市政定额》第一册《通用项目》的相应子目;岩石层隧道内的道路路面、各种照明(不含施工照明)、通过隧道的各种给水排水管(不含施工用水管)等,均应执行《全统市政定额》有关分册的相应子目<br>　　上述执行其他分册子目的情况,均应被视为岩石层隧道定额"缺项"来对待。因此,岩石层隧道与《全统市政定额》其他各册,乃至全国其他统一定额的关系、界限,应按以下原则确定:凡岩石层隧道定额项目中,所"缺项"的子目,首先执行《全统市政定额》其他有关册的相关子目,若还缺项目,可执行全国其他统一定额的相应子目或编制补充定额。岩石层隧道工程的洞内项目,执行其他(隧道外)分册或全国其他统一定额项目时,其定额的人工和机械应乘以系数 1.2 |
| 编制中有关数据的取定 | 定额人工 | 1. 岩石层隧道的定额人工工日,是以《全国统一市政工程预算定额》(1988)岩石层隧道的定额工日(该工日是按有关劳动定额规定计算得出的)为基础,按规定调整后确定的。工日中,包括基本用工、超运距用工、人工幅度差和辅助用工<br>　　2. 岩石层隧道定额人工工日,比岩石层隧道定额新增加了原定额机械栏中原值 2000 元以下的机械,按规定不再列入机械内。而是将其费用列入其他直接费的工具用具费内,将原机械的机上人工工日增列到定额相应子目的人工工日内<br>　　3. 岩石层隧道定额的人工工日,均为不分技术等级的综合工日<br>　　4. 岩石层隧道定额的人工工资单价,按规定包括:基本工资、辅助工资、工资性补贴、职工福利费及劳动保护费等。定额的工资单价,采用的是北京市 1996 年的工资标准。定额工资标准中,不包括岩石层隧道施工的下井津贴,各地区可根据定额用工和当地劳动保护部门规定的标准,另行计算<br>　　5. 岩石层隧道井下掘进,是按每工日 7h 工作制编制的 |
| | 材料 | 1. 定额有关材料的损耗率,按表 9-1-10 所列标准计算<br>　　2. 雷管的基本耗量,按劳动定额的有关说明规定,计算出炮孔个数,按每个炮孔一个雷管取定<br>　　3. 炸药的基本耗量、炮孔长度,按劳动定额规定计算,炮孔的平均孔深综合取定。装药按每米炮孔装 1kg 取定,每孔装药量按占炮孔深度的比例取定<br>　　4. 岩石层隧道开挖爆破的起爆方法,这次已将原《全国统一市政工程预算定额》(1988)采用的火雷管起爆改为电力起爆,因此将火雷管改为电雷管(迟发雷管),导火索改为胶质线(两种规格分别称区域线和主导线)。平洞、斜井、竖井及各种不同断面爆破用胶质线计算参数,详见表 9-1-11<br>　　5. 合金钻头的基本耗量,按每个合金钻头钻不同类别岩石的不同延长米,来确定合金钻头的报废量。每开挖 100m³ 不同类别岩石需要钻孔的总延长米数,按劳动定额规定计算<br>　　每个合金钻头钻不同类别岩石报废的延长米取定数见表 9-1-12 |

| 项 目 | | 工 作 内 容 |
|---|---|---|
| | 材料 | 6. 六角空心钢的基本耗量(含六角空心钢加工损耗和不够使用长度的报废量);平洞、斜井和竖井,按每消耗一个合金钻头,消耗 1.5kg 六角空心钢取定;地沟按每消耗一个合金钻头,消耗 1.2kg 六角空心钢取定<br><br>7. 风动凿岩机和风动装岩机用高压胶皮风管(φ25mm 与 φ50mm)按相应凿岩机和装岩机台班数量来确定摊销量。由于两种风动机械的原配管长度发生变化,本定额的摊销量长度,将原定额每台班摊销 0.11m 改为每台班摊销 0.18m<br><br>8. 凿岩机用高压胶皮水管(φ19mm)的定额摊销量,按每个凿岩机台班摊销 0.18m 取定<br><br>9. 喷射混凝土用高压胶皮管基本用量(φ50mm),按混凝土喷射机每个台班摊销 2.3m 取定<br><br>10. 凿岩机湿式作业的基本耗水量,按每个凿岩机台班每实际运转 1h 耗水 0.3m³ 取定。台班实际运转时间,按劳动定额规定,平洞开挖 5h,斜井、竖井和地沟开挖,综合取定为 4.4h<br><br>11. 临时工程的各种风管、水管、动力线、照明线、轨道等材料,以年摊销量形式表示,各种材料的年摊销率见表 9-1-13<br><br>12. 混凝土、砂浆(锚杆用)均以半成品体积,按常用强度等级列入定额,设计强度标号不同时,可以调整。内衬现浇混凝土,按现场拌和编制,若采用预拌(商品)混凝土,按各地区规定执行<br><br>13. 模板,以钢模为主,定额已适当配以木模。模板以与混凝土的接触面积用"m²"表示。各种衬砌形式的模板与混凝土接触面积取定数详见表 9-1-13<br><br>14. 定额材料栏中,所列电的耗量,只包括原《全国统一市政工程预算定额》(1988)中被列为机械,而其原值在 2000 元以内,这次《全统市政定额》规定将其费用列入工具用具费后,原电动机械应发生的耗电量,不含除此之外的任何其他耗电量<br><br>15. 定额的主要材料,已列入各子目的材料栏内,次要材料均包括在定额其他材料费内,不得调整 |
| 编制中有关数据的取定 | 机械 | 1. 凿岩机、装岩机台班,按劳动定额计算所得的凿岩工(或装岩工)工日数的 1/2 再加凿岩机(或装岩机)机械幅度差得出<br><br>2. 锻钎机(风动)台班,按定额每消耗 10kg 六角空心钢需要 0.2 锻钎机台班计算<br><br>3. 空气压缩机台班计算:<br>①空气压缩机由凿岩机用空气压缩机和锻钎机用空气压缩机两部分组成;<br>②定额选用的空气压缩机产风量为 10m³/min 的电动空气压缩机。凿岩机(气腿式)的耗风量取定为 3.6m³/min,锻钎机耗风量取定为 6m³/min;<br>③空气压缩机定额台班=[3.6m³/min×凿岩机台班+6m³/min×锻钎机台班]/10m³/min<br><br>4. 开挖用轴流式通风机台班按以下公式计算:<br><br>$$轴流式通风机台班 = \frac{a}{b} \times 100$$<br><br>式中,a 为各种开挖断面每放一次炮需要通风机台班数;b 为各种开挖断面每放一次炮计算得出的爆破石方工程量,m³<br><br>爆破工程量=平均炮孔深度×炮孔利用率×设计断面积<br>隧道内地沟开挖,未单独考虑通风机<br><br>5. 隧道内机械装自卸汽车出渣用通风机台班,是根据机械能进洞的断面积及机械进洞完成定额工程量所需的时间综合取定的<br><br>6. 隧道内机械装、自卸汽车运石渣的装运机械,是以隧道外的相应定额水平为基础,考虑到隧洞内外工效差异,经过调整后取定的。定额的挖掘机和自卸汽车采用的是综合台班,其各自的综合比例如下:<br>①挖掘机综合比例<br>a. 机械、单斗挖掘机　　1m³　　占 20%<br>b. 液压、单斗挖掘机　　0.6m³　　占 15%<br>c. 液压、单斗挖掘机　　1m³　　占 30%<br>d. 液压、单斗挖掘机　　2m³　　占 35%<br>②自卸汽车综合比例<br>a. 自卸汽车　　4t　　占 30%<br>b. 自卸汽车　　6t　　占 20% |

| 项　目 | | 工　作　内　容 |
|---|---|---|
| 编制中有关数据的取定 | 机械 | c. 自卸汽车　　　　8t　　　　占 15%<br>d. 自卸汽车　　　　10t　　　　占 15%<br>e. 自卸汽车　　　　15t　　　　占 20%<br>7. 斗车台班数<br>①平洞出渣用斗车,按劳动定额计算所得出的运渣工日数,分别按下述标准计算:<br>a. 0.6m³ 斗车台班,按运渣工工日数的 1/2 计算;<br>b. 1m³ 斗车台班,按运渣工工日数的 1/3 计算;<br>c. 电瓶车用斗车,按每个电瓶车台班用 6 个斗车计算<br>②斜井和竖井出渣用斗车,按每个卷扬机台班用两个斗车计算<br>8. 电瓶车台班,按劳动定额计算所得的电瓶车工工日数的 1/2 计算<br>9. 充电机台班,按电瓶车台班数的 2/3 计算<br>10. 卷扬机台班数,按劳动定额说明中,斜井、竖井的作业时间,每出一次渣所需的时间和每出一次渣的工作量等规定计算<br>11. 定额的机械台班费单价,采用的是建设部建标(1998)57 号文颁发的《全国统一施工机械台班费用定额》的台班单价<br>12. 定额的机械栏中,不再列其他机械费。定额机械栏中的不同类型的机械,都分别计取了不同的机械幅度差 |
| 其他有关问题的说明 | | 1. 隧道开挖定额步距的确定,是依据劳动定额的步距和收集的实际施工的多个工程资料,隧道最小断面 3.98m²、最大断面 100m² 左右,经过比较、测算确定的<br>2. 岩石层隧道开挖定额,平洞最小断面 4m² 以内,斜井、竖井最小断面 5m² 以内,定额规定最小断面均不得小于 2m²,不是实际工程中不需要小于 2m² 的隧洞,而是定额确定的施工方法,用于小于 2m² 内断面隧道时,无法施工<br>3. 平洞全断面开挖定额的 4m² 内到 35m² 内,是按劳动定额相应全断面标准计算的;65m² 内和 100m² 内,是按劳动定额的导洞、光爆层和扩大开挖的不同标准综合计算的。平洞的轴线坡度在 5° 以内<br>4. 斜井全断面开挖定额,劳动定额确定的施工方法包括上行开挖和下行开挖两种。本定额按劳动定额的上行开挖占 20%、下行开挖占 80% 综合计算的,开挖方法比例不同时,不得调整。斜井的轴线与水平线的夹角在 15°～30°。若实际工程的夹角不在此范围内时,可另编补充定额<br>5. 竖井全断面开挖,劳动定额分正井开挖和反井开挖两种施工方法。本定额按正井开挖占 80%、反井开挖占 20% 综合编制的,实际施工方法所占比例不同时,不得调整<br>6. 隧道内地沟开挖,为使地沟成型完整,定额按爆破开挖占 70%、人工凿石占 30% 综合编制的,即地沟的边壁按人工凿石形成考虑的。定额的工程量计算规则中规定:"隧道内地沟的开挖和出渣工程量,按设计断面尺寸,以 m³ 计算,不得另行计算允许超挖量",其原因就在于此<br>7. 开挖定额的岩石分为:次坚石、普坚石和特坚石 3 类,每类岩石劳动定额还包括有不同的标准,本定额的各类岩石分别按下述标准综合编制的:<br>①次坚石,包括 $f=4～8$ 标准,定额按 $f=4～6$ 标准占 40%, $f=6～8$ 标准占 60%;<br>②普坚石,包括 $f=8～12$ 标准,定额按 $f=8～10$ 标准占 40%, $f=10～12$ 标准占 60%;<br>③特坚石,包括 $f=12～18$ 标准,定额按 $f=12～14$ 标准占 30%, $f=14～16$ 标准占 35%, $f=16～18$ 标准占 35%<br>8. 出渣定额中的岩石类别,定额按 $f=8～14$ 占 20%, $f=14～18$ 占 80% 综合编制的。 $f=4～8$ 的定额水平比较高,经过分析比较后,认为不占一定的综合比例,是合理的<br>9. 岩石层隧道定额,在开挖、内衬等施工过程中,若出现瓦斯、涌水、流砂、塌方、溶洞等特殊情况时,因处理塌方、溶洞等发生的人工、材料和机械等费用以及因此而发生停工、窝工等费用,未包括在定额内,应另行计算 |

**表 9-1-9　岩石类别**

| 定额岩石类别 | 岩石按 16 级分类 | 岩石按紧固系数($f$)分类 |
|---|---|---|
| 次坚石 | Ⅵ～Ⅷ | $f=-4～8$ |
| 普坚石 | Ⅸ～Ⅹ | $f=8～12$ |
| 特坚石 | Ⅺ～Ⅻ | $f'=12～18$ |

表 9-1-10　定额材料损耗率表

| 材料名称 | 损耗率/% | 材料名称 | 损耗率/% |
|---|---|---|---|
| 雷管 | 3.0 | 现浇混凝土 | 1.5 |
| 炸药 | 1.0 | 喷射混凝土 | 2.0 |
| 合金钻头 | 0.1 | 锚杆 | 2.0 |
| 六角空心钢 | 6.0 | 锚杆砂浆 | 3.0 |
| 木材 | 5.0 | 料石 | 1.0 |
| 铁件 | 1.0 | 水 | 5.0 |

表 9-1-11　岩石层隧道开挖定额电力起爆区域线及主导线用量计算有关参数表

| 参数名称 | 平洞开挖断面积/m² 以内 | | | | | | |
|---|---|---|---|---|---|---|---|
| | 4 | 6 | 10 | 20 | 35 | 65 | 100 |
| 一次爆破进尺/m | 1.2 | 1.3 | 1.4 | 1.5 | 1.55 | 1.6 | 1.65 |
| 一次爆破工程量/m³ | 4.8 | 7.8 | 14.0 | 30.0 | 54.25 | 104.0 | 165.0 |
| 每平方米爆破断面积用区域线/m | 1.1 | 1.1 | 1.1 | 1.1 | 1.1 | 1.1 | 1.1 |
| 每完成 100m³ 爆破量需放炮次数 | 20.83 | 12.82 | 7.14 | 3.33 | 1.84 | 0.96 | 0.61 |
| 每完成 100m³ 爆破量用区域线/m | 91.65 | 84.61 | 78.54 | 73.26 | 69.92 | 68.64 | 67.10 |
| 每次放炮用主导线/m | 200 | 200 | 200 | 200 | 200 | 200 | 200 |
| 每放一次炮主导线损耗量/m | 3 | 4 | 5 | 10 | 13 | 21 | 30 |
| 每完成 100m³ 爆破量摊销主导线/m | 62.49 | 51.28 | 35.70 | 33.30 | 23.92 | 20.16 | 18.30 |

| 参数名称 | 斜井开挖断面积/m² 以内 | | | 竖井开挖断面积/m² 以内 | | |
|---|---|---|---|---|---|---|
| | 5 | 10 | 20 | 5 | 10 | 25 |
| 一次爆破进尺/m | 1.2 | 1.4 | 1.5 | 1.2 | 1.4 | 1.5 |
| 一次爆破工程量/m³ | 6.0 | 14.0 | 30.0 | 6.0 | 14.0 | 37.51 |
| 每平方米爆破断面积用区域线/m | 1.1 | 1.1 | 1.1 | 1.1 | 1.1 | 1.1 |
| 每完成 100m³ 爆破量需放炮次数 | 16.67 | 7.14 | 3.33 | 16.67 | 7.14 | 2.67 |
| 每完成 100m³ 爆破量用区域线/m | 91.65 | 78.54 | 72.26 | 91.65 | 78.54 | 73.26 |
| 每次放炮用主导线/m | 120 | 120 | 120 | 120 | 120 | 120 |
| 每放一次炮主导线损耗量/m | 2.4 | 3.6 | 5.4 | 3.75 | 7.18 | 13.4 |
| 每完成 100m³ 爆破量摊销主导线/m | 40.01 | 25.70 | 17.98 | 40.01 | 25.70 | 17.98 |

注：1. 区域线为定额中的 BV—2.5mm 胶质线；主导线为定额中的 BV—4.0mm 胶质线。

2. 地沟开挖：底宽 0.5m 内、1.0m 内和 1.5m 内的区域线及主导线定额耗量，分别与平洞断面 6m² 内、10m² 内和 20m² 内的耗量相同。

表 9-1-12　钻不同类别岩石报废延长米的取定

| 岩石类别 | 次坚石 | 普坚石 | 特坚石 |
|---|---|---|---|
| 一个钻头报废钻孔/延长米 | 39.5 | 32.0 | 24.5 |

表 9-1-13　临时工程各种材料年摊销率表

| 材料名称 | 年摊销率/% | 材料名称 | 年摊销率/% |
|---|---|---|---|
| 粘胶布轻便软管 | 33.0 | 铁皮风管 | 20.0 |
| 钢管 | 17.5 | 法兰 | 15.0 |
| 阀门 | 30.0 | 电缆 | 26.0 |
| 轻轨 15kg/m | 14.5 | 轻轨 18kg/m | 12.5 |
| 轻轨 24kg/m | 10.5 | 鱼尾板 | 19.0 |
| 鱼尾螺栓 | 27.0 | 道钉 | 32.0 |
| 垫板 | 16.0 | 枕木 | 35.0 |

表 9-1-14　岩石层隧道混凝土及钢筋混凝土衬砌每 10m³ 混凝土与模板接触面积

| 序号 | 项　　目 | 混凝土衬砌厚度/cm | 接触面积/m² |
|------|----------|------------------|-------------|
| 1 | 平洞拱跨跨径 10m 内 | 30～50 | 23.81 |
| 2 | 平洞拱跨跨径 10m 内 | 50～80 | 15.51 |
| 3 | 平洞拱跨跨径 10m 内 | 80 以上 | 9.99 |
| 4 | 平洞拱跨跨径 10m 以上 | 30～50 | 24.09 |
| 5 | 平洞拱跨跨径 10m 以上 | 50～80 | 15.82 |
| 6 | 平洞拱跨跨径 10m 以上 | 80 以上 | 10.32 |
| 7 | 平洞边墙 | 30～50 | 24.55 |
| 8 | 平洞边墙 | 50～80 | 17.33 |
| 9 | 平洞边墙 | 80 以上 | 12.01 |
| 10 | 斜井拱跨跨径 10m 内 | 30～50 | 26.19 |
| 11 | 斜井拱跨跨径 10m 内 | 50～80 | 17.06 |
| 12 | 斜井边墙 | 30～50 | 27.01 |
| 13 | 斜井边墙 | 50～80 | 18.84 |
| 14 | 竖井 | 15～25 | 46.69 |
| 15 | 竖井 | 25～35 | 30.22 |
| 16 | 竖井 | 35～45 | 23.12 |

## 9.1.4.2　软土层隧道编制说明

表 9-1-15　软土层隧道编制说明

| 项目 | | 工　作　内　容 |
|------|------|----------------|
| 适用范围 | | 软土层隧道工程预算定额,适用于城镇管辖范围内,新建和扩建的各种人行车行隧道、越江隧道、地铁隧道、给水排水隧道和电缆隧道等工程 |
| 编制中有关数据的取定 | 人工 | 1. 基本工<br>　　以全国市政工程劳动定额(1997 年版)中"隧道分册"为基础,不足部分参照上海市政补充劳动定额"隧道分册"和《建筑安装工程基础定额》。定额人工不分工种、不分技术等级,以综合工种所需的工日数表示,定额工作内容中综合了完成该项目的多道工序,计算时按各项工序分别套用相应的劳动定额取定。劳动定额中步骤划分较细的,计算时按工序的比重综合取定<br>　　2. 辅助工<br>　　指为主要工序服务的机电值班工、泵房值班工和为浇捣混凝土服务的看模工、看筋工、养护工等。《全统市政定额》第四册《隧道工程》中按下列规定取定:<br>　　①盾构推进项目,定额中只考虑井下操作工,未包括地面辅助工,根据现行的施工规定,按每班增加 2～3 名机电、泵房值班工;<br>　　②混凝土结构中,机电值班工按每 10m³ 混凝土地梁、底板、封底项目增加 0.25 工日。刃脚、墙壁、隔墙项目增加 0.28 工日,垫层、内部结构项目增加 0.4 工日;<br>　　③混凝土浇捣中,按每 10m³ 混凝土垫块制作项目增加 0.1 工日,钢筋翻样、看筋项目增加 0.5 工日,木工翻样、看模项目增加 0.5 工日,浇水养护项目增加 0.5 工日,泵送混凝土装卸硬管增加 0.06 工日;<br>　　④以钢模为主的模板工程中,木模以刨光为准,在套用木模定额时每 10m² 增加 0.08 工日;<br>　　⑤木模板、立柱、横梁、拉杆支撑的场内运输。装卸工按 4 人/10m³×0.20×一次使用量计算<br>　　3. 其他用工<br>　　①超运距人工。软土层隧道地面材料运输的总运距取定为 100m,超运距人工按各种材料的运输方法及超运距,套用相应的劳动定额分册。钢模、木模以一次模板作用量,乘安拆各一次计算超运距运输人工<br>　　②人工幅度差。软土层隧道的人工幅度差综合取定为 10% |

| 项目 | | 工　作　内　容 |
|---|---|---|
| 编制中有关数据的取定 | 材料 | 各种材料损耗率按表 9-1-16 取定计算<br><br>1. 混凝土<br><br>软土层隧道施工目前主要集中在沿海城市。由于城市施工场地窄小，隧道主体结构混凝土工程量大、连续性强。因此，定额中除预制构件外均采用商品混凝土计价，商品混凝土价格包括 10km 内的运输费，定额中只采用一种常用的混凝土强度等级，设计强度等级与定额不同时允许调整<br><br>2. 护壁泥浆<br><br>地下连续墙施工中的护壁泥浆，定额中列一种常用的普通泥浆，并考虑部分重复使用。当地质和槽深不同需要采用重晶石泥浆时允许调整<br><br>3. 触变泥浆<br><br>沉井助沉触变泥浆和隧道管片外衬砌压浆，定额中按常用的配合比计划，定额执行中一般不作调整<br><br>4. 钢筋<br><br>混凝土结构中的钢筋单列项目，以重量为计量单位。施工用筋量按不同部位取定，一般控制在 2% 以内，钢筋不考虑除锈，设计图纸已注明的钢筋接头按图纸规定计算，设计图纸未说明的通长钢筋，$\phi 25mm$ 以内的按 8m 长计算一个接头，$\phi 25mm$ 以上的按 6m 长计算一个接头。每吨钢筋接头个数按表 9-1-17 取定<br><br>5. 模板<br>定额采用工具式定型钢模板为主，少量木模结合为辅<br>①钢木模的比值根据各工程的施工部位测算取定<br>a. 沉井各部位钢、木模比例见表 9-1-18<br>b. 地下混凝土结构物钢、木模比例见表 9-1-19<br>c. 预制混凝土管片、顶升管节、复合管片全部采用专用钢模<br>d. 软土层隧道内衬混凝土采用液压拉模，定额中未包括拉模摊销费用<br>②钢模板<br>a. 钢模周转材料使用次数见表 9-1-20<br>b. 钢模板重量取定。工具式钢模板由钢模板、零星卡具、支撑钢管和部分木模组成<br>现浇构件钢模板每 1m² 接触面积经过综合折算，钢模板重量为 38.65kg/m²<br>③木模板<br>a. 木模板周转次数和一次补损率见表 9-1-21<br>b. 木模板的木材用量取定：<br>木枋 5cm×7cm：0.1106m³/10m²；<br>支撑：0.248m³/10m²<br>c. 木模板的计算方法：<br>摊销量系数 $K_2 = K_1 - (1 - 补损率) \times$ 回收折价率/周转次数<br>摊销量＝一次使用量×$K_2$<br><br>6. 脚手架<br>脚手架耐用期限见表 9-1-22<br><br>7. 铁钉<br>木模板中铁钉用量：经测算按概预算编制手册现浇构件模板工程次要材料表中 15 个项目综合取定，铁钉摊销量 0.297kg/m²（木模）<br><br>8. 铁丝<br>钢筋铁丝绑扎取用镀锌铁丝，直径 10mm 以下钢筋取 2 股 22 号铅丝，直径 10mm 以上钢筋取 3 股 22 号铅丝。每 1000 个接点钢筋绑扎铁丝用量按表 9-1-23 取定<br><br>9. 预埋铁件 |

| 项目 | | 工 作 内 容 |
|---|---|---|
| 编制中有关数据的取定 | 材料 | 预制构件中已包括预埋铁件,现浇混凝土中未考虑预埋铁件,现浇混凝土所需的预埋铁件者,套用铁件安装定额<br><br>10. 电焊条<br>①钢筋焊接焊条用量见表 9-1-24(焊条用量中已包括操作损耗);<br>②钢板搭接焊条用量(每 1m 焊缝)见表 9-1-25(焊条用量中已包括操作损耗);<br>③堆角搭接每 100m 焊缝的焊条消耗参见表 9-1-26<br><br>11. 氧气、乙炔氧切槽钢、角钢、工字钢<br>每切 10 个口的氧气、乙炔消耗量参见表 9-1-27<br><br>12. 盾构用油、用电、用水量:<br>①盾构用油量,根据平均日耗油量和平均日掘进量取定:<br><center>盾构用油量＝平均日耗油量/平均日掘进量</center>②盾构用电量,根据盾构总功率、每班平均总功率使用时间及台班掘进进尺取定:<br><center>盾构用电量＝盾构机总功率×每班总功率使用时间/台班掘进进尺</center>③盾构用水量,水力出土盾构考虑主要由水泵房供水,不再另计掘进中自来水量;干式出土盾构掘进按配用水管、直径流速、用水时间及班掘进进尺取定:<br><center>盾构用水量＝水管断面×流速×每班用水时间/班掘进进尺</center><br>13. 盾构掘进中照明用电<br>盾构隧道内施工项目中照明用电量计算原则。井下作业凡掘进后施工的项目照明灯具、线路摊销费在掘进定额中已综合考虑,分项不再另计,照明用量按下列原则计算:<br><center>单位定额耗电量＝预算定额用工/劳动组合×6h×施工区域照明灯用电量</center><br>14. 隧道施工中管线、铁件摊销<br>盾构法隧道掘进一般施工周期很长,为了正确反映掘进过程中各种管线、轨道的摊销量以 1000m 定额工期 1360 天为一个隧道年,按管线一次使用量及管线年折旧率确定摊销量<br><center>单位进尺施工管线路摊销量＝1000m 定额工期/360 天×年折旧率×单位进尺使用量</center>①盾构法施工中管线路年折旧率见表 9-1-28;<br>②盾构法施工中,进出水管、风管、轨道、轨枕、支架、走道板、栏杆用量见表 9-1-29;<br>③地下连续墙铁件摊销见表 9-1-30<br><br>15. 其他材料费<br>①脱模油:按模板接触面积 0.11kg/m², 0.684 元/kg;<br>②尼龙帽以 5 次摊销, 0.58 元/只;<br>③草包:按每平方米水平露面积 0.69 只/m², 0.72 元/只 |
| | 机械 | 1. 机械台班幅度差按表 9-1-31 确定<br>机械台班耗用量指按照施工作业,取用合理的机械,完成单位产品耗用的机械台班消耗量<br>属于按施工机械技术性能直接计取台班产量的机械,按机械幅度差取定<br><center>定额台班产量＝分项工程量×1/(产量定额×小组成员)</center><br>2. 机械台班量的取定:<br>①商品混凝土泵车台班量见表 9-1-32;<br>②地下连续墙成槽机械台班产量见表 9-1-33;<br>③部分加工机械劳动组合的取定见表 9-1-34;<br>④插入式震动器台班,按 1 台搅拌机配 2 台震动器计算;<br>⑤木模板场内外运输,按 4t 载重汽车,每台班运 13m³ 木模计算。配备装卸工 4 人,木模运输量按 1 次使用量的 20% 计算;<br>⑥盾构掘进机械台班量取定,先把不同阶段的劳动定额中 6h 台班产量折算为 8h 台班产量,再根据机械配备量求出台班耗用量:<br><center>台班耗用量＝1/(劳动定额台班产量×8/6)×配备数量×机械幅度差</center> |

市政工程常用资料备查手册

## 表 9-1-16 各种材料损耗率

| 材料名称 | 损耗率/% | 材料名称 | 损耗率/% | 材料名称 | 损耗率/% | 材料名称 | 损耗率/% |
|---|---|---|---|---|---|---|---|
| 水泥 | 2 | 木模板 | 4 | 木钙 | 5 | 帘布橡胶条 | 2.5 |
| 黄砂 | 3 | 水玻璃 | 5 | 环氧沥青漆 | 2.5 | 聚氯乙烯板 | 2 |
| 碎石 | 2 | 混凝土管片 | 1 | 防锈漆 | 2.5 | 硬泡沫塑料板 | 5 |
| 道渣 | 2 | 机油 | 5 | 乳胶漆 | 3 | 塑料板 | 3 |
| 石灰膏 | 1 | 柴油 | 5 | 环氧树脂 | 5 | 胶粉油毡衬垫 | 2.5 |
| 块石 | 4 | 汽油 | 4 | 黏接剂 | 4 | 橡胶止水带 | 5 |
| 膨润土 | 15 | 牛油 | 3 | 外加剂 | 5 | 氯丁橡胶 | 2.5 |
| 触变泥浆 | 3 | 氧气 | 10 | 外掺剂 | 5 | 聚氨酯浆材 | 4 |
| 机砖 | 3 | 乙炔 | 10 | 乳胶水泥 | 3 | 氯丁橡胶条 | 3 |
| 锯材 | 5 | 电 | 5 | 聚硫密封胶 | 5 | 粉煤灰 | 5 |
| 枕木 | 4 | 水 | 5 | 环氧密封胶 | 5 | 煤 | 8 |
| 钢筋 10 以内 | 2.5 | 钢轨 | 2 | 铁丝 | 3 | 电焊条 | 10 |
| 钢筋 10 以外 | 4 | 铸铁管 | 1 | 管堵 | 2.5 | 不锈钢焊条 | 12 |
| 中厚钢板 | 6 | 钢板网 | 5 | 外接头 | 2.5 | 钢丝绳 | 2.5 |
| 钢板连接用 | 20 | 管片连接螺栓 | 3 | 铜接头 | 2.5 | 炭精棒 | 10 |
| 型钢 | 6 | 钢栓 | 2 | 压浆孔螺丝 | 2.5 | 钢轨枕 | 2.5 |
| 焊接钢管 | 2 | 钢模加工 | 25 | 举重臂螺丝 | 2.5 | 钢封门 | 4 |
| 无缝钢管 | 2.5 | 钢管片加工 | 15 | 铁件 | 1.5 | 电缆 | 5 |
| 高强钢丝 | 11 | 圆钉 | 2 | 促进剂 | 3 | 橡胶板 | 3 |
| 橡胶管 | 2.5 | 不锈钢板 | 25 | 表面滑性剂 | 2.5 | 电池硫酸 | 2.5 |
| 塑料注浆阀管 | 5 | 导向铝管 | 12 | 塑料测斜管 | 10 | 屏蔽线 | 5 |

## 表 9-1-17 每吨钢筋接头个数取定

| 钢筋直径/mm | 长度/(m/t) | 阻焊接头/个 | 钢筋直径/mm | 长度/(m/t) | 阻焊接头/个 |
|---|---|---|---|---|---|
| 12 | 1126.10 | 140.77 | 25 | 259.70 | 43.28 |
| 14 | 827.81 | 103.48 | 28 | 207.00 | 34.50 |
| 16 | 633.70 | 79.21 | 30 | 180.20 | 30.03 |
| 18 | 500.50 | 62.56 | 32 | 158.40 | 26.40 |
| 20 | 405.50 | 50.69 | 36 | 125.40 | 20.87 |
| 22 | 335.10 | 41.89 | | | |

## 表 9-1-18 沉井各部位钢、木模比例

| 项目 | 刃脚 | 底板 | 框架外井壁 | 框架内井壁 | 井壁 | 隔墙 | 综合 |
|---|---|---|---|---|---|---|---|
| 木模 | 25 | 100 | | 100 | 13 | 5 | 10 |
| 钢模 | 75 | | 100 | | 87 | 95 | 90 |

## 表 9-1-19 地下混凝土结构物钢、木模比例

| 项目 | 底板 | 双面墙 | 单面墙 | 柱、梁 | 平台顶板 | 扶梯 | 电缆沟侧石 | 支承墙 |
|---|---|---|---|---|---|---|---|---|
| 木模 | 15 | 11 | 8 | 10 | 10 | 10 | 10 | 11 |
| 钢模 | 85 | 89 | 92 | 90 | 90 | 90 | 90 | 89 |

## 表 9-1-20 钢模周转材料使用次数

单位：次

| 项目 | 钢模 | | 钢模扣配件 | 钢管支撑 |
|---|---|---|---|---|
| | 现浇 | 预制 | | |
| 周转使用次数 | 50 | 100 | 25 | 75 |

表 9-1-21　木模板周转次数和一次补损率

| 项目及材料 | | 周转次数 | 一次补损率/% | 木模回收折价率/% | 周转使用系数 $K_1$ | 摊销量系数 $K_2$ |
|---|---|---|---|---|---|---|
| 现浇木模 | 模板 | 7 | 15 | 50 | 0.2714 | 0.2107 |
| | 支撑 | 20 | 15 | 50 | 0.1925 | 0.1713 |
| 预制木模 | | 15 | 15 | 50 | 0.2067 | 0.1784 |
| 以钢模为主木模 | | 2.5 | 20 | 50 | 0.5200 | 0.3600 |

表 9-1-22　脚手架耐用期限表

| 材料名称 | 脚手板 | | 钢管（附扣件） | 安全网 |
|---|---|---|---|---|
| | 木 | 竹 | | |
| 耐用期限/月 | 42 | 24 | 180 | 48 |

表 9-1-23　每 1000 个接点钢筋绑扎铁丝用量　　　　　单位：kg

| 钢筋直径/mm | 6～8 | 10～12 | 14～16 | 18～20 | 22 | 25 | 28 | 32 |
|---|---|---|---|---|---|---|---|---|
| 6～8 | 0.91 | 1.03 | 2.84 | 3.29 | 3.74 | 4.04 | 4.34 | 4.64 |
| 10～12 | 1.03 | 2.84 | 3.29 | 3.74 | 4.04 | 4.34 | 4.64 | 4.94 |
| 14～16 | 2.84 | 3.29 | 3.74 | 4.04 | 4.34 | 4.64 | 4.94 | 5.24 |
| 18～20 | 3.29 | 3.74 | 4.04 | 4.34 | 4.64 | 4.94 | 5.24 | 5.54 |
| 22 | 3.74 | 4.04 | 4.34 | 4.64 | 4.94 | 5.24 | 5.54 | 5.84 |
| 25 | 4.04 | 4.34 | 4.64 | 4.94 | 5.24 | 5.54 | 5.84 | 6.14 |
| 28 | 4.34 | 4.64 | 4.94 | 5.24 | 5.54 | 5.84 | 6.14 | 6.44 |
| 32 | 4.64 | 4.94 | 5.24 | 5.54 | 5.84 | 6.14 | 6.44 | 6.89 |

表 9-1-24　钢筋焊接焊条用量表　　　　　单位：kg

| 钢筋直径/mm | 拼接焊 | 搭接焊 | 与钢板搭接 | 电弧焊对接 |
|---|---|---|---|---|
| | 1m 焊缝 | | | 10 个接头 |
| 12 | 0.28 | 0.28 | 0.24 | |
| 14 | 0.33 | 0.33 | 0.28 | |
| 16 | 0.38 | 0.38 | 0.33 | |
| 18 | 0.42 | 0.44 | 0.38 | |
| 20 | 0.46 | 0.50 | 0.44 | 0.78 |
| 22 | 0.52 | 0.61 | 0.54 | 0.99 |
| 25 | 0.62 | 0.81 | 0.73 | 1.40 |
| 28 | 0.75 | 1.03 | 0.95 | 2.01 |
| 30 | 0.85 | 1.19 | 1.10 | 2.42 |
| 32 | 0.94 | 1.36 | 1.27 | 2.88 |
| 36 | 1.14 | 1.67 | 1.58 | 3.95 |

表 9-1-25　钢板搭接焊焊条用量

| 焊缝高/mm | 4 | 6 | 8 | 10 | 12 | 13 | 14 | 15 | 16 | 18 | 20 |
|---|---|---|---|---|---|---|---|---|---|---|---|
| 焊条/kg | 0.24 | 0.44 | 0.71 | 1.04 | 1.43 | 1.65 | 1.88 | 2.13 | 2.37 | 2.92 | 3.50 |

表 9-1-26　堆角搭接每 100m 焊缝的焊条消耗量

| 用料 | 单位 | 堆角搭接焊缝,焊件厚度/mm | | | | | | | |
|---|---|---|---|---|---|---|---|---|---|
| | | 6 | 8 | 10 | 12 | 14 | 16 | 18 | 20 |
| 电焊条 | kg | 33 | 65 | 104 | 135 | 180 | 237 | 292 | 350 |

市政工程常用资料备查手册

表 9-1-27　氧切槽钢、角钢、工字钢的氧气、乙炔消耗量　单位：每 10 个切口

| 槽钢规格 | 氧气/m³ | 乙炔/kg | 角钢规格 | 氧气/m³ | 乙炔/kg | 工字钢规格 | 氧气/m³ | 乙炔/kg |
|---|---|---|---|---|---|---|---|---|
| 18a | 0.72 | 0.24 | 130×10 | 0.50 | 0.17 | 18a | 1.00 | 0.33 |
| 20a | 0.83 | 0.28 | 150×150 | 0.80 | 0.27 | 20a | 1.20 | 0.40 |
| 22a | 0.95 | 0.32 | 200×200 | 1.11 | 0.37 | 22a | 1.33 | 0.44 |
| 24a | 1.09 | 0.36 | | | | 24a | 1.50 | 0.50 |
| 27a | 1.20 | 0.40 | | | | 27a | 1.62 | 0.54 |
| 30a | 1.33 | 0.44 | | | | 30a | 1.82 | 0.61 |
| 36a | 1.70 | 0.57 | | | | 36a | 2.14 | 0.71 |
| 40a | 2.00 | 0.67 | | | | 40a | 2.40 | 0.80 |

表 9-1-28　管线路年折旧率

| 材料 | 轨道 | 轨枕 | 进出水管 | 风管 | 自来水管 | 支架 | 栏杆 | 走道板 |
|---|---|---|---|---|---|---|---|---|
| 折旧率 | 0.167 | 0.20 | 0.25 | 0.333 | 0.333 | 0.667 | 0.667 | 0.667 |

表 9-1-29　材料用量表　　　　　单位：kg/m

| 项目 | 轨道双根 | 轨枕 | 进出水管 | 风管 | 走道板 | 支架 | 栏杆 | 自来水管 |
|---|---|---|---|---|---|---|---|---|
| 盾构掘进 | 36.40 | 16.90 | 47.60 | 38.90 | 21.10 | 12.00 | 2.76 | 11.96 |

表 9-1-30　按次数摊销地下连续墙铁件

| 项目 | 现浇混凝土导墙 | | 吊拔锁口管 |
|---|---|---|---|
| | 钢撑框 | 固定铁件 | 锁口管 |
| 摊销次数/次 | 12 | 5 | 70 |

表 9-1-31　机械台班幅度差

| 机械种类 | 台班幅度差 | 机械种类 | 台班幅度差 | 机械种类 | 台班幅度差 |
|---|---|---|---|---|---|
| 盾构掘进机 | 1.30 | 灰浆搅拌机 | 1.33 | 沉井钻吸机组 | 1.33 |
| 履带式推土机 | 1.25 | 混凝土输送泵车 | 1.33 | 反循环钻机 | 1.25 |
| 履带式挖掘机 | 1.33 | 混凝土输送泵 | 1.50 | 超声波测壁机 | 1.43 |
| 压路机 | 1.33 | 振动器 | 1.33 | 泥浆制作循环设备 | 1.33 |
| 夯实机 | 1.33 | 钢筋加工机 | 1.30 | 液压钻机 | 1.43 |
| 装载机 | 1.25 | 木工加工机 | 1.30 | 液压注浆泵 | 1.25 |
| 履带式起重机 | 1.30 | 金属加工机械 | 1.43 | 垂直顶升设备 | 1.25 |
| 汽车式起重机 | 1.25 | 电动离心泵 | 1.30 | 轴流风机 | 1.25 |
| 龙门式起重机 | 1.30 | 泥浆泵 | 1.30 | 电瓶车 | 1.25 |
| 桅杆式起重机 | 1.20 | 潜水泵 | 1.30 | 轨道平车 | 1.25 |
| 载重汽车 | 1.25 | 电焊机 | 1.30 | 整流充电机 | 1.25 |
| 自卸汽车 | 1.25 | 对焊机 | 1.30 | 工业锅炉 | 1.33 |
| 电动卷扬机 | 1.30 | 电动空压机 | 1.25 | 潜水设备 | 1.66 |
| 混凝土搅拌机 | 1.33 | 履带式液压成槽机 | 1.33 | 旋喷桩机 | 1.33 |

表 9-1-32　商品混凝土泵车台班量

| 部位 | | 单位 | 台班产量 | 耗用台班/10m³ |
|---|---|---|---|---|
| 垫层 | | | 54.2 | 0.18 |
| 地梁 | | | 47.7 | 0.21 |
| 刃脚 | | | 51.1 | 0.20 |
| 墙 | 0.5m 内 | m³ | 44.33 | 0.23 |
| | 0.5m 外 | | 49.26 | 0.21 |
| 衬墙 | | | 39.12 | 0.25 |
| 底 | 50 以内 | | 78.8 | 0.13 |
| 板 | 50 以外 | | 94.5 | 0.11 |

**表 9-1-33　地下连续墙成槽机械台班产量**

| 机械名称 | 履带式液压成槽机 | | | 钻机 |
|---|---|---|---|---|
| 挖槽深度/m | 15 | 25 | 35 | 25 |
| 台班产量/m³ | 30.23 | 21.12 | 16.22 | 21.12 |

**表 9-1-34　部分加工机械劳动组合**

| 项目 | 钢筋切断机 | 钢筋弯曲机 | 钢筋碰焊机 | 电焊机 | 立式钻床 | 木圆锯 | 车床 | 剪板机 |
|---|---|---|---|---|---|---|---|---|
| 劳动组合 | 2 | 2 | 3 | 1 | 2 | 2 | 1 | 3 |

# 9.2　隧道工程清单计价计算规则

## 9.2.1　隧道工程计算量说明

### 9.2.1.1　隧道工程清单项目的划分

**表 9-2-1　隧道工程清单项目的划分**

| 项目 | 包含的内容 |
|---|---|
| 隧道岩石开挖 | 隧道岩石开挖包括平洞开挖、斜洞开挖、竖井开挖、地沟开挖 |
| 岩石隧道衬砌 | 岩石隧道衬砌包括混凝土拱部衬砌、混凝土边墙衬砌、混凝土竖井衬砌、混凝土沟道、拱部喷射混凝土、边墙喷射混凝土、拱圈砌筑、边墙砌筑、砌筑沟道、洞门砌筑、锚杆、充填压浆、浆砌块石、干砌块石、柔性防水层 |
| 盾构掘进 | 盾构掘进包括盾构吊装、吊拆、隧道盾构掘进、衬砌压浆、预制钢筋混凝土管片、钢管片、钢混凝土复合管片、管片设置密封条、隧道洞口柔性接缝环、管片嵌缝 |
| 管节预升、旁通道 | 管节顶升、旁通道包括管节垂直顶升、安装止水框、连系梁、阴极保护装置、安装取排水头、隧道内旁通开挖、旁通道结构混凝土、隧道内集水井、防爆门 |
| 隧道沉井 | 隧道沉井包括沉井井壁混凝土、沉井下沉、沉井混凝土封底、沉井混凝土底板、沉井填心、钢封门 |
| 地下连续墙 | 地下连续墙包括地下连续墙、深层搅拌桩成墙、桩顶混凝土圈梁、基坑挖土 |
| 混凝土结构 | 混凝土结构包括混凝土地梁、钢筋混凝土底板、钢筋混凝土墙、混凝土衬墙、混凝土柱、混凝土梁、混凝土平台、顶板、隧道内衬弓形底板、隧道内衬侧墙、隧道内衬顶板、隧道内支承墙、隧道内混凝土路面、圆隧道内架空路面、隧道内附属结构混凝土 |
| 沉管隧道 | 沉管隧道包括预制沉管底垫层、预制沉管钢底板、预制沉管混凝土底板、预制沉管混凝土沉管管段浮运临时供电系统、沉管管段浮运临时排水系统、沉管管段浮运临时通风系统、航道疏浚、沉管河床基槽开挖、钢筋混凝土块沉石、基槽抛铺碎石、沉管管节浮运、管段沉放连接、砂肋软体排覆盖、沉管水下压石、沉管接缝处理、沉管底部压浆固封充填 |

### 9.2.1.2　隧道工程适用范围

市政隧道一般用于越江、地铁、水工方面工程，见图 9-2-1～图 9-2-3。

图 9-2-1　越江隧道示意图　　　　图 9-2-2　地铁隧道示意图

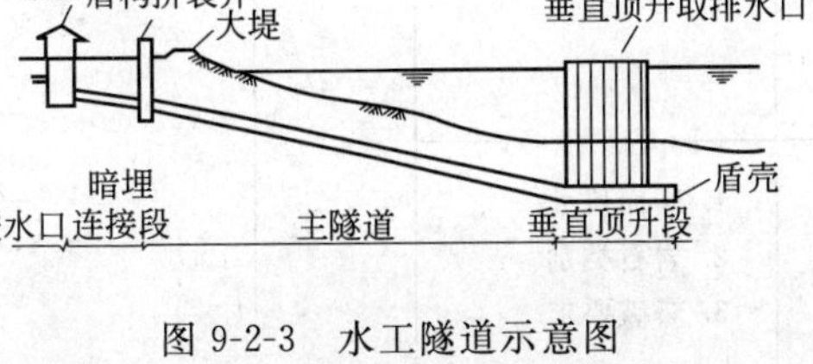

图 9-2-3　水工隧道示意图

## 9.2.1.3 隧道工程清单计价工程量计算说明（表 9-2-2）

**表 9-2-2　隧道工程清单计价工程量计算说明**

| 项　目 | 说　明 |
|---|---|
| 隧道开挖 | 岩石隧道开挖分为平洞、斜洞、竖井和地沟开挖。平洞指隧道轴线与水平线之间的夹角在 5°以内的；斜洞指隧道轴线与水平线之间的夹角在 5°～30°；竖井指隧道轴线与水平线垂直的；地沟指隧道内地沟的开挖部分<br>隧道开挖的工程内容包括：开挖、临时支护、施工排水、弃渣的洞内运输外运弃置等全部内容。清单工程量按设计图示尺寸以体积计算，超挖部分由投标者自行考虑在组价内。采用光面爆破或一般爆破，除招标文件另有规定外，均由投标者自行决定 |
| 隧道衬砌 | 岩石隧道衬砌包括混凝土衬砌和块料衬砌，按拱部、边墙、竖井、沟道分别列项<br>清单工程量按设计图示尺寸计算，如设计要求超挖回填部分要以与衬砌同质混凝土来回填的，则这部分回填量由投标者在组价中考虑。如超挖回填设计用浆砌块石和干砌块石回填的，则按设计要求另列清单项目，其清单工程量按设计的回填量以体积计算 |
| 隧道沉井 | 隧道沉井的井壁清单工程量按设计尺寸以体积计算<br>工程内容包括制作沉井的砂垫层、刃脚混凝土垫层、刃脚混凝土浇筑、井壁混凝土浇筑、框架混凝土浇筑、养护等全部内容 |
| 地下连续墙 | 地下连续墙的清单工程量按设计的长度乘厚度乘深度以体积计算<br>工程内容包括导墙制作拆除、挖方成槽、锁口管吊拔、混凝土浇筑、养生、土石方场外运输等全部内容 |
| 沉管隧道 | 沉管隧道是新增加的项目，其实体部分包括沉管的预制、河床基槽开挖、航道疏浚、浮运、沉管、下沉连接、压石稳管等均设立了相应的清单项目。但预制沉管的预制场地没有列清单项目，沉管预制场地一般有用干坞（相当于船厂的船坞）或船台来作为预制场地，这是属于施工手段和方法部分，这部分可列为措施项目 |

## 9.2.2 隧道工程清单项目

### 9.2.2.1 隧道岩石开挖

工程量清单项目设置及工程量计算规则，应按表 9-2-3 的规定执行。

**表 9-2-3　现浇混凝土基础**（编码：040401）

| 项目编码 | 项目名称 | 项目特征 | 计量单位 | 工程量计算规则 | 工程内容 |
|---|---|---|---|---|---|
| 040401001 | 平洞开挖 | | | | 1. 爆破或机械开挖<br>2. 临时支护<br>3. 施工排水<br>4. 弃碴运输<br>5. 弃碴外运 |
| 040401002 | 斜洞开挖 | 1. 岩石类别<br>2. 开挖断面<br>3. 爆破要求 | m³ | 按设计图示尺寸以体积计算 | 1. 爆破或机械开挖<br>2. 临时支护<br>3. 施工排水<br>4. 洞内石方运输<br>5. 弃碴外运 |
| 040401003 | 竖井开挖 | | | | 1. 爆破或机械开挖<br>2. 施工排水<br>3. 弃碴运输<br>4. 弃碴外运 |
| 040401004 | 地沟开挖 | 1. 断面尺寸<br>2. 岩石类别<br>3. 爆破要求 | | | 1. 爆破或机械开挖<br>2. 弃碴运输<br>3. 施工排水<br>4. 弃碴外运 |

## 9.2.2.2 岩石隧道衬砌

工程量清单项目设置及工程量计算规则，应按表 9-2-4 的规定执行。

**表 9-2-4  岩石隧道衬砌**（编码：040402）

| 项目编码 | 项目名称 | 项目特征 | 计量单位 | 工程量计算规则 | 工程内容 |
|---|---|---|---|---|---|
| 040402001 | 混凝土拱部衬砌 | 1. 断面尺寸<br>2. 混凝土强度等级、石料最大粒径 | m³ | 按设计图示尺寸以体积计算 | 1. 混凝土浇筑<br>2. 养生 |
| 040402002 | 混凝土边墙衬砌 | | | | |
| 040402003 | 混凝土沟道 | | | | |
| 040402004 | 混凝土沟道 | | | | |
| 040402005 | 拱部喷射混凝土 | 1. 厚度<br>2. 混凝土强度等级、石料最大粒径 | m² | 按设计图示尺寸以面积计算 | 1. 清洗岩石<br>2. 喷射混凝土 |
| 040402006 | 边墙喷射混凝土 | | | | |
| 040402007 | 拱圈砌筑 | 1. 断面尺寸<br>2. 材料品种<br>3. 规格<br>4. 砂浆强度 | m³ | 按设计图示尺寸以体积计算 | 1. 砌筑<br>2. 勾缝<br>3. 抹灰 |
| 040402008 | 边墙砌筑 | 1. 厚度<br>2. 材料品种<br>3. 规格<br>4. 砂浆强度 | | | |
| 040402009 | 砌筑沟道 | 1. 断面尺寸<br>2. 材料品种<br>3. 规格<br>4. 砂浆强度 | | | |
| 040402010 | 洞门砌筑 | 1. 形状<br>2. 材料<br>3. 规格<br>4. 砂浆强度等级 | | | |
| 040402011 | 锚杆 | 1. 直径<br>2. 长度<br>3. 类型 | t | 按设计图示尺寸以质量计算 | 1. 钻孔<br>2. 锚杆制作、安装<br>3. 压浆 |
| 040402012 | 充填压浆 | 1. 部位<br>2. 砂浆成分强度 | | 按设计图示尺寸以体积计算 | 1. 打孔、安装<br>2. 压浆 |
| 040402013 | 浆砌块石 | 1. 部位<br>2. 材料<br>3. 规格<br>4. 砂浆强度等级 | m³ | 按设计图示回填尺寸以体积计算 | 1. 调制砂浆<br>2. 砌筑<br>3. 勾缝 |
| 040402014 | 干砌块石 | | | | |
| 040402015 | 柔性防水层 | 1. 材料<br>2. 规格 | m² | 按设计图示尺寸以面积计算 | 防水层辅设 |

## 9.2.2.3 盾构掘进

工程量清单项目设置及工程量计算规则，应按表 9-2-5 的规定执行

**表 9-2-5  盾构掘进**（编码：040403）

| 项目编码 | 项目名称 | 项目特征 | 计量单位 | 工程量计算规则 | 工程内容 |
|---|---|---|---|---|---|
| 040403001 | 盾构构吊装、吊拆 | 1. 直径<br>2. 规格型号 | 台次 | 按设计图示数量计算 | 1. 整体吊装<br>2. 分体吊装<br>3. 车架安装 |

| 项目编码 | 项目名称 | 项目特征 | 计量单位 | 工程量计算规则 | 工程内容 |
|---|---|---|---|---|---|
| 040403002 | 隧道盾构掘进 | 1. 直径<br>2. 规格<br>3. 形式 | m | 按设计图示尺寸以体积计算 | 1. 负环段掘进<br>2. 出洞段掘进<br>3. 进洞段掘进<br>4. 正常段掘进<br>5. 负环管片拆除<br>6. 隧道内管线路拆除<br>7. 土方外运 |
| 040403003 | 衬砌压浆 | 1. 材料品种<br>2. 配合比<br>3. 砂浆强度等级 | m³ | 按管片外径和盾构壳体外径所形成的充填体积计算 | 1. 同步压浆<br>2. 分块压浆 |
| 040403004 | 预制钢筋混凝土管片 | 1. 直径<br>2. 厚度<br>3. 宽度<br>4. 混凝土强度等级、石料最大粒径 | | 按设计图示尺寸以体积计算 | 1. 钢筋混凝土管片制作<br>2. 管片成环试拼（每100环试拼一组）<br>3. 管片安装<br>4. 管片场子内外运输 |
| 040403005 | 钢管片 | 材质 | t | 按设计图示质量计算 | 1. 钢管片制作<br>2. 风管片安装<br>3. 管片场内外运输 |
| 040403006 | 钢筋混凝土复合管片 | 1. 材质<br>2. 混凝土强度等级、石料最大粒径 | m³ | 按设计图示尺寸以体积计算 | 1. 复合管片钢壳制作<br>2. 复合管片混凝土浇筑<br>3. 养生<br>4. 复合管片安装<br>5. 管片场内外运输 |
| 040403007 | 管片设置密封条 | 1. 直径<br>2. 材料<br>3. 规格 | 环 | 按设计图示数量计算 | 密封条安装 |
| 040403008 | 隧道洞口柔性接缝环 | 1. 材料<br>2. 规格 | m | 按设计图示以隧道管片外径周长计算 | 1. 拆临时防水环板<br>2. 安装、拆除临时止水带<br>3. 拆除洞口环板管片<br>4. 安装风环板<br>5. 柔性接缝环<br>6. 洞口混凝土环圈 |
| 040403009 | 管片嵌缝 | 1. 直径<br>2. 材料<br>3. 规格 | 环 | 按设计图示数量计算 | 1. 管片嵌缝<br>2. 管片手孔封堵 |

### 9.2.2.4 管节顶升、旁通道

工程量清单项目设置及工程量计算规则，应按表 9-2-6 的规定执行

**表 9-2-6 管节顶升、旁通道（编码：040404）**

| 项目编码 | 项目名称 | 项目特征 | 计量单位 | 工程量计算规则 | 工程内容 |
|---|---|---|---|---|---|
| 040404001 | 管节垂直顶升 | 1. 断面<br>2. 强度<br>3. 材质 | m | 按设计图示以顶升长度计算 | 1. 钢壳制作<br>2. 混凝土浇筑<br>3. 管节试拼装 |
| 040404002 | 安装止水框、连系梁 | 材质 | t | 按设计图示尺寸以质量计算 | 1. 止水框制作、安装<br>2. 连系梁制作、安装 |

| 项目编码 | 项目名称 | 项目特征 | 计量单位 | 工程量计算规则 | 工程内容 |
|---|---|---|---|---|---|
| 040404003 | 阴极保护装置 | 1. 型号<br>2. 规格 | 组 | 按设计图示数量计算 | 1. 恒电位仪安装<br>2. 阳极安装<br>3. 阴极安装<br>4. 参变电极安装<br>5. 电缆敷设<br>6. 接线盒安装 |
| 040404004 | 安装取排水头 | 1. 部位(水中、陆上)<br>2. 尺寸 | 个 | | 1. 顶升口揭顶盖<br>2. 取排水头部安装 |
| 040404005 | 隧道内旁通道开挖 | 土壤类别 | m³ | 尺寸以体积计算数量计算 | 1. 地基加固<br>2. 管片拆除<br>3. 支护<br>4. 土方暗挖<br>5. 土方运输 |
| 040404006 | 旁通道结构混凝土 | 1. 断面<br>2. 混凝土强度等级、石料最大粒径 | | | 1. 混凝土浇筑<br>2. 洞门接口防水 |
| 040404007 | 隧道内集水井 | 1. 部位<br>2. 材料<br>3. 形式 | 座 | 按设计图示数量计算 | 1. 拆除管片建集水井<br>2. 不拆管片建集水井 |
| 040404008 | 防爆门 | 1. 形式<br>2. 断面 | 扇 | | 1. 防爆门制作<br>2. 防爆门安装 |

### 9.2.2.5 隧道沉井

工程量清单项目设置及工程量计算规则，应按表 9-2-7 的规定执行。

**表 9-2-7　隧道沉井（编码：040405）**

| 项目编码 | 项目名称 | 项目特征 | 计量单位 | 工程量计算规则 | 工程内容 |
|---|---|---|---|---|---|
| 040405001 | 沉井井壁混凝土 | 1. 形状<br>2. 混凝土强度等级、石料最大粒径 | | 按设计尺寸以井筒混凝土体积计算 | 1. 沉井砂垫层<br>2. 刃脚混凝土垫层<br>3. 混凝土浇筑<br>4. 养生 |
| 040405002 | 沉井下沉 | 深度 | m³ | 按设计图示井壁外围面积乘以下沉深度以体积计算 | 1. 排水挖土下沉<br>2. 不排水下沉<br>3. 土方场外运输 |
| 040405003 | 沉井混凝土封底 | 混凝土强度等级、石料最大粒径 | | 按设计图示尺寸以体积计算 | 1. 混凝土干封底<br>2. 混凝土水下封底 |
| 040405004 | 沉井混凝土底板 | | | | 1. 混凝土浇筑<br>2. 养生 |
| 040405005 | 沉井填心 | 材料品种 | | | 1. 排水沉井填心<br>2. 不排水沉井填心 |
| 040405006 | 钢封门 | 1. 材质<br>2. 尺寸 | t | 按设计图示尺寸以质量计算 | 1. 钢封门安装<br>2. 钢土谦让、拆除 |

### 9.2.2.6 地下连续墙

工程量清单项目设置及工程量计算规则，应按表 9-2-8 的规定执行。

表 9-2-8　地下连续墙（编码：040406）

| 项目编码 | 项目名称 | 项目特征 | 计量单位 | 工程量计算规则 | 工程内容 |
|---|---|---|---|---|---|
| 040406001 | 地下连续墙 | 1. 深度<br>2. 宽度<br>3. 混凝土强度等级、石料最大粒径 | | 按设计图示长度乘以宽度乘以深度以体积计算 | 1. 导墙制作、拆除<br>2. 挖土成槽<br>3. 锁口管吊拔<br>4. 混凝土浇筑<br>5. 养生<br>6. 土石方场外运输 |
| 040406002 | 深层搅拌桩成墙 | 1. 深度<br>2. 孔径<br>3. 水泥掺量<br>4. 型钢材质<br>5. 型钢规格 | m³ | 按设计图示尺寸以体积计算 | 1. 深层搅拌桩空搅<br>2. 深层搅拌桩二喷四搅<br>3. 型钢制作<br>4. 插拔型钢 |
| 040406003 | 桩顶混凝土圈梁 | 混凝土强度等级、石料最大粒径 | | | 1. 混凝土地浇筑<br>2. 养生<br>3. 圈梁拆除 |
| 040406004 | 基坑挖土 | 1. 土质<br>2. 深度<br>3. 宽度 | | 按设计图示地下连续墙或围护桩围成的面积乘以基坑的深度以体积计算 | 1. 基坑挖土<br>2. 基坑排水 |

### 9.2.2.7　混凝土结构

工程量清单项目设置及工程量计算规则，应按表 9-2-9 的规定执行。

表 9-2-9　混凝土结构（编码：040407）

| 项目编码 | 项目名称 | 项目特征 | 计量单位 | 工程量计算规则 | 工程内容 |
|---|---|---|---|---|---|
| 040407001 | 混凝土地梁 | 1. 垫层厚度、材料品种、强度<br>2. 混凝土强度等级、石料最大粒径 | | | 1. 垫层铺设<br>2. 混凝土浇筑 |
| 040407002 | 钢筋混凝土底板 | | | | |
| 040407003 | 钢筋混凝土墙 | 混凝土强度等级、石料最大粒径 | | | |
| 040407004 | 混凝土衬墙 | | | | |
| 040407005 | 混凝土柱 | | m³ | 按设计图示尺寸以体积计算 | |
| 040407006 | 混凝土梁 | 1. 部位<br>2. 混凝土强度等级、石料最大粒径 | | | |
| 040407007 | 混凝土平台、顶板 | 1. 混凝土强度等级<br>2. 石料最大粒径 | | | 1. 混凝土浇筑<br>2. 养生 |
| 040407008 | 隧道内衬弓形底板 | | | | |
| 040407009 | 隧道内衬侧墙 | | | | |
| 040407010 | 隧道内衬顶板 | 1. 形式<br>2. 规格 | m² | 按设计图示尺寸以面积计算 | 1. 龙骨制作、安装<br>2. 顶板安装 |

| 项目编码 | 项目名称 | 项目特征 | 计量单位 | 工程量计算规则 | 工程内容 |
|---|---|---|---|---|---|
| 010407011 | 隧道内支承墙 | 1. 强度<br>2. 石料最大粒径 | m³ | 按设计图示尺寸以体积计算 | |
| 040407012 | 隧道内混凝土路面 | 1. 厚度<br>2. 强度等级<br>3. 石料最大粒径 | m² | 按设计图示尺寸以面积计算 | 1. 混凝土浇筑<br>2. 养生 |
| 040407013 | 圆隧道内架空路面 | | | | |
| 040407014 | 隧道内附属结构混凝土 | 1. 不同项目名称，如楼梯、电缆沟、车道侧石等<br>2. 混凝土强度等级、石料最大粒径等 | m³ | 按设计图示尺寸以体积计算 | |

## 9.2.2.8 沉管隧道

工程量清单项目设置及工程量计算规则，应按表 9-2-10 的规定执行。

**表 9-2-10 沉管隧道（编码：040408）**

| 项目编码 | 项目名称 | 项目特征 | 计量单位 | 工程量计算规则 | 工程内容 |
|---|---|---|---|---|---|
| 040408001 | 预制沉管底垫层 | 1. 规格<br>2. 材料<br>3. 厚度 | m³ | 按设计图示尺寸以沉管底面积乘以厚度以体积计算 | 1. 场地平整<br>2. 垫层铺设 |
| 040408002 | 预制沉管钢底板 | 1. 材质<br>2. 厚度 | t | 按设计图示尺寸以质量计算 | 钢底板制作、铺设 |
| 040408003 | 预制沉管混凝土板底 | 混凝土强度等级、石料最大粒径 | m³ | 按设计图示尺寸以体积计算 | 1. 混凝土浇筑<br>2. 养生<br>3. 底板预埋注浆管 |
| 040408004 | 预制沉管混凝土侧墙 | | | | 1. 混凝土浇筑<br>2. 养生 |
| 040408005 | 预制沉管混凝土顶板 | | | | |
| 040408006 | 沉管外壁防锚层 | 1. 材质品种<br>2. 规格 | m² | 按设计图示尺寸以面积计算 | 铺设沉管外壁防锚层 |
| 040408007 | 鼻托垂直剪力键 | 材质 | | 按设计图示尺寸以质量计算 | 1. 钢剪力键制作<br>2. 剪力键安装 |
| 040408008 | 端头钢壳 | 1. 材质品种<br>2. 强度<br>3. 石料最大粒径 | t | | 1. 端头钢壳制作<br>2. 端头钢壳安装<br>3. 混凝土浇筑 |
| 040408009 | 端头钢封门 | 1. 材质<br>2. 尺寸 | | | 1. 端头钢封门制作<br>2. 端头钢封门安装<br>3. 端头钢封门拆除 |
| 040408010 | 沉管管段浮运临时供电系统 | 规格 | 套 | 按设计图示管段数量计算 | 1. 发电机安装、拆除<br>2. 配电箱安装、拆除<br>3. 电缆安装、拆除<br>4. 灯具安装、拆除 |
| 040408011 | 沉管管段浮运临时供排水系统 | | | | 1. 泵阀安装、拆除<br>2. 管路安装、拆除 |
| 040408012 | 沉管管段浮运临时通风系统 | | | | 1. 进排风机安装、拆除<br>2. 风管路安装、拆除 |

| 项目编码 | 项目名称 | 项目特征 | 计量单位 | 工程量计算规则 | 工程内容 |
|---|---|---|---|---|---|
| 040408013 | 航道疏浚 | 1. 河床土质<br>2. 工况等级<br>3. 疏浚深度 | m³ | 按河床原断面与管段浮运时设计断面之差以体积计算 | 1. 挖泥船开收工<br>2. 航道疏浚挖泥<br>3. 土方驳运、卸泥 |
| 040408014 | 沉管河床基槽开挖 | 1. 河床土质<br>2. 工况等级<br>3. 挖土深度 | | 按河床原断面与槽设计断面之差以体积计算 | 1. 挖泥船开收工<br>2. 沉管基槽挖泥<br>3. 沉管基槽清淤<br>4. 土方驳运、卸泥 |
| 040408015 | 钢筋混凝土块沉石 | 1. 工况等级<br>2. 沉石深度 | | 按设计图示尺寸以体积计算 | 1. 预制钢筋混凝土块<br>2. 装船、驳运、定位沉石<br>3. 水下铺平石块 |
| 040408016 | 基槽子抛铺碎石 | 1. 工况等级<br>2. 石料厚度<br>3. 沉石深度 | | | 1. 石料装运<br>2. 定位抛石<br>3. 水下铺平石块 |
| 040408017 | 沉管管节浮运 | 1. 单节管段质量<br>2. 管段浮运距离 | kt·m | 按设计图示尺寸和要求以沉管节质量和浮运距离的复合单位计算 | 1. 干坞放水<br>2. 管段起浮定位<br>3. 管段浮运<br>4. 加载水箱制作、安装、拆除<br>5. 系缆柱制作、安装、拆除 |
| 040408018 | 管段沉放连接 | 1. 单节管段重量<br>2. 管段下沉深度 | 节 | 按设计图示数量计算 | 1. 管段定位<br>2. 管段压水下沉<br>3. 管段端面对接<br>4. 管节拉合 |
| 040408019 | 砂肋软体排覆盖 | 1. 材料品种<br>2. 规格 | m² | 按设计图示尺寸以沉管顶面积加侧面外表面积计算 | 水下覆盖软体排 |
| 040408020 | 沉管水下压石 | | m³ | 按设计图示尺寸以顶、侧压石的体积计算 | 1. 装石船开收工<br>2. 定位抛石、卸石<br>3. 水下铺石 |
| 040408021 | 沉管接缝处理 | 1. 接缝连接形式<br>2. 接缝长度 | 条 | 按设计图示数量计算 | 1. 按缝拉合<br>2. 安装止水带<br>3. 安装止水钢板<br>4. 混凝土浇筑 |
| 040408022 | 沉管底部压浆固封充填 | 1. 压浆材料<br>2. 压浆要求 | m³ | 按设计图示尺寸以体积计算 | 1. 制浆<br>2. 管底压浆<br>3. 封孔 |

# 9.3　隧道工程计算常用数据

## 9.3.1　混凝土、钢筋混凝土构件模板钢筋含量

### 9.3.1.1　岩石隧道部分模板钢筋含量（每 10m³ 混凝土）

表 9-3-1　岩石隧道部分模板钢筋含量（每 10m³ 混凝土）

| 构筑物名称 | 混凝土衬砌厚度/cm | 接触面积/m² | 钢筋含量/kg | |
|---|---|---|---|---|
| | | | $\phi$10mm 以内 | $\phi$10mm 以上 |
| 平碉拱跨跨径 10m 以内 | 30～50 | 23.81 | 185 | 431 |
| 平碉拱跨跨径 10m 以内 | 50～80 | 15.51 | 154 | 359 |

| 构筑物名称 | 混凝土衬砌厚度/cm | 接触面积/m² | 钢筋含量/kg | |
|---|---|---|---|---|
| | | | φ10mm 以内 | φ10mm 以上 |
| 平硐拱跨径 10m 以内 | 80 以上 | 9.99 | 123 | 287 |
| 平硐拱跨径 10m 以上 | 30～50 | 24.09 | 62 | 544 |
| 平硐拱跨径 10m 以上 | 50～80 | 15.82 | 51 | 462 |
| 平硐拱跨径 10m 以上 | 80 以上 | 10.32 | 41 | 369 |
| 平硐边墙 | 30～50 | 24.55 | 101 | 410 |
| 平硐边墙 | 50～80 | 17.33 | 82 | 328 |
| 平硐边墙 | 80 以上 | 12.01 | 62 | 246 |
| 斜井拱跨径 10m 以内 | 30～50 | 26.19 | 198 | 461 |
| 斜井拱跨径 10m 以内 | 50～80 | 17.06 | 165 | 384 |
| 斜井边墙 | 30～50 | 27.01 | 108 | 439 |
| 斜井边墙 | 50～80 | 18.84 | 88 | 351 |
| 竖井 | 15～25 | 46.69 | — | 359 |
| 竖井 | 25～35 | 30.22 | — | 462 |
| 竖井 | 35～45 | 23.12 | — | 564 |

注：表中模板、钢筋含量仅供参考，编制预算时，应按施工图纸计算相应的模板接触面积和钢筋使用量。

## 9.3.1.2　软土隧道部分模板面积及钢筋含量（每 $10m^3$ 混凝土）

表 9-3-2　软土隧道部分模板面积及钢筋含量（每 $10m^3$ 混凝土）

| 构筑名称 | | 模板面积/m² | 钢筋含量/kg | |
|---|---|---|---|---|
| | | | φ10mm 以内 | φ10mm 以上 |
| 沉井 | 刃脚 | 18.21 | | 1618 |
| | 框架 | 15.11 | | 1529 |
| | 井壁、隔墙 | 22.00 | | 1077 |
| | 底板 | 0.76 | | 682 |
| 地下混凝土构筑物 | 地梁 | | | 1200 |
| | 底板（厚 0.6m 以内） | 3.00 | | 800 |
| | 底板（厚 0.6m 以外） | 3.00 | | 800 |
| | 墙（宽 0.5m 以内） | 66.70 | | 900 |
| | 墙（宽 0.5m 以外） | 33.36 | | 900 |
| | 衬墙 | 33.30 | | 1000 |
| | 柱 | 62.16 | | 1400 |
| | 梁（高 0.6m 以内） | 56.66 | | 1400 |
| | 梁（高 0.6m 以外） | 51.06 | | 1400 |
| | 平台、顶板（厚 0.3m 以内） | 39.30 | 80 | 720 |
| | 平台、顶板（厚 0.5m 以内） | 24.00 | | 900 |
| | 平台、顶板（厚 0.5m 以外） | 18.52 | | 900 |
| | 楼梯 | 78.26 | 87 | 663 |
| | 电缆沟 | 39.00 | 200 | |
| | 车道侧石 | 37.50 | 96 | 64 |
| | 弓形底板 | 0.88 | 90 | 380 |
| | 支撑墙 | 66.70 | 220 | 900 |

## 9.3.2 混凝土、砌筑砂浆配合比

泵送商品混凝土配合比见表 9-3-3。

表 9-3-3 泵送商品混凝土配合比　　　　单位：m³

| 项目 | 单位 | 碎石（最大粒径：15mm） | | | | |
| | | 混凝土强度等级 | | | | |
| | | C20 | C25 | C30 | C35 | C40 |
| 32.5 级 | kg | 409 | 466 | | | |
| 42.5 级 | kg | | | 445 | 498 | |
| 52.5 级 | kg | | | | | 473 |
| 木钙 | kg | 1.02 | 1.17 | 1.11 | 1.25 | 1.18 |
| 中砂 | kg | 819 | 793 | 802 | 778 | 790 |
| 5～15 碎石 | kg | 1029 | 963 | 1008 | 978 | 923 |
| 水 | kg | 230 | 230 | 230 | 230 | 230 |
| 项目 | 单位 | 碎石（最大粒径：15mm） | | | | |
| | | 混凝土强度等级 | | | | |
| | | C20 | C25 | C30 | C35 | C40 |
| 32.5 级 | kg | 376 | 429 | 479 | | |
| 42.5 级 | kg | | | | 458 | 500 |
| 木钙 | kg | 0.94 | 1.07 | 1.20 | 1.15 | 1.25 |
| 中砂 | kg | 881 | 856 | 832 | 842 | 822 |
| 5～25 碎石 | kg | 1021 | 992 | 964 | 976 | 953 |
| 水 | kg | 210 | 210 | 210 | 210 | 210 |
| 项目 | 单位 | 碎石（最大粒径：40mm） | | | | |
| | | 混凝土强度等级 | | | | |
| | | C20 | C25 | C30 | C35 | C40 |
| 32.5 级 | kg | 351 | 400 | 446 | | |
| 42.5 级 | kg | | | | 427 | 466 |
| 木钙 | kg | 0.88 | 1.00 | 1.12 | 1.07 | 1.16 |
| 中砂 | kg | 940 | 916 | 893 | 902 | 883 |
| 5～40 碎石 | kg | 1005 | 979 | 954 | 965 | 944 |
| 水 | kg | 190 | 190 | 190 | 190 | 190 |

注：表中各种材料用量仅供参考，各省、自治区、直辖市可按当地配合比情况，确定材料用量。

# 10 市政管网工程

## 10.1 定额管网工程量计算规则

### 10.1.1 管网工程分部分项划分

#### 10.1.1.1 管网工程各专业分部分项划分（表 10-1-1～表 10-1-3）

表 10-1-1　给水工程分部分项划分

| 序号 | 分部工程 | 分项工程名称 |
| --- | --- | --- |
| 1 | 管道安装 | 1. 承插铸铁管安装（青铅接口）；2. 承插铸铁管安装（石棉水泥接口）；3. 承插铸铁管安装（膨胀水泥接口）；4. 承插铸铁管安装（胶圈接口）；5. 球墨铸铁管安装（胶圈接口）；6. 预应力（自应力）混凝土管安装（胶圈接口）；7. 塑料管安装（粘接）；8. 塑料管安装（胶圈接口）；9. 铸铁管新旧管连接（青铅接口）；10. 铸铁管新旧管连接（石棉水泥接口）；11. 铸铁管新旧管连接（膨胀水泥接口）；12. 钢管新旧管连接（焊接）；13. 管道试压；14. 管道消毒冲洗 |
| 2 | 管道内防腐 | 1. 铸铁管（钢管）地面离心机械内涂；2. 铸铁管（钢管）地面人工内涂 |
| 3 | 管件安装 | 1. 铸铁管件安装（青铅接口）；2. 铸铁管件安装（石棉水泥接口）；3. 铸铁管件安装（膨胀水泥接口）；4. 铸铁管件安装（胶圈接口）；5. 承插式预应力混凝土转换件安装（石棉水泥接口）；6. 塑料管件安装；7. 分水栓安装；8. 马鞍卡子安装；9. 二合三通安装（青铅接口）；10. 二合三通安装（石棉水泥接口）；11. 铸铁穿墙管安装；12. 法兰式水表组成与安装（有旁通管、有止回阀） |
| 4 | 管道附属构筑物 | 1. 砖砌圆形阀门井；2. 砖砌矩形卧式阀门井；3. 砖砌矩形水表井；4. 消火栓井；5. 圆形排泥湿井；6. 管道支墩（挡墩） |
| 5 | 取水工程 | 1. 大口井内套管安装；2. 辐射井管安装；3. 钢筋混凝土渗渠管制作安装；4. 渗渠滤料填充 |

注：1. 给水工程划分为管道安装、管道内防腐、管件安装、管道附属构筑物、取水工程 5 个分部工程。

2. 管道内防腐分部工程中划分为 14 个分项工程；管道内防腐分部工程中划分为 2 个分项工程；管件安装分部工程中划分为 12 个分项工程；管道附属构筑物分部工程中划分为 6 个分项工程；取水工程分部中划分为 4 个分项工程。

表 10-1-2　排水工程分部分项划分

| 序号 | 分部工程 | 分项工程名称 |
| --- | --- | --- |
| 1 | 定型混凝土管道基础及铺设 | 1. 定型混凝土管道基础；2. 混凝土管铺设；3. 排水管道接口；4. 管道闭水试验；5. 排水管道出水口 |
| 2 | 定型井 | 1. 砖砌圆形雨水检查井；2. 砖砌圆形污水检查井；3. 砖砌跌水检查井；4. 砖砌竖槽式跌水井；5. 砖砌阶梯式跌水井；6. 砖砌污水闸槽井；7. 砖砌矩形直线雨水检查井；8. 砖砌矩形直线污水检查井；9. 砖砌矩形一侧交汇雨水检查井；10. 砖砌矩形一侧交汇污水检查井；11. 砖砌矩形两侧交汇雨水检查井；12. 砖砌矩形两侧交汇污水检查井；13. 砖砌 30°扇形雨水检查井；14. 砖砌 30°扇形污水检查井；15. 砖砌 45°扇形雨水检查井；16. 砖砌 45°扇形污水检查井；17. 砖砌 60°扇形雨水检查井；18. 砖砌 60°扇形污水检查井；19. 砖砌 90°扇形雨水检查井；20. 砖砌 90°扇形污水检查井；21. 砖砌雨水进水井；22. 砖砌连接井 |

市政工程常用资料备查手册

| 序号 | 分部工程 | 分项工程名称 |
|---|---|---|
| 3 | 非定型井、渠、管道基础及砌筑 | 1. 非定型井垫层；2. 非定型井砌筑及抹灰；3. 非定型井盖(算)制作、安装；4. 非定型渠(管)道垫层及基础；5. 非定型渠道砌筑；6. 非定型渠道抹灰与勾缝；7. 渠道沉降缝；8. 钢筋混凝土盖板、过梁的预制安装；9. 混凝土管截断；10. 检查井筒砌筑；11. 方沟闭水试验 |
| 4 | 顶管工程 | 1. 工作坑、交汇坑土方及支撑拆除；2. 顶进后座及坑内平台安装；3. 泥水切削机械及附属、设施拆除；4. 中继间拆除；5. 顶进触变泥浆减阻；6. 封闭式顶进；7. 挤压顶进；8. 钢管顶进；9. 挤压顶进；10. 方(拱)涵顶进；11. 混凝土管顶管平口管接口；12. 混凝土管顶管企口管接口；13. 顶管接口外套环；14. 顶管接口内套环；15. 顶管钢板套环制作 |
| 5 | 给水排水构筑物 | 1. 沉井；2. 现浇钢筋混凝土池；3. 预制混凝土构件；4. 折板、壁板制作安装；5. 滤料铺设；6. 防水工程；7. 施工缝；8. 井、池渗漏试验 |
| 6 | 给水排水机械设备安装 | 1. 拦污及提水设备；2. 投药、消毒处理设备；3. 水处理设备；4. 排泥、撇渣和除砂机械；5. 污泥脱水机械；6. 闸门及驱动装置；7. 其他 |
| 7 | 模板、钢筋、井字架工程 | 1. 现浇混凝土模板工程；2. 预制混凝土模板工程；3. 钢筋(铁件)；4. 井字架 |

注：1. 排水工程划分为定型混凝土管道基础及铺设，定型井，非定型井、渠、管道基础及砌筑，顶管工程，给水排水构筑物，给水排水机械设备安装，模板、钢筋、井字架工程 7 个分部工程。

2. 定型混凝土管道基础及铺设分部工程中划分为 5 个分项工程；定型井分部工程中划分为 22 个分项工程；非定型井、渠、管道基础及砌筑分部工程中划分为 11 个分项工程；顶管工程分部中划分为 15 个分项工程；给水排水构筑物分部工程中划分为 8 个分项工程；给水排水机械设备安装分部工程中划分为 7 个分项工程；模板、钢筋、井字架工程分部中划分为 4 个分项工程。

表 10-1-3　燃气与集中供热工程分部分项划分

| 序号 | 分部工程 | 分项工程名称 |
|---|---|---|
| 1 | 管道安装 | 1. 碳钢管安装；2. 直埋式预制保温管安装；3. 碳素钢板卷管安装；4. 活动法兰承插铸铁管安装(机械接口)；5. 塑料管安装；6. 套管内铺设钢板卷管；7. 套管内铺设铸铁管(机械接口) |
| 2 | 管件制作、安装 | 1. 焊接弯头制作；2. 弯头(异径管)安装；3. 三通安装；4. 挖眼接管；5. 钢管煨弯；6. 铸铁管件安装(机械接口)；7. 盲(堵)板安装；8. 钢塑过渡接头安装；9. 防雨环帽制作、安装；10. 直埋式预制保温管管件安装 |
| 3 | 法兰阀门安装 | 1. 法兰安装；2. 阀门安装；3. 阀门水压试验；4. 低压阀门解体、检查、清洗、研磨；5. 中压阀门解体、检查、清洗、研磨；6. 阀门操纵装置安装 |
| 4 | 燃气设备安装 | 1. 凝水缸制作、安装；2. 调压器安装；3. 鬃毛过滤器安装；4. 萘油分离器安装；5. 安全水封、检漏管安装；6. 煤气调长器安装 |
| 5 | 集中供热用容器具安装 | 1. 除污器组成安装；2. 补偿器安装 |
| 6 | 管道试压、吹扫 | 1. 强度试验；2. 气密性试验；3. 管道吹扫；4. 管道总试压及冲洗；5. 牺牲阳极、测试桩安装 |

注：1. 燃气与集中供热工程划分为管道安装、管件制作安装、法兰阀门安装、燃气用设备安装、集中供热用容器具安装、管道试压吹扫 6 个分部工程。

2. 管道安装分部工程中划分为 7 个分项工程；管件制作安装分部工程中划分为 10 个分项工程；法兰阀门安装分部工程中划分为 6 个分项工程；燃气用设备安装分部工程中划分为 6 个分项工程；集中供热用容器具安装分部工程中划分为 2 个分项工程；管道试压吹扫分部工程中划分为 5 个分项工程。

## 10.1.1.2　管网工程各专业工作内容 (表 10-1-4～表 10-1-6)

表 10-1-4　给水工程工作内容

| 项　目 | | 工　作　内　容 |
|---|---|---|
| 管道安装 | 承插铸铁管安装(青铅接口) | 包括：检查及清扫管材、切管、管道安装、化铅、打麻、打铅口 |
| | 承插铸铁管安装(石棉水泥接口、膨胀水泥接口) | 包括：检查及清扫管材、切管、管道安装、调制接口材料、接口、养护 |
| | 承插、球墨铸铁管安装(胶圈接口) | 包括：检查及清扫管材、切管、管道安装、上胶圈 |

| 项 目 | | 工 作 内 容 |
|---|---|---|
| 管道安装 | 预应力(自应力)混凝土管安装(胶圈接口) | 包括:检查及清扫管材、管道安装、上胶圈、对口、调直、牵引 |
| | 塑料管安装(粘接) | 包括:检查及清扫管材、管道安装、粘接、调直 |
| | 塑料管安装(胶圈接口) | 包括:检查及清扫管材、管道安装、上胶圈、粘接、调直 |
| | 铸铁管新旧管连接(青铅接口、石棉水泥接口) | 包括:定位、断管、临时加固、安装管件、化铅、塞麻、打口、通水试验 |
| | 铸铁管新旧管连接(膨胀水泥接口) | 包括:定位、断管、安装管件、接口、临时加固、通水试验 |
| | 钢管新旧管连接(焊接) | 包括:定位、断管、安装管件、临时加固、通水试验 |
| | 管道试压 | 包括:制堵盲板、安拆打压设备、灌水加压、清理现场 |
| | 管道消毒冲洗 | 包括:溶解漂白粉、灌水消毒、冲洗 |
| 管道内防腐 | 铸铁管(钢管)地面离心机械内涂 | 包括:刮管、冲洗、内涂、搭拆工作台 |
| | 铸铁管(钢管)地面人工内涂 | 包括:清理管腔、搅拌砂浆、抹灰、成品堆放 |
| 管件安装 | 铸铁管件安装(青铅接口) | 包括:切管、管口处理、管件安装、化铅、接口 |
| | 铸铁管件安装(石棉水泥接口、膨胀水泥接口) | 包括:切管、管口处理、管件安装、调制接口材料、接口、养护 |
| | 铸铁管件安装(胶圈接口) | 包括:选胶圈、清洗管口、上胶圈 |
| | 承插式预应力混凝土转换件安装(石棉水泥接口) | 包括:管件安装、接口、养护 |
| | 塑料管件安装 | 包括:1. 粘接:切管、坡口、清理工作面、管件安装。2. 胶圈:切管、坡口、清理工作面、管件安装、上胶圈 |
| | 分水栓安装 | 包括:定位、开关阀门、开孔、接驳、通水试验 |
| | 马鞍卡子安装 | 包括:定位、安装、钻孔、通水试验 |
| | 二合三通安装 | 包括:管口处理、定位、安装、钻孔、接口、通水试验 |
| | 铸铁穿墙管安装 | 包括:切管、管件安装、接口、养护 |
| | 法兰式水表组成与安装(有旁通管有止回阀) | 包括:清洗检查、焊接、制垫加垫、水表、阀门安装、上螺栓 |
| 管道附属构筑物 | 砖砌圆形阀门井 | 包括:混凝土搅拌、浇捣、养护、砌砖、勾缝、安装井盖 |
| | 砖砌矩形卧式阀门井、水表井 | 包括:混凝土搅拌、浇捣、养护、砌砖、抹水泥砂浆、勾缝、安装盖板、安装井盖 |
| | 消火栓井 | 包括:混凝土搅拌、浇捣、养护、砌砖、勾缝、安装井盖 |
| | 圆形排泥湿井 | 包括:混凝土搅拌、浇捣、养护、砌砖、抹水泥砂浆、勾缝、安装井盖 |
| | 管道支墩(挡墩) | 包括:混凝土搅拌、浇捣、养护 |
| 取水工程 | 大口井内套管安装 | 包括:套管、盲板安装、接口、封闭 |
| | 辐射井管安装 | 包括:钻孔、井内辐射管安装、焊接、顶进 |
| | 钢筋混凝土渗渠管制作安装 | 包括:混凝土搅拌、浇捣、养护、渗渠安装、连接找平 |
| | 渗渠滤料填充 | 包括:筛选滤料、填充、整平 |

表 10-1-5 排水工程工作内容

| 项 目 | | 工 作 内 容 |
|---|---|---|
| 定型混凝土管道基础及铺设 | 定型混凝土管道基础 | 包括:配料、搅拌混凝土、捣固、养护、材料场内运输 |
| | 混凝土管道铺设 | 包括:排管、下管、调直、找平、槽上搬运 |
| | 排水管道接口 | 包括:1. 排水管道平(企)接口、预制混凝土外套环接口、现浇混凝土套环接口、清理管口、调运砂浆、填缝、抹带、压实、养护<br>2. 变形缝:清理管口、搅捣混凝土、筛砂、调制砂浆、熬制沥青、调配沥青麻丝、填塞、安放止水带、内外抹口、压实、养护<br>3. 承插接口:清理管口、调运砂浆、填缝、抹带、压实、养护 |

| 项 目 | | 工 作 内 容 |
|---|---|---|
| 定型混凝土管道基础及铺设 | 管道闭水试验 | 包括：调制砂浆、砌堵、抹灰、注水、排水、拆堵、清理现场等 |
| | 排水管道出水口 | 包括：1. 砖砌：清底、铺装垫层、混凝土搅拌、浇筑、养护、调制砂浆、砌砖、抹灰、勾缝、材料运输<br>2. 石砌：清底、铺装垫层、混凝土搅拌、浇筑、养护、调制砂浆、砌石、抹灰、勾缝、材料运输 |
| 定型井 | | 包括：混凝土搅拌、捣固、抹平、养护、调制砂浆、砌筑、抹灰、勾缝，井盖、井座、爬梯安装，材料场内运输等 |
| 非定型井、渠、管道基础及砌筑 | 非定型井垫层 | 包括：1. 砂石垫层：清基、挂线、拌料、摊铺、找平、夯实、检查标高、材料运输等<br>2. 混凝土垫层：清基、挂线、配料、搅拌、捣固、抹平、养护、材料运输 |
| | 非定型井砌筑及抹灰 | 包括：1. 砌筑：清理现场、配料、混凝土搅拌、养护、预制构件安装、材料运输<br>2. 勾缝及抹灰：清理墙面、筛砂、调制砂浆勾缝、抹灰、清扫落地灰、材料运输等<br>3. 井壁（墙）凿洞：凿洞、拌制砂浆、接管口、补齐管口、抹平墙面、清理场地 |
| | 非定型井井盖（箅）制作、安装 | 包括：配料、混凝土搅拌、捣固、抹面、养护、材料场内运输等 |
| | 非定型渠（管）道垫层及基础 | 包括：1. 垫层：配料、混凝土搅拌、捣固、抹面、养护、材料场内运输等<br>2. 渠（管）道基础<br>①平基、负拱基础：清底、挂线、调制砂浆、选砌砖石、抹平、夯实、混凝土搅拌、捣固、养护、材料运输、清理场地等<br>②混凝土枕基、管座：清理现场、混凝土搅捣、养护、预制构件安装、材料运输 |
| | 非定型渠道砌筑 | 包括：1. 墙身、拱盖：清理基底、调制砂浆、筛砂、挂线砌筑、清整墙面、材料运输、清理场地<br>2. 现浇混凝土方沟：混凝土搅拌、捣固、养护、材料场运输<br>3. 砌筑墙帽：调制拌和砂浆、砌筑、清整场地、混凝土搅拌、捣固、养护、材料场运输、清理场地 |
| | 非定型渠道抹灰与勾缝 | 包括：1. 抹灰：润湿墙面、调拌砂浆、抹灰、材料运输、清理场地<br>2. 勾缝：清理墙面、调拌砂浆、砌堵脚手孔、勾缝、材料运输、清理场地 |
| | 渠道沉降缝 | 包括：熬制沥青麻丝、填塞、裁料、涂刷底油、铺贴安装、材料运输、清理场地 |
| | 钢筋混凝土盖板、过梁的预制安装 | 包括：1. 预制：配料、混凝土搅拌、运输、捣固、抹面、养护<br>2. 安装：构件提升、就位、固定、铺底灰、调配砂浆、勾抹缝隙 |
| | 混凝土管截断 | 包括：清扫管内杂物、划线、凿管、切断等操作过程 |
| | 检查井筒砌筑 | 包括：调制砂浆、盖板以上的井筒砌筑、勾缝、爬梯、井盖、井座安装、场内材料运输等 |
| | 方沟闭水试验 | 包括：调制砂浆、砌砖堵、抹面、接（拆）水管、拆堵、材（废）料运输 |
| 顶管工程 | 工作坑、交汇坑土方及支撑安拆 | 包括：1. 人工挖土、少先吊配合吊土、卸土、场地清理<br>2. 备料、场内运输、支撑安拆、整理、指定地点堆放 |
| | 顶进后座及坑内平台安拆 | 包括：1. 枋木后座：安拆顶进后座、安拆人工操作平台及千斤顶平台、清理现场<br>2. 钢筋混凝土后座：模板制、安、拆，钢筋除锈、制作、安装，混凝土拌和、浇捣、养护，安拆钢板后靠，搭拆人工操作平台及千斤顶平台，拆除混凝土后座，清理现场 |
| | 泥水切削机械及附属设施安拆 | 包括：安拆工具管、千斤顶、顶铁、油泵、配电设备、进水泵、出泥泵、仪表操作台、油管闸阀、压力表、进水管、出泥管及铁梯等全部工序 |
| | 中继间安拆 | 包括：安装、吊卸中继间，装油泵、油管，接缝防水，拆除中继间内的全部设备，吊出井口 |
| | 顶进触变泥浆减阻 | 包括：安拆操作机械、取料、拌浆、清理 |
| | 封闭式顶进 | 包括：卸管、接拆进水管、出泥浆管、照明设备、掘进、测量纠偏、泥浆出坑、场内运输等 |
| | 混凝土管顶进 | 包括：下管、固定胀圈、安、拆、换顶铁、挖、运、吊土、顶进、纠偏 |
| | 钢管顶进、挤压顶进 | 包括：修整工作坑、安拆顶管设备、下管、接口、安、拆、换顶铁、挖、运、吊土、顶进、纠偏 |

| 项　目 | | 工　作　内　容 |
|---|---|---|
| 顶管工程 | 方(拱)涵顶进 | 包括:1.顶进:修整工作坑、安拆顶管设备,下方(拱)涵,安、拆、换顶铁,挖、运、吊土,顶进,纠偏<br>2.熬制沥青玛瑞脂、裁油毡,制填石棉水泥,抹口 |
| | 混凝土管顶管平口管接口 | 包括:配制沥青麻丝,拌和砂浆,填、打(打)管口,材料运输 |
| | 混凝土管顶管企口管接口 | 包括:1.配制沥青麻丝,拌和砂浆,填、打(打)管口,材料运输<br>2.清理管口,调配嵌缝及胶黏材料,制布垫板,打(抹)内管口,材料运输 |
| | 顶管接口(内)外套环 | 包括:清理接口,安放"O"形橡胶圈,安装钢制外套环,刷环氧沥青漆 |
| | 顶管钢板套环制作 | 包括:划线、下料、坡口、压头、卷圆、找圆、组对、点焊、焊接、除锈、刷油、场内运输等 |
| 给水排水构筑物 | 沉井 | 1.沉井垫木、灌砂<br>①垫木:人工挖槽弃土,铺砂、洒水、夯实、铺设和抽除垫木,回填砂<br>②灌砂工装、运、卸砂,人工灌、捣砂<br>③砂垫层:平整基坑、运砂、分层铺平、浇水、振实<br>④混凝土垫层:配料、搅捣、养护、凿除混凝土垫层<br>2.沉井制作:混凝土搅拌、浇捣、抹平、养护、场内材料运输<br>3.沉井下沉:搭拆平台及起吊设备,挖土、吊土、装车 |
| | 现浇钢筋混凝土池 | 包括:1.池底、池壁、柱梁、池盖、板、池槽:混凝土搅拌、浇捣、养护、场内材料运输<br>2.导流筒:调制砂浆、砌砖、场内材料运输<br>3.其他现浇钢筋混凝土构件:混凝土搅拌、运输、浇捣、养护、场内材料运输 |
| | 预制混凝土构件 | 包括:1.构件制作:混凝土搅拌、运输、浇捣、养护、场内材料运输<br>2.构件安装:安装就位、找正、找平、清理、场内材料运输 |
| | 折板、壁板制作安装 | 包括:1.折板安装:找平、找正、安装、固定、场内材料运输<br>2.壁板制作安装:木壁板制作,刨光企口,接装及各种铁件安装,划线、下料、拼装及各种铁件安装等 |
| | 滤料铺设 | 包括:筛、运、洗砂石,清底层,挂线,铺设砂石,整形找平等 |
| | 防水工程 | 包括:清扫及烘干基层,配料,熬油,清扫油毡,砂子筛洗;调制砂浆,抹灰找平,压光压实,场内材料运输 |
| | 施工缝 | 包括:熬制沥青、玛瑞脂,调配沥青麻丝、浸木丝板、拌和沥青砂浆,填塞、嵌缝、灌缝,材料场内运输等 |
| | 井、池渗漏试验 | 包括:准备工具、灌水、检查、排水、现场清理等 |
| 给水排水机械设备安装 | 拦污及提水设备 | 包括:1.格栅的制作安装:放样、下料、调直、打孔、机加工、组对、点焊、成品校正、除锈刷油<br>2.格栅除污机、滤网清污机、螺旋泵:开箱点件、基础划线、场内运输、设备吊装就位、一次灌浆、精平、组装,附件组装、清洗、检查、加油,无负荷试运转 |
| | 投药、消毒处理设备 | 包括:1.加氯机:开箱点件、基础划线、场内运输、固定、安装<br>2.水射器:开箱点件、场内运输、制垫、安装、找平、加垫、紧固螺栓<br>3.管式混合器:外观检查、点件、安装、找平、加垫、紧固螺栓、水压试验<br>4.搅拌机械:开箱点件、基础划线、场内运输、设备吊装就位、一次灌浆、精平、组装,附件组装、清洗、检查、加油,无负荷试运转 |
| | 水处理设备 | 包括:1.曝气器:外观检查、场内运输、设备吊装就位、安装、固定、找平、找正调试<br>2.布气管安装:切管、坡口、调直、对口、挖眼接管、管道制作安装、盲板制作安装、水压试验、场内运输<br>3.曝气机、生物转盘:开箱点件、基础划线、场内运输、设备吊装就位、一次灌浆、精平、组装,附件组装、清洗、检查、加油,无负荷试运转 |
| | 排泥、撤渣和除砂机械 | 包括:1.行车式吸泥机、行车式提板刮泥撤渣机:开箱点件、场内运输、枕木堆搭设,主梁组对、吊装,组件安装,无负荷试运转<br>2.链条牵引式刮泥机:开箱点件、基础划线、场内运输、设备吊装就位、精平、组装,附件组装、清洗、检查、加油,无负荷试运转 |

| 项 目 | | 工 作 内 容 |
|---|---|---|
| 给水排水机械设备安装 | 排泥、撇渣和除砂机械 | 3. 悬挂式中心传动刮泥机:开箱点件、基础划线、场内运输、枕木堆搭设,主梁组对、主梁吊装就位,精平组装,附件组装、清洗、检查、加油,无负荷试运转<br>4. 垂架式中心传动刮、吸泥机,周边传动吸泥机:开箱点件、基础划线、场内运输、8t 汽车吊进出池子,枕木堆搭设,脚手架搭设,设备组装,附件组装、清洗、检查、加油,无负荷试运转<br>5. 澄清池机械搅拌刮泥机:开箱点件、基础划线、场内运输、设备吊装、一次灌浆,精平组装,附件组装、清洗、检查、加油,无负荷试运转<br>6. 钟罩吸泥机:开箱点件、基础划线、场内运输、设备吊装,精平组装,附件组装、清洗、检查、加油,无负荷试运转 |
| | 污泥脱水机械 | 包括:开箱点件、基础划线、场内运输、设备吊装,一次灌浆、精平组装,附件组装、清洗、检查、加油,无负荷试运转 |
| | 闸门及驱动装置 | 包括:开箱点件、基础划线、场内运输、闸门安装,找平、找正,试漏,试运转 |
| | 其他 | 1. 集水槽<br>①集水槽制作:放样、下料、折边、铣孔、法兰制作、组对、焊接、酸洗、材料场内运输等<br>②集水槽安装:清基、放线、安装、固定、场内运输等<br>2. 堰板<br>①齿型堰板制作:放样、下料、钻孔、清理、调直、酸洗、场内运输等<br>②齿型堰板安装:清基、放线、安装就位、固定、焊接或粘接、场内运输等<br>3. 穿孔管钻孔:切管、划线、钻孔、场内材料运输等<br>4. 斜板、斜管安装:斜板、斜管铺装,固定,场内材料运输等<br>5. 地脚螺栓孔灌浆:清扫、冲洗地脚螺栓孔、筛洗砂石、人工搅拌、捣固、找平、养护<br>6. 设备底座与基础间灌浆 |
| 模板、钢筋、井字架工程 | 现浇混凝土模板工程 | 包括:1. 基础:模板制作、安装、拆除,清理杂物、刷隔离剂、整理堆放、场内外运输<br>2. 构筑物及池类、管、渠道及其他:模板安装、拆除,涂刷隔离剂、清杂物、场内外运输等 |
| | 预制混凝土模板工程 | 包括:工具式钢模板安装、清理、刷隔离剂、拆除、整理堆放、场内运输 |
| | 钢筋(铁件) | 包括:1. 现浇、预制构件钢筋:钢筋解捆、除锈、调直、下料、弯曲,点焊、除渣,绑扎成型、运输入模<br>2. 预应力钢筋<br>①先张法:制作、张拉、放张、切断等<br>②后张法及钢筋束:制作、编束、穿筋、张拉、孔道灌浆、锚固、放张、切断等<br>3. 预埋铁件制作、安装:加工、制作、埋设、焊接固定 |
| | 井字架 | 包括:1. 木制:木脚手杆安装、铺翻板子、拆除、堆放整齐、场内运输<br>2. 钢管:各种扣件安装、铺翻板子、拆除、场内运输 |

**表 10-1-6 燃气与集中供热工程工作内容**

| 项 目 | | 工 作 内 容 |
|---|---|---|
| 管道安装 | 碳钢管安装 | 包括:切管、坡口、对口、调直、焊接、找坡、找正、安装等操作过程 |
| | 直埋式预制保温管安装 | 包括:收缩带下料、制塑料焊条、坡口及磨平、组对、安装焊接、套管连接、找正、就位、固定、塑料焊、人工发泡、做收缩带、防毒等操作过程 |
| | 碳素钢板卷管安装 | 包括:切管、坡口、对口、调直、焊接、找坡、找正、直管安装等操作过程 |
| | 活动法兰承插铸铁管安装(机械接口) | 包括:上法兰、胶圈、紧螺栓、安装、试压等操作过程 |
| | 塑料管安装 | 包括:1. 管口切削、对口、升温、熔接等操作过程<br>2. 管口切削、上电熔管件、升温、熔接等操作过程 |
| | 套管内铺设钢板卷管 | 包括:铺设工具制作安装、焊口、直管安装、牵引推进等操作过程 |

| 项 目 | | 工 作 内 容 |
|---|---|---|
| 管件制作、安装 | 焊接弯头制作 | 包括:量尺寸、切管、组对、焊接成型、成品码垛等操作过程 |
| | 弯头(异径管)安装 | 包括:切管、管口修整、坡口、组对安装、点焊、焊接等操作过程 |
| | 三通安装 | 包括:切管、管口修整、坡口、组对安装、点焊、焊接等操作过程 |
| | 挖眼接管 | 包括:切割、坡口、组对安装、点焊、焊接等操作过程 |
| | 钢管煨弯 | 包括:1. 机械煨弯:划线、涂机油、上管压紧、煨弯、修整等操作过程<br>2. 中频弯管机煨弯:划线、涂机油、上胎具、加热、煨弯、下胎具、成品检查等操作过程 |
| | 铸铁管件安装(机械接口) | 包括:管口处理、找正、找平、上胶圈、法兰、紧螺栓等操作过程 |
| | 盲(堵)板安装 | 包括:切管、坡口、对口、焊接、上法兰、找平、找正、制、加垫,紧螺栓、压力试验等操作过程 |
| | 钢塑过渡接头安装 | 包括:钢管接头焊接、塑料管接头熔接等操作过程 |
| | 防雨环帽制作、安装 | 包括:1. 制作:包括放样、下料、切割、坡口、卷圆、组对、点焊、焊接等操作过程<br>2. 安装:包括吊装、组对、焊接等操作过程 |
| | 直埋式预制温管管件安装 | 包括:收缩带下料、制塑料焊条,切、坡中及打磨、组对、安装、焊接、连接套管、找正、就位、固定、塑料焊、人工发泡、做收缩带防毒等操作过程 |
| 法兰阀门安装 | 法兰安装 | 包括:1. 平焊法兰、对焊法兰:切管、坡口、组对、制加垫、紧螺栓、焊接等操作过程<br>2. 绝缘法兰:切管、坡口、组对、制加绝缘垫片、垫圈,制加绝缘套管、组对、紧螺栓等操作过程 |
| | 阀门安装 | 包括:1. 焊接法兰阀门安装:制加垫、紧螺栓等操作过程<br>2. 低压(中压)齿轮、电动传动阀门安装:除锈、制加垫、吊装、紧螺栓等操作过程 |
| | 阀门水压试验 | 包括:除锈、切管、焊接、制加垫、固定、紧螺栓、压力试验等操作过程 |
| | 低压(中压)阀门解体、检查、清洗、研磨 | 包括:阀门解体、检查、填料更换或增加、清洗、研磨、恢复、堵板制作、上堵板、试压等操作过程 |
| | 阀门操纵装置安装 | 包括:部件检查及组合装配、找平、找正、安装、固定、试调、调整等操作过程 |
| 燃气用设备安装 | 凝水缸制作、安装 | 包括:1. 低压(中压)碳钢凝水缸制作:放样、下料、切割、坡口、对口、点焊、焊接成型、强度试验等操作过程<br>2. 低压碳钢凝水缸安装:安装罐体、找平、找正、对口、焊接、量尺寸、配管、组装、防护罩安装等操作过程<br>3. 中压碳钢凝水缸安装:安装罐体、找平、找正、对口、焊接、量尺寸、配管、组装、头部安装、抽水缸小井砌筑等操作过程<br>4. 低压铸铁凝水缸安装(机械接口):抽水立管安装、抽水缸与管道连接、防护罩、井盖安装等操作过程<br>5. 中压铸铁凝水缸安装(机械接口):抽水立管安装、抽水缸与管道连接、凝水缸小井砌筑、防护罩、井座、井盖安装等操作过程<br>6. 低压铸铁凝水缸安装(青铅接口):抽水立管安装、化铅、灌铅、打口、凝水缸小井砌筑,防护罩、井座、井盖安装等操作过程<br>7. 中压铸铁凝水缸安装(青铅接口):抽水立管安装、头部安装、化铅、灌铅、打口、凝水缸小井砌筑,防护罩、井座、井盖安装等操作过程<br>8. 调压器安装<br>①雷诺调压器、T形调压器:安装、调试等操作过程;<br>②箱式调压器:进、出管焊接。调试、调压箱体固定安装等操作过程 |
| | 綮毛过滤器、萘油分离器安装 | 包括:成品安装、调试等操作过程 |
| | 安全水封、检漏管安装 | 包括:排尺、下料、焊接法兰、紧螺栓等操作过程 |
| | 煤气调长器安装 | 包括:熬制沥青、灌沥青、量尺寸、断管、焊法兰、制加垫、找平、找正、紧螺栓等操作过程 |

| 项　目 | | 工　作　内　容 |
|---|---|---|
| 集中供热用容器具安装 | 除污器组成安装 | 包括：1. 除污器组成安装：清洗、切管、套丝、上零件、焊接、组对、制加垫、找平、找正、器具安装、压力试验等操作过程<br>2. 除污器安装：切管、焊接、制加垫，除污器、放风管、阀门安装、压力试验等操作过程 |
| | 补偿器安装 | 包括：1. 焊接钢套筒补偿器安装：切管、补偿器安装、对口、焊接、制加垫、紧螺栓、压力试验等操作过程<br>2. 焊接法兰式波纹补偿器安装：除锈、切管、焊法兰、吊装、就位、找正、找平、制加垫、紧螺栓、水压试验等操作过程 |
| 管道试压、吹扫 | 强度试验 | 包括：准备工具、材料，装、拆临时管线，制、安盲堵板，充气加压，检查、找漏、清理现场等操作过程 |
| | 气密性试验 | 包括：准备工具、材料，装、拆临时管线，制、安盲堵板，充气试验，清理现场等操作过程 |
| | 管道吹扫 | 包括：准备工具、材料，装、拆临时管线，制、安盲堵板，加压、吹扫、清理现场等操作过程 |
| | 管道总试压及冲洗 | 包括：安装临时水、电源，制盲堵板、灌水、试压、检查放水、拆除水、电源，填写记录等操作过程 |
| | 牺牲阳极、测试桩安装 | 包括：牺牲阳极表面处理、焊接、配添料，牺牲阳极包制作、安装，测试桩安装、夯填、沥青防腐处理等操作过程 |

## 10.1.2　管网工程定额说明

### 10.1.2.1　给水工程定额说明

（1）管道安装

①《全统市政定额》第五册《给水工程》第一章管道安装内容包括铸铁管、混凝土管、塑料管安装，铸铁管及钢管新旧管连接、管道试压，消毒冲洗。

②定额中管节长度是综合取定的，实际不同时，不做调整。

③套管内的管道铺设按相应的管道安装人工、机械乘以系数1.2。

④混凝土管安装不需要接口时，按《全统市政定额》第六册《排水工程》相应定额执行。

⑤定额给定的消毒冲洗水量，如水质达不到饮用水标准，水量不足时，可按实调整，其他不变。

⑥定额给定的消毒冲洗水量，如水质达不到饮用水标准，水量不足时，可按实调整，其他不变。

⑦新旧管线连接项目所指的管径是指新旧管中最大的管径。

⑧定额不包括以下内容：

a. 管道试压、消毒冲洗、新旧管道连接的排水工作内容，按批准的施工组织设计另计。

b. 新旧管连接所需的工作坑及工作坑垫层，抹灰，马鞍卡子、盲板安装，工作坑及工作坑垫层、抹灰执行第六册《排水工程》有关定额，马鞍卡子、盲板安装执行有关定额。

（2）管道内防腐

①《全统市政定额》第五册《给水工程》第二章管道内防腐内容包括铸铁管、钢管的地面离心机械内涂防腐、人工内涂防腐。

②地面防腐缩合考虑了现场和厂内集中防腐两种施工方法。

③管道的外防腐执行《全国统一安装工程预算定额》的有关定额。

（3）管件安装

①《全统市政定额》第五册《给水工程》第三章管件安装内容包括铸铁管件、承插式预应力混凝土转换件、塑料管件、分水栓、马鞍卡子、二合三通、铸铁穿墙管、水表安装。

② 铸铁管件安装适用于铸铁三通、弯头、套管、乙字管、渐缩管、短管的安装。并综合考虑了承口、插口、带盘的接口，与盘连接的阀门或法兰应另计。

③ 铸铁管件安装（胶圈接口）也适用于球墨铸铁管件的安装。

④ 马鞍卡子安装所列直径是指主管直径。

⑤ 法兰式水表组成与安装定额内无缝钢管、焊接弯头所采用壁厚与设计不同时，允许调整其材料预算价格，其他不变。

⑥ 定额不包括以下内容：

a. 与马鞍卡子相连的阀门安装，执行《全统市政定额》第七册《燃气与集中供热工程》有关定额。

b. 分水栓、马鞍卡子、二合三通安装的排水内容，应按批准的施工组织设计另计。

（4）管道附属构筑物

①《全统市政定额》第五册《给水工程》第四章管道附属构筑物内容包括砖砌圆形阀门井、砖砌矩形卧式阀门井、砖砌矩形水表井、消火栓井、圆形排泥湿井、管道支墩工程。

② 砖砌圆形阀门井是按《给水排水标准图集》S143、砖砌矩形卧式阀门井按S144、砖砌矩形水表井按S145、消火栓井按S162、圆形排泥湿井按S146编制的，且全部按无地下水考虑。

③ 定额所指的井深是指垫层顶面至铸铁井盖顶面的距离。井深大于1.5m时，应按《全统市政定额》第六册《排水工程》有关项目计取脚手架搭拆费。

④ 定额是按普通铸铁井盖、井座考虑的，如设计要求采用球墨铸铁井盖、井座，其材料预算价格可以换算，其他不变。

⑤ 排气阀井，可套用阀门井的相应定额。

⑥ 矩形卧式阀门井筒每增0.2m定额，包括两个井筒同时增0.2m。

⑦ 定额不包括以下内容。

a. 模板安装拆除、钢筋制作安装。如发生时，执行《全统市政定额》第六册《排水工程》有关定额。

b. 预制盖板、成型钢筋的场外运输。如发生时，执行《全统市政定额》第一册《通用项目》有关定额。

c. 圆形排泥湿井的进水管、溢流管的安装，执行有关定额。

（5）取水工程

①《全统市政定额》第五册《给水工程》第五章取水工程内容包括大口井内套管安装、辐射井管安装、钢筋混凝土渗渠管制作安装、渗渠滤料填充。

② 大口井内套管安装。

a. 大口井套管为井底封闭套管，按法兰套管全封闭接口考虑。

b. 大口井底作反滤层时，执行渗渠滤料填充项目。

③ 定额不包括以下内容，如发生时，按以下规定执行。

a. 辐射井管的防腐，执行《全国统一安装工程预算定额》有关定额。

b. 模板制作安装拆除、钢筋制作安装、沉井工程。如发生时，执行《全统市政定额》第六册《排水工程》有关定额。其中渗渠制作的模板安装拆除人工按相应项目乘以系数1.2。

c. 土石方开挖、回填、脚手架搭拆、围堰工程执行《全统市政定额》第一册《通用项目》有关定额。

　　d. 船上打桩及桩的制作，执行《全统市政定额》第三册《桥涵工程》有关项目。

　　e. 水下管线铺设，执行《全统市政定额》第七册《燃气与集中供热工程》有关项目。

### 10.1.2.2　排水工程定额说明

　　(1) 定型混凝土管道基础及铺设

　　① 《全统市政定额》第六册《排水工程》第一章定型混凝土管道基础及铺设包括混凝土管道基础、管道铺设、管道接口、闭水试验、管道出水口，是依《给水排水标准图集》(1996) 合订本 S2 计算的。适用于市政工程雨水、污水及合流混凝土排水管道工程。

　　② $D300 \sim D700$mm 混凝土管铺设分为人工下管和人机配合下管，$D800 \sim D2400$mm 为人机配合下管。

　　③ 如在无基础的槽内铺设管道，其人工、机械乘以系数 1.18。

　　④ 如遇有特殊情况，必须在支撑下串管铺设，人工、机械乘以系数 1.33。

　　⑤ 若在枕基上铺设缸瓦（陶土）管，人工乘以系数 1.18。

　　⑥ 自（预）应力混凝土管胶圈接口采用给水册的相应定额项目。

　　⑦ 实际管座角度与定额不同时，采用非定型管座定额项目。

　　企口管的膨胀水泥砂浆接口和石棉水泥接口适于 360°，其他接口均是按管座 120° 和 180° 列项的。如管座角度不同，按相应材质的接口做法，以管道接口调整表进行调整（表 10-1-7）。

表 10-1-7　管道接口调整表

| 序号 | 项目名称 | 实做角度 | 调整基数或材料 | 调整系数 |
|---|---|---|---|---|
| 1 | 水泥砂浆抹带接口 | 90° | 120°定额基价 | 1.330 |
| 2 | 水泥砂浆抹带接口 | 135° | 120°定额基价 | 0.890 |
| 3 | 钢丝网水泥砂浆抹带接口 | 90° | 120°定额基价 | 1.330 |
| 4 | 钢丝网水泥砂浆抹带接口 | 1350 | 120°定额基价 | 0.890 |
| 5 | 企口管膨胀水泥砂浆抹带接口 | 90° | 定额中 1:2 水泥砂浆 | 0.750 |
| 6 | 企口管膨胀水泥砂浆抹带接口 | 120° | 定额中 1:2 水泥砂浆 | 0.670 |
| 7 | 企口管膨胀水泥砂浆抹带接口 | 135° | 定额中 1:2 水泥砂浆 | 0.625 |
| 8 | 企口管膨胀水泥砂浆抹带接口 | 180° | 定额中 1:2 水泥砂浆 | 0.500 |
| 9 | 金口管石棉水泥接口 | 90° | 定额中 1:2 水泥砂浆 | 0.750 |
| 10 | 企口管石棉水泥接口 | 120° | 定额中 1:2 水泥砂浆 | 0.670 |
| 11 | 企口管石棉水泥接口 | 135. | 定额中 1:2 水泥砂浆 | 0.625 |
| 12 | 企口管石棉水泥接口 | 180° | 定额中 1:2 水泥砂浆 | 0.500 |

　　注：现浇混凝土外套环、变形缝接口，通用于平口、企口管。

　　⑧ 定额中的水泥砂浆抹带、钢丝网水泥砂浆接口均不包括内抹口，如设计要求内抹口时，按抹口周长每 100 延长米增加水泥砂浆 0.0421T13、人工 9.22 工日计算。

　　⑨ 如工程项目的设计要求与定额所采用的标准图集不同时，执行非定型的相应项目。

　　⑩ 定额中各项所需模板、钢筋加工，执行《排水工程》第七章的相应项目。

　　⑪ 定额中计列了砖砌、石砌一字式、门字式、八字式适用于 $D300 \sim D2400$mm 不同覆土厚度的出水口，是按《给水排水标准图集》(1996) 合订本 S2，对应选用，非定型或材质不同时可执行《全统市政定额》第一册《通用项目》和第六册《排水工程》第三章相应项目。

　　(2) 定型井

　　① 《全统市政定额》第六册《排水工程》第二章定型井包括各种定型的砖砌检查井、收

水井，适用于 $D700 \sim D2400\text{mm}$ 间混凝土雨水、污水及合流管道所设的检查井和收水井。

② 各类井是按 1996 年《给水排水标准图集》S2 编制的，实际设计与定额不同时，执行第三章相应项目。

③ 各类井均为砖砌，如为石砌时，执行《排水工程》第三章相应项目。

④ 各类井只计列了内抹灰，如设计要求外抹灰时，执行《排水工程》第三章的相应项目。

⑤ 各类井的井盖、井座、井算均系按铸铁件计列的，如采用钢筋混凝土预制件，除扣除定额中铸铁件外应按下列规定调整：a. 现场预制，执行《排水工程》第三章相应定额；b. 厂集中预制，除按《排水工程》第三章相应定额执行外，其运至施工地点的运费可按《全统市政定额》第一册《通用项目》相应定额另行计算。

⑥ 混凝土过梁的制、安，当小于 $0.04\text{m}^3$/件时，执行《排水工程》第三章小型构件项目；当大于 $0.04\text{m}^3$/件时，执行定型井项目。

⑦ 各类井预制混凝土构件所需的模板钢筋加工，均执行《排水工程》第七章的相应项目。但定额中已包括构件混凝土部分的人、材、机费用，不得重复计算。

⑧ 各类检查井，当井深大于 1.5m 时，可视井深、井字架材质执行《排水工程》第七章的相应项目。

⑨ 当井深不同时，除定额中列有增（减）调整项目外，均按《排水工程》第三章中井筒砌筑定额进行调整。

⑩ 如遇三通、四通井，执行非定型井项目。

（3）非定型井、渠、管道基础及砌筑

① 《全统市政定额》第六册《排水工程》第三章非定型井、渠、管道基础及砌筑包括非定型井、渠、管道及构筑物垫层、基础，砌筑，抹灰，混凝土构件的制作、安装，检查井筒砌筑等。适用于定额各章节非定型的工程项目。

② 定额中各项目均不包括脚手架，当井深超过 1.5m 执行《排水工程》第七章井字脚手架项目；砌墙高度超过 1.2m，抹灰高度超过 1.5m 所需脚手架执行《全统市政定额》第一册《通用项目》相应定额。

③ 定额中所列各项目所需模板的制、安、拆，钢筋（铁件）的加工均执行《排水工程》第七章相应项目。

④ 收水井的混凝土过梁制作、安装执行小型构件的相应项目。

⑤ 跌水井跌水部位的抹灰，按流槽抹面项目执行。

⑥ 混凝土枕基和管座不分角度均按相应定额执行。

⑦ 干砌、浆砌出水口的平坡、锥坡、翼墙执行《全统市政定额》第一册《通用项目》相应项目。

⑧ 定额中小型构件是指单件体积在 $0.04\text{m}^3$ 以内的构件。凡大于 $0.04\text{m}^3$ 的检查井过梁，执行混凝土过梁制作安装项目。

⑨ 拱（弧）型混凝土盖板的安装，按相应体积的矩形板定额人工、机械乘以系数 1.15 执行。

⑩ 定额只计列了井内抹灰的子目，如井外壁需要抹灰，砖、石井均按井内侧抹灰项目人工乘以系数 0.8，其他不变。

⑪ 砖砌检查井的升高，执行检查井筒砌筑相应项目，降低则执行《全统市政定额》第一册《通用项目》拆除构筑物相应项目。

⑫ 石砌体均按块石考虑，如采用片石或平石时，块石与砂浆用量分别乘以系数 1.09 和

1.19，其他不变。

⑬ 给水排水构筑物的垫层执行相应定额项目，其中人工乘以系数 0.87，其他不变；如构筑物池底混凝土垫层需要找坡时，其中人工不变。

⑭ 现浇混凝土方沟底板，采用渠（管）道基础中平基的相应项目。

（4）顶管工程

① 《全统市政定额》第六册《排水工程》第四章顶管工程包括工作坑土方、人工挖土顶管、挤压顶管，混凝土方（拱）管涵顶进，不同材质不同管径的顶管接口等项目，适用于雨、污水管（涵）以及外套管的不开槽顶管工程项目。

② 工作坑垫层、基础执行《排水工程》第三章的相应项目，人工乘以系数 1.10，其他不变。如果方（拱）涵管需设滑板和导向装置时，另行计算。

③ 工作坑挖土方是按土壤类别综合计算的，土壤类别不同，不允许调整。工作坑回填土，视其回填的实际做法，执行《全统市政定额》第一册《通用项目》的相应项目。

④ 工作坑内管（涵）明敷，应根据管径、接口做法执行第一章的相应项目，人工、机械乘以系数 1.10，其他不变。

⑤ 定额是按无地下水考虑的，如遇地下水时，排（降）水费用按相关定额另行计算。

⑥ 定额中钢板内、外套环接口项目，只适用于设计所要求的永久性管口，顶进中为防止错口，在管内接口处所设置的工具式临时性钢胀圈不得套用。

⑦ 顶进施工的方（拱）涵断面大于 $4m^2$ 的，按箱涵顶进项目或规定执行。

⑧ 管道顶进项目中的顶镐均为液压自退式，如采用人力顶镐，定额人工乘以系数 1.43；如系人力退顶（回镐）时间定额乘以系数 1.20，其他不变。

⑨ 人工挖土顶管设备、千斤顶，高压油泵台班单价中已包括了安拆及场外运费，执行中不得重复计算。

⑩ 工作坑如设沉井，其制作、下沉套用给水排水构筑物章的相应项目。

⑪ 水力机械顶进定额中，未包括泥浆处理、运输费用，可另计。

⑫ 单位工程中，管径 $\phi$1650mm 以内敞开式顶进在 100m 以内、封闭式顶进（不分管径）在 50m 以内时，顶进定额中的人工费与机械费乘以系数 1.3。

⑬ 顶管采用中继间顶进时，顶进定额中的人工费与机械费乘以表 10-1-8 所列系数分级计算。

表 10-1-8　中继间顶进时，顶进定额中人工费、机械费调整系数

| 中继间顶进分级 | 一级顶进 | 二级顶进 | 三级顶进 | 四级顶进 | 超过四级 |
|---|---|---|---|---|---|
| 人工费、机械费调整系数 | 1.36 | 1.64 | 2.15 | 2.80 | 另计 |

⑭ 安拆中继间项目仅适用于敞开式管道顶进，当采用其他顶进方法时，中继间费用允许另计。

⑮ 钢套环制作项目以"t"为单位，适用于永久性接口内、外套环，中继间套环、触变泥浆密封套环的制作。

⑯ 顶管工程中的材料是按 50m 水平运距、坑边取料考虑的，如因场地等情况取用料水平运距超过 50m 时，根据超过距离和相应定额另行计算。

（5）给水排水构筑物　《全统市政定额》第六册《排水工程》第五章给水排水构筑物包括沉井、现浇钢筋混凝土池、预制混凝土构件、折（壁）板、滤料铺设、防水工程、施工缝、井池渗漏试验等项目。

① 沉井。

a. 沉井工程系按深度 12m 以内、陆上排水沉井考虑的。水中沉井、陆上水冲法沉井以及离河岸边近的沉井，需要采取地基加固等特殊措施者，可执行《全统市政定额》第四册《隧道工程》相应项目。

b. 沉井下沉项目中已考虑了沉井下沉的纠偏因素，但不包括压重助沉措施，若发生可另行计算。

c. 沉井制作不包括外渗剂，若使用外渗剂时可按当地有关规定执行。

② 现浇钢筋混凝土池类。

a. 池壁遇有附壁柱时，按相应柱定额项目执行，其中人工乘以系数 1.05，其他不变。

b. 池壁挑檐是指在池壁上向外出檐作走道板用；池壁牛腿是指池壁上向内出檐以承托池盖用。

c. 无梁盖柱包括柱帽及桩座。

d. 井字梁、框架梁均执行连续梁项目。

e. 混凝土池壁、柱（梁）、池盖是按在地面以上 3.6m 以内施工考虑的，如超过 3.6m 者按以下计算：

采用卷扬机施工的：每 10m³ 混凝土增加卷扬机（带塔）和人工见表 10-1-9。

表 10-1-9　卷扬机施工每 10m³ 混凝土体积台班和人工增加量

| 序号 | 项目名称 | 增加人工/工日 | 增加卷扬机（带塔）/台班 |
|---|---|---|---|
| 1 | 池壁、隔墙 | 8.7 | 0.59 |
| 2 | 柱、梁 | 6.1 | 0.39 |
| 3 | 池盖 | 6.1 | 0.39 |

采用塔式起重机施工时，每 10m³ 混凝土增加塔式起重机台班，按相应项目中搅拌机台班用量的 50％ 计算。

f. 池盖定额项目中不包括进人孔，可按《全国统一安装工程预算定额》相应定额执行。

g. 格型池壁执行直型池壁相应项目（指厚度）人工乘以系数 1.15，其他不变。

h. 悬空落泥斗按落泥斗相应项目人工乘以系数 1.4，其他不变。

③ 预制混凝土构件。

a. 预制混凝土滤板中已包括了所设置预埋件 ABS 塑料滤头的套管用工，不得另计。

b. 集水槽若需留孔时，按每 10 个孔增加 0.5 个工日计。

c. 除混凝土滤板、铸铁滤板、支墩安装外，其他预制混凝土构件安装均执行异型构件安装项目。

④ 施工缝。

a. 各种材质填缝的断面取定见表 10-1-10。

表 10-1-10　各种材质填缝断面尺寸

| 序号 | 项目名称 | 断面尺寸/cm |
|---|---|---|
| 1 | 建筑油膏、聚氯乙烯胶泥 | 3×2 |
| 2 | 油浸木丝板 | 2.5×15 |
| 3 | 紫铜板止水带 | 展开宽45 |
| 4 | 氯丁橡胶止水带 | 展开宽30 |
| 5 | 其余均匀 | 15×3 |

b. 如实际设计的施工缝断面与上表不同时，材料用量可以换算，其他不变。

c. 各项目的工作内容如下。

油浸麻丝——熬制沥青、调配沥青麻丝、填塞。

油浸木丝板——熬制沥青、浸木丝板、嵌缝。

玛琋脂——熬制玛琋脂、灌缝。

建筑油膏、沥青砂浆——熬制油膏沥青，拌合沥青砂浆，嵌缝。

贴氯丁橡胶片——清理，用乙酸乙酯洗缝；隔纸，用氯丁胶黏剂贴氯丁橡胶片，最后在氯丁橡胶片上涂胶铺砂。

紫铜板止水带——铜板剪裁、焊接成型，铺设。

聚氯乙烯胶泥——清缝、水泥砂浆勾缝，垫牛皮纸，熬灌取聚氯乙烯胶泥。

预埋止水带——止水带制作、接头及安装。

铁皮盖板——平面埋木砖、钉木条、木条上钉铁皮；立面埋木砖、木砖上钉铁皮。

⑤ 井、池渗漏试验。

a. 井、池渗漏试验容量在 $500m^3$ 是指井或小型池槽。

b. 井、池渗漏试验注水采用电动单级离心清水泵，定额项目中已包括了泵的安装与拆除用工，不得再另计。

c. 如构筑物池容量较大，需从一个池子向另一个池注水作渗漏试验采用潜水泵时，其台班单价可以换算，其他均不变。

⑥ 执行其他册或章节的项目。

a. 构筑物的垫层执行《排水工程》第三章非定型井、渠砌筑相应项目。

b. 构筑物混凝土项目中的钢筋、模板项目执行《排水工程》第七章相应项目。

c. 需要搭拆脚手架者，执行《全统市政定额》第一册《通用项目》相应项目。

d. 泵站上部工程以及定额中未包括的建筑工程，执行《全国统一建筑工程基础定额》相应项目。

e. 构筑物中的金属构件制作安装，执行《全国统一安装工程预算定额》相应项目。

f. 构筑物的防腐、内衬工程金属面，执行《全国统一安装工程预算定额》相应项目，非金属面应执行《全国统一建筑工程基础定额》相应项目。

(6) 给水排水机械设备安装

① 《全统市政定额》第六册《排水工程》第六章给水排水机械设备安装适用于给水厂、排水泵站及污水处理厂新建、扩建建设项目的专用设备安装。通用机械设备安装应套用《全国统一安装工程预算定额》有关专业册的相应项目。

② 设备、机具和材料的搬运。

a. 设备：包括自安装现场指定堆放地点运到安装地点的水平和垂直搬运。

b. 机具和材料：包括施工单位现场仓库运至安装地点的水平和垂直搬运。

c. 垂直运输基准面：在室内，以室内地平面为基准面；在室外以室外安装现场地平面为基准面。

③ 工作内容。

a. 设备、材料及机具的搬运，设备开箱点件、外观检查，配合基础验收，起重机具的领用、搬运、装拆、清洗、退库。

b. 划线定位，铲麻面、吊装、组装、连接、放置垫铁及地脚螺栓，找正、找平、精平、焊接、固定、灌浆。

c. 施工验收规范中规定的调整、试验及无负荷试运转。

d. 工种间交叉配合的停歇时间、配合质量检查、交工验收，收尾结束工作。

e. 设备本体带有的物体、机件等附件的安装。

④ 定额中除各节另有说明外，均未包括下列内容。

a. 设备、成品、半成品、构件等自安装现场指定堆放点外的搬运工作。

b. 因场地狭小、有障碍物，沟、坑等所引起的设备、材料、机具等增加的搬运、装拆工作。

c. 设备基础地脚螺栓孔、预埋件的修整及调整所增加的工作。

d. 供货设备整机、机件、零件、附件的处理、修补、修改、检修、加工、制作、研磨以及测量等工作。

e. 非与设备本体联体的附属设备或构件等的安装、制作、刷油、防腐、保温等工作和脚手架搭拆工作。

f. 设备变速箱、齿轮箱的用油，以及试运转所用的油、水、电等。

g. 专用垫铁、特殊垫铁、地脚螺栓和产品图纸注明的标准件、紧固件。

h. 负荷试运转、生产准备试运转工作。

⑤ 定额中设备的安装是按无外围护条件下施工考虑的，如在有外围护的施工条件下施工，定额人工及机械应乘以1.15的系数，其他不变。

⑥ 定额是按国内大多数施工企业普遍采用的施工方法、机械化程度和合理的劳动组织编制的，除另有说明外，均不得因上述因素有差异而对定额进行调整或换算。

⑦ 一般起重机具的摊销费，执行《全国统一安装工程预算定额》的有关规定。

⑧ 各节有关说明（表10-1-11）

**表10-1-11　给水排水机械设备安装有关问题说明**

| 序号 | 项　目 | 说　明　内　容 |
|---|---|---|
| 1 | 拦污及提水设备 | 1. 格栅组对的胎具制作，另行计算<br>2. 格栅制作是按现场加工制作考虑的 |
| 2 | 投药、消毒设备 | 1. 管式药液混合器，以两节为准，如为三节，乘以系数1.3<br>2. 水射器安装以法兰式连接为准，不包括法兰及短管的焊接安装<br>3. 加氯机为膨胀螺栓固定安装<br>4. 溶药搅拌设备以混凝土基础为准考虑 |
| 3 | 水处理设备 | 1. 曝气机以带有公共底座考虑，如无公共底座时，定额基价乘以系数1.3。如需制作安装钢制支承平台时，应另行计算<br>2. 曝气管的分管以闸阀划分为界，包括钻孔。塑料管为成品件，如需粘接和焊接时，可按相应规格项目的定额基价分别乘以系数1.2和1.3<br>3. 卧式表曝机包括泵（E）形、平板形、倒伞形和K形叶轮 |
| 4 | 排泥、撇渣及除砂机械 | 1. 排泥设备的池底找平由土建负责，如需钳工配合，另行计算<br>2. 吸泥机以虹吸式为准，如采用泵吸式，定额基价乘以系数1.3 |
| 5 | 污泥脱水机械 | 设备安装就位的上排、拐弯、下排，定额中均已综合考虑，施工方法与定额不同时，不得调整 |
| 6 | 闸门及驱动装置 | 1. 铸铁圆闸门包括升杆式和暗杆式，其安装深度按6m以内考虑<br>2. 铸铁方闸门以带门框座为准，其安装深度按6m以内考虑<br>3. 铸铁堰门安装深度按3m以内考虑<br>4. 螺杆启闭机安装深度按手轮式为3m，手摇式为4.5m，电动为6m，汽动为3m以内考虑 |
| 7 | 集水槽、堰板制作安装及其他 | 1. 集水槽制作安装：<br>a. 集水槽制作项目中已包括了钻孔或铣孔的用工和机械，执行时，不得再另计；<br>b. 碳钢集水槽制作和安装中已包括了除锈和刷一遍防锈漆、二遍调和漆的人工和材料，不得再另计除锈刷油费用。但如果油漆种类不同，油漆的单价可以换算，其他不变<br>2. 堰板制作安装：<br>a. 碳钢、不锈钢矩形堰执行齿形堰相应项目，其中人工乘以系数0.6，其他不变；<br>b. 金属齿形堰板安装方法是按有连接板考虑的，非金属堰板安装方法是按无连接板考虑的，如实际安装方法不同，定额不做调整； |

| 序号 | 项 目 | 说 明 内 容 |
|---|---|---|
| 7 | 集水槽、堰板制作安装及其他 | c. 金属堰板安装项目,是按碳钢考虑的,不锈钢堰板按金属堰板安装相应项目基价乘以系数 1.2,主材另计,其他不变;<br>d. 非金属堰板安装项目适用于玻璃钢和塑料堰板<br>3. 穿孔管、穿孔板钻孔:<br>a. 穿孔管钻孔项目适用于水厂的穿孔配水管、穿孔排泥管等各种材质管的钻孔;<br>b. 其工作内容包括:切管、划线、钻孔、场内材料运输。穿孔管的对接、安装应另按有关项目计算<br>4. 斜板、斜管安装:<br>a. 斜板安装定额是按成品考虑的,其内容包括固定、螺栓连接等,不包括斜板的加工制作费用<br>b. 聚丙烯斜管安装定额是按成品考虑的,其内容包括铺装、固定、安装等 |

(7) 模板、钢筋、井字架工程

① 《全统市政定额》第六册《排水工程》第七章模板、钢筋、井字架工程包括现浇、预制混凝土工程所用不同材质模板的制、安、拆,钢筋、铁件的加工制作,井字脚手架等项目,适用于《全统市政定额》第六册《排水工程》及第五册《给水工程》中的第四章管道附属构筑物和第五章取水工程。

② 模板是分别按钢模钢撑、复合木模木撑、木模木撑区分不同材质分别列项的,其中钢模模数差部分采用木模。

③ 定额中现浇、预制项目中,均已包括了钢筋垫块或第一层底浆的工、料及看模工日,套用时不得重复计算。

④ 预制构件模板中不包括地、胎模,须设置者,土地模可按《全统市政定额》第一册《通用项目》平整场地的相应项目执行;水泥砂浆、混凝土砖地、胎模可按《全统市政定额》第三册《桥涵工程》的相应项目执行。

⑤ 模板安拆以槽(坑)深 3m 为准,超过 3m 时,人工增加 8% 系数,其他不变。

⑥ 现浇混凝土梁、板、柱、墙的模板,支模高度是按 3.6m 考虑的,超过 3.6m 时,超过部分的工程量另按超高的项目执行。

⑦ 模板的预留洞,按水平投影面积计算,小于 0.3m² 者:圆形洞每 10 个增加 0.72 工日;方形洞每 10 个增加 0.62 工日。

⑧ 小型构件是指单件体积在 0.04m³ 以内的构件;地沟盖板项目适于单块体积在 0.3m³ 内的矩形板;井盖项目适用于井口盖板,井室盖板按矩形板项目执行,预留口按上述第⑦条规定执行。

⑨ 钢筋加工定额是按现浇、预制混凝土构件、预应力钢筋分别列项的,工作内容包括加工制作、绑扎(焊接)成型、安放及浇捣混凝土时的维护用工等全部工作,除另有说明外均不允许调整。

⑩ 各项目中的钢筋规格是综合计算的,子目中的××以内系指主筋最大规格,凡小于 $\phi$10mm 的构造筋均执行 $\phi$10mm 以内子目。

⑪ 定额中非预应力钢筋加工,现浇混凝土构件是按手工绑扎,预制混凝土构件是按手工绑扎、点焊综合计算的,加工操作方法不同不予调整。

⑫ 钢筋加工中的钢筋接头、施工损耗,绑扎铁线及成型点焊和接头用的焊条均已包括在定额内,不得重复计算。

⑬ 预制构件钢筋,如用不同直径钢筋点焊在一起时,按直径最小的定额计算,如粗细

筋直径比在两倍以上时，其人工增加 25％系数。

⑭ 后张法钢筋的锚固是按钢筋绑条焊、U 形插垫编制的，如采用其他方法锚固，应另行计算。

⑮ 定额中已综合考虑了先张法张拉台座及其相应的夹具、承力架等合理的周转摊销费用，不得重复计算。

⑯ 非预应力钢筋不包括冷加工，如设计要求冷加工时，另行计算。

⑰ 下列构件钢筋，人工和机械增加系数如表 10-1-12 所示。

**表 10-1-12  构件钢筋人工和机械增加系数表**

| 项目 | 计算基数 | 现浇构件钢筋 | | 构筑物钢筋 | |
|---|---|---|---|---|---|
| | | 小型构件 | 小型池槽 | 矩形 | 圆形 |
| 增加系数 | 人工和机械 | 100％ | 152％ | 25％ | 50％ |

## 10.1.2.3  燃气与集中供热工程定额说明

(1) 管道安装

① 《全统市政定额》第七册《燃气与集中供热工程》第一章管道安装包括碳钢管、直埋式预制保温管、碳素钢板卷管、铸铁管（机械接口）、塑料管以及套管内铺设钢板卷管和铸铁管（机械接口）等各种管道安装。

② 工作内容除各节另有说明外，均包括沿沟排管、50mm 以内的清沟底、外观检查及清扫管材。

③ 新旧管道带气接头未列项目，各地区可按燃气管理条例和施工组织设计以实际发生的人工、材料、机械台班的耗用量和煤气管理部门收取的费用进行结算。

(2) 管件制作、安装

① 《全统市政定额》第七册《燃气与集中供热工程》第二章管件制作安装包括碳钢管件制作、安装，铸铁管件安装、盲（堵）板安装、钢塑过渡接头安装，防雨环帽制作与安装等。

② 异径管安装以大口径为准，长度综合取定。

③ 中频煨弯不包括煨制时胎具更换。

④ 挖眼接管加强筋已在定额中综合考虑。

(3) 法兰阀门安装

① 《全统市政定额》第七册《燃气与集中供热工程》第三章法兰阀门安装包括法兰安装，阀门安装，阀门解体、检查、清洗、研磨，阀门水压试验、操纵装置安装等。

② 电动阀门安装不包括电动机的安装。

③ 阀门解体、检查和研磨，已包括一次试压，均按实际发生的数量，按相应项目执行。

④ 阀门压力试验介质是按水考虑的，如设计要求其他介质，可按实调整。

⑤ 定额内垫片均按橡胶石棉板考虑，如垫片材质与实际不符时，可按实调整。

⑥ 各种法兰、阀门安装，定额中只包括一个垫片，不包括螺栓使用量，螺栓用量参考表 10-1-13、表 10-1-14。

⑦ 中压法兰、阀门安装执行低压相应项目，其人工乘以系数 1.2。

(4) 燃气用设备安装

① 《全统市政定额》第七册《燃气与集中供热工程》第四章燃气用设备安装包括凝水缸制作、安装，调压器安装，过滤器、萘油分离器安装，安全水封、检漏管安装，煤气调长器安装。

表 10-1-13　平焊法兰安装用螺栓用量表

| 外径×壁厚/mm | 规格 | 重量/kg | 外径×壁厚/mm | 规格 | 重量/kg |
|---|---|---|---|---|---|
| 57×4.0 | M12×50 | 0.319 | 377×10.0 | M20×75 | 3.906 |
| 76×4.0 | M12×50 | 0.319 | 426×10.0 | M20×80 | 5.42 |
| 89×4.0 | M16×55 | 0.635 | 478×10.0 | M20×80 | 5.42 |
| 108×5.0 | M16×55 | 0.635 | 529×10.0 | M20×85 | 5.84 |
| 133×5.0 | M16×60 | 1.338 | 630×8.0 | M22×85 | 8.89 |
| 159×6.0 | M10×60 | 1.338 | 720×10.0 | M22×90 | 10.668 |
| 219×6.0 | M16×65 | 1.404 | 820×10.0 | M27×95 | 19.962 |
| 273×8.0 | M16×70 | 2.208 | 920×10.0 | M27×100 | 19.962 |
| 325×8.0 | M20×70 | 3.747 | 1020×10.0 | M27×105 | 24.633 |

表 10-1-14　对焊法兰安装用螺栓用量表

| 外径×壁厚/mm | 规格 | 重量/kg | 外径×壁厚/mm | 规格 | 重量/kg |
|---|---|---|---|---|---|
| 57×3.5 | M12×50 | 0.319 | 325×8.0 | M20×75 | 3.906 |
| 76×4.0 | M12×50 | 0.319 | 377×9.0 | M20×75 | 3.906 |
| 89×4.0 | M16×60 | 0.669 | 426×9.0 | M20×75 | 5.208 |
| 108×4.0 | M16×60 | 0.669 | 478×9.0 | M20×75 | 5.208 |
| 133×4.5 | M16×65 | 1.404 | 529×9.0 | M20×80 | 5.42 |
| 159×5.0 | M16×65 | 1.404 | 630×9.0 | M22×80 | 8.25 |
| 219×6.0 | M16×70 | 1.472 | 720×9.0 | M22×80 | 9.9 |
| 273×8.0 | M16×75 | 2.31 | 820×10.0 | M27×85 | 18.804 |

② 凝水缸安装。

a. 碳钢、铸铁凝水缸安装如使用成品头部装置时，只允许调整材料费，其他不变。

b. 碳钢凝水缸安装未包括缸体、套管、抽水管的刷油、防腐，应按不同设计要求另行套用其他定额相应项目计算。

③ 各种调压器安装。

a. 雷诺式调压器、T 形调压器（TMJ、TMZ）安装是指调压器成品安装，调压站内组装的各种管道、管件、各种阀门根据不同设计要求，执行《燃气与集中供热工程》的相应项目另行计算。

b. 各类型调压器安装均不包括过滤器、萘油分离器（脱萘筒）、安全放散装置（包括水封）安装，发生时，可执行《燃气与集中供热工程》相应项目另行计算。

c. 定额中过滤器、萘油分离器均按成品件考虑。

④ 检漏管安装是按在套管上钻眼攻丝安装考虑的，已包括小井砌筑。

⑤ 煤气调长器是按焊接法兰考虑的，如采用直接对焊时，应减去法兰安装用材料，其他不变。

⑥ 煤气调长器是按三波考虑的，如安装三波以上者，其人工乘以系数 1.33，其他不变。

（5）集中供热用容器具安装

① 碳钢波纹补偿器是按焊接法兰考虑的，如直接焊接时，应减掉法兰安装用材料，其他不变。

② 法兰用螺栓按表中螺栓用量表选用。

（6）管道试压、吹扫

①《全统市政定额》第七册《燃气与集中供热工程》第六章管道试压、吹扫包括管道强

度试验、气密性试验、管道吹扫、管道总试压、牺牲阳极和测试桩安装等。

②强度试验、气密性试验、管道总试压。

a. 管道压力试验，不分材质和作业环境均执行定额。试压水如需加温，热源费用及排水设施另行计算。

b. 强度试验，气密性试验项目，均包括了一次试压的人工、材料和机械台班的耗用量。

c. 液压试验是按普通水考虑的，如试压介质有特殊要求，介质可按实调整。

## 10.1.3 管网工程定额计算规则

### 10.1.3.1 给水工程定额计算规则（表 10-1-15）

**表 10-1-15 给水工程定额计算规则**

| 项　目 | 工程量计算规则 |
|---|---|
| 管道安装 | 1. 管道安装均按施工图中心线的长度计算（支管长度从主管中心开始计算到支管末端交接处的中心），管件、阀门所占长度已在管道施工损耗中综合考虑，计算工程量时均不扣除其所占长度；<br>2. 管道安装均不包括管件（指三通、弯头、异径管）、阀门的安装，管件安装执行本册有关定额；<br>3. 遇有新旧管连接时，管道安装工程量计算到碰头的阀门处，但阀门及与阀门相连的承（插）盘短管、法兰盘的安装均包括在新旧管连接定额内，不再另计 |
| 管道内防腐 | 管道内防腐按施工图中心线长度计算，计算工程量时不扣除管件、阀门所占的长度，但管件、阀门的内防腐也不另行计算 |
| 管件安装 | 管件、分水栓、马鞍卡子、二合三通、水表的安装按施工图数量以"个"或"组"为单位计算 |
| 管道附属构筑物 | 1. 各种井均按施工图数量，以"座"为单位。<br>2. 管道支墩按施工图以实体积计算，不扣除钢筋、铁件所占的体积 |
| 取水工程 | 大口井内套管、辐射井管安装按设计图中心线长度计算 |

### 10.1.3.2 排水工程定额计算规则（表 10-1-16）

**表 10-1-16 排水工程定额计算规则**

| 项　目 | 工程量计算规则 |
|---|---|
| 定型混凝土管道基础及铺设 | 1. 各种角度的混凝土基础、混凝土管、缸瓦管铺设，井中至井中的中心扣除检查井长度，以延长米计算工程量。每座检查井扣除长度按表 10-1-17 计算<br>2. 管道接口区分管径和做法，以实际按口个数计算工程量<br>3. 管道闭水试验，以实际闭水长度计算，不扣各种井所占长度<br>4. 管道出水口区分形式、材质及管径，以"处"为单位计算 |
| 定型井 | 1. 各种井按不同井深、井径以"座"为单位计算<br>2. 各类井的井深按井底基础以上至井盖顶计算 |
| 非定型井、渠、管道基础及砌筑 | 1. 定额所列各项目的工程量均以施工图为准计算<br>①砌筑按计算体积，以"10m³"为单位计算；<br>②抹灰、勾缝以"100m²"为单位计算；<br>③各种井的预制构件以实体积"m³"计算，安装以"套"为单位计算；<br>④井、渠垫层、基础按实体积以"10m³"计算；<br>⑤沉降缝应区分材质按沉降缝的断面积或铺设长度分别以"100m²"和"100m"计算；<br>⑥各类混凝土盖板的制作按实体积以"m³"计算，安装应区分单件（块）体积，以"10m³"计算<br>2. 检查井筒的砌筑适用于混凝土管道井深不同的调整和方沟井筒的砌筑，区分高度以"座"为单位计算，高度与定额不同时采用每增减 0.5m 计算<br>3. 方沟（包括存水井）闭水试验的工程量，按实际闭水长度的用水量，以"100m³"计算 |
| 顶管工程 | 1. 工作坑土方区分挖土深度，以挖方体积计算<br>2. 各种材质管道的顶管工程量，按实际顶进长度，以延长米计算<br>3. 顶管接口应区分操作方法、接口材质，分别以口的个数和管口断面积计算工程量<br>4. 钢板内、外套环的制作，按套环重量以"t"为单位计算 |

| 项　目 | 工程量计算规则 |
|---|---|
| 给水排水<br>构筑物 | 1. 沉井<br>①沉井垫木按刃脚中心线以"100 延长米"为单位；<br>②沉井井壁及隔墙的厚度不同如上薄下厚时，可按平均厚度执行相应定额<br>2. 钢筋混凝土池<br>①钢筋混凝土各类构件均按图示尺寸，以混凝土实体积计算，不扣除 0.3m² 以内的孔洞体积；<br>②各类池盖中的进人孔、透气孔盖以及与盖相连的结构，工程量合并在池盖中计算；<br>③平底池的池底体积，应包括池壁下的扩大部分；池底带有斜坡时，斜坡部分应按坡底计算；锥形底应算至壁基梁底面，无壁基梁者算至锥底坡的上口；<br>④池壁分别不同厚度计算体积，如上薄下厚的壁，以平均厚度计算。池壁高度应自池底板面算至池盖下面；<br>⑤无梁盖柱的柱高，应自池底上表面算至池盖的下表面，并包括柱座、柱帽的体积；<br>⑥无梁盖应包括与池壁相连的扩大部分的体积；肋形盖应包括主、次梁及盖部分的体积；球形盖应自池壁顶面以上，包括边侧梁的体积在内；<br>⑦沉淀池水槽，系指池壁上的环形溢水槽及纵横 U 形水槽，但不包括与水槽相连接的矩形梁，矩形梁可执行梁的相应项目<br>3. 预制混凝土构件<br>①预制钢筋混凝土滤板按图示尺寸区分厚度以"10m³"计算，不扣除滤头套管所占体积；<br>②除钢筋混凝土滤板外其他预制混凝土构件均按图示尺寸以"m³"计算，不扣除 0.3m² 以内孔洞所占体积<br>4. 折板、壁板制作安装<br>①折板安装区分材质均按图示尺寸以"m²"计算；<br>②稳流板安装区分材质不分断面均按图示长度以"延长米"计算<br>5. 滤料铺设<br>各种滤料铺设均按设计要求的铺设平面乘以铺设厚度以"m³"计算，锰砂、铁矿石滤料以"10t"计算<br>6. 防水工程<br>①各种防水层按实铺面积，以"100m²"计算，不扣除 0.3m² 以内孔洞所占面积；<br>②平面与立面交接处的防水层，其上卷高度超过 500mm 时，按立面防水层计算<br>7. 施工缝<br>各种材质的施工缝填缝及盖缝均不分断面按设计缝长以"延长米"计算<br>8. 井、池渗漏试验<br>井、池的渗漏试验区分井、池的容量范围，以"1000m³"水容量计算 |
| 给水排水机<br>械设备安装 | 1. 机械设备类。<br>①格栅除污机、滤网清污机、搅拌机械、曝气机、生物转盘、带式压滤机均区分设备重量，以"台"为计量单位，设备重量均包括设备带有的电动机的重量在内；<br>②螺旋泵、水射器、管式混合器、辊压转鼓式污泥脱水机、污泥造粒脱水机均区分直径以"台"为计量单位；<br>③排泥、撇渣和除砂机械均区分跨度或池径按"台"为计量单位；<br>④闸门及驱动装置，均区分直径或长×宽以"座"为计量单位；<br>⑤曝气管不分曝气池和曝气沉砂池，均区分管径和材质按"延长米"为计量单位<br>2. 其他项目。<br>①集水槽制作安装分别按碳钢、不锈钢，区分厚度以"10m²"为计量单位；<br>②集水槽制作、安装以设计断面尺寸乘以相应长度以"m²"计算，断面尺寸应包括需要折边的长度，不扣除出水孔所占面积；<br>③堰板制作分别按碳钢、不锈钢区分厚度按"10m²"为计量单位；<br>④堰板安装分别按金属和非金属区分厚度按"10m²"计量。金属堰板适用于碳钢、不锈钢，非金属堰板适用于玻璃钢和塑料；<br>⑤齿形堰板制作安装按堰板的设计宽度乘以长度以"m²"计算，不扣除齿间隔空隙所占面积；<br>⑥穿孔管钻孔项目，区分材质按管径以"100 个孔"为计量单位。钻孔直径是综合考虑取定的，不论孔径大与小均不做调整；<br>⑦斜板、斜管安装仅是安装费，按"10m²"为计量单位；<br>⑧格栅制作安装区分材质按格栅重量，以"t"为计量单位，制作所需的主材应区分规格、型号分别按定额中规定的使用量计算 |

| 项　目 | 工程量计算规则 |
|---|---|
| 模板、钢筋、井字架工程 | 1. 现浇混凝土构件模板按构件与模板的接触面积以"m"计算<br><br>2. 预制混凝土构件模板，按构件的实体积以"m³"计算<br><br>3. 砖、石拱圈的拱盔和支架均以拱盔与圈弧弧形接触面积计算，并执行《全统市政定额》第三册《桥涵工程》相应项目<br><br>4. 各种材质的地模胎膜，按施工组织设计的工程量，并应包括操作等必要的宽度以"m²"计算，执行《全统市政定额》第三册《桥涵工程》相应项目<br><br>5. 井字架区分材质和搭设高度以"架"为单位计算，每座井计算一次<br><br>6. 井底流槽按浇注的混凝土流槽与模板的接触面积计算<br><br>7. 钢筋工程，应区别现浇、预制分别按设计长度乘以单位重量，以"t"计算<br><br>8. 计算钢筋工程量时，设计已规定搭接长度的，按规定搭接长度计算；设计未规定搭接长度的，已包括在钢筋的损耗中，不另计算搭接长度<br><br>9. 先张法预应力钢筋，按构件外形尺寸计算长度，后张法预应力钢筋按设计图规定的预应力钢筋预留孔道长度，并区别不同锚具，分别按下列规定计算：<br>①钢筋两端采用螺杆锚具时，预应力的钢筋按预留孔道长度减 0.35m，螺杆另计；<br>②钢筋一端采用镦头插片，另一端采用螺杆锚具时，预应力钢筋长度按预留孔道长度计算；<br>③钢筋一端采用镦头插片，另一端采用帮条锚具时，增加 0.15m，如两端均采用帮条锚具，预应力钢筋共增加 0.3m 长度；<br>④采用后张混凝土自锚时，预应力钢筋共增加 0.35m 长度<br><br>10. 钢筋混凝土构件预埋铁件，按设计图示尺寸，以"t"为单位计算工程量 |

**表 10-1-17　每座检查井扣除长度**

| 检查井规格/mm | 扣除长度/m | 检查井规格 | 扣除长度/m |
|---|---|---|---|
| φ700 | 0.4 | 各种矩形井 | 1.0 |
| φ1000 | 0.7 | 各种交汇井 | 1.20 |
| φ1250 | 0.95 | 各种扇形井 | 1.0 |
| φ1500 | 1.20 | 圆形跌水井 | 1.60 |
| φ2000 | 1.70 | 矩形跌水井 | 1.70 |
| φ2500 | 2.20 | 阶梯式跌水井 | 按实扣 |

## 10.1.3.3　燃气与集中供热工程定额计算规则（表 10-1-18）

**表 10-1-18　燃气与集中供热工程定额计算规则**

| 项目 | 工程量计算规则 |
|---|---|
| 管道安装 | 1.《全统市政定额》第七册《燃气与集中供热工程》第一章管道安装中各种管道的工程量均按延长米计算，管件、阀门、法兰所占长度已在管道施工损耗中综合考虑，计算工程量时均不扣除其所占长度<br>2. 埋地钢管使用套管时(不包括顶进的套管)，按套管管径执行同一安装项目。套管封堵的材料费可按实际耗用量调整<br>3. 铸铁管安装按 N 形和 X 形接口计算，如采用 N 形和 SMJ 形人工乘以系数 1.05 |
| 管道试压、吹扫 | 1. 强度试验，气密性试验项目，分段试验合格后，如需总体试压和发生二次或二次以上试压时，应再套用本定额相应项目计算试压费用<br>2. 管件长度未满 10m 者，以 10m 计，超过 10m 者按实际长度计<br>3. 管道总试压按每公里为一个打压次数，执行定额一次项目，不足 0.5km 按实际计算，超过 0.5km 计算一次<br>4. 集中供热高压管道压力试验执行低中压相应定额，其人工乘以系数 1.3 |

市政工程常用资料备查手册

## 10.1.4 管网工程定额编制说明

### 10.1.4.1 给水工程（表 10-1-19）

表 10-1-19 给水工程定额编制说明

| 项目 | | 工 作 内 容 |
|---|---|---|
| 编制中有关数据的取定 | 人工 | 1. 定额人工工日不分工种、技术等级一律以综合工日表示<br>综合工日＝基本用工＋超运距用工＋人工幅度差＋辅助用工<br>2. 水平运距综合取定 150m，超运距 150－50＝100m。<br>3. 人工幅度差＝（基本用工＋超运距用工）×10% |
| | 材料 | 1. 主要材料净用量按现行规范、标准（通用）图集重新计算取定，对于影响不大，原《全国统一市政工程预算定额》(1988)的净用量比较合适的材料，未作变动<br>2. 损耗率按建设部(96)建标经字第 47 号文件的规定计算 |
| | 机械 | 1. 凡是以台班产量定额为基础计算台班消耗量，均计入了机械幅度差<br>2. 凡是以班组产量计算的机械台班消耗量，均不考虑幅度差 |
| 其他有关问题的说明 | | 1. 所有电焊条的项目，均考虑了电焊条烘干箱烘干电焊条的费用<br>2. 管件安装经过典型工程测算，综合取定每一件含 2.3 个口（其中铸件管件含 0.3 个盘），简化了定额套用<br>3. 套用机械作业的劳动定额项目，凡劳动定额包括司机的项目，均已扣除了司机工日<br>4. 取水工程项目均按无外围护考虑，经测算在全国统一市政劳动定额基础上乘 0.87 折减系数<br>5. 安装管件配备的机械规格与安装直管配备的机械规格相同 |

### 10.1.4.2 排水工程定额编制说明（表 10-1-20）

表 10-1-20 排水工程定额编制说明

| 项目 | | 工 作 内 容 |
|---|---|---|
| 定额套用界限划分 | | 1. 市政排水管道与厂、区室外排水管道以接入市政管道的检查井、接户井为界；凡市政管道检查井（接户井）以外的厂、区室外排水管道，均执行建筑或安装定额<br>2. 城市污水厂、净水厂内的雨水、污水混凝土管线及检查井、收水井均应执行市政定额<br>3. 给水排水构筑物工程中的泵站上部建筑工程以及定额中未包括的建筑工程均应执行当地的建筑工程预算定额<br>4. 给水排水机械设备安装中的通用机械应执行安装定额 |
| 编制中有关数据的取定 | 人工 | 1. 定额人工工日不分工种、技术等级一律以综合工日表示<br>综合工日＝基本用工＋超运距用工＋人工幅度差＋辅助用工<br>2. 水平运距综合取定 150m，超运距 100m<br>3. 人工幅度差＝（基本用工＋超运距用工）×10% |
| | 材料 | 1. 主要材料净用量按先行规范、标准（通用）图集重新计算取定，对影响不大的原定额净用量比较合适的材料，未作变动<br>2. 材料损耗率按建设部(96)建标经字第 47 号文件的规定取定 |
| | 机械 | 1. 凡以台班产量定额为基础计算的台班消耗量，均按建设部的规定计入了幅度差<br>2. 凡以班组产量计算的机械台班消耗量，均不考虑幅度差 |

### 10.1.4.3 燃气与集中供热工程定额编制说明（表 10-1-21）

表 10-1-21 燃气与集中供热工程定额编制说明

| 项目 | 工 作 内 容 |
|---|---|
| 定额套用界限的划分 | 与《全国统一安装工程预算定额》的界线划分，安装工程范围为厂区范围内的车间、装置、站、罐区及其相互之间各种生产用介质输送管道，厂区第一个连接点以内的生产用（包括生产与生活共用）给水、排水、蒸气、煤气输送管道的安装工程。其中给水以入口水表为界；排水以厂区围墙外第一个污水井为界；蒸汽和煤气以入口第一个计量表（阀门）为界；锅炉房、水泵房以墙皮为界，界线以外的为市政工程 |

| 项　目 | | 工　作　内　容 |
|---|---|---|
| 编制中有关数据的取定 | 人工 | 1.《全统市政定额》第七册《燃气与集中供热工程》中人工以《全国统一市政工程劳动定额》、《全国统一安装工程基础定额》为编制依据。人工工日包括基本用工和其他用工,定额人工工日不分工种、技术等级一律以综合工日表示<br>2. 水平运距综合取定 150m,超运距 100m<br>3. 人工幅度差＝(基本用工＋超运距用工)×10％ |
| | 材料 | 1. 主要材料净用量按先行规范、标准(通用)图集重新计算取定,对影响不大,原定额的净用量比较合适的材料未作变动<br>2. 材料损耗率按建设部(96)建标经字第47号文的规定不足部分意见作补充 |
| | 机械 | 1. 凡以台班产量定额为基础计算台班消耗量的,均计入了幅度差,套用基础定额的项目未加机械幅度差。幅度差的取定按建设部47号文的规定<br>2. 定额的施工机械台班是按正常合理机械配备和大多数施工企业的机械化程度综合取定的,实际与定额不一致时,除定额中另有说明外,均不得调整 |
| 其他有关问题的说明 | | 1. 铸铁管安装除机械接口外其他接口形式按《全统市政定额》第五册《给水工程》相应定额执行<br>2. 刷油、防腐、保温和焊接探伤按新编《全国统一安装工程预算定额》相应项目执行<br>3. 异形管、三通制作、刚性套管和柔性套管制作、安装及管道支架制作、安装按新编《全国统一安装工程预算定额相应定额》执行 |

# 10.2　管网工程清单计价计算规则

## 10.2.1　管网工程计算量说明

### 10.2.1.1　市政管网工程清单项目的划分（表 10-2-1）

表 10-2-1　市政管网工程清单项目的划分

| 项　目 | 包含的内容 |
|---|---|
| 管道铺设 | 管道铺设包括陶土管铺设、混凝土管道铺设、镀锌钢管铺设、铸铁管铺设、钢管铺设、塑料管铺设、砌筑渠道、混凝土渠道、套管内铺设管道、管道架空跨越、管道沉管跨越、管道焊口无损探伤 |
| 管件、钢支架制作、安装及新旧管连接 | 管件、钢支架制作、安装及新旧管连接包括预应力混凝土管转换件安装、铸铁管件安装、钢管件安装、法兰钢管件安装、塑料管件安装、钢塑转换件安装、钢管道间法兰连接、分水栓安装、盲(堵)板安装、防水套管制作、安装、除污器安装、补偿器安装、钢支架制作、安装、新旧管连接(碰头)、气体转换 |
| 阀门、水表、消火栓安装 | 阀门、水表、消火栓安装包括阀门安装、水表安装、消火栓安装 |
| 井类、设备基础及出水口 | 井类、设备基础及出水口包括砌筑检查井、混凝土检查井、雨水进水井、其他砌筑井、设备基础、出水口、支(挡)墩、混凝土工作井 |
| 顶管 | 顶管包括混凝土管道顶进、钢管顶进、铸铁管顶进、硬塑料管顶进、水平导向钻进 |
| 构筑物 | 构筑物包括管道方沟、现浇混凝土沉井井壁及隔墙、沉井下沉、沉井混凝土底板、沉井内地下混凝土结构、沉井混凝土顶板、现浇混凝土池底、现浇混凝土池壁(隔墙)、现浇混凝土池柱、现浇混凝土池梁、现浇混凝土池盖、现浇混凝土板、池槽、砌筑导流壁、筒、混凝土导流壁、筒、混凝土扶梯、金属扶梯、栏杆、其他现浇混凝土构件、预制混凝土板、预制混凝土槽、预制混凝土支墩、预制混凝土异型构件、滤板、折板、壁板、滤料铺设、尼龙网板、刚性防水、柔性防水、沉降缝、井、池渗漏试验 |
| 设备安装 | 设备安装包括管道仪表、格栅制作、格栅除污机、滤网清汇机、螺旋泵、加氯机、水射器、管式混合器、搅拌机械、曝气器、布气管、曝气机、生物转盘、吸泥机、刮泥机、辊压转鼓式吸泥脱水机、带式压滤机、污泥造粒脱水机、闸门、旋转闸、堰门、升杆式铸铁泥阀、平底盖闸、启闭机械、集水槽制作、堰板制作、斜板斜管、凝水缸、调压器、过滤器、分离器、安全水封、检漏管、调长器、牺牲阳极、测试桩 |

市政工程常用资料备查手册

## 10.2.1.2  市政管网工程适用范围（表 10-2-2）

**表 10-2-2  市政管网工程适用范围**

| 项 目 | 说 明 |
|---|---|
| 管道铺设 | 管道铺设项目设置中没有明确区分是排水、给水、燃气还是供热管道，它适用于市政管网管道工程。在列工程量清单时可冠以排水、给水、燃气、供热的专业名称以示区别<br>管道铺设除管沟挖填方外，包括从垫层起至基础，管道防腐、铺设、保温、检验试验、冲洗消毒或吹扫等全部内容 |
| 管件、钢支架制作安装及新旧管连接 | 管道铺设中的管件、钢支架制作安装及新旧管连接，应分别列清单项目 |
| 法兰连接 | 管道法兰连接应单独列清单项目，内容包括法兰片的焊接和法兰的连接；法兰管件安装的清单项目包括法兰片的焊接和法兰体的安装 |
| 设备基础 | 设备基础的清单项目包括了地脚螺栓灌浆和设备底座与基础面之间的灌浆，即包括了一次灌浆和二次灌浆的内容 |
| 顶管 | 顶管的清单项目，除工作井的制作和工作井的挖、填方不包括外，包括了其他所有顶管过程的全部内容 |
| 设备安装 | 设备安装只列了市政管网的专用设备安装，内容包括了设备无负荷试运转在内。标准、定型设备部分应按《建设工程工程量清单计价规范》附录 C 安装工程相关项目编列清单 |

## 10.2.1.3  市政管网工程清单计价工程量计算

清单工程量基本与定额工程量计算规则一致，只是排水管道与定额有区别。定额工程量计算时要扣除井内壁间的长度，而管道铺设的清单工程量计算规则是不扣除井内壁间的距离，也不扣除管体、阀门所占的长度。

## 10.2.2  管网工程清单项目

### 10.2.2.1  管道铺设

工程量清单项目调协及工程量计算规则，应按表 10-2-3 的规定执行。

**表 10-2-3  管道铺设（编码：040501）**

| 项目编码 | 项目名称 | 项目特征 | 计量单位 | 工程量计算规则 | 工程内容 |
|---|---|---|---|---|---|
| 040501001 | 陶土管铺设 | 1. 管材规格<br>2. 埋设深度<br>3. 垫层厚度、材料品种、强度<br>4. 基础断面形式、混凝土强度等级、石料最大粒径 | m | 按设计图示中心线长度以延长米计算，不扣除井所占的长度 | 1. 垫层铺筑<br>2. 混凝土基础浇筑<br>3. 管道防腐<br>4. 管道铺设<br>5. 管道接口<br>6. 混凝土管座浇筑<br>7. 预制管枕安装<br>8. 井壁（墙）凿洞<br>9. 检测及试验 |
| 040501002 | 混凝土管道铺设 | 1. 管有筋无筋<br>2. 规格<br>3. 埋设深度<br>4. 接口形式<br>5. 垫层厚度、材料品种、强度<br>6. 基础断面形式、混凝土强度等级、石料最大粒径 | | 按设计图示管道中心线长度以延长米计算，不扣除中间井及管件、阀门所占的长度 | 1. 垫层铺筑<br>2. 混凝土基础浇筑<br>3. 管道防腐<br>4. 管道铺设<br>5. 管道接口<br>6. 混凝土管座安装<br>7. 预制管枕安装<br>8. 井壁（墙）凿洞<br>9. 检测及试验<br>10. 冲洗消毒或吹扫 |

续表

| 项目编码 | 项目名称 | 项目特征 | 计量单位 | 工程量计算规则 | 工程内容 |
|---|---|---|---|---|---|
| 040501003 | 镀锌钢管铺设 | 1. 公称直径<br>2. 接口形式<br>3. 防腐、保温要求<br>4. 埋设深度<br>5. 基础材料品种、厚度 | m | 按设计图示管道中心线长度以延长米计算，不扣除管件、阀门、法兰所占的长度 | 1. 基础铺筑<br>2. 管道防腐、保温<br>3. 管道铺设<br>4. 接口<br>5. 检测及试验<br>6. 冲洗消毒或吹扫 |
| 040501004 | 铸铁管铺设 | 1. 管材材质<br>2. 管材规格<br>3. 埋设深度<br>4. 接口形式<br>5. 防腐、保温要求<br>6. 垫层厚度、材料品种、强度<br>7. 基础断面形式、混凝土强度、石料最大粒径 | m | 按设计图示管道中心线长度以延长米计算，不扣除中间井及管件、阀门所占的长度 | 1. 垫层铺筑<br>2. 混凝土基础浇筑<br>3. 管道防腐<br>4. 管道铺设<br>5. 管道接口<br>6. 混凝土管座浇筑<br>7. 井壁(墙)凿洞<br>8. 检测及试验<br>9. 冲洗消毒或吹扫 |
| 040501005 | 钢管铺设 | 1. 管材材质<br>2. 管材规格<br>3. 埋设深度<br>4. 防腐、保温要求<br>5. 压力等级<br>6. 垫层厚度、材料品种、强度<br>7. 基础断面形式、混凝土强度、石料最大粒径 | m | 按设计图示管道中心线长度以延长米计算(支管长度从主管中心到支管末端交接处的中心)，不扣除中间井及管件、阀门所占的长度<br>新旧管连接时，计算到碰头的阀门中心处 | 1. 垫层铺筑<br>2. 混凝土基础浇筑<br>3. 混凝土管座浇筑<br>4. 管道防腐、保温铺设<br>5. 管道铺设<br>6. 管道接口<br>7. 检测及试验<br>8. 冲洗消毒或吹扫 |
| 040501006 | 塑料管道铺设 | 1. 管道材料名称<br>2. 管材规格<br>3. 埋设深度<br>4. 接口形式<br>5. 垫层厚度、材料品种、强度<br>6. 基础断面形式、混凝土强度等级、石料最大粒径<br>7. 探测线要求 | m | 按设计图示管道中心线长度以延长米计算(支管长度从主管中心到支管末端交接处的中心)，不扣除中间井及管件、阀门所占的长度<br>新旧管连接时，计算到碰头的阀门中心处 | 1. 垫层铺筑<br>2. 混凝土基础浇筑<br>3. 管道防腐<br>4. 管道铺设<br>5. 探测线铺设<br>6. 管道接口<br>7. 混凝土管座浇筑<br>8. 井壁(墙)凿洞<br>9. 检测及试验<br>10. 冲洗消毒或吹扫 |
| 040501007 | 砌筑渠道 | 1. 渠道断面<br>2. 渠道材料<br>3. 砂浆强度等级<br>4. 埋设深度<br>5. 垫层厚度、材料品种、强度<br>6. 基础断面形式、混凝土强度等级、石料最大粒径 | m | 按设计图示尺寸以长度计算 | 1. 垫层铺筑<br>2. 渠道基础<br>3. 墙身砌筑<br>4. 止水带安装<br>5. 拱盖砌筑或盖板预制、安装<br>6. 勾缝<br>7. 抹面<br>8. 防腐<br>9. 渠道渗漏试验 |

| 项目编码 | 项目名称 | 项目特征 | 计量单位 | 工程量计算规则 | 工程内容 |
|---|---|---|---|---|---|
| 040501008 | 混凝土渠道 | 1. 渠道断面<br>2. 埋设深度<br>3. 垫层厚度、材料品种、强度<br>4. 基础断面形式、混凝土强度、石料最大粒径 | m | 按设计图示尺寸以长度计算 | 1. 垫层铺筑<br>2. 渠道基础<br>3. 墙身砌筑<br>4. 止水带安装<br>5. 拱盖砌筑或盖板预制、安装<br>6. 抹面<br>7. 防腐<br>8. 渠道渗漏试验 |
| 040501009 | 套管内铺设管道 | 1. 管材材质<br>2. 管径、壁厚<br>3. 接口形式<br>4. 防腐要求<br>5. 保温要求<br>6. 压力等级 | | 按设计图示管道中心线长度计算 | 1. 基础铺筑（支架制作、安装）<br>2. 管道防腐<br>3. 穿管铺设<br>4. 接口<br>5. 检测及试验<br>6. 冲洗消毒或吹扫<br>7. 管道保温<br>8. 防护 |
| 040501010 | 管道架空跨越 | 1. 管材材质<br>2. 管径、壁厚<br>3. 跨越跨度<br>4. 支承形式<br>5. 防腐、保温要求<br>6. 压力等级 | | 按设计图示管道中心线长度计算，不扣除管件、阀门、法兰所占的长度 | 1. 支承结构制作、安装<br>2. 防腐<br>3. 管道铺设<br>4. 接口<br>5. 检测及试验<br>6. 冲洗消毒或吹扫<br>7. 管道保温<br>8. 防护 |
| 040501011 | 管道沉管跨越 | 1. 管材材质<br>2. 管径、壁厚<br>3. 跨越跨度<br>4. 支承形式<br>5. 防腐要求<br>6. 压力等级<br>7. 标志牌灯要求<br>8. 基础厚度、材料品种、规格 | | | 1. 管沟开挖<br>2. 管沟基础铺筑<br>3. 防腐<br>4. 跨越拖管头制作<br>5. 沉管铺设<br>6. 检测及试验<br>7. 冲洗消毒或吹扫<br>8. 标志牌灯制作、安装 |
| 040501012 | 管道焊口无损探伤 | 1. 管材外径、壁厚<br>2. 探伤要求 | 口 | 按设计图示要求探伤的数量计算 | 1. 焊口无损探伤<br>2. 编写报告 |

### 10.2.2.2　管件、钢支架制作、安装及新旧管连接

工程量清单项目设置及工程量计算规则，应按表 10-2-4 的规定执行。

**表 10-2-4　管件、钢支架制作、安装及新旧管连接**（编码：040502）

| 项目编码 | 项目名称 | 项目特征 | 计量单位 | 工程量计算规则 | 工程内容 |
|---|---|---|---|---|---|
| 040502001 | 预应力混凝土管转换件安装 | 转换件规格 | 个 | 按设计图示数量计算 | 安装 |
| 040502002 | 铸铁管件安装 | 1. 类型<br>2. 材质<br>3. 规格<br>4. 接口形式 | | | |

| 项目编码 | 项目名称 | 项目特征 | 计量单位 | 工程量计算规则 | 工程内容 |
|---|---|---|---|---|---|
| 040502003 | 钢管件安装 | 1. 管件类型<br>2. 管径、壁厚<br>3. 压力等级 | 个 | 按设计图示数量计算 | 1. 制作<br>2. 安装 |
| 040502004 | 法兰钢管件安装 | | | | 1. 法兰片焊接<br>2. 法兰管件安装 |
| 040502005 | 塑料管件安装 | 1. 管件类型<br>2. 材质<br>3. 管径、壁厚<br>4. 接口<br>5. 探测线要求 | | | 1. 塑料管件安装<br>2. 探测线敷设 |
| 040502006 | 钢塑转件安装 | 转换件规格 | | | 安装 |
| 040502007 | 钢管道间法兰连接 | 1. 平焊法兰<br>2. 对焊法兰<br>3. 绝缘法兰<br>4. 公称直径<br>5. 压力等级 | 处 | | 1. 法兰片焊接<br>2. 法兰连接 |
| 040502008 | 分水栓安装 | 1. 材质<br>2. 规格 | | | 1. 法兰片焊接<br>2. 安装 |
| 040502009 | 盲(堵)板安装 | 1. 盲板规格<br>2. 盲板材料 | 个 | | 1. 法兰片焊接<br>2. 安装 |
| 040502010 | 防水套管制作、安装 | 1. 刚性套管<br>2. 柔性套管<br>3. 规格 | | | 1. 制作<br>2. 安装 |
| 040502011 | 除污器安装 | | | 按设计图示数量计算 | 1. 除污器组成安装<br>2. 除污器安装 |
| 040502012 | 补偿器安装 | 1. 压力要求<br>2. 公称直径<br>3. 接口形式 | 个 | | 1. 焊接钢套筒补偿器安装<br>2. 焊接法兰、法兰式波纹补偿器安装 |
| 040502013 | 钢支架制作、安装 | 类型 | kg | 按设计图示尺寸以质量计算 | 1. 制作<br>2. 安装 |
| 040502014 | 新旧管连接(碰头) | 1. 管材材质<br>2. 管材管径<br>3. 管材接口 | 处 | 按设计图示数量计算 | 1. 新旧管连接<br>2. 马鞍卡子安装<br>3. 接管挖眼<br>4. 钻眼攻丝 |
| 040502015 | 气体置换 | 管材内径 | m | 按设计图示管道中心线长度计算 | 气体置换 |

## 10.2.2.3 阀门、水表、消火栓安装

工程量清单项目设置及工程量计算规则，应按表10-2-5的规定执行。

表10-2-5 阀门、水表、消火栓安装（编码：040503）

| 项目编码 | 项目名称 | 项目特征 | 计量单位 | 工程量计算规则 | 工程内容 |
|---|---|---|---|---|---|
| 040503001 | 阀门 | 1. 公称直径<br>2. 压力要求<br>3. 阀门类型 | 个 | 按设计图示数量计算 | 1. 阀门解体、检查、清洗、研磨<br>2. 法兰片焊接<br>3. 操纵装置安装<br>4. 阀门安装<br>5. 阀门压力试验 |

| 项目编码 | 项目名称 | 项目特征 | 计量单位 | 工程量计算规则 | 工程内容 |
|---|---|---|---|---|---|
| 040503002 | 水表安装 | 公称直径 | 个 | 按设计图示数量计算 | 1. 丝扣水表安装<br>2. 法兰片焊接、法兰水表安装 |
| 040503003 | 消火栓安装 | 1. 部位<br>2. 型号<br>3. 规格 | | | 1. 法兰片焊接<br>2. 安装 |

### 10.2.2.4 井类、设备基础及出水口

工程量清单项目设置及工程量计算规则，应按表 10-2-6 的规定执行。

表 10-2-6　井类、设备基础及出水口（编码：040504）

| 项目编码 | 项目名称 | 项目特征 | 计量单位 | 工程量计算规则 | 工程内容 |
|---|---|---|---|---|---|
| 040504001 | 砌筑检查井 | 1. 材料<br>2. 井深、尺寸<br>3. 定型井名称、定型图号、尺寸及井深<br>4. 垫层、基础、厚度、材料品种、强度 | | | 1. 垫层铺筑<br>2. 混凝土浇筑<br>3. 养生<br>4. 砌筑<br>5. 爬梯制作、安装<br>6. 勾缝<br>7. 抹面<br>8. 防腐<br>9. 盖板、过梁制作、安装<br>10. 井盖及井座制作、安装 |
| 040504002 | 混凝土检查井 | 1. 井深、尺寸<br>2. 混凝土强度等级、石料最大粒径<br>3. 垫层厚度、材料品种、强度 | 座 | 按设计图示数量计算 | 1. 垫层铺筑<br>2. 混凝土浇筑<br>3. 养生<br>4. 爬梯制作、安装<br>5. 盖板、过梁制作、安装<br>6. 防腐涂刷<br>7. 井盖及井座制作、安装 |
| 040504003 | 雨水进水井 | 1. 混凝土强度等级、石料最大粒径<br>2. 雨水井型号<br>3. 井深<br>4. 垫层厚度、材料品种、强度<br>5. 定型井名称、图号、尺寸及井深 | | | 1. 垫层铺筑<br>2. 混凝土浇筑<br>3. 养生<br>4. 砌筑<br>5. 勾缝<br>6. 抹面<br>7. 预制构件制作、安装<br>8. 井算安装 |
| 040504004 | 其他砌筑井 | 1. 阀门井<br>2. 水表井<br>3. 消火栓井<br>4. 排泥湿井<br>5. 井的尺寸、深度<br>6. 井身材料<br>7. 垫层、基础；厚度、材料品种、强度<br>8. 定型井名称、图号、尺寸及井深 | | | 1. 垫层铺筑<br>2. 混凝土浇筑<br>3. 养生<br>4. 砌支墩<br>5. 砌筑井身<br>6. 爬梯制作、安装<br>7. 盖板、过梁制作、安装<br>8. 勾缝（抹面）<br>9. 井盖及井座制作、安装 |

| 项目编码 | 项目名称 | 项目特征 | 计量单位 | 工程量计算规则 | 工程内容 |
|---|---|---|---|---|---|
| 040504005 | 设备基础 | 1. 混凝土强度等级、石料最大粒径<br>2. 垫层厚度、材料品种、强度 | m³ | 按设计图示尺寸以体积计算 | 1. 垫层铺筑<br>2. 混凝土浇筑<br>3. 养生<br>4. 地脚螺栓灌浆<br>5. 设备底座与基础间灌浆 |
| 040504006 | 出水口 | 1. 出水口材料<br>2. 出水口形式<br>3. 出水口尺寸<br>4. 出水口深度<br>5. 出水口砌体强度<br>6. 混凝土强度等级、石料最大粒径<br>7. 砂浆配合比<br>8. 垫层厚度、材料品种、强度 | 处 | 按设计图示数量计算 | 1. 垫层铺筑<br>2. 混凝土浇筑<br>3. 养生<br>4. 砌筑<br>5. 勾缝<br>6. 抹面 |
| 040504007 | 支(挡)墩 | 1. 混凝土强度等级<br>2. 石料最大粒径<br>3. 垫层厚度、材料品种、强度 | m³ | 按设计图示尺寸以体积计算 | 1. 垫层铺筑<br>2. 混凝土浇筑<br>3. 养生<br>4. 砌筑<br>5. 勾缝<br>6. 抹面<br>7. 预制构件制作、安装<br>8. 井箅安装 |
| 040504008 | 混凝土工作井 | 1. 土壤类别<br>2. 断面<br>3. 深度<br>4. 垫层、基础;厚度、材料品种、强度 | 座 | 按设计图示数量计算 | 1. 混凝土工作井制作<br>2. 挖土下沉定位<br>3. 土方场内运输<br>4. 垫层铺设<br>5. 混凝土浇筑<br>6. 养生<br>7. 回填夯实<br>8. 余方弃置<br>9. 缺方内运 |

## 10.2.2.5　顶管

工程量清单项目设置及工程量计算规则,应按表 10-2-7 的规定执行。

**表 10-2-7　顶管**(编码:040505)

| 项目编码 | 项目名称 | 项目特征 | 计量单位 | 工程量计算规则 | 工程内容 |
|---|---|---|---|---|---|
| 040505001 | 混凝土管道顶进 | 1. 土壤<br>2. 管径<br>3. 深度<br>4. 规格 | m | 按设计图示尺寸以长度计算 | 1. 顶进后座及坑内工作平台搭拆<br>2. 顶进设备安装、拆除<br>3. 中继间安装、拆除<br>4. 触变泥浆减阻<br>5. 套环安装 |
| 040505002 | 钢管顶进 | 1. 土壤类别<br>2. 材质<br>3. 管径<br>4. 深度 | | | |

| 项目编码 | 项目名称 | 项目特征 | 计量单位 | 工程量计算规则 | 工程内容 |
|---|---|---|---|---|---|
| 040505003 | 铸铁管顶进 | | | | 6. 防腐涂刷<br>7. 挖土、管道顶进<br>8. 洞口止水处理<br>9. 余方弃置 |
| 040505004 | 硬塑料管顶进 | 1. 土壤类别<br>2. 管径<br>3. 深度 | m | 按设计图示尺寸以长度计算 | 1. 顶进后座及坑内工作平台搭拆<br>2. 顶进设备安装、拆除<br>3. 套环安装<br>4. 管道顶进<br>5. 洞口止水处理<br>6. 余方弃置 |
| 040505005 | 水平导向钻进 | 1. 土壤类别<br>2. 管径<br>3. 管材材质 | | | 1. 钻进<br>2. 泥浆制作<br>3. 扩孔<br>4. 穿管<br>5. 余方弃置 |

## 10.2.2.6 构筑物

工程量清单项目调协及工程量计算规则，应按表 10-2-8 的规定执行。

**表 10-2-8 构筑物（编号：040506）**

| 项目编码 | 项目名称 | 项目特征 | 计量单位 | 工程量计算规则 | 工程内容 |
|---|---|---|---|---|---|
| 040506001 | 管道方沟 | 1. 断面<br>2. 材料品种<br>3. 混凝土强度等级、石料最大粒径<br>4. 深度<br>5. 垫层、基础；厚度、材料品种、强度 | m | 按设计图示尺寸以长度计算 | 1. 垫层铺筑<br>2. 方沟基础<br>3. 墙身砌筑<br>4. 拱盖砌筑或盖板预制、安装<br>5. 勾缝<br>6. 抹面<br>7. 混凝土浇筑 |
| 040506002 | 现浇混凝土沉井井壁及隔墙 | 1. 混凝土强度等级<br>2. 混凝土抗渗需求<br>3. 石料最大粒径 | | 按设计图示尺寸以体积计算 | 1. 垫层铺筑、垫木铺设<br>2. 混凝土浇筑<br>3. 养生<br>4. 余方弃置 |
| 040506003 | 沉井下沉 | 1. 土壤类别<br>2. 管径<br>3. 深度 | m³ | 按自然地坪至设计底板垫层底的高度乘以沉井外壁最大断面面积以体积计算 | 1. 垫木拆除<br>2. 沉井挖土地下沉<br>3. 填充<br>4. 余方弃置 |
| 040506004 | 沉井混凝土底板 | 1. 混凝土强度等级<br>2. 混凝土抗渗需求<br>3. 石料最大粒径<br>4. 地梁截面<br>5. 垫层厚度、材料品种、强度 | | 按设计图示尺寸以体积计算 | 1. 垫层铺筑<br>2. 混凝土浇筑<br>3. 养生 |

| 项目编码 | 项目名称 | 项目特征 | 计量单位 | 工程量计算规则 | 工程内容 |
|---|---|---|---|---|---|
| 040506005 | 沉井内地下混凝土结构 | 1. 所在部位<br>2. 混凝土强度等级、石料最大粒径 | m³ | 按设计图示尺寸以体积计算 | 1. 混凝土浇筑<br>2. 养生 |
| 040506006 | 沉井混凝土顶板 | 1. 混凝土强度等级、石料最大粒径<br>2. 混凝土抗渗需求 | | | |
| 040506007 | 现浇混凝土池底 | 1. 混凝土强度等级、石料最大粒径<br>2. 混凝土抗渗需求<br>3. 池底形式<br>4. 垫层厚度、材料品种、强度 | | | 1. 垫层铺筑<br>2. 混凝土浇筑<br>3. 养生 |
| 040506008 | 现浇混凝土池壁(隔墙) | 1. 混凝土强度等级、石料最大粒径<br>2. 混凝土抗渗需求 | | | 1. 混凝土浇筑<br>2. 养生 |
| 040506009 | 现浇混凝土池柱 | 1. 混凝土强度等级、石料最大粒径<br>2. 规格 | | | |
| 040506010 | 现浇混凝土池梁 | | | | |
| 040506011 | 现浇混凝土池盖 | | | | |
| 040506012 | 现浇混凝土板 | 1. 混凝土抗渗需求、石料最大粒径<br>2. 池槽断面 | | | |
| 040506013 | 池槽 | 1. 混凝土抗渗需求、石料最大粒径<br>2. 池槽断面 | m | 按设计图示尺寸以长度计算 | 1. 混凝土浇筑<br>2. 养生<br>3. 盖板<br>4. 其他材料铺设 |
| 040506014 | 砌筑导流壁、筒 | 1. 块体材料<br>2. 断面<br>3. 砂浆强度等级 | m³ | 按设计图示尺寸以体积计算 | 1. 砌筑<br>2. 抹面 |
| 040506015 | 混凝土导流壁、筒 | 1. 断面<br>2. 混凝土强度等级、石料最大粒径 | | | 1. 混凝土浇筑<br>2. 养生 |
| 040506016 | 混凝土扶梯 | 1. 混凝土强度等级、石料最大粒径<br>2. 混凝土抗渗需求 | | | 1. 混凝土浇筑或预制<br>2. 养生<br>3. 扶梯安装 |
| 040506017 | 金属扶梯、栏杆 | 1. 材质<br>2. 规格<br>3. 涂料品种、工艺要求 | t | 按设计图示尺寸以质量计算 | 1. 钢扶梯制作、安装<br>2. 除锈、刷涂料 |
| 040506018 | 其他现浇混凝土构件 | 1. 规格<br>2. 混凝土强度等级、石料最大粒径 | | | 1. 混凝土浇筑<br>2. 养生 |
| 040506019 | 预制混凝土板 | 1. 混凝土强度等级、石料最大粒径<br>2. 名称、部位、规格 | m³ | 按设计图示尺寸以体积计算 | 1. 混凝土浇筑<br>2. 养生<br>3. 构件移动及堆放<br>4. 构件安装 |
| 040506020 | 预制混凝土槽 | | | | |
| 040506021 | 预制混凝土支墩 | 1. 规格<br>2. 混凝土抗渗需求、石料最大粒径 | | | |
| 040506022 | 预制混凝土异型构件 | | | | |

市政工程常用资料备查手册

| 项目编码 | 项目名称 | 项目特征 | 计量单位 | 工程量计算规则 | 工程内容 |
|---|---|---|---|---|---|
| 040506023 | 滤板 | 1. 滤板材质<br>2. 滤板规格<br>3. 滤板厚度<br>4. 滤板部位 | m³ | 按设计图示尺寸以体积计算 | 1. 制作<br>2. 安装 |
| 040506024 | 折板 | 1. 折板材料<br>2. 折板形式<br>3. 折板部位 | | | |
| 040506025 | 壁板 | 1. 壁板材料<br>2. 壁板部位 | | | |
| 040506026 | 滤料铺设 | 1. 滤料品种<br>2. 滤料规格 | m³ | 按设计图示尺寸以体积计算 | 铺设 |
| 040506027 | 尼龙网板 | 1. 材料品种<br>2. 材料规格 | m² | | 1. 制作<br>2. 安装 |
| 040506028 | 刚性防水 | 1. 工艺要求<br>2. 材料规格 | m³ | 按设计图示尺寸以面积计算 | 1. 配料<br>2. 铺筑 |
| 040506029 | 柔性防水 | | | | 涂、贴、粘、刷防水材料 |
| 040506030 | 沉降缝 | 1. 材料品种<br>2. 沉降缝规格<br>3. 沉降缝部位 | m | 按设计图示以长度计算 | 铺、嵌沉降缝 |

### 10. 2. 2. 7  设备安装

工程量清单项目设置及工程量计算规则，应按表 10-2-9 的规定执行。

**表 10-2-9  设备安装（编码：040507）**

| 项目编码 | 项目名称 | 项目特征 | 计量单位 | 工程量计算规则 | 工程内容 |
|---|---|---|---|---|---|
| 040507001 | 管道仪表 | 1. 规格、型号<br>2. 仪表名称 | 个 | 按设计图示数量计算 | 1. 取源部件安装<br>2. 支架制作、安装<br>3. 套管安装<br>4. 表弯制作、安装<br>5. 仪表脱脂<br>6. 仪表安装 |
| 040507002 | 格栅制作 | 1. 材质<br>2. 规格、型号 | kg | 按设计图示尺寸以质量计算 | 1. 制作<br>2. 安装 |
| 040507003 | 格栅除污机 | 规格、型号 | 台 | | |
| 040507004 | 滤网清污机 | | | | |
| 040507005 | 螺旋泵 | | | | |
| 040507006 | 加氯机 | 1. 折板材料<br>2. 折板形式<br>3. 折板部位 | 套 | 按设计图示数量计算 | 1. 安装<br>2. 无负荷试运转 |
| 040507007 | 水射器 | 公称直径 | | | |
| 040507008 | 管式混合器 | 1. 滤料品种<br>2. 滤料规格 | 个 | | |
| 040507009 | 搅拌机械 | 1. 规格、型号<br>2. 重量 | 台 | | |
| 040507010 | 曝气器 | 1. 工艺要求<br>2. 材料规格 | 个 | | |
| 040507011 | 布气管 | 1. 材料品种<br>2. 直径 | m | 按设计图示以长度计算 | 1. 钻孔<br>2. 安装 |

| 项目编码 | 项目名称 | 项目特征 | 计量单位 | 工程量计算规则 | 工程内容 |
|---|---|---|---|---|---|
| 040507012 | 曝气机 | 规格、型号 | 台 | 按设计图示数量计算 | 1. 安装 2. 无负荷试运转 |
| 040507013 | 生物转盘 | 规格 | | | |
| 040507014 | 吸泥机 | 规格、型号 | | | |
| 040507015 | 刮泥机 | | | | |
| 040507016 | 辊压转鼓工吸泥脱水机 | | | | |
| 040507017 | 带式压滤机 | 设备质量 | | | |
| 040507018 | 污泥造粒脱水机 | 转鼓直径 | | | |
| 040507019 | 闸门 | 1. 闸门材质 2. 闸门形式 3. 闸门规格、型号 | 座 | 按设计图示数量计算 | 安装 |
| 040507020 | 旋转门 | 1. 材质 2. 规格、型号 | | | |
| 040507021 | 堰门 | 规格、型号 | | | |
| 040507022 | 升杆式铸铁泥阀 | 公称直径 | | | |
| 040507023 | 平底盖闸 | | | | |
| 040507024 | 启闭机械 | 规格、型号 | 台 | | |
| 040507025 | 集水槽制作 | 1. 材质 2. 厚度 | m² | 按设计图示尺寸以面积计算 | 1. 制作 2. 安装 |
| 040507026 | 堰板制作 | 1. 堰板材质 2. 堰板厚度 3. 堰板形式 | | | |
| 040507027 | 斜板 | 1. 材料品种 2. 厚度 | | | 安装 |
| 040507028 | 斜管 | 1. 斜管材料品种 2. 斜管规格 | m | 按设计图示以长度计算 | |
| 040507029 | 凝水缸 | 1. 材料品种 2. 压力要求 3. 型号、规格 4. 接口 | 组 | 按设计图示数量计算 | 1. 制作 2. 安装 |
| 040507030 | 调压器 | 规格、型号 | | | 安装 |
| 040507031 | 过滤器 | | | | |
| 040507032 | 分离器 | | | | |
| 040507033 | 安全水封 | 公称直径 | | | |
| 040507034 | 检漏管 | 规格 | | | |
| 040507035 | 调长器 | 公称直径 | 个 | | |
| 040507036 | 牺牲阳极、测试桩 | 1. 牺牲阳极安装 2. 测试桩安装 3. 组合及要求 | 组 | | 1. 安装 2. 测试 |

# 10.3 城镇给排水工程

## 10.3.1 给排水管道设计

### 10.3.1.1 设计用水量标准

(1) 城市用水量指标（表 10-3-1、表 10-3-2）

表 10-3-1　居民生活用水定额　　　　　　　　　　　单位：L/(人·d)

| 城市规模　用水情况　分区 | 特大城市 | | 大城市 | | 中、小城市 | |
|---|---|---|---|---|---|---|
| | 最高日 | 平均日 | 最高日 | 平均日 | 最高日 | 平均日 |
| 一 | 180～270 | 140～210 | 160～250 | 120～190 | 140～230 | 100～170 |
| 二 | 140～200 | 110～160 | 120～180 | 90～140 | 100～160 | 70～120 |
| 三 | 140～180 | 110～150 | 120～160 | 90～130 | 100～140 | 70～110 |

10-3-2　综合生活用水定额　　　　　　　　　　　单位：L/(人·d)

| 城市规模　用水情况　分区 | 特大城市 | | 大城市 | | 中、小城市 | |
|---|---|---|---|---|---|---|
| | 最高日 | 平均日 | 最高日 | 平均日 | 最高日 | 平均日 |
| 一 | 260～410 | 210～340 | 240～390 | 190～310 | 220～370 | 170～280 |
| 二 | 190～280 | 150～240 | 170～260 | 130～210 | 150～240 | 110～180 |
| 三 | 170～270 | 140～230 | 150～250 | 120～200 | 130～230 | 100～170 |

注：1. 特大城市指：市区和近郊区非农业人口 100 万及以上的城市；

大城市指：市区和近郊区非农业人口 50 万及以上，不满 100 万的城市；

中、小城市指：市区和近郊区非农业人口不满 50 万的城市。

2. 一区包括：湖北、湖南、江西、浙江、福建、广东、广西、海南、上海、江苏、安徽、重庆；

二区包括：四川、贵州、云南、黑龙江、吉林、辽宁、北京、天津、河北、山西、河南、山东、宁夏、陕西、内蒙古河套以东和甘肃黄河以东的地区；

三区包括：新疆、青海、西藏、内蒙古河套以西和甘肃黄河以西的地区。

3. 经济开发区和特区城市，根据用水实际情况，用水定额可酌情增加。

4. 当采用海水或污水再生水等作为冲厕用水时，用水定额相应减少。

## （2）室外消防用水水量标准（表 10-3-3～表 10-3-9）

表 10-3-3　建筑物的室外消火栓用水量　　　　　　　　单位：L/s

| 耐火等级 | 建筑物类别 | | 建筑物体积 V/m³ | | | | | |
|---|---|---|---|---|---|---|---|---|
| | | | ≤1500 | 1501～3000 | 3001～5000 | 5001～20000 | 20001～50000 | >50000 |
| 一、二级 | 厂房 | 甲、乙类 | 10 | 15 | 20 | 25 | 30 | 35 |
| | | 丙类 | 10 | 15 | 20 | 25 | 30 | 40 |
| | | 丁、戊类 | 10 | 10 | 10 | 15 | 15 | 20 |
| | 库房 | 甲、乙类 | 15 | 15 | 25 | 25 | — | — |
| | | 丙类 | 15 | 15 | 25 | 25 | 35 | 45 |
| | | 丁、戊类 | 10 | 10 | 10 | 15 | 15 | 20 |
| | 民用建筑 | | 10 | 15 | 15 | 20 | 25 | 30 |
| 三级 | 厂房（仓库） | 乙、丙类 | 15 | 20 | 30 | 40 | 25 | — |
| | | 丁、戊类 | 10 | 10 | 15 | 20 | 25 | 35 |
| | 民用建筑 | | 10 | 15 | 20 | 25 | 30 | — |
| 四级 | 丁、戊类厂房（仓库） | | 10 | 15 | 20 | 25 | — | — |
| | 民用建筑 | | 10 | 15 | 20 | 25 | — | — |

注：1. 室外消火栓用水量应按消防需水量最大的一座建筑物或一个防火分区计算。成组布置的建筑物应按消防需水量较大的相邻两座计算。

2. 火车站、码头和机场的中转库房，其室外消火栓用水量应按相应耐火等级的丙类物品库房确定。

3. 国家级文物保护单位的重点砖木、木结构的建筑物室外消防用水量，按第三级耐火等级民用建筑物消防用水量确定。

**表 10-3-4　城市、居住区同一时间内的火灾次数和一次灭火用水量**

| 人数 N/万人 | 同一时间内的火灾次数/次 | 一次灭火用水量/(L/s) | 人数 N/万人 | 同一时间内的火灾次数/次 | 一次灭火用水量/(L/s) |
|---|---|---|---|---|---|
| $N \leqslant 1.0$ | 1 | 10 | $30.0 < N \leqslant 40.0$ | 2 | 65 |
| $1.0 < N \leqslant 2.5$ | 1 | 15 | $40.0 < N \leqslant 50.0$ | 3 | 75 |
| $2.5 < N \leqslant 5.0$ | 2 | 25 | $50.0 < N \leqslant 60.0$ | 3 | 85 |
| $5.0 < N \leqslant 10.0$ | 2 | 35 | $60.0 < N \leqslant 70.0$ | 3 | 90 |
| $10.0 < N \leqslant 20.0$ | 2 | 45 | $70.0 < N \leqslant 80.0$ | 3 | 95 |
| $20.0 < N \leqslant 30.0$ | 2 | 55 | $80.0 < N \leqslant 100.0$ | 3 | 100 |

**表 10-3-5　工厂、仓库、堆场、储罐（区）和民用建筑在同一时间内的火灾次数**

| 名称 | 基地面积/hm² | 附有居住区人数/万人 | 同一时间内的火灾次数/次 | 备　注 |
|---|---|---|---|---|
| 工厂 | $\leqslant 100$ | $\leqslant 1.5$ | 1 | 按需水量最大的一座建筑物（或堆场、储罐）计算 |
| | | $> 1.5$ | 2 | 工厂、居住区各一次 |
| | $> 100$ | 不限 | 2 | 按需水量最大的两座建筑物（或堆场、储罐）计算 |
| 仓库、民用建筑 | 不限 | 不限 | 1 | 按需水量最大的一座建筑物（或堆场、储罐）计算 |

注：采矿、选矿等工业企业、如各分散基地有单独的消防给水系统时，可分别计算。

**表 10-3-6　可燃材料堆场、可燃气体储罐（区）的室外消防用水量**　　　　单位：L/s

| 名称 | | 总储量或总容量 | 消防用水量 | 名称 | 总储量或总容量 | 消防用水量 |
|---|---|---|---|---|---|---|
| 粮食/t | 土圆囤 | 30～500 | 15 | 木材等可燃材料/m³ | 50～1000 | 20 |
| | | 501～5000 | 25 | | 1001～5000 | 30 |
| | | 5001～20000 | 40 | | 5001～10000 | 45 |
| | | 20001～40000 | 45 | | >10000 | 55 |
| | 席穴囤 | 30～500 | 20 | 煤和焦炭/t | 100～5000 | 15 |
| | | 501～5000 | 35 | | >5000 | 20 |
| | | 5001～20000 | 50 | 可燃气体储罐/m³ | 501～10000 | 15 |
| 棉、麻、毛、化纤进货/t | | 10～500 | 20 | | 10001～50000 | 20 |
| | | 501～1000 | 35 | | 50000～100000 | 25 |
| | | 1001～5000 | 50 | | 100000～200000 | 30 |
| 稻草、麦秸、芦苇等易燃材料/t | | 50～500 | 20 | | >200000 | 35 |
| | | 501～5000 | 35 | | | |
| | | 5001～10000 | 50 | | | |
| | | >10000 | 60 | | | |

注：固定容积的可燃气体储罐的总容积按其几何容积（m³）和设计工作压力（绝对压力，105Pa）的乘积计算。

**表 10-3-7　甲、乙、丙类液体储罐冷却水的供给范围和供给强度**

| 设备类型 | 储罐名称 | | | 供给范围 | 供给强度 |
|---|---|---|---|---|---|
| 移动式水枪 | 着火罐 | 固定顶立罐(包括保温罐) | | 罐周长 | 0.60L/(s·m) |
| | | 浮顶罐(包括保温罐) | | 罐周长 | 0.15L/(s·m) |
| | | 卧式罐 | | 罐表面积 | 0.10L/(s·m²) |
| | | 地下立式罐、半地下和地下卧式罐 | | 无覆土的表面积 | 0.10L/(s·m²) |
| | 相邻罐 | 固定顶立式罐 | 非保温罐 | 罐周长的一半 | 0.35L/(s·m) |
| | | | 保温罐 | | 0.20L/(s·m) |
| | | 卧式罐 | | 罐表面积的一半 | 0.50L/(s·m²) |
| | | 半地下、地下罐 | | 无覆土罐表面积的一半 | 0.10L/(s·m²) |

| 设备类型 | | 储罐名称 | 供给范围 | 供给强度 |
|---|---|---|---|---|
| 固定式设备 | 着火罐 | 立式罐 | 罐周长 | 0.50L/(s·m) |
| | | 卧式罐 | 罐表面积 | 0.10L/(s·m²) |
| | 相邻罐 | 立式罐 | 罐周长的一半 | 0.50L/(s·m) |
| | | 卧式罐 | 罐表面积的一半 | 0.10L/(s·m²) |

注：1. 冷却水供给强度还应根据实际灭火战术所使用的消防设备进行校核。

2. 当相邻罐采用非燃烧材料进行保温时，其冷却水的供给强度可按本表减少50%。

3. 储罐可采用移动式水枪或固定式设备进行冷却。当采用移动式水枪进行冷却时，无覆土保护的卧式罐、地下掩蔽室内立式罐的消防用水量，如计算出的水量小于15L/s时，仍应采用15L/s。

4. 地上储罐的高度超过15m时，宜采用固定式冷却水设备。

5. 当相邻储罐超过4个时，冷却用水量可按4个计算。

表 10-3-8　液化石油气罐区水枪用水量

| 单罐容积/m³ | <400 | ≥400 |
|---|---|---|
| 水枪用水量/(L/s) | 30 | 45 |
| 固定冷却水设备供水强度/[L/(s·m²)] | 0.15 | |

注：1. 水枪用水量应按本表总容积和单罐容积较大者确定；

2. 总容积小于50m³的储罐区或单罐容积小于等于20m³的储罐，可单独设置固定喷水冷却装置或移动式水枪，其消防用水量应按水枪用水量计算。

表 10-3-9　室外变压器水喷雾灭火用水量

| 单台变压器油量/t | 5~10 | ≥10~30 | >30 |
|---|---|---|---|
| 消防用水量/(L/s) | 40 | 60 | 80 |

## 10.3.1.2　污水管道系统设计

（1）综合生活污水量总变化系数（表10-3-10）

表 10-3-10　综合生活污水量总变化系数

| 平均日流量/(L/s) | 5 | 15 | 40 | 70 | 100 | 200 | 500 | ≥1000 |
|---|---|---|---|---|---|---|---|---|
| 总变化系数 | 2.3 | 2.0 | 1.8 | 1.7 | 1.6 | 1.5 | 1.4 | 1.3 |

（2）污水管道设计的一般规定

① 污水管道最大设计充满度。污水管道最大设计充满度可按表10-3-11计。雨水管道和合流管道按满流计算。明渠的超高不得小于0.2m。

表 10-3-11　污水管道最大设计充满度

| 管径或渠高/mm | 最大设计充满度 | 管径或渠高/mm | 最大设计充满度 |
|---|---|---|---|
| 200~300 | 0.55 | 500~900 | 0.70 |
| 350~450 | 0.65 | ≥1000 | 0.75 |

注：在计算污水管道充满度时，不包括短时突然增加的污水量，但当管径小于或等于300mm时，应按满流复核。

② 排水管道的最大设计流速。金属管道的最大设计流速为10.0m/s；非金属管道的最大设计流速为5.0m/s。当水流深度为0.4~1.0m时，宜按表10-3-12的规定取值。

表 10-3-12　明渠最大设计流速

| 明渠类别 | 最大设计流速/(m/s) | 明渠类别 | 最大设计流速/(m/s) |
|---|---|---|---|
| 粗砂或低塑性粉质黏土 | 0.8 | 干砌块石 | 2.0 |
| 粉质黏土 | 1.0 | 浆砌块石或浆砌砖 | 3.0 |
| 黏土 | 1.2 | 石灰岩和中砂岩 | 4.0 |
| 草皮护面 | 1.6 | 混凝土 | 4.0 |

当水流深度在0.4~1.0m范围以外时，表10-3-12所列最大设计流速宜乘以下列系数：

$$h < 0.4\text{m} \qquad\qquad 0.85;$$
$$1.0 < h < 2.0\text{m} \qquad 1.25;$$
$$h \geqslant 2.0\text{m} \qquad\qquad 1.40。$$

其中，$h$ 为水深。

③ 排水管渠的最小设计流速。污水管道的最小设计流速在设计充满度下为 0.6m/s，雨水管道和合流管道在满流时为 0.75m/s，明渠为 0.4m/s。污水厂压力输泥管的最小设计流速，一般可按表 10-3-13 的规定取值。排水管道采用压力流时，压力管道的设计流速宜采用 0.7～2.0m/s。

表 10-3-13　压力输泥管最小设计流速

| 污泥含水率 /% | 最小设计流速/(m/s) | | 污泥含水率 /% | 最小设计流速/(m/s) | |
|---|---|---|---|---|---|
| | 管径 150～250mm | 管径 300～400mm | | 管径 150～250mm | 管径 300～400mm |
| 90 | 1.5 | 1.6 | 95 | 1.0 | 1.1 |
| 91 | 1.4 | 1.5 | 96 | 0.9 | 1.0 |
| 92 | 1.3 | 1.4 | 97 | 0.8 | 0.9 |
| 93 | 1.2 | 1.3 | 98 | 0.7 | 0.8 |
| 94 | 1.1 | 1.2 | | | |

④ 管道的最小管径和最小设计坡度。管道在坡度变陡处，其管径可根据水力计算确定由大改小，但不得超过 2 级，并不得小于相应条件下的最小管径。排水管道的最小管径与相应最小设计坡度，宜按表 10-3-14 取值。

表 10-3-14　最小管径与相应最小设计坡度

| 管道类别 | 最小管径/mm | 相应最小设计坡度 |
|---|---|---|
| 污水管 | 300 | 塑料管 0.002，其他管 0.003 |
| 雨水管和合流管 | 300 | 塑料管 0.002，其他管 0.003 |
| 雨水口连接管 | 200 | 0.01 |
| 压力输泥管 | 150 | — |
| 重力输泥管 | 200 | 0.01 |

（3）排水管道与其他地下管线（构筑物）的最小净距（表 10-3-15）

表 10-3-15　排水管道与其他地下管线（构筑物）的最小净距

| 名　　称 | | 水平净距/m | 垂直净距/m |
|---|---|---|---|
| 建筑物 | | 见注 3. | |
| 给水管 | | 见注 4. | 见注 4 |
| 排水管 | | 1.5 | 0.15 |
| 煤气管 | 低压 | 1.0 | 0.15 |
| | 中压 | 1.5 | |
| | 高压 | 2.0 | |
| | 超高压 | 5.0 | |
| 热力管沟 | | 1.5 | 0.15 |
| 电力电缆 | | 1.0 | 0.5 |
| 通信电缆 | | 1.0 | 直埋 0.5 |
| 乔木 | | 见注 5. | 穿管 0.15 |
| 地上柱杆（中心） | | 1.5 | |
| 道路侧石边缘 | | 1.5 | |
| 铁路 | | 见注 6. | 轨底 1.2 |
| 电车路轨 | | 2.0 | 1.0 |
| 架空管架基础 | | 2.0 | |
| 油管 | | 1.5 | 0.25 |
| 压缩空气管 | | 1.5 | 0.15 |
| 氧气管 | | 1.5 | 0.25 |
| 乙炔管 | | 1.5 | 0.25 |

| 名 称 | 水平净距/m | 垂直净距/m |
|---|---|---|
| 电车电缆 | | 0.5 |
| 明渠渠底 | | 0.5 |
| 涵洞基础底 | | 0.15 |

注：1. 表列数字除注明者外，水平净距均指外壁净距，垂直净距系指下面管道的外顶与上面管道基础底间净距。

2. 采取充分措施（如结构措施）后，表列数字可以减小。

3. 与建筑物水平净距：管道埋深浅于建筑物基础时，一般不小于 2.5m（压力管不小于 5.0m）；管道埋深深于建筑物基础时，按计算确定，但不小于 3.0m。

4. 与给水管水平净距：给水管管径小于或等于 200mm 时，不小于 1.5m；给水管管径大于 200mm 时，不小于 3.0m。

与生活给水管交叉时，污水管道、合流管道在生活给水管道下面的垂直净距不应小于 0.4m。当不能避免在生活给水管道上面穿越时，必须予以加固，加固长度不应小于生活给水管道的外径加 4m。

5. 与乔木中心距离不小于 1.5m；如遇现状高大乔木时，则不小于 2.0m。

6. 穿越铁路时应尽量垂直通过。沿单行铁路敷设时应距路堤坡脚或路堑坡顶不小于 5m。

### 10.3.1.3 雨水管道系统设计

（1）雨水管道系统设计参数（表 10-3-16、表 10-3-17）

**表 10-3-16 单一覆盖径流系数**

| 序号 | 覆盖种类 | 径流系数 |
|---|---|---|
| 1 | 各种屋面、混凝土和沥青路面 | 0.85～0.95 |
| 2 | 大块石铺砌路面、沥青表面处理的碎石路面 | 0.55～0.65 |
| 3 | 级配碎石路面 | 0.40～0.50 |
| 4 | 干砌砖石和碎石路面 | 0.35～0.40 |
| 5 | 非铺砌土地面 | 0.25～0.35 |
| 6 | 公园或绿地 | 0.10～0.20 |

**表 10-3-17 综合径流系数**

| 序号 | 不透水覆盖面积情况 | 径流系数 |
|---|---|---|
| 1 | 城市建筑密集区 | 0.60～0.85 |
| 2 | 城市建筑较密集区 | 0.45～0.6 |
| 3 | 城市建筑稀疏区 | 0.20～0.45 |

（2）雨水管道及附属物布置

① 明渠边坡（表 10-3-18）

**表 10-3-18 明渠边坡**

| 地质 | 边坡 | 地质 | 边坡 |
|---|---|---|---|
| 粉砂 | (1:3)～(1:3.5) | 亚黏土和黏土、砾石或卵石 | (1:1.25)～(1:1.5) |
| 松散的细砂、中砂或粗砂 | (1:2)～(1:2.5) | 半岩性土 | (1:0.5)～(1:1) |
| 密实的细砂、中砂、粗砂或轻亚黏土 | (1:1.5)～(1:2) | 风化岩石 | (1:0.25)～(1:0.5) |
| | | 岩石 | (1:0.1)～(1:0.25) |

② 雨水溢流井。雨水溢流井的截留倍数可根据水体的卫生倍数经计算得出。缺乏计算资料时，也可按照表 10-3-19 的数据进行粗略估算。

**表 10-3-19 截流倍数 $n_0$ 的粗估值**

| 排 放 条 件 | $n_0$ |
|---|---|
| 在居住区内排入大河流（$Q>10m^3/s$） | 1～2 |
| 在居住区内排入小河流（$Q=5～10m^3/s$） | 3～5 |
| 在区域泵站和总泵站前及排水总管的端部根据居住区内水体的不同特性 | 0.5～2 |
| 在处理构筑物旁根据不同处理方法与不同构筑物的组成 | 0.5～1 |

③ 雨水调蓄池。调蓄池的放空时间一般不宜超过12h。雨水调蓄池出水管管径参见表10-3-20。调蓄池出水管（长度按10m计）平均流出流量按表10-3-21采用。

表 10-3-20　雨水调蓄池出水管管径

| 调蓄池容积/m³ | 管径/mm | 调蓄池容积/m³ | 管径/mm |
| --- | --- | --- | --- |
| 500～1000 | 150～200 | 2000～4000 | 300～400 |
| 1000～2000 | 200～300 | | |

表 10-3-21　调蓄池出水管平均流出流量

| 出水管管径/mm | 池内最大水深/m | | |
| --- | --- | --- | --- |
| | 1.0 | 1.5 | 2.0 |
| | 平均流出流量/m³ | | |
| 200 | 38 | 46 | 54 |
| 250 | 65 | 79 | 92 |
| 300 | 99 | 121 | 140 |
| 400 | 190 | 233 | 269 |

## 10.3.2　给排水工程概预算常用数据

### 10.3.2.1　每米管道土方数量表（表 10-3-22）

表 10-3-22　每米管道土方数量表

| 高度/m | 宽度/m | | | | | | | | | | | | | | | |
| --- | --- | --- | --- | --- | --- | --- | --- | --- | --- | --- | --- | --- | --- | --- | --- | --- |
| | 1.0 | 1.1 | 1.2 | 1.3 | 1.4 | 1.5 | 1.6 | 1.7 | 1.8 | 1.9 | 2.0 | 2.1 | 2.2 | 2.3 | 2.4 | 2.5 |
| 1.0 | 1.33 | 1.43 | 1.53 | 1.63 | 1.73 | 1.83 | 1.93 | 2.03 | 2.13 | 2.23 | 2.33 | 2.43 | 2.53 | 2.63 | 2.73 | 2.83 |
| 1.1 | 1.50 | 1.61 | 1.72 | 1.83 | 1.94 | 2.05 | 2.16 | 2.27 | 2.38 | 2.49 | 2.60 | 2.71 | 2.82 | 2.93 | 3.04 | 3.15 |
| 1.2 | 1.68 | 1.80 | 1.92 | 2.04 | 2.16 | 2.28 | 2.40 | 2.52 | 2.64 | 2.76 | 2.88 | 3.00 | 3.12 | 3.24 | 3.36 | 3.48 |
| 1.3 | 1.86 | 1.99 | 2.12 | 2.25 | 2.38 | 2.51 | 2.64 | 2.77 | 2.90 | 3.03 | 3.16 | 3.29 | 3.42 | 3.55 | 3.68 | 3.81 |
| 1.4 | 2.05 | 2.19 | 2.33 | 2.47 | 2.61 | 2.75 | 2.89 | 3.03 | 3.17 | 3.31 | 3.45 | 3.59 | 3.73 | 3.87 | 4.01 | 4.15 |
| 1.5 | 2.24 | 2.39 | 2.54 | 2.69 | 2.84 | 2.99 | 3.14 | 3.29 | 3.44 | 3.59 | 3.74 | 3.89 | 4.04 | 4.19 | 4.34 | 4.49 |
| 1.6 | 2.44 | 2.60 | 2.76 | 2.92 | 3.08 | 3.24 | 3.40 | 3.56 | 3.72 | 3.88 | 4.04 | 4.20 | 4.36 | 4.52 | 4.68 | 4.84 |
| 1.7 | 2.65 | 2.82 | 2.99 | 3.16 | 3.33 | 3.50 | 3.67 | 3.84 | 4.01 | 4.18 | 4.35 | 4.52 | 4.69 | 4.86 | 5.03 | 5.20 |
| 1.8 | 2.87 | 3.05 | 3.23 | 3.41 | 3.59 | 3.77 | 3.95 | 4.13 | 4.31 | 4.49 | 4.67 | 4.85 | 5.03 | 5.21 | 5.39 | 5.57 |
| 1.9 | 3.09 | 3.28 | 3.47 | 3.66 | 3.85 | 4.04 | 4.23 | 4.42 | 4.61 | 4.80 | 4.99 | 5.18 | 5.37 | 5.56 | 5.75 | 5.94 |
| 2.0 | 3.32 | 3.52 | 3.72 | 3.92 | 4.12 | 4.32 | 4.52 | 4.72 | 4.92 | 5.12 | 5.32 | 5.52 | 5.72 | 5.92 | 6.12 | 6.32 |
| 2.1 | 3.56 | 3.77 | 3.98 | 4.19 | 4.40 | 4.61 | 4.82 | 5.03 | 5.24 | 5.45 | 5.66 | 5.87 | 6.08 | 6.29 | 6.50 | 6.71 |
| 2.2 | 3.80 | 4.02 | 4.24 | 4.46 | 4.68 | 4.90 | 5.12 | 5.34 | 5.56 | 5.78 | 6.00 | 6.22 | 6.44 | 6.66 | 6.88 | 7.10 |
| 2.3 | 4.05 | 4.28 | 4.51 | 4.74 | 4.97 | 5.43 | 5.66 | 5.89 | 6.12 | 6.35 | 6.58 | 6.81 | 7.04 | 7.27 | 7.50 |
| 2.4 | 4.30 | 4.54 | 4.78 | 5.02 | 5.26 | 5.50 | 5.74 | 5.98 | 6.22 | 6.46 | 6.70 | 6.94 | 7.18 | 7.42 | 7.66 | 7.90 |
| 2.5 | 4.56 | 4.81 | 5.06 | 5.31 | 5.56 | 5.81 | 6.06 | 6.31 | 6.56 | 6.81 | 7.06 | 7.31 | 7.56 | 7.81 | 8.06 | 8.31 |
| 2.6 | 4.83 | 5.09 | 5.35 | 5.61 | 5.87 | 6.13 | 6.39 | 6.65 | 6.91 | 7.17 | 7.43 | 7.69 | 7.95 | 8.21 | 8.47 | 8.73 |
| 2.7 | 5.11 | 5.38 | 5.65 | 5.92 | 6.19 | 6.46 | 6.73 | 7.00 | 7.27 | 7.54 | 7.81 | 8.08 | 8.35 | 8.62 | 8.89 | 9.16 |
| 2.8 | 5.39 | 5.67 | 5.95 | 6.23 | 6.51 | 6.79 | 7.07 | 7.35 | 7.63 | 7.91 | 8.19 | 8.47 | 8.75 | 9.03 | 9.31 | 9.59 |
| 2.9 | 5.68 | 5.97 | 6.26 | 6.55 | 6.84 | 7.13 | 7.42 | 7.71 | 8.00 | 8.29 | 8.58 | 8.87 | 9.16 | 9.45 | 9.74 | 10.03 |
| 3.0 | 5.97 | 6.27 | 6.57 | 6.87 | 7.17 | 7.47 | 7.77 | 8.07 | 8.37 | 8.67 | 8.97 | 9.27 | 9.57 | 9.87 | 10.17 | 10.47 |
| 3.1 | 6.27 | 8.22 | 8.53 | 8.84 | 9.15 | 9.46 | 9.77 | 10.08 | 10.39 | 10.70 | 11.01 | 11.32 | 11.63 | 11.94 | 12.25 | 12.56 |
| 3.2 | 6.58 | 8.64 | 8.96 | 9.28 | 9.60 | 9.92 | 10.24 | 10.56 | 10.88 | 11.20 | 11.52 | 11.84 | 12.16 | 12.48 | 12.80 | 13.12 |
| 3.3 | 6.89 | 9.08 | 9.41 | 9.74 | 10.07 | 10.40 | 10.73 | 11.06 | 11.39 | 11.72 | 12.05 | 12.38 | 12.71 | 13.04 | 13.37 | 13.70 |
| 3.4 | 7.21 | 9.52 | 9.86 | 10.20 | 10.54 | 10.88 | 11.22 | 11.56 | 11.90 | 12.24 | 12.58 | 12.92 | 13.26 | 13.60 | 13.94 | 14.28 |
| 3.5 | 7.54 | 9.98 | 10.33 | 10.68 | 11.03 | 11.38 | 11.73 | 12.08 | 12.43 | 12.78 | 13.13 | 13.48 | 13.83 | 14.18 | 14.53 | 14.88 |
| 3.6 | 7.88 | 10.44 | 10.80 | 11.16 | 11.52 | 11.88 | 12.24 | 12.60 | 12.96 | 13.32 | 13.68 | 14.04 | 14.40 | 14.76 | 15.12 | 15.48 |
| 3.7 | 8.22 | 10.92 | 11.29 | 11.66 | 12.03 | 12.40 | 12.77 | 13.14 | 13.51 | 13.88 | 14.25 | 14.62 | 14.99 | 15.36 | 15.73 | 16.10 |
| 3.8 | 8.57 | 11.40 | 11.78 | 12.16 | 12.54 | 12.92 | 13.30 | 13.68 | 14.06 | 14.44 | 14.82 | 15.20 | 15.58 | 15.96 | 16.34 | 16.72 |
| 3.9 | 8.92 | 11.90 | 12.29 | 12.68 | 13.07 | 13.46 | 13.85 | 14.24 | 14.63 | 15.02 | 15.41 | 15.80 | 16.19 | 16.58 | 16.97 | 17.36 |
| 4.0 | 9.28 | 12.40 | 12.80 | 13.20 | 13.60 | 14.00 | 14.40 | 14.80 | 15.20 | 15.60 | 16.00 | 16.40 | 16.80 | 17.20 | 17.60 | 18.00 |
| 4.1 | 9.65 | 12.92 | 13.33 | 13.74 | 14.15 | 14.56 | 14.97 | 15.38 | 15.79 | 16.20 | 16.61 | 17.02 | 17.43 | 17.84 | 18.25 | 18.66 |

| 高度/m | 宽度/m | | | | | | | | | | | | | | | |
|---|---|---|---|---|---|---|---|---|---|---|---|---|---|---|---|---|
| | 1.0 | 1.1 | 1.2 | 1.3 | 1.4 | 1.5 | 1.6 | 1.7 | 1.8 | 1.9 | 2.0 | 2.1 | 2.2 | 2.3 | 2.4 | 2.5 |
| 4.2 | 10.02 | 13.44 | 13.86 | 14.28 | 14.70 | 15.12 | 15.54 | 15.96 | 16.38 | 16.80 | 17.22 | 17.64 | 18.06 | 18.48 | 18.90 | 19.32 |
| 4.3 | 10.40 | 13.98 | 14.41 | 14.84 | 15.27 | 15.70 | 16.13 | 16.56 | 16.99 | 17.42 | 17.85 | 18.28 | 18.71 | 19.14 | 19.57 | 20.00 |
| 4.4 | 10.79 | 14.52 | 14.96 | 15.40 | 15.84 | 16.28 | 16.72 | 17.16 | 17.60 | 18.04 | 18.48 | 18.92 | 19.36 | 19.80 | 20.24 | 20.68 |
| 4.5 | 11.18 | 15.08 | 15.53 | 15.98 | 16.43 | 16.88 | 17.33 | 17.78 | 18.23 | 18.68 | 19.13 | 19.58 | 20.03 | 20.48 | 20.93 | 21.38 |
| 4.6 | 11.58 | 15.64 | 16.10 | 16.56 | 17.02 | 17.48 | 17.94 | 18.40 | 18.86 | 19.32 | 19.78 | 20.24 | 20.70 | 21.16 | 21.62 | 22.08 |
| 4.7 | 11.99 | 16.22 | 16.69 | 17.16 | 17.63 | 18.10 | 18.57 | 19.04 | 19.51 | 19.98 | 20.45 | 20.92 | 21.39 | 21.86 | 22.33 | 22.80 |
| 4.8 | 12.40 | 16.80 | 17.28 | 17.76 | 18.24 | 18.72 | 19.20 | 19.68 | 20.16 | 20.64 | 21.12 | 21.60 | 22.08 | 22.56 | 23.04 | 23.52 |
| 4.9 | 12.82 | 17.40 | 17.89 | 18.38 | 18.87 | 19.36 | 19.85 | 20.34 | 20.83 | 21.32 | 21.81 | 22.30 | 22.79 | 23.28 | 23.77 | 24.26 |
| 5.0 | 13.25 | 18.00 | 18.50 | 19.00 | 19.50 | 20.00 | 20.50 | 21.00 | 21.50 | 22.00 | 22.5 | 23.00 | 23.50 | 24.00 | 24.50 | 25.00 |
| 5.1 | 13.68 | 18.62 | 19.13 | 19.64 | 20.15 | 20.66 | 21.17 | 21.68 | 22.19 | 22.70 | 23.21 | 23.72 | 24.23 | 24.74 | 25.25 | 25.76 |
| 5.2 | 14.12 | 19.24 | 19.76 | 20.28 | 20.80 | 21.32 | 21.84 | 22.36 | 22.88 | 23.40 | 23.92 | 24.44 | 24.96 | 25.48 | 26.00 | 26.52 |
| 5.3 | 14.57 | 19.88 | 20.41 | 20.94 | 21.47 | 22.00 | 22.53 | 23.06 | 23.59 | 24.12 | 24.65 | 25.18 | 25.71 | 26.24 | 26.77 | 27.30 |
| 5.4 | 15.02 | 20.52 | 21.06 | 21.60 | 22.14 | 2.68 | 23.22 | 23.76 | 24.30 | 24.84 | 25.38 | 25.92 | 26.46 | 27.00 | 27.54 | 28.08 |
| 5.5 | 15.48 | 21.18 | 21.73 | 22.28 | 22.83 | 23.38 | 23.93 | 24.48 | 25.03 | 25.58 | 26.13 | 26.68 | 27.23 | 27.78 | 28.33 | 28.88 |
| 5.6 | 15.95 | 21.84 | 22.40 | 22.96 | 23.52 | 24.08 | 24.64 | 25.20 | 25.76 | 26.32 | 26.88 | 27.44 | 28.00 | 28.56 | 29.12 | 29.68 |
| 5.7 | 16.42 | 22.52 | 23.09 | 23.66 | 24.24 | 24.80 | 25.37 | 25.94 | 26.51 | 27.08 | 27.65 | 28.22 | 28.79 | 29.36 | 29.93 | 30.50 |
| 5.8 | 16.90 | 23.20 | 23.78 | 24.36 | 24.94 | 25.52 | 26.10 | 26.68 | 27.26 | 27.84 | 28.42 | 29.00 | 29.58 | 30.16 | 30.74 | 31.32 |
| 5.9 | 17.39 | 23.90 | 24.49 | 25.08 | 25.67 | 26.26 | 26.85 | 27.44 | 28.03 | 28.62 | 29.21 | 29.80 | 30.39 | 30.98 | 31.57 | 32.16 |
| 6.0 | 17.88 | 24.60 | 25.20 | 25.80 | 26.40 | 27.00 | 27.60 | 28.20 | 28.80 | 29.40 | 30.00 | 30.60 | 31.20 | 31.80 | 32.40 | 33.00 |
| 6.10 | 34.10 | 34.71 | 35.32 | 35.93 | 36.54 | 37.15 | 37.76 | 38.37 | 38.98 | 39.59 | 40.20 | 40.81 | 41.42 | 42.03 | 42.64 | 43.25 |
| 6.20 | 34.61 | 35.23 | 35.85 | 36.47 | 37.09 | 37.71 | 38.33 | 38.95 | 39.57 | 40.19 | 40.81 | 41.43 | 42.05 | 42.67 | 43.29 | 43.91 |
| 6.30 | 35.12 | 35.75 | 36.38 | 37.01 | 37.64 | 38.27 | 38.90 | 39.53 | 40.16 | 40.79 | 41.42 | 42.05 | 42.68 | 43.31 | 43.94 | 44.57 |
| 6.40 | 35.64 | 36.28 | 36.92 | 37.56 | 38.20 | 38.84 | 39.48 | 40.12 | 40.76 | 41.40 | 42.04 | 42.68 | 43.32 | 43.96 | 44.60 | 45.24 |
| 6.50 | 36.16 | 36.81 | 37.46 | 38.11 | 38.76 | 39.41 | 40.06 | 40.71 | 41.36 | 42.01 | 42.66 | 43.31 | 43.96 | 44.61 | 45.26 | 45.91 |
| 6.60 | 36.69 | 37.35 | 38.01 | 38.67 | 39.33 | 39.99 | 40.65 | 41.31 | 41.97 | 42.63 | 43.29 | 43.95 | 44.61 | 45.27 | 45.93 | 46.59 |
| 6.70 | 37.23 | 37.90 | 38.57 | 39.24 | 39.91 | 40.58 | 41.25 | 41.92 | 42.59 | 43.26 | 43.93 | 44.60 | 45.27 | 45.94 | 46.61 | 47.28 |
| 6.80 | 37.78 | 38.46 | 39.14 | 39.82 | 40.50 | 41.18 | 41.86 | 42.54 | 43.22 | 43.90 | 44.58 | 45.26 | 45.94 | 46.62 | 47.30 | 47.98 |
| 6.90 | 38.33 | 39.02 | 39.71 | 40.40 | 41.09 | 41.78 | 42.47 | 43.16 | 43.85 | 44.54 | 45.23 | 45.92 | 46.61 | 47.30 | 47.99 | 48.68 |
| 7.00 | 38.89 | 39.59 | 40.29 | 40.99 | 41.69 | 42.39 | 43.09 | 43.79 | 44.49 | 45.19 | 45.89 | 46.59 | 47.29 | 47.99 | 48.69 | 49.39 |
| 7.10 | 39.46 | 40.17 | 40.88 | 41.59 | 42.30 | 43.01 | 43.72 | 44.43 | 45.14 | 45.85 | 46.56 | 47.27 | 47.98 | 48.69 | 49.40 | 50.11 |
| 7.20 | 40.03 | 40.75 | 41.47 | 42.19 | 42.91 | 43.63 | 44.35 | 45.07 | 45.79 | 46.51 | 47.23 | 47.95 | 48.67 | 49.39 | 50.11 | 50.83 |
| 7.30 | 40.61 | 41.34 | 42.07 | 42.80 | 43.53 | 44.26 | 44.99 | 45.72 | 46.45 | 47.18 | 47.91 | 48.64 | 49.37 | 50.10 | 50.83 | 51.56 |
| 7.40 | 41.19 | 41.93 | 42.67 | 43.41 | 44.15 | 44.89 | 45.63 | 46.37 | 47.11 | 47.85 | 48.59 | 49.33 | 50.07 | 50.81 | 51.55 | 52.29 |
| 7.50 | 41.78 | 42.53 | 43.28 | 44.03 | 44.78 | 45.53 | 46.28 | 47.03 | 47.78 | 48.53 | 49.28 | 50.03 | 50.78 | 51.53 | 52.28 | 53.03 |
| 7.60 | 42.38 | 43.14 | 43.90 | 44.66 | 45.42 | 46.18 | 46.94 | 47.70 | 48.46 | 49.22 | 49.98 | 50.74 | 51.50 | 52.26 | 53.02 | 53.78 |
| 7.70 | 42.99 | 43.76 | 44.53 | 45.30 | 46.07 | 46.84 | 47.61 | 48.38 | 49.15 | 49.92 | 50.69 | 51.46 | 52.23 | 53.00 | 53.77 | 54.54 |
| 7.80 | 43.60 | 44.38 | 45.16 | 45.94 | 46.72 | 47.50 | 48.28 | 49.06 | 49.84 | 50.62 | 51.40 | 52.18 | 52.96 | 53.74 | 54.52 | 55.30 |
| 7.90 | 44.22 | 45.01 | 45.80 | 46.59 | 47.38 | 48.17 | 48.96 | 49.75 | 50.54 | 51.33 | 52.12 | 52.91 | 53.70 | 54.49 | 55.28 | 56.07 |
| 8.00 | 44.84 | 45.64 | 46.44 | 47.24 | 48.04 | 48.84 | 49.64 | 50.44 | 51.24 | 52.04 | 52.84 | 53.64 | 54.44 | 55.24 | 56.04 | 56.84 |
| 8.10 | 45.47 | 46.28 | 47.09 | 47.90 | 48.71 | 49.52 | 50.33 | 51.14 | 51.95 | 52.76 | 53.57 | 54.38 | 55.19 | 56.00 | 56.81 | 57.62 |
| 8.20 | 46.11 | 46.93 | 47.75 | 48.57 | 49.39 | 50.21 | 51.03 | 51.85 | 52.67 | 53.49 | 54.31 | 55.13 | 55.95 | 56.77 | 57.59 | 58.41 |
| 8.30 | 46.75 | 47.58 | 48.41 | 49.24 | 50.07 | 50.90 | 51.73 | 52.56 | 53.39 | 54.22 | 55.05 | 55.88 | 56.71 | 57.54 | 58.37 | 59.20 |
| 8.40 | 47.40 | 48.24 | 49.08 | 49.92 | 50.76 | 51.60 | 52.44 | 53.28 | 54.12 | 54.96 | 55.80 | 56.64 | 57.48 | 58.32 | 59.16 | 60.00 |
| 8.50 | 48.06 | 48.91 | 49.76 | 50.61 | 51.46 | 52.31 | 53.16 | 54.01 | 54.86 | 55.71 | 56.56 | 57.41 | 58.26 | 59.11 | 59.96 | 60.81 |
| 8.60 | 48.73 | 49.59 | 50.45 | 51.31 | 52.17 | 53.03 | 53.89 | 54.75 | 55.61 | 56.47 | 57.33 | 58.19 | 59.05 | 59.91 | 60.77 | 61.63 |
| 8.70 | 49.40 | 50.27 | 51.14 | 52.01 | 52.88 | 53.75 | 54.62 | 55.49 | 56.36 | 57.23 | 58.10 | 58.97 | 59.84 | 60.71 | 61.58 | 62.45 |
| 8.80 | 50.08 | 50.96 | 51.84 | 52.72 | 53.60 | 54.48 | 55.36 | 56.24 | 57.12 | 58.00 | 58.88 | 59.76 | 60.64 | 61.52 | 62.40 | 63.28 |
| 8.90 | 50.76 | 51.65 | 52.54 | 53.43 | 54.32 | 55.21 | 56.10 | 56.99 | 57.88 | 58.77 | 59.66 | 60.55 | 61.44 | 62.33 | 63.22 | 64.11 |
| 9.00 | 51.45 | 52.35 | 53.25 | 54.15 | 55.05 | 55.95 | 56.85 | 57.75 | 58.65 | 59.55 | 60.45 | 61.35 | 62.25 | 63.15 | 54.05 | 64.95 |

| 高度/m | 宽度/m | | | | | | | | | | | | | | | |
|---|---|---|---|---|---|---|---|---|---|---|---|---|---|---|---|---|
| | 2.6 | 2.7 | 2.8 | 2.9 | 3.0 | 3.1 | 3.2 | 3.3 | 3.4 | 3.5 | 3.6 | 3.7 | 3.8 | 3.9 | 4.0 | 4.1 |
| 1.0 | 2.93 | 3.03 | 3.13 | 3.23 | 3.33 | 3.43 | 3.53 | 3.63 | 3.73 | 3.83 | 3.93 | 4.03 | 4.13 | 4.23 | 4.33 | 4.43 |
| 1.1 | 3.26 | 3.37 | 3.48 | 3.59 | 3.70 | 3.81 | 3.92 | 4.03 | 4.14 | 4.25 | 4.36 | 4.47 | 4.58 | 4.69 | 4.80 | 4.91 |
| 1.2 | 3.60 | 3.72 | 3.84 | 3.96 | 4.08 | 4.20 | 4.32 | 4.44 | 4.56 | 4.68 | 4.80 | 4.92 | 5.04 | 5.16 | 5.28 | 5.40 |
| 1.3 | 3.94 | 4.07 | 4.20 | 4.33 | 4.46 | 4.59 | 4.72 | 4.85 | 4.98 | 5.11 | 5.24 | 5.37 | 5.50 | 5.63 | 5.76 | 5.89 |

| 高度/m | 宽度/m | | | | | | | | | | | | | | |
|---|---|---|---|---|---|---|---|---|---|---|---|---|---|---|---|
| | 2.6 | 2.7 | 2.8 | 2.9 | 3.0 | 3.1 | 3.2 | 3.3 | 3.4 | 3.5 | 3.6 | 3.7 | 3.8 | 3.9 | 4.0 | 4.1 |
| 1.4 | 4.29 | 4.43 | 4.57 | 4.71 | 4.85 | 4.99 | 5.13 | 5.27 | 5.41 | 5.55 | 5.69 | 5.83 | 5.97 | 6.11 | 6.25 | 6.39 |
| 1.5 | 4.64 | 4.79 | 4.94 | 5.09 | 5.24 | 5.39 | 5.54 | 5.69 | 5.84 | 5.99 | 6.14 | 6.29 | 6.44 | 6.59 | 6.74 | 6.89 |
| 1.6 | 5.00 | 5.16 | 5.32 | 5.48 | 5.64 | 5.80 | 5.96 | 6.12 | 6.28 | 6.44 | 6.60 | 6.76 | 6.92 | 7.08 | 7.24 | 7.40 |
| 1.7 | 5.37 | 5.54 | 5.71 | 5.88 | 6.05 | 6.22 | 6.39 | 6.56 | 6.73 | 6.90 | 7.07 | 7.24 | 7.41 | 7.58 | 7.75 | 7.92 |
| 1.8 | 5.75 | 5.93 | 6.11 | 6.29 | 6.47 | 6.65 | 6.83 | 7.01 | 7.19 | 7.37 | 7.55 | 7.73 | 7.91 | 8.09 | 8.27 | 8.45 |
| 1.9 | 6.13 | 6.32 | 6.51 | 6.70 | 6.89 | 7.08 | 7.27 | 7.46 | 7.65 | 7.84 | 8.03 | 8.22 | 8.41 | 8.60 | 8.79 | 8.98 |
| 2.0 | 6.52 | 6.72 | 6.92 | 7.12 | 7.32 | 7.52 | 7.72 | 7.92 | 8.12 | 8.32 | 8.52 | 8.72 | 8.92 | 9.12 | 9.32 | 9.52 |
| 2.1 | 6.92 | 7.13 | 7.34 | 7.55 | 7.76 | 7.97 | 8.18 | 8.39 | 8.60 | 8.81 | 9.02 | 9.23 | 9.44 | 9.65 | 9.86 | 10.07 |
| 2.2 | 7.32 | 7.54 | 7.76 | 7.98 | 8.20 | 8.42 | 8.64 | 8.86 | 9.08 | 9.30 | 9.52 | 9.74 | 9.96 | 10.18 | 10.40 | 10.62 |
| 2.3 | 7.73 | 7.96 | 8.19 | 8.42 | 8.65 | 8.88 | 9.11 | 9.34 | 9.57 | 9.80 | 10.03 | 10.26 | 10.49 | 10.72 | 10.95 | 11.18 |
| 2.4 | 8.14 | 8.38 | 8.62 | 8.86 | 9.10 | 9.34 | 9.58 | 9.82 | 10.06 | 10.30 | 10.54 | 10.78 | 11.02 | 11.26 | 11.50 | 11.74 |
| 2.5 | 8.56 | 8.81 | 9.06 | 9.31 | 9.56 | 9.81 | 10.06 | 10.31 | 10.56 | 10.81 | 11.06 | 11.31 | 11.56 | 11.81 | 12.06 | 12.31 |
| 2.6 | 8.99 | 9.25 | 9.51 | 9.77 | 10.03 | 10.29 | 10.55 | 10.81 | 11.07 | 11.33 | 11.59 | 11.85 | 12.11 | 12.37 | 12.63 | 12.89 |
| 2.7 | 9.43 | 9.70 | 9.97 | 10.24 | 10.51 | 10.78 | 11.05 | 11.32 | 11.59 | 11.86 | 12.13 | 12.40 | 12.67 | 12.94 | 13.21 | 13.48 |
| 2.8 | 9.87 | 10.15 | 10.43 | 10.71 | 10.99 | 11.27 | 11.55 | 11.83 | 12.11 | 12.39 | 12.67 | 12.95 | 13.23 | 13.51 | 13.79 | 14.07 |
| 2.9 | 10.32 | 10.61 | 10.90 | 11.19 | 11.48 | 11.77 | 12.06 | 12.35 | 12.64 | 12.93 | 13.22 | 13.51 | 13.80 | 14.09 | 14.38 | 14.67 |
| 3.0 | 10.77 | 11.07 | 11.37 | 11.67 | 11.97 | 12.27 | 12.57 | 12.87 | 13.17 | 13.47 | 13.77 | 14.07 | 14.37 | 14.67 | 14.97 | 15.27 |
| 3.1 | 12.87 | 13.18 | 13.49 | 13.80 | 14.11 | 14.42 | 14.73 | 15.04 | 15.35 | 15.66 | 15.97 | 16.28 | 16.59 | 16.90 | 17.21 | 17.52 |
| 3.2 | 13.44 | 13.76 | 14.08 | 14.40 | 14.72 | 15.04 | 15.36 | 15.68 | 16.00 | 16.32 | 16.64 | 16.96 | 17.28 | 17.60 | 17.92 | 18.24 |
| 3.3 | 14.03 | 14.36 | 14.69 | 15.02 | 15.35 | 15.68 | 16.01 | 16.34 | 16.67 | 17.00 | 17.33 | 17.66 | 17.99 | 18.32 | 18.65 | 18.98 |
| 3.4 | 14.62 | 14.96 | 15.30 | 15.64 | 15.98 | 16.32 | 16.66 | 17.00 | 17.34 | 17.68 | 18.02 | 18.36 | 18.70 | 19.04 | 19.38 | 19.72 |
| 3.5 | 15.23 | 15.58 | 15.93 | 16.28 | 16.63 | 16.98 | 17.33 | 17.68 | 18.03 | 18.38 | 18.73 | 19.08 | 19.43 | 19.78 | 20.13 | 20.48 |
| 3.6 | 15.84 | 16.20 | 16.56 | 16.92 | 17.28 | 17.64 | 18.00 | 18.36 | 18.72 | 19.08 | 19.44 | 19.80 | 20.16 | 20.52 | 20.88 | 21.24 |
| 3.7 | 16.47 | 16.84 | 17.21 | 17.58 | 17.95 | 18.32 | 18.69 | 19.06 | 19.43 | 19.80 | 20.17 | 20.54 | 20.91 | 21.28 | 21.65 | 22.02 |
| 3.8 | 17.10 | 17.48 | 17.86 | 18.24 | 18.62 | 19.00 | 19.38 | 19.76 | 20.14 | 20.52 | 20.90 | 21.28 | 21.66 | 22.04 | 22.42 | 22.80 |
| 3.9 | 17.75 | 18.14 | 18.53 | 18.92 | 19.31 | 19.70 | 20.09 | 20.48 | 20.87 | 21.26 | 21.65 | 22.04 | 22.43 | 22.82 | 23.21 | 23.60 |
| 4.0 | 18.40 | 18.80 | 19.20 | 19.60 | 20.00 | 20.40 | 20.80 | 21.20 | 21.60 | 22.00 | 22.40 | 22.80 | 23.20 | 23.60 | 24.00 | 24.40 |
| 4.1 | 19.07 | 19.48 | 19.89 | 20.30 | 20.71 | 21.12 | 21.53 | 21.94 | 22.35 | 22.76 | 23.17 | 23.58 | 23.99 | 24.40 | 24.81 | 25.22 |
| 4.2 | 19.74 | 20.16 | 20.58 | 21.00 | 21.42 | 21.84 | 22.26 | 22.68 | 23.10 | 23.52 | 23.94 | 24.36 | 24.78 | 25.20 | 25.62 | 26.04 |
| 4.3 | 20.43 | 20.86 | 21.29 | 21.72 | 22.15 | 22.58 | 23.01 | 23.44 | 23.87 | 24.30 | 24.73 | 25.16 | 25.59 | 26.02 | 26.45 | 26.88 |
| 4.4 | 21.12 | 21.56 | 22.00 | 22.44 | 22.88 | 23.32 | 23.76 | 24.20 | 24.64 | 25.08 | 25.52 | 25.96 | 26.40 | 26.84 | 27.28 | 27.72 |
| 4.5 | 21.83 | 22.28 | 22.73 | 23.18 | 23.63 | 24.08 | 24.53 | 24.98 | 25.43 | 25.88 | 26.33 | 26.78 | 27.23 | 27.68 | 28.13 | 28.58 |
| 4.6 | 22.54 | 23.00 | 23.46 | 23.92 | 24.38 | 24.84 | 25.30 | 25.76 | 26.22 | 26.68 | 27.14 | 27.60 | 28.06 | 28.52 | 28.98 | 29.44 |
| 4.7 | 23.27 | 23.74 | 24.21 | 24.68 | 25.15 | 25.62 | 26.09 | 26.56 | 27.03 | 27.50 | 27.97 | 28.44 | 28.91 | 29.38 | 29.85 | 30.32 |
| 4.8 | 24.00 | 24.48 | 24.96 | 25.44 | 25.92 | 26.40 | 26.88 | 27.36 | 27.84 | 28.32 | 28.80 | 29.28 | 29.76 | 30.24 | 30.72 | 31.20 |
| 4.9 | 24.75 | 25.24 | 25.73 | 26.22 | 26.71 | 27.20 | 27.69 | 28.18 | 28.67 | 29.16 | 29.65 | 30.14 | 30.63 | 31.12 | 31.61 | 32.10 |
| 5.0 | 25.50 | 26.00 | 26.50 | 27.00 | 27.50 | 28.00 | 28.50 | 29.00 | 29.50 | 30.00 | 30.50 | 31.00 | 31.50 | 32.00 | 32.50 | 33.00 |
| 5.1 | 26.27 | 26.78 | 27.29 | 27.80 | 28.31 | 28.82 | 29.33 | 29.84 | 30.35 | 30.86 | 31.37 | 31.88 | 32.39 | 32.90 | 33.41 | 33.92 |
| 5.2 | 27.04 | 27.56 | 28.08 | 28.60 | 29.12 | 29.64 | 30.16 | 30.68 | 31.20 | 31.72 | 32.24 | 32.76 | 33.28 | 33.80 | 34.32 | 34.84 |
| 5.3 | 27.83 | 28.36 | 28.89 | 29.42 | 29.95 | 30.48 | 31.01 | 31.54 | 32.07 | 32.60 | 33.13 | 33.66 | 34.19 | 34.72 | 35.25 | 35.78 |
| 5.4 | 28.62 | 29.16 | 29.70 | 30.24 | 30.78 | 31.32 | 31.86 | 32.40 | 32.94 | 33.48 | 34.02 | 34.56 | 35.10 | 35.64 | 36.18 | 36.72 |
| 5.5 | 29.43 | 29.98 | 30.53 | 31.08 | 31.63 | 32.18 | 32.73 | 33.28 | 33.83 | 34.38 | 34.93 | 35.48 | 36.03 | 36.58 | 37.13 | 37.68 |
| 5.6 | 30.24 | 30.80 | 31.36 | 31.92 | 32.48 | 33.04 | 33.60 | 34.16 | 34.72 | 35.28 | 35.84 | 36.40 | 36.96 | 37.52 | 38.08 | 38.64 |
| 5.7 | 31.07 | 31.64 | 32.21 | 32.78 | 33.35 | 33.92 | 34.49 | 35.06 | 35.63 | 36.20 | 36.77 | 37.34 | 37.91 | 38.48 | 39.05 | 39.62 |
| 5.8 | 31.90 | 32.48 | 33.06 | 33.64 | 34.22 | 34.80 | 35.38 | 35.96 | 36.54 | 37.12 | 37.70 | 38.28 | 38.86 | 39.44 | 40.02 | 40.60 |
| 5.9 | 32.75 | 33.34 | 33.93 | 34.52 | 35.11 | 35.70 | 36.29 | 36.88 | 37.47 | 38.06 | 38.65 | 39.24 | 39.83 | 40.42 | 41.01 | 41.60 |
| 6.0 | 33.60 | 34.20 | 34.80 | 35.40 | 36.00 | 36.60 | 37.20 | 37.80 | 38.40 | 39.00 | 39.60 | 40.20 | 40.80 | 41.40 | 42.00 | 42.60 |
| 6.10 | 43.86 | 44.47 | 45.08 | 45.69 | 46.30 | 46.91 | 47.52 | 48.13 | 48.74 | 49.35 | 49.96 | 50.57 | 51.18 | 51.79 | 52.40 | 53.01 |
| 6.20 | 44.53 | 45.15 | 45.77 | 46.39 | 47.01 | 47.63 | 48.25 | 48.87 | 49.49 | 50.11 | 50.73 | 51.35 | 51.97 | 52.59 | 53.21 | 53.83 |
| 6.30 | 45.20 | 45.83 | 46.46 | 47.09 | 47.72 | 48.35 | 48.98 | 49.61 | 50.24 | 50.87 | 51.50 | 52.13 | 52.76 | 53.39 | 54.02 | 54.65 |
| 6.40 | 45.88 | 46.52 | 47.16 | 47.80 | 48.44 | 49.08 | 49.72 | 50.36 | 51.00 | 51.64 | 52.28 | 52.92 | 53.56 | 54.20 | 54.84 | 55.48 |
| 6.50 | 46.56 | 47.21 | 47.86 | 48.51 | 49.16 | 49.81 | 50.46 | 51.11 | 51.76 | 52.41 | 53.06 | 53.71 | 54.36 | 55.01 | 55.66 | 56.31 |
| 6.60 | 47.25 | 47.91 | 48.57 | 49.23 | 49.89 | 50.55 | 51.21 | 51.87 | 52.53 | 53.19 | 53.85 | 54.51 | 55.17 | 55.83 | 56.49 | 57.15 |
| 6.70 | 47.95 | 48.62 | 49.29 | 49.96 | 50.63 | 51.30 | 51.97 | 52.64 | 53.31 | 53.98 | 54.65 | 55.32 | 55.99 | 56.66 | 57.33 | 58.00 |
| 6.80 | 48.66 | 49.34 | 50.02 | 50.70 | 51.38 | 52.06 | 52.74 | 53.42 | 54.10 | 54.78 | 55.46 | 56.14 | 56.82 | 57.50 | 58.18 | 58.86 |

市政工程常用资料备查手册

| 高度/m | 宽度/m | | | | | | | | | | | | | | | |
|---|---|---|---|---|---|---|---|---|---|---|---|---|---|---|---|---|
| | 2.6 | 2.7 | 2.8 | 2.9 | 3.0 | 3.1 | 3.2 | 3.3 | 3.4 | 3.5 | 3.6 | 3.7 | 3.8 | 3.9 | 4.0 | 4.1 |
| 6.90 | 49.37 | 50.06 | 50.75 | 51.44 | 52.13 | 52.82 | 53.51 | 54.20 | 54.89 | 55.58 | 56.27 | 56.96 | 57.65 | 58.34 | 59.03 | 59.72 |
| 7.00 | 50.09 | 50.79 | 51.49 | 52.19 | 52.89 | 53.59 | 54.29 | 54.99 | 55.69 | 56.39 | 57.09 | 57.79 | 58.49 | 59.19 | 59.89 | 60.59 |
| 7.10 | 50.82 | 51.53 | 52.24 | 52.95 | 53.66 | 54.37 | 55.08 | 55.79 | 56.50 | 57.21 | 57.92 | 58.63 | 59.34 | 60.05 | 60.76 | 61.47 |
| 7.20 | 51.55 | 52.27 | 52.99 | 53.71 | 54.43 | 55.15 | 55.87 | 56.59 | 57.31 | 58.03 | 58.75 | 59.47 | 60.19 | 60.91 | 61.63 | 62.35 |
| 7.30 | 52.29 | 53.02 | 53.75 | 54.48 | 55.21 | 55.94 | 56.67 | 57.40 | 58.13 | 58.86 | 59.59 | 60.32 | 61.05 | 61.78 | 62.51 | 63.24 |
| 7.40 | 53.03 | 53.77 | 54.51 | 55.25 | 55.99 | 56.73 | 57.47 | 58.21 | 58.95 | 59.69 | 60.43 | 61.17 | 61.91 | 62.65 | 63.39 | 64.13 |
| 7.50 | 53.78 | 54.53 | 55.28 | 56.03 | 56.78 | 57.53 | 58.28 | 59.03 | 59.78 | 60.53 | 61.28 | 62.03 | 62.78 | 63.53 | 64.28 | 65.03 |
| 7.60 | 54.54 | 55.30 | 56.06 | 56.82 | 57.58 | 58.34 | 59.10 | 59.86 | 60.62 | 61.38 | 62.14 | 62.90 | 63.66 | 64.42 | 65.18 | 65.94 |
| 7.70 | 55.31 | 56.08 | 56.85 | 57.62 | 58.39 | 59.16 | 59.93 | 60.70 | 61.47 | 62.24 | 63.01 | 63.78 | 64.55 | 65.32 | 66.09 | 66.86 |
| 7.80 | 56.08 | 56.86 | 57.64 | 58.42 | 59.20 | 59.98 | 60.76 | 61.54 | 62.32 | 63.10 | 63.88 | 64.66 | 65.44 | 66.22 | 67.00 | 67.78 |
| 7.90 | 56.86 | 57.65 | 58.44 | 59.23 | 60.02 | 60.81 | 61.60 | 62.39 | 63.18 | 63.97 | 64.76 | 65.55 | 66.34 | 67.13 | 67.92 | 68.71 |
| 8.00 | 57.64 | 58.44 | 59.24 | 60.04 | 60.84 | 61.64 | 62.44 | 63.24 | 64.04 | 64.84 | 65.64 | 66.44 | 67.24 | 68.04 | 68.84 | 69.64 |
| 8.10 | 58.43 | 59.24 | 60.05 | 60.86 | 61.67 | 62.48 | 63.29 | 64.10 | 64.91 | 65.72 | 66.53 | 67.34 | 68.15 | 68.96 | 69.77 | 70.58 |
| 8.20 | 59.23 | 60.05 | 60.87 | 61.69 | 62.51 | 63.33 | 64.15 | 64.97 | 65.79 | 66.61 | 67.43 | 68.25 | 69.07 | 69.89 | 70.71 | 71.53 |
| 8.30 | 60.03 | 60.86 | 61.69 | 62.52 | 63.35 | 64.18 | 65.01 | 65.84 | 66.67 | 67.50 | 68.33 | 69.16 | 69.99 | 70.82 | 71.65 | 72.48 |
| 8.40 | 60.84 | 61.68 | 62.52 | 63.36 | 64.20 | 65.04 | 65.88 | 66.72 | 67.56 | 68.40 | 69.24 | 70.08 | 70.92 | 71.76 | 72.60 | 73.44 |
| 8.50 | 61.66 | 62.51 | 63.36 | 64.21 | 65.06 | 65.91 | 66.76 | 67.61 | 68.46 | 69.31 | 70.16 | 71.01 | 71.86 | 72.71 | 73.56 | 74.41 |
| 8.60 | 62.49 | 63.35 | 64.21 | 65.07 | 65.93 | 66.79 | 67.65 | 68.51 | 69.37 | 70.23 | 71.09 | 71.95 | 72.81 | 73.67 | 74.53 | 75.39 |
| 8.70 | 63.32 | 64.19 | 65.06 | 65.93 | 66.80 | 67.67 | 68.54 | 69.41 | 70.28 | 71.15 | 72.02 | 72.89 | 73.76 | 74.63 | 75.50 | 76.37 |
| 8.80 | 64.16 | 65.04 | 65.92 | 66.80 | 67.68 | 68.56 | 69.44 | 70.32 | 71.20 | 72.08 | 72.96 | 73.84 | 74.72 | 75.60 | 76.48 | 77.36 |
| 8.90 | 65.00 | 65.89 | 66.78 | 67.67 | 68.56 | 69.45 | 70.34 | 71.23 | 72.12 | 73.01 | 73.90 | 74.79 | 75.68 | 76.57 | 77.46 | 78.35 |
| 9.00 | 65.85 | 66.75 | 67.65 | 68.55 | 69.45 | 70.35 | 71.25 | 72.15 | 73.05 | 73.95 | 74.85 | 75.75 | 76.65 | 77.55 | 78.45 | 79.35 |

| 高度/m | 宽度/m | | | | | | | | | | | | | | | |
|---|---|---|---|---|---|---|---|---|---|---|---|---|---|---|---|---|
| | 4.2 | 4.3 | 4.4 | 4.5 | 4.6 | 4.7 | 4.8 | 4.9 | 5.0 | 5.1 | 5.2 | 5.3 | 5.4 | 5.5 | 5.6 | 5.7 |
| 1.0 | 4.53 | 4.63 | 4.73 | 4.83 | 4.93 | 5.03 | 5.13 | 5.23 | 5.33 | 5.43 | 5.53 | 5.63 | 5.73 | 5.83 | 5.93 | 6.03 |
| 1.1 | 5.02 | 5.13 | 5.24 | 5.35 | 5.46 | 5.57 | 5.68 | 5.79 | 5.90 | 6.01 | 6.12 | 6.23 | 6.34 | 6.45 | 6.56 | 6.67 |
| 1.2 | 5.52 | 5.64 | 5.76 | 5.88 | 6.00 | 6.12 | 6.24 | 6.36 | 6.48 | 6.60 | 6.72 | 6.84 | 6.96 | 7.08 | 7.20 | 7.32 |
| 1.3 | 6.02 | 6.15 | 6.28 | 6.41 | 6.54 | 6.67 | 6.80 | 6.93 | 7.06 | 7.19 | 7.32 | 7.45 | 7.58 | 7.71 | 7.84 | 7.97 |
| 1.4 | 6.53 | 6.67 | 6.81 | 6.95 | 7.09 | 7.23 | 7.37 | 7.51 | 7.65 | 7.79 | 7.93 | 8.07 | 8.21 | 8.35 | 8.49 | 8.63 |
| 1.5 | 7.04 | 7.19 | 7.34 | 7.49 | 7.64 | 7.79 | 7.94 | 8.09 | 8.24 | 8.39 | 8.54 | 8.69 | 8.84 | 8.99 | 9.14 | 9.29 |
| 1.6 | 7.56 | 7.72 | 7.88 | 8.04 | 8.20 | 8.36 | 8.52 | 8.68 | 8.84 | 9.00 | 9.16 | 9.32 | 9.48 | 9.64 | 9.80 | 9.96 |
| 1.7 | 8.09 | 8.26 | 8.43 | 8.60 | 8.77 | 8.94 | 9.11 | 9.28 | 9.45 | 9.62 | 9.79 | 9.96 | 10.13 | 10.30 | 10.47 | 10.64 |
| 1.8 | 8.63 | 8.81 | 8.99 | 9.17 | 9.35 | 9.53 | 9.71 | 9.89 | 10.07 | 10.25 | 10.43 | 10.61 | 10.79 | 10.97 | 11.15 | 11.33 |
| 1.9 | 9.17 | 9.36 | 9.55 | 9.74 | 9.93 | 10.12 | 10.31 | 10.50 | 10.69 | 10.88 | 11.07 | 11.26 | 11.45 | 11.64 | 11.83 | 12.02 |
| 2.0 | 9.72 | 9.92 | 10.12 | 10.32 | 10.52 | 10.72 | 10.92 | 11.12 | 11.32 | 11.52 | 11.72 | 11.92 | 12.12 | 12.32 | 12.52 | 12.72 |
| 2.1 | 10.28 | 10.49 | 10.70 | 10.91 | 11.12 | 11.33 | 11.54 | 11.75 | 11.96 | 12.17 | 12.38 | 12.59 | 12.80 | 13.01 | 13.22 | 13.43 |
| 2.2 | 10.84 | 11.06 | 11.28 | 11.50 | 11.72 | 11.94 | 12.16 | 12.38 | 12.60 | 12.82 | 13.04 | 13.26 | 13.48 | 13.70 | 13.92 | 14.14 |
| 2.3 | 11.41 | 11.64 | 11.87 | 12.10 | 12.33 | 12.56 | 12.79 | 13.02 | 13.25 | 13.48 | 13.71 | 13.94 | 14.17 | 14.40 | 14.63 | 14.86 |
| 2.4 | 11.98 | 12.22 | 12.46 | 12.70 | 12.94 | 13.18 | 13.42 | 13.66 | 13.90 | 14.14 | 14.38 | 14.62 | 14.86 | 15.10 | 15.34 | 15.58 |
| 2.5 | 12.56 | 12.81 | 13.06 | 13.31 | 13.56 | 13.81 | 14.06 | 14.31 | 14.56 | 14.81 | 15.06 | 15.31 | 15.56 | 15.81 | 16.06 | 16.31 |
| 2.6 | 13.15 | 13.41 | 13.67 | 13.93 | 14.19 | 14.45 | 14.71 | 14.97 | 15.23 | 15.49 | 15.75 | 16.01 | 16.27 | 16.53 | 16.79 | 17.05 |
| 2.7 | 13.75 | 14.02 | 14.29 | 14.56 | 14.83 | 15.10 | 15.37 | 15.64 | 15.91 | 16.18 | 16.45 | 16.72 | 16.99 | 17.26 | 17.53 | 17.80 |
| 2.8 | 14.35 | 14.63 | 14.91 | 15.19 | 15.47 | 15.75 | 16.03 | 16.31 | 16.59 | 16.87 | 17.15 | 17.43 | 17.71 | 17.99 | 18.27 | 18.55 |
| 2.9 | 14.96 | 15.25 | 15.54 | 15.83 | 16.12 | 16.41 | 16.70 | 16.99 | 17.28 | 17.57 | 17.86 | 18.15 | 18.44 | 18.73 | 19.02 | 19.31 |
| 3.0 | 15.57 | 15.87 | 16.17 | 16.47 | 16.77 | 17.07 | 17.37 | 17.67 | 17.97 | 18.27 | 18.57 | 18.87 | 19.17 | 19.47 | 19.77 | 20.07 |
| 3.1 | 17.83 | 18.14 | 18.45 | 18.76 | 19.07 | 19.38 | 19.69 | 20.00 | 20.31 | 20.62 | 20.93 | 21.24 | 21.55 | 21.86 | 22.17 | 22.48 |
| 3.2 | 18.56 | 18.88 | 19.20 | 19.52 | 19.84 | 20.16 | 20.48 | 20.80 | 21.12 | 21.44 | 21.76 | 22.08 | 22.40 | 22.72 | 23.04 | 23.36 |
| 3.3 | 19.31 | 19.64 | 19.97 | 20.30 | 20.63 | 20.96 | 21.29 | 21.62 | 21.95 | 22.28 | 22.61 | 22.94 | 23.27 | 23.60 | 23.93 | 24.26 |
| 3.4 | 20.06 | 20.40 | 20.74 | 21.08 | 21.42 | 21.76 | 22.10 | 22.44 | 22.78 | 23.12 | 23.46 | 23.80 | 24.14 | 24.48 | 24.82 | 25.16 |
| 3.5 | 20.83 | 21.18 | 21.53 | 21.88 | 22.23 | 22.58 | 22.93 | 23.28 | 23.63 | 23.98 | 24.33 | 24.68 | 25.03 | 25.38 | 25.73 | 26.08 |
| 3.6 | 21.60 | 21.96 | 22.32 | 22.68 | 23.04 | 23.40 | 23.76 | 24.12 | 24.48 | 24.84 | 25.20 | 25.56 | 25.92 | 26.28 | 26.64 | 27.00 |
| 3.7 | 22.39 | 22.76 | 23.13 | 23.50 | 23.87 | 24.24 | 24.61 | 24.98 | 25.35 | 25.72 | 26.09 | 26.46 | 26.83 | 27.20 | 27.57 | 27.94 |
| 3.8 | 23.18 | 23.56 | 23.94 | 24.32 | 24.70 | 25.08 | 25.46 | 25.84 | 26.22 | 26.60 | 26.98 | 27.36 | 27.74 | 28.12 | 28.50 | 28.88 |
| 3.9 | 23.99 | 24.38 | 24.77 | 25.16 | 25.55 | 25.94 | 26.33 | 26.72 | 27.11 | 27.50 | 27.89 | 28.28 | 28.67 | 29.06 | 29.45 | 29.84 |
| 4.0 | 24.80 | 25.20 | 25.60 | 26.00 | 26.40 | 26.80 | 27.20 | 27.60 | 28.00 | 28.40 | 28.80 | 29.20 | 29.60 | 30.00 | 30.40 | 30.80 |

市政工程常用资料备查手册

| 高度/m | 宽度/m | | | | | | | | | | | | | | | |
|---|---|---|---|---|---|---|---|---|---|---|---|---|---|---|---|---|
| | 4.2 | 4.3 | 4.4 | 4.5 | 4.6 | 4.7 | 4.8 | 4.9 | 5.0 | 5.1 | 5.2 | 5.3 | 5.4 | 5.5 | 5.6 | 5.7 |
| 4.1 | 25.63 | 26.04 | 26.45 | 26.86 | 27.27 | 27.68 | 28.09 | 28.50 | 28.91 | 29.32 | 29.73 | 30.14 | 30.55 | 30.96 | 31.37 | 31.78 |
| 4.2 | 26.46 | 26.88 | 27.30 | 27.72 | 28.14 | 28.56 | 28.98 | 29.40 | 29.82 | 30.24 | 30.66 | 31.08 | 31.50 | 31.92 | 32.34 | 32.76 |
| 4.3 | 27.31 | 27.74 | 28.17 | 28.60 | 29.03 | 29.46 | 29.89 | 30.32 | 30.75 | 31.18 | 31.61 | 32.04 | 32.47 | 32.90 | 33.33 | 33.76 |
| 4.4 | 28.16 | 28.60 | 29.04 | 29.48 | 29.92 | 30.36 | 30.80 | 31.24 | 31.68 | 32.12 | 32.56 | 33.00 | 33.44 | 33.88 | 34.32 | 34.76 |
| 4.5 | 29.03 | 29.48 | 29.93 | 30.38 | 30.83 | 31.28 | 31.73 | 32.18 | 32.63 | 33.08 | 33.53 | 33.98 | 34.43 | 34.88 | 35.33 | 35.78 |
| 4.6 | 29.90 | 30.36 | 30.82 | 31.28 | 31.74 | 32.20 | 32.66 | 33.12 | 33.58 | 34.04 | 34.50 | 34.96 | 35.42 | 35.88 | 36.34 | 36.80 |
| 4.7 | 30.79 | 31.26 | 31.73 | 32.20 | 32.67 | 33.14 | 33.61 | 34.08 | 34.55 | 35.02 | 35.49 | 35.96 | 36.43 | 36.90 | 37.37 | 37.84 |
| 4.8 | 31.68 | 32.16 | 32.64 | 33.12 | 33.60 | 34.08 | 34.56 | 35.04 | 35.52 | 36.00 | 36.48 | 36.96 | 37.44 | 37.92 | 38.40 | 39.88 |
| 4.9 | 32.59 | 33.08 | 33.57 | 34.06 | 34.55 | 35.04 | 35.53 | 36.02 | 36.51 | 37.00 | 37.49 | 37.98 | 38.47 | 38.96 | 39.45 | 39.94 |
| 5.0 | 33.50 | 34.00 | 34.50 | 35.00 | 35.50 | 36.00 | 36.50 | 37.00 | 37.50 | 38.00 | 38.50 | 39.00 | 39.50 | 40.00 | 40.50 | 41.00 |
| 5.1 | 34.43 | 34.94 | 35.45 | 35.96 | 36.47 | 36.98 | 37.49 | 38.00 | 38.51 | 39.02 | 39.53 | 40.04 | 40.55 | 41.06 | 41.57 | 42.08 |
| 5.2 | 35.36 | 35.88 | 36.40 | 36.92 | 37.44 | 37.96 | 38.48 | 39.00 | 39.52 | 40.04 | 40.56 | 41.08 | 41.60 | 42.12 | 42.64 | 43.16 |
| 5.3 | 36.31 | 36.84 | 37.37 | 37.90 | 38.43 | 38.96 | 39.49 | 40.02 | 40.55 | 41.08 | 41.61 | 42.14 | 42.67 | 43.20 | 43.73 | 44.26 |
| 5.4 | 37.26 | 37.80 | 38.34 | 38.88 | 39.42 | 39.96 | 40.50 | 41.04 | 41.58 | 42.12 | 42.66 | 43.20 | 43.74 | 44.28 | 44.82 | 45.36 |
| 5.5 | 38.23 | 38.78 | 39.33 | 39.88 | 40.43 | 40.98 | 41.53 | 42.08 | 42.63 | 43.18 | 43.73 | 44.28 | 44.83 | 45.38 | 45.93 | 46.48 |
| 5.6 | 39.20 | 39.76 | 40.32 | 40.88 | 41.44 | 42.00 | 42.56 | 43.12 | 43.68 | 44.24 | 44.80 | 45.36 | 45.92 | 46.48 | 47.04 | 47.60 |
| 5.7 | 40.19 | 40.76 | 41.33 | 41.90 | 42.47 | 43.04 | 43.61 | 44.18 | 44.75 | 45.32 | 45.89 | 46.46 | 47.03 | 47.60 | 48.17 | 48.74 |
| 5.8 | 41.18 | 41.76 | 42.34 | 42.92 | 43.50 | 44.08 | 44.66 | 45.24 | 45.82 | 46.40 | 46.98 | 47.56 | 48.14 | 48.72 | 49.30 | 49.88 |
| 5.9 | 42.19 | 42.78 | 43.37 | 43.96 | 44.55 | 45.14 | 45.73 | 46.32 | 46.91 | 47.50 | 48.09 | 48.68 | 49.27 | 49.86 | 50.45 | 51.04 |
| 6.0 | 43.20 | 43.80 | 44.40 | 45.00 | 45.60 | 46.20 | 46.80 | 47.40 | 48.00 | 48.60 | 49.20 | 49.80 | 50.40 | 51.00 | 51.60 | 52.20 |
| 6.10 | 53.62 | 54.23 | 54.84 | 55.45 | 56.06 | 56.67 | 57.28 | 57.89 | 58.50 | 59.11 | 59.72 | 60.33 | 60.94 | 61.55 | 62.16 | 62.77 |
| 6.20 | 54.45 | 55.07 | 55.69 | 56.31 | 56.93 | 57.55 | 58.17 | 58.79 | 59.41 | 60.03 | 60.65 | 61.27 | 61.89 | 62.51 | 63.13 | 63.75 |
| 6.30 | 55.28 | 55.91 | 56.54 | 57.17 | 57.80 | 58.43 | 59.06 | 59.69 | 60.32 | 60.95 | 61.58 | 62.21 | 62.84 | 63.47 | 64.10 | 64.73 |
| 6.40 | 56.12 | 56.76 | 57.40 | 58.04 | 58.68 | 59.32 | 59.96 | 60.60 | 61.24 | 61.88 | 62.52 | 63.16 | 63.80 | 64.44 | 65.08 | 65.72 |
| 6.50 | 56.96 | 57.61 | 58.26 | 58.91 | 59.56 | 60.21 | 60.86 | 61.51 | 62.16 | 62.81 | 63.46 | 64.11 | 64.76 | 65.41 | 66.06 | 66.71 |
| 6.60 | 57.81 | 58.47 | 59.13 | 59.79 | 60.45 | 61.11 | 61.77 | 62.43 | 63.09 | 63.75 | 64.41 | 65.07 | 65.73 | 66.39 | 67.05 | 67.71 |
| 6.70 | 58.67 | 59.34 | 60.01 | 60.68 | 61.35 | 62.02 | 62.69 | 63.36 | 64.03 | 64.70 | 65.37 | 66.04 | 66.71 | 67.38 | 68.05 | 68.72 |
| 6.80 | 59.54 | 60.22 | 60.90 | 61.58 | 62.26 | 62.94 | 63.62 | 64.30 | 64.98 | 65.66 | 66.34 | 67.02 | 67.70 | 68.38 | 69.06 | 69.74 |
| 6.90 | 60.41 | 61.10 | 61.79 | 62.48 | 63.17 | 63.86 | 64.55 | 65.24 | 65.93 | 66.62 | 67.31 | 68.00 | 68.69 | 69.38 | 70.07 | 70.76 |
| 7.00 | 61.29 | 61.99 | 62.69 | 63.39 | 64.09 | 64.79 | 65.49 | 66.19 | 66.89 | 67.59 | 68.29 | 68.99 | 69.69 | 70.39 | 71.09 | 71.79 |
| 7.10 | 62.18 | 62.89 | 63.60 | 64.31 | 65.02 | 65.73 | 66.44 | 67.15 | 67.86 | 68.57 | 69.28 | 69.99 | 70.70 | 71.41 | 72.12 | 72.83 |
| 7.20 | 63.07 | 63.79 | 64.51 | 65.23 | 65.95 | 66.67 | 67.39 | 68.11 | 68.83 | 69.55 | 70.27 | 70.99 | 71.71 | 72.43 | 73.15 | 73.87 |
| 7.30 | 63.97 | 64.70 | 65.43 | 66.16 | 66.89 | 67.62 | 68.35 | 69.08 | 69.81 | 70.54 | 71.27 | 72.00 | 72.73 | 73.46 | 74.19 | 74.92 |
| 7.40 | 64.87 | 65.61 | 66.35 | 67.09 | 67.83 | 68.57 | 69.31 | 70.05 | 70.79 | 71.53 | 72.27 | 73.01 | 73.75 | 74.49 | 75.23 | 75.97 |
| 7.50 | 65.78 | 66.53 | 67.28 | 68.03 | 68.78 | 69.53 | 70.28 | 71.03 | 71.78 | 72.53 | 73.28 | 74.03 | 74.78 | 75.53 | 76.28 | 77.03 |
| 7.60 | 66.70 | 67.46 | 68.22 | 68.98 | 69.74 | 70.50 | 71.26 | 72.02 | 72.78 | 73.54 | 74.30 | 75.06 | 75.82 | 76.58 | 77.34 | 78.10 |
| 7.70 | 67.63 | 68.40 | 69.17 | 69.94 | 70.71 | 71.48 | 72.25 | 73.02 | 73.79 | 74.56 | 75.33 | 76.10 | 76.87 | 77.64 | 78.41 | 79.18 |
| 7.80 | 68.56 | 69.34 | 70.12 | 70.90 | 71.68 | 72.46 | 73.24 | 74.02 | 74.80 | 75.58 | 76.36 | 77.14 | 77.92 | 78.70 | 79.48 | 80.26 |
| 7.90 | 69.50 | 70.29 | 71.08 | 71.87 | 72.66 | 73.45 | 74.24 | 75.03 | 75.82 | 76.61 | 77.40 | 78.19 | 78.98 | 79.77 | 80.56 | 81.35 |
| 8.00 | 70.44 | 71.24 | 72.04 | 72.84 | 73.64 | 74.44 | 75.24 | 76.04 | 76.84 | 77.64 | 78.44 | 79.24 | 80.04 | 80.84 | 81.64 | 82.44 |
| 8.10 | 71.39 | 72.20 | 73.01 | 73.82 | 74.63 | 75.44 | 76.25 | 77.06 | 77.87 | 78.68 | 79.49 | 80.30 | 81.11 | 81.92 | 82.73 | 83.54 |
| 8.20 | 72.35 | 73.17 | 73.99 | 74.81 | 75.63 | 76.45 | 77.27 | 78.09 | 78.91 | 79.73 | 80.55 | 81.37 | 82.19 | 83.01 | 83.83 | 84.65 |
| 8.30 | 73.31 | 74.14 | 74.97 | 75.80 | 76.63 | 77.46 | 78.29 | 79.12 | 79.95 | 80.78 | 81.61 | 82.44 | 83.27 | 84.10 | 84.93 | 85.76 |
| 8.40 | 74.28 | 75.12 | 75.96 | 76.80 | 77.64 | 78.48 | 79.32 | 80.16 | 81.00 | 81.84 | 82.68 | 83.52 | 84.36 | 85.20 | 86.04 | 86.88 |
| 8.50 | 75.26 | 76.11 | 76.96 | 77.81 | 78.66 | 79.51 | 80.36 | 81.21 | 82.06 | 82.91 | 83.76 | 84.61 | 85.46 | 86.31 | 87.16 | 88.01 |
| 8.60 | 76.25 | 77.11 | 77.97 | 78.83 | 79.69 | 80.55 | 81.41 | 82.27 | 83.13 | 83.99 | 84.85 | 85.71 | 86.57 | 87.43 | 88.29 | 89.15 |
| 8.70 | 77.24 | 78.11 | 78.98 | 79.85 | 80.72 | 81.59 | 82.46 | 83.33 | 84.20 | 85.07 | 85.94 | 86.81 | 87.68 | 88.55 | 89.42 | 90.29 |
| 8.80 | 78.24 | 79.12 | 80.00 | 80.88 | 81.76 | 82.64 | 83.52 | 84.40 | 85.28 | 86.16 | 87.04 | 87.92 | 88.80 | 89.68 | 90.56 | 91.44 |
| 8.90 | 79.24 | 80.13 | 81.02 | 81.91 | 82.80 | 83.69 | 84.58 | 85.47 | 86.36 | 87.25 | 88.14 | 89.03 | 89.92 | 90.81 | 91.70 | 92.59 |
| 9.00 | 80.25 | 81.15 | 82.05 | 82.95 | 83.85 | 84.75 | 85.65 | 86.55 | 87.45 | 88.35 | 89.25 | 90.15 | 91.05 | 91.95 | 92.85 | 93.75 |

| 高度/m | 宽度/m | | | | | | | | | | | | | | | |
|---|---|---|---|---|---|---|---|---|---|---|---|---|---|---|---|---|
| | 5.8 | 5.9 | 6.0 | 6.1 | 6.2 | 6.3 | 6.4 | 6.5 | 6.6 | 6.7 | 6.8 | 6.9 | 7.0 | 7.10 | 7.20 | 7.30 |
| 1.0 | 6.13 | 6.23 | 6.33 | 6.43 | 6.53 | 6.63 | 6.73 | 6.83 | 6.93 | 7.03 | 7.13 | 7.23 | 7.33 | 7.43 | 7.53 | 7.63 |
| 1.1 | 6.78 | 6.89 | 7.00 | 7.11 | 7.22 | 7.33 | 7.44 | 7.55 | 7.66 | 7.77 | 7.88 | 7.99 | 8.10 | 8.21 | 8.32 | 8.43 |
| 1.2 | 7.44 | 7.56 | 7.68 | 7.80 | 7.92 | 8.04 | 8.16 | 8.28 | 8.40 | 8.52 | 8.64 | 8.76 | 8.88 | 9.00 | 9.12 | 9.24 |

市政工程常用资料备查手册

| 高度/m | 宽度/m | | | | | | | | | | | | | | | |
|---|---|---|---|---|---|---|---|---|---|---|---|---|---|---|---|---|
| | 5.8 | 5.9 | 6.0 | 6.1 | 6.2 | 6.3 | 6.4 | 6.5 | 6.6 | 6.7 | 6.8 | 6.9 | 7.0 | 7.1 | 7.2 | 7.3 |
| 1.3 | 8.10 | 8.23 | 8.36 | 8.49 | 8.62 | 8.75 | 8.88 | 9.01 | 9.14 | 9.27 | 9.40 | 9.53 | 9.66 | 9.79 | 9.92 | 10.05 |
| 1.4 | 8.77 | 8.91 | 9.05 | 9.19 | 9.33 | 9.47 | 9.61 | 9.75 | 9.89 | 10.03 | 10.17 | 10.31 | 10.45 | 10.59 | 10.73 | 10.87 |
| 1.5 | 9.44 | 9.59 | 9.74 | 9.89 | 10.04 | 10.19 | 10.34 | 10.49 | 10.64 | 10.79 | 10.94 | 11.09 | 11.24 | 11.39 | 11.54 | 11.69 |
| 1.6 | 10.12 | 10.28 | 10.44 | 10.60 | 10.76 | 10.92 | 11.08 | 11.24 | 11.40 | 11.56 | 11.72 | 11.88 | 12.04 | 12.20 | 12.36 | 12.52 |
| 1.7 | 10.81 | 10.98 | 11.15 | 11.32 | 11.49 | 11.66 | 11.83 | 12.00 | 12.17 | 12.34 | 12.51 | 12.68 | 12.85 | 13.02 | 13.19 | 13.36 |
| 1.8 | 11.51 | 11.69 | 11.87 | 12.05 | 12.23 | 12.41 | 12.59 | 12.77 | 12.95 | 13.13 | 13.31 | 13.49 | 13.67 | 13.85 | 14.03 | 14.21 |
| 1.9 | 12.21 | 12.40 | 12.59 | 12.78 | 12.97 | 13.16 | 13.35 | 13.54 | 13.73 | 13.92 | 14.11 | 14.30 | 14.49 | 14.68 | 14.87 | 15.06 |
| 2.0 | 12.92 | 13.12 | 13.32 | 13.52 | 13.72 | 13.92 | 14.12 | 14.32 | 14.52 | 14.72 | 14.92 | 15.12 | 15.32 | 15.52 | 15.72 | 15.92 |
| 2.1 | 13.64 | 13.85 | 14.06 | 14.27 | 14.48 | 14.69 | 14.90 | 15.11 | 15.32 | 15.53 | 15.74 | 15.95 | 16.16 | 16.37 | 16.58 | 16.79 |
| 2.2 | 14.36 | 14.58 | 14.80 | 15.02 | 15.24 | 15.46 | 15.68 | 15.90 | 16.12 | 16.34 | 16.56 | 16.78 | 17.00 | 17.22 | 17.44 | 17.66 |
| 2.3 | 15.09 | 15.32 | 15.55 | 15.78 | 16.01 | 16.24 | 16.47 | 16.70 | 16.93 | 17.16 | 17.39 | 17.62 | 17.85 | 18.08 | 18.31 | 18.54 |
| 2.4 | 15.82 | 16.06 | 16.30 | 16.54 | 16.78 | 17.02 | 17.26 | 17.50 | 17.74 | 17.98 | 18.22 | 18.46 | 18.70 | 18.94 | 19.18 | 19.42 |
| 2.5 | 16.56 | 16.81 | 17.06 | 17.31 | 17.56 | 17.81 | 18.06 | 18.31 | 18.56 | 18.81 | 19.06 | 19.31 | 19.56 | 19.81 | 20.06 | 20.31 |
| 2.6 | 17.31 | 17.57 | 17.83 | 18.09 | 18.35 | 18.61 | 18.87 | 19.13 | 19.39 | 19.65 | 19.91 | 20.17 | 20.43 | 20.69 | 20.95 | 21.21 |
| 2.7 | 18.07 | 18.34 | 18.61 | 18.88 | 19.15 | 19.42 | 19.69 | 19.96 | 20.23 | 20.50 | 20.77 | 21.04 | 21.31 | 21.58 | 21.85 | 22.12 |
| 2.8 | 18.83 | 19.11 | 19.39 | 19.67 | 19.95 | 20.23 | 20.51 | 20.79 | 21.07 | 21.35 | 21.63 | 21.91 | 22.19 | 22.47 | 22.75 | 23.03 |
| 2.9 | 19.60 | 19.89 | 20.18 | 20.47 | 20.76 | 21.05 | 21.34 | 21.63 | 21.92 | 22.21 | 22.50 | 22.79 | 23.08 | 23.37 | 23.66 | 23.95 |
| 3.0 | 20.37 | 20.67 | 20.97 | 21.27 | 21.57 | 21.87 | 22.17 | 22.47 | 22.77 | 23.07 | 23.37 | 23.67 | 23.97 | 24.27 | 24.57 | 24.87 |
| 3.1 | 22.79 | 23.10 | 23.41 | 23.72 | 24.03 | 24.34 | 24.65 | 24.96 | 25.27 | 25.58 | 25.89 | 26.20 | 26.51 | 26.82 | 27.13 | 27.44 |
| 3.2 | 23.68 | 24.00 | 24.32 | 24.64 | 24.96 | 25.28 | 25.60 | 25.92 | 26.24 | 26.56 | 26.88 | 27.20 | 27.52 | 27.84 | 28.16 | 28.48 |
| 3.3 | 24.59 | 24.92 | 25.25 | 25.58 | 25.91 | 26.24 | 26.57 | 26.90 | 27.23 | 27.56 | 27.89 | 28.22 | 28.55 | 28.88 | 29.21 | 29.54 |
| 3.4 | 25.50 | 25.84 | 26.18 | 26.52 | 26.86 | 27.20 | 27.54 | 27.88 | 28.22 | 28.56 | 28.90 | 29.24 | 29.58 | 29.92 | 30.26 | 30.60 |
| 3.5 | 26.43 | 26.78 | 27.13 | 27.48 | 27.83 | 28.18 | 28.53 | 28.88 | 29.23 | 29.58 | 29.93 | 30.28 | 30.63 | 30.98 | 31.33 | 31.68 |
| 3.6 | 27.36 | 27.72 | 28.08 | 28.44 | 28.80 | 29.16 | 29.52 | 29.88 | 30.24 | 30.60 | 30.96 | 31.32 | 31.68 | 32.04 | 32.40 | 32.76 |
| 3.7 | 28.31 | 28.68 | 29.05 | 29.42 | 29.79 | 30.16 | 30.53 | 30.90 | 31.27 | 31.64 | 32.01 | 32.38 | 32.75 | 33.12 | 33.49 | 33.86 |
| 3.8 | 29.26 | 29.64 | 30.02 | 30.40 | 30.78 | 31.16 | 31.54 | 31.92 | 32.30 | 32.68 | 33.06 | 33.44 | 33.82 | 34.20 | 34.58 | 34.96 |
| 3.9 | 30.23 | 30.62 | 31.01 | 31.40 | 31.79 | 32.18 | 32.57 | 32.96 | 33.35 | 33.74 | 34.13 | 34.52 | 34.91 | 35.30 | 35.69 | 36.08 |
| 4.0 | 31.20 | 31.60 | 32.00 | 32.40 | 32.80 | 33.20 | 33.60 | 34.00 | 34.40 | 34.80 | 35.20 | 35.60 | 36.00 | 36.40 | 36.80 | 37.20 |
| 4.1 | 32.19 | 32.60 | 33.01 | 33.42 | 33.83 | 34.24 | 34.65 | 35.06 | 35.47 | 35.88 | 36.29 | 36.70 | 37.11 | 37.52 | 37.93 | 38.34 |
| 4.2 | 33.18 | 33.60 | 34.02 | 34.44 | 34.86 | 35.28 | 35.70 | 36.12 | 36.54 | 36.96 | 37.38 | 37.80 | 38.22 | 38.64 | 39.06 | 39.48 |
| 4.3 | 34.19 | 34.62 | 35.05 | 35.48 | 35.91 | 36.34 | 36.77 | 37.20 | 37.63 | 38.06 | 38.49 | 38.92 | 39.35 | 39.78 | 40.21 | 40.64 |
| 4.4 | 35.20 | 35.64 | 36.08 | 36.52 | 36.96 | 37.40 | 37.84 | 38.28 | 38.72 | 39.16 | 39.60 | 40.04 | 40.48 | 40.92 | 41.36 | 41.80 |
| 4.5 | 36.23 | 36.68 | 37.13 | 37.58 | 38.03 | 38.48 | 38.93 | 39.38 | 39.83 | 40.28 | 40.73 | 41.18 | 41.63 | 42.08 | 42.53 | 42.98 |
| 4.6 | 37.26 | 37.72 | 38.18 | 38.64 | 39.10 | 39.56 | 40.02 | 40.48 | 40.94 | 41.40 | 41.86 | 42.32 | 42.78 | 43.24 | 43.70 | 44.16 |
| 4.7 | 38.31 | 38.78 | 39.25 | 39.72 | 40.19 | 40.66 | 41.13 | 41.60 | 42.07 | 42.54 | 43.01 | 43.48 | 43.95 | 44.42 | 44.89 | 45.36 |
| 4.8 | 39.36 | 39.84 | 40.32 | 40.80 | 41.28 | 41.76 | 42.24 | 42.72 | 43.20 | 43.68 | 44.16 | 44.64 | 45.12 | 45.60 | 46.08 | 46.56 |
| 4.9 | 40.43 | 40.92 | 41.41 | 41.90 | 42.39 | 42.88 | 43.37 | 43.86 | 44.35 | 44.84 | 45.33 | 45.82 | 46.31 | 46.80 | 47.29 | 47.78 |
| 5.0 | 41.50 | 42.00 | 42.50 | 43.00 | 43.50 | 44.00 | 44.50 | 45.00 | 45.50 | 46.00 | 46.50 | 47.00 | 47.50 | 48.00 | 48.50 | 49.00 |
| 5.1 | 42.59 | 43.10 | 43.61 | 44.12 | 44.63 | 45.14 | 45.65 | 46.16 | 46.67 | 47.18 | 47.69 | 48.20 | 48.71 | 49.22 | 49.73 | 50.24 |
| 5.2 | 43.68 | 44.20 | 44.72 | 45.24 | 45.76 | 46.28 | 46.80 | 47.32 | 47.84 | 48.36 | 48.88 | 49.40 | 49.92 | 50.44 | 50.96 | 51.48 |
| 5.3 | 44.79 | 45.32 | 45.85 | 46.38 | 46.91 | 47.44 | 47.97 | 48.50 | 49.03 | 49.56 | 50.09 | 50.62 | 51.15 | 51.68 | 52.21 | 52.74 |
| 5.4 | 45.90 | 46.44 | 46.98 | 47.52 | 48.06 | 48.60 | 19.14 | 49.68 | 50.22 | 50.76 | 51.30 | 51.84 | 52.38 | 52.92 | 53.46 | 54.00 |
| 5.5 | 47.03 | 47.58 | 48.13 | 48.68 | 49.23 | 49.78 | 50.33 | 50.88 | 51.43 | 51.98 | 52.53 | 53.08 | 53.63 | 54.18 | 54.73 | 55.28 |
| 5.6 | 48.16 | 48.72 | 49.28 | 49.84 | 50.40 | 50.96 | 51.52 | 52.08 | 52.64 | 53.20 | 53.76 | 54.32 | 54.88 | 55.44 | 56.00 | 56.56 |
| 5.7 | 49.31 | 49.88 | 50.45 | 51.02 | 51.59 | 52.16 | 52.73 | 53.30 | 53.87 | 54.44 | 55.01 | 55.58 | 56.15 | 56.72 | 57.29 | 57.86 |
| 5.8 | 50.46 | 51.04 | 51.62 | 52.20 | 52.78 | 53.36 | 53.94 | 54.52 | 55.10 | 55.68 | 56.26 | 56.84 | 57.42 | 58.00 | 58.58 | 59.16 |
| 5.9 | 51.63 | 52.22 | 52.81 | 53.40 | 53.99 | 54.58 | 55.17 | 55.76 | 56.35 | 56.94 | 57.53 | 58.12 | 58.71 | 59.30 | 59.89 | 60.48 |
| 6.0 | 52.80 | 53.40 | 54.00 | 54.60 | 55.20 | 55.80 | 56.40 | 57.00 | 57.60 | 58.20 | 58.80 | 59.40 | 60.00 | 60.60 | 61.20 | 61.80 |
| 6.10 | 63.38 | 63.99 | 64.60 | 65.21 | 65.82 | 66.43 | 67.04 | 67.65 | 68.26 | 68.87 | 69.48 | 70.09 | 70.70 | 71.31 | 71.92 | 72.53 |
| 6.20 | 64.37 | 64.99 | 65.61 | 66.23 | 66.85 | 67.47 | 68.09 | 68.71 | 69.33 | 69.95 | 70.57 | 71.19 | 71.81 | 72.43 | 73.05 | 73.67 |
| 6.30 | 65.36 | 65.99 | 66.62 | 67.25 | 67.88 | 68.51 | 69.14 | 69.77 | 70.40 | 71.03 | 71.66 | 72.29 | 72.92 | 73.55 | 74.18 | 74.81 |
| 6.40 | 66.36 | 67.00 | 67.64 | 68.28 | 68.92 | 69.56 | 70.20 | 70.84 | 71.48 | 72.12 | 72.76 | 73.40 | 74.04 | 74.68 | 75.32 | 75.96 |
| 6.50 | 67.36 | 68.01 | 68.66 | 69.31 | 69.96 | 70.61 | 71.26 | 71.91 | 72.56 | 73.21 | 73.86 | 74.51 | 75.16 | 75.81 | 76.46 | 77.11 |
| 6.60 | 68.37 | 69.03 | 69.69 | 70.35 | 71.01 | 71.67 | 72.33 | 72.99 | 73.65 | 74.31 | 74.97 | 75.63 | 76.29 | 76.95 | 77.61 | 78.27 |
| 6.70 | 69.39 | 70.06 | 70.73 | 71.40 | 72.07 | 72.74 | 73.41 | 74.08 | 74.75 | 75.42 | 76.09 | 76.76 | 77.43 | 78.10 | 78.77 | 79.44 |

市政工程常用资料备查手册

| 高度/m | 宽度/m | | | | | | | | | | | | | | | |
|---|---|---|---|---|---|---|---|---|---|---|---|---|---|---|---|---|
| | 5.8 | 5.9 | 6.0 | 6.1 | 6.2 | 6.3 | 6.4 | 6.5 | 6.6 | 6.7 | 6.8 | 6.9 | 7.0 | 7.1 | 7.2 | 7.3 |
| 6.80 | 70.42 | 71.10 | 71.78 | 72.46 | 73.14 | 73.82 | 74.50 | 75.18 | 75.86 | 76.54 | 77.22 | 77.90 | 78.58 | 79.26 | 79.94 | 80.62 |
| 6.90 | 71.45 | 72.14 | 72.83 | 73.52 | 74.21 | 74.90 | 75.59 | 76.28 | 76.97 | 77.66 | 78.35 | 79.04 | 79.73 | 80.42 | 81.11 | 81.80 |
| 7.00 | 72.49 | 73.19 | 73.89 | 74.59 | 75.29 | 75.99 | 76.69 | 77.39 | 78.09 | 78.79 | 79.49 | 80.19 | 80.89 | 81.59 | 82.29 | 82.99 |
| 7.10 | 73.54 | 74.25 | 74.96 | 75.67 | 76.38 | 77.09 | 77.80 | 78.51 | 79.22 | 79.93 | 80.64 | 81.35 | 82.06 | 82.77 | 83.48 | 84.19 |
| 7.20 | 74.59 | 75.31 | 76.03 | 76.75 | 77.47 | 78.19 | 78.91 | 79.63 | 80.35 | 81.07 | 81.79 | 82.51 | 83.23 | 83.95 | 84.67 | 85.39 |
| 7.30 | 75.65 | 76.38 | 77.11 | 77.84 | 78.57 | 79.30 | 80.03 | 80.76 | 81.49 | 82.22 | 82.95 | 83.68 | 84.41 | 85.14 | 85.87 | 86.60 |
| 7.40 | 76.71 | 77.45 | 78.19 | 78.93 | 79.67 | 80.41 | 81.15 | 81.89 | 82.63 | 83.37 | 84.11 | 84.85 | 85.59 | 86.33 | 87.07 | 87.81 |
| 7.50 | 77.78 | 78.53 | 79.28 | 80.03 | 80.78 | 81.53 | 82.28 | 83.03 | 83.78 | 84.53 | 85.28 | 86.03 | 86.78 | 87.53 | 88.28 | 89.03 |
| 7.60 | 78.86 | 79.62 | 80.38 | 81.14 | 81.90 | 82.66 | 83.42 | 84.18 | 84.94 | 85.70 | 86.46 | 87.22 | 87.98 | 88.74 | 89.50 | 90.26 |
| 7.70 | 79.95 | 80.72 | 81.49 | 82.26 | 83.03 | 83.80 | 84.57 | 85.34 | 86.11 | 86.88 | 87.65 | 88.42 | 89.19 | 89.96 | 90.73 | 91.50 |
| 7.80 | 81.04 | 81.82 | 82.60 | 83.38 | 84.16 | 84.94 | 85.72 | 86.50 | 87.28 | 88.06 | 88.84 | 89.62 | 90.40 | 91.18 | 91.96 | 92.74 |
| 7.90 | 82.14 | 82.93 | 83.72 | 84.51 | 85.30 | 86.09 | 86.88 | 87.67 | 88.46 | 89.25 | 90.04 | 90.83 | 91.62 | 92.41 | 93.20 | 93.99 |
| 8.00 | 83.24 | 84.04 | 84.84 | 85.64 | 86.44 | 87.24 | 88.04 | 88.84 | 89.64 | 90.44 | 91.24 | 92.04 | 92.84 | 93.64 | 94.44 | 95.24 |
| 8.10 | 84.35 | 85.16 | 85.97 | 86.78 | 87.59 | 88.40 | 89.21 | 90.02 | 90.83 | 91.64 | 92.45 | 93.26 | 94.07 | 94.88 | 95.69 | 96.50 |
| 8.20 | 85.47 | 86.29 | 87.11 | 87.93 | 88.75 | 89.57 | 90.39 | 91.21 | 92.03 | 92.85 | 93.67 | 94.49 | 95.31 | 96.13 | 96.95 | 97.77 |
| 8.30 | 86.59 | 87.42 | 88.25 | 89.08 | 89.91 | 90.74 | 91.57 | 92.40 | 93.23 | 94.06 | 94.89 | 95.72 | 96.55 | 97.38 | 98.21 | 99.04 |
| 8.40 | 87.72 | 88.56 | 89.40 | 90.24 | 91.08 | 91.92 | 92.76 | 93.60 | 94.44 | 95.28 | 96.12 | 96.96 | 97.80 | 98.64 | 99.48 | 100.32 |
| 8.50 | 88.86 | 89.71 | 90.56 | 91.41 | 92.26 | 93.11 | 93.96 | 94.81 | 95.66 | 96.51 | 97.36 | 98.21 | 99.06 | 99.91 | 100.76 | 101.61 |
| 8.60 | 90.01 | 90.87 | 91.73 | 92.59 | 93.45 | 94.31 | 95.17 | 96.03 | 96.89 | 97.75 | 98.61 | 99.47 | 100.33 | 101.19 | 102.05 | 102.91 |
| 8.70 | 91.16 | 92.03 | 92.90 | 93.77 | 94.64 | 95.51 | 96.38 | 97.25 | 98.12 | 98.99 | 99.86 | 100.73 | 101.60 | 102.47 | 103.34 | 104.21 |
| 8.80 | 92.32 | 93.20 | 94.08 | 94.96 | 95.84 | 96.72 | 97.60 | 98.48 | 99.36 | 100.24 | 101.12 | 102.00 | 102.88 | 103.76 | 104.64 | 105.52 |
| 8.90 | 93.48 | 94.37 | 95.26 | 96.15 | 97.04 | 97.93 | 98.82 | 99.71 | 100.60 | 101.49 | 102.38 | 103.27 | 104.16 | 105.05 | 105.94 | 106.83 |
| 9.00 | 94.65 | 95.55 | 96.45 | 97.35 | 98.25 | 99.15 | 100.05 | 100.95 | 101.85 | 102.75 | 103.65 | 104.55 | 105.45 | 106.35 | 107.25 | 108.15 |

| 高度/m | 宽度/m | | | | | | | | | | | | | | | | |
|---|---|---|---|---|---|---|---|---|---|---|---|---|---|---|---|---|---|
| | 7.4 | 7.5 | 7.6 | 7.7 | 7.8 | 7.9 | 8.0 | 8.1 | 8.2 | 8.3 | 8.4 | 8.5 | 8.6 | 8.7 | 8.8 | 8.9 | 9.0 |
| 1.00 | 7.43 | 7.53 | 7.63 | 7.73 | 7.83 | 7.93 | 8.03 | 8.13 | 8.23 | 8.33 | 8.43 | 8.53 | 8.63 | 8.73 | 8.83 | 8.93 | 9.33 |
| 1.10 | 8.21 | 8.32 | 8.43 | 8.54 | 8.65 | 8.76 | 8.87 | 8.98 | 9.09 | 9.20 | 9.31 | 9.42 | 9.53 | 9.64 | 9.75 | 9.86 | 10.30 |
| 1.20 | 9.00 | 9.12 | 9.24 | 9.36 | 9.48 | 9.60 | 9.72 | 9.84 | 9.96 | 10.08 | 10.20 | 10.32 | 10.44 | 10.56 | 10.68 | 10.80 | 11.28 |
| 1.30 | 9.79 | 9.92 | 10.05 | 10.18 | 10.31 | 10.44 | 10.57 | 10.70 | 10.83 | 10.96 | 11.09 | 11.22 | 11.35 | 11.48 | 11.61 | 11.74 | 12.26 |
| 1.40 | 10.59 | 10.73 | 10.87 | 11.01 | 11.15 | 11.29 | 11.43 | 11.57 | 11.71 | 11.85 | 11.99 | 12.13 | 12.27 | 12.41 | 12.55 | 12.69 | 13.25 |
| 1.50 | 11.39 | 11.54 | 11.69 | 11.84 | 11.99 | 12.14 | 12.29 | 12.44 | 12.59 | 12.74 | 12.89 | 13.04 | 13.19 | 13.34 | 13.49 | 13.64 | 14.24 |
| 1.60 | 12.20 | 12.36 | 12.52 | 12.68 | 12.84 | 13.00 | 13.16 | 13.32 | 13.48 | 13.64 | 13.80 | 13.96 | 14.12 | 14.28 | 14.44 | 14.60 | 15.24 |
| 1.70 | 13.02 | 13.19 | 13.36 | 13.53 | 13.70 | 13.87 | 14.04 | 14.21 | 14.38 | 14.55 | 14.72 | 14.89 | 15.06 | 15.23 | 15.40 | 15.57 | 16.25 |
| 1.80 | 13.85 | 14.03 | 14.21 | 14.39 | 14.57 | 14.75 | 14.93 | 15.11 | 15.29 | 15.47 | 15.65 | 15.83 | 16.01 | 16.19 | 16.37 | 16.55 | 17.27 |
| 1.90 | 14.68 | 14.87 | 15.06 | 15.25 | 15.44 | 15.63 | 15.82 | 16.01 | 16.20 | 16.39 | 16.58 | 16.77 | 16.96 | 17.15 | 17.34 | 17.53 | 18.29 |
| 2.00 | 15.52 | 15.72 | 15.92 | 16.12 | 16.32 | 16.52 | 16.72 | 16.92 | 17.12 | 17.32 | 17.52 | 17.72 | 17.92 | 18.12 | 18.32 | 18.52 | 19.32 |
| 2.10 | 16.37 | 16.58 | 16.79 | 17.00 | 17.21 | 17.42 | 17.63 | 17.84 | 18.05 | 18.26 | 18.47 | 18.68 | 18.89 | 19.10 | 19.31 | 19.52 | 20.36 |
| 2.20 | 17.22 | 17.44 | 17.66 | 17.88 | 18.10 | 18.32 | 18.54 | 18.76 | 18.98 | 19.20 | 19.42 | 19.64 | 19.86 | 20.08 | 20.30 | 20.52 | 21.40 |
| 2.30 | 18.08 | 18.31 | 18.54 | 18.77 | 19.00 | 19.23 | 19.46 | 19.69 | 19.92 | 20.15 | 20.38 | 20.61 | 20.84 | 21.07 | 21.30 | 21.53 | 22.45 |
| 2.40 | 18.94 | 19.18 | 19.42 | 19.66 | 19.90 | 20.14 | 20.38 | 20.62 | 20.86 | 21.10 | 21.34 | 21.58 | 21.82 | 22.06 | 22.30 | 22.54 | 23.50 |
| 2.50 | 19.81 | 20.06 | 20.31 | 20.56 | 20.81 | 21.06 | 21.31 | 21.56 | 21.81 | 22.06 | 22.31 | 22.56 | 22.81 | 23.06 | 23.31 | 23.56 | 24.59 |
| 2.60 | 20.69 | 20.95 | 21.21 | 21.47 | 21.73 | 21.99 | 22.25 | 22.51 | 22.77 | 23.03 | 23.29 | 23.55 | 23.81 | 24.07 | 24.33 | 24.59 | 25.63 |
| 2.70 | 21.58 | 21.85 | 22.12 | 22.39 | 22.66 | 22.93 | 23.20 | 23.47 | 23.74 | 24.01 | 24.28 | 24.55 | 24.82 | 25.09 | 25.36 | 25.63 | 26.71 |
| 2.80 | 22.47 | 22.75 | 23.03 | 23.31 | 23.59 | 23.87 | 24.15 | 24.43 | 24.71 | 24.99 | 25.27 | 25.55 | 25.83 | 26.11 | 26.39 | 26.67 | 27.79 |
| 2.90 | 23.37 | 23.66 | 23.95 | 24.24 | 24.53 | 24.82 | 25.11 | 25.40 | 25.69 | 25.98 | 26.27 | 26.56 | 26.85 | 27.14 | 27.43 | 27.72 | 28.88 |
| 3.00 | 24.27 | 24.57 | 24.87 | 25.17 | 25.47 | 25.77 | 26.07 | 26.37 | 26.67 | 26.97 | 27.27 | 27.57 | 27.87 | 28.17 | 28.47 | 28.77 | 29.97 |
| 3.10 | 26.82 | 27.13 | 27.44 | 27.75 | 28.06 | 28.37 | 28.68 | 28.99 | 29.30 | 29.61 | 29.92 | 30.23 | 30.54 | 30.85 | 31.16 | 31.47 | 32.71 |
| 3.20 | 27.84 | 28.16 | 28.48 | 28.80 | 29.12 | 29.44 | 29.76 | 30.08 | 30.40 | 30.72 | 31.04 | 31.36 | 31.68 | 32.00 | 32.32 | 32.64 | 33.92 |
| 3.30 | 28.88 | 29.21 | 29.54 | 29.87 | 30.20 | 30.53 | 30.86 | 31.19 | 31.52 | 31.85 | 32.18 | 32.51 | 32.84 | 33.17 | 33.50 | 33.83 | 35.15 |
| 3.40 | 29.92 | 30.26 | 30.60 | 30.94 | 31.28 | 31.62 | 31.96 | 32.30 | 32.64 | 32.98 | 33.32 | 33.66 | 34.00 | 34.34 | 34.68 | 35.02 | 36.38 |
| 3.50 | 30.98 | 31.33 | 31.68 | 32.03 | 32.38 | 32.73 | 33.08 | 33.43 | 33.78 | 34.13 | 34.48 | 34.83 | 35.18 | 35.53 | 35.88 | 36.23 | 37.63 |
| 3.60 | 32.04 | 32.40 | 32.76 | 33.12 | 33.48 | 33.84 | 34.20 | 34.56 | 34.92 | 35.28 | 35.64 | 36.00 | 36.36 | 36.72 | 37.08 | 37.44 | 38.88 |
| 3.70 | 33.12 | 33.49 | 33.86 | 34.23 | 34.60 | 34.97 | 35.34 | 35.71 | 36.08 | 36.45 | 36.82 | 37.19 | 37.56 | 37.93 | 38.30 | 38.67 | 41.42 |
| 3.80 | 34.20 | 34.58 | 34.96 | 35.34 | 35.72 | 36.10 | 36.48 | 36.86 | 37.24 | 37.62 | 38.00 | 38.38 | 38.76 | 39.14 | 39.52 | 39.90 | 40.15 |
| 3.90 | 35.30 | 35.69 | 36.08 | 36.47 | 36.86 | 37.25 | 37.64 | 38.03 | 38.42 | 38.81 | 39.20 | 39.59 | 39.98 | 40.37 | 40.76 | 41.15 | 42.71 |
| 4.00 | 37.60 | 38.00 | 38.40 | 38.80 | 39.20 | 39.60 | 40.00 | 40.40 | 40.80 | 41.20 | 41.60 | 42.00 | 42.40 | 42.80 | 43.20 | 43.60 | 44.00 |
| 4.10 | 38.75 | 39.16 | 39.57 | 39.98 | 40.39 | 40.80 | 41.21 | 41.62 | 42.03 | 42.44 | 42.85 | 43.26 | 43.67 | 44.08 | 44.49 | 44.90 | 45.31 |

市政工程常用资料备查手册

| 高度/m | 宽度/m | | | | | | | | | | | | | | | | |
|---|---|---|---|---|---|---|---|---|---|---|---|---|---|---|---|---|---|
| | 7.4 | 7.5 | 7.6 | 7.7 | 7.8 | 7.9 | 8.0 | 8.1 | 8.2 | 8.3 | 8.4 | 8.5 | 8.6 | 8.7 | 8.8 | 8.9 | 9.0 |
| 4.20 | 39.90 | 40.32 | 40.74 | 41.16 | 41.58 | 42.00 | 42.42 | 42.84 | 43.26 | 43.68 | 44.10 | 44.52 | 44.94 | 45.36 | 45.78 | 46.20 | 46.62 |
| 4.30 | 41.07 | 41.50 | 41.93 | 42.36 | 42.79 | 43.22 | 43.65 | 44.08 | 44.51 | 44.94 | 45.37 | 45.80 | 46.23 | 46.66 | 47.09 | 47.52 | 47.95 |
| 4.40 | 42.24 | 42.68 | 43.12 | 43.56 | 44.00 | 44.44 | 44.88 | 45.32 | 45.76 | 46.20 | 46.64 | 47.08 | 47.52 | 47.96 | 48.40 | 48.84 | 49.28 |
| 4.50 | 43.43 | 43.88 | 44.33 | 44.78 | 45.23 | 45.68 | 46.13 | 46.58 | 47.03 | 47.48 | 47.93 | 48.38 | 48.83 | 49.28 | 49.73 | 50.18 | 50.63 |
| 4.60 | 44.62 | 45.08 | 45.54 | 46.00 | 46.46 | 46.92 | 47.38 | 47.84 | 48.30 | 48.76 | 49.22 | 49.68 | 50.14 | 50.60 | 51.06 | 51.52 | 51.98 |
| 4.70 | 45.83 | 46.30 | 46.77 | 47.24 | 47.71 | 48.18 | 48.65 | 49.12 | 49.59 | 50.06 | 50.53 | 51.00 | 51.47 | 51.94 | 52.41 | 52.88 | 53.35 |
| 4.80 | 47.04 | 47.52 | 48.00 | 48.48 | 48.96 | 49.44 | 49.92 | 50.40 | 50.88 | 51.36 | 51.84 | 52.32 | 52.80 | 53.28 | 53.76 | 54.24 | 54.72 |
| 4.90 | 48.27 | 48.76 | 49.25 | 49.74 | 50.23 | 50.72 | 51.21 | 51.70 | 52.19 | 52.68 | 53.17 | 53.66 | 54.15 | 54.64 | 55.13 | 55.62 | 56.11 |
| 5.00 | 49.50 | 50.00 | 50.50 | 51.00 | 51.50 | 52.00 | 52.50 | 53.00 | 53.50 | 54.00 | 54.50 | 55.00 | 55.50 | 56.00 | 56.50 | 57.00 | 57.50 |
| 5.10 | 50.75 | 51.26 | 51.77 | 52.28 | 52.79 | 53.30 | 53.81 | 54.32 | 54.83 | 55.34 | 55.85 | 56.36 | 56.87 | 57.38 | 57.89 | 58.40 | 58.91 |
| 5.20 | 52.00 | 52.52 | 53.04 | 53.56 | 54.08 | 54.60 | 55.12 | 55.94 | 59.16 | 56.68 | 57.20 | 57.72 | 58.24 | 58.76 | 59.28 | 59.80 | 60.32 |
| 5.30 | 53.27 | 53.80 | 54.33 | 54.86 | 55.39 | 55.92 | 56.45 | 56.98 | 57.51 | 58.04 | 58.57 | 59.10 | 59.63 | 60.16 | 60.69 | 61.22 | 61.75 |
| 5.40 | 54.54 | 55.08 | 55.62 | 56.16 | 56.70 | 57.24 | 57.78 | 58.32 | 58.86 | 59.40 | 59.94 | 60.48 | 61.02 | 61.56 | 62.10 | 62.64 | 63.18 |
| 5.50 | 55.83 | 56.38 | 56.93 | 57.48 | 58.03 | 58.58 | 59.13 | 59.68 | 60.23 | 60.78 | 61.33 | 61.88 | 62.43 | 62.98 | 63.53 | 64.08 | 64.63 |
| 5.60 | 57.12 | 57.68 | 58.24 | 58.80 | 59.36 | 59.92 | 60.48 | 61.04 | 61.60 | 62.16 | 62.72 | 63.28 | 63.84 | 64.40 | 64.96 | 65.52 | 66.08 |
| 5.70 | 58.43 | 59.00 | 59.57 | 60.14 | 60.71 | 61.28 | 61.85 | 62.42 | 62.99 | 63.56 | 64.13 | 64.70 | 65.27 | 65.84 | 66.41 | 66.98 | 67.55 |
| 5.80 | 59.74 | 60.32 | 60.90 | 61.48 | 62.06 | 62.64 | 63.22 | 63.80 | 64.38 | 64.96 | 65.54 | 66.12 | 66.70 | 67.28 | 67.86 | 68.44 | 69.02 |
| 5.90 | 61.07 | 61.66 | 62.25 | 62.84 | 63.43 | 64.02 | 64.61 | 65.20 | 65.79 | 66.38 | 66.97 | 67.56 | 68.15 | 68.74 | 69.33 | 69.92 | 70.51 |
| 6.00 | 62.40 | 63.00 | 63.60 | 64.20 | 64.80 | 65.40 | 66.00 | 66.60 | 67.20 | 67.80 | 68.40 | 69.00 | 69.60 | 70.20 | 70.80 | 71.40 | 72.00 |
| 6.10 | 73.14 | 73.75 | 74.36 | 74.97 | 75.58 | 76.19 | 76.80 | 77.41 | 78.02 | 78.63 | 79.24 | 79.85 | 80.46 | 81.07 | 81.68 | 82.29 | 82.90 |
| 6.20 | 74.29 | 74.91 | 75.53 | 76.15 | 76.77 | 77.39 | 78.01 | 78.63 | 79.25 | 79.87 | 80.49 | 81.11 | 81.73 | 82.35 | 82.97 | 83.59 | 84.21 |
| 6.30 | 75.44 | 76.07 | 76.70 | 77.33 | 77.96 | 78.59 | 79.22 | 79.85 | 80.48 | 81.11 | 81.74 | 82.37 | 83.00 | 83.63 | 84.26 | 84.89 | 85.52 |
| 6.40 | 76.60 | 77.24 | 77.88 | 78.52 | 79.16 | 79.80 | 80.44 | 81.08 | 81.72 | 82.36 | 83.00 | 83.64 | 84.28 | 84.92 | 85.56 | 86.20 | 86.84 |
| 6.50 | 77.76 | 78.41 | 79.06 | 79.71 | 80.36 | 81.01 | 81.66 | 82.31 | 82.96 | 83.61 | 84.26 | 84.91 | 85.56 | 86.21 | 86.86 | 87.51 | 88.16 |
| 6.60 | 78.93 | 79.59 | 80.25 | 80.91 | 81.57 | 82.23 | 82.89 | 83.55 | 84.21 | 84.87 | 85.53 | 86.19 | 86.85 | 87.51 | 88.17 | 88.83 | 89.49 |
| 6.70 | 80.11 | 80.78 | 81.45 | 82.12 | 82.79 | 83.46 | 84.13 | 84.80 | 85.47 | 86.14 | 86.81 | 87.48 | 88.15 | 88.82 | 89.49 | 90.16 | 90.83 |
| 6.80 | 81.30 | 81.98 | 82.66 | 83.34 | 84.02 | 84.70 | 85.38 | 86.06 | 86.74 | 87.42 | 88.10 | 88.78 | 89.46 | 90.14 | 90.82 | 91.50 | 92.18 |
| 6.90 | 82.49 | 83.18 | 83.87 | 84.56 | 85.25 | 85.94 | 86.63 | 87.32 | 88.01 | 88.70 | 89.39 | 90.08 | 90.77 | 91.46 | 92.15 | 92.84 | 93.53 |
| 7.00 | 83.69 | 84.39 | 85.09 | 85.79 | 86.49 | 87.19 | 87.89 | 88.59 | 89.29 | 89.99 | 90.69 | 91.39 | 92.09 | 92.79 | 93.49 | 94.19 | 94.89 |
| 7.10 | 84.90 | 85.61 | 86.32 | 87.03 | 87.74 | 88.45 | 89.16 | 89.87 | 90.58 | 91.29 | 92.00 | 92.71 | 93.42 | 94.13 | 94.84 | 95.55 | 96.26 |
| 7.20 | 86.11 | 86.83 | 87.55 | 88.27 | 88.99 | 89.71 | 90.43 | 91.15 | 91.87 | 92.59 | 93.31 | 94.03 | 94.75 | 95.47 | 96.19 | 96.91 | 97.63 |
| 7.30 | 87.33 | 88.06 | 88.79 | 89.52 | 90.25 | 90.98 | 91.71 | 92.44 | 93.17 | 93.90 | 94.63 | 95.36 | 96.09 | 96.82 | 97.55 | 98.28 | 99.01 |
| 7.40 | 88.55 | 89.29 | 90.03 | 90.77 | 91.51 | 92.25 | 92.99 | 93.73 | 94.47 | 95.21 | 95.95 | 96.69 | 97.43 | 98.17 | 98.91 | 99.65 | 100.39 |
| 7.50 | 89.78 | 90.53 | 91.28 | 92.03 | 92.78 | 93.53 | 94.28 | 95.03 | 95.78 | 96.53 | 97.28 | 98.03 | 98.78 | 99.53 | 100.28 | 101.03 | 101.78 |
| 7.60 | 91.02 | 91.78 | 92.54 | 93.30 | 94.06 | 94.82 | 95.58 | 96.34 | 97.10 | 97.86 | 98.62 | 99.38 | 100.14 | 100.90 | 101.66 | 102.42 | 103.18 |
| 7.70 | 92.27 | 93.04 | 93.81 | 94.58 | 95.35 | 96.12 | 96.89 | 97.66 | 98.43 | 99.20 | 99.97 | 100.74 | 101.51 | 102.28 | 103.05 | 103.82 | 104.59 |
| 7.80 | 93.52 | 94.30 | 95.08 | 95.86 | 96.64 | 97.42 | 98.20 | 98.98 | 99.76 | 100.54 | 101.32 | 102.10 | 102.88 | 103.66 | 104.44 | 105.22 | 106.00 |
| 7.90 | 94.78 | 95.57 | 96.36 | 97.15 | 97.94 | 98.73 | 99.52 | 100.31 | 101.10 | 101.89 | 102.68 | 103.47 | 104.26 | 105.05 | 105.84 | 106.63 | 107.42 |
| 8.00 | 96.04 | 96.84 | 97.64 | 98.44 | 99.24 | 100.04 | 100.84 | 101.64 | 102.44 | 103.24 | 104.04 | 104.84 | 105.64 | 106.44 | 107.24 | 108.04 | 108.84 |
| 8.10 | 97.31 | 98.12 | 98.93 | 99.74 | 100.55 | 101.36 | 102.17 | 102.98 | 103.79 | 104.60 | 105.41 | 106.22 | 107.03 | 107.84 | 108.65 | 109.46 | 110.27 |
| 8.20 | 98.59 | 99.41 | 100.23 | 101.05 | 101.87 | 102.69 | 103.51 | 104.33 | 105.15 | 105.97 | 106.79 | 107.61 | 108.43 | 109.25 | 110.07 | 110.89 | 111.71 |
| 8.30 | 99.87 | 100.70 | 101.53 | 102.36 | 103.19 | 104.02 | 104.85 | 105.68 | 106.51 | 107.34 | 108.17 | 109.00 | 109.83 | 110.66 | 111.49 | 112.32 | 113.15 |
| 8.40 | 101.16 | 102.00 | 102.84 | 103.68 | 104.52 | 105.36 | 106.20 | 107.04 | 107.88 | 108.72 | 109.56 | 110.40 | 111.24 | 112.08 | 112.92 | 113.76 | 114.60 |
| 8.50 | 102.46 | 103.31 | 104.16 | 105.01 | 105.86 | 106.71 | 107.56 | 108.41 | 109.26 | 110.11 | 110.96 | 111.81 | 112.66 | 113.51 | 114.36 | 115.21 | 116.06 |
| 8.60 | 103.77 | 104.63 | 105.49 | 106.35 | 107.21 | 108.07 | 108.93 | 109.79 | 110.65 | 111.51 | 112.37 | 113.23 | 114.09 | 114.95 | 115.81 | 116.67 | 117.53 |
| 8.70 | 105.08 | 105.95 | 106.82 | 107.69 | 108.56 | 109.43 | 110.30 | 111.17 | 112.04 | 112.91 | 113.78 | 114.65 | 115.52 | 116.39 | 117.26 | 118.13 | 119.00 |
| 8.80 | 106.40 | 107.28 | 108.16 | 109.04 | 109.92 | 110.80 | 111.68 | 112.56 | 113.44 | 114.32 | 115.20 | 116.08 | 116.96 | 117.84 | 118.72 | 119.60 | 120.48 |
| 8.90 | 107.72 | 108.61 | 109.50 | 110.39 | 111.28 | 112.17 | 113.06 | 113.95 | 114.84 | 115.73 | 116.62 | 117.51 | 118.40 | 119.29 | 120.18 | 121.07 | 121.96 |
| 9.00 | 109.05 | 109.95 | 110.85 | 111.75 | 112.65 | 113.55 | 114.45 | 115.35 | 116.25 | 117.15 | 118.05 | 118.95 | 119.85 | 120.75 | 121.65 | 122.55 | 123.45 |

## 10.3.2.2　管道安装（材料 2、3）

### (1) 铸铁管接口间隙体积计算（表 10-3-23）

**表 10-3-23　铸铁管接口间隙体积计算**

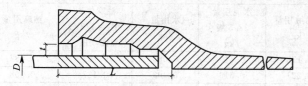

近似计算公式：

$$V = 0.7854 \times [(D+2t)^2 - D^2]L$$

| 公称直径 $d$/mm | 外径 $D$/mm | 接口间隙 $t$/mm | 接口长度 $L$/mm | 间隙体积 $V$/m³ |
|---|---|---|---|---|
| 75 | 93.0 | 10 | 95 | 0.307 |
| 100 | 118.0 | 10 | 95 | 0.382 |
| 150 | 169.0 | 10 | 100 | 0.562 |
| 200 | 220.0 | 10 | 100 | 0.723 |
| 300 | 322.8 | 11 | 105 | 1.211 |
| 400 | 425.6 | 11 | 110 | 1.660 |
| 500 | 528.0 | 12 | 115 | 2.341 |
| 600 | 630.8 | 12 | 120 | 2.908 |
| 700 | 733.0 | 12 | 125 | 3.511 |
| 800 | 836.0 | 12 | 130 | 4.156 |
| 900 | 939.0 | 12 | 135 | 4.840 |
| 1000 | 1041.0 | 13 | 140 | 6.026 |
| 1200 | 1246.0 | 13 | 150 | 7.713 |
| 1400 | 1446.0 | 14 | 160 | 10.274 |
| 1600 | 1646.0 | 14 | 170 | 12.412 |

### (2) 青铅接口一个口材料净用量（表 10-3-24）

**表 10-3-24　青铅接口一个口材料净用量**

| 管径/mm<br>项目 | $D_g$ | | | | | | | |
|---|---|---|---|---|---|---|---|---|
| | 75 | 100 | 150 | 200 | 300 | 400 | 500 | 600 |
| 空隙体积 $V/10^{-3}$m³ | 0.307 | 0.382 | 0.562 | 0.723 | 1.211 | 1.66 | 2.341 | 2.908 |
| 油麻（$V_1=1/3V$）重量<br>$G_1=(V_1 \times 0.85)$/kg | 0.087 | 0.108 | 0.159 | 0.205 | 0.343 | 0.470 | 0+663 | 0.824 |
| 青铅（$V_2=2/3V$）重量<br>$G_2=(V_2 \times 11.25)$/kg | 2.302 | 2.865 | 4.215 | 5.422 | 9.082 | 12.450 | 17.557 | 21.810 |
| 氧气/m³ | 0.02 | 0.034 | 0.046 | 0.082 | 0.12 | 0.225 | 0.284 | 0.344 |
| 木柴/kg | 0.08 | 0.10 | 0.20 | 0.20 | 0.4 | 0.50 | 0.60 | 0.60 |
| 焦炭/kg | 1.00 | 1.18 | 1.69 | 2.17 | 3.38 | 4.64 | 6.03 | 7.34 |
| 管径/mm<br>项目 | $D_g$ | | | | | | | |
| | 700 | 800 | 900 | 1000 | 1200 | 1400 | 1600 | |
| 空隙体积 $V/10^{-3}$m³ | 3.511 | 4.156 | 4.840 | 6.026 | 7.713 | 10.274 | 12.412 | |
| 油麻（$V_1=1/3V$）重量<br>$G_1=(V_1 \times 0.85)$/kg | 0.995 | 1.178 | 1.371 | 1.707 | 2.185 | 2.911 | 3.517 | |
| 青铅（$V_2=2/3V$）重量<br>$G_2=(V_2 \times 11.25)$/kg | 26.332 | 31.170 | 36.300 | 45.195 | 57.847 | 77.055 | 93.090 | |
| 氧气/m³ | 0.404 | 0.449 | 0.50 | 0.56 | 0.61 | 0.66 | 0.72 | |
| 木柴/kg | 0.70 | 0.70 | 0.90 | 0.90 | 1.16 | 1.16 | 1.49 | |
| 焦炭/kg | 9.00 | 10.65 | 11.67 | 13.28 | 15.11 | 17.20 | 19.57 | |

注：氧气（m³）：乙炔气（kg）＝3：1。

（3）石棉水泥接口一个口材料净用量（表 10-3-25）

表 10-3-25　石棉水泥接口一个口材料净用量

| 直径($D_g$)/mm | 接口间隙体积 $V/10^{-3}m^3$ | 膨胀水泥比重 3：1 | | | | | 油麻相对密度 0.85 |
| | | 石棉水泥 ($V_1=2/3V$) $/10^{-3}m^3$ | 石棉绒用量 /kg | 水泥用量 32.5 级 /kg | 水用量 /kg | 油麻体积 ($V_2=1/3V$) $/10^{-3}m^3$ | 油麻用量 /kg |
|---|---|---|---|---|---|---|---|
| 75 | 0.307 | 0.205 | 0.178 | 0.415 | 0.083 | 0.102 | 0.087 |
| 100 | 0.382 | 0.255 | 0.221 | 0.516 | 0.103 | 0.127 | 0.108 |
| 150 | 0.562 | 0.375 | 0.325 | 0.759 | 0.152 | 0.187 | 0.159 |
| 200 | 0.723 | 0.482 | 0.418 | 0.976 | 0.195 | 0.241 | 0.205 |
| 300 | 1.211 | 0.807 | 0.700 | 1.634 | 0.327 | 0.404 | 0.343 |
| 400 | 1.660 | 1.107 | 0.960 | 2.241 | 0.448 | 0.553 | 0.470 |
| 500 | 2.341 | 1.561 | 1.354 | 3.160 | 0.632 | 0.780 | 0.663 |
| 600 | 2.908 | 1.939 | 1.682 | 3.925 | 0.785 | 0.969 | 0.824 |
| 700 | 3.511 | 2.341 | 2.031 | 4.739 | 0.948 | 1.170 | 0.995 |
| 800 | 4.156 | 2.771 | 2.404 | 5.610 | 1.122 | 1.385 | 11178 |
| 900 | 4.840 | 3.227 | 2.800 | 6.533 | 1.307 | 1.613 | 1.371 |
| 1000 | 6.026 | 4.017 | 3.485 | 8.132 | 1.626 | 2.009 | 1.707 |
| 1200 | 7.713 | 5.142 | 4.461 | 10.409 | 2.082 | 2.571 | 2.185 |
| 1400 | 10.274 | 6.849 | 5.942 | 13.865 | 2.773 | 3.425 | 2.911 |
| 1600 | 12.412 | 8.275 | 7.179 | 16.752 | 3.350 | 4.137 | 3.517 |

注：1. 混合相对密度＝1/(0.3/2.5＋0.7/3.1)＝2.892

式中：2.5 为石棉相对密度；3.1 为水泥相对密度。

2. 管口除沥青所用氧气、乙炔气消耗量同青铅接口。

3. 水用骨不包括养护用水，水灰比按 0.2 计算。

（4）膨胀水泥接口一个接口材料净用量（表 10-3-26）

表 10-3-26　膨胀水泥接口一个接口材料净用量

| 直径($D_g$)/mm | 接口间隙体积 $V/10^{-3}m^3$ | 膨胀水泥比重 3：1 | | | 油麻相对密度 0.85 | |
| | | 膨胀水泥 ($V_1=2/3V$) $/10^{-3}m^3$ | 石棉绒用量 /kg | 水用量 /kg | 油麻体积 ($V_2=1/3V$) $/10^{-3}m^3$ | 油麻用量 /kg |
|---|---|---|---|---|---|---|
| 75 | 0.307 | 0.205 | 0.636 | 0.191 | 0.102 | 0.087 |
| 100 | 0.382 | 0.255 | 0.791 | 0.237 | 0.127 | 0.108 |
| 150 | 0.562 | 0.375 | 1.163 | 0.349 | 0.187 | 0.159 |
| 200 | 0.723 | 0.482 | 1.494 | 0.488 | 0.241 | 0.205 |
| 300 | 1.211 | 0.807 | 2.502 | 0.751 | 0.404 | 0.343 |
| 400 | 1.660 | 1.107 | 3.432 | 1.030 | 0.553 | 0.470 |
| 500 | 2.341 | 1.561 | 4.839 | 1.452 | 0.780 | 0.663 |
| 600 | 2.908 | 1.939 | 6.011 | 1.803 | 0.969 | 0.824 |
| 700 | 3.511 | 2.341 | 7.257 | 2.177 | 1.170 | 0.995 |
| 800 | 4.156 | 2.771 | 8.590 | 2.577 | 1.385 | 1.178 |
| 900 | 4.840 | 3.227 | 10.004 | 3.001 | 1.613 | 1.371 |
| 1000 | 6.026 | 4.017 | 12.453 | 3.736 | 2.009 | 1.707 |
| 1200 | 7.713 | 5.142 | 15.940 | 4.782 | 2.571 | 2.185 |
| 1400 | 10.274 | 6.849 | 21.232 | 6.370 | 3.425 | 2.911 |
| 1600 | 12.412 | 8.275 | 25.653 | 7.696 | 4.137 | 3.517 |

注：1. 水灰比按 0.3 计算，水用量不包括养护用水。

2. 管口除沥青所用氧气、乙炔，气消耗量同青铅接口。

(5) 胶圈接口（插入式）所用润滑剂取定（净用量）（一个口）（表 10-3-27）

表 10-3-27　胶圈接口一个接口润滑剂净用量

| 管径/mm | 150 | 250 | 300 | 400 | 500 | 600 | 700 | 800 | 900 | 1000 | 1200 | 1400 | 1600 |
|---|---|---|---|---|---|---|---|---|---|---|---|---|---|
| 润滑剂/kg | 0.05 | 0.06 | 0.076 | 0.086 | 0.105 | 0.124 | 0.143 | 0.162 | 0.189 | 0.20 | 0.238 | 0.286 | 0.324 |

注：氧气、乙炔气用量同青铅接口。

(6) 施工机械的取定（表 10-3-28）

表 10-3-28　施工机械的取定　　　　　　　单位：台班/10m

| 口径/mm | 汽车式起重机 | | | | 载重汽车 | |
|---|---|---|---|---|---|---|
| | 5t | 8t | 16t | 20t | 5t | 8t |
| 300 | 0.06 | | | | 0.04 | |
| 400 | 0.08 | | | | 0.04 | |
| 500 | 0.10 | | | | 0.04 | |
| 600 | | 0.12 | | | 0.05 | |
| 700 | | 0.15 | | | 0.05 | |
| 800 | | 0.16 | | | 0.06 | |
| 900 | | 0.17 | | | 0.06 | |
| 1000 | | | 0.18 | | 0.09 | |
| 1200 | | | 0.19 | | 0.09 | |
| 1400 | | | | 0.21 | | 0.11 |
| 1600 | | | | 0.22 | | 0.13 |

## 10.3.2.3　管道内防腐（表 10-3-29）

表 10-3-29　水泥砂浆内防腐厚度取定

| 公称直径($D_g$)/mm | 壁厚/mm | 公称直径($D_g$)/mm | 壁厚/mm | 公称直径($D_g$)/mm | 壁厚/mm |
|---|---|---|---|---|---|
| 150～300 | 5 | 800～1000 | 10 | 2000～2200 | 15 |
| 400～600 | 6 | 1200～1400 | 12 | 2400～2600 | 16 |
| 700 | 8 | 1600～1800 | 14 | 2600 以上 | 18 |

## 10.3.2.4　管件安装（表 10-3-30、表 10-3-31）

表 10-3-30　管件重量取定

| 管径/mm | 每一个弯头重及权数/kg | 每一个三通重及权数/kg | 每一个异径管重及权数/kg | 合计重量/kg |
|---|---|---|---|---|
| 75 | 17.97×0.6 | 26.92×0.3 | 20.57×0.1 | 21 |
| 100 | 22.97×0.6 | 34.32×0.3 | 25×0.1 | 27 |
| 150 | 40.00×0.6 | 54.52×0.3 | 31×0.1 | 44 |
| 200 | 65.47×0.6 | 78.59×0.3 | 42×0.1 | 68 |
| 300 | 141.42×0.6 | 145.35×0.3 | 85×0.1 | 138 |
| 400 | 226.84×0.6 | 268.13×0.3 | 147×0.1 | 232 |
| 500 | 351.50×0.6 | 406.68×0.3 | 203×0.1 | 354 |
| 600 | 527.34×0.6 | 570.67×0.3 | 287×0.1 | 517 |
| 700 | 734.47×0.6 | 786.17×0.3 | 433×0.1 | 721 |
| 800 | 868.21×0.6 | 1043.69×0.3 | 563×0.1 | 891 |
| 900 | 1146.8×0.6 | 1365.67×0.3 | 694×0.1 | 1167 |
| 1000 | 1484.72×0.6 | 1782.22×0.3 | 867×0.1 | 1513 |
| 1200 | 2330.63×0.6 | 2550.59×0.3 | 1238×0.1 | 2288 |
| 1400 | 3224.36×0.6 | 3633×0.3 | 1634×0.1 | 3189 |
| 1600 | 4392.00×0.6 | 5029×0.3 | 2017×0.1 | 4346 |

表 10-3-31　施工机械取定　　　　单位：台班/个

| 公称直径 | 载重汽车 | | 汽车式起重机 | | | | |
|---|---|---|---|---|---|---|---|
| /mm | 5t | 8t | 5t | 8t | 16t | 20t | |
| DN300 | 0.008 | | 0.01 | | | | |
| DN400 | 0.008 | | 0.02 | | | | |
| DN500 | 0.008 | | 0.03 | | | | |
| DN600 | 0.01 | | | 0.05 | | | |
| DN700 | 0.01 | | | 0.05 | | | |
| DN800 | 0.012 | | | 0.05 | | | |
| DN900 | 0.012 | | | 0.08 | | | |
| DN1000 | 0.018 | | | | 0.08 | | |
| DN1200 | 0.018 | | | | 0.10 | | |
| DN1400 | | 0.022 | | | | 0.10 | |
| DN1600 | | 0.026 | | | | 0.12 | |

## 10.3.2.5　下水道基座宽度表（表 10-3-32）

表 10-3-32　下水道基座宽度表

（混凝土、钢筋混凝土、PVC-U、玻璃钢夹砂管）

| 序号 | 管径/mm | 基础宽度 | | | |
|---|---|---|---|---|---|
| | | 混凝土 | 钢筋混凝土 | 砾石砂 | 粗砂 |
| 一 | 混凝土、钢筋混凝土管 | | | | |
| 1 | φ230 | 0.40 | 0.40 | 0.40 | 0.40 |
| 2 | φ300 | 0.50 | 0.50 | 0.50 | 0.50 |
| 3 | φ450 | 0.70 | 0.70 | 0.75 | 0.75 |
| 4 | φ600 | 1.35 | 1.35 | | |
| 5 | φ800 | 1.60 | 1.60 | | |
| 6 | φ1000 | 1.85 | 1.85 | | |
| 7 | φ1200 | 2.10 | 2.10 | | |
| 8 | φ1350 | 2.30 | 2.30 | | |
| 9 | φ1400 | 2.30 | 2.30 | | |
| 10 | φ1500 | 2.45 | 2.45 | | |
| 11 | φ1600 | 2.65 | 2.65 | | |
| 12 | φ1650 | 2.65 | 2.65 | | |
| 13 | φ1800 | 2.80 | 2.80 | | |
| 14 | φ2000 | 3.05 | 3.05 | | |
| 15 | φ2200 | 3.25 | 3.25 | | |
| 16 | φ2400 | 3.50 | 3.50 | | |
| 17 | φ2700 | 3.50 | 3.50 | | |
| 18 | φ3000 | 3.90 | 3.90 | | |
| 二 | PVC-U 管 | | ≤3.0 | 3.0≤H<4.0 | H>4.0 |
| 19 | DN225 | | 1.00 | 1.20 | |
| 20 | DN300 | | 1.10 | 1.30 | |
| 21 | DN400 | | 1.20 | 1.40 | 1.50 |
| 22 | DN225 连管 | | 1.00 | 1.20 | |
| 23 | DN300 连管 | | 1.10 | 1.30 | |
| 24 | DN400 连管 | | 1.20 | 1.40 | 1.50 |
| 三 | 玻璃钢夹砂管 | | ≤3.0 | 3.0≤H<4.0 | H>4.0 |
| 25 | DN400 | | 1.25 | 1.45 | 1.65 |
| 26 | DN500 | | 1.35 | 1.55 | 1.75 |
| 27 | DN600 | | 1.45 | 1.65 | 1.85 |
| 28 | DN700 | | 1.55 | 1.75 | 1.95 |
| 29 | DN800 | | 1.65 | 1.85 | 2.05 |
| 30 | DN900 | | 1.75 | 1.95 | 2.15 |
| 31 | DN1000 | | 1.85 | 2.05 | 2.25 |
| 32 | DN1200 | | 2.05 | 2.25 | 2.45 |

| 序号 | 管径/mm | 基础宽度 | | | | |
|----|---------|------|------|------|------|------|
|    |         | 混凝土 | 钢筋混凝土 | 砾石砂 | | | 粗砂 |
| 33 | DN1400  |      |      | 2.25 | 2.45 | 2.65 |
| 34 | DN1500  |      |      | 2.35 | 2.55 | 2.75 |
| 35 | DN1600  |      |      | 2.50 | 2.70 | 2.90 |
| 36 | DN1800  |      |      | 2.70 | 2.90 | 3.10 |
| 37 | DN2000  |      |      | 2.90 | 3.10 | 3.30 |
| 38 | DN2200  |      |      | 3.10 | 3.30 | 3.50 |
| 39 | DN2400  |      |      | 3.30 | 3.50 | 3.70 |

### 10.3.2.6 承插式钢筋混凝土管管枕、垫板尺寸（表 10-3-33）

承插式钢筋混凝土管管道管枕如图 10-3-1、图 10-3-2 所示，垫板如图 10-3-3 所示。

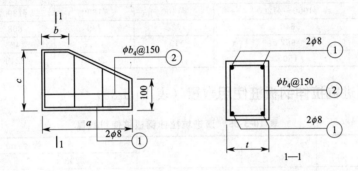

图 10-3-1　承插式钢筋混凝土管管道管枕（一）

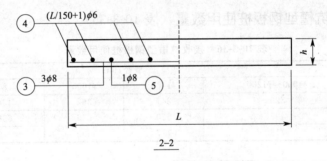

图 10-3-2　承插式钢筋混凝土管管道管枕（二）

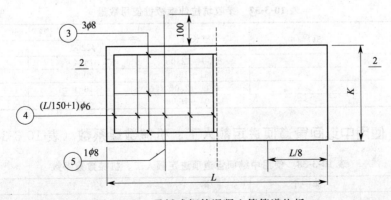

图 10-3-3　承插式钢筋混凝土管管道垫板

表 10-3-33　承插式钢筋混凝土管管枕、垫板尺寸

| 管径 | 管枕/mm | | | | | | | 垫板/mm | | |
|---|---|---|---|---|---|---|---|---|---|---|
| /mm | $R$ | $a$ | $b$ | $c$ | $e$ | $f$ | $t$ | $L$ | $h$ | $K$ |
| 600 | 375 | 265 | 80 | 200 | 75 | 120 | 160 | 850 | 50 | 350 |
| 800 | 492 | 295 | 80 | 200 | 85 | 120 | 160 | 950 | 50 | 350 |
| 1000 | 610 | 320 | 80 | 200 | 95 | 150 | 160 | 1050 | 50 | 350 |
| 1200 | 725 | 345 | 80 | 200 | 105 | 150 | 160 | 1150 | 50 | 350 |

注：参见图 10-3-1、图 10-3-2 和图 10-3-3。
$a$ 为底宽；$b$ 为顶宽；$c$ 为左高；右高侧度为 100mm。

## 10.3.2.7　顶进坑槽型钢板桩使用数量（表 10-3-34）

表 10-3-34　顶进坑槽型钢板桩使用数量　　　　单位：t·d

| 坑深/m | 管径/mm | | | | |
|---|---|---|---|---|---|
| | $\phi1000\sim\phi1200$ | $\phi1400$ | $\phi1600$ | $\phi1800$ | $\phi2000$ |
| ≤4 | 640 | 725 | 779 | 858 | 881 |
| ≤5 | 997 | 1153 | 1203 | 1423 | 1457 |
| ≤6 | 1505 | 1763 | 2019 | 2243 | 2290 |

## 10.3.2.8　顶进坑拉伸钢板桩使用数量（表 10-3-35）

表 10-3-35　顶进坑拉伸钢板桩使用数量　　　　单位：t·g

| 坑深/m | 桩长/m | 管径/mm | |
|---|---|---|---|
| | | $\phi2200$ | $\phi2400$ |
| >6 | 8.00~12.00 | 3409 | 3545 |
| >8 | 12.01~16.00 | 4773 | 4963 |

## 10.3.2.9　接收坑槽型钢板桩使用数量（表 10-3-36）

表 10-3-36　接收坑槽型钢板桩使用数量　　　　单位：t·d

| 沟槽深/m | 管径/mm | | | | |
|---|---|---|---|---|---|
| | $\phi1000\sim\phi1200$ | $\phi1400$ | $\phi1600$ | $\phi1800$ | $\phi2000$ |
| ≤4 | 326 | 341 | 362 | 434 | 451 |
| ≤5 | 499 | 520 | 576 | 659 | 683 |
| ≤6 | 718 | 777 | 890 | 976 | 1009 |

## 10.3.2.10　接收坑拉伸钢板桩使用数量（表 10-3-37）

表 10-3-37　接收坑拉伸钢板桩使用数量　　　　单位：t·d

| 顶管方式 | 坑深/m | 桩长/m | 管径/mm | |
|---|---|---|---|---|
| | | | $\phi2200$ | $\phi2400$ |
| 敞开式 | >6 | 8.00~12.00 | 1434 | 1527 |
| | >8 | 12.01~16.00 | 2008 | 2137 |
| 封闭式 | >6 | 8.00-12.00 | 1661 | 1768 |
| | >8 | 12.01~16.00 | 2325 | 2475 |

## 10.3.2.11　使用中继间管道顶进定额人工、机械数量系数（表 10-3-38）

表 10-3-38　使用中继间管道顶进定额人工、机械数量系数

| 中继间 | 第一个 | 第二个 | 第三个 | 第四个 |
|---|---|---|---|---|
| 系数 | 1.2 | 1.45 | 1.75 | 2.1 |

## 10.3.2.12 混凝土基础砌筑直线窨井工程量计算（表 10-3-39～表 10-3-41）

**表 10-3-39　混凝土基础砌筑直线窨井工程量计算**

（600×600、750×750 包括落底及不落底）

| 项目 | 600×600 不落底砖砌窨井 | | | | 600×600 落底砖砌窨井 | | | |
|---|---|---|---|---|---|---|---|---|
| | $H=1.0$(m) | $H=1.5$(m) | $H=2.0$(m) | $H=2.5$(m) | $H=1.0$(m) | $H=1.5$(m) | $H=2.0$(m) | $H=2.5$(m) |
| 砾石砂垫层/m³ | 0.16 | 0.16 | 0.16 | 0.16 | 0.16 | 0.16 | 0.16 | 0.16 |
| C15 混凝土底板/m³ | 0.21 | 0.21 | 0.21 | 0.21 | 0.21 | 0.21 | 0.21 | 0.21 |
| 砖砌体/m³ | 0.59 | 0.99 | 1.39 | 1.80 | 0.76 | 1.18 | 1.56 | 1.97 |
| 1:2 水泥砂浆抹面/m³ | 4.59 | 7.95 | 11.31 | 14.67 | 6.32 | 9.68 | 13.04 | 16.40 |
| 铸铁窨井盖座/套 | 1 | 1 | 1 | 1 | 1 | 1 | 1 | 1 |
| Ⅰ型钢筋混凝土盖板/块 | 1 | 1 | 1 | 1 | 1 | 1 | 1 | 1 |

| 项目 | 7500×750 不落底砖砌窨井 | | | | | |
|---|---|---|---|---|---|---|
| | $H=1.5$(m) | $H=2.0$(m) | $H=2.5$(m) | $H=3.0$(m) | $H=3.5$(m) | $H=4.0$(m) |
| 砾石砂垫层/m³ | 0.21 | 0.21 | 0.21 | 0.29 | 0.29 | 0.29 |
| C15 混凝土底板/m³ | 0.27 | 0.27 | 0.27 | 0.38 | 0.38 | 0.38 |
| 砖砌体/m³ | 1.20 | 1.67 | 2.15 | 3.00 | 3.82 | 4.65 |
| 1:2 水泥砂浆抹面/m³ | 9.24 | 13.20 | 17.16 | 22.03 | 26.51 | 30.99 |
| 铸铁窨井盖座/套 | 1 | 1 | 1 | 1 | 1 | 1 |
| Ⅰ型钢筋混凝土盖板/块 | 1 | 1 | 1 | 1 | 1 | 1 |

| 项目 | 7500×750 落底砖砌窨井 | | | | | |
|---|---|---|---|---|---|---|
| | $H=1.5$(m) | $H=2.0$(m) | $H=2.5$(m) | $H=3.0$(m) | $H=3.5$(m) | $H=4.0$(m) |
| 砾石砂垫层/m³ | 0.21 | 0.21 | 0.21 | 0.29 | 0.29 | 0.29 |
| C15 混凝土底板/m³ | 0.27 | 0.27 | 0.27 | 0.38 | 0.38 | 0.38 |
| 砖砌体/m³ | 1.38 | 1.86 | 2.33 | 3.34 | 4.17 | 5.00 |
| 1:2 水泥砂浆抹面/m³ | 11.49 | 15.45 | 19.41 | 24.91 | 29.39 | 33.87 |
| 铸铁窨井盖座/套 | 1 | 1 | 1 | 1 | 1 | 1 |
| Ⅰ型钢筋混凝土盖板/块 | 1 | 1 | 1 | 1 | 1 | 1 |

**表 10-3-40　1000×1000～1000×1550 砖砌窨井**

| 管径 /mm | 窨井尺寸 $A×B$/mm | 井深 $H$/m | | | | | | | | | 条形盖板 /块 |
|---|---|---|---|---|---|---|---|---|---|---|---|
| | | 2.5 | 3.0 | 3.5 | 4.0 | 4.5 | 5.0 | 5.5 | 6.0 | 6.5 | |
| φ600 | 1000×1000 | 200 | 200 | 250 | 250 | 250 | 250 | | | | |
| φ800 | 1000×1000 | 200 | 200 | 250 | 250 | 250 | 250 | 300 | 300 | | |
| φ1000 | 1000×1300 | 200 | 200 | 250 | 250 | 250 | 250 | 300 | 300 | 300 | 1 |
| φ1200 | 1000×1550 | 200 | 200 | 250 | 250 | 250 | 250 | 300 | 300 | 300 | 2 |

**表 10-3-41　1100×1750～1100×3650 砖砌窨井**

| 管径 /mm | 窨井尺寸 $A×B$/mm | 井深 $H$/m | | | | | | | | | | | | 条形盖板/块 | | | |
|---|---|---|---|---|---|---|---|---|---|---|---|---|---|---|---|---|---|
| | | | | | | | | | | | | | | 一次收口 | | 二次收口 | |
| | | 3.0 | 3.5 | 4.0 | 4.5 | 5.0 | 5.5 | 6.0 | 6.5 | 7.0 | 7.5 | 8.0 | 8.5 | 板2 | 板3 | 板2 | 板3 |
| φ1350 | 1100×1750 | 250 | 250 | 250 | 300 | 300 | 300 | 300 | 300 | 300 | 300 | | | | 4 | 2 | 2 |
| φ1500 | 1100×1950 | 250 | 300 | 300 | 350 | 350 | 350 | 350 | 350 | 350 | 350 | | | 2 | | 2 | 2 |
| φ1650 | 1100×2100 | 250 | 300 | 300 | 350 | 350 | 350 | 350 | 350 | 350 | | | | 4 | | 2 | 3 |
| φ1800 | 1100×2300 | 300 | 300 | 350 | 350 | 350 | 350 | 350 | 350 | 350 | 350 | 350 | | 3 | | 2 | 5 |
| φ2000 | 1100×2500 | | 300 | 300 | 350 | 350 | 350 | 350 | 350 | 350 | 350 | 350 | | 2 | | 4 | 6 |
| φ2200 | 1100×2750 | | 350 | 350 | 350 | 350 | 350 | 350 | 350 | 350 | 350 | 350 | | 2 | | 5 | 4 | 3 |
| φ2400 | 1100×2950 | | | 400 | 400 | 400 | 400 | 400 | 400 | 400 | 400 | 400 | 400 | 1 | | 7 | 3 | 5 |
| φ2700 | 1100×3300 | | | | 450 | 450 | 450 | 450 | 450 | 450 | 450 | 450 | 450 | 8 | | | 5 | 4 |
| φ3000 | 1100×3650 | | | | | 450 | 450 | 450 | 450 | 450 | 450 | 450 | 450 | 5 | 5 | 7 | 3 |

### 10.3.2.13 Ⅰ、Ⅱ型钢筋混凝土盖板体积、钢筋用量、质量（表10-3-42、表10-3-43）

**表 10-3-42　Ⅰ型钢筋混凝土盖板体积、钢筋用量、质量**

| 工程量计算表 | C20 混凝土/m³ | 钢筋用量/kg | 每块重/kg |
|---|---|---|---|
| | 0.1107 | 7.05 | 277 |

**表 10-3-43　Ⅱ型钢筋混凝土盖板体积、钢筋用量、质量**

| 工程量计算表 | C20 混凝土/m³ | 钢筋用量/kg | 每块重/kg |
|---|---|---|---|
| | 0.2772 | 19.88 | 568 |

## 10.3.2.14　定型管道基础铺设（材料2、3、11一样）

（1）各种度数各种管径的定型混凝土管道基础混凝土用量（表10-3-44）

**表 10-3-44　定型混凝土管道基础混凝土用量**

| 管径(D)/mm | 120°管基 | | | 180°管基 | | | 满包加固 | | |
|---|---|---|---|---|---|---|---|---|---|
| | C15 混凝土/m³ | 露明面积/m² | 接触面积/m² | C15 混凝土/m³ | 露明面积/m² | 接触面积/m² | C15 混凝土/m³ | 露明面积/m² | 接触面积/m² |
| 300 | 7.89 | 52 | 38 | 9.47 | 52 | 56 | 15.58 | 52 | 77.5 |
| 400 | 10.34 | 63 | 43.6 | 12.43 | 63 | 67 | 20.20 | 63 | 93.1 |
| 500 | 13.07 | 74.4 | 49.2 | 15.77 | 74.4 | 78.4 | 25.30 | 74.4 | 109.2 |
| 600 | 17.23 | 90 | 55 | 21.26 | 90 | 90 | 35.57 | 90 | 129.3 |
| 700 | 20.53 | 101 | 60.6 | 27.28 | 103 | 103 | 43.77 | 103 | 144.8 |
| 800 | 24.35 | 113 | 66.6 | 36.84 | 119 | 119 | 55.77 | 119 | 165.8 |
| 900 | 29.02 | 125 | 73 | 44.65 | 132 | 132 | 65.87 | 132 | 183.4 |
| 1000 | 34.87 | 137.6 | 80.2 | 53.19 | 145 | 145 | 76.75 | 145 | 200.9 |
| 1100 | 43.29 | 152.6 | 89.2 | 66.27 | 161 | 161 | 92.44 | 161 | 221.9 |
| 1200 | 49.96 | 165 | 96 | 76.59 | 174 | 174 | 105.21 | 174 | 239.4 |
| 1350 | 65.44 | 187.6 | 109.6 | 100.45 | 198 | 198 | 134.65 | 198 | 271.3 |
| 1500 | 79.85 | 207.6 | 121.2 | 122.27 | 219 | 219 | 163.86 | 219 | 300.2 |
| 1650 | 95.47 | 227.6 | 132.6 | 146.24 | 240 | 240 | 195.95 | 240 | 329.1 |
| 1800 | 116.07 | 250 | 146 | 178.58 | 264 | 264 | 239.38 | 264 | 361.8 |
| 2000 | 143.20 | 277.6 | 162.2 | 219.70 | 293 | 293 | 294.48 | 293 | 410.5 |
| 2200 | 177.30 | 307.6 | 180.2 | 272.77 | 325 | 325 | 365.77 | 325 | 445.1 |
| 2400 | 204.14 | 332.6 | 194.2 | 314.69 | 351 | 351 | 421.77 | 351 | 481.1 |

（2）每节混凝土管按2m长考虑重量，汽车式起重机、叉式起重机台班用量（表10-3-45、表10-3-46）

**表 10-3-45　混凝土管（平接式）铺设机械台班计算（100m）**

| 序号 | 混凝土/节 | | 劳动定额编号 | 下管 | | 沟上水平运管 | |
|---|---|---|---|---|---|---|---|
| | D/mm | 重/t | | 汽车式起重机 | | 叉式起重机 | |
| | | | | 用量/台班 | 吨位/t | 用量/台班 | 吨位/t |
| 1 | 800 | 0.9~1.1 | P463-66-四 | 1.42 | 5.0 | | |
| 2 | 900 | 1.17~1.4 | P463-67-四 | 1.72 | 5.0 | | |
| 3 | 1000 | 1.42~1.73 | P463-68-四 | 2.16 | 8.0 | | |
| 4 | 1100 | 1.66~2.09 | P464-69-四 | 2.39 | 8.0 | 0.24 | 3.0 |
| 5 | 1200 | 2.10~2.49 | P464-69-四 | 2.39 | 12.0 | 0.24 | 3.0 |
| 6 | 1350 | 2.10-2.79 | P464-70-四 | 2.60 | 12.0 | 0.26 | 3.0 |
| 7 | 1500 | 3.26 | P464-71-四 | 3.03 | 16.0 | 0.30 | 3.0 |
| 8 | 1650 | 4.05 | P464-72-四 | 3.50 | 16.0 | 0.35 | 6.0 |
| 9 | 1800 | 4.80 | P464-73-四 | 4.33 | 16.0 | 0.43 | 6.0 |
| 10 | 2000 | 8.65 | P464-74-四 | 5.68 | 20.0 | 0.57 | 10.0 |
| 11 | 2200 | 10.70 | P464-75-四 | 7.58 | 30.0 | 0.76 | 10.0 |
| 12 | 2400 | 12.0 | P464-76-四 | 11.36 | 30.0 | 1.14 | 10.0 |

表 10-3-46　混凝土管（套箍式）铺设机械台班（100m）

| 序号 | 混凝土/节 | | 劳动定额编号 | 下管 | | 沟上水平运管 | |
| | D/mm | 重/t | | 汽车式起重机 | | 叉式起重机 | |
| | | | | 用量/台班 | 吨位/t | 用量/台班 | 吨位/t |
|---|---|---|---|---|---|---|---|
| 1 | 800 | 0.9～1.1 | P463-66-五 | 1.57 | 5.0 | | |
| 2 | 900 | 1.17～1.4 | P463-67-五 | 1.89 | 5.0 | | |
| 3 | 1000 | 1.42～1.73 | P463-68-五 | 2.39 | 8.0 | | |
| 4 | 1100 | 1.66～2.09 | P464-69-五 | 2.67 | 8.0 | 0.27 | 3.0 |
| 5 | 1200 | 2.10～2.49 | P464-69-五 | 2.67 | 8.0 | 0.27 | 3.0 |
| 6 | 1350 | 2.10-2.79 | P464-70-五 | 2.84 | 16.0 | 0.28 | 3.0 |
| 7 | 1500 | 3.26 | P464-71-五 | 3.37 | 16.0 | 0.34 | 3.0 |
| 8 | 1650 | 4.05 | P464-72-五 | 3.95 | 16.0 | 0.39 | 6.0 |
| 9 | 1800 | 4.80 | P464-73-五 | 4.78 | 20.0 | 0.48 | 6.0 |
| 10 | 2000 | 8.65 | P464-74-五 | 6.49 | 20.0 | 0.65 | 10.0 |
| 11 | 2200 | 10.70 | P464-74-5H | 7.58 | 30.0 | 0.76 | 10.0 |
| 12 | 2400 | 12.0 | P464-74-5H | 11.36 | 30.0 | 1.14 | 10.0 |

（3）捻缝砂浆用量（表 10-3-47）　120°按平口管用量乘 2.2 系数计算，180°按平口管用量乘 3.0 系数计算。

表 10-3-47　捻缝砂浆用量

| 序号 | 接口材料 | | 管口形式 | 管座（抹口）角度 | 适应管径 D/mm |
|---|---|---|---|---|---|
| 1 | 平（企）口 | | 水泥砂浆抹带 | 120°～180° | 300～1000 |
| | | | 钢丝网水泥砂浆抹带 | 120°～180° | 300～2400 |
| 2 | 企口 | | 1:1 膨胀水泥砂浆 | 内抹口适于 360° 捻缝砂浆按规定调整 | 1100～2400 |
| | | | 3:7 石棉水泥 | | |
| 3 | 预制混凝土 套环接口 | 平口 | 3:7 石棉水泥 | 360° | 300～1500 |
| | | 企口 | 3:7 石棉水泥 | 360° | 1100～1500 |
| | | 平口 | 柔性接口 | 360° | 300～1500 |
| | | 企口 | 柔性接口 | 360° | 1100～1500 |
| 4 | 现浇混凝土 | 平企口 | 混凝土 | 120° | 300～2400 |
| | | | | 180° | |
| 5 | 混凝土管道变形缝 | | 混凝土、低发泡聚乙烯 | 360° | 600～2400 |
| 6 | 承插接口 | | 水泥砂浆 | 360° | 200～600 |
| | | | 沥青油膏 | 360° | 200～600 |
| 7 | 陶土（缸瓦）管 | | 水泥砂浆 | 360° | 200～800 |

（4）不同材质接口材料用量（表 10-3-48）

表 10-3-48　承插接口材料用量（每个口）

| 管径 D/mm | 200 | 250 | 300 | 350 | 400 | 450 | 500 | 600 |
|---|---|---|---|---|---|---|---|---|
| 沥青油膏/m³ | 0.0003 | 0.0005 | 0.0006 | 0.0008 | 0.001 | 0.0012 | 0.0014 | 0.0018 |
| 水泥砂浆/m³ | 0.0006 | 0.0011 | 0.0015 | 0.0021 | 0.0028 | 0.0034 | 0.0041 | 0.0057 |

## 10.3.2.15　定型井

（1）砖砌体扣除管道所占体积（表 10-3-49）

表 10-3-49　砖砌体扣除管道所占体积

| 序号 | 管径($D$)/mm | 管皮厚/mm | 扣除体积/m³ |
|---|---|---|---|
| 1 | 300 | 33 | |
| 2 | 400 | 4.8 | |
| 3 | 500 | 50 | 0.13 |
| 4 | 600 | 60 | 0.18 |
| 5 | 700 | 70 | 0.25 |
| 6 | 800 | 80 | 0.32 |
| 7 | 900 | 90 | 0.42 |
| 8 | 1000 | 110 | 0.51 |
| 9 | 1100 | 110 | 0.62 |
| 10 | 1200 | 120 | 0.79 |
| 11 | 1350 | 135 | 0.92 |
| 12 | 1500 | 150 | 1.15 |
| 13 | 1650 | 165 | 1.39 |
| 14 | 1800 | 180 | 1.66 |
| 15 | 2000 | 200 | 2.10 |

（2）各种井每立方米砖砌体机砖、砂浆用量（表 10-3-50）

表 10-3-50　单位砌体机砖、砂浆用量

| 序号 | 井形 | | 机砖/块 | 砂浆/m³ | 备注 |
|---|---|---|---|---|---|
| 1 | 进水井 | | 529 | 0.250 | M7.5 水泥砂浆 |
| 2 | 矩形井 | | 529 | 0.250 | 砌 MU25 砖 |
| 3 | 圆形井 | | 503 | 0.316 | |
| 4 | 扇形井 | （圆体） | 503 | 0.316 | |
| | | （直线） | 529 | 0.250 | |

（3）各种井基础混凝土厚度取定（表 10-3-51）

表 10-3-51　各种井基础混凝土厚度

| 序号 | 管径/mm | 基础混凝土厚度/mm | 序号 | 管径/mm | 基础混凝土厚度/mm |
|---|---|---|---|---|---|
| 1 | 200~400 | 100 | 8 | 1100 | 220 |
| 2 | 500 | 110 | 9 | 1200 | 240 |
| 3 | 600 | 120 | 10 | 1350 | 260 |
| 4 | 700 | 140 | 11 | 1500 | 310 |
| 5 | 800 | 160 | 12 | 1650 | 340 |
| 6 | 900 | 180 | 13 | 1800 | 370 |
| 7 | 1000 | 200 | 14 | 2000 | 420 |

## 10.3.2.16　给水排水构筑物

（1）砖砌体中机砖砂浆的计算量的取定（表 10-3-52）

表 10-3-52　机砖砂浆用量

| 砌体厚度/cm | 机砖/块 | 砂浆用量/m³ |
|---|---|---|
| 12 墙（半砖） | 552 | 0.193 |
| 24 墙（一砖） | 529 | 0.226 |
| 36.5 墙（一砖半） | 522 | 0.236 |
| 49 墙（二砖） | 518 | 0.242 |

（2）水的计算量取定（表 10-3-53）

表 10-3-53 水的计算量取定

| 序号 | 用水项目 | 计算量 | 列入的项目 |
|---|---|---|---|
| 1 | 冲洗模板用水 | 0.5m³/10m³模板接触面积 | 模板 |
| 2 | 冲洗机具用水 | 2.2m³/10m³混凝土 | 混凝土 |
| 3 | 冲洗石子用水 | 5.0m³/10m³混凝土 | 混凝土 |
| 4 | 养护用水(平面) | 0.14m³/10m²混凝土露明面积 | 混凝土 |
| 5 | 养护用水(立、侧面) | 0.056m³/10m²混凝土露明面积 | 混凝土 |
| 6 | 浸砖用水 | 0.2m³/千块砖 | 混凝土砌体 |

（3）定额中混凝土搅拌机按电动滚筒式搅拌机 400L 考虑，其台班产量按构筑物不同部位分别取定如表 10-3-54 所示。

表 10-3-54 混凝土搅拌机台班量取定

| 序号 | 项目名称 | 台班产量/(m³/台班) |
|---|---|---|
| 1 | 沉井部分 | 8.5 |
| 2 | 混凝土池底部分 | 26.0 |
| 3 | 架空式平池底、池壁、隔墙 | 16.0 |
| 4 | 架空锥底、柱、梁、池盖、牛腿、挑檐 | 10.0 |
| 5 | 其他项目 | 8.5 |

## 10.3.2.17 模板、钢筋

（1）模板的一次使用量表

① 现浇混凝土构件模板使用量（每 100m² 模板接触面积）（表 10-3-55）

表 10-3-55 现浇混凝土构件模板使用量（每 100m² 模板接触面积）

| 定额编号 | 项目 | 模板支撑种类 | 钢模板/kg | 复合木模板 钢框肋/kg | 复合木模板 面板/m² | 模板木材/m³ | 钢支撑/kg | 零星卡具/kg | 木支撑/m³ |
|---|---|---|---|---|---|---|---|---|---|
| 6-1251 | 混凝土基础垫层 | 木模木撑 | — | — | — | 5.853 | — | — | — |
| 6-1252 | 杯形基础 | 钢模钢撑 | 3129.00 | — | — | 0.885 | 3538.40 | 657.00 | 0.292 |
| 6-1253 | 杯形基础 | 复合木模木撑 | 98.50 | 1410.50 | 77.00 | 0.885 | — | 361.80 | 6.486 |
| 6-1254 | 设备基础 5m³以外 | 钢模钢撑 | 3392.50 | — | — | 0.57 | — | 692.80 | 4.975 |
| 6-1255 | 设备基础 5m³以外 | 复合木模木撑 | 88.00 | 1536.00 | 93.50 | 0.57 | 3667.20 | 639.80 | 2.05 |
| 6-1256 | 设备基础 5m³以外 | 钢模钢撑 | 3368.00 | 0.425 | 3667.20 | 639.80 | 2.05 | — | — |
| 6-1257 | 设备基础 5m³以外 | 复合木模木撑 | 75.00 | 1471.50 | 93.50 | 0.425 | 540.60 | 3.29 | — |
| 6-1258 | 螺栓套 0.5m内 | 木模木撑 | — | — | — | 0.045 | — | — | 0.017 |
| 6-1259 | 螺栓套 1.0m内 | 木模木撑 | — | — | — | 0.142 | — | — | 0.021 |
| 6-1260 | 螺栓套 1.0m外 | 木模木撑 | — | — | — | 0.235 | — | — | 0.065 |
| 61262 | 平池底 | 钢模钢撑 | 3503.00 | — | — | 0.06 | — | 374.00 | 2.874 |
| 6-1263 | 平池底 | 木模木撑 | — | — | — | 3.064 | — | — | 2.559 |
| 6-1264 | 锥坡池底 | 木模木撑 | — | — | — | 9.914 | — | — | — |
| 6-1265 | 矩形池底 | 钢模钢撑 | 3556.50 | — | — | 0.02 | 3408.00 | 1036.6 | — |
| 6-1266 | 矩形池壁 | 木模木撑 | — | — | — | 2.519 | — | — | 6.023 |
| 6-1267 | 圆形池壁 | 木模木撑 | — | — | — | 3.289 | — | — | 4.269 |
| 6-1268 | 支模高度超过 3.6m,每增加 1m | 钢撑 | — | — | — | — | 220.80 | — | 0.005 |
| 6-1269 | 支模高度超过 3.6m,每增加 1m | 木撑 | — | — | — | — | — | — | 0.445 |
| 6-1270 | 无梁池盖 | 木模木撑 | — | — | — | 3.076 | — | — | 4.981 |
| 6-1271 | 无梁池盖 | 复合木模木撑 | — | 1410.50 | 95.00 | 0.226 | 6453.60 | 348.80 | 1.75 |

| 定额编号 | 项目 | 模板支撑种类 | 钢模板/kg | 复合木模板 | | 模板木材/m³ | 钢支撑/kg | 零星卡具/kg | 木支撑/m³ |
|---|---|---|---|---|---|---|---|---|---|
| | | | | 钢框肋/kg | 面板/m² | | | | |
| 6-1272 | 肋形池盖 | 木模木撑 | — | — | — | 4.91 | — | — | 4.981 |
| 6-1275 | 无梁盖柱 | 钢模钢撑 | 3380.00 | — | — | 1.56 | 3970.10 | 1035.2 | 2.545 |
| 6-1276 | 无梁盖柱 | 木模木撑 | — | — | — | 4.749 | — | — | 7.128 |
| 6-1277 | 矩形柱 | 钢模钢撑 | 3866.00 | — | — | 0.305 | 5458.80 | 1308.6 | 1.73 |
| 6-1278 | | 复合木模木撑 | 512.00 | 1515.00 | 87.50 | 0.305 | — | 1186.2 | 5.05 |
| 6-1279 | 圆(异)形柱 | 木模木撑 | — | — | — | 5.296 | — | — | 5.131 |
| 6-1280 | 支模高度超过3.6m，每增加1m | 钢撑 | — | — | — | — | 400.80 | — | 0.20 |
| 6-1281 | | 木撑 | | | | | | | 0.52 |
| 6-1282 | 连续梁单梁 | 钢模钢撑 | 3828.50 | — | — | 0.08 | 9535.70 | 806.00 | 0.29 |
| 6-1283 | | 复合木模木撑 | 358.00 | 1541.50 | 98.00 | 0.08 | — | 716.60 | 4.562 |
| 6-1284 | 沉淀池壁基梁 | 木模木撑 | — | — | — | 2.94 | — | — | 7.30 |
| 6-1285 | 异形梁 | 木模木撑 | — | — | — | 3.689 | — | — | 7.603 |
| 61286 | 支模高度超过3.6m，每增加1m | 钢撑 | — | — | — | — | 1424.40 | | — |
| 6-1287 | | 木撑 | | | | | | | 1.66 |
| 6-1288 | 平板走道板 | 钢模钢撑 | 3380.00 | — | — | 0.217 | 5704.80 | 542.40 | 1.448 |
| 6-1289 | | 复合木模木撑 | — | 1482.50 | 96.50 | 0.217 | — | 542.40 | 8.996 |
| 6-1290 | 悬空板 | 钢模钢撑 | 2807.50 | — | — | 0.822 | 4128.00 | 511.60 | 2.135 |
| 6-1291 | | 复合木模木撑 | — | 1386.50 | 80.50 | 0.822 | — | 511.60 | 6.97 |
| 6-1292 | 挡水板 | 木模木撑 | — | — | — | 4.591 | — | 49.52 | 5.998 |
| 6-1293 | 支模高度超过3.6m，每增加1m | 钢撑 | — | — | — | — | 1225.20 | — | — |
| 6-1294 | | 木撑 | | | | | | | 2.00 |
| 6-1295 | 配出水槽 | 木模木撑 | — | — | — | 2.743 | — | — | 2.328 |
| 6-1296 | 沉淀池水槽 | 木模木撑 | — | — | — | 4.455 | — | — | 10.169 |
| 6-1297 | 澄清池 | 钢模钢撑 | 3255.50 | — | — | 0.705 | 2356.80 | 764.60 | — |
| 6-1298 | 反座筒壁 | 复合木模木撑 | — | 1495.00 | 89.50 | 0.705 | — | 599.40 | 2.835 |
| 6-1299 | 导流墙筒 | 木模木撑 | — | — | — | 4.828 | — | 29.60 | 1.481 |
| 6-1300 | 小型池槽 | 木模木撑 | — | — | — | 4.33 | — | — | 1.86 |
| 6-1301 | 带形基础 | 钢模钢撑 | 3146.00 | — | — | 0.69 | 2250.00 | 582.00 | 1.858 |
| 6-1302 | | 复合木模木撑 | 45.00 | 1397.07 | 98.00 | 0.69 | — | 432.06 | 5.318 |
| 6-1303 | 混凝土管座 | 钢模钢撑 | 3146.00 | — | — | 0.69 | 2250.00 | 582.00 | 1.858 |
| 6-1304 | | 复合木模木撑 | 45.00 | 1397.07 | 98.00 | 0.69 | — | 432.06 | 5.318 |
| 6-1305 | 渠(涵)直墙 | 钢模钢撑 | 3556.00 | — | — | 0.14 | 2920.80 | 863.40 | 0.155 |
| 6-1306 | | 复合木模木撑 | 249.50 | 1498.00 | 96.50 | 0.14 | — | 712.00 | 5.81 |
| 6-1307 | 顶板 | 钢模钢撑 | 3380.00 | — | — | 0.217 | 5704.80 | 542.40 | 1.448 |
| 6-1308 | | 复合木模木撑 | 1482.50 | 96.50 | 0.217 | — | 542.40 | 8.996 | — |
| 6-1309 | 井底流槽 | 木模木撑 | — | — | — | 4.746 | — | — | — |
| 6-1310 | 小型构件 | 木模木撑 | — | — | — | 5.67 | — | — | 3.254 |

注：6-1300 小型池槽项目单位为每 10m³ 外形体积。

② 预制混凝土构件模板使用量（每 10m³ 构件体积）（表 10-3-56）

表 10-3-56 预制混凝土构件模板使用量（每 $10m^3$ 构件体积）

| 定额编号 | 项目 | 模板支撑种类 | 钢模板/kg | 复合木模板 | | 模板木材/$m^3$ | 钢支撑/kg | 零星卡具/kg | 木支撑/$m^3$ |
| | | | | 钢框肋/kg | 面板/$m^2$ | | | | |
|---|---|---|---|---|---|---|---|---|---|
| 6-1311 | 平板 | 定型钢模钢撑 | 7833.96 | — | — | — | — | — | — |
| 6-1312 | 平板 | 木模木撑 | — | — | — | 5.76 | — | — | — |
| 6-1313 | 滤板穿孔板 | 木模木撑 | — | — | — | 89.06 | — | — | — |
| 6-1314 | 稳流板 | 木模木撑 | — | — | — | 9.46 | — | — | — |
| 6-1315 | 隔(壁)板 | 木模木撑 | — | — | — | 10.344 | — | — | — |
| 6-1316 | 挡水板 | 木模木撑 | — | — | — | 2.604 | — | — | — |
| 6-1317 | 矩形柱 | 钢模钢撑 | 1698.67 | — | — | 0.46 | 587.16 | 236.40 | 0.86 |
| 6-1318 | 矩形柱 | 复合木模木撑 | 141.82 | 683.01 | 44.24 | 0.46 | 587.16 | 236.40 | 0.86 |
| 6-1319 | 矩形梁 | 钢模钢撑 | 4734.42 | — | — | 0.38 | 55 | 836.67 | 8.165 |
| 6-1320 | 矩形梁 | 复合木模木撑 | 739.18 | 1758.88 | 111.75 | 0.38 | 559.30 | 836.67 | 8.165 |
| 6-1321 | 异形梁 | 木模木撑 | — | — | — | 12.532 | — | — | — |
| 6-1322 | 集水槽、辐射 | 木模木撑 | — | — | — | 5.17 | — | — | — |
| 61323 | 小型池槽 | 木模木撑 | — | — | — | 15.96 | — | — | — |
| 6-1324 | 槽形板 | 定型钢撑 | 55895.92 | — | — | — | — | — | — |
| 6-1325 | 槽形板 | 木模木撑 | — | — | — | 3.56 | — | — | 4.34 |
| 6-1326 | 地沟盖板 | 木模木撑 | — | — | — | 5.687 | — | — | — |
| 6-1327 | 井盖板 | 木模木撑 | — | — | — | 15.74 | — | — | — |
| 61328 | 井圈 | 木模木撑 | — | — | — | 30.30 | — | — | — |
| 6-1329 | 混凝土拱块 | 木模木撑 | — | — | — | 13.65 | — | — | — |
| 61330 | 小型构件 | 木模木撑 | — | — | — | 12.428 | — | — | — |

（2）模板的周转使用次数、施工损耗的补损率

① 现浇构件组合钢模、复合木模周转使用次数、施工损耗补损率（表 10-3-57）

表 10-3-57　现浇构件组合钢模、复合木模周转使用次数、施工损耗补损率

| 名称 | 周转次数 | 施工损耗/% | 包括范围 |
|---|---|---|---|
| 组合钢模板复合木模板 | 50 | 1 | 梁卡具等 |
| 钢支撑系统 | 120 | 1 | 钢管、连杆、钢管扣件 |
| 零星卡具 | 20 | 2 | U 形卡具、L 形插销、钩头螺栓等 |
| 木模 | 5 | 5 | |
| 木支撑 | 10 | 5 | |
| 木楔 | 2 | 5 | |
| 铁钉、铁丝 | 1 | 2 | |
| 尼龙帽 | 1 | 5 | |

计算式：

$$钢模板摊销量 = \frac{一次使用量 \times (1 + 施工损耗)}{周转次数}$$

一次使用量 = 每 $100m^2$ 构件一次模板净用量

② 现浇构件木模板周转使用次数、施工损耗补损率（表 10-3-58）

表 10-3-58　现浇构件木模板周转使用次数、施工损耗补损率

| 名称 | 周转次数 | 补损率/% | 系数 K | 施工损耗/% | 回收折价率/% |
|---|---|---|---|---|---|
| 圆形柱 | 3 | 15 | 0.2917 | 5 | 50 |
| 异形梁 | 5 | 15 | 0.2350 | 5 | 50 |
| 悬空板、挡水板等 | 4 | 15 | 0.2563 | 5 | 50 |
| 小型构件 | 3 | 15 | 0.2917 | 5 | 50 |
| 木支撑材 | 15 | 10 | 0.13 | 5 | 50 |
| 木楔 | 2 | — | — | 5 | 50 |

计算式：

木模板一次使用量＝每100m²构件一次模板净用量

周转用量＝一次使用量×(1＋施工损耗)×[1＋(周转次数－1)×补损率/周转次数]

摊销量＝一次使用量×(1＋施工损耗)×[1＋(周转次数－1)×补损率/周转次数－(1－补损率)/周转次数]

　　　＝一次使用量×(1＋施工损耗)×K

③ 预制构件模板周转使用次数、施工损耗补损率（表10-3-59）

表 10-3-59　预制构件模板周转使用次数、施工损耗补损率

| 定额编号 | 项目 | 模板支撑种类 | 钢模板/kg | 复合木模板 | | 模板木材/m³ | 钢支撑/kg | 零星卡具/kg | 木支撑/m³ |
|---|---|---|---|---|---|---|---|---|---|
| | | | | 钢框肋/kg | 面板/m² | | | | |
| 6-1282 | 连续梁单梁 | 钢模钢撑 | 3828.50 | — | | 0.08 | 9535.70 | 806.00 | 0.29 |
| 6-1283 | | 复合木模木撑 | 358.00 | 1541.50 | 98.00 | 0.08 | — | 716.60 | 4.562 |
| 6-1284 | 沉淀池壁基梁 | 木模木撑 | | | | 2.94 | | | 7.30 |
| 6-1285 | 异形梁 | 木模木撑 | | | | 3.689 | | | 7.603 |
| 6-1286 | 支模高度超过3.6m，每增加1m | 钢撑 | | | | | 1424.40 | | |
| 6-1287 | | 木撑 | | | | | | | 1.66 |
| 6-1288 | 平板走道板 | 钢模钢撑 | 3380.00 | — | | 0.217 | 5704.80 | 542.40 | 1.448 |
| 6-1289 | | 复合木模木撑 | | 1482.50 | 96.50 | 0.217 | — | 542.40 | 8.996 |

注：配合钢模板摊销量＝一次用量/周转次数

配合组合钢模板使用的木模板、木支撑、木楔摊销量＝一次用量/周转次数

一次使用量＝每10m³混凝土模板接触面积净用量×(1＋施工损耗率)

(3) 混凝土钢筋制作中各种钢筋所占比例

① 现浇混凝土钢筋制作项目中各种规格的钢筋所占比例（表10-3-60）

表 10-3-60　现浇混凝土钢筋制作中各种钢筋所占比例

| 定额项目 | 钢筋规格/mm | 所占比例 |
|---|---|---|
| φ10mm 内 | φ6 | 35% |
| | φ8 | 35% |
| | φ10 | 30% |
| φ20mm 内 | φ12 | 25% |
| | φ14 | 20% |
| | φ16 | 25% |
| | φ18 | 20% |
| | φ20 | 10% |
| φ20mm 外 | φ22 | 70% |
| | φ25 | 15% |
| | φ28 | 10% |
| | φ30 | 5% |

② 预制混凝土钢筋制作项目中各种规格钢筋所占比例（表10-3-61）

表 10-3-61　预制混凝土钢筋制作中各种钢筋所占比例

| 定额项目 | 钢筋规格/mm | 成型形式及所占比例 | | 所占比例 |
|---|---|---|---|---|
| φ10mm 内 | φ6 | 绑扎 | 50% | 35% |
| | | 点焊 | 50% | |
| | φ8 | 绑扎 | 50% | 35% |
| | | 点焊 | 50% | |
| | φ10 | 绑扎 | 50% | 30% |
| | | 点焊 | 50% | |
| φ20mm 内 | φ12 | 绑扎 | 50% | 25% |
| | | 点焊 | 50% | |
| | φ14 | 绑扎 | 50% | 20% |
| | | 点焊 | 50% | |
| | φ16 | 绑扎 | 50% | 25% |
| | | 点焊 | 50% | |
| | φ18 | | | 20% |
| | φ20 | | | 10% |
| φ20mm 外 | φ22 | | | 70% |
| | φ25 | | | 15% |
| | φ28 | | | 10% |
| | φ30 | | | 5% |

（4）混凝土、钢筋混凝土构件模板、钢筋含量表

① 现浇混凝土构件模板、钢筋含量（每 10m³ 混凝土）（表 10-3-62）

表 10-3-62　现浇混凝土构件模板、钢筋含量（每 10m³ 混凝土）

| 定额编号 | 构筑物名称 | 含模量 /(m²/10m³) | 含钢量/(t/10m³) | |
|---|---|---|---|---|
| | | | φ10mm 以内 | φ10mm 以外 |
| 6-570 | 井底流槽现浇混凝土 | 34.60 | — | — |
| 6-609~611 | 非定型渠(管)道混凝土平基 | 35.40 | — | — |
| 6-624 | 现浇混凝土方沟壁 | 80.00 | 0.57 | 0.36 |
| 6-625~626 | 现浇混凝土方沟顶、墙帽 | 107.00 | 0.56 | 0.42 |
| 6-873 | 沉井混凝土垫层 | 13.40 | — | — |
| 6-874 | 沉井混凝土井壁及隔墙 δ50cm 以内 | 60.00 | 0.08 | 0.90 |
| 6-875 | 沉井混凝土井壁及隔墙 δ50cm 以外 | 40.00 | 0.08 | 0.90 |
| 6-876 | 沉井混凝土底板 δ50cm 以内 | 10.50 | 0.16 | 0.50 |
| 6-877 | 沉井混凝土底板 δ50cm 以外 | 38.00 | 0.16 | 0.50 |
| 6-878 | 沉井混凝土顶板 | 50.00 | 0.61 | 0.51 |
| 6-879 | 沉井混凝土刃脚 | 42.00 | — | 1.52 |
| 6-880 | 沉井混凝土地下结构梁 | 86.80 | 0.358 | 1.20 |
| 6-881 | 沉井混凝土地下结构柱 | 94.70 | 0.604 | 1.085 |
| 6-882 | 沉井混凝土地下结构平台 | 80.40 | 0.703 | 0.28 |
| 6-888 | 半地下室平池底 δ50cm 以内 | 1.40 | 0.193 | 0.83 |
| 6-889 | 半地下室平池底 δ50cm 以外 | 1.78 | 0.19 | 0.704 |
| 6-890 | 半地下室锥坡池底 δ50cm 以内 | 9.30 | 0.295 | 0.84 |
| 6-891 | 半地下室锥坡池底 δ50cm 以外 | 11.10 | 0.10 | 0.89 |
| 6-892 | 半地下室圆池底 δ50cm 以内 | 3.05 | 0.285 | 0.83 |
| 6-893 | 半地下室圆池底 δ50cm 以外 | 3.70 | 0.187 | 0.72 |
| 6-894 | 架空式平池底 δ30cm 以内 | 55.10 | 0.395 | 1.104 |
| 6-895 | 架空式平池底 δ30cm 以外 | 34.50 | 0.109 | 0.90 |
| 6-896 | 架空式方锥池底 δ30cm 以内 | 10.10 | 0.186 | 1.06 |
| 6-897 | 架空式方锥池底 δ30cm 以外 | 9.30 | 0.33 | 1.09 |
| 6-898 | 池壁(隔墙)直、矩形 δ20cm 以内 | 115.40 | 0.445 | 0.938 |

| 定额编号 | 构筑物名称 | 含模量 /(m²/10m³) | 含钢量/(t/10m³) | |
|---|---|---|---|---|
| | | | φ10mm 以内 | φ10mm 以外 |
| 6-899 | 池壁(隔墙)直、矩形 δ30cm 以内 | 91.90 | 0.155 | 1.11 |
| 6-900 | 池壁(隔墙)直、矩形 δ30cm 以外 | 72.20 | 0.184 | 1.313 |
| 6-901 | 池壁(隔墙)圆弧形 δ20cm 以内 | 113.4 | 0.04 | 1.02 |
| 6-902 | 池壁(隔墙)圆弧形 δ30cm 以内 | 81.60 | 0.04 | 1.073 |
| 6-903 | 池壁(隔墙)圆弧形 δ30cm 以外 | 64.10 | 0.04 | 1.07 |
| 6-904 | 池壁(隔墙)挑檐 | 113.90 | 0.65 | — |
| 6-905 | 池壁(隔墙)牛腿 | 161.00 | 0.26 | 0.24 |
| 6-906 | 池壁(隔墙)配水花墙 δ20cm 以内 | 101.00 | 0.95 | |
| 6-907 | 池壁(隔墙)配水花墙 δ20cm 以外 | 92.10 | 0.87 | |
| 6-909 | 无梁盖柱 | 110.00 | 0.766 | 0.274 |
| 6-910 | 矩(方)形柱 | 93.00 | 0.366 | 1.374 |
| 6-911 | 圆形柱 | 117.10 | 0.191 | 1.287 |
| 6-912~913 | 连续梁、单梁 | 86.8 | 0.09 | 0.553 |
| 6-914 | 悬臂梁 | 43.00 | 0.29 | 1.286 |
| 6-915 | 异形环梁 | 86.80 | 0.28 | 1.30 |
| 6-916 | 肋形池盖 | 71.10 | 0.56 | 0.138 |
| 6-917 | 无梁池盖 | 82.00 | 0.453 | 0.132 |
| 6-918 | 锥形盖 | 72.30 | 0.79 | 0.806 |
| 6-920 | 平板、走道板船 δ8cm 以内 | 74.40 | 0.30 | 0.35 |
| 6-921 | 平板、走道板 δ12cm 以内 | 62.00 | 0.30 | 0.40 |
| 6-922 | 悬空板 δ10cm 以内 | 48.40 | 0.45 | 0.27 |
| 6-923 | 悬空板 δ15cm 以内 | 40.50 | 0.50 | 0.35 |
| 6-924 | 挡水板 δ7cm 以内 | 80.40 | 0.50 | 0.20 |
| 6-925 | 挡水板 δ7cm 以外 | 61.80 | 0.48 | 0.28 |
| 6-926 | 悬空 V、U 形集水槽 δ8cm 以内 | 143.00 | 0.46 | — |
| 6-927 | 悬空 V、U 形集水槽 δ12cm 以内 | 119.20 | 0.50 | — |
| 6-928 | 悬空 L 形集水槽 δ10cm 以内 | 110.60 | 0.63 | — |
| 6-929 | 悬空 L 形集水槽 δ20cm 以内 | 105.20 | 0.52 | — |
| 6-930 | 池底暗渠 δ10cm 以内 | 95.20 | 0.45 | 0.70 |
| 6-931 | 池底暗渠 δ20cm 以内 | 79.30 | 0.32 | 0.91 |
| 6-932 | 混凝土落泥斗、槽 | 85.70 | 0.48 | 0.11 |
| 6-934 | 沉淀池水槽 | 211.00 | 0.33 | 0.25 |
| 6-935 | 下药溶解槽 | 48.80 | 0.36 | 0.55 |
| 6-936 | 澄清池反应筒壁 | 187.00 | 0.49 | — |
| 6-940 | 混凝土导流墙 δ20cm 以内 | 111.00 | 0.32 | 0.40 |
| 6-941 | 混凝土导流墙 δ20cm 以外 | 100.00 | 0.32 | 0.52 |
| 6-943 | 混凝土导流筒 δ20cm 以内 | 129.90 | 0.40 | 0.40 |
| 6-944 | 混凝土导流筒 δ20cm 以外 | 118.00 | 0.40 | 0.50 |
| 6-946 | 设备独立基础体积 2 m³ 以内 | 24.70 | 0.14 | 0.20 |
| 6-947 | 设备独立基础体积 5m³ 以内 | 32.09 | 0.14 | 0.20 |
| 6-948 | 设备独立基础体积 5m³ 以外 | 12.00 | 0.12 | 0.18 |
| 6-949 | 设备杯形基础体积 2m³ 以内 | 19.40 | 0.03 | 0.24 |
| 6-950 | 设备杯形基础体积 2m³ 以外 | 17.50 | 0.03 | 0.30 |
| 6-951 | 中心支筒 | 230.00 | 0.30 | — |
| 6-952 | 支撑墩 | 110.20 | — | — |
| 6-953 | 稳流筒 | 222.00 | 0.40 | — |
| 6-954 | 异形构件 | 250.00 | 0.40 | 0.40 |

注：表中横板、钢筋含量仅供参考，编制预算时，应按施工图纸计算相应的模板接触面积和钢筋使用量。

② 预制混凝土构件钢筋含量（表 10-3-63）

**表 10-3-63　预制混凝土构件钢筋含量**

| 定额编号 | 项目名称 | 含钢量/(t/10m³) | |
| --- | --- | --- | --- |
| | | $\phi$10mm 以内 | $\phi$10mm 以外 |
| 6-584 | 钢筋混凝土井盖 | 0.78 | — |
| 6-585 | 钢筋混凝土井圈 | 1.01 | — |
| 6-586 | 钢筋混凝土井箅 | 0.78 | — |
| 6-587 | 钢筋混凝土小型构件 | 0.82 | — |
| 6-651 | 钢筋混凝土盖板 $\delta$10cm 以内 | 0.49 | — |
| 6-652 | 钢筋混凝土盖板 $\delta$20cm 以内 | 0.80 | — |
| 6-653 | 钢筋混凝土盖板 $\delta$30cm 以内 | 0.02 | 0.67 |
| 6-654 | 钢筋混凝土盖板 $\delta$40cm 以内 | 0.02 | 0.70 |
| 6-655 | 钢筋混凝土盖板 $\delta$40cm 以外 | 0.03 | 0.80 |
| 6-656 | 钢筋混凝土过梁 0.5 m³ 以内 | 1.00 | 0.12 |
| 6-657 | 钢筋混凝土过梁 1.0m³ 以内 | 1.11 | 0.17 |
| 6-658 | 钢筋混凝土弧(拱)形盖板 | 0.02 | 0.60 |
| 6-659 | 钢筋混凝土井室盖板 | 0.02 | 0.53 |
| 6-660 | 钢筋混凝土槽形盖板 | 0.10 | 0.72 |
| 6-955 | 钢筋混凝土滤板制作 $\delta$6cm 以内 | 0.30 | 0.47 |
| 6-956 | 钢筋混凝土滤板制作 $\delta$6cm 以外 | 0.33 | 0.54 |
| 6-957 | 钢筋混凝土穿孔板三角槽孔板 | 0.323 | 1.50 |
| 6-958 | 钢筋混凝土穿孔板平孔板 | 0.88 | — |
| 6-959 | 钢筋混凝土稳流板 | 0.36 | — |
| 6-960 | 钢筋混凝土井池内壁板 | 0.643 | — |
| 6-961 | 钢筋混凝土配孔集水槽 | 0.36 | 0.45 |
| 6-962 | 钢筋混凝土辐射槽 | 0.33 | 0.35 |
| 6-964 | 钢筋混凝土挡水板 | 0.40 | 0.30 |
| 6-965 | 钢筋混凝土导流隔板 | 0.29 | 0.41 |
| 6-966 | 钢筋混凝土异型构件 | 0.38 | 0.40 |

# 10.3.3　污水处理厂工程

## 10.3.3.1　污水处理构筑物

（1）钢筋混凝土预制拼装水池（表 10-3-64～表 10-3-67）

**表 10-3-64　钢筋混凝土池底板允许偏差和检验方法**

| 项次 | 检验项目 | | 允许偏差/mm | 检验方法 |
| --- | --- | --- | --- | --- |
| 1 | 圆池半径 | | ±20 | 用钢尺量 |
| 2 | 底板轴线位移 | | 10 | 用经纬仪测量 1 点 |
| 3 | 中心支墩与杯口圆周的圆心位移 | | 8 | 用钢尺量 |
| 4 | 预埋管、预留孔中心 | | 10 | 用钢尺量 |
| 5 | 预埋件 | 中心位置 | 5 | 用钢尺量 |

**表 10-3-65　现浇混凝土杯口允许偏差和检验方法**

| 项次 | 检验项目 | 允许偏差 | 检验方法 |
| --- | --- | --- | --- |
| 1 | 杯口内高程 | 0，-5 | 用水准仪测量 |
| 2 | 中心位移 | 8 | 用经纬仪测量 |

表 10-3-66　预制构件安装允许偏差和检验方法

| 项次 | 检验项目 | | 允许偏差/mm | 检验方法 |
|---|---|---|---|---|
| 1 | 壁板、梁、柱中心轴线 | | 5 | 用钢尺量 |
| 2 | 壁板、柱高程 | | ±5 | 用水准仪测量 |
| 3 | 壁板及柱垂直度 | $H \leqslant 5m$ | 8 | 用垂线和尺测量 |
| | | $H > 5m$ | 3 | |
| 4 | 挑梁高程 | | −5,0 | 用水准仪测量 |
| 5 | 壁板与定位中线半径 | | ±7 | 用钢尺量 |

注：$H$ 为壁板及柱的全高。

表 10-3-67　预制的混凝土构件允许偏差和检验方法

| 项次 | 检验项目 | | | 允许偏差/mm | 检验方法 |
|---|---|---|---|---|---|
| 1 | 平整度 | | | 5 | 用 2m 直尺量测 |
| 2 | 断面尺寸 | 壁板（梁、柱） | 长度 | 0,−8(0,−10) | 用钢尺量测 |
| | | | 宽度 | +4,−2(±5) | |
| | | | 厚度 | +4,−2（直顺度：$L/750$ 且 $\leqslant 20$） | |
| | | | 矢高 | ±2 | |
| 3 | 预埋件 | | 中心 | 5 | |
| | | | 螺栓位置 | 2 | |
| | | | 螺栓外露长度 | +10,−5 | |
| 4 | 预留孔中心 | | | 10 | |

注：表中 $L$ 为预制梁、柱的长度；括号内为梁、柱的允许偏差。

## （2）现浇钢筋混凝土水池（表 10-3-68）

表 10-3-68　现浇混凝土水池允许偏差和检验方法

| 项次 | 检验项目 | | 允许偏差 | 检验方法 |
|---|---|---|---|---|
| 1 | 轴线位移 | 池壁、柱、梁 | 8 | 用经纬仪测量纵横轴线各计 1 点 |
| 2 | 高程 | 池壁 | ±10 | 水准仪测量 |
| | | 柱、梁、顶板 | ±10 | |
| 3 | 平面尺寸（池体的长、宽或直径） | 边长或直径 | ±20 | 用尺量长宽各计 1 点 |
| 4 | 截面尺寸 | 池壁、柱、梁、顶板 | +10,−5 | 用尺量测 |
| | | 孔洞、槽、内净空 | ±10 | 用尺量测 |
| 5 | 表面平整度 | 一般平面 | 8 | 用 2m 直尺检查 |
| | | 轮轨面 | 5 | 水准仪测量 |
| 6 | 墙面垂直度 | $H \leqslant 5m$ | 8 | 用垂线检查每侧面 |
| | | $5m < H \leqslant 20m$ | $1.5H/1000$ | |
| 7 | 中心线位置偏移 | 预埋件、预埋支管 | 5 | 用尺量测 |
| | | 预留洞 | 10 | |
| | | 沉砂槽 | ±5 | 用经纬仪测量纵横轴线各计 1 点 |
| 8 | 坡度 | | 0.15% | 水准仪测量 |

注：$H$ 为池壁全高。

# 10.3.3.2　污泥处理构筑物

## （1）现浇钢筋混凝土构筑物（表 10-3-69）

表 10-3-69　现浇混凝土消化池允许偏差和检验方法

| 序号 | 项目 | | 允许偏差/mm | 检验方法 |
|---|---|---|---|---|
| 1 | 垫层、底板、池顶高程 | | ±10 | 水准仪测量 |
| 2 | 池体直径 | $D{\leqslant}20m$ | ±15 | 激光水平扫描仪、吊垂线和钢尺测量 |
| | | $20m{<}D{\leqslant}30m$ | $D/1000$ 且 ${\leqslant}\pm30$ | |
| 3 | 同心度 | | $H/1000$ 且 ${\leqslant}30$ | 同上 |
| 4 | 池壁截面尺寸 | | ±5 | 钢尺测量 |
| 5 | 表面平整度 | | 10 | 2m 直尺或 2m 弧形样板尺 |
| 6 | 中心位置 | 预埋件(管) | 5 | 水准仪测量 |
| | | 预留孔 | 10 | |

注：1. $D$ 为池直径，$H$ 为池高度。

2. 卵形池表面平整度使用 2m 弧形样板尺量测。

## （2）消化池保温与防腐（表 10-3-70）

表 10-3-70　保温层厚度允许偏差和检验方法

| 项次 | 项目 | | 允许偏差 | 检验方法 |
|---|---|---|---|---|
| 1 | 保温层厚度 | 板状制品 | $\pm5\%b$ 且 ${\leqslant}4$ | 钢针刺入 |
| | | 化学材料 | $+8\%b$ | |

注：$b$ 为设计保温层厚度。

# 10.3.3.3　管线工程

## （1）给排水管及工艺管线工程（表 10-3-71～表 10-3-75）

表 10-3-71　检查井的允许偏差和检验方法

| 项次 | 名称 | 项目 | | 允许偏差/mm | 检验方法 |
|---|---|---|---|---|---|
| 1s | 检查井 | 标高 | 井盖 | ±5 | 水准仪测量 |
| | | | 留槽 | ±10 | |
| | | 断面尺寸 | 圆形井(直径) | ±20 | 用尺量测量 |
| | | | 矩形井(内边长与宽) | | 用尺量测量 |

表 10-3-72　焊接及粘接的管道允许偏差和检验方法

| 项次 | 名称 | 项目 | | | 允许偏差/mm | 检验方法 |
|---|---|---|---|---|---|---|
| 1 | 碳素钢管道 | 焊口平直度 | 管壁厚 | 10mm 以内 | 管壁厚 1/4 | 用样板尺和尺检查 |
| | | | | 10mm 以上 | 3 | |
| | | 焊缝加强层 | 高度 | | +1 | 用焊接工具尺检查 |
| | | | 宽度 | | +3,−1 | |
| | | 咬肉 | 深度 | | 0.5 | 用焊接工具尺和尺检查 |
| | | | 连续长度 | | 25 | |
| | | | 总长度(两侧) | | 小于焊缝长度的 10% | |
| 2 | 不锈钢管道 | 焊口平直度 | 管壁厚 | 10mm 以内 | 管壁厚 1/5 | 用样板尺和尺检查 |
| | | | | 10～20mm | 2 | |
| | | | | 20mm 以上 | 3 | 用焊接工具尺和尺检查 |
| | | 焊缝加强层 | 高度 | | +1 | |
| | | | 宽度 | | +1 | |
| | | 咬肉 | 深度 | | 0.5 | 用焊接工具尺和尺检查 |
| | | | 连续长度 | | 25 | |
| | | | 总长度(两侧) | | 小于焊缝长度的 10% | |
| 3 | 工程塑料管道 | 焊口平直度 | 管壁厚 | 10mm 以内 | 管壁厚 1/4 | 用样板尺和尺检查 |
| | | | | 10mm 以上 | 3 | |

**表 10-3-73 管道中线位置、高程允许偏差和检验方法**

| 项次 | 名称 | 项目 | | | 允许偏差/mm | 检验方法 |
|---|---|---|---|---|---|---|
| 1 | 混凝土管道 | 位置 | 室外 | 给排水 | 30 | 用测量仪器和尺量检查 |
| | | | 室内 | | 15 | |
| | | 高程 | 室外 | 给水 | ±20 | |
| | | | 室内 | 给水 | ±10 | |
| | | | | 给排水 | | |
| 2 | 铸铁及球墨铸铁管道 | 位置 | 室外 | 给排水 | 30 | |
| | | | 室内 | | 15 | |
| | | 高程 | 室外给水 | DN400mm 以下 | ±30 | |
| | | | | DN400mm 以上 | ±30 | |
| | | | 室外排水 | | ±10 | |
| | | | 室外给排水 | | ±30 | |
| 3 | 碳素钢管道 | 位置 | 室外 | 架空及地沟 | 20 | |
| | | | | 埋地 | 30 | |
| | | | 室内 | 架空及地沟 | 10 | |
| | | | | 埋地 | 15 | |
| | | 高程 | 室外 | 架空及地沟 | ±10 | |
| | | | | 埋地 | ±15 | |
| | | | 室内 | 架空及地沟 | ±5 | |
| | | | | 埋地 | ±10 | |
| 4 | 不锈钢管道 | 位置 | 室外 | 架空及地沟 | 20 | |
| | | | | 埋地 | 10 | |
| | | 高程 | 室外 | 架空及地沟 | ±10 | |
| | | | | 埋地 | ±5 | |
| 5 | 工程塑料管道 | 位置 | 室外 | 架空及地沟 | 20 | |
| | | | | 埋地 | 30 | |
| | | | 室内 | 架空及地沟 | 10 | |
| | | | | 埋地 | 15 | |
| | | 高程 | 室外 | 架空及地沟 | ±10 | |
| | | | | 埋地 | ±15 | |
| | | | 室内 | 架空及地沟 | ±5 | |
| | | | | 埋地 | ±10 | |

注：DN 为管道公称直径。

**表 10-3-74 水平管道纵横方向弯曲、主管垂直允许偏差和检验方法**

| 项次 | 名称 | 项目 | | | 允许偏差/mm | 检验方法 |
|---|---|---|---|---|---|---|
| 1 | 铸铁及球墨铸铁管道 | 水平管道纵横、方向弯曲 | 室外 | 给排水每 10m | 15 | 用水平尺、直尺、拉线和尺检查 |
| | | | 室内 | | 10 | |
| | | 立管垂直度 | 每米 | | 3 | 用吊线和尺检查 |
| | | | 5m 以上 | | 不大于 10 | |
| 2 | 碳素钢管道 | 水平管道纵横、方向弯曲 | 室内外架空、地沟 | DN100mm 以内 | 5 | 用水平尺、直尺、拉线和尺检查 |
| | | | | DN100mm 以上 | 10 | |
| | | 横向弯曲全长 25m | | | 25 | |
| | | 立管垂直度 | 每米 | | 1.5 | 用吊线和尺检查 |
| | | | 高度超过 5m | | 不大于 8 | |
| | | 成排管段和阀门 | 在同一直线上 | | 3 | 用拉线和尺检查 |
| | | | 间距 | | | |
| 3 | 不锈钢管道 | 水平管道纵横、方向弯曲 | 室内外架空、地沟 | DN100mm 以内 | 5 | 用水平尺、直尺、拉线和尺检查 |
| | | | | DN100mm 以上 | 10 | |
| | | 横向弯曲全长 25m 以上 | | | 25 | |
| | | 立管垂直度 | 每米 | | 1.5 | 用吊线和尺检查 |
| | | | 高度超过 5m | | 不大于 8 | |
| | | 成排管段和成排阀门 | 在同一直线上 | | 5 | 用拉线和尺检查 |
| | | | 间距 | | | |

| 项次 | 名称 | 项目 | | 允许偏差/mm | 检验方法 |
|---|---|---|---|---|---|
| 4 | 工程塑料管道 | 水平管道纵横、方向弯曲 | 每米 | 5 | 用水平尺、直尺、拉线和尺检查 |
| | | | 每10m | 不大于10 | |
| | | | 按室内外架空、地沟、埋地等不大于10m | 不大于15 | |
| | | 横向弯曲全长25m以上 | | 25 | |
| | | 立管垂直度 | 每米 | 3 | 用吊线和尺检查 |
| | | | 高度超过5m | 不大于10 | |
| | | | 10m以上,每10m | 不大于10 | |
| | | 成排管段和成排阀门在同一直线上间距 | | 3 | 用拉线和尺检查 |

注:DN为管道公称直径。

**表 10-3-75  部件安装允许偏差和检验方法**

| 项次 | 名称 | 项目 | | 允许偏差/mm | 检验方法 |
|---|---|---|---|---|---|
| 1 | 碳素钢管道的部件 | 弯管 椭圆率 | DN150mm以内 | 10%① | 用外卡钳和尺检查 |
| | | | DN400mm以内 | 8%① | |
| | | 弯管 褶皱不平度 | DN120mm以内 | 4 | |
| | | | DN200mm以内 | 5 | |
| | | | DN400mm以内 | 7 | |
| | | 补偿器预拉伸长度 | 填料式和波形 | ±5 | 检查预拉伸记录 |
| | | | Ⅱ、Ω形 | ±10 | |
| 2 | 不锈钢管道的部件 | 弯管 椭圆率 | 不锈钢管道 | 中低压8%① | 用外卡钳和尺检查 |
| | | | | 高压5%① | |
| | | 弯管 褶皱不平度 | 不锈钢管道 DN150mm以内 | 3% | |
| | | | DN150~250mm | 2.5% | |
| | | | DN150mm以外 | 2% | |
| | | 不锈钢Ⅱ、Ω形补偿器预拉伸长度 | | ±10 | 检查预拉伸记录 |
| 3 | 工程塑料管道的部件 | 弯管 椭圆率 | | 6%① | 用外卡钳和尺检查 |
| | | 褶皱不平度 | DN50mm以内 | 2 | |
| | | | DN100mm以内 | 3 | |
| | | | DN200mm以内 | 4 | |
| | | Ⅱ、Ω形补偿器预拉伸长度 | | ±10 | 检查预拉伸记录 |

① 指管道最大外径与最小外径同最大外径之比。

注:DN为管道公称直径。

(2) 功能性检测(表 10-3-76、表 10-3-77)

**表 10-3-76  管道严密性试验压力及试验稳压时间规定**

| 实验压力 | | 实验稳定时间/h | |
|---|---|---|---|
| 管道类别 | 压力/MPa | 管径/mm | 稳压时间/h |
| 低压及中压管道 | 0.1 | <300 | 6 |
| | | 300~500 | 9 |
| 次高压管道 | 0.3 | >500 | 12 |

**表 10-3-77  管道严密性试验 24h 的允许压力降值**

| 管道公称直径/mm | 150 | 200 | 250 | 300 | 350 |
|---|---|---|---|---|---|
| 允许压力降值/MPa | 0.064 | 0.048 | 0.038 | 0.032 | 0.027 |
| 管道公称直径/mm | 400 | 450 | 500 | 600 | 700 |
| 允许压力降值/MPa | 0.024 | 0.021 | 0.019 | 0.016 | 0.013 |

#### 10.3.3.4　沼气柜（罐）和压力容器工程（表 10-3-78、表 10-3-79）

**表 10-3-78　容积 5000m³ 以下储柜（罐）安装允许偏差和检验方法**

| 项次 | 项目 | 允许偏差/mm | 检验方法 |
|---|---|---|---|
| 1 | 储柜（罐）底局部水平度 | 1/50 且≤5 | |
| 2 | 储柜（罐）直径（D） | ±1/500D | |
| 3 | 储柜（罐）壁垂直度 | 1/250H | 仪器测量检查 |
| 4 | 各圈壁板局部凹凸度(以弦长的样板检验)板厚≤5mm | ≤15 | |
| | 板厚 6～10mm | ≤10 | |

注：H 为柜（罐）体高度。

**表 10-3-79　容积 5000m³ 以上储柜（罐）安装允许偏差和检验方法**

| 项次 | 项目 | 允许偏差/mm | 检验方法 |
|---|---|---|---|
| 1 | 柜（罐）体高度 | ±5/1000(设计高度的) | |
| 2 | 柜（罐）壁半径 D≤12.5m | ±13 | |
| | 12.5m<D≤45m | ±19 | |
| 3 | 柜（罐）壁垂直度 | ≤3/1000H | 仪器测量检查 |
| 4 | 柜（罐）壁内表面局部凹凸 | ≤13 | |
| 5 | 柜（罐）底局部凹凸 | ≤1/50L,且≤5 | |
| 6 | 拱顶板局部凹凸 | ≤15 | |

注：H 为柜（罐）体高度；L 为变形高度。

### 10.3.3.5　机电设备安装工程

#### （1）格栅除污机（表 10-3-80）

**表 10-3-80　格栅除污机安装允许偏差和检验方法**

| 项次 | 项目 | 允许偏差/mm | 检验方法 |
|---|---|---|---|
| 1 | 设备平面位置 | 20 | 尺量检查 |
| 2 | 设备标高 | ±20 | 用水准仪与直尺检查 |
| 3 | 栅条纵向面与导轨侧面平行度 | ≤0.5/1000 | 用细钢丝与直尺检查 |
| 4 | 设备安装倾角 | ±0.50 | 用量角器与线坠检查 |

#### （2）螺旋输送机（表 10-3-81）

**表 10-3-81　螺旋输送机安装允许偏差和检验方法**

| 项次 | 项目 | 允许偏差/mm | 检验方法 |
|---|---|---|---|
| 1 | 设备平面位置 | 10 | 尺量检查 |
| 2 | 设备标高 | +20,−10 | 用水准仪与直尺检查 |
| 3 | 螺旋槽直顺度 | 1/1000,全长≤3 | 用钢丝与直尺检查 |
| 4 | 设备纵向水平度 | 1/1000 | 用水平仪检查 |

#### （3）水泵安装（表 10-3-82）

**表 10-3-82　水泵安装允许偏差和检验方法**

| 项次 | 项目 | | 允许偏差/mm | 检验方法 |
|---|---|---|---|---|
| 1 | 安装基准线 | 与建筑轴线距离 | ±10 | 尺量检查 |
| | | 与设备平面位置 | ±5 | 仪器检验 |
| | | 与设备标高 | ±5 | 仪器检验 |
| 2 | 泵体内水平度 | 纵向 | ≤0.05/1000 | |
| | | 横向 | ≤0.10/1000 | 用水平尺检验 |
| 3 | 皮带轮、轮轴器水平度 | | ≤0.5/1000 | |
| 4 | 水泵轴导杆垂直度 | | <1/1000,全长≤3 | 用线坠与直尺检验 |

（4）除砂设备安装（表 10-3-83）

**表 10-3-83　除砂设备安装允许偏差和检验方法**

| 项次 | 项目 | 允许偏差/mm | 检验方法 |
|---|---|---|---|
| 1 | 设备平面位置 | 10 | 尺量检查 |
| 2 | 设备标高 | ±20 | 用水准仪与直尺检查 |
| 3 | 桨叶式立轴垂直度 | ≤1/1000 | 用垂线与直尺检查 |

（5）鼓风装置安装（表 10-3-84）

**表 10-3-84　鼓风装置安装允许偏差和检验方法**

| 项次 | 项目 | 允许偏差/mm | 检验方法 |
|---|---|---|---|
| 1 | 轴承座纵、横水平度 | ≤0.2/1000 | 框架水平仪检查 |
| 2 | 轴承座局部间隙 | ≤0.1 | 用塞尺检查 |
| 3 | 机壳中心与转子中心重合度 | ≤2 | 用拉钢丝和直尺检查 |
| 4 | 设备平面位置 | 10 | 尺量检查 |
| 5 | 设备标高 | ±20 | 用水准仪与直尺检查 |

（6）搅拌系统装置安装（表 10-3-85～表 10-3-87）

**表 10-3-85　搅拌、推流装置安装允许偏差和检验方法**

| 项次 | 项目 | 允许偏差/mm | 检验方法 |
|---|---|---|---|
| 1 | 设备平面位置 | 20 | 尺量检查 |
| 2 | 设备标高 | ±20 | 用水准仪与直尺检查 |
| 3 | 导轨垂直度 | 1/1000 | 用线坠与直尺检查 |
| 4 | 设备安装角 | <10 | 用放线法、量角器检查 |
| 5 | 消化池搅拌机轴中心 | ≤10 | 用线坠与直尺检查 |
| 6 | 消化池搅拌机叶片与导流筒间隙量 | ≤20 | 尺量检查 |
| 7 | 消化池搅拌机叶片下摆量 | ≤2 | 观察检查 |

**表 10-3-86　搅拌轴安装允许偏差和检验方法**

| 项次 | 项目 | 允许偏差 | | | 检验方法 |
|---|---|---|---|---|---|
| | | 转数/(r/min) | 下端摆动量/mm | 桨叶对轴型直度/mm | |
| 1 | 桨式框式和提升叶轮搅拌器 | ≤32 | ≤5 | 为桨板长度的 4/1000 且≤5 | 仪表测量 观察检查 |
| 2 | 推进式和圆盘平直叶凹涡轮式搅拌器 | >32 | ≤1.0 | | 用线坠与直尺 检查 |
| | | 100～400 | ≤0.75 | | |

**表 10-3-87　澄清池搅拌机的叶轮直径和桨板角度允许偏差和检验方法**

| 项次 | 项目 | 允许偏差 | | | | | | 检验方法 |
|---|---|---|---|---|---|---|---|---|
| | | <1m | 1～2m | >2m | <400mm | 400～1000mm | >1000mm | |
| 1 | 叶轮上下面板平面度 | 3mm | 4.5mm | 6mm | | | | 线与尺量 检查 |
| 2 | 叶轮出水口宽度 | +2mm | +3mm | +4mm | | | | |
| 3 | 叶轮径向圆跳动 | 4mm | 6mm | 8mm | | | | 观察检查 |
| 4 | 桨板与叶轮下面板应垂直其角度偏差 | | | | ±1°30′ | ±1°15′ | ±1° | 量角器检查 |

（7）曝气设备安装（表 10-3-88）

**表 10-3-88　表面曝气设备安装允许偏差和检验方法**

| 项次 | 项目 | 允许偏差/mm | 检验方法 |
|---|---|---|---|
| 1 | 设备平面位置 | 10 | 尺量检查 |
| 2 | 设备标高 | ±10 | 用水准仪与直尺检查 |
| 3 | 布置主支管水平落差 | ±10 | 用水准仪与直尺检查 |

## （8）刮泥机、吸刮泥机安装（表 10-3-89）

**表 10-3-89　刮泥机和吸刮泥机安装允许偏差和检验方法**

| 项次 | 项目 | 允许偏差/mm | 检验方法 |
|---|---|---|---|
| 1 | 驱动装置机座面水平度 | 0.03/1000 | 用框式水平尺检查 |
| 2 | 链板式主链驱动轴水平度 | 0.03/1000 | 用框式水平尺检查 |
| 3 | 链板式主链从动轴水平度 | 0.01/1000 | 用框式水平尺检查 |
| 4 | 链板式同一主链前后二链轮中心线差 | ±3 | 用直尺检查 |
| 5 | 链板式同轴上左右二链轮轮距 | ±3 | 用直尺检查 |
| 6 | 链板式左右二导轨中心距 | ±10 | 用直尺检查 |
| 7 | 链板式左右二导轨顶面高差 | 中心距离 0.5/1000 | 用水准仪与直尺检查 |
| 8 | 导轨接头错位（顶面、侧面） | 0.5 | 用直尺和塞尺检查 |
| 9 | 撇渣管水平度 | 1/1000 | 用水准仪和直尺检查 |
| 10 | 中心传动竖架垂直度 | 1/1000 | 用坠线与直尺检查 |

## （9）污泥浓缩脱水机安装（表 10-3-90）

**表 10-3-90　污泥浓缩脱水机安装允许偏差和检验方法**

| 项次 | 项目 | 允许偏差/mm | 检验方法 |
|---|---|---|---|
| 1 | 设备平面位置 | 10 | 尺量检查 |
| 2 | 设备标高 | ±20 | 用水准仪与直尺检查 |
| 3 | 设备水平度 | 1/1000 | 用水准仪检查 |

## （10）热交换器系统设备安装（表 10-3-91）

**表 10-3-91　保温层厚度允许偏差和检验方法**

| 项次 | 项目 | | 允许偏差/mm | 检验方法 |
|---|---|---|---|---|
| 1 | 保温层厚度 | 瓦块制品 | +5%$b$ | 钢针刺入、量测 |
| | | 柔性材料 | +8%$b$ | |
| 2 | 水泥保护壳厚度 | | +5 | |

注：$b$ 为保温层厚度。

## （11）启闭机及闸门安装（表 10-3-92）

**表 10-3-92　启闭机、闸门安装允许偏差和检验方法**

| 项次 | 项目 | 允许偏差/mm | 检验方法 |
|---|---|---|---|
| 1 | 设备标高 | ±10 | 用水准仪与直尺检查 |
| 2 | 设备中心位置 | 10 | 尺量检查 |
| 3 | 闸门垂直度 | 1/1000 | 用线坠和直尺检查 |
| 4 | 闸门门框底槽，水平度 | 1/1000 | 用水准仪检查 |
| 5 | 闸门门框侧槽垂直度 | 1/1000 | 用线坠和直尺检查 |
| 6 | 闸门升降螺旋杆摆幅 | 1/1000 | 用线坠和直尺检查 |

## （12）开关柜及配电柜（箱）安装（表 10-3-93）

表 10-3-93　开关柜及配电柜（箱）安装允许偏差及检验方法

| 项次 | 项目 | 允许偏差/mm | 检验方法 |
|---|---|---|---|
| 1 | 基础型钢平面位置 | 10 | 尺量检查 |
| 2 | 基础型钢的标高 | ±10 | 用水准仪与直尺检查 |
| 3 | 基础型钢直顺度 | 1/1000、全长≤5 | 用水准仪与直尺检查 |
| 4 | 基础型钢上下平面水平度 | 1/1000、全长≤5 | 用水准仪与直尺检查 |
| 5 | 成形全部柜（箱）顶高差 | 5 | 用水准仪与直尺检查 |
| 6 | 成形相邻柜（箱）顶高差 | 2 | 用水准仪与直尺检查 |
| 7 | 成形全部柜（箱）面不平度 | 5 | 拉钢丝检查 |
| 8 | 成形相邻柜（箱）面不平度 | 1 | 拉钢丝检查 |
| 9 | 柜（箱）之间接缝 | 2 | 用塞尺检查 |
| 10 | 柜（箱）垂直度 | 1.5/1000 | 用坠线与直尺检查 |

（13）电力变压器安装（表 10-3-94）

表 10-3-94　电力变压器安装允许偏差及检验方法

| 项次 | 项目 | 允许偏差/mm | 检验方法 |
|---|---|---|---|
| 1 | 基础轨道平面位置 | 10 | 尺量检查 |
| 2 | 基础轨道标高 | ±10 | 用水准仪与直尺检查 |
| 3 | 基础轨道水平度 | 1/1000 | 用水准仪与直尺检查 |
| 4 | 电力变压器垂直度 | 1/1000 | 用线坠与直尺检查 |

## 10.3.3.6　污水处理厂工程各阶段验收

（1）单位工程及主要分部工程质量验收　主要分部是指工程的地基与基础。主体结构的主体工程的隐蔽部位、土建与设备安装连接部位、附属工程等。见表 10-3-95。

表 10-3-95　单位工程或主要部位工程验收记录

| 单位工程名称 | | | 单位（分部）工程负责人 | |
|---|---|---|---|---|
| 分部工程名称 | | | 单位（分部）工程质量员 | |
| 施工单位 | | | 分部（分项）工程数量 | |
| 分部（分项）工程序号 | 分部（分项）工程名称 | 施工单位检查情况 | 监理单位验收结论 | |
| | | | | |
| | | | | |
| | | | | |
| | | | | |
| 资料 | | | | |
| 外观 | | | | |
| 主要使用功能 | | | | |
| 单位（分部）工程验收结论签认 | 施工单位名称 | | 项目负责人 | |
| | 设计（勘察）单位名称 | | 项目负责人 | |
| | 建设单位名称 | | 项目负责人 | |
| | 监理单位名称 | | 总监理工程师（驻地监理工程师） | |
| 备注 | 检查记录附后 | | | |

注：1. 单位工程或主要部位验收记录分别填报此表。
　　2. 土建工程、设备安装工程均使用此表。
　　3. 该表一式两份，施工单位保存一份，建设单位一份备案。

年　　　月　　　日

（2）设备安装单机试运转　主要检验每个机电设备、设施的运转和性能情况。设备安装单机或联动试运转记录见表 10-3-96。

表 10-3-96　设备安装工程单机或联动试运转记录

工程名称：

| 设备部位图号 | | 设备名称 | | 型号、规格、台数 | |
|---|---|---|---|---|---|
| 施工单位 | | 设备所在系统 | | 额定数据 | |
| 实验单位 | | 负责人 | | 试车时间 | 年　月　日 |
| 序号 | 试验项目 | | 试验记录 | 试验结论 | |
| 1 | | | | | |
| 2 | | | | | |
| 3 | | | | | |

| 建设单位 | 监理单位 | 管理单位 | 设备生产厂家 | 总包单位 | 安装单位 | | |
|---|---|---|---|---|---|---|---|
| | | | | | 施工总负责人 | 质检员 | 施工员 |
| | | | | | | | |

注：该表一式三份，其中施工单位一份，管理单位一份，建设单位一份备案。

（3）污水处理厂工程质量交工验收　污水处理厂工程质量交工验收是指污水处理厂工程全部按设计要求和质量标准完成后，对整体工程质量进行验收。污水处理厂工程质量交工验收报告见表 10-3-97。

表 10-3-97　工程质量交工验收报告

| 工程名称 | | 交工验收日期 | | | |
|---|---|---|---|---|---|
| 施工单位 | | 开竣工日期 | | | |
| 工程简要内容 | | | | | |
| 存在问题 | | | | | |
| 整改完成期限 | | | | | |
| 验收结论 | | | | | |
| 参加验收人员签字（盖公章） | 施工单位 | 养管单位 | 建设单位 | 监理单位 | 设计（勘察）单位 |
| | | | | | |

# 10.4　城镇燃气输送工程计算常用数据

## 10.4.1　土方工程

### 10.4.1.1　开槽管

（1）沟沟底宽度和工作坑尺寸　管沟沟底宽度和工作坑尺寸应根据现场实际情况和管道敷设方法确定，也可按下列要求确定。

① 单管沟底组装按表 10-4-1 确定。

表 10-4-1　沟底宽度尺寸

| 管道公称管径 /mm | 50～80 | 100～200 | 250～350 | 400～450 | 500～600 | 700～800 | 900～1000 | 1100～1200 | 1300～1400 |
|---|---|---|---|---|---|---|---|---|---|
| 沟底宽度/m | 0.6 | 0.7 | 0.8 | 1.0 | 1.3 | 1.6 | 1.8 | 2.0 | 2.2 |

② 单管沟边组装和双管同沟敷设可按下式计算：

$$a = D_1 + D_2 + s + c$$

式中，$a$ 为沟底宽度，m；$D_1$ 为第一条管道外径，m；$D_2$ 为第二条管道外径，m；$s$ 为两管道之间的设计净距，m；$c$ 为工作宽度，在沟底组装：$c=0.6$（m）；在沟边组装：$c=0.3$（m）。

（2）不设边坡沟槽深度　在无地下水的天然湿度土壤中开挖沟槽时，如沟深不超过表 10-4-2 的规定，沟壁可不设边坡。

表 10-4-2　不设边坡沟槽深度

| 土壤名称 | 沟槽深度/m | 土壤名称 | 沟槽深度/m |
|---|---|---|---|
| 添实的砂土或砾石土 | ≤1.00 | 黏土 | ≤1.50 |
| 亚砂土或亚黏土 | ≤1.25 | 坚土 | ≤2.00 |

（3）深度在 5m 以内的沟槽最大边坡率（不加支撑）　当土壤具有天然湿度、构造均匀、无地下水、水文地质条件良好且挖深小于 5m，不加支撑时，沟槽的最大边坡率可按表 10-4-3 确定。

表 10-4-3　深度在 5m 以内的沟槽最大边坡率（不加支撑）

| 土壤名称 | 边坡率（1：$n$） | | |
|---|---|---|---|
| | 人工开挖并将土抛于沟边上 | 机械开挖 | |
| | | 在沟底挖土 | 在沟边上挖土 |
| 砂土 | 1：1.00 | 1：0.75 | 1：1.00 |
| 亚砂土 | 1：0.67 | 1：0.50 | 1：0.75 |
| 亚黏土 | 1：0.50 | 1：0.33 | 1：0.75 |
| 黏土 | 1：0.33 | 1：0.25 | 1：0.67 |
| 含砾土卵石土 | 1：0.67 | 1：0.50 | 1：0.75 |
| 泥炭岩白垩土 | 1：0.33 | 1：0.25 | 1：0.67 |
| 干黄土 | 1：0.25 | 1：0.10 | 1：0.33 |

注：1. 如人工挖土抛于沟槽上即时运走，可采用机械在沟底挖土的坡度值。

2. 临时堆土高度不宜超过 1.5m，靠墙堆土时，其高度不得超过墙高的 1/3。

## 10.4.1.2　回填（表 10-4-4、表 10-4-5）

表 10-4-4　回填土每层虚铺厚度

| 压实工具 | 虚铺厚度/cm |
|---|---|
| 木夯、铁夯 | ≤20 |
| 蛙式夯、火力夯 | 20~25 |
| 压路机 | 20~30 |
| 振动压路机 | ≤400 |

表 10-4-5　沟槽回填土作为路基的最小压实度

| 由路槽底算起的深度范围/cm | 道路类别 | 最低压实度/% | |
|---|---|---|---|
| | | 重型击实标准 | 轻型击实标准 |
| ≤80 | 快速路及主干路 | 95 | 98 |
| | 次干路 | 93 | 95 |
| | 支路 | 90 | 92 |
| 80~150 | 快速路及主干路 | 93 | 95 |
| | 次干路 | 90 | 92 |
| | 支路 | 87 | 90 |
| >150 | 快速路及主干路 | 87 | 90 |
| | 次干路 | 87 | 90 |
| | 支路 | 87 | 90 |

注：1. 表中重型击实标准的压实度和轻型击实标准的压实度，分别以相应的标准击实试验法求得的最大干密度为 100%。

2. 回填土的要求压实度，除注明者外，均为轻击实标准的压实度。

### 10.4.1.3 警示带敷设（表 10-4-6）

**表 10-4-6 警示带平面布置**

| 管道公称管径(DN)/mm | ≤400 | >400 |
|---|---|---|
| 警示带条数/条 | 1 | 2 |
| 警示带间距/mm | — | 150 |

## 10.4.2 钢制管道、管件防腐与焊接

### 10.4.2.1 腐蚀评价指标（表 10-4-7～表 10-4-11）

**表 10-4-7 土壤腐蚀性评价**

| 指标 | | 腐蚀电流密度 /($\mu A/cm^2$) | 平均腐蚀速率 /[$g/(dm^2/a)$] |
|---|---|---|---|
| 级别 | 强 | >9 | >7 |
| | 中 | 6～9 | 5～7 |
| | 轻 | 3～6 | 3～5 |
| | 较轻 | 0.1～3 | 1～3 |
| | 极轻 | <0.1 | <1 |

**表 10-4-8 土壤腐蚀性分级**

| 指标 | 土壤电阻率/$\Omega \cdot m$ | |
|---|---|---|
| 级别 | 强 | <20 |
| | 中 | 20～50 |
| | 轻 | >50 |

**表 10-4-9 土壤细菌辐射性评价**

| 指标 | | 氧化还原电位/mV |
|---|---|---|
| 级别 | 强 | <100 |
| | 较强 | 100～200 |
| | 中 | 200～400 |
| | 轻 | >400 |

**表 10-4-10 管体腐蚀损伤评价**

| 指标 | | 最大蚀坑深度 |
|---|---|---|
| 级别 | 穿孔 | >80%壁厚 |
| | 严重 | 50%～80%壁厚 |
| | 重 | 2mm～50%壁厚 |
| | 中 | 1～2mm |
| | 轻 | <1mm |

**表 10-4-11 金属腐蚀性评价指标**

| 级别 \ 项目 | 最大点蚀速度/(mm/s) | 穿孔年限/a |
|---|---|---|
| 严重 | >2.438 | 1～3 |
| 重 | 0.611～2.438 | 3～5 |
| 中 | 0.305～0.611 | 5～10 |
| 轻 | <0.305 | >10 |

## 10.4.2.2 干扰腐蚀防护指标（表 10-4-12、表 10-4-13）

**表 10-4-12 排流保护效果评定指标**

| 排流类型 | 干扰时管地电位/V | 正电位平均值比/% |
|---|---|---|
| 直接向干扰源排流(直接、极性、强制排流方式) | >10 | >95 |
| | 10~5 | >90 |
| | <5 | >85 |
| 间接向干扰源排流(接地排流方式) | >10 | >90 |
| | 10~5 | >85 |
| | <5 | >80 |

**表 10-4-13 管道与交流接地体的安全距离**

| 接地形式 | 电力等级/kV | | | |
|---|---|---|---|---|
| | 10 | 35 | 110 | 220 |
| | 安全距离/m | | | |
| 临时接地点 | 0.5 | 1.0 | 3.0 | 5.0 |
| 铁塔或电杆接地 | 1.0 | 3.0 | 5.0 | 10.0 |
| 电站或变电接地体 | 2.5 | 10.0 | 15.0 | 30.0 |

## 10.4.2.3 防腐层基本结构（表 10-4-14）

**表 10-4-14 防腐层基本结构**

| 防腐层 | | 防腐层基本结构 | | 国家现行标准 |
|---|---|---|---|---|
| | | 普通级 | 加强级 | |
| 挤压聚乙烯防腐层 | 二层 | 170~250$\mu$m 胶黏剂+聚乙烯厚 1.8~3.0mm | 170~250$\mu$m 胶黏剂+聚乙烯厚 2.5~3.7mm | 埋地钢质管道聚乙烯防腐层技术标准 SY/T 0413—2002 |
| | 三层 | ≥80$\mu$m 环氧+170~250$\mu$m 胶黏剂+聚乙烯厚 1.8~3.0mm | ≥80$\mu$m 环氧+170~250$\mu$m 胶黏剂+聚乙烯厚 2.5~3.7mm | |
| 熔结环氧粉末防腐层 | | 300~400$\mu$m | 400~500$\mu$m | 钢质管道熔结环氧粉末外涂层技术标准 SY/T 0315—97 |
| 聚乙烯胶黏带防腐层 | | 底漆+内带+外带≥0.7mm | 底漆+内带搭接 50%+外带搭接 50%≥1.4mm | 钢质管道聚乙烯胶黏带防腐层技术标准 SY/T0414—98 |

## 10.4.2.4 管道焊接

（1）焊前准备（表 10-4-15）

**表 10-4-15 设备、容器对接焊缝组队时的错边量**

| 母材厚度 $\delta$ /mm | 错边量 | | 母材厚度 $\delta$ /mm | 错边量 | |
|---|---|---|---|---|---|
| | 纵向焊缝 | 环向焊缝 | | 纵向焊缝 | 环向焊缝 |
| $\delta$≤12 | ≤1/48 | ≤1/48 | 40<$\delta$≤50 | ≤3 | ≤1/88 |
| 12<$\delta$≤20 | ≤3 | ≤1/48 | $\delta$>50 | ≤1/168,且≤10 | ≤1/88,且≤20 |
| 20<$\delta$≤40 | ≤3 | ≤5 | | | |

注：表中 $\delta$ 表示工件母材厚度。

（2）焊前预热及焊后热处理（表 10-4-16~表 10-4-21）

表 10-4-16　常用管材焊前预热及焊后热处理工艺条件

| 钢种 | 焊前预热 | | 焊后热处理 | |
|---|---|---|---|---|
| | 壁后 δ/mm | 温度/℃ | 壁后 δ/mm | 温度/℃ |
| C | ≥26 | 100～200 | >30 | 600～650 |
| C-Mn | ≥15 | 150～200 | >20 | 600～650 |
| Mn-V | ≥15 | 150～200 | >20 | 560～590 |
| C-0.5Mo | ≥15 | 150～200 | >20 | 600～650 |
| 0.5Cr-0.5Mo | ≥10 | 150～250 | >10 | 650～700 |
| 1Cr-0.5Mo | ≥10 | 150～250 | >10 | 650～700 |
| 1Cr-0.5Mo-V | ≥6 | 200～300 | >6 | 700～750 |
| 1.5Cr-1Mo-V | ≥6 | 200～300 | >6 | 700～750 |
| 2.25Cr-1Mo | ≥6 | 200～300 | >6 | 700～750 |
| 9Cr-1Mo | ≥6 | 250～350 | 任意壁后 | 750～780 |
| 2Cr-0.5Mo-WV | ≥6 | 250～350 | 任意壁后 | 750～780 |
| 3Cr-1Mo-VTi | ≥6 | 250～350 | 任意壁后 | 750～780 |
| 12Cr-1Mo-V | ≥6 | 250～350 | 任意壁后 | 750～780 |
| 5Cr-1Mo | 任意壁后 | 200～300 | 任意壁后 | 700～750 |
| 2.25～3.5Ni | 任意壁后 | 100～150 | ≥19 | 600～630 |

## （3）焊接技术参数（表 10-4-17）

表 10-4-17　钢管接口点焊长度和点数

| 管径/mm | 点焊长度/mm | 点数/处 | 管径/mm | 点焊长度/mm | 点数/处 |
|---|---|---|---|---|---|
| 80～150 | 15～30 | 3 | 600～700 | 60～70 | 6 |
| 200～300 | 40～50 | 4 | 800 以上 | 80～100 | 一般间距 400mm 左右 |
| 350～500 | 50N60 | 5 | | | |

表 10-4-18　电弧焊接的焊接层数、焊条直径及电流强度不开坡口对接

| 钢板厚度/mm | 焊缝形式 | 间隙/mm | 焊条直径/mm | 电流强度平均值/A | |
|---|---|---|---|---|---|
| | | | | 平焊 | 立、仰焊 |
| 3～4 | 单面 | 1 | 3 | 120 | 110 |
| 5～6 | 双面 | 1～1.5 | 4～5 | 180～260 | 160～230 |

注：如焊不透时，应开坡口。

表 10-4-19　V 形坡口和 X 形坡口对接

| 钢板厚度/mm | 层数 | 焊条直径/mm | | 电流强度平均值/A | |
|---|---|---|---|---|---|
| | | 第一层 | 以后各层 | 平焊 | 立、横、仰焊 |
| 6～8 | 2～3 | 3 | 4 | 120～180 | 90～160 |
| 10 | 2～3 | 3～4 | 5 | 140～260 | 120～160 |
| 12 | 3～4 | 4 | 5 | 140～260 | 120～160 |
| 14 | 4 | 4 | 5～6 | 140～260 | 120～160 |
| 16～18 | 4～6 | 4～5 | 5～6 | 140～260 | 120～160 |

表 10-4-20　搭接与角接

| 钢板厚度/mm | 焊接层数 | 焊条直径/mm | | 电流强度平均值/A | | |
|---|---|---|---|---|---|---|
| | | 第一层 | 以后各层 | 平焊 | 立焊 | 仰焊 |
| 4～6 | 1～2 | 3～4 | 4 | 120～180 | 100N160 | 90～160 |
| 8～12 | 2～3 | 4～5 | 5 | 160～180 | 120～230 | 120～160 |
| 14～16 | 3～4 | 4～5 | 5～6 | 160～320 | 120～230 | 120～160 |
| 18～20 | 4～5 | 4～5 | 5～6 | 160～230 | 120～230 | 120～160 |

注：搭接或角接的两块钢板厚度不同时，按薄的算。

表 10-4-21　气焊焊嘴和焊条直径的选择

| 钢板厚/mm | 焊嘴号码 | 焊条直径/mm | 钢板厚/mm | 焊嘴号码 | 焊条直径/mm |
|---|---|---|---|---|---|
| ≤3 | 1～2 | 2～3 | 3.5～6 | 2～3 | 3～4 |

（4）焊接检查（表 10-4-22）

表 10-4-22　焊缝质量分级标准

| 检验项目 | 缺陷名称 | | 质量分级 | | |
|---|---|---|---|---|---|
| | | Ⅰ | Ⅱ | Ⅲ | Ⅳ |
| 焊缝外观质量 | 裂纹 | 不允许 | | | |
| | 表面气孔 | 不允许 | | 每50mm焊缝长度内允许直径≤$0.3\delta$，且≤2mm的气孔 2个孔间距≥6倍孔径 | 每50mm焊缝长度内允许直径≤$0.4\delta$，且≤3mm的气孔 2个孔间距≥6倍孔径 |
| | 表面夹渣 | 不允许 | | 深≤$0.1\delta$ 长≤$0.3\delta$，且≤10mm | 深≤$0.2\delta$ 长≤$0.5\delta$，且≤20mm |
| | 咬边 | 不允许 | | ≤$0.05\delta$，且≤0.5mm 连续长度≤10mm，且焊缝两侧咬边总长≤10%焊缝全长 | ≤$0.1\delta$，且≤1mm 长度不限 |
| | 未焊透 | 不允许 | | 不加垫单面焊允许值 ≤$0.15\delta$，且≤1.5mm 缺陷总长在$6\delta$焊缝长度内不超过$\delta$ | ≤$0.2\delta$，且≤2.0mm 每100mm焊缝内缺陷总长≤25mm |
| 焊缝外观质量 | 根部收缩 | 不允许 | ≤$0.2+0.02\delta$ 且≤0.5mm | ≤$0.3+0.05\delta$ 且≤1mm | ≤$0.2+0.04\delta$ 且≤2mm |
| | | | | 长度不限 | |
| | 角焊缝厚度不足 | 不允许 | | ≤$0.3+0.05\delta$ 且≤1mm 每100mm焊缝长度内缺陷总长度≤25mm | ≤$0.3+0.05\delta$ 且≤2mm 每100mm焊缝长度内缺陷总长度≤25mm |
| | 角焊缝焊脚不对称 | 差值≤$1+0.1a$ | | ≤$2+0.15a$ | ≤$2+0.2a$ |
| | 余高 | ≤$1+0.10b$， 且最大为3mm | | ≤$1+0.2b$，且最大为5mm | |
| 焊缝内部质量 | 射线照相检验 | 碳素钢和合金钢 | GB3323的Ⅰ级 | GB3323的Ⅱ级 | GB3323的Ⅲ级 |
| | | 铝及铝合金 | 附录E的Ⅰ级 | 附录E的Ⅱ级 | 附录E的Ⅲ级 | 不要求 |
| | | 铜及铜合金 | GB3323的Ⅰ级 | GB3323的Ⅱ级 | GB3323的Ⅲ级 |
| | | 工业纯钛 | 附录F的合格级 | 不要求 | |
| | | 镍及镍合格 | GB3323的Ⅰ级 | GB3323的Ⅱ级 | GB3323的Ⅲ级 | 不要求 |
| | 超声波检验 | GB11345的Ⅰ级 | | GB11345的Ⅱ级 | 不要求 |

注：1. 当咬边经磨削修整并平滑过渡时，可按焊缝一侧较薄母材最小允许厚度值评定。

2. 角焊缝脚不对称在特定条件下要求平缓过渡时，不受本规定限制（如搭接或不等厚板的对接和角接组合焊缝）。

3. 除注明角焊缝缺陷外，其余均为对接、角焊缝通用。

4. 表中：$a$ 为设计焊缝厚度；$b$ 为焊缝宽度；$\delta$ 为母材厚度。

# 10.4.3　管道敷设

## 10.4.3.1　聚乙烯燃气管道敷设

（1）聚乙烯燃气管道敷设一般规定

① 聚乙烯管道的最大允许工作压力（表 10-4-23）

表 10-4-23　聚乙烯管道的最大允许工作压力　　　　单位：MPa

| 城镇燃气种类 | | PE80 | | PE100 | |
|---|---|---|---|---|---|
| | | SDR11 | SDR17.6 | SDR11 | SDR17.6 |
| 天然气 | | 0.50 | 0.30 | 0.70 | 0.40 |
| 液化石油气 | 混空气 | 0.40 | 0.20 | 0.50 | 0.30 |
| | 气态 | 0.20 | 0.10 | 0.30 | 0.20 |
| 人工煤气 | 干气 | 0.40 | 0.20 | 0.50 | 0.30 |
| | 其他 | 0.20 | 0.1 | 0.30 | 0.20 |

② 钢骨架聚乙烯复合管道的最大允许工作压力（表 10-4-24）

表 10-4-24　钢骨架聚乙烯复合管道的最大允许工作压力　　　　单位：MPa

| 城镇燃气种类 | | $DN \leqslant 200mm$ | $DN > 200mm$ |
|---|---|---|---|
| 天然气 | | 0.7 | 0.5 |
| 液化石油气 | 混空气 | 0.5 | 0.4 |
| | 气态 | 0.2 | 0.1 |
| 人工煤气 | 干气 | 0.5 | 0.4 |
| | 其他 | 0.2 | 0.1 |

注：薄壁系列钢骨架聚乙烯复合管道不宜输送城镇燃气。

③ 工作温度对管道工作压力的折减系数。聚乙烯管道和钢骨架聚乙烯复合管道工作温度在20℃以上时，最大允许工作压力应按工作温度对工作压力的折减系数进行折减，折减系数应符合表 10-4-25 的规定。

表 10-4-25　工作温度对管道工作压力的折减系数

| 工作温度 | $-20℃ \leqslant t \leqslant 20℃$ | $20℃ < t \leqslant 30℃$ | $30℃ < t \leqslant 40℃$ |
|---|---|---|---|
| 折减系数 | 1.0 | 0.9 | 0.76 |

（2）管道布置

① 聚乙烯管道和钢骨架聚乙烯复合管道与热力管道之间的水平净距和垂直净距，不应小于表 10-4-26 和表 10-4-27 的规定，并应确保燃气管道周围土壤温度不大于40℃；与建筑物、构筑物或其他相邻管道之间的水平净距和垂直净距，应符合现行国家标准《城镇燃气设计规范》GB 50028 的规定，见表 10-4-28、表 10-4-29。当直埋蒸汽热力管道保温层外壁温度不大于60℃时，水平净距可减半。

表 10-4-26　聚乙烯管道和钢骨架聚乙烯复合管道与热力管道之间的水平净距　单位：m

| 项目 | | | 燃气管道 | | | |
|---|---|---|---|---|---|---|
| | | | 低压 | 中压 | | 次高压 |
| | | | | B | A | B |
| 热力管 | 直埋 | 热水 | 1.0 | 1.0 | 1.0 | 1.5 |
| | | 蒸汽 | 2.0 | 2.0 | 2.0 | 3.0 |
| | 在管沟内（至外壁） | | 1.0 | 1.5 | 1.5 | 2.0 |

表 10-4-27　聚乙烯管道和钢骨架聚乙烯复合管道与热力管道之间的垂直净距　单位：m

| 项目 | | 燃气管道（当有套管时，以套管计） |
|---|---|---|
| 热力管 | 燃气管在直埋（热水）管上方 | 0.5 加套管 |
| | 燃气管在直埋（热水）管下方 | 1.0 加套管 |
| | 燃气管在管沟上方 | 0.2 加套管或 0.4 |
| | 燃气管在管沟下方 | 0.3 加套管 |

表 10-4-28　地下燃气管道与建筑物、构筑物或相邻管道之间的水平净距　　单位：m

| 项　目 | | 地下燃气管道 | | | | |
| --- | --- | --- | --- | --- | --- | --- |
| | | 低　压 | 中压 | | 高压 | |
| | | | B | A | B | A |
| 建筑物的基础 | | 0.7 | 1.5 | 2.0 | 4.0 | 6.0 |
| 给水管 | | 0.5 | 0.5 | 0.5 | 1.0 | 1.5 |
| 排水管 | | 1.0 | 1.2 | 1.2 | 1.5 | 2.0 |
| 电力电缆 | | 0.5 | 0.5 | 0.5 | 1.0 | 1.5 |
| 通信电缆 | 直播 | 0.5 | 0.5 | 0.5 | 1.0 | 1.5 |
| | 在导管内 | 1.0 | 1.0 | 1.0 | 1.0 | 1.5 |
| 其他燃气管道 | $D_g \leqslant 300mm$ | 0.4 | 0.4 | 0.4 | 0.4 | 0.4 |
| | $D_g \geqslant 300mm$ | 0.5 | 0.5 | 0.5 | 0.5 | 0.5 |
| 热力管 | 直埋 | 1.0 | 1.0 | 1.0 | 1.5 | 2.0 |
| | 在管沟内 | 1.0 | 1.5 | 1.5 | 2.0 | 4.0 |
| 电杆(塔)的基础 | $\leqslant 35kV$ | 1.0 | 1.0 | 1.0 | 1.0 | 1.0 |
| | $> 35kV$ | 5.0 | 5.0 | 5.0 | 5.0 | 5.0 |
| 通讯照明电杆(至电杆中心) | | 1.0 | 1.0 | 1.0 | 1.0 | 1.0 |
| 铁路钢轨 | | 5.0 | 5.0 | 5.0 | 5.0 | 5.0 |
| 有轨电机钢轨 | | 2.0 | 2.0 | 2.0 | 2.0 | 2.0 |
| 街树(至树中心) | | 1.2 | 1.2 | 1.2 | 1.2 | 1.2 |

表 10-4-29　地下燃气管道与构筑物或相邻管道之间垂直净距　　单位：m

| 项　目 | | 地下燃气管道(当有套管时，以套管计) |
| --- | --- | --- |
| 给水管、排水管或其他燃气管道 | | 0.15 |
| 热力管的管沟底(或顶) | | 0.15 |
| 电缆 | 直埋 | 0.50 |
| | 在导管内 | 0.15 |
| 铁路轨底 | | 1.20 |
| 有轨电车轨底 | | 1.00 |

注：如受地形限制布置有困难，而又确无法解决时，经与有关部门协商，采取行之有效的防护措施后，上两表规定的净距，均可适当缩小。

② 聚乙烯管道和钢骨架聚乙烯复合管道埋设的最小覆土厚度（地面至管顶）应符合下列规定：

a. 埋设在车行道下，不得小于 0.9m；

b. 埋设在非车行道（含人行道）下，不得小于 0.6m；

c. 埋设在机动车不可能到达的地方时，不得小于 0.5m；

d. 埋设在水田下时，不得小于 0.8m。

③ 聚乙烯管道和钢骨架聚乙烯复合管道穿越铁路、高速公路、电车轨道和城镇主要干道时，宜垂直穿越，并应符合现行国家标准《城镇燃气设计规范》GB 50028 的规定，即燃气管道穿越铁路和电车轨道时，应敷设在套管或涵洞内；在穿越城镇主要干道时宜敷设在套管或地沟内，并符合：

a. 套管直径应比燃气管道直径大 100mm 以上，套管或地沟两端应密封，在重要地段的套管或地沟端部宜安装检漏管；

b. 套管端部距路堤坡脚距离不应小于 1.0m，并在任何情况下应满足下列要求：

距铁路边轨不应小于 2.5m；

距电车道边轨不应小于 2.0m；

c. 燃气管道宜垂直穿越铁路、电车轨道和公路。

④ 聚乙烯管道和钢骨架聚乙烯复合管道通过河流时，可采用河底穿越，并符合下列规定：

a. 聚乙烯管道和钢骨架聚乙烯复合管道至规划河底的覆土厚度，应根据水流冲刷条件确定，对不通航河流不应小于 0.5m；对通航的河流不应小于 1.0m，同时还应考虑疏浚和抛锚深度；

  b. 稳管措施应根据计算确定；

  c. 在埋设聚乙烯管道和钢骨架聚乙烯复合管道位置的河流两岸上、下游应设立标志。

（3）管道连接

① 一般规定（表 10-4-30～表 10-4-32）

表 10-4-30   热熔对接焊接工艺评定检验与试验要求

| 序号 | 检验与试验项目 | 检验与试验参数 | 检验与试验要求 | 检验与试验方法 |
|---|---|---|---|---|
| 1 | 拉伸性能 | (23±2)℃ | 试验到破坏为止：<br>韧性，通过<br>脆性，未通过 | 《聚乙烯（PE）管材和管件热熔对接接头拉伸强度和破坏形式的测定》(GB/T 19810) |
| 2 | 耐压（静液压）强度试验 | 密封接头,a 型；<br>方向,任意；<br>调节时间,12h；<br>试验时,165h；<br>环应力；<br>PE80,4.5MPa<br>PE100,5.4MPa<br>试验温度,80℃ | 焊接处无破坏,无渗漏 | 《流体输送用热塑性管材耐内压试验方法》(GB/T 6111) |

表 10-4-31   电熔承插焊接工艺评定检验与试验要求

| 序号 | 检验与试验项目 | 检验与试验参数 | 检验与试验要求 | 检验与试验方法 |
|---|---|---|---|---|
| 1 | 电熔管件剖面检验 | | 电熔管件中的电阻丝应当排列整齐,不应当有涨出、裸露、错行,焊后不游离,管件和管材熔接面上无可见界线,无虚焊、过焊气泡等影响性能的缺陷 | 《燃气用聚乙烯管道焊接技术规则》(TSGD 2002) |
| 2 | $DN<90mm$ 挤压剥离试验 | (23±2)℃ | 剥离脆性破坏百分比≤33.3% | 《塑料管材和管件聚乙烯电熔组件的挤压剥离试验》(GB/T 19806) |
| 3 | $DN≥90mm$ 拉伸剥离试验 | (23±2)℃ | 剥离脆性破坏百分比≤33.3% | 《塑料管材和管件公称直径大于或等于 90mm 的聚乙烯电熔组件的拉伸剥离试验》(GB/T 19808) |
| 4 | 耐压（静液压）强度试验 | 封接头,a 型；<br>方向,任意；<br>调节时间,12h；<br>试验时间,165h；<br>环应力；<br>PE80,4.5MPa<br>PE100,5.4MPa<br>试验温度,80℃ | 焊接处无破坏,无渗漏 | 《流体输送用热塑性管材耐内压试验方法》(GB/T 6111) |

表 10-4-32   电熔鞍形焊接工艺评定检验与试验要求

| 序号 | 检验与试验项目 | 检验与试验参数 | 检验与试验要求 | 检验与试验方法 |
|---|---|---|---|---|
| 1 | $DN≤225mm$ 挤压剥离试验 | (23±2)℃ | 剥离脆性破坏百分比≤33.3% | 《塑料管材和管件聚乙烯电熔组件的挤压剥离试验》(GB/T 19806) |
| 2 | $DN>225mm$ 撕裂剥离试验 | (23±2)℃ | 剥离脆性破坏百分比≤33.3% | 《燃气用聚乙烯管道焊接技术规则》(TSGD 2002) |

② 热熔连接（表 10-4-33、表 10-4-34）

### 表 10-4-33　SDR11 管材热熔对接焊接参数

| 公称直径 DN /mm | 管材壁厚 e /mm | $P_2$ /MPa | 压力＝$P_1$，凸起高度 h /mm | 压力≈$P_{拖}$，吸热时间 $t_2$/s | 切换时间 $t_3$ /s | 增压时间 $t_4$ /s | 压力＝$P_1$，冷却时间 $t_5$ /s |
|---|---|---|---|---|---|---|---|
| 75 | 6.8 | 219/$S_2$ | 1.0 | 68 | ≤5 | ＜6 | ≥10 |
| 90 | 8.2 | 315/$S_2$ | 1.5 | 82 | ≤6 | ＜7 | ≥11 |
| 110 | 10.0 | 471/$S_2$ | 1.5 | 100 | ≤6 | ＜7 | ≥14 |
| 125 | 11.4 | 608/$S_2$ | 1.5 | 114 | ≤6 | ＜8 | ≥15 |
| 140 | 12.7 | 763/$S_2$ | 2.0 | 127 | ≤8 | ＜8 | ≥17 |
| 160 | 14.5 | 996/$S_2$ | 2.0 | 145 | ≤8 | ＜9 | ≥19 |
| 180 | 16.4 | 1261/$S_2$ | 2.0 | 164 | ≤8 | ＜10 | ≥21 |
| 200 | 18.2 | 1557/$S_2$ | 2.0 | 182 | ≤8 | ＜11 | ≥23 |
| 225 | 20.5 | 1971/$S_2$ | 2.5 | 205 | ≤10 | ＜12 | ≥26 |
| 250 | 22.7 | 2433/$S_2$ | 2.5 | 227 | ≤10 | ＜13 | ≥28 |
| 280 | 25.5 | 3052/$S_2$ | 2.5 | 255 | ≤12 | ＜14 | ≥31 |
| 315 | 28.6 | 3862/$S_2$ | 3.0 | 286 | ≤12 | ＜15 | ≥35 |
| 355 | 32.3 | 4903/$S_2$ | 3.0 | 323 | ≤12 | ＜17 | ≥39 |
| 400 | 36.4 | 6228/$S_2$ | 3.0 | 364 | ≤12 | ＜19 | ≥44 |
| 450 | 40.9 | 7882/$S_2$ | 3.5 | 409 | ≤12 | ＜21 | ≥50 |
| 500 | 45.5 | 9731/$S_2$ | 3.5 | 455 | ≤12 | ＜23 | ≥55 |
| 560 | 50.9 | 12207/$S_2$ | 4.0 | 509 | ≤12 | ＜25 | ≥61 |
| 630 | 57.3 | 15450/$S_2$ | 4.0 | 573 | ≤12 | ＜29 | ≥67 |

注：1. 以上参数基于环境温度为 20℃。

2. 热板表面温度：PE80 为（210±10）℃，PE100 为（225±10）℃。

3. $S_2$ 为焊机液压缸中活塞的总有效面积（mm²），由焊机生产厂家提供。

### 表 10-4-34　SDR17.6 管材热熔对接焊接参数

| 公称直径 DN /mm | 管材壁厚 e /mm | $P_2$ /MPa | 压力＝$P_1$，凸起高度 h /mm | 压力≈$P_{拖}$ 吸热时间 $t_2$/s | 切换时间 $t_3$ /s | 增压时间 $t_4$ /s | 压力＝$P_1$冷却时间 $t_5$ /s |
|---|---|---|---|---|---|---|---|
| 110 | 6.3 | 305/$S_2$ | 1.0 | 63 | ≤5 | ＜6 | 9 |
| 125 | 7.1 | 394/$S_2$ | 1.5 | 71 | ≤6 | ＜6 | 10 |
| 140 | 8.0 | 495/$S_2$ | 1.5 | 80 | ≤6 | ＜6 | 11 |
| 160 | 9.1 | 646/$S_2$ | 1.5 | 91 | ≤6 | ＜7 | 13 |
| 180 | 10.2 | 818/$S_2$ | 1.5 | 102 | ≤6 | ＜7 | 14 |
| 200 | 11.4 | 1010/$S_2$ | 1.5 | 114 | ≤6 | ＜8 | 15 |
| 225 | 12.8 | 1278/$S_2$ | 2.0 | 128 | ≤8 | ＜8 | 17 |
| 250 | 14.2 | 1578/$S_2$ | 2.0 | 142 | ≤8 | ＜9 | 19 |
| 280 | 15.9 | 1979/$S_2$ | 2.0 | 159 | ≤8 | ＜10 | 20 |
| 315 | 17.9 | 2505/$S_2$ | 2.0 | 179 | ≤8 | ＜11 | 23 |
| 355 | 20.2 | 3181/$S_2$ | 2.5 | 202 | ≤10 | ＜12 | 25 |
| 400 | 22.7 | 4039/$S_2$ | 2.5 | 227 | ≤10 | ＜13 | 28 |
| 450 | 25.6 | 5111/$S_2$ | 2.5 | 256 | ≤10 | ＜14 | 32 |
| 500 | 28.4 | 6310/$S_2$ | 3.0 | 284 | ≤12 | ＜15 | 35 |
| 560 | 31.8 | 7916/$S_2$ | 3.0 | 318 | ≤12 | ＜17 | 39 |
| 630 | 35.8 | 10018/$S_2$ | 3.0 | 358 | ≤12 | ＜18 | 44 |

注：1. 以上参数基于环境温度为 20℃。

2. 热板表面温度：PE80 为（210±10）℃，PE100 为（225±10）℃。

3. $S_2$ 为焊机液压缸中活塞的总有效面积（mm²），由焊机生产厂家提供。

③ 管道敷设（表10-4-35、表10-4-36）

表 10-4-35　钢丝网骨架聚乙烯复合管允许弯曲半径　　　　单位：mm

| 管道公称直径 DN | 允许弯曲半径 |
|---|---|
| 50≤DN≤150 | 80DN |
| 150<DN≤300 | 100DN |
| 300<DN≤500 | 110DN |

表 10-4-36　孔网钢带聚乙烯复合管允许弯曲半径　　　　单位：mm

| 管道公称直径 DN | 允许弯曲半径 |
|---|---|
| 50≤DN≤110 | 150DN |
| 140<DN≤250 | 250DN |
| DN≥315 | 350DN |

### 10.4.3.2　球墨铸铁管敷设

（1）管道连接

① 承插口环形间隙及允许偏差。将管道的插口端插入到承口内，并紧密、均匀的将密封胶圈按进填密槽内，橡胶圈安装就位后不得扭曲。在连接过程中，承插接口环形间隙应均匀，其值及允许偏差应符合表10-4-37的规定。

表 10-4-37　承插口环形间隙及允许偏差

| 管道公称直径/mm | 环形间隙/mm | 允许偏差/mm |
|---|---|---|
| 80～200 | 10 | +3<br>-2 |
| 250～450 | 11 | +4<br>-2 |
| 500～900 | 12 | |
| 1000～1200 | 13 | |

② 螺栓和螺母的紧固扭矩。应使用扭力扳手来检查螺栓和螺母的紧固力矩。螺栓和螺母的紧固扭矩应符合表10-4-38的规定。

表 10-4-38　螺栓和螺母的紧固扭矩

| 管道公称直径/mm | 螺栓规格 | 扭矩/kgf·m |
|---|---|---|
| 80 | M16 | 6 |
| 100～600 | M20 | 10 |

（2）铸铁管敷设

① 管道最大允许借转角度及距离（表10-4-39）

表 10-4-39　管道最大允许借转角度及距离

| 管道公称管径/mm | 80～100 | 150～200 | 250～300 | 350～600 |
|---|---|---|---|---|
| 平面借转角度/(°) | 3 | 2.5 | 2 | 1.5 |
| 竖直借转角度/(°) | 1.5 | 1.25 | 1 | 0.75 |
| 平面借转距离/mm | 310 | 260 | 210 | 160 |
| 竖向借转距离/mm | 150 | 130 | 100 | 80 |

注：上表适用于6m长规格的球墨铸铁管，采用其他规格的球墨铸铁管时，可按产品说明书的要求执行。

② 采用2根相同角度的弯管相接时，借转距离应符合表10-4-40的规定。

表 10-4-40　弯管借转距离

| 管道公称直径 | 借高/mm | | | | |
|---|---|---|---|---|---|
| /mm | 90° | 45° | 22°30′ | 11°15′ | 1 根乙字管 |
| 80 | 592 | 405 | 195 | 124 | 200 |
| 100 | 592 | 405 | 195 | 124 | 200 |
| 150 | 742 | 465 | 226 | 124 | 250 |
| 200 | 943 | 524 | 258 | 162 | 250 |
| 250 | 995 | 525 | 259 | 162 | 300 |
| 300 | 1297 | 585 | 311 | 162 | 300 |
| 400 | 1400 | 704 | 343 | 202 | 400 |
| 500 | 1604 | 822 | 418 | 242 | 400 |
| 600 | 1855 | 941 | 478 | 242 | — |
| 700 | 2057 | 1060 | 539 | 243 | — |

## 10.4.3.3　埋地钢骨架聚乙烯复合管敷设

（1）原材料特性（表 10-4-41、表 10-4-42）

表 10-4-41　聚乙烯专用料基本性能

| 项　　目 | 性能要求 | 项　　目 | 性能要求 |
|---|---|---|---|
| 密度/(kg/m³) | ≥930 | 碳黑含量(质量分数)/% | 2.0～2.5 |
| 熔体流动速度(190℃) | 原料生产商<br>给定值±20% | 碳黑分散度 | ≤3 |
| 热稳定性(200℃) | 2≥0 | 耐气体组分(80℃,2MPa)/h | ≥30 |
| 挥发分含量/(mg/kg) | 350 | 耐环境应力开裂(F50) | >10000 |
| 水分含量/(mg/kg) | ≥300 | 长期静液压强/MPa<br>(20℃,50 年,97.5%) | ≥8.0<br>≥10.0 |

表 10-4-42　聚乙烯专用料分类

| 表示方法 | 最低置信限(20℃,50 年,97.5%)/MPa | 最低要求强度(MRS)/MPa |
|---|---|---|
| PE80 | 8.00～9.99 | 8.0 |
| PE100 | 10.00～11.19 | 10.0 |

（2）钢骨架聚乙烯复合管材（表 10-4-43、表 10-4-44）

表 10-4-43　钢板孔网骨架聚乙烯复合管材的规格尺寸及允许最大工作压力

| 公称外径 $d_0$/mm | 薄壁管 | | 普通管 | |
|---|---|---|---|---|
| | 公称壁厚 $e$/mm | 允许最大工作压力<br>/MPa | 公称壁厚 $e$/mm | 允许最大工作压力<br>/MPa |
| $50^{+0.4}_{0}$ | $4.0^{+0.7}_{0}$ | 1.0 | — | — |
| $63^{+0.4}_{0}$ | $4.5^{+0.7}_{0}$ | 1.0 | $5.5^{+0.7}_{0}$ | 1.6 |
| $75^{+0.5}_{0}$ | $5.0^{+0.7}_{0}$ | 1.0 | $6.0^{+0.7}_{0}$ | 1.0 |
| $90^{+0.6}_{0}$ | $5.5^{+0.8}_{0}$ | 0.6 | $6.5^{+0.8}_{0}$ | 1.0 |
| $110^{+0.6}_{0}$ | $6.0^{+0.9}_{0}$ | 0.6 | $7.0^{+0.9}_{0}$ | 1.0 |
| $140^{+0.7}_{0}$ | — | — | $8.0^{+1.0}_{0}$ | 0.8 |
| $160^{+0.7}_{0}$ | — | — | $9.0^{+1.0}_{0}$ | 0.8 |
| $200^{+0.8}_{0}$ | — | — | $10^{+1.0}_{0}$ | 0.7 |
| $250^{+0.9}_{0}$ | — | — | $11^{+1.1}_{0}$ | 0.5 |
| $315^{+1.0}_{0}$ | — | — | $12^{+1.1}_{0}$ | 0.44 |
| $400^{+1.1}_{0}$ | — | — | $10^{+1.2}_{0}$ | 0.44 |
| $500^{+1.2}_{0}$ | — | — | $16^{+1.3}_{0}$ | 0.44 |
| $630^{+1.5}_{0}$ | — | — | $18^{+1.4}_{0}$ | 0.44 |

## 表 10-4-44　电热溶管件承口部位的尺寸

| 公称外径 $d_0$/mm | 熔融区平均内径 $d'$/mm | 允许最大工作压力 /MPa | 最小壁厚 $e$/mm | 承口深度 $L_1$/mm | 加热长度 $L_2$/mm |
|---|---|---|---|---|---|
| 50 | 50.1 | 1.6 | 8.0 | ≥55 | ≥25 |
| 63 | 63.2 | 1.6 | 8.5 | ≥55 | ≥25 |
| 75 | 75.2 | 1.0 | 11.5 | ≥65 | ≥45 |
| 90 | 90.2 | 1.0 | 13.0 | ≥70 | ≥45 |
| 110 | 110.3 | 1.0 | 14.0 | ≥80 | ≥50 |
| 140 | 140.3 | 1.0 | 15.0 | ≥90 | ≥60 |
| 160 | 160.4 | 0.8 | 16.0 | ≥90 | ≥60 |
| 200 | 200.4 | 0.7 | 18.0 | ≥90 | ≥65 |
| 250 | 250.4 | 0.5 | 18.0 | ≥110 | ≥90 |
| 315 | 315.5 | 0.44 | 19.0 | ≥120 | ≥90 |
| 400 | 400.5 | 0.44 | 19.0 | ≥130 | ≥95 |

注：电热熔管件承口内径不圆度应＜3％。

## （3）一般规定（表 10-4-45～表 10-4-49）

### 表 10-4-45　钢丝网骨架聚乙烯复合管（普通管）的允许最大工作压力

| 公称内径 $d_1$/mm | 允许最大工作压力/MPa | 公称内径 $d_1$/mm | 允许最大工作压力/MPa |
|---|---|---|---|
| 50 | 1.6 | 250 | 0.5 |
| 65 | 1.6 | 300 | 0.5 |
| 80 | 1.6 | 350 | 0.44 |
| 100 | 1.0 | 400 | 0.44 |
| 125 | 1.0 | 450 | 0.44 |
| 150 | 0.8 | 500 | 0.44 |
| 200 | 0.7 | | |

### 表 10-4-46　钢丝网骨架聚乙烯复合管（薄壁管）的允许最大工作压力

| 公称内径 $d_1$/mm | 允许最大工作压力/MPa | 公称内径 $d_1$/mm | 允许最大工作压力/MPa |
|---|---|---|---|
| 50 | 1.0 | 100 | 0.6 |
| 65 | 1.0 | 125 | 0.6 |
| 80 | 1.0 | | |

### 表 10-4-47　钢板孔网骨架聚乙烯复合管（普通管）的允许最大工作压力

| 公称外径 $d_0$/mm | 允许最大工作压力/MPa | 公称外径 $d_0$/mm | 允许最大工作压力/MPa |
|---|---|---|---|
| 50 | 1.6 | 200 | 0.7 |
| 63 | 1.6 | 250 | 0.5 |
| 75 | 1.0 | 315 | 0.44 |
| 90 | 1.0 | 400 | 0.44 |
| 110 | 1.0 | 500 | 0.44 |
| 140 | 0.8 | 630 | 0.44 |
| 160 | 0.8 | | |

### 表 10-4-48　钢板孔网骨架聚乙烯复合管（薄壁管）的允许最大工作压力

| 公称外径 $d_0$/mm | 允许最大工作压力/MPa | 公称外径 $d_0$/mm | 允许最大工作压力/MPa |
|---|---|---|---|
| 50 | 1.0 | 90 | 0.6 |
| 63 | 1.0 | 110 | 0.6 |
| 75 | 1.0 | | |

### 表 10-4-49　工作压力的修正系数

| 温度 $t$/℃ | 修正系数 | 温度 $t$/℃ | 修正系数 | 温度 $t$/℃ | 修正系数 |
|---|---|---|---|---|---|
| $-20<t≤0$ | 0.9 | $20<t≤25$ | 0.93 | $30<t≤35$ | 0.8 |
| $0<t≤20$ | 1 | $25<t≤30$ | 0.87 | $35<t≤40$ | 0.74 |

（4）管道布置（表 10-4-50～表 10-4-53）

**表 10-4-50　钢骨架聚乙烯复合管道与供热管的最小水平净距**

| 供热管种类 | | 净距/m | 备　注 |
|---|---|---|---|
| $t<150℃$直埋供热管道 | 供热管 | 3.0 | 钢骨架聚乙烯复合管埋深小于 2m |
| | 回水管 | 2.0 | |
| $t<150℃$热水供热管沟 | 蒸汽供热管沟 | 1.5 | |
| $t<280℃$蒸汽供热管沟 | | 3.0 | 钢骨架聚乙烯复合管工作压力不大于 0.1MPa,埋深小于 2m |

**表 10-4-51　钢骨架聚乙烯复合管道与各类地下管道或设施的最小垂直净距**

| 地下管道或设施种类 | | 净距/m | |
|---|---|---|---|
| | | 钢骨架聚乙烯复合管道在该设施上方 | 钢骨架聚乙烯复合管道在该设施下方 |
| 给水管 燃气管 | — | 0.15 | 0.15 |
| 排水管 | — | 0.15 | 加套管,套管距排水管 0.15 |
| 电缆 | 直埋 | 0.50 | 0.50 |
| | 在导管内 | 0.20 | 0.20 |
| 供热管道 | $t<150℃$ 直埋供热管 | 0.50 加套管 | 1.30 加套管 |
| | $t<150℃$ 热水供热管沟 蒸汽供热管沟 | 0.20 加套管或 0.40 | 0.30 加套管 |
| | $t<280℃$ 蒸汽供热管沟 | 1.00 加套管,套管有降温措施可缩小 | 不允许 |
| 铁路轨底 | 不允许 | 不允许 | 1.20 加套管 |

注：套管长度应大于交叉管直径加上超出交叉管两端各 500mm。

**表 10-4-52　电熔连接熔焊溢边量（轴向尺寸）**

| 管道公称直径/mm | 50～300 | 350～500 |
|---|---|---|
| 溢出电熔管件边缘量/mm | 10 | 15 |

**表 10-4-53　复合管道允许弯曲半径**

| 管道公称直径 $DN$/mm | 允许弯曲半径 |
|---|---|
| 50～150 | $\geqslant 80DN$ |
| 200～300 | $\geqslant 100DN$ |
| 350～500 | $\geqslant 110DN$ |

# 10.4.4　管道附件与设备安装

## 10.4.4.1　施工准备

（1）混凝土设备基础尺寸允许偏差（表 10-4-54、表 10-4-55）

**表 10-4-54　现浇结构尺寸允许偏差和检验方法**

| 项　目 | | 允许偏差/mm | 检验方法 |
|---|---|---|---|
| 轴线位置 | 基础 | 15 | 钢尺检查 |
| | 独立基础 | 10 | |
| | 墙、柱、梁 | 8 | |
| | 剪力墙 | 5 | |
| 垂直度 | 层高 ≤5m | 8 | 经纬仪或吊线、钢尺检查 |
| | 层高 >5m | 10 | 经纬仪或吊线、钢尺检查 |
| | 全高（$H$） | $H/1000$ 且≤30 | 经纬仪、钢尺检查 |

| 项 目 | | 允许偏差/mm | 检验方法 |
|---|---|---|---|
| 标高 | 层高 | ±10 | 水准仪或拉线、钢尺检查 |
| | 全高 | ±30 | |
| 截面尺寸 | | +8,-5 | 钢尺检查 |
| 电梯井 | 井筒长、宽对定位中心线 | +25,0 | 钢尺检查 |
| | 井筒全高(H)垂直度 | H/1000且≤30 | 经纬仪、钢尺检查 |
| 表面平整度 | | 8 | 2m靠尺和塞尺检查 |
| 预埋设施中心线位置 | 预埋件 | 10 | 钢尺检查 |
| | 预埋螺栓 | 5 | |
| | 预埋管 | 5 | |
| 预留洞中心线位置 | | 15 | 钢尺检查 |

注：检查轴线、中心线位置时，应沿纵、横两个方向量测，并取其中的较大值。

**表 10-4-55　混凝土设备基础尺寸允许偏差和检验方法**

| 项 目 | | 允许偏差/mm | 检验方法 |
|---|---|---|---|
| 坐标位置 | | 20 | 钢尺检查 |
| 不同平面的标高 | | 0,20 | 水准仪或拉线、钢尺检查 |
| 平面外形尺寸 | | ±20 | 钢尺检查 |
| 凸台上平面外形尺寸 | | 0,-20 | 钢尺检查 |
| 凹穴尺寸 | | +20,0 | 钢尺检查 |
| 平面水平度 | 每米 | 5 | 水平尺、塞尺检查 |
| | 全长 | 10 | 水准仪或拉线、钢尺检查 |
| 垂直度 | 每米 | 5 | 经纬仪或吊线、钢尺检查 |
| | 全高 | 10 | |
| 预埋地脚螺栓 | 标高(顶部) | +20,0 | 水准仪或拉线、钢尺检查 |
| | 中心距 | ±2 | 钢尺检查 |
| 预埋地脚螺栓孔 | 中心线位置 | 10 | 钢尺检查 |
| | 深度 | +20,0 | 钢尺检查 |
| | 孔垂直度 | 10 | 吊线、钢尺检查 |
| 预埋活动地脚螺栓锚板 | 标高 | +20,0 | 水准仪或拉线、钢尺检查 |
| | 中心线位置 | 5 | 钢尺检查 |
| | 带槽锚板平整度 | 5 | 钢尺、塞尺检查 |
| | 带螺纹孔锚板平整度 | 2 | 钢尺、塞尺检查 |

注：检查坐标、中心线位置时，应沿纵、横两个方向量测，并取其中的较大值。

（2）重锤质量和钢丝直径　重锤质量和钢丝直径宜按表 10-4-56 选配的选择或按下式近似计算。

$$P=756.168d^2 \tag{10-4-1}$$

式中，$P$ 为水平拉力，N；$d$ 为钢丝直径，mm。

**表 10-4-56　钢丝直径与重锤重量的选配**

| 钢丝直径/mm | 重锤拉力/N |
|---|---|
| 0.30 | 69.5 |
| 0.35 | 94.5 |
| 0.40 | 123.4 |
| 0.45 | 156.2 |
| 0.50 | 192.9 |

（3）测量点处钢丝下垂度　测量点处钢丝下垂度应按表 10-4-57 查取或按下式近似计算。

$$f_\mu=40L_1L_2 \tag{10-4-2}$$

式中，$f_\mu$ 为下垂度，$\mu$m；$L_1$、$L_2$ 为由两支点分别至测量点处的距离，m。

**表 10-4-57　钢丝自重下垂度**

| 从测量点到较近线架间的距离 /m | 两线架间的距离/m | | | | | | | | | | | | |
|---|---|---|---|---|---|---|---|---|---|---|---|---|---|
| | 4 | 4.5 | 5 | 5.5 | 6 | 6.5 | 7 | 7.5 | 8 | 8.5 | 9 | 9.5 | 10 |
| | 钢丝下垂度/$\mu$m | | | | | | | | | | | | |
| 0.5 | 40 | 55 | 70 | 85 | 100 | 110 | 120 | 130 | 140 | 145 | 150 | 155 | 160 |
| 0.6 | 46 | 64 | 82 | 100 | 118 | 130 | 142 | 153 | 164 | 170 | 176 | 182 | 188 |
| 0.7 | 52 | 73 | 94 | 115 | 136 | 150 | 164 | 179 | 188 | 195 | 202 | 209 | 216 |
| 0.8 | 58 | 82 | 106 | 130 | 154 | 170 | 186 | 199 | 212 | 220 | 228 | 236 | 244 |
| 0.9 | 64 | 91 | 118 | 145 | 172 | 190 | 208 | 222 | 236 | 245 | 254 | 263 | 272 |
| 1.0 | 70 | 100 | 130 | 160 | 190 | 210 | 230 | 245 | 260 | 270 | 280 | 290 | 300 |
| 1.1 | 74 | 108 | 142 | 173 | 204 | 225 | 246 | 263 | 280 | 292 | 304 | 315 | 325 |
| 1.2 | 78 | 116 | 154 | 186 | 218 | 240 | 262 | 281 | 300 | 314 | 328 | 340 | 352 |
| 1.3 | 82 | 124 | 166 | 199 | 232 | 255 | 278 | 299 | 320 | 336 | 352 | 365 | 378 |
| 1.4 | 86 | 132 | 178 | 212 | 246 | 270 | 294 | 317 | 340 | 358 | 376 | 390 | 404 |
| 1.5 | 90 | 140 | 190 | 225 | 260 | 285 | 310 | 335 | 360 | 380 | 400 | 415 | 430 |
| 1.6 | 92 | 145 | 198 | 236 | 274 | 301 | 328 | 354 | 380 | 401 | 422 | 438 | 454 |
| 1.7 | 94 | 150 | 206 | 247 | 288 | 317 | 346 | 373 | 400 | 422 | 444 | 461 | 478 |
| 1.8 | 96 | 155 | 214 | 258 | 302 | 333 | 364 | 392 | 420 | 443 | 466 | 484 | 502 |
| 1.9 | 98 | 160 | 222 | 269 | 316 | 349 | 382 | 411 | 440 | 464 | 488 | 507 | 526 |
| 2.0 | 100 | 165 | 230 | 280 | 330 | 365 | 365 | 430 | 460 | 485 | 510 | 530 | 550 |
| 2.1 | — | — | 232 | 286 | 340 | 377 | 414 | 445 | 476 | 503 | 530 | 551 | 572 |
| 2.2 | — | — | 234 | 292 | 350 | 389 | 428 | 480 | 492 | 521 | 550 | 572 | 594 |
| 2.3 | — | — | 236 | 298 | 360 | 401 | 442 | 475 | 508 | 539 | 570 | 593 | 615 |
| 2.4 | — | — | 238 | 304 | 370 | 413 | 456 | 490 | 524 | 557 | 590 | 614 | 638 |
| 2.5 | — | — | 240 | 310 | 380 | 425 | 470 | 505 | 540 | 575 | 610 | 635 | 660 |
| 2.6 | — | — | — | 384 | 433 | 482 | 519 | 556 | 592 | 628 | 654 | 680 | |
| 2.7 | — | — | — | 388 | 441 | 494 | 533 | 572 | 609 | 646 | 673 | 700 | |
| 2.8 | — | — | — | — | 392 | 449 | 506 | 547 | 588 | 626 | 664 | 692 | 720 |
| 2.9 | — | — | — | — | 396 | 457 | 518 | 561 | 604 | 643 | 682 | 711 | 740 |
| 3.0 | — | — | — | — | 400 | 465 | 530 | 575 | 620 | 660 | 700 | 730 | 760 |
| 3.1 | — | — | — | — | — | 534 | 583 | 632 | 673 | 714 | 746 | 778 | |
| 3.2 | — | — | — | — | — | 538 | 591 | 644 | 686 | 728 | 762 | 796 | |
| 3.3 | — | — | — | — | — | 542 | 599 | 656 | 696 | 742 | 778 | 814 | |
| 3.4 | — | — | — | — | — | 546 | 607 | 668 | 712 | 756 | 794 | 832 | |
| 3.5 | — | — | — | — | — | 550 | 615 | 680 | 725 | 770 | 810 | 850 | |
| 3.6 | — | — | — | — | — | — | — | 684 | 733 | 782 | 824 | 866 | |
| 3.7 | — | — | — | — | — | — | — | 688 | 741 | 794 | 838 | 882 | |
| 3.8 | — | — | — | — | — | — | — | 692 | 749 | 806 | 852 | 898 | |
| 3.9 | — | — | — | — | — | — | — | 696 | 757 | 818 | 866 | 914 | |
| 4.0 | — | — | — | — | — | — | — | 700 | 765 | 830 | 880 | 930 | |
| 4.1 | — | — | — | — | — | — | — | — | — | 836 | 888 | 940 | |
| 4.2 | — | — | — | — | — | — | — | — | — | 842 | 896 | 950 | |
| 4.3 | — | — | — | — | — | — | — | — | — | 848 | 904 | 960 | |
| 4.4 | — | — | — | — | — | — | — | — | — | 854 | 912 | 970 | |
| 4.5 | — | — | — | — | — | — | — | — | — | 860 | 920 | 980 | |
| 4.6 | — | — | — | — | — | — | — | — | — | — | — | 984 | |
| 4.7 | — | — | — | — | — | — | — | — | — | — | — | 988 | |
| 4.8 | — | — | — | — | — | — | — | — | — | — | — | 992 | |
| 4.9 | — | — | — | — | — | — | — | — | — | — | — | 996 | |
| 5.0 | — | — | — | — | — | — | — | — | — | — | — | 1 000 | |

市政工程常用资料备查手册

## 10.4.4.2 钢板卷管安装（表10-4-58）

**表10-4-58 钢板卷管安装有关数据取定**

| 项目 | 有关数据取定 |
|---|---|
| 管材有效节长取定 | $DN \leqslant 1000mm$ 取定长度：6.4m/根 |
| | $DN = 1200 \sim 2000mm$ 取定长度：4.8m/根 |
| | $DN \geqslant 2200mm$ 取定长度：3.6m/根 |
| 壁厚取定 | $D219 \times 5$、6、7，$D273 \times 6$、7、8，$D325 \times 6$、7、8， $D377 \times 8$、9、10 |
| | $D426 \sim D720 \times 8$、9、10，$D820 - D920 \times 9$、10、12 |
| | $D1020 \sim D1620 \times 10$、12、14，$D1820 - D3020 \times 12$、14、16 |

## 10.4.4.3 塑料管安装（表10-4-59）

**表10-4-59 塑料管安装有关数据取定**

| 项目 | 有关数据取定 | | | | | | |
|---|---|---|---|---|---|---|---|
| 对接熔接塑料管有效节长取定 | $D50$、$D63$ | | 取定长度：80m | | | 盘管 | |
| | $D75$ | | 取定长度：40m | | | 盘管 | |
| | $D90$ 以上 | | 取定长度：10m | | | 直管 | |
| 电熔件熔接塑料管有效节长取定 | $D50$、$D63$ | | 取定长度：80m | | | 盘管 | |
| | $D75$ 以上 | | 取定长度：10m | | | 直管 | |
| 三氯乙烯消耗量取定 | 管径/mm | 50 | 63 | 75 | 90 | 110 | 125 | 200 |
| | 三氯乙烯/kg | 0.01 | 0.01 | 0.01 | 0.02 | 0.02 | 0.02 | 0.02 |

## 10.4.4.4 法兰阀门安装

（1）法兰安装（表10-4-60、表10-4-61）

**表10-4-60 每副平焊法兰安装用配套螺栓规格表**

| 外径×壁厚/mm | 螺栓规格 | 重量/kg | 外径×壁厚/mm | 螺栓规格 | 重量/kg |
|---|---|---|---|---|---|
| 57×4.0 | M12×50 | 0.319 | 529×10.0 | M20×85 | 5.84 |
| 76×4.0 | M12×50 | 0.319 | 630×8.0 | M22×85 | 8.89 |
| 89×4.0 | M16×55 | 0.635 | 720×10.0 | M22×90 | 10.668 |
| 108×5.0 | M16×55 | 0.635 | 820×10.0 | M27×95 | 19.962 |
| 133×5.0 | M16×60 | 1.338 | 920×10.0 | M27×100 | 19.962 |
| 159×6.0 | M16×60 | 1.338 | 1020×10.0 | M27×105 | 24.633 |
| 219×6.0 | M16×65 | 1.404 | 1220×10.0 | | |
| 273×8.0 | M16×70 | 2.208 | 1420×10.0 | | |
| 325×8.0 | M20×70 | 3.747 | 1620×10.0 | | |
| 377×10.0 | M20×75 | 3.906 | 1820×16.0 | | |
| 426×10.0 | M20×80 | 5.42 | 2020×16.0 | | |
| 478×10.0 | M20×80 | 5.42 | | | |

**表10-4-61 对焊法兰安装螺栓规格及用量表**

| 外径×壁厚/mm | 螺栓规格 | 重量/kg | 外径×壁厚/mm | 螺栓规格 | 重量/kg |
|---|---|---|---|---|---|
| 57×3.5 | M12×50 | 0.319 | 377×9.0 | M20×75 | 3.906 |
| 76×4.0 | M12×50 | 0.319 | 426×9.0 | M20×75 | 5.208 |
| 89×4.0 | M16×60 | 0.669 | 478×9.0 | M20×75 | 5.208 |
| 108×4.0 | M16×60 | 0.669 | 529×9.0 | M20×80 | 5.42 |
| 133×4.5 | M16×65 | 1.404 | 630×9.0 | M22×80 | 8.25 |
| 159×5.0 | M16×65 | 1.404 | 720×9.0 | M22×80 | 9.9 |
| 219×6.0 | M16×70 | 1.472 | 820×10.0 | M27×85 | 18.804 |
| 273×8.0 | M16×75 | 2.31 | 920×10.0 | | |
| 325×8.0 | M20×75 | 3.906 | | | |

（2）阀门安装（表10-4-62）

表10-4-62　与阀门连接用管道壁厚取定　　　　单位：mm

| 外径 | 壁厚 | 外径 | 壁厚 | 外径 | 壁厚 | 外径 | 壁厚 |
|---|---|---|---|---|---|---|---|
| 57 | 3.5 | 426 | 8.0 | 920 | 10.0 | 1820 | 14.0 |
| 108 | 4.0 | 530 | 8.0 | 1020 | 10.0 | 2020 | 14.0 |
| 159 | 4.5 | 630 | 10.0 | 1220 | 12.0 | 2220 | 14.0 |
| 219 | 6.0 | 720 | 10.0 | 1420 | 12.0 | 2420 | 14.0 |
| 325 | 8.0 | 820 | 10.0 | 1620 | 12.0 | | |

## 10.4.4.5　燃气用设备安装（表10-4-63、表10-4-64）

表10-4-63　每个铸铁管口沥青烤涂材用量取定

| 管径/mm | 100 | 150 | 200 | 300 | 400 | 500 | 600 |
|---|---|---|---|---|---|---|---|
| 氧气/m³ | 0.03 | 0.05 | 0.08 | 0.12 | 0.23 | 0.28 | 0.34 |
| 乙炔/kg | 0.01 | 0.02 | 0.03 | 0.05 | 0.09 | 0.11 | 0.13 |

表10-4-64　T型调压器技术指标参考表

| 序号 | 型号 | 公称直径/mm | 阀口直径/mm | 重量/kg | 流量/(m³/h) |
|---|---|---|---|---|---|
| 1 | TMJ314 | 100 | 60 | 62.5 | 5900 |
| 2 | TMJ 316 | 150 | 80 | 110 | 10400 |
| 3 | TMJ 318 | 200 | 120 | | 39000 |
| 4 | TMJ 439 | 300 | | | |

## 10.4.5　试验与验收

### 10.4.5.1　试验的一般规定

试验时应设巡视人员，无关人员不得进入。在试验的连续升压过程中和强度试验的稳压结束前，所有人员不得靠近试验区。人员离试验管道的安全间距可按表10-4-65确定。

表10-4-65　安全间距

| 管道设计压力/MPa | 安全间距/m |
|---|---|
| ＞0.4 | 6 |
| 0.4～1.6 | 10 |
| 2.5～4.0 | 20 |

在对聚乙烯管道或钢骨架聚乙烯复合管道吹扫及试验时，进气口应采取油水分离及冷却等措施，确保管道进气口气体干燥，且其温度不得高于40℃；排气口应采取防静电措施。

### 10.4.5.2　管道吹扫气体要求

（1）吹扫气体流速不宜小于20m/s。

（2）吹扫口与地面的夹角应在30°～45°之间，吹扫口管段与被吹扫管段必须采取平缓过渡对焊，吹扫口直径应符合表10-4-66的规定。

表10-4-66　吹扫口直径　　　　单位：mm

| 末端管道公称直径 DN | DN＜150 | 150≤DN≤300 | DN≥350 |
|---|---|---|---|
| 吹扫口公称直径 | 与管道同径 | 150 | 250 |

（3）每次吹扫管道的长度不宜超过500m；当管道长度超过500m时，宜分段吹扫。

（4）当管道长度在200m以上，且无其他管段或储气容器可利用时，应在适当部位安装吹扫阀，采取分段储气，轮换吹扫；当管道长度不足 200m，可采用管段自身储气放散的方式吹扫，打压点与放散点应分别设在管道的两端。

（5）当目测排气无烟尘时，应在排气口设置白布或涂白漆木靶板检验，5min 内靶上无铁锈、尘土等其他杂物为合格。

### 10.4.5.3　试验管道分段最大长度

表 10-4-67　管道试压分段最大长度

| 设计压力 PN/MPa | 试验管段最大长度/m |
|---|---|
| $PN \leqslant 0.4$ | 1000 |
| $0.4 < PN \leqslant 1.6$ | 5000 |
| $1.6 < PN \leqslant 4.0$ | 10000 |

### 10.4.5.4　强度试验压力和介质

表 10-4-68　强度试验压力和介质

| 管道类型 | 设计压力 PN /MPa | 试验介质 | 试验压力 /MPa |
|---|---|---|---|
| 钢管 | $PN > 0.8$ | 清洁水 | $1.5PN$ |
| | $PN \leqslant 0.8$ | | $1.5PN$ 且 $\geqslant 0.4$ |
| 球墨铸铁管 | $PN$ | | $1.5PN$ 且 $\geqslant 0.4$ |
| 钢骨架聚乙烯复合管 | $PN$ | 压缩空气 | $1.5PN$ 且 $\geqslant 0.4$ |
| 聚乙烯管 | $PN$(SDR11) | | $1.5PN$ 且 $\geqslant 0.4$ |
| | $PN$(SDR17.6) | | $1.5PN$ 且 $\geqslant 0.2$ |

### 10.4.5.5　严密性试验

（1）严密性试验应在强度试验合格、管线回填后进行。

（2）试验用的压力计应在校验有效期内，其量程应为试验压力的 1.5～2 倍，其精度等级、最小分格值及表盘直径应满足表 10-4-69 的要求。

表 10-4-69　试压用压力表选择要求

| 量程/MPa | 精度等级 | 最小表盘直径/mm | 最小分格值/MPa |
|---|---|---|---|
| 0～0.1 | 0.4 | 150 | 0.0005 |
| 0～1.0 | 0.4 | 150 | 0.005 |
| 0～1.6 | 0.4 | 150 | 0.01 |
| 0～2.5 | 0.25 | 200 | 0.01 |
| 0～4.0 | 0.25 | 200 | 0.01 |
| 0～6.0 | 0.1;0.16 | 250 | 0.01 |
| 0～10 | 0.1;0.16 | 250 | 0.02 |

（3）严密性试验介质宜采用空气，试验压力应满足下列要求：

① 设计压力小于 5kPa 时，试验压力应为 20kPa。

② 设计压力大于或等于 5kPa 时，试验压力应为设计压力的 1.15 倍，且不得小于 0.1MPa。

（4）试验时的升压速度不宜过快。对设计压力大于 0.8MPa 的管道试压，压力缓慢上升至 30% 和 60% 试验压力时，应分别停止升压，稳压 30min，并检查系统有无异常情况，如无异常情况继续升压。管内压力升至严密性试验压力后，待温度、压力稳定后开始记录。

（5）严密性试验稳压的持续时间应为 24h，每小时记录不应少于 1 次，当修正压力降小于 133Pa 为合格。修正压力降应按下式确定：

$$\Delta P' = (H_1 + B_1) - (H_2 + B_2)(273 + t_1)/(273 + t_2) \tag{10-4-3}$$

式中，$\Delta P'$为修正压力降，Pa；$H_1$、$H_2$为试验开始和结束时的压力计读数，Pa；$B_1$、$B_2$为试验开始和结束时的气压计读数，Pa；$t_1$、$t_2$为试验开始和结束时的管内介质温度，℃。

（6）所有未参加严密性试验的设备、仪表、管件，应在严密性试验合格后进行复位，然后按设计压力对系统升压，应采用发泡剂检查设备、仪表、管件及其与管道的连接处，不漏为合格。

# 10.5　城镇供热管网工程计算常用数据

## 10.5.1　土建工程

### 10.5.1.1　接坑开挖与支护（表 10-5-1、表 10-5-2）

表 10-5-1　支护结构选型表

| 排桩或地下连续墙 | 1. 适于基坑侧壁安全等级一、二、三级 |
| | 2. 悬臂式结构在软土场地中宜不大于 5m |
| | 3. 当地下水位高于基坑底面时,宜采用降水、排桩加截水帷幕或地下连续墙 |
| 水泥土墙 | 1. 基坑侧壁安全等级宜为二、三级 |
| | 2. 水泥土桩施工范围内地基土承载力宜不大于 150kPa |
| | 3. 基坑深度宜不大于 6m |
| 土钉墙 | 1. 基坑侧壁安全等级宜为二、三级的排软土场地 |
| | 2. 基坑深度宜不大于 12m |
| | 3. 当地下水位高于基坑底面时,应采取降水或截水措施 |
| 逆作拱墙 | 1. 基坑侧壁安全等级宜为二、三级 |
| | 2. 淤泥和淤泥质土场地不宜采用 |
| | 3. 拱墙轴线的矢跨比宜不小于 1/8 |
| | 4. 基坑深度宜不大于 12m |
| | 5. 地下水位高于基坑底面时,应采取降水或截水措施 |
| 放坡 | 1. 基坑侧壁安全等级宜为三级 |
| | 2. 施工场地应满足放坡条件 |
| | 3. 可独立或与上述其他结构结合使用 |
| | 4. 当地下水闸高于坡脚时,应采取降水措施 |

表 10-5-2　槽底高程允许偏差

| 项目 | 允许偏差/mm | 项目 | 允许偏差/mm |
| --- | --- | --- | --- |
| 开挖土方 | ±20 | 开挖石方 | −200～+20 |

### 10.5.1.2　降水工程

（1）降水工程分类（表 10-5-3～表 10-5-6）

表 10-5-3　一般降水工程复杂程度分类

| 条件 | | 复杂程度分类 | | |
| --- | --- | --- | --- | --- |
| | | 简单 | 中等 | 复杂 |
| 基础类型 | 条状 $b$/m | $b<3.0$ | $3.0\leqslant b\leqslant 8.0$ | $b>8.0$ |
| | 面状 $F$/m² | $F<5000$ | $5000\leqslant F\leqslant 20000$ | $F>20000$ |
| 降水深度 $S_\Delta$/m | | $S_\Delta<6.0$ | $6.0\leqslant S_\Delta\leqslant 16.0$ | $S_\Delta>16.0$ |
| 含水层特征 $K$/(m/d) | | 单层 $0.1\leqslant K\leqslant 20.0$ | 双层 $0.1\leqslant K\leqslant 50$ | 多层 $K<0.1$ 或 $K>50$ |
| 工程环境影响 | | 无严格要求 | 有一定要求 | 有严格要求 |
| 场地类型 | | Ⅲ 类场地,辅助工程措施简单 | Ⅱ 类场地,辅助工程措施较复杂 | Ⅰ 类场地,辅助工程措施复杂 |

表 10-5-4　基岩降水工程复杂程度分类

| 条件 | 复杂程度 | | | 条件 | 复杂程度 | | |
|---|---|---|---|---|---|---|---|
| | 简单 | 中等 | 复杂 | | 简单 | 中等 | 复杂 |
| 构造裂隙性 | 无构造裂隙均匀 | 有构造裂隙不均匀 | 构造复杂裂隙很不均匀 | 降水深度 | 无严格要求 | 有一定要求 | 有严格要求 |
| 岩溶发育性 | 不发育 | 发育 | 很发育 | 工程环境 | 无严格要求 | 有一定要求 | 有严格要求 |

**表 10-5-5　水下降水工程复杂程度分类**

| 条件 | 复杂程度 | | |
|---|---|---|---|
| | 简单 | 中等 | 复杂 |
| 水体厚度/m | $H<0.5$ | $0.5\leqslant H\leqslant 2.0$ | $H>2.0$ |
| 降水深度/m | $S_\Delta<6.0$ | $6.0\leqslant S_\Delta\leqslant 16.0$ | $S_\Delta>16.0$ |
| 工程环境 | 无严格要求 | 有一定要求 | 有严格要求 |

**表 10-5-6　涵洞降水工程复杂程度分类**

| 条件 | 复杂程度 | | |
|---|---|---|---|
| | 简单 | 中等 | 复杂 |
| 洞形规则性 | 规则 | 不规则 | 很不规则 |
| 底板以上含水体厚度/m | $H<0.5$ | $0.5\leqslant H\leqslant 2.0$ | $H>2.0$ |
| 降水深度/m | $S_\Delta<6.0$ | $6.0\leqslant S_\Delta\leqslant 16.0$ | $S_\Delta>16.0$ |
| 工程环境 | 无严格要求 | 有一定要求 | 有严格要求 |

## （2）降水技术方法

### ① 降水技术方法适用范围（表 10-5-7）

**表 10-5-7　降水技术方法适用范围**

| 降水技术方法 | 适合地层 | 渗透系数/(m/d) | 降水深度/m |
|---|---|---|---|
| 明排井(坑) | 黏性土、砂土 | <0.5 | <2 |
| 真空点井 | 黏性土、粉质黏土 | 0.1~20.0 | 单级<6 多级<20 |
| 喷射点井 | 砂土 | 0.1~20.0 | <20 |
| 电渗点井 | 黏性土 | <0.1 | 按井类型确定 |
| 引渗井 | 黏性土、砂土 | 0.1~20.0 | 由下伏含水层的埋藏和水头条件确定 |
| 管井 | 砂土、碎石土 | 1.0~200.0 | >5 |
| 大口井 | 砂土、碎石土 | 1.0~200.0 | <20 |
| 辐射井 | 黏性土、砂土、砾砂 | 0.1~20.0 | <20 |
| 潜埋井 | 黏性土、砂土、砾砂 | 0.1~20.0 | <2 |

### ② 辐射管规格应根据地层、进水量和施工长度（表 10-5-8、表 10-5-9）

**表 10-5-8　$D=50\sim75mm$ 的辐射管规格**

| 辐射管管径/mm | 进水孔直径 d/mm | 每周小孔数/个 | 小孔间距 l/mm | 每管孔数/个 | 孔隙率/% | 适用地层 |
|---|---|---|---|---|---|---|
| 50 | 6 | 16 | 12.0 | 1328 | 20 | 中砂、粗砂 |
| | 10 | 10 | 26.6 | 370 | 15 | 粗砂夹砾石 |
| | 12 | 8 | 38.7 | 232 | 14 | 粗砂夹砾石 |
| | 12 | 6 | 40.0 | 150 | 9 | 粗砂夹砾石 |
| 75 | 6 | 21 | 12.0 | 1750 | 20 | 中砂、粗砂 |
| | 10 | 14 | 28.0 | 490 | 10 | 粗砂夹砾石 |
| | 12 | 10 | 30.0 | 330 | 31 | 粗砂夹砾石 |
| | 13 | 10 | 21.1 | 410 | 21 | 粗砂夹砾石 |

市政工程常用资料备查手册

**表 10-5-9 D＝100～160mm 的辐射管规格**

| 管外径/mm | 壁厚/mm | 每周小孔数/个 | 每延长米行数/个 | 每延长米孔数/个 | 孔隙率/% | 适用地层 |
|---|---|---|---|---|---|---|
| 108 | 6 | 34 | 9 | 206 | 14.4 | 中砂 |
| | | 22 | | 198 | 14.1 | 中砂,粗砂 |
| | | 19 | | 171 | 16.1 | 中砂,粗砂 |
| | | 13 | | 117 | 16.5 | 粗砂夹砾石 |
| | | 10 | | 90 | 17.0 | 粗砂夹砾石 |
| 140 | 6 | 44 | 9 | 396 | 14.4 | 中砂 |
| | | 29 | | 261 | 14.2 | 中砂,粗砂 |
| | | 24 | | 216 | 15.7 | 中砂,粗砂 |
| | | 17 | | 153 | 16.7 | 粗砂夹砾石 |
| | | 13 | | 117 | 17.0 | 粗砂夹砾石 |
| 159 | 7 | 33 | 26 | 297 | 14.2 | 中砂,粗砂 |
| | | 25 | | 225 | 18.0 | 粗砂夹砾石 |
| | | 9 | | 144 | 16.1 | 粗砂夹砾石 |
| | | 12 | | 108 | 15.6 | 粗砂夹砾石 |

## 10.5.1.3 土建结构工程（表 10-5-10～表 10-5-20）

**表 10-5-10 砌体的允许偏差及检验方法**

| 序号 | 项目 | 允许偏差 | 检验频率 范围 | 检验频率 点数 | 检验方法 |
|---|---|---|---|---|---|
| 1 | △砂浆抗压强度 | 平均值不低于设计规定 | 每台班 | 1组 | 1. 每个构筑物或每 50m³ 砌体中制作一组试件(6 块)，如砂浆配合比变更时，也应制作一组试件<br>2. 同强度等级砂浆的各组试件的平均强度不低于设计规定<br>3. 任意一组试件的强度最低值不低于设计规定的 85% |
| 2 | △砂浆饱满度 | ≥90% | 20m | 2 | 掀 3 块砌块，用百格网检查砌块底面砂浆的接触面取其平均值 |
| 3 | 轴线位移 | 10mm | 20m | 2 | 尺量检查 |
| 4 | 墙高 | ±10m | 20m | 2 | 尺量检查 |
| 5 | 墙面垂直度 | 15mm | 20m | 2 | 垂线检验 |
| 6 | 墙面平整度 | 清水墙 5m<br>混水墙 8m | 20m | 2 | 2m 靠尺和楔形塞尺检验 |

注：△为主控项目，其余为一般项目。

**表 10-5-11 防水层的允许偏差及检验方法**

| 序号 | 项目 | 允许偏差/mm | 检验频率 范围 | 检验频率 点数 | 检验方法 |
|---|---|---|---|---|---|
| 1 | 表面平整度 | 5 | 20m | 2 | 2m 靠尺和楔形塞尺检验 |
| 2 | 厚度 | ±5 | 20m | 2 | 在施工中用钢针插入和尺量检查 |

**表 10-5-12 卷材防水**

| 序号 | 项目 | 质量标准 | 检验频率 范围 | 检验频率 点数 | 检验方法 |
|---|---|---|---|---|---|
| 1 | 搭接宽度 | 长边不小于 100mm<br>短边不小于 150mm | 20m | 1 | 尺量检查 |
| 2 | 沉降缝防水 | 符合设计规定 | 每条缝 | 1 | 按设计要求检验 |

**表 10-5-13　现浇结构模板安装的允许偏差及检验方法**

| 序号 | 项目 | | 允许偏差/mm | 检验频率 | | 检验方法 |
|---|---|---|---|---|---|---|
| | | | | 范围/m | 点数 | |
| 1 | 相邻两板表面高低差 | | 2 | 20 | 2 | 尺量检查,10m 计 1 点 |
| 2 | 表面平整度 | | 5 | 20 | 2 | 2m 直尺检验,10m 计 1 点 |
| 3 | 截面内部尺寸 | 基础 | +10<br>−10 | 20 | 4 | 钢尺检查 |
| | | 柱、墙、梁 | +4<br>−5 | 20 | | 钢尺检查 |
| 4 | 轴线位置 | | 5 | 30 | 1 | 钢尺检查 |
| 5 | 墙面垂直度 | | 8 | 20 | 1 | 经纬仪或吊线、钢尺检查 |

**表 10-5-14　预制构件模板安装的允许偏差及检验方法**

| 序号 | 项目 | 允许偏差/mm | 检验频率 | | 检验方法 |
|---|---|---|---|---|---|
| | | | 范围 | 点数 | |
| 1 | 相邻两板表面高低差 | 1 | 每件 | 1 | 尺量检查 |
| 2 | 表面平整度 | 3 | 每件 | 1 | 2m 直尺检验 |
| 3 | 长度 | 0<br>−5 | 每件 | 1 | 尺量检查 |
| 4 | 盖板对角线差 | 7 | 每件 | 1 | 尺量检查 |
| 5 | 断面尺寸 | 0<br>−10 | 每件 | 1 | 尺量检查 |
| 6 | 侧向弯曲 | $L/1500$ 且$\leqslant 15$ | 每件 | 1 | 沿构件全长拉线量最大弯曲处 |
| 7 | 预埋件位置 | 5 | 每件 | | 尺量检查,不计点 |

注：表中 $L$ 为构件长度，单位为 mm。

**表 10-5-15　钢筋安装位置的允许偏差及检验方法**

| 序号 | 项目 | | 允许偏差/mm | 检验频率 | | 检验方法 |
|---|---|---|---|---|---|---|
| | | | | 范围 | 点数 | |
| 1 | 主筋及分布筋间距 | 梁、柱、板 | ±10 | 每件 | 1 | 尺量检查,取最大偏差值,计 1 点 |
| | | 基础 | ±20 | 20m | 1 | 尺量检查,取最大偏差值,计 1 点 |
| 2 | 多层筋间距 | | ±5 | 每件 | 1 | 尺量检查 |
| 3 | 保护层厚度 | 基础 | ±10 | 20m | 2 | 尺量检查,取最大偏差值,10m 计 1 点 |
| | | 梁、柱 | ±5 | 每件 | 1 | 尺量检查,取最大偏差值,计 1 点 |
| | | 板、墙 | ±3 | 每件 | 1 | 尺量检查,取最大偏差值,计 1 点 |
| 4 | 预埋件 | 中心线位置 | 5 | 每件 | 1 | 尺量检查 |
| | | 水平高差 | 0+3 | 每件 | 1 | 尺量检查 |

**表 10-5-16　混凝土垫层、基础允许偏差及检验方法**

| 序号 | 项目 | | 允许偏差 | 检验频率 | | 检验方法 |
|---|---|---|---|---|---|---|
| | | | | 范围 | 点数 | |
| 1 | 垫层 | 中心线每侧宽度 | 不小于设计规定 | 20m | 2 | 挂中心线用尺量,每侧计 1 点 |
| | | △高程 | 0<br>−15mm | 20m | 2 | 挂高程线用尺量或用水平仪测量 |
| 2 | 基础 | △混凝土抗压强度 | 不低于设计规定 | 每台班 | 1 组 | 《混凝土强度检验评定标准》GBJ 107 |
| | | 中心线每侧宽度 | ±10mm | 20m | 2 | 挂中心线用尺量,每侧计 1 点 |
| | | 高程 | ±10mm | 20m | 2 | 挂高程线用尺量或用水平仪测量 |
| | | 蜂窝面积 | <1% | 50m 之间两侧面 | 1 | 尺量检查,计蜂窝总面积 |

注：△为主控项目

**表 10-5-17　混凝土构筑物允许偏差及检验方法**

| 序号 | 项目 | | 允许偏差 | 检验频率 | | 检验方法 |
|---|---|---|---|---|---|---|
| | | | | 范围 | 点数 | |
| 1 | △混凝土抗压强度 | | 平均值不低于设计规定 | 每台班 | 1组(6块) | 《混凝土强度检验评定标准》(GB/T 50107) |
| 2 | △混凝土抗渗 | | 不低于设计要求 | | 1组(6块) | 《混凝土强度检验评定标准》(GB/T 50107) |
| 3 | 轴线位置 | | 10mm | 每个构筑物 | 2 | 经纬仪测量、纵横向各计1点 |
| 4 | 各部位高程 | | ±20mm | | | 水准仪测量 |
| 5 | 构筑物尺寸 | 长度或直径 | 0.5%且不大于±20mm | | 2 | 尺量检查 |
| 6 | 构筑物厚度/m | 小于2印 | ±5m | 每个构筑物 | 4 | 尺量检查 |
| | | 200~600 | ±10mm | | 4 | 尺量检查 |
| | | 大于600 | ±15m | | 4 | 尺量检查 |
| 7 | 墙面垂直度 | | 15m | 海面 | 4 | 垂线检验 |
| 8 | 麻面 | | 每侧不得超过该侧面积的1% | 每面 | 1 | 尺量麻面总面积 |
| 9 | 预埋件、预留孔位置 | | 10mm | 每件(孔) | 1 | 尺量检查 |

注：△为主控项目，其余为一般项目。

**表 10-5-18　预制构件（梁、板、支架）的允许偏差及检验方法**

| 序号 | 项目 | 允许偏差/mm | 检验频率 | | 检验方法 |
|---|---|---|---|---|---|
| | | | 范围 | 点数 | |
| 1 | △混凝土抗压强度 | 平均值不低于设计规定 | 每台班 | 1组 | 《混凝土强度检验评定标准》(GB/T 50107) |
| 2 | 长度 | ±10 | 每件 | 1 | 尺量检查 |
| 3 | 宽度、高(厚)度 | ±5 | 每件 | 1 | 尺量取最大偏差值,计1点 |
| 4 | 侧面弯曲 | L/1000且≤20 | 每件 | 1 | 沿构件全长拉线检验,不计点 |
| 5 | 板两对角线差 | 10 | 每10件 | 1 | 每10件抽查1件,计1点 |
| 6 | 预埋件 | 中心 5 | | | 尺量检查,不计点 |
| | | 有滑板的混凝土表面平整 3 | | 1 | |
| | | 滑板面露出混凝土表面 −2 | | | |
| 7 | 预留孔中心位置 | 5 | 每件 | 1 | 尺量检查,不计点 |

注：1. 表中上为构件长度，单位为mm。

2. △为主控项目，其余为一般项目。

**表 10-5-19　构件（梁、板、支架）安装允许偏差及检验方法**

| 序号 | 项目 | 允许偏差/mm | 检验频率 | | 检验方法 |
|---|---|---|---|---|---|
| | | | 范围 | 点数 | |
| 1 | 平面位置 | 符合设计要求 | 每件 | — | 尺量检查,不计点 |
| 2 | 轴线位移 | 10 | 每10件 | 1 | 每10件抽查1件,量取最大值,计1点 |
| 3 | 相邻两盖板支点处顶面高差 | 10 | 每10件 | 1 | |
| 4 | △支架顶面高程 | 0 −5 | 每件 | | 水准仪测量 |
| 5 | 支架垂直度 | 0.5%H且不大于10 | 每件 | | 垂线检验,不计点 |

注：1. 表中 H 为支架高度，单位为一。

2. △为主控项目，其余为一般项目。

表 10-5-20　检查室允许偏差及检验方法

| 序号 | 项目 | | 允许偏差 /mm | 检验频率 | | 检验方法 |
|---|---|---|---|---|---|---|
| | | | | 范围 | 点数 | |
| 1 | 检查室 尺寸 | 长度、宽度 | ±20 | 每座 | 2 | 尺量检查 |
| | | 高度 | +20 | 每座 | 2 | 尺量检查 |
| 2 | 井盖顶 高程 | 路面 | ±5 | 每座 | 1 | 水准仪测量 |
| | | 非路面 | +20 | 每座 | 1 | 水准仪测量 |

## 10.5.1.4　回填工程

（1）回填土虚铺厚度（表 10-5-21）

表 10-5-21　回填土虚铺厚度

| 夯实或压实机具 | 虚铺厚度/mm | 夯实或压实机具 | 虚铺厚度/mm |
|---|---|---|---|
| 振动压路机 | ≤400 | 动力夯实机 | ≤250 |
| 压路机 | ≤300 | 木夯 | <200 |

（2）回填的质量

① 回填料的种类、密实度应符合设计要求；

② 回填土时沟槽内应无积水，不得回填淤泥、腐殖土及有机物质；

③ 不得回填碎砖、石块、大于 100mm 的冻土块及其他杂物；

④ 回填土的密实度应逐层进行测定，设计无规定时，宜按回填土部位划分（图 10-5-1）回填土的密实度应符合表 10-5-22 的要求。

表 10-5-22　回填土密实度要求

| 胸腔部位 | Ⅰ区≥95% |
|---|---|
| 管顶或结构顶上 500mm 范围内 | Ⅱ区≥85% |
| 其余部位 | Ⅲ区按原状回填 |

图 10-5-1　回填土部位划分示意图

## 10.5.2　地下穿越工程

### 10.5.2.1　盾构掘进施工监控测量项目（表 10-5-23）

表 10-5-23　盾构掘进施工监控测量项目

| 类别 | 测量项目 | 测量工具 | 测点布置 | 测量频率 |
|---|---|---|---|---|
| 必测 项目 | 地表隆陷 | 水准仪 | 每 30m 设一断面,必要时需加密 | 掘进面前后 < 20m 时 1~2 次/d |
| | 隧道隆陷 | 水准仪、钢尺 | 每 5~10m 设一断面 | |
| 选测 项目 | 土体内部位移 （垂直和水平） | 水准仪、磁环分层沉降 仪、倾斜仪 | 每 30m 设一断面 | 掘进面前后 < 50m 时测 1 次/2d |
| | 衬砌环内力和变形 | 压力计和传感器 | 每 50~100mm 设一断面 | 掘进面前后 > 50m 时测 1 次/周 |
| | 土层压应力 | 压力计和传感器 | 每一代表性地段设一断面 | |

### 10.5.2.2　钢筋骨架制作允许偏差（表 10-5-24）

表 10-5-24　钢筋骨架制作允许偏差　　　　单位：mm

| 项目 | 允许偏差 | 项目 | 允许偏差 |
|---|---|---|---|
| 主筋间距 | ±10 | 骨架长、宽、高 | +5 |
| 箍筋间距 | ±10 | | −10 |
| 分布筋间距 | ±5 | 环、纵向螺栓孔 | 畅通、内圆面平整 |

市政工程常用资料备查手册

### 10.5.2.3 钢筋混凝土管片尺寸允许偏差（表 10-5-25）

表 10-5-25 　钢筋混凝土管片尺寸允许偏差　　　　单位：mm

| 项目 | 检查点数 | 允许偏差 | 项目 | 检查点数 | 允许偏差 |
|------|----------|----------|------|----------|----------|
| 宽度 | 测 3 个点 | ±1 | 厚度 | 测 3 个点 | +3 |
| 弧弦长 | 测 3 个点 | ±1 | | | −1 |

### 10.5.2.4 钢筋混凝土管片水平拼装检验允许偏差（表 10-5-26）

表 10-5-26 　钢筋混凝土管片水平拼装检验允许偏差

| 项目 | 检测要求 | 检测方法 | 允许偏差 |
|------|----------|----------|----------|
| 环向缝间隙 | 每环测 3 点 | 插片 | 2 |
| 纵向缝间隙 | 每条缝测 3 点 | 插片 | 2 |
| 成环后内径 | 测 4 条（不放衬垫） | 用钢卷尺 | ±2 |
| 成环后外径 | 测 4 条（不放衬垫） | 用钢卷尺 | ±2 |
| 纵、环向螺栓全部穿进 | 螺栓杆与孔的间隙 | 插钢丝 | $d_孔 - d_螺 < 2$ |

注：$d_孔$ 为螺孔直径；$d_螺$ 为螺栓杆直径。

## 10.5.3 热力管道工程

### 10.5.3.1 管网布置（表 10-5-27、表 10-5-28）

表 10-5-27 　管沟敷设有关尺寸

| 管沟类型 | 有关尺寸名称 | | | | | |
|----------|----------|----------|----------|----------|----------|----------|
| | 管沟净高 /m | 人行通道宽 /m | 管道保温表面与沟墙净距/m | 管道保温表面与沟墙净距/m | 管道保温表面与沟墙净距/m | 管道保温表面与沟墙净距/m |
| 通行管沟 | ≥1.8 | ≥0.6 | ≥0.2 | ≥0.2 | ≥0.2 | ≥0.2 |
| 半通行管沟 | ≥1.2 | ≥0.5 | ≥0.2 | ≥0.2 | ≥0.2 | ≥0.2 |
| 不通行管沟 | ≥0.1 | ≥0.05 | ≥0.15 | ≥0.2 | | |

注：当必须在沟内更换钢管时，人行通道宽度还不应小于管子外径加 0.1m。

表 10-5-28 　热力网管道与建筑物（构筑物）或其他管线的最小距离

| 建筑物、构筑物或管线名称 | | 与热力网管道最小水平净距/m | 与热力网管道最小垂直净距/m |
|----------|----------|----------|----------|
| 地下敷设热力网管道 | 建筑物基础 | 对于管沟敷设热力网管道 | 0.5 | — |
| | | 对于直埋闭式热水热力网管道 DN≤250mm | 2.5 | — |
| | | 对于直埋闭式热水热力网管道 DN≥300mm | 3.0 | — |
| | | 对于直埋开式热水热力网管道 | 5.0 | — |
| | 铁路钢轨 | 钢轨外侧 3.0 | 轨底 1.2 |
| | 电车钢轨 | 钢轨外侧 2.0 | 轨底 1.0 |
| | 铁路、公路路基边坡底脚或边沟的边缘 | 1.0 | — |
| | 通信、照明或 10kV 以下电力线路的电杆 | 1.0 | — |
| | 桥墩（高架桥、栈桥）边缘 | 2.0 | — |
| | 架空管道支架基础边缘 | 1.5 | — |
| | 高压输电线铁塔基础边缘 35～220kV | 3.0 | — |
| | 通信电缆管块 | 1.0 | 0.15 |
| | 直埋通信电缆（光缆） | 1.0 | 0.15 |
| | 电力电缆和控制电缆 35kV 以下 | 2.0 | 0.5 |
| | 电力电缆和控制电缆 100kV 以下 | 2.0 | 1.0 |

| 建筑物、构筑物或管线名称 | | 与热力网管道最小水平净距/m | 与热力网管道最小垂直净距/m |
|---|---|---|---|
| 地下敷设热力网管道 | 燃气管道 · 压力<0.005MPa 对于管沟敷设热力网管道 | 1.0 | 0.15 |
| | 压力≤0.4MPa 对于管沟敷设热力网管道 | 1.5 | 0.15 |
| | 压力≤0.8MPa 对于管沟敷设热力网管道 | 2.0 | 0.15 |
| | 压力>0.8MPa 对于管沟敷设热力网管道 | 4.0 | 0.15 |
| | 压力≤0.4MPa 对于直埋敷设热水热力网管道 | 1.0 | 0.15 |
| | 压力≤0.8MPa 对于直埋敷设热水热力网管道 | 1.5 | 0.15 |
| | 压力>0.8MPa 对于直埋敷设热水热力网管道 | 2.0 | 0.15 |
| | 给水管道 | 1.5 | 0.15 |
| | 排水管道 | 1.5 | 0.15 |
| | 地铁 | 5.0 | 0.8 |
| | 电气铁路接触网电杆基础 | 3.0 | — |
| | 乔木（中心） | 1.5 | — |
| | 灌木（中心） | 1.5 | — |
| | 车行道路面 | — | 0.7 |
| 地上敷设热力网管道 | 铁路钢轨 | 轨外侧 3.0 | 轨顶一般 5.5 电气铁路 6.55 |
| | 电车钢轨 | 轨外侧 2.0 | — |
| | 公路边缘 | 1.5 | — |
| | 公路路面 | — | 4.5 |
| | 架空输电线 · 1kV 以下 | 导线最大风偏时 1.5 | 热力网管道在下面交叉通过导线最大垂度时 1.0 |
| | 1～10kV | 导线最大风偏时 2.0 | 热力网管道在下面交叉通过导线最大垂度时 2.0 |
| | 35～110kV | 导线最大风偏时 4.0 | 热力网管道在下面交叉通过导线最大垂度时 4.0 |
| | 220kV | 导线最大风偏时 5.0 | 热力网管道在下面交叉通过导线最大垂度时 5.0 |
| | 330kV | 导线最大风偏时 6.0 | 热力网管道在下面交叉通过导线最大垂度时 6.0 |
| | 500kV | 导线最大风偏时 6.5 | 热力网管道在下面交叉通过导线最大垂度时 6.5 |
| | 树冠 | 0.5（到树中不小于 2.0） | — |

注：1. 表中不包括直埋敷设蒸汽管道与建筑物（构筑物）或其他管线的最小距离的规定。

2. 当热力网管道的埋设深度大于建（构）筑物基础深度时，最小水平净距应按土壤内摩擦角计算确定。

3. 热力网管道与电力电缆平行敷设时，电缆处的土壤温度与月平均土壤自然温度比较，全年任何时候对于电压 10kV 的电缆不高出 10℃，对于电压 35～110kV 的电缆不高出 5℃时，可减小表中所列距离。

4. 在不同深度并列敷设各种管道时，各种管道间的水平净距不应小于其深度差。

5. 热力网管道检查室、方形补偿器壁龛与燃气管道最小水平净距亦应符合表中规定。

6. 在条件不允许时，可采取有效技术措施，并经有关单位同意后，可以减小表中规定的距离；或采用埋深较大的暗挖法、盾构法施工。

## 10.5.3.2　管道焊接及检验

（1）钢焊件坡口形式和尺寸　焊接坡口应按设计规定进行加工，当设计无规定时，应符合表 10-5-29 的规定。

表 10-5-29　钢焊件坡口形式和尺寸

| 厚度 $T/mm$ | 坡口名称 | 坡口形式 | 坡口尺寸 | | | 备注 |
|---|---|---|---|---|---|---|
| | | | 间隙 $c/mm$ | 钝边 $P/mm$ | 坡口角度 $\alpha(\beta)/(°)$ | |
| 1～3 | Ⅰ型坡口 | | 0～1.5 | — | — | 单面焊 |
| 3～6 | | | 0～2.5 | | | 双面焊 |
| 6～9 | V 形坡口 | | 0～2 | 0～2 | 65～75 | |
| 9～26 | | | 0～3 | 0～3 | 55～65 | |
| 6～9 | 带垫板 V 形坡口 | $\delta=4\sim6, d=20\sim40(mm)$ | 3～5 | 0～2 | 45～55 | |
| 9～26 | | | 4～6 | 0～2 | | |
| 12～60 | X 形坡口 | | 0～3 | 0～3 | 55～65 | |
| 20～60 | 双 V 形坡口 | $h=8\sim12(mm)$ | 0～3 | 1～3 | 65～75 (8～12) | |
| 20～60 | U 形坡口 | $R=5\sim6(mm)$ | 0～3 | 1～3 | (8～12) | |

| 厚度 $T/mm$ | 坡口名称 | 坡口形式 | 坡口尺寸 | | | 备注 |
|---|---|---|---|---|---|---|
| | | | 间隙 $c/mm$ | 钝边 $P/mm$ | 坡口角度 $\alpha(\beta)/(°)$ | |
| $2\sim30$ | T形接头 I形坡口 | | $0\sim2$ | — | — | |
| $6\sim10$ | T形接头 单边V形坡口 | | $0\sim2$ | $0\sim2$ | $45\sim55$ | |
| $10\sim17$ | | | $0\sim3$ | $0\sim3$ | | |
| $17\sim30$ | | | $0\sim4$ | $0\sim4$ | | |
| $20\sim40$ | T形接头 对称K形坡口 | | $0\sim3$ | $2\sim3$ | $45\sim55$ | |
| 管径 $\phi\leqslant76mm$ | 管座坡口 |  $a=100,b=70,R=5(mm)$ | $2\sim3$ | — | $50\sim60$ $(30\sim35)$ | |
| 管径 $\phi76\sim\phi133mm$ | 管座坡口 | | $2\sim3$ | — | $45\sim60$ | |
| — | 法兰角焊接头 | | — | — | — | $K=1.4T$, 且不大于颈部厚度；$E=6.4mm$, 且不大于 $T$ |

市政工程常用资料备查手册

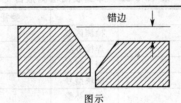

| 厚度 T/mm | 坡口名称 | 坡口形式 | 坡口尺寸 | | | 备注 |
|---|---|---|---|---|---|---|
| | | | 间隙 c/mm | 钝边 P/mm | 坡口角度 α(β)/(°) | |
| — | 承插焊接法兰 | | 1.6 | — | — | K=1.4T，且不大于颈部厚度 |
| — | 承插焊接接头 | | 1.6 | — | — | K=1.4T，且不小于3.2mm |

（2）外径和壁厚相同的钢管或管件对口时，应外壁平齐；对口错边量允许偏差应符合表 10-5-30 规定。

表 10-5-30　钢管对口错边量允许偏差

错边

图示

| 壁厚/mm | 错边允许偏差/mm | 壁厚/mm | 错边允许偏差/mm |
|---|---|---|---|
| 2.5～5.0 | 0.5 | 12～14 | 1.5 |
| 6～10 | 1.0 | ≥15 | 2.0 |

（3）壁厚不等的管口对接

① 外径相等或内径相等，薄件厚度小于或等于 4mm 且厚度差大于 3mm，以及薄件厚度大于 4mm，且厚度差大于薄件厚度的 30% 或超过 5mm 时，应按图 10-5-2 将厚件削薄。

② 内径外径均不等，单侧厚度差超过本条 1 款所列数值时，应按图 10-5-2 将管壁厚度大的一端削薄，削薄后的接口处厚度应均匀。

（4）焊接（表 10-5-31、表 10-5-32）

表 10-5-31　焊缝长度和点数

| 公称管径/mm | 点焊长度/mm | 点　数 |
|---|---|---|
| 50～150 | 5～10 | 均布 2～3 点 |
| 200～300 | 10～20 | 4 |
| 350～500 | 15～30 | 5 |
| 600～700 | 40～60 | 6 |
| 800～1000 | 50～70 | 7 |
| >1000 | 80～100 | 一般间距 3mm 左右 |

市政工程常用资料备查手册

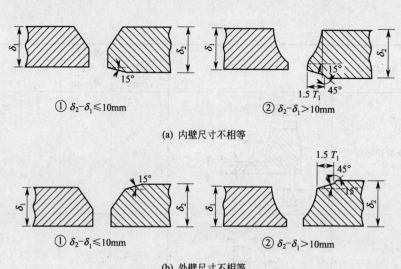

① $\delta_2 - \delta_1 \leqslant 10mm$    ② $\delta_2 - \delta_1 > 10mm$

(a) 内壁尺寸不相等

① $\delta_2 - \delta_1 \leqslant 10mm$    ② $\delta_2 - \delta_1 > 10mm$

(b) 外壁尺寸不相等

(c) 内外壁尺寸均不相等    (d) 内壁尺寸不相等的削薄

图 10-5-2  不等厚对接焊件坡口加工

**表 10-5-32  焊缝表面检测报告**

| 工件 | 工程名称 | | 委托单位 | | | |
|---|---|---|---|---|---|---|
| | 表面状态 | | 检测区域 | | 材料牌号 | |
| | 板厚规格 | | 焊接方法 | | 坡口形式 | |
| 器材及参数 | 仪器型号 | | 探头型号 | | 检测方法 | |
| | 扫描调节 | | 试块型号 | | 扫描方式 | |
| | 评定灵敏度 | | 表面补偿 | | 检测面 | |
| 技术要求 | 检测标准 | | 检测比例 | | | |
| | 合格级别 | | 检测工艺编号 | | | |
| 检测结果 | 最终结果 | | 焊缝每部位长度 | | | |
| | 扩检长度 | | 最终检测长度 | | | |
| 检测位置示意图 | | | | | | |

| 缺陷及返修情况说明 | 检测结果 |
|---|---|
| 1. 本台产品返修部位共计____处,最高返修次数____次<br>2. 超标缺陷部位返修后复验合格<br>3. 返修部位原缺陷见焊缝超声波探伤报告 | 1. 本台产品焊缝质量符合标准级的要求,结果合格<br>2. 检测部位详见超声波检测位置示意图,各检测部位情况详见焊缝超声波探伤报告 |

| 结论统计 | 实际焊缝 | 一次合格 | 返修 | 共检焊缝 | 一次合格率 | 最终合格率 |
|---|---|---|---|---|---|---|
| | | | | | | |

| 报告人: | 审核人: | 质检专用章: | 备注 |
|---|---|---|---|
| 年 月 日 | 年 月 日 | 年 月 日 | |

（5）供热管网工程焊缝无损检验数量表（表 10-5-33）

表 10-5-33　供热管网工程焊缝无损检验数量表

| 载热介质名称 | 管道设计参数 | | 焊缝无损探伤检验数量/% | | | | | | | | | | | | | | 合格标准 | |
| --- | --- | --- | --- | --- | --- | --- | --- | --- | --- | --- | --- | --- | --- | --- | --- | --- | --- | --- |
| | 温度 T/℃ | 压力 P/MPa | 地上敷设 | | | | 通行及半通行管沟敷设 | | | | 不通行管沟敷设（含套管敷设） | | | | 直埋敷设 | | 超声波探伤 符合 GB/T 11345—89 | 射线探伤 符合 GB/T 3323—2005 |
| | | | DN<500mm | | DN≥500mm | | DN<500mm | | DN≥500mm | | DN<500mm | | DN≥500mm | | | | 规定的焊缝级别 | 规定的焊缝级别 |
| | | | 固定焊口 | 转动焊口 | 固定焊口 | 转动焊口 | 固定焊口 | 转动焊口 | 固定焊口 | 转动焊口 | 固定焊口 | 转动焊口 | 固定焊口 | 转动焊口 | 固定焊口 | 转动焊口 | Ⅱ | Ⅲ |
| 过热蒸汽 | 200<T≤350 | 1.6<P≤2.5 | 6 | 3 | 10 | 5 | 10 | 5 | 12 | 6 | 15 | 8 | 15 | 10 | — | — | | |
| 过热或饱和蒸汽 | 200<T≤350 | 1.0<P≤1.6 | 5 | 2 | 8 | 4 | 8 | 4 | 10 | 5 | 10 | 5 | 12 | 6 | — | — | | |
| 过热或饱和蒸汽 | T≤200 | 0.07<P≤1.0 | 4 | 2 | 6 | 3 | 5 | 2 | 6 | 3 | 10 | 5 | 12 | 6 | — | — | | |
| 高温热水 | 150<T≤200 | 1.6<P≤2.5 | 6 | 3 | 10 | 5 | 10 | 5 | 12 | 6 | 15 | 8 | 15 | 10 | — | — | | |
| 高温热水 | 120<T≤150 | 1.0<P≤1.6 | 5 | 2 | 8 | 4 | 8 | 4 | 10 | 5 | 10 | 5 | 12 | 6 | 15 | 6 | | |
| 热水 | T≤120 | P≤1.6 | 3 | 2 | 6 | 3 | 抽检 | | 抽检 | | 5 | 2 | 6 | 3 | 15 | 5 | | |
| 热水 | T≤100 | P≤1.0 | 抽检 | | 抽检 | | 抽检 | | 抽检 | | 抽检 | | 抽检 | | 8 | 4 | | |
| 凝结水 | T≤100 | P≤0.6 | 抽检 | | 抽检 | | 抽检 | | 抽检 | | 抽检 | | 抽检 | | 5 | 2 | | |

注：表中无损探伤检验数量栏中，"抽检"是指检验数不超过1%，检验焊口的位置、数量和方法由检验人员确定。

市政工程常用资料备查手册

(6) 磁粉探伤、着色探伤检测报告（表 10-5-34）

**表 10-5-34　磁粉探伤、着色探伤检测报告**

| 检验部位 | | |
|---|---|---|
| 检验比例 | % | 检验结论 |

| 磁粉探伤 | 磁化方法＿＿＿＿＿＿＿＿＿＿　　　　试　　片＿＿＿＿＿＿＿＿＿＿<br>磁化电源＿＿＿＿＿＿＿＿＿＿　　　　磁粉种类＿＿＿＿＿＿＿＿＿＿<br>磁化时间＿＿＿＿＿＿＿＿＿＿<br>仪　　器＿＿＿＿＿＿＿＿＿＿　　　　评定标准＿＿＿＿＿＿＿＿＿＿ |
|---|---|

| 着色探伤 | 渗透仪＿＿＿＿＿＿＿＿＿＿　　　　试验温度＿＿＿＿＿＿＿＿＿＿<br>乳化仪＿＿＿＿＿＿＿＿＿＿　　　　表面状况＿＿＿＿＿＿＿＿＿＿<br>显像剂＿＿＿＿＿＿＿＿＿＿　　　　评定标准＿＿＿＿＿＿＿＿＿＿ |
|---|---|

| 检验部位 | | 检验结果 | | 缺陷处理 | | | 备注 |
|---|---|---|---|---|---|---|---|
| 焊缝编号 | 名称 | 缺陷位置 | 缺陷长度<br>/mm | 允许缺陷 | 打磨后缺陷<br>状况 | 修补 | |
| | | | | | | | |
| | | | | | | | |
| | | | | | | | |
| | | | | | | | |
| | | | | | | | |
| 报告人 | | 审核人 | | | 检测专用章 | | |

　　　　　　　　　　　　　　　　　　　　　　　　　　　　　　　　年　月　日

(7) 射线探伤检测报告（表 10-5-35）

**表 10-5-35　射线探伤检测报告**

报告编号　　　　　　　　　　　　　　　　　　　　共＿＿＿＿页　第＿＿＿＿页

| 委托单位 | | | 工程名称 | | | | |
|---|---|---|---|---|---|---|---|
| 规格 | | 材质 | | | 焊接方法 | | |
| 评定标准 | | 合格级别 | | 像质指数 | | 黑度 | |
| 透照条件 | 射线源 | 设备型号 | | 胶片型号 | | 增感方式 | |
| | 管电压<br>/kV | 管电流<br>/mA | | 距离/$L_1$<br>/mm | | 曝光时间<br>/min | |
| | 照相质量<br>等级 | 透照方式 | | 一次透照长度<br>/mm | | 探伤比例<br>/% | |
| 代号 | GL | GS | HS | LN | ST | WT | GH | R1、R2 |
| | 过路 | 供水 | 回水 | 冷凝 | 三通 | 弯头 | 过河 | 返修次数 |
| 评定结果 | Ⅰ级片 | Ⅱ级片 | Ⅲ级片 | Ⅳ级片 | 总张数 | | 返修片数 | |
| 检测结论 | | | | | | | |
| 报告人 | | 级别 | RT- | 日期 | | 年　月　日 | 备注 |
| 复审人 | | 级别 | RT- | 日期 | | 年　月　日 | |

(8) 射线探伤底片记录（表 10-5-36）

表 10-5-36　射线探伤底片记录

报告编号　　　　　　　　　　　　　　　　　　　　　　　　共＿＿＿页　第＿＿＿页

| 序号 | 焊缝代号 | 底片编号 | 缺陷性质 | | | | | | 质量等级 | | | | 备注 |
|---|---|---|---|---|---|---|---|---|---|---|---|---|---|
| | | | 圆缺 | 夹渣 | 内凹 | 未透 | 未熔 | 裂纹 | Ⅰ | Ⅱ | Ⅲ | Ⅳ | |
| 1 | | | | | | | | | | | | | |
| 2 | | | | | | | | | | | | | |
| 3 | | | | | | | | | | | | | |
| 4 | | | | | | | | | | | | | |
| 5 | | | | | | | | | | | | | |
| 6 | | | | | | | | | | | | | |
| 7 | | | | | | | | | | | | | |
| 8 | | | | | | | | | | | | | |
| 9 | | | | | | | | | | | | | |
| 10 | | | | | | | | | | | | | |
| 11 | | | | | | | | | | | | | |
| 12 | | | | | | | | | | | | | |
| 13 | | | | | | | | | | | | | |
| 14 | | | | | | | | | | | | | |
| 15 | | | | | | | | | | | | | |

注：圆形缺陷按点数计，条状缺陷按 mm 计。

（9）超声波探伤检查报告（表 10-5-37）

表 10-5-37　超声波探伤检查报告

| 单位 | | 工程名称 | | | 焊接方法 | |
|---|---|---|---|---|---|---|
| 材料名称 | | 材料厚度/mm | | | 焊接方法 | |
| 坡口形式 | | 探测面光洁度 | | | 仪器型号 | |
| 频率 | | 试块 | | | 灵敏度 | |
| 探伤比例 | ％ | 探头角度 | | | 镜片尺寸 | |
| 评定标准 | | 评定标准 | | | | |

| 编号 | 缺陷类别 | 缺陷位置 | | 反射回波高度/dB | 缺陷长度/mm | 确定方法 | 结论 |
|---|---|---|---|---|---|---|---|
| | | 水平 | 垂直 | | | | |
| | | | | | | | |
| | | | | | | | |

| 报告人 | | 审核人 | | 检测专用章 | |
|---|---|---|---|---|---|
| | | | | | |

年　　月　　日

## 10.5.3.3　管道安装及检验

（1）管道加工和现场预制管件制作

① 弯管最小弯曲半径（表 10-5-38）

表 10-5-38　弯管最小弯曲半径

| 管材 | 弯管制作方法 | | 最小弯曲半径 |
|---|---|---|---|
| 低碳钢管 | 热弯 | | $3.5D_w$ |
| | 冷弯 | | $4.0D_w$ |
| | 压制弯 | | $1.5D_w$ |
| | 热推弯 | | $1.5D_w$ |
| | 焊制弯 | $DN \leqslant 250mm$ | $1.0D_w$ |
| | | $DN \geqslant 300mm$ | $0.75D_w$ |

注：$DN$ 为公称直径，$D_w$ 为外径。

② 煨制弯管质量要求　弯管内侧波浪高度（$H$）应符合表 10-5-39 的规定，波距（$t$）应大于或等于波浪高度的 4 倍，如图 10-5-3 所示。

表 10-5-39　波浪高度（H）的允许值　　　　　　　　单位：mm

| 钢管外径 | ≤108 | 133 | 159 | 219 | 273 | 325 | 377 | ≥426 |
|---|---|---|---|---|---|---|---|---|
| （H）允许值 | 4 | 5 | 6 | 6 | 7 | 7 | 8 | 8 |

图 10-5-3　弯曲部分波浪高度

③ 焊制弯管质量要求，包括：

a. 焊制弯管应根据设计要求制作；

b. 设计无要求时，焊制弯管的组成形式可按图 10-5-4 制作；公称直径大于 400mm 的焊制弯管可增加节数，但其节内侧的最小长度不得小于 150mm；

c. 焊制弯管使用在应力较大的位置时，弯管中心不应放置环焊缝；

d. 弯管两端节应从弯曲起点向外加长，增加的长度应大于钢管外径，且不得小于 150mm；

e. 焊制弯管的尺寸允许偏差应符合：

周长偏差：　　$DN \leq 1000mm$，$\pm 4mm$；
　　　　　　　$DN > 1000mm$，$\pm 6mm$；

弯管端部与弯曲半径在管端所形成平面之间的垂直偏差 $\Delta$（见图 10-5-5）不应大于钢管公称直径的 1%，且不得大于 3m；

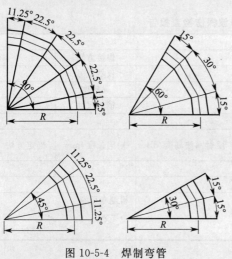

图 10-5-4　焊制弯管

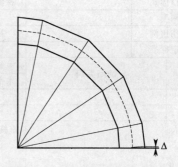

图 10-5-5　焊制弯管端面垂直偏差

④ 压制弯管、热推弯管和异径管加工主要尺寸偏差（表 10-5-40）

表 10-5-40　压制弯管、热推弯管和异径管加工主要尺寸偏差　　　　　　单位：mm

| 管件名称 | 管件形式 | 公称直径 检查项目 | 25～70 | 80～100 | 125～200 | 250～400 无缝 | 250～400 有缝 |
|---|---|---|---|---|---|---|---|
| 弯管 | | 外径偏差 | ±1.1 | ±1.5 | ±2.0 | ±2.5 | ±3.5 |
| | | 外径椭圆 | 不超过外径偏差 | | | | |
| 异径管 | | 壁厚偏差 | 不大于公称壁厚的 12.5% | | | | |
| | | 长度（L）偏差 | ±1.5 | | | ±2.5 | |
| | | 端面垂直（Δ）偏差 | ≤1.0 | | | ≤1.5 | |

⑤ 管道加工和现场预制管件的允许偏差及检验方法（表10-5-41）

**表10-5-41　管道加工和现场预制管件的允许偏差及检验方法**

| 序号 | 项目 | | 允许偏差/mm | 检验方法 |
|---|---|---|---|---|
| 1 | 弯头 | 周长　DN>1000mm | ≤6 | 钢尺测量 |
| | | 周长　DN≤1000mm | ≤4 | |
| | | 端面与中心线垂直度 | ≤外径的1%，且≤3 | 角尺、直尺测量 |
| 2 | 异径管 | 椭圆度 | ≤各端外径的1%，且≤5 | 卡尺测量 |
| 3 | 三通 | 支管垂直度 | ≤高度的1%，且≤3 | 角尺、直尺测量 |
| 4 | 钢管 | 切口端面垂直度 | ≤外径的1%，且≤3 | 角尺、直尺测量 |

（2）管道支、吊架安装（表10-5-42）

**表10-5-42　管道支、吊架安装的允许偏差及检验方法**

| 序号 | 项目 | | 允许偏差/mm | 检验方法 |
|---|---|---|---|---|
| 1 | 支、吊架中心点平面位置 | | 25 | 钢尺测量 |
| 2 | △支架标高 | | −10 | 水准仪测量 |
| 3 | 两个固定支架间的其他支架中心线 | 距固定支架每10m处 | 5 | 钢尺测量 |
| | | 中心处 | 25 | 钢尺测量 |

注：△为主控项目，其余为一般项目。

（3）管沟和地上敷设管道安装（表10-5-43）

**表10-5-43　管道安装允许偏差及检验方法**

| 序号 | 项目 | 允许偏差及质量标准/mm | | | 检验频率 | | 检验方法 |
|---|---|---|---|---|---|---|---|
| | | | | | 范围 | 点数 | |
| 1 | △高程 | ±10 | | | 50m | — | 水准仪测量，不计点 |
| 2 | 中心线位移 | 每10m不超过5，全长不超过30 | | | 50m | — | 挂边线用量，不计点 |
| 3 | 立管垂直度 | 每米不超过2，全高不超过10 | | | 每根 | — | 垂线检查，不计点 |
| 4 | △对口间隙 | 壁厚 | 间隙 | 偏差 | 每10个口 | 1 | 用焊口检测器，量取最大偏差值，计1点 |
| | | 4~9 | 1.5~2.0 | ±1.0 | | | |
| | | ≥10 | 2.0~3.0 | +1.0 −2.0 | | | |

注：△为主控项目，其余为一般项目。

（4）直埋保温管道安装

① 预制保温管规格取定（表10-5-44）

**表10-5-44　预制保温管规格取定表**

| 公称直径 DN/mm | 50 | 65 | 80 | 100 | 125 | 150 | 200 |
|---|---|---|---|---|---|---|---|
| 钢管规格 D×δ/mm | 57×3.5 | 76×4 | 89×4 | 108×4 | 133×4.5 | 159×6 | 219×6 |
| 保温管外径 D/mm | 125 | 140 | 160 | 200 | 225 | 250 | 315 |
| 公称直径 DN/mm | 250 | 300 | 350 | 400 | 500 | 600 | |
| 钢管规格 D×δ/mm | 273×7 | 325×8 | 377×8 | 426×10 | 529×10 | 630×10 | |
| 保温管外径 D/mm | 400 | 450 | 500 | 560 | 661 | 750 | |

② 保温管接头发泡连接，每个接头取定工日（表10-5-45）

**表10-5-45　每个接头取定工日**

| 公称直径 DN/mm | 50 | 65 | 80 | 100 | 125 | 150 | 200 | 250 | 300 | 350 | 400 | 500 | 600 |
|---|---|---|---|---|---|---|---|---|---|---|---|---|---|
| 工日 | 0.125 | 0.15 | 0.163 | 0.188 | 0.2 | 0.225 | 0.25 | 0.313 | 0.363 | 0.388 | 0.4 | 0.45 | 0.5 |

③ 保温管管壳接头连接套管规格按表10-5-46取定，材料损耗系数取2%，每个接头用量长度为0.714m。

表 10-5-46　保温管管壳接头连接套管规格取定

| 公称直径 $DN$/mm | 50 | 65 | 80 | 100 | 125 | 150 | 200 |
|---|---|---|---|---|---|---|---|
| 高密度聚乙烯管 $D×δ$/mm | 136×3.5 | 151×3.5 | 172×3.7 | 212×3.7 | 237×3.7 | 263×4 | 330×5 |
| 公称直径 $DN$/mm | 250 | 300 | 350 | 400 | 500 | 600 | |
| 高密度聚乙烯管 $D×δ$/mm | 418×6 | 471×6.5 | 525×8.5 | 586×8.5 | 688×9 | 786×12 | |

④ 接头收缩带：材料损耗率取 5%，规格及每个接头的用量按表 10-5-47 取定。

表 10-5-47　规格及每个接头用量取定

| 公称直径/mm | 50 | 65 | 80 | 100 | 125 | 150 | 200 |
|---|---|---|---|---|---|---|---|
| 规格 $a×b$/mm | 150×600 | 150×650 | 150×700 | 150×850 | 150×930 | 150×1000 | 150×1250 |
| 用量/m² | 0.189 | 0.205 | 0.221 | 0.268 | 0.293 | 0.315 | 0.394 |
| 公称直径/mm | 250 | 300 | 350 | 400 | 500 | 600 | |
| 规格 $a×b$/mm | 225×1500 | 225×1650 | 225×1750 | 225×2050 | 225×2450 | 225×2750 | |
| 用量/m² | 0.709 | 0.78 | 0.827 | 0.969 | 1.158 | 1.3 | |

⑤ 聚氨酯硬质泡沫 A、B 料，材料损耗率取 5%，每个接头容积 $V$ 按表 10-5-48 取定。

表 10-5-48　接头容积取定

| 公称直径/mm | 50 | 65 | 80 | 100 | 125 | 150 | 200 | 250 | 300 | 350 | 400 | 500 | 600 |
|---|---|---|---|---|---|---|---|---|---|---|---|---|---|
| 容积/m³ | 0.007 | 0.007 | 0.009 | 0.014 | 0.016 | 0.018 | 0.025 | 0.042 | 0.048 | 0.055 | 0.067 | 0.08 | 0.091 |

⑥ 塑料焊条

$DN≤200$mm 采用 $φ4$mm。$DN＞200$mm 采用厚度为 3mm 的塑料管下料，宽度为 12mm，损耗率取 15%，焊条规格及每个接头用量长度按表 10-5-49 取定。

表 10-5-49　焊条规格及每个接头用量取定

| 公称直径/mm | 50 | 65 | 80 | 100 | 125 | 150 | 200 |
|---|---|---|---|---|---|---|---|
| 塑料焊条规格料 $D$/mm | 4 | 4 | 4 | 4 | 4 | 4 | 4 |
| 长度/m | 0.99 | 1.08 | 1.21 | 1.46 | 1.61 | 1.78 | 2.18 |
| 公称直径/mm | 250 | 300 | 350 | 400 | 500 | 600 | |
| 塑料焊条规格料 $D$/mm | 450×3 | 500×3 | 560×3 | 620×3 | 750×3 | 820×3 | |
| 长度/m | 0.028 | 0.028 | 0.028 | 0.028 | 0.028 | 0.028 | |

⑦ 做收缩带时，每个接头用汽油量按表 10-5-50 取定。

表 10-5-50　每个接头汽油用量取定

| 公称直径/mm | 50 | 65 | 80 | 100 | 125 | 150 | 200 | 250 | 300 | 350 | 400 | 500 | 600 |
|---|---|---|---|---|---|---|---|---|---|---|---|---|---|
| 汽油/kg | 1.21 | 2.08 | 2.24 | 2.72 | 2.97 | 3.2 | 4 | 7.2 | 7.92 | 8.4 | 9.84 | 11.76 | 13.2 |

⑧ 运输机械配备（表 10-5-51）

表 10-5-51　运输机械配备表　　　　单位：台班

| 公称直径/mm | 65 | 80 | 100 | 125 | 150 | 200 | 250 | 300 | 350 | 400 | 500 | 600 |
|---|---|---|---|---|---|---|---|---|---|---|---|---|
| 载重汽车 5t | 0.024 | 0.040 | 0.056 | 0.064 | 0.072 | 0.088 | 0.112 | 0.136 | 0.240 | 0.320 | 0.560 | 0.640 |
| 汽车式起重机 5t | 0.088 | 0.112 | 0.152 | 0.192 | 0.200 | 0.312 | 0.400 | 0.688 | 0.880 | 1.120 | 1.360 | 1.760 |

⑨ 直埋式预制保温管管件安装（表 10-5-52、表 10-5-53）

表 10-5-52　人工及辅助材料取定

| 公称直径/mm | 50 | 65 | 80 | 100 | 125 | 150 | 200 |
|---|---|---|---|---|---|---|---|
| 工日 | 0.045 | 0.051 | 0.058 | 0.094 | 0.119 | 0.147 | 0.219 |
| 铁丝/kg | 0.08 | 0.08 | 0.08 | 0.08 | 0.08 | 0.08 | 0.08 |
| 破布/kg | 0.025 | 0.028 | 0.03 | 0.035 | 0.038 | 0.04 | 0.048 |
| 公称直径/mm | 250 | 300 | 350 | 400 | 500 | 600 | |
| 工日 | 0.35 | 0.444 | 0.475 | 0.616 | 0.918 | 1.125 | |
| 铁丝/kg | 0.08 | 0.01 | 0.01 | 0.01 | 0.012 | 0.012 | |
| 破布/kg | 0.052 | 0.055 | 0.058 | 0.06 | 0.065 | 0.068 | |

表 10-5-53  运输机械配备  单位：台班

| DN/mm | 250 | 300 | 350 | 400 | 500 | 600 |
|---|---|---|---|---|---|---|
| 载重汽车 5t | 0.004 | 0.006 | 0.007 | 0.008 | 0.009 | 0.009 |
| 汽车式起重机 5t | 0.013 | 0.017 | 0.019 | 0.021 | 0.025 | 0.031 |

⑩ 直埋供热管道与有关设施相互净距（表 10-5-54）

**表 10-5-54  直埋供热管道与有关设施相互净距**

| 名　称 | | | 最小水平净距/m | 最小垂直净距/m |
|---|---|---|---|---|
| 给水管 | | | 1.0 | 0.15 |
| 排水管 | | | 1.0 | 0.15 |
| 燃气管道 | 压力≤400kPa | | 1.0 | 0.15 |
| | 压力≤800kPa | | 1.5 | 0.15 |
| | 压力>800kPa | | 2.0 | 0.15 |
| 压缩空气或 $CO_2$ 管 | | | 1.0 | 0.15 |
| 排水盲沟沟边 | | | 1.5 | 0.50 |
| 乙炔、氧气管 | | | 1.5 | 0.25 |
| 公路、铁路坡底脚 | | | 1.0 | — |
| 地铁 | | | 5.0 | 0.80 |
| 电气铁路接触网电杆基础 | | | 3.0 | — |
| 道路路面 | | | — | 0.70 |
| 建筑物基础 | 公称直径≤250mm | | 2.5 | — |
| | 公称直径≥300mm | | 3.0 | — |
| 电缆 | 通信电缆管块 | | 1.0 | 0.30 |
| | 电力及控制电缆 | ≤35kV | 2.0 | 0.50 |
| | | ≤110kV | 2.0 | 1.00 |

注：热力网与电缆平行敷设时，电缆处的土壤温度与月平均土壤自然温度比较，全年任何时候对于电压 10kV 的电力电缆不高出 10℃，对电压 35～110kV 的电缆不高出 5℃，可减少表中所列距离。

⑪ 直埋敷设管最小覆土深度（表 10-5-55）

**表 10-5-55  直埋敷设管最小覆土深度**

| 管径/mm | 车行道下/m | 非车行道下/m | 管径/mm | 车行道下/m | 非车行道下/m |
|---|---|---|---|---|---|
| 50～125 | 0.8 | 0.6 | 350～400 | 1.2 | 0.8 |
| 150～200 | 1.0 | 0.6 | 450～500 | 1.2 | 0.9 |
| 250～300 | 1.0 | 0.7 | | | |

⑫ 可视为直管段的最大平面折角（表 10-5-56）

**表 10-5-56  可视为直管段的最大平面折角**

| 管道公称直径/mm ＼ 循环工作温度/℃ | 50～100 | 125～300 | 350～500 |
|---|---|---|---|
| 50 | 4.3 | 3.8 | 3.4 |
| 65 | 3.2 | 2.8 | 2.6 |
| 85 | 2.4 | 2.1 | 1.9 |
| 100 | 2.0 | 1.8 | 1.6 |
| 120 | 1.6 | 1.4 | 1.2 |
| 140 | 1.4 | 1.2 | 1.1 |

⑬ 直埋保温管道安装质量的检验项目及检验方法（表 10-5-57）

**表 10-5-57  直埋保温管道安装质量的检验项目及检验方法**

| 序号 | 项目 | 质量标准 | | 检验频率 | 检验方法 |
|---|---|---|---|---|---|
| 1 | 连接预警系统 | 满足产品预警系统的技术要求 | | 100% | 用仪表检查整体线路 |
| 2 | △节点的保温和密封 | 外观检查 | 无缺陷 | 100% | 目测 |
| | | 气密性试验 | 一级管网 | 无气泡 | 100% | 气密性试验 |
| | | | 二级管网 | 无气泡 | 20% | |

注：△为主控项目，其余为一般项目。

(5) 补偿器安装（表 10-5-58～表 10-5-60）

**表 10-5-58　管道补偿器预变形记录**

| 工程名称 | | 施工单位 | |
|---|---|---|---|
| 单项工程名称 | | | |
| 补偿器编号 | | 补偿器所在图号 | |
| 管段长度/m | | 直径/mm | |
| 补偿量/mm | | 预变形量/mm | |
| 预变形时间 | | 预变性时气温/℃ | |

预变性示意图：

| 备注 | | | | |
|---|---|---|---|---|
| 参加单位及人员签字 | 建设单位 | 设计单位 | 施工单位 | 监理单位 |
| | | | | |

**表 10-5-59　补偿器安装记录**

| 工程名称 | | 施工单位 | |
|---|---|---|---|
| 单项工程名称 | | | |
| 波纹管补偿器编号 | | 补偿器所在图号 | |
| 管段长度/m | | 直径/mm | |
| 安装位置 | | | |
| 安装时间 | | 安装时气温/℃ | |

安装示意图：

| 备注 | | | | |
|---|---|---|---|---|
| 参加单位及人员签字 | 建设单位 | 设计单位 | 施工单位 | 监理单位 |
| | | | | |

**表 10-5-60　管道冷紧记录**

| 工程名称 | | 施工单位 | |
|---|---|---|---|
| 单项工程名称 | | | |
| 节点编号 | | 补偿器所在图号 | |
| 管段长度/m | | 直径/mm | |
| 设计冷紧值 | | 实际冷紧值/mm | |
| 冷紧时间 | | 冷紧时气温/℃ | |

冷紧示意图：

| 备注 | | | | |
|---|---|---|---|---|
| 参加单位及人员签字 | 建设单位 | 设计单位 | 施工单位 | 监理单位 |
| | | | | |

## 10.5.4　热力站、中继泵站及通用组装件安装

### 10.5.4.1　站内管道安装（表 10-5-61～表 10-5-63）

**表 10-5-61　站内管道支架的最大间距**

| 公称直径/mm | 25 | 32 | 40 | 50 | 70 | 80 | 100 | 125 | 150 | 200 | 250 | 300 | 350 | 400 |
|---|---|---|---|---|---|---|---|---|---|---|---|---|---|---|
| 最大间距/m | 2.0 | 2.5 | 3.0 | 3.0 | 4.0 | 4.0 | 4.5 | 5.0 | 6.0 | 7.0 | 8.0 | 8.5 | 9.0 | 9.0 |

表 10-5-62　站内钢管安装允许偏差及检验方法

**表 10-5-62　站内钢管安装允许偏差及检验方法**

| 序号 | 项目 | | 允许偏差 | 检验方法 |
|---|---|---|---|---|
| 1 | 水平管道纵、横方向弯曲 | DN≤100mm | 每米 1mm；且全长≤13mm | 水平尺、直尺、拉线和尺量检查 |
| | | DN>100mm | 每米 1.5mm；且全长≤25mm | 水平尺、直尺、拉线和尺量检查 |
| 2 | 立管垂直度 | | 每米 2mm；且全长≤10mm | 吊线和尺量检查 |
| 3 | 成排阀门和成排管段 | 阀门在同一高度上 | 2mm | 尺量检查 |
| | | 在同一平面上间距 | 3mm | 尺量检查 |

**表 10-5-63　站内塑料管、复合管安装允许偏差及检验方法**

| 序号 | 项目 | 允许偏差 | 检验方法 |
|---|---|---|---|
| 1 | 水平管道纵横向弯曲 | 每米 1.5mm；且全长≤25mm | 水平尺、直尺、拉线和尺量检查 |
| 2 | 立管垂直度 | 每米 2mm；且全长≤25mm | 吊线和尺量检查 |
| 3 | 成排管段　在同一直线上间距 | 3mm | 尺量检查 |

## 10.5.4.2　站内设备安装（表 10-5-64～表 10-5-66）

**表 10-5-64　设备基础尺寸和位置的允许偏差及检验方法**

| 序号 | 项目 | | 允许偏差/mm | 检验方法 |
|---|---|---|---|---|
| 1 | 坐标位置（纵横轴线） | | ±20 | 经纬仪、拉线和尺量 |
| 2 | 不同平面的标高 | | −20 | 水准仪、拉线尺量 |
| 3 | 平面外形尺寸 | | ±20 | 尺量检查 |
| 4 | 凸台上平面外形尺寸 | | −20 | 尺量检查 |
| 5 | 凹穴尺寸 | | +20 | 尺量检查 |
| 6 | 平面的水平度（包括地坪上需安装的部分） | 每米 | 5 | 水平仪（水平尺）和楔形塞尺检查 |
| | | 全长 | 10 | 水平仪（水平尺）和楔形塞尺检查 |
| 7 | 垂直度 | 每米 | 5 | 经纬仪或吊线和尺量 |
| | | 全长 | 10 | 经纬仪或吊线和尺量 |

**表 10-5-65　设备支架安装允许偏差**

| 序号 | 项目 | | 允许偏差/mm | 检验方法 |
|---|---|---|---|---|
| 1 | 支架立柱 | 位置 | 5 | 尺量检查 |
| | | 垂直度 | ≤H/1000 | 尺量检查 |
| 2 | 支架横梁 | 上表面标高 | ±5 | 尺量检查 |
| | | 水平弯曲 | ≤L/1000 | 尺量检查 |

注：表中 H 为支架高度，L 为横梁长度。

**表 10-5-66　换热器和水箱安装允许偏差及检验方法**

| 序号 | 项目 | 允许偏差/mm | 检验方法 |
|---|---|---|---|
| 1 | 标高 | ±10 | 拉线和尺量 |
| 2 | 水平度或垂直度 | 5L/1000 或 5H/1000 | 经纬仪或吊线、水平仪（水平尺）、尺量 |
| 3 | 中心线位移 | ±20 | 拉线和尺量 |

注：表中 L 为长度，H 为高度。

## 10.5.4.3　集中供热用容器具安装

（1）焊接钢套筒补偿器安装（表 10-5-67、表 10-5-68）

**表 10-5-67　钢管壁厚取定表**

| DN/mm | 50 | 80 | 100 | 150 | 200 | 300 | 400 | 500 | 600 | 800 | 1000 |
|---|---|---|---|---|---|---|---|---|---|---|---|
| D×δ | 57×3.5 | 89×4 | 108×4 | 156×6 | 219×6 | 325×8 | 426×10 | 529×10 | 630×10 | 820×10 | 1020×10 |

表 10-5-68　运输机械配备表　　　　　　　　　　　　单位：台班

| DN/mm | 300 | 400 | 500 | 600 | 800 | 1000 |
|---|---|---|---|---|---|---|
| 载重汽车 5t | 0.006 | 0.008 | 0.009 | 0.010 | 0.011 | 0.014 |
| 汽车式起重机 5t | 0.015 | 0.020 | 0.024 | 0.030 | | |
| 汽车式起重机 8t | | | | | 0.037 | 0.051 |

（2）焊接法兰式波纹补偿器安装（表 10-5-69、表 10-5-70）

法兰音板用 A₃ 普通钢板气割，厚度 δ（mm）取定如表所示；运输机械配备见表。

表 10-5-69　钢板壁厚度取定

| 试压管 DN/mm | 100 | 200 | 400 | 600 | 800 | 1000 | 1200 |
|---|---|---|---|---|---|---|---|
| δ/mm | 14 | 16 | 26 | 36 | 48 | 58 | 70 |

表 10-5-70　运输机械配备表　　　　　　　　　　　　单位：台班

| DN/mm | 400 | 500 | 600 | 800 | 1000 |
|---|---|---|---|---|---|
| 载重汽车 5t | 0.004 | 0.007 | 0.008 | 0.009 | 0.010 |
| 汽车式起重机 5t | 0.014 | 0.019 | 0.024 | | |
| 汽车式起重机 8t | | | | 0.025 | |
| 汽车式起重机 12t | | | | | 0.033 |

## 10.5.4.4　通用组件安装（表 10-5-71）

表 10-5-71　安全阀调试记录

| 安全阀规格型号 | | | |
|---|---|---|---|
| 安全阀安装地点 | | | |
| 设计用介质 | | 设计开启压力/MPa | |
| 试验用介质 | | 试验启跳压力/MPa | |
| 试验启跳次数 | | 试验会做压力/MPa | |
| 调试中情况 | | | |
| 质量检查员 | | 调试人员 | |

年　　　月　　　日

## 10.5.5　防腐与保温工程

### 10.5.5.1　防腐工程（表 10-5-72）

表 10-5-72　钢管除锈、涂料质量标准

| 序号 | 项目 | 质量标准 | 检查频率 | | 检验方法 |
|---|---|---|---|---|---|
| | | | 范围/m | 点数 | |
| 1 | △除锈 | 铁锈全部清除，颜色均匀，露金属本色 | 50 | 50 | 外观检查每 10m，计 1 点 |
| 2 | 涂料 | 颜色光泽、厚度均匀一致，无起褶、起泡、漏刷 | 50 | 50 | 外观检查每 10m，计 1 点 |

注：△为主控项目，其余为一般项目。

### 10.5.5.2　保温工程（表 10-5-73）

表 10-5-73　保温层允许偏差及检验方法

| 序号 | 项目 | | 允许偏差 | 检验频率 | 检验方法 |
|---|---|---|---|---|---|
| 1 | △厚度 | 硬质保温材料 | +5% | 每隔 20m 测一点 | 钢针刺入保温层测厚 |
| | | 柔性保温材料 | +8% | | |
| 2 | 伸缩缝宽度 | | ±5mm | 抽查 10% | 尺量检查 |

注：△为主控项目，其余为一般项目。

## 10.5.5.3　保护层（表 10-5-74～表 10-5-77）

**表 10-5-74　复合材料保护层施工检查**

| 项目 | 检验要点 |
|---|---|
| 玻璃纤维 | 玻璃纤维以螺纹状紧缠在保温层外，前后均搭接 50mm，布带两端及每隔 300mm 用镀锌钢丝或钢带捆扎 |
| 复合铝箔 | 可直接敷在平整保温层表面上。接缝处用压敏胶带粘贴和铆钉固定，垂直管道及设备的敷设由下向上，成顺水接缝 |
| 玻璃钢材料 | 保护壳连接处用铆钉固定，纵向搭接尺寸宜为 50～60mm，环向搭接宜为 40～50mm，垂直管道及设备敷设由下向上，成顺水接缝 |
| 铝塑复合板 | 可用于软质绝热材料的保护层施工中，铝塑复合板正面应朝外，不得损伤其表面，轴向接缝用保温钉固定，间距宜为 60～80mm，环向搭接宜为 30～40mm，纵向搭接不得小于 10mm。垂直管道的敷设由下向上，成顺水接缝 |

**表 10-5-75　石棉水泥保护层施工检查**

| 项目 | 检验要点 |
|---|---|
| 抹面保护层 | 抹面保护层的灰浆密度不得大于 1000kg/m³；抗压强度不应小于 0.8MPa；干燥后不得产生裂缝、脱壳等现象，不得对金属腐蚀 |
| 抹石棉水泥保护层 | 抹石棉水泥保护层以前，应检查钢丝网有无松动部位，并对有缺陷的部位进行修整，保温层的空隙应采用胶泥充填。保护层分两次抹成，第一层找平和挤压严实，第一层稍干后再加灰泥压实、压光 |
| 抹面保护层 | 抹面保护层未硬化前应有防雨雪措施。当环境温度低于 5℃，应有冬季施工方案，采取防寒措施 |

**表 10-5-76　金属保护层施工检查**

| 项目 | 检验要点 |
|---|---|
| 设计 | 金属保护层应按设计要求执行，设计无规定时，宜选用镀锌薄钢板或铝合金板 |
| 安装 | 安装前，金属板两边先压出两道半圆凸缘。对设备保温，可在每张金属板对角线上压两条交叉筋线 |
| 垂直方向施工 | 垂直方向的施工应将相邻两张金属板的半圆凸缘重叠搭接，自下而上顺序施工，上层板压下层板，搭接长度宜为 50mm |
| 水平管道施工 | 水平管道的施工可直接将金属板卷合在保温层外，按管道坡向自下而上顺序施工。两板环向半圆凸缘重叠，纵向搭口向下，搭接处重叠宜为 50mm |
| 接缝与搭接 | 搭接处应采用铆钉固定，间距不得大于 2mm |
| | 金属保护层应留出设备及管道运行受热膨胀量 |
| | 在露天或潮湿环境中保温设备和管道的金属保护层，应按规定嵌填密封剂或在接缝处包缠密封带 |
| 其他 | 在已安装的金属保护层上，严禁踩踏或堆放物品 |

**表 10-5-77　保护层表面不平度允许偏差及检验方法**

| 序号 | 项目 | 允许偏差/mm | 检验频率 | 检验方法 |
|---|---|---|---|---|
| 1 | 涂抹保护层 | <10 | 每隔 20m 取一点 | 外观 |
| 2 | 缠绕式保护层 | <10 | 每隔 20m 取一点 | 外观 |
| 3 | 金属保护层 | <5 | 每隔 20m 取一点 | 2m 靠尺和塞尺检查 |
| 4 | 复合材料保护层 | <5 | 每隔 20m 取一点 | 外观 |

## 10.5.6 试验、清洗与试运行

### 10.5.6.1 试验（表 10-5-78、表 10-5-79）

**表 10-5-78 水压试验的检验内容及检验方法**

| 序号 | 项目 | 试验方法及质量标准 | | 检验范围 |
|---|---|---|---|---|
| 1 | △强度试验 | 升压到试验压力,稳压 10min 无渗漏、无压降后降至设计压力,稳压 30min 无渗漏、无压降为合格 | | 每个试验段 |
| 2 | △严密性试验 | 升压至试验压力,并趋于稳定后,应详细检查管道、焊缝、管路附件及设备等无渗漏,固定支架无明显的变形等 | | 全段 |
| | | 一级管网及站内 | 稳压在 1h 内压降不大于 0.05MPa,为合格 | |
| | | 二级管网 | 稳压在 30min 内压降不大于 0~05MPa,为合格 | |

注:△为主控项目,其余为一般项目。

**表 10-5-79 供热管网工程强度、严密性试验记录**

| 工程名称 | | 试验日期 | | 年　月　日 |
|---|---|---|---|---|
| 建设单位 | | 施工单位 | | |
| 试验范围 | | 试验压力/MPa | | |

试验要求:

试验情况记录:

试验结论:

| 参加单位及人员签字 | 建设单位 | 设计单位 | 施工单位 | 监理单位 |
|---|---|---|---|---|
| | | | | |

注:本表由施工单位填写、参试单位各保存一份。

### 10.5.6.2 清洗（表 10-5-80）

**表 10-5-80 供热管网工程清洗检验记录**

| 工程名称 | | 试验日期 | | 年　　月　　日 |
|---|---|---|---|---|
| 建设单位 | | 施工单位 | | |
| 清洗范围 | | 清洗方法 | | |

清洗要求:

试验情况记录:

试验结论:

| 参加单位及人员签字 | 建设单位 | 设计单位 | 施工单位 | 监理单位 |
|---|---|---|---|---|
| | | | | |

注:本表由施工单位填写、参试单位各保存一份。

## 10.5.6.3 试运行（表 10-5-81～表 10-5-83）

表 10-5-81　补偿器热伸长记录

| | | | 设计图号 | | 小室号 | |
|---|---|---|---|---|---|---|
| 小室简图 | | | | | | |
| | 1#/mm | 2#/mm | 3#/mm | 4#/mm | 记录时间 | 记录人 |
| 原始状态 | | | | | | |
| | | | | | | |
| | | | | | | |
| | | | | | | |
| 参加单位及<br>人员签字 | 建设单位 | | 设计单位 | | 施工单位 | 监理单位 |
| | | | | | | |

注：本表由施工单位填写、参试单位各保存一份。

表 10-5-82　供热管网工程试运行记录

| 工程名称 | | 试验日期 | | 年　月　日 |
|---|---|---|---|---|
| 建设单位 | | 施工单位 | | |
| 试运行范围 | | | | |
| 试运行温度/℃ | | 试运行压力/MPa | | |
| 试运行时间 | 从＿＿月＿＿日＿＿时＿＿分到＿＿月＿＿日＿＿时＿＿分 | | | |
| 试运行累计时间 | | | | |

试运行内容：

试运行情况记录：

试运行结论：

| 参加单位及人员签字 | 建设单位 | 设计单位 | 施工单位 | 监理单位 |
|---|---|---|---|---|
| | | | | |

注：本表由施工单位填写、参试单位各保存一份。

表 10-5-83　泵的径向振幅（双向）

| 转速/(r/min) | 600～750 | 750～1000 | 1000～1500 | 1500～3000 |
|---|---|---|---|---|
| 振幅不应超过/mm | 0.12 | 0.10 | 0.03 | 0.06 |

# 11 市政地铁工程

## 11.1 定额地铁工程量计算规则

### 11.1.1 地铁工程分部分项划分

#### 11.1.1.1 地铁工程分部分项划分（表 11-1-1）

表 11-1-1 地铁工程分部分项划分

| 序号 | 分部工程 | 分项工程名称 |
|---|---|---|
| 1 | 土建工程 | 1. 土方与支护；2. 结构工程；3. 其他工程 |
| 2 | 轨道工程 | 1. 铺轨；2. 铺道岔；3. 铺道床；4. 安装轨道加强设备及护轮轨；5. 线路其他工程；6. 接触轨安装；7. 轨料运输 |
| 3 | 通信工程 | 1. 导线敷设；2. 电缆、光缆敷设及吊、托架安装；3. 电缆接焊、光缆接续与测试；4. 通信电源设备安装；5. 通信电话设备安装；6. 无线设备安装；7. 光传输、网管及附属设备安装；8. 时钟设备安装；9. 专用设备安装 |
| 4 | 信号工程 | 1. 室内设备安装；2. 信号机安装；3. 电动道岔转辙装置安装；4. 轨道电路安装；5. 室外电缆防护、箱盒安装；6. 基础；7. 车载设备调试；8. 系统调试；9. 其他 |

注：1. 地铁工程划分为土建工程、轨道工程、通信工程、信号工程 4 个分部工程。

2. 土建工程分部中划分为 3 个分项工程；轨道工程分部中划分为 7 个分项工程；通信工程分部中划分为 9 个分项工程；信号工程分部中划分为 9 个分项工程。

### 11.1.1.2 地铁工程各专业工作内容（表 11-1-2～表 11-1-5）

表 11-1-2 土建工程工作内容

| 项　目 | | | 工作内容 |
|---|---|---|---|
| 土方与支护 | 土方工程 | 1. 机械挖土方 | 机械挖土方、装土、卸土、运土至洞口等 |
| | | 2. 人工挖土方 | 人工挖土方、装土、人工运土至洞口等 |
| | | 3. 竖井提升土方及竖井挖土方 | 1. 竖井提升土方包括：土方由洞口提升至地面及地面人工配合<br>2. 竖井挖土方包括：人工挖土方、土方提升等 |
| | | 4. 回填土石方 | 1. 回填素土包括：土方摊铺、分层夯实等<br>2. 回填三七灰土包括：灰土拌配料、回填、分层夯实等<br>3. 回填级配砂石包括：回填、平整、分层夯实等 |
| | 支护工程 | 1. 小导管、大管棚制作、安装 | 钻孔、导管及管棚制作、运输、安装就位 |
| | | 2. 锚杆 | 1. 预应力锚杆包括：钻孔、锚杆制作、张拉、安装<br>2. 砂浆锚杆包括：钻眼、锚杆制作及安装、砂浆灌注等<br>3. 土钉锚杆包括：土钉制作、安装等<br>4. 注浆：准备及清理、配料、进料、压浆、检查、堵塞压浆孔等 |

| 项 目 | | | 工作内容 |
|---|---|---|---|
| 结构工程 | 混凝土工程 | 1. 喷射混凝土 | 施工准备、配料、上料、喷射混凝土、清理等 |
| | | 2. 暗挖区间混凝土 | 施工准备、配料、上料、搅拌、浇筑、振捣、养护、人工配合混凝土泵送等 |
| | | 3. 明开区间混凝土 | 施工准备、配料、上料、搅拌、振捣、浇筑、养护等 |
| | | 4. 车站混凝土 | 配料、搅拌、人工配合混凝土泵送、浇筑、振捣、养护等 |
| | | 5. 竖井混凝土 | 配料、搅拌、浇筑、振捣、养护等 |
| | 模板工程 | | 包括：模板及支撑洞内倒运、安装、拆除、堆放、刷油、清理 |
| | 钢筋工程 | 1. 钢筋 | 制作、安装、绑扎、焊接 |
| | | 2. 钢梯制作安装及预埋件 | 1. 钢梯制作包括：放样、划线截料、平直、钻孔、拼装、焊接、成品矫正、除锈、刷防锈漆等 |
| | | | 2. 钢梯安装包括：安装校正、拧紧螺栓、电焊固定、清扫等 |
| | | | 3. 预埋件包括：预埋件制作、安装等 |
| | 防水工程 | 1. 防水卷材铺设 | 1. SBS 卷材防水包括：刷冷底子油、卷材铺设 |
| | | | 2. LDPE 卷材防水包括：底层泡沫板铺设、LDPE 铺设 |
| | | 2. 防水找平层、保护层 | 基层处理、混凝土搅拌、浇筑及养护、调配制水泥砂浆、搅拌及浇筑 |
| | | 3. 变形缝、施工缝 | 1. 变形缝包括：混凝土面清理、聚苯板、水泥砂浆、纤维板、橡胶止水带及 SBS 防水卷材等安装 |
| | | | 2. 施工缝包括：混凝土面清理、橡胶止水带安装 |
| 其他工程 | 拆除混凝土 | | 拆除、洞内运输及提升至地面 |
| | 材料运输 | | 人工装卸、运输、码放 |
| | 临时工程 | 1. 洞内通风 | 铺设管道、清除污物、维修保养、拆除及材料运输 |
| | | 2. 洞内动力 | 线路铺设、安全检查、安装、随用随移、维修保养、拆除及材料运输 |
| | | 3. 洞内照明 | 线路沿壁架设、安装、随用随移、安全检查、维修保养、拆除及材料运输 |

### 表 11-1-3 轨道工程工作内容

| 项目 | | 工作内容 |
|---|---|---|
| 铺轨 | 整体道床人工铺轨、人工铺无缝线路 | 检配、散布与安装钢轨及配件，钢轨支撑架支拆、组装扣件，悬挂钢筋混凝土轨枕，调整、就位、上油、检修等 |
| | 隧道铺轨 | 整体道床机械铺轨 | 1. 轨节拼装：吊散摆排轨枕，组装轨枕扣件，检配吊散钢轨及打印、方正轨枕，散布与安装钢轨及配件和轨枕扣件，检修、吊码、吊装轨节到平板车上，捆轨件、装配件、涂油等 |
| | | 2. 轨节铺设：轨节运至铺轨工地(或前方作业站)后，轨节列车的调车，轨节列车的调车，轨节的倒装拖拉、吊铺、合拢口锯轨，钢轨钻孔，安装钢轨及配件和轨枕扣件，检修等，龙门架轨道的铺拆 |
| | 浮置板道床机械铺轨检配钢轨 | 1. 轨节拼装：吊散摆排轨枕扣件，检配、吊散钢轨及打印、方正轨枕，散布与安装钢轨及配件和轨枕扣件，检修、吊装轨节到平板车上，捆轨件、装配件、涂油等 |
| | | 2. 轨节铺设：轨节运至铺轨工地后，轨节列车的调车，轨节的倒装拖拉、吊铺、合龙口锯轨，钢轨钻孔，安装钢轨配件，检修等，龙门架轨道的铺、拆 |
| | 地面碎石道床人工铺轨 | 检配钢轨，挂线散枕，摆排轨枕，硫黄锚固，涂绝缘膏(木枕打印、钻孔、注油)，吊散钢轨，合龙口锯轨，钢轨钻孔，划印、方正轨枕，散布与安装钢轨及配件和轨枕扣件，上油、检修、拨荒道等，小型龙门架走行轨道的铺、拆、运 |
| | 桥面铺轨 | 清理桥面，自桥下往桥面吊运钢轨、轨枕及配件，散布钢轨、轨枕及配件，安装钢轨支撑架，安装钢轨配件及轨枕扣件，上油检修等 |
| | 道岔尾部无枕地段铺轨 | 检配钢轨，硫黄锚固，涂绝缘膏(木枕打印、钻孔、注油)，吊散钢轨，钢轨划印、方正轨枕，散布与安装钢轨配件和轨枕扣件，上油检修等，包括小型龙门架走行轨道的铺、拆、运 |
| | 换铺长轨 | 长轨焊接 | 量锯钢轨接头，打磨轨端，对缝、预热、焊接，除瘤打磨、探伤 |
| | | 换铺长轨 | 拆除工具轨，换铺长轨，回收、码放工具轨 |

| 项目 | | 工作内容 |
|---|---|---|
| 铺道岔 | 人工铺设单开道岔 | 整平路面,选配与吊散道岔及岔枕,木岔枕打印、钻孔、注油,混凝土岔枕硫黄锚固,涂绝缘膏,散布与安装道岔配件和岔枕扣件、整修等,整体道床道岔包括道岔支撑架的安拆、倒运等 |
| | 人工铺设复式交分道岔、人工铺设交叉道岔 | 整平路面,选配与吊散道岔及岔枕,木岔枕打印、钻孔、注油,散布与安装道岔配件和岔枕扣件、整修等,整体道床道岔包括道岔支撑架的安拆、倒运等 |
| 铺道床 | 铺底渣及线间石渣 | 装、运、卸、铺平 |
| | 铺面渣 | 回填均匀道砟,起道、串渣、方正轨枕、捣固、拨道、整理道床 |
| 安装轨道加强设备及护轮轨 | 安装轨道加强设备 轨距杆 | 螺栓涂油,安装轨距杆,调整轨距 |
| | 安装轨道加强设备 防爬设备 | 自扒开枕木间道砟至安装好全部工作过程,包括防爬支撑的制作 |
| | 安装轨道加强设备 钢轨伸缩调节器 | 检配轨料、木枕打印、钻孔、注油,散布钢轨伸缩调节器,安装配件及扣件、整修等 |
| | 铺设护轮轨 | 散布护轮轨,支架及配件,安装护轮轨,整修等 |
| 线路其他工程 | 平交道口 单线道口 | 制作钢筋混凝土道口板(C30),道口清理浮渣,制作、安装护轨,填铺垫层,铺砌道口,木料涂防腐油,安装、清理等 |
| | 平交道口 股道间道口 | 制作钢筋混凝土道口板(C30),道口清理浮渣,填铺垫层,铺砌,清理等 |
| | 车挡 | 车挡的安装,车挡标志的安装 |
| | 线路及信号标志 洞内标志 | 标志定位、划印、边墙钻孔,用膨胀螺栓固定标志 |
| | 线路及信号标志 洞外标志及永久性基标 | 木模制作、安装、拆除,钢筋制作及绑扎,混凝土制作、灌注、振捣及养护,标志涂油两遍及涂料写字、挖坑埋设等 |
| | 沉落整修及机车压道 沉落整修 | 起道细找、捣固、串道心、细方枕木、细拨道、均匀石渣、整理道床、线路整理(调整轨缝、轨距、轨距杆、防爬器、紧螺栓、打浮钉) |
| | 沉落整修及机车压道 加强沉落整修 | 起道、填渣、捣固、线路及道岔改道、方枕、拨道、调整轨缝、压道整修等 |
| | 沉落整修及机车压道 机车压道 | 正线 50 次以上,站线 30 次以上 |
| | 改动无缝线路 应力放散 | 应力放散前准备,松开扣件螺栓和防爬设备,装卸拉伸器,长钢轨应力放散,换缓冲钢轨 |
| | 改动无缝线路 锁定 | 方正接头轨枕,拧紧螺栓,量测观测桩放散量,标写锁定轨温及日期 |
| 接触轨安装 | 接触轨安装 | 检配、运散接触轨及配件,安装接触轨底座、绝缘子,安装接触轨,安装接触轨温度接头、防爬器等。碎石道床包括接触轨加长枕木铺设,整体道床包括混凝土底座吊架安装、拆除 |
| | 接触轨焊接 | 量锯接触轨接头,打磨轨端,对缝、预热、焊接、除瘤打磨、探伤 |
| | 接触轨弯头安装 | 运散接触轨弯头、配件及底座,接触轨弯头安装。碎石道床包括接触轨加长枕木铺设,整体道床包括混凝土底座吊架安装、拆除 |
| | 安装防护板 | 检配、运散接触轨防护板、底座、支架及配件,安装底座、支架及防护板。碎石道床包括接触轨加长枕木铺设,整体道床包括混凝土底座吊架安装、拆除 |
| 轨料运输 | | 轨料装、运、卸、码放、返回 |

表 11-1-4　通信工程工作内容

| 项目 | | 工作内容 |
|---|---|---|
| 导线敷设 | 顶棚敷设导线、托架敷设导线 | 绝缘测试、量裁、布放、绑扎、整理、导线剥头、固定防护、标识 |
| | 地槽敷设导线 | 绝缘测试、打开盖板、清理地槽、量裁、地槽布放、绑扎、整理、导线剥头、焊压接线端子、固定防护、标识、恢复盖板、现场清理 |
| 电缆、光缆敷设及吊、托架安装 | 顶棚敷设电缆 | 搬运、电缆检验、顶棚敷设电缆、绑扎、预留缆固定、芯线校通、封电缆头、标识、记录 |
| | 托架敷设电缆 | 搬运、电缆检验、托架敷设电缆、绑扎、固定、整理、预留缆固定、芯线校通、绝缘测试、封电缆头、标识、记录 |
| | 站内、洞内钉固及吊挂敷设电缆 | 搬运、电缆检验、划线、定位、敷设钉固（吊挂）电缆、整理、芯线校通、绝缘测试、封电缆头、标识、记录 |
| | 安装托板托架、吊架 | 搬运、检验、定位、划线、打孔、托架紧固、安装吊架、托板安装调整、检查清理 |
| | 托架敷设光缆、钉固敷设光缆 | 搬运、检验光缆、配盘、托架敷设光缆、绑扎及预留缆固定、整理、测试、封光缆头、标识、记录 |
| | 地槽敷设光缆 | 搬运、检验光缆、配盘、地槽清理、敷设地槽光缆、绑扎固定、整理、封光缆头、测试、标识、记录、恢复盖板、现场清理 |
| 电缆接焊、光缆接续与测试 | 电缆接焊 | 定位、量裁、检验、缆芯清洁处理、接焊缆对号、芯线接续、复测对号、编线绑扎、穿封套管、充气试验、安装固定 |
| | 电缆测试 | 电缆测试、记录 |
| | 光缆接续 | 检验器材、定位、量裁、剥缆、纤芯清洁处理、光纤熔接、接头测试、检查、收纤、固定、安装保护盒、清理、防护 |
| | 光缆测试 | 光缆测试、标识、记录 |
| 通信电源设备安装 | 蓄电池安装及充放电 | 开箱检验、清洁搬运、连接组合、充放电及容量试验、安装电池、调整水平、检查测量、电池标志、记录 |
| | 电源设备安装 | 开箱检验、清洁搬运、划线定位、设备就位、连接固定、通电试验 |
| 通信电话设备安装 | 安调程控交换机及附属设备 | 安调程控交换机 | 开箱检验、清洁搬运、安装固定、性能测试、开通、功能设置、软（硬）件安装、调试、开通以及相应配线架（柜）安装、修改局数据、增减中继线、试验并记录 |
| | | 安调附属设备 | 开箱检验、清洁搬运、安装固定、性能测试、开通、功能设置、软硬件安装、调试、开通、试验并记录 |
| | 安调电话设备及配线装置 | 安调电话设备 | 开箱检验、清洁搬运、安装固定、功能设置、性能测试、开通、记录 |
| | | 安调配线装置 | 开箱检验、清洁搬运、安装固定、性能测试、记录 |
| 无线设备安装 | 安调电台及控制、附属设备 | 安调电台及控制、附属设备 | 开箱检验、清洁搬运、安装固定、指标测试、数据输入、试验开通、调整、记录 |
| | | 系统调试 | 试验开通、测试、调整、记录 |
| | 安调无线天线、馈线及场强测试 | 安调天线、馈线 | 开箱检验、清洁搬运、安装固定、指标测试、软缆敷设连接、调整、记录 |
| | | 场强测试 | 场强测试、记录 |
| 光传输、网管及附属设备安装 | 光传输、网管及附属设备安装 | 光传输、网管设备安装 | 开箱检验、清洁搬运、安装固定、性能测试、连接线缆、绑扎整理、试验记录 |
| | | 光纤及数字配线架安装 | 开箱检验、清洁搬运、定位安装、调整 |
| | | 附件安装 | 开箱检验、清洁搬运、定位安装、性能测试、连接线缆、绑扎整理、试验记录 |
| | 稳定观测、运行试验 | | 仪表准备、器材检验、设备试通、测试、记录 |
| 时钟设备安装 | 安调中心母钟设备 | | 开箱检验、清洁搬运、定位安装、性能测试、连接线端、绑扎整理、试验记录 |
| | 安调二级母钟及子钟设备 | | 开箱检验、清洁搬运、安装固定、测试检查、馈线连接、调校开通、记录 |

| 项目 | | 工作内容 |
|---|---|---|
| 专用设备安装 | 安调中心广播设备 | 开箱检验、清洁搬运、安装固定、功能测试、指标测试、调整开通、稳定性调试、记录 |
| | 安调车站及车场广播设备 | 开箱检验、清洁搬运、安装固定、测试检查、连接绑扎、调整开通、通电运行、记录 |
| | 安调附属设备及装置 | 开箱检验、清洁搬运、安装固定、指标测试、调整、试验开通、记录 |

**表 11-1-5　信号工程工作内容**

| 项目 | | 工作内容 |
|---|---|---|
| 室内设备安装 | 控制台安装 | 现场搬运、吊装、就位安装、画线打眼、配线、导通试验 |
| | 电源设备安装 | 画线打眼、就位安装、配线、导通测试 |
| | 各种盘、架、柜安装 | 安装配线、组合导通、继电器测试、插继电器写铭牌、导通测试 |
| 信号机安装 | 矮型色灯信号机安装 | 安装配线、涂油、调整试验 |
| | 高柱色灯信号机安装 | 安装配线、涂油、调整试验、立杆 |
| | 表示器安装 | 安装配线、涂油、调整试验 |
| | 信号机托架安装 | 组合安装、涂油、调整试验 |
| 电动道岔转辙装置安装 | | 安装配线、打眼、固定安装装置、密贴调整杆、表示杆加工、清扫涂油、调整试验 |
| 轨道电路安装 | 轨道电路安装 | 箱盒内部器材安装配线、安装引接线及卡具、调整测试 |
| | 轨道绝缘安装 | 安装轨道绝缘、安装杆件绝缘 |
| | 钢轨接续线、道岔跳线、极性交叉回流线安装 | 推车运输、接临时电源、焊接及固定 |
| | 传输环路安装 | 环路敷设、馈电单元及电阻盒配线安装、调整测试 |
| 室外电缆防护、箱盒安装 | 电缆防护 | 穿管、过隔断门、电缆绑扎 |
| | 电缆盒、变压器箱、分线箱安装 | 安装箱盒及保护管、挖作电缆头、配线及编号、灌注、涂油、调整测试 |
| | 发车计时器安装 | 安装配线、调整测试 |
| 基础 | 信号机、箱、盒基础 | 基础挖土方、模板制作、安装、拆除、混凝土拌制、浇筑、振捣、养护、回填 |
| | 信号机卡盘、电缆、地线埋设标 | 基础挖土方、模板制作、安装、拆除、混凝土拌制、浇筑、振捣、养护、回填 |
| 车载设备调试 | 列车自动防护（ATP）车载设备调试 | 接口电路测试、通电检查、灵敏度测试等 |
| | 列车自动运行（ATO）车载设备调试 | 接口电路测试、通电试验、功能检测 |
| | 列车识别装置（PTI）车载设备调试 | 应答器测试、各种性能检测 |
| 系统调试 | 继电连锁系统调试 | 电源连接、设备调整、连锁试验 |
| | 微机连锁系统调试 | 站间联系试验 |
| | 调度集中系统调试 | 通道检测、遥控检测、遥控功能检测调试、遥信功能检测调试、双机切换功能调试 |
| | 列车自动防护（ATP）系统调试 | 基本功能调试、操作功能调试、紧急制动功能调试、其他功能调试 |
| | 列车自动监控（ATS）系统调试 | 通道检测、信息采集与显示测试、遥控命令执行调试、TDT 与 PTI 调试、时刻表下载调试 |
| | 列车自动运行（ATO）系统调试 | 列车自动启动功能调试、区间调速停车再启动功能调试、进站定点停车功能调试、其他功能调试 |
| | 列车自动控制（ATC）系统调试 | 列车运行间隔调整调试、各种提示、显示准确性调试，各种报告、储存、显示调试，输出信息准确性调试，列车折返和列车最小运行间隔时间调试 |
| 其他 | 信号设备接地装置 | 制作地线、挖埋接地装置、固定引线、调整测试 |
| | 分界标 | 划线打眼、安装固定 |
| | 信号设备预埋 | 选管、胀管弯管、埋设、穿管、堵口 |
| | 调谐单元管 | 施工准备调查、定位、弯管、检查、埋管 |

## 11.1.2　地铁工程定额说明

### 11.1.2.1　土建工程定额说明

（1）土石方与支护工程

①《全统市政定额》第九册《地铁工程》第一部分第一章土方与支护包括土方工程、支护工程2节26个子目。

②定额中未含土方外运项目，发生时执行《全统市政定额》第一册《通用项目》相应子目。

③竖井挖土方项目未分土质类别，按综合考虑的。

④盖挖土方项目以盖挖顶板下表面划分，顶板下表面以上的土方执行《全统市政定额》第一册《通用项目》的土方工程相应子目，顶板下表面以下的土方执行盖挖土方相应子目。

（2）结构工程

①《全统市政定额》第九册《地铁工程》第一部分第二章结构工程包括混凝土、模板、钢筋、防水工程共4节83个子目。

②定额中喷射混凝土按C20测算，与设计要求不同时可按各省、自治区、直辖市标准进行调整。子目中已包括超挖回填、回弹和损耗量。

③定额中钢筋工程是按$\phi$10mm以上及$\phi$10mm以下综合编制的。

④定额中的预制混凝土站台板子目只包括了站台板的安装费用，未含预制混凝土站台板本身价格，其价格由各省、自治区、直辖市造价管理部门自行编制确定。

⑤圆形隧道的喷射混凝土及混凝土项目按拱顶、弧墙、拱底划分，其中起拱线以上为拱顶，起拱线至墙脚为弧墙，两墙脚之间为拱底，分别套用相应子目。

⑥临时支护喷射混凝土子目，适用于施工过程中必须采用的临时支护措施的喷射混凝土。

⑦竖井喷射混凝土执行临时支护喷射混凝土子目。

⑧模板按钢模板为主、木模板为辅综合测算。区间隧道模板分为钢模板钢支撑、钢模板木支撑及隧道模板台车项目，其中隧道非标准断面执行相应的钢模板钢支撑和钢模板木支撑项目，隧道标准断面应执行隧道模板台车项目。底板梁的模板按混凝土的接触面积并入板的模板计算。梗斜的模板靠墙的并入墙的模板计算；靠梁的并入梁的模板计算。

⑨模板项目中均综合考虑了地面运输和模板的地面装卸费用。

（3）其他工程

①《全统市政定额》第九册《地铁工程》第一部分第三章其他工程包括隧道内临时工程拆除、材料运输、竖井提升3节共计13个子目。

②定额中临时工程适用于暗挖或盖挖施工时所铺设的洞内临时性管、线、路工程。

③定额中拆除混凝土子目中未含废料地面运输费用，如发生执行《全统市政定额》第一册《通用项目》第一章相应子目。临时工程按季度摊销量测算，不足一季度按一季度计算。

④洞内材料运输和材料竖井提升子目仅适用于洞内施工（盖挖与暗挖）所使用的水泥、砂、石子、砖及钢材的运输与提升。

### 11.1.2.2　轨道工程定额说明

（1）铺轨

①《全统市政定额》第九册《地铁工程》第二部分第一章轨道包括隧道铺轨、地面铺轨、桥面铺轨、道岔尾部无枕地段铺轨、换铺长轨共5节28个子目。

② 铺轨定额所列扣件根据隧道、地面、桥面道床形式和轨枕类型不同，分别按弹条扣件和无螺栓弹条扣件列入定额子目。

③ 人工铺长轨、换铺长轨子目，不包括长轨焊接费用，实际发生时执行本章长轨焊接相应子目。

④ 换铺长轨子目不包括工具轨的铺设费用，但包括工具轨的拆除、回运及码放费用。

⑤ 道岔尾部无枕地段铺轨，系指道岔跟端至末根岔枕中心距离（L）已铺长岔枕地段的铺轨。长岔枕铺设的用工、用料均在铺道岔定额中。

⑥ 整体道床铺轨子目已包括了钢轨支撑架的摊销费用。

（2）铺道岔

① 《全统市政定额》第九册《地铁工程》第二部分第二章铺道岔包括人工铺单开道岔、复式交分道岔和交叉渡线共 3 节 12 个子目。

② 碎石道床地段铺设道岔，岔枕是按木枕和钢筋混凝土枕分别考虑的；整体道床地段铺设道岔，岔枕是按钢筋混凝土短岔枕考虑的。

③ 定额的整体道床铺道岔所采用的支撑架类型、数量是按施工组织设计计算的，其支撑架的安拆整修用工已含在定额内。

④ 定额中道岔轨枕扣件按分开式弹性扣件计列，如设计类型与定额不同时，相应扣件类型按设计数量进行换算。

（3）铺道床

① 《全统市政定额》第九册《地铁工程》第二部分第三章铺道床包括铺碎石道床 1 节共 3 个子目。

② 定额适用于城市轨道交通工程地面线路碎石道床铺设。

（4）安装轨道加强设备及护轮轨

① 《全统市政定额》第九册《地铁工程》第二部分第四章安装轨道加强设备及护轮轨包括安装轨道加强设备和铺设护轮轨共 2 节 10 个子目。

② 定额中安装绝缘轨距杆，是按厂家成套成品安装考虑的。

③ 定额中防爬支撑子目是按木制防爬支撑考虑的，如设计使用材质不同时，另列补充项目。

④ 铺设护轮轨子目是按北京市城建设计院设计的地铁防脱护轨考虑的，本子目系按单侧编制，双侧安装时按实际长度折合为单侧工作量。

（5）线路其他工程

① 《全统市政定额》第九册《地铁工程》第二部分第五章线路其他工程包括铺设平交道口、安装车挡、安装线路及信号标志、沉落整修及机车压道、改动无缝线路 5 节共 19 个子目。

② 铺设平交道口项目其计量的单位 10m 宽系指道路路面宽度，夹角系指铁路与道路中心线相交之锐角；本项目是按木枕地段 50kg 钢轨、板厚 100mm、夹角 90°设立的。

③ 安装线路及信号标志的洞内标志，按金属搪瓷标志考虑综合，洞外标志和永久性基标按混凝土制标志考虑。

④ 沉落整修项目仅适用于人工铺设面渣地段。

⑤ 加强沉落整修项目适用于线路开通后，其行车速度要求达到 45km/h 以上时使用，当无此要求时，则应按规定采用沉落整修项目，两个项目不能同时使用。

⑥ 机车压道项目仅适用于碎石道床人工铺轨线路。

⑦ 改动无缝线路项目仅适用于地面及桥面无缝线路铺轨。

(6) 接触轨安装

① 《全统市政定额》第九册《地铁工程》第二部分第六章接触轨安装包括接触轨安装、接触轨焊接、接头轨弯头安装、安装防护板共 4 节 7 个子目。

② 定额中接触轨焊接是按移动式气压焊现场焊接考虑的。

③ 定额中安装接触轨防护板定额是按玻璃钢防护板考虑的，如使用木制防护板，由各省、自治区、直辖市定额管理部门另行补充项目。

④ 定额中整体道床接触轨安装已包括混凝土底座吊架的摊销费用。

(7) 轨料运输

① 《全统市政定额》第九册《地铁工程》第二部分第七章轨料运输共 1 节 2 个子目。

② 定额适用于长钢轨运输、标准轨及道岔运输。

③ 定额中轨料运输运距按 10km 综合考虑，

④ 定额中轨料运输包括将钢轨及道岔自料库基地（或焊轨场）运至工地的费用。

### 11. 1. 2. 3　通信工程定额说明

(1) 导线敷设

① 《全统市政定额》第九册《地铁工程》第三部分第一章导线敷设包括天棚敷设导线、托架敷设导线、地槽敷设导线共 3 节 11 个子目，适用于地铁洞内导线常用方式的敷设。

② 定额中敷设导线子目是根据导线类型、规格按敷设方式设置的。且 9-208～9-212 子目每百米均综合了按导线截面通过电流大小配置的相应接线端子 20 个。

③ 导线敷设引入箱、架中心部（或设备中心部）后，应另再增加 1.5m 的预留量。

④ 天棚、托架敷设导线项目分别按每 1.5m 防护绑扎和 5m 绑扎一次综合测算。

⑤ 敷设导线定额的预留量。

a. 根据广播网络洞内扬声器布设的需要，托架敷设广播用导线每 50m 预留 1.5m。

b. 根据洞内隧道电话插销布设的需要，托架敷设隧道电话插销用导线每 200m 应预留 3m。

c. 其他要求的预留量，可参照托架敷设电缆预留量的标准执行。

(2) 电缆、光缆敷设及吊、托架安装

① 《全统市政定额》第九册《地铁工程》第三部分第二章电缆、光缆敷设及吊、托架安装包括天棚敷设电缆，托架敷设电缆，站内、洞内钉固及吊挂敷设电缆，安装托板托架、吊架，托架敷设光缆，钉固敷设光缆，地槽敷设光缆共 7 节 41 个子目，适用于地铁电缆、光缆站内、洞内常用方式的敷设和托、吊架的安装。

② 电缆、光缆敷设预留量的规定见表 11-1-6。

③ 天棚、托架、地槽敷设电缆、光缆子目，是根据每 5m 绑扎一次综合测定的。

④ 站内钉固电缆子目是按每 0.5m 钉固一次综合测定的。洞内电缆子目是按每米钉固一次敷设的，若间距小于等于 0.5m 时，可适当按照站内相应钉固子目予以调整。光缆钉固子目不分站内、洞内均按每米钉固一次综合测定。

⑤ 安装托板托架子目是以面层镀锌工艺制作、镀层厚 4～51μm 的 6 层组合式膨胀螺栓固定的托板托架设置的，每套由 1 根托架、6 块活动托板组成。若使用 5 层一体化预埋铁螺栓紧固托板托架时，人工用量按该子目的 80% 调整。

⑥ 安装漏缆吊架（工艺要求同托架）包括安装吊架本身以及连接固定漏缆的卡扣。

⑦ 洞内安装漏泄同轴电缆是按每米吊挂一次综合测算的。

⑧ 光缆敷设综合考虑了仪器仪表的使用费，光缆芯数超出 108 芯以后，光缆芯数每增加 24 芯，敷设百米光缆，人工增加 0.8 个工日，仪器仪表的使用费增加 5.18 元。

表 11-1-6　电缆、光缆敷设预留量

| 序号 | 项目 | | 数目 |
|---|---|---|---|
| 1 | 电缆预留量 | 1. 接续处预留量 | 预留 1.5～2m |
| | | 2. 引入设备处预留量 | 预留 1～2m |
| | | 3. 总配线架成端预留量 | 100 对成端预留量 3.5m(采用一条 100 对电缆成端) |
| | | | 200 对成端预留量 4.5m(采用一条 200 对电缆成端) |
| | | | 300 对成端预留量 5.5m(采用一条 300 对电缆成端) |
| | | | 400 对成端预留量 9m(采用两条 200 对电缆成端) |
| | | | 600 对成端预留量 11m(采用两条 300 对电缆成端) |
| | | 4. 组线箱成端预留量 | 50 对以下组线箱成端预留 1.5m |
| | | 5. 交接箱接头排预留量 | 100 对电缆以上接头排预留 5m |
| | | 6. 分线箱(盒)预留量 | 50 对以下箱(盒)预留 2.5m |
| 2 | 光缆预留量 | 1. 接续处预留量 | 预留 2～3m |
| | | 2. 引入设备处预留量 | 预留 5m |
| | | 3. 中继站两侧引入口处预留量 | 各预留 3～5m |
| | | 4. 接续装置内光纤收容余长 | 每侧不得小于 0.8m |
| | | 5. 敷设托架光缆、进出平拉隧道隔断门(或立转门)、跨越绕行 | 敷设托架光缆每 200m 增加 2～3m 预留量,进出平拉隧道隔断门(或立转门)各增加 5m(或 3m)的预留量,跨越绕行增加 12m(或 2.5m)的计算长度 |
| | | 6. 其他特殊情况 | 请按设计规定执行 |

⑨ 电缆、光缆敷设的检验测试,要有完整的原始数据记录,以作为工程资料的一个组成部分。电缆、光缆在运往现场时,应按施工方案配置好顺序。隧道区间内预留的电缆、光缆必须固定在隧道壁上,以防止列车碰剐。

(3) 电缆接焊、光缆接续与测试

① 《全统市政定额》第九册《地铁工程》第三部分第一章电缆接焊、光缆接续与测试包括电缆接焊、电缆测试、光缆接续、光缆测试共 4 节 20 个子目。适用于地铁工程常用的电缆接焊、光缆接续与测试。

② 电缆接焊头项目,是以缆芯对数划分按前套管直通头封装方式测算的。本项目适用于常用电缆接头的芯线接续(一字形、分歧形),接头的对数为计算标准。

a. 纸隔与塑隔电缆的接续点按塑隔芯线计算,大小线径相接按大小线径计算。

b. 若为分歧接焊,在相同对数的基础上:铅套管分歧封头按相同对数铅套管直通头子目规定,人工增加 10%,分歧封头材料费按定额消耗量不变,材料单价可调整。C 形套管接续套用相同规格子目,主要材料换价计取。

③ 电缆全程测试项目,是指从总配线架(或配线箱)至配线区的分线设备端子的电缆测试,包括测试中对造成的故障线路修复,并综合考虑了相应仪器仪表的使用费。

④ 光缆接续子目综合考虑了仪器仪表的使用费,光缆芯数每增加 24 芯,人工增加 8 个工日,仪器仪表的使用费增加 224.06 元。

⑤ 光缆测试子目综合考虑了仪器仪表的使用费,光缆芯数每增加 24 芯,人工增加 4 个工日,仪器仪表的使用费增加 129.33 元。

(4) 通信电源设备安装

① 《全统市政定额》第九册《地铁工程》第三部分第四章通信电源设备安装包括蓄电池安装及充放电、电源设备安装共 2 节 14 个子目。适用于地铁常用通信电源的安装和调试。

② 蓄电池项目,是按其额定工作电压、容量大小划分,以蓄电池组综合测算的,适用于 24V、48V 工作电压的常用蓄电池组安装及蓄电池组按规程进行充放电。蓄电池组容量超

过 500A 时：24V 蓄电池组每增加 500A 时，人工增加 1.5 工日；48V 蓄电池组每增加 500A 时，人工增加 4 工日。

③ 蓄电池电极连接系按电池带有紧固螺栓、螺母、垫片考虑的。定额中未考虑焊接。如采用焊接方式连接，除增加焊接材料外，人工工日不变。

④ 蓄电池组容量和电压与定额所列不同时，可按相近子目套用。

⑤ 安装调试不间断电源和数控稳压设备项目，是按额定功率划分，以台综合测算的。包括了电源间与设备间进出线的连接和敷设。

⑥ 组合电源设备的安装已包括进出线、缆的连接，但未包括进出线、缆的敷设。

⑦ 安装调试充放电设备项目，包括监测控制设备、变阻设备、电源设备的安装、调试与连接线缆的敷设。

⑧ 安装蓄电池机柜、架定额是以 600mm（宽）×1800×（高）×600mm（厚）的机柜；二层总体积为 2200mm（宽）×1000mm（高）×1500mm（厚）的蓄电池机架综合测定的。

⑨ 配电设备自动性能调测子目是以台综合测算的。

⑩ 布放电源线可参考导线敷设中相应子目。

（5）通信电话设备安装

①《全统市政定额》第九册《地铁工程》第三部分第五章通信电话设备安装包括安调程控交换机及附属设备、安调电话设备及配线装置共 2 节 19 个子目。适用于地铁工程国产和进口各种制式的程控交换机设备的硬件、软件安装、调试与开通，以及电话设备安装和调试。

② 程控交换机安装调试项目均包括硬件的安装调试和软件的安装调试，且综合考虑了仪器仪表的使用费。

程控交换机的硬件安装各子目均包括相对应的配线架（柜）的安装（配线架的容量按交换机容量 1.4～1.6 倍计）。工作内容还包括：安插电路板及机柜部件、连接地线、电源线、柜间连线、加电检查，程控交换机至配线架（柜）横列间所有电缆的量裁、布放、绑扎、绕接（或卡接）。其中主要连接线、缆敷设按程控机房、电源室、配线架的相应长度以及各种连接插件的安装按规定数量已综合在子目内。程控交换机软件安装包括以下内容。

a. 程控交换机进行系统硬件测试。

b. 系统配置的数据库生成，用户及中继线数据库生成，各项功能数据库的生成，列表检查核对，复制设备软盘。

③ 程控交换机定额，只列出了 5000 门以下的交换设备。若实际设置超过 5000 门容量的交换设备，按超过的容量，直接套用相应子目计取。

④ 安调终端及打印设备、计费系统、话务台、修改局数据、增减中继线、安装远端用户模块定额均指独立于程控交换机安装项目之外的安装调试。

⑤ 终端及打印设备安装调试定额均包括：终端设备、打印机的安装调试及随机附属线、缆的连接。

⑥ 计费系统安装调试均包括：计算机、显示器、打印机、调制解调器、电源、鼠标、键盘的安装调试及随机线缆、进出线缆的连接。

⑦ 话务台安装调试定额均包括：计算机、显示器、鼠标、键盘、LSDT 设备安装调试及随机线缆、进出线缆的连接。

⑧ 安装调试程控调度交换设备、程控调度电话、双音频电话、数字话机（或接口）均包括：设备（或装置）本身的安装调试及附属接线盒的安装和线、缆的连接。

⑨ 安装交接箱定额是以 600 回线交接箱的安装综合测算的；安装卡接模块定额是以

10 回线模块的安装综合测算的；安装交接箱模块支架定额是以安装 10×10 回线的模块支架综合测定的；安装卡接保安装置定额是以安装在卡接模块每回线上的保安装置综合测算的。

⑩ 计算机终端及打印机单独安装调测时，可按全国统一安装工程预算定额的相应子目计取。

（6）无线设备安装

① 《全统市政定额》第九册《地铁工程》第三部分第六章无线设备安装包括安装电台及控制、附属设备，安装天线、馈线及场强测试，共 2 节 11 个子目，适用于车站、车场、列车电台设备的安装调试。

② 安装基地电台项目包括：机架、发射机、接收机、功放单元、控制单元、转换单元、控制盒、电源的安装调试以及随机线缆安装、进出线缆的连接，且综合考虑了仪器仪表的使用。

③ 安装调测中心控制台项目包括：计算机、显示器、控制台、鼠标、键盘的安装调试以及随机线缆安装、进出线缆的连接。

④ 安装调试录音记录设备项目、安装调试便携电台（或集群电话）均以单台综合测算的，且安装调试便携电台（或集群电话）子目还综合考虑了仪器仪表的使用费。

⑤ 安装调测列车电台是以安装调试含有设备箱的一体化结构电台、控制盒、送受话器以及随机线缆安装、进出线缆连接综合测算的，且综合考虑了仪器仪表的使用费。

⑥ 固定台天线是以屋顶安装方式综合测算的，采用其他形式安装时，可参考本定额另行计取。车站电台天线安装调试，可直接套用列车天线相应子目。

⑦ 场强测试是按正线区间（1km）双隧道，并分别按照顺向、逆向、重点核查三次测试而综合测算的，且综合考虑了仪器仪表的使用费。

⑧ 同轴软缆敷设以 30m 为 1 根计算，超过 30m 每增加 5m 为 1 根计算。

⑨ 系统联调，是以包括 1 套中心控制设备，10 套车站设备，20 套列车设备为一系统综合测算的，且综合考虑了仪器仪表的使用费。

⑩ 设备安调均以带有机内（或机间）连接线缆综合考虑，设备到端子架（箱）的连接线缆，可参照定额有关章节适当子目另行计取。

（7）光传输、网管及附属设备安装

① 《全统市政定额》第九册《地铁工程》第三部分第七章光传输、网管及附属设备安装包括光传输、网管及附属设备安装，稳定观测、运行试验共 2 节 11 个子目，适用于 PCM、PDH、SDH、OTN 等制式的传输设备的安装和调试。

② 安装调试多路复用光传输设备包括：端机机架、机盘、光端机、复用单元、传输及信令接口单元、光端机主备用转换单元、维护单元、电源单元的安装调试以及随机线缆安装、进出线缆的连接，且综合考虑了相应仪器仪表的使用费。但不含 UPS 电源设备的安装调试。

③ 安调中心网管设备定额，安装调试车站网管设备定额，均以套综合测算。其中安装调试中心网管设备综合考虑了相应仪器仪表的使用费。安装调试中心网管设备包括：中心网管设备、计算机、显示器、鼠标、键盘的安装调试以及随机线缆的安装连接。安装调试车站网管设备包括：车站网管设备的安装调试和随机线、缆的安装连接。

④ 安装光纤配线架、数字配线架、音频终端架，均以架综合测算。其中光纤配线架和音频终端架定额是以 60 芯以下配线架综合测算的。

⑤ 放绑同轴软线以 10m 为 1 条测算，尾纤制作连接以 3m 为 1 条测算。

⑥ 安装光纤终端盒以个综合测算。

⑦ 传输系统稳定观测，网管系统运行试验定额，均以 10 个车站、1 个中心站为一个系统综合测算的，且综合考虑了相应仪器仪表的使用费。

⑧ 设备安装调试均以带有机内（或机间）连接线缆综合考虑，设备到端子架（箱）的连接线缆，可参照定额相关章节适当子目，另行计取。

（8）时钟设备安装

① 《全统市政定额》第九册《地铁工程》第三部分第八章时钟设备安装包括安装调试中心母钟设备、安装调试二级母钟及子钟设备共 2 节 9 个子目，适用于计算机管理的、GPS 校准的、以中央处理器为主单元的数字化子母钟运营、管理系统的安装调测。

② 安装调试中心母钟定额，以套综合测算，且考虑了相应仪器仪表的使用费。包括：机柜、电视解调器、自动校时钟、多功能时码转换器、卫星校频校时钟、高稳定时钟（2 台）、时码切换器、时码发生器、时码中继器、中心检测接口、中心监测接口、时码定时通信器、计算机接口装置直流电源的安装调试，以及随机线缆安装、进出线缆的连接。

③ 全网时钟系统调试是以 10 套二级母钟、1 套中心母钟为一系统综合测定的，且考虑了相应仪器仪表的使用费。

④ 安装调试二级母钟包括：机柜、高稳定时钟、车站监测接口、时码分配中继器的安装调试，以及随机线缆安装、进出线缆的连接。

⑤ 车站时钟系统调试，是以每套二级母钟带 35 台子钟为一系统综合考虑的，且考虑了相应仪器仪表的使用费。

⑥ 站台数显子钟是以 $10'$ 双面悬挂式、发车数显子钟以 $5'$ 单面墙挂式、室内数显子钟以 $3'$ 单面墙挂式、室内指针子钟以 $12'$ 单面墙挂式综合测算的。

⑦ 安调卫星接收天线包括：天线的安装调试和 20m 同轴电缆的敷设连接。

⑧ 电源设备、微机设备安装调试，可参考定额其他章节或《全国统一安装工程预算定额》相关子目。

⑨ 设备安装调试定额均以带有机内（或机间）连接线缆综合考虑，设备到端子架（箱）的连接线缆，可参照定额相关章节适当子目另行计取。

（9）专用设备安装

① 《全统市政定额》第九册《地铁工程》第三部分第九章专用设备安装包括安装中心广播设备、安装调试车站及车场广播设备、安调附属设备及装置共 3 节 22 个子目，适用于计算机控制管理、以中央处理器为主控制单元的各种有线广播设备的安装，以及调测和通信专用附属设备的安装、调试。

② 中心广播控制台设备是以 20 回路输出设备综合测定的，且考虑了相应仪器仪表的使用费。包括控制台、计算机、显示器、鼠标、键盘的安装调试以及随机线缆的安装连接。车站广播控制台设备，是以 10 回路输出设备综合测定的，且考虑了相应仪器仪表的使用费。包括车站控制台、话筒的安装调试，以及随机线缆安装、进出缆的连接。

③ 车站功率放大设备是以输出总功率 2800W 设备综合考虑的，以套为单位计算。包括机架、功放单元（7 层）、变阻单元（3 层）、切换分机、功放检测分机、电源分机的安装调试，以及随机线缆安装、进出线缆的连接，且考虑了相应仪器仪表的使用费。

④ 车站广播控制盒、防灾广播控制盒是以具有放音卡座及语音存储器功能的设备综合考虑的。包括控制盒和话筒的安装调试以及随机线缆安装、进出线缆的敷设连接。

⑤ 安装调试列车间隔钟是以含有支架安装综合测算的。

⑥ 安装调试中心广播接口设备、车站广播接口设备、扩音转接机、电视遥控电源单元、

设备通电 24h，以及安装调试专用操作键盘，均以台综合测算。其中安装调试中心广播接口设备、安装调试车站广播接口设备子目，均考虑了相应仪器仪表的使用费。

⑦ 安装广播分线装置、安装调试扩音通话柱、安装音箱、安装纸盆扬声器、安装吸顶扬声器、安装号码标志牌、安装隧道电话插销、安装监视器防护外罩定额，均以个综合测算。安装号筒扬声器子目以对测算。

⑧ 安装号码标志牌，特指隧道内超运距安装。若在隧道外安装时，每个号码标志牌人工调减至 0.1 工日。

⑨ 系统稳定性调试定额，是以 1 套中心广播设备，10 套车站广播设备为一系统，稳定运行 200h 综合测算的，且综合考虑了相应仪器仪表的使用费。

⑩ 设备安装调试定额均以带有机内（或机间）连接线缆综合考虑，设备到端子架（箱）的连接线缆可参照相关章节适当子目另行计取。

### 11.1.2.4 信号工程定额说明

（1）室内设备安装

① 《全统市政定额》第九册《地铁工程》第四部分第一章室内设备安装包括：控制台安装，电源设备安装，各种盘、架、柜安装共 3 节 52 个子目。

② 定额中不含非定型及数量不固定的器材（如组合、继电器、交流轨道电路滤波器等），编制概预算时应按设计数量另行计算其消耗量。但其安装所需要的工、料费用已综合在各有关子目中。

③ 单元控制台安装（按横向单元块数分列子目），调度集中控制台安装，信息员工作台安装，调度长工作台安装，调度员工作台安装，微机连锁数字化仪工作台安装，微机连锁应急台安装，综合了室内地脚螺栓安装和地板上摆放安装所用人工、材料消耗量。

④ 调度集中控制台安装，不含通信设备、微机终端设备的安装接线。

⑤ 分线柜安装按六柱端子、十八柱端子分 10 组道岔以上、10 组道岔以下综合测算。不包括分线柜与墙体的绝缘设置（如发生费用另计），电缆固定以及电缆绝缘测试设备的安装。

⑥ 大型单元控制台安装（50～70 块以上）及调度集中控制台安装、信息员工作台安装、调度员工作台安装、中心模拟盘安装均考虑了搬运上楼的困难因素并增加了起重机台班的消耗量，高度按 20m 以内确定，超过 20m 时应另行计算。

⑦ 电气集中组合架安装、电气集中新型组合柜及电气集中继电器柜安装，综合了室内地脚螺栓安装和地板上摆放安装，按 25 组道岔以下、25 组道岔以上综合测算。

⑧ 电气集中组合架安装、电气集中新型组合柜安装及电气集中继电器柜安装，不包括熔丝报警器与其他电源装置的安装。

⑨ 走线架及工厂化配线槽道安装，按螺栓固定安装在室内各种盘、架、柜的上部测算，包括室内设备上部安装有走线架或工厂化配线槽道的所有设备。走线架或工厂化配线槽道与机架或墙体如设计要求需加绝缘时，其人工、材料费另计。

（2）信号机安装

① 《全统市政定额》第九册《地铁工程》第四部分第二章信号机安装包括：矮型色灯信号机安装、高柱色灯信号机安装、表示器安装、信号机托架的安装，共 4 节 9 个子目。

② 定额工作内容包括设备本身的安装固定，内部器材的安装、接线等全部工作内容。

③ 矮型色灯信号机安装与矮型进路表示器安装，不论是洞内安装在托架上还是车场安装在混凝土基础上，均综合考虑了洞内分线箱方式配线及室外（车场）电缆盒方式配线的工作内容。

（3）电动道岔转辙装置安装

①《全统市政定额》第九册《地铁工程》第四部分第三章电动道岔转辙装置安装包括：各种电动道岔转辙装置的安装及四线制道岔电路整流二极管安装等5个子目。

② 电动道岔转辙装置的安装是按普通安装方式测算的。当采用三轨方式送牵引电，电动道岔转辙装置安装侵限，需对电动道岔转辙装置改形、加工时，其消耗量不得调整。

③ 电动道岔转辙装置的安装包括了绝缘件安装用工，但不含转辙装置绝缘件本身价值。

（4）轨道电路安装

①《全统市政定额》第九册《地铁工程》第四部分第四章轨道电路安装包括：轨道电路安装，轨道绝缘安装，钢轨接续线、道岔跳线、极性交叉回流线安装与传输环路安装共4节24个子目。

② 定额中轨道电路安装、钢轨接续线安装焊接、道岔跳线安装焊接、极性交叉回流线安装焊接及传输环路安装子目中各种规格的电缆、导线在钢轨上焊接时，所采用的工艺方法均按北京地下铁道标准测算。

③ 焊药按规格每个焊头用一管，焊接模具按每套焊接40个焊头摊销。

④ 轨道电路安装含箱、盒内各种器材安装及配线。

⑤ 钢轨接续线焊接按每点含两个轨缝，每个轨缝焊接两根钢轨接续线（$95mm^2 \times 1.3m$，$95mm^2 \times 1.5m$ 橡套软铜线）测算。

（5）室外电缆防护、箱盒安装

①《全统市政定额》第九册《地铁工程》第四部分第五章室外电缆防护、箱盒安装包括室外电缆防护，箱盒安装，共两节18个子目。

② 箱盒安装，不含箱盒内各种器材设施的安装及配线。

（6）信号设备基础

①《全统市政定额》第九册《地铁工程》第四部分第六章基础包括：信号机、箱、盒基础及信号机卡盘、电缆和地线埋设共2节15个子目。

② 定额中基础混凝土均按现场浇注测算。

③ 各种基础的混凝土强度等级均采用C20。

（7）车载设备调试

①《全统市政定额》第九册《地铁工程》第四部分第七章车载设备调试包括：列车自动防护（ATP）车载设备调试、列车自动运行（ATO）车载设备调试、列车识别装置（PTI）车载设备调试共3节5个子目。

② 定额中车载设备调试包括车载信号设备本身各种功能的静态调试和动态调试，不含车载设备安装及车载设备与地面其他有关设备功能的联调。

③ 车载信号设备功能调试，是以北京地铁现有车载信号设备为依据编制的。定额中车载设备静态调试是指列车在静止状态下，对车载信号设备各种功能及指标的调整、测试。设备动态调试是指列车在装有与车载信号设备相对应的地面设备专用线上，在动态状况下，对车载设备各种功能及指标的调整、测试。

④ 车载设备调试以一列车为一车组，其一列车综合了两套车载信号设备。

（8）系统调试

①《全统市政定额》第九册《地铁工程》第四部分第八章系统调试包括：继电连锁系统调试、微机连锁系统调试、调度集中系统调试、列车自动防护（ATP）系统调试、列车自动监控（ATS）系统调试、列车自动运行（ATO）系统调试与列车自动控制（ATC）系统

调试共 7 节 11 个子目。

② 定额中信号设备系统调试指每个子系统内部各组成部分间或主设备与分设备之间的功能、指标的调整测试。

③ 定额中信号设备系统调试，是以北京地铁现有信号设备功能为依据综合测算的。

（9）信号工程其他部分

①《全统市政定额》第九册《地铁工程》第四部分第九章其他包括信号设备接地、信号设备加固、分界标与信号设备管、线预埋共 4 节 11 个子目。

② 信号设备接地，只含接地连接线，不含接地装置。如需要制作接地装置，按《全国统一安装工程预算定额》相应子目执行。

③ 地铁车站信号设备管、线预埋是指除土建部分应预留的孔、洞以外的信号室外电缆、电线引入机房或机房内其他部位信号设备管线的预埋，按"一般型和其他型"分别列子目。

## 11.1.3 地铁工程定额计算规则

### 11.1.3.1 土建工程定额计算规则

表 11-1-7　定额计算规则

| 项目 | 工程量计算规则 |
|---|---|
| 土石方与支护工程 | 1. 盖挖土方按设计结构净空断面面积乘以设计长度以"m³"计算，其设计结构净空断面面积是指结构衬墙外侧之间的宽度乘以设计顶板底至底板（或垫层）底的高度<br>2. 隧道暗挖土方按设计结构净空断面（其中拱、墙部位以设计结构外围各增加 10cm）面积乘以相应设计长度以"m³"计算<br>3. 车站暗挖土方按设计结构净空断面面积乘以车站设计长度以"m³"计算，其设计结构净空断面面积为初衬墙外侧各增加 10cm 之间的宽度乘以顶板初衬结构外放 10cm 至设计底板（或垫层）下表面的高度<br>4. 竖井挖土方按设计结构外围水平投影面积乘以竖井高度以"m³"计算，其竖井高度指实际自然地面标高至竖井底板下表面标高之差计算<br>5. 竖井提升土方按暗挖土方的总量以"m³"计算（不含竖井土方）<br>6. 回填素土、级配砂石、三七灰土按设计图纸回填体积以"m³"计算<br>7. 小导管制作、安装按设计长度以延长米计算<br>8. 大管棚制作、安装按设计图板长度以延长米计算<br>9. 注浆根据设计图纸注明的注浆材料，分别按设计图纸注浆量以"m³"计算<br>10. 预应力锚杆、土钉锚杆和砂浆锚杆按设计图纸长度以延长米计算 |
| 结构工程 | 1. 喷射混凝土按设计结构断面面积乘以设计长度以"m³"计算<br>2. 混凝土按设计结构断面面积乘以设计长度以"m³"计算（靠墙的梗斜混凝土体积并入墙的混凝土体积计算，不靠墙的梗斜并入相邻顶板或底板混凝土计算），计算扣除洞口大于 0.3 m² 的体积<br>3. 混凝土垫层按设计图纸垫层的体积以"m³"计算<br>4. 混凝土柱按结构断面面积乘以柱的高度以"m³"计算（柱的高度按柱基上表面至板或梁的下表面标高之差计算）<br>5. 填充混凝土按设计图纸填充量以"m³"计算<br>6. 整体道床混凝土和检修沟混凝土按设计断面面积乘以设计结构长度以"m³"计算<br>7. 楼梯按设计图纸水平投影面积以"m²"计算<br>8. 格栅、网片、钢筋及预理件按设计图纸重量以"t"计算<br>9. 模板工程按模板与混凝土的实际接触面积以"m²"计算<br>10. 施工缝、变形缝按设计图纸长度以延长米计算<br>11. 防水工程按设计图纸面积以"m²"计算<br>12. 防水保护层和找平层按设计图纸面积以"m²"计算 |

| 项目 | 工程量计算规则 |
|---|---|
| 其他工程 | 1. 拆除混凝土项目按拆除的体积以"m³"计算<br>2. 洞内材料运输、材料竖井提升按洞内暗挖施工部位所用的水泥、砂、石子、砖及钢材折算重量以"t"计算<br>3. 洞内通风按隧道的施工长度减 30m 计算<br>4. 洞内照明按隧道的施工长度以延长米计算<br>5. 洞内动力线路按隧道的施工长度加 50m 计算<br>6. 洞内轨道按施工组织设计所布置的起止点为准,以延长米计算。对所设置的道岔,每处道岔按相应轨道折合 30m 计算 |

## 11.1.3.2 轨道工程定额计算规则

### 表 11-1-8 轨道工程定额计算规则

| 项目 | 工程量计算规则 |
|---|---|
| 铺轨 | 1. 隧道、桥面铺轨按道床类型、轨型、轨枕及扣件型号、每公里轨枕布置数量划分,线路设计长度扣除道岔所占长度以"km"为单位计算<br>2. 地面碎石道床铺轨,按轨型、轨枕及扣件型号、每公里轨枕布置数量划分,线路设计长度扣除道岔所占长度和道岔尾部无枕地段铺轨长度以"km"为单位计算<br>3. 道岔长度是指从基本轨前端至辙叉根端的距离。特殊道岔以设计图纸为准<br>4. 道岔尾部无枕地段铺轨,按道岔根端至末根岔枕的中心距离以"km"为单位计算<br>5. 长钢轨焊接按焊接工艺划分,接头设计数量以"个"为单位计算<br>6. 换铺长轨按无缝线路设计长度以"km"为单位计算 |
| 铺道岔 | 铺设道岔按道岔类型、岔枕及扣件型号、道床形式划分,以组为单位计算 |
| 铺道床 | 1. 铺碎石道床底渣应按底渣设计断面乘以设计长度以 1000m³ 为单位计算<br>2. 铺碎石道床线间石渣应按线间石渣设计断面乘以设计长度以 1000 m³ 为单位计算<br>3. 铺碎石道床面渣应按面渣设计断面乘以设计长度,并扣除轨枕所占道床体积以 1000 m³ 为单位计算 |
| 安装轨道加强设备及护轮轨 | 1. 安装绝缘轨距杆按直径、设计数量以 100 根为单位计算<br>2. 安装防爬支撑分木枕、混凝土枕地段按设计数量以"1000 个"为单位计算<br>3. 安装防爬器分木枕、混凝土枕地段按设计数量以"1000 个"为单位计算<br>4. 安装钢轨伸缩调节器分桥面、桥头引线以"对"为单位计算<br>5. 铺设护轮轨工程量,单侧安装时按设计长度以单侧"100 延长米"为单位计算,双侧安装时按设计长度折合为单侧安装工程量,仍以单侧"100 延长米"计算 |
| 线路其他工程 | 1. 平交道口分单线道口和股道间道口,均按道口路面宽度以"10m"为单位计算。遇有多个股道间道口时,应按累加宽度计算<br>2. 车挡分缓冲滑动式车挡和库内车挡,均以"处"为单位计算<br>3. 安装线路及信号标志按设计数量,洞内标志以"个"为单位、洞外标志和永久性基标以"百个"为单位计算<br>4. 线路沉落整修按线路设计长度扣除道岔所占长度以"km"为单位计算<br>5. 道岔沉落整修以"组"为单位计算<br>6. 加强沉落整修按正线线路设计长度(含道岔)以"正线公里"为单位计算<br>7. 机车压道按线路设计长度(含道岔)以"km"为单位计算<br>8. 改动无缝线路,按无缝线路设计长度以"km"为单位计算 |
| 接触轨安装 | 1. 接触轨安装分整体道床和碎石道床,按接触轨单根设计长度扣除接触轨弯头所占长度以"km"为单位计算<br>2. 接触轨焊接,按设计焊头数量以"个"为单位计算<br>3. 接触轨弯头安装分整体道床和碎石道床,按设计数量以"个"为单位计算<br>4. 安装接触轨防护板分整体道床和碎石道床,按单侧防护板设计长度以"km"为单位计算 |
| 轨料运输 | 轨道车运输轨料重量以"t"为单位计算 |

市政工程常用资料备查手册

## 11.1.3.3　通信工程定额计算规则

表 11-1-9　通信工程定额计算规则

| 项目 | 工程量计算规则 |
|---|---|
| 导线敷设 | 1. 导线敷设子目均按照导线敷设方式、类型、规格以"100m"为计算单位<br>2. 导线敷设引入箱、架(或设备)的计算,应计算到箱、架中心部(或设备中心部) |
| 电缆、光缆敷设及吊、托架安装 | 1. 电缆、光缆敷设均是按照敷设方式根据电、光缆的类型、规格分别以"10m"、"100m"为单位计算<br>2. 电缆、光缆敷设计算规则<br>①电缆、光缆引入设备,工程量计算到实际引入汇接处,预留量从引入汇接处起计算<br>②电缆、光缆引入箱(盒),工程量计算到箱(盒)底部水平处,预留量从箱(盒)底部水平处起计算<br>3. 安装托板托架、漏缆吊架子目均以"套"为计算单位 |
| 电缆接焊、光缆接续与测试 | 1. 电缆接焊头按缆芯对数以"个"为计算单位<br>2. 电缆全程测试以条或段为计算单位<br>3. 光缆接续头按光缆芯数以"个"为计算单位<br>4. 光缆测试按光缆芯数以光中继段为计算单位 |
| 通信电源设备安装 | 1. 蓄电池安装按其额定工作电压、容量大小划分,以蓄电池组为单位计算<br>2. 安装调试不间断电源和数控稳压设备定额是按额定功率划分,以"台"为单位计算<br>3. 安装调试充放电设备以"套"为单位计算<br>4. 安装蓄电池机柜、架分别以"架"为单位计算<br>5. 安装组合电源、配电设备自动性能调测均是以"台"为单位计算 |
| 通信电话设备安装 | 1. 程控交换机安装调试定额,按门数划分以"套"为计算单位<br>2. 安调终端及打印设备、计费系统、话务台、程控调度交换设备、程控调度电话、双音频电话、数字话机均以"套"为计算单位<br>3. 修改局数据以"路由"为计算单位<br>4. 增减中继线以"回线"为计算单位<br>5. 安装远端用户模块以"架"为计算单位<br>6. 安装交接箱、交接箱模块支架、卡接模块均以"个"为计算单位 |
| 无线设备安装 | 1. 安装基地电台、安装调测中心控制台、安装调测列车电台,均以"套"为计算单位<br>2. 安装调试录音记录设备、安装调试便携电台(或集群电话),均以"台"为计算单位<br>3. 固定台天线、列车电台天线以"副"为计算单位<br>4. 场强测试以"区间"为计算单位<br>5. 同轴软缆敷设均以"根"为计算单位<br>6. 系统联调以系统为计算单位 |
| 光传输、网管及附属设备安装 | 1. 安装调试多路复用光传输设备,安装调试中心网管设备,安装调试车站网管设备,均以"套"为单位计算<br>2. 安装光纤配线架、数字配线架、音频终端架,均以"架"为单位计算<br>3. 放绑同轴软线,尾纤制作连接均以"条"为单位计算<br>4. 安装光纤终端盒以"个"为单位计算<br>5. 传输系统稳定观测、网管系统运行试验均以系统为单位计算 |
| 时钟设备安装 | 1. 安装调试中心母钟、安装调试二级母钟均以"套"为单位计算<br>2. 安装调试卫星接收天线以"副"为单位计算<br>3. 安装调试数显站台子钟、数显发车子钟、数显室内子钟、指针室内子钟均以"台"为单位计算<br>4. 车站时钟系统调试、全网时钟系统调试均以系统为单位计算 |
| 专用设备安装 | 1. 中心广播控制台设备、车站广播控制台设备、车站功率放大设备、车站广播控制盒、防灾广播控制盒、列车间隔钟、设备通电 24h 均以"套"为单位计算<br>2. 中心广播接口设备、车站广播接口设备、扩音转接机、电视遥控电源单元、专用操作键盘,均以"台"为单位计算<br>3. 广播分线装置、扩音通话柱、音箱、纸盆扬声器、吸顶扬声器、号码标志牌、隧道电话插销、监视器防护外罩,均以"个"为单位计算<br>4. 安装号筒扬声器子目以对为单位计算<br>5. 系统稳定性调试以系统为单位计算 |

## 11.1.3.4 信号工程定额计算规则

表 11-1-10 信号工程定额计算规则

| 项目 | 工程量计算规则 |
|------|----------------|
| 室内设备安装 | 1. 单元控制台安装,按横向单元块数,以"台"为单位计算<br>2. 调度集中控制台安装、信息员工作台安装、调度长工作台安装、调度员工作台安装、微机连锁数字化仪工作台安装、微机连锁应急台安装,以"台"为单位计算<br>3. 电源屏安装、电源切换箱安装,以"个"为单位计算<br>4. 电源引入防雷箱安装,按规格类型以"台"为单位计算<br>5. 电源开关柜安装、熔丝报警电源装置安装、灯丝报警电源装置安装、降压点灯电源装置安装,以"台"为单位计算<br>6. 电气集中组合架安装、电气集中新型组合柜安装、分线盘安装、列车自动运行(ATO)架安装、列车自动防护轨道架安装、列车自动防护码发生器架安装、列车自动监控(RTU)架安装及交流轨道电路与滤波器架安装,分别以"架"为单位计算<br>7. 走线架安装与工厂化配线槽道安装,以"10架"为单位计算<br>8. 电缆柜电缆固定,以"10根"为单位计算<br>9. 人工解锁按钮盘安装、调度集中分机柜安装、调度集中总机柜安装、列车自动监控(DPU)柜安装、列车自动监控(LPU)柜安装、微机连锁接口柜安装及熔丝报警器安装,以"台"为单位计算<br>10. 电缆绝缘测试,以"10块"为单位计算<br>11. 轨道测试盘,按规格型号以"台"为单位计算<br>12. 交流轨道电路防雷组合安装、列车自动防护(ATP)维修盘安装及微机连锁防雷柜安装,以"个"为单位计算<br>13. 中心模拟盘安装,以"面"为单位计算<br>14. 电气集中继电器柜安装,以"台"为单位计算 |
| 信号机安装 | 1. 矮型色灯信号机安装,高柱色灯信号机安装,分二显示、三显示,以"架"为单位计算<br>2. 进路表示器矮型二方向、矮型三方向、高柱二方向、高柱三方向,以"组"为单位计算<br>3. 信号机托架安装,以"个"为单位计算 |
| 电动道岔转辙装置安装 | 1. 电动道岔转辙装置单开道岔(一个牵引点)安装、电动道岔转辙装置重型单开道岔(二个牵引点)安装、电动道岔转辙装置(可动心轨)安装及电动道岔转辙装置(复式交分)安装,以"组"为单位计算<br>2. 四线制道岔电路整流二极管安装,以"10组"为单位计算 |
| 轨道电路安装 | 1. 50Hz交流轨道电路安装,以一送一受、一送二受、一送三受划分子目,以区段为单位计算<br>2. FS2500无绝缘轨道电路安装,以区段为单位计算<br>3. 轨道绝缘安装按钢轨重量及普通和加强型绝缘划分,以"组"为单位计算<br>4. 道岔连接杆绝缘安装,按"组"为单位计算<br>5. 钢轨接续线焊接,以"点"为单位计算<br>6. 单开道岔跳线、复式交分道岔跳线安装焊接,以"组"为单位计算<br>7. 极性交叉回流线焊接,以"点"为单位计算(每点含两根95mm的2m×3.5m橡套软铜线)<br>8. 列车自动防护(ATP)道岔区段环路安装,按环路长度分为30m、60m、90m、120m。以"个"为单位计算<br>9. 列车识别(PTI)环路安装,日月检环路安装,列车自动运行(ATO)发送环路安装,列车自动运行(ATO)接收环路安装,以"个"为单位计算 |
| 室外电缆防护、箱盒安装 | 1. 电缆过隔断门防护,以"10m"为单位计算<br>2. 电缆穿墙管防护,以"100m"为单位计算<br>3. 电缆过洞顶防护,以"m"为单位计算<br>4. 电缆梯架,以"m"为单位计算<br>5. 终端电缆盒安装、分向盒安装及变压器箱安装,分型号规格以"个"计算<br>6. 分线箱安装,按用途划分,以"个"为单位计算<br>7. 发车计时器安装,以"个"为单位计算 |
| 信号设备基础 | 1. 矮型信号机基础(一架用),分土、石,以"个"为单位计算<br>2. 变压器箱基础及分向盒基础,分土、石,以"10对"为单位计算<br>3. 终端电缆盒基础及信号机梯子基础,分土、石,以"10个"为单位计算<br>4. 固定连接线用混凝土枕及固定Z(X)形线用混凝土枕,以"10个"为单位计算<br>5. 信号机卡盘、电缆或地线埋设标,分土、石,以"10个"为单位计算 |

| 项目 | 工程量计算规则 |
|---|---|
| 车载设备调试 | 1. 列车自动防护车载设备(ATP)静态调试,以车组为单位计算<br>2. 列车自动防护车载设备(ATP)动态调试,以车组为单位计算<br>3. 列车自动运行车载设备(ATO)静态调试,以车组为单位计算<br>4. 列车自动运行车载设备(ATO)动态调试,以车组为单位计算<br>5. 列车识别装置车载设备(PTI)静态调试,以车组为单位计算 |
| 系统调试 | 1. 继电联锁及微机联锁站间联系系统调试,以"处"为单位计算<br>2. 继电联锁及微机联锁道岔系统调试,以"组"为单位计算<br>3. 调度集中系统远程终端(RTU)调试,以"站"为单位计算<br>4. 列车自动防护(ATP)系统联调及列车自动运行(ATO)系统调试,以车组为单位计算<br>5. 列车自动监控局部处理单元(LPU)系统调试,列车自动监控远程终端单元(RTU)系统调试及列车自动监控车辆段处理单元(DPU)系统调试,以"站"为单位计算<br>6. 列车自动控制(ATC)系统调试,以系统为单位计算 |
| 信号工程其他部分 | 1. 室内设备接地连接,电气化区段室外信号设备接地,以"处"为单位计算<br>2. 电缆屏蔽连接,以"10 处"为单位计算<br>3. 信号机安全连接,以"10 根"为单位计算<br>4. 信号设备加固培土,信号设备干砌片石,信号设备浆砌片石,信号设备浆砌砖,以"m³"为单位计算<br>5. 分界标安装,以"处"为单位计算<br>6. 地铁信号车站预埋(一般型),地铁信号车站预埋(其他型),以"站"为单位计算<br>7. 转辙机管预埋(单动),转辙机管预埋(双动),转辙机管预埋(复式交分),调谐单元管预埋,以"处"为单位计算 |

# 11.2　地铁工程清单计价计算规则

## 11.2.1　地铁工程计算量说明

### 11.2.1.1　地铁工程清单项目的划分（表 11-2-1）

表 11-2-1　地铁工程清单项目的划分

| 项目 | 包含的内容 |
|---|---|
| 结构 | 结构包括混凝土圈梁、竖井内衬混凝土、小导管(管棚)、注浆、喷射混凝土、混凝土底板、混凝土内衬墙、混凝土中层板、混凝土顶板、混凝土柱、混凝土梁、混凝土独立柱基、混凝土现浇站台板、预制站台板、混凝土楼梯、混凝土中隔墙、隧道内衬混凝土、混凝土检查沟、砌筑、锚杆支护、变形缝(诱导缝)、刚性防水层、柔性防水层 |
| 轨道 | 轨道包括地下一般段道床、高架一般段道床、地下减振段道床、高架减振段道床、地面段正线道床、车辆段、停车场道床、地下一般段轨道、高架一般段轨道、地下减振段轨道、高架减振段轨道、地面段正线轨道、车辆段、停车场轨道、道岔、护轮轨、轨距杆、防爬设备、钢轨伸缩调节器、线路及信号标志、车挡 |
| 信号 | 信号包括信号机、电动转辙装置、轨道电路、轨道绝缘、钢轨接续线、道岔跳线、极性叉回流线、道岔区段传输环路、信号电缆柜、电气集中走线架、电气集中组合柜、电气集中控制台、微机联锁控制台、人工解锁按钮台、调度集中控制台、调度集中总机柜、调度集中分机柜、列车自动防护(ATP)中心模拟盘、列车自动防护(ATP)架、列车自动监控(ATP)架、信号电源设备、车载设备、车站联锁系统调试、全线信号设备系统调试 |
| 电力牵引 | 电力牵引包括接触轨、接触轨设备、接触轨试运行、地下段接触网节点、地下段接触网悬挂、地下段接触网架线及调整、地面段、高架段接触网支柱、地面段、高架段接触网悬挂、地面段、高架段接触网架线及调整、接触网设备、接触网附属设施、接触网试运行 |

### 11.2.1.2　地铁工程清单计价工程量计算说明（表 11-2-2）

表 11-2-2　地铁工程清单计价工程量计算说明

| 项目 | 说明 |
|---|---|
| 结构节 | 结构节中的清单工程量均按设计图示尺寸计算,按不同的清单项目分别以体积、面积、长度计量 |
| 道床 | 轨道节中道床部分的清单工程量均按设计尺寸(包括道岔道床在内)以体积计量 |
| 铺轨 | 轨道节中铺轨部分的铺轨清单工程量按设计图示以长度(不包括道岔所占的长度)计算,以公里为计量单位计量 |
| 信号线路(电缆) | 信号线路(电缆)的敷设和防护未设立清单项目的,应按《建设工程工程量清单计价规范》附录 C 的相关清单项目进行编制 |

## 11.2.2 地铁工程清单项目

### 11.2.2.1 结构

工程量清单项目设置及工程量计算规则，应按表 11-2-3 的规定执行。

**表 11-2-3 结构（编码：040601）**

| 项目编码 | 项目名称 | 项目特征 | 计量单位 | 工程量计算规则 | 工程内容 |
|---|---|---|---|---|---|
| 040601001 | 混凝土圈梁 | 1. 部位<br>2. 混凝土强度等级、石料最大粒径 | m³ | 按设计图示尺寸以体积计算 | 1. 混凝土浇筑<br>2. 养生 |
| 040601002 | 竖井内衬混凝土 | 1. 材质<br>2. 规格、型号 | | | |
| 040601003 | 小导管（管棚） | 1. 管径<br>2. 材料 | m | 按设计图示尺寸以长度计算 | 导管制作、安装 |
| 040601004 | 注浆 | 1. 材料品种<br>2. 配合比<br>3. 规格 | | 按设计注浆量以体积计算 | 1. 浆液制作<br>2. 注浆 |
| 40601005 | 喷射混凝土 | 1. 部位<br>2. 混凝土强度等级、石料最大粒径 | | | 1. 岩石、混凝土面清洗<br>2. 喷射混凝土 |
| 040601006 | 混凝土底板 | 1. 混凝土强度等级、石料最大粒径<br>2. 垫层厚度、材料品种、强度 | | | 1. 垫层铺设<br>2. 混凝土浇筑<br>3. 养生 |
| 040601007 | 混凝土内衬墙 | 混凝土强度等级、石料最大粒径 | m³ | 按设计图示以体积计算 | |
| 040601008 | 混凝土中层板 | 1. 堰板材质<br>2. 堰板厚度<br>3. 堰板形式 | | | |
| 040601009 | 混凝土顶板 | 1. 材料品种<br>2. 厚度 | | | |
| 040601010 | 混凝土柱 | 1. 斜管材料品种<br>2. 斜管规格 | | | 1. 混凝土浇筑<br>2. 养生 |
| 040601011 | 混凝土梁 | 1. 材料品种<br>2. 压力要求<br>3. 型号、规格<br>4. 接口 | | | |
| 040601012 | 混凝土独立柱基 | 混凝土强度等级、石料最大粒径 | | | |
| 040601013 | 混凝土现浇站台板 | | | | |
| 040601014 | 预制站台板 | | | | |
| 040601015 | 混凝土楼梯 | | m² | 按设计图示尺寸以水平投影面积计算 | 1. 制作<br>2. 安装 |
| 040601016 | 混凝土中隔墙 | | | | 1. 混凝土浇筑<br>2. 养生 |
| 040601017 | 隧道内衬混凝土 | | | 按设计图示尺寸以体积计算 | |
| 040601018 | 混凝土检查沟 | | m³ | | |
| 040601019 | 砌筑 | 1. 材料<br>2. 规格<br>3. 砂浆强度等级 | | | 1. 砂浆运输、制作<br>2. 砌筑<br>3. 勾缝<br>4. 抹灰、养护 |

市政工程常用资料备查手册

| 项目编码 | 项目名称 | 项目特征 | 计量单位 | 工程量计算规则 | 工程内容 |
|---|---|---|---|---|---|
| 040601020 | 锚杆支护 | 1. 锚杆形式<br>2. 材料<br>3. 工艺要求 | m | 按设计图示以长度计算 | 1. 钻孔<br>2. 锚杆制作、安装<br>3. 砂浆灌注 |
| 040601021 | 变形缝（诱导缝） | 1. 材料<br>2. 规格<br>3. 工艺要求 | | | 变形缝安装 |
| 040601022 | 刚性防水层 | | m² | 按设计图示尺寸以面积计算 | 1. 找平层铺筑<br>2. 防水层铺设 |
| 040601023 | 柔性防水层 | 1. 部位<br>2. 材料<br>3. 工艺要求 | | | 防水层铺设 |

## 11.2.2.2 轨道

工程量清单项目设置及工程量计算规则，应按表 11-2-4 的规定执行

**表 11-2-4 轨道（编码：040602）**

| 项目编码 | 项目名称 | 项目特征 | 计量单位 | 工程量计算规则 | 工程内容 |
|---|---|---|---|---|---|
| 040602001 | 地下一般段道床 | | | | 1. 支承块预制、安装<br>2. 整体道床浇筑 |
| 040602002 | 高架一般段道床 | | | | 1. 支承块预制、安装<br>2. 整体道床浇筑<br>3. 铺碎石道床 |
| 040602003 | 地下减振段道床 | 1. 类型<br>2. 混凝土强度等级、石料最大粒径 | m³ | 按设计图示尺寸（含道岔道床）以体积计算 | 1. 预制支承块及安装<br>2. 整体道床浇筑 |
| 040602004 | 高架减振段道床 | | | | 1. 混凝土浇筑<br>2. 养生 |
| 040602005 | 地面段正线道床 | | | | 铺碎石道床 |
| 040602006 | 车辆段、停车场道床 | | | | 1. 支承块预制、安装<br>2. 整体道床浇筑<br>3. 铺碎石道床 |
| 040602007 | 地下一般段轨道 | | | 按设计图示（不含道岔）以长度计算 | |
| 040602008 | 高架一般段轨道 | | | | |
| 040602009 | 地下减振段轨道 | 1. 类型<br>2. 规格 | 铺轨<br>km | 按设计图示以长度计算 | 1. 铺设<br>2. 焊轨 |
| 040602010 | 高架减振段轨道 | | | | |
| 040602011 | 地面段正线轨道 | | | 按设计图示（不含道岔）以长度计算 | |
| 040602012 | 车辆段、停车场轨道 | | | | |
| 040602013 | 道岔 | 1. 区段<br>2. 类型<br>3. 规格 | 组 | 按设计图示以组计算 | 铺设 |
| 040602014 | 护轮轨 | 1. 类型<br>2. 规格 | 单侧<br>km | 按设计图示以长度计算 | |
| 040602015 | 轨距杆 | | 1000 个 | 按设计图示以根计算 | 安装 |

市政工程常用资料备查手册

续表

| 项目编码 | 项目名称 | 项目特征 | 计量单位 | 工程量计算规则 | 工程内容 |
|---|---|---|---|---|---|
| 040602016 | 防爬设备 | 类型 | 1000个 | 按设计图示以数量计算 | 1. 防爬器安装<br>2. 防爬支撑制作安装 |
| 040602017 | 钢轨伸缩 | 类型 | 对 | 按设计图示以数量计算 | 安装 |
| 040602018 | 线路及信号标志 | 类型 | 铺轨km | 按设计图示以长度计算 | 1. 洞内安装<br>2. 洞外埋设<br>3. 桥上安装 |
| 040602019 | 车挡 | 类型 | 处 | 按设计图示以数量计算 | 安装 |

## 11.2.2.3 信号

工程量清单项目设置及工程量计算规则，应按表11-2-5的规定执行。

**表11-2-5 信号**（编码：040603）

| 项目编码 | 项目名称 | 项目特征 | 计量单位 | 工程量计算规则 | 工程内容 |
|---|---|---|---|---|---|
| 040603001 | 信号机 | 1. 类型<br>2. 规格 | 架 | 按设计图示以数量计算 | 1. 基础制作<br>2. 安装与调试 |
| 040603002 | 电动转辙 | 1. 类型<br>2. 规格 | 组 | 按设计图示以数量计算 | 安装与调试 |
| 040603003 | 轨道电路 | 1. 类型<br>2. 规格 | 区段 | 按设计图示以数量计算 | 1. 箱、盒基础制作<br>2. 安装与调试 |
| 040603004 | 轨道绝缘 | 1. 类型<br>2. 规格 | 组 | 按设计图示以数量计算 | 安装 |
| 040603005 | 钢轨接续线 | 1. 类型<br>2. 规格 | 组 | 按设计图示以数量计算 | 安装 |
| 040603006 | 道岔跳线 | 1. 类型<br>2. 规格 | 组 | 按设计图示以数量计算 | 安装 |
| 040603007 | 极性叉回流线 | 1. 类型<br>2. 规格 | 组 | 按设计图示以数量计算 | 安装 |
| 040603008 | 道岔区段传输环路 | 长度 | 个 | 按设计图示以数量计算 | 安装与调试 |
| 040603009 | 信号电缆柜 | 1. 类型<br>2. 规格 | 架 | 按设计图示以数量计算 | 安装 |
| 040603010 | 电气集中分线柜 | 1. 类型<br>2. 规格 | 架 | 按设计图示以数量计算 | 安装与调试 |
| 040603011 | 电气集中走线架 | 1. 类型<br>2. 规格 | 架 | 按设计图示以数量计算 | 安装 |
| 040603012 | 电气集中组合柜 | 1. 类型<br>2. 规格 | 架 | 按设计图示以数量计算 | 1. 继电器等安装与调试<br>2. 电缆绝缘测试盘安装与调试<br>3. 轨道电路测试盘安装与调试<br>4. 报警装置安装与调试<br>5. 防雷组合安装与调试 |
| 040603013 | 电气集中控制台 | 1. 类型<br>2. 规格 | 台 | 按设计图示以数量计算 | 安装与调试 |
| 040603014 | 微机联锁控制台 | 1. 类型<br>2. 规格 | 台 | 按设计图示以数量计算 | 安装与调试 |
| 040603015 | 人工解锁按钮台 | 1. 类型<br>2. 规格 | 台 | 按设计图示以数量计算 | 安装与调试 |
| 040603016 | 调度集中控制台 | 1. 类型<br>2. 规格 | 台 | 按设计图示以数量计算 | 安装与调试 |

| 项目编码 | 项目名称 | 项目特征 | 计量单位 | 工程量计算规则 | 工程内容 |
|---|---|---|---|---|---|
| 040603017 | 调度集中总机柜 | 1. 类型<br>2. 规格 | 台 | 按设计图示以数量计算 | 安装与调试 |
| 040603018 | 调度集中分机柜 | | | | |
| 040603019 | 列车自动防护（ATP）中心模拟盘 | 1. 类型<br>2. 规格 | 面 | | 安装与调试 |
| 040603020 | 列车自动防护（ATP）架 | 类型 | 架 | | 1. 轨道架安装与调试<br>2. 码发生器架安装与调试 |
| 040603021 | 列车自动运行（ATO）架 | | | | 安装与调试 |
| 040603022 | 列车自动监控（ATS） | | | | 1. DPU柜安装与调试<br>2. RTU架安装与调试<br>3. LPU组安装与调试 |
| 040603023 | 信号电源设备 | 1. 类型<br>2. 规格 | 台 | | 1. 电源屏安装与调试<br>2. 电源防雷箱安装与调试<br>3. 电源切换箱安装与调试<br>4. 电源开关柜安装与调试<br>5. 其他电源设备安装与调试 |
| 040603024 | 信号设备接地装置 | 1. 位置<br>2. 类型<br>3. 规格 | 处 | | 1. 接地装置安装<br>2. 标志桩埋设 |
| 040603025 | 车载设备 | | 车组 | 按设计列车配备数量计算 | 1. 列车自动防护（ATP）车载设备安装与调试<br>2. 列车自动运行（ATO）车载设备安装与调试<br>3. 列车识别装置（PRI）车载设备安装与调试 |
| 040601026 | 车站联锁系统调试 | 类型 | 站 | | 1. 继电联锁调试<br>2. 微机联锁调试 |
| 040603027 | 全线信号设备系统调试 | | 系统 | 按设计图示以数量计算 | 1. 调度集中系统调试<br>2. 列车自动防护（ATP）系统调试<br>3. 列车自动运行（ATO）系统调试<br>4. 列车自动监控（ATS）系统调试<br>5. 列车自动控制（ATC）系统调试 |

## 11. 2. 2. 4 电力牵引

工程量清单项目设置及工程量计算规则，应按表 11-2-6 的规定执行。

**表 11-2-6 电力牵引**（编码：040604）

| 项目编码 | 项目名称 | 项目特征 | 计量单位 | 工程量计算规则 | 工程内容 |
|---|---|---|---|---|---|
| 040604001 | 接触轨 | 1. 区段<br>2. 道床类型<br>3. 防护材料<br>4. 规格 | km | 按单根设计长度扣除接触轨弯头所占长度计算 | 1. 接触轨安装<br>2. 焊轨<br>3. 断轨 |
| 040604002 | 接触轨设备 | 1. 设备类型<br>2. 规格 | 台 | 按设计图示以数量计算 | 安装与调试 |
| 040604003 | 接触轨试运行 | 区段名称 | km | 按设计图示以长度计算 | 试运行 |
| 040604004 | 地下段接触网节点 | 1. 类型<br>2. 悬挂方式 | 处 | 按设计图示以数量计算 | 1. 钻孔<br>2. 预埋件安装<br>3. 混凝土浇筑 |
| 040604005 | 地下段接触网悬挂 | 1. 类型<br>2. 悬挂方式<br>3. 材料<br>4. 规格 | 处 | 按设计图示以长度计算 | 悬挂安装 |
| 040604006 | 地下段接触网架线及调整 | | 条/km | | 1. 接触网架设<br>2. 附加导线安装<br>3. 悬挂调整 |
| 040604007 | 地面段、高架段接触网支柱 | 1. 类型<br>2. 材料品种<br>3. 规格 | 根 | 按设计图示以数量计算 | 1. 基础制作<br>2. 立柱 |
| 040604008 | 地面段、高架段接触网悬挂 | 1. 类型<br>2. 悬挂方式<br>3. 材料<br>4. 规格 | 处 | | 悬挂安装 |
| 040604009 | 地面段、高架段接触网架线及调整 | | 条/km | 按设计图示数量以长度计算 | 1. 接触网架设<br>2. 附加导线安装<br>3. 悬挂调整 |
| 040604010 | 接触网设备 | 1. 类型<br>2. 设备<br>3. 规格 | 台 | 按设计图示以数量计算 | 安装与调试 |
| 040604011 | 接触网附属设施 | 1. 区段<br>2. 类型 | 处 | | 1. 牌类安装<br>2. 限界门安装 |
| 040604012 | 接触网试运行 | 区段名称 | 条/km | 按设计图示数量以长度计算 | 试运行 |

# 12 市政路灯工程

## 12.1 定额路灯工程量计算规则

### 12.1.1 路灯工程分部分项划分

表 12-1-1 分部分项划分

| 序号 | 分部工程 | 分项工程名称 |
|---|---|---|
| 1 | 变配电设备工程 | 1. 变压器安装；2. 组合型成套箱式变电站安装；3. 电力电容器安装；4. 配电框箱制作安装；5. 铁构件制作安装及箱、盒制作；6. 成套配电箱安装；7. 熔断器、限位开关安装；8. 控制器、启动器安装；9. 盘柜配线；10. 接线端子；11. 控制继电器保护屏安装；12. 控制台安装；13. 仪表、电器、小母线、分流器安装 |
| 2 | 架空线路工程 | 1. 底盘、卡盘、拉盘安装及电杆焊接、防腐；2. 立杆；3. 引下线支架安装；4.10kV 以下横担安装；5.1kV 以下横担安装；6. 进户线横担安装；7. 拉线制作安装；8. 导线架设；9. 导线跨越架设；10. 路灯设施编号；11. 基础制作；12. 绝缘子安装 |
| 3 | 电缆工程 | 1. 电缆沟铺砂铺盖板、揭盖板；2. 电缆保护管敷设；3. 顶管敷设；4. 铝芯电缆敷设；5. 铜芯电缆敷设；6. 电缆终端头制作安装；7. 电缆中间头制作安装；8. 控制电缆头制作安装；9. 电缆井设置 |
| 4 | 配管配线工程 | 1. 电线管敷设；2. 钢管敷设；3. 硬塑料管敷设；4. 管内穿线；5. 塑料护套线明敷设；6. 钢索架设；7. 母线拉紧装置及钢索拉紧装置制作安装；8. 接线箱安装；9. 接线盒安装；10. 开关、按钮、插座安装；11. 带形母线安装；12. 带形母线引下线安装 |
| 5 | 照明器具安装工程 | 1. 单臂悬挑灯架安装；2. 双臂悬挑灯架安装；3. 广场灯架安装；4. 高杆灯架安装；5. 其他灯具安装；6. 照明器件安装；7. 杆座安装 |
| 6 | 防雷接地装置工程 | 1. 接地极(板)制作安装；2. 接地母线敷设；3. 接地跨接线安装；4. 避雷针安装；5. 避雷引下线敷设 |
| 7 | 路灯灯架制作安装工程 | 1. 设备支架制作安装；2. 高杆灯架制作；3. 型钢煨制胎具；4. 钢管煨制灯架；5. 钢材卷材开卷与平直；6. 无损探伤检验 |
| 8 | 刷油防腐工程 | 1. 手工除锈；2. 喷射除锈；3. 灯杆刷油；4. 一般钢结构刷油 |

注：1. 路灯工程划分为变配电设备工程、架空线路工程、电缆工程、配管配线工程、照明器具安装工程、防雷接地装置工程、路灯灯架制作安装工程、刷油防腐工程 8 个分部工程。

2. 变配电设备工程分部中划分为 13 个分项工程；架空线路工程分部中划分为 12 个分项工程；电缆工程分部中划分为 9 个分项工程；配管配线工程分部中划分为 12 个分项工程；照明器具安装工程分部中划分为 7 个分项工程；防雷接地装置工程分部中划分为 5 个分项工程；路灯灯架制作安装工程分部中划分为 6 个分项工程；刷油防腐工程分部中划分为 4 个分项工程。

## 12.1.2 路灯工程定额说明

### 12.1.2.1 变配电设备工程

(1)《全统市政定额》第八册《路灯工程》第一章变配电设备工程主要包括：变压器安装，组合型成套箱式变电站安装；电力电容器安装；高低压配电柜及配电箱、盖板制作安装；熔断器、控制器、启动器、分流器安装；接线端子焊压安装。

(2) 变压器安装用枕木、绝缘导线、石棉布是按一定的折旧率摊销的，实际摊销量与定额不符时不作换算。

(3) 变压器油按设备带来考虑，但施工中变压器油的过滤损耗及操作损耗已包括在有关定额中。

(4) 高压成套配电柜安装定额是综合考虑编制的，执行中不作换算。

(5) 配电及控制设备安装，均不包括支架制作和基础型钢制作安装，也不包括设备元件安装及端子板外部接线，应另执行相应定额。

(6) 铁构件制作安装适用于定额范围的各种支架制作安装，但铁构件制作安装均不包括镀锌。轻型铁构件是指厚度在 3mm 以内的构件。

(7) 各项设备安装均未包括接线端子及二次接线。

### 12.1.2.2 架空线路工程

(1)《全统市政定额》第八册《路灯工程》第二章架空线路工程是按平原条件编制的，如在丘陵、山地施工时，其人工和机械乘以表 12-1-2 中的地形系数。

表 12-1-2　地形调整系数

| 地形类别 | 丘陵(市区) | 一般山地 |
| --- | --- | --- |
| 调整系数 | 1.2 | 1.6 |

(2) 地形划分

① 平原地带：指地形比较平坦，地面比较干燥的地带。

② 丘陵地带：指地形起伏的矮岗，土丘等地带。

③ 一般山地：指一般山岭、沟谷地带、高原台地等。

(3) 线路一次施工工程量按 5 根以上电杆考虑，如 5 根以内者，其人工和机械乘以系数 1.2。

(4) 导线跨越

① 在同一跨越档内，有两种以上跨越物时，则每一跨越物视为"一处"跨越，分别套用定额。

② 单线广播线不算跨越物。

(5) 横担安装定额已包括金具及绝缘子安装人工。

(6) 定额中基础子目适用于路灯杆塔、金属灯柱、控制箱安置基础工程，其他混凝土工程套用有关定额。

(7) 定额中不包括灯杆坑挖填土工作，应执行通用册有关子目。

### 12.1.2.3 电缆工程

(1)《全统市政定额》第八册《路灯工程》第三章电缆工程包括常用的 10kV 以下电缆敷设，未考虑在河流和水区、水底、井下等条件的电缆敷设。

(2) 电缆在山地丘陵地区直埋敷设时，人工乘以系数 1.3。该地段所需的材料如固定桩、夹具等按实计算。

(3) 电缆敷设定额中均未考虑波形增加长度及预留等富余长度，该长度应计入工程量之内。

（4）定额未包括下列工作内容：① 隔热层，保护层的制作安装；② 电缆的冬季施工加温工作。

### 12.1.2.4　配管配线工程

（1）各种配管的工程量计算，应区别不同敷设方式、敷设位置、管材材质、规格，以"延长米"为计量单位。不扣除管路中间的接线箱（盒）、灯盒、开关盒所占长度。

（2）定额中未包括钢索架设及拉紧装置、接线箱（盒）、支架的制作安装，其工程量另行计算。

（3）管内穿线定额工程量计算，应区别线路性质、导线材质、导线截面积，按单线延长米计算。线路的分支接头线的长度已综合考虑在定额中，不再计算接头长度。

（4）塑料护套线明敷设工程量计算，应区别导线截面积、导线芯数，敷设位置，按单线路延长米计算。

（5）钢索架设工程量计算，应区分圆钢、钢索直径，按图示墙柱内缘距离，按延长米计算，不扣除拉紧装置所占长度。

（6）母线拉紧装置及钢索拉紧装置制作安装工程量计算，应区别母线截面积、花篮螺栓直径以"10 套"为单位计算。

（7）带行母线安装工程量计算，应区分母线材质、母线截面积、安装位置，按延长米计算。

（8）接线盒安装工程量计算，应区别安装形式，以及接线盒类型，以"10 个"为单位计算。

（9）开关、插座、按钮等的预留线，已分别综合在相应定额内，不另计算。

### 12.1.2.5　照明器具安装工程

（1）《全统市政定额》第八册《路灯工程》第五章照明器具安装工程主要包括各种悬挑灯、广场灯、高杆灯、庭院灯以及照明元器件的安装。

（2）各种灯架元器具件的配线，均已综合考虑在定额内，使用时不作调整。

（3）各种灯柱穿线均套相应的配管配线定额。

（4）定额中已考虑了高度在 10m 以内的高空作业因素，如安装高度超过 10m 时，其定额人工乘以系数 1.4。

（5）定额中已包括利用仪表测量绝缘及一般灯具的试亮工作。

（6）定额未包括电缆接头的制作及导线的焊压接线端子。如实际使用时，可套用有关章节的定额。

### 12.1.2.6　防雷接地装置工程

（1）《全统市政定额》第八册《路灯工程》第六章防雷接地装置工程适用于高杆灯杆防雷接地，变配电系统接地及避雷针接地装置。

（2）接地母线敷设定额按自然地坪和一般土质考虑的，包括地沟的挖填土和夯实工作，执行定额时不应再计算土方量。如遇有石方、矿渣、积水、障碍物等情况可另行计算。

（3）定额不适用于采用爆破法施工敷设接地线、安装接地极，也不包括高土壤电阻率地区采用换土或化学处理的接地装置及接地电阻的测试工作。

（4）定额中避雷针安装、避雷引下线的安装均已考虑了高空作业的因素。

（5）定额中避雷针按成品件考虑的。

### 12.1.2.7　路灯灯架制作安装工程

《全统市政定额》第八册《路灯工程》第七章路灯灯架制作安装工程主要适用于灯架施工的型钢煨制，钢板卷材开卷与平直、型钢胎具制作，金属无损探伤检验工作。

### 12.1.2.8　刷油防腐工程

（1）《全统市政定额》第八册《路灯工程》第八章刷油防腐工程适用于金属灯杆面的人工、半机械除锈、刷油防腐工程。

（2）人工、半机械除锈分轻锈、中锈两种，区分标准如下。

① 轻锈：部分氧化皮开始破裂脱落，轻锈开始发生。

② 中锈：氧化皮部分破裂呈粉末状，除锈后用肉眼能见到腐蚀小凹点。

（3）定额中不包括除微锈（标准氧化皮完全紧附，仅有少量锈点），发生时按轻锈定额的人工、材料、机械乘以系数 0.2。

（4）因施工需要发生的二次除锈，其工程量另行计算。

（5）金属面刷油不包括除锈费用。

（6）定额按安装地面刷油考虑，没考虑高空作业因素。

（7）涂料与实际不同时，可根据实际要求进行换算，但人工不变。

## 12.1.3　路灯工程定额计算规则

**表 12-1-3　路灯工程定额计算规则**

| 项目 | 工程量计算规则 |
|---|---|
| 变配电设备工程 | 1. 变压器安装，按不同容量以"台"为计量单位。一般情况下不需要变压器干燥，如确实需要干燥，可执行《全国统一安装工程预算定额》相应项目<br>2. 变压器油过滤，不论过滤多少次，直到过滤合格为止。以"t"为计量单位，变压器油的过滤量，可按制造厂提供的油量计算<br>3. 高压成套配电柜和组合箱式变电站安装，以"台"为计量单位，均未包括基础槽钢、母线及引下线的配置安装<br>4. 各种配电箱、柜安装均按不同半周长以"套"为单位计算<br>5. 铁构件制作安装按施工图示以"100kg"为单位计算<br>6. 盘柜配线按不同断面、长度按表 12-1-4 计算<br>7. 各种接线端子按不同导线截面积，以"10 个"为单位计算 |
| 架空线路工程 | 1. 底盘、卡盘、拉线盘按设计用量以"块"为单位计算<br>2. 各种电线杆组立，分材质与高度，按设计数量以"根"为单位计算<br>3. 拉线制作安装，按施工图设计规定，分不同形式以"组"为单位计算<br>4. 横担安装，按施工图设计规定，分不同线数以"组"为单位计算<br>5. 导线架设，分导线类型与截面，按 1km/单线计算，导线预留长度规定如表 12-1-5 所示<br>6. 导线跨越架设，指越线架的搭设、拆除和越线架的运输以及因跨越施工难度而增加的工作量，以"处"为单位计算，每个跨越间距按 50m 以内考虑的，大于 50m 小于 100m 时，按 2 处计算<br>7. 路灯设施编号按"100 个"为单位计算；开关箱号不满 10 只按 10 只计算；路灯编号不满 15 只按 15 只计算；钉粘贴号牌不满 20 个按 20 个计算<br>8. 混凝土基础制作以"m³"为单位计算<br>9. 绝缘子安装以"10 个"为单位计算 |
| 电缆工程 | 1. 直埋电缆的挖、填土(石)方，除特殊要求外，可按表 12-1-6 计算土方量<br>2. 电缆沟盖板揭、盖定额，按每揭盖一次以延长米计算。如又揭又盖，则按两次计算<br>3. 电缆保护管长度，除按设计规定长度计算外，遇有下列情况，应按以下规定增加保护管长度：<br>①横穿道路，按路基宽度两端各加 2m；<br>②垂直敷设时管口离地面加 2m；<br>③穿过建筑物外墙时，按基础外缘以外加 2m；<br>④穿过排水沟，按沟壁外缘以外加 1m<br>4. 电缆保护管埋地敷设时，其土方量有施工图注明的，按施工图计算；无施工图的一般按沟深 0.9m，沟宽按最外边的保护管两侧边缘外各 0.3m 工作面计算<br>5. 电缆敷设按单根延长米计算<br>6. 电缆敷设长度应根据敷设路径的水平和垂直敷设长度，另加表 12-1-7 规定附加长度<br>7. 电缆终端头及中间头均以"个"为计量单位。一根电缆按两个终端头，中间头设计有图示的，按图示确定，没有图示，按实际计算 |

| 项目 | 工程量计算规则 |
|---|---|
| 配管配线工程 | 1. 各种配管的工程量计算，应区别不同敷设方式、敷设位置、管材材质、规格，以延长米为单位计算。不扣除管路中间的接线箱（盒）、灯盒、开关盒所占长度<br>2. 定额中未包括钢索架设及拉紧装置、接线箱（盒）、支架的制作安装，其工程量另行计算<br>3. 管内穿线定额工程量计算，应区别线路性质、导线材质、导线截面积，按单线延长米计算。线路的分支接头线的长度已综合考虑在定额中，不再计算接头长度<br>4. 塑料护套线明敷设工程量计算，应区别导线截面积、导线芯数、敷设位置，按单线路延长米计算<br>5. 钢索架设工程量计算，应区分圆钢、钢索直径，按图示墙柱内缘距离，按延长米计算，不扣除拉紧装置所占长度<br>6. 母线拉紧装置及钢索拉紧装置制作安装工程量计算，应区别母线截面积、花篮螺栓直径，以"10套"为单位计算<br>7. 带行母线安装工程量计算，应区分母线材质、母线截面积、安装位置，按延长米计算<br>8. 接线盒安装工程量计算，应区别安装形式，以及接线盒类型，以"10个"为单位计算<br>9. 开关、插座、按钮等的预留线，已分别综合在相应定额内不另计算 |
| 照明器具安装工程 | 1. 各种悬挑灯、广场灯、高杆灯架分别以"10套"、"套"为单位计算<br>2. 各种灯具、照明器件安装分别以"10套"、"套"为单位计算<br>3. 灯杆座安装以"10只"为单位计算 |
| 防雷接地装置工程 | 1. 接地极制作安装以"根"为计量单位，其长度按设计长度计算，设计无规定时，按每根2.5m计算，若设计有管冒时，管冒另按加工件计算<br>2. 接地母线敷设，按设计长度以"10m"为计量单位计算。接地母线、避雷线敷设，均按延长米计算，其长度按施工图设计水平和垂直规定长度另加3.9%的附加长度（包括转弯、上下波动、避绕障碍物、搭接头所占长度）。计算主材费时另加规定的损耗率<br>3. 接地跨接线以"10处"为计量单位计算。按规程规定凡需作接地跨接线的工作内容，每跨接一次按一处计算 |
| 路灯灯架制作安装工程 | 1. 路灯灯架制作安装按每组重量及灯架直径，以"t"为单位计算<br>2. 型钢煨制胎具，按不同钢材、煨制直径以"个"为单位计算<br>3. 焊缝无损探伤按被探件厚度不同，分别以"10张"、"10m"为单位计算 |
| 刷油防腐工程 | 灯杆除锈刷油外表面积以"10m²"为单位计算；灯架按实际重量以"100kg"为单位计算 |

**表 12-1-4　盘柜配线工程量计算**

| 序号 | 项目 | 预留长度/m | 说明 |
|---|---|---|---|
| 1 | 各种开关柜、箱、板 | 高+宽 | 盘面尺寸 |
| 2 | 单独安装（无箱、盘）的铁壳开关、闸刀开关、启动器、母线槽进出线盒等 | 0.3 | 以安装对象中心计算 |
| 3 | 以安装对象中心计算 | 1 | 以管口计算 |

**表 12-1-5　导线预留长度**

| 项目名称 | | 长度/m |
|---|---|---|
| 高压 | 转角 | 2.5 |
| | 分支、终端 | 2.0 |
| 低压 | 分支、终端 | 0.5 |
| | 交叉跳线转交 | 1.5 |
| 与设备连接 | | 0.5 |

注：导线长度按线路总长加预留长度计算。

**表 12-1-6　挖、填土（石）方量计算**

| 项目 | 电缆根数 | |
|---|---|---|
| | 1~2 | 每增一根 |
| 每米沟长挖方量/(m³/m) | 0.45 | 0.153 |

表 12-1-7 预留长度

| 序号 | 项目 | 预留长度 | 说明 |
|---|---|---|---|
| 1 | 电缆敷设弛度、波形弯度、交叉 | 2.5% | 按电缆全长计算 |
| 2 | 电缆进入建筑物内 | 2.0m | |
| 3 | 电缆进入沟内或吊架时引上预留 | 1.5m | 规范规定最小值 |
| 4 | 变电所进出线 | 1.5m | |
| 5 | 电缆终端头 | 1.5m | |
| 6 | 电缆中间头盒 | 两端各 2.0m | 检修余量 |
| 7 | 高压开关柜 | 2.0m | 柜下进出线 |

说明：电缆附加及预留长度是电缆敷设长度的组成部分，应计入电缆长度工程量之内。

## 12.1.4 路灯工程定额编制说明

表 12-1-8 路灯工程定额编制说明

| 项目 | | 工作内容 |
|---|---|---|
| 适用范围 | | 《全统市政定额》第八册《路灯工程》适用于城镇市政道路、广场照明工程的新建、扩建工程，不适用于庭院内、小区内、公园内、体育场内及装饰性照明等工程 |
| 界线划分 | | 与安装定额界线划分，是以路灯供电系统与城市供电系统碰头点为界 |
| 编制中有关数据的取定 | 人工 | 1. 定额中人工不分工种和技术等级均以综合工日计算，包括基本用工、其他用工综合工日计算式如下：<br>综合用工＝Σ（基本用工＋其他用工）×（1＋人工幅度差率）<br>基本工日、其他工日以全统安装预算定额有关的劳动定额确定。超运距用工可以参照有关定额另行计算<br>2. 人工幅度差＝（基本用工＋其他用工）×（人工幅度差率）<br>人工幅度差率综合为 10% |
| | 材料 | 1. 定额中的材料消耗量按以下原则取定<br>①材料划分为主材、辅材两类；<br>②材料费分为基本材料费和其他材料费；<br>③其他材料费占基本材料费的 3%<br>2. 定额部分材料的取定。<br>①定额中所用的螺栓一律以 1 套为计量单位，每套包括 1 个螺栓、1 个螺母、2 个平垫圈、1 个弹簧垫圈<br>②工具性的材料，如砂轮片、合金钢冲击钻头等，列入材料消耗定额内<br>③材料损耗率按表 12-1-9 取定 |
| | 施工机械台班 | 1. 定额的机械台班是按正常合理的机械配备和大多数施工企业的机械程度综合取定的。如实际情况与定额不符时，除另有说明者外，均不得调整<br>2. 单位价值在 2000 元以下，使用年限在两年以内的不构成固定资产的工具，未按机械台班进入定额，应在费用定额内 |

表 12-1-9 材料损耗率

| 序号 | 材料名称 | 损耗率/% | 序号 | 材料名称 | 损耗率/% |
|---|---|---|---|---|---|
| 1 | 裸铝导线 | 1.3 | 15 | 一般灯具及附件 | 1.0 |
| 2 | 绝缘导线 | 1.8 | 16 | 路灯号牌 | 1.0 |
| 3 | 电力电缆 | 1.0 | 17 | 白炽灯泡 | 3.0 |
| 4 | 硬母线 | 2.3 | 18 | 玻璃灯罩 | 5.0 |
| 5 | 钢绞线、镀锌铁丝 | 1.5 | 19 | 灯头开关插座 | 2.0 |
| 6 | 金属管材、管件 | 3.0 | 20 | 开关、保险器 | 1.0 |
| 7 | 型钢 | 5.0 | 21 | 塑料制品（槽、板、管） | 1.0 |
| 8 | 金具 | 1.0 | 22 | 金属灯杆及铁横担 | 0.3 |
| 9 | 压接线夹、螺栓类 | 2.0 | 23 | 木杆类 | 1.0 |
| 10 | 木螺钉、圆钉 | 4.0 | 24 | 混凝土电杆及制品类 | 0.5 |
| 11 | 绝缘子类 | 2.0 | 25 | 石棉水泥板及制品类 | 8.0 |
| 12 | 低压瓷横担 | 3.0 | 26 | 砖、水泥 | 4.0 |
| 13 | 金属板材 | 4.0 | 27 | 砂、石 | 8.0 |
| 14 | 瓷夹等小瓷件 | 3.0 | 28 | 油类 | 1.8 |

# 12.2 路灯工程计算常用数据

## 12.2.1 路灯工程土石方计算

(1) 无底盘、卡盘的电杆坑，其挖方体积：

$$V=1.8\times0.8\times h \ (\text{m}^3) \tag{12-2-1}$$

式中，$h$ 为坑深，m。

(2) 电杆坑的马道土、石方量，按每坑 0.2 m³ 计算。

(3) 施工操作工作面，按底接盘底宽每边增加 0.1m 计。

(4) 各类土质的放坡系数见表 12-2-1。

表 12-2-1 各类土质放坡系数

| 土质 | 普通土 | 坚土 | 松沙石 | 泥水、流沙、岩石 |
|---|---|---|---|---|
| 放坡系数 | 1：0.3 | 1：0.25 | 1：0.2 | 不放坡 |

(5) 冻土厚度>300mm 者，冻土层的挖方量按挖坚土定额乘以 2.5 系数。其他土层仍按土质性质套用定额。

(6) 土方量计算公式：

$$V=h/6\times[ab+(a-a_1)\times(b+b_1)+a_1\times b_1] \tag{12-2-2}$$

式中，$V$ 为土（石）方体积，m³；$h$ 为坑深，m；$a(b)$ 为坑底宽，m，$a(b)$=底拉盘底宽+2×每边操作工作面宽度；$a_1(b_1)$ 为坑口宽，m，$a_1(b_1)=a(b)+2\times h\times$边坡系数。

## 12.2.2 路灯工程配管配线消耗量取定

(1) 电线管管接头、锁紧螺母、管卡子、护口消耗量取定（表 12-2-2）

表 12-2-2 电线管管接头、锁紧螺母、管卡子、护口消耗量取定

| 项目 | 管径(mm 以内) | | |
|---|---|---|---|
| | 20 | 32 | 50 |
| 镀锌管接头 | 25.75 | 25.75 | 25.75 |
| 镀锌锁紧螺母 | 15.45 | 15.45 | 15.45 |
| 镀锌管卡子 | 123.60 | 82.40 | 61.80 |
| 塑料护口 | 15.75 | 15.75 | 15.75 |

(2) 钢管管接头、锁紧螺母、管卡子、护口消耗量取定（表 12-2-3）

表 12-2-3 钢管管接头、锁紧螺母、管卡子、护口消耗量取定

| 项目 | 管径(mm 以内) | | | | |
|---|---|---|---|---|---|
| | 20 | 32 | 50 | 70 | 100 |
| 镀锌管接头 | 16.48 | 16.48 | 16.48 | 15.45 | 15.45 |
| 镀锌锁紧螺母 | 15.45 | 15.45 | 15.45 | 15.45 | 15.45 |
| 镀锌管卡子 | 82.40 | 61.80 | 49.44 | 41.20 | 41.20 |
| 塑料护口 | 15.75 | 15.75 | 15.75 | 15.75 | 15.75 |

(3) 半硬质阻燃管套管消耗量取定（表 12-2-4）

表 12-2-4 套管消耗量取定

| 项目 | 管径(mm 以内) | | | |
|---|---|---|---|---|
| | 20 | 32 | 50 | 70 |
| 套管长度/mm | 60 | 80 | 108 | 120 |
| 套管个数/个 | 16 | 16 | 16 | 15 |
| 套管总长度/mm | 960 | 1340 | 1680 | 1890 |

（4）母线原材料长度按 6.5m 长度考虑的，焊弯加工采用万能母线机，主母线连接采用氩弧焊接，引下线采用螺栓连接，其工序含量取定见表 12-2-5。

**表 12-2-5　工序含量取定**

| 项目 | 母线长度/m | 焊接头/个 | 螺栓接头/个 | 平弯/个 | 主弯/个 | 纽弯/个 |
|---|---|---|---|---|---|---|
| 主母线 | 10 | 1 | 0.5 | 4 | — | — |
| 引下线 | 10 | — | 8 | 8.6 | 4.3 | 1 |

## 12.2.3　架空线路

（1）电杆（表 12-2-6）

**表 12-2-6　电杆进场检验**

| 项目 | 检验标准 |
|---|---|
| 表面 | 表面应光洁平整，壁厚均匀，无露筋、跑浆现象 |
| 裂缝 | 电杆应无纵向裂缝，横向裂缝的宽度不应超过 0.1m，长度不应超过电杆周长的 1/3 |
| 杆身弯曲 | 杆身弯曲不应超过杆长的 1/1000 |

（2）电杆组立

① 基坑施工前的定位标准（表 12-2-7）

**表 12-2-7　基坑施工前定位**

| 项目 | 线路方向 | 位移标准 |
|---|---|---|
| 直线杆 | 顺线路 | 不超过设计档距的 3% |
| | 横线路 | |
| 转角杆与分支杆 | 顺线路 | 不超过 50mm |
| | 横线路 | |

② 对一般土质，电杆埋深宜为杆长的 1/6，见表 12-2-8。

**表 12-2-8　电杆埋设深度**　　　　　　　　单位：m

| 杆长 | 埋深 | 杆长 | 埋深 | 杆长 | 埋深 | 杆长 | 埋深 |
|---|---|---|---|---|---|---|---|
| 8 | 1.5 | 10 | 1.7 | 12 | 1.9 | 15 | 2.5 |
| 9 | 1.6 | 11 | 1.8 | 13 | 2.0 | | |

（3）横担

① 横担安装应平正，安装偏差见表 12-2-9。

**表 12-2-9　横担安装允许偏差**

| 项目 | 允许偏差/mm |
|---|---|
| 横担端部上下偏差 | ≤20 |
| 横担端部左右偏差 | ≤20 |
| 最上层横担距杆顶 | ≥200 |

② 同杆架设的线路横担之间的垂直距离（表 12-2-10）

**表 12-2-10　横担之间的垂直距离**　　　　　　单位：mm

| 导线排列方式 | 直线杆 | 耐张杆 | 绝缘线杆 |
|---|---|---|---|
| 高压与高压 | 800 | 600 | 500 |
| 高压与低压 | 1200 | 1000 | 1000 |
| 低压与低压 | 600 | 300 | |

（4）绝缘子（表 12-2-11）

表 12-2-11　绝缘子的使用规定

| 电压等级 | 裸线 | | 绝缘线 |
|---|---|---|---|
| | 直线 | 耐张 | |
| 高压 | P-15 针式瓷横担 | 双 X-4.5C 悬式 | P-10 针式 |
| | | X-4.5 悬式、E-10 蝶式 | P-15 针式 |
| 低压 | PD-3 针式 | X-3 悬式、低压蝶式 | |
| | P-6 针式 | | |
| | P-10 针式 | | |
| | 瓷横担 | | |

（5）拉线

① 拉线的规格与埋深（表 12-2-12）

表 12-2-12　拉线规格与埋深　　　　单位：mm

| 拉线的规格 | 拉线盘（长×宽） | 埋深 |
|---|---|---|
| φ16×（2000～2500） | 500×300 | 1300 |
| φ19×（2500～3000） | 600×400 | 1600 |
| φ19×（3000～3500） | 800×600 | 2100 |

② 拉线绑扎应采用直径 2.0mm 或 2.6mm 的镀锌铁线。绑扎应整齐、紧密，拉线的最小绑扎长度见表 12-2-13。

表 12-2-13　拉线最小绑扎长度

| 钢绞线截面/mm² | 上段/mm | | | 下段/mm |
|---|---|---|---|---|
| | 下端 | 花缠 | 上端 | |
| 25 | 200 | 150 | 250 | 80 |
| 35 | 250 | 200 | 250 | 80 |
| 50 | 300 | 250 | 250 | 80 |

（6）导线

① 钳压压口数及压后尺寸（表 12-2-14）

表 12-2-14　钳压压口数及压后尺寸

| 导线型号 | | 压口数 | 压后尺寸/mm | 钳压部位尺寸/mm | | |
|---|---|---|---|---|---|---|
| | | | | $a_1$ | $a_2$ | $a_3$ |
| 铝绞线 | LJ-16 | 6 | 10.5 | 28.0 | 20.0 | 34.0 |
| | LJ-25 | 6 | 12.5 | 32.0 | 20.0 | 36.0 |
| | LJ-35 | 6 | 14.0 | 36.0 | 25.0 | 43.0 |
| | LJ-50 | 8 | 16.5 | 40.0 | 25.0 | 45.0 |
| | LJ-70 | 8 | 19.5 | 44.0 | 28.0 | 50.0 |
| | LJ-95 | 10 | 23.0 | 48.0 | 32.0 | 56.0 |
| 钢芯铝绞线 | LGJ-35 | 14 | 17.5 | 34.0 | 42.5 | 93.5 |
| | LGJ-50 | 16 | 20.5 | 38.0 | 48.5 | 105.5 |
| | LGJ-70 | 16 | 25.0 | 46.0 | 54.5 | 123.5 |
| | LGJ-95 | 20 | 29.0 | 54.0 | 61.5 | 142.5 |

② 架空线路导线间的最小水平距离见表 12-2-15，靠近电杆的两条导线间的水平距离不得小于 0.5m。

表 12-2-15　架空线路导线间的最小水平距离　　　　　　单位：mm

| 电压 档距/m | 高压 | | 低压 | 电压 档距/m | 高压 | | 低压 |
|---|---|---|---|---|---|---|---|
| | 裸线 | 绝缘线 | | | 裸线 | 绝缘线 | |
| 40 以下 | 600 | 500 | 300 | 80 | 850 | — | — |
| 50 | 650 | 500 | 400 | 90 | 900 | — | — |
| 60 | 700 | 500 | 450 | 100 | 1000 | — | — |
| 70 | 750 | 500 | | | | | |

（7）导线架设

① 裸铝导线在蝶式绝缘子上作耐张且采用绑扎方式固定时，绑扎长度见表 12-2-16。

表 12-2-16　导线架设绑扎长度

| 导线截面/mm² | 绑扎长度/mm |
|---|---|
| LGJ-50、LGJ-50 以下 | ≥150 |
| LJ-70 | ≥200 |

② 同金属导线绑扎连接长度（表 12-2-17）

表 12-2-17　同金属导线绑扎长度

| 导线截面/mm² | 绑扎长度/mm |
|---|---|
| 35 及以下 | ≥150 |
| 50 | ≥200 |
| 70 | ≥250 |

③ 导线与树木的最小距离（表 12-2-18）

表 12-2-18　导线与树木的最小距离　　　　　　单位：m

| 类别 | 垂直 | 水平 |
|---|---|---|
| 高压 | 1.5 | 2.0 |
| 低压 | 1.0 | 1.0 |
| 绝缘线 | 0.8 | 1.0 |

④ 线路导线截面应符合设计规定，低压末端电压不应低于额定电压的 90%，线路导线允许的最小截面，见表 12-2-19。

表 12-2-19　线路导线允许的最小截面　　　　　　单位：mm²

| 导线类别 | 高压 | 低压 |
|---|---|---|
| 铝及钢芯铝绞线 | 50 | 35 |
| 铜线 | 25 | 25 |
| 绝缘铝绞线 | 70 | 35 |

## 12.2.4　低压电缆线路

（1）电缆埋设深度（表 12-2-20）

表 12-2-20　电缆埋设深度

| 项目 | 埋设深度/m |
|---|---|
| 绿地、车行道 | 不应小于 0.7 |
| 人行道 | 不应小于 0.5 |

注：在不能满足本表的要求的地段应按设计要求敷设。

（2）电缆之间、电缆与管道之间平行和交叉时的最小净距（表 12-2-21）

表 12-2-21　电缆之间、电缆与管道之间平行和交叉的最小净距

| 项目 | 最小净距/m | |
|---|---|---|
| | 平行 | 交叉 |
| 不同使用部门的电缆间 | 0.5 | 0.5 |
| 电缆与地下管道间 | 0.5 | |
| 电缆与油管道、可燃气体管道间 | 1.0 | |
| 电缆与热管道及热力设备间 | 2.0 | |

## 12.2.5　变压器

（1）室内外变压器安装（表 12-2-22）

表 12-2-22　室内外变压器安装

| 项目 | 合格质量标准 |
|---|---|
| 室外变压器安装 | 1. 变压器在台架平稳就位后,应采用直径 4mm 镀锌铁丝在变压器油箱上法兰下面部位将变压器与两杆捆扎固定 |
| | 2. 柱上变压器应在明显位置悬挂警告牌 |
| | 3. 柱上变压器台距地面宜为 3m,不得小于 2.5m |
| | 4. 跌落式熔断器的安装位置距地面应为 5m,相间距离不应小于 0.7m。在有机动车行驶的道路上,跌落式熔断器应安装在非机动车道侧 |
| | 5. 熔丝的规格应符合设计要求,无弯曲、压扁或损伤,熔体与尾线应压接牢固 |
| | 6. 变压器高压引下线、母线应采用多股绝缘线,中间不得有接头。其导线截面应按变压器额定电流选择,但铜线不应小于 16mm²,铝线不应小于 25mm² |
| | 7. 变压器高压引下线、母线之间的距离不应小于 0.3m |
| 室内变压器安装 | 室内变压器安装距墙不应小于 800mm,距门不应小于 1000mm,中心宜在屋顶吊环垂线位置 |

（2）变压器附件安装（表 12-2-23）

表 12-2-23　变压器附件安装

| 项目 | 合格质量标准 |
|---|---|
| 油枕 | 1. 油枕安装前应用合格的变压器油冲洗干净,除去污物 |
| | 2. 油枕安装前应先安装油位表,放气孔和导油孔应畅通;油标玻璃管应完好 |
| | 3. 油枕应利用支架安装在油箱顶盖上,用螺栓将油枕、支架和油箱紧固 |
| 干燥器 | 1. 检查硅胶是否失效(对浅蓝色硅胶,变为浅红色即已失效;对白色硅胶一律烘烤)。失效时,应在 115～120℃温度下烘烤 8h,使其复原或换新的 |
| | 2. 安装时,应将干燥器盖子处的橡皮垫取掉,并在盖子上装适量的变压器油 |
| | 3. 干燥器与油枕间管路的连接应密封,管道应通畅 |
| 温度计 | 1. 温度计安装前均应进行校验,信号接点应动作正确,导通良好 |
| | 2. 油浸式变压器顶盖上的温度计座内应注进适量的变压器油,且密封应良好,无渗漏现象。闲置的温度计座应密封,不得进水 |
| | 3. 膨胀式信号温度计的细金属软管其弯曲半径不得小于 50mm,且不得有压扁或急剧的扭曲 |

## 12.2.6　配电装置与控制

（1）配电装置室内通道的宽度（表 12-2-24）

表 12-2-24　配电装置室内通道的宽度

| 项目 | 通道宽度 |
|---|---|
| 配电柜前通道 | 当配电柜为单列布置时,不应小于 1.5m |
| | 当配电柜为双列布置时,不应小于 2m |
| 配电柜后通道 | 不宜小于 1m |
| 配电柜左通道 | 不宜小于 0.8m |
| 配电柜右通道 | |

（2）配电柜（箱、盘）安装

① 基础型钢安装的允许偏差（表 12-2-25）

**表 12-2-25　基础型钢安装的允许偏差**

| 项目 | 允许偏差 | |
|---|---|---|
| | mm/m | mm/全长 |
| 直线度 | <1 | <5 |
| 水平度 | <1 | <5 |
| 位置误差及不平行度 | — | <5 |

② 配电柜（箱、盘）单独或成列安装的允许偏差（表 12-2-26）

**表 12-2-26　配电柜（箱、盘）安装的允许偏差**

| 项目 | | 允许偏差/mm | 项目 | | 允许偏差/mm |
|---|---|---|---|---|---|
| 垂直度/m | | <1.5 | 盘面偏差 | 相邻两盘边 | <1 |
| 水平偏差 | 相邻两盘顶部 | <2 | | 成列盘面 | <5 |
| | 成列盘顶部 | <5 | | 盘间接缝 | <2 |

（3）配电柜（箱、盘）电器安装（表 12-2-27）

**表 12-2-27　允许最小电气间隙及爬电距离**　　　　单位：mm

| 额定电压/V | 带电间隙 | | 爬电距离 | |
|---|---|---|---|---|
| | 额定工作电流 | | 额定工作电流 | |
| | ≤63A | >63A | ≤63A | >63A |
| $U \leqslant 60$ | 3.0 | 5.0 | 3.0 | 5.0 |
| $60 < U \leqslant 300$ | 5.0 | 6.0 | 6.0 | 8.0 |
| $300 < U \leqslant 500$ | 8.0 | 10.0 | 10.0 | 12.0 |

# 12.2.7　路灯

路灯钢杆的允许偏差

**表 12-2-28　路灯钢杆的允许偏差**

| 项目 | 允许偏差 | 项目 | 允许偏差 |
|---|---|---|---|
| 直埋式钢杆长度 | 杆长的±0.5% | 接线手孔尺寸 | ±5mm |
| 法兰式钢杆长度 | 杆长的±0.5% | 一次成型悬臂灯杆仰角 | ±1° |
| 杆身横截面尺寸 | ±0.5% | | |

# 13 其他工程

## 13.1 钢筋工程清单计价计算规则

### 13.1.1 钢筋工程计算量说明

#### 13.1.1.1 清单项目的划分

钢筋工程不分节,共设立5个项目,分别为预埋铁件、非预应力钢筋、先张法预应力钢筋、后张法预应力钢筋、型钢。适用于《建设工程工程量清单计价规范》附录D中各章的钢筋制作安装项目。

#### 13.1.1.2 注意问题

(1)清单工程量均按设计重量计算。设计注明搭接的应计算搭接长度;设计未注明搭接的,则不计算搭接长度。预埋铁件的计量单位为千克,其他均以吨为计量单位。

(2)先张法预应力钢筋项目的工程包括张拉台座制作、安装、拆除和钢筋、钢丝束制作安装等全部内容。

(3)后张法预应力钢筋项目的工程内容包括钢丝束制作安装,钢筋、钢丝束制作张拉,孔道压浆和锚具等。

(4)钢筋工程中型钢项目是指劲性骨架的型钢部分。

(5)凡型钢与钢筋组合(除预埋铁件外)的钢格栅,应分别列项。

### 13.1.2 钢筋工程清单项目

钢筋工程量清单项目设置及工程量计算规则,应按表 13-1-1 的规定执行。

表 13-1-1　钢筋工程（编码：040701）

| 项目编码 | 项目名称 | 项目特征 | 计量单位 | 工程量计算规则 | 工程内容 |
|---|---|---|---|---|---|
| 040701001 | 预埋铁件 | 1. 材质<br>2. 规格 | kg | 按设计图示尺寸以质量计算 | 制作、安装 |
| 040701002 | 非预应力钢筋 | 1. 材质<br>2. 部位 | t | | 1. 张拉台座制作、安装、拆除<br>2. 钢筋及钢丝束制作、张拉 |
| 040701003 | 先张法预应力钢筋 | | | | |
| 040701004 | 后张法预应力钢筋 | 1. 材质<br>2. 直径<br>3. 部位 | | | 1. 钢丝束孔道制作、安装<br>2. 锚具安装<br>3. 钢筋、钢丝束制作、张拉<br>4. 孔道压浆 |
| 040701005 | 型钢 | 1. 材质<br>2. 规格<br>3. 部位 | | | 悬挂安装 |

# 13.2 拆除工程清单计价计算规则

## 13.2.1 拆除工程计算量说明

### 13.2.1.1 清单项目的划分

拆除工程不分节，共设立 8 个清单项目，适用于市政拆除工程。

### 13.2.1.2 注意问题

（1）拆除项目应根据拆除目的特征列项。路面、人行道、基层的清单工程量按设计图示尺寸以面积计算；拆除侧缘石及管道的清单工程量按设计图示尺寸以长度计算；拆除砖石结构、混凝土构筑物的清单工程量按设计图示尺寸以体积计算。工程内容包括拆除、运输等全部工程内容。

（2）拆除管道垫层、基础可参考拆除相应项目计列。

（3）伐树、挖树苑的清单工程量按设计图示以棵计量；补充项目砍挖乔灌木的清单工程量按设计图示尺寸以面积计算。工程内容包括：伐树、挖根、运输。运输弃置由受益单位承担运费。

（4）路面凿毛、路面铣刨机铣刨沥青路面列入项目清单（040801001）拆除路面内，设置清单时按路面的不同材料分别设置项目清单。

## 13.2.2 拆除工程清单项目

拆除工程量清单项目设置及工程量计算规则，应按表 13-2-1 的规定执行。

**表 13-2-1 拆除工程**（编码：040801）

| 项目编码 | 项目名称 | 项目特征 | 计量单位 | 工程量计算规则 | 工程内容 |
|---|---|---|---|---|---|
| 040801001 | 拆除路面 | 1. 材质<br>2. 厚度 | m² | 按施工组织设计或设计图示尺寸以面积计算 | |
| 040801002 | 拆除基层 | | | | |
| 040801003 | 拆除人行道 | | | | |
| 040801004 | 拆除侧缘石 | 材质 | m | 按施工组织设计或设计图示尺寸以延长米计算 | 1. 拆除<br>2. 运输 |
| 040801005 | 拆除管道 | 1. 材质<br>2. 管径 | | | |
| 040801006 | 拆除砖石结构 | 1. 结构形式<br>2. 强度 | m³ | 按施工组织设计或设计图示尺寸以体积计算 | |
| 040801007 | 拆除混凝土结构 | | | | |
| 040801008 | 伐树、挖树苑 | 胸径 | 棵 | 按施工组织设计或设计图示数量计算 | 1. 伐树<br>2. 挖树苑<br>3. 运输 |

# 14 市政工程常用计算、换算数据

## 14.1 常用单位、符号、代号

### 14.1.1 常用单位

#### 14.1.1.1 国际单位制（SI）单位（表 14-1-1～表 14-1-3）

表 14-1-1 国际单位制（SI）基本单位

| 量 | | 单 位 | |
| 名　　　称 | 符　号 | 名　　　称 | 符　　号 |
| --- | --- | --- | --- |
| 长度 | $l$ | 米 | m |
| 质量 | $m$ | 千克(公斤) | kg |
| 时间 | $t$ | 秒 | s |
| 电流 | $I$ | 安(培) | A |
| 热力学温度 | $T$ | 开(尔文) | K |
| 物质的量 | $n$ | 摩(尔) | mol |
| 发光强度 | $lv$ | 坎(德拉) | cd |

表 14-1-2 常用国际单位制（SI）导出单位

| 量 | | 单 位 | | |
| 名　　称 | 符号 | 名　　称 | 符号 | 定　义　式 |
| --- | --- | --- | --- | --- |
| 频率 | $\nu$ | 赫(兹) | Hz | $s^{-1}$ |
| 能量 | $E$ | 焦(耳) | J | $kg \cdot m^2/s^2$ |
| 力 | $F$ | 牛(顿) | N | $kg \cdot m/s^2 = J/m$ |
| 压力 | $p$ | 帕(斯卡) | Pa | $kg/m \cdot s^2 = N/m^2$ |
| 功率 | $P$ | 瓦(特) | W | $kg \cdot m^2/s^3 = J/s$ |
| 电量;电荷 | $Q$ | 库(仑) | C | $A \cdot s$ |
| 电位;电压;电动势 | $U$ | 伏(特) | V | $kg \cdot m^2/(s^3 \cdot A) = J/(A \cdot s)$ |
| 电阻 | $R$ | 欧(姆) | $\Omega$ | $kg \cdot m^2/(s^3 \cdot A^2) = V/A$ |
| 电导 | $G$ | 西(门子) | S | $s^3 \cdot A^2/kg \cdot m^2 = \Omega^{-1}$ |
| 电容 | $C$ | 法(拉) | F | $A^2 \cdot S^4/(kg \cdot m^2) = A \cdot s/V$ |
| 磁通量密度(磁感应强度) | $B$ | 特(斯拉) | T | $kg/(s^2 \cdot A) = V \cdot s$ |
| 电场强度 | $E$ | 伏特每米 | $V/m^1$ | $m \cdot kg/(s^3 \cdot A)$ |
| 黏度 | $\eta$ | 帕斯卡秒 | Pa·s | $kg/(s \cdot m)$ |
| 表面张力 | $\sigma$ | 牛顿每米 | N/m | $kg/s^2$ |
| 密度 | $\rho$ | 千克每立方米 | $kg/m^3$ | $kg/m^3$ |
| 比热 | $c$ | 焦耳每千克每开 | $J/(kg \cdot K)$ | $m^2/s^2 \cdot K$ |
| 热容量;熵 | $S$ | 焦耳每开 | J/K | $m^2 \cdot kg/(s^2 \cdot K)$ |

注：导出单位是在选定了基本单位后，按物理量之间的关系，由基本单位用算式导出的单位。

表 14-1-3　国际单位制（SI）单位的倍数单位

| 所表示的因数 | 词头名称 | 符号表示 | 所表示的因数 | 词头名称 | 符号表示 |
|---|---|---|---|---|---|
| $10^{18}$ | 艾(可萨) | E | $10^{-1}$ | 分 | d |
| $10^{15}$ | 柏(它) | P | $10^{-2}$ | 厘 | c |
| $10^{12}$ | 太(拉) | T | $10^{-3}$ | 毫 | m |
| $10^{9}$ | 吉(咖) | G | $10^{-6}$ | 微 | μ |
| $10^{6}$ | 兆 | M | $10^{-9}$ | 纳(诺) | n |
| $10^{3}$ | 千 | k | $10^{-12}$ | 皮(可) | p |
| $10^{2}$ | 百 | h | $10^{-15}$ | 飞(母托) | f |
| $10$ | 十 | da | $10^{-18}$ | 阿(托) | a |

注：1. $10^4$称万，$10^8$称亿，$10^{12}$为万亿，这类数字的使用不受词头名称的影响，但不应与词头混淆。

2. 词头不能重叠使用，如毫微米（m μm），应改用纳米（nm）；微微法拉，应改用皮法（PF）。词头也不能单独使用，如 15 微米不能写成 15 μ。

## 14.1.1.2　我国选定的非国际单位制单位

表 14-1-4　我国选定的非国际单位制单位

| 量的名称 | 单位名称 | 单位符号 | 换算关系和说明 |
|---|---|---|---|
| 时间 | 分 | min | 1min＝60s |
| | (小)时 | h | 1h＝60min＝3600s |
| | 天(日) | d | 1d＝24h |
| | 年 | a | 1a＝365d |
| 平面角 | (角)秒 | ″ | $1''＝(\pi/648000)$rad |
| | (角)分 | ′ | 1′＝60″ |
| | 度 | ° | 1°＝60′ |
| 旋转速度 | 转每分 | r/min | $1r/min＝(1/60)s^{-1}$ |
| 长度 | 海里 | n mile | 1n mile＝1852m(只用于航程) |
| 速度 | 节 | kn | 1kn＝1n mile/h＝(1852/3600)m/s(只用于航程) |
| 质量 | 吨 | t | $1t＝10^3$kg |
| | 原子质量单位 | u | $1u≈1.650565×10^{-27}$kg |
| 体积 | 升 | L(l) | $1L＝1dm^3＝10^{-3}m^3$ |
| 能 | 电子伏 | eV | $1eV≈1.6021892×10^{-19}$J |
| 级差 | 分贝 | dB | — |
| 线密度 | 特(克斯) | tex | 1tex＝1g/km |

注：1. 周、月为一般常用时间单位。

2. 角度单位度、分、秒的符号不处于数字后时，用括弧。

3. 升的符号中，小写字母 l 为备用符号。

## 14.1.1.3　常用法定与非法定计量单位换算

表 14-1-5　常用法定计量单位与非法定计量单位的换算

| 量的名称 | 非法定计量单位 | | 法定计量单位 | | 单位换算关系 |
|---|---|---|---|---|---|
| | 名　称 | 符　号 | 名　称 | 符　号 | |
| 长度 | 英寸、寸 | in | 米 | m | 1in＝25.4mm |
| | 英尺、尺 | ft | | | 1ft＝12in＝30.48 |
| | 码 | yd | | | 1yd＝3ft＝0.9144m |
| | 尺 | | | | 1 尺＝1/3m＝0.3m |
| 面积 | 亩 | | 平方米 | $m^2$ | 1 亩＝666.6$m^2$ |
| | 平方英尺 | $ft^2$ | | | $1ft^2＝9.29×10^{-2}m^2$ |
| | 平方英寸 | $in^2$ | | | $1in^2＝6.452×10^{-4}m^2$ |

| 量 的 名 称 | 非法定计量单位 | | 法定计量单位 | | 单位换算关系 |
|---|---|---|---|---|---|
| | 名 称 | 符 号 | 名 称 | 符 号 | |
| 体积容积 | 立方英尺 | ft³ | 立方米 升 | m³ L | $1ft^3 = 0.283168m^3$ |
| | 立方英寸 | in³ | | | $1in^3 = 1.63871 \times 10^{-5}m^3$ |
| | 英加仑 | Ukgal | | | $1Ukgal = 4.54609m^3$ |
| | 美加仑 | USgal | | | $1USgal = 3.78541m^3$ |
| 质量 | 磅 | lb | 千克(公斤) 吨 原子质量单位 | kg t u | $1lb = 0.45359237kg$ |
| | 英担 | cwb | | | $1cwb = 50.8023kg$ |
| | 英吨 | ton | | | $1ton = 1016.05kg$ |
| | 短吨 | sh ton | | | $1sh\ ton = 904.185kg$ |
| | 盎司 | oz | | | $1oz = 28.3495kg$ |
| | 米制克拉 | | | | 1 米制克拉 $= 2 \times 10^{-4}kg$ |
| 力、重力 | 磅力 | bf | 牛顿 千牛顿 | N kN | $1bf = 4.44822N$ |
| | 千克力 | kgf | | | $1kgf = 9.80665N$ |
| | 吨力 | tf | | | $1tf = 9.80665kN$ |
| 力矩、弯矩、扭矩 | 千克力·米 | kgf·m | 牛顿米 千牛顿米 | N·m kN·m | $1kgf \cdot m = 9.80665N \cdot m$ |
| | 吨力·米 | tf·m | | | $1tf \cdot m = 9.80665kN \cdot m$ |
| 压力、压强、应力 | 巴 | bar | 帕斯卡 | Pa | $1bar = 10^5Pa$ |
| | 毫克 | mbar | | | $1mbar = 10^2Pa$ |
| | 标准大气压 | atm | 千帕斯卡 | kPa | $1atm = 101.325kPa$ |
| | 工程大气压 | at | | | $1at = 98.0665kPa$ |
| | 毫米汞柱 | mmHg | 帕斯卡 | Pa | $1mmHg = 133.322Pa$ |
| | 毫米水柱 | mmH₂O | | | $1mmH_2O = 9.80665Pa$ |
| | 吨力每平方米 | tf/m² | 千帕斯卡 | kPa | $1tf/m^2 = 9.80665kPa$ |
| | 千克力每平方米 | kgf/m² | 帕斯卡 | Pa | $1kgf/m^2 = 9.80665Pa$ |
| | 千克力每平方厘米 | kgf/cm² | 帕斯卡 | Pa | $1kgf/cm^2 = 9.80665 \times 10^4Pa$ |
| | 千克力每平方毫米 | kgf/mm² | 帕斯卡 兆帕斯卡 | Pa MPa | $1kgf/cm^2 = 9.80665 \times 10^6Pa$ $1kgf/cm^2 = 9.80665MPa$ |
| 弹性模量、剪变模量、变形模量 | 千克力每平方厘米 | kgf/cm² | 帕斯卡 | Pa | $1kgf/cm^2 = 9.80665 \times 10^4Pa$ |
| 功、热量、功能、功率 | 格尔 | erg | 焦耳 | J | $1erg = 10^{-7}J$ |
| | 泊 | P | 帕斯卡秒 | Pa·s | $1P = 0.1Pa \cdot s$ |
| | 千克力米 | kgf·m | 焦耳 | J | $1kgf \cdot m = 9.80665J$ |
| | 卡 | cal | | | $1cal = 4.1868J$ |
| | 度 | 度 | 千瓦·时 焦耳 | kW·h J | 1 度 $= 1kW \cdot h$ 1 度 $= 3.6 \times 10^6J = 3.6MJ$ |
| | 千克力/米每秒 | kgf·m/s | 瓦特 | W | $1kgf \cdot m/s = 9.80665W$ |
| | (米制)马力 | 马力 | 千克力/米每秒 瓦特 | kgf·m/s W | 1 米制马力 $= 75kgf \cdot m/s$ 1 米制马力 $= 735.499W$ |
| 热导率 | 卡每秒厘米开尔文 | cal/(cm·s·K) | 瓦特每米开尔文 | W/(m·K) | $1cal/(cm \cdot s \cdot K) = 418.68W/(m \cdot K)$ |
| | 千卡每米小时开尔文 | kcal/(m·h·K) | | | $1kcal/(m \cdot h \cdot K) = 1.163W/(m \cdot K)$ |
| 传热系数 | 卡每平方厘米秒开尔文 | cal/(cm²·s·K) | 瓦特每平方米开尔文 | W/(m²·K) | $1cal/(cm^2 \cdot s \cdot K) = 41868W/(m^2 \cdot K)$ |
| | 千卡每平方米小时开尔文 | kcal/(m²·h·K) | | | $1kcal/(m^2 \cdot h \cdot K) = 1.163W/(m^2 \cdot K)$ |

| 量 的 名 称 | 非法定计量单位 | | 法定计量单位 | | 单位换算关系 |
|---|---|---|---|---|---|
| | 名 称 | 符 号 | 名 称 | 符 号 | |
| 比热容<br>比熵 | 尔格每克开尔文 | erg/(g·K) | 焦耳每千克<br>开尔文 | J/(kg·K) | $1erg/(g·K)=10^{-4}J/(kg·K)$ |
| | 卡每克开尔文 | cal/(g·K) | | | $1cal/(g·K)=4186.8J/(kg·K)$ |
| | 千卡每千克<br>开尔文 | kcal/(kg·K) | | | $1kcal/(kg·K)=4186.8J/(kg·K)$ |
| 比内能 | 尔格每克 | erg/g | 焦耳每千克 | J/kg | $1erg/g=10^{-4}J/kg$ |
| | 卡每克 | cal/g | | | $1cal/g=4186.8J/kg$ |
| | 千卡每千克 | kcal/kg | | | $1kcal/kg=4186.8J/kg$ |

## 14.1.2 常用符号

### 14.1.2.1 几何量值

**表 14-1-6 几何量值常用符号**

| 量 的 名 称 | 符 号 | 中文单位名称 | 简 称 | 法定单位符号 |
|---|---|---|---|---|
| 振幅 | $A$ | 米 | 米 | m |
| 面积 | $A、S、AS$ | 平方米 | 米$^2$ | m$^2$ |
| 宽 | $B、b$ | 米 | 米 | m |
| 直径 | $D、d$ | 米 | 米 | m |
| 厚 | $d、\delta$ | 米 | 米 | m |
| 高 | $H、h$ | 米 | 米 | m |
| 长 | $L、l$ | 米 | 米 | m |
| 半径 | $R、r$ | 米 | 米 | m |
| 行程、距离 | $S$ | 米 | 米 | m |
| 体积 | $V、v$ | 立方米 | 米$^3$ | m$^3$ |
| 平面角 | $\alpha、\beta、\gamma、\theta、\varphi$ | 弧度 | 弧度 | rad |
| 延伸率 | $\delta$ | （百分比） | % | — |
| 波长 | $\lambda$ | 米 | 米 | m |
| 波数 | $\sigma$ | 每米 | 米$^{-1}$ | m$^{-1}$ |
| 相角 | $\varphi$ | 弧度 | 弧度 | rad |
| 立体角 | $\omega、\Omega$ | 球面度 | 球面度 | sr |

### 14.1.2.2 时间单位常用符号

**表 14-1-7 时间单位常用符号**

| 量 的 名 称 | 符 号 | 中文单位名称 | 简 称 | 法定单位符号 |
|---|---|---|---|---|
| 线加速度 | $a$ | 米每二次方秒 | 米/秒$^2$ | m/s$^2$ |
| 频率 | $f、v$ | 赫兹 | 赫 | Hz |
| 重力加速度 | $g$ | 米每二次方秒 | 米/秒$^2$ | m/s$^2$ |
| 旋转频率,转速 | $n$ | 每秒 | 秒$^{-1}$ | s$^{-1}$ |
| 质量流量 | $q_m$ | 千克每秒 | 千克/秒 | kg/s |
| 体积流量 | $q_V$ | 立方米每秒 | 米$^3$/秒 | m$^3$/s |
| 周期 | $T$ | 秒 | 秒 | s |
| 时间 | $t$ | 秒 | 秒 | s |
| 线速度 | $v$ | 米每秒 | 米/秒 | m/s |
| 角加速度 | $a$ | 弧度每二次方秒 | 弧度/秒$^2$ | rad/s$^2$ |
| 角速度,角频率 | $\omega$ | 弧度每秒 | 弧度/秒 | rad/s |

### 14. 1. 2. 3　质量单位常用符号

表 14-1-8　质量单位常用符号

| 量 的 名 称 | 符　号 | 中文单位名称 | 简　称 | 法定单位符号 |
|---|---|---|---|---|
| 原子量 | $A$ | 摩尔 | 摩 | mol |
| 冲量 | $I$ | 牛顿秒 | 牛·秒 | N·s |
| 惯性矩 | $I$ | 四次方米 | 米$^4$ | m$^4$ |
| 惯性半径 | $i$ | 米 | 米 | m |
| 转动惯量 | $J$ | 千克二次方米 | 千克/米$^2$ | kg/m$^2$ |
| 动量矩 | $L$ | 千克二次方米每秒 | 千克·米$^2$/秒 | kg·m$^2$/s |
| 分子量 | $M$ | 摩尔 | 摩 | mol |
| 质量 | $m$ | 千克(公斤) | 千克 | kg |
| 动量 | $p$ | 千克米每秒 | 千克·米/秒 | kg·m/s |
| 静矩(面积矩) | $S$ | 三次方米 | 米$^3$ | m$^3$ |
| 截面模量 | $W$ | 三次方米 | 米$^3$ | m$^3$ |
| 密度 | $\rho$ | 千克每立方米 | 千克/米$^3$ | kg/m$^3$ |

### 14. 1. 2. 4　力学单位常用符号

表 14-1-9　力学单位常用符号

| 量 的 名 称 | 符　号 | 中文单位名称 | 简　称 | 法定单位符号 |
|---|---|---|---|---|
| 弹性模量 | $E$ | 帕斯卡 | 帕 | Pa |
| 力 | $F、P、R、f$ | 牛顿 | 牛 | N |
| 荷重、重力 | $G$ | 牛顿 | 牛 | N |
| 剪变模量 | $G$ | 帕斯卡 | 帕 | Pa |
| 硬度 | $H$ | 牛顿每平方米 | 牛/米$^2$ | N/m$^2$ |
| 布氏硬度 | HB | 牛顿每平方米 | 牛/米$^2$ | N/m$^2$ |
| 洛氏硬度 | HR、HRA、HRB、HRC | 牛顿每平方米 | 牛/米$^2$ | N/m$^2$ |
| 肖氏硬度 | HS | 牛顿每平方米 | 牛/米$^2$ | N/m$^2$ |
| 维氏硬度 | HV | 牛顿每平方米 | 牛/米$^2$ | N/m$^2$ |
| 弯矩 | $M$ | 牛顿米 | 牛·米 | N·m |
| 压强 | $P$ | 帕斯卡 | 帕 | Pa |
| 扭矩 | $T$ | 牛顿米 | 牛·米 | N·m |
| 动力黏度 | $\eta$ | 帕斯卡秒 | 帕·秒 | Pa/s |
| 摩擦系数 | $\mu$ | — | — | — |
| 运动黏度 | $\nu$ | 二次方米每秒 | 米$^2$/秒 | m$^2$/s |
| 正应力 | $\sigma$ | 帕斯卡 | 帕 | Pa |
| 极限强度 | $\sigma_s$ | 帕斯卡 | 帕 | Pa |
| 剪应力 | $\tau$ | 帕斯卡 | 帕 | Pa |

### 14. 1. 2. 5　能量单位常用符号

表 14-1-10　能量单位常用符号

| 量 的 名 称 | 符　号 | 中文单位名称 | 简　称 | 法定单位符号 |
|---|---|---|---|---|
| 功 | $A、W$ | 焦耳 | 焦 | J |
| 能 | $E$ | 焦耳 | 焦 | J |
| 功率 | $P$ | 瓦特 | 瓦 | W |
| 变形能 | $U$ | 牛顿米 | 牛·米 | N·m |
| 比能 | $\mu$ | 焦耳每千克 | 焦耳/千克 | J/kg |
| 效率 | $\eta$ | (百分比) | % | — |

## 14.1.2.6 热量单位常用符号

**表 14-1-11　热量单位常用符号**

| 量 的 名 称 | 符 号 | 中文单位名称 | 简 称 | 法定单位符号 |
|---|---|---|---|---|
| 热容 | $C$ | 焦耳每开尔文 | 焦/开 | J/K |
| 比热容 | $c$ | 焦耳每千克开尔文 | 焦/(千克·开) | J/(kg·K) |
| 焓 | $H$ | 焦耳 | 焦 | J |
| 传热系数 | $K$ | 瓦特每平方米开尔文 | 瓦/(米²·开) | W/(m²·K) |
| 熔解热 | $L_f$ | 焦耳每千克 | 焦/千克 | J/kg |
| 汽化热 | $L_v$ | 焦耳每千克 | 焦/千克 | J/kg |
| 热量 | $Q$ | 焦耳 | 焦 | J |
| 燃烧值 | $q$ | 焦耳每千克 | 焦/千克 | J/kg |
| 热流(量)密度 | $Q$、$\varphi$ | 瓦特每平方米 | 瓦/米² | W/m² |
| 传热阻 | $R$ | 平方米开尔文每瓦特 | 米²·开/瓦 | m²·K/W |
| 熵 | $S$ | 焦耳每开尔文 | 焦/开 | J/K |
| 热力学温度 | $T$ | 开尔文 | 开 | K |
| 摄氏温度 | $t$ | 摄氏度 | 度 | ℃ |
| 热扩散系数 | $a$ | 平方米每秒 | 米²/秒 | m²/s |
| 线膨胀系数 | $a_L$ | 每开尔文 | 开⁻¹ | K⁻¹ |
| 面膨胀系数 | $a_S$ | 每开尔文 | 开⁻¹ | K⁻¹ |
| 体膨胀系数 | $a_v$ | 每开尔文 | 开⁻¹ | K⁻¹ |
| 热导率 | $\lambda$ | 瓦特每米开尔文 | 瓦/(米·开) | W/(m·K) |

## 14.1.2.7 声、光单位常用符号

**表 14-1-12　声、光单位常用符号**

| 量 的 名 称 | 符 号 | 中文单位名称 | 简 称 | 法定单位符号 |
|---|---|---|---|---|
| 光速 | $C$ | 米每秒 | 米/秒 | m/s |
| 焦度 | $D$ | 屈光度 | 屈光度 | — |
| 光照度 | $E$、$E_v$ | 勒克斯 | 勒 | lx |
| 光通量 | $\phi$、$\phi_v$、$F$ | 流明 | 流 | lm |
| 焦距 | $f$ | 米 | 米 | m |
| 曝光量 | $H$、$H_v$ | 勒克斯秒 | 勒·秒 | lx/s |
| 发光强度 | $I$、$I_v$ | 坎德拉 | 坎 | cd |
| 声强 | $I$、$J$ | 瓦特每平方米 | 瓦/米² | W/m² |
| 光效能 | $K$ | 流明每瓦特 | 流/瓦 | lm/W |
| 光亮度 | $L$、$L_v$ | 坎德拉每平方米 | 坎/米² | cd/m² |
| 响度级 | $L_N$ | 方 | 方 | (phon) |
| 响度 | $N$ | 宋 | 宋 | (sone) |
| 折射系数 | $n$ | — | — | — |
| 辐射通量 | $\phi$、$\phi_e$、$P$ | 瓦特 | 瓦 | W |
| 吸声系数 | $\alpha$、$\alpha_a$ | — | — | — |
| 声强级 | $\beta$ | 贝尔或分贝尔 | 贝或分贝 | B 或 dB |
| 反射系数 | $r$ | — | — | — |
| 隔声系数 | $\sigma$ | 贝尔或分贝尔 | 贝或分贝 | B 或 dB |
| 透射系数 | $\tau$ | — | — | — |

## 14.1.2.8 电、磁单位常用符号

表 14-1-13 电、磁单位常用符号

| 量 的 名 称 | 符 号 | 中文单位名称 | 简 称 | 法定单位符号 |
|---|---|---|---|---|
| 磁感应强度 | $B$ | 特斯拉 | 特 | T |
| 电容 | $C$ | 法拉 | 法 | F |
| 电位移 | $D$ | 库仑每平方米 | 库/米² | c/m² |
| 电场强度 | $E$ | 牛顿每库仑或伏特每米 | 牛/库或伏/米 | N/C 或 V/m |
| 电导 | $G$ | 西门子 | 西 | S |
| 磁场强度 | $H$ | 安培每米 | 安/米 | A/m |
| 电流 | $I$ | 安培 | 安 | A |
| 电流密度 | $J$、$\delta$ | 安培每平方米 | 安/米² | A/m² |
| 电感 | $M$ | 亨利 | 亨 | H |
| 线圈数 | $n$、$W$ | — | — | — |
| 电功率 | $P$ | 瓦特 | 瓦 | W |
| 磁矩 | $m$ | 安培平方米 | 安·米² | A·m² |
| 电量、电荷 | $Q$、$q$ | 库仑 | 库 | C |
| 电阻 | $R$ | 欧姆 | 欧 | Ω |
| 电势差（电压） | $U$、$V$ | 伏特 | 伏 | V |
| 电势（电位） | $V$、$\varphi$ | 伏特 | 伏 | V |
| 电抗 | $X$ | 欧姆 | 欧 | Ω |
| 阻抗 | $Z$ | 欧姆 | 欧 | Ω |
| 电导率 | $\gamma$、$\sigma$ | 西门子每米 | 西/米 | S/m |
| 电动势 | $\varepsilon$ | 伏特 | 伏 | V |
| 介质常数 | $\varepsilon$ | 法拉每米 | 法/米 | F/m |
| 电荷线密度 | $\lambda$ | 库仑每米 | 库/米 | c/m |
| 磁导率 | $\mu$ | 亨利每米 | 亨/米 | H/m |
| 电荷体密度 | $\rho$ | 库仑每立方米 | 库/米³ | C/m³ |
| 电阻率 | $\rho$ | 欧姆米 | 欧·米 | Ω·m |
| 电荷面密度 | $\sigma$ | 库仑每平方米 | 库/米² | C/m² |
| 磁通量 | $\Phi_m$ | 韦伯 | 韦 | Wb |

## 14.1.2.9 材料强度符号

表 14-1-14 常用材料强度符号

| 符 号 | 意 义 | 不同受力状态下各种材料的强度符号 | | | | | |
|---|---|---|---|---|---|---|---|
| | | 屈服 | 受拉 | 受压 | 受剪 | 弯曲受拉 | 弯曲受压 |
| $f_a$ | 钢材强度 | $f_{ay}$ | $f_{at}$ | $f_{ac}$ | | | |
| $f_s$ | 钢筋强度 | $f_{sy}$，$f_{s0.2}$ | $f_{st}$ | $f_{sc}$ | | | |
| $f_p$ | 预应力束强度 | $f_{py}$，$f_{p0.2}$ | $f_{pt}$ | $f_{pc}$ | | | |
| $f_c$ | 混凝土强度 | | $f_{ct}$ | $f_{cc}$ | $f_{cv}$ | $f_{ctm}$ | $f_{ccm}$ |
| $f_m$ | 砌体强度 | | $f_{mt}$ | $f_{mc}$ | $f_{mv}$ | $f_{mtm}$ | $f_{mcm}$ |
| $f_t$ | 木材强度 | | $f_{tt}$ | $f_{tc}$ | $f_{tv}$ | $f_{ttm}$ | $f_{tcm}$ |

注：在不致混淆时，可省略表示某种材料意义的下标。

# 14.1.3 常用代号

## 14.1.3.1 常用构件代号

表 14-1-15 常用构件代号

| 序 号 | 名 称 | 代 号 | 序 号 | 名 称 | 代 号 |
|---|---|---|---|---|---|
| 1 | 板 | B | 28 | 屋架 | WJ |
| 2 | 屋面板 | WB | 29 | 托架 | TJ |
| 3 | 空心板 | KB | 30 | 天窗架 | CJ |
| 4 | 槽形板 | CB | 31 | 框架 | KJ |
| 5 | 折板 | ZB | 32 | 刚架 | GJ |
| 6 | 密肋板 | MB | 33 | 支架 | ZJ |
| 7 | 楼梯板 | TB | 34 | 柱 | Z |
| 8 | 盖板或沟盖板 | GB | 35 | 框架柱 | KZ |
| 9 | 挡雨板或檐口板 | YB | 36 | 构造柱 | GZ |
| 10 | 吊车安全走道板 | DB | 37 | 承台 | CT |
| 11 | 墙板 | QB | 38 | 设备基础 | SJ |
| 12 | 天沟板 | TGB | 39 | 桩 | ZH |
| 13 | 梁 | L | 40 | 挡土墙 | DQ |
| 14 | 屋面梁 | WL | 41 | 地沟 | DG |
| 15 | 吊车梁 | DL | 42 | 柱间支撑 | ZC |
| 16 | 单轨吊车梁 | DDL | 43 | 垂直支撑 | CC |
| 17 | 轨道连接 | DGL | 44 | 水平支撑 | SC |
| 18 | 车挡 | CD | 45 | 梯 | T |
| 19 | 圈梁 | QL | 46 | 雨篷 | YP |
| 20 | 过梁 | GL | 47 | 阳台 | YT |
| 21 | 连系梁 | LL | 48 | 梁垫 | LD |
| 22 | 基础梁 | JL | 49 | 预埋件 | M |
| 23 | 楼梯梁 | TL | 50 | 天窗端壁 | TD |
| 24 | 框架梁 | KL | 51 | 钢筋网 | W |
| 25 | 框支梁 | KZL | 52 | 钢筋骨架 | G |
| 26 | 屋面框架梁 | WKL | 53 | 基础 | J |
| 27 | 檩条 | LT | 54 | 暗柱 | AZ |

注：1. 预制钢筋混凝土构件、现浇钢筋混凝土构件、钢构件和木构件，一般可直接采用本附表中的构件代号。在绘图中，当需要区别上述构件的材料种类时，可在构件代号前加注材料代号，并在图纸中加以说明。

2. 预应力钢筋混凝土构件的代号，应在构件代号前加注"Y"，如 YDL 表示预应力钢筋混凝土吊车梁。

## 14.1.3.2 常用增塑剂名称缩写代号

表 14-1-16 常用增塑剂名称缩写代号

| 名 称 | 代 号 | 名 称 | 代 号 |
|---|---|---|---|
| 烷基磺酸酯 | ASE | 己二酸二异癸酯 | DIDA |
| 邻苯二甲酸苄丁酯 | BBP | 邻苯二甲酸二异癸酯 | DIDP |
| 己二酸苄辛酯 | BOA | 己二酸二异壬酯 | DINA |
| 邻苯二甲酸二丁酯 | DBP | 邻苯二甲酸二异壬酯 | DINP |
| 邻苯二甲酸二辛酯 | DCP | 己二酸二异辛酯 | DIOA |
| 邻苯二甲酸二乙酯 | DEP | 邻苯二甲酸二异辛酯 | DIOP |
| 邻苯二甲酸二庚酯 | DHP | 邻苯二甲酸二甲酯 | DMP |
| 邻苯二甲酸二己酯 | DHXP | 邻苯二甲酸二壬酯 | DNP |
| 邻苯二甲酸二异丁酯 | DIBP | 己二酸二辛酯 | DOA |

| 名　　称 | 代　号 | 名　　称 | 代　号 |
|---|---|---|---|
| 间苯二甲酸二辛酯 | DOIP | 磷酸二苯辛苯酯 | DPOF |
| 邻苯二甲酸二辛酯 | DOP | 邻苯二甲酸辛癸酯 | ODP |
| 癸二酸二辛酯 | DOS | 磷酸三氯乙酯 | TCEF |
| 对苯二甲酸二辛酯 | DOTP | 磷酸三甲苯酯 | TCF |
| 壬二酸二辛酯 | DOZ | 均苯四甲酸四辛酯 | TOPM |
| 磷酸二苯甲苯酯 | DPCF | 磷酸三苯酯 | TPF |

### 14.1.3.3　常用塑料、树脂名称缩写代号

表 14-1-17　常用塑料、树脂名称缩写代号

| 名　　称 | 代　号 | 名　　称 | 代　号 |
|---|---|---|---|
| 丙烯腈-丁二烯-苯乙烯共聚物 | ABS | 聚异丁烯 | PIB |
| 丙烯腈-甲基丙烯酸甲酯共聚物 | A/MMA | 聚乙烯醇缩丁醛 | PVB |
| 丙烯腈-苯乙烯共聚物 | A/S | 聚氯乙烯 | PVC |
| 丙烯腈-苯乙烯-丙烯酸酯共聚物 | A/S/A | 聚氯乙烯-乙酸乙烯酯 | PVCA |
| 乙酸纤维素 | CA | 氯化聚氯乙烯 | PVCC |
| 乙酸-丁酸纤维素 | CAB | 聚偏二氯乙烯 | PVDC |
| 乙酸-丙酸纤维素 | CAP | 聚偏二氟乙烯 | PVDF |
| 甲酚-甲醛树脂 | CF | 聚氟乙烯 | PVF |
| 羧甲基纤维素 | CMC | 聚乙烯醇缩甲醛 | PVFM |
| 聚甲基内烯酰亚胺 | PMI | 聚乙烯基咔唑 | PVK |
| 聚甲基丙烯酸甲酯 | PMMA | 聚乙烯基吡咯烷酮 | PVP |
| 聚甲醛 | mM | 间苯二酚-甲醛树脂 | RF |
| 聚丙烯 | PP | 增强塑料 | RP |
| 氯化聚丙烯 | PPC | 聚硅氧烷 | SI |
| 聚苯醚 | PPO | 脲甲醛树脂 | UF |
| 聚氧化丙烯 | PPOX | 不饱和聚酯 | UP |
| 聚苯硫醚 | PPS | 氯乙烯-乙烯共聚物 | VC/E |
| 聚苯砜 | PPSU | 氯乙烯-乙烯-丙烯酸甲酯共聚物 | VC/E/MA |
| 聚苯乙烯 | PS | 氯乙烯-乙烯-乙酸乙烯酯共聚物 | VC/E/VCA |
| 聚砜 | PSU | 氯乙烯-丙烯酸甲酯共聚物 | VC/MA |
| 聚四氟乙烯 | PTFE | 氯乙烯-甲基丙烯酸甲酯共聚物 | VC/MMA |
| 聚氨酯 | FUR | 氯乙烯-丙烯酸辛酯共聚物 | VC/OA |
| 聚乙酸乙烯酯 | PVAC | 氯乙烯-偏二氯乙烯共聚物 | VC/VDC |
| 聚乙烯醇 | PVAL | 硝酸纤维素 | CN |
| 中密度聚乙烯 | MDPE | 丙酸纤维素 | CP |
| 三聚氰胺-甲醛树脂 | MF | 酪素（塑料） | CS |
| 三聚氰胺-酚醛树脂 | MPF | 三乙酸纤维素 | CTA |
| 聚酰胺（尼龙） | PA | 乙基纤维素 | EC |
| 聚丙烯酸 | PAA | 乙烯-丙烯酸乙酯 | E/EA |
| 聚丙烯腈 | PAN | 环氧树脂 | EP |
| 聚丁烯-1 | PB | 乙烯-丙烯共聚物 | E/P |
| 聚对苯二甲酸丁二醇酯 | PBTP | 乙烯-丙烯-二烯三元共聚物 | E/P/D |
| 聚碳酸酯 | PC | 乙烯-四氟乙烯共聚物 | E/TFE |
| 聚三氟氯乙烯 | PCTFE | 乙烯-乙酸乙烯酯共聚物 | E/VAC |
| 聚邻苯二甲酸二烯丙酯 | PDAP | 乙烯-乙烯醇共聚物 | E/VAL |
| 聚间苯二甲酸二烯丙酯 | PDAIP | 全氟（乙烯-丙烯）共聚物 | FEP |
| 聚乙烯 | PE | 通用聚苯乙烯 | GPS |
| 氯化聚乙烯 | PEC | 玻璃纤维增强塑料 | GRP |
| 聚氧化乙烯 | PEOX | 高密度聚乙烯 | HDPE |
| 聚对苯二甲酸乙二醇酯 | PETP | 高冲击强度聚苯乙烯 | HIPS |
| 酚醛树脂 | PF | 低密度聚乙烯 | LDPE |
| 聚酰亚胺 | PI | 甲基纤维素 | MC |

# 14.2 常用计量单位及换算

## 14.2.1 长度单位换算

**表 14-2-1 米制与市制长度单位换算表**

| 单位 | 米 制 | | | | 市 制 | | | |
|---|---|---|---|---|---|---|---|---|
| | 米(m) | 毫米(mm) | 厘米(cm) | 千米(km) | 市寸 | 市尺 | 市丈 | 市里 |
| 1m | 1 | 1000 | 100 | 0.0010 | 30 | 3 | 0.3000 | 0.0020 |
| 1mm | 0.0010 | 1 | 0.1000 | $10^{-6}$ | 0.0300 | 0.0030 | 0.0003 | $2\times10^{-6}$ |
| 1cm | 0.0100 | 10 | 1 | $10^{-5}$ | 0.3000 | 0.0300 | 0.0030 | $2\times10^{-5}$ |
| 1km | 1000 | 1000000 | 100000 | 1 | 30000 | 3000 | 300 | 2 |
| 1市寸 | 0.0333 | 33.3333 | 3.3333 | $3.3333\times10^{-5}$ | 1 | 0.1000 | 0.0100 | $6.6667\times10^{-5}$ |
| 1市尺 | 0.3333 | 333.33.33 | 33.3333 | 0.0003 | 10 | 1 | 0.1000 | 0.0007 |
| 1市丈 | 3.3333 | 3333.3333 | 333.3333 | 0.0033 | 100 | 10 | 1 | 0.0067 |
| 1市里 | 500 | 500000 | 50000 | 0.5000 | 15000 | 1500 | 150 | 1 |

**表 14-2-2 米制与英美制长度单位换算表**

| 单位 | 米 制 | | | | 英 美 制 | | | |
|---|---|---|---|---|---|---|---|---|
| | 米(m) | 毫米(mm) | 厘米(cm) | 千米(km) | 英寸(in) | 英尺(ft) | 码(yd) | 英里(mile) |
| 1m | 1 | 1000 | 100 | 0.0010 | 39.3701 | 3.2808 | 1.0936 | 0.0006 |
| 1mm | 0.0010 | 1 | 0.1000 | $10^{-6}$ | 0.0394 | 0.0033 | 0.0011 | $0.6214\times10^{-6}$ |
| 1cm | 0.0100 | 10 | 1 | $10^{-5}$ | 0.3937 | 0.0328 | 0.0109 | $0.6214\times10^{-5}$ |
| 1km | 1000 | 1000000 | 100000 | 1 | $3.9370\times10^{4}$ | 3280.8398 | 1093.6132 | 0.6214 |
| 1in | 0.0254 | 25.4000 | 2.5400 | $2.54\times10^{-5}$ | 1 | 0.0833 | 0.0278 | $1.5783\times10^{-5}$ |
| 1ft | 0.3048 | 304.8000 | 30.4800 | 0.0003 | 12 | 1 | 0.3333 | 0.0002 |
| 1yd | 0.9144 | 914.4000 | 91.4400 | 0.0009 | 36 | 3 | 1 | 0.0006 |
| 1mile | $1.6093\times10^{6}$ | $1.6093\times10^{5}$ | 1609.3440 | 1.6093 | 63360 | 5280 | 1760 | 1 |

## 14.2.2 面积单位换算

**表 14-2-3 米制与市制面积单位换算表**

| 单位 | 米 制 | | | |
|---|---|---|---|---|
| | 平方米(m²) | 公亩(a) | 公顷(ha 或 hm²) | 平方公里(km²) |
| 1m² | 1 | 0.0100 | 0.0001 | $10^{-6}$ |
| 1a | 100 | 1 | 0.0100 | 0.0001 |
| 1ha 或 hm² | 10000 | 100 | 1 | 0.0100 |
| 1km² | 1000000 | 10000 | 100 | 1 |
| 1平方市尺 | 0.1111 | 0.0011 | $0.1111\times10^{-4}$ | $0.1111\times10^{-6}$ |
| 1平方市丈 | 11.1111 | 0.1111 | 0.0011 | $0.1111\times10^{-4}$ |
| 1市亩 | 666.6667 | 6.6667 | 0.0667 | 0.0007 |

| 单位 | 市 制 | | | |
|---|---|---|---|---|
| | 平方米(m²) | 公亩(a) | 公顷(ha 或 hm²) | 平方公里(km²) |
| 1市顷 | 56666.6667 | 666.6667 | 6.6667 | 0.0667 |
| 1m² | 0.0900 | 0.0015 | $0.1500\times10^{-4}$ | |
| 1a | 900 | 9 | 0.1500 | 0.0015 |
| 1ha 或 hm² | 90000 | 900 | 15 | 0.1500 |
| 1km² | 9000000 | 90000 | 1500 | 15 |
| 1平方市尺 | 1 | 0.0100 | 0.0002 | $1.6667\times10^{-6}$ |
| 1平方市丈 | 100 | 1 | 0.0167 | 0.0002 |
| 1市亩 | 6000 | 60 | 1 | 0.0100 |
| 1市顷 | 600000 | 6000 | 100 | 1 |

表 14-2-4　米制与英美制面积单位换算表

| 单　位 | 米　制 | | | |
| --- | --- | --- | --- | --- |
| | 平方米(m²) | 公亩(a) | 公顷(ha 或 hm²) | 平方公里(km²) |
| 1m² | 1 | 0.0100 | 0.0001 | $10^{-6}$ |
| 1a | 100 | 1 | 0.0100 | 0.0001 |
| 1ha 或 hm² | 10000 | 100 | 1 | 0.0100 |
| 1km² | 1000000 | 10000 | 100 | 1 |
| 1ft² | 0.0929 | 0.0009 | $0.929 \times 10^{-5}$ | $0.9290 \times 10^{-7}$ |
| 1yd² | 0.8361 | 0.0084 | $0.8361 \times 10^{-4}$ | $0.8361 \times 10^{-6}$ |
| 1 英亩 | 4046.8564 | 40.4686 | 0.4047 | 0.0040 |
| 1 美亩 | 4046.8767 | 40.4688 | 0.4047 | 0.0040 |
| 1mile² | $0.2590 \times 10^{7}$ | $0.2590 \times 10^{5}$ | 258.9988 | 2.5900 |
| 单　位 | 英　美　制 | | | | |
| 平方英尺(ft²) | 平方码(yd²) | 英亩 | 美亩 | 平方英里(mile²) |
| 1m² | 10.7639 | 1.1960 | 0.0002 | 0.0002 | $0.3861 \times 10^{-6}$ |
| 1a | 1076.3910 | 119.5990 | 0.0247 | 0.0247 | $0.3861 \times 10^{-4}$ |
| 1ha 或 hm² | $1.0764 \times 10^{5}$ | 11909.9005 | 2.4711 | 2.4710 | 0.0039 |
| 1km² | $1.0764 \times 10^{7}$ | $1.1960 \times 10^{6}$ | 247.1054 | 247.104 | 0.3861 |
| 1ft² | 1 | 0.1111 | $0.2296 \times 10^{-4}$ | $0.2296 \times 10^{-4}$ | $0.3587 \times 10^{-7}$ |
| 1yd² | 9 | 1 | 0.0002 | 0.0002 | $0.3228 \times 10^{-6}$ |
| 1 英亩 | 43560 | 4840 | 1 | 0.999995 | 0.0016 |
| 1 美亩 | 43560.2178 | 4839.9758 | 1.000005 | 1 | 0.0016 |
| 1mile² | 27878400 | 3097600 | 640 | 639.9968 | 1 |

## 14.2.3　体积、容积单位换算

表 14-2-5　米制与市制体积、容积单位换算表

| 单　位 | 米　制 | | |
| --- | --- | --- | --- |
| | 立方米(m³) | 立方厘米(cm³) | 升(L) |
| 1m³ | 1 | 1000000 | 1000 |
| 1cm³ | $10^{-6}$ | 1 | 0.0010 |
| 1L | 0.0010 | 1000 | 1 |
| 1 立方市寸 | $0.3704 \times 10^{-4}$ | 37.0370 | 0.0370 |
| 1 立方市尺 | 0.0370 | $3.7037 \times 10^{4}$ | 37.0370 |
| 1 市斗 | 0.0100 | 10000 | 10 |
| 1 市石 | 0.1000 | 100000 | 100 |
| 单　位 | 市　制 | | | |
| 立方市寸 | 立方市尺 | 市　斗 | 市　石 |
| 1m³ | 27000 | 27 | 100 | 10 |
| 1cm³ | 0.0270 | $0.2700 \times 10^{-4}$ | 0.0001 | $10^{-5}$ |
| 1L | 27 | 0.0270 | 0.1000 | 0.0100 |
| 1 立方市寸 | 1 | 0.0010 | 0.0037 | 0.0004 |
| 1 立方市尺 | 1000 | 1 | 3.7037 | 0.3704 |
| 1 市斗 | 270 | 0.2700 | 1 | 0.1000 |
| 1 市石 | 2700 | 2.7000 | 10 | 1 |

### 表 14-2-6　米制与英美制体积、容积单位换算表

| 单位 | 米　制 | | |
|---|---|---|---|
| | 立方米(m³) | 立方厘米(cm³) | 升(L) |
| 1m³ | 1 | 1000000 | 1000 |
| 1cm³ | $10^{-6}$ | 1 | 0.0010 |
| 1L | 0.0010 | 1000 | 1 |
| 1in³ | $1.6387\times10^{-5}$ | 16.3871 | 0.0164 |
| 1ft³ | 0.0283 | $2.8317\times10^{4}$ | 28.3168 |
| 1yd³ | 0.7646 | $7.6455\times10^{5}$ | 764.5549 |
| 1gal(英) | 0.0045 | 4543.7068 | 4.5437 |
| 1gal(美) | 0.0038 | 3785.4760 | 3.7855 |
| 1bu | 0.0363 | $3.6350\times10^{4}$ | 36.3497 |

| 单位 | 英　美　制 | | | | | |
|---|---|---|---|---|---|---|
| | 立方英寸(in³) | 立方英尺(ft³) | 立方码(yd³) | 加仑(英液量)(gal) | 加仑(美液量)(gal) | 蒲式耳(bu) |
| 1m³ | $6.1024\times10^{4}$ | 35.3146 | 1.3079 | 220.0846 | 264.1719 | 27.5106 |
| 1cm³ | 0.0610 | $0.3531\times10^{-4}$ | $0.1308\times10^{-5}$ | $0.2201\times10^{-3}$ | $0.2642\times10^{-3}$ | $0.2751\times10^{-4}$ |
| 1L | 61.0237 | 0.0353 | 0.0013 | 0.2201 | 0.2642 | 0.0275 |
| 1in³ | 1 | 0.0006 | $2.1433\times10^{-5}$ | 0.0036 | 0.0043 | 0.0005 |
| 1ft³ | 1728 | 1 | 0.0370 | 6.2321 | 7.4805 | 0.7790 |
| 1yd³ | 46656 | 27 | 1 | 168.2668 | 201.9740 | 21.0333 |
| 1gal(英) | 277.2740 | 0.1605 | 0.0059 | 1 | 1.2003 | 0.1250 |
| 1gal(美) | 231 | 0.1337 | 0.0050 | 0.8331 | 1 | 0.1041 |
| 1bu | 2218.1920 | 1.2837 | 0.0475 | 8 | 9.6026 | 1 |

## 14.2.4　质量、单位长度质量单位换算

### 表 14-2-7　质量单位换算表

| 单位 | 千克(kg) | 克(g) | 吨(t) | 市斤 | 英吨(ton) | 磅(1b) | 盎司(oz) | 格令(gr) |
|---|---|---|---|---|---|---|---|---|
| 1千克 | 1 | 1000 | $1\times10^{-3}$ | 2 | $9.84207\times10^{-4}$ | 2.20462 | 35.2740 | $1.54324\times10^{4}$ |
| 1克 | $1\times10^{-3}$ | 1 | $1\times10^{-6}$ | $2\times10^{-3}$ | $9.84207\times10^{-7}$ | $2.20462\times10^{-3}$ | $3.5247\times10^{-2}$ | 15.4324 |
| 1吨 | 1000 | $1\times10^{6}$ | 1 | 2000 | 0.984207 | 2204.62 | 35274 | $1.54324\times10^{7}$ |
| 1市斤 | 0.5 | 500 | $5\times10^{-4}$ | 1 | $4.92103\times10^{-4}$ | 1.10231 | 17.637 | 7716.2 |
| 1英吨 | $1.01605\times10^{3}$ | $1.01605\times10^{6}$ | 1.01605 | $2.0321\times10^{3}$ | 1 | 2240 | $3.584\times10^{4}$ | $1.568\times10^{7}$ |
| 1磅 | 0.453592 | $4.53592\times10^{2}$ | $4.53592\times10^{-4}$ | 0.907185 | $4.46429\times10^{-4}$ | 1 | 16 | 7000 |
| 1盎司 | $2.83495\times10^{-2}$ | 28.3495 | $2.83495\times10^{-5}$ | $5.66990\times10^{-2}$ | $2.79018\times10^{-5}$ | 0.0625 | 1 | $0.4375\times10^{3}$ |
| 1格令 | $6.479891\times10^{-5}$ | $6.47989\times10^{-2}$ | $6.47989\times10^{-8}$ | $1.29598\times10^{-4}$ | $6.37755\times10^{-8}$ | $0.142857\times10^{-2}$ | $2.28571\times10^{-3}$ | 1 |

### 表 14-2-8　单位长度的质量换算表

| 克/厘米 | 英两/英寸 | 公斤/米 | 磅/英尺 | 磅/码 |
|---|---|---|---|---|
| 1 | 0.0897 | 0.1000 | 0.0672 | 0.2016 |
| 11.1483 | 1 | 1.1148 | 0.7492 | 2.2475 |
| 10.0000 | 0.8966 | 1 | 0.6720 | 2.20159 |
| 14.8820 | 1.3348 | 1.4882 | 1 | 3 |
| 4.9805 | 0.4449 | 0.4961 | 0.3333 | 1 |

## 14.2.5　压强、应力、压力单位换算

**表 14-2-9　压强、应力、压力单位换算表**

| 单　位 | 帕斯卡 (Pa) | 牛/平方毫米 (N/mm²) | 千克力/平方米 (kgf/m²) | 千克力/平方厘米 (kgf/cm²) | 巴 (bar) | 毫巴 (mbar) | 毫米汞柱 (mmHg) | 标准大气压 (atm) | 米水柱 (mH₂O) |
|---|---|---|---|---|---|---|---|---|---|
| 1 帕斯卡 | 1 | $1\times10^{6}$ | 0.101972 | $1.01972\times10^{-5}$ | $1\times10^{-5}$ | $1\times10^{-2}$ | $7.50062\times10^{-3}$ | $9.86923\times10^{-6}$ | $1.01972\times10^{-4}$ |
| 1 牛/平方毫米 | $1\times10^{6}$ | 1 | $1.01972\times10^{5}$ | 10.1972 | 10 | 104 | $7.50062\times10^{3}$ | 9.86923 | $1.01972\times10^{2}$ |
| 1 千克力/平方米 | 9.80665 | $9.80665\times10^{-6}$ | 1 | $1\times10^{-4}$ | $9.80665\times10^{-5}$ | $9.80665\times10^{-2}$ | $7.35559\times10^{-2}$ | $9.67841\times10^{-5}$ | $1\times10^{-3}$ |
| 1 千克力/平方厘米 | $9.80665\times10^{4}$ | $9.80665\times10^{-2}$ | $1\times10^{4}$ | 1 | 0.980665 | 980.665 | 735.559 | 0.967841 | 10 |
| 1 巴 | $1\times10^{5}$ | $1\times10^{-1}$ | $1.01972\times10^{4}$ | 1.01972 | 1 | $1\times10^{3}$ | 750.062 | 0.986923 | 10.1972 |
| 1 毫巴 | $1\times10^{2}$ | $1\times10^{-4}$ | $1.01972\times10^{4}$ | $1.01972\times10^{-3}$ | $1\times10^{3}$ | 1 | 0.750062 | $9.869923\times10^{-4}$ | $1.01972\times10^{-2}$ |
| 1 毫米汞柱 | 133.322 | $133.322\times10^{-6}$ | 135951 | $1.35951\times10^{-3}$ | $1.33322\times10^{-3}$ | 1.33322 | 1 | $1.31579\times10^{-3}$ | $1.35951\times10^{-2}$ |
| 1 标注大气压 | $1.01325\times10^{5}$ | $1.01325\times10^{-4}$ | $1.03323\times10^{4}$ | 1.03323 | 1.01325 | 1013.25 | 769 | 1 | 10.3323 |
| 1 米水柱 | 9806.65 | $9.80665\times10^{-3}$ | $1\times10^{3}$ | 0.1 | $9.80665\times10^{-2}$ | 98.0665 | 73.5559 | $9.67841\times10^{-2}$ | 1 |

## 14.2.6　电磁单位换算

**表 14-2-10　电流单位换算表**

| 单　位 | SI 单位安培(A) | 电磁系安培(aA) | 静电系安培(sA) |
|---|---|---|---|
| 1A | 1 | 0.1000 | $2.9980\times10^{9}$ |
| 1aA | 10 | 1 | $2.9980\times10^{10}$ |
| 1sA | $0.3336\times10^{-9}$ | $0.3336\times10^{-10}$ | 1 |

**表 14-2-11　电压单位换算表**

| 单　位 | SI 单位伏特(V) | 电磁系伏特(aV) | 静电系伏特(sV) |
|---|---|---|---|
| 1V | 1 | $10^{8}$ | 0.0033 |
| 1aV | $10^{-8}$ | 1 | $0.3336\times10^{-10}$ |
| 1sV | 299.8000 | $2.9980\times10^{10}$ | 1 |

**表 14-2-12　电容单位换算表**

| 单　位 | SI 单位安培(F) | 电磁系安培(aF) | 静电系安培(sF) |
|---|---|---|---|
| 1F | 1 | $10^{-9}$ | $0.8987\times10^{12}$ |
| 1aF | $10^{9}$ | 1 | $0.8987\times10^{21}$ |
| 1sF | $1.1127\times10^{-12}$ | $1.1127\times10^{-21}$ | 1 |

**表 14-2-13　电阻单位换算表**

| 单位 | SI 单位欧姆(Ω) | 电磁系欧姆(aΩ) | 静电系欧姆(sΩ) |
|---|---|---|---|
| 1Ω | 1 | $10^{9}$ | $1.1127\times10^{-12}$ |
| 1aΩ | $10^{-9}$ | 1 | $1.1127\times10^{-21}$ |
| 1sΩ | $0.8987\times10^{12}$ | $0.8987\times10^{21}$ | 1 |

表 14-2-14  电荷量单位换算表

| 单　位 | SI 单值库仑(C) | 安培·时(A·h) | 电磁系库仑(aC) | 法拉第 | 静电系库仑(sC) |
|---|---|---|---|---|---|
| 1C | 1 | 0.0003 | 0.1000 | $1.0364 \times 10^5$ | $2.9980 \times 10^9$ |
| 1A·h | 3600 | 1 | 360 | 0.0373 | $1.0793 \times 10^{13}$ |
| 1aC | 10 | 0.0028 | 1 | 0.0001 | $2.9980 \times 10^{10}$ |
| 1 法拉第 | 96490 | 26.8028 | 9649 | 1 | $2.8935 \times 10^{14}$ |
| 1sC | $0.3336 \times 10^{-9}$ | $0.9265 \times 10^{-13}$ | $0.3336 \times 10^{-10}$ | $0.3456 \times 10^{-14}$ | 1 |

## 14.2.7  功、功率、热能单位换算

表 14-2-15  功的单位换算表

| 公斤×厘米 | 磅×英寸 | 公斤×米 | 磅×英尺 | 吨×米 | 英吨×英尺 |
|---|---|---|---|---|---|
| 1 | 0.8679 | 0.01 | 0.0723 | 0.00001 | 0.00003 |
| 1.1521 | 1 | 0.0115 | 0.0833 | 0.00001 | 0.00004 |
| 100 | 86.797 | 1 | 7.2334 | 0.001 | 0.0032 |
| 13.8257 | 12 | 0.1383 | 7.2334 | 0.00014 | 0.0004 |
| 100000 | 86797.2 | 1000 | 7233.4 | 1 | 3.2291 |

表 14-2-16  功率单位换算表

| 单　位 | 瓦(W) | 千瓦(kW) | 米制马力(PS) | 英制马力(HP) | 千克·米/秒(kg·m/s) | 千卡/秒(kcal/s) |
|---|---|---|---|---|---|---|
| 1W | 1 | $10^{-3}$ | $1.36 \times 10^{-3}$ | $1.341 \times 10^{-3}$ | 0.102 | $2.39 \times 10^{-4}$ |
| 1kW | $10^3$ | 1 | 1.36 | 1.341 | 102 | 0.239 |
| 1PS | 735.5 | 0.7355 | 1 | 0.9863 | 75 | 0.1757 |
| 1HP | 745.7 | 0.7457 | 1.014 | 1 | 76.04 | 0.1781 |
| 1kg·m/s | 9.807 | $9.807 \times 10^{-3}$ | $1.333 \times 10^{-2}$ | $1.315 \times 10^{-2}$ | 1 | $2.342 \times 10^{-3}$ |
| 1kcal/s | 4187 | 4.187 | 5.692 | 5.614 | 426.9 | 1 |

表 14-2-17  功、能、热单位换算表

| 公斤×米 | 千卡 | 英热单位 | 马力×小时 | 千瓦×小时 | 磅×英尺 | 焦耳($10^7$尔格) |
|---|---|---|---|---|---|---|
| 1 | $2.34 \times 10^{-3}$ | $9.29 \times 10^{-3}$ | $3.70 \times 10^{-6}$ | $2.724 \times 10^{-6}$ | 7.2334 | 9.8067 |
| 426.6 | 1 | 3.9683 | $1.58 \times 10^{-3}$ | $1.163 \times 10^{-3}$ | 3087 | 4187 |
| 107.6 | 0.252 | 1 | $3.99 \times 10^{-4}$ | $2.931 \times 10^{-4}$ | 778.5 | 1055.124 |
| 270000 | 632.5 | 2509 | 1 | 0.736 | 1952000 | 2648000 |
| 367300 | 859.8 | 3411 | 1.36 | 1 | 2654000 | 3600000 |
| 0.1383 | $3.24 \times 10^{-4}$ | $1.28 \times 10^{-3}$ | $5.12 \times 10^{-7}$ | $3.77 \times 10^{-7}$ | 1 | 1.3556 |
| 0.102 | $2.39 \times 10^{-4}$ | $9.48 \times 10^{-4}$ | $3.78 \times 10^{-7}$ | $2.78 \times 10^{-7}$ | 0.7376 | 1 |

## 14.2.8  热、热工单位换算

表 14-2-18  温度单位换算表

| 单　位 | 热力学温度(K) | 摄氏温度(℃) | 华氏温度(℉) | 兰氏温度(°R) |
|---|---|---|---|---|
| $t/K$ | $t$ | $t-273.15$ | $1.8t-459.67$ | $1.8t$ |
| $f/℃$ | $t+273.15$ | $t$ | $1.8t+32$ | $1.8t+491.67$ |
| $t/℉$ | $(5/9)(t+459.67)$ | $(5/9)(t-32)$ | $t$ | $t+459.67$ |
| $f/°R$ | $(5/9)t$ | $(5/9)-273.15$ | $t-459.67$ | $t$ |

市政工程常用资料备查手册

表 14-2-19　各种温度的绝对零度、水冰点和水沸点温度值表

| 单　位 | 热力学温度(K) | 摄氏温度(℃) | 华氏温度(℉) | 兰氏温度(℞) |
|---|---|---|---|---|
| 绝对零度 | 0 | −273.15 | −459.67 | 0 |
| 水冰点 | 273.151 | 0 | 32 | 491.67 |
| 水沸点 | 373.151 | 100 | 212 | 671.67 |

表 14-2-20　热导率（导热系数）换算表

| 单　位 | 瓦特/(米·开) [W/(m·K)] | 瓦特/(厘米·开) [W/(cm·K)] | 千瓦特/(米·开) [kW/(m·K)] | 卡/(厘米·秒·开) [cal/(cm·s·K)] | 卡/(厘米·时·开) [cal/(cm·h·K)] |
|---|---|---|---|---|---|
| 1W/(m·K) | 1 | 0.0100 | 0.0010 | 0.0024 | 8.5985 |
| 1kW/(m·K) | 100 | 1 | 0.1000 | 0.2388 | 859.8452 |
| 1kW/(m·K) | 1000 | 10 | 1 | 2.3885 | 8598.4523 |
| 1cal/(cm·s·K) | 418.6800 | 4.1868 | 0.4187 | 1 | 1 |
| 1cal/(cm·h·K) | 0.1163 | 0.0012 | 0.0001 | 0.0003 | 1 |
| 1kcal/(m·h·℃) | 1.1630 | 0.0116 | 0.0012 | 0.0027 | 10 |
| 1Btu/(in·h·℉) | 20.7688 | 0.2077 | 0.0208 | 0.0496 | 178.5825 |
| 1Btu/(ft·h·℉) | 1.7307 | 0.0173 | 0.0017 | 0.0041 | 14.8819 |
| 1CHU/(in·h·℉) | 37.3838 | 0.3738 | 0.0374 | 0.0893 | 321.4484 |
| 1CHU/(ft·h·℉) | 3.1153 | 0.0312 | 0.0031 | 0.0074 | 26.7874 |

| 单　位 | 千卡/(米·时·开) [kcal/(m·h·K)] | 英热单位/(英寸·时·℉) [Btu/(in·h·℉)] | 英热单位/(英寸·时·℉) [Btu/(in·h·℉)] | 摄氏度热单位/(英寸·时·℉) [CHU/(in·h·℉)] | 摄氏度热单位/(英尺·时·℉) [CHU/(ft·h·℉)] |
|---|---|---|---|---|---|
| 1W/(m·K) | 0.8589 | 0.0481 | 0.5778 | 0.0267 | 0.3210 |
| 1kW/(m·K) | 85.9845 | 4.8149 | 57.7790 | 2.6750 | 32.0900 |
| 1kW/(m·K) | 859.8452 | 48.1492 | 577.7902 | 26.7495 | 320.9946 |
| 1cal/(cm·s·K) | 360 | 20.1588 | 241.9050 | 11.1993 | 134.3917 |
| 1cay(cm·h·K) | 0.1000 | 0.0056 | 0.0672 | 0.0031 | 0.0373 |
| 1kcal/(m·h·℃) | 1 | 0.0560 | 0.6720 | 0.0311 | 0.3733 |
| 1Btu/(in·h·℉) | 17.8582 | 1 | 12 | 0.5556 | 6.6667 |
| 1Btu/(ft·h·℉) | 1.4882 | 0.0833 | 1 | 0.0463 | 0.5556 |
| 1CHU/(in·h·℉) | 32.1448 | 1.8000 | 21.6000 | 1 | 12 |
| 1CHU/(ft·h·℉) | 2.6787 | 0.1500 | 1.8000 | 0.0833 | 1 |

注：1. 表中"开"为"开尔文"的简称（下同）。

2. 1瓦特(厘米·开)＝1焦耳(厘米·秒·开)。

表 14-2-21　比热容（比热）单位换算表

| 单　位 | 焦耳/(千克·开) [J/(kg·K)] | 焦耳/(克·开) [J/(g·K)] | 卡/(千克·开) [cal/(kg·K)] | 千卡/(千克·开) [kcal/(kg·K)] | 热化学卡/(千克·开) [cal_th/(kg·K)] | 15摄氏度卡/(千克·开) [cal_15/(kg·K)] | 英热单位/(磅·℉) [Btu/(lb·℉)] | 摄氏度热单位/(磅·℉) [CHU/(lb·℉)] |
|---|---|---|---|---|---|---|---|---|
| 1J/(kg·K) | 1 | 0.0010 | 0.2388 | 0.0002 | 0.2390 | 0.2389 | 0.0002 | 0.0001 |
| 1J/(g·K) | 1000 | 1 | 238.8459 | 0.2388 | 239.0057 | 238.9201 | 0.2388 | 0.1327 |
| 1cal/(kg·K) | 4.1868 | 0.0042 | 1 | 0.0010 | 1.0007 | 1.0003 | 0.0010 | 0.0006 |
| 1kcal/(kg·K) | 4186.8000 | 4.1868 | 1000 | 1 | 100.6692 | 1000.3106 | 1 | 0.5556 |
| 1cal_th/(kg·K) | 4.1840 | 0.0042 | 0.9993 | $0.9993 \times 10^{-3}$ | 1 | 0.9996 | $0.9993 \times 10^{-3}$ | 0.0006 |
| 1cal_15/(kg·K) | 4.1855 | 0.0042 | 0.9997 | $0.9997 \times 10^{-3}$ | 1.0004 | 1 | $0.9997 \times 10^{-3}$ | 0.0006 |
| 1Btu/(lb·℉) | 4186.8000 | 4.1868 | 1000 | 1 | 1000.6692 | 1000.3106 | 1 | 0.5556 |
| 1CUH/(lb·℉) | 7536.2400 | 7.5362 | 1800 | 1.8000 | 1801.2046 | 1800.5591 | 1.8000 | 1 |

表 14-2-22　热负荷单位换算表

| 瓦特(W) | 1.1630 | 2.3260 | 3.4890 | 4.6520 | 5.8150 | 6.9780 | 8.1410 | 9.3040 | 10.4670 | 11.6300 |
|---|---|---|---|---|---|---|---|---|---|---|
| kcal/h 或 W | 1 | 2 | 3 | 4 | 5 | 6 | 7 | 8 | 9 | 10 |
| 千卡/时(kcal/h) | 0.8598 | 1.7197 | 2.5795 | 3.4394 | 4.2992 | 5.1591 | 6.0189 | 9.8788 | 7.7386 | 8.8980 |

## 14.2.9　力、重力单位换算

表 14-2-23　力、重力单位换算表

| 单位 | 牛(N) | 千牛(kN) | 千克力(kgf) | 达因(dyn) | 磅力(lbf) | 英吨力(tonf) | 磅达(pdl) | 斯钦(Sn) |
|---|---|---|---|---|---|---|---|---|
| 1 牛 | 1 | $1\times10^{-3}$ | 0.101972 | $1\times10^5$ | 0.224809 | $1.00361\times10^{-4}$ | 7.23301 | $1\times10^{-3}$ |
| 1 千牛 | 1000 | 1 | 101.972 | $1\times10^8$ | 224.809 | $1.00361\times10^{-1}$ | 7233.01 | 1 |
| 1 千克力 | 9.80665 | $9.80665\times10^{-3}$ | 1 | 980665 | 2.20462 | $9.84207\times10^{-4}$ | 70.9316 | $9.80665\times10^{-3}$ |
| 1 达因 | $1\times10^{-5}$ | $1\times10^{-8}$ | $1.01972\times10^{-6}$ | 1 | $2.24809\times10^{-6}$ | $1.00361\times10^{-9}$ | $7.23301\times10^{-5}$ | $1\times10^{-8}$ |
| 1 磅力 | 4.44822 | $4.44822\times10^{-3}$ | 0.453592 | $4.44822\times10^5$ | 1 | $4046429\times10^{-4}$ | 32.1740 | $4.44822\times10^{-8}$ |
| 1 英吨力 | 9964.02 | 9.96402 | 1016.05 | $9.96402\times10^8$ | 2240 | 1 | $7.20699\times10^4$ | 9.96402 |
| 1 磅达 | 0.138255 | $1.38255\times10^{-4}$ | $1.40981\times10^{-2}$ | $1.38255\times10^{-4}$ | $3.10810\times10^{-2}$ | $1.38754\times10^{-5}$ | 1 | $1.38255\times10^{-4}$ |
| 1 斯钦 | 1000 | 1 | $1.01972\times10^2$ | $1\times10^8$ | 224.809 | 0.100361 | $7.23301\times10^3$ | 1 |

## 14.2.10　速度、流量换算

表 14-2-24　速度单位换算表

| 米/秒 | 英尺/秒 | 码/秒 | 公里/小时 | 英里/小时 | 浬/小时 |
|---|---|---|---|---|---|
| 1 | 3.2808 | 1.0936 | 3.6000 | 2.2370 | 1.9440 |
| 0.3048 | 1 | 0.3333 | 1.0973 | 0.6819 | 0.5925 |
| 0.9144 | 3 | 1 | 3.2919 | 2.0457 | 1.7775 |
| 0.2778 | 0.9114 | 0.3038 | 1 | 0.6214 | 0.5400 |
| 0.4470 | 1.4667 | 0.4889 | 1.6093 | 1 | 0.8689 |

表 14-2-25　流量单位换算表

| 立方米/秒 | 立方英尺/秒 | 立方码/秒 | 升/秒 | 磅/秒 | 立方米/小时 | 美加仑/秒 | 英加仑/秒 | 立方英尺/分 |
|---|---|---|---|---|---|---|---|---|
| 1 | 35.3132 | 1.3079 | 1000 | 2205 | 3600 | 264.2000 | 220.0900 | 2119 |
| 0.0283 | 1 | 0.0370 | 28.3150 | 62.4388 | 101.9340 | 7.4813 | 6.2279 | 60 |
| 0.7645 | 27.0000 | 1 | 764.5134 | 1685.752 | 2752.2482 | 201.9844 | 168.1533 | 1618 |
| 0.0010 | 0.0353 | 0.0013 | 1 | 2.2050 | 3.6000 | 0.2642 | 0.2201 | 2.119 |
| 0.0005 | 0.0160 | 0.0006 | 0.4535 | 1 | 1.6327 | 0.1198 | 0.0998 | 0.96 |
| 0.0003 | 0.0098 | 0.0004 | 0.2778 | 0.6125 | 1 | 0.0734 | 0.0611 | 0.587 |
| 0.0037 | 0.11339 | 0.0049 | 3.7863 | 8.3487 | 13.6222 | 1 | 0.8333 | 8.01 |
| 0.0045 | 0.1607 | 0.0059 | 4.5435 | 10.0184 | 16.3466 | 1.2004 | 1 | 9.62 |
| 0.00047 | 0.0167 | 0.00062 | 0.472 | 1.041 | 1.70 | 0.125 | 0.104 | 1 |

## 14.2.11 时间单位换算

表 14-2-26 时间单位换算表

| 年 | 月 | 日 | 小时 | 分 | 秒 |
|---|---|---|---|---|---|
| 1 | 12 | 365 | 8760 | 525600 | 31536000 |
| 0.0833 | 1 | 30 | 720 | 43200 | 2592000 |
| 0.0027397 | 0.033 | 1 | 24 | 1440 | 86400 |
| 0.00011416 | 0.0013889 | 0.041677 | 1 | 60 | 3600 |
| 0.000001902 | 0.00002315 | 0.00069444 | 0.016667 | 1 | 60 |
| 0.0000000318 | 0.000000386 | 0.00001157 | 0.0002778 | 0.016667 | 1 |

# 14.3 常用数学基本公式

## 14.3.1 重要角弧计算变化

### 14.3.1.1 度、分、秒与弧度的换算

表 14-3-1 度、分、秒与弧度的换算表

| 秒<br>(″) | 弧度<br>(rad) | 分<br>(′) | 弧度<br>(rad) | 度<br>(°) | 弧度<br>(rad) | 度<br>(°) | 弧度<br>(rad) | 度<br>(°) | 弧度<br>(rad) | 度<br>(°) | 弧度<br>(rad) |
|---|---|---|---|---|---|---|---|---|---|---|---|
| 1 | 0.000005 | 1 | 0.000291 | 1 | 0.017453 | 16 | 0.279253 | 31 | 0.541052 | 70 | 1.221730 |
| 2 | 0.000010 | 2 | 0.000582 | 2 | 0.034907 | 17 | 0.296706 | 32 | 0.558505 | 75 | 1.308997 |
| 3 | 0.000015 | 3 | 0.000873 | 3 | 0.052360 | 18 | 0.314159 | 33 | 0.575959 | 80 | 1.396263 |
| 4 | 0.000019 | 4 | 0.001164 | 4 | 0.069813 | 19 | 0.331613 | 34 | 0.593412 | 85 | 1.483530 |
| 5 | 0.000024 | 5 | 0.001454 | 5 | 0.087266 | 20 | 0.349066 | 35 | 0.610865 | 90 | 1.570796 |
| 6 | 0.000029 | 6 | 0.001745 | 6 | 0.104720 | 21 | 0.366519 | 36 | 0.628319 | 100 | 1.745329 |
| 7 | 0.000034 | 7 | 0.002036 | 7 | 0.122173 | 22 | 0.383972 | 37 | 0.645772 | 120 | 2.094395 |
| 8 | 0.000039 | 8 | 0.002327 | 8 | 0.139626 | 23 | 0.401426 | 38 | 0.663225 | 150 | 2.617994 |
| 9 | 0.000044 | 9 | 0.002618 | 9 | 0.157080 | 24 | 0.418879 | 39 | 0.680678 | 180 | 3.141593 |
| 10 | 0.000048 | 10 | 0.002909 | 10 | 0.174533 | 25 | 0.436332 | 40 | 0.698135 | 250 | 4.363323 |
| 20 | 0.000097 | 20 | 0.005818 | 11 | 0.191986 | 26 | 0.453786 | 45 | 0.785398 | 270 | 4.712389 |
| 30 | 0.000145 | 30 | 0.008727 | 12 | 0.209440 | 27 | 0.471239 | 50 | 0.872665 | 300 | 5.235988 |
| 40 | 0.000194 | 40 | 0.011636 | 13 | 0.226893 | 28 | 0.488692 | 55 | 0.959931 | 360 | 6.283185 |
| 50 | 0.000242 | 50 | 0.014544 | 14 | 0.244346 | 29 | 0.506145 | 60 | 1.047198 | — | — |
| — | — | — | — | 15 | 0.261799 | 30 | 0.523599 | 65 | 1.134464 | — | — |

### 14.3.1.2 弧度与度的换算

表 14-3-2 弧度与度的换算表

| 弧度(rad) | 度(°) | 弧度(rad) | 度(°) | 弧度(rad) | 度(°) | 弧度(rad) | 度(°) |
|---|---|---|---|---|---|---|---|
| 1 | 57.2958 | 0.1 | 5.7296 | 0.01 | 0.5730 | 0.001 | 0.0573 |
| 2 | 114.5916 | 0.2 | 11.4592 | 0.02 | 1.1459 | 0.002 | 0.1146 |
| 3 | 171.8873 | 0.3 | 17.1887 | 0.03 | 1.7189 | 0.003 | 0.1719 |
| 4 | 229.1831 | 0.4 | 22.9183 | 0.04 | 2.2918 | 0.004 | 0.2292 |
| 5 | 286.4789 | 0.5 | 28.6479 | 0.05 | 2.8648 | 0.005 | 0.2865 |
| 6 | 343.7747 | 0.6 | 34.3775 | 0.06 | 3.4378 | 0.006 | 0.3435 |
| 7 | 401.0705 | 0.7 | 40.1071 | 0.07 | 4.0107 | 0.007 | 0.4011 |
| 8 | 458.3662 | 0.8 | 45.8366 | 0.08 | 4.5837 | 0.008 | 0.4581 |
| 9 | 515.6620 | 0.9 | 51.5662 | 0.09 | 5.1566 | 0.009 | 0.5157 |
| 10 | 572.9578 | 1.0 | 57.2958 | 0.1 | 5.7296 | 0.01 | 0.5730 |

## 14.3.1.3 分、秒与度的换算

表 14-3-3 分、秒与度的换算表

| 分(′) | 度(°) | 分(′) | 度(°) | 分(′) | 度(°) | 分(′) | 度(°) |
|---|---|---|---|---|---|---|---|
| 1 | 0.0167 | 16 | 0.2667 | 31 | 0.5167 | 46 | 0.7667 |
| 2 | 0.0333 | 17 | 0.2833 | 32 | 0.5333 | 47 | 0.7833 |
| 3 | 0.0500 | 18 | 0.3000 | 33 | 0.5500 | 48 | 0.8000 |
| 4 | 0.0667 | 19 | 0.3167 | 34 | 0.5667 | 49 | 0.8167 |
| 5 | 0.0833 | 20 | 0.3333 | 35 | 0.5833 | 50 | 0.8333 |
| 6 | 0.1000 | 21 | 0.3500 | 36 | 0.6000 | 51 | 0.8500 |
| 7 | 0.1167 | 22 | 0.3667 | 37 | 0.6167 | 52 | 0.8667 |
| 8 | 0.1333 | 23 | 0.3833 | 38 | 0.6333 | 53 | 0.8833 |
| 9 | 0.1500 | 24 | 0.4000 | 39 | 0.6500 | 54 | 0.9000 |
| 10 | 0.1667 | 25 | 0.4167 | 40 | 0.6667 | 55 | 0.9167 |
| 11 | 0.1833 | 26 | 0.4333 | 41 | 0.6833 | 56 | 0.9333 |
| 12 | 0.2000 | 27 | 0.4500 | 42 | 0.7000 | 57 | 0.9500 |
| 13 | 0.2167 | 28 | 0.4667 | 43 | 0.7167 | 58 | 0.9667 |
| 14 | 0.2333 | 29 | 0.4833 | 44 | 0.7333 | 59 | 0.9833 |
| 15 | 0.2500 | 30 | 0.5000 | 45 | 0.7500 | 60 | 1.0000 |
| 秒(″) | 度(°) | 秒(″) | 度(°) | 秒(″) | 度(°) | 秒(″) | 度(°) |
| 1 | 0.0003 | 16 | 0.0044 | 31 | 0.0086 | 46 | 0.0128 |
| 2 | 0.0006 | 17 | 0.0047 | 32 | 0.0089 | 47 | 0.0131 |
| 3 | 0.0008 | 18 | 0.0050 | 33 | 0.0092 | 48 | 0.0133 |
| 4 | 0.0011 | 19 | 0.0053 | 34 | 0.0094 | 49 | 0.0136 |
| 5 | 0.0014 | 20 | 0.0056 | 35 | 0.0097 | 50 | 0.0139 |
| 6 | 0.0017 | 21 | 0.0058 | 36 | 0.0100 | 51 | 0.0142 |
| 7 | 0.0019 | 22 | 0.0061 | 37 | 0.0103 | 52 | 0.0144 |
| 8 | 0.0022 | 23 | 0.0064 | 38 | 0.0106 | 53 | 0.0147 |
| 9 | 0.0025 | 24 | 0.0067 | 39 | 0.0108 | 54 | 0.0150 |
| 10 | 0.0028 | 25 | 0.0069 | 40 | 0.0111 | 55 | 0.0153 |
| 11 | 0.0031 | 26 | 0.0072 | 41 | 0.0114 | 56 | 0.0156 |
| 12 | 0.0033 | 27 | 0.0075 | 42 | 0.0117 | 57 | 0.0158 |
| 13 | 0.0036 | 28 | 0.0078 | 43 | 0.0119 | 58 | 0.0161 |
| 14 | 0.0039 | 29 | 0.0081 | 44 | 0.0122 | 59 | 0.0164 |
| 15 | 0.0042 | 30 | 0.0083 | 45 | 0.0125 | 60 | 0.0167 |

## 14.3.2 初等代数基本公式

表 14-3-4 初等代数基本公式

| 类 别 | 序号 | 公 式 |
|---|---|---|
| 因式分解公式 | 1 | $(x+a)(x+b)=x^2+(a+b)x+ab$ |
| | 2 | $(a\pm b)^2=a^2\pm 2ab+b^2$ |
| | 3 | $(a\pm b)^3=a^3\pm 3a^2b+3ab^2\pm b^3$ |
| | 4 | $a^2-b^2=(a-b)(a+b)$ |
| | 5 | $a^3\pm b^3=(a\pm b)(a^2\mp ab+b^2)$ |
| | 6 | $a^n-b^n=(a-b)(a^{n-1}+a^{n-2}b+a^{n-3}b^2+\cdots+ab^{n-2}+b^{n-1})$（$n$ 为正数） |
| | 7 | $a^n-b^n=(a+b)(a^{n-1}-a^{n-2}b+a^{n-3}b^2-\cdots+ab^{n-2}-b^{n-1})$（$n$ 为偶数） |
| | 8 | $a^n+b^n=(a+b)(a^{n-1}-a^{n-2}b+a^{n-3}b^2-\cdots-ab^{n-2}+b^{n-1})$（$n$ 为奇数） |
| | 9 | $(a+b+c)^2=a^2+b^2+c^2+2ab+2bc+2ca$ |
| | 10 | $a^3+b^3+c^3-3abc=(a+b+c)(a^2+b^2+c^2-ab-bc-ca)$ |

| 类别 | 序号 | 公式 |
|---|---|---|
| 指数公式 | 1 | $a^m \cdot a^n = a^{m+n}$ |
| | 2 | $\dfrac{a^m}{a^n} = a^{m-n}$ |
| | 3 | $(a^m)^n = a^{mn}$ |
| | 4 | $(ab)^m = a^m b^m$ |
| | 5 | $\left(\dfrac{a}{b}\right)^m = \left(\dfrac{a^m}{b^m}\right)$ |
| | 6 | $a^{\frac{m}{n}} = \sqrt[n]{a^m} = (\sqrt[n]{a})^m$ |
| | 7 | $a^{-m} = \dfrac{1}{a^m}$ |
| | 8 | $a^0 = 1 (a \neq 0)$ |
| 对数公式 | 1 | $\log_a(xy) = \log_a x + \log_a y$ |
| | 2 | $\log_a \dfrac{x}{y} = \log_a x - \log_a y$ |
| | 3 | $\log_a(x^n) = n\log_a x$ |
| | 4 | $\log_a \sqrt[n]{x} = \dfrac{1}{n}\log_a x$ |
| | 5 | $\log_a a = 1$ |
| | 6 | $\log_a 1 = 0$ |
| | 7 | 对数恒等式：$\qquad a^{\log_a y} = y$ |
| | 8 | 换底公式：$\qquad \log_b y = \dfrac{\log_a y}{\log_a b}$<br>换底公式常用结论：$\qquad \log_a b \cdot \log_b a = 1$<br>$\log_{a^n} b^m = \dfrac{m}{n}\log_a b$<br>$\log_{a^n} b^n = \log_a b$<br>$\log_{a^n} a^m = \dfrac{m}{n}$ |

## 14.3.3 三角函数公式

### 14.3.3.1 基本定理

正弦定理：

$$\frac{a}{\sin A} = \frac{b}{\sin B} = \frac{c}{\sin C} = 2R \qquad (14\text{-}3\text{-}1)$$

余弦定理：

$$c^2 = a^2 + b^2 - 2ab\cos C \qquad (14\text{-}3\text{-}2)$$

### 14.3.3.2 诱导公式（表 14-3-5）

表 14-3-5 三角函数诱导公式表

| 角 A ＼ 函数 | sin | cos | tan | cot |
|---|---|---|---|---|
| $-\alpha$ | $-\sin\alpha$ | $\cos\alpha$ | $-\tan\alpha$ | $-\cot\alpha$ |
| $90° - \alpha$ | $\cos\alpha$ | $\sin\alpha$ | $\cot\alpha$ | $\tan\alpha$ |
| $90° + \alpha$ | $\cos\alpha$ | $-\sin\alpha$ | $-\cot\alpha$ | $-\tan\alpha$ |
| $180° - \alpha$ | $\sin\alpha$ | $-\cos\alpha$ | $-\tan\alpha$ | $-\cot\alpha$ |

| 函数<br>角 A | sin | cos | tan | cot |
|---|---|---|---|---|
| $180°+\alpha$ | $-\sin\alpha$ | $-\cos\alpha$ | $\tan\alpha$ | $\cot\alpha$ |
| $270°-\alpha$ | $-\cos\alpha$ | $-\sin\alpha$ | $\cot\alpha$ | $\tan\alpha$ |
| $270°+\alpha$ | $-\cos\alpha$ | $\sin\alpha$ | $-\cot\alpha$ | $-\tan\alpha$ |
| $360°-\alpha$ | $-\sin\alpha$ | $\cos\alpha$ | $-\tan\alpha$ | $-\cot\alpha$ |
| $360°+\alpha$ | $\sin\alpha$ | $\cos\alpha$ | $\tan\alpha$ | $\cot\alpha$ |

## 14.3.3.3 倍角公式、半角公式（表 14-3-6）

**表 14-3-6 倍角公式、半角公式表**

| 类　别 | 序号 | 公　式 |
|---|---|---|
| 二倍角公式 | 1 | $\sin2\alpha=2\sin\alpha\cos\alpha$ |
| | 2 | $\cos2\alpha=2\cos^2\alpha-1=1-2\sin^2\alpha=\cos^2\alpha-\sin^2\alpha$ |
| | 3 | $\cot2\alpha=\dfrac{\cot^2\alpha-1}{2\cot\alpha}$ |
| | 4 | $\tan2\alpha=\dfrac{2\tan\alpha}{1-\tan^2\alpha}$ |
| 三倍角公式 | 1 | $\sin3\alpha=3\sin\alpha-4\sin^3\alpha$ |
| | 2 | $\cos3\alpha=4\cos^3\alpha-3\cos\alpha$ |
| | 3 | $\tan3\alpha=\dfrac{3\tan\alpha-\tan^3\alpha}{1-3\tan^2\alpha}$ |
| 半角公式 | 1 | $\sin\dfrac{\alpha}{2}=\pm\sqrt{\dfrac{1-\cos\alpha}{2}}$ |
| | 2 | $\cos\dfrac{\alpha}{2}=\pm\sqrt{\dfrac{1+\cos\alpha}{2}}$ |
| | 3 | $\tan\dfrac{\alpha}{2}=\pm\sqrt{\dfrac{1-\cos\alpha}{1+\cos\alpha}}=\dfrac{1-\cos\alpha}{\sin\alpha}=\dfrac{\sin\alpha}{1+\cos\alpha}$ |
| | 4 | $\cot\dfrac{\alpha}{2}=\pm\sqrt{\dfrac{1+\cos\alpha}{1-\cos\alpha}}=\dfrac{1+\cos\alpha}{\sin\alpha}=\dfrac{\sin\alpha}{1-\cos\alpha}$ |

## 14.3.3.4 和差公式（表 14-3-7）

**表 14-3-7 和差公式表**

| 类　别 | 序号 | 公　式 |
|---|---|---|
| 和差角公式 | 1 | $\sin(\alpha\pm\beta)=\sin\alpha\cos\beta\pm\cos\alpha\sin\beta$ |
| | 2 | $\cos(\alpha\pm\beta)=\cos\alpha\cos\beta\mp\sin\alpha\sin\beta$ |
| | 3 | $\tan(\alpha\pm\beta)=\dfrac{\tan\alpha\pm\tan\beta}{1\mp\tan\alpha\cdot\tan\beta}$ |
| | 4 | $\cot(\alpha\pm\beta)=\dfrac{\cot\alpha\cdot\cot\beta\mp1}{\cot\beta\pm\cot\alpha}$ |
| 和差化积公式 | 1 | $\sin\alpha+\sin\beta=2\sin\dfrac{\alpha+\beta}{2}\cos\dfrac{\alpha-\beta}{2}$ |
| | 2 | $\sin\alpha-\sin\beta=2\cos\dfrac{\alpha+\beta}{2}\sin\dfrac{\alpha-\beta}{2}$ |
| | 3 | $\cos\alpha+\cos\beta=2\cos\dfrac{\alpha+\beta}{2}\cos\dfrac{\alpha-\beta}{2}$ |
| | 4 | $\cos\alpha-\cos\beta=2\sin\dfrac{\alpha+\beta}{2}\sin\dfrac{\alpha-\beta}{2}$ |

## 14.3.3.5 正弦、余弦、正切函数值（表 14-3-8～表 14-3-10）

### 表 14-3-8 正弦函数值表

| | | |
|---|---|---|
| sin1＝0.01745240643728351 | sin2＝0.03489949670250097 | sin3＝0.05233595624294383 |
| sin4＝0.0697564737441253 | sin5＝0.08715574274765816 | sin6＝0.10452846326765346 |
| sin7＝0.12186934340514747 | sin8＝0.13917310096006544 | sin9＝0.15643446504023087 |
| sin10＝0.173648177666693033 | sin11＝0.1908089953765448 | sin12＝0.20791169081775931 |
| sin13＝0.22495105434386497 | sin14＝0.24192189559966773 | sin15＝0.25881904510252074 |
| sin16＝0.27563735581699916 | sin17＝0.2923717047227367 | sin18＝0.3090169943749474 |
| sin19＝0.3255681544571567 | sin20＝0.3420201433256687 | sin21＝0.35836794954530027 |
| sin22＝0.374606593415912 | sin23＝0.3907311284892737 | sin24＝0.40673664307580015 |
| sin25＝0.42261826174069944 | sin26＝0.4383711467890774 | sin27＝0.45399049973954675 |
| sin28＝0.4694715627858908 | sin29＝0.48480962024633706 | sin30＝0.49999999999999994 |
| sin31＝0.5150380749100542 | sin32＝0.5299192642332049 | sin33＝0.544639035015027 |
| sin34＝0.5591929034707468 | sin35＝0.573576436351046 | sin36＝0.5877852522924731 |
| sin37＝0.6018150231520483 | sin38＝0.6156614753256583 | sin39＝0.6293203910498375 |
| sin40＝0.6427876096865392 | sin41＝0.6560590289905073 | sin42＝0.6691306063588582 |
| sin43＝0.6819983600624985 | sin44＝0.6946583704589972 | sin45＝0.7071067811865475 |
| sin46＝0.7193398003386511 | sin47＝0.7313537016191705 | sin48＝0.7431448254773941 |
| sin49＝0.7547095802227719 | sin50＝0.766044443118978 | sin51＝0.7771459614569708 |
| sin52＝0.7880107536067219 | sin53＝0.7986355100472928 | sin54＝0.8090169943749474 |
| sin55＝0.8191520442889918 | sin56＝0.8290375725550417 | sin57＝0.8386705679454239 |
| sin58＝0.848048096156426 | sin59＝0.8571673007021122 | sin60＝0.8660254037844386 |
| sin61＝0.8746197071393957 | sin62＝0.8829475928589269 | sin63＝0.8910065241883678 |
| sin64＝0.898794046299167 | sin65＝0.9063077870366499 | sin66＝0.9135454576426009 |
| sin67＝0.9205048534524404 | sin68＝0.9271838545667873 | sin69＝0.9335804264972017 |
| sin70＝0.9396926207859083 | sin71＝0.9455185755993167 | sin72＝0.9510565162951535 |
| sin73＝0.9563047559630354 | sin74＝0.9612616959383189 | sin75＝0.9659258262890683 |
| sin76＝0.9702957262759965 | sin77＝0.9743700647852352 | sin78＝0.9781476007338057 |
| sin79＝0.981627183447664 | sin80＝0.984807753012208 | sin81＝0.9876883405951378 |
| sin82＝0.9902680687415704 | sin83＝0.992546151641322 | sin84＝0.9945218953682733 |
| sin85＝0.9961946980917455 | sin86＝0.9975640502598242 | sin87＝0.9986295347545738 |
| sin88＝0.9993908270190958 | sin89＝0.9998476951563913 | sin90＝1 |

### 表 14-3-9 余弦函数值表

| | | |
|---|---|---|
| cos1＝0.9998476951563913 | cos2＝0.9993908270190958 | cos3＝0.9986295347545738 |
| cos4＝0.9975640502598242 | cos5＝0.9961946980917455 | cos6＝0.9945218953682733 |
| cos7＝0.992546151641322 | cos8＝0.9902680687415704 | cos9＝0.9876883405951378 |
| cos10＝0.984807753012208 | cos11＝0.981627183447664 | cos12＝0.9781476007338057 |
| cos13＝0.9743700647852352 | cos14＝0.9702957262759965 | cos15＝0.9659258262890683 |
| cos16＝0.9612616959383189 | cos17＝0.9563047559630355 | cos18＝0.9510565162951535 |
| cos19＝0.9455185755993168 | cos20＝0.9396926207859084 | cos21＝0.9335804264972017 |
| cos22＝0.9271838545667874 | cos23＝0.9205048534524404 | cos24＝0.9135454576426009 |
| cos25＝0.9063077870366499 | cos26＝0.898794046299167 | cos27＝0.8910065241883679 |
| cos28＝0.882947592858927 | cos29＝0.8746197071393957 | cos30＝0.8660254037844387 |
| cos31＝0.8571673007021123 | cos32＝0.848048096156426 | cos33＝0.8386705679454424 |
| cos34＝0.8290375725550417 | cos35＝0.8191520442889918 | cos36＝0.8090169943749474 |
| cos37＝0.7986355100472928 | cos38＝0.7880107536067219 | cos39＝0.7771459614569709 |
| cos40＝0.766044443118978 | cos41＝0.754709580222772 | cos42＝0.7431448254773942 |
| cos43＝0.7313537016191705 | cos44＝0.7193398003386512 | cos45＝0.7071067811865476 |
| cos46＝0.6946583704589974 | cos47＝0.6819983600624985 | cos48＝0.6691306063588582 |

| | | |
|---|---|---|
| cos49＝0.6560590289905074 | cos50＝0.6427876096865394 | cos51＝0.6293203910498375 |
| cos52＝0.6156614753256583 | cos53＝0.6018150231520484 | cos54＝0.5877852522924731 |
| cos55＝0.5735764363510462 | cos56＝0.5591929034707468 | cos57＝0.5446390350150272 |
| cos58＝0.5299192642332049 | cos59＝0.5150380749100544 | cos60＝0.5000000000000001 |
| cos61＝0.4848096202463371 | cos62＝0.46947156278589086 | cos63＝0.4539904997395468 |
| cos64＝0.43837114678907746 | cos65＝0.42261826174069944 | cos66＝0.4067366430758004 |
| cos67＝0.3907311284892737 | cos68＝0.3746065934159122 | cos69＝0.35836794954530015 |
| cos70＝0.3420201433256688 | cos71＝0.32556815445715675 | cos72＝0.30901699437494745 |
| cos73＝0.29237170472273677 | cos74＝0.27563735581699916 | cos75＝0.25881904510252074 |
| cos76＝0.24192189559966767 | cos77＝0.22495105434386514 | cos78＝0.20791169081775923 |
| cos79＝0.19080899537654491 | cos80＝0.17364817766693041 | cos81＝0.15643446504023092 |
| cos82＝0.13917310096006546 | cos83＝0.12186934340514749 | cos84＝0.10452846326765346 |
| cos85＝0.08715574274765836 | cos86＝0.06975647374412523 | cos87＝0.052335956242943966 |
| cos88＝0.03489949670250108 | cos89＝0.0174524064372836 | cos90＝0 |

### 表 14-3-10　正切函数值表

| | | |
|---|---|---|
| tan1＝0.017455064928217585 | tan2＝0.03492076949174773 | tan3＝0.052407779283041196 |
| tan4＝0.06992681194351041 | tan5＝0.08748866352592401 | tan6＝0.10510423526567646 |
| tan7＝0.1227845609029046 | tan8＝0.14054083470239145 | tan9＝0.15838444032453627 |
| tan10＝0.17632698070846497 | tan11＝0.19438030913771848 | tan12＝0.2125565616700221 |
| tan13＝0.2308681911255631 | tan14＝0.24932800284318068 | tan15＝0.2679491924311227 |
| tan16＝0.2867453857588079 | tan17＝0.30573068145866033 | tan18＝0.3249196962329063 |
| tan19＝0.34432761328966527 | tan20＝0.36397023426620234 | tan21＝0.3838640350354158 |
| tan22＝0.4040262258351568 | tan23＝0.4244748162096047 | tan24＝0.4452286853085361 |
| tan25＝0.4663076581549986 | tan26＝0.4877325885658614 | tan27＝0.5095254494944288 |
| tan28＝0.5317094316614788 | tan29＝0.554309051452769 | tan30＝0.5773502691896257 |
| tan31＝0.6008606190275604 | tan32＝0.6248693519093275 | tan33＝0.6494075931975104 |
| tan34＝0.6745085168424265 | tan35＝0.7002075382097097 | tan36＝0.7265425280053609 |
| tan37＝0.7535540501027942 | tan38＝0.7812856265067174 | tan39＝0.8097840331950072 |
| tan40＝0.8390996311772799 | tan41＝0.8692867378162267 | tan42＝0.9004040442978399 |
| tan43＝0.9325150861376618 | tan44＝0.9656887748070739 | tan45＝0.9999999999999999 |
| tan46＝1.0355303137905693 | tan47＝1.0723687100246826 | tan48＝1.1106125148291927 |
| tan49＝1.1503684072210092 | tan50＝1.19175359259421 | tan51＝1.234897156535051 |
| tan52＝1.2799416321930785 | tan53＝1.3270448216204098 | tan54＝1.376381920471733 |
| tan55＝1.4281480067421144 | tan56＝1.4825609685127403 | tan57＝1.5398649638145827 |
| tan58＝1.6003345290410506 | tan59＝1.6642794823505173 | tan60＝1.7320508075688767 |
| tan61＝1.8040477552714235 | tan62＝1.8807264653463318 | tan63＝1.9626105055051503 |
| tan64＝2.050303841579296 | tan65＝2.1445069205095586 | tan66＝2.246036773904215 |
| tan67＝2.355852365823753 | tan68＝2.4750868534162946 | tan69＝2.6050890646938023 |
| tan70＝2.7474774194546216 | tan71＝2.904210877675822 | tan72＝3.0776835371752526 |
| tan73＝3.2708526184841404 | tan74＝3.4874144438409087 | tan75＝3.7320508075688776 |
| tan76＝4.0107809335358455 | tan77＝4.331475874284153 | tan78＝4.704630109478456 |
| tan79＝5.144554015970307 | tan80＝5.671281819617707 | tan81＝6.313751514675041 |
| tan82＝7.115369722384207 | tan83＝8.144346427974593 | tan84＝9.514364454222587 |
| tan85＝11.43005230276132 | tan86＝14.300666256711942 | tan87＝19.08113668772816 |
| tan88＝28.636253282915515 | tan89＝57.289961630759144 | tan90＝无取值 |

市政工程常用资料备查手册

# 14.4　常用面积、体积和表面积

## 14.4.1　平面图形计算公式（表 14-4-1～表 14-4-3）

**表 14-4-1　三角形平面图形面积**

| 图形 | 图例 | 符号代号 | 面积公式 |
|---|---|---|---|
| 三角形 | | $h$—高<br>$l$—1/2 周长<br>$a$、$b$、$c$—各边长 | $A = \dfrac{1}{2}bh = \dfrac{1}{2}ab\sin\angle ACB$<br>$l = \dfrac{a+b+c}{2}$ |
| 锐角三角形 | | $h$—高 | $A = \dfrac{bh}{2} = \dfrac{b}{2}\sqrt{a^2 - \left(\dfrac{a^2+b^2-c^2}{2b}\right)^2}$<br>设：$s = \dfrac{1}{2}(a+b+c)$<br>则 $A = \sqrt{s(s-a)(s-b)(s-c)}$ |
| 钝角三角形 | | $a$、$b$、$c$—各边长<br>$h$—高 | $A = \dfrac{bh}{2} = \dfrac{b}{2}\sqrt{a^2 - \left(\dfrac{c^2-a^2-b^2}{2b}\right)^2}$<br>设：$s = \dfrac{1}{2}(a+b+c)$<br>则 $A = \sqrt{s(s-a)(s-b)(s-c)}$ |
| 直角三角形 | | $a$、$b$—两直角边长<br>$c$—斜边 | $A = \dfrac{ab}{2}$<br>$c = \sqrt{a^2+b^2}$<br>$a = \sqrt{c^2-b^2}$<br>$b = \sqrt{c^2-a^2}$ |
| 等边三角形 | | $a$—边长 | $A = \dfrac{\sqrt{3}}{4}a^2 = 0.433a^2$ |
| 等腰三角形 | | $b$—两腰<br>$a$—边长<br>$h$—$a$ 边上高 | $A = \dfrac{1}{2}ah$ |

**表 14-4-2　四边形、多边形平面图形面积**

| 图形 | 图例 | 符号代号 | 面积公式 |
|---|---|---|---|
| 正方形 | | $a$—边长<br>$d$—对角线<br>$A$—面积，下同 | $A = a^2 = \dfrac{d^2}{2}$<br>$a = 0.707d = \sqrt{A}$ |

市政工程常用资料备查手册

| 图 形 | 图 例 | 符号代号 | 面积公式 |
|---|---|---|---|
| 矩形 | | $a$—短边<br>$b$—长边<br>$d$—对角线 | $A=ab=\dfrac{d^2}{2}$<br><br>$d=\sqrt{a^2+b^2}$ |
| 平行四边形 | | $a$、$b$—邻边<br>$h$—对边之间的距离 | $A=bh=ab\sin\alpha=\dfrac{AC\cdot BD}{2}\sin\beta$ |
| 梯形 | | $a$—$CD$<br>$b$—$AB$<br>$h$—高 | $A=\dfrac{a+b}{2}h$ |
| 菱形 | | $a$—边长<br>$e$、$f$—对角线 | $A=\dfrac{1}{2}ef=a^2\sin\alpha$<br><br>$e=2a\cos\dfrac{\alpha}{2}$<br><br>$f=2a\sin\dfrac{\alpha}{2}$ |
| 任意四边形 | | $a$、$b$、$c$、$d$—各四边长<br>$d_1$、$d_2$—两对角线<br>$\phi$—两对角线夹角 | $A=\dfrac{1}{2}d_1d_2\sin\phi=\dfrac{1}{2}d_2(h_1+h_2)$<br>$\quad=\sqrt{(\rho-a)(\rho-b)(\rho-c)(\rho-d)-abcd\cos\phi}$<br>$\rho=\dfrac{1}{2}(a+b+c+d)$<br>$a=\dfrac{1}{2}(\angle A+\angle C)$ 或 $\dfrac{1}{2}(\angle B+\angle C)$ |
| 等边多角形 | | $a$—边长<br>$K_i$—系数,$i$指多边形的边数<br>$R$—外接圆半径<br>$P_i$—系数,$i$指多边形的边数 | $A_i=K_ia^2=P_iR^2$<br>正三边形 $K_3=0.433,P_3=1.299$<br>正四边形 $K_4=1.000,P_4=2.000$<br>正五边形 $K_5=1.720,P_5=2.375$<br>正六边形 $K_6=2.598,P_6=2.598$<br>正七边形 $K_7=3.634,P_7=2.736$<br>正八边形 $K_8=4.828,P_8=2.828$<br>正九边形 $K_9=6.182,P_9=2.893$<br>正十边形 $K_{10}=7.694,P_{10}=2.939$<br>正十一边形 $K_{11}=9.364,P_{11}=2.973$<br>正十二边形 $K_{12}=11.196,P_{12}=3.000$ |

表 14-4-3　圆和椭圆形面积

| 图 形 | 图 例 | 符号代号 | 面积公式 |
|---|---|---|---|
| 圆形 | | $r$—半径<br>$d$—直径<br>$p$—圆周长 | $A=\pi r^2=\dfrac{1}{4}\pi d^2=0.785d^2$<br>$p=\pi d=3.14d$ |
| 椭圆形 | | $a$—长轴<br>$b$—短轴<br>$p$—椭圆周长 | $A=\pi ab$<br>$p=\pi\sqrt{2(a^2+b^2)}$ |

| 图 形 | 图 例 | 符 号 代 号 | 面 积 公 式 |
|---|---|---|---|
| 圆环 | | $R$—外半径<br>$r$—内半径<br>$D$—外直径<br>$d$—内直径<br>$t$—环宽<br>$D_{pj}$—平均半径 | $A=\pi(R^2-r^2)=\dfrac{\pi}{4}(D^2-d^2)=\pi D_{pj}^t$ |
| 部分圆环 | | $R$—外半径<br>$r$—内半径<br>$R_{pj}$—平均圆环半径<br>$t$—环宽 | $A=\dfrac{\alpha\pi}{360}(R^2-r^2)=\dfrac{\alpha\pi}{180}R_{pj}t$ |
| 扇形 | | $r$—半径<br>$s$—弧长<br>$\alpha$—弧 $s$ 对应的中心角 | $A=\dfrac{1}{2}rs=\dfrac{\pi}{360}r^2\alpha$<br>$s=\dfrac{\pi\alpha r}{180}=0.0175r\alpha$ |
| 弓形 | | $r$—半径<br>$s$—弧长<br>$\alpha$—弧 $s$ 对应的中心角<br>$b$—弦长<br>$h$—高 | $A=\dfrac{1}{2}r^2\left(\dfrac{\alpha\pi}{180}-\sin\alpha\right)$<br>$=\dfrac{1}{2}\left[r(s-b)+bh\right]$<br>$s=\dfrac{\pi}{180}r\alpha=0.0175r\alpha$<br>$h=r-\sqrt{r^2-\dfrac{1}{4}\alpha^2}$ |
| 抛物线形 | | $b$—底边<br>$h$—高<br>$l$—曲线长<br>$s$—△$ABC$ 的面积 | $l=\sqrt{b^2+1.3333h^2}$<br>$A=\dfrac{2}{3}bh=\dfrac{4}{3}S$ |

## 14.4.2 立体图形计算公式

**表 14-4-4  多面体立体图形面积、体积**

| 图 形 | 图 例 | 符 号 代 号 | 底面积 $A$、表面积 $S$、侧表面积 $S_1$、体积 $V$ 公式 |
|---|---|---|---|
| 正立方体 | | $a$—棱<br>$G$—对角线 | $V=a^3$<br>$S=6a^2$<br>$S_1=4a^2$ |

| 图 形 | 图 例 | 符 号 代 号 | 底面积 $A$、表面积 $S$、侧表面积 $S_1$、体积 $V$ 公式 |
|---|---|---|---|
| 正长方体 | | $a$、$b$、$h$—边长 | $V = abh$<br>$S = 2(ab + ah + bh)$<br>$S_1 = 2h(a + b)$<br>$d = \sqrt{a^2 + b^2 + h^2}$ |
| 三棱柱 | | $a$、$b$、$h$—边长<br>$G$—高<br>$O$—底面对角线交点 | $V = Fh$<br>$S = (a + b + c) \times h + 2F$<br>$S_1 = 2h(a + b + c)$ |
| 正六角柱 | | $a$—底边长<br>$h$—高<br>$d$—对角线 | $V = \dfrac{3\sqrt{3}}{2} a^2 h = 2.5981 a^2 h$<br>$S = 3\sqrt{3} a^2 + 6ah$<br>$\quad = 5.1962 a^2 + 6ah$<br>$S_1 = 6ah$<br>$d = \sqrt{h^2 + 4a^2}$ |
| 棱锥 | | $f$—一个组合三角形的面积<br>$n$—组合三角形个数<br>$P$—椎体各对角线交点 | $V = \dfrac{1}{3} Fh$<br>$S = nf + F$<br>$S_1 = nf$ |
| 棱台 | | $F_1$、$F_2$—两平行底面面积<br>$h$—底面间的距离<br>$a$—一个组合梯形面积<br>$n$—组合梯形个数 | $V = \dfrac{1}{3} h(F_1 + F_2 + \sqrt{F_1 F_2})$<br>$S = an + F_1 + F_2$<br>$S_1 = an$ |
| 楔形体 | | 底为矩形<br>$a$、$b$—下底边长<br>$c$—上棱长<br>$h$—棱与底边的距离(高) | $V = \dfrac{(2a + c)bh}{6}$ |

市政工程常用资料备查手册

| 图形 | 图例 | 符号代号 | 底面积 $A$、表面积 $S$、侧表面积 $S_1$、体积 $V$ 公式 |
|---|---|---|---|
| 截头楔形体 | | $a$、$b$—下底边长<br>$a_1$、$b_1$—上底边长<br>$h$—上下底边的距离（高） | $S=(a+a_1+b+b_1)h+a_1b_1+ab$<br>$V=\dfrac{h}{6}[(a_1+2a)b+(2a_1+a)\times b_1]$<br>$=\dfrac{h}{6}[ab+(a+a_1)\times(b+b_1)+a_1b_1]$ |
| 梯形体 | | $a$、$b$—下底边长<br>$a_1$、$b_1$—上底边长<br>$h$—上下底边的距离（高） | $V=\dfrac{h}{6}[(a_1+2a)b+(2a_1+a)\times b_1]$<br>$=\dfrac{h}{6}[ab+(a+a_1)\times(b+b_1)+a_1b_1]$ |
| 截头长方台楔体 | | $a$、$b$—下底边长<br>$a'$、$b'$—上底边长<br>$h$—高<br>$a_1$—截头棱长 | $V=\dfrac{h}{6}[ab+(a+a')(b+b')+a'b']$<br>$a_1=\dfrac{a'b-ab'}{b-b'}$ |
| 矩方形基坑 | | $a$—矩方形基坑底面长度<br>$b$—矩方形基坑底面宽度<br>$H$—矩方形基坑深度<br>$K$—基坑土的放坡系数 | $V=(a+KH)(b+KH)H+1/3K^2H^3$ |

表 14-4-5　圆柱圆锥图形面积、体积

| 图形 | 图例 | 符号代号 | 底面积 $A$、表面积 $S$、侧表面积 $S_1$、体积 $V$ 公式 |
|---|---|---|---|
| 圆柱体 | | $r$—底面半径<br>$h$—高 | $V=\pi r^2 h$<br>$S=2\pi r(r+h)$<br>$S_1=2\pi rh$ |
| 圆锥体 | | $r$—底面半径<br>$h$—高<br>$l$—母线长 | $V=\dfrac{1}{3}\pi r^2 h$<br>$S_1=\pi r\sqrt{r^2+h^2}=\pi rl$<br>$l=\sqrt{r^2+h^2}$<br>$S=S_1+\pi r^2$ |

| 图　形 | 图　　例 | 符　号　代　号 | 底面积 $A$、表面积 $S$、侧表面积 $S_1$、体积 $V$ 公式 |
|---|---|---|---|
| 中空圆柱体(管) | | $R$—外半径<br>$r$—内半径<br>$t$—壁柱厚度<br>$h$—壁柱高度<br>$R_{pj}$—平均半径<br>$S_1$—内外侧面积 | $V=\pi(R^2-r^2)h=2\pi R_{pj}h$<br>$\quad=\pi(R+r)(R-r)h$<br>$\quad=3.1416(R^2-r^2)h$<br>$\quad=0.7854(D^2-d^2)h$<br>$\quad=6.2832R_{pj}th$<br>$S=2\pi(R+r)h+2\pi(R^2-r^2)$<br>$S_1=2\pi(R+r)h$ |
| 斜截直圆柱 | | $h_1$—最小高度<br>$h_2$—最大高度<br>$r$—底面半径 | $V=\pi r^2\dfrac{h_1+h_2}{2}$<br>$S=\pi r(h_1+h_2)+\pi r^2\times\left(1+\dfrac{1}{\cos\alpha}\right)$<br>$S_1=\pi r(h_1+h_2)$ |
| 圆台 | | $R$、$r$—上、下底面半径<br>$h$—高<br>$l$—母线长 | $V=\dfrac{\pi h}{3}(R^2+r^2+Rr)$<br>$S_1=\pi l(R+r)$<br>$l=\sqrt{(R-r)^2+h^2}$<br>$S=S_1=\pi(R^2+r^2)$ |
| 球体 | | $r$—半径 | $V=\dfrac{4}{3}\pi r^3=\dfrac{\pi d^3}{6}=0.5236d^3$<br>$S=4\pi r^2=\pi d^2$ |
| 椭球体 | | $a$、$b$、$c$—半轴 | $V=\dfrac{4}{3}abc\pi$<br>$S=2\sqrt{2}\times b\times\sqrt{a^2+b^2}$ |
| 球扇形 | | $r$—球半径<br>$a$—弓形底面半径<br>$h$—拱高<br>$\alpha$—锥角(弧度) | $V=\dfrac{2}{3}\pi r^2h\approx2.0944r^2h$<br>$S=\pi r(2h+a)$<br>侧表面(锥面部分)<br>$S_1=\pi ar$ |

| 图形 | 图例 | 符号代号 | 底面积 $A$、表面积 $S$、侧表面积 $S_1$、体积 $V$ 公式 |
|---|---|---|---|
| 球冠 | | $r$—球半径<br>$a$—拱底面半径<br>$h$—拱高 | $V = \dfrac{\pi h}{6}(3a^2 + h^2) = \dfrac{\pi h^2}{3}(3r - h)$<br>$S = \pi(2rh + a^2) = \pi(h^2 + 2a^2)$<br>侧面积（球面部分）<br>$S_1 = 2\pi rh = \pi(a^2 + h^2)$ |
| 桶形 | | $D$—中间断面直径<br>$d$—底直径<br>$l$—桶高 | 对于抛物线形桶板<br>$V = \dfrac{\pi l}{15}\left(2D^2 + Dd + \dfrac{3}{4}d^2\right)$<br>对于圆形桶板<br>$V = \dfrac{\pi l}{12}(2D^2 + d^2)$ |
| 球带体 | | $R$—球半径<br>$r_1$、$r_2$—球半径<br>$h$—腰高<br>$h_1$—球心 $O$ 至底圆心 $O_1$<br>　　的距离 | $V = \dfrac{\pi h}{6}(3r_1^2 + 3r_2^2 + h^2)$<br>$S_1 = 2\pi Rh$<br>$S = 2\pi Rh + \pi(r_1^2 + r_2^2)$ |
| 交叉圆柱体 | | $r$—圆柱半径<br>$l_1$、$l$—圆柱长 | $V = \pi r^2\left(l + l_1 - \dfrac{2}{3}\right)$ |

表 14-4-6　不规则图形面积、体积

| 图形 | 图例 | 符号代号 | 底面积 $A$、表面积 $S$、侧表面积 $S_1$、体积 $V$ 公式 |
|---|---|---|---|
| 砂面堆垛 | | $b$—底边长<br>$h$—高<br>$\alpha$—物料自然堆积角 | $V = \dfrac{ah}{6}\left(3b - \dfrac{2h}{\tan\alpha}\right)$ |
| | | | $V = h\left[ab - \dfrac{h}{\tan\alpha}\left(a + b - \dfrac{4h}{3\tan\alpha}\right)\right]$ |

| 图 形 | 图 例 | 符 号 代 号 | 底面积 $A$、表面积 $S$、侧表面积 $S_1$、体积 $V$ 公式 |
|---|---|---|---|
| 圆曲线 | | $T$—切线长<br>$R$—曲线半径<br>$\alpha$—转角（或交叉点角） | $T = R\tan\alpha/2$ |
| 螺旋体 | | $L$—长度<br>$n$—圈数（＝设计高度/间距）<br>$P$—间距（或螺距）<br>$d$—螺圈中心线直径 | $L = n\sqrt{P^2 + (\pi d)^2}$ |
| 弹簧 | | $A$—截面积<br>$x$—圈数 | $V = Ax\sqrt{9.86965D^2 + P^2}$ |

## 14.4.3 薄壳体面积计算公式（表 14-4-7～表 14-4-9）

表 14-4-7 壳体表面积、侧面积计算表

| 名称 | 形 状 | 公 式 |
|---|---|---|
| 圆球形薄壳 | | 球面方程式：$X^2 + Y^2 + Z^2 = R^2$<br>$R$—半径<br>$X$、$Y$、$Z$—在球壳面上任意一点对原点 $O$ 的坐标<br>假设：<br>$c$—弦长（$AC$）；<br>$2a$—弦长（$AB$）；<br>$2b$—弦长（$BC$）；<br>$F$、$G$—分别为 $AB$，$BC$ 的中点；<br>$f$—弓形 $AKC$ 的高（$KO'$）；<br>$h_x$—弓形 $AEB$ 的高（$EF$）；<br>$h_y$—弓形 $BDC$ 的高（$DG$）；<br>$S_x$—弧 $\overgroup{AEB}$ 的长；<br>$S_y$—弧 $\overgroup{BDC}$ 的长；<br>$F_x$—弓形 $AEB$ 的面积（侧面积）；<br>$F_y$—弓形 $BDC$ 的面积；<br>$2\varphi_x$—对应弧 $AEB$ 的圆心角（弧度）；<br>$2\varphi_y$—对应弧 $BDC$ 的圆心角（弧度）；<br>$O'$—新坐标系 $xyz$ 的原点。<br>则：<br>$R = \dfrac{c^2}{8f} + \dfrac{f}{2}$ |

市政工程常用资料备查手册

| 名称 | 形　状 | 公　式 |
|---|---|---|
| 圆球形薄壳 | | $\sin\varphi_x=\dfrac{a}{R}$，$\sin\varphi_y=\dfrac{b}{R}$ <br><br> $\varphi_x=\arcsin\dfrac{a}{R}$，$\varphi_y=\arcsin\dfrac{b}{R}$ <br><br> $\tan\varphi_x=\dfrac{a}{\sqrt{R^2-a^2}}$，$\tan\varphi_y=\dfrac{b}{\sqrt{R^2-b^2}}$ <br><br> $h_x=\sqrt{R^2-b^2}-\sqrt{R^2-a^2-b^2}$ <br> $h_y=\sqrt{R^2-a^2}-\sqrt{R^2-a^2-b^2}$ <br><br> 弧$\overset{\frown}{AEB}$与$\overset{\frown}{BDC}$的曲线方程式分别为： <br> $x^2+z^2=(R^2-b^2)\ (\overset{\frown}{AEB})$ <br> $y^2+z^2=(R^2-a^2)\ (\overset{\frown}{BDC})$ <br><br> 弧长： <br> $S_x=2\ \sqrt{R^2-b^2}\arcsin\dfrac{a}{\sqrt{R^2-b^2}}$ <br><br> $S_y=2\ \sqrt{R^2-a^2}\arcsin\dfrac{a}{\sqrt{R^2-b^2}}$ <br><br> 侧面积： <br> $F_x=(R^2-b^2)\arcsin\dfrac{u}{\sqrt{R^2-b^2}}-a\ \sqrt{R^2-a^2-b^2}$ <br><br> $F_y=(R^2-a^2)\arcsin\dfrac{a}{\sqrt{R^2-a^2}}-b\ \sqrt{R^2-a^2-b^2}$ <br><br> 壳表面积： <br> $F=S_xS_y$ <br> 其一次近似值： <br> $F=4aR\arcsin\dfrac{b}{R}=4aR\varphi_y$ <br><br> 其二次近似值： <br> $F=4\left[aR\arcsin\dfrac{b}{R}+\dfrac{a^3b}{6R\ \sqrt{R^2-b^2}}\right]$ <br> $\quad=4aR\varphi_y\left(1+\dfrac{a\sin\varphi_x\cdot\tan\varphi_y}{6R\varphi_y}\right)$ |
| 椭圆抛物面扁壳 | | 球面方程式： <br> $Z=\dfrac{h_x}{a^2}X^2+\dfrac{h_y}{a^2}Y^2$ <br><br> $X$、$Y$、$Z$—在球壳面上任意一点对原点$O$的坐标； <br> $AB=2a$—对应弧$\overset{\frown}{ADB}$的弦长； <br> $BC=2b$—对应弧$\overset{\frown}{BEC}$的弦长； <br> $h_x$—弓形$ADB$的高； <br> $h_y$—弓形$BEC$的高； <br><br> 假设： <br> $S_x$—弧$\overset{\frown}{ADB}$的长； <br> $S_y$—弧$\overset{\frown}{BEC}$的长； <br> $F_x$—弓形$ADB$的面积； <br> $F_y$—弓形$BEC$的面积； <br> 则弧长： <br> $S_x=c_1+am_1\ln\left(\dfrac{1}{m_1}+\dfrac{c_1}{a}\right)$ |

| 名　称 | 形　状 | 公　式 |
|---|---|---|
| 椭圆抛物面扁壳 | | $S_y = c_2 + bm_2 \ln\left(\dfrac{1}{m_2} + \dfrac{c_2}{b}\right)$<br><br>式中：<br><br>$c_1 = \sqrt{a^2 + 4h_x^2}$<br><br>$m_1 = \dfrac{a}{2h_x}$；<br><br>$c_2 = \sqrt{b^2 + 4h_y^2}$<br><br>$m_2 = \dfrac{b}{2h_y}$<br><br>$S_x = 2a \times$ 系数 $K_a$<br><br>或：$S_y = 2b \times$ 系数 $K_b$<br><br>系数 $K_a$、$K_b$ 可分别根据 $\dfrac{h_x}{2a}$ 或 $\dfrac{h_y}{2b}$ 的值，查表 14-4-8 得知<br><hr>壳表面积：<br>$F = S_x S_y$<br><hr>侧面积：<br>$F_x = \dfrac{4}{3} a h_x$<br><br>$F_y = \dfrac{4}{3} b h_y$ |
| 圆抛物面扁壳 | | 壳面方程式：<br>$Z = \dfrac{1}{2R}(X^2 + Y^2)$<br><br>$X$、$Y$、$Z$—在球壳面上任意一点对原点 $O$ 的坐标；<br>$R$—半径<br><hr>假设：<br>$AB = 2a$—对应弧 $\overset{\frown}{AGB}$ 的弦长；<br><br>$BC = 2b$—对应弧 $\overset{\frown}{BDC}$ 的弦长<br><br>$h_x$—弓形 $AGB$ 的高；<br><br>$h_y$—弓形 $BDC$ 的高；<br><br>$S_x$—弧 $\overset{\frown}{AGB}$ 的长；<br><br>$S_y$—弧 $\overset{\frown}{BDC}$ 的长；<br><br>$F_x$—弓形 $AGB$ 的面积；<br><br>$F_y$—弓形 $BDC$ 的面积；<br><br>$f$—壳顶到地面的距离；<br><br>$c$—$AC$ 的长；<br><br>则：<br>$c = 2\sqrt{a^2 + b^2}$<br><br>$f = \dfrac{c^2}{8R}$<br><br>$h_x = \dfrac{a^2}{2R}$<br><br>$h_y = \dfrac{b^2}{2R}$<br><hr>弧长：<br>$S_x = \dfrac{a}{R}\sqrt{R^2 + a^2} + R\ln\left(\dfrac{a}{R} + \dfrac{1}{R}\sqrt{R^2 + a^2}\right)$<br><br>$S_y = \dfrac{b}{R}\sqrt{R^2 + b^2} + R\ln\left(\dfrac{b}{R} + \dfrac{1}{R}\sqrt{R^2 + b^2}\right)$ |

| 名称 | 形 状 | 公 式 |
|---|---|---|
| 圆抛物面扁壳 | 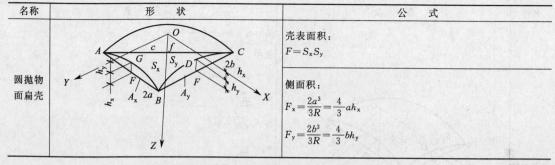 | 壳表面积：<br>$F = S_x S_y$<br><br>侧面积：<br>$F_x = \dfrac{2a^3}{3R} = \dfrac{4}{3} ah_x$<br><br>$F_y = \dfrac{2b^3}{3R} = \dfrac{4}{3} bh_y$ |

表 14-4-8 椭圆抛物面扁壳系列系数表

| $\dfrac{h_x}{2a}$或$\dfrac{h_y}{2b}$ | 系数 $K_a$ 或 $K_b$ | $\dfrac{h_x}{2a}$或$\dfrac{h_y}{2b}$ | 系数 $K_a$ 或 $K_b$ | $\dfrac{h_x}{2a}$或$\dfrac{h_y}{2b}$ | 系数 $K_a$ 或 $K_b$ | $\dfrac{h_x}{2a}$或$\dfrac{h_y}{2b}$ | 系数 $K_a$ 或 $K_b$ | $\dfrac{h_x}{2a}$或$\dfrac{h_y}{2b}$ | 系数 $K_a$ 或 $K_b$ |
|---|---|---|---|---|---|---|---|---|---|
| 0.050 | 1.0066 | 0.080 | 1.0168 | 0.110 | 1.0314 | 0.140 | 1.0500 | 1.170 | 1.0724 |
| 0.051 | 1.0069 | 0.081 | 1.0172 | 0.111 | 1.0320 | 0.141 | 1.0507 | 1.1711 | 1.0733 |
| 0.052 | 1.0072 | 0.082 | 1.0177 | 0.112 | 1.0325 | 0.142 | 1.0514 | 1.172 | 1.0741 |
| 0.053 | 1.0074 | 0.083 | 1.0181 | 0.113 | 1.0331 | 0.143 | 1.0521 | 1.173 | 1.0749 |
| 0.054 | 1.0077 | 0.084 | 1.0185 | 0.114 | 1.0337 | 0.144 | 1.0528 | 1.174 | 1.0757 |
| 0.055 | 1.0080 | 0.085 | 1.0189 | 0.115 | 1.0342 | 0.145 | 1.0535 | 1.175 | 1.0765 |
| 0.056 | 1.0083 | 0.086 | 1.0194 | 0.116 | 1.0348 | 0.146 | 1.0542 | 1.176 | 1.0773 |
| 0.057 | 1.0086 | 0.087 | 1.0198 | 0.117 | 1.0354 | 0.147 | 1.0550 | 1.177 | 1.0782 |
| 0.058 | 1.0089 | 0.088 | 1.0203 | 0.118 | 1.0360 | 0.148 | 1.0557 | 1.178 | 1.0790 |
| 0.059 | 1.0092 | 0.089 | 1.0207 | 0.119 | 1.0366 | 0.149 | 1.0564 | 1.179 | 1.0798 |
| 0.060 | 1.0095 | 0.090 | 1.0212 | 0.120 | 1.0372 | 0.150 | 1.0571 | 1.180 | 1.0807 |
| 0.061 | 110098 | 0.091 | 1.0217 | 0.121 | 1.0378 | 0.151 | 1.0578 | 1.181 | 10815 |
| 0.062 | 1.0102 | 0.092 | 1.0221 | 0.122 | 1.0384 | 0.152 | 1.0586 | 1.182 | 1.0824 |
| 0.063 | 1.0105 | 0.093 | 1.0226 | 0.123 | 1.0390 | 0.153 | 1.0593 | 1.183 | 1.0832 |
| 0.064 | 1.0108 | 0.094 | 1.0231 | 0.124 | 1.0396 | 0.154 | 1.0601 | 1.184 | 1.0841 |
| 0.065 | 1.0112 | 0.095 | 1.0236 | 0.125 | 1.0402 | 0.155 | 1.0608 | 1.185 | 1.0849 |
| 0.066 | 1.0115 | 0.096 | 1.0241 | 0.126 | 1.0408 | 0.156 | 1.0616 | 1.186 | 1.0858 |
| 0.067 | 1.0118 | 0.097 | 1.0246 | 0.127 | 1.0415 | 0.157 | 1.0623 | 1.187 | 1.0867 |
| 0.068 | 1.0122 | 0.098 | 1.0251 | 0.128 | 1.0421 | 0.158 | 1.0631 | 1.188 | 1.0875 |
| 0.069 | 1.0126 | 0.099 | 1.0256 | 0.129 | 1.0428 | 0.159 | 1.0638 | 1.189 | 1.0884 |
| 0.070 | 1.0129 | 0.100 | 1.0261 | 0.130 | 1.0434 | 0.160 | 1.0646 | 1.190 | 1.0893 |
| 0.071 | 1.0133 | 0.101 | 1.0266 | 0.131 | 1.0440 | 0.161 | 1.0654 | 1.191 | 1.0902 |
| 0.072 | 1.0137 | 0.102 | 1.0271 | 0.132 | 1.0447 | 0.162 | 1.0661 | 1.192 | 1.0910 |
| 0.073 | 1.0140 | 0.103 | 1.0276 | 0.133 | 1.0453 | 0.163 | 1.0669 | 1.193 | 1.0919 |
| 0.074 | 1.0144 | 0.104 | 1.0281 | 0.134 | 1.0460 | 0.164 | 1.0677 | 1.194 | 1.0928 |
| 0.075 | 1.0148 | 0.105 | 1.0287 | 0.135 | 1.0467 | 0.165 | 1.0685 | 1.195 | 1.0937 |
| 0.076 | 1.0152 | 0.106 | 1.0292 | 0.136 | 1.0473 | 0.166 | 1.0693 | 1.196 | 1.0946 |
| 0.077 | 1.0156 | 0.107 | 1.0297 | 0.137 | 1.0480 | 0.167 | 1.0700 | 1.197 | 1.0955 |
| 0.078 | 1.0160 | 0.108 | 1.0303 | 0.138 | 1.0487 | 0.168 | 1.0708 | 1.198 | 1.0946 |
| 0.079 | 1.0164 | 0.109 | 1.0308 | 0.139 | 1.0494 | 0.169 | 1.0716 | 1.199 | 1.0973 |

**表 14-4-9　单、双曲拱展开面积计算**

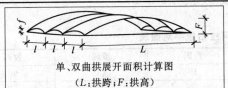

单、双曲拱展面积计算图
（$L$：拱跨；$F$：拱高）

单、双曲拱的展开面积计算公式：

　单曲拱展开面积＝单曲拱系数×水平投影面积

　双曲拱展开面积＝双曲拱系数（大曲拱系数×小曲拱系数）×水平投影面积

| $\dfrac{f}{l}$ | 单曲拱系数 | $\dfrac{F}{L}$ | | | | | | | | |
| --- | --- | --- | --- | --- | --- | --- | --- | --- | --- | --- |
| | | $\dfrac{1}{2}$ | $\dfrac{1}{3}$ | $\dfrac{1}{4}$ | $\dfrac{1}{5}$ | $\dfrac{1}{6}$ | $\dfrac{1}{7}$ | $\dfrac{1}{8}$ | $\dfrac{1}{9}$ | $\dfrac{1}{10}$ |
| | | 单曲拱系数 | | | | | | | | |
| | | 1.50 | 1.25 | 1.15 | 1.10 | 1.07 | 1.05 | 1.04 | 1.03 | 1.02 |
| | | 双曲拱系数 | | | | | | | | |
| $\dfrac{1}{2}$ | 1.50 | 2.250 | 1.875 | 1725 | 1.650 | 1.605 | 1.575 | 1.560 | 1.545 | 1.530 |
| $\dfrac{1}{3}$ | 1.25 | 1.875 | 1.563 | 1.438 | 1.375 | 1.338 | 1.313 | 1.300 | 1.288 | 1.275 |
| $\dfrac{1}{4}$ | 1.15 | 1.725 | 1.438 | 1.323 | 1.205 | 1.231 | 1.208 | 1.196 | 1.185 | 1.173 |
| $\dfrac{1}{5}$ | 1.10 | 1.650 | 1.375 | 1.265 | 1.210 | 1.177 | 1.155 | 1.144 | 1.133 | 1.122 |
| $\dfrac{1}{6}$ | 1.07 | 1.605 | 1.338 | 1.231 | 1.177 | 1.145 | 1.124 | 1.113 | 1.102 | 1.091 |
| $\dfrac{1}{7}$ | 1.05 | 1.575 | 1.313 | 1.208 | 1.155 | 1.124 | 1.103 | 1.092 | 1.082 | 1.071 |
| $\dfrac{1}{8}$ | 1.04 | 1.560 | 1.300 | 1.196 | 1.144 | 1.113 | 1.092 | 1.082 | 1.071 | 1.061 |
| $\dfrac{1}{9}$ | 1.03 | 1.545 | 1.288 | 1.185 | 1.133 | 1.102 | 1.082 | 1.071 | 1.061 | 1.051 |
| $\dfrac{1}{10}$ | 1.02 | 1.530 | 1.275 | 1.173 | 1.122 | 1.091 | 1.071 | 1.061 | 1.051 | 1.040 |

# 14.5　常用数据对照表

## 14.5.1　公称直径系列对照表（表 14-5-1）

**表 14-5-1　公称直径系列对照表**

| 公称直径 $DN$/mm | 相应管螺纹 /in | 相应无缝钢管（外径×壁厚）/mm | 公称直径 $DN$/mm | 相应管螺纹 /in | 相应无缝钢管（外径×壁厚）/mm |
| --- | --- | --- | --- | --- | --- |
| 1 | 3/8 | 18×2.5 | 125 | 5 | 133×4.5 |
| 15 | 1/2 | 22×3 | 150 | 6 | 159×4.5 |
| 20 | 3/4 | 25×3 | 200 | | 219×6 |
| 25 | 1 | 32×3.5 | 250 | | 273×8 |
| 32 | 5/4 | 38×3.5 | 300 | | 325×8 |
| 40 | 3/2 | 45×3.5 | 350 | | 377×9 |
| 50 | 2 | 57×3.5 | 400 | | 426×9 |
| 70 | 5/2 | 76×4 | 450 | | 480×10 |
| 80 | 3 | 89×4 | 500 | | 530×10 |
| 100 | 4 | 108×4 | 600 | | 630×10 |

注：1in＝2.54cm。

## 14.5.2 罗马数字与阿拉伯数字对照表（表 14-5-2）

表 14-5-2　罗马数字与阿拉伯数字对照表

| 罗码 | 数码 | 罗码 | 数码 | 罗码 | 数码 |
|------|------|------|------|------|------|
| Ⅰ | 1 | ⅩⅨ | 19 | ⅩC | 90 |
| Ⅱ | 2 | ⅩⅩ | 20 | ⅩCV | 95 |
| Ⅲ | 3 | ⅩⅪ | 21 | C | 100 |
| Ⅳ | 4 | ⅩⅫ | 22 | CL | 150 |
| Ⅴ | 5 | ⅩⅩⅢ | 23 | CC | 200 |
| Ⅵ | 6 | ⅩⅩⅣ | 24 | CCL | 250 |
| Ⅶ | 7 | ⅩⅩⅤ | 25 | CD | 400 |
| Ⅷ | 8 | ⅩⅩⅩ | 30 | D | 500 |
| Ⅸ | 9 | ⅩⅩⅩⅤ | 35 | DC | 600 |
| Ⅹ | 10 | ⅩL | 40 | DCC | 700 |
| Ⅺ | 11 | ⅩLⅤ | 45 | DCCC | 800 |
| Ⅻ | 12 | L | 50 | CM | 900 |
| ⅩⅢ | 13 | LⅩ | 60 | M | 1000 |
| ⅩⅣ | 14 | LⅩⅤ | 65 | $\overline{V}$ | 5000 |
| ⅩⅤ | 15 | LⅩⅩ | 70 | $\overline{X}$ | 10000 |
| ⅩⅥ | 16 | LⅩⅩⅤ | 75 | $\overline{C}$ | 100000 |
| ⅩⅦ | 17 | LⅩⅩⅩ | 80 | $\overline{M}$ | 1000000 |
| ⅩⅧ | 18 | LⅩⅩⅩⅤ | 85 | | |

注：罗马数由七种符号组成，Ⅰ—1、Ⅴ—5、Ⅹ—10、L—50、C—100、D—500、M—1000；两种符号并列时，小数放在大数之前表示两者之差；小数放在大数之后表示两者之和；在符号上边加一条横线时表示增大 1000 倍。

# 14.6　市政工程气象、地震及环境保护常用数据

## 14.6.1　气象工程常用数据

### 14.6.1.1　地面风力及蒲氏风级表（表 14-6-1）

表 14-6-1　地面风力及蒲氏风级表（高出空旷地面十公尺处之标准高度）

| 蒲氏风级 | 名称 | 波浪 | 浪高/m | 高出地面十公尺之相当平均风速 | | | | 风级标准说明 | | |
|---|---|---|---|---|---|---|---|---|---|---|
| | | | | m/s | km/h | 海里/时 | 英里/时 | 陆地情形 | 海面情形 | 海岸情形 |
| 0 | 无风 | — | — | 0~0.2 | <1 | <1 | <1 | 静，烟直上 | 海面如镜 | 风静 |
| 1 | 软风 | — | — | 0.3~1.5 | 1~5 | 1~3 | 1~3 | 炊烟能表示风向，风标不动 | 海面生鳞状波纹、波峰无泡沫 | 渔舟正可操舵 |
| 2 | 轻风 | — | 0.2~0.3 | 1.6~3.3 | 6~11 | 4~6 | 4~7 | 风拂面，树叶有声，普通风标转动 | 微波，波峰光滑而不破裂 | 渔舟张帆时每小时可行 1~2 英里 |
| 3 | 微风 | 小波 | 0.6~1 | 3.4~5.4 | 12~19 | 7~10 | 8~12 | 树叶及小枝动摇，旌旗招展 | 小波，波峰开始破裂泡沫如珠，波峰偶泛白沫 | 渔舟渐觉倾侧进行，速度约为每小时 3~4 英里 |
| 4 | 和风 | 轻浪 | 1~1.5 | 5.5~7.9 | 20~28 | 11~16 | 13~18 | 地面扬尘，纸片飞舞，小树干摇动 | 小波渐高，波峰白沫渐多 | 渔舟满帆时倾于一方，捕鱼好风 |
| 5 | 清风 | 中浪 | 2~2.5 | 8.0~10.7 | 29~38 | 17~21 | 19~24 | 有叶的小树摇摆，内陆水面有小波 | 中浪渐高，波峰泛白沫，偶起浪花 | 渔舟缩帆 |
| 6 | 强风 | 大浪 | 3~4 | 10.8~13.8 | 39~49 | 22~27 | 25~31 | 大树枝动摇，电线呼呼有声，举伞困难 | 大浪形成，泛白沫波峰渐广，渐起浪花 | 渔舟张半帆，捕鱼须注意风险 |

| 蒲氏风级 | 名称 | 波浪 | 浪高/m | 高出地面十公尺之相当平均风速 | | | | 风级标准说明 | | |
|---|---|---|---|---|---|---|---|---|---|---|
| | | | | m/s | km/h | 海里/时 | 英里/时 | 陆地情形 | 海面情形 | 海岸情形 |
| 7 | 疾风 | 巨浪 | 4～5.5 | 13.9～17.1 | 50～61 | 28～33 | 32～38 | 全树摇动,迎风步行有阻力 | 海面涌突,白浪泡沫沿风成条,浪涛渐起 | 渔舟停息港中,在海者下锚 |
| 8 | 大风 | 狂浪 | 5.5～7.5 | 17.2～20.7 | 62～74 | 34～40 | 39～46 | 小枝吹折,行人不易前行 | 巨浪渐升,波峰破裂,浪花明显成条沿风吹起 | 近港的渔舟,皆停留不出 |
| 9 | 烈风 | 狂涛 | 7～10 | 20.8～24.4 | 75～88 | 41～47 | 47～55 | 烟囱屋瓦等将被吹毁 | 猛浪惊涛,海面渐呈汹涌,浪花白沫增浓,能见度减低 | — |
| 10 | 狂风 | 狂涛 | 9～12.5 | 24.5～28.4 | 89～102 | 48～55 | 55～63 | 陆上不常见,见则拔树倒屋或其他损毁 | 猛浪翻腾,浪峰高耸,浪花白沫堆积,海面一片白浪,能见度更低 | — |
| 11 | 暴风 | 非凡现象 | 11.5～16 | 28.5～32.6 | 103～117 | 56～63 | 64～72 | 陆上绝少,有则必重大灾害 | 狂涛高可掩盖中小海轮,海面全成白沫,惊涛翻腾白浪,能见度大减 | — |
| 12 | 飓风 | 非凡现象 | >14 | 32.7～36.9 | 118～133 | 64～71 | 73～82 | — | 空中充满浪花飞沫,海面全呈白色浪涛,能见度恶劣 | — |
| 13 | 飓风 | — | 37.0～41.1 | 134～149 | 72～80 | 83～92 | — | — | — | |
| 14 | 飓风 | — | 41.5～46.1 | 150～166 | 81～89 | 93～103 | — | — | — | |
| 15 | 飓风 | — | 46.2～50.9 | 167～183 | 90～99 | 104～114 | — | — | — | |
| 16 | 飓风 | — | 51.0～56.0 | 184～201 | 100～108 | 115～125 | — | — | — | |
| 17 | 飓风 | — | 56.1～61.2 | 202～220 | 109～118 | 126～136 | — | — | — | |

### 14.6.1.2 降雨等级（表14-6-2）

表 14-6-2　降雨等级

| 降雨等级 | 现象描述 | 降雨量范围（阳） | |
|---|---|---|---|
| | | 一天总量 | 半天总量 |
| 小雨 | 雨能使地面潮湿,但不泥泞 | 1～10 | 0.2～5.0 |
| 中雨 | 雨降到屋面上有淅淅声,凹地积水 | 10～25 | 5.1～15 |
| 大雨 | 降雨如倾盆,落地四溅,平地积水 | 25～50 | 15.1～30 |
| 暴雨 | 降雨比大雨还猛,能造成山洪暴发 | 50～100 | 30.1～70 |
| 大暴雨 | 降雨比暴雨还大,或时间长,能造成洪涝灾害 | 100～200 | 70.1～140 |
| 特大暴雨 | 降雨比大暴雨还大,能造成洪涝灾害 | >200 | >140 |

## 14.6.2　地震工程常用数据

### 14.6.2.1　地震烈度表（材料 2/改用新规范）

根据《中国地震烈度表》GB/T 17742—2008 的规定,地震烈度划分为 12 等级,分别用罗马数字Ⅰ、Ⅱ、Ⅲ、Ⅳ、Ⅴ、Ⅵ、Ⅶ、Ⅷ、Ⅸ、Ⅹ、Ⅺ和Ⅻ表示。详见表14-6-3。

**表 14-6-3　中国地震烈度表**

| 烈度 | 在地面上人的感觉 | 房屋震害程度 | | | 其他震害现象 | 水平向地面运动 | |
|---|---|---|---|---|---|---|---|
| | | 类型 | 震害现象 | 平均震害指数 | | 峰值加速度/(m/s²) | 峰值速度/(m/s) |
| Ⅰ | 无感 | — | — | — | — | — | — |
| Ⅱ | 室内个别静止中人有感觉 | — | — | — | — | — | — |
| Ⅲ | 室内少数静止中人有感觉 | — | 门、窗轻微作响 | — | 悬挂物微动 | | |
| Ⅳ | 室内多数人、室外少数人有感觉，少数人梦中惊醒 | — | 门、窗作响 | | 悬挂物明显摆动，器皿作响 | | |
| Ⅴ | 室内普遍、室外多数人有感觉，多数人梦中惊醒 | — | 门窗、屋顶、屋架颤动作响，灰土掉落，抹灰出现微细裂缝，有檐瓦掉落，个别屋顶烟囱掉砖 | | 不稳定器物摇动或翻倒 | 0.31 (0.22～0.44) | 0.03 (0.02～0.04) |
| Ⅵ | 多数人站立不稳，少数人惊逃户外 | A | 少数中等破坏，多数轻微破坏和/或基本完好 | 0～0.10 | 家具和物品移动；河岸和松软土出现裂缝，饱和砂层出现喷砂冒水；有的独立砖烟囱轻度裂缝 | 0.63 (0.45～0.89) | 0.06 (0.05～0.09) |
| | | B | 个别中等破坏，少数轻微破坏，多数基本完好 | | | | |
| | | C | 个别轻微破坏，大多数基本完好 | | | | |
| Ⅶ | 大多数人惊逃户外，骑自行车的人有感觉，行驶中的汽车驾乘人员有感觉 | A | 少数毁坏和/或严重破坏，多数中等破坏和/或轻微破坏 | 0.09～0.31 | 物体从架子上掉落；河岸出现塌方；饱和砂层常见喷砂冒水，松软土地上地裂缝较多；大多数独立砖烟囱中等破坏 | 1.25 (0.90～1.77) | 0.13 (0.10～0.18) |
| | | B | 少数中等破坏，多数轻微破坏和/或基本完好 | | | | |
| | | C | 少数中等破坏和/或轻微破坏，多数基本完好 | 0.07～0.22 | | | |
| Ⅷ | 多数人摇晃颠簸，行走困难 | A | 少数毁坏，多数严重和/或中等破坏 | 0.29～0.51 | 干硬土上也出现裂缝，饱和砂层绝大多数喷砂冒水；大多数独立砖烟囱严重破坏 | 2.50 (1.78～3.53) | 0.25 (0.19～0.35) |
| | | B | 个别毁坏，少数严重破坏，多数中等和/或轻微破坏 | | | | |
| | | C | 少数严重和/或中等破坏，多数轻微破坏 | 0.20～0.40 | | | |
| Ⅸ | 行动的人摔倒 | A | 多数严重破坏和/或毁坏 | 0.49～0.71 | 干硬土上出现裂缝，可见基岩裂缝、错动，滑坡、塌方常见；独立砖烟囱倒塌 | 5.00 (3.54～7.07) | 0.50 (0.36～0.71) |
| | | B | 少数毁坏，多数严重和/或中等破坏 | | | | |
| | | C | 少数毁坏和/或严重破坏，多数中等和/或轻微破坏 | 0.38～0.60 | | | |

| 烈度 | 在地面上人的感觉 | 房屋震害程度 | | 平均震害指数 | 其他震害现象 | 水平向地面运动 | |
|---|---|---|---|---|---|---|---|
| | | 类型 | 震害现象 | | | 峰值加速度 m/s² | 峰值速度 m/s |
| Ⅹ | 骑自行车的人会摔倒,处不稳状态的人会摔离原地,有抛起感 | A | 绝大多数毁坏 | 0.69~0.91 | 山崩和地震断裂出现,基岩上拱桥破坏;大多数独立砖烟囱从根部破坏或倒毁 | 10.00 (7.08~14.14) | 1.00 (0.72~1.41) |
| | | B | 大多数毁坏 | | | | |
| | | C | 多数毁坏和/或严重毁坏 | 0.58~0.80 | | | |
| Ⅺ | — | A | 绝大多数毁坏 | 0.89~1.00 | 地震断裂延续很长;大量山崩滑坡 | — | — |
| | | B | | | | | |
| | | C | | 0.78~1.00 | | | |
| Ⅻ | — | A | 几乎全部毁坏 | 1.00 | 地面剧烈变化,山河改观 | — | — |
| | | B | | | | | |
| | | C | | | | | |

注:表中给出的"峰值加速度"和"峰值速度"是参考值,括号内给出的是变动范围。

说明:1. 数量词采用个别、少数、多数、大多数和绝大多数,其范围界定如下:

a."个别"为10%以下;

b."少数"为10%~45%;

c."多数"为40%~70%;

d."大多数"为60%~90%;

e."绝大多数"为80%以上。

2. 评定烈度房屋类型

a. A类:木构架和土、石、砖墙建造的旧式房屋;

b. B类:未经抗震设防的单层或多层砖砌体房屋;

c. C类:按照Ⅶ度抗震设防的单层或多层砖砌体房屋。

3. 房屋破坏等级分为基本完好、轻微破坏、中等破坏、严重破坏和毁坏五类,其定义和对应的震害指数 d 如下。

a. 基本完好:承重和非承重构件完好,或个别承重构件轻微损坏,不加修理可继续使用。对应的震害指数范围为 $0.00 \leqslant d < 0.10$。

b. 轻微破坏:个别承重构件出现可见裂缝,非承重构件有明显裂缝,不需要修理或稍加修理即可继续使用。对应的震害指数范围为 $0.1 \leqslant d < 0.30$。

c. 中等破坏:多数承重构件出现轻微裂缝,部分有明显裂缝,个别非承重构件破坏严重,需要一般修理后可使用。对应的震害指数范围为 $0.30 \leqslant d < 0.55$。

d. 严重破坏:多数承重构件破坏较严重,非承重构件局部倒塌,房屋修复困难。对应的震害指数范围为 $0.55 \leqslant d < 0.85$。

e. 毁坏:多数承重构件严重破坏,房屋结构濒于崩溃或已倒毁,已无修复可能。对应的震害指数范围为 $0.85 \leqslant d \leqslant 1.00$。

4. 表中给出的"峰值加速度"和"峰值速度"是参考值,括号内给出的是变动范围。

## 14.6.2.2 地震烈度评定

(1) 评定地震烈度时,Ⅰ~Ⅴ度应以地面上以及底层房屋中人的感觉和其他震害现象为主;Ⅵ~Ⅹ度应以房屋震害为主,参照其他震害现象,当房屋震害程度与平均震害指数评定结果不同时,应以震害程度评定结果为主,并综合考虑不同类型房屋的平均震害指数;Ⅺ度和Ⅻ度应综合房屋震害和地表震害。

(2) 以下三种情况的地震烈度评定结果,应作适当调整:

① 当采用高楼上人的感觉和器物反应评定地震烈度时,适当降低评定值;

② 当采用低于或高于Ⅶ度抗震设计房屋的震害程度和平均震害指数评定地震烈度时,适当降低或提高评定值;

③ 当采用建筑质量特别差或特别好房屋的震害程度和平均震害指数评定地震烈度时,适当降低或提高评定值。

（3）当计算的平均震害指数位于表 14-6-3 中地震烈度对应的平均震害指数重叠搭接区间时，可参照其他判别指标和震害现象综合判定地震烈度。

（4）各类房屋平均震害指数 $D$ 可按式(14-6-1) 计算：

$$D = \sum_{i=1}^{5} d_i \lambda_i \tag{14-6-1}$$

式中，$d_i$ 为房屋破坏等级为 $i$ 的震害指数；$\lambda_i$ 为破坏等级为 $i$ 的房屋破坏比，用破坏面积与总面积之比或破坏栋数与总栋数之比表示。

（5）农村可按自然村，城镇可按街区为单位进行地震烈度评定，面积以 $1km^2$ 为宜。

（6）当有自由场地强震动记录时，水平向地震动峰值加速度和峰值速度可作为综合评定地震烈度的参考指标。

## 14.6.3　环境保护工程常用数据

### 14.6.3.1　标准大气的成分

表 14-6-4　标准大气的成分

| 成　　分 | 相对分子质量 | 体积百分比 | 重量百分比 | 分压（$\times 133.3224Pa$） |
|---|---|---|---|---|
| 氮 $N_2$ | 28.0134 | 78.084 | 75.520 | 593.44 |
| 氧 $O_2$ | 31.9988 | 20.948 | 23.142 | 159.20 |
| 氩 Ar | 39.948 | 0.934 | 1.288 | 7.10 |
| 二氧化碳 $CO_2$ | 44.00995 | $3.14\times10^{-2}$ | $4.8\times10^{-2}$ | $2.4\times10^{-1}$ |
| 氖 Ne | 20.183 | $1.82\times10^{-3}$ | $1.3\times10^{-3}$ | $1.4\times10^{-2}$ |
| 氦 He | 4.0026 | $5.24\times10^{-4}$ | $6.9\times10^{-5}$ | $4.0\times10^{-3}$ |
| 氪 Kr | 83.80 | $1.14\times10^{-4}$ | $3.3\times10^{-4}$ | $8.7\times10^{-4}$ |
| 氙 Xe | 131.30 | $8.7\times10^{-6}$ | $3.9\times10^{-5}$ | $6.6\times10^{-5}$ |
| 氢 $H_2$ | 2.01594 | $5\times10^{-5}$ | $3.5\times10^{-6}$ | $4\times10^{-4}$ |
| 甲烷 $CH_4$ | 16.04303 | $2\times10^{-4}$ | $1\times10^{-4}$ | $1.5\times10^{-3}$ |
| 一氧化二氮 $N_2O$ | 44.0128 | $5\times10^{-5}$ | $8\times10^{-4}$ | $4\times10^{-3}$ |
| 臭氧 $O_3$ | 47.9982 | 夏：$0\sim7\times10^{-6}$ | $0\sim1\times10^{-5}$ | $0\sim5\times10^{-5}$ |
|  |  | 冬：$0\sim2\times10^{-6}$ | $0\sim0.3\times10^{-5}$ | $0\sim1.5\times10^{-5}$ |
| 二氧化硫 $SO_2$ | 64.0628 | $0\sim1\times10^{-4}$ | $0\sim2\times10^{-4}$ | $0\sim8\times10^{-4}$ |
| 二氧化氮 $NO_2$ | 46.0055 | $0\sim2\times10^{-6}$ | $0\sim3\times10^{-6}$ | $0\sim1.5\times10^{-5}$ |
| 氨 $NH_3$ | 17.03061 | $0\sim$微量 | $0\sim$微量 | $0\sim$微量 |
| 一氧化碳 CO | 28.01055 | $0\sim$微量 | $0\sim$微量 | $0\sim$微量 |
| 碘 $I_2$ | 253.8088 | $0\sim1\times10^{-6}$ | $0\sim9\times10^{-6}$ | $0\sim8\times10^{-6}$ |

注：本表摘自《法定计量单位与科技常数》。

### 14.6.3.2　空气污染物三级标准浓度限值

表 14-6-5　空气污染物三级标准浓度限值

| 污染物名称 | 浓度限值/（mg/标准 $m^3$） | | | |
|---|---|---|---|---|
|  | 取值时间 | 一级标准 | 二级标准 | 三级标准 |
| 总悬浮微粒 | 日平均① | 0.12 | 0.30 | 0.50 |
|  | 年平均② | 0.08 | 0.20 | 0.30 |
| 二氧化硫 | 年平均② | 0.02 | 0.06 | 0.10 |
|  | 日平均 | 0.05 | 0.15 | 0.25 |
|  | 1 小时平均 | 0.15 | 0.50 | 0.70 |

| 污染物名称 | 浓度限值(mg/标准 m³) | | | |
|---|---|---|---|---|
| | 取值时间 | 一级标准 | 二级标准 | 三级标准 |
| 氮氧化物 | 年平均 | 0.05 | 0.05 | 0.10 |
| | 日平均 | 0.10 | 0.10 | 0.15 |
| | 1 小时平均 | 0.15 | 0.15 | 0.30 |
| 一氧化碳 | 日平均 | 4.00 | 4.00 | 6.00 |
| | 1 小时平均 | 10.00 | 10.00 | 20.00 |
| 臭氧($O_3$) | 一小时平均 | 0.16 | 0.20 | 0.20 |

① 日平均：指任何一日的平均浓度。

② 年平均：指任何一年的日平均浓度的算术均值。

注：本表摘自《环境空气质量标准》（GB 3095—1996）。

## 14.6.3.3 中国居住区大气中有害物质最高容许浓度

表 14-6-6 中国居住区大气中有害物质最高容许浓度

| 序号 | 物质名称 | 最高容许浓度/(mg/m³) | | 序号 | 物质名称 | 最高容许浓度/(mg/m³) | |
|---|---|---|---|---|---|---|---|
| | | 一次 | 日平均 | | | 一次 | 日平均 |
| 1 | 一氧化碳 | 3.00 | 1.00 | 18 | 环氧氯丙烷 | 0.20 | — |
| 2 | 乙醛 | 0.01 | — | 19 | 氟化物(换算成 F) | 0.02 | 0.007 |
| 3 | 二甲苯 | 0.30 | — | 20 | 氨 | 0.20 | — |
| 4 | 二氧化硫 | 0.50 | 0.15 | 21 | 氧化氮(换算成 $NO_2$) | 0.15 | — |
| 5 | 二氧化碳 | 0.04 | — | 22 | 砷化物(换算成 As) | — | 0.003 |
| 6 | 五氧化二磷 | 0.15 | 0.05 | 23 | 敌百虫 | 0.10 | — |
| 7 | 丙烯腈 | — | 0.05 | 24 | 酚 | 0.045 | 0.015 * |
| 8 | 丙烯醛 | 0.10 | — | 25 | 硫化氢 | 0.01 | — |
| 9 | 丙酮 | 0.80 | — | 26 | 硫酸 | 0.30 | 0.10 |
| 10 | 甲基对硫磷(甲基 E605) | 0.01 | — | 27 | 硝基苯 | 0.01 | — |
| 11 | 甲醇 | 3.00 | 1.00 | 28 | 铅及其无机化合物(换算成 Pb) | — | 0.0007 |
| 12 | 甲醛 | 0.10 | — | 29 | 氯 | 0.10 | 0.03 |
| 13 | 汞 | — | 0.0003 | 30 | 氯丁二烯 | 0.10 | — |
| 14 | 吡啶 | 0.08 | — | 31 | 氯化氢 | 0.05 | 0.015 |
| 15 | 苯 | 2.40 | 0.80 | 32 | 铬(六价) | 0.0015 | — |
| 16 | 苯乙烯 | 0.01 | — | 33 | 锰及其化合物(换算成 $MnO_2$) | — | 0.01 |
| 17 | 苯胺 | 0.10 | 0.03 | 34 | 飘尘 | 0.5 | 0.15 |

注：1. 灰尘自然沉降量，可在当地清洁区实测数值的基础上增加 3～5 t/（km²·月）。

2. 一次最高容许浓度，指任何一次测定结果的最大容值。

3. 日平均最高容许浓度，指任何一日的平均浓度的最大容许值。

4. 本表所列各项有害物质的检验方法，应按现行的（大气监测检验方法）执行。

5. 标 * 号的数据摘自《居住区大气中酚卫生标准》（GB 18067—2000）。

## 14.6.3.4 地面水水质卫生要求（表 14-6-7）

表 14-6-7 地面水水质卫生要求

| 指标 | 卫生要求 |
|---|---|
| 悬浮物质色、嗅、昧 | 含有大量悬浮物质的工业废水,不得直接排入地面水体,不得呈现工业废水和生活污水所特有的颜色、异臭或异味 |
| 漂浮物质 | 水面上不得出现较明显的油膜和浮沫 |
| pH 值 | 6～9 |
| 生化需氧量(5 日 20℃) | 不超过 3～10mg/L |
| 溶解氧 | 不低于 4mg/L |
| 有害物质 | 不超过规定的最高允许浓度 |
| 病原体 | 含有病原体的工业废水和医院污水,必须经过处理和严格消毒,彻底消灭病原体后方准排入地面水体 |

注：本表摘自《地面水环境质量标准》（GB 3838—2002）。

### 14.6.3.5 地面水中有害物质的最高容许浓度（表 14-6-8）

**表 14-6-8 地面水中有害物质的最高容许浓度**

| 编号 | 物 质 名 称 | 最高容许浓度/(mg/L) | 编号 | 物 质 名 称 | | 最高容许浓度/(mg/L) |
|---|---|---|---|---|---|---|
| 1 | 乙腈 | 5.0 | 29 | 松节油 | | 0.2 |
| 2 | 乙醛 | 0.05 | 30 | 苯 | | 2.5 |
| 3 | 二硫化碳 | 2.0 | 31 | 苯乙烯 | | 0.3 |
| 4 | 二硝基苯 | 0.5 | 32 | 苯胺 | | 0.1 |
| 5 | 二硝基氯苯 | 0.5 | 33 | 苦味酸 | | 0.5 |
| 6 | 二氯苯 | 0.02 | 34 | 氟化物 | | 1.0 |
| 7 | 丁基黄原酸盐 | 0.005 | 35 | 活性氯 | | 不得检出(按地面水需氯量计算) |
| 8 | 三氯苯 | 0.02 | | | | |
| 9 | 三硝基甲苯 | 0.5 | 36 | 挥发酚类 | | 0.01 |
| 10 | 马拉硫磷(4049) | 0.25 | 37 | 砷 | | 0.04 |
| 11 | 乙内酰胺 | 按地面水中生化需氧量计算 | 38 | 钼 | | 0.5 |
| 12 | 六六六 | 0.02 | 39 | 铅 | | 0.1 |
| 13 | 六氯苯 | 0.05 | 40 | 钴 | | 1.0 |
| 14 | 内吸磷(E059) | 0.03 | 41 | 铁 | | 0.0002 |
| 15 | 水合肼 | 0.01 | 42 | 硒 | | 0.01 |
| 16 | 四乙基铅 | 不得检出 | 43 | 铬 | 三价铬 | 0.5 |
| 17 | 四氯苯 | 0.02 | | | 六价铬 | 0.05 |
| 18 | 石油(包括煤油、汽油) | 0.3 | 44 | 铜 | | 0.1 |
| 19 | 甲基对硫磷(甲基 E605) | 0.02 | 45 | 锌 | | 1.0 |
| 20 | 甲醛 | 0.5 | 46 | 硫化物 | | 不得检出(按地面水溶解氧计算) |
| 21 | 丙烯腈 | 2.0 | | | | |
| 22 | 丙烯醛 | 0.1 | 47 | 氰化物 | | 0.05 |
| 23 | 对硫磷(E605) | 0.003 | 48 | 氯苯 | | 0.02 |
| 24 | 乐戈(乐果) | 0.08 | 49 | 石肖基氯苯 | | 0.05 |
| 25 | 异丙苯 | 0.25 | 50 | 锑 | | 0.05 |
| 26 | 汞 | 0.001 | 51 | 滴滴涕 | | 0.2 |
| 27 | 吡啶 | 0.2 | 52 | 镍 | | 0.5 |
| 28 | 矾 | 0.1 | 53 | 镉 | | 0.01 |

注：表中所列各项指标和有害物质的检验方法，应按现行《地面水水质监测检验方法》执行。

### 14.6.3.6 水消毒处理方法（表 14-6-9）

**表 14-6-9 水消毒处理方法**

| 项 目 | | 氯化消毒(使用液氯) | 臭氧消毒 | 紫外线消毒 | 加热消毒 | 溴和碘消毒 | 金属离子消毒(银、铜等) |
|---|---|---|---|---|---|---|---|
| 接触时间/min | | 10~30 | 5~10 | 最小 | 15~20 | 10~30 | 120 |
| 有效性 | 细菌 | 有效 | 有效 | 有效 | 有效 | 有效 | 有效 |
| | 病毒 | 有一定效果 | 有效 | 有一定效果 | 有效 | 有一定效果 | 无效 |
| | 孢子 | 无效 | 有效 | 无效 | 无效 | 无效 | 无效 |
| 优点 | | 费用低,能长时间保持剩余游离氧,有持续的杀菌消毒作用 | 能消灭病毒和孢子,还能加速地去除色、味、臭,氧化物无毒 | 不需要化学药剂,消毒快 | 不需要特殊设备 | 对眼的刺激性较小,其余与氯相似 | 具有持久性的灭菌效果 |
| 缺点 | | 对某些孢子和病毒无效;氧化物有异臭、异味,如三卤代甲烷等甚至有毒 | 费用大;消毒作用短暂,不能保持有效消毒的剩余量 | 费用大;消毒作用短暂,对去除浊度的预处理要求高 | 消毒作用缓慢,费用高 | 比氯消毒作用缓慢,费用略高 | 消毒作用缓慢,费用高,效果易受胺等污染物的影响 |
| 备注 | | 目前最通用的消毒方法 | 欧洲国家广泛使用 | 实验室有小规模的工业用水使用 | 家庭用 | 游泳池有时使用 | — |

# 15 市政工程常用表格

## 15.1 市政工程投资估算表格

### 15.1.1 可行性研究报告总估算表格

表 15-1-1 可行性研究报告总估算表格

可行性研究报告总估算表

建设项目名称：　　　　　　　　　　　　　　　　　　　　第　页　共　页　01表

| 序号 | 工程或费用名称 | 估算金额（万元） | | | | | 技术经济指标 | | | 备注 |
| | | 建筑工程 | 安装工程 | 设备及工器具购置 | 其他费用 | 合计 | 单位 | 数量 | 单位价值/元 | |
| 1 | | | | | | | | | | |
| | | | | | | | | | | |
| | | | | | | | | | | |
| | | | | | | | | | | |

编制：　　　　　　　　　　　　校核：　　　　　　　　　　　　　　审核：

### 15.1.2 可行性研究报告工程建设其他费用计算表格

表 15-1-2 可行性研究报告工程建设其他费用计算表格

可行性研究报告工程建设其他费用计算表

建设项目名称：　　　　　　　　　　　　　　　　　　第　页　共　页　02表

| 序号 | 费用名称 | 说明及计算式 | 金额（元） | 备注 |
| --- | --- | --- | --- | --- |
| | | | | |
| | | | | |
| | | | | |
| | | | | |
| | | | | |
| | | | | |
| | | | | |

编制：　　　　　　　　　　　　校核：　　　　　　　　　　　　　　审核：

# 15.2 市政工程预算常用表格

## 15.2.1 单位工程预算书

表 15-2-1 单位工程预算书

字第 号

### 单位工程预( )算书
### ( 地区 )

建设单位＿＿＿＿＿＿＿＿＿ 单位工程名称＿＿＿＿＿＿＿＿＿

建筑面积＿＿＿＿＿＿＿＿＿ m² 结构特征＿＿＿＿＿＿＿＿＿

工程造价＿＿＿＿＿＿＿＿＿ 经济指标＿＿＿＿＿＿＿＿＿ 元/m²

编制单位 负责人 编制人

审批单位 负责人 审批人

编制日期： 年 月

## 15.2.2 市政工程预算计算表、统计表

### 15.2.2.1 工程量计算表

表 15-2-2 工程量计算表

工程名称

| 序号 | 定额编号 | 分项子目名称 | 计算式 | 单位 | 工程量 |
|------|----------|--------------|--------|------|--------|
| 1 | | | | | |
| 2 | | | | | |
| … | | | | | |
| … | | | | | |

计算 审核

### 15.2.2.2 直接工程费计算表

表 15-2-3 直接工程费计算表

工程名称

| 序号 | 定额编号 | 分项子目名称 | 工程量 | 单位 | 人工费 | | 材料费 | | 机械费 | | 合计 |
|------|----------|--------------|--------|------|------|------|------|------|------|------|------|
| | | | | | 单价 | 合价 | 单价 | 合价 | 单价 | 合价 | |
| 1 | | | | | | | | | | | |
| 2 | | | | | | | | | | | |
| … | | | | | | | | | | | |
| … | | | | | | | | | | | |

编制 审核 施工单位

### 15.2.2.3　工程造价计算表

**表 15-2-4　工程造价计算表**

| 序号 | 费用名称 | | 计算式 | 价格/元 |
|---|---|---|---|---|
| 1 | 直接费 | 直接工程费 人工费<br>材料费<br>机械费 | | |
| | | 措施费 | | |
| 2 | 间接费 | | | |
| 3 | 利润 | | | |
| 4 | 税金 | | | |
| 5 | 贷款利息 | | | |
| ... | | | | |
| ... | | | | |
| | 工程造价 | | | |

### 15.2.2.4　主要材料统计表

**表 15-2-5　主要材料统计表**

工程名称

| 序号 | 定额编号 | 分项子目名称 | 工程量 | 材料名称 | | | |
|---|---|---|---|---|---|---|---|
| 1 | | | | | | | |
| 2 | | | | | | | |
| 3 | | | | | | | |
| ... | | | | | | | |
| 编制 | | 审核 | | 施工单位 | | | |

# 15.3　市政工程工程量清单计价表格

## 15.3.1　计价表格的组成

### 15.3.1.1　封面

（1）工程量清单（封 15-1）

**封 15-1　工程量清单表**

————————————————————工程

工 程 量 清 单

招　标　人：_____　　工程造价<br>　　　　　　（单位盖章）　　　咨　询　人：_____<br>　　　　　　　　　　　　　　　　　　（单位资质专用章）

法定代表人<br>或其授权人：_____　　法定代表人<br>　　　　　　（签字或盖章）　　　或其授权人：_____<br>　　　　　　　　　　　　　　　　　　（签字或盖章）

编　制　人：_____　　复　核　人：_____<br>　　　（造价人员签字盖专用章）　　　　（造价工程师签字盖专用章）

编制时间：　年　月　日　　　　复核时间：　年　月　日

封-1

（2）招标控制价（封 15-2）

**工程**

## 招 标 控 制 价

招标控制价(小写)：_____

　　　　(大写)：_____

招 标 人：_____　　　工 程 造 价
　　　　　　（单位盖章）　　　　　咨 询 人：_____
　　　　　　　　　　　　　　　　　　　　　（单位资质专用章）

法定代表人　　　　　　　　　　　法定代表人
或其授权人：_____　或其授权人：_____
　　　　　　（签字或盖章）　　　　　　　　　（签字或盖章）

编 制 人：_____　　　复 核 人：_____
　　　（造价人员签字盖专用章）　　　　　（造价工程师签字盖专用章）

编 制 时 间：　年　月　日　　　　复 核 时 间：　年　月　日

封-2

（3）投标总价（封 15-3）

## 投 标 总 价

招 标 人：_____

工 程 名 称：_____

投 标 总 价(小写)：_____

　　　　　(大写)：_____

投 标 人：_____
　　　　　　　　　（单位盖章）

法定代表人
或其授权人：_____
　　　　　　　　　（签字或盖章）

编 制 人：_____
　　　　　（造价人员签字盖专用章）

编 制 时 间：　年　月　日

封-3

（4）竣工结算总价（封 15-4）

_____**工程**

竣 工 结 算 总 价

中标价(小写)：_____　　（大写）：_____

结算价(小写)：_____　　（大写）：_____

发包人：_____　　承包人：_____　　工程造价
　　　　（单位盖章）　　　　　　（单位盖章）　　　　咨 询 人：_____
　　　　　　　　　　　　　　　　　　　　　　　　　　（单位资质专用章）

选定代表人　　　　　　　　法定代表人　　　　　　　　法定代表人
或其授权人：_____　　或其授权人：_____　　或其授权人：_____
　　　　（签字或盖章）　　　　　　（签字或盖章）　　　　　　（签字或盖章）

编 制 人：_____　　　　核 对 人：_____
　　　　（造价人员签字盖专用章）　　　　　（造价工程师签字盖专用章）

编制时间：　年　月　日　　　核对时间：　年　月　日

封-4

## 15.3.1.2　总说明（表 15-01）

表 15-01　总说明表

**总　说　明**

工程名称：　　　　　　　　　　　　　　　　　　　　　　　　第　页　共　页

## 15.3.1.3 汇总表

（1）工程项目招标控制价/投标报价汇总表（表 15-02）

**表 15-02　工程项目招标控制价/投标报价汇总表**

### 工程项目招标控制价/投标报价汇总表

工程名称：　　　　　　　　　　　　　　　　　　　　　　　　　第　页　共　页

| 序号 | 单项工程名称 | 金额(元) | 其　　中 | | |
| | | | 暂估价<br>(元) | 安全文明施<br>工费(元) | 规费<br>(元) |
| | | | | | |
| | | | | | |
| 合计 | | | | | |

注：本表适用于工程项目招标控制价或投标报价的汇总。

（2）单项工程招标控制价/投标报价汇总表（表 15-03）

**表 15-03　单项工程招标控制价/投标报价汇总表**

### 单项工程招标控制价/投标报价汇总表

工程名称：　　　　　　　　　　　　　　　　　　　　　　　　　第　页　共　页

| 序号 | 单项工程名称 | 金额(元) | 其　　中 | | |
| | | | 暂估价<br>(元) | 安全文明施<br>工费(元) | 规费<br>(元) |
| | | | | | |
| | | | | | |
| 合计 | | | | | |

注：本表适用于单项工程招标控制价或投标报价的汇总。暂估价包括分部分项工程中的暂估价和专业工程暂估价。

(3) 单位工程招标控制价/投标报价汇总表（表15-04）

表 15-04　单位工程招标控制价/投标报价汇总表

## 单位工程招标控制价/投标报价汇总表

工程名称：　　　　　　　　　　　标段：　　　　　　　　　第 页 共 页

| 序号 | 汇 总 内 容 | 金额(元) | 其中:暂估价(元) |
|------|------------|----------|------------------|
| 1 | 分部分项工程 | | |
| 1.1 | | | |
| 1.2 | | | |
| 1.3 | | | |
| 1.4 | | | |
| 1.5 | | | |
| | | | |
| | | | |
| | | | |
| | | | |
| | | | |
| | | | |
| | | | |
| 2 | 措施项目 | | |
| 2.1 | 安全文明施工费 | | |
| 3 | 其他项目 | | |
| 3.1 | 暂列金额 | | |
| 3.2 | 专业工程暂估价 | | |
| 3.3 | 计日工 | | |
| 3.4 | 总承包服务费 | | |
| 4 | 规费 | | |
| 5 | 税金 | | |
| 招标控制价合计＝1＋2＋3＋4＋5 | | | |

注：本表适用于单位工程招标控制价或投标报价的汇总，如无单位工程划分，单项工程也使用本表汇总。

(4) 工程项目竣工结算汇总表（表15-05）

表 15-05　工程项目竣工结算汇总表

## 工程项目竣工结算汇总表

工程名称：　　　　　　　　　　　　　　　　　　　第 页 共 页

| 序号 | 单项工程名称 | 金额(元) | 其中 | |
|------|--------------|----------|------|------|
| | | | 安全文明施工费(元) | 规费(元) |
| | | | | |
| | | | | |
| | | | | |
| | | | | |
| | | | | |
| | | | | |
| | 合　计 | | | |

（5）单项工程竣工结算汇总表（表15-06）

表 15-06　单项工程竣工结算汇总表

## 单项工程竣工结算汇总表

工程名称：　　　　　　　　　　　　　　　　　　　　　　　　　　　　　　第　页　共　页

| 序号 | 单项工程名称 | 金额（元） | 其　中 | |
| --- | --- | --- | --- | --- |
| | | | 安全文明施工费（元） | 规费（元） |
| | | | | |
| | | | | |
| | | | | |
| | | | | |
| | | | | |
| | | | | |
| | | | | |
| | | | | |
| | | | | |
| 合　计 | | | | |

（6）单位工程竣工结算汇总表（表15-07）

表 15-07　单位工程竣工结算汇总表

## 单位工程竣工结算汇总表

工程名称：　　　　　　　　　标段：　　　　　　　　　第　页　共　页

| 序号 | 汇总内容 | 金额（元） |
| --- | --- | --- |
| 1 | 分部分项工程 | |
| 1.1 | | |
| 1.2 | | |
| 1.3 | | |
| 1.4 | | |
| 1.5 | | |
| | | |
| | | |
| | | |
| | | |
| 2 | 措施项目 | |
| 2.1 | 安全文明施工费 | |
| 3 | 其他项目 | |
| 3.1 | 专业工程结算价 | |
| 3.2 | 计日工 | |
| 3.3 | 总承包服务费 | |
| 3.4 | 索赔与现场签证 | |
| 4 | 规费 | |
| 5 | 税金 | |
| 竣工结算总价合计＝1＋2＋3＋4＋5 | | |

注：如无单位工程划分，单项工程也使用本表汇总。

## 15.3.1.4 分部分项工程量清单表

(1) 分部分项工程量清单与计价表（表 15-08）

表 15-08 分部分项工程量清单与计价表

### 分部分项工程量清单与计价表

工程名称：　　　　　　　　　　　　　标段：　　　　　　　　　　　　第 页 共 页

| 序号 | 项目编码 | 项目名称 | 项目特征描述 | 计量单位 | 工程量 | 金 额（元） | | |
|---|---|---|---|---|---|---|---|---|
| | | | | | | 综合单价 | 合价 | 其中：暂估价 |
| | | | | | | | | |
| | | | | | | | | |
| | | | | | | | | |
| | | | | | | | | |
| | | | | | | | | |
| | | | | | | | | |
| | | | | 本页小计 | | | | |
| | | | | 合　计 | | | | |

(2) 工程量清单综合单价分析表（表 15-09）

表 15-09 工程量清单综合单价分析表

### 工程量清单综合单价分析表

工程名称：　　　　　　　　　　　　　标段：　　　　　　　　　　　　第 页 共 页

| 项目编码 | | 项目名称 | | 计量单位 | |
|---|---|---|---|---|---|
| 清单综合单价组成明细 | | | | | |

| 定额编号 | 定额名称 | 定额单位 | 数量 | 单 价 | | | | 合 价 | | | |
|---|---|---|---|---|---|---|---|---|---|---|---|
| | | | | 人工费 | 材料费 | 机械费 | 管理费和利润 | 人工费 | 材料费 | 机械费 | 管理费和利润 |
| | | | | | | | | | | | |
| | | | | | | | | | | | |
| | | | | | | | | | | | |

| 人工单价 | | 小　计 | | | |
|---|---|---|---|---|---|
| 元/工日 | | 未计价材料费 | | | |
| 清单项目综合单价 | | | | | |

| 材料费明细 | 主要材料名称、规格、型号 | | 单位 | 数量 | 单价（元） | 合价（元） | 暂估单价（元） | 暂估合价（元） |
|---|---|---|---|---|---|---|---|---|
| | | | | | | | | |
| | | | | | | | | |
| | | | | | | | | |
| | 其他材料费 | | | | — | | — | |
| | 材料费小计 | | | | — | | — | |

注：1. 如不使用省级或行业建设主管部门发布的计价依据，可不填定额项目、编号等。

2. 招标文件提供了暂估单价的材料，按暂估的单价填入表内"暂估单价"栏及"暂估合价"栏。

## 15.3.1.5 措施项目清单表

（1）措施项目清单与计价表（一）（表 15-10）

表 15-10　措施项目清单表（一）

### 措施项目清单与计价表（一）

工程名称：　　　　　　　　　　　标段：　　　　　　　　第 页 共 页

| 序号 | 项目名称 | 计算基础 | 费率(%) | 金额(元) |
|---|---|---|---|---|
| 1 | 安全文明施工费 | | | |
| 2 | 夜间施工费 | | | |
| 3 | 二次搬运费 | | | |
| 4 | 冬雨季施工 | | | |
| 5 | 大型机械设备进出场及安拆费 | | | |
| 6 | 施工排水 | | | |
| 7 | 施工降水 | | | |
| 8 | 地上、地下设施、建筑物的临时保护设施 | | | |
| 9 | 已完工程及设备保护 | | | |
| 10 | 各专业工程的措施项目 | | | |
| 11 | | | | |
| 12 | | | | |
| 合　计 | | | | |

注：1. 本表适用于以"项"计价的措施项目。

2. 根据建设部、财政部发布的《建筑安装工程费用组成》（建标［2003］206 号）的规定，"计算基础"可为"直接费"、"人工费"或"人工费＋机械费"。

（2）措施项目清单与计价表（二）（表 15-11）

表 15-11　措施项目清单与计价表（二）

### 措施项目清单与计价表（二）

工程名称：　　　　　　　　　　　标段：　　　　　　　　第 页 共 页

| 序号 | 项目编码 | 项目名称 | 项目特征描述 | 计量单位 | 工程量 | 金额(元) | |
|---|---|---|---|---|---|---|---|
| | | | | | | 综合单价 | 合价 |
| | | | | | | | |
| | | | | | | | |
| | | | | | | | |
| | | | | | | | |
| | | | | | | | |
| | | | | | | | |
| | | | | | | | |
| | | | | | | | |
| | | | | | | | |
| | | | | | | | |
| | | | | | | | |
| | | | | | | | |
| 本页小计 | | | | | | | |
| 合　计 | | | | | | | |

注：本表适用于以综合单价形式计价的措施项目。

## 15.3.1.6 其他项目清单表

（1）其他项目清单与计价汇总表（表 15-12）

表 15-12　其他项目清单与计价汇总表

### 其他项目清单与计价汇总表

工程名称：　　　　　　　　　　　　　　标段：　　　　　　　　第　页　共　页

| 序号 | 项目名称 | 计量单位 | 金额（元） | 备注 |
|---|---|---|---|---|
| 1 | 暂列金额 | | | 明细详见表 15-12-1 |
| 2 | 暂估价 | | | |
| 2.1 | 材料暂估价 | | | 明细详见表 15-12-2 |
| 2.2 | 专业工程暂估价 | | | 明细详见表 15-12-3 |
| 3 | 计日工 | | | 明细详见表 15-12-4 |
| 4 | 总承包服务费 | | | 明细详见表 15-12-5 |
| 5 | | | | |
| | | | | |
| | | | | |
| | | | | |
| | | | | |
| | | | | |
| 合　计 | | | | — |

注：材料暂估单价进入清单项目综合单价，此处不汇总。

（2）暂列金额明细表（表 15-12-1）

表 15-12-1　暂列金额明细表

### 暂列金额明细表

工程名称：　　　　　　　　　　　　　　标段：　　　　　　　　第　页　共　页

| 序号 | 项目名称 | 计量单位 | 暂定金额（元） | 备注 |
|---|---|---|---|---|
| 1 | | | | |
| 2 | | | | |
| 3 | | | | |
| 4 | | | | |
| 5 | | | | |
| 6 | | | | |
| 7 | | | | |
| 8 | | | | |
| 9 | | | | |
| 10 | | | | |
| 11 | | | | |
| 合　计 | | | | — |

注：此表由招标人填写，如不能详列，也可只列暂定金额总额，投标人应将上述暂列金额计入投标总价中。

（3）材料暂估单价表（表 15-12-2）

表 15-12-2　材料暂估单价表

## 材料暂估单价表

工程名称：　　　　　　　　　　　标段：　　　　　　　　第　页　共　页

| 序号 | 材料名称、规格、型号 | 计量单位 | 单价(元) | 备注 |
|---|---|---|---|---|
|  |  |  |  |  |
|  |  |  |  |  |
|  |  |  |  |  |
|  |  |  |  |  |
|  |  |  |  |  |
|  |  |  |  |  |
|  |  |  |  |  |
|  |  |  |  |  |
|  |  |  |  |  |
|  |  |  |  |  |
|  |  |  |  |  |
|  |  |  |  |  |
|  |  |  |  |  |
|  |  |  |  |  |
|  |  |  |  |  |

注：1. 此表由招标人填写，并在备注栏说明暂估价的材料拟用在哪些清单项目上，投标人应将上述材料暂估单价计入工程量清单综合单价报价中。

2. 材料包括原材料、燃料、构配件以及按规定应计入建筑安装工程造价的设备。

（4）专业工程暂估价表（表 15-12-3）

表 15-12-3　专业工程暂估价表

## 专业工程暂估价表

工程名称：　　　　　　　　　　　标段：　　　　　　　　第　页　共　页

| 序号 | 工程名称 | 工程内容 | 金额(元) | 备注 |
|---|---|---|---|---|
|  |  |  |  |  |
|  |  |  |  |  |
|  |  |  |  |  |
|  |  |  |  |  |
|  |  |  |  |  |
|  |  |  |  |  |
|  |  |  |  |  |
|  |  |  |  |  |
|  |  |  |  |  |
|  |  |  |  |  |
|  |  |  |  |  |
|  |  |  |  |  |
|  |  |  |  |  |
| 合　计 |  |  |  |  |

注：此表由招标人填写，投标人应将上述专业工程暂估价计入投标总价中。

（5）计日工表（表 15-12-4）

表 15-12-4　计日工表

# 计 日 工 表

工程名称：　　　　　　　　　　　　　　标段：　　　　　　　　　　　第 页 共 页

| 编号 | 项目名称 | 单位 | 暂定数量 | 综合单价 | 合价 |
|------|----------|------|----------|----------|------|
| 一 | 人　工 | | | | |
| 1 | | | | | |
| 2 | | | | | |
| 3 | | | | | |
| 4 | | | | | |
| | 人工小计 | | | | |
| 二 | 材　料 | | | | |
| 1 | | | | | |
| 2 | | | | | |
| 3 | | | | | |
| 4 | | | | | |
| 5 | | | | | |
| 6 | | | | | |
| | 材料小计 | | | | |
| 三 | 施工机械 | | | | |
| 1 | | | | | |
| 2 | | | | | |
| 3 | | | | | |
| 4 | | | | | |
| | 施工机械小计 | | | | |
| | 总　　　计 | | | | |

注：此表项目名称、数量由招标人填写，编制招标控制价时，单价由招标人按有关计价规定确定；投标时，单价由投标人自主报价，计入投标总价中。

（6）总承包服务费计价表（表 15-12-5）

表 15-12-5　总承包服务费计价表

# 总承包服务费计价表

工程名称：　　　　　　　　　　　　　　标段：　　　　　　　　　　　第 页 共 页

| 序号 | 项目名称 | 项目价值(元) | 服务内容 | 费率(%) | 金额(元) |
|------|----------|--------------|----------|---------|----------|
| 1 | 发包人发包专业工程 | | | | |
| 2 | 发包人供应材料 | | | | |
| | | | | | |
| | | | | | |
| | | | | | |
| | | | | | |
| | | | | | |
| | | | | | |
| | | | | | |
| | | | | | |
| | | | | | |
| | | | | | |
| | | | | | |
| | | | | | |
| | 合　　　计 | | | | |

（7）索赔与现场签证计价汇总表（表 15-12-6）

**表 15-12-6　索赔与现场签证计价汇总表**

## 索赔与现场签证计价汇总表

工程名称：　　　　　　　　　　　标段：　　　　　　　　第　页　共　页

| 序号 | 签证及索赔项目名称 | 计量单位 | 数量 | 单价(元) | 合价(元) | 索赔及签证依据 |
|---|---|---|---|---|---|---|
| | | | | | | |
| | | | | | | |
| | | | | | | |
| | | | | | | |
| | | | | | | |
| | | | | | | |
| | | | | | | |
| | | | | | | |
| | | | | | | |
| 本页小计 | | | | | | — |
| 合　　计 | | | | | | — |

注：签证及索赔依据是指经双方认可的签证单和索赔依据的编号。

（8）费用索赔申请（核准）表（表 15-12-7）

**表 15-12-7　费用索赔申请（核准）表**

## 费用索赔申请(核准)表

工程名称：　　　　　　　　　　标段：　　　　　　　　编号：

　　致：＿＿＿＿＿＿＿＿＿＿＿＿＿＿＿＿＿＿＿＿＿（发包人全称）
　　根据施工合同条款第＿＿＿条的约定，由于＿＿＿＿＿＿原因，我方要求索赔金额（大写）＿＿＿＿＿元，（小写）
＿＿＿＿＿元，请予核准。
附：1. 费用索赔的详细理由和依据：
　　2. 索赔金额的计算：
　　3. 证明材料：

承包人（章）
承包人代表＿＿＿＿＿
日　　期＿＿＿＿＿

| 复核意见：<br>　　根据施工合同条款第＿＿＿＿＿条的约定，你方提出的费用索赔申请经复核：<br>　　□不同意此项索赔，具体意见见附件。<br>　　□同意此项索赔，索赔金额的计算，由造价工程师复核。<br><br>　　　　　　　　　　监理工程师＿＿＿＿＿<br>　　　　　　　　　　日　　期＿＿＿＿＿ | 复核意见：<br>　　根据施工合同条款第＿＿＿＿＿条的约定，你方＿＿＿＿＿提出的费用索赔申请经复核，索赔金额为（大写）＿＿＿＿＿元，（小写）＿＿＿＿＿元。<br><br>　　　　　　　　　　造价工程师＿＿＿＿＿<br>　　　　　　　　　　日　　期＿＿＿＿＿ |
|---|---|

审核意见：
　　□不同意此项索赔。
　　□同意此项索赔，与本期进度款同期支付。

发包人（章）
发包人代表＿＿＿＿＿
日　　期＿＿＿＿＿

注：1. 在选择栏中的"□"内作标识"√"。
　　2. 本表一式四份，由承包人填报，发包人、监理人、造价咨询人、承包人各存一份。

（9）现场签证表（表 15-12-8）

表 15-12-8　现场签证表

## 现 场 签 证 表

工程名称：　　　　　　　　　　　标段：　　　　　　　　　　编号：

| 施工部位 | | 日期 | |
|---|---|---|---|

致：　　　　　　　　　　　　　　　　　　　　　　　　（发包人全称）

　　根据_____（指令人姓名）　年　月　日的口头指令或你方_____（或监理人）　年　月　日的书面通知，我方要求完成此项工作应支付价款金额为（大写）_____元，（小写）_____元，请予核准。

附：1. 签证事由及原因：

　　2. 附图及计算式：

承包人（章）

承包人代表_____

日　　期_____

复核意见：

　　你方提出的此项签证申请经复核：

　　□不同意此项签证，具体意见见附件。

　　□同意此项签证，签证金额的计算，由造价工程师复核。

监理工程师_____

日　　期_____

复核意见：

　　□此项签证按承包人中标的计日工单价计算，金额为（大写）_____元，（小写）_____元。

　　□此项签证因无计日工单价，金额为（大写）_____元，（小写）_____元。

造价工程师_____

日　　期_____

审核意见：

　　□不同意此项签证。

　　□同意此项签证，价款与本期进度款同期支付。

发包人（章）

发包人代表_____

日　　期_____

注：1. 在选择栏中的"□"内作标识"√"。

　　2. 本表一式四份，由承包人在收到发包人（监理人）的口头或书面通知后填写，发包人、监理人、造价咨询人、承包人各存一份。

## 15.3.1.7　规费、税金项目清单与计价表（表 15-13）

表 15-13　规费、税金项目清单与计价表

### 规费、税金项目清单与计价表

工程名称：　　　　　　　　　　　标段：　　　　　　　　第　页　共　页

| 序号 | 项目名称 | 计算基础 | 费率（%） | 金额（元） |
|---|---|---|---|---|
| 1 | 规费 | | | |
| 1.1 | 工程排污费 | | | |
| 1.2 | 社会保障费 | | | |
| (1) | 养老保险费 | | | |
| (2) | 失业保险费 | | | |
| (3) | 医疗保险费 | | | |
| 1.3 | 住房公积金 | | | |
| 1.4 | 危险作业意外伤害保险 | | | |
| 1.5 | 工程定额测定费 | | | |
| 2 | 税金 | 分部分项工程费＋措施项目费＋其他项目费＋规费 | | |
| 合　计 | | | | |

注：根据建设部、财政部发布的《建筑安装工程费用组成》（建标〔2003〕206 号）的规定，"计算基础"可为"直接费"、"人工费"或"人工费＋机械费"。

## 15.3.1.8 工程款支付申请（核准）表（表 15-14）

表 15-14 工程款支付申请（核准）表

### 工程款支付申请（核准）表

工程名称：　　　　　　　　　　标段：　　　　　　　　　　编号：

致 _____（发包人全称）

我方于_____至_____期间已完成了_____工作，根据施工合同的约定，现申请支付本期的工程款额（大写）_____元，（小写）_____元，请予核准。

| 序号 | 名　　称 | 金额（元） | 备注 |
|---|---|---|---|
| 1 | 累计已完成的工程价款 | | |
| 2 | 累计已实际支付的工程价款 | | |
| 3 | 本周期已完成的工程价款 | | |
| 4 | 本周期完成的计日工金额 | | |
| 5 | 本周期应增加和扣减的变更金额 | | |
| 6 | 本周期应增加和扣减的索赔金额 | | |
| 7 | 本周期应抵扣的预付款 | | |
| 8 | 本周期应扣减的质保金 | | |
| 9 | 本周期应增加或扣减的其他金额 | | |
| 10 | 本周期实际应支付的工程价款 | | |

承包人（章）

承包人代表_____

日　　期_____

复核意见：

□与实际施工情况不相符，修改意见见附表。

□与实际施工情况相符，具体金额由造价工程师复核。

监理工程师_____

日　　期_____

复核意见：

你方提出的支付申请经复核，本期间已完成工程款额为（大写）_____元，（小写）_____元，本期间应支付金额为（大写）_____元，（小写）_____元。

造价工程师_____

日　　期_____

审核意见

□不同意。

□同意，支付时间为本表签发后的 15 天内。

发包人（章）

发包人代表_____

日　　期_____

注：1. 在选择栏中的"□"内作标识"√"。

2. 本表一式四份，由承包人填报，发包人、监理人、造价咨询人、承包人各存一份。

## 15.3.2 计价表格使用规定

（1）工程量清单与计价宜采用统一格式　各省、自治区、直辖市建设行政主管部门和行业建设主管部门可根据本地区、本行业的实际情况，在本规范计价表格的基础上补充完善。

（2）工程量清单的编制

① 工程量清单编制使用表格包括：封 15-1、表 15-1、表 15-8、表 15-10、表 15-11、表 15-12（不含表 15-12-6～表 15-12-8）、表 15-13。

② 封面应按规定的内容填写、签字、盖章，造价员编制的工程量清单应有负责审核的造价工程师签字、盖章。

③ 总说明应按下列内容填写：

a. 工程概况：建设规模、工程特征、计划工期、施工现场实际情况、自然地理条件、环境保护要求等。

b. 工程招标和分包范围。

c. 工程量清单编制依据。

d. 工程质量、材料、施工等的特殊要求。

e. 其他需要说明的问题。

(3) 招标控制价、投标报价、竣工结算的编制

① 使用表格：

a. 招标控制价使用表格包括：封 15-2、表 15-01、表 15-02、表 15-03、表 15-04、表 15-08、表 15-09、表 15-10、表 15-11、表 15-12（不含表 15-12-6～表 15-12-8）表 15-13。

b. 投标报价使用的表格包括：封 15-3、表 15-01、表 15-02、表 15-03、表 15-04、表 15-08、表 15-09、表 15-10、表 15-11、表 15-12（不含表 15-12-6～表 15-12-8）表 15-13。

c. 竣工结算使用的表格包括：封 15-4、表 15-01、表 15-05、表 15-06、表 15-07、表 15-08、表 15-09、表 15-10、表 15-11、表 15-12、表 15-13、表 15-14。

② 封面应按规定的内容填写、签字、盖章，除承包人自行编制的投标报价和竣工结算外，受委托编制的招标控制价、投标报价、竣工结算若为造价员编制的，应有负责审核的造价工程师签字、盖章以及工程造价咨询人盖章。

③ 总说明应按下列内容填写：

a. 工程概况：建设规模、工程特征、计划工期、合同工期、实际工期、施工现场及变化情况、施工组织设计的特点、自然地理条件、环境保护要求等。

b. 编制依据等。

(4) 投标人应按招标文件的要求，附工程量清单综合单价分析表。

(5) 工程量清单与计价表中列明的所有需要填写的单价和合价，投标人均应填写，未填写的单价和合价，视为此项费用已包含在工程量清单的其他单价和合价中。

# 15.4 市政工程质量检验及评定表格

## 15.4.1 城镇道路工程

### 15.4.1.1 分项工程质量检验记录

表 15-4-1 分项工程质量检验记录

质验表

建设单位：＿＿＿＿＿＿＿　　　监理单位：＿＿＿＿＿＿＿　　　合同号：＿＿＿＿＿＿＿

施工单位：＿＿＿＿＿＿＿　　　　　　　　　　　　　　　　　编　号：＿＿＿＿＿＿＿

| 单位（子单位）工程名称 | | | | |
|---|---|---|---|---|
| 分部（子分部）工程名称 | | | 分项工程名称 | |
| 检验批数 | | | 项目经理 | |
| 序号 | 检验批部位、区段 | 施工单位检查评定结果 | 监理（建设）单位验收结论 | |
| 1 | | | | |
| 2 | | | | |
| 3 | | | | |

| 序号 | 检验批部位、区段 | 施工单位检查评定结果 | 监理(建设)单位验收结论 |
|---|---|---|---|
| 4 | | | |
| 5 | | | |
| … | | | |

| 施工单位检查评定结果 | 专业工长(施工员) | | 施工班组长 | |
|---|---|---|---|---|
| | 质量检查员: | | | 年　月　日 |

| 监理单位验收结论 | 专业监理工程师: | 年　月　日 |
|---|---|---|

## 15.4.1.2　分部（子分部）工程质量检验记录

**表 15-4-2　分部（子分部）工程质量检验记录**

质验表

建设单位：＿＿＿＿＿＿＿　　监理单位：＿＿＿＿＿＿＿　　合同号：＿＿＿＿＿＿＿

施工单位：＿＿＿＿＿＿＿　　　　　　　　　　　　　　　　编　号：＿＿＿＿＿＿＿

| 单位(子单位)工程名称 | | | | |
|---|---|---|---|---|
| 分部(子分部)工程名称 | | | 项目经理 | |
| 序号 | 分项工程名称 | 检验批数 | 施工单位检查评定 | 验收意见 |
| 1 | | | | |
| 2 | | | | |
| 3 | | | | |
| 4 | | | | |
| 5 | | | | |
| … | | | | |
| 质量控制资料 | | | | |
| 安全和功能检验(检测)报告 | | | | |
| 观感质量验收 | | | | |

| 验收单位 | 分包单位 | 项目经理 | 年　月　日 |
|---|---|---|---|
| | 施工单位 | 项目经理 | 年　月　日 |
| | 勘察单位 | 项目负责人 | 年　月　日 |
| | 设计单位 | 项目负责人 | 年　月　日 |
| | 监理单位 | 总监理工程师 | 年　月　日 |
| | 建设单位 | 建设单位项目专业负责人 | 年　月　日 |

## 15.4.1.3　单位（子单位）工程质量竣工验收记录

**表 15-4-3　单位（子单位）工程质量竣工验收记录**

质验表

建设单位：＿＿＿＿＿＿＿　　监理单位：＿＿＿＿＿＿＿　　合同号：＿＿＿＿＿＿＿

施工单位：＿＿＿＿＿＿＿　　　　　　　　　　　　　　　　编　号：＿＿＿＿＿＿＿

| 单位工程名称 | | | | | |
|---|---|---|---|---|---|
| 项目经理 | | | 技术负责人 | | |
| 开工日期 | 年　月　日 | | 竣工日期 | 年　月　日 | |
| 序号 | 项目 | 验收记录 | | 验收结论 | |
| 1 | 分部工程 | 共＿＿分部,经查＿＿分部符合标准及设计要求＿＿分部 | | | |

| 序号 | 项目 | 验收记录 | 验收结论 |
|------|------|----------|----------|
| 2 | 质量控制资料核查 | 共_____项,经审查符合要求_____项,经核定符合规范要求_____项 | |
| 3 | 安全和主要使用功能核查及抽查结果 | 共核查_____项,符合要求_____项,共抽查_____项;符合要求_____项,经返工处理符合要求_____项 | |
| 4 | 观感质量检验 | 共抽查_____项,符合要求_____项,不符合要求_____项 | |
| 5 | 综合验收结论 | | |

| 参加验收单位 | 建设单位 | 监理单位 | 施工单位 | 设计单位 |
|------|------|------|------|------|
| | （公章）<br><br>单位(项目)负责人：<br><br><br>年　月　日 | （公章）<br><br>总监理工程师：<br><br><br>年　月　日 | （公章）<br><br>单位负责人：<br><br><br>年　月　日 | （公章）<br><br>单位(项目)负责人：<br><br><br>年　月　日 |

## 15.4.1.4　单位（子单位）工程质量控制资料核查记录

表 15-4-4　单位（子单位）工程质量控制资料核查记录

质验表（道路）

建设单位：_____　监理单位：_____　合同号：_____

施工单位：_____　　　　　　　　　　　　　　编　号：_____

| | 工程名称 | | | | |
|---|---|---|---|---|---|
| 序号 | 项目 | 资　料　名　称 | 份数 | 核查意见 | 核查人 |
| 1 | | 图纸会审、设计变更、洽商记录 | | | |
| 2 | | 工程定位测量、放线记录、测量复核记录 | | | |
| 3 | | 水泥出厂合格证、试验报告、复试报告 | | | |
| 4 | | 钢材出厂合格证、试验报告、复试报告 | | | |
| 5 | | 沥青出厂合格证、试验报告、复试报告 | | | |
| 6 | | 焊接材料出厂合格证、试验报告 | | | |
| 7 | 原材料构配件（成品、半成品）设备出厂合格证书及进场检(试)验报告 | 砌块(砖、料石、预制块等)出厂合格证、试验报告、复试报告 | | | |
| 8 | | 砂、石出厂合格证、试验报告、复试报告 | | | |
| 9 | | 石灰出厂合格证、试验报告、复试报告 | | | |
| 10 | | 基层材料出厂合格证、试验报告、复试报告 | | | |
| 11 | | 面层材料出厂合格证、试验报告、复试报告 | | | |
| 12 | | 商品混凝土出厂合格证、试验报告 | | | |
| 13 | | 管材、管件出厂合格证、试验报告、复试报告 | | | |
| 14 | | 混凝土预制构件出厂合格证、试验报告 | | | |
| 15 | | 井圈、井盖等出厂合格证、试验报告、井盖复试报告 | | | |
| 16 | | 其他有要求的材料、设备出厂合格证、试验报告 | | | |

| 序号 | 项目 | 资料名称 | 份数 | 核查意见 | 核查人 |
|------|------|---------|------|---------|--------|
| | 工程名称 | | | | |
| 17 | 施工试验报告及见证检测报告 | 路床、基层、面层压实度、强度、弯沉试验报告 | | | |
| 18 | | 水泥混凝土抗压、抗折强度试验报告 设计有要求的混凝土抗渗、抗冻试验报告 | | | |
| 19 | | 砂浆试块强度试验报告 | | | |
| 20 | | 钢筋焊、连接试验报告 | | | |
| 21 | | 其他有要求的试验报告 | | | |
| 22 | 隐蔽工程验收记录 | | | | |
| 23 | 施工记录 | 地基与基槽验收记录 | | | |
| 24 | | 混凝土浇筑记录 | | | |
| 25 | | 施工测温记录 | | | |
| 26 | | 构件吊装施工记录 | | | |
| 27 | | 其他有要求的施工记录 | | | |
| 28 | 新材料、新技术、新工艺施工记录 | | | | |
| 29 | 地基基础及主体结构检验及抽样检测资料 | | | | |
| 30 | 分项、分部工程质量验收记录 | | | | |
| 31 | 工程质量事故及事故调查处理资料 | | | | |

结论：

施工单位项目经理：　　　　　　　　　总监理工程师：

年　　月　　日　　　　　　　　　　　年　　月　　日

### 表 15-4-5　单位（子单位）工程质量控制资料核查记录

质验表（道路）

建设单位：_____　监理单位：_____　合同号：_____

施工单位：_____　　　　　　　　　　　　　　　　编　号：_____

| 序号 | 工程名称 | 资料名称 | 份数 | 核查意见 |
|------|------|---------|------|---------|
| 1 | 材质质量保证资料 | ①管节、管件、管道设备及管配件等；②防腐层材料、阴极保护设备及材料；③钢材、焊材、水泥砂石、橡胶止水圈、混凝土、砖、混凝土外加剂、钢制结构、混凝土预制结构 | | |
| 2 | 施工检测 | ①管道接口连接质量检测（钢管焊接无损探伤检验、法兰或压兰螺栓拧紧力矩检测、熔焊检验）；②内外防腐（包括补口、补伤）防腐检测；③预水压试验；④混凝土强度、混凝土抗渗、混凝土抗冻、砂浆强度、钢筋焊接；⑤回填土压实度；⑥柔性管道环向变形检测；⑦不开槽施工土土层加固、支护及施工变形等测量；⑧管道设备安装测试；⑨阴极保护安装测试；⑩桩基完整性检测、地基处理检测 | | |
| 3 | 结构安全和使用功能性检测 | ①管道水压试验；②给水管道冲洗消毒；③管道位置及高程；④浅埋暗挖管道、盾构管片拼装变形测量；⑤混凝土结构管道渗水调查；⑥管道及抽升泵站设备（或系统）调试、电气设备电试；⑦阴极保护系统测试；⑧桩基动测、静载试验 | | |
| 4 | 施工测量 | ①控制桩（副桩）、永久（临时）水准点测量复核；②施工放样复核；③竣工测量 | | |
| 5 | 施工技术管理 | ①施工组织设计（施工方案）、专题施工方案及批复；②焊接工艺评定及 作业指导书；③图纸会审、施工技术交底；④设计变更、技术联系单；⑤质量事故（问题）处理；⑥材料、设备进场验收，计量仪器校核报告；⑦工程会议纪要；⑧施工日记 | | |
| 6 | 验收记录 | ①验收批、分项、分部（子分部）、单位（子单位）工程质量验收记录；②隐蔽验收记录 | | |

| 序号 | 资料名称 | 份数 | 核查意见 |
|---|---|---|---|
| 7 | 施工记录 | ①接口组对拼、焊接、栓接、熔接；②地基基础、地层等加固处理；③桩基成桩；④支护结构施工；⑤沉井下沉；⑥混凝土浇筑；⑦管道设备安装；⑧顶进(掘进、钻进、夯进)；⑨沉管沉放及桥管吊装；⑩焊条烘焙、焊接热处理；⑪防腐层补口补伤等 | | |
| 8 | 竣工图 | | |

结论：　　　　　　　　　　　　　　　　结论：

项目经理：　　　　　　　　　　　　　　总监理工程师：

　　　　　　　　　年　月　日　　　　　　　　　　　　　年　月　日

表 15-4-6　单位（子单位）工程质量控制资料核查记录

质验表（桥梁）

建设单位：＿＿＿＿＿＿＿　　监理单位：＿＿＿＿＿＿＿　　合同号：＿＿＿＿＿＿＿

施工单位：＿＿＿＿＿＿＿　　　　　　　　　　　　　　　　编　号：＿＿＿＿＿＿＿

| 单位工程名称 | | | | |
|---|---|---|---|---|
| 序号 | 资料名称 | 份数 | 核查意见 | 核查人 |
| 1 | 图纸会审、设计变更、洽商记录 | | | |
| 2 | 工程定位测量、交桩、放线、复核记录 | | | |
| 3 | 施工组织设计、施工方案及审批记录 | | | |
| 4 | 原材料出厂合格证书及进场检(试)验报告 | | | |
| 5 | 成品、半成品出厂合格证及试验报告 | | | |
| 6 | 施工试验报告及见证试验报告 | | | |
| 7 | 隐蔽工程验收记录 | | | |
| 8 | 施工记录 | | | |
| 9 | 工程质量事故及事故调查处理资料 | | | |
| 10 | 分顶、分部工程质量验收记录 | | | |
| 11 | 新材料、新工艺施工记录 | | | |

检查结论：　　　　　　　　　　　　　　检查结论：

施工项目经理：　　　　　　　　　　　　总监理工程师：

　　　　　　　　　年　月　日　　　　　　　　　　　　　年　月　日

## 15.4.1.5　单位（子单位）工程安全和使用功能检验资料核查及抽查记录

表 15-4-7　单位（子单位）工程安全和使用功能检验资料核查及抽查记录

质验表（道路）

建设单位：＿＿＿＿＿＿＿　　监理单位：＿＿＿＿＿＿＿　　合同号：＿＿＿＿＿＿＿

施工单位：＿＿＿＿＿＿＿　　　　　　　　　　　　　　　　编　号：＿＿＿＿＿＿＿

| 工程名称 | | | | | |
|---|---|---|---|---|---|
| 序号 | 安全和功能检查项目 | 份数 | 核查意见 | 抽查结果 | 核查人 |
| 1 | 设计规定的道路弯沉试验 | | | | |
| 2 | 设计规定的道路荷载试验 | | | | |

| 序号 | 安全和功能检查项目 | | 份数 | 核查意见 | 抽查结果 | 核查人 |
|---|---|---|---|---|---|---|
| 3 | 热拌沥青混合料和沥青贯入式面层 | 压实度检验 | | | | |
| 4 | | 厚度检验 | | | | |
| 5 | | 弯沉检验 | | | | |
| 6 | | 抗滑性能 | | | | |
| 7 | 冷拌沥青混合料面层 | 压实度检验 | | | | |
| 8 | | 厚度检验 | | | | |
| 9 | 水泥混凝土面层 | 混凝土弯拉强度 | | | | |
| 10 | | 面层厚度 | | | | |
| 11 | | 抗滑构造深度 | | | | |
| 12 | 人行地道结构实体检验 | | | | | |
| 13 | 设计要求的降噪效果 | | | | | |
| 14 | 防眩板遮光角度 | | | | | |

结论：

施工单位项目经理：　　　　　　　　　　　　总监理工程师：

年　　　月　　　日　　　　　　　　年　　　月　　　日

注：抽查项目由验收组协商确定。

### 表 15-4-8　单位（子单位）工程安全和使用功能检验资料核查及抽查记录

质验表（管道）

建设单位：＿＿＿＿＿＿＿＿＿　监理单位：＿＿＿＿＿＿＿＿＿　合同号：＿＿＿＿＿＿＿＿＿

施工单位：＿＿＿＿＿＿＿＿＿　　　　　　　　　　　　　　　编　号：＿＿＿＿＿＿＿＿＿

| 单位(子单位)工程名称 | | | |
|---|---|---|---|
| 序号 | 安全和功能检查表 | 资料核查意见 | 功能抽查结果 |
| 1 | 压力管道水压力试验(无压力管道严密性试验)记录 | | |
| 2 | 给水管道冲洗消毒记录集报告 | | |
| 3 | 阀门安装及运行功能调试报告及功能检测 | | |
| 4 | 其他管道设备安装调试报告及功能检测 | | |
| 5 | 管道位置高程及管道变形测量及汇总 | | |
| 6 | 阴极保护安装及系统测试报告及抽查检验 | | |
| 7 | 防腐绝缘检测汇总及抽查检验 | | |
| 8 | 钢管焊接无损检测报告汇总 | | |
| 9 | 混凝土试块抗压强度试验汇总 | | |
| 10 | 混凝土试块抗渗、抗冻试验汇总 | | |
| 11 | 地基基础加固检测报告 | | |
| 12 | 桥管桩基础动测或静载试验报告 | | |
| 13 | 混凝土结构管道渗漏水调查记录 | | |
| 14 | 提升泵站的地面建筑 | | |
| 15 | 其他 | | |

结论：　　　　　　　　　　　　　　结论：

项目经理：　　　　　　　　　　　　总监理工程师：

年　　月　　日　　　　　　　　　年　　月　　日

注：提升泵站的地面建筑应符合现行国家标准《建筑工程施工质量验收统一标准》GB 50300 的有关规定。

**表 15-4-9　单位（子单位）工程安全和使用功能检验资料核查及抽查记录**

质验表（桥梁）

建设单位：＿＿＿＿＿＿＿＿＿　　监理单位：＿＿＿＿＿＿＿＿＿　　合同号：＿＿＿＿＿＿＿＿＿

施工单位：＿＿＿＿＿＿＿＿＿　　　　　　　　　　　　　　　　　　编　号：＿＿＿＿＿＿＿＿＿

| 单位(子单位)工程名称 | | | | |
|---|---|---|---|---|
| 序号 | 安全和功能检查项目 | 份数 | 资料核查意见 | 核查、抽查人 |
| 1 | 地基土承载力试验记录 | | | |
| 2 | 基桩无损检测记录 | | | |
| 3 | 钻芯取样检测记录 | | | |
| 4 | 同条件养护试件试验记录 | | | |
| 5 | 斜拉索张拉力振动频率试验记录 | | | |
| 6 | 索力调整检测记录 | | | |
| 7 | 桥梁的动、静试验记录 | | | |
| 8 | 桥梁工程竣工测量资料 | | | |
| 9 | | | | |
| 10 | | | | |
| 11 | | | | |
| 12 | | | | |
| 13 | | | | |
| 14 | | | | |

结论：　　　　　　　　　　　　　　　　　结论：

施工项目经理：　　　　　　　　　　　　　总监理工程师：
　年　月　日　　　　　　　　　　　　　　　年　月　日

## 15.4.1.6　单位（子单位）工程观感质量检查记录

**表 15-4-10　单位（子单位）工程观感质量检查记录**

质验表（道路）

建设单位：＿＿＿＿＿＿＿＿＿　　监理单位：＿＿＿＿＿＿＿＿＿　　合同号：＿＿＿＿＿＿＿＿＿

施工单位：＿＿＿＿＿＿＿＿＿　　　　　　　　　　　　　　　　　　编　号：＿＿＿＿＿＿＿＿＿

| 工程名称 | | | 抽查质量情况 | 质量评价 | | | 综合评价 |
|---|---|---|---|---|---|---|---|
| 序号 | 项　　目 | | | 好 | 一般 | 差 | |
| 1 | 机动 | 沥青混凝土面层外观质量 | | | | | |
| 2 | 车行 | 水泥混凝土面层外观质量 | | | | | |
| 3 | 车道 | 其他面层外观质量 | | | | | |
| 4 | 广场与 | 料石、预制块面层外观质量 | | | | | |
| 5 | 停车场 | 沥青混凝土面层外观质量 | | | | | |
| 6 | 及人行 | 水泥混凝土面层外观质量 | | | | | |
| 7 | 人行 | 混凝土表面外观质量 | | | | | |
| 8 | 地道 | 砌筑墙体外观质量 | | | | | |
| 9 | 挡 | 混凝土挡土墙表面外观质量 | | | | | |
| 10 | 土 | 砌体挡土墙外观质量 | | | | | |
| 11 | 墙 | 加筋土挡土墙外观质量 | | | | | |

| 序号 | | 项 目 | 抽查质量情况 | 质量评价 | | | 综合评价 |
|---|---|---|---|---|---|---|---|
| | | | | 好 | 一般 | 差 | |
| 12 | 附属构筑物 | 路缘石砌筑外观质量 | | | | | |
| 13 | | 雨水口内壁、井框、井壁外观质量 | | | | | |
| 14 | | 隔离墩外观质量 | | | | | |
| 15 | | 护栏外观质量 | | | | | |
| 16 | | 声障屏外观质量 | | | | | |

结论：

施工单位项目经理：  
年 月 日

总监理工程师：  
年 月 日

注：质量评价为差的项目，应进行返修。

### 表 15-4-11 单位（子单位）工程观感质量检查记录

质验表（管道）

建设单位：＿＿＿＿＿＿＿＿＿＿  监理单位：＿＿＿＿＿＿＿＿＿＿  合同号：＿＿＿＿＿＿＿＿＿＿  
施工单位：＿＿＿＿＿＿＿＿＿＿  编 号：＿＿＿＿＿＿＿＿＿＿

| 单位（子单位）工程名称 | | | | | | |
|---|---|---|---|---|---|---|
| 序号 | | 检查项目 | 抽查质量情况 | 好 | 中 | 差 |
| 1 | 管道工程 | 管道、管道附件、附属构筑物位置 | | | | |
| 2 | | 管道设备 | | | | |
| 3 | | 附属构筑物 | | | | |
| 4 | | 大口径管道（渠、廊）：管道内部、管廊内管道安装 | | | | |
| 5 | | 地上管道（桥管、架空管、虹吸管）及承重结构 | | | | |
| 6 | | 回填土 | | | | |
| 7 | 顶管、盾构、浅埋暗挖、定向钻、夯管 | 管道结构 | | | | |
| 8 | | 防水、防腐 | | | | |
| 9 | | 管缝（变形缝） | | | | |
| 10 | | 进、出洞口 | | | | |
| 11 | | 工作坑（井） | | | | |
| 12 | | 管道线性 | | | | |
| 13 | | 附属构筑物 | | | | |
| 14 | 提升泵站 | 下部结构 | | | | |
| 15 | | 地面建筑 | | | | |
| 16 | | 水泵机电设备、管道安装及基础支架 | | | | |
| 17 | | 防水、防腐 | | | | |
| 18 | | 附属构筑物、工艺 | | | | |
| 观感质量综合评价 | | | | | | |

结论：

结论：

项目经理：  
年 月 日

总监理工程师：  
年 月 日

表 15-4-12　单位（子单位）工程观感质量检查记录

质验表（桥梁）

建设单位：＿＿＿＿＿＿　监理单位：＿＿＿＿＿＿＿＿　合同号：＿＿＿＿＿＿＿＿＿

施工单位：＿＿＿＿＿＿＿＿＿　　　　　　　　　　　编　号：＿＿＿＿＿＿＿＿＿

| 单位(子单位)工程名称 | | | | | | |
|---|---|---|---|---|---|---|
| 序号 | 检查项目 | | 抽查质量情况 | 好 | 一般 | 差 |
| 1 | 墩(柱)、塔 | | | | | |
| 2 | 盖梁 | | | | | |
| 3 | 桥台 | | | | | |
| 4 | 混凝土梁 | | | | | |
| 5 | 系梁 | | | | | |
| 6 | 拱部 | | | | | |
| 7 | 拉索、吊索 | | | | | |
| 8 | 桥面 | | | | | |
| 9 | 人行道 | | | | | |
| 10 | 防撞设施 | | | | | |
| 11 | 排水设施 | | | | | |
| 12 | 伸缩缝 | | | | | |
| 13 | 栏杆、扶手 | | | | | |
| 14 | 桥台护坡 | | | | | |
| 15 | 涂装、饰面 | | | | | |
| 16 | 钢结构焊缝 | | | | | |
| 17 | 灯柱、照明 | | | | | |
| 18 | 隔声装置 | | | | | |
| 19 | 防眩装置 | | | | | |
| 观感质量综合评价 | | | | | | |

结论：

结论：

施工项目经理：
年　月　日

总监理工程师：
年　月　日

# 15.4.2　市政桥梁工程

## 15.4.2.1　检验批质量验收记录表（表 15-4-13）

表 15-4-13　检验批质量验收记录表

编号：

| 工程名称 | | | | 验收部位 | |
|---|---|---|---|---|---|
| 分项工程名称 | | | | 施工班组长 | |
| 施工单位 | | | | 专业工长 | |
| 施工执行标准名称及编号 | | | | 项目经理 | |
| | | 质量验收规范的规定 | 施工单位检查评定记录 | 监理(建设)单位验收记录 | |
| 主控项目 | 1 | | | | |
| | 2 | | | | |
| | 3 | | | | |
| | 4 | | | | |
| | 5 | | | | |
| | 6 | | | | |
| | | | | | |

市政工程常用资料备查手册

| | | 质量验收规范的规定 | 施工单位检查评定记录 | 监理(建设)<br>单位验收记录 |
|---|---|---|---|---|
| 一般项目 | 1 | | | |
| | 2 | | | |
| | 3 | | | |
| | 4 | | | |
| | 5 | | | |
| | 6 | | | |

| 施工单位检查评定结论 | 项目专业质量检查员 | 年　月　日 |
|---|---|---|
| 监理(建设)单位<br>验收结论 | 监理工程师<br>(建设单位项目专业技术负责人) | 年　月　日 |

## 15.4.2.2　分项工程质量验收记录

### 表 15-4-14　分项工程质量验收记录

编号：

| 工程名称 | | | | 检验批数 | |
|---|---|---|---|---|---|
| 施工单位 | | 项目经理 | | 项目技术负责人 | |
| 分包单位 | | 分包单位负责人 | | 分包项目经理 | |
| 序号 | 检验批部位、区段 | | 施工单位检查评定结果 | 监理(建设)单位验收结果 | |
| 1 | | | | | |
| 2 | | | | | |
| 3 | | | | | |
| 4 | | | | | |
| 5 | | | | | |
| 6 | | | | | |
| 7 | | | | | |
| 8 | | | | | |
| 9 | | | | | |
| 10 | | | | | |
| 检查结论 | 项目专业<br>技术负责人<br><br>年　月　日 | | 验收结论 | 监理工程师<br>(建设单位项目专业技术负责人)<br><br>年　月　日 | |

### 15.4.2.3 分部（子分部）工程质量验收记录

**表 15-4-15 分部（子分部）工程质量验收记录**

编号：

| 工程名称 | | | | | 项目经理 | |
|---|---|---|---|---|---|---|
| 施工单位 | | | | | 项目技术负责人 | |
| 分包单位 | | | | | 分包技术负责人 | |
| 序号 | 分项工程名称 | | 检验批数 | 施工单位检查评定结果 | | 验收意见 |
| 1 | | | | | | |
| 2 | | | | | | |
| 3 | | | | | | |
| 4 | | | | | | |
| 5 | | | | | | |
| 6 | | | | | | |
| | 质量控制资料 | | | | | |
| | 安全和功能检验(检测)报告 | | | | | |
| | 观感质量验收 | | | | | |
| 验收结论 | | | | | | |
| 验收单位 | 分包单位 | 项目经理 | | | | 年　月　日 |
| | 施工单位 | 项目经理 | | | | 年　月　日 |
| | 勘察单位 | 项目经理 | | | | 年　月　日 |
| | 设计单位 | 项目经理 | | | | 年　月　日 |
| | 监理(建设)单位 | 总监理工程师<br>(建设单位项目专业负责人) | | | | 年　月　日 |

### 15.4.2.4 单位（子单位）工程质量竣工验收记录

**表 15-4-16 单位（子单位）工程质量竣工验收记录**

编号：

| 工程名称 | | | | | 工程规模 | |
|---|---|---|---|---|---|---|
| 施工单位 | | 技术负责人 | | | 开工日期 | |
| 项目经理 | | 项目技术负责人 | | | 竣工日期 | |
| 序号 | 项目 | | 验收记录 | | | 验收结论 |
| 1 | 分部工程 | | 共　　分部,经查　　分部,<br>符合标准及设计要求　　分部 | | | |
| 2 | 质量控制资料核查 | | 共　　项,经审查符合要求　　项,<br>经核定符合规范要求　　项 | | | |
| 3 | 安全和主要使用功能<br>核查和抽查结果 | | 共核查　　项,符合要求　　项。<br>共抽查　　项,符合要求　　项 | | | |
| 4 | 观感质量验收 | | 共抽查　　项,符合要求　　项 | | | |
| 5 | 综合验收结论 | | | | | |
| 参加验收单位 | 建设单位 | | 监理单位 | 设计单位 | | 施工单位 |
| | (公章)<br>单位(项目)<br>负责人<br><br>年　月　日 | | (公章)<br>总监理<br>工程师<br><br>年　月　日 | (公章)<br>单位(项目)<br>负责人<br><br>年　月　日 | | (公章)<br>单位负责人<br><br><br>年　月　日 |

## 15.4.2.5 单位（子单位）工程观感检查记录

表 15-4-17　单位（子单位）工程观感检查记录

编号：

| 工程名称 | | | | | |
|---|---|---|---|---|---|
| 施工单位 | | | | | |

| 序号 | 项目 | 抽查质量状况 | 质量评价 | | |
|---|---|---|---|---|---|
| | | | 好 | 一般 | 差 |
| 1 | 墩（柱）、塔 | | | | |
| 2 | 盖梁 | | | | |
| 3 | 桥台 | | | | |
| 4 | 混凝土梁 | | | | |
| 5 | 系梁 | | | | |
| 6 | 拱部 | | | | |
| 7 | 拉索、吊索 | | | | |
| 8 | 桥面 | | | | |
| 9 | 人行道 | | | | |
| 10 | 防撞设施 | | | | |
| 11 | 排水设施 | | | | |
| 12 | 伸缩缝 | | | | |
| 13 | 栏杆、扶手 | | | | |
| 14 | 桥台护坡 | | | | |
| 15 | 涂装、饰面 | | | | |
| 16 | 钢结构焊缝 | | | | |
| 17 | 灯柱、照明 | | | | |
| 18 | 隔声装置 | | | | |
| 19 | 防眩装置 | | | | |
| | | | | | |
| 观感质量综合评价 | | | | | |
| 检查结论 | | | | | |

| 施工单位项目经理 | 总监理工程师 | |
|---|---|---|
| 年　月　日 | （建设单位项目负责人）　年　月　日 | |

## 15.4.2.6 单位（子单位）工程质量控制资料核查记录

表 15-4-18　单位（子单位）工程质量控制资料核查记录

编号：

| 工程名称 | | | | |
|---|---|---|---|---|
| 施工单位 | | | | |

| 序号 | 资料名称 | 份数 | 核查意见 | 核查人 |
|---|---|---|---|---|
| 1 | 图纸会审、设计变更、洽商记录 | | | |
| 2 | 工程定位测量、交桩、放线、复核记录 | | | |
| 3 | 施工组织设计、施工方案及审批记录 | | | |
| 4 | 原材料出厂合格证书及进场检（试）验报告 | | | |

市政工程常用资料备查手册

| 序号 | 资料名称 | 份数 | 核查意见 | 核查人 |
|---|---|---|---|---|
| 5 | 成品、半成品出厂合格证及试验报告 | | | |
| 6 | 施工试验报告及见证检测报告 | | | |
| 7 | 隐蔽工程验收记录 | | | |
| 8 | 施工记录 | | | |
| 9 | 工程质量事故及事故调查处理资料 | | | |
| 10 | 分项、分部工程质量验收记录 | | | |
| 11 | 新材料、新工艺施工记录 | | | |

检查结论：

施工单位项目经理　　　　　　　　　　　总监理工程师
　　　　　　　　　　　　　　　　　　　（建设单位项目负责人）
　　　　　　　　　　　　　　　　　　　　年　　月　　日　　　　　　　　　年　　月　　日

### 15.4.2.7　单位（子单位）工程安全和功能检验资料核查及主要功能抽查记录

表 15-4-19　单位（子单位）工程安全和功能检验资料核查及主要功能抽查记录

编号

| 工程名称 | | | | |
|---|---|---|---|---|
| 施工单位 | | | | |
| 序号 | 安全和功能检查项目 | 份数 | 核查、抽查意见 | 核查、抽查人 |
| 1 | 地基土承载力试验记录 | | | |
| 2 | 基桩无损检测记录 | | | |
| 3 | 钻芯取样检测记录 | | | |
| 4 | 同条件养护试件试验记录 | | | |
| 5 | 斜拉索张拉力振动频率试验记录 | | | |
| 6 | 索力调整检测记录 | | | |
| 7 | 桥梁的动、静载试验记录 | | | |
| 8 | 桥梁工程竣工测量资料 | | | |

结论：

总监理工程师　　　　　　　　　　　　　施工单位项目经理
（建设单位项目负责人）
　　　　　　　　　　　　　　　　　　　　年　　月　　日　　　　　　　　　年　　月　　日

## 15.4.3　市政给水排水管道工程

### 15.4.3.1　分项工程（验收批）质量验收

　　验收批的质量验收记录由施工项目专业质量检查员填写，监理工程师（建设项目专业技术负责人）组织施工项目专业质量检查员进行验收，并按表 15-4-20 记录。

表 15-4-20　分项工程（验收批）质量验收记录表

编号：

| 工程名称 | | 分部工程名称 | | 分项工程名称 | |
|---|---|---|---|---|---|
| 施工单位 | | 专业工长 | | 项目经理 | |
| 验收批名称,部位 | | | | | |
| 分包单位 | | 分包项目经理 | | 施工班组长 | |

| | | 质量验收规范规定的<br>检查项目及验收标准 | 施工单位检查评定记录 | | 监理（建设）<br>单位验收记录 |
|---|---|---|---|---|---|
| 主控项目 | 1 | | | | |
| | 2 | | | | |
| | 3 | | | | |
| | 4 | | | | |
| | 5 | | | | 合格率 |
| | 6 | | | | 合格率 |
| 一般项目 | 1 | | | | |
| | 2 | | | | |
| | 3 | | | | |
| | 4 | | | | 合格率 |
| | 5 | | | | 合格率 |
| | 6 | | | | 合格率 |

| 施工单位检<br>查评定结果 | 项目专业质量检查员：<br><br>年　　月　　日 |
|---|---|
| 监理（建设）单<br>位验收结论 | 监理工程师<br>（建设单位项目专业技术负责人）<br><br>年　　月　　日 |

## 15.4.3.2　分项工程质量验收

分项工程质量应由监理工程师（建设项目专业技术负责人）组织施工项目技术负责人等进行验收，并按表 15-4-21 记录。

表 15-4-21　分项工程质量验收记录表

编号：

| 工程名称 | | 分项工程名称 | | 验收批数 | |
|---|---|---|---|---|---|
| 施工单位 | | 项目经理 | | 项目技术负责人 | |
| 分包单位 | | 分包单位负责人 | | 施工班组长 | |
| 序号 | 验收批名称、部位 | | 施工单位检查评定结果 | 监理（建设）单位验收结论 | |
| 1 | | | | | |
| 2 | | | | | |
| 3 | | | | | |
| 4 | | | | | |
| 5 | | | | | |

| 检查结论 | 施工项目技术负责人：<br><br>年　月　日 | 验收结论 | 监理工程师<br>（建设项目专业技术负责人）<br><br>年　月　日 |
|---|---|---|---|

## 15.4.3.3　分部（子分部）工程质量验收

分部（子分部）工程质量应由总监理工程师和建设项目专业负责人、组织施工项目经理和有关单位项目负责人进行验收，并按表 15-4-22 记录。

表 15-4-22　分部（子分部）工程质量验收记录表

编号：

| 工程名称 | | | | 分部工程名称 | | | |
|---|---|---|---|---|---|---|---|
| 施工单位 | | | | 技术部门负责人 | | 质量部门负责人 | |
| 分包单位 | | | | 分包单位负责人 | | 分包技术负责人 | |
| 序号 | 分项工程名称 | | 验收批数 | 施工单位检查评定 | | 验 收 意 见 | |
| 1 | | | | | | | |
| 2 | | | | | | | |
| 3 | | | | | | | |
| 4 | | | | | | | |
| 5 | | | | | | | |
| 6 | | | | | | | |
| 7 | | | | | | | |
| 8 | | | | | | | |
| 9 | | | | | | | |
| | | | | | | | |
| 质量控制资料 | | | | | | | |
| 安全和功能检验（检测)报告 | | | | | | | |
| 观感质量验收 | | | | | | | |
| 验收单位 | 分包单位 | 项目经理 | | | 年　　月　　日 | | |
| | 施工单位 | 项目经理 | | | 年　　月　　日 | | |
| | 设计单位 | 项目负责人 | | | 年　　月　　日 | | |
| | 监理单位 | 总监理工程师 | | | 年　　月　　日 | | |
| | 建设单位 | 项目负责人(专业技术负责人) | | | 年　　月　　日 | | |

#### 15. 4. 3. 4　单位（子单位）工程质量竣工验收

单位（子单位）工程质量竣工验收应按表 15-4-23～表 15-4-26 记录。单位（子单位）工程质量竣工验收记录由施工单位填写，验收结论由监理（建设）单位填写，综合验收结论由参加验收各方共同商定，建设单位填写；并应对工程质量是否符合规范规定和设计要求及总体质量水平做出评价。

**表 15-4-23　单位（子单位）工程质量竣工验收记录表**

编号：

| 工程名称 | | | 类型 | | 工程造价 | |
|---|---|---|---|---|---|---|
| 施工单位 | | | 技术负责人 | | 开工日期 | |
| 项目经理 | | | 项目技术负责人 | | 竣工日期 | |
| 序号 | 项目 | | 验收记录 | | 验收结论 | |
| 1 | 分部工程 | | 共_____分部,经查_____分部<br>符合标准及设计要求_____分部 | | | |
| 2 | 质量控制资料核查 | | 共_____项,经审查符合要求_____项<br>经核定符合规范规定_____项 | | | |
| 3 | 安全和主要使用功能核查及抽查结果 | | 共核查_____项,符合要求_____项<br>共抽查_____项,符合要求_____项<br>经返工处理符合要求_____项 | | | |

市政工程常用资料备查手册

| 序号 | 项目 | 验收记录 | 验收结论 |
|------|------|---------|---------|
| 4 | 观感质量检验 | 共抽查_____项,符合要求_____项<br>不符合要求_____项 | |
| 5 | 综合验收结论 | | |

| 参加验收单位 | 建设单位 | 设计单位 | 施工单位 | 监理单位 |
|------|------|------|------|------|
| | （公章） | （公章） | （公章） | （公章） |
| | 项目负责人<br>年月日 | 项目负责人<br>年月日 | 项目负责人<br>年月日 | 总监理工程师<br>年月日 |

**表 15-4-24 单位(子单位)工程质量控制资料核查表**

编号：

| 工程名称 | | | 施工单位 | | | |
|------|------|------|------|------|------|------|

| 序号 | | 资料名称 | 份数 | 核查意见 |
|------|------|---------|------|---------|
| 1 | 材质质量保证资料 | ①管节、管件、管道设备及管配件等;②防腐层材料,阴极保护设备及材料;③钢材、焊材、水泥、砂石、橡胶止水圈、混凝土、砖、混凝土外加剂、钢制构件、混凝土预制构件 | | |
| 2 | 施工检测 | ①管道接口连接质量检测(钢管焊接无损探伤检验、法兰或压兰螺栓拧紧力矩检测、熔焊检验);②内外防腐层(包括补口、补伤)防腐检测;③预水压试验;④混凝土强度、混凝土抗渗、混凝土抗冻、砂浆强度、钢筋焊接;⑤回填土压实度;⑥柔性管道环向变形检测;⑦不开槽施工土层加固、支护及施工变形等测量;⑧管道设备安装测试;⑨阴极保护安装测试;⑩桩基完整性检测、地基处理检测 | | |
| 3 | 结构安全和使用功能性检测 | ①管道水压试验;②给水管道冲洗消毒;③管道位置及高程;④浅埋暗挖管道、盾构管片拼装变形测量;⑤混凝土结构管道渗漏水调查;⑥管道及抽升泵站设备(或系统)调试、电气设备电试;⑦阴极保护系统测试;⑧桩基动测、静载试验 | | |
| 4 | 施工测量 | ①控制桩(副桩)、永久(临时)水准点测量复核;②施工放样复核;③竣工测量 | | |
| 5 | 施工技术管理 | ①施工组织设计(施工方案)、专题施工方案及批复;②焊接工艺评定及作业指导书;③图纸会审、施工技术交底;④设计变更、技术联系单;⑤质量事故(问题)处理;⑥材料、设备进场验收;计量仪器校核报告;⑦工程会议纪要;⑧施工日记 | | |
| 6 | 验收记录 | ①验收批、分项、分部(子分部)、单位(子单位)工程质量验收记录;②隐蔽验收记录 | | |
| 7 | 施工记录 | ①接口组对拼装、焊接、拴接、熔接;②地基基础、地层等加固处理;③桩基成桩;④支护结构施工;⑤沉井下沉;⑥混凝土浇筑;⑦管道设备安装;⑧顶进(掘进、钻进、夯进);⑨沉管沉放及桥管吊装;⑩焊条烘陪、焊接热处理;⑪防腐层补口补伤等 | | |
| 8 | 竣工图 | | | |

| 结论： | 结论： |
|------|------|
| | |
| 施工项目经理：<br>　年　月　日 | 总监理工程师：<br>　年　月　日 |

市政工程常用资料备查手册

表 15-4-25　单位（子单位）工程观感质量核查表

编号：

| 工程名称 | | | 施工单位 | | | | |
|---|---|---|---|---|---|---|---|
| 序号 | | 检查项目 | 抽查质量情况 | | 好 | 中 | 差 |
| 1 | 管道工程 | 管道、管道附件、附属构筑物位置 | | | | | |
| 2 | | 管道设备 | | | | | |
| 3 | | 附属构筑物 | | | | | |
| 4 | | 大口径管道（渠、廊）；管道内部、管廊内管道安装 | | | | | |
| 5 | | 地上管道（桥管、架空管、虹吸管）及承重结构 | | | | | |
| 6 | | 回填土 | | | | | |
| 7 | 顶管、盾构、浅埋暗挖、定向钻、夯管 | 管道结构 | | | | | |
| 8 | | 防水、防腐 | | | | | |
| 9 | | 管缝（变形缝） | | | | | |
| 10 | | 进、出洞口 | | | | | |
| 11 | | 工作坑（井） | | | | | |
| 12 | | 管道线形 | | | | | |
| 13 | | 附属构筑物 | | | | | |
| 14 | 抽升泵站 | 下部结构 | | | | | |
| 15 | | 地面建筑 | | | | | |
| 16 | | 水泵机电设备、管道安装及基础支架 | | | | | |
| 17 | | 防水、防腐 | | | | | |
| 18 | | 附属设施、工艺 | | | | | |
| 观感质量综合评价 | | | | | | | |
| | 结论： | | | | 结论： | | |
| | 施工项目经理：<br>　年　月　日 | | | | 总监理工程师：<br>　年　月　日 | | |

注：地面建筑宜符合现行国家标准《建筑工程施工质量验收统一标准》GB 50300 的有关规定。

表 15-4-26　单位（子单位）工程结构安全和使用功能性检测记录表

编号：

| 工程名称 | | 施工单位 | | |
|---|---|---|---|---|
| 序号 | 安全和功能检查项目 | | 资料核查意见 | 功能抽查结果 |
| 1 | 压力管道水压试验(无压力管道严密性试验)记录 | | | |
| 2 | 给水管道冲洗消毒记录及报告 | | | |
| 3 | 阀门安装及运行功能调试报告及抽查检验 | | | |
| 4 | 其他管道设备安装调试报告及功能检测 | | | |
| 5 | 管道位置高程及管道变形测量及汇总 | | | |
| 6 | 阴极保护安装及系统测试报告及抽查检验 | | | |
| 7 | 防腐绝缘检测汇总及抽查检验 | | | |
| 8 | 钢管焊接无损检测报告汇总 | | | |
| 9 | 混凝土试块抗压强度试验汇总 | | | |
| 10 | 混凝土试块抗渗、抗冻试验汇总 | | | |

| 序号 | 安全和功能检查项目 | 资料核查意见 | 功能抽查结果 |
|---|---|---|---|
| 11 | 地基基础加固检测报告 | | |
| 12 | 桥管桩基础动测或静载试验报告 | | |
| 13 | 混凝土结构管道渗漏水调查记录 | | |
| 14 | 抽升泵站的地面建筑 | | |
| 15 | 其他 | | |
| 结论： | | 结论： | |
| 施工项目经理：<br>　　　　年　月　日 | | 总监理工程师：<br>　　　　年　月　日 | |

注：抽升泵站的地面建筑宜符合现行国家标准《建筑工程施工质量验收统一标准》GB 50300 的有关规定。

## 15.4.4　城镇供热管网工程

### 15.4.4.1　分项工程交接检验

分项工程交接检验应在施工班组自检、互检的基础上由检验人员进行，并填写表 15-4-27。

**表 15-4-27　分项工程质量验收报告**

| 分项工程质量验收报告 | | | | | | | | | | | | | | | | | | 编号 | |
|---|---|---|---|---|---|---|---|---|---|---|---|---|---|---|---|---|---|---|---|
| 工程名称 | | | | 分部工程名称 | | | | | | | | 分项工程名称 | | | | | | | |
| 施工单位 | | | | 桩号 | | | | | | | | 主要工程数量 | | | | | | | |
| 序号 | 外观检查项目 | | 质量情况 | | | | | | | | | | | | | | 验收意见 | | |
| 1 | | | | | | | | | | | | | | | | | | | |
| 2 | | | | | | | | | | | | | | | | | | | |
| 3 | | | | | | | | | | | | | | | | | | | |
| 4 | | | | | | | | | | | | | | | | | | | |
| 5 | | | | | | | | | | | | | | | | | | | |

| 序号 | 量测项目 | 允许偏差（规定值±偏差值）(mm) | 各实测点偏差(mm) | | | | | | | | | | | | | | | 应量测点数 | 合格点数 | 合格率（%） |
|---|---|---|---|---|---|---|---|---|---|---|---|---|---|---|---|---|---|---|---|---|
| | | | 1 | 2 | 3 | 4 | 5 | 6 | 7 | 8 | 9 | 10 | 11 | 12 | 13 | 14 | 15 | | | |
| 1 | | | | | | | | | | | | | | | | | | | | |
| 2 | | | | | | | | | | | | | | | | | | | | |
| 3 | | | | | | | | | | | | | | | | | | | | |
| 4 | | | | | | | | | | | | | | | | | | | | |
| 5 | | | | | | | | | | | | | | | | | | | | |
| 6 | | | | | | | | | | | | | | | | | | | | |
| 7 | | | | | | | | | | | | | | | | | | | | |
| 8 | | | | | | | | | | | | | | | | | | | | |
| 交方班组 | | | 接方班组 | | | | | | | | | | | | | 平均合格率（%） | | | | |
| 施工负责人 | | | 质检员 | | | | | | | | | | | | | 测定结果 | | | | |
| | | | | | | | | | | | | | | | | 测定日期 | | 年　月　日 | | |

### 15.4.4.2　分部工程检验

分部工程检验应由检验人员在分项工程交接检验的基础上进行，验收合格后，填写表 15-4-28。

市政工程常用资料备查手册

表 15-4-28　分部工程质量验收报告

| 分部工程质量验收报告 | | 编号 | |
|---|---|---|---|
| 单位工程名称 | | 分部工程名称 | |
| 施工单位 | | | |
| 序号 | 外观检查 | 质量情况 | |
| 1 | | | |
| 2 | | | |
| 3 | | | |
| 4 | | | |
| 序号 | 分项工程名称 | 合格率(%) | 验收结果 | 备注 |
| 1 | | | | |
| 2 | | | | |
| 3 | | | | |
| 4 | | | | |
| 5 | | | | |
| … | | | | |
| 验收意见 | | 验收结果 | | |
| | 技术负责人 | 施工员 | 质检员 | |
| | 日期 | 年　月　日 | | |

## 15.4.4.3　单位工程检验

单位工程检验应由检验人员在分部工程检验或分项工程交接检验的基础上进行,并填写表 15-4-29。

表 15-4-29　单位工程质量验收报告

| 单位工程质量验收报告 | | 编号 | |
|---|---|---|---|
| 单位工程名称 | | | |
| 施工单位 | | | |
| 序号 | 外观检查 | 质量情况 | |
| 1 | | | |
| 2 | | | |
| 3 | | | |
| 4 | | | |
| 序号 | 分项工程名称 | 合格率(%) | 验收结果 | 备注 |
| 1 | | | | |
| 2 | | | | |
| 3 | | | | |
| 4 | | | | |
| 5 | | | | |
| … | | | | |
| 验收意见 | | 验收结果 | | |
| | 技术负责人 | 施工员 | 质检员 | |
| | 日期 | 年　月　日 | | |

# 参 考 文 献

[1] 《市政工程常用数据速查手册》编委会. 市政工程常用数据速查手册. 北京：中国建材工业出版社，2007.

[2] 《市政工程预决算必备数据一本全》编委会. 市政工程预决算必备数据一本全. 北京：中国建材工业出版社，2009.

[3] 《建设工程预决算与工程量清单计价一本通市政工程》编委会. 建设工程预决算与工程量清单计价一本通市政工程. 北京：地震出版社，2007.

[4] 上海市市政公路行业协会编写. 市政工程工程量清单常用数据手册. 北京：中国建筑工业出版社，2009.

[5] 上海市市政公路行业协会编写. 市政工程工程量清单"算量"手册. 北京：中国建筑工业出版社，2010.

[6] 《市政预算员一本通》编委会. 市政预算员一本通. 北京：中国建材工业出版社，2010.

[7] 高正军. 市政工程概预算手册（含工程量清单计价）. 长沙：湖南大学出版社，2008.

[8] 《市政工程造价员一本通》编委会. 市政工程造价员一本通. 哈尔滨：哈尔滨工程大学出版社，2008.

[9] 《市政工程预决算快学快用》编委会. 市政工程预决算快学快用——工程预决算快学快用系列手册. 北京：中国建材工业出版社，2010.

[10] 王和平，杨玉衡. 市政工程预算常用定额项目对照图示. 北京：中国建筑工业出版社，2006.

[11] 《市政工程管理人员职业技能全书》编委会. 市政工程管理人员职业技能全书——造价员. 武汉：华中科技大学出版社，2008.

[12] 《市政工程造价员培训教材》编委会. 市政工程造价员培训教材. 北京：中国建材工业出版社，2009.

[13] 栋梁工作室. 路灯工程预算定额与工程量清单计价应用手册. 北京：中国建筑工业出版社，2004.

[14] 段良策. 市政工程施工计算实用手册（上册）. 北京：人民交通出版社，2009.

[15] 本书编委会. 市政工程质量检查验收一本通. 北京：中国建材工业出版社，2005.

[16] 道路工程制图标准 GB 50162—92.

[17] 建筑给排水制图标准 GB 50106—2010.

[18] 燃气工程制图标准 CJJ/T 130—2009.

[19] 钢结构设计规范 GB 50017—2003.

[20] 热轧型钢 GB/T 706—2008.

[21] 混凝土结构设计规范 GB 50010—2002.

[22] 砌体结构设计规范 GB 50003—2001.

[23] 木结构设计规范 GB 50005—2003.

[24] 城镇道路工程施工与质量验收规范 CJJ 1—2008.

[25] 城市桥梁工程施工与质量验收规范 CJJ 2—2008.

[26] 给水排水管道工程施工及验收规范 GB 50268—2008.

[27] 城镇供热管网工程施工及验收规范 CJJ 28—2004.

[28] 城镇燃气输配工程施工及验收规范（附条文说明）CJJ 33—2005.

[29] 城市道路照明工程施工及验收规程（附条文说明）CJJ 89—2001.